Alfred M. Debrunner

Orthopädie

Die Störungen des Bewegungsapparates in Klinik und Praxis

Alfred M. Debrunner

Orthopädie

Die Störungen des Bewegungsapparates in Klinik und Praxis

Mit einem Geleitwort von Professor M. E. Müller

Verlag Hans Huber Bern Stuttgart Wien

CIP-Kurztitelaufnahme der Deutschen Bibliothek
Debrunner, Alfred M.:
Orthopädie: d. Störungen des Bewegungsapparates in Klinik u. Praxis / Alfred M. Debrunner. Mit e. Geleitw. von M. E. Müller. – Bern; Stuttgart; Wien: Huber, 1983.
ISBN 3-456-80927-1

Herstellung: Satzatelier Paul Stegmann, Bern
Druck: Lang Druck AG, Liebefeld-Bern

Inhaltsübersicht

II. Teil: Orthopädische Krankheiten

III. Teil: Spezielle Orthopädie

A. Obere Extremitäten

B. Wirbelsäule

C. Untere Extremitäten

Geleitwort

Ein medizinisches Lehrbuch kann, besonders wenn der Gegenstandskatalog als Grundlage dient, rein deskriptiv auf dem pathologisch-anatomischen Bild einer momentanen Störung aufgebaut sein. Jedes Krankheitsbild widerspiegelt dann einen klar definierbaren Zustand, und jedes Kapitel wird unterteilt in Definition, Pathologie, Klinik, Differentialdiagnose, Evolution und Therapie. Meist stützt sich ein so aufgebautes neues Werk weitgehend auf frühere Lehrbücher und auf althergebrachtes Wissen. Wandlungen der Anschauungen und neuzeitliche Weltliteratur bleiben ebenso unberücksichtigt wie wissenschaftlich experimentelle Erkenntnisse oder pathophysiologische Erklärungen, die für das Verständnis der Mechanismen der Entgleisungen von Reparaturvorgängen so wesentlich erscheinen. Störungen im Bereich des Bewegungsapparates können nicht als Zustände, sondern müssen als meist lebenslänglich dauernde Vorgänge mit allen ihren psychologischen und sozialen Auswirkungen verstanden werden. Um die Evolution des Leidens festzuhalten und zur Aufstellung eines Behandlungsplanes auf lange Sicht sind deshalb multifaktorielle Untersuchungen und wiederholte Beobachtungen notwendig. Alles Punkte, die in einem fern von der täglichen Praxis geschriebenen Buch nicht enthalten sein können.

Ganz anders das Lehrbuch der Orthopädie von Alfred Debrunner, der als Leiter der orthopädischen Abteilung eines Stadtspitals in 10jähriger mühsamer Kleinarbeit ein beispielhaftes Werk erstellt hat. Als orthopädischer Chirurg mit einer grossen Privatpraxis weiss er, dass die Patienten beim Arzt nicht nur Therapie, sondern Verständnis, Rat und Übernahme der Verantwortung für die adäquate Behandlung ihres Leidens suchen. Deshalb versuchte er, eine Brücke von der Praxis zur Klinik und von der historischen Entwicklung der Orthopädie zu den neuesten wissenschaftlichen Erkenntnissen zu schlagen.

Alfred Debrunner legte besonderes Gewicht auf die Aufdeckung der biomechanischen Zusammenhänge zwischen funktionellem Aufbau und funktioneller Anpassung der Strukturen des Bewegungsapparates, zwischen den für die langsame Entstehung einer Arthrosis deformans verantwortlichen Vorgängen und der Entwicklung kausaler oder gar prophylaktischer Behandlungsmethoden. Trotzdem hat Alfred Debrunner den Gegenstandskatalog nicht ausser acht gelassen. Alle darin aufgeworfenen Fragen wurden mit Sachkenntnis und Verständnis beantwortet. Der etwas schwierigere, theoretisch wichtige erste Teil des Lehrbuches kann vom Studenten vorerst vernachlässigt werden. Nach Studium der im allgemeinen zweiten und im speziellen dritten Teil erörterten Krankheitsbilder mit den zahlreichen ansprechenden Schemata und Beispielen aus der Praxis wird er sich dann gerne mit den Erklärungen des ersten Teiles beschäftigen.

Assistenzärzte und Praktiker, die schon über gewisse Kenntnisse in orthopädischer Chirurgie verfügen, werden dieses leicht lesbare Buch immer wieder als Nachschlagewerk verwenden. Es gehört somit in die Bibliothek jedes am Bewegungsapparat interessierten Arztes.

Bern, Januar 1983 — Maurice E. Müller

Vorwort

Als vor einigen Jahren der Verlag Hans Huber mit dem Vorschlag, einen «Leitfaden» der Orthopädie zu schreiben, an mich herantrat, hatte die Orthopädie gerade einen «grossen Sprung nach vorne» getan und sich damit zu einer *«orthopädischen Chirurgie»* entwickelt, mit dem anspruchsvollen Ziel, sowohl *Krankheiten* als auch *Verletzungen des Bewegungsapparates* umfassend verstehen und behandeln zu können. Nach der stürmischen Entwicklung der sechziger Jahre, die ich an der Klinik meines damaligen Lehrers Maurice E. Müller mitverfolgen konnte, schien eine Standortbestimmung angebracht.

Bald stellte sich heraus, dass die Form des «Leitfadens» mit stichwortartigem Aufzählen von Fakten und Rezepten für diesen Zweck nicht geeignet sein würde: Die Orthopädie gehört zu den medizinischen Fachgebieten, in welchen die pathophysiologischen Zusammenhänge nicht nur logisch, sondern auch praktisch *anwendbar,* die Wirkungen unserer therapeutischen Bemühungen überdies einwandfrei *nachprüfbar* sind. Diese Zusammenhänge sind zweifellos das Interessante und Wichtige an der Orthopädie, und zu ihrer Darstellung schien die Form des Lehrbuches, des «textbook» besser geeignet.

Gliederung des Stoffes

Im *ersten Teil: «Allgemeine Orthopädie»* wird versucht, die pathophysiologischen *Grundlagen* aufzuzeigen. Sicher wäre es verfehlt, die Orthopädie rein mechanisch verstehen zu wollen, doch lässt sich nicht bestreiten, dass die Gesetze der Statik und Mechanik die Funktion des Haltungs- und Bewegungsapparates ebenso beherrschen, wie etwa die Gesetze der Chemie oder der Hämodynamik die innere Medizin. Eine zusammenhängende Darstellung der Wechselwirkungen zwischen Biologie und Mechanik schien deshalb wesentlich. Eine solche *«Biomechanik des Haltungs- und Bewegungsapparates»* war bisher in deutscher Sprache nur in Handbüchern zu finden.

Der erste Teil enthält im weiteren eine zusammenhängende Beschreibung der orthopädischen *Diagnostik* sowie der orthopädischen *Therapiemöglichkeiten,* da diese sich weniger auf einzelne Krankheitsbilder als auf bestimmte *Funktionsstörungen* des Bewegungsapparates beziehen. Auf das Erfassen der Funktion und ihrer Bedeutung für den Patienten ist denn auch besonders Wert gelegt.

Im *zweiten Teil: «Orthopädische Krankheiten»,* werden Pathologie, Pathogenese und Klinik der grossen Krankheitsgruppen, etwa der «degenerativen Gelenkkrankheiten», im Zusammenhang, unabhängig von der Lokalisation, in geschlossenen Kapiteln dargestellt.

Der *dritte Teil: «Spezielle Orthopädie»,* in welchem schliesslich die Affektionen der einzelnen Körperregionen mit ihren Besonderheiten abgehandelt werden, entspricht am ehesten einem «Leitfaden». Auch er sollte für sich allein lesbar sein.

Somit kann, wer eine kurze Orientierung sucht, wie sie etwa ein Skriptum bietet, hinten, im dritten Teil zu lesen beginnen, wie man es bei Kriminalromanen etwa zu tun pflegt, wenn man lediglich den Ausgang der Geschichte wissen möchte bzw. nur, was man an der Prüfung zu sagen oder in der Praxis zu tun hat.

Wer, wie es jeder Autor hofft, sich damit nicht zufrieden geben will, mag im ersten Teil mehr über die Grundlagen der Orthopädie, über Möglichkeiten, Wirkung, Sinn und Grenzen der Therapie finden.

Die dreiteilige Gliederung bringt manche Überschneidungen, doch schien mir der Vorteil der geschlossenen, auch einzeln lesbaren Kapitel, zu überwiegen. Die ziemlich ausgiebigen Verweise sollten dem, der Querverbindungen sucht, helfen, diese zu finden. Jedes Kapitel sollte aber auch für sich allein, ohne Nachschlagen, verständlich sein.

Auswahl des Stoffes

Da Vollständigkeit nicht möglich und auch nicht unbedingt erstrebenswert ist, kommen der Auswahl und Gewichtung des Stoffes besondere Bedeutung zu. Hier ergibt sich wohl eine der letzten Chancen für ein Buch wie das vorliegende, das im übrigen mit dem letzten Wissensstand eines von einem Fachspezialistenteam bearbeiteten Lehrbuches weder konkurrieren kann noch will:

Jede ärztliche Handlung, sei sie diagnostisch oder therapeutisch, ist ein *Entscheid,* der, auch wenn er auf der Grundlage von mehr oder weniger objektiven Fakten und in Übereinstimmung mit der «zur Zeit herrschenden allgemeinen Lehrmeinung» stehen sollte, letztlich vom Arzt in freier Verantwortung getroffen werden muss. Diesen Entscheid nimmt ihm niemand ab, auch kein Lehrbuch. Hier kann es nur darum gehen, ihm die *Entscheidungsgrundlagen* für seine Entschlüsse zu vermitteln. Als tragfähige Grundlage erweist sich weniger ein kumuliertes Detailwissen, welches oft eher eine Unsicherheit bewirkt, als vielmehr das Erfassen der mannigfaltigen Zusammenhänge. Dies erlaubt eine zuverlässigere Beurteilung der individuellen Situation des Patienten und erleichtert es, diejenige Lösung zu finden, die seinen Bedürfnissen am besten entspricht.

Nun wird ärztliches Handeln wesentlich von den *Auswirkungen der Krankheit auf den Patienten,* sowohl von somatischen wie von psychischen, mitbestimmt, umso mehr, als dieser zunehmend am Entscheidungsprozess teilhaben wird und auch teilhaben sollte. Eine stichwortartige, wertfreie Aufzählung von Fakten und Methoden wäre einer solchen Auffassung nicht dienlich. Eine Wertung jedoch wird immer subjektiv bleiben und nie allen Lehrmeinungen gerecht werden. Ich hoffe aber, dass der damit verbundene Vorteil des kritischen Abwägens oder der klaren Stellungnahme überwiegt. Ich bin mir bewusst, dass manche der geäusserten Ansichten diskutabel sind und Kritik herausfordern, doch liesse sich das wohl nur vermeiden durch vollständigen Verzicht auf jede Wertung und Stellungnahme. Damit würde aber verantwortungsvolles praktisches Handeln kaum mehr möglich.

Anderseits sollten aber auch die der Medizin im allgemeinen und den operativen Disziplinen im besonderen innewohnenden offenen Fragen und Zweifel nicht verschwiegen werden. Sie schützen vor einer falschen, weil simplifizierenden, Sicherheit, mit welcher ausgerüstet gelegentlich junge Ärzte vom Studium in die Praxis kommen. Solche Überlegungen bestimmten die Auswahl des Stoffes.

Im einzelnen habe ich mich bemüht, die *häufigen,* die *praktisch wichtigen* und die *therapeutisch zugänglichen* Probleme in den Vordergrund zu stellen. Die entsprechende Liste ist in ständiger Wandlung begriffen. So sind z.B. Tuberkulose und Poliomyelitis stark zurückgegangen. Letztere ist allerdings in den Entwicklungsländern auch heute noch eine grosse Plage, welche immense orthopädische Probleme stellt. Da sie zudem die Funktionsstörungen des Bewegungsapparates exemplifiziert wie keine andere Krankheit, ist sie auch ausführlich beschrieben. Hingegen haben die degenerativen Gelenkleiden infolge ihrer Häufigkeit und dank der neuen therapeutischen Möglichkeiten besondere Bedeutung gewonnen.

Die *Frakturenlehre* hat in den letzten 20 Jahren eine enorme Umwälzung erfahren und ist (wieder) in das Arbeitsfeld der Orthopädie gerückt. Sie ausführlich darzustellen würde allerdings den Rahmen dieses Buches bei weitem sprengen. Hier wird darauf eingegangen, soweit die orthopädische Betrachtungsweise von Bedeutung ist für die Probleme der Frakturheilung und der Behandlung. Etwas ausführlicher beschrieben wurden die langfristigen Auswirkungen der Frakturfolgen für das weitere Wachstum und für die Funktion des Bewegungsapparates, und wie sie bei der Erstbehandlung zu vermeiden bzw. später, wenn nötig, wieder zu beheben wären. Noch zu häufig müssen Patienten wegen vermeidbaren Frakturfolgen später orthopädische Hilfe suchen.

Die orthopädischen *Operationen* wurden in Grundzügen beschrieben. Die Operationstechnik ist nur praktisch zu erlernen und in der Fachliteratur ohnehin das bevorzugte Thema. Zudem wechseln sich die einzelnen empfohlenen Methoden immer schneller ab (siehe z.B. bei der Chondropathia patellae), was zur Folge hat, dass Operationslehren rasch veralten.

Zu den beständigeren Grundlagen der Orthopädie gehören hingegen die Kenntnisse der gerade in diesem Fach so wichtigen *Langzeitverläufe,* sowohl *mit* Therapie als auch *ohne* Behandlung. Erst aus der Gegenüberstellung dieser beiden Möglichkeiten lassen sich u.a. Operationsindikationen verantworten. Hier bleibt noch vieles zu erforschen, damit wir «am Patienten bleiben» und uns nicht in den unbegrenzten Möglichkeiten der heutigen Medizintechnik verlieren, denn die ärztliche Tätigkeit ist praktisch immer nur ein punktueller Eingriff in ein sich ständig wandelndes, komplexes biologisches System. Sie kann dieses nicht «heilen». Sie kann höchstens hoffen, im Ablauf des Geschehens eine Wendung zum besseren zu induzieren. Die Kunst ist es, die Natur nicht *gegen* uns, sondern *für* uns wirken zu lassen. Dabei spielt die *Zeit* eine überragende Rolle.

Mein Dank

gehört in erster Linie meinen Lehrern: zunächst meinem verstorbenen Vater, Prof. H. Debrunner, Zürich und Basel, sodann Herrn Prof. M. Francillon, früher Leiter der orthopädischen Universitätsklinik Balgrist, Zürich, und vor allem Prof. Maurice E. Müller, zuletzt Leiter der Universitätsklinik für orthopädische Chirurgie in Bern, schliesslich Prof. B. G. Weber, Chefarzt der Klinik für orthopädische Chirurgie in St. Gallen.

Zu danken habe ich sodann meinem Partner und Freund H. R. Meyer, der mir die Probleme der Patienten in der freien Praxis verstehen half, sowie den Kollegen der chirurgischen und der rheumatologischen Abteilung des Stadtspitals Triemli, Zürich, und ihren Chefs, Dr. M. Landolt und Prof. D. Gross.

In mannigfaltiger Weise haben mich auch Prof. A. Schreiber, Direktor der orthopädischen Universitätsklinik Balgrist, Zürich, und sein Stab unterstützt, unter anderem mit Material aus ihrem unvergleichlichen Archiv.

Mein Dank gebührt im weiteren allen, die mir bei der Fertigstellung des Manuskriptes mit ihrem Rat geholfen haben, insbesondere jenen Kollegen und Freunden, die das Manuskript, oder Teile davon, kritisch durchgesehen haben, allen voran Prof. M. E. Müller und Ch. Petri, sodann U. Berghoff (Therapie), O. Čech, Prag (Verletzungen und Verletzungsfolgen), Ch. Kieser (Knie), E. Mattmann (Neurochirurgie), Ch. Meuli (obere Extremitäten), H. R. Meyer (Fuss), Th. Meyer (Therapie), H. Scheier (Wirbelsäule).

Besonders dankbar bin ich allen jenen, die mir in grosszügiger Weise Abbildungsmaterial zur Verfügung gestellt haben. Die Herkunft der Abbildungen geht aus dem Abbildungsnachweis am Schluss des Buches hervor. Von den vielen Namen seien hier nur zwei angeführt: Prof. R. Schenk, Bern, verdanke ich eine Reihe von histologischen Bildern zur Frakturheilung und zum Knochenwachstum und Prof. M. Aufdermaur, Luzern, einige zur Knochenpathologie. Auch allen übrigen – ihre Namen sind im Abbildungsnachweis auf S. 616f. zu finden – gebührt mein aufrichtiger Dank.

Schliesslich bleibt mir zu danken Herrn K. Oberli, Bern, der die Zeichnungen angefertigt und geduldig immer wieder umgezeichnet hat, Herrn E. Grob, Bern, der die Röntgenbilder mit Sachkenntnis photographiert, Frau U. Eberle, die die Manuskripte geschrieben und wieder umgeschrieben hat, Herrn Stegmann, der den Satz besorgte, und zu guter Letzt dem Verlag H. Huber, Bern, für die Fertigstellung des Buches, und den Herren Dr. h. c. W. Jäger und H. Weder für ihr Verständnis.

Um Verständnis und Nachsicht möchte ich auch den Leser bitten für die vielen Unzulänglichkeiten und Mängel, deren ich mir nur zu gut bewusst bin. Mein Wunsch wäre, dass seine Kritik möglichst geradlinig den Weg zu mir finde.

Ich würde mich freuen, wenn das Buch zum Verständnis der orthopädischen Probleme in Klinik und Praxis beitragen und auf diese Weise mithelfen könnte, eine Brücke von der Fachwissenschaft zu den Nöten unserer Patienten zu schlagen.

Zürich, Januar 1983 ALFRED M. DEBRUNNER

Einleitung

Orthopädie war lange Zeit ein medizinisches Nebenfach von geringer Bedeutung. Sie befasste sich fast ausschliesslich mit missgebildeten Kindern und führte ein recht abgeschiedenes Eigenleben in Kinder- und Krüppelheimen (siehe «Entwicklung der Orthopädie»).

Es gab eigentlich nur eine *kleine Anzahl* von orthopädischen Patienten. Bis vor kurzem wurde Orthopädie im Laufe der Ausbildung der jungen Ärzte meist nur am Rande erwähnt und auch nicht geprüft.

Dies hat sich radikal geändert: Die medizinischen Statistiken zeigen, dass die

- Unfallverletzungen, die
- Unfallverletzungsfolgen, die
- degenerativen Krankheiten des Bewegungsapparates (Arthrosen) und die
- sogenannten rheumatischen Krankheiten

heute zahlenmässig einen Hauptanteil aller behandlungsbedürftigen Krankheiten stellen. Alle diese Patienten kommen früher oder später in die Behandlung eines orthopädischen Chirurgen oder eines anderen mit orthopädischen Problemen vertrauten Arztes. Rein umfangmässig hat die Orthopädie eine gewaltige Ausweitung erlebt. Ihre *volkswirtschaftliche Bedeutung* geht aus den Statistiken der Unfall- und Invalidenversicherungen hervor. Die grösste finanzielle Belastung erwächst diesen Versicherungen aus Schäden des Bewegungsapparates, also aus «orthopädischen Krankheiten».

Gleichzeitig mit dieser quantitativen Ausweitung der Orthopädie haben aber auch ihre *Behandlungsmöglichkeiten* eine ungewöhnliche Entfaltung erfahren. Neben der Weiterentwicklung der klassischen, mechanischen Orthopädie ist dies vor allem den erweiterten *operativen* Möglichkeiten zu verdanken. In den letzten Jahrzehnten ist die Orthopädie zur *orthopädischen Chirurgie* geworden.

Ihrem ursprünglichen Ziel: *Störungen der Funktion des Bewegungsapparates zu beheben,* ist sie dabei treu geblieben. Heute wie früher geht es nicht darum, einzelne pathologische Zustände an einzelnen Stellen des Bewegungsapparates zu behandeln, sondern dem Bewegungsapparat eine unter den gegebenen Umständen optimale Funktion zu ermöglichen, kurz, dem Patienten zu helfen, sich selbst zu helfen.

Dass dazu eine Gesamtbetrachtung des Bewegungsapparates, aber auch des Patienten in seiner individuellen und sozialen Situation, notwendig ist, macht die Spezialität der Orthopädie aus. Ihre besondere, orthopädische, Betrachtungsweise ist aber nicht ein Geheimrezept des Spezialarztes für Orthopädie, sondern eine Grundlage für alle jene Ärzte, welche Patienten mit Störungen der Funktion des Bewegungsapparates behandeln müssen.

Diese Grundlagen zu vermitteln möchte dieses Buch helfen.

I. Teil:

Allgemeine Orthopädie

Geschichte und Entwicklung der Orthopädie

Manche Aspekte der heutigen Orthopädie – wie der heutigen Medizin überhaupt – lassen sich nur aus der geschichtlichen Entwicklung verstehen.

Aus *vorgeschichtlicher Zeit* haben wir nur sehr spärliche Zeugnisse: *Skelettfunde* bezeugen, dass es fast alle orthopädischen Krankheiten schon damals gab. Besonders häufig waren infektiöse, vor allem tuberkulöse, Wirbel- und Gelenkdestruktionen, aber auch angeborene und erworbene Missbildungen und Verletzungsfolgen kamen vor. Auch degenerative Wirbel- und Gelenkserkrankungen sind keine Erscheinungen der Neuzeit. Allerdings erlebten sie damals weniger Menschen als heute, weil die meisten schon im jungen Alter starben.

Immerhin haben die Krankheiten im Laufe der Zeit auch erhebliche *Wandlungen* durchgemacht: Die Poliomyelitis z. B. ist erstmals im letzten Jahrhundert bezeugt. Heute ist sie – dank medizinischer Forschung – in den Industrieländern wieder verschwunden, während sie in den Entwicklungsländern nach wie vor jährlich tausende von Kindern zu Krüppeln macht – ein augenfälliges Zeichen des heute noch weiten und beschwerlichen Weges von der Wissenschaft bis zur praktischen Medizin.

Die ersten Zeugnisse *orthopädischer Therapie* finden sich in *niedergelegten Schriften,* allen voran jenen des *Hippokrates:* Dort sind viele Missbildungen wie angeborener Klumpfuss, kongenitale Hüftluxation, Skoliosen usw. eingehend beschrieben und genaue Anleitungen für deren Behandlung gegeben. Die *Prinzipien,* z. B. der Klumpfussbehandlung: Vorsichtige, langsame und geduldige Umformung durch kleine aber lange Zeit wirksame Kräfte wurden im alten Griechenland erkannt und postuliert. Sie sind heute so gültig wie damals und gehören zu den Grundlagen orthopädischer Therapie.

Während die frühere Entwicklung der Medizin, angesichts der unsichtbaren und rätselhaften inneren Krankheiten, durch Mystik und Magie geprägt war, entsprangen die *orthopädischen* Bemühungen von Anfang an eher *rationalem Denken.* Missbildungen, Deformitäten und Verletzungen sind augenfällig und leicht erkennbar, die Idee sie mit mechanischen Mitteln zu korrigieren, liegt eigentlich auf der Hand. Die ersten Orthopäden waren denn auch mehr Therapeuten als Theoretiker, ihre Methoden waren rein *mechanistisch,* mit einem unverkennbaren Zug zur Simplifizierung, einer Gefahr, der die Orthopädie heute noch ausgesetzt ist. Hat man diese Gefahr erkannt, wird man ihr weniger erliegen.

Nach dem Gesagten erstaunt es nicht, dass wir aus dem eher mystisch empfindenden Mittelalter nur bescheidene orthopädische Zeugnisse haben, und dass erst mit der *Aufklärung* die Orthopädie einen Aufschwung nahm: Anschliessend an die griechisch-römische Tradition, welche wieder ausgegraben wurde, z. B. von GUIDO GUIDI (1500 – 1569), wurden die orthopädischen Leiden, vor allem die Deformitäten, handwerklich in den Griff genommen: Mit Extensionen, Manipulationen, Quengeln usw. wurde versucht, sie gewaltsam umzubiegen, zu korrigieren, wobei die Werkzeuge und Apparate nicht selten aus dem Arsenal der Folterkammern stammten.

So dienten z. B. bis in die jüngste Zeit verschiedenartige Instrumente der «Osteoklasie», dem gewaltsamen Brechen von – etwa fehlgeheilten – Knochen.

Um Ätiologie und Pathogenese kümmerte man sich weniger, die *Therapie* war auch entschieden einfacher als die Forschung auf diesem Gebiet. Dies hat sich nur langsam geändert.

Seit dem 16. Jahrhundert mehrten sich die Traktate über orthopädische Therapie mittels Schienen, Instrumenten, komplizierten Apparaten, Streckbetten usw., ein weites Experimentierfeld für den Erfindungsgeist und die Kunst des «homo faber», des Handwerkers. Sehr schöne und auch zweckmässige Schienen, kleine Kunstwerke entstanden etwa aus der Werkstatt der Harnisch- und Instrumentenmacher. Von Seiten der *Handwerker* hat die Orthopädie ebenso Impulse erhalten wie von den Ärzten.

In England z. B. spielten die «trussmakers» (Orthopädie-Mechaniker) bis im letzten Jahrhundert eine führende Rolle in der Behandlung orthopädischer Krankheiten. Sie wurden dann allerdings von den approbierten Ärzten arg bedrängt, ebenso wie die «bone-setters», professionelle Therapeuten, welche in der Behandlung von Frakturen, Luxationen und Deformitäten grosse Erfahrung hatten, welche sie von einer Generation auf die nächste überlieferten. Der bekannteste von ihnen war HUGH OWEN THOMAS (1843 – 1891), der Erfinder des «Thomas-splint», der sein Wissen und seine überragende Kunst, die er seinem Vater verdankte, nur retten konnte, indem er Medizin studierte, nachdem 1858 auf Betreiben der Ärzteschaft die Tätigkeit der «bone-setters» praktisch unterbunden worden war, obwohl nur wenige Ärzte über die gleiche Erfahrung verfügten. Schon damals spielten neben echter Sorge um das Wohlergehen der Patienten auch Prestige und Brotneid eine Rolle. Moderne Parallelen glaubt man zu erkennen im Verhältnis zwischen Ärzten und Chiropraktoren.

Neben den Apparaten und Maschinen hat von Anfang an der *Gedanke der Verhütung* von Deformitäten die Orthopädie geprägt. *Vorbeugender Prophylaxe* sollten u.a. auch Gymnastik und überhaupt gesunde Lebensweise und Erziehung dienen: Dies schrieb NICOLAS ANDRY (1658–1742) in seinem Buch *»L'orthopédie ou l'art de prévenir et corriger dans les enfants les difformités du corps»* (1741), womit die Orthopädie zu ihrem Namen kam und eng mit der Präventivmedizin und der Kinderheilkunde verknüpft wurde. ANDRY hat den Namen aus den beiden griechischen Wörtern orthos = gerade und paidion = Kind (nicht lateinisch pes = Fuss) gebildet und dies auch ausführlich erklärt. Trotz der möglichen Verwechslung des «Orthopäden» mit einem «Fussspezialisten» ist dieser Name geblieben (Abb. 1).

Orthopädische Institute: 1780 begann eine für die Orthopädie überaus wichtige Entwicklung: Damals gründete ANDRÉ VENEL in *Orbe* (Kanton

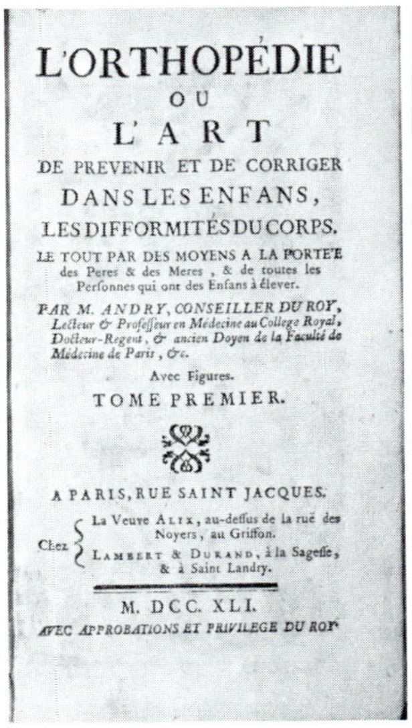
L'ORTHOPÉDIE
OU
L'ART
DE PREVENIR ET DE CORRIGER
DANS LES ENFANS,
LES DIFFORMITÉS DU CORPS.
LE TOUT PAR DES MOYENS A LA PORTÉE des Peres & des Meres, & de toutes les Personnes qui ont des Enfans à élever.
PAR M. ANDRY, CONSEILLER DU ROY, Lecteur & Professeur en Médecine au College Royal, Docteur-Regent, & ancien Doyen de la Faculté de Médecine de Paris, &c.
Avec Figures.
TOME PREMIER.
A PARIS, RUE SAINT JACQUES.
Chez La Veuve ALIX, au-dessus de la rue des Noyers, au Griffon. LAMBERT & DURAND, à la Sagesse, & à Saint Landry.
M. DCC. XLI.
AVEC APPROBATIONS ET PRIVILEGE DU ROY.

Abb. 1. Das Titelblatt von ANDRYS Buch, wo das Wort «Orthopädie» 1741 erstmals erscheint.

ANDRY erläuterte darin am Beispiel des von einem Stab gestützten Bäumchens sein Prinzip, krumme Glieder gerade zu richten. Dieses Bild ist das Emblem der Orthopädie geworden und geblieben.

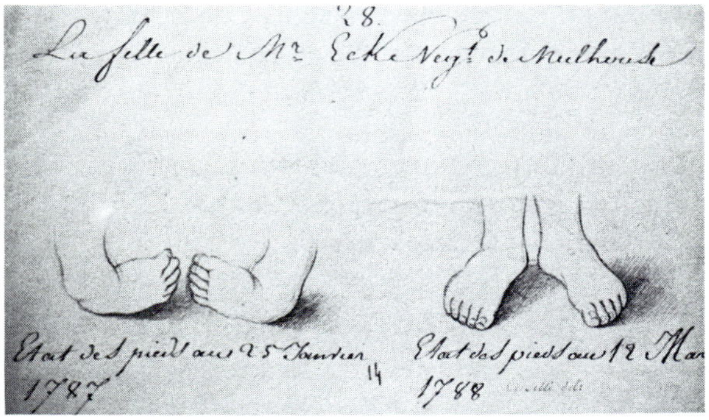

Abb. 2. ANDRÉ VENEL hat in seinem Institut nicht nur heute noch gültige Prinzipien der Orthopädie – hier die schrittweise Umformung angeborener Deformitäten durch kontinuierlich wirkende kleine Kräfte – mit Erfolg angewandt, wie dieses Bild der Klumpfüsse der «Tochter des M. Ecke» und des Korrekturergebnisses ein Jahr später zeigt. Er hat offensichtlich auch seine Fälle über lange Zeit beobachtet, nachkontrolliert und dokumentiert. Damit hat er einen der wichtigsten Leitgedanken der Orthopädie, die *Langzeitbetrachtung* und die Erforschung der *Langzeitresultate,* bereits in die Tat umgesetzt. Diese für orthopädisches Handeln unabdingbare Betrachtungsweise läuft in unserer schnellebigen Zeit Gefahr, etwas stiefmütterlich behandelt zu werden. Man besinnt sich heute wieder mehr darauf, dass sie eine Voraussetzung für jeden weiteren Fortschritt in der Behandlung unserer Patienten ist.

Waadt) das erste orthopädische Institut. Dem Schweizer Orthopäden kommt das Verdienst zu, erkannt zu haben, dass orthopädische Behandlung von Deformitäten oft *lange Zeit* braucht und in vielen Fällen nur Erfolg haben kann, wenn sie *stationär* durchgeführt wird. Die Voraussetzungen dafür schuf VENEL in seinem privaten Institut in Orbe, dem ein Wohnheim für die jugendlichen Patienten, eine Therapieabteilung, eine Werkstätte und eine *Schule* angegliedert waren (Abb. 2).

Diese Einrichtung bewährte sich sehr, und deshalb entstanden an vielen Orten in Europa ähnliche private orthopädische Institute, aus welchen ein grosser Teil der bekannten orthopädischen Kliniken hervorgegangen ist. So erklärt sich, dass viele dieser Kliniken zuerst etwas abseits der staatlichen und Universitätsspitäler ihre Wirkung entfalteten und z. T. erst später in die Universitäten integriert wurden.

Den Gedanken der ganzheitlichen umfassenden *Rehabilitation* haben die orthopädischen Kliniken auf diese Weise schon sehr früh verwirklicht.

Die *konservative* Orthopädie hat mit sehr einfachen Untersuchungsmethoden (Inspektion, Palpation) und ebenso einfachen Behandlungsverfahren (Manipulationen, Anwendungen mechanischer Kräfte) und mit Hilfe grosser handwerklicher Kunst erstaunliche Leistungen vollbracht, fand aber auch bald relativ enge Grenzen: v.a. dort, wo die Haut stärkeren korrigierenden Druck nicht mehr erträgt.

Es konnte nicht ausbleiben, dass man versuchte, mittels chirurgischer *Operationen* Deformitäten radikal zu korrigieren.

Schon im 17. Jahrhundert hatten vereinzelte Chirurgen, Steinschneider und Feldscherer, Marktschreier und Quacksalber etwa Sehnendurchtrennungen gemacht (z. B. beim Schiefhals), doch verbot die Infektionsgefahr die allgemeine Anwendung solcher Praktiken in der Medizin noch bis ins 19. Jahrhundert hinein.

Erst nachdem STROHMEYER 1836 seinen englischen Kollegen LITTLE (der später die zerebrale Kinderlähmung beschrieb) von einem Klumpfuss mittels subkutaner Tenotomie der Achillessehne heilte, konnte sich das Verfahren durchsetzen. Damals wurden denn auch (z.B. von GUÉRIN in Paris) ausgedehnte Myotomien bei Skoliosen versucht. Die erste *Osteotomie* (Knochendurchtrennung) wurde in Amerika durchgeführt 1826 durch I. R. BARTON.

Aber erst mit der Einführung der *Narkose,* der *Asepsis,* des *Blutersatzes* und schliesslich der *Antibiotika* wurden die Voraussetzungen für routinemässige, grössere Knochen- und Gelenksoperationen geschaffen. So kam es, dass in der zweiten Hälfte des neunzehnten Jahrhunderts die *Chirurgen* sich der operativen Behandlung der Deformitäten des Bewegungsapparates zuzuwenden begannen. Ihnen verdankte die Orthopädie einen neuen Aufschwung.

Mit der raschen Entwicklung der Abdominalchirurgie, später der Thoraxchirurgie, verlagerte sich allerdings das Interesse der Chirurgen wieder, und die Knochenchirurgie blieb längere Zeit ein Stiefkind der Medizin. Es erstaunt deshalb nicht, dass sich auch die *Orthopädie* wieder als Spezialfach von der Chirurgie abspaltete und versuchte, durch Verbindung der bewährten konservativen mit den modernen operativen Methoden zu einer umfassenden Behandlung der Krankheiten und Verletzungen des Bewegungsapparates zu gelangen. So ist die Orthopädie zur «orthopädischen Chirurgie» geworden.

In den angelsächsischen Ländern ist diese Entwicklung konsequenter verlaufen als auf dem Kontinent: Die «orthopaedic surgery» umfasst die Behandlung nicht nur der orthopädischen Krankheiten, sondern auch die Frakturbehandlung.

Wie eng im übrigen die Entwicklung an einzelne *Methoden* geknüpft ist, zeigen zwei für die Orthopädie überaus wichtige Erfindungen, welche von anderer Seite kamen:

1851 erfand der Holländer MATHYSEN die *Gipsbinde.* Sie ist bis heute durch nichts besseres ersetzt worden. Die Gipstechnik wurde durch die Operationen etwas in den Hintergrund gedrängt, doch ist sie nach wie vor unentbehrlich und in der Hand des Orthopäden ein ausgezeichnetes und vielseitiges Behandlungsmittel.

Die Möglichkeit der *Darstellung des Skelettes durch Röntgenstrahlen,* welche die Erfindung RÖNTGENS 1895 brachte, stellte die orthopädische *Diagnostik* auf eine solide Grundlage und eröffnete einen gangbaren Weg für die orthopädische *Forschung.*

Abgrenzung der Orthopädie

Die Orthopädie ist die Spezialität, welche die *Funktionsstörungen des Bewegungsapparates* behandelt.

Zum Bewegungsapparat gehören:
- Stützapparat (Knochenskelett mit Gelenken und Bändern);
- Die Bewegungsmotoren (quergestreifte Muskulatur mit zugehörigen Sehnen);
- der Steuermechanismus (Nervensystem mit motorischen, sensiblen und zentralen Anteilen), sowie die dazugehörige
- Versorgung (Gefässe) und die
- Schutzbedeckung (Haut).

Die hauptsächlichsten *Funktionen* des Bewegungsapparates sind:
- aufrechte Haltung,
- Fortbewegung,
- Halte- und Greiffunktionen.

Diesen drei Hauptfunktionen entspricht im wesentlichen die *Gliederung* des Bewegungsapparates in drei Systeme:
- Achsenskelett (Wirbelsäule und Becken),
- untere Extremitäten (Beine) und
- obere Extremitäten (Arme und Hände).

Die *Orthopädie* beschäftigt sich entsprechend diesem Aufbau des Bewegungsapparates
1. mit bestimmten *Geweben* des Körpers (Knochen, Knorpel, Bindegewebe, Muskulatur usw.) und
2. mit bestimmten *Körperregionen* (Wirbelsäule, Arme und Beine).

Die *Berechtigung* der Orthopädie, und die *Notwendigkeit,* sich als Spezialität abzugrenzen gegenüber anderen Disziplinen, erwächst ihr aus der besonderen Physiologie und Pathophysiologie des Bewegungsapparates und seiner Gewebe. Diese unterscheiden sich grundlegend von der Physiologie und Pathologie der inneren, hauptsächlich dem Stoffwechsel dienenden und vegetativ gesteuerten Organe.

Der Bewegungsapparat und seine Gewebe unterliegen vorwiegend mechanischen, statischen und dynamischen Gesetzen, während bei den inneren und im besonderen den Hohlorganen eher chemische und hydrodynamische Probleme auftauchen (Tab. 1).

Wie die *Chirurgie* als operatives Fach der *inneren Medizin* zugeordnet werden kann, so entspricht die Orthopädie, als Chirurgie des Bewegungsapparates, der *Rheumatologie,* welche sich

Tab. 1. Gesetze der Organsysteme.

– Innere Organe: (Hohlorgane, Sekretion)	Hydrodynamik, Chemie
– Stützapparat, Bewegungsapparat:	Mechanik: Statik Dynamik Festigkeitslehre

von der internen Medizin abgespalten hat als *Medizin des Bewegungsapparates.*

Ein grosser Teil der sog. «rheumatischen» Krankheiten, vor allem auch die degenerativen Formen (Arthrosen) wurden seit langem von Orthopäden behandelt, und heute ist die Gelenkschirurgie eine besonders wichtige und dankbare Aufgabe der Orthopädie geworden (Tab. 2).

Tab. 2. Organsystem und Spezialität.

Therapeutische Methode:	Konservativ	Operativ
Innere Organe:	Innere Medizin	Allgemeine Chirurgie
Bewegungsapparat:	Rheumatologie	*Orthopädische Chirurgie*

Gewisse Schwierigkeiten ergeben sich gelegentlich in der *Abgrenzung gegenüber der Chirurgie* in der *Unfallchirurgie.* Die Abtrennung einer «Unfallchirurgie» gegenüber einer «Chirurgie der Krankheiten» ist im Grunde genommen so wenig sinnvoll wie die Abgrenzung von Unfällen gegenüber Krankheiten in der Versicherung. Die Trennung ist künstlich, denn die gesamte Spezialisierung der operativen Disziplinen vollzieht sich logischerweise nach Organsystemen (Ophtalmologie, Oto-Rhino-Laryngologie, Neurochirurgie, Urologie, Thoraxchirurgie, Abdominalchirurgie, Gynäkologie, Orthopädie), und nicht darnach, ob ein Organ traumatisch oder anderweitig geschädigt ist.

Die Forderung nach Abgrenzung einer «Unfallchirurgie» oder «Unfallmedizin» (wie z.B. in Österreich: «Unfallkrankenhäuser» der Unfallversicherung, Facharzt für Unfallmedizin) entspringt nicht medizinischen, sondern rein organisatorischen Problemen (Notfalldienst, Versorgung Polytraumatisierter mit Verletzung mehrerer Organsysteme). An grösseren Spitälern ist jedoch die Behandlung Verunfallter durch den Spezialisten für das betroffene Organsystem, unter organisatorischer Leitung des Allgemeinchirurgen sowie unter Mitwirkung des Anästhesisten wohl der bessere Weg als die «Unfallklinik». An kleineren Spitälern muss allerdings heute noch oft der Allgemeinchirurg aus Not und Mangel an verfügbaren Spezialisten «alles» machen. Die Entwicklung am kleinen Spital geht aber eher dahin, entweder mehr Spezialisten zuzuziehen oder mehr Schwerverletzte rasch an grössere Zentren zu transportieren (Tab. 3).

Tab. 3. Abgrenzung der Orthopädie gegen andere Fächer.

1. *Gewebe:* Stütz- und Bindegewebe, quergestreifte Muskulatur
2. *Organe:* Stütz- und Bewegungsorgane: Skelett, Gelenke
3. *Körperteile:* Achsenskelett: Wirbelsäule Obere und untere Extremitäten
4. *Funktionen:* Statische und mechanische: Aufrechter Stand, Körperhaltung, Fortbewegung, Halte- und Greiffunktion
5. *Ausfälle:* Verlust der Stützfunktion (Instabilität von Knochen und Gelenken) Verlust der aktiven Beweglichkeit (Lähmungen) Verlust der passiven Beweglichkeit (Gelenksteifen) Funktionsausfall wegen Formabweichungen von der Norm
6. *Spezielle Charakteristika der Orthopädie* – Langzeitbetrachtungen (über viele Jahre) – Funktionelle Betrachtungsweise – Zusammenhangsbetrachtung – Mechanische Betrachtungsweise (siehe I.A.: Der Bewegungsapparat. Biomechanik und Pathophysiologie.) – Spezifische Leistung des Bewegungsapparates (Skala von voller Invalidität zur vollen Leistungsfähigkeit). (Siehe I.B.2.1.4.)

A. Der Bewegungsapparat: Biomechanik und Pathophysiologie

Inhaltsverzeichnis zu I. Teil A

1. Aufbau und Funktion des Bewegungsapparates

Der Bewegungsapparat hat mechanische Aufgaben, und zwar sowohl statische als auch dynamische. Diese beiden Aufgaben lassen sich nicht trennen. Teils überwiegt die
- *statische Aufgabe* (Beispiel: Wirbelsäule), teils die
- *dynamische Aufgabe* (Beispiel: Hand), teils überwiegt
- *alternierend* diese oder jene (Beispiel: untere Extremitäten im Stehen bzw. im Gehen).

Die Funktion der Gewebe des Bewegungsapparates besteht in der *Übertragung mechanischer Kräfte,* welche teils *von aussen* angreifen (Bodendruck, äussere Widerstände), teils *von innen* (Schwerkraft, Muskelkraft).

1.1. Die Gewebe des Bewegungsapparates

müssen, um diese Kräfte übertragen zu können, entsprechende *mechanische Eigenschaften* haben: Druckfestigkeit, Zugfestigkeit, Formfestigkeit, Elastizität.

Die *lebende Zelle* selbst hat *keinerlei mechanische Festigkeit.* Die mechanischen Funktionen müssen deshalb von der *Interzellularsubstanz* übernommen werden.

1.1.1. *Funktion der Interzellularsubstanz*

Eine *Differenzierung* der Interzellularsubstanz entsprechend den mechanischen Erfordernissen des Bewegungsapparates ist notwendig und weitgehend realisiert (Abb. 3):
- *Zugfestigkeit: Kollagene Fasern* (Bänder, Sehnen)
- *Druckfestigkeit: Knorpelzellen* (Gelenkknorpel, Wachstumsknorpel, Kallusknorpel).

Diese relativ einfachen Strukturen weisen nur *eine* Festigkeit auf, lassen sich aber in anderer Ebene weitgehend *verformen.*

Für die Erfordernisse des Stützskelettes ist indessen eine *komplexere Struktur* notwendig mit der Eigenschaft der *Formfestigkeit.* Diese umfasst: Zug- und Druckfestigkeit, Biegefestigkeit, Scherfestigkeit, kurz, die Eigenschaft, die *Form* unter dem Einfluss mechanischer Kräfte *nicht,* oder genauer: *nur sehr wenig* zu verändern. Diesen Anforderungen entspricht das höher differenzierte, kristallin aufgebaute *Knochengewebe.*

Weitere mechanische Eigenschaften sind:
- *Reibungsarme Beweglichkeit,* realisiert mittels:
  - *Gelenkknorpeloberfläche* und *Synovialflüssigkeit* als Schmiermittel in echten Gelenken, sowie periartikulär und zwischen den Muskelschichten mittels der speziellen Textur des
  - *Gleitgewebes* (lockeres Bindegewebe, Bursae).

In der *Kontraktilität* der *quergestreiften Muskelfasern* ist dazu eine mechanische Kraftquelle bereitgestellt, welche die Bewegung des «Bewe-

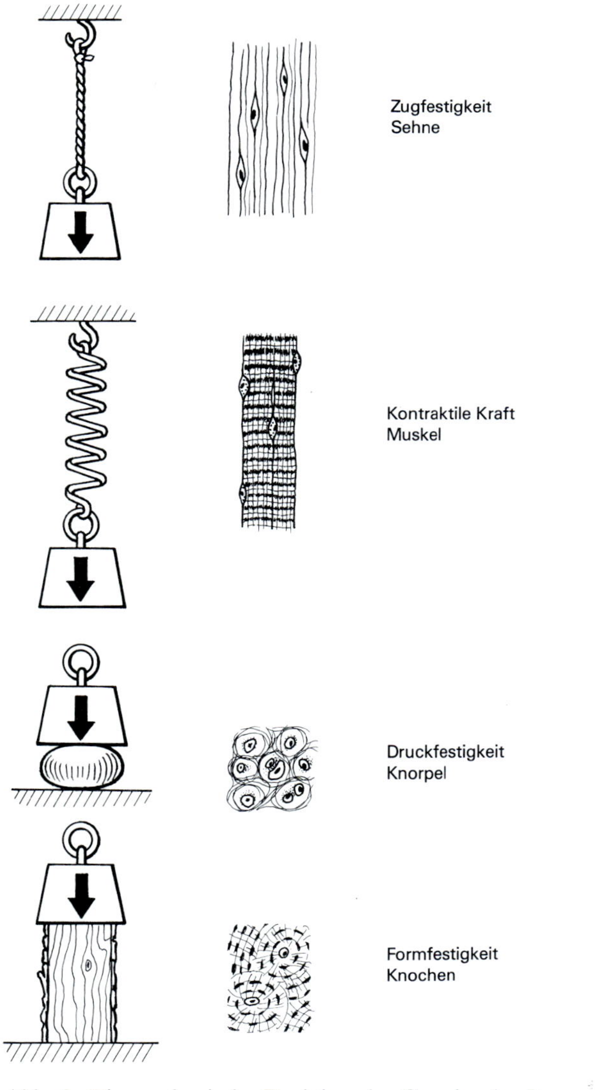

Abb. 3. Die mechanische Funktion der Gewebe des Bewegungsapparates.

Tab. 4. Die mechanische Funktion der Gewebe des Bewegungsapparates.

Aufgabe:	*Material:*	*Mechanische Eigenschaften:*	*Vergleichbares Material* in der Technik:
– Stützelemente	Knochen	druck- und zugfest, biegefest, formfest	Hartholz
	Knorpel	druckfest, elastisch, Stossdämpfer	Hartgummi
– Gelenke	Knorpel	minimale Reibung	Kugellager
– Gelenkschmierung	Synovialflüssigkeit	minimale Reibung	Öl
– Gelenkführung	Bänder	zugfest	Seil
– Motor	Muskeln	kontraktil	in der Technik nicht bekannt
– Kraftüberträger	Sehnen	zugfest	Seil
– Kontroll- und Steuerorgane	Nervensystem		Regelsysteme, Computer
– Versorgung	Gefässsystem	feinste Verzweigung (Kapillarnetz)	nur in lebenden Systemen
– Schutz	Haut	zugfest (zweidimensional)	Leder

gungsapparates» erst ermöglicht. Dieses Gewebe stellt eine besonders hohe Form der Zelldifferenzierung dar (Abb. 3, Tab. 4).

Die Kenntnis und Erforschung der mechanischen Eigenschaften der genannten Gewebe (Festigkeitslehre) sind für das Verständnis der Pathophysiologie des Bewegungsapparates ausserordentlich wichtig geworden. Sie stellen einen *Kristallisationskern orthopädischer Denkweise* dar und bestimmen die Arbeitsmethoden dieser Spezialität. Sie sollen deshalb noch eingehender besprochen werden. (Siehe I.A.3.)

Aufbau, sinnvolle Organisation und Unterhalt der mechanischen Funktionen der Interzellularsubstanz setzen eine Reihe von *Zellfunktionen* voraus:

1.1.2. *Zellfunktionen*

Der ganze *Unterschied* zwischen einem *leblosen Gebilde* und einem *lebenden Organismus* liegt darin begründet, dass ein Bauwerk oder ein mechanischer Apparat vom Augenblick der Fertigung an *keine* Entwicklungs- und Reparationsmöglichkeiten mehr haben und schutzlos den Einwirkungen der Umwelt und den sofort einsetzenden Verfallprozessen (mechanische und chemische Abnutzungs-, Ermüdungs- und Zerstörungsvorgänge) preisgegeben sind.

Diesem Schicksal entgeht der lebende Organismus nur, *weil er lebt*, d.h. dank der *grundlegenden Funktionen* der einzelnen Zelle.

1.1.2.1. *Bildung von Interzellularsubstanz*

Die für den Bewegungsapparat wichtigste Zellfunktion ist die Fähigkeit zur Bildung von Interzellularsubstanz (Bindegewebe, Knorpel, Knochen). Diese Fähigkeit erst ermöglicht den Aufbau des Bewegungsapparates und bleibt grösstenteils bis ins hohe Alter erhalten (man denke etwa an die Frakturheilung).

Es handelt sich z.T. um hochkomplizierte Strukturen. Der Knochen z.B. ist ein funktionsgerechter Verbund von zugfesten Fibrillen mit formfester Hartsubstanz (Mineralisation).

1.1.2.2. *Wandlungsprozesse*

Für die spezifisch orthopädische Pathophysiologie und Therapie von zentraler Bedeutung sind folgende Wandlungsprozesse:

- *Wachstum:* Ausbildung und Ausreifung des Organismus
- *Regeneration:* Reparation erlittener Schäden und Wiederherstellung bestimmter Strukturen.
- *Umbau:* Reaktion des Gewebes auf bestimmte äussere, (vor allem mechanische), teils auch innere Einflüsse, Anpassung der Struktur an veränderte (äussere und innere) Gegebenheiten.

Die genannten drei Zellfunktionen und ihre Beeinflussung durch mechanische Kräfte machen das Forschungsfeld der *Biomechanik* aus.

Dazu kommt als vierte Funktion die Fähigkeit zur *Artveränderung:* Diese Fähigkeit besitzt das einzelne Individuum nicht; sie ist aber im Rahmen der Phylogenese der Art gegeben und ermöglicht ihr eine Weiterentwicklung.

1.1.2.3. *Stoffwechselvorgänge*

Voraussetzungen für alle genannten Zellfunktionen sind Stoffwechselvorgänge. Sie dienen der Erhaltung des Lebens des Bewegungsapparates. Diese Stoffwechselvorgänge müssen die Zellen, und, über diese als Mittler, die mechanisch wirksame Interzellularsubstanz erreichen, unter ständiger mechanischer Beanspruchung des Gewebes. Dies stellt den Organismus vor komplizierte Probleme, welche in der Pathogenese vieler Erkran-

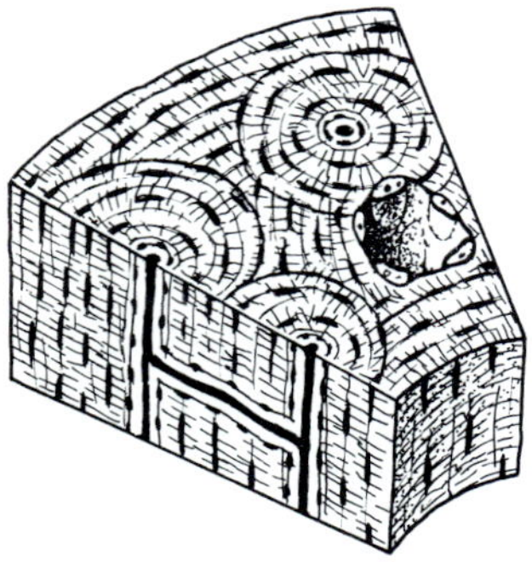

Abb. 4. Schematischer Schnitt aus der *Knochenkortikalis*. Lamellenknochen hat als Verbundbau grosse Formfestigkeit in allen Richtungen. Er *lebt* dank einer ausgeklügelten und empfindlichen Mikrozirkulation: Haverssche Kanäle in der Mitte der von zirkulär angeordneten Lamellen umgebenen Osteone. Die einzelnen Osteozyten sind mit feinsten Fortsätzen untereinander verbunden und an die Zirkulation angeschlossen. Rechts im Querschnitt eine «Resorptionshöhle».

kungen des Bewegungsapparates eine bedeutende Rolle spielen (Degenerationserscheinungen, Nekrosen usw.).

Insbesondere der *Knochen* ist kein starres, lebloses Stützgerüst, sondern lebendiges Gewebe mit einer anspruchsvollen *Mikrozirkulation* (Abb. 4), die vor allem bei Operationen nicht beliebig gestört werden darf. Beim *Gelenkknorpel* hingegen ist die Ernährung durch *Diffusion* aus der Gelenkflüssigkeit zu berücksichtigen.

Die erwähnten Zellfunktionen bestimmen die *Pathophysiologie* des Bewegungsapparates: Während die Interzellularsubstanz passiver Träger der mechanischen Funktionen ist und somit irreversibel dem Verschleiss ausgesetzt wäre, nehmen die *Heilungsvorgänge* ihren Ausgang von den beschriebenen *Zellfunktionen.* Die orthopädische Therapie muss also auf diese aufbauen. Solche Erkenntnis ist weder neu noch spezifisch orthopädisch: «medicus curat, natura sanat», hiess sie früher. Sie hat aber in der relativ neuen Forschungsrichtung der *«Biomechanik»* neue und für die Orthopädie besonders fruchtbare Einsichten gebracht:

Es hat sich gezeigt, dass die mannigfaltigen Aktivitäten der Zellen des Bewegungsapparates (Knochen, Knorpel, Bindegewebe usw.) stark von den *lokalen mechanischen Bedingungen* beeinflusst werden (ROUX, PAUWELS usw.).

Die Biomechanik ist die Lehre von den *Reaktionen des lebenden Gewebes* des Bewegungsapparates auf mechanische (innere und äussere) Kräfte. Ihre Ergebnisse ermöglichen Diagnosen und langfristige Prognosen zu stellen und eröffnen Wege für kausale Therapie. Biomechanische Zusammenhänge sollen deshalb am Schluss des ersten Teils nochmals zusammenfassend an praktischen Beispielen dargestellt werden. (Siehe I.A.9.)

1.2. Der Bewegungsapparat als funktionelle Einheit

Bisher war von den Bausteinen des Bewegungsapparates die Rede. Der Bewegungsapparat als Ganzes ist aber ein hochdifferenziertes, kompliziertes Gebilde, in welchem unzählige Einzelelemente zu *Funktionseinheiten* (z. B. Gelenke, Bewegungssegment der Wirbelsäule), zusammen gefügt erscheinen, aus welchen wiederum in hierarchischer Ordnung höhere Funktionsorgane (z. B. eine Extremität) aufgebaut sind. Das Ganze ist schliesslich in einen hoch leistungsfähigen und vielseitigen *Organismus integriert,* welcher letztlich dem Willen des betreffenden Individuums zur Verfügung gestellt ist und von diesem leicht und sicher *kontrolliert* und *gesteuert* werden kann (Siehe auch I.A.8.) (Abb. 5).

Der Bewegungsapparat ist für seinen Besitzer ein äusserst vielseitiges, zuverlässiges und dauerhaftes Instrument. Der Mensch ist sich der Ein-

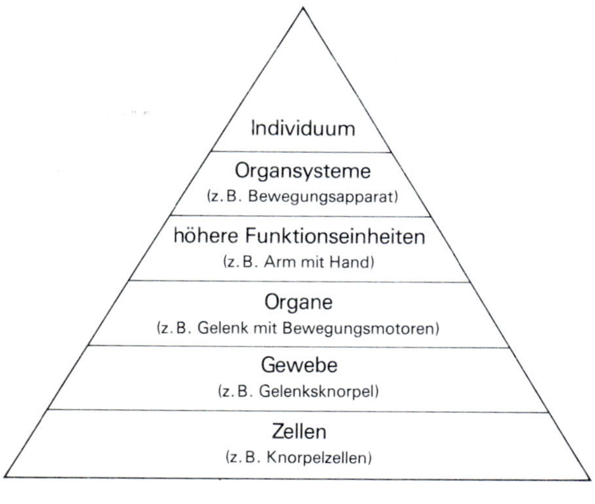

Abb. 5. *Die Hierarchie des menschlichen Organismus.*

Der Aufbau des menschlichen Organismus kann mit dem hierarchischen Aufbau einer Pyramide verglichen werden. Auf der breiten Basis einfacher Strukturen, deren Zusammenhang auf dieser Stufe noch undurchsichtig bleibt, bauen sich zunehmend komplexere, aber in ihrer Zweckbestimmung immer leichter durchschaubare Strukturen auf, bis hinauf zur Spitze, wo eine einfache, klare, leichtfassliche Gestalt erscheint. Steuerung und Kontrolle erfolgen wieder von der Spitze nach unten in hierarchischer Ordnung und in immer kompliziertere Verzweigungen hinein (vgl. Abb. 7).

Abb. 6. Von einem entschlossenen Willen getragene Energie wird hier zu leichter harmonischer Eleganz, Höchstleistung des integrierten und vom Menschen vollständig kontrollierten Bewegungsapparates. Die meisten von uns empfinden einen solchen Anblick spontan als schön. Man kann sich des Eindruckes kaum erwehren, dass hier die einzelnen anatomischen Bausteine und Teilfunktionen, etwa eines Fusses, einer Gesamtleistung untergeordnet sind, einem Zweck dienen und auf ein Ziel gerichtet sind.

zelelemente und Funktionen kaum bewusst. Er empfindet den Bewegungsapparat immer als *funktionelle Einheit.* Seine Leistungsfähigkeit ist für ihn so selbstverständlich geworden, dass sie ihm erst angesichts eines Geschädigten, z. B. eines Gelähmten, wieder richtig bewusst wird.

Unter diesem Gesichtswinkel betrachtet ist die Organisation des Bewegungsapparates *sinnvoll,* sowohl auf der Stufe der *Funktionseinheiten,* wie auch der *Gesamtintegration* (Abb. 6).

Eine teleologische Betrachtungsweise galt früher als nicht streng wissenschaftlich. Inzwischen sind aber am Axiom der Kausalanalyse: «Ziele können nie Ursachen sein» für *dynamische* (lebendige, sozio-ökologische) Systeme erhebliche Zweifel aufgetaucht. Jedenfalls erweist sich die finale Auffassung für Forschung und Praxis immer wieder als sehr fruchtbar.

1.2.1. *Form und Funktion*

Eine sinnvolle *Funktionsweise* setzt eine entsprechende Konstruktion voraus. Nähere Betrachtung zeigt, dass die *Morphologie* des Bewegungsapparates genau seiner *Funktion* entspricht. Tatsächlich ist mit einem gegebenen Materialaufwand die für die betreffende Funktion *optimale Form* realisiert (PAUWELS).

Der Orthopäde wird deshalb den *Beziehungen zwischen Form und Funktion* grösste Beachtung schenken müssen. Es geht darum, *morphologische Strukturen* in ihrer Bedeutung für die Funktion des Bewegungsapparates zu erkennen und von rein kosmetischen Formvarianten (z. B. des Skelettes) zu unterscheiden (Beispiele siehe II. 12.: «Deformitäten und statische Störungen»; II. 13.: «Häufige Normvarianten bei Kindern»; III. B. 6.: «Form und Haltung der Wirbelsäule»).

1.2.2. *Steuerung*

Neben dieser eindeutig nachweisbaren Ausrichtung von Elementen des Bewegungsapparates auf mechanische Stützfunktionen fällt vor allem auf, *wie leicht und einfach dieser komplizierte Bewegungsapparat zu kontrollieren und zu beherrschen ist,* im eigentlichen Sinne des Wortes «kinderleicht», z. B. wenn man kleine Kinder beobachtet, wie sie schwierige Gleichgewichtsprobleme oder Handfertigkeiten meistern.

Diese einfache Steuerbarkeit des überaus komplizierten Bewegungsapparates setzt unzählige Kontrollmechanismen voraus, welche nach dem Prinzip der *Rückkopplung,* des *feed back,* funktionieren. Es sind grösstenteils niedrigere und höhere Reflexbogen des Nervensystems, welche im Rückenmark, im Hirnstamm, im Kleinhirn, und teilweise im Grosshirn umgeschaltet werden, in der überwiegenden Mehrzahl ohne dass sie dem Individuum bewusst würden (Abb. 7).

Es leuchtet ein, dass Ausfälle von einzelnen Elementen oder Funktionseinheiten manchmal komplexe Störungen der Gesamtfunktion nach sich ziehen, welche oft nicht nur am Ort des Schadens sichtbar werden. Dies erschwert manchmal die Diagnose. Es ist deshalb notwendig, die *Gesamtfunktion* des integrierten Bewegungsapparates zu betrachten.

Besonders wichtig aber ist diese *Gesamtbe-*

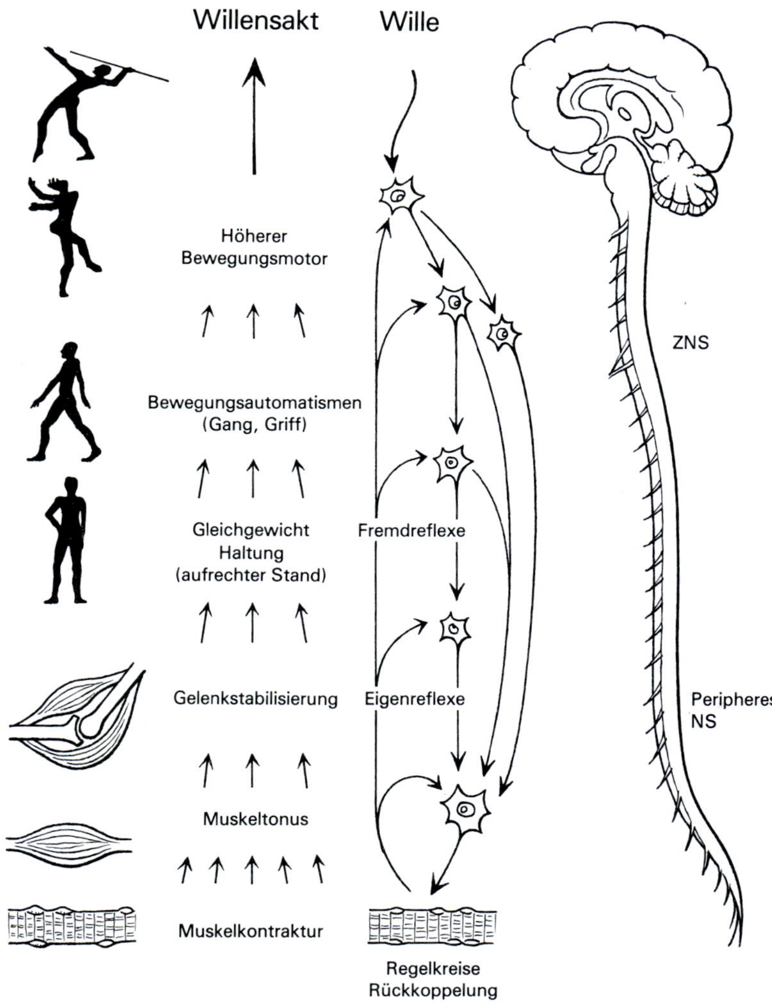

Abb. 7. *Der Bewegungsapparat, Funktion und Steuerung.*

Die Darstellung soll veranschaulichen, wie das Prinzip einer strengen Hierarchie, sowohl im Aufbau wie in Funktion und Steuerung des Bewegungsapparates verwirklicht ist. Von der Basis (Zellfunktion) bis zur Spitze (Wille und Willensakt) entspricht auf jeder Ebene einer höher integrierten Funktion des Bewegungsapparates ein höheres, komplexeres Regelkreissystem des zentralen Nervensystems.

Vom Willen des Individuums bis zur Ausführung desselben geht der Weg, immer komplexer werdend, bis zur Basis und von hier, wieder überschaubarer werdend, bis zum einfachen, klaren Willensakt. Wir haben ein eindrückliches Beispiel biologisch kybernetischer Technik vor uns.

trachtung des Bewegungsapparates für die *orthopädische Diagnose,* weil der Bewegungsapparat auf einen Schaden immer sofort auf mehrfache Weise *reagiert:*

1. mit *raschen,* reflexartigen Umstellungen der Gesamtfunktion über das *Nervensystem* (antalgische Zwangshaltungen, Gelenksimmobilisierung, Trickbewegungen, Hinken usw.) und
2. mit *langsameren* Umstellungen auf der mikroskopischen Ebene der einzelnen Gewebe des Bewegungsapparates, ausgelöst durch eine *reaktive Zelltätigkeit* (Knochenumbau, Hypertrophien, Ankylosen usw.).

Mit diesen beiden Reaktionen ist der Körper imstande, Schäden auszugleichen oder durch *Ersatzfunktionen* zu mildern. Solche Reparations- und Ausgleichsmechanismen werden am Bewegungsapparat in grosser Mannigfaltigkeit in Gang gebracht. Sie werden unter dem Begriff der *funktionellen Anpassung* zusammengefasst. (Siehe auch I.A.2.2.)

1.2.3. *Die funktionelle Anpassung*

stellt eine grosse *Selbstheilungspotenz* dar und muss bei der Planung der *orthopädischen Therapie* berücksichtigt werden. Eine erfolgversprechende Therapie wird diese Selbstheilungstendenz unterstützen und fördern und sie nicht hemmen wollen. Streng genommen ist dies die einzige Möglichkeit einer *kausalen Therapie.*

Die *Gesamtbetrachtung* des Bewegungsapparates sowie der *Mechanismen der funktionellen Anpassung* sind für orthopädisches Handeln ausserordentlich wichtig. In der Praxis muss sie als Resultat der orthopädischen Untersuchung des Patienten in Form einer *Funktionsdiagnose* zusammengefasst werden (siehe dafür I.B.1.1.1.). Für den praktischen Untersuchungsgang vgl. I.B.2.1.4.: «Die Leistungen des Bewegungsapparates und ihr Ausfall».

2. Vom Leben des Knochens

Dass Form und Aufbau des Knochens seiner mechanischen Aufgabe angepasst sind, haben erstmals (1867) MEYER und CULMANN, ein Anatom und ein Ingenieur, klar erkannt: Sie haben zum Beispiel das proximale Femurende mit einem Kran verglichen und ähnliche Konstruktionsprinzipien darin nachgewiesen (Abb. 8 und 9).

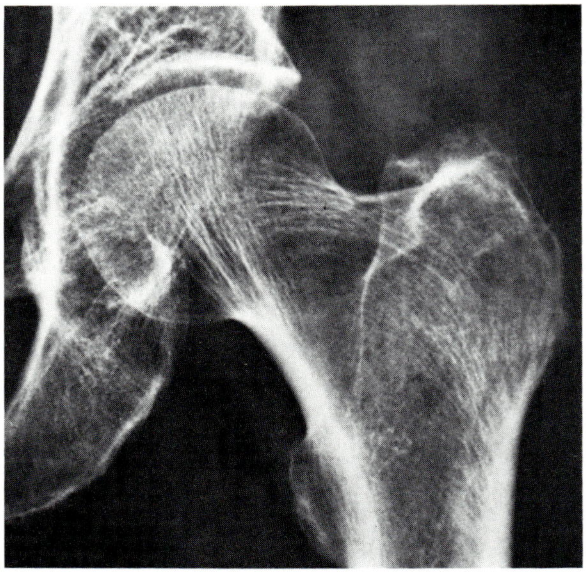

Abb. 8. Das Röntgenbild des proximalen Femurendes zeigt bei genauerem Hinsehen keine zufällige Verteilung der Spongiosa, sondern eine Anordnung in zwei Bündelsystemen, deren Analyse den funktionellen Aufbau der Knochen erkennen lässt.

Bei dieser 80jährigen Frau hat die Altersosteoporose die Trabekelstruktur noch deutlicher hervortreten lassen.

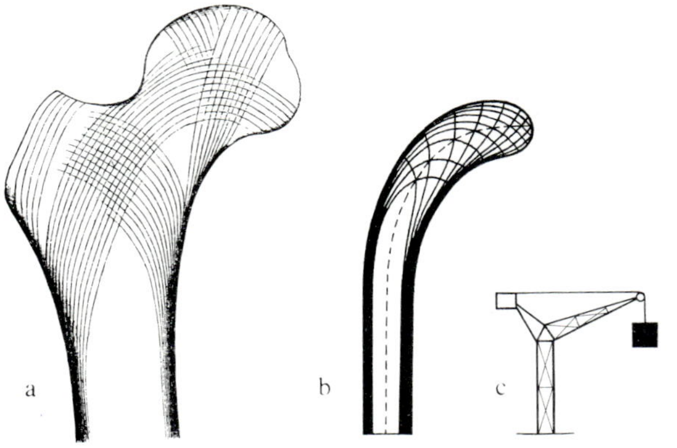

Abb. 9.

a So stellte 1867 G. H. MEYER die Trabekelstruktur des proximalen Femurendes dar: Die Spongiosabälkchen sind kein ungeordnetes Maschenwerk, sondern sehr genau nach den Gesetzen der Baustatik angeordnete *Kraftträger*.
Man erkennt die auf *Druck* beanspruchten *Trajektorien*, die aus der medialen Kortikalis am Adambogen ausstrahlen in den Femurkopf und senkrecht auf die belastete Gelenkfläche auftreffen. Im rechten Winkel zu diesen Drucktrajektorien verlaufen bogenförmig auf der Aussenseite die *Zugtrajektorien*, welche sich distal zur lateralen Kortikalis verdichten. Schon MEYER fasste deshalb richtigerweise die Kortikalis funktionell als verdichtete Spongiosa auf.
Wo wenig oder keine Kräfte wirken (neutrale Faser) ist wenig oder kein Knochen angelegt (Markhöhle, Wardsches Dreieck).

b CULMANN zeichnete nach den Regeln der graphischen Statik die Spannungslinien in ein dem proximalen Femur entsprechendes Modell ein und fand weitgehende Übereinstimmung der theoretisch berechneten Konstruktion mit der von der Natur hervorgebrachten Knochenstruktur (siehe Abb. 8 und 10).

c Die Analogie zu einem Kran mit seiner Fachwerkkonstruktion ist deutlich.

PAUWELS hat diese Theorie weiter entwickelt zur Lehre des

2.1. Funktionellen Aufbaues des Knochens

PAUWELS hat Gestalt und Struktur, also
1. den *makroskopischen* und den
2. den *mikroskopischen* Aufbau der Knochen
mit spannungsoptischen Modellen untersucht und eine sehr *genaue Übereinstimmung* der äusseren Form und der *Trabekelstruktur des Knochens* mit den *Spannungstrajektorien* (Kraftflusslinien im Innern eines Körpers) nachgewiesen: Trajektorielle Knochenstruktur (Abb. 10).

Dies bedeutet, dass die Knochensubstanz überall so angeordnet ist, dass sie mit dem geringsten Materialaufwand die auftretenden Kräfte bestmöglich auffangen und übertragen kann (Leichtbauweise nach PAUWELS).

Wo wenig oder keine Kräfte wirken (z. B. im Zentrum eines Röhrenknochens) ist Material gespart, kein Knochen angelegt (siehe Abb. 25).

Im *spongiösen* Bereich sind die Knochenbälkchen in Richtung der hauptsächlich auftretenden Kräfte ausgerichtet. Die *Kortikalis* erscheint als verdichtete Spongiosa an Stellen erhöhter Beanspruchung (Abb. 11).

Mikroskopisch lässt sich nachweisen, dass die *Feinstruktur* des Knochens, druckfeste Hartsub-

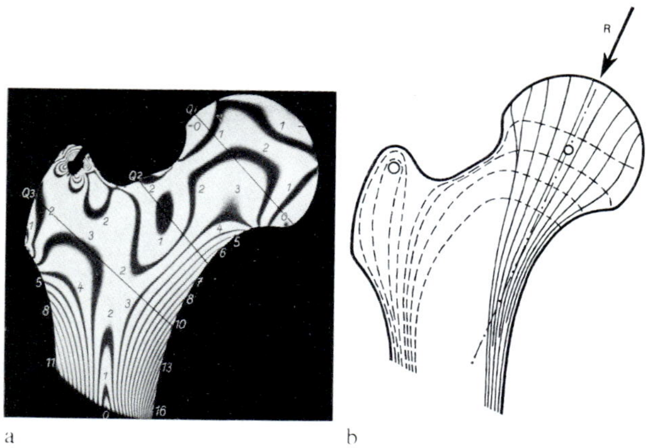

Abb. 10.

a *Spannungsoptischer* Versuch von Pauwels: Plexiglasmodell des proximalen Femurendes, unter Belastung, und mit (Muskel-) Zug am Trochanter maior.
Mit Hilfe von polarisiertem Licht können die im Innern des Modells auftretenden Kräfte (Spannungen) sichtbar gemacht werden.
Die Spannungsgrösse entspricht der Anzahl der schwarzen Linien (ähnlich wie auf Landkarten die Höhe über Meer an den Höhenkurven abgelesen werden kann). Daraus lassen sich die *Spannungstrajektorien* konstruieren.

b Konstruktion der Spannungstrajektorien von Pauwels:
Die Drucklinien sind ausgezogen, die Zuglinien gestrichelt.
Die experimentell bestimmten Trajektorien stimmen weitgehend mit der Trabekelstruktur im anatomischen Präparat und auf dem Röntgenbild überein (siehe Abb. 8 und 9).

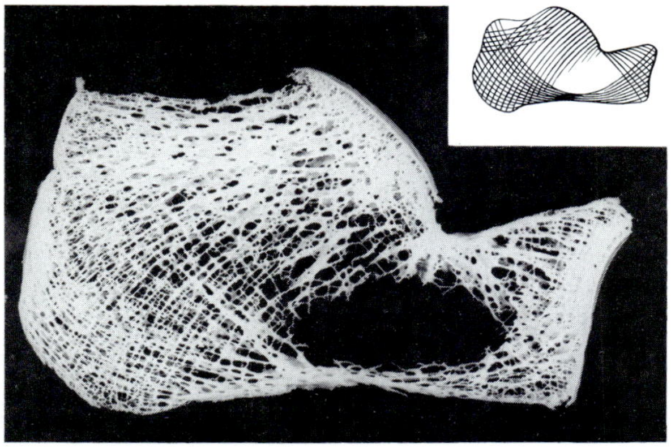

Abb. 11. *Knochenschliff* durch einen *Kalkaneus*, rechts oben eine Zeichnung von H. Meyer aus dem Jahre 1872. Verteilung und Orientierung der Spongiosabälkchen entsprechen auch hier einem funktionellen, trajektoriellen Aufbau des Knochens (Drucklinien vom Tuber calcanei zum unteren Sprunggelenk, Zuglinien senkrecht dazu entlang der unteren Peripherie, ausgesparte Zone in weitgehend spannungsfreiem Areal). Ein weiteres Beispiel für die «Leichtbauweise».

stanz (Ca-apatit) und zugfestes kollagenes Fasergerüst im *Verbundbau* ebenfalls diesem Konstruktionsprinzip entspricht.

Die *Ursache* dieser funktionellen Strukturenordnung liegt zur Hauptsache noch im Dunkeln verborgen. Wir wissen, dass die *Gestalt* des Bewegungsapparates *genetisch bestimmt* ist und aus der Erbmasse immer wieder getreulich und sehr genau kopiert wird.

Anderseits wissen wir aber auch, dass die differenzierte Ausbildung dieser Gestalt *durch äussere Einflüsse,* vor allem Einwirkungen *mechanischer Kräfte,* erheblich *modifiziert* werden kann.

2.2. Funktioneller Umbau

wurde von Wolff (1892) mit seinem *«Transformationsgesetz»* und von Roux (1895) mit seiner Lehre der *«funktionellen Anpassung»* nachgewiesen. Sie zeigten, dass unter abnormaler Beanspruchung (z. B. Fehlstellung) ein Knochen sich über längere Zeit *umbauen* kann, bis sich seine Struktur wieder genau der neuen Beanspruchung angepasst hat (Abb. 12).

Knochen, der nicht mechanisch beansprucht wird, *verschwindet* langsam, z. B.

- Osteoporose bei Nichtbeanspruchung, z. B. Inaktivität (Schonung, Bettruhe), unter einer starren metallischen Fixationsplatte oder bei fehlender Schwerkraft (Raumfahrt);
- überschüssiger Kallus nach erfolgter Frakturheilung;

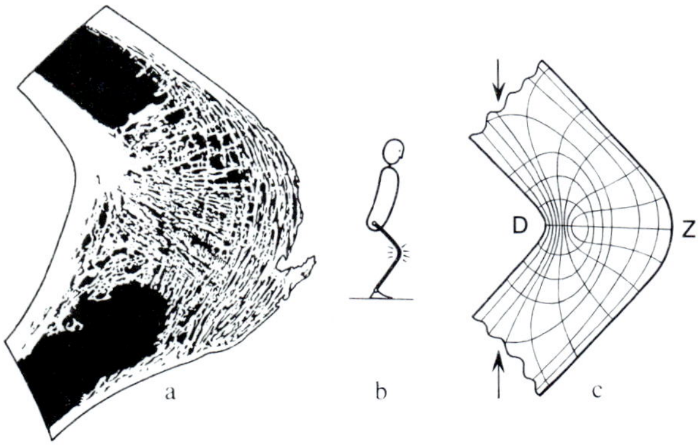

Abb. 12.

a) *Präparat einer Knieankylose* von Wolff (Versteifung wahrscheinlich infolge einer alten Tbc). Anhand solcher Präparate haben Roux und Wolff ihre Einsichten in die funktionellen Wandlungsprozesse der Knochen gewonnen.

Nach der Versteifung des Knies in Beugestellung (b) ist es zu einer Umstrukturierung der Knochenarchitektur gekommen, welche nun der veränderten mechanischen Beanspruchung wieder entspricht. c) das dazugehörige, theoretisch abgeleitete Spannungstrajektorienbild. D: Druckzone. An der Stelle des Knickes drängen sich sanduhrförmig die Drucklinien. Z: Die Zuglinien verlaufen dazu senkrecht, peripher und konzentrisch. Die Natur hat weitgehend technische Strukturen realisiert (nach Pauwels).

- nicht belastete Knochenspäne nach Operationen.

Anderseits wird Knochen *angebaut* und verdichtet sich (Sklerose) unter vermehrter lokaler Beanspruchung, z. B.

- Konkavseite verkrümmter Knochen bei Fehlstellung (Abb. 13);
- Brückenkallus bei Frakturheilung;
- Lokalisierte subchondrale Sklerose bei Gelenküberbeanspruchung (Arthrose, Spondylose);
- Sporn- und Randwulstbildungen (Osteophyten), ebenfalls bei Arthrosen und Spondylosen (siehe dort) (Abb. 22).

Funktioneller Umbau mit *gleichzeitigem An- und Abbau* ist besonders eindrücklich zu erkennen im Anschluss an die *Kallusbildung:* Im Verlaufe von etwa ein bis zwei Jahren wird der Frakturkallus völlig umgebaut und in eine anatomisch und funktionell dem ursprünglichen Knochen ähnliche Struktur umgewandelt (Abb. 14). Nach *Umstellungsosteotomien,* Arthrodesen oder sonst veränderten mechanischen Bedingungen wird die

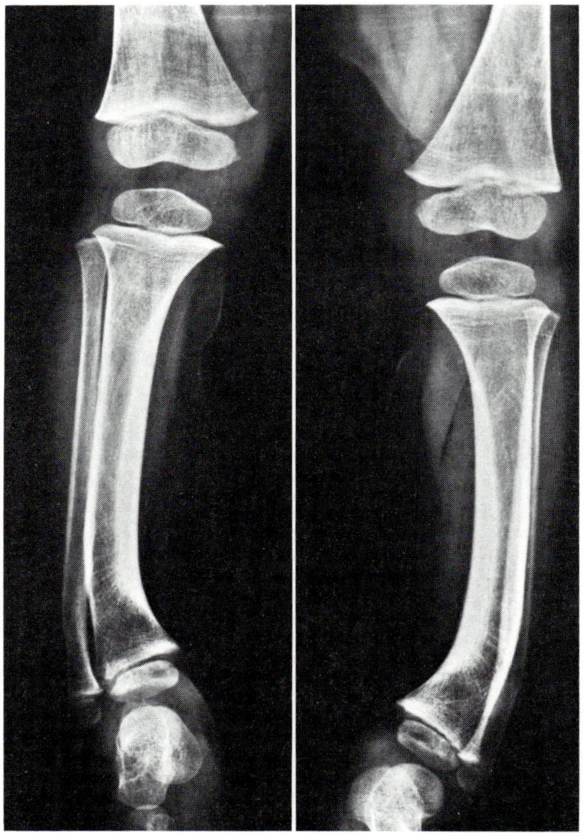

Abb. 13. *Crura vara* bei einem 2½jährigen Mädchen. Massive Verdickung der druckbeanspruchten medialen Kortikalis als Antwort des Skelettes auf die unphysiologische Beanspruchung. Beispiel einer funktionellen Anpassung.

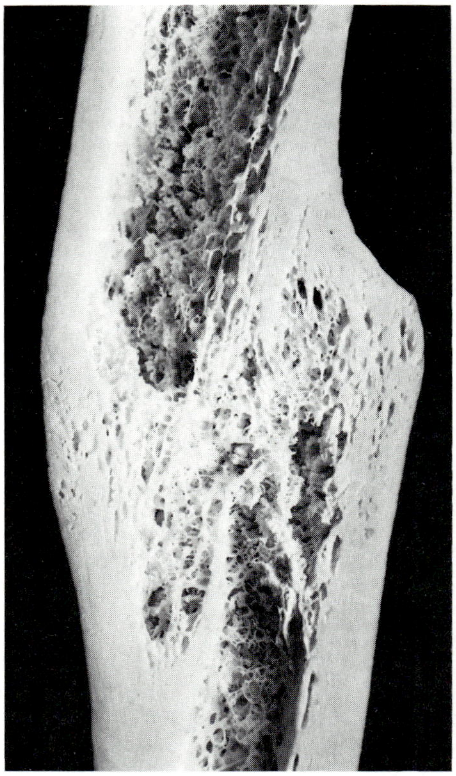

Abb. 14. Geheilter Oberschenkelbruch. Man erkennt den tiefgreifenden funktionellen Umbau des Frakturkallus. Ein neuer mechanisch einwandfreier tragfähiger Schaft ist entstanden. Die dichteste Knochenanlagerung findet sich an den am stärksten beanspruchten konkaven Stellen. Zentral bildet sich mit der Zeit wieder eine Markhöhle.

innere Trabekelstruktur des Knochens umgebaut und der neuen Beanspruchung angepasst. Ebenso werden Knochenspäne funktionell um- und eingebaut (Abb. 15).

Diese Vorgänge gehen *langsam,* fast unmerklich vor sich, doch zeigen sie, dass der Knochen nicht einfach einem toten Stück Holz vergleichbar ist, Rohmaterial für den Schreiner, sondern dass er *lebt.* Diese Lebensäusserungen sind Voraussetzung für die Heilungsvorgänge am Knochen, und damit für unsere therapeutischen Bemühungen, v. a. Operationen am Knochen (vgl. I.C.4.3.1.: «Osteotomien» und II.15.3.: «Kinderfrakturen»).

Der Knochen hat mit dem beschriebenen Umbaumechanismus einen wertvollen Apparat zur Verfügung, neuen Anforderungen, veränderter Beanspruchung zu begegnen, sich *anzupassen.*

Diese Vorgänge der *funktionellen Anpassung* sind für die Beurteilung orthopädischer Störungen wichtig. Sie geben Einblick in die Natur der Störung, ihren *Verlauf* und damit einen Hinweis

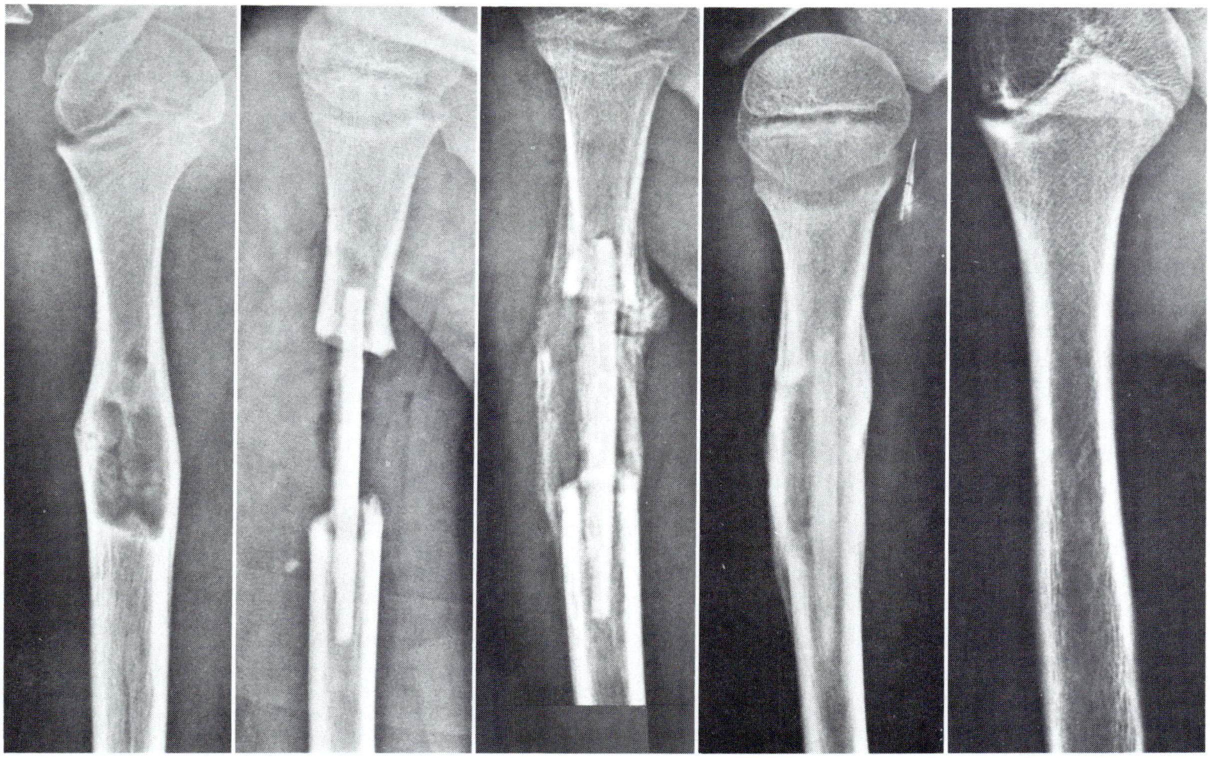

a b c d e

Abb. 15. Umbau eines *Knochenspanes* als *Beispiel* eines tiefgreifenden *funktionellen Umbaues.*

a Knochenzyste bei einem 8jährigen Knaben, mit schleichender Fraktur.
b Resektion eines Stückes des Humerus, ersetzt durch einen Kortikalisspan aus der Tibia, der in die Markhöhle eingelegt wurde. (In II.7.3.1.2. ist beschrieben, wie Knochenzysten einfacher behandelt werden können.)
c 16 Tage später bereits ausgedehnte Kallusbildung.
d Weitere 5 Wochen später ist der Kallus durchgebaut, eine neue Kortikalis bildet sich, und der Span beginnt sich umzubauen.
e 3 Jahre später: Anstelle des Spanes ist wieder eine Markhöhle entstanden, der überschüssige Kallus ist abgebaut, der Humerus hat praktisch wieder normale Form und Struktur.
Bei kleinen Kindern gehen die Umbauvorgänge wesentlich rascher und radikaler vor sich als bei Erwachsenen, deren Potenz zur «funktionellen Anpassung» aber immer noch erheblich ist.

auf die Prognose. Oft ist aber auch schon für die *Therapie* ein Weg vorgezeichnet: Es gilt, die Selbstheilungskräfte des Knochens zu erkennen, sie zu unterstützen und für uns wirken zu lassen, sie mindestens nicht zu stören. Dies ist das Ziel jeder orthopädischen Operation am Knochen.

Die bisher besprochenen Phänomene werden am *ausgewachsenen* Organismus beobachtet. Der Bewegungsapparat im *Wachstum* verfügt daneben über eine zusätzliche Dimension von Umbaumechanismen: Die *Wachstumskräfte.* Diese verleihen ihm noch weit grössere Möglichkeiten zur funktionellen Anpassung als sie der erwachsene Bewegungsapparat schon hat. (Siehe I.A.2.: «Wachstum».)

2.3. Ständiger Knochenumbau

Neben den bisher genannten, relativ leicht erkennbaren Umbauvorgängen (bone remodeling) findet ein *ständiger Knochenumbau* statt, welcher die Skelettstruktur nicht sichtbar verändert und nur mittels mikroskopischer Techniken (z. B. besonders schön durch in vitro Markierung mit Tetracyclin) nachgewiesen werden kann. Trotzdem hat er grösste Bedeutung. Es handelt sich um den sog. *«schleichenden Ersatz»* (creeping substitution) des Knochengewebes, welcher während des ganzen Lebens stattfindet.

Alle festen Materialien, unbelebte oder im lebenden Körper, sind überall und jederzeit dem Prozess der *«Materialermüdung»* (langsame Zerrüttung des Strukturgerüstes unter dauernder mechanischer Beanspruchung) ausgesetzt, werden dadurch mechanisch geschwächt und erleiden schliesslich Bruch (z.B. einen Draht kann man brechen, wenn man ihn nur lange genug hin und her biegt). Auch ein toter Knochen würde bald dieses Schicksal erleiden.

In normalem gesunden und gut trainierten Zustand halten alle lebenden Gewebe die hohe Beanspruchung regelmässiger grosser körperlicher Leistung jahrelang ohne Schaden aus, in einem Masse, wie sie kein Material aus der Technik aushalten würde. Dies ist nur möglich, weil diese Gewebe *leben* und ständig *umgebaut werden.* Tatsächlich erleidet lebender Knochen nur äusserst selten mechanische Ermüdungserscheinungen (sogenannte Ermüdungsbrüche, «schleichende Frakturen», siehe I.A.4.1.2. und II.14.2.). Der «schleichende Ersatz» bewahrt ihn davor. Daher ist der lebende Knochen implantiertem Fremdmaterial (metallischen Fixationen und Endoprothesen) auf lange Sicht auch rein mechanisch *überlegen.*

Der Knochen, dessen Kristallstruktur nach längerer Beanspruchung submikroskopische Zerrüttungserscheinungen aufweist, wird im Verlaufe des Lebens durch Zellaktivität Stück für Stück abgebaut und durch neuen Knochen ersetzt. Die «Ersatzrate» (turn-over-rate, bone remodeling rate) kann mit histologischen Methoden einigermassen bestimmt werden und beträgt einige Prozent (Erwachsene) bis etwa die Hälfte (Kinder) des gesamten Skelettvolumens pro Jahr *(Frost)* (Abb. 16).

An mechanisch gefährdeten, schwachen Stellen des Skelettes wird dieser Umbau stark aktiviert (z.B. Marschfrakturen, II.14.2.2.3.), damit der Wettlauf zwischen dem mechanischen Bruch und den Reparationsvorgängen wenn möglich gewonnen wird (meistens wird er gewonnen).

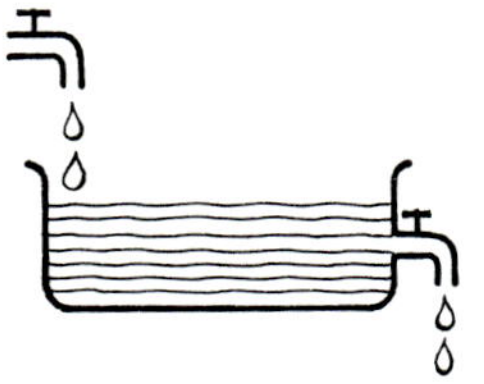

Abb. 16. Das Skelett steht normalerweise, wenn An- und Abbau sich die Waage halten, in einem *dynamischen Gleichgewicht,* am einfachsten darzustellen mit einem Gefäss: Sein Inhalt wird mehr oder weniger rasch erneuert je nach dem, ob der Durchfluss schnell oder langsam ist. Die Menge des Inhaltes bleibt immer gleich, ausser wenn Zufluss und Abfluss nicht mehr gleich gross sind. Bei grossem Umsatz genügt dann auch eine geringe Differenz, um das System rasch aus dem Gleichgewicht zu bringen. Dies ist z.B. der Mechanismus der *Osteoporose.*

Bei gesundem Organismus im Gleichgewicht dient der Knochenumbau zur Erneuerung und damit zur *Erhaltung der Qualität* des Knochens.

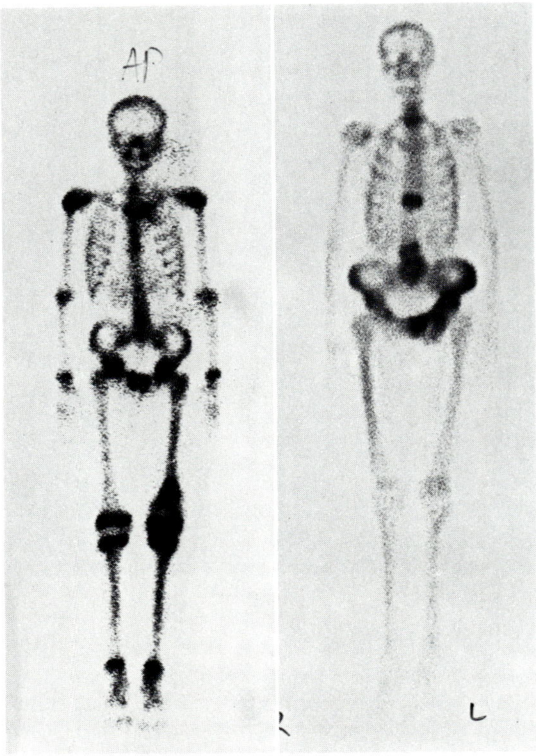

a b

Abb. 17. *Knochenumbau, sichtbar* gemacht mittels radioaktiver Isotope, welche die Kalziumeinlagerung im Knochen markieren: Genau gleich wie Kalzium, das für den Knochenaufbau entscheidende Element, wird Technetium im Knochen eingelagert. Mit Hilfe des radioaktiven Isotopes Tc 99m kann deshalb der normale wie der pathologische Knochenumbau dargestellt werden. Die *Skelettszintigraphie* ist eine wichtige diagnostische Methode geworden (Einzelheiten siehe I.B.2.2.5.).

a Das Ganzkörperszintigramm eines 11jährigen Mädchens zeigt den *normalen,* kontinuierlichen Knochenumbau im ganzen Skelett als feine Punktierung und eine starke Aktivität im Bereiche der *Wachstumszonen,* vor allem an den Epiphysenfugen in der Nähe der grossen Gelenke, sowie einen pathologisch erhöhten Umbau im distalen Femur rechts. Es kann sich z.B. um einen Frakturkallus, einen Infekt oder einen Tumor handeln. Dieses Kind hatte ein Osteosarkom am Knie.

b Ganzkörperszintigraphie einer 76jährigen Frau mit Pagetscher Erkrankung, einer Knochenkrankheit, welche durch stark vermehrten Knochenumbau gekennzeichnet ist (siehe II.4.1.2.).
Im ganzen Skelett, ausser in den umschrieben befallenen Knochenpartien von Becken und Wirbelsäule, herrscht nurmehr geringe Aktivität, wie sie dem normalerweise verlangsamten Knochenumbau in diesem Alter entspricht.
Ausgeschieden wird das Technetium durch die Nieren. Es erscheint schon nach kurzer Zeit in der Blase.

Die «creeping substitution» sorgt auch dafür, dass *nekrotische Knochenpartien* (z. B. nach Frakturen, freie Knochentransplantate, sterile Sequester) umgebaut und *«revitalisiert»* werden. Röntgenologisch ist von solchen Vorgängen normalerweise wenig oder nichts zu erkennen (Abb. 17).

Allen den bisher genannten Aktivitäten des Knochens liegen die gleichen histologischen Vorgänge zugrunde:

2.4. Histologische Vorgänge

Der Aufbau und Umbau des Knochens wird durch zwei verhältnismässig einfache *Grundfunktionen* von Knochenzellen vollzogen (deren *Steuerung* allerdings sehr komplex und noch grösstenteils unbekannt ist):

1. Knochenbildung durch *Osteoblasten;*
2. Knochenabbau durch *Osteoklasten.*

Alle Lebensvorgänge des Knochens: Wachstum, Ausformung, Wandlung, Umbau, Frakturheilung, Reparation, Abbau basieren auf diesen beiden Zellgrundfunktionen.

Ossifikation sowie Knochenabbau sind *Oberflächenphänomene:* Die aktiven Zellen sitzen an den vorhandenen Oberflächen und bauen Knochen an bzw. ab. Dabei spielen vor allem auch die *mikroskopisch kleinen* Oberflächen im Knocheninnern (Spongiosa, Haversche Kanäle) eine wichtige Rolle (Abb. 18).

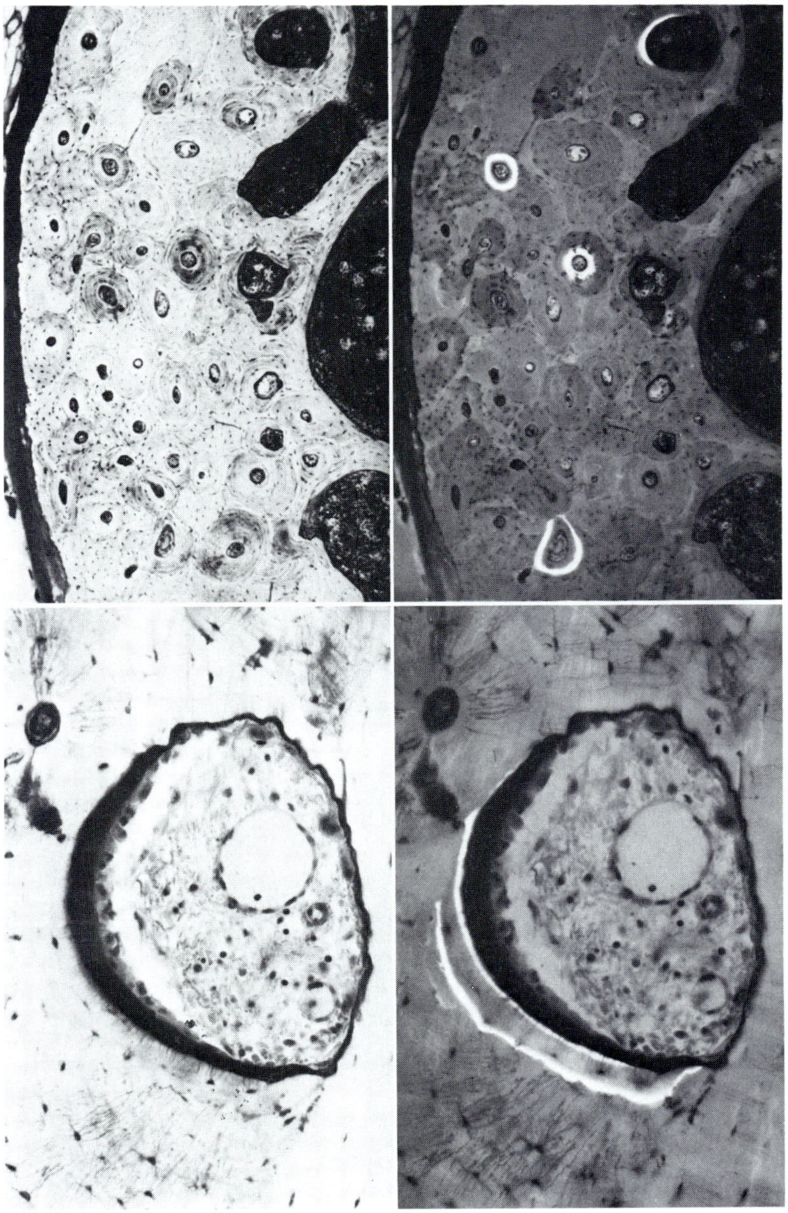

a b c d

Abb. 18. *Histologie des Knochenumbaues* (Präparat Prof. R. Schenk).

a Kortikalis mit typischem Lamellenknochen, links Periost, rechts Markhöhle. Immer wieder werden neue Osteone gebildet. Diese können mittels in-vivo-Markierung mit Tetrazyklin sichtbar gemacht werden (hier Achromycin etwa 2 Wochen ante exitum).

b Zeigt die fluoreszenzmikroskopische Darstellung von 4 neugebildeten Osteonen in verschiedenen Entwicklungsstadien (weisse Ringe) (menschliche Rippe, 63 : 1).

c Asymmetrisch wachsendes Osteon im Lamellenknochen. Man erkennt ringsum die eingemauerten Osteozyten mit ihren Ausläufern (Canaliculi), welche dem Stoffwechsel dienen. Die Wand des Haversschen Kanals ist links unten von einem neu gebildeten, dunkel gefärbten Osteoidsaum begrenzt, dem die Osteoblasten aufsitzen, die ihn gebildet haben. Auf dem Bild rechts (d) eine kurz nach der Tetrazyklingabe gebildete Lamelle als weisser Halbmond. Die Lakunenwand rechts ist unregelmässig und von einigen mehrkernigen Osteoklasten besetzt. Hier wird Knochen resorbiert.
Die zwei weissen Fluoreszenzbänder begrenzen die innerhalb von 20 Tagen gebildete Knochenlamelle (menschliche Rippe 250 : 1, Achromycin je 25 und 5 Tage vor Entnahme).

2.4.1. *Die Knochenbildung*

erfolgt in zwei Etappen:

1. Die *Osteoblasten* bilden Säume von Grundsubstanz (Osteoidsäume), welche als Matrix dienen.

Diese Osteoidsäume können sichtbar gemacht werden mittels *Fluoreszenzmikroskopie* nach Färbung mit Tetrazyklinen in vivo. Einen Grossteil der Einsichten in den Knochenumbau verdanken wir dieser Methode.

2. In die Osteoidsäume wird *Kalk* in kristalliner Form (Apatit) *eingelagert.* Damit wird das Osteoid zu *Knochen.* (Dieser Mechanismus ist z.B. bei der Rachitis und der Osteomalazie gestört.) Die *Kalzifizierung* kann nur unter *absoluter mechanischer Ruhe* stattfinden. Diese Tatsache spielt bei der Knochenbruchheilung eine entscheidende Rolle.

Die *Osteoblasten* mauern sich selbst ein, verlieren ihre Knochenbildungspotenz und werden zu *Osteozyten.* Sie bleiben durch kleine Kanälchen (canaliculi) untereinander und mit dem Gefässsystem (Haversche Kanäle) verbunden und stellen die Ernährung des Knochens sicher (Abb. 18).

Ossifikationsformen

Die bekannte histologische Einteilung in chondrale, desmale und angiogene Knochenbildung bezieht sich auf die *Matrix,* aus welcher der Knochen entsteht. Die Grundvorgänge sind immer dieselben.

Die *grösste Bedeutung* hat die

– *chondrale Ossifikation:* 1. Aus dem *embryonalen Knorpelskelett* entwickelt sich das Knochenskelett des Erwachsenen (siehe auch I.A.5.: «Skelettwachstum»). 2. Der natürliche *Frakturkallus* entsteht auf dem Boden eines Knorpelkallus.

Chondrale Ossifikation kommt überall dort vor, wo *mechanische Unruhe* im Gewebe herrscht, und das ist der häufigste Fall. Hier kann nur auf dem Umweg über eine Knorpelmatrix Knochen entstehen, denn nur der Knorpel ist imstande, die mechanische Unruhe in ein regelmässiges Druckspannungsfeld umzuwandeln. Ein solches aber ist die Vorbedingung für die Ossifikation (siehe auch I.A.4.2.).

Weniger häufig kommt die

– *desmale Ossifikation* vor: An Bandansatzstellen (Zugspannungen), am Periost und an einigen wenigen andern Orten des Skelettes (z.B. Schädel) entsteht der Knochen primär im *Bindegewebe.*
– Die *angiogene Ossifikation* hat nur geringe Bedeutung: *Ohne* Matrix, unmittelbar aus den Endgefässen, kann Knochen nur entstehen bei *absoluter mechanischer Ruhe.* Solche Bedingungen sind im Körper normalerweise nicht gegeben. Unter stabiler innerer Fixation (Osteosynthese) kann Knochen primär angiogen entstehen. Qualitativ unterscheidet er sich nicht von jedem anderen Knochen (siehe auch I.A.4.2.3.).

Bei allen drei Ossifikationsarten entsteht zunächst einmal *Faserknochen,* ein Geflecht ohne geordnete Struktur, phylogenetisch und ontogenetisch älter, mit grösserer Wachstumspotenz, aber geringerer mechanischer Festigkeit. Die spezifischen mechanischen Eigenschaften bekommt er erst nach einem tiefgreifenden *funktionellen Umbau:* Einzelne Knochenschichten (Lamellen) werden von den Osteoblasten genau den mechanischen Anforderungen gemäss in geordneten Systemen (Osteonen) abgelagert, welche mikroskopisch gut sichtbar bleiben: Diesen (reifen, phylogenetisch jüngeren) Knochen bezeichnet man deshalb als *Lamellenknochen.* Es handelt sich um einen *Verbundbau* mit der grösstmöglichen Festigkeit bei kleinstem Materialaufwand (Abb. 19).

a

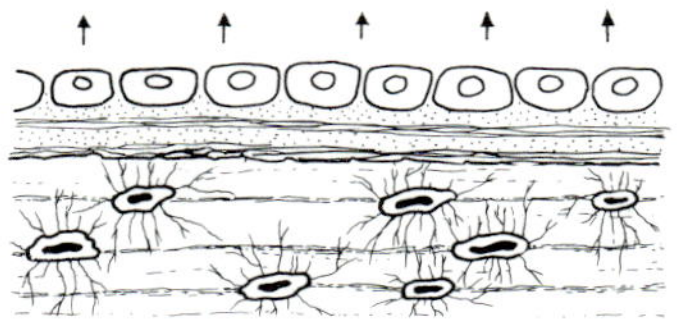

b

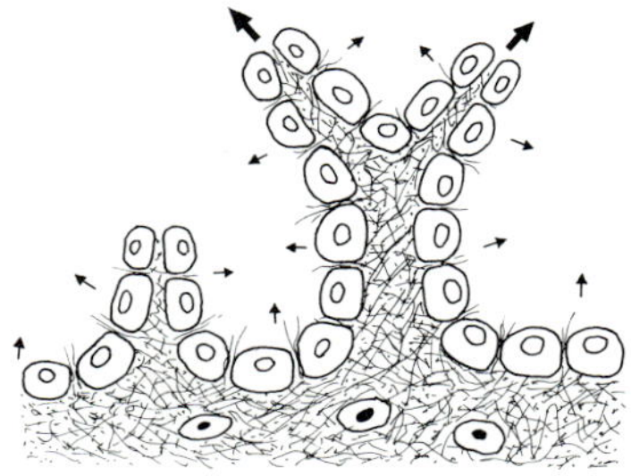

Abb. 19. Histogenese von a) *Lamellenknochen* und b) *Faserknochen.* Die Osteoblasten wandern in Pfeilrichtung und lagern hinter sich Osteoid ab. Faserknochen wird viel rascher, aber auch ungeordnet gebildet, z.B. im Frakturkallus. Meist wird er später ersetzt durch den funktionell strukturierten Lamellenknochen.

2.4.2. *Der Knochenabbau*

Die *Osteoklasten* (mehrkernige Riesenzellen) sitzen in Knochennischen und «fressen» den Knochen von der Oberfläche her direkt weg.

Die wichtigste Funktion der Osteoklasten ist es, für das Einsprossen von Gefässen sowie für jeglichen Umbau, jede Erneuerung des Knochens, den nötigen *Platz* zu schaffen und die *Oberflächen,* wo dann die Osteoblasten wieder nach Bedarf neuen Knochen anbauen können (Haversscher Umbau) (Abb. 20).

2.4.3. *Umbau*

Jede Veränderung der Knochenform und -struktur entsteht aus dem *Zusammenwirken* der

a

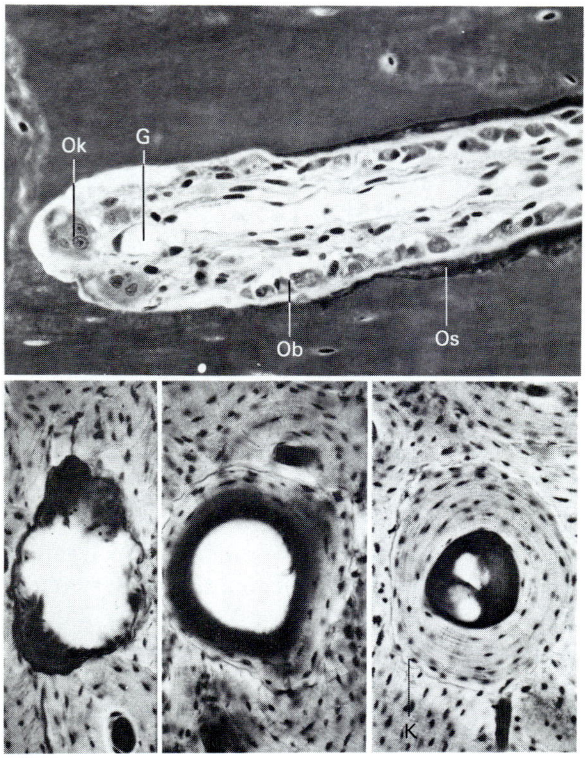

b c d

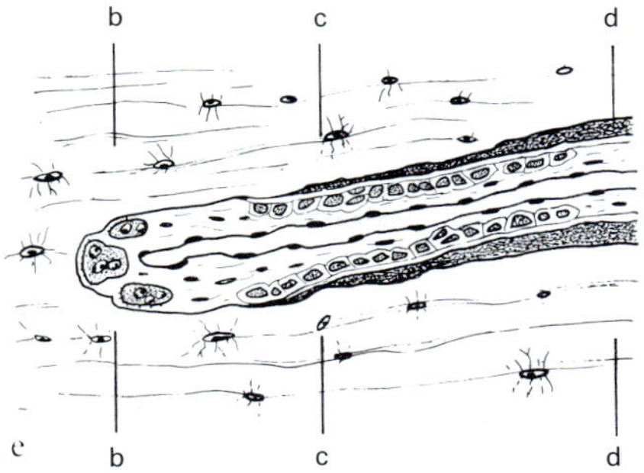

e

Abb. 20. *Haversscher Knochenumbau.*

Damit die Knochenkompakta umgebaut werden kann, muss sie zuerst *abgebaut* werden: Dazu bohren sich *Resorptionskanäle* in die Kompakta hinein, welche später wieder mit Knochen aufgefüllt werden und so neue *Osteone* bilden.

a Längsschnitt durch die Spitze eines Resorptionskanals. Ganz vorne sitzen drei mehrkernige *Osteoklasten,* welche in der Art eines Bohrkopfes den Kanal in die Kompakta (nach links) weiter vortreiben. Unmittelbar dahinter haben sich bereits *Osteoblasten* gebildet und an der Kanalwand aufgereiht. Sie bilden rund um die Kanalwand wieder konzentrische Knochenlamellen (der Osteoidsaum ist als dunkler Streifen sichtbar) und damit ein neues *Osteon.* Das den Osteoklasten unmittelbar folgende Gefäss verbleibt schliesslich als Haverssches Gefäss im Zentrum des neuen Osteons.

b–d Drei Querschnitte durch den Kanal an verschiedenen Stellen. b) Auf Höhe des Bohrkopfes: Unregelmässige Resorptionsflächen, Osteoklasten. c) Etwas weiter hinten: Dunkler Osteoidsaum und bereits einige mineralisierte Lamellen. d) Weiter zurück (auf Bild a nicht mehr zu sehen): Schon weitgehend neu gebildetes Osteon, begrenzt durch die deutlich sichtbare Kittlinie. Durch den Anbau weiterer konzentrischer Lamellen wird in der Folge das Lumen auf die Grösse eines normalen Haversschen Kanales verengt. (Präparat Prof. R. Schenk.)

e Skizze des «Bohrkopfes» mit Lage der Querschnitte. Der «Haverssche Umbau» kann sowohl in *vitalem* wie in *avitalem* Knochen vor sich gehen. Er spielt vor allem auch bei der *Knochenbruchheilung* und bei der *Revitalisierung* nekrotischen Knochens eine grosse Rolle.

beiden Grundvorgänge: Abbau hier, Anbau dort. (Vgl. Abb. 50 und 51 und I.A.5.3.: «Die Geometrie des Knochenwachstums».) Halten sie sich an einer Stelle die Waage, wird ohne Formveränderung alter Knochen durch neuen ersetzt.

Das *Resultat* des Umbaues hängt von der *Steuerung* der Osteoblasten- und Osteoklastentätigkeit ab. Sehr wenig ist bisher darüber bekannt. Wir wissen:

1. dass dieses Resultat für die Erfordernisse des Bewegungsapparates in der Regel *sinnvoll* und *zweckmässig* ist.

2. dass die Umbauvorgänge in der Regel darauf abzielen, die *Knochenstruktur* der *mechanischen Beanspruchung anzupassen,* resp. diese zu verringern: Anbau von Stützsubstanz dort, wo es mechanisch notwendig ist und Abbau dort, wo die Beanspruchung gering ist. Ein solcher Mechanismus ist bestens geeignet, das Prinzip der grössten mechanischen Festigkeit mit dem kleinstmöglichen Materialaufwand zu verwirklichen (Leichtbauweise, Pauwels, siehe I.A.2.1.).

3. dass auf mikroskopischer Ebene ein *sensorisches* System vorhanden sein muss, welches die mechanische Beanspruchung wahrnimmt und mittels *Rückkopplungsmechanismen* (feed back) die Zelltätigkeit beeinflussen kann, so dass der Knochenumbau, das «bone remodeling», direkt durch die mechanische Beanspruchung gesteuert wird. Pauwels hat ein Modell dieser Vorgänge entwickelt.

4. dass dieses System wahrscheinlich die Spannungen, resp. die *elastischen Deformierungen* des Knochens zu *registrieren vermag,* und dass elektrische Phänomene dabei eine Rolle spielen (wie z.B. bei den sog. «strain-gauges», kleinen piezo-

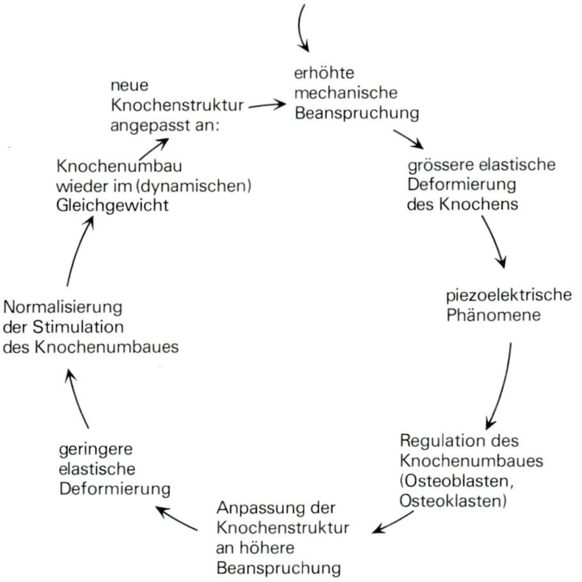

Abb. 21. *Regelkreis des Knochenumbaues.*
Im Sinne eines Rückkopplungsvorganges wird der Knochenumbau u.a. durch die mechanische Beanspruchung gesteuert.

elektrischen Deflexionsmesselementen), welche ihrerseits die Zellaktivität steuern (BASSETT) (Abb. 21).

Mittels der beiden beschriebenen histologischen Vorgänge – Knochenbildung und Knochenabbau – ist der Körper imstande, alle funktionellen Probleme des Skelettes zu lösen.

Dazu gehören die drei genannten:
1. Funktioneller Aufbau,
2. Funktioneller Umbau,
3. Ständiger Umbau,
sowie drei weitere wichtige Mechanismen:
4. Knochenwachstum (I.A.5.),
5. Frakturheilung (I.A.4.),
6. Reaktive Knochenveränderungen bei Krankheiten (siehe unten).

2.5. Reaktionen und Regeneration des Knochengewebes

Jedem Gewebe stehen *nur wenige Reaktionsmöglichkeiten* auf äussere und innere Schädigungen zur Verfügung. Unter verschiedenen Umständen treffen wir immer wieder die gleichen Gewebereaktionen an: als Antwort auf traumatisierende oder krankhafte Noxen und als Regenerations- und Reparations-, also Heilungsvorgänge: es sind *die gleichen Vorgänge,* die wir aus der *normalen Knochenphysiologie* bereits kennen.

Um die pathologischen Vorgänge am Bewegungsapparat richtig zu deuten und gegebenenfalls sinnvoll in das Geschehen eingreifen zu können, ist es wichtig, diese Reaktionen und die Regenerations- und Reparationsmöglichkeiten der Gewebe zu verstehen.

Als gut vaskularisiertes Gewebe reagiert der Knochen sehr *aktiv.*

Er hat *zwei Reaktionsmöglichkeiten,* welchen wiederum die beiden bereits bekannten Zellaktivitäten zugrunde liegen:
1. Anbau: osteoblastische Reaktion
2. Abbau: osteoklastische Reaktion.

Normalerweise halten sich beide Prozesse die Waage (Homöostase, dynamisches Gleichgewicht). Überwiegt ein Prozess den anderen, so treten *Veränderungen* der Knochenstruktur auf. (Dabei kann eine Vergrösserung des einen Faktors oder eine Verminderung des anderen vorliegen.)
Anbau $>$ Abbau $\rightarrow$ Knochenbildung (Osteosklerose)
Anbau $<$ Abbau $\rightarrow$ Knochenabbau (Osteoporose, Osteolyse)

Diese Vorgänge können lokalisiert oder generalisiert sein:

2.5.1.1. *Generalisierte Vorgänge*
Praktisch spielt vor allem die *Osteoporose* eine Rolle: Inaktivitätsosteoporose, Kortikoidüberschuss usw. (siehe II.4.2. und Abb. 124).

Die generalisierten Umbauvorgänge selbst sind selten gestört:
- Bei *Rachitis, Osteomalazie* (Vitamin-D-Mangel) und ähnlichen Krankheiten ist die Kalzifikation blockiert (siehe Abb. 180).
- Eine Störung der Osteoklastentätigkeit liegt wahrscheinlich der seltenen *Osteogenesis imperfecta* zugrunde (siehe Abb. 168) und
- mangelnden Abbau findet man bei der sehr seltenen *Marmorknochenkrankheit.*

2.5.1.2. Eine *lokalisierte Osteoporose* (Rarefizierung des Knochens) ist manchmal Ausdruck dafür, dass ein Skelettabschnitt praktisch ausser Funktion gesetzt ist, z.B. bei einer Lähmung, bei Nichtgebrauch durch Schmerzen, unter einer metallischen Fixationsplatte usw. (siehe Abb. 182).

Eine umschriebene Osteolyse (vollständiger Knochenschwund) zeigt aber oft eine den Knochen *unmittelbar schädigende Einwirkung* an: z.B. einen Tumor, eine Infektion.

Selten sieht man, dass ohne erkennbare Ursache ein Knochenabschnitt vollständig verschwindet («idiopathische» Osteolyse).

2.5.1.3. Eine *lokalisierte Sklerose*
ist in der Regel Ausdruck eines *Reparationsversuches* des Organismus:

- *Kallusbildung* in der Frakturheilung (siehe I.A.4.2. und Abb. 14) aber auch (vergleichsweise selten) «ektopisch», in traumatisiertem Gewebe.
- *hypertrophische Pseudarthrosen* (siehe II.16.2.1.)
- *Sklerose* an mechanisch überbeanspruchten Stellen, z. B. an der Konkavseite deformierter Knochen (siehe z. B. Abb. 13).
- *Subchondrale Sklerose* bei lokalisierter Überbeanspruchung einzelner Gelenke bei Inkongruenz und im weiteren Verlauf degenerativer Gelenkszerstörungen (Arthrosen) bzw. des Verschleisses der Wirbelverbindungen (Spondylose) (II.11.1. und III.B.10.).

  Diese subchondralen Sklerosen sind die *ersten radiologischen Zeichen* einer *Gelenksüberbeanspruchung* und sind deshalb für die Diagnostik der Gelenkserkrankungen (Arthrosen) besonders wichtig (siehe I.B.2.2.2.).
- *Osteophytenbildung* in den peripheren Abschnitten der arthrotischen Gelenke. Es sieht so aus, als ziele diese Reaktion auf eine Verbreiterung der Abstützfläche hin, und tatsächlich funktionieren die Osteophyten oft auch so (siehe Abb. 268).

  Osteophyten entstehen aber auch in unbelasteten Gelenksabschnitten aus Knorpelverkalkungen und an den Bandansätzen der Wirbel.

  Die Osteophyten sind ebenfalls typische radiologische Zeichen von degenerativen Gelenksveränderungen. Auch *ohne Beschwerden* ist ihr Erscheinen aber, vor allem an der Wirbelsäule, *im Alter sehr verbreitet.* Es sind deshalb häufige Zufallsbefunde auf Röntgenbildern, und dürfen als solche nicht überbewertet werden (siehe III.B.2.1.3. und III.B.10. und Abb. 441).
- *Periostale Knochenbildungen und Sklerosen* kennzeichnen auch *Infektionen* (Osteomyelitis) (siehe II.6.).
- Lokalisierte Sklerosen können aber auch durch *Tumorwachstum* entstehen und geben deshalb zu differentialdiagnostischen Überlegungen Anlass.

Alle diese Umbauvorgänge am Knochen lassen sich *radiologisch* sehr genau verfolgen. Ihre Deutung im Röntgenbild ist eine der wichtigsten und auch schwierigsten diagnostischen Aufgaben des orthopädisch tätigen Arztes (siehe I.B.2.2.2.) (Abb. 22).

Umbauvorgänge am Knochen lassen sich auch mit Hilfe der *Szintigraphie* immer nachweisen.

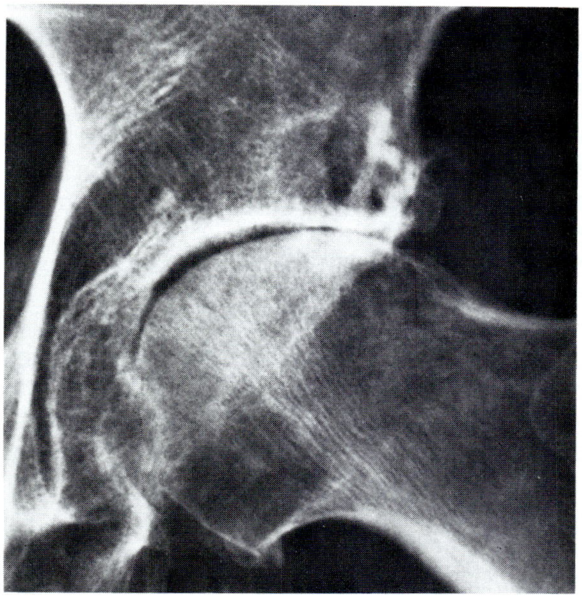

Abb. 22. *Knochenreaktionen.*
Knochenan- und -abbau nebeneinander bei einer Coxarthrose, ein Beispiel für die Mannigfaltigkeit von Umbauvorgängen: Sklerose des subchondralen Knochens in der Tragzone an Hüftkopf und Pfanne. Osteophytenbildung im Pfannengrund, am Pfannenerker und am unteren Kopfpol. Grosse Resorptionszysten (sog. «Geröllzysten») im Pfannendach, wo die Beanspruchung am grössten ist. Lokale Osteoporose im nicht beanspruchten unteren Kopfabschnitt.
Weitere Beispiele von Knochenreaktionen sind die Umbauvorgänge nach Frakturen (Abb. 14 und 35), bei Infektionen (Abb. 199) und bei M. Perthes (Abb. 189), nebst anderen.

Der Befund ist *unspezifisch,* erscheint aber oft *bevor* röntgenologische Veränderungen sichtbar werden (siehe I.B.2.2.5. und Abb. 17).

3. Die mechanische Beanspruchung der Gewebe

Unter *Beanspruchung* versteht man die *Wirkung* der äusseren *Belastung* und der Muskelkraft auf die Gewebe des Bewegungsapparates, d.h. die *Spannungen* und die daraus sich ergebenden *Verformungen* der Gewebe. Diese Beanspruchungen führen einerseits zum Verschleiss, andererseits zu bestimmten Reaktionen der Gewebe, welche für das Verständnis der Pathologie des Bewegungsapparates von grundlegender Bedeutung sind (siehe auch I.A.9.: «Die mechanische Beanspruchung als pathogenetischer Faktor»).

Hier soll am Beispiel des *Lamellenknochens* diese Beanspruchung etwas näher untersucht werden (einfacher aber grundsätzlich gleich liegen die Dinge beim [zugfesten] *Bindegewebe [Sehnen, Bänder] und beim [vorwiegend druckfesten] Knorpel,* dessen mechanische Beanspruchung im Abschnitt I.A.6.1.2. beschrieben wird).

3.1.1. *Mechanische Eigenschaften des Knochens*

Dank seiner mechanischen Eigenschaften ist der hoch differenzierte, formfeste *Lamellenknochen* als Baumaterial für das Grundgerüst des Bewegungsapparates, das Skelett, hervorragend geeignet.

Erst in neuerer Zeit sind diese mechanischen Eigenschaften genauer untersucht worden (Hirsch).

Kräfte, welche von aussen auf einen festen Körper wirken, werden in diesem fortgeleitet und erzeugen dadurch innere Kräfte = *Spannungen* (stress), welche den Körper zu *deformieren* suchen. Elastische Körper, wie Knochen und Knorpel, setzen diesen Spannungen Kräfte entgegen, welche ihre Form und Struktur zu *erhalten* trachten (siehe Abb. 23):

Ein Gleichgewicht kommt zustande, wobei der feste Körper ein wenig *deformiert* wird (strain). Diese Deformität ist *elastisch,* d.h. sie verschwindet, sobald die äussere Kraft nachlässt, und sie ist *proportional* zu dieser. Übersteigt die Kraft die Elastizitätsgrenze, so kommt es bald zum *Bruch.*

Knochensubstanz (lamellärer Knochen) hat dank seiner mikroskopischen Struktur (Kalziumapatit und kollagene Fibrillen im Verbundbau, ähnlich armiertem Beton) eine grosse *Zug-* und *Druck*festigkeit und damit auch Biegefestigkeit, ebenso eine erhebliche *Scherfestigkeit.* Damit erhält sie eine hohe *Formkonstanz.*

Da der Knochen recht hart und starr ist, lässt sich eine Deformierung von blossem Auge kaum feststellen. Auf mikroskopischer Ebene ist sie aber durchaus vorhanden und wirksam.

Dank seiner makroskopischen und mikroskopischen Struktur hat der Knochen

1. hohe Bruchfestigkeit bei einmaligen Spannungsspitzen (Frakturen);
2. hohe Widerstandskraft gegen Dauerbeanspruchung (Ermüdungsbrüche) (Abb. 23).

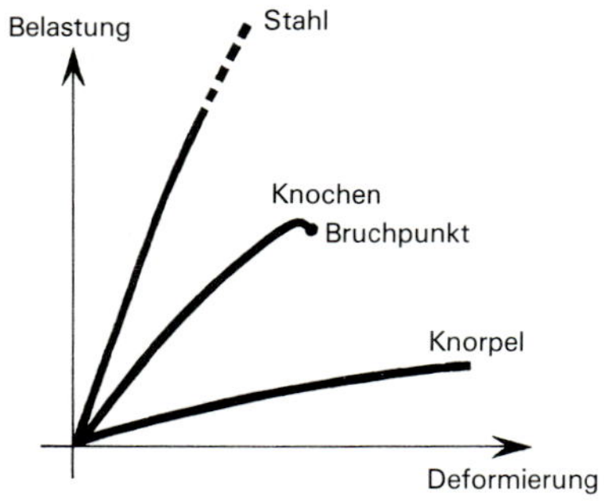

Abb. 23. Nach dem Hookeschen *Elastizitätsgesetz* ist die *Deformierung* eines Körpers proportional zur wirkenden *Kraft* und abhängig von einer Materialkonstante, dem Elastizitätsmodul. Dieses ist für harte Materialien sehr klein, für Knochen deutlich grösser als z.B. für Stahl, für weiche (z.B. Knorpel), wesentlich grösser.

Die verschiedene Elastizität von Knochen und Metall kann zu mechanischen Störungen führen bei der Verwendung metallischer Implantate wie Fixationsplatten und Endoprothesen (Lockerungen).

Die Widerstandskraft (Festigkeit elastischer Körper) geht bis zur *Elastizitätsgrenze:* Wird diese überschritten, so bleibt die Deformierung nach dem Nachlassen der äusseren Kraft *bestehen.* Bei relativ starren Materialien, wie z.B. Knochen, führt schon eine geringe Zunahme der äusseren Kraft über die Elastizitätsgrenze hinaus zum *Bruch.*

- *Veränderungen im Laufe des Lebens:*
  Die mechanischen Eigenschaften des Knochens verändern sich im Laufe des Lebens:
- *Kleine Kinder* haben sehr elastische und noch weitgehend *biegsame Knochen,* etwa einem grünen Zweig zu vergleichen. Deshalb kommt es in diesem Alter zu besonderen Frakturformen (Grünholz-Wulstfrakturen, siehe II.15.3.2.).
  Nach Abschluss des Wachstums erreicht der Knochen seine grösste mechanische Festigkeit.
- *Mit fortschreitendem Alter* nimmt nicht nur die *Osteoporose* zu, sondern die Knochen werden

auch *spröder*, sie brechen leichter. Auch finden z.B. Fixationsschrauben nicht mehr so guten Halt, weshalb Osteosynthesen bei alten Leuten weniger stabil sind (vgl. Abb. 124).

3.1.2. *Die mechanische Beanspruchung*

Mechanische Überbeanspruchung, akute oder chronische, führt zum Bruch, resp. zur Zerrüttung der Strukturen des Bewegungsapparates. Mit diesen Störungen hat sich die Orthopädie zu befassen.

Tatsächlich ist der Bewegungsapparat so konstruiert, dass er die mechanische Beanspruchung *normalerweise schadlos erträgt*, und zwar dank

1. der mechanischen Eigenschaften seiner Gewebe und
2. seiner makroskopischen Konstruktion (siehe I.A.2.1.).

Diese beiden Faktoren sind beim gesunden, normalen Bewegungsapparat genau aufeinander abgestimmt, derart, dass die *mechanische Beanspruchung bei der vorgesehenen Leistung des Bewegungsapparates an keiner Stelle des Körpers grösser ist, als die mechanische Belastbarkeit der Gewebe.*

Pathogene Wirkung hat die mechanische Beanspruchung dort, wo mechanische Kräfte die Elastizitätsgrenze eines Gewebes übersteigen. Sie hängt also nicht von der Gesamtbeanspruchung, sondern von der Grösse der wirksamen *Kraft pro Flächeneinheit* ab.

Das Problem ist also im Wesentlichen:

1. Die ausgewogene *Verteilung* der wirkenden Kräfte über den mechanisch wirksamen Durchmesser einer Tragstruktur auf der Ebene der *Gewebe.* (Knochen, Gelenkknorpel, usw.) Diese ist abhängig von
2. der *Übertragung* der am Bewegungsapparat auftretenden Kräfte durch eine mechanisch optimale Konstruktion der statisch wirksamen Strukturen des Bewegungsapparates auf *makroskopisch anatomischer* Ebene.

Die normale anatomische Struktur entspricht der normalen mechanischen Beanspruchung annähernd ideal: Der «Kraftfluss» durch die mechanisch wirksamen Gebilde (Knochen, Knorpel, Sehnen, usw.) ist ziemlich regelmässig. Zur Hauptsache treten *Druckspannungen,* d.h. *axiale* Kräfte auf.

Die Spannungen und den Kraftfluss innerhalb eines festen Körpers bei gegebenen äusseren Kräften (Festigkeitslehre) kann man sich am besten *spannungsoptisch* mit Hilfe *fotoelastischer Modelle* veranschaulichen. Ein formtreues Modell aus Plexiglas setzt man analog dem Vorbild unter Druck. Die im Modell auftretenden Spannungen verändern die Lichtbrechungseigenschaften des Plexiglases und können durch doppelbrechende Prismen sichtbar gemacht werden (siehe auch Abb. 10 und 28).

Es zeigt sich, dass folgende Ergebnisse der Festigkeitslehre für die Orthopädie praktische Bedeutung haben.

3.1.2.1. *Wirkung von Biegebeanspruchung im Körper*

Strukturen, welche nicht genau axial belastet sind, also einer Biegebeanspruchung unterliegen, haben *viel höhere* und *asymmetrisch verteilte Druck- und Zugspannungen,* als axial belastete (Abb. 24).

Wo solche im Körper vorkommen, steigt die Gefahr von Schäden durch Überbeanspruchung vor allem in den gewichttragenden Strukturen (Wirbelsäule, untere Extremitäten) stark an: bei Deformitäten wie: Verkrümmungen nach Frakturen, X- und O-Beine, Coxa vara, Kyphosen, Skoliosen usw.) (vgl. II.12. «Deformitäten»).

Die Bedingungen für statisch reine Druckbeanspruchung sind am Bewegungsapparat im auf-

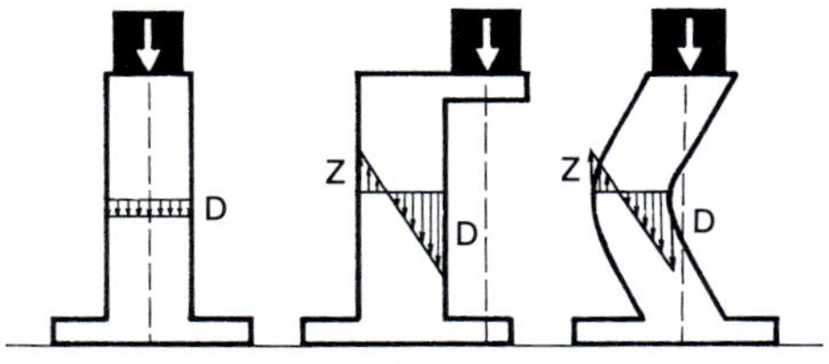

Abb. 24. *Biegebeanspruchung.*

a Die *axiale* Belastung eines Tragpfeilers ergibt in seinem Innern gleichmässig über den Querschnitt verteilte Druckkräfte (D), deren Summe gleich der zu tragenden Last ist.
Im Inneren des Pfeilers ist ein Spannungsdiagramm gezeichnet. Richtung und Grösse der Pfeile zeigen Richtung und Grösse der an jener Stelle wirkenden Druckkräfte (Spannungen) an.

b Eine *exzentrische* Belastung, welche nicht in der Tragachse des Pfeilers liegt, ergibt eine Beanspruchung auf *Biegung.* Dies bedeutet Druckspannungen (D) auf der der Kraft zugewendeten und Zugspannungen (Z) an der entgegengesetzten Seite. Die Summe dieser Kräfte hält sich zwar die Waage, aber in den äusseren Schichten des Pfeilers treten Spannungsspitzen auf, welche die Spannung bei axialer Belastung um ein Vielfaches übertreffen.

c Achsenknickungen und Verbiegungen haben dieselbe Wirkung: Spannungsspitzen an der Oberfläche des Pfeilers im Bereiche des Knickes. Diese sind praktisch massgebend für die Beanspruchung des Knochens. Wo solche Achsenabweichungen im Körper vorkommen ist in der Regel auch die Beanspruchung wesentlich grösser als normal.

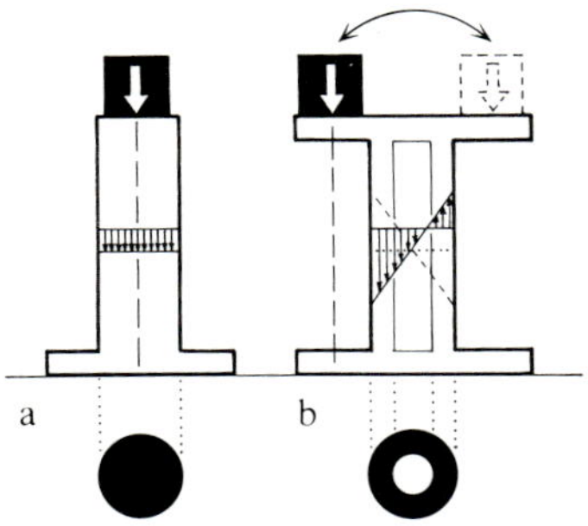

Abb. 25. *Dynamische Beanspruchung und funktioneller Knochenbau.*

a *Statische* Beanspruchung einer Säule: Gleichmässige Verteilung der wirkenden Druckkräfte über den ganzen Querschnitt der Säule.

b *Wechselweise exzentrische* Beanspruchung entspricht eher der tatsächlichen (dynamischen) Beanspruchung des Bewegungsapparates, etwa beim Gehen: Die dabei auftretenden *Biegekräfte* ergeben Druck- und Zugspannungen, welche ihre höchsten Werte in den Randzonen der Säule haben. In der Mitte der Säule wirken keine Kräfte (neutrale Faser). Ein *Rohr* ist deshalb als Kraftträger zweckmässiger als eine Säule. Es zeigt sich somit, dass Röhrenknochen nach funktionellem Prinzip gebaut und bestens für ihre Aufgabe geeignet sind (vgl. I.A.2.1.).

rechten Zweibeinstand gegeben (siehe Kapitel «Statik der aufrechten Haltung», I.A.8.1.). Beim Gehen und Laufen, Bücken usw. treten Biegebeanspruchungen auf, doch sollten sie

1. möglichst *gering* sein und
2. nicht über längere Zeit bestehen bleiben (Abb. 25).

Massgebend ist also *nicht* das *Gewicht,* das auf einem Knochen lastet, sondern die Biegebeanspruchung. Diese hängt wiederum vor allem vom *Hebelarm* ab, mit welchem die Kraft angreift, sowie von der Muskulatur.

Eine Femurfraktur z. B. wird stärker beansprucht, wenn der Patient im Bett liegt und das gestreckte Bein zu heben versucht, als wenn er mit Stöcken umhergeht (Abb. 26). Wenn man an solche Zusammenhänge denkt, wird man in der Frakturbehandlung die Patienten eher frühzeitig aufstehen und teilbelasten lassen.

Abb. 26. Patient mit Femurfraktur im Bett versucht das Bein gestreckt zu heben: Das Gewicht des Beines mit seinem grossen Hebelarm beansprucht die in Heilung begriffene Fraktur stärker als das Herumgehen mit Krückstöcken und teilweiser (axialer!) Belastung des Beines. Frakturen der unteren Extremitäten können und sollen in der Regel *frühzeitig teilbelastet* werden.

3.1.2.2. *Entlastungsprinzip*

Eine technische Möglichkeit, grosse *Biegebeanspruchungen herabzusetzen,* ist das in der Statik gebräuchliche *Entlastungsprinzip (Zuggurtungsprinzip),* welches am Bewegungsapparat durch Muskel- und Faszienzüge ausgiebig realisiert ist, so dass vor allem die langen Röhrenknochen der unteren Extremitäten, aber auch die Wirbelsäule und das Skelett der oberen Extremitäten, zur Hauptsache *axial auf Druck* beansprucht werden und *Biegekräfte weitgehend ausgeschaltet* sind.

Durch ein *zugfestes Element,* eine «Zuggurte» wird eine asymmetrische Belastung ausgeglichen. Die gesamte Beanspruchung wird dadurch wieder auf eine axiale Druckkomponente reduziert, welche viel kleiner und gleichmässig über den Querschnitt verteilt ist (Abb. 27 und 28).

Im menschlichen Körper entsprechen die Muskeln, Sehen und Bänder solchen Zuggurten.

Das bekannteste Beispiel ist der Tractus ileo-tibialis, welcher der starken auf den Femurschaft wirkenden Biegekraft entgegenwirkt und ihn damit *entlastet* (Abb. 27d).

Der ganze Bewegungsapparat kann aufgefasst werden als ein komplexes System von Tragachsen und Zuggurten, «poutres composées». Die darin wirkenden *Kräfte setzen sich zusammen aus der*

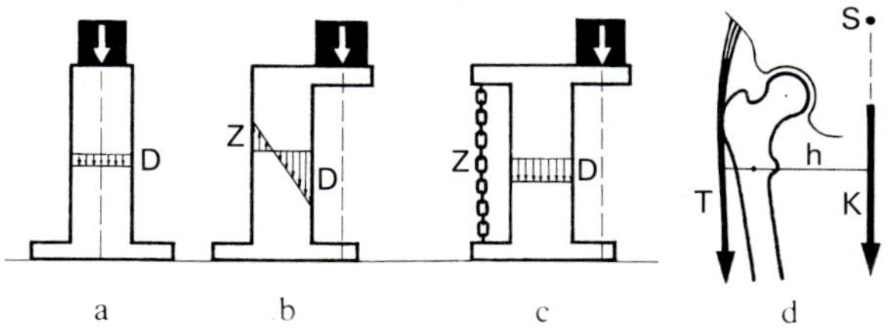

Abb. 27. *Zuggurtungsprinzip, nach Pauwels.*

a axiale Belastung = reine Beanspruchung auf Druck: gleichmässig auf den Querschnitt verteilte kleine Druckkräfte (Druckspannungen).

b exzentrische Belastung = Beanspruchung auf Biegung: stark erhöhte Spannungen zur Oberfläche des Pfeilers hin. Z = Zugspannung, D = Druckspannung.

c Kette als zugfestes Element auf der der Biegekraft entgegengesetzten Seite. Diese Biegekraft wird damit ausbalanciert, es resultiert wieder eine rein axiale Druckkraft, von der doppelten Grösse der Last allerdings, aber die Spannungen im Innern der Säule sind wieder gleichmässig über den Querschnitt verteilt, die Spannungsspitzen am Rande der Säule sind verschwunden, wie das Druckdiagramm zeigt.

d Der *Femurschaft* als Beispiel der Entlastung eines Knochens durch Zuggurtung. Das Femur ist beim Gehen durch die Körperlast, welche am Schwerpunkt S mit dem Hebelarm h angreift, einer starken Biegekraft K ausgesetzt. Auf der entgegengesetzten Seite wirkt der Tractus ileo-tibialis als Zuggurtung der Biegekraft K entgegen.

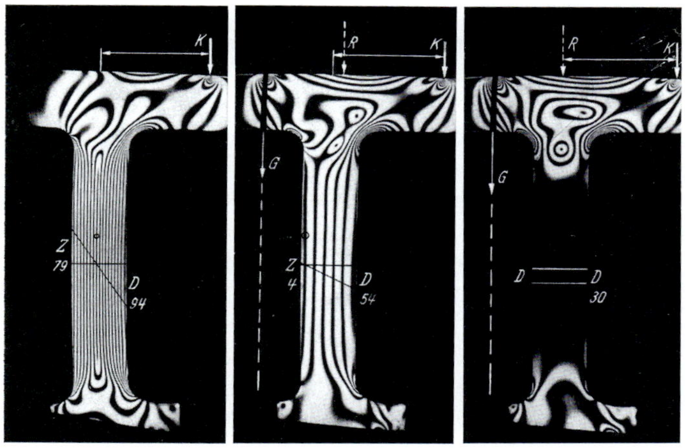

a b c

Abb. 28. *Zuggurtung.*

Im spannungsoptischen Versuch konnte PAUWELS die Verminderung einer Biegebeanspruchung durch Zuggurtung zeigen, entsprechend der Zeichnung in Abb. 27: K = die exzentrisch wirkende Biegekraft, G = die in der Zuggurte wirkende Gegenkraft, R = Richtung der aus diesen beiden resultierenden Druckkraft.

a) ohne Zuggurtung, b) und c) mit zunehmender Zuggurtungswirkung, welche in c) die Biegekraft von K gerade aufhebt. Die Zahlen kennzeichnen die Grösse der Zugspannung Z, bzw. der Druckspannung D. Die Anzahl der im polarisierten Licht erscheinenden schwarzen Linien (Isoklinen) ist proportional zur höchsten Spannung an der Säulenoberfläche, welche für die Festigkeit allein massgebend ist. O = neutrale Faser. Bei aufgehobener Biegespannung erscheinen keine Isoklinen mehr.

Das Zuggurtungsprinzip findet praktische Anwendung bei vielen *Osteosynthesen.*

zu tragenden Last und den *wirkenden Muskelkräften.* Massgebend ist die daraus *resultierende Kraft.*

Das Zuggurtungsprinzip hat für die Frakturbehandlung, insbesondere für die *Osteosynthese* grosse Bedeutung gewonnen. Da die Festigkeit des Fixationsmaterials allein und seines Haltes im Knochen auf die Dauer begrenzt und Ermüdungserscheinungen ausgesetzt ist (siehe Kapitel Ermüdungsbruch, I.A.4.1.2. und I.A.4.1.3.), müssen Osteosynthesen so angelegt werden, dass ihre Biegebeanspruchung möglichst gering ist. Dazu eignet sich – neben anderen – oft das Zuggurtungsprinzip (Drahtschlingen bei Olekranon- und Patellafraktur, Zuggurtungsplatten bei Schaftfrakturen, Winkelplatten an der Hüfte und am Knie usw., vgl. I.A.4.1.3.1.).

3.1.2.3. *Wirkung der Oberflächenbeschaffenheit*

Die grössten Spannungen in einem belasteten Körper treten immer an seiner *Oberfläche* auf und sind in seinem Innern relativ klein. Röhrenknochen z.B. haben daher einen mechanisch idealen Querschnitt. Die Form der Oberfläche spielt deshalb für die Festigkeit eine grosse Rolle. Kleine Eindellungen und Kerben rufen *hohe Spannungsspitzen* im Material hervor, welche dort zum Bruch führen können. (Ein starkes Papier lässt sich erst leicht reissen, wenn es eine Kerbe hat.)

Praktisch heisst das z.B., dass *jeder Defekt* bei einer heilenden Fraktur oder einer Knochenkrankheit, aber auch jedes Schraubenloch, jeder Sägeschnitt, *den Knochen* stark *schwächt,* so dass er dort leichter brechen kann («stress riser»).

Dieser *Kerbeffekt,* jedem Ingenieur bekannt, muss bei Knochenoperationen berücksichtigt werden (Abb. 29).

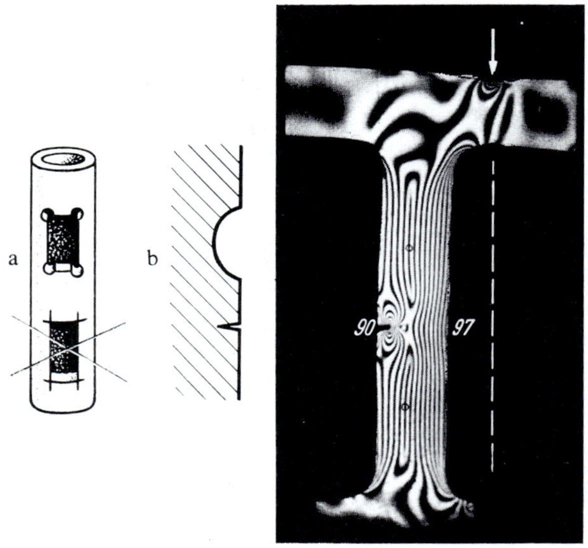

c

Abb. 29. *Kerbeffekt, Spanentnahme.*

a Entnahme eines Knochenspanes aus einem Röhrenknochen (z.B. Tibia) für eine Knochenplastik. *Oben:* Vier Bohrlöcher mit grossem Durchmesser in den vier Ecken angelegt, werden mit Säge- oder Meisselschnitten verbunden. So bleibt die Kerbwirkung relativ gering.
Unten: Die Methode, den Span direkt mit vier Sägeschnitten, welche sich in den Ecken überkreuzen, herauszunehmen, hinterlässt Schnittkerben in den Ecken, welche unter Belastung zu hohen Spannungsspitzen und damit leicht zum Bruch führen können.

b Je grösser der Radius der Kerbe, desto geringer die Gefahr eines Einrisses oder Bruches (an einem Blatt Papier leicht zu überprüfen). Das Glätten einer Kerbe kann also die Bruchfestigkeit erhöhen.

c Im spannungsoptischen Versuch wird deutlich, wie sich die Spannung an einer Kerbe konzentriert. (Nach PAUWELS.)

4. Pathophysiologie der Fraktur und Frakturheilung

4.1. Bruchvorgänge

Ein gesunder Knochen ist den mechanischen Beanspruchungen, welche an ihn vernünftigerweise gestellt werden, gewachsen. Die Belastungsfähigkeit des Knochens, wie sie etwa beim Spitzensport gefordert wird, ist erstaunlich hoch. Immerhin hat sie Grenzen. Diese sind erreicht, wenn die Beanspruchung die Festigkeit übersteigt.

Überbeanspruchung kann akut oder chronisch erfolgen (wie bei jedem physikalisch festen Körper):

1. Akute Überbeanspruchung führt zum plötzlichen Bruch.
2. Dauerbeanspruchung führt zum sog. «Ermüdungsbruch».

Beide Brucharten kommen klinisch vor.

4.1.1. *Der akute Bruch*

Allgemein bekanntes und scheinbar banales Ereignis. Dazu gehört das adäquate *Trauma* (Unfall) nach dem oben genannten Gesetz, dass eine Fraktur bei einem *Missverhältnis* zwischen mechanischer Festigkeit des Knochens und Beanspruchung eintritt. *Fehlt* dieses Trauma *(= «Spontanfraktur»)*, so liegt der Verdacht nahe, dass der Knochen *vorgeschädigt* war: Sogenannte *«Pathologische Fraktur»* (z.B. bei Tumormetastasen) (siehe II.14.2.).

Die akute Fraktur kommt durch

1. direkte
2. indirekte

äussere Krafteinwirkung zustande. Die Unterscheidung ist wesentlich, denn bei direkten Frakturen werden die Weichteile gequetscht und oft schwerer geschädigt als der Knochen selbst.

Von der *Bruchform* kann auf den *Bruchmechanismus* geschlossen werden: (Torsion, Biegung, Stauchung, Trümmerfraktur). Daraus ergeben sich Hinweise auf Art und Ausmass der Schädigung, vor allem auch der Weichteile (siehe im übrigen II.15.2.).

4.1.2. *Der Ermüdungsbruch*

Ermüdungsbrüche sind in der Technik eine gut bekannte Erscheinung, z.B. bei Metallen. Es handelt sich um Zerrüttungserscheinungen in der Struktur fester Körper infolge ständig *wechselnder* Beanspruchung. Ausschlaggebend ist die *Anzahl* der Lastwechsel, weniger deren Grösse. *Nach genügend langer Zeit* tritt der Bruch ein *bei einer wesentlich kleineren Belastung*, als für einen akuten Bruch notwendig gewesen wäre.

Im Bewegungsapparat sind an sich die Bedingungen für Ermüdungsbrüche gegeben: Die tägliche Beanspruchung, etwa bei einem Fussmarsch: jeder Schritt ein Lastwechsel. Tatsächlich sind Ermüdungsbrüche am Bewegungsapparat nicht ganz selten, allerdings weniger am Knochen als an *mechanisch beanspruchten Implantaten:* Osteosynthesematerial und Endoprothesen. Seit solche in grossem Stil verwendet werden, sind Platten-, Nagel- und Prothesenbrüche in der Praxis zu einem recht grossen Problem geworden.

Das liegt weniger an Materialfehlern, als an der Erfahrungstatsache, dass *jedes* Material früher oder später einmal bricht, wenn nur genügend Lastwechsel erfolgt sind, also nach entsprechend langer Zeit.

Warum sind Ermüdungsbrüche am Knochen so selten? Die Erklärung wurde im Abschnitt «Vom Leben des Knochens» (I.A.2.) gegeben, sie heisst: weil der Knochen *lebt* und sich ständig regeneriert (bone remodeling, creeping substitution).

Die seltenen Ermüdungsbrüche des Knochens zeigen alle Merkmale des aus der Technik bekannten Ermüdungsbruches:

1. den sog. «Dauerbruch» (schleichende Fraktur);
2. den Schlussbruch.

Dazu kommen die Zeichen der *Regeneration.*

1. Die schleichende Fraktur

Die Zerrüttung der Struktur beginnt immer an der *Oberfläche* mit einer kleinen Unregelmässigkeit (siehe I.A.3.1.2.3.). Diese bildet einen typischen «stress riser». Die Beanspruchung konzentriert sich an dieser Stelle, und es entsteht eine Kerbe, dann ein Spalt, welcher immer tiefer wird (siehe Abb. 29). Genau dieses Bild zeigt ein Ermüdungsbruch des Knochens in diesem Stadium auf dem Röntgenbild (siehe Abb. 30). Durch diese «schleichende Fraktur» wird die tragende Struktur schliesslich so geschwächt, dass plötzlich

2. Der Schlussbruch eintritt.

Soweit kommt es beim Knochen allerdings *in der Regel nicht mehr,* denn vorher haben *Reparationsvorgänge* eingesetzt und Schmerzen die Schonung erzwungen. So findet man denn histologisch und auf dem Röntgenbild neben dem

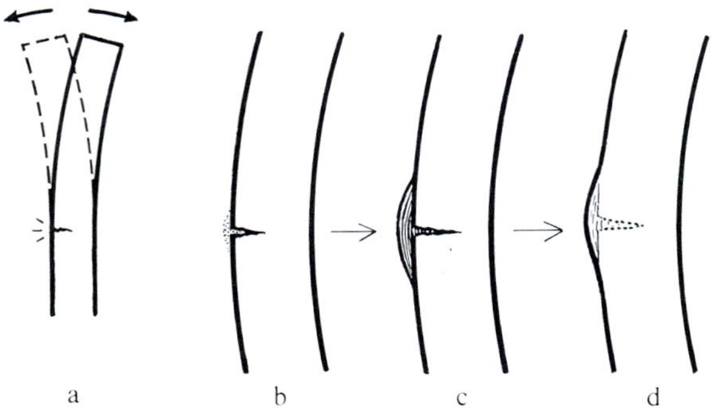

Abb. 30. *Ermüdungsbruch im Knochen.*

a Übermässige, ständige, wechselnde Biegebeanspruchung kann die Tragfähigkeit der Knochenstruktur übersteigen (selten bei intakter, meist nur bei insuffizienter Knochenstruktur, siehe I.A.3.1.2.1.).

b Eine Spannungsspitze führt zu einem Riss an der Oberfläche, dieser erhöht wiederum die Spannung an dieser Stelle (stressriser, siehe Abb. 29).

c Während die schleichende Fraktur fortschreitet, reagiert der lebende Knochen sofort mit Reparationsvorgängen, oft mit einer stark überschiessenden *Kallusbildung,* um den Schaden zu beheben. Diese ist nicht selten das erste Zeichen im Röntgenbild, während die kleine Kerbe kaum sichtbar ist (Loosersche Umbauzone).

d Unter Schonung heilt die schleichende Fraktur in der Regel rasch, und die Knochenstruktur gleicht sich durch Umbau wieder der ursprünglichen an, wobei die verbleibende Verdickung die schwache Stelle mechanisch ideal verstärkt (vgl. Abb. 31).

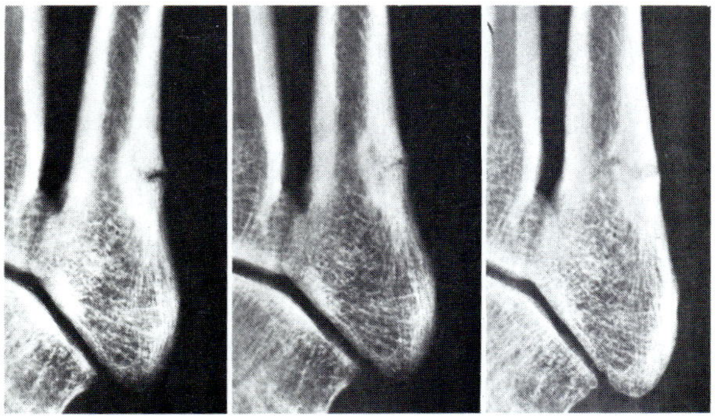

Abb. 31. *Ermüdungsfraktur* am fünften Metatarsale eines Rekruten (sog. «Marschfraktur»).

a Kerbe lateral im Knochenschaft. Die Kortikalis ist durch Reparationsvorgänge bereits verdichtet und verdickt.

b Etwa 2 Monate später ist die Fraktur kaum mehr zu sehen. Dank der sofort einsetzenden reaktiven Knochenumbauvorgänge ist es nicht zum Schlussbruch gekommen, vielmehr ist die Ermüdungsfraktur in Heilung begriffen.

c Ein Jahr später: Knöcherne Konsolidierung der Fraktur. Der Knochen ist infolge der Kallusbildung kräftiger als vorher und somit der erhöhten Beanspruchung wieder gewachsen.

Spalt der schleichenden Fraktur einen kräftigen *Kallus.* Die Heilung lässt nicht lange auf sich warten (II.14.2.2.: *«Klinik der Ermüdungsbrüche»*) (Abb. 31).

4.1.3. *Ermüdungsbrüche bei Implantaten*

sind zu erwarten, wenn das Implantat *während längerer Zeit* wechselnder mechanischer Beanspruchung ausgesetzt ist. Diese Brüche verlaufen anders als die Ermüdungsbrüche im Knochen: Keine Reparationsvorgänge begleiten den schleichenden Bruch und keine Symptome zeigen ihn an, bis es unweigerlich zum Schlussbruch von Implantat und Knochen kommt.

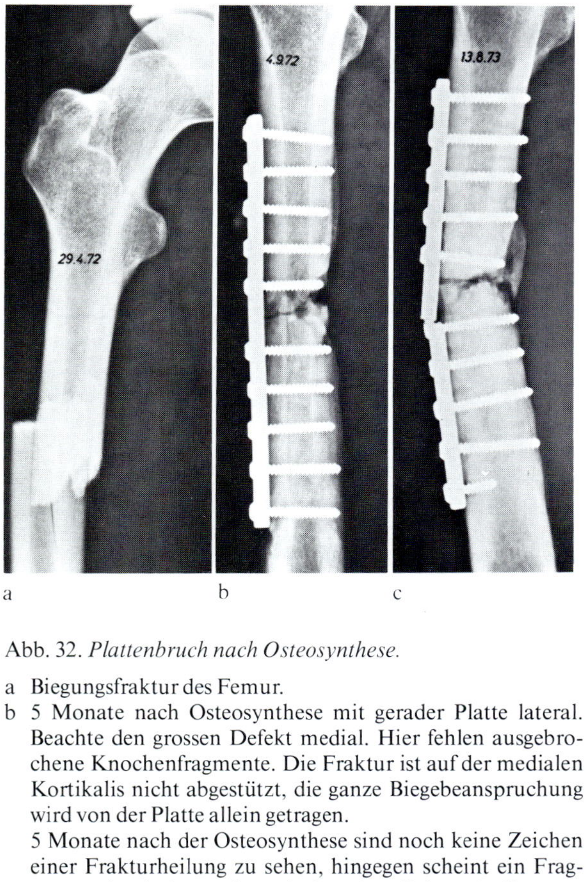

Abb. 32. *Plattenbruch nach Osteosynthese.*

a Biegungsfraktur des Femur.

b 5 Monate nach Osteosynthese mit gerader Platte lateral. Beachte den grossen Defekt medial. Hier fehlen ausgebrochene Knochenfragmente. Die Fraktur ist auf der medialen Kortikalis nicht abgestützt, die ganze Biegebeanspruchung wird von der Platte allein getragen.
5 Monate nach der Osteosynthese sind noch keine Zeichen einer Frakturheilung zu sehen, hingegen scheint ein Fragment nekrotisch zu sein, es ist knochendichter als die etwas osteoporotische Umgebung. Offenbar sind durch das Trauma und bei der Osteosynthese (Deperiostierung) die Fragmentenden teilweise devitalisiert worden: stark verzögerte Frakturheilung. Die Pseudarthrose zeichnet sich ab.

c Ein Jahr später: Ermüdungsbruch der Metallplatte, die zwangsläufige Folge der ungünstigen statischen und biologischen Situation (Platte alleiniger Kraftträger, verzögerte Frakturheilung bei Devitalisation).
Therapie dieses Zustandes: siehe II.16.2.2. und Abb. 329.

4.1.3.1. *Implantate, welche nur temporäre mechanische Funktion haben müssen,*
also Osteosynthesematerial wie Schrauben, Platten, Nägel usw. kommen regelmässig früher oder später zu *Bruch,* wenn sie auf *Biegung* beansprucht werden und der Knochen inzwischen noch nicht fest geworden ist. Der Wettlauf zwischen Implantatbruch und Konsolidation muss vom Knochen gewonnen werden (Abb. 32).

1. müssen *adäquat dimensionierte Implantate* verwendet werden.

2. Die Implantate sollen nur auf *Zug* und *Druck, nicht auf Biegung* beansprucht werden. Dies ist möglich durch *biomechanisch zweckmässige Osteosynthesen* nach dem Prinzip des *Verbundbaues* zwischen Knochen und Implantat (siehe auch I.A.3.1.2.2.: «Das Entlastungsprinzip»). Dies ist der wichtigste Faktor zur Vermeidung von Ermüdungsbrüchen nach operativer Knochenbruchbehandlung. Mit der Erarbeitung und Verbreitung dieser Prinzipien befasst sich z.B. die *Schweizerische Arbeitsgemeinschaft für Osteosynthesefragen (AO)* (Abb. 33).

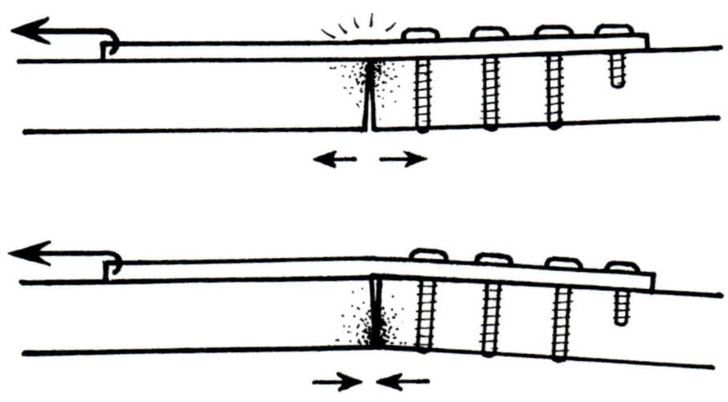

Abb. 33. *Prinzipien der Osteosynthese.*

Fixation einer Querfraktur mit einer Metallplatte.

Oben: Mittels eines Spanngerätes werden die Fragmentenden aufeinandergepresst. Dadurch entsteht bei flach anliegender Platte auf der Gegenseite ein *Spalt.* Die Platte, als alleiniger Kraftüberträger, wird auf *Biegung* beansprucht, und kommt meist früher oder später zu Bruch, während die Frakturheilung durch die ständigen kleinen Bewegungen im Bruchspalt behindert wird.

Unten: Durch leichtes Vorbiegen der Platte kann die *gegenseitige Kortikalis* unter Druck gesetzt werden. Auch bei wechselnder Biegebeanspruchung kann der Knochen die entstehenden Druckkräfte übernehmen, und in der (vorgespannten) Platte treten nur Zugkräfte auf. Dieser echte «Verbundbau» hält der physiologischen Beanspruchung stand, der Knochenbruch kann unter stabilen Verhältnissen ausheilen und wird *tragfähig,* bevor die Platte Ermüdungserscheinungen zeigt.

«Das Schicksal der Osteosynthese liegt in der Gegenkortikalis» (M.E. Müller).

3. Eine *Beschleunigung der Knochenheilung* durch die Osteosynthese ist nicht möglich. Eine bestimmte *Minimalzeit* braucht jede Fraktur zur Heilung. Mit den unter 2. genannten Prinzipien können aber fast immer die Voraussetzungen für eine ungestörte Frakturheilung geschaffen werden. Eine Möglichkeit, die Frakturheilung bei ungünstigen Voraussetzungen (z.B. ausgedehnten Nekrosen) zu fördern, ist die *Einlagerung von autologer Spongiosa.*

4. Immer bleibt die Wahl offen, auf ein Implantat zu verzichten, eine Fraktur oder Osteotomie konservativ zu behandeln. Diese Wahl wird von der Fraktur und auch der Person des Behandlers abhängen.

4.1.3.2. *Dauerimplantate*

Schwieriger ist das Problem bei den *Implantaten, welchen eine dauernde mechanische Funktion* zugedacht ist, also den *Endoprothesen.* Auch hier ist die biomechanisch richtige Konstruktion und Implantation von grösster Bedeutung. Selbstverständlich spielt auch das Material eine grosse Rolle. Ermüdungserscheinungen jedoch, vor allem in der Verankerungszone, werden im Verlaufe der Jahre unter der täglichen Beanspruchung immer auftreten (vgl. Abb. 276).

Gelöst ist das Problem bis heute nicht, mindestens nicht für Patienten in der mittleren und jüngeren Altersklasse.

4.2. Frakturheilung – Kallusbildung – Pseudarthrose

Der wichtigste aber auch *komplexeste* Reparationsvorgang am Bewegungsapparat ist die *knöcherne Wiedervereinigung zweier voneinander* getrennter Knochenteile. Ohne diesen Vorgang wäre eine Wiederherstellung am Bewegungsapparat nicht denkbar. Auch die Mehrzahl der orthopädischen Operationen (Osteosynthesen, Osteotomien, Arthrodesen) wären nicht möglich ohne diese erstaunliche Leistung des Organismus. Die Kenntnis dieses Vorganges, der Frakturheilung unter verschiedenen Bedingungen und seines Misserfolges, der *Pseudarthrose,* ist deshalb für den Orthopäden von grundlegender Bedeutung.

Die *natürliche Knochenbruchheilung* ist ein verhältnismässig «narrensicherer» Vorgang. Unbehandelte Knochenbrüche heilen bei Mensch und Tier fast immer von selbst aus, offensichtlich auch ohne jede Fixation und Behandlung. Je weniger eingreifend die Knochenbruchbehandlung ist, desto weniger ist der natürliche Knochenbruchheilungsprozess gestört, und desto weniger Pseudarthrosen entstehen. Die Anzahl der Pseudarthrosen ist mit der Entwicklung der Knochenbruchbehandlung eher gestiegen als gesunken.

4.2.1. *Die natürliche Knochenbruchheilung*

erfolgt durch den *Frakturkallus.* Die bei konservativer Behandlung übliche Fixierung der Fraktur (Gips, Extension) kann keine absolute Ruhigstellung erzeugen. Sie soll lediglich die Fragmente in einer guten Stellung halten. Kleinere Bewegungen der Fragmentenden gegeneinander sind dabei immer noch möglich, doch hindert dies die natürliche Knochenbruchheilung keineswegs, denn unter diesen mechanisch instabilen Bedingungen *fixiert der Kallus selbst* die Fragmentenden aneinander und schweisst sie schliesslich knöchern zusammen. Der Vorgang erscheint klinisch recht simpel, doch ist er histologisch überaus kompliziert und noch nicht in allen Einzelheiten geklärt. Er basiert auf ähnlichen Mechanismen wie die embryonale Knochenbildung und die chondrale Ossifikation beim epiphysären Wachstum (siehe I.A.5.2.).

4.2.1.1. *Histologische Entwicklung des Frakturkallus* (Abb. 34)

1. Organisation des *Frakturhämatoms* durch einwachsendes *Granulationsgewebe.* An der Kallusbildung sind osteogenetische Gewebe aus der Umgebung der Fraktur (Periost, Endost, Zellen aus dem Knochen, Gefässe) beteiligt.

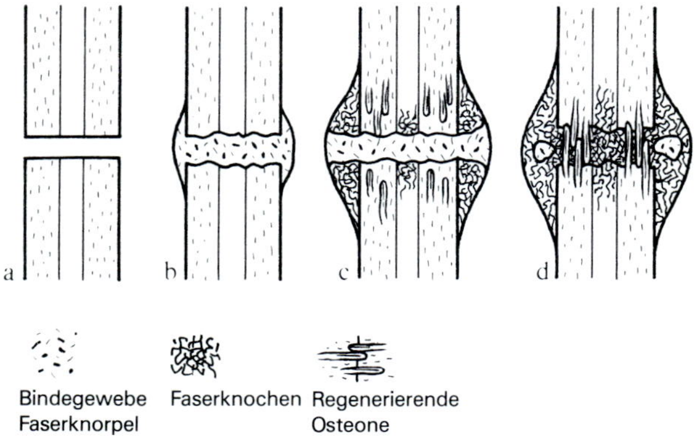

Abb. 34. *Histologie der natürlichen Knochenbruchheilung.*

a Frische Fraktur;
b Bindegewebs- und Knorpelkallus;
c Periostale und endostale Knochenbildung und Haversscher Umbau der (teilweise nekrotischen) Fragmentenden;
d Brückenschlag. Ossifikation des Brückenkallus, Haversscher Durchbau.

2. Im Frakturspalt entsteht vorerst ein *Knorpelkallus* (Faserknorpel und Bindegewebe).

3. Gleichzeitig entsteht periostal und endostal in Anlehnung an die Fragmentenden, in einiger Distanz vom Frakturspalt, ein *Knochenkallus* (Faserknochen).

4. Die *knöcherne Überbrückung* der Fraktur ist unter mechanisch instabilen Bedingungen nur über den Umweg des *Knorpelkallus* möglich. Dieser wird schrittweise mineralisiert und durch einsprossende Gefässe und begleitende Chondroblasten aufgebrochen. Nachfolgende Osteoblasten lagern an die Kalkknorpelreste das erste *Faserknochengerüst* an.

Der Vorgang entspricht also ziemlich genau der chondralen Ossifikation an den Epiphysenfugen.

Voraussetzung für die Ossifikation ist eine gewisse *Eigenstabilität* des Knorpelkallus, welche erst das Eindringen der Gefässe und die Mineralisation ermöglicht.

5. Parallel dazu hat *in den Fragmentenden* der *Haversche Knochenumbau* stark zugenommen. Die devitalisierten Zonen werden ersetzt. Die Osteone wachsen schliesslich auch in den neugebildeten, weitmaschigen Faserknochenkallus ein und ersetzen diesen durch kompakten *Lamellenknochen.*

6. Der *Umbau* dauert so lange an, bis die ursprüngliche äussere Form und innere Struktur des Knochens wiederhergestellt sind. Dies dauert allerdings Monate und Jahre (siehe Abb. 14, 15 und 35).

Mit Recht kann man sagen, dass die Frakturbehandlung eine *Rekapitulation der embryonalen Knochenentwicklung* (vgl. I.A.5.2.1.) ist.

4.2.1.2. *Theorie der Frakturheilung*

Andererseits ist es nunmehr eindeutig erwiesen, dass die *mechanischen Bedingungen im Frakturspalt* für die Heilungsvorgänge eine wesentliche Rolle spielen. KROMPECHER, PAUWELS und andere haben *Theorien über die Biomechanik der Frakturheilung* entwickelt, welche im Hinblick auf die verschiedenen Störungen der Frakturheilung (v.a. Pseudarthrosen) und die unterschiedlichen Frakturbehandlungsmethoden grosse Bedeutung erlangt haben.

Die Beobachtung, dass *unter stabiler innerer Fixation,* welche auch in mikroskopischen Dimensionen jede Bewegung der Frakturenden gegeneinander verhindert (Osteosynthese), die Frakturheilung *direkt* (angiogen oder bindegewebig) erfolgt, ohne Umwege über einen Knorpelkallus (SCHENK) (siehe unten), lässt vermuten, dass *mechanische Ruhe für die Knochenbildung wesentlich* ist.

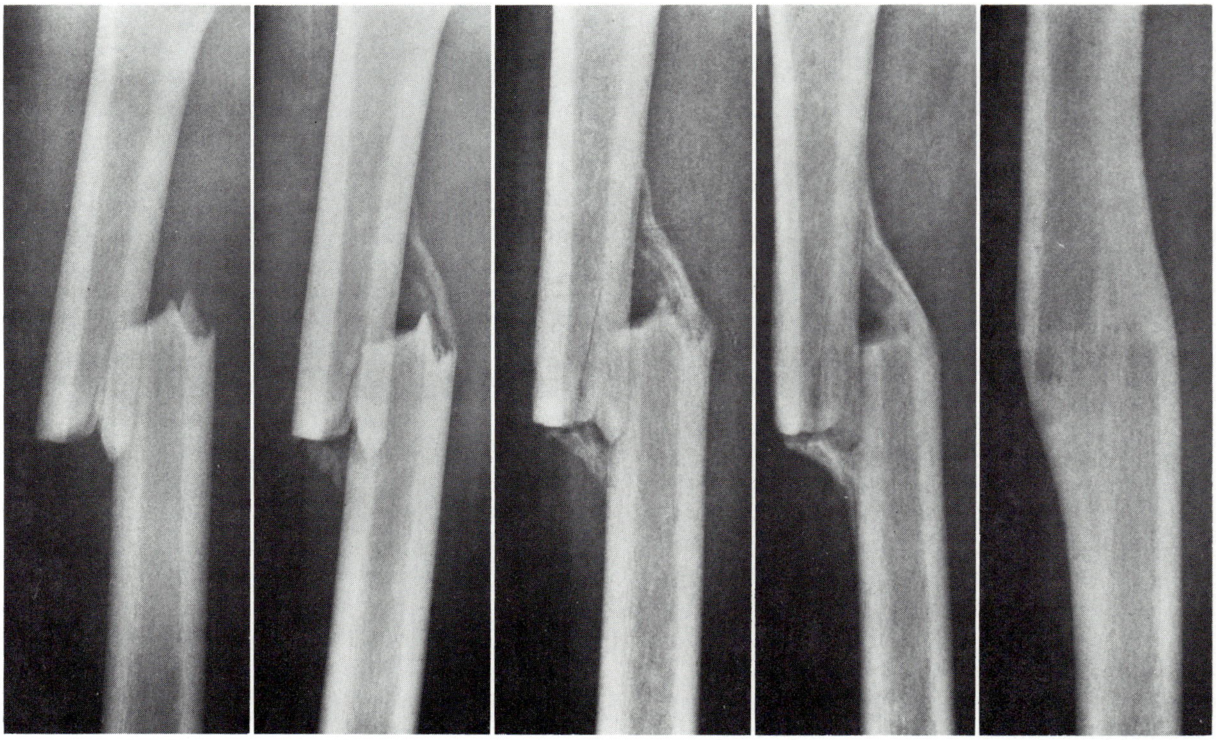

a b c d e

Abb. 35. *Die natürliche Frakturheilung im Röntgenbild.* Oberschenkelbruch bei einem 12jährigen Knaben.

a Fraktur am Unfalltag, seitliche Verschiebung um Schaftbreite.
b 8 Tage später erkennt man bereits die ersten Schatten des Kallus.
c Nach 3 Wochen hat der Kallus die Fraktur bereits überbrückt und stabilisiert. Deutlich ist seine spindelige, vom Periost ausgehende Struktur. Die Frakturenden sind bereits etwas osteoporotisch geworden.
d 2 Monate später ist der Bruch knöchern konsolidiert. Die Kallusmanschette überbrückt nahtlos die beiden Knochenenden. Nur distal ist noch ein kleiner Spalt zwischen Kallus und unterem Fragment zu erkennen. Die scharfen Konturen der Knochenenden sind verschwunden und geglättet.
e Bereits ein Jahr später ist die Frakturstelle vollständig umgewandelt, die Ecken sind ausgefüllt, geglättet, die Kortikalis ist wieder durchgehend, und bereits ist wieder eine neue Markhöhle zu erkennen.
Mechanisch ist die Verbindung ideal, der Kraftfluss harmonisch. Bis in ein paar Jahren, beim Wachstumsabschluss, wird von der Fraktur praktisch nichts mehr zu sehen sein.
Die natürliche Bruchheilung ist die überaus zielstrebige, zweckmässige Lösung eines schwierigen biomechanischen Problems. Diese imponierende Leistung der Natur ist nicht leicht zu überbieten. Von einer «sekundären Knochenheilung» zu sprechen, in Analogie zur «sekundären Wundheilung», suggeriert ein negatives Werturteil, was dem Phänomen nicht gerecht würde.

Bereits Pauwels hat dies postuliert und die Gewebsdifferenzierung durch lokale mechanische Bedingungen zu erklären versucht. Diese *biomechanische Theorie* wurde weiter entwickelt von Bassett, Schenk und anderen und im wesentlichen auch experimentell bewiesen.

Sie sieht etwa so aus:

Pauwels hat an einem anschaulichen Kallusmodell zu zeigen versucht, wie sich der natürliche *Kallus* durch diese biomechanischen Vorgänge *selbst stabilisiert,* sozusagen nach einem Rückkopplungsprinzip (Abb. 36).

Nach dieser Theorie baut der Knorpelkallus vorerst selbst ein verhältnismässig starres *«Leit-»*

Mesenchymales Gewebe →	Zugkräfte	→	straffes Bindegewebe (zugfest)
→	hydrostatische Druckkräfte	→	Knorpelgewebe (druckfest)
→	Piezoelektrische Effekte durch verformende Beanspruchung eines mehr oder weniger formfesten (starren) Stützgerüstes	→	Knochengewebe (formfest)

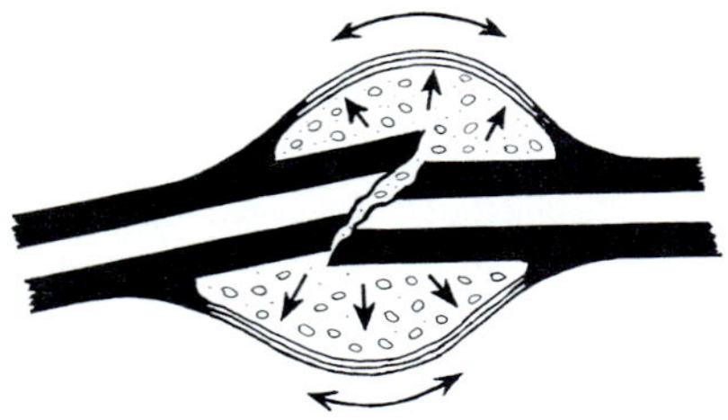

Abb. 36. *Stabilisierung der Fraktur durch den natürlichen Kallus* (nach PAUWELS, modifiziert).

Druckfestes Knorpelgewebe im Innern des Kallus, umschlossen von zugfestem Bindegewebe, ergibt ein stabiles Gebilde, das einem mit Wasser prall gefüllten Ball gleicht. Der wachsende Knorpel kann bekanntlich durch seinen Turgor eine erstaunliche hydrostatische Kraft entwickeln (vgl. «Die Kraft des epiphysären Knochenwachstums», I.A.5.4.4.).

Dadurch entsteht eine straffe Manschette, welche die beiden Frakturenden umgreift wie eine Faust einen gebrochenen Stab. Sobald der Knorpelkallus auf diese Weise die Fraktur genügend stabilisiert hat, kann der Knochenkallus, geschützt vor mechanischer Beanspruchung, eingebaut werden.

oder *«Lehrgerüst»,* in welchem die für die Ossifikation notwendige mechanische Ruhe herrscht. Dieser «Brückenschlag» im Kallus, die Ossifikation, ist der kritische Moment in der Frakturheilung. Soweit die Theorie.

Praktisch klinisch entscheidend ist die *Belastbarkeit* der heilenden Fraktur.

4.2.1.3. *Die mechanische Festigkeit des Kallus*

Darüber sind kaum experimentelle Daten bekannt. Auch die Histologie gibt wenig Aufschluss.

Die *klinische Erfahrung* hingegen ist alt, dass die in Heilung begriffene Fraktur den Bewegungen im Frakturspalt schon bald einen «federnden» d.h. elastischen Widerstand entgegensetzt, der *kontinuierlich zunimmt bis zur knöchernen Konsolidation.*

Diesem Prozess ist ein bestimmter *biologischer Rhythmus* eigen, der sich aus der Geschwindigkeit der histologischen Umbauvorgänge ergibt. Die Zeitspanne misst sich bei unkompliziertem Verlauf in *Wochen.* Sie ist verschieden je nach Frakturart. Aus der klinischen Erfahrung heraus kennt man Mittel- und Rahmenwerte. Werden diese wesentlich überschritten, spricht man von *«verzögerter Heilung».* Die Frakturheilung kann – muss nicht – dabei gestört sein. In den meisten Fällen kommt eine Konsolidation trotzdem noch zustande.

Die klinischen Kriterien zur Beurteilung der Belastbarkeit einer in Heilung begriffenen Fraktur sind ziemlich vage. Wir sind nach wie vor angewiesen auf:

1. unsere rein empirischen *Erfahrungen* über den normalen Heilverlauf.
2. die klinische *Prüfung* der Stabilität des Knochens *von Hand* durch vorsichtigen Biegeversuch.
3. *Röntgenverlaufsserien* lassen bei der natürlichen Frakturheilung die Kallusbildung und die Überbrückung der Fraktur gut erkennen. Meistens hinkt die röntgenologische Konsolidation der klinischen deutlich nach.

Im Normalfall wird die Fraktur (es ist hier nur die Rede von der natürlichen Frakturheilung mit biologisch aktiver Kallusbildung) früher oder später knöchern fest. Eigentlich ist es erstaunlich, wie gut dieser Vorgang funktioniert (Abb. 37).

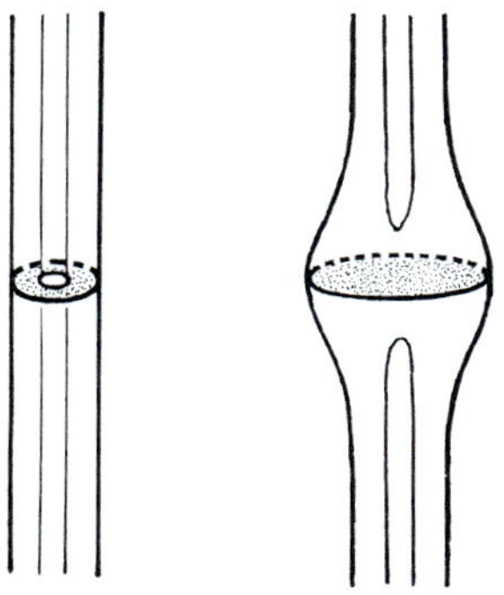

Abb. 37. *Die Bedeutung des Kallusquerschnittes.*

Eine Verdickung des Knochens durch den periostalen Kallus, z.B. auf das doppelte, vergrössert die mechanisch wirksame Verbindungsfläche zwischen den Fragmenten auf das Vierfache. Zudem werden vor allem die mechanisch wirksamen Wandpartien verstärkt (siehe Abb. 35, I.A.3.1.2.1.).

Die Kallusmanschette erhöht somit die Festigkeit der heilenden Fraktur erheblich. Sie fehlt bei der sog. primären Frakturheilung.

4.2.2. *Das Ausbleiben der knöchernen Heilung (Pseudarthrose)*

ist bei der natürlichen Knochenbruchheilung ein recht seltenes Ereignis: Wenn der Frakturheilungsprozess den Versuch zum Brückenschlag definitiv «aufgibt» spricht man von *Pseudarthrose* (Klinik der Pseudarthrose, II.16.2.).

Wann ist dieser Punkt erreicht? Offenbar ist es ein «point of no return», denn eine solche Pseudarthrose *heilt spontan nicht mehr,* auch nicht mit der üblichen konservativen (relativen) Ruhigstellung.

Dies bedeutet meist *nicht,* dass die biologische Potenz des Kallus erschöpft ist: Der Kallus hat sich – bis auf den Pseudarthrosespalt – normal entwickelt und histologisch ausdifferenziert, und *durch geeignete Massnahmen kann der Knochenheilungsprozess wieder reaktiviert* werden. Er funktioniert dann wieder genau so gut wie bei einer frischen Fraktur.

Pseudarthrose heisst lediglich, dass der *Brükkenschlag,* mit Hilfe des provisorischen Kallus als Lehrgerüst für die Ossifikation, *versagt hat.*

Was sind die Ursachen dafür? Welches ist die *kritische Phase* im Verlaufe der normalen Kallusentwicklung, in welcher der Brückenschlag erfolgen muss, und nach welcher er nicht mehr möglich ist?

4.2.2.1. *Mechanische Beanspruchung und Differenzierung des Kallus*

Die Mineralisierung der Kallusbrücke, sowie das zur Ossifikation notwendige Einwachsen von Gefässsprossen in den Frakturspalt sind nur möglich unter der Voraussetzung, dass das zarte Gewebe nicht durch mechanische Beanspruchung zerstört wird. Die *Verformung,* die ein Gewebe ohne Schaden erträgt, ist umso grösser, je lockerer das Gewebe ist. Der *Widerstand,* den es dieser Verformung entgegensetzt, nimmt aber erst mit seiner Verfestigung zu. Von diesen beiden *mechanischen Eigenschaften* der einzelnen Gewebe hängt die Frakturheilung ab. Entscheidend ist nicht die grob makroskopische Ruhigstellung, sondern die *Beanspruchung* der *Gewebe* und Zellen auf *mikroskopischer Ebene,* und ihre *mechanische Resistenz.* Diese sind je nach Gewebsart, Lage im Kallus und zeitlicher Phase sehr *verschieden* (Abb. 38):

Im Laufe der Frakturheilung *ändern* sich mit der histologischen Ausdifferenzierung des Kallus seine mechanischen Eigenschaften, und zwar bei der natürlichen Frakturheilung so, dass die mechanische Beanspruchung unter normalen Verhältnissen so klein ist, dass sie die Zellaktivität nicht stören kann.

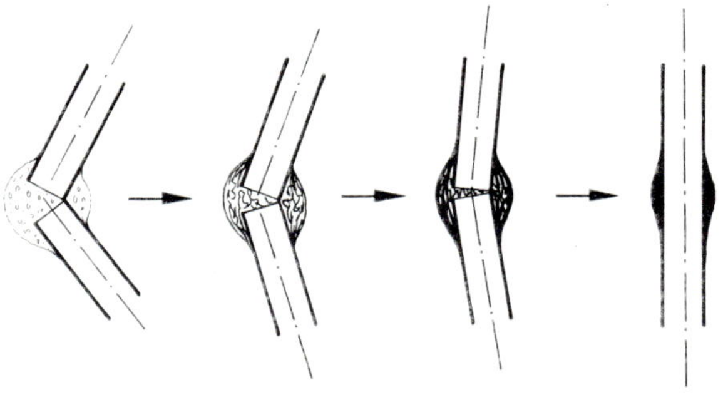

Abb. 38. *Mechanische Auswirkung der Versteifung des Kallusgewebes* (in Anlehnung an PERREN). Im Verlaufe der zeitlichen Abfolge von Hämatom, Granulationsgewebe, Bindegewebe, Knorpel und Mineralisation zu fibrösem und schliesslich lamellärem Knochen wird die Fraktur zunehmend steifer (von links nach rechts). Bei gleichbleibender Belastung nimmt die Frakturbeweglichkeit kontinuierlich ab.

In der *ersten Phase* (Granulations- und lockeres Bindegewebe) ist die Festigkeit des Kallus noch sehr gering, das Gewebe aber noch sehr *dehnbar,* so dass es Bewegungen mit nicht allzu grossen Ausschlägen ohne weiteres erträgt. Grössere Bewegungen können ohne Schwierigkeiten durch äussere Ruhigstellung (Gips, Extension) verhindert werden.

In einer *zweiten Phase* übernimmt der *Knorpelkallus* die mechanische Beanspruchung selbst. Er ist bereits recht stabil und setzt einer Verformung einen kräftigen Widerstand entgegen. Anderseits ist er schon wesentlich *steifer* und erträgt nur noch kleine Bewegungsausschläge. Die äussere Fixation, z.B. mit Gips, muss in diesem Stadium schon sehr genau angepasst sein, wenn sie imstande sein soll, die gefährlichen (relativ kleinen) Bewegungsausschläge zu verhindern.

In der *dritten Phase* der Mineralisation und Ossifikation erträgt der Kallus *keine* makroskopische Verformung mehr[1]. In diesem Stadium nützt eine äussere Fixation in der Regel kaum mehr, weil sie so kleine Bewegungsausschläge nicht zu verhindern vermag. Bei normaler Bruchheilung ist aber der Kallus inzwischen so kräftig geworden, dass er *sich selbst* vor mechanischer Überbeanspruchung *schützen* kann. Ist dies *nicht* der Fall, d.h. bei drohender Pseudarthrose, hilft nur noch die *absolute Stabilisierung* der Fraktur durch eine *stabile Osteosynthese* (siehe unten), damit der letzte Schritt der Knochenbruchheilung, der knöcherne Brückenschlag, doch noch zustande kommt.

Offenbar ist diese *dritte Phase der kritische Punkt,* an welchem die Weichen zur Heilung oder zur Pseudarthrose endgültig gestellt werden.

Gleichzeitig sieht man, dass die *Anforderungen* an die Ruhigstellung parallel zur Gewebsdifferenzierung im Kallus ansteigen. Dies ist eine für die Praxis der Frakturbehandlung wichtige Erkenntnis.

4.2.2.2. *Mechanische Faktoren, welche die Konsolidation beeinträchtigen*

PERREN hat darauf hingewiesen, dass die *Grösse des Frakturspaltes* und damit die Form des Kallus einen Einfluss auf die Beanspruchung des Regenerates hat. Dies lässt sich an einem Modell zeigen (Abb. 39).

Offenbar ist im Fall der drohenden Pseudarthrose eine *Fehldifferenzierung* des Kallus unter mechanischer Überbeanspruchung erfolgt, in dem Sinne, dass sich der Kallus in der Umgebung der Fragmentenden und in Anlehnung an diese (also unter stabilen Bedingungen) normal entwickelt bis zur Ossifikation, auf *Kosten eines schmalen Spaltes, auf den sich*

[1] In der ersten Phase entspricht der Kallus mechanisch etwa weichem Gummi: Er ist sehr elastisch und stark deformierbar.

Die zweite Phase entspricht ziemlich hartem Gummi: Elastisch, noch ziemlich deformierbar und schon ziemlich belastungsfähig.

Die dritte Phase entspricht Holz oder Glas: Nur noch wenig elastisch, wenig deformierbar (steif), im Normalfall widerstandsfähig und gut belastbar.

Man beachte, dass Steifigkeit und Belastungsfähigkeit nicht parallel gehen: Beispielsweise kann ein (biegsamer) Gummistab unter Umständen mehr Belastung ertragen als ein (spröder) Glasstab, welcher zerbrechen würde.

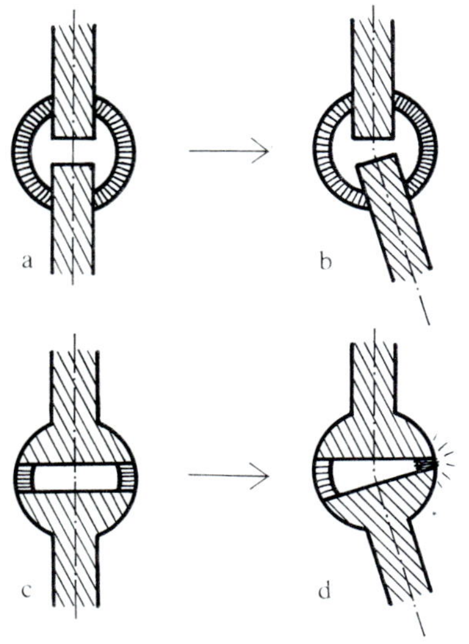

Abb. 39. *Die Deformierung des osteogenen Gewebes.*

Eine Achsenknickung von etwa 10° (was etwa der maximalen Verbiegung in einer Gipsfixation entspricht) ergibt eine Deformierung der einzelnen Gewebselemente (Zellen, Interzellularsubstanz) von etwa 5% in einem homogenen Manschettenkallus, was noch innerhalb der Elastizitätsgrenze eines Knorpelkallus liegt (Abb. a und b).

Bei einer Kallusform, wie man sie bei drohender Pseudarthrose findet (Abb. c und d) bewirkt hingegen *die gleiche* Achsenknickung von 10° eine Gewebsdeformierung im Frakturspalt von *über 100%*, was die Elastizitätsgrenze von z.B. Knorpelkallus, geschweige denn von Knochenkallus, bei weitem *übersteigt*, d.h. er würde *zerstört*. Eine Ossifikation, ein knöcherner Brückenschlag ist unter solchen Bedingungen nicht möglich. Das einzige Gewebe, das in mechanisch derart unruhigen Zonen existieren kann, ist gefässloses Bindegewebe, genau was man histologisch in schmalen Pseudarthrosespalten findet.

Der *Beweis* dieser Theorie liegt darin, dass Pseudarthrosespalten in diesem Stadium *unter stabiler innerer Fixation* (Osteosynthese) in kurzer Zeit knöchern überbrückt werden (siehe I.A.4.2.3.).

die ganze mechanische Beanspruchung schliesslich konzentriert, und der deshalb die normale Entwicklung des übrigen Kallus nicht mehr mitmachen kann. Die Gewebsdifferenzierung ist in diesem Spalt im Gegenteil *rückläufig:* wieder zu Bindegewebe, und schliesslich kann sich sogar ein eigentlicher *Gelenkspalt* bilden: Wir haben das klassische Bild der *Pseudarthrose* vor uns. Diese Vorgänge lassen sich auf Röntgenserien genau verfolgen (Abb. 40).

Die *Ursache* dieser Fehldifferenzierung des Kallus ist wahrscheinlich in einem Vorgang zu suchen, der etwa als «Dauerbruch», als wiederholte Kontinuitätstrennung, als «schleichende» Kallusfraktur zu umschreiben wäre. Auf Röntgenserien lässt sich oft gut erkennen wie der Frakturspalt immer deutlicher wird statt langsam zu verschwinden, während der knöcherne Kallus immer breiter und dichter wird (Abb. 41 und 42).

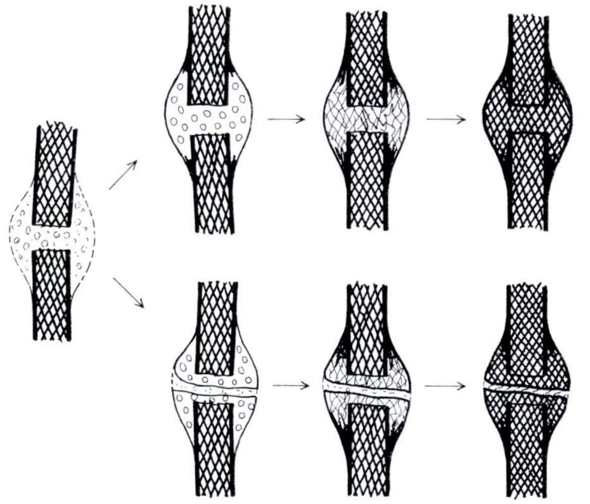

Abb. 40. *Kallusdifferenzierung: Knöcherner Durchbau oder Pseudarthrose?*

Obere Reihe: Gleichmässige histologische Entwicklung des Frakturkallus entsprechend Abb. 38 und Abb. 39a und b. Knöcherne Heilung.

Untere Reihe: Fehldifferenzierung des Kallus: Dieser entwickelt sich von beiden Fragmentenden aus normal, doch *bleibt* unter der mechanischen Überbeanspruchung der *Brückenschlag aus:* Der Pseudarthrosenspalt bleibt bindegewebig und avaskulär, da die einwachsenden Blutgefässe laufend zerstört werden. Der knöcherne Durchbau in diesem Stadium ist erst möglich, wenn die mechanische Unruhe ausgeschaltet ist.

Die logische *Therapie* der Pseudarthrosen besteht in der *stabilen Osteosynthese* (siehe II.16.2.).

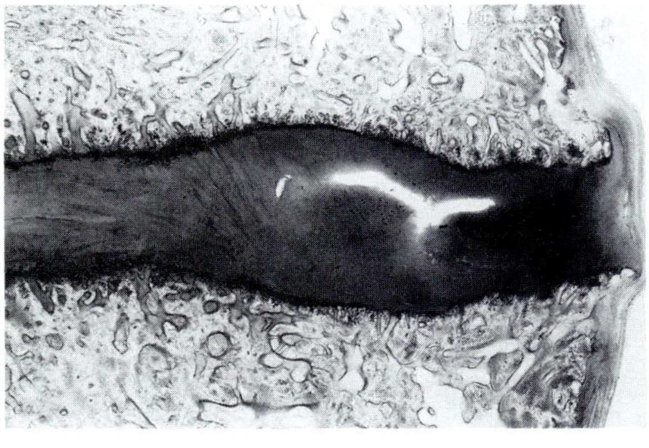

Abb. 41. *Histologie der Pseudarthrose* (Hunderadius, Präparat von Prof. R. Schenk). Die beiden vitalen Knochenenden sind durch einen knorpeligen und bindegewebigen Spalt getrennt. In diesem Spalt finden, vor allem durch Scherkräfte ausgelöst, *Mikrobewegungen* statt. Man sieht Faserzüge und einen Riss in der Spaltrichtung. Hier beginnt sich ein Falschgelenk zu bilden.

Die Grenze zwischen gut durchblutetem Knochen und gefässlosem Pseudarthrosespalt ist ziemlich scharf. Vaskularisation und Ossifikation können aber wegen der mechanischen Unruhe diese Barriere nicht überqueren. Dass sie es unter mechanisch stabilen Verhältnissen doch können, zeigt Abb. 43.

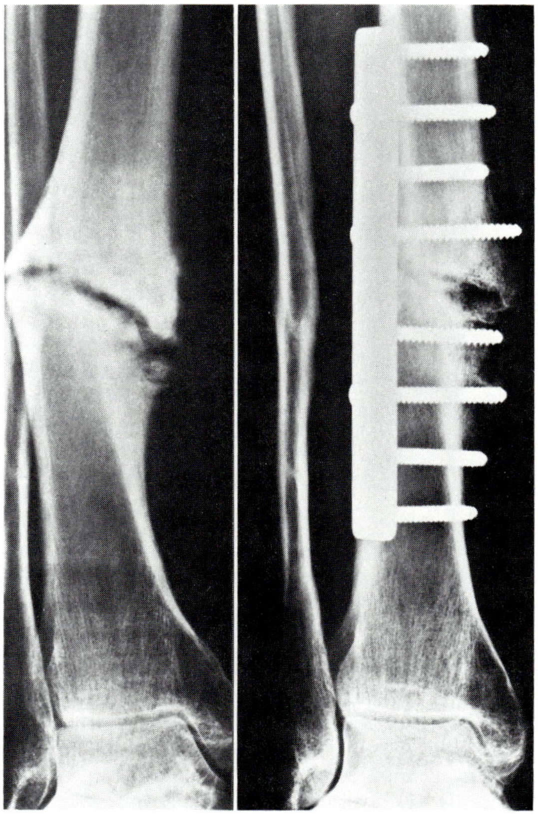

a b

Abb. 42.

a Voll ausgebildete *Pseudarthrose* nach Unterschenkelfraktur. Es hat sich wohl ein dicker spindeliger Kallus gebildet, doch blieb der «Brückenschlag» aus. Im Pseudarthrosespalt finden Mikrobewegungen statt, welche die Heilung verhindern (hier z. B. geführte Biegung bei Varusfehlstellung und stehender Fibula).

b Nach Ausschaltung der mechanischen Unruhe im Pseudarthrosespalt durch stabile Fixation kann der knöcherne Durchbau rasch erfolgen.

Manchmal lässt sich ein richtiger «Wettlauf» zwischen der Kallusbildung und dem «Dauerbruch» verfolgen: Es werden immer neue periostale Manschetten gebildet, die auf Höhe des Frakturspaltes immer wieder von neuem brechen. *In diesem Stadium ist eine Heilung noch möglich, aber sehr prekär.* Meist hilft nur noch ganz rigorose, lang dauernde Ruhigstellung und Entlastung oder die stabile innere Fixation durch *Osteosynthese* (Abb. 42 und 326a).

4.2.2.3. *Welche Frakturen sind gefährdet?*

Pauwels hat die *mechanischen Störfaktoren*, welche zur Fehldifferenzierung des Kallus und zur Pseudarthrosebildung führen, zu analysieren versucht. Er hat dabei vor allem «intermittierende Schub- und Scherkräfte» und «geführte Biegung», wie sie etwa durch die Sperrwirkung eines Parallelknochens (Vorderarm, Fibula) zustande kommen, gefunden (siehe II.16.2.1.). Sicher sind die mechanischen Verhältnisse im Kallusgebiet oft sehr komplex und nicht immer übersehbar, doch lässt in vielen Fällen das Röntgenbild zusammen mit biomechanischen Überlegungen eine Beurteilung zu, welche den Weg für die weitere Behandlung weisen kann.

Daneben sind *alle Frakturen* gefährdet, welche eine *verzögerte Heilung* haben: Der histologische Frakturheilungsprozess läuft im vorgegebenen biologischen Rhythmus ab, d. h. Bindegewebe, Knorpelkallus und Knochenbildung folgen sich in zeitlich relativ genau bestimmten Abständen. Wenn die *mechanische Festigkeit* des Kallus mit dieser histologischen Umwandlung nicht Schritt hält, ist der *Selbstschutzmechanismus des Kallus*, d. h. vor allem die kritische Phase der Ossifikation gefährdet.

Alle Faktoren, die eine *Heilung verzögern*, kommen deshalb auch als *Ursache der Pseudarthrose* in Frage.

1. *Übermässige mechanische Beanspruchung des Regenerates:* Wiederholte Repositionen, ständige Bewegung im Kallusgebiet, einmalige oder dauernde Frakturierung des Kallus, geführte Biegung usw.

2. *Mangelnde Kallusbildung* infolge fehlender lokaler Durchblutung bei Gewebsschäden: Ausgedehnte Knochendefekte, nekrotische Knochenfragmente, schwere Weichteilschäden, Infektionen usw.

Ersteres führt zu *vitalen*, letzteres zu *avitalen*, biologisch nicht reaktionsfähigen Pseudarthrosen («Klinik und Therapie der Pseudarthrosen» II.16.2.) (Abb. 43).

4.2.3. *Frakturheilung unter stabiler innerer Fixation*

Die Erforschung der Frakturheilung nach Osteosynthesen hat viel zum Verständnis der biomechanischen Wechselwirkungen zwischen mechanischen Kräften und den Zellaktivitäten, welche bei der Frakturheilung ins Spiel kommen, beigetragen.

4.2.3.1. *Primäre Knochenheilung*

Unter mechanisch absolut stabilen Verhältnissen, wie sie eine starre Osteosynthese ergibt, beobachtet man eine Art von Frakturheilung, welche in der Natur nicht vorkommt. Röntgenolo-

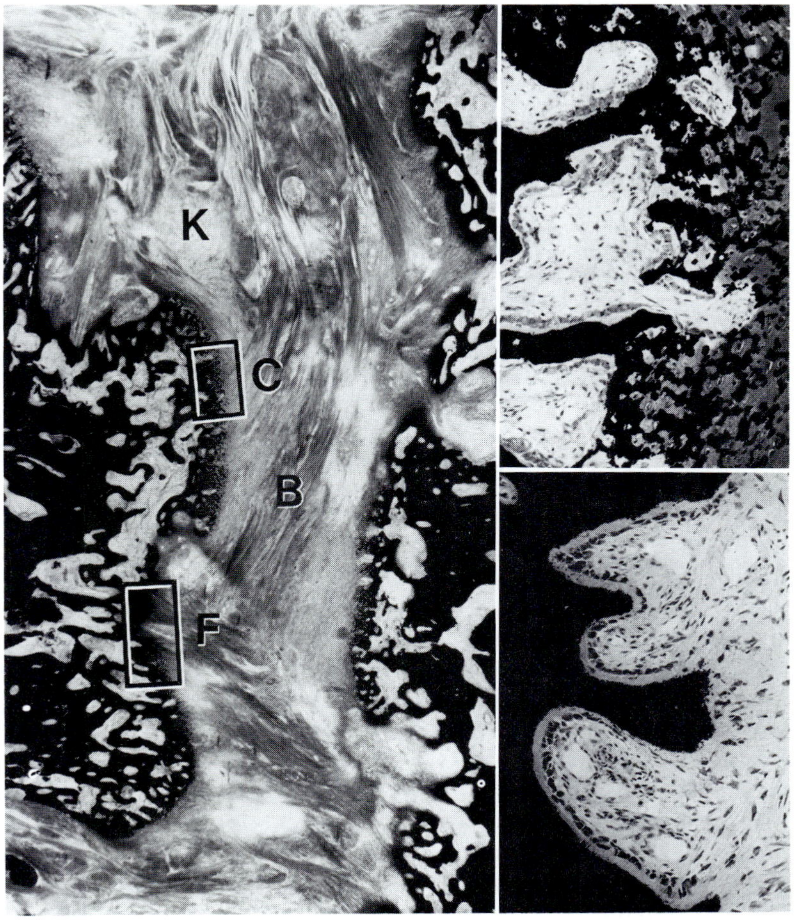

a b c

Abb. 43. Präparat einer experimentellen (vitalen) Pseudarthrose am Hunderadius, erzeugt mittels Osteotomie, von R. SCHENK.

a Der Pseudarthrosespalt ist mit Bindegewebe (B) und Faserknorpel (K) gefüllt. 16fache Vergrösserung. Unter mechanisch stabilen Verhältnissen (nach Osteosynthese) ist die Ossifikation dieses Gewebes möglich. Sie geht von der Oberfläche des vitalen Knochens zu beiden Seiten des Knochendefektes aus.

b *Chondrale Ossifikation* (Ausschnitt C), 64fache Vergrösserung, Knochen und verkalkter Knorpel schwarz (v. Kossa-Reaktion). Von links her dringen Resorptionskanäle (hell) in den verkalkten Knorpel ein. An ihrer Wand sitzen Osteoblasten und bilden neue Knochentrabekel.

c *Desmale Ossifikation* im fibrösen Gewebe (Ausschnitt F). An der Oberfläche des mineralisierten Knochens (schwarz) sitzen Osteoblasten auf einem Saum von Osteoid. Das Bindegewebe an dieser Stelle ist vaskularisiert.

Die Ossifikation kann nur bei *mechanischer Ruhe* vor sich gehen. Erst die stabile innere Fixierung ermöglicht die knöcherne Überbrückung des Spaltes (siehe Abb. 42).

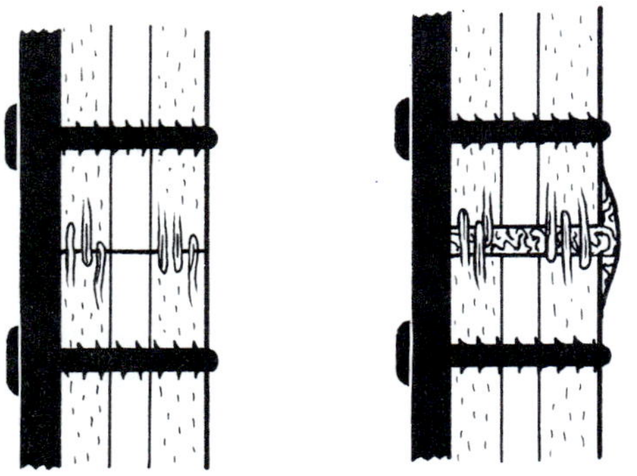

a b

◁ Abb. 44. *Frakturheilung unter stabiler innerer Fixation, nach* SCHENK.

a *«Kontaktheilung»:* Nach anatomischer Reposition und unter Kompression haben die Fragmentenden mikroskopisch an einigen Stellen unmittelbaren Flächenkontakt. An diesen Stellen, unter absolut stabilen Bedingungen, wird kein Knochen resorbiert, sondern regenerierende Osteone (siehe auch Abb. 45) können *direkt* von einem Fragment ins andere hinüberwachsen und auf diese Weise die Fragmentenden miteinander verbinden.

b *«Spaltheilung»:* Auch bei makroskopisch anatomischer Reposition bleiben zwischen den Fragmentenden an vielen Stellen *Spalten* offen. Unter stabilen Verhältnissen wachsen hier Gefässe und Begleitzellen ein, welche *direkt* (angiogen) Knochen bilden und so die Spalten ausfüllen. Diese «Knochenplomben» müssen in einer zweiten Phase in den Knochenverbund integriert werden, was durch Haversschen Umbau geschieht (vgl. Abb. 18 und 20). Erst dadurch gewinnt der Knochen seine mechanische Festigkeit.

gisch ist sie gekennzeichnet durch das *völlige Fehlen* eines Frakturkallus. DANIS nannte sie «soudure autogène». In Anlehnung an die primäre Heilung von Hautwunden wurde sie auch als *primäre Knochenheilung* bezeichnet. Der Ausdruck ist insofern nicht ganz glücklich, als damit ein Werturteil nahegelegt wird. Als primäre Knochenbruchheilung aber wird lediglich jene bezeichnet, bei welcher die chondralen Zwischenstufen fehlen und die *Ossifikation direkt, angiogen,* erfolgt (Abb. 44 und 45).

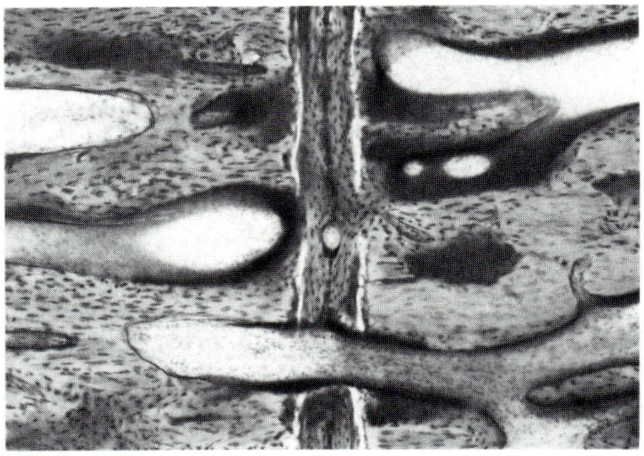

Abb. 45. *Sog. »Primäre» Knochenbruchheilung* einer experimentell erzeugten Fraktur beim Schaf, unter stabiler Fixation, nach PERREN. Frakturspalt senkrecht, 12 Wochen nach Operation von neugebildetem Faserknochen ausgefüllt (die beiden senkrechten weissen Streifen zeigen eine Tetrazyklinmarkierung 3 Wochen nach der Operation). In der unteren Bildhälfte überquert ein neues Osteon («Bohrkopf», siehe Abb. 20) den Frakturspalt von rechts nach links und «verzapft» damit die beiden Fragmentenden miteinander.

Voraussetzung für diese Art von Knochenheilung ist eine *absolut stabil fixierte Fraktur* (z.B. Druckosteosynthese mit Schrauben und Platten).

4.2.3.2. *Kallusbildung nach Osteosynthese*

Nicht selten sieht man jedoch *nach Osteosynthesen allerlei Kallusbildung.* Dies zeigt an, dass mechanische Instabilität die angiogene Ossifikation verhindert und der Organismus auf die spontane Knochenheilung mit chondraler Ossifikation zurückgreift. Die mechanische Stabilität muss nun doch durch das «Lehrgerüst» des Kallus bewerkstelligt werden.

Solche Knochenbruchheilung mit Kallusbildung nach Osteosynthese ist der Normalfall nach *Marknagelung,* denn der Marknagel gibt keine absolute Stabilität.

Wenn nach Schrauben- und Plattenosteosynthesen im Verlaufe der Zeit plötzlich eine stärkere Kallusbildung auftritt, in der Regel zusammen mit lokalen Schmerzen und Entzündungszeichen, ist dies ein Zeichen dafür, dass die starre Fixation sich gelockert hat und mechanische Unruhe die angiogene Verknöcherung verhindert. Man hat solchen Kallus «Unruhekallus» genannt. Er ist aber nichts anderes, als der verspätete spontane Frakturkallus. Wenn der Zustand rechtzeitig erkannt und die Fraktur entlastet wird, entsteht meist ein «Fixationskallus» daraus und der Bruch wird schliesslich doch noch fest. Die *Gefahr,* dass die *Heilung verzögert* oder gar nicht eintritt, ist allerdings *grösser,* wenn der Kallus erst zu einem Zeitpunkt gebildet wird, da die Zelldifferenzierung schon ein fortgeschrittenes Stadium erreicht hat (siehe I.A.4.2.2.2.).

4.2.3.3. *Belastbarkeit einer operierten Fraktur*

Die Beurteilung der Belastbarkeit einer operierten Fraktur ist schwierig, weil ein prüfbarer «federnder Widerstand» fehlt und der röntgenologische Befund wenig Anhaltspunkte über den Fortschritt der Heilung gibt. Die einzigen *Röntgenzeichen* sind:

1. Nach der Osteosynthese evtl. noch sichtbare Frakturspalten *verschwinden* nach kurzer Zeit.
2. Das Fehlen eines Kallus deutet auf starre Fixation durch die Osteosynthese hin, – oder völliges Fehlen jeder Gewebsreaktion, etwa bei ausgedehnten Nekrosen.
3. Erscheint ein unregelmässiger wolkiger «Reizkallus», so ist die Osteosynthese nicht stabil.
4. «Glättet» sich dieser Kallus, wird er «ruhig» und überbrückt die Fraktur, so ist diese spontan konsolidiert.

4.2.3.4. *Klinik*

In erster Linie hängt die Belastbarkeit natürlich von der *Qualität der Osteosynthese* ab. Diese kann am besten der Operateur selbst beurteilen.

Grundsätzlich ist ein *Implantat nicht geeignet,* die volle Belastung zu tragen. Über kurz oder lang würde *jede* solche Osteosynthese zusammenbrechen, wenn nicht inzwischen die geheilte Fraktur die mechanische Funktion übernommen hätte.

Osteosynthesen müssen so angelegt sein, dass der *Knochen,* im Verbund mit den Platten und Schrauben, die Beanspruchung selbst trägt. Es ist deshalb notwendig, die *technischen Prinzipien* der Osteosynthese, wie sie in entsprechenden Lehrbüchern beschrieben und in Kursen gelehrt werden, genau anzuwenden (vgl. I.A.4.1.3.1.).

In der Regel werden Osteosynthesen «übungsstabil» angelegt, d.h. sie sollen die unbelastete Bewegung aller Gelenke ermöglichen. Aus der Erfahrung haben sich für die einzelnen Fraktur- und Osteosynthesearten *Richtlinien* herauskristallisiert, wann bei ungestörtem Verlauf mit der (teilweisen) Belastung begonnen werden kann. Genaue Angaben über die mechanische Festigkeit operierter Frakturen gibt es allerdings nicht.

Als einzige *Ausnahme* kann die mit einem kräftigen Marknagel als Kraftträger versorgte Schaftfraktur sofort belastet werden. Die übrigen operierten Frakturen sind in der Regel kaum früher voll belastbar als spontan geheilte.

Wann soll das Osteosynthesematerial entfernt werden?

Seit man nicht so selten *Refrakturen nach Metallentfernung* erlebt hatte, weiss man, dass es kein absolut sicheres Kriterium gibt, festzustellen, wann eine osteosynthetisierte Fraktur tragfähig konsolidiert ist, dass dies aber oft recht *lange* dauert. Bei komplizierten Brüchen mit teils nekrotischen Fragmenten, vor allem bei Femurfrakturen, kann es *über zwei Jahre* dauern. Man wird deshalb mit der Metallentfernung genügend lange *zuwarten,* zumal das ja in der Regel keinen wesentlichen Nachteil bringt.

Der *normale funktionelle Umbau* des konsolidierten Knochens wird durch ein mechanisch wirksames Implantat stark verändert: Die Beanspruchung des Knochens wird grösstenteils vom Implantat übernommen, so dass dem Knochen der den Umbau stimulierende Impuls fehlt. Deshalb entsteht unter einer Platte so etwas wie eine Inaktivitätsosteoporose, eine sog. «Spongiosierung» der Kortikalis. *Nach der Metallentfernung* besteht deshalb eine gewisse *Gefahr einer Refraktur,* bis der Knochen unter der normalen Belastung wieder seine ursprüngliche Festigkeit zurückgewonnen hat.

4.2.4. *Frakturheilung im spongiösen Knochen*
(Frakturheilung unter Kompression)

Im spongiösen Knochen verläuft die Heilung in der Regel wesentlich *rascher* und *besser* als in der Kortikalis: Diese Frakturen sind *oft primär schon* ziemlich *stabil,* besonders wenn die Spongiosabälkchen ineinander eingestaucht sind. Zudem sind die Kontaktflächen grösser. Die Spongiosa bietet auch grössere Angriffsflächen für den An- und Abbau, und sie ist besser durchblutet. Charnley zeigte, dass z. B. Kniearthrodesen unter äusserem Druck in etwa 4 Wochen fest werden. Das ist wesentlich schneller, als eine Kniearthrodese ohne Kompression, z. B. im Gips, fest wird. Man hat deshalb an eine heilungsfördernde, osteogenetische Wirkung des Druckes gedacht. Eine solche konnte nicht nachgewiesen werden. Tatsache ist jedoch, dass *jede Kompression,* jede Druckosteosynthese, eine *stabilere Fixation* ergibt, als eine Adaptation und Fixation der Knochenenden ohne interfragmentäre Kompression.

5. Skelettwachstum

Die *erste Skelettanlage* des Embryo ist *knorpelig.* Die ersten Knochenkerne erscheinen in der Mitte der langen Röhrenknochen und formen sukzessive die Diaphyse aus. Erst viel später, z. T. erst nach der Geburt, bilden sich Knochenkerne in den Epiphysen. Noch bei der Geburt besteht der grösste Teil des kindlichen Skelettes aus Knorpel und ist noch recht *weich* und *plastisch verformbar.* Dies ist wichtig zu wissen für die Therapie angeborener Deformitäten.

Im Verlauf der weiteren Entwicklung schreitet die *Ossifikation* von den Knochenkernen aus weiter fort und findet ihren *Abschluss* mit der *Verknöcherung der Epiphysenwachstumsfugen* zur Zeit der *Pubertät.*

5.1. Wie wächst Stützgewebe?

5.1.1. *Interstitielles Wachstum*

Knorpel, als elastisches Weichteilgewebe, kann von *innen* heraus wachsen, durch Zellvergrösserung und -vermehrung *zwischen* den bereits vorhandenen Zellen, sowie interstitielle Vermehrung der Interzellularsubstanz. Man spricht von *interstitiellem Wachstum,* vergleichbar einem Ballon, den man aufbläst, einem entzündeten Körperteil, welcher anschwillt, oder z. B. einer Blumenzwiebel, welche von innen heraus wächst. Nur *dehnbare* Gewebe, wie etwa Knorpel, können interstitiell wachsen, starre Gewebe wie Knochen nicht.

Knorpel ist bei den ältesten Wirbeltieren erstmals als Stützgewebe entstanden und bildet heute noch das primäre Skelett beim Embryo.

5.1.2. *Appositionelles Wachstum*

Knochen, wie jede andere formfeste Hartsubstanz mit einer geometrisch unveränderlichen, *starren Struktur,* kann nur durch *Anlagerung* neuer Substanz an seine Oberfläche (Knochenlamellen), also durch *Apposition* wachsen, wie z. B. Kristalle, oder wie die Schalen von Muscheln und Schnecken, die Hörner, Nägel und Haare der Säuger. Die Möglichkeiten der Formänderung sind bei dieser Wachstumsart beschränkt. Eine Vergrösserung durch Einlagerung von Substanz ist nicht mehr möglich.

So können z. B. die Exoskelette der Insekten nicht mehr weiter wachsen. Das Wachstumsproblem lösen die Insekten durch Metamorphosen.

Voraussetzung für die Anlagerung von harter Interzellularsubstanz (Ossifikation) ist ein starres, unbewegliches Gerüst oder eine starre Oberfläche (bereits bestehender Knochen), denn die Ossifikation kann offenbar *nur unter mechanisch stabilen Bedingungen,* abgeschirmt von mechanischer Beanspruchung, vor sich gehen (siehe I.A.2.4.1. und I.A.4.2.1.) (Abb. 46).

An der Ausbildung des morphologisch recht differenzierten Säugerskelettes ist *sowohl Knorpel mit interstitiellem wie Knochen mit appositionellem* Wachstum beteiligt:

Der interstitiell entstandene Knorpel gibt die *Form* vor und wird im Laufe der Entwicklung *ersetzt* durch appositionell wachsenden Knochen, der die *Stabilität* gibt.

Das Wachstum des Knochenskelettes vom Embryonalstadium bis zur Pubertät setzt *kontinuierlichen Wandel* der Knochenform, einer kompli-

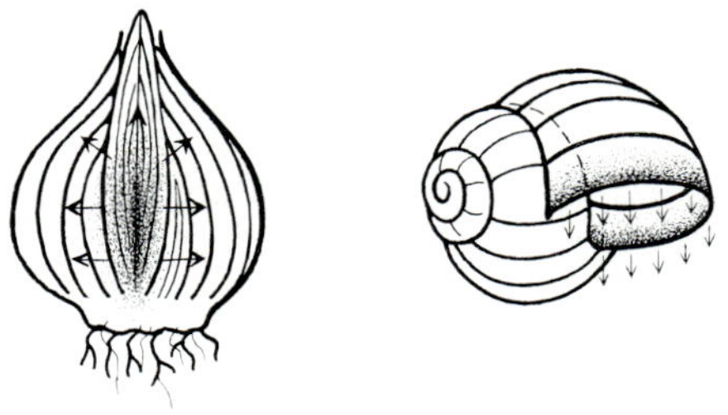

Abb. 46. *Interstitielles und appositionelles Wachstum: Zwei Lösungen für ein Problem.*

1. *Zwiebel,* Pflanzen:

Das dehnbare Gewebe kann von innen heraus wachsen. Die Wachstumszone liegt im Zentrum. Die Einlagerung von Hartsubstanz würde das weitere Wachstum behindern. Beachte: die ältesten Blätter der Zwiebel bilden die äussere Schale, die jüngsten sitzen in der *Mitte: Interstitielles Wachstum.*

2. *Schnecke,* Muschel:

An der starren Form kann das Wachstum nur durch Ablagerung an der Oberfläche erfolgen. Die Wachstumszone liegt am Eingang des Schneckenhauses. Dank seiner genialen Spiralform kann es durch Ablagerung allein wachsen ohne seine Form zu ändern. Bei einer Kugelform z. B. wäre das nicht möglich: Die Öffnung könnte nicht mitwachsen.

Beachte: Die ältesten Ringe des Schneckenhauses liegen im Zentrum, die jüngsten mit der Wachstumszone an der *Peripherie: Appositionelles Wachstum.*

zierten geometrischen Struktur, voraus. Bei diesem komplexen Vorgang können wir drei Mechanismen unterscheiden:

5.2. Drei Mechanismen des Knochenwachstums

1. Enchondrales Längenwachstum,
2. Periostales (appositionelles) Dickenwachstum,
3. Knochenabbau.

5.2.1. *Das enchondrale Längenwachstum*

Das Längenwachstum erfolgt nicht an den gelenktragenden Enden der langen Röhrenknochen (die formgerechte Ausbildung der Gelenkkörper wäre nicht möglich), sondern in einem besonderen Organ, der *knorpeligen Epiphysenscheibe.* Sie ist zwischen gelenktragender Epiphyse und dem Knochenschaft (Meta- und Diaphyse) eingefügt. Dank diesem «Kunstgriff» der Natur ist dort ein interstitielles Wachstum aus dem Innern des Knochens heraus möglich: Der Knochenschaft wächst an den Enden in die Länge und schiebt die endständigen, gelenktragenden Epiphysen sozusagen vor sich her. Diese hingegen bilden die Gelenkkörper selbst nach den Gesetzen der *Gelenkkongruenz* (siehe I.A.6.1.3.), ohne durch das Längenwachstum gestört zu werden. Der Gelenkknorpel hat eine eigene Wachstumszone. Zum Längenwachstum tragen ausserdem einige Apophysen bei.

Endochondrales Wachstum findet somit an drei Orten statt:
- Epiphysenknorpel,
- Apophysenknorpel,
- Gelenkknorpel.

Das Wachstum an diesen drei Stellen unterscheidet sich nur quantitativ. Während Epiphysen- und Gelenkknorpel unter Druck stehen, steht der Apophysenknorpel (z.B. an den Trochanteren) unter Zug.

5.2.1.1. *Die histologischen Vorgänge*

beim epiphysären Längenwachstum, also in der Epiphysenfuge, sind die *gleichen* wie wir sie bei *jeder* enchondralen *Ossifikation* finden: Beim embryonalen Wachstum, beim Wachstum der gelenktragenden Epiphysen und auch bei der chondralen Kallusbildung nach Frakturen (siehe Abb. 47 und 48):

In der *Wachstumszone* (Proliferationszone) des Epiphysenknorpels vermehren sich die germinativen Knorpelzellen. Sie reihen sich in Richtung Metaphyse in Kolonnen (Palisaden) auf, hypertrophieren dabei (Blasenknorpel) und degenerieren schliesslich. In diesem Stadium werden sie aufgebrochen von Gefässsprossen, welche aus der Spongiosa der Metaphyse ihnen entgegenwachsen.

Von der zwischen den Zellsäulen liegenden Knorpelgrundsubstanz bleiben dabei nur einige

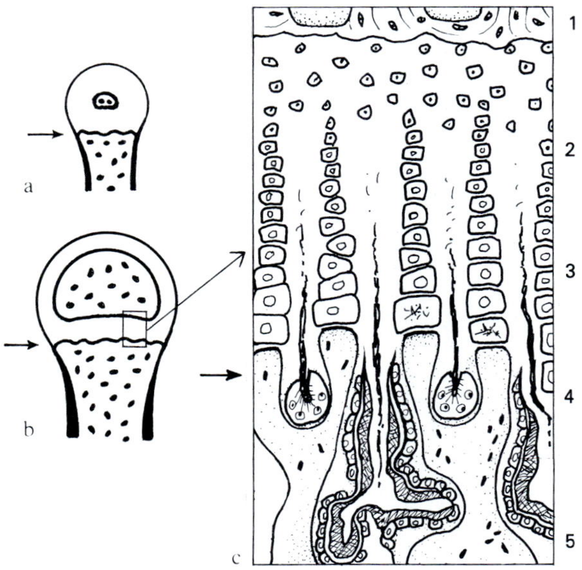

Abb. 47. *Enchondrales Längenwachstum.*

a *Epiphyse beim Säugling:* Der erste Knochenkern erscheint, während die Diaphyse bereits aus einer Knochenmanschette besteht.

b *Epiphyse beim Kind:* Zwischen knöcherner Metaphyse und Epiphysenkern wird die Knorpelscheibe, die *Epiphysenfuge,* im Verlaufe des Wachstums immer dünner. Sie enthält das «Wachstumsorgan» für das Längenwachstum.

c Ausschnitt aus der Epiphysenfuge: Von oben nach unten:
1. – *knöcherner Epiphysenkern*
2. – Wachstumszone:
   - Proliferierender und Säulenknorpel
3. – Knorpelumbauzone:
   - Blasenknorpel
   - Verkalkung der Septen
4. – *Ossifikationszone*
   - Gefässinvasion: Sinussystem
   - Osteoklasten resorbieren einen Teil der verkalkten Septen
   - Die Ossifikation beginnt an der Oberfläche der stehengebliebenen verkalkten Septen
5. – *Metaphyse*

Die *mechanisch schwächste Stelle* ist die Zone, wo der Knorpel bereits z.T. verkalkt und resorbiert ist, die Ossifikation aber erst begonnen hat, also die Grenze zwischen *Epiphysenfuge* und *Metaphyse* (Pfeile). Epiphysenlösungen (vgl. II.15.3.3.) treten entlang dieser Linie auf. Das *Wachstumsorgan* liegt auf der epiphysären Seite dieser Linie (Störungen dieses Wachstumsorganes siehe II.2.2.).

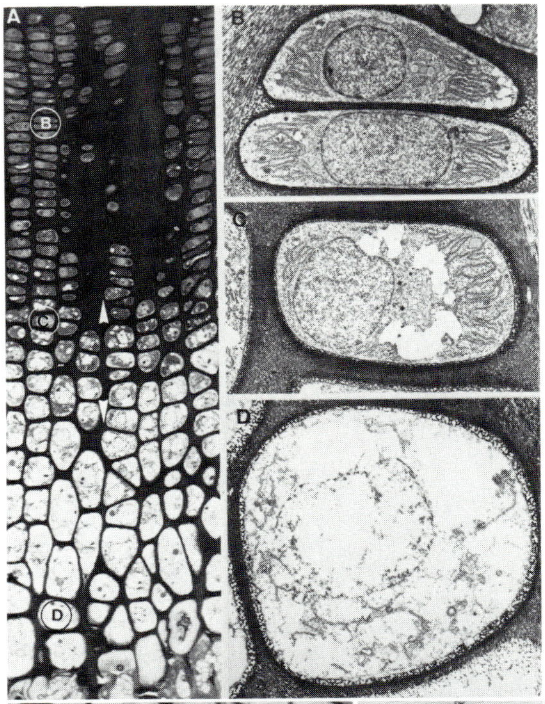

a

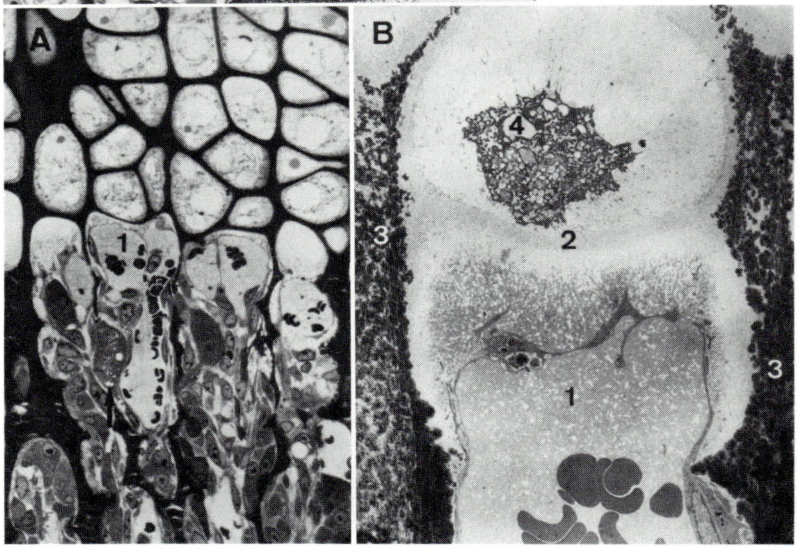

b

Abb. 48. *Epiphysenfuge* einer Ratte, von R. SCHENK.

a A: *Die Transformation des Knorpels* (240:1): Die eingekreisten Buchstaben bezeichnen die Lage der in den elektronenmikroskopischen Aufnahmen (2600:1, rechts) abgebildeten Zellen: B: Proliferationszone, C: Übergangszone, D: Blasenknorpel.

b Resorptionsvorgänge in der Invasions- bzw. Eröffnungszone. A: Unverkalkte quere Septen werden von den einsprossenden Kapillaren (1) aufgelöst, verkalkte Längssepten von Chondroklasten (Pfeil) abgebaut (270:1).
B: Im Elektronenmikroskop (1200:1) wird der Unterschied zwischen nicht verkalktem queren Septum (2) und verkalkten Längssepten (3) deutlich. 4: Der letzte desintegrierende Chondrozyt, 1: Kapillare sprosst in die eben eröffnete Lakune ein. Unten: Blutzellen.

immer schmaler werdende Septen übrig, welche zunehmend *verkalken.*

Von der metaphysären Seite her werden diese verkalkten Knorpelsepten teilweise durch mehrkernige Osteoklasten resorbiert, so dass grössere gefässführende Lakunen entstehen, teils werden sie von Osteoblasten besetzt, welche Osteoidsäume ablagern, die ihrerseits verkalken, d.h. ossifizieren. Mit diesen ersten Knochenbälkchen ist die Grundstruktur für die metaphysäre Spongiosa gelegt.

5.2.1.2. *Die mechanische Festigkeit der Epiphysenfuge*

Während des ganzen Wachstums, vor allem aber kurz vor der Verknöcherung infolge der hormonellen Umstellung *während des pubertären Wachstumsschubes,* ist die Epiphysenfuge ein *heikler* und mechanisch etwas *schwacher Punkt.* Dies kann zu pathologischen *Insuffizienzerscheinungen* führen wie bei der Epiphysenlösung oder der Scheuermannschen Krankheit (siehe «Wachstumskrankheiten», II.2.).

Die Zone der Verkalkung und Gefässinvasion ist verständlicherweise die *mechanisch schwächste Stelle* der Epiphysenfuge. Sie ist mit den dikken Pfeilen in Abbildung 47 bezeichnet. *Epiphysenlösungen* erfolgen immer an dieser Stelle. Dabei bleibt die Wachstumszone (der Wachstumsknorpel) an der Epiphyse, nie an der Metaphyse hängen. Das ist für die Pathophysiologie dieser Region und die Therapie wesentlich (siehe «Epiphysenfrakturen bei Kindern», II.15.3.3.).

Mit der Verknöcherung während der Pubertät wird diese neuralgische Stelle eliminiert. Das «Wachstumsorgan», die Epiphysenfuge, hat ihre Pflicht getan und verschwindet.

Tatsächlich ist das Längenwachstum eine ausserordentliche Leistung des Organismus, wenn man bedenkt, dass trotz der Umbauvorgänge die Stabilität des Knochens zu jedem Zeitpunkt der mechanischen Beanspruchung gewachsen sein sollte.

5.2.1.3. *Röntgenologischer Aspekt*

Solange die knöchernen Epiphysenkerne noch nicht gebildet oder sehr klein sind, ist die für das Längenwachstum verantwortliche Knorpelschicht noch recht dick und erscheint nicht als Epiphysenfuge oder -linie. Besser spricht man von *Epiphysenwachstumszone.* Erst wenn die knöchernen Epiphysenkerne grösser werden und sich der Metaphyse nähern und nur die knorpelige Wachstumszone ausgespart bleibt, imponiert diese Wachstumszone auf dem Röntgenbild als «Epiphysenlinie». Tatsächlich ist es eine durchgehende *Knorpelscheibe,* welche die knöchernen Anteile von Epiphyse und Metaphyse trennt. Während des Wachstums wird diese Knorpelscheibe immer schmaler und während der Pubertät verknöchert sie schliesslich ganz. Die röntgenologischen Veränderungen der Epiphysenfugen im Verlaufe der Entwicklung spiegeln das *Skelettalter* des Kindes genau wider. Sie sind auch ein feiner Indikator für pathologische Vorgänge (z. B. Rachitis) (Abb. 49).

5.2.2. *Das periostale Dickenwachstum*

Die seitliche Apposition von Knochensubstanz im Bereiche des Schaftes (der Diaphyse) erfolgt vom Periost aus direkt (desmogen) ohne Umweg über eine Knorpelmatrix. Die Osteoblasten entstammen dem Periost.

In Erscheinung tritt die periostale Knochenbildung ausser beim Wachstum auch bei der Frakturheilung (Kallus) und beim Ausgleich von Achsenfehlern (siehe unten) (Abb. 50).

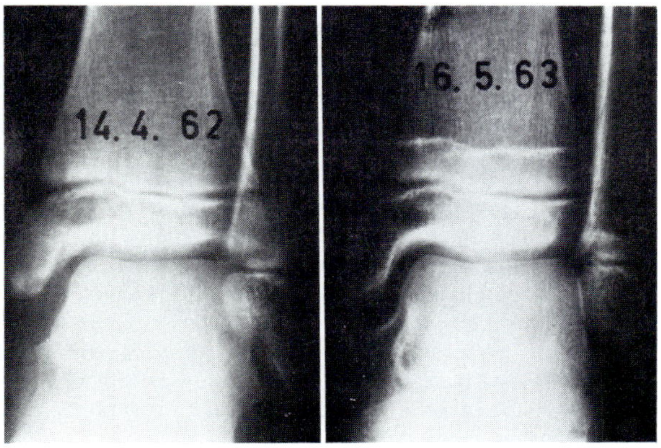

a b

Abb. 49. Das *epiphysäre Längenwachstum* lässt sich manchmal auf dem *Röntgenbild* unmittelbar ablesen, wie bei diesem 10jährigen Mädchen, dessen oberes Sprunggelenk wegen einer Distorsion am 14. 4. 1962 geröntgt worden war (a).

Ein Röntgenbild ein Jahr später (b) zeigt eine feine, knochendichte Linie in der Metaphyse, parallel zur Epiphysenfuge. Diese sog. «Harrissche Wachstumslinie» bezeichnet die Stelle, wo ein Jahr zuvor die Epiphysenfuge lokalisiert war. Die Inaktivitätsosteoporose nach dem Unfall hat sie sichtbar gemacht. Das Knochenstück zwischen dieser Wachstumslinie und der Epiphysenfuge ist durch Längenwachstum in der Zwischenzeit dazugekommen.

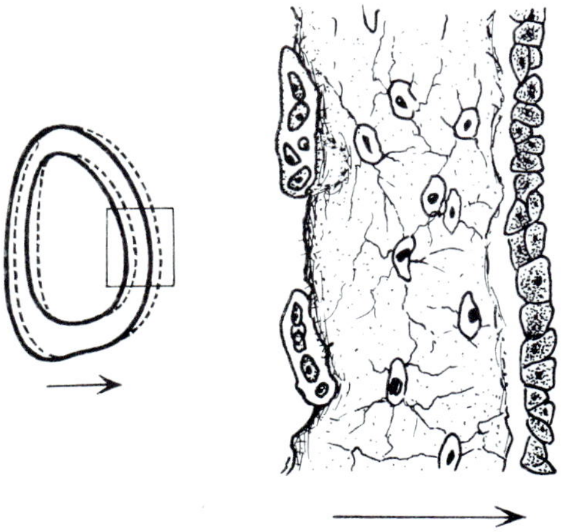

Abb. 50. *«Kortikaliswandern» (cortical drift).*

Röhrenknochen werden im Laufe des Wachstums dicker, die Markhöhle erweitert sich, kann sich auch seitlich verschieben durch periostales Dickenwachstum und gleichzeitige Resorption auf der Gegenseite.

Links «wandernder» Querschnitt eines Röhrenknochens, *rechts* Scheitelbein eines menschlichen Embryo mit Osteoblastensaum aussen und mehrkernigen Osteoklasten innen (nach BENNINGHOFF).

Der «funktionelle Knochenumbau» (I.A.2.2.) benützt dasselbe Prinzip.

5.2.3. *Knochenabbau*

ist unerlässlich zum Wachstum. Die Ausgestaltung der anatomischen Knochenform ist mit Apposition allein nicht möglich. Beispiel: ohne Abbau könnte die Markhöhle von Röhrenknochen sich nicht vergrössern im Laufe des Wachstums. Der Abbau erfolgt, wie jeder geordnete Knochenabbau, mit Hilfe von Osteoklasten (siehe Abb. 18 und 50).

5.3. Geometrie des Knochenwachstums

Die genetisch determinierte Ausformung des Knochens, einer geometrisch komplizierten Struktur, ist nur möglich dank einem koordinierten Zusammenspiel der drei beteiligten Wachstums- und Umbaumechanismen (Abb. 51).

Am Beispiel des proximalen Femurendes lässt sich eindrücklich das komplexe Gleichgewicht der Wachstumskräfte zeigen, welches für die anatomisch regelrechte Ausgestaltung der Hüfte notwendig ist (Abb. 52).

Lokalisierte Störungen dieses Gleichgewichtes verändern sehr nachhaltig die Geometrie des proximalen Femurendes und damit Form und Funktion der Hüfte. Die folgende Abbildung soll dies an zwei typischen Beispielen zeigen (Abb. 53 und 174).

Die in Abbildung 53 gezeigten Wachstumsstörungen sind klinisch und auch tierexperimentell nachzuweisen. Analoge Beobachtungen werden bei anderen Schädigungen der Wachstumszonen, auch an anderen Epiphysen (vor allem Knie, Sprunggelenk, II.15.3.3., Abb. 317) gemacht. Sie zeigen die Bedeutung der Wachstumszonen. Ihr Mechanismus gibt Anlass zur diagnostischen, prognostischen, prophylaktischen und therapeutischen Überlegung (siehe Kapitel «Wachstumsstörungen», II.2.2.). Sie legen nahe, *die Wachstumszonen* bei therapeutischen Eingriffen im Epiphysenbereich (Operationen, Röntgenbestrahlung) *zu schonen.*

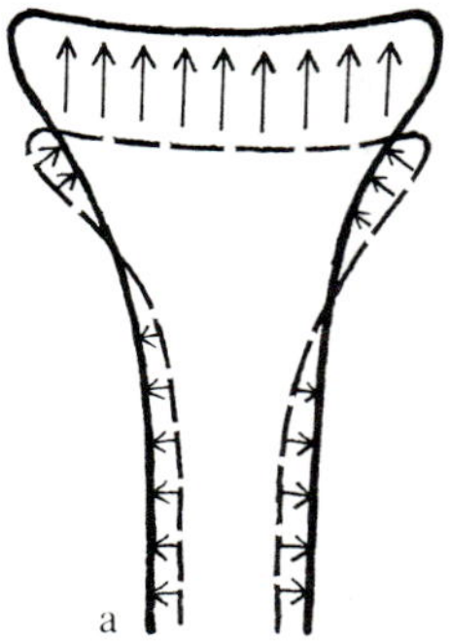

a

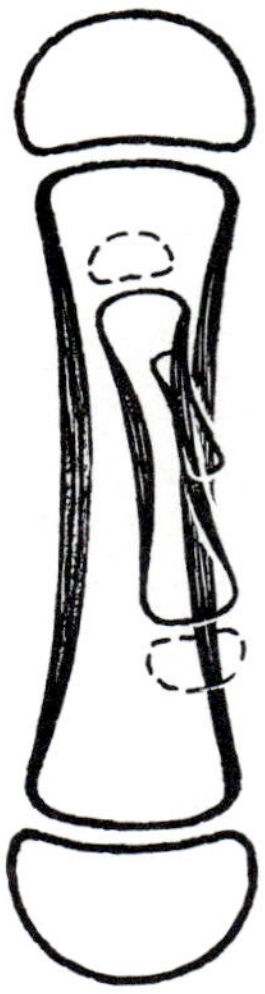

b

Abb. 51. *Geometrie des Wachstums von Röhrenknochen.*

a An der anatomisch regelrechten Ausgestaltung der Metaphyse eines Röhrenknochens im Verlaufe des Wachstums wird das komplizierte Zusammenwirken von Apposition und Resorption deutlich. Die Pfeile deuten die Richtung an, in welcher die Konturen verschoben werden: Der grösste Zuwachs erfolgt in der Längsrichtung im Bereiche der Epiphysenwachstumszone. Gleich dahinter im metaphysären Bereich wird vom Periost her der breit ausladende Kelch verschmälert durch Knochenabbau. Auf Höhe der Diaphyse wird der Schaft durch periostales Dickenwachstum verbreitert.

Weitere An- und Abbauvorgänge finden im Innern der Metaphyse statt. Die Markhöhle wird zudem im Schaftbereich erweitert durch Abbau der Kortikalis von innen her, parallel zum periostalen Dickenwachstum aussen. (Die inneren Umbauvorgänge sind im Bild nicht dargestellt.)

b Die Zeichnung soll verdeutlichen, wie radikal der Umbau ist. Ein Knochen kann am Schluss eine vollständig andere Form und Lage haben als ursprünglich angelegt.

Im Kindesalter sind grosse Veränderungen der Knochenform möglich. So wird z.B. aus dem physiologischen O-Bein des Säuglings das ebenfalls physiologische X-Bein des Kleinkindes und schliesslich das gerade Bein des Adoleszenten (siehe III.C.4.6.1.2.). Die Korrektur von Fehlstellungen ist ebenfalls möglich, aber auch das Gegenteil (siehe: «Frakturen bei Kindern», II.15.3.). Alles hängt vom Zustand der Wachstumsfuge und von der *Steuerung* der Wachstumsvorgänge ab. Wenn wir diese Kräfte richtig verstehen, haben wir die Möglichkeit, sie *für* uns wirken zu lassen, statt gegen uns.

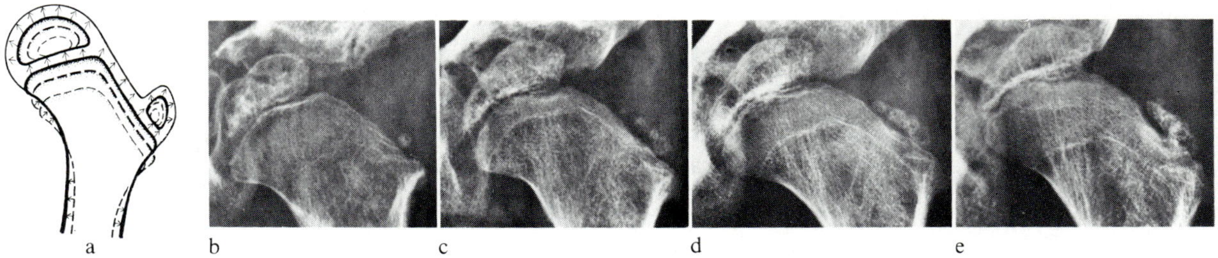

a b c d e

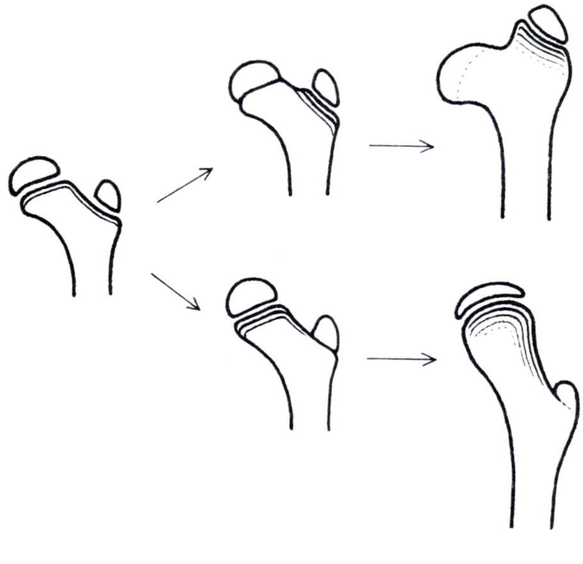

Abb. 53. *Wachstumsstörungen des proximalen Femurendes.*

Obere Reihe: Wird z.B. durch eine ischämische Nekrose (Morbus Perthes) der *mediale* Anteil der Wachstumszone im Kopfbereich ganz oder teilweise *zerstört*, so wächst der laterale Abschnitt mit dem Trochanter normal in der Längsrichtung des Femurschaftes weiter, der Kopf bleibt zurück. Daraus entsteht bis zum Wachstumsabschluss eine schwere *Coxa vara* mit Trochanterhochstand und Beinverkürzung. (Röntgenpause eines M. Perthes, zehn Jahre nach Erkrankung im Alter von fünf Jahren.)

Untere Reihe: Schädigung der *lateralen* Wachstumszone (Trochanterepiphysenfuge), z.B. bei Hüftoperationen, kann ein Sistieren des Wachstums an dieser Stelle bewirken. Der Trochanter maior bleibt zurück, während Kopf und Hals normal weiter wachsen in Richtung der Femurschaftachse. So entsteht eine «Aufrichtung» des Schenkelhalses, eine Coxa valga. Charakteristisch für diese Störung ist der schmale Hals (Schwanenhals). Keine Veränderung der Beinlänge. (Röntgenpause sieben Jahre nach einer Hüftoperation, welche im vierten Lebensjahr durchgeführt wurde.)

Beispiele für diese Entwicklung finden sich in II.2.2., Abb. 174 und III.C.2.3. Abb. 495.

5.4. Die Steuerung des enchondralen Knochenwachstums

In erster Linie ist die anatomische Knochenstruktur *genetisch* determiniert. So wird aus einer normalen Femuranlage immer ein Femur werden. Normale Grösse und Form wird es aber nur erreichen bei *normaler Trophik* und *physiologischer Beanspruchung*. Wachstum und endgültige Ausgestaltung der Struktur werden somit noch von anderen als nur genetischen Faktoren gesteuert.

5.4.1. *Mechanische Beanspruchung*

Der wichtigste Steuerungsfaktor ist die mechanische Beanspruchung. *Fehlt* diese, wie etwa bei *Lähmungen*, ist das Wachstum kümmerlich. Die Knochen bleiben zu kurz, dünn und dysplastisch.

PAWELS konnte nachweisen, dass die Epiphysenfuge auf Biegebeanspruchung reagiert, indem sie sich *senkrecht* zur Achse der *hauptsächlichen Druckbeanspruchung* einzustellen sucht. Diese Beobachtung lässt sich erklären mit der experimentell und klinisch festgestellten Abhängigkeit des Knorpelwachstums von der Grösse des axialen Druckes:

5.4.1.1. *Der Einfluss der axial wirkenden Kraft auf das Knorpelwachstum* (Abb. 54)

Ungleichmässige Druckverteilung auf die Epiphysenfuge, wie sie besonders durch *Biegebeanspruchung* zustande kommt, hat also auch asymmetrisches Knorpelwachstum zur Folge, mit dem Effekt, durch Veränderung der Achsenverhältnisse die Biegekraft in eine mechanisch günstigere, rein axiale Druckkraft umzuwandeln. Dies ist dann erreicht, wenn die Epiphysenlinie wieder in der Belastungsachse und zu dieser senkrecht liegt.

Wir begegnen hier wieder einem ähnlichen Prinzip, wie wir es bereits beim funktionellen Umbau des Knochens angetroffen haben: Der be-

---

◁ Abb. 52. *Wachstum des proximalen Femurendes.*

a Das proximale Femurende des Kindes hat eine einzige durchgehende Wachstumszone. Obwohl die drei Abschnitte mechanisch verschieden beansprucht werden (Hüftkopfepiphyse auf Druck, Trochanter-maior-Apophyse auf Zug, dazwischen keine mechanischen Kräfte), tragen sie gleichermassen zum Längenwachstum und zur formgerechten Ausgestaltung des proximalen Femurendes bei, wie an den Wachstumslinien ersichtlich ist.

b – e *Röntgenserie* eines vierjährigen Knaben. Das Wachstum des proximalen Femurendes ist gut sichtbar an der Harrisschen Linie, welche im Anschluss an eine Hüftoperation wegen angeborener Hüftluxation entstand.

b) Kurz nach der Operation, c) 7 Monate später: Harrissche Linie als feine weisse Linie parallel zur oberen Begrenzung der Metaphyse sichtbar, d) 1¼ Jahre später ist die Linie scheinbar nach unten gewandert. Ihr Abstand zur oberen Begrenzung der Metaphyse zeigt den Knochenzuwachs seit der Operation. e) 2 Jahre später. Weiterer Zuwachs, entsprechend der Zeichnung in Abb. a.

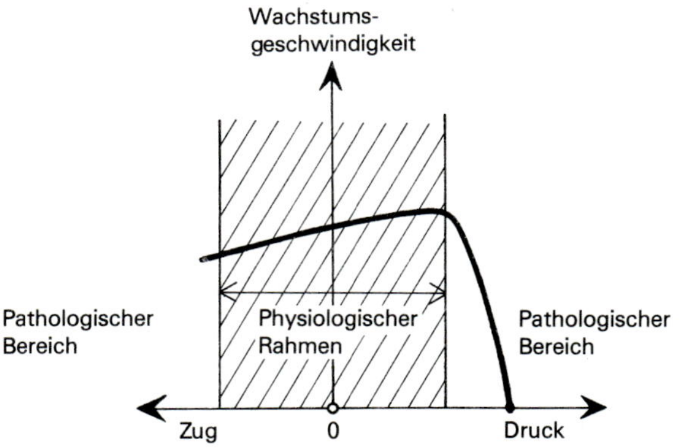

Abb. 54. *Einfluss der axial wirkenden Kraft auf das Knorpelwachstum.*

Die Wachstumsgeschwindigkeit des Epiphysenknorpels steigt bei zunehmendem axialen Druck leicht an, solange sich dieser Druck in physiologischen Grenzen bewegt. Massiver Druckanstieg kann das Wachstum ganz zum Erliegen bringen: Epiphyseodese, siehe II.2.2.

Diese Gesetzmässigkeit regelt weitgehend das achsengerechte Knochenwachstum (Hueter-Volkmannsches Gesetz).

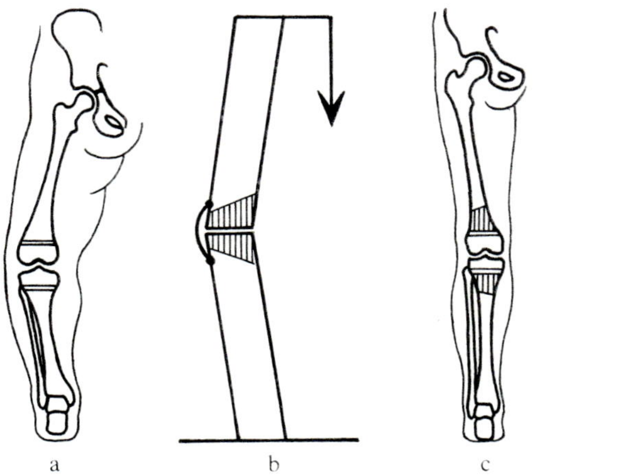

Abb. 55. *Achsenkorrektur durch epiphysäres Längenwachstum.*

Am Beispiel des Säuglings-O-Beines (nach PAUWELS):

a Der Säugling hat physiologischerweise ein O-Bein. Wenn er mit etwa einem Jahr aufsteht, geraten diese O-Beine unter eine Biegebeanspruchung.

b Das *Druckdiagramm* zeigt (schraffiert) den erhöhten Druck auf der Medialseite des Knies. Dieser wirkt auf die Epiphysenfugen und stimuliert ein rasches Wachstum auf der medialen Seite.

c Der (schraffiert gezeichnete) Zuwachs ist nicht rechteckig sondern trapezförmig, medial höher als lateral. Dadurch hat sich das O-Bein in das (physiologische) leichte X-Bein des Kleinkindes verwandelt. Die Biegekräfte sind verschwunden, das Bein wird axial belastet.

schriebene Mechanismus ist geeignet, im Sinne eines *Regelkreises* durch Rückkopplung die *Achsenverhältnisse während des Wachstums unter Kontrolle zu halten.* Wir haben ein weiteres eindrückliches Beispiel von *funktioneller Anpassung* vor uns: Da die Hauptbelastung in der Längsachse der Extremitäten wirkt, wird ein achsengerechtes Wachstum gewährleistet (Abb. 55). Dank diesem Mechanismus ist eine

5.4.1.2. *Achsenkorrektur durch Epiphysenwachstum*

möglich. Auch *pathologische Achsenabweichungen* können durch das epiphysäre Längenwachstum ausgeglichen werden. Dies ist v.a. wichtig bei *Frakturen im Kindesalter,* die mit Achsenfehlern geheilt sind. Je jünger das Kind ist, desto mehr prospektives Wachstum steht für die Korrektur zur Verfügung und desto vollständiger wird die Korrektur. Gegen Ende der Wachstumsperiode nehmen Wachstumsreserve und Korrekturmöglichkeit rasch ab. Nach dem knöchernen Verschluss der Epiphyse ist auch keine Korrektur durch Längenwachstum mehr möglich (siehe Abschnitt «Kinderfrakturen», II.15.3.).

Auch bei *nichttraumatischen Fehlstellungen* und *Deformitäten* tritt oft eine *Korrektur* im Verlaufe des Wachstums ein. Es ist wichtig, diese Korrekturmöglichkeiten zu kennen, um

1. abschätzen zu können, *welche* Achsenfehlstellungen im Kindesalter sich *noch ausgleichen* werden im Verlaufe des Wachstums, und deshalb noch toleriert werden können, und welche korrigiert werden müssen.

2. für die *Planung* von Korrekturosteotomien zu wissen, ob und wo Rezidive auftreten können durch Umstellung der Wachstumsfugen. So kommt es z.B. nach Varisationsosteotomien am proximalen Femurende sehr häufig zur Wiederaufrichtung des Schenkelhalses (siehe auch II.2.2. und III.C.2.5.5.3.).

5.4.1.3. *Fehlwachstum infolge unphysiologischer Beanspruchung*

Ebenso wie Achsenkorrekturen durch Epiphysenwachstum ist auch Fehlwachstum infolge unphysiologischer Beanspruchung möglich. Ein Beispiel dafür ist die Auswirkung einer Hüftlähmung auf das Wachstum des Schenkelhalses (siehe auch II.8.1.4. und I.A.5.4.2.) (Abb. 56, 239, 244 und 500).

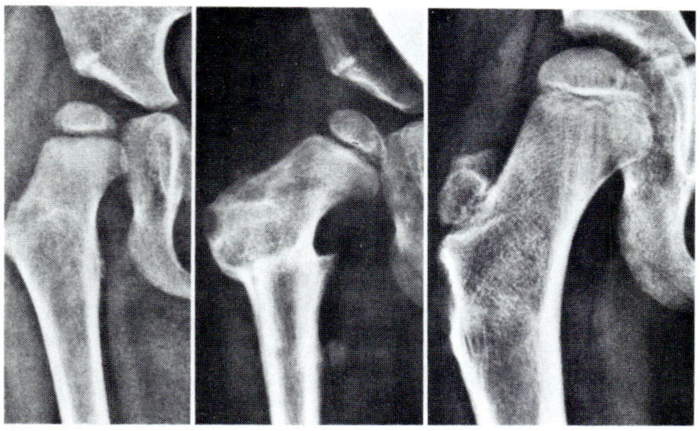

a b c

Abb. 56. Schenkelhalsaufrichtung bei angeborener Hüftdysplasie als Beispiel einer *Änderung von Knochenachsen* durch *enchondrales Wachstum.*

a 3jähriges Mädchen mit etwas dysplastischem Pfannendach. Der steile Schenkelhals ist eine häufige Begleiterscheinung der Dysplasie oder von muskulärer Insuffizienz, wahrscheinlich infolge der unphysiologischen Beanspruchung des Hüftgelenkes, weil die resultierende Kraft steiler einfällt als normal (siehe Abb. 95). Typisch ist die horizontal stehende Epiphysenlinie.

b Um eine bessere Zentrierung des Hüftkopfes in der Pfanne zu erreichen, wurde der Schenkelhals mittels einer intertrochanteren Osteotomie flacher eingestellt. Das Bild zeigt die Heilung der Osteotomie 3 Monate später.

c Eine Kontrolle 4½ Jahre später, im Alter von 7 Jahren zeigt, dass der Schenkelhals sich wieder aufgerichtet hat im Laufe des Wachstums. Die Epiphysenfuge steht wieder horizontal wie vorher. Offenbar ist die mechanische Beanspruchung (die steile Resultierende) gleich geblieben und hat den ursprünglichen Zustand wieder hergestellt.

Solche Phänomene sind bei Kindern im Wachstumsalter für den langfristigen Therapieplan zu berücksichtigen.

5.4.2. *Die Entwicklung der Gelenke*

Noch wesentlich komplizierter als die Knochenentwicklung ist die Ausbildung der Gelenke im Verlaufe der Wachstumsperiode. Über die dabei wirksamen Mechanismen und ihre Steuerung wissen wir noch sehr wenig.

Sicher ist die Ausgestaltung der Gelenke wesentlich *genetisch* bedingt. Jedes Gelenk hat eine andere Vorlage und Anlage. Voraussetzung für ein formgerechtes Wachstum ist aber eine einwandfreie *Kongruenz der beiden Gelenkanteile* und normale mechanische Funktion des Gelenkes. Ein kongenital luxiertes Hüftgelenk z. B., dessen Kopf nicht in der Pfanne steht, entwickelt nur eine rudimentäre Pfanne und einen kleinen entrundeten Kopf (Abb. 520).

Ohne die «modellierende» funktionelle Beanspruchung bilden sich die Gelenkanlagen nicht aus.

Das *Hüftgelenk* als *Kugelgelenk* muss *genau sphärisch* sein, damit Kopf und Pfanne in jeder Stellung formschlüssig ineinander passen. Nur unter dieser Voraussetzung ist die mechanische Beanspruchung, welche das Wachstum steuert, normal. Primäre Störungen der Gelenkkongruenz rufen falsche Kräfteverteilung im Gelenk hervor und diese beeinflusst wiederum das chondrale Wachstum der Epiphysen unregelmässig. Als Folge davon nehmen Inkongruenz und Subluxation des Gelenkes zu. So entsteht der *Circulus vitiosus der Gelenkdysplasie.* Dies hat *praktische Bedeutung:* Wenn nämlich das Hüftgelenk frühzeitig, d.h. in den ersten Wochen nach der Geburt in der richtigen Stellung gehalten wird, so entwickelt sich daraus ein *normales* Hüftgelenk (siehe Abb. 516, 517 und III.C.2.5.).

5.4.3. *Durchblutung und Trophik*

Hyperämie stellt einen *Wachstumsreiz* dar: Dauert sie längere Zeit (Monate, Jahre) an, ist mit einer *Längenzunahme* zu rechnen (z. B. nach Frakturen und Operationen, vor allem Osteosynthesen bei Kindern, bei chronischer Osteomyelitis). Besonders für die Behandlung von Schaftfrakturen ist diese Erkenntnis wichtig: Keine anatomische Reposition und Osteosynthese von Schaftfrakturen bei Kindern, da sonst Längendifferenzen entstehen (siehe II.15.3.2.1.).

Trophische Störungen mit mangelhafter Zirkulation andererseits *hemmen* das Längenwachstum (siehe Abb. 57). So kommen z. B. massive Bein-

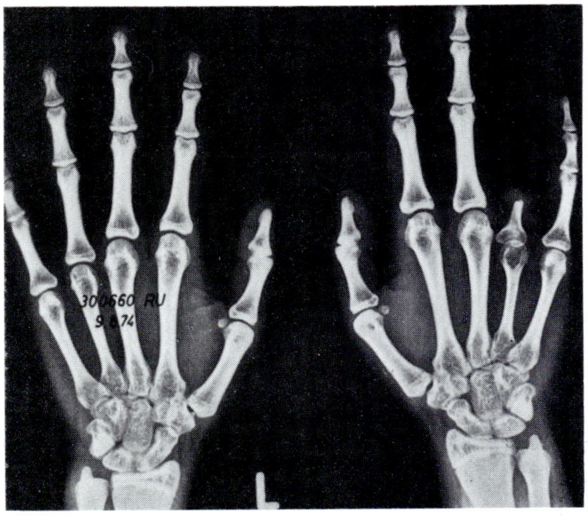

Abb. 57. An der rechten Hand fehlte der Ringfinger seit früher Kindheit infolge Amputation. Dadurch fehlte dem Metakarpale IV auch der notwendige Wachstumsreiz. Es wuchs nicht wie die übrigen Metakarpalknochen, sondern blieb kürzer und dünner. Auch das Gelenk entwickelte sich nicht normal.

verkürzungen nach Lähmungen (bes. Poliomyelitis, siehe Abb. 232) zustande. *Ischämie* kann zu Nekrose der germinativen Zellen und Wachstumsstop führen (z. B. bei der Perthesschen Erkrankung).

5.4.4. *Hormonale Einflüsse und mechanische Eigenschaften der Epiphysenfuge*

Man weiss nicht genau, wie der gesamte Ablauf des enchondralen Wachstums zeitlich gesteuert wird. Sicher ist, dass Hormone eine grosse Rolle spielen. Das *hypophysäre Wachstumshormon stimuliert* die Tätigkeit der Epiphysenwachstumszonen (hypophysärer Riesenwuchs), die *Geschlechtshormone hemmen* sie eher und *fördern* dagegen ihre *Verknöcherung* (dies wurde therapeutisch ausgenutzt um vorzeitigen Epiphysenschluss zu erreichen). Die enge Koppelung des enchondralen Wachstums mit der körperlichen Entwicklung ist ein augenfälliges Zeichen für die Steuerung des Wachstums durch Hormone.

Wichtig ist zu wissen, dass

1. mit der Pubertät die Epiphysenfugen verknöchern, und dass
2. im pubertären Wachstumsschub die *mechanische Festigkeit* der *Knorpelfugen vermindert* ist (Morscher).

5.4.4.1. *Traumatische Epiphysenlösungen,* vollständig oder mit meta- oder epiphysären Frakturen kombiniert, sind deshalb in der Pubertät häufiger als vorher. Nach dem Schluss der Epiphysenfugen kommen sie nicht mehr vor.

Diese Periode ist auch das *einzige Lebensalter,* in welchem *spontane Epiphysenlösungen* vorkommen. Bei einzelnen noch ungeklärten hormonellen Dysregulationen kann die mechanische Festigkeit der Epiphysenfugen so stark herabgesetzt sein, dass es zu spontanen Epiphysenlösungen kommen kann. Sie betreffen ausschliesslich das Hüftgelenk und sind als «endokrine Krankheit» häufig beidseitig (siehe III.C.2.7.).

Zusammenhänge bestehen auch mit gewissen Störungen des Wirbelsäulenwachstums, welche ebenfalls im pubertären Wachstumsschub auftreten oder exazerbieren:

- Morbus Scheuermann (siehe III.B.7.1.),
- Idiopathische Skoliose (siehe III.B.8.3.).

5.4.4.2. *Die Kraft des epiphysären Längenwachstums*

Um Beinlängen auszugleichen hat man versucht, das Epiphysenwachstum auf der Gegenseite zu stoppen. Dabei zeigt sich die Kraft, welche

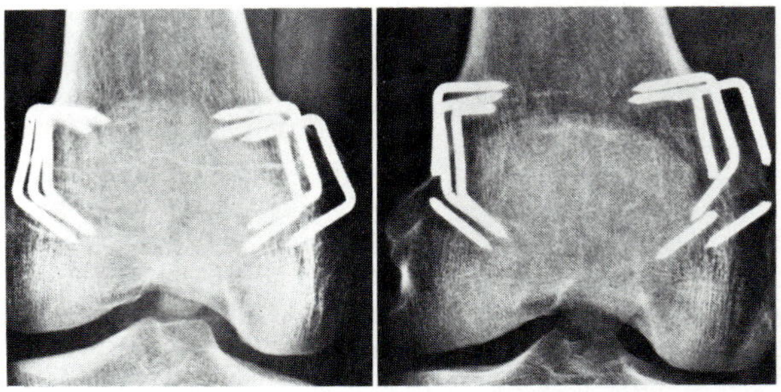

a b

Abb. 58. Bei diesem Knaben war im Alter von 12 Jahren wegen eines Beinlängenunterschiedes nach poliomyelitischer Lähmung eine operative Epiphyseodese mit Klammern gemacht worden, um das Längenwachstum zu stoppen (a).

b) Röntgenbild 10 Jahre später: Der Wachstumsdruck der Epiphysenfugen hat die Klammern zerbrochen. Wo diese Operation heute noch durchgeführt wird (siehe III.C.1.3.2.), werden wesentlich kräftigere Klammern benötigt.

diesem Wachstumsvorgang innewohnt. Die zur Verklammerung der Epiphysenfuge (Epiphyseodese) verwendeten Stahlagraffen waren häufig zu schwach und zerbrachen unter dem Wachstumsdruck der Epiphysenfuge (siehe Abb. 58). Auch kleinere Knochenbrücken werden noch zerrissen. Massivere Implantate (Schrauben, Nägel) oder Kallusbrücken und Zerstörung der germinativen Zellen bringen allerdings das Wachstum zum Stillstand. Diese Verhältnisse sind für die Beurteilung von Epiphysenschäden und Therapiemöglichkeiten wichtig. (Siehe Abschnitt «Wachstumsstörungen», II.2., und Abschnitt «Kinderfrakturen», II.15.3.) An diesem Beispiel zeigen sich die mechanischen Eigenschaften des Knorpelgewebes: hohe Druckfestigkeit (wichtig für Gelenkfunktion). Die Knorpelzelle kann *sogar selbst Druck erzeugen und gegen hohen Aussendruck wachsen.* Dies ist wichtig für die Bildung des Kallus zur Frakturheilung (vgl. I.A.4.2.).

Für die Praxis gilt es die Zusammenhänge zwischen Wachstum und mechanischer Beanspruchung zu erkennen. So ist es uns möglich, die Wachstumskräfte *für uns* statt gegen uns wirken zu lassen.

6. Knorpel und Gelenk

6.1.1. *Knorpel als Gewebe*

6.1.1.1. *Gelenkgleitflächen*
Hyaliner Knorpel ist das Material, welches die Gleitflächen der Gelenke bildet. Die Oberflächen haben gegeneinander einen sehr geringen Gleitwiderstand. Die Kraftübertragung kann daher nur *senkrecht* auf die Knorpeloberfläche erfolgen. Gelenkknorpel wird also im wesentlichen auf *axialen Druck* beansprucht.

Dieser Anforderung genügt der Knorpel dank seiner Struktur. Sie entspricht im wesentlichen einem Wasserkissen: *Zugfeste Membranen* (im Lichtmikroskop nicht zu sehen = hyaliner Knorpel) umhüllen die *stark wasserhaltige Grundsubstanz,* welche durch Zellstoffwechselvorgänge unter hohem hydrostatischem Binnendruck (Turgor) steht. Der Knorpel ist deshalb vor allem *druckfest* (Abb. 59).

6.1.1.2. *Knochenbildungsmatrix*

Wie wir bereits gesehen haben, ist der Knorpel dank seiner hohen Druckfestigkeit (vgl. «Die Kraft des epiphysären Längenwachstums», I.A.5.4.4.) auch sehr geeignet als *Matrix für die Knochenbildung.* Er stellt ein stabiles *Lehrgerüst* dar (siehe I.A.4.2.1.), in welches die Knochensubstanz eingelagert werden kann, geschützt vor mechanischen Einwirkungen.

Vom Knorpelgewebe gehen aus:
1. Die Verknöcherung des ursprünglich rein knorpelig angelegten Skelettes,
2. das epiphysäre Längenwachstum in der Jugend,
3. die natürliche Frakturheilung.

Diese Vorgänge wurden ausführlich in den letzten beiden Kapiteln dargestellt (I.A.5. und I.A.4.).

Hier sollen vor allem die Eigenschaften des Knorpels als *Gelenkbaustein* besprochen werden.

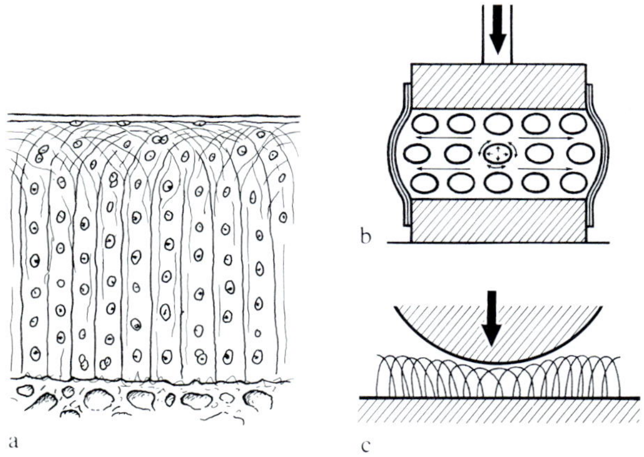

Abb. 59. *Aufbau des hyalinen Gelenkknorpels.*

a *Faserverlauf:* Die vom Knochen ausgehenden senkrechten Fasern biegen in die waagrechte Oberflächenschicht ein, welche als Gleitfläche absolut glatt und widerstandsfähig sein muss. Die Knorpelzellen sind in die Zwischenräume eingebettet. So kommt ein druckfestes System zustande, das auf dem Knochen fest verankert ist.

b *Veranschaulichung eines druckfesten Kugelsystems,* ein Modell des belasteten Gelenkknorpels. Eine zugfeste Hülle umschliesst einen unter hydrostatischem Druck (Turgor) stehenden Inhalt. Beim Knorpel entsprechen dem Inhalt die Zellen und die Grundsubstanz, den Hüllen die kollagenen Fibrillen.

c *Knorpel unter Druck:* So etwa hat man sich die elastische Deformierung der Knorpelstruktur vorzustellen. Diese Deformierung unter Belastung hat u.a. *zwei wichtige Funktionen:*
1. Eine *mechanische:* Der Druck wird gleichmässig über die Gelenkfläche verteilt. Der elastische Gelenkknorpel wirkt überdies als Puffer (Schock-absorber), der die harten Stösse abfedert und damit den Knochen schützt.
2. Eine *biologische:* Unter Druck gibt der Knorpel Flüssigkeit ab, entlastet nimmt er Flüssigkeit auf. Auf diesen *Diffusionsvorgängen* beruht sein Stoffwechsel, da er keine Blutgefässe hat. Der Knorpel ist deshalb auf die funktionelle Beanspruchung, die *Bewegung des Gelenkes,* angewiesen für seine Ernährung.

6.1.2. *Eigenschaften des Gelenkknorpels*

6.1.2.1. *Die Beanspruchung des Gelenkknorpels* erfolgt, wie erwähnt, vorwiegend auf *axialen Druck.* Unter mechanischem Druck reagiert der Knorpel auf zwei Arten:
- Unter *kurz dauerndem Druck* deformiert er sich *elastisch,* und zwar erheblich stärker als Knochen. Er wirkt so als *Stossdämpfer* (Schockabsorber) und schützt den Knochen, indem der Druck gleichmässiger verteilt wird.
- Unter *länger dauerndem Druck* wird der normalerweise stark wasserhaltige Knorpel wie ein Schwamm zusammengedrückt und ausgepresst. Lässt der Druck nach, nimmt der Knorpel das verlorene Wasser wieder auf, der Turgor steigt wieder an. Hält der Druck zu lange an, so kommt es zu *Ernährungsstörungen* im Knorpel.

Wichtig für die Knorpeltrophik ist vor allem intermittierender Druck (siehe I.A.6.1.2.4.).

6.1.2.2. *Die Gelenkknorpeloberflächen* von Pfanne und Kopf haben *minimale Reibung* gegeneinander. *«Schmiermittel»* ist die *Synovialflüssigkeit.* Der genaue Mechanismus dieser «Schmierung» ist noch kontrovers (Oberflächen-

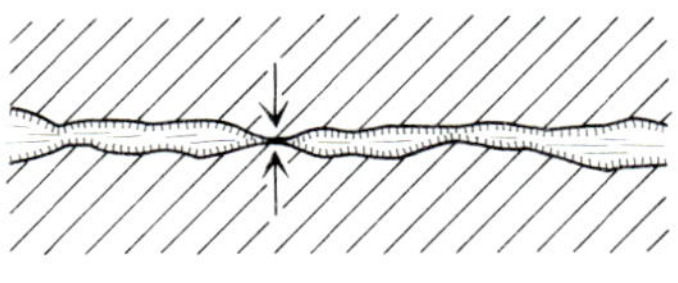

Abb. 60. *Reibung und Schmierung im Gelenk.*

Auch makroskopisch ganz glatte Oberflächen sind mikroskopisch unregelmässig. Unter Druck berühren sie sich an vorspringenden Stellen. Bei Bewegung werden diese etwas abgeschliffen. Dadurch entsteht Widerstand = *Reibung* und *Abrieb. Schmiermittel* können diese vermindern.

Bei der in der *Technik* gebräuchlichen *hydrodynamischen Schmierung* wird durch schnelle Bewegung Flüssigkeit zwischen die Oberflächen gepresst, so dass sich diese gar nicht berühren. Dabei ist die chemische Beschaffenheit von Gelenkoberfläche und Schmiermittel von geringer Bedeutung.

Biologische Gelenke funktionieren eher nach dem Prinzip der *Oberflächenschmierung:* Der Kontakt der Gelenkflächen wird verringert durch ein an der *Gelenkoberfläche haftendes* Gleitmittel. Dabei spielt die *Beschaffenheit* dieser Gelenkoberflächen eine wesentliche Rolle. Je glatter die Oberfläche, desto weniger Reibung (z. B. Selbstschmierung von Kunststoffgelenken).

Zusammen mit der Synovialflüssigkeit haben menschliche Gelenke einen *minimalen Reibungskoeffizienten,* wie er in der Technik praktisch nie erreicht wird.

Auch künstliche Gelenke müssen nach diesem Prinzip konzipiert sein.

schmierung) (Abb. 60). Er funktioniert aber normalerweise ausgezeichnet, mit einem äusserst *niedrigen Reibungskoeffizienten.* Die therapeutische Injektion eines «besseren Schmiermittels» in ein Gelenk hat bisher noch keinem Patienten geholfen.

6.1.2.3. *Abnützung des Knorpels*

Entsprechend der kleinen Reibung und den spezifischen Oberflächeneigenschaften des Gelenkknorpels ist die *Abnützung des Knorpels,* der *Abrieb,* normalerweise *minimal.* Eine während des ganzen Lebens anhaltende geringe Proliferation von Knorpel aus der Matrix genügt bei intaktem Gelenk, diesen Verlust auszugleichen.

6.1.2.4. *Knorpelstoffwechsel*

Der Gelenkknorpel führt *keine Blutgefässe.* Er wird *durch Diffusion ernährt,* vor allem aus der *Synovialflüssigkeit.* Diese wird durch die Gelenkbewegungen in den Knorpel hinein gepumpt. Lange dauernde absolute Immobilisation hat deshalb Ernährungsstörungen zur Folge. Das *Einwalken von Gelenksflüssigkeit in den Knorpel durch den intermittierenden Druck bei ausreichender Gelenkbewegung ist eine Voraussetzung für die Knorpeltrophik.* Dazu sind zwei sich berührende, zueinander passende (kongruente) und gegeneinander frei bewegliche Knorpeloberflächen notwendig. Am Kniegelenk spielen bei diesem Pumpmechanismus auch die *Menisken* eine Rolle. Ihre Entfernung ist nicht gleichgültig.

6.1.2.5. *Die Stoffwechselfunktion der Synovialmembran*

für den Gelenkknorpel (Bildung und Resorption der Synovialflüssigkeit) steht in einem *dynamischen Gleichgewicht,* so dass normalerweise nur geringe, aber ausreichende Mengen Synovialflüssigkeit in bestimmter Zusammensetzung im Gelenk vorhanden sind. Bei krankhaften Zuständen kann dieses Gleichgewicht gestört sein. Dies äussert sich in einem *Erguss* (Rheumatische Arthritis, PcP).

6.1.2.6. *Gelenkkongruenz*

Die beiden Gelenksteile, z. B. Kopf und Pfanne *passen genau zueinander.* Nur unter dieser Voraussetzung kann das Gelenk richtig und dauerhaft funktionieren.

Um den in der Orthopädie wichtigen Begriff der Gelenkskongruenz zu erläutern, muss zuerst die *Gelenksgeometrie* betrachtet werden:

Die Bewegungen eines Gelenkes erfolgen um einen Drehpunkt, resp. eine Drehachse herum. In *jeder* Stellung müssen die beiden Gelenksteile zueinander *passen.* Dies ist theoretisch nur möglich, wenn das Gelenk *Kugel-,* resp. *Zylinderform* hat, d.h. senkrecht zur Bewegungsachse einen *kreisförmigen* Querschnitt hat. Annähernd ideale Kugel- resp. Zylinderform haben das *Hüft-* resp. das *Ellbogengelenk.* Sie können deshalb als Prototyp eines idealen *Kugel-* resp. *Scharniergelenkes* gelten: In allen Gelenkstellungen passen Kopf und Pfanne genau ineinander. Auch der *Druck* im Gelenk ist damit möglichst *gleichmässig auf die ganze Gelenkfläche verteilt* (Abb. 61).

Die Kongruenz der übrigen (komplexer geformten) Gelenke ist mit Hilfe von komplizierteren Strukturen (Menisken, Syndesmosen usw.) realisiert, wobei die *Elastizität* des Knorpels eine ausgleichende Rolle spielt.

6.1.3. *Funktionseinheit Gelenk*

Aus dem bisher gesagten wird ersichtlich, dass ein Gelenk eine *Funktionseinheit* (im Sinne von I.A.1.2.) ist. Seine einzelnen Bestandteile sind genau aufeinander abgestimmt, damit es «reibungslos» funktioniert. Bereits die regelrechte Entwicklung und Ausbildung eines Gelenkes während des Wachstums erfolgt in gegenseitiger Abhängigkeit (Induktion) der einzelnen Gewebe voneinander.

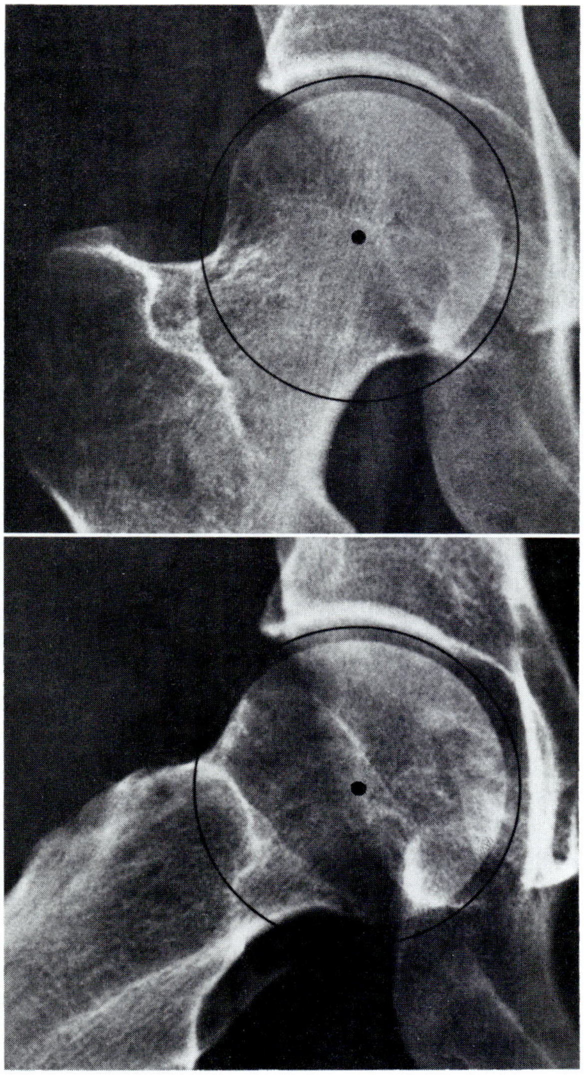

Abb. 61. *Die Kongruenz des Hüftgelenkes.*

Röntgenbild eines normalen Hüftgelenkes in zwei verschiedenen Stellungen (ap. und axial) mit eingezeichnetem Drehpunkt, der sich im Zentrum befindet. In beiden Stellungen deckt sich die Kontur des Hüftkopfes recht genau mit einem mit dem Zirkel gezeichneten Kreis. Der Hüftkopf hat somit *Kugelform,* eine Voraussetzung dafür, dass er genau in die ebenfalls kugelförmige Pfanne passt. Ohne diese *Kongruenz* könnte das Hüftgelenk sich nicht «rund» drehen. Ein *inkongruentes* Gelenk ist nur in einer einzigen Stellung schlüssig, etwa wie ein Ei im Eierbecher.

Inkongruenz hat unregelmässige Druckverteilung, Spannungsspitzen, erhöhte Abnutzung, degenerative Veränderungen, also *Arthrose* zur Folge. Inkongruente Gelenke werden deshalb auch als «präarthrotisch» bezeichnet.

Störungen an einer Stelle haben eine Fehlentwicklung des ganzen Gelenkes zur Folge (siehe I.A.5.4.2.).

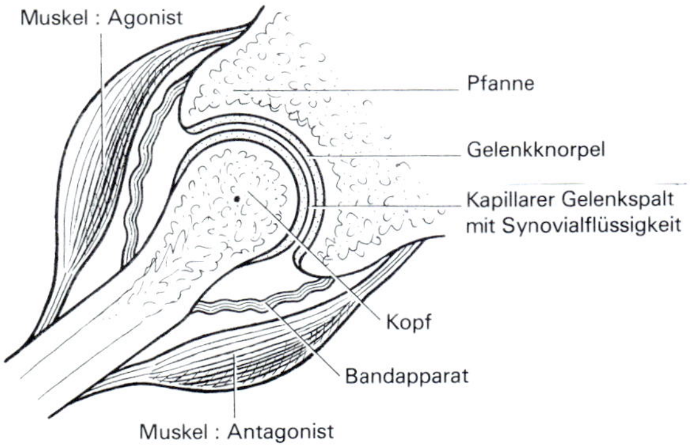

Abb. 62. Ein *Gelenk* ist eine *funktionelle Einheit,* bei welcher die einzelnen Teile genau aufeinander abgestimmt sind: Die beiden gegeneinander beweglichen, in jeder Stellung genau ineinander passenden Knochenanteile mit ihrem reibungsarmen Knorpelüberzug, die Gelenkkapsel, welche die Synovialflüssigkeit produziert und Stoffwechselfunktion hat, die Sicherung durch den Bandapparat, sowie die Muskulatur, in Paaren von Agonisten und Antagonisten angeordnet, die das Gelenk nicht nur bewegen, sondern vor allem auch stabilisieren müssen. Störungen eines einzelnen Teiles haben Störungen der ganzen Gelenkfunktion zur Folge.

Aber auch später funktioniert ein Gelenk als *Bewegungseinheit,* wobei alle zugehörigen Anteile voneinander abhängig sind und auch so reagieren (Abb. 62).

6.1.3.1. *Gelenkmechanik*

Die Funktion eines Gelenkes ist dreifach:

1. *Stabile Verbindung* zwischen zwei Skeletteilen,
2. *Kraftübertragung,*
3. *Stellungsänderung* zweier Skeletteile gegeneinander.

Bewegungsmöglichkeiten:

1. um eine Drehachse (in einer Ebene senkrecht dazu), d. h. in *einer* Richtung,
2. um einen Drehpunkt, d. h. in *allen* Richtungen.

Diesen beiden Bewegungsmöglichkeiten entsprechen im Prinzip *zwei Gelenktypen:*

1. das Scharniergelenk,
2. das Kugelgelenk (ähnliche Funktion hat auch das Sattelgelenk).

Praktisch alle grossen Gelenke des Körpers sind nach einem dieser beiden Grundtypen aufgebaut (Abb. 63).

Der *Aufbau* eines Gelenkes ist bestimmt von:

1. der *Gelenksgeometrie,*
2. der *Statik* und
3. den *mechanischen* Ansprüchen an die Gewebe.

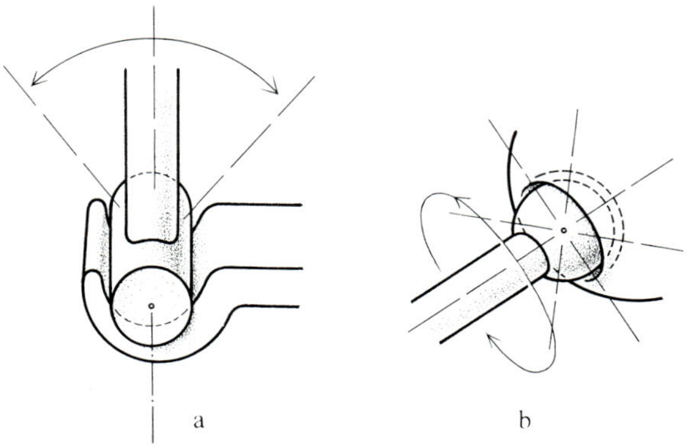

Abb. 63. *2 Gelenktypen.*

a *Scharniergelenk.* Beispiel: Ellbogengelenk. Pfanne und «Rolle» zylindrisch und kongruent, d.h. ihre Querschnitte müssen kreisrund sein. Die einzige Bewegungsachse geht durch das Zentrum dieses Kreises. Die einzige Bewegungsmöglichkeit (1 Freiheitsgrad) liegt in einer Ebene senkrecht zu dieser Achse. Andere Bewegungen werden durch *seitliche Führungsbänder* verhindert. Diese müssen im Durchstosspunkt der Achse an der Rolle befestigt sein, damit sie in jeder Gelenkstellung gleich stark angespannt sind (vgl. dazu I.A.6.2.3. und Abb. 71).

b *Kugelgelenk.* Beispiel: Hüftgelenk. Pfanne und Kopf müssen genau kugelförmig sein, damit sie bei jeder Gelenkstellung genau ineinander passen (kongruent sind). Bewegungszentrum ist der geometrische Mittelpunkt, der damit auch der Ansatzpunkt der Hebelarme der am Gelenk angreifenden Kräfte (Gewicht, Muskulatur) ist. Das Kugelgelenk ist um diesen Punkt herum nach allen Richtungen beweglich (3 Freiheitsgrade). Die Bänder haben keine führende Funktion (wie beim Scharniergelenk), sondern begrenzen lediglich den Bewegungsraum.

Für künstliche Gelenke (Endoprothesen) gelten die gleichen Prinzipien.

6.1.3.2. *Kraftübertragung im Gelenk*

Weil die Reibung zwischen den Gelenkflächen sehr klein ist, können nur *Druckkräfte* übertragen werden, welche senkrecht zur Knorpeloberfläche wirken. Damit das Gelenk im Gleichgewicht ist, muss die vom Gelenk übertragene Kraft zudem durch den *Drehpunkt* des Gelenkes verlaufen. Sie wird als *resultierende Druckkraft* (R) bezeichnet (PAUWELS) und setzt sich aus Schwerkrafts- und Muskelkomponenten zusammen, welche sich die *Waage* halten müssen, um das Gelenk zu stabilisieren (siehe I.A.6.1.3.4. und Abb. 76).

Bestimmend für die mechanische Beanspruchung eines Gelenkes ist nicht die gesamte wirkende Kraft, sondern die

6.1.3.3. *Druckverteilung im Gelenk*

Der Gelenkknorpel wird durch den Gelenkdruck *elastisch deformiert.* Diese Deformierung ist proportional zur wirkenden Kraft.

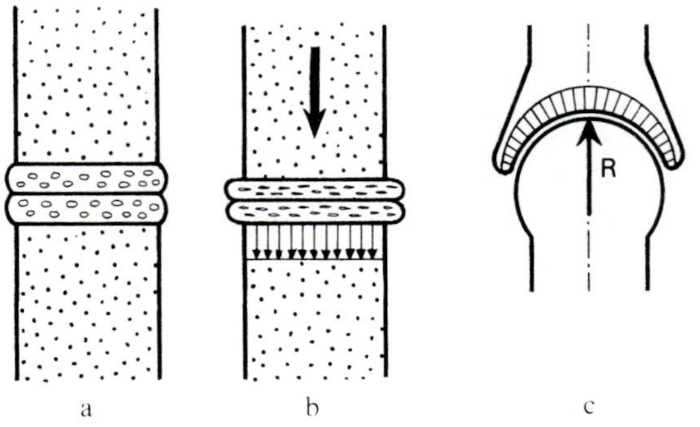

Abb. 64. *Druckverteilung im Gelenk.*

a Schematisiertes kongruentes Gelenk. Punktiert: die beiden Knochen. Kleine Kreise: Gelenkknorpel.

b *Belastung:* Der Gelenkknorpel wird elastisch verformt, proportional zur wirksamen Kraft. Diese wird gleichmässig über den Gelenkquerschnitt verteilt: Spannungsdiagramm unten durch kleine Pfeile dargestellt. Die Kreise sind zu kleinen Ellipsen deformiert.

c Druckverteilung im kongruenten *Kugelgelenk.*
R = Resultierende. Die kleinen Striche entsprechen dem Druck an jeder Stelle des Gelenkes.

Bei einem *kongruenten Gelenk* kann die Deformierung nur in einer axialen Kompression der tragenden Gelenkknorpelschicht bestehen, der Druck wird also entsprechend *gleichmässig* über den ganzen Gelenksquerschnitt *verteilt* (Abb. 64).

Morphologische und funktionelle Veränderungen am Bewegungsapparat, vor allem am Skelett und an den Gelenken, können *ungleichmässige* Druckverteilung im Gelenk hervorrufen und damit *Gelenkschäden* verursachen. (Siehe Kapitel «Die mechanische Beanspruchung als pathogenetischer Faktor», I.A.9. und Abb. 65.)

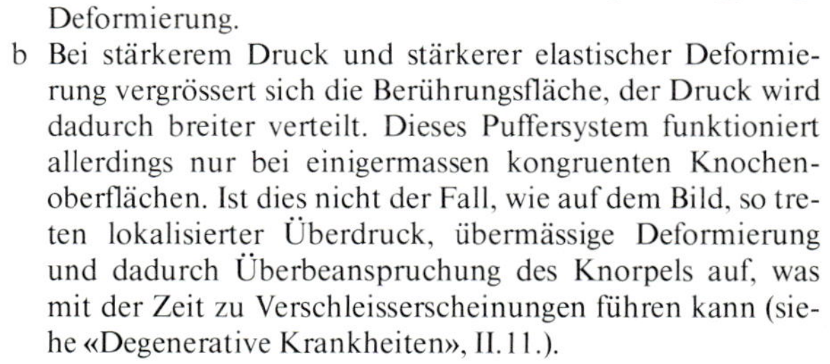

Abb. 65. Veranschaulichung der Deformierung des Gelenkknorpels unter Druck. Kugel und flache Pfanne (Inkongruenz).

a Bei schwachem Druck nur kleine Berührungsfläche, geringe Deformierung.

b Bei stärkerem Druck und stärkerer elastischer Deformierung vergrössert sich die Berührungsfläche, der Druck wird dadurch breiter verteilt. Dieses Puffersystem funktioniert allerdings nur bei einigermassen kongruenten Knochenoberflächen. Ist dies nicht der Fall, wie auf dem Bild, so treten lokalisierter Überdruck, übermässige Deformierung und dadurch Überbeanspruchung des Knorpels auf, was mit der Zeit zu Verschleisserscheinungen führen kann (siehe «Degenerative Krankheiten», II.11.).

6.1.3.4. *Stabilisierung des Gelenkes durch den Bandapparat*

Alle Gelenke sind mehr oder weniger stark durch *Bänder* gesichert. Innerhalb des normalen Bewegungsumfanges eines Gelenkes lassen die Bänder alle Bewegungen zu. Andere Bewegungen verhindern und blockieren sie. Zwei verschiedene Funktionsweisen lassen sich unterscheiden:

1. *Anschlagsperren:* Kräftige Bänder *verhindern* z.B. das *Überstrecken* des Hüftgelenkes (Lig. Bertini) und des Kniegelenkes (dorsale Kapselbänder). In voller Streckstellung sind diese Gelenke dann *stabilisiert* und *tragfähig.*

2. *Führungsbänder:* Jedes *Scharniergelenk* braucht eine straffe *Führung* in der Bewegungsebene durch *Seitenbänder* (z.B. Knieseitenbänder, Knöchelbänder). Diese Bänder sind in jeder Gelenkstellung mehr oder weniger straff gespannt. *Bandansatz* und *-länge* sind entsprechend *geometrisch genau festgelegt.* Sie hängen vor allem von der *Drehachse* ab.

Schäden am Bandapparat eines Gelenkes, vor allem an den Führungsbändern von Scharniergelenken, können schwere Funktionsstörungen (Instabilität) nach sich ziehen (siehe II.12.3. und II.12.4.) (siehe Abb. 71).

6.1.3.5. *Stabilisierung des Gelenkes durch die Muskulatur*

Passive Stabilisierung durch Bänder genügt jedoch *nicht:*

1. Mit der Zeit *dehnen* sich Gelenkbänder unter der ständigen Beanspruchung, wenn sie nicht durch aktive *Muskelkraft* geschützt sind.

2. Im Bewegungsraum ist eine Stabilisierung des Gelenkes nur durch Muskelkraft möglich. *Nur ein stabilisiertes Gelenk* kann Kräfte übertragen und eine Stützfunktion erfüllen.

Unbelastet wird das Gelenk durch Muskelkraft fixiert: *Agonisten* und *Antagonisten* halten sich die *Waage.*

Unter Belastung werden äussere Kräfte und Schwerkraftkomponenten durch die Muskulatur ausbalanciert und damit neutralisiert (siehe auch I.A.3.1.2.2.) (Abb. 66).

6.1.3.6. *Steuerung*

Bereits auf der Stufe einer Funktionseinheit wie z.B. eines Gelenkes ist eine weitgehende *autonome nervöse Steuerung* vorhanden, welche die automatische Stabilisierung des Gelenkes regelt (Sehnenreflexe, Muskelreflexe usw.).

Höhere mehr oder weniger unabhängige Funktionseinheiten wie z.B. Arm und Hand zusammen oder beide Beine (Gliederketten nach von Baeyer) sind auf bestimmte höhere Funktionen ausgerichtet, wie z.B. Greif- und Haltefunktion, Gehen und Stehen usw. Sie sind als Ganzes mehr oder weniger autonom (Abb. 67).

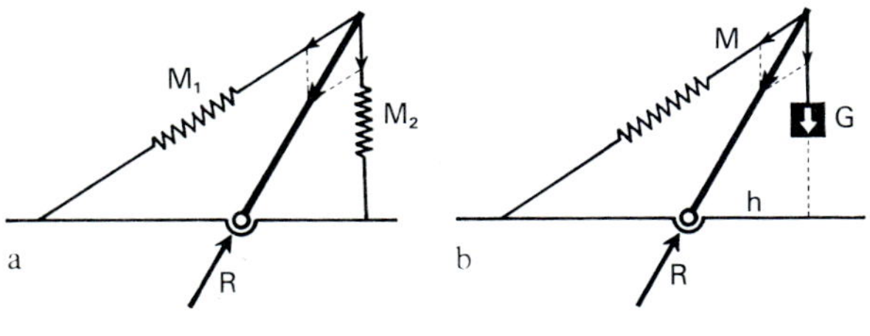

Abb. 66. *Gelenkstabilisierung.*

a Gelenk durch zwei antagonistische *Muskelkräfte* M_1 und M_2 stabilisiert. Die *Resultierende* R ist die Vektorsumme von M_1 und M_2 und wirkt axial auf das Gelenk. R kann graphisch mit Hilfe des Parallelogrammes der Kräfte ermittelt werden.

b Eine exzentrische *Last* G wirkt auf das Gelenk. Sie wird in der Waage gehalten durch die Muskelkraft M. Daraus ergibt sich die *Resultierende* als Druckkraft auf das Gelenk. (h = Hebelarm der Last G.)
Die *Resultierende* R ist massgebend für die *Beanspruchung* des Gelenkes (siehe Kap.: «Die mechanische Beanspruchung als pathogenetischer Faktor», S. 85ff.).

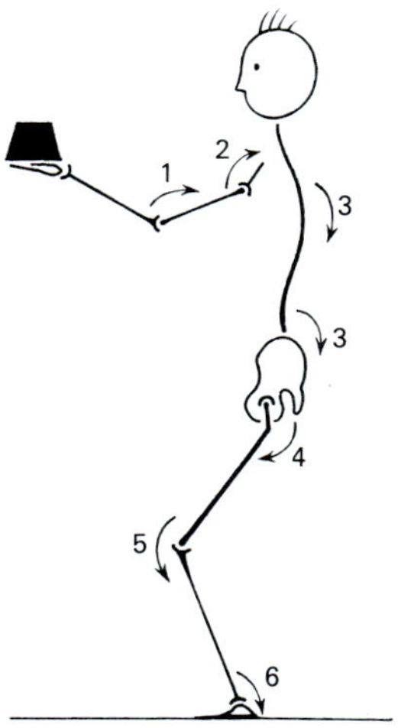

Abb. 67. *Steuerung des Bewegungsapparates.*

Die kurze Analyse eines einfachen Vorganges zeigt, welche Rolle das Zentralnervensystem spielt für die Funktion des Bewegungsapparates. Dies kann man leicht an sich selbst nachprüfen, etwa beim Versuch, mit der Hand ein Gewicht zu heben: Dazu müssen die Ellenbeuger angespannt werden (1). Das Gewicht würde aber jetzt den Arm hinunterziehen. Dies muss die Schultermuskulatur verhindern (2). Damit nicht der Oberkörper nach vorne fällt, muss die Rückenmuskulatur ihn aufrichten (3). Jetzt würde das Gewicht die Hüfte nach vorn flektieren, wenn nicht die Glutaen sie stabilisieren würden (4). Dadurch entsteht eine Tendenz, nach hinten zu kippen und ins Knie zu sinken. Dies verhindert der Quadrizeps, indem er den Körper nach vorne bringt (5). Damit er aber jetzt nicht nach vorne fällt durch Drehung im oberen Sprunggelenk, muss der Trizeps dieses stabilisieren (6).

Die Stabilisierung der einzelnen Gelenke im Rahmen des gesamten Bewegungsapparates wird im Kapitel «Statik der aufrechten Haltung» (I.A.8.) besprochen.

6.2. Reaktionen und Regeneration von Knorpel und Gelenk

6.2.1. *Gelenkknorpel*

Bradytrophes Gewebe: keine Innervation, keine Blutgefässe, Ernährung durch Diffusion aus der Synovialflüssigkeit.

Entsprechend sind die *Reaktionsmöglichkeiten,* anders als beim Knochen, sehr *gering.*

Drei «Reaktionen» sind möglich: *Zerstörung, Degeneration* und *Proliferation.*

6.2.1.1. *Zerstörung*
direkt durch Verletzung oder Krankheit (Infekt), oder durch mechanische Überbeanspruchung z. B. bei inkongruentem Gelenk. Indirekt durch Drosselung der Nährstoffzufuhr aus der Synovialflüssigkeit, durch einen Pannus auf der Gelenkoberfläche, z. B. bei PcP usw. oder durch langdauernde absolute Immobilisation unter Druck (z. B. äussere Spanner, Syndesmosenschrauben, Quengelgips). Dadurch fällt der «Walkmechanismus» aus. (Die üblichen Gipsverbände fixieren ein Gelenk nie ganz starr. Sie erlauben die zur Knorpelernährung nötigen kleinen Bewegungen immer. Richtig verwendet und angelegt sind sie für den Gelenkknorpel nicht schädlich.) (Siehe auch Abb. 265.)

6.2.1.2. *Degeneration*
Überbeanspruchung oder fehlende Beanspruchung des Gelenkknorpels führt zuerst zu geweblichen Veränderungen und schliesslich auch zur Zerstörung (siehe oben). Histologisch findet man im Anfangsstadium eine «Fibrillation» (Abb. 68), ein Aufbrechen der Oberflächenschicht und eine Auffaserung der darunter liegenden radiären Schichten (Abb. 69 und 270).

Die *Chondromalazie* ist eine noch nicht richtig geklärte Degenerationserscheinung mit Auffaserung und *Erweichung* des Gelenkknorpels, welche hauptsächlich an der Patella beobachtet wird.

6.2.1.3. *Proliferation*
Die normale Regeneration des Gelenkknorpels aus der Matrix ist sehr gering und verläuft sehr langsam. Eine *Regeneration* ist nur bei sehr kleinen Defekten möglich. Grössere Defekte vernarben bindegewebig.

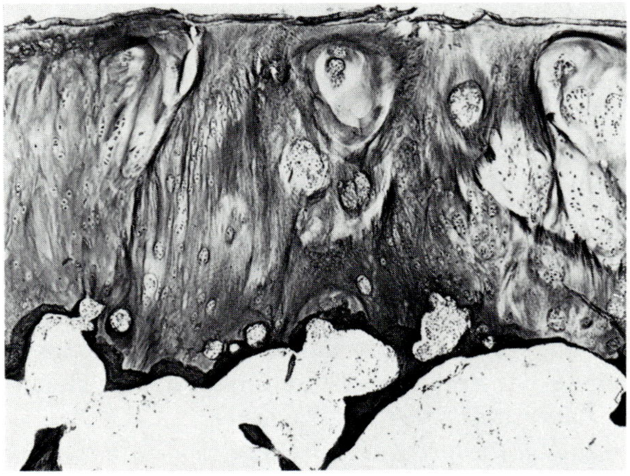

Abb. 68. *Degenerative Veränderungen im Gelenkknorpel eines Hüftkopfes.* Präparat von Prof. M. AUFDERMAUR, Luzern, v. Gieson, etwa 25×. Im ehemals hyalinen Knorpel werden die Fibrillen sichtbar (Demaskierung). Die Struktur wird unregelmässig, man erkennt Zellvermehrung und Lakunenbildung sowie Infiltration vom subchondralen Knochen her.

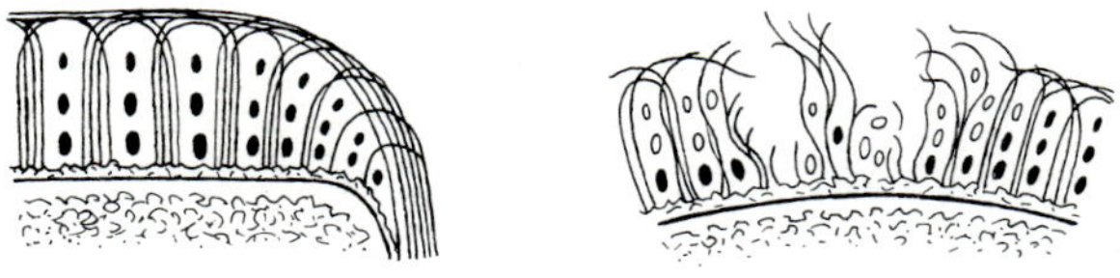

Abb. 69. *Degeneration des Gelenkknorpels.*

a Der intakte Gelenkknorpel ist durch einen arkadenförmigen Faserverlauf gekennzeichnet, wobei die radiären, im subchondralen Knochen verankerten Fasern an der Oberfläche umbiegen und eine kräftige tangentiale Schicht bilden (Lamina splendens).

b Nach Aufbrechen dieser Oberflächenschicht fasert der Knorpel radiär auf: «Fibrillation». Dieser Befund ist charakteristisch für die Chondromalazie (siehe III.C.4.7.1.), findet sich aber auch bei den übrigen degenerativen Gelenkerkrankungen (Arthrosen, II.11.).

Bei Arthrosen geht der *unter Druck* liegende Knorpel zugrunde, während der *randständige,* nicht mehr belastete Knorpel *proliferiert* und sich verdickt. Bald *verkalkt* er und bildet dann die bekannten blumenkohlartigen oft recht grossen Osteophyten im nicht belasteten Abschnitt arthrotischer Gelenke (siehe auch «Knochenreaktionen», I.A.2.5.) (siehe Abb. 266).

6.2.2. *Die Synovialmembran*

Drei Reaktionen: Erguss, Hypertrophie, Adhäsionen.

Alle diese Reaktionen sind im wesentlichen *entzündlich,* im Gegensatz zu den Knochen- und Knorpelreaktionen.

6.2.2.1. *Erguss*

Auf *jede Reizung* des Gelenkes reagiert die Synovialmembran mit einer *erhöhten Sekretion,* was klinisch als *Erguss* in Erscheinung tritt. Je nach Art des Reizes (mechanisch, allergisch, infektiös, «rheumatisch» usw.) ist das Exudat verschieden: von klar und dünnflüssig bis zu trübeitrig und blutig.

Eine *Blutung* ins Gelenk hinein macht einen hämorrhagischen Erguss, einen «Hämarthros», der sich nur langsam resorbiert.

6.2.2.2. *Hypertrophie*

Entzündungen (ausser rein seröse) der Synovialmembran führen manchmal zu massiven *Verdickungen,* welche nicht immer reversibel sind (Infektionen, PcP, siehe Abb. 605).

6.2.2.3. *Adhäsionen*

Nach schwereren Schädigungen der Synovialmembran durch Trauma oder Krankheiten (Infektionen, PcP) und Rückgang des Ergusses *verklebt* diese Membran oft in den Falten und mit dem Knorpel und bildet so Adhäsionen. Dadurch verliert das Gelenk mit der Zeit seinen Bewegungsumfang, wird zunehmend steif und *ankylosiert* im Extremfall, wobei der Gelenkspalt (selten!) knöchern durchgebaut werden kann (Abb. 70).

Die Synovialmembranen von *Sehnenscheiden* und *Schleimbeuteln* (Bursae) entsprechen in jeder Beziehung denjenigen der Gelenke und reagieren gleich.

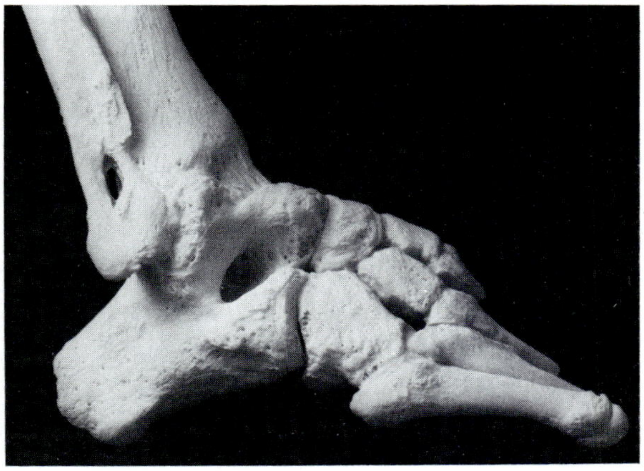

Abb. 70. Schwer geschädigte, vor allem infizierte Gelenke versteifen, d.h. *ankylosieren* nicht selten *spontan* mit der Zeit. Bleibt eine Restbeweglichkeit, so nennt man das *bindegewebige Ankylose.* In diesem Zustand sind die verbleibenden Wakkelbewegungen oft Ursache von Instabilität und Schmerzen. Manchmal erfolgt jedoch eine spontane *knöcherne Überbrükkung* des Gelenkspaltes. Solche *knöchernen Ankylosen* sind in der Regel *schmerzfrei* und stabil, wie hier die knöcherne Ankylose beider Sprunggelenke eines Fusses.

Statt die unsichere und lange dauernde spontane knöcherne Ankylose abzuwarten, werden deshalb in vielen Fällen völlig zerstörte Gelenke *operativ versteift,* d.h. *arthrodesiert.* Arthrodesen ergeben gute *Dauerresultate* und gehören deshalb auch heute noch zu den dankbarsten Operationen in der Orthopädie. Voraussetzung ist eine *gute Funktionsstellung.* Dieser Fuss stand in einer zu starken Spitzfussstellung.

6.2.3. *Gelenkkapsel und -bänder*

Damit die Bänder ihre Funktion, d.h. Führung und Stabilisierung des Gelenkes, richtig ausüben können, müssen sie die *richtige Länge* haben. Eine Veränderung der Bandlänge führt zu schwerwiegenden Störungen.

6.2.3.1. *Verlängerung*

Ein Trauma (Distorsion, Luxation) kann einen totalen (Ruptur) oder teilweisen (Zerrung) Bandriss zur Folge haben.

Chronische Überbeanspruchung der Bänder (zu frühe Belastung gerissener Bänder, Fehlstellungen, Lähmungen, Ergüsse) führt mit der Zeit zu ihrer *Überdehnung.*

Beides ergibt eine *Instabilität* des Gelenkes wegen *Bandinsuffizienz.* Oft wird ein Circulus vitiosus (Zunahme der Fehlstellung) in Gang gebracht.

Ein totaler Bandriss kann *nur* im ersten Stadium, und nur wenn er vor mechanischer Einwirkung geschützt ist, ohne Verlängerung ausheilen. Andernfalls verbleibt eine Bandüberdehnung mit permanenter Bandinsuffizienz (siehe Abb. 615).

6.2.3.2. *Verkürzung*

Durch Entzündungen in ihrer Umgebung, Fibrose und Narbenbildung kann eine Verkürzung des Bandapparates zustande kommen, vor allem wenn das Gelenk während längerer Zeit in einer *funktionell ungünstigen* Stellung fixiert ist, in welcher die Bänder nicht ganz gestreckt sind, und das Gelenk nicht täglich durchbewegt wird im vollen Bewegungsumfang.

Solche funktionell ungünstige Stellungen sind z.B. die Streckstellung der Metakarpo-phalangealgelenke, die Beugestellung des Kniegelenkes und die Spitzfussstellung für das obere Sprunggelenk (siehe «Funktionsstellungen», II.12.2.4.1.) (Abb. 71).

Solche *Gelenkkontrakturen* gehören zu den häufigsten Funktionsstörungen am Bewegungsapparat, welche orthopädische Eingriffe nötig machen (siehe II.12.2.).

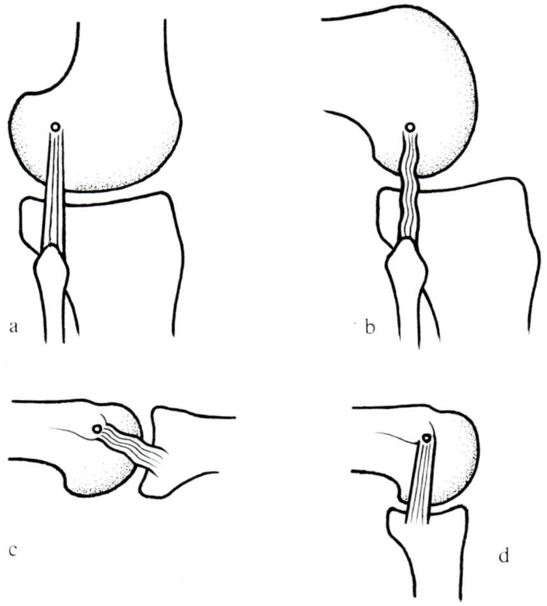

Abb. 71. *Gelenkversteifung infolge Bandschrumpfung bei Gelenkfixierung in ungünstiger Stellung.*

a *Kniegelenk* in Streckstellung: Seitenband gestreckt.
b In *Beugestellung* ist das Band locker. Wenn ein entzündetes Knie längere Zeit in dieser Beugestellung fixiert wird, schrumpft das Band und das Knie kann nicht mehr gestreckt werden.
c Umgekehrt können die *Seitenbänder* der *Fingergrundgelenke* in Streckstellung mit der Zeit schrumpfen, so dass die Finger nicht mehr gebeugt werden können. In Streckstellung versteifte Finger sind fast unbrauchbar.
d Wenn eine Ruhigstellung nötig ist, müssen Finger in *Beugestellung* der Grundgelenke fixiert werden. In dieser «Funktionsstellung» sind die Bänder gespannt und können nicht schrumpfen.

7. Die Muskulatur

Die quergestreifte Skelettmuskulatur als kontraktile Substanz ist der «Motor» des Bewegungsapparates. Ein Muskel kann sich *verkürzen*, womit *Bewegung* entsteht (isotonische Kontraktion) oder – ebenso wichtig – er kann einer *Verlängerung widerstehen* und damit (unerwünschte) *Bewegung verhindern*, d.h. ein Gelenk *stabilisieren* (isometrische Kontraktion) (siehe auch I.A.6.1.3.4. und I.C.3.2.1.).

Die Muskelkraft ist bei mittlerer Länge am grössten. Bei maximaler Verkürzung oder Verlängerung hat der Muskel keine Kraft. Es ist deshalb wichtig, dass er möglichst seine optimale «Arbeitslänge» hat. Bei Operationen (Sehnenoperationen, Umstellungsosteotomien) ist dies besonders zu beachten.

7.1.1. *Physiologische Reaktionen*

7.1.1.1. *Muskelkontraktionen*, willkürliche und reflektorische, sind nie so stark, dass gesundes Gewebe dadurch beschädigt würde. Dass die Muskulatur rein *kraftmässig* dazu imstande wäre, haben die Beobachtungen von multiplen Wirbelkompressionsfrakturen nach Elektroschock gezeigt. Die Sicherung liegt bei der körpereigenen Innervation. Muskel- und Sehnenrisse durch aktive Muskelkontraktion kommen praktisch nur bei vorgeschädigten und nicht adäquat trainiertem Bewegungsapparat vor (siehe II.14.1.).

7.1.1.2. *Atrophie und Hypertrophie*

Die Funktion der quergestreiften Muskulatur ist an die *Innervation* gebunden. Ist diese unterbrochen, kann der Muskel auf natürliche Weise nicht mehr zur Kontraktion gebracht werden, er ist *gelähmt* (schlaffe Lähmung). Innert kurzer Zeit (wenige Monate) *verschwindet* die kontraktile Substanz der Muskulatur vollständig, nur die bindegewebigen Hüllen bleiben übrig. Der Muskel *atrophiert.*

Auch bei *Nichtgebrauch* atrophiert der Muskel sehr rasch, der Querschnitt der Muskelfasern nimmt stark ab und damit auch der messbare Umfang eines Muskels.

Schonung eines Gelenkes wegen Schmerzen, auch kurzdauernde Bettruhe, die erzwungene Ruhigstellung während der Frakturheilung, Fixationsgipse, Amputationen usw. führen rasch zu massiver *Atrophie.* Eine beim Vergleich mit der gesunden Gegenseite (Umfangmessung!) gefundene *Differenz* ist eines der *ersten und feinsten Zeichen* einer Gelenk- oder Knochenkrankheit.

Umgekehrt antwortet der Muskel auf grössere Anforderungen rasch mit einer *Hypertrophie:* Zunahme des Muskelfaserquerschnittes. Der auslösende Reiz ist die maximale *isometrische Kontraktion* (Kraft gegen Widerstand, ohne Bewegung). Isometrische Kraftübungen sind deshalb für das Training in der Physiotherapie und beim Sport besonders wichtig. Isometrisches Krafttraining kann *auch der immobilisierte Patient,* z.B. auch im Gips, betreiben! (Siehe auch I.C.3.2.1.2.)

Die Hypertrophie verschwindet ohne regelmässige Übung innerhalb weniger Wochen wieder.

7.1.2. *Pathologische Reaktionen*

7.1.2.1. *Nekrose*

Die quergestreifte Muskulatur ist wegen ihres hohen Sauerstoffbedarfes besonders anfällig für Ischämie. Allerdings ist normalerweise die Blutversorgung durch weit verzweigte Kollateralen sehr gut. Ischämien entstehen deshalb fast ausschliesslich an bestimmten *Prädilektionsstellen:*

- bei lokaler Kompression der Arteria brachialis, am häufigsten bei Ellenbogenfraktur, mit nachfolgender *Volkmannscher Kontraktur* (siehe II.15.3.4.3., Abb. 283 und III.A.4.6.1.).
- durch Drosselung der Zirkulation bei lokaler Druckerhöhung in der Muskelloge infolge eines Ödems beim *Tibialis-anterior-Syndrom* (siehe III.C.5.2.3.).
- auch Strangulation durch zu enge Verbände kann zu ischämischen Muskelschäden führen.

Bereits etwa 6 Stunden nach Unterbruch der Zirkulation ist die Ischämie der Muskulatur irreversibel. Der nekrotische Muskel wandelt sich zu einem verkürzten bindegewebigen Strang um (Ischämische Kontraktur) (siehe II.12.2.).

7.1.2.2. *Kontrakturen*

Bleibt ein Muskel aus irgendeinem Grund während längerer Zeit verkürzt, so verliert er schliesslich seine Dehnbarkeit. Die Verkürzung wird mit der Zeit permanent. Der Muskel lässt sich passiv nur mit grossem Kraftaufwand oder, im fortgeschrittenen Stadium, gar nicht mehr strecken. Die irreversible *Muskelkontraktur* schränkt die freie Bewegung des zugehörigen Gelenkes ein. Solche irreversible Einschränkungen der Gelenksbeweglichkeit werden als *Gelenkskontrakturen* bezeichnet und sind überaus *häufige Komplikationen* aller möglichen Affektionen des Bewegungsapparates. (Siehe II.12.2.)

Die *Ursachen* sind reflektorische Dauerspasmen der Muskulatur infolge Gelenkschmerzen, Irritationen, Schonhaltungen usw. wegen lokalisierten Störungen am Bewegungsapparat, sodann vor allem Lähmungen (fehlende Antagonisten) und andere Funktionsstörungen der Innervation (neurologische Krankheiten).

Seltener machen Muskelkrankheiten selbst Kontrakturen. Ischämie führt zu Degeneration mit narbig-fibröser Umwandlung der Muskelsubstanz: Ischämische Kontrakturen (siehe oben).

7.1.2.3. *Regeneration*

Eine echte Regeneration von kontraktiler Substanz gibt es wahrscheinlich nicht. Zugrunde gegangene Muskelfasern werden zu bindegewebigen Strängen. Durch Hypertrophie erhalten gebliebener Muskelfasern kann der Verlust unter Umständen weitgehend wettgemacht werden.

7.1.2.4 *Verkalkungen*

Myositis ossificans, posttraumatisch (siehe II.15.3.4.4. und III.C.3.2.3.), sowie bei der sehr seltenen erblichen Myositis ossificans progressiva. Die Ursache der ektopischen Kalkeinlagerung ist nicht bekannt (siehe Abb. 568).

8. Statik und Dynamik des Bewegungsapparates

8.1. Statik der aufrechten Haltung

Statik ist die Lehre der auf feste Körper einwirkenden mechanischen *Kräfte*, wenn diese *ausbalanciert* sind, also *keine* Bewegungen stattfinden. Eine Hauptfunktion des Bewegungsapparates besteht darin, den aufrecht stehenden Körper *gegen die Schwerkraft im Gleichgewicht* zu halten, damit er nicht umfällt.

Ein grosser Teil der *orthopädischen Probleme* ist deshalb *statischer* Natur.

Sie treten vor allem auf bei:
- motorischen Lähmungen, Muskelschwächen;
- mechanischer Insuffizienz der Stützstrukturen (Knochen, Gelenke);
- Deformitäten, Fehlstellungen, Kontrakturen;
- Koordinationsstörungen.

8.1.1. *Stabiles und labiles Gleichgewicht* (Abb. 72)

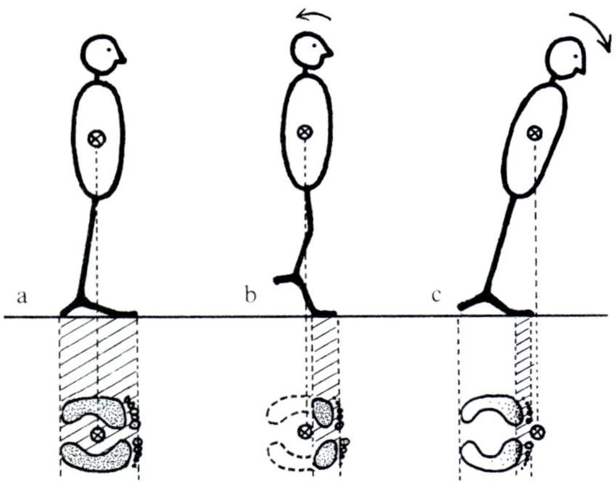

Abb. 72.

a Stabiles Gleichgewicht im normalen Stand. Das Gleichgewicht ist *stabil*, wenn das Lot aus dem *Körperschwerpunkt* (mit ⊗ bezeichnet) innerhalb der *Standfläche* (Fusssohle) liegt (schraffiert).

b Versuch zum Zehenstand: Das Lot fällt hinter die Standfläche, das Individuum fällt auf die Ferse zurück. Bevor man auf die Zehen stehen kann, muss der Körperschwerpunkt etwas nach vorne, über die Fussballen, gebracht werden. Das kann man an sich selbst leicht nachprüfen.

c Körperschwerpunkt *vor* den Füssen. Der Körper kippt nach vorne über. Um einen Sturz zu vermeiden, wird jetzt normalerweise reflektorisch ein Fuss nach vorne gesetzt, und damit die Unterstützungsfläche unter das Schwerpunktslot gebracht. Diese automatischen Aktionen zur Erhaltung des Gleichgewichtes sind unbewusste komplizierte, reflektorische Vorgänge, bei welchen propriozeptive, optische, vestibuläre Reize usw. verarbeitet, in komplizierte Muskelaktionen umgesetzt, rückgekoppelt und schliesslich wieder auf ihre Wirksamkeit kontrolliert werden. Auch dies ist leicht nachzuprüfen.

8.1.2. *Schwerpunkt und Standfläche* (Abb. 73)

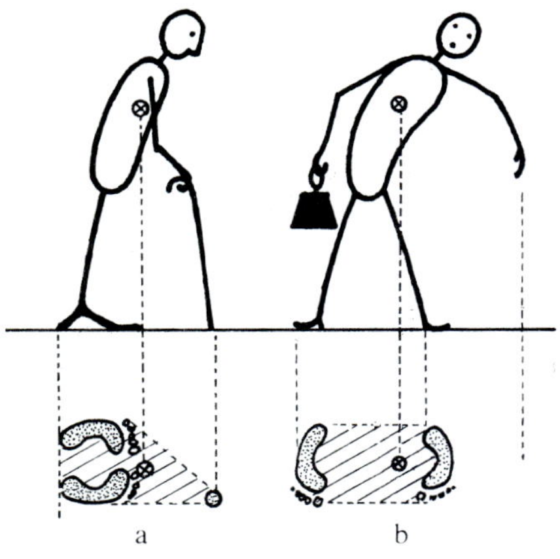

Abb. 73.

a Die Standfläche (schraffiert) kann vergrössert werden, z. B. mit Hilfe eines *Stockes* oder anderer Gehhilfen (Krücken, Gehböcke, Gehwagen usw.).

b Beim Tragen eines schweren Gewichtes auf einer Seite wird der Körperschwerpunkt zur Gegenseite verlagert, damit das Lot des Gesamtschwerpunktes G (des ganzen Systems: Körper + zu tragendes Gewicht) in die Tragfläche hineinfällt.

8.1.3. *Gelenkstabilität und Teilschwerpunkt*

Wie der ganze Körper auf seiner Unterstützungsfläche im Gleichgewicht sein muss, so muss *jeder Körperteil auf dem ihn tragenden Gelenk im Gleichgewicht* sein (Abb. 74).

8.1.4. *Stabilisierung eines Gelenkes*

In die Betrachtungen zur Gelenksstabilisierung (I.A.6.1.3.) soll jetzt die *Schwerkraft* miteinbezogen werden: Der Einfachheit halber wird zuerst die Stabilisierung eines Gelenkes gezeigt, bei welchem das *Lot* des Teilschwerpunktes *durch die Gelenkmitte* geht. Ohne Bänder und Muskulatur würde dieses Gleichgewicht etwa demjenigen eines Balles auf der Nase eines Seehundes entsprechen: Es ist recht *labil*. Es kann *stabilisiert* werden ähnlich wie ein freistehender Mast oder eine Zeltstange durch seitliche Zugkräfte (Seile). In dieser Art ist z. B. das obere Sprunggelenk im Gleichgewicht bei ruhigem Stehen. Der Stabilisierung dienen Muskeln, Sehnen und Bänder (Abb. 75).

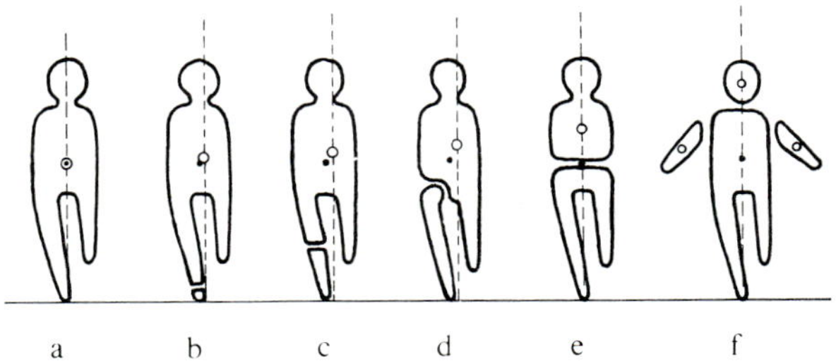

Abb. 74. *Teilschwerpunkte.*
Die Abbildung zeigt sozusagen den «Aufbau» des Körpers von unten nach oben, die einzelnen tragenden Gelenke und die darüber liegenden, von ihnen getragenen Körperteile mit den entsprechenden *Teilschwerpunkten* T (mit Kreis bezeichnet). Diese stimmen nicht mit dem Schwerpunkt des Gesamtkörpers (mit Punkt bezeichnet) überein. Die Körperabschnitte müssen für die Betrachtung der statischen Verhältnisse eines Gelenkes als festes Ganzes angesehen werden.

Von links nach rechts:

a Balance des ganzen Körpers auf der Unterlage (Boden);
b Körper auf dem Fussgelenk;
c Teilkörper (ohne Unterschenkel) auf dem Kniegelenk;
d Teilkörper (ohne Bein) auf dem Hüftgelenk;
e Rumpf auf der Lendenwirbelsäule;
f Kopf und Arme auf der Halswirbelsäule, resp. auf Schultergelenken.

Für die Stabilisierung eines Gelenkes ist die Beziehung zwischen dem Lot aus dem *Teilschwerpunkt* (des über dem Gelenk liegenden Körperabschnittes) und dem *Gelenkmittelpunkt* wichtig (siehe unten).

Der Abbildung ist der *Einbeinstand der Standphase beim Gehen* zugrunde gelegt, welcher für Leistung und Beanspruchung des Bewegungsapparates massgebend ist.

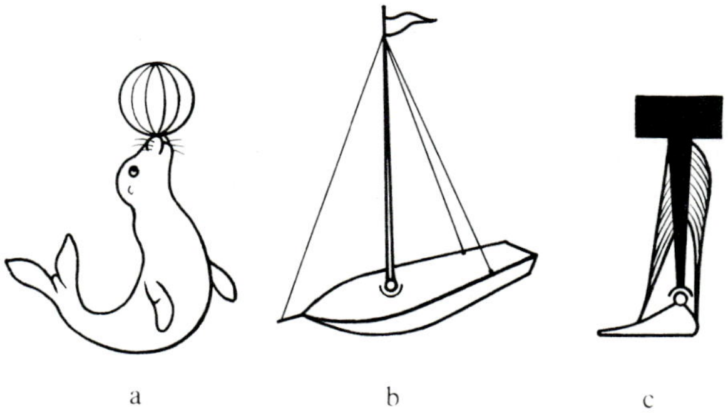

Abb. 75. *Gelenkstabilisierung.*

a *Labiles Gleichgewicht:* Der Unterstützungspunkt muss immer genau unter den Schwerpunkt gebracht werden.
b Absicherung eines labilen Gleichgewichtes durch seitliche Zugkräfte: z. B. Mast mit Wanten.
c *Stabilisierung* des oberen Sprunggelenkes. Bei ruhigem Stehen ist der Körperteilschwerpunkt (Körpergewicht ohne Fuss) genau über dem Gelenk. Die ständigen kleinen Schwankungen werden ausbalanciert durch reflektorische Kontraktionen des M. triceps surae resp. des M. tibialis anterior. Dies kann man sehr gut bei sich selbst nachprüfen im Stehen: Bei leichtem Vornüberneigen wird sofort die Wade angespannt, bei Zurückneigen hingegen spannt sich die Sehne des Tibialis anterior vorne über dem Sprunggelenk, wo sie gut zu sehen ist.

Auf Abbildung 74 erkennt man, dass das Lot aus dem Teilschwerpunkt *nicht* notwendigerweise durch den Mittelpunkt des tragenden Gelenkes verläuft, sondern mehr oder weniger weit davon *entfernt.* Besonders deutlich ist dies am *Knie* und an der *Hüfte,* natürlich auch an den seitlich ausgestreckten Armen. Daraus resultiert ein *Drehmoment,* welches die Tendenz hat, den Körperteil oberhalb des Gelenkes zur Seite abzukippen. Um ein stabiles Gleichgewicht zu erhalten, muss eine *Gegenkraft* (Muskelkraft, Bänder) diesem Drehmoment entgegen wirken und es aufheben. Wir nehmen als Beispiel das Hüftgelenk (Abb. 76):

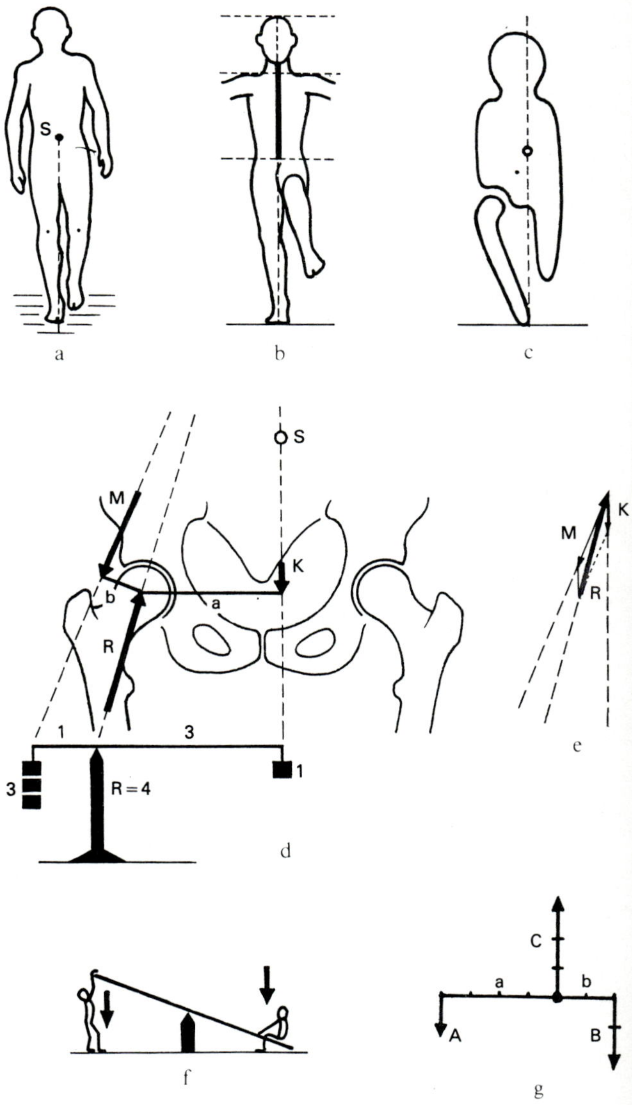

Abb. 76. Zur *Beanspruchung* des *Hüftgelenkes.* Erklärung im Text.

8.1.5. *Stabilisierung der Hüfte*

Massgebend für die Hüftfunktion ist vor allem die Belastung während des Gehens, also die *Standphase* (Abb. 76a). Sie entspricht ungefähr dem *Einbeinstand* (Abb. 76b). Das dazugehörige Gleichgewichtsdiagramm aus Abbildung 74 ist hier (Abb. 76c) wiederholt. Man erkennt, dass das Lot aus dem Teilschwerpunkt stark *medial* vom Hüftgelenk verläuft. Das entstehende Drehmoment, welches das Becken nach medial abzukippen trachtet, muss durch eine *Gegenkraft* ausbalanciert werden, wie bei einer Waage oder Schaukel (Abb. 76f). Diese Kraft liefert die Muskelkraft der *Hüftabduktoren* (v.a. der Glutaeus medius), welche allerdings mit einem dreimal kürzeren Hebelarm am Gelenk angreift. Daraus ergeben sich Kräfteverhältnisse, wie sie in Abbildung 76d dargestellt sind. Richtung und Grösse der Kräfte können durch ein Vektordiagramm (Parallelogramm der Kräfte) graphisch ermittelt werden (Abb. 76e) (PAUWELS). Die zur Stabilisierung der Hüfte nötige Muskelkraft beträgt im vorliegenden Fall etwa das dreifache des Körpergewichtes. Die aus Körpergewicht und Muskelkraft resultierende Kraft (R) wirkt direkt als Druckkraft auf das *Gelenk*. Sie ist für seine *Beanspruchung* massgebend. Im vorliegenden Fall ist sie etwa *viermal grösser* als das Körpergewicht!

Abbildung 76g zeigt die graphische Darstellung der Gleichgewichtsbedingungen für ein Gelenk:

1. alle Kräfte heben sich auf: $A + B + C = 0$
2. alle Drehmomente heben sich auf: $Aa + Bb = 0$

Diese Darstellung der Statik eines Gelenkes hat PAUWELS vor allem am Beispiel der Hüfte genau untersucht. Sie gilt aber auch entsprechend für alle anderen Gelenke (Abb. 77).

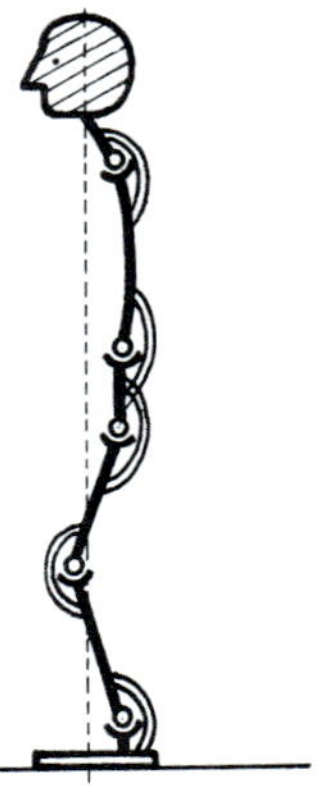

Abb. 77. *Stabilisierung der Gliederkette.*

Jedes Gelenk des Körpers muss entsprechend seinem Kippmoment stabilisiert werden. Dies hängt davon ab, ob das Lot des Teilschwerpunktes vor oder hinter dem Gelenk verläuft. Auf der Gegenseite ist eine Gegenkraft nötig.

8.1.6. *Aktive und passive Gelenkstabilisierung*

(Siehe auch I.A.6.1.3.4.)

Statt mit Muskelkraft kann ein Gelenk durch Bänder stabilisiert werden, z.B. durch

1. *Seitenbänder,* welche nur Bewegungen in einer Achse zulassen, oder
2. Bänder, welche als *Anschlagsperre* wirken, also die Beweglichkeit in einer bestimmten Richtung einschränken (z.B. die dorsalen Bänder des Knies, welche eine Überstreckung verhindern). Diese Stabilisierung ist *passiv* im Gegensatz zur *aktiven* Stabilisierung mit *Muskelkraft* (Abb. 78). Auch ein völlig versteiftes Gelenk (Ankylose) ist stabil, was man sich therapeutisch zu Nutzen macht (Arthrodese).

Z.B. Knie- und Hüftgelenk können (in der Sagittalebene) sowohl passiv (in leichter Überstrekkung) als auch aktiv (in leichter Beugung) stabilisiert werden (Abb. 79):

Beim Ausfall der aktiven Stabilisierung (Lähmung) bekommt die passive besondere Bedeutung (siehe Kapitel «Poliomyelitis», II.8.1.). Im übrigen ist sie vor allem bei bequemer Ruhestellung wirksam. Eine dauernde rein *passive* Stabilisierung führt mit der Zeit zur Bandinsuffizienz; normalerweise schützt die *Muskulatur* den Bandapparat davor (Abb. 80a, b).

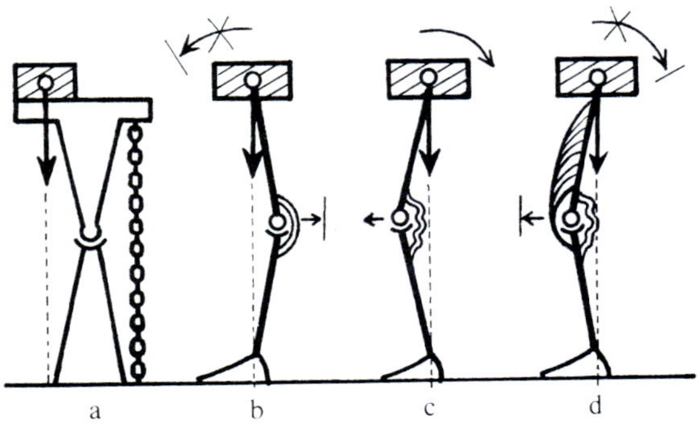

Abb. 78. *Aktive und passive Gelenkstabilisierung.*

a zeigt das Prinzip: Eine Last erzeugt ein Drehmoment an einem Gelenk, da ihre Schwerelinie *neben* der Gelenkmitte verläuft. Eine Kette (Band) liefert die Gegenkraft, so dass der obere Körperteil nicht nach links abkippen kann.

b Das Gelenk muss ein wenig von der Schwerelinie in Richtung zum *Band* hinübergedrückt sein, damit dieses das Gelenk stabilisieren kann *(passive Stabilisierung).*

c Liegt das Gelenk auf der anderen Seite der Schwerelinie, so nützt das Band nichts, der Körper kippt um und das Gelenk knickt ein. Wenn keine Lähmung vorliegt, tritt reflektorisch die *Muskulatur* auf der Gegenseite des Bandes in Aktion und stabilisiert das Gelenk *aktiv* (d).

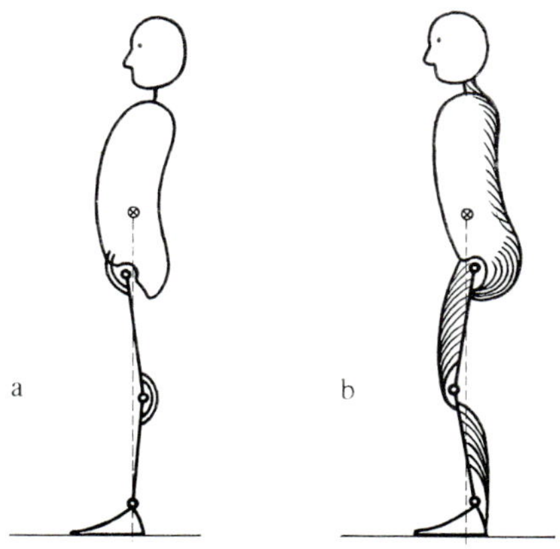

Abb. 79. *Aktive und passive Gelenkstabilisierung.*

a Bei etwas durchgedrückten Knien und herausgestrecktem Bauch kommt das Schwerpunktslot so zu liegen, dass Knie und Hüften ohne Muskelkraft, allein durch die Bänder, stabilisiert werden können.

b Mit gebeugten Knien und etwas vorgeneigtem Oberkörper kann man nur aufrecht stehen, wenn die Muskulatur die Gelenke stabilisiert.

8.1.7. *Die Bedeutung statischer Überlegungen für die Praxis*

soll im folgenden kurz zusammengefasst werden:

1. Das Problem der *Stabilisierung* eines Gelenkes ist mindestens ebenso wesentlich (Gleichgewicht, Kraftübertragung) wie das seiner Beweglichkeit.
2. Wichtigste Voraussetzung für den aufrechten Stand und Gang ist das Erhalten des *Gleichgewichtes* jedes einzelnen Körperabschnittes auf seinem tragenden Gelenk.
3. Die Gelenkstabilisierung erfolgt im wesentlichen durch die entsprechende *Muskulatur* (im Ruhestand teilweise durch Bänder).
4. Die nötige *Muskelkraft* hängt vom Verhältnis der *Hebelarme* zueinander ab:

$$\text{Muskelkraft} = \frac{\text{Teilkörpergewicht} \times \text{Lastarm}}{\text{Kraftarm}}$$

Je weiter das Lot aus dem Körperteilschwerpunkt vom Gelenkdrehpunkt entfernt ist, *desto grösser* ist die notwendige Muskelkraft.

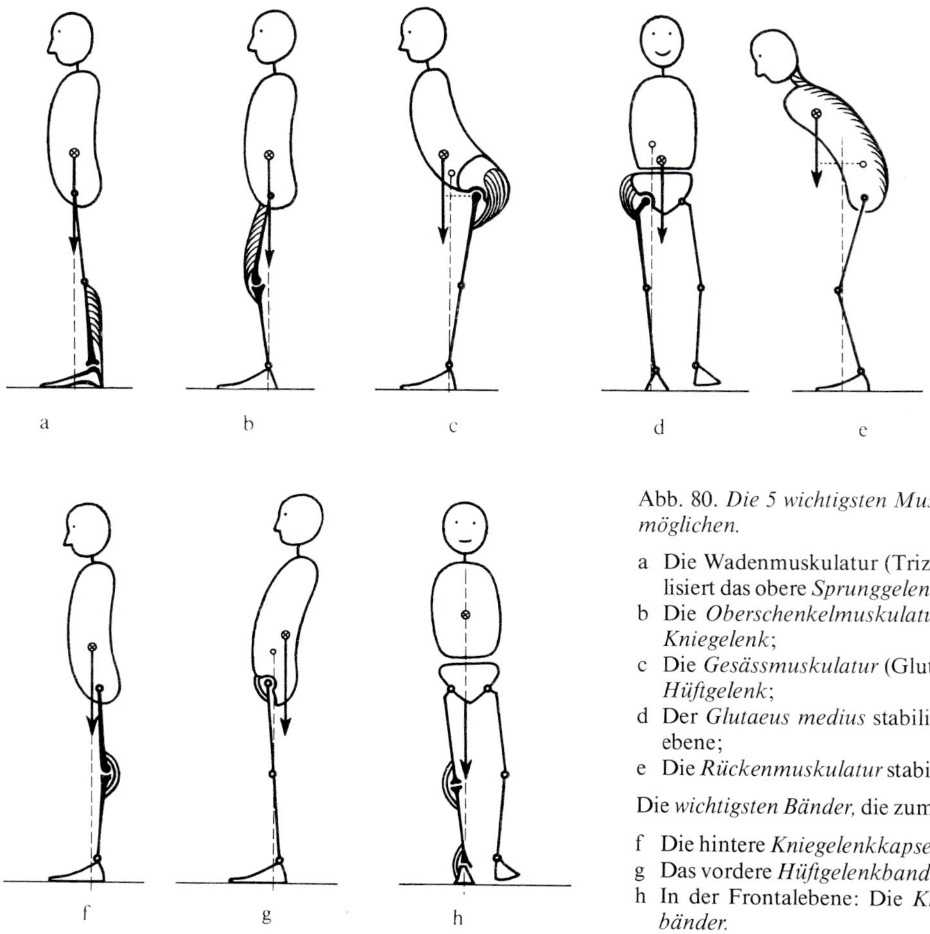

Abb. 80. *Die 5 wichtigsten Muskelgruppen die das Stehen ermöglichen.*

a Die Wadenmuskulatur (Trizeps und Gastrocnemius) stabilisiert das obere *Sprunggelenk*;

b Die *Oberschenkelmuskulatur* (Quadrizeps) stabilisiert das *Kniegelenk*;

c Die *Gesässmuskulatur* (Glutaeus maximus) stabilisiert das *Hüftgelenk*;

d Der *Glutaeus medius* stabilisiert die Hüfte in der Frontalebene;

e Die *Rückenmuskulatur* stabilisiert die Wirbelsäule.

Die *wichtigsten Bänder*, die zum Stehen notwendig sind.

f Die hintere *Kniegelenkkapsel*;

g Das vordere *Hüftgelenkband* (Lig. Bertini);

h In der Frontalebene: Die *Knie-* und *Sprunggelenkseitenbänder.*

Um Kraft zu sparen und die Beanspruchung zu reduzieren ist es notwendig, dass das tragende Gelenk *möglichst nahe* an dieses Teilschwerpunktslot heran kommt. Daraus ergeben sich viele orthopädische Probleme, vor allem bei

- Lähmungen (siehe II.8.)
- Fehlstellungen und Deformitäten (siehe II.12.)
- Entlastung schmerzhafter Gelenke usw. (siehe I.A.9. und I.C.4.3.1.)

5. Besonders gut lassen sich diese Probleme der Stabilisierung studieren bei *Poliomyelitisgelähmten,* welche alle Kompensationsmöglichkeiten instinktiv ausnützen. Um ihre Funktion zu verbessern, etwa mittels Operationen, ist eine genaue Kenntnis der statischen Verhältnisse notwendig (siehe auch Poliomyelitische Restlähmungen, mit weiteren Beispielen, II.8.1.).
   Kontrakturen von Gelenken stören ebenfalls die normalen statischen Verhältnisse nachhaltig. Ihre Verhütung und Korrektur ist deshalb auch vor allem aus statischen Gründen nötig. Beispiele siehe «Kontrakturen», II.12.2.
6. Die *Beanspruchung* eines Gelenkes ergibt sich nicht allein aus der Belastung durch das Körpergewicht, sondern ist abhängig von der resultierenden Druckkraft auf das Gelenk, d.h. der (vektoriellen) Summe von Körperlast und Muskelkraft. Diese Kräfte können das Körpergewicht um ein *mehrfaches übersteigen.* Beispiel der Hüfte: Resultierende Druckkraft auf das Gelenk = vierfaches Körpergewicht.

Weil die *Beanspruchung* eines Gelenkes ein wesentlicher Faktor in der Pathogenese von Gelenkschäden ist, geht es praktisch therapeutisch darum, sie wo möglich *herabzusetzen.* Dies gelingt, indem man (z.B. operativ) die Hebelarme verändert (etwa bei Deformitäten, Fehlstellungen usw.), oder durch Verbesserung der Haltung, zusätzliche Abstützung (Stöcke, Schienen) usw. (Siehe Kapitel «Die mechanische Beanspruchung als pathogenetischer Faktor», I.A.9., «Degenerative Erkrankungen», II.11. und «Deformitäten, statische Störungen», II.12.)

8.2. Die Physiologie des Stehens und Gehens

8.2.1. *Das Stehen*

Im symmetrischen Zweibeinstand ist die Standfläche relativ gross, das Gleichgewicht ist recht stabil und kann mit kleiner Muskelkraft erhalten werden. Der aufrechte Zweibeinstand ist der Ausgangspunkt für das *Gehen.* Jede Gehschule, sei es bei motorisch gestörten Kindern oder in der Rehabilitation nach Unfällen, Krankheiten, Operationen usw. muss mit einem *sicheren aufrechten Stand* beginnen.

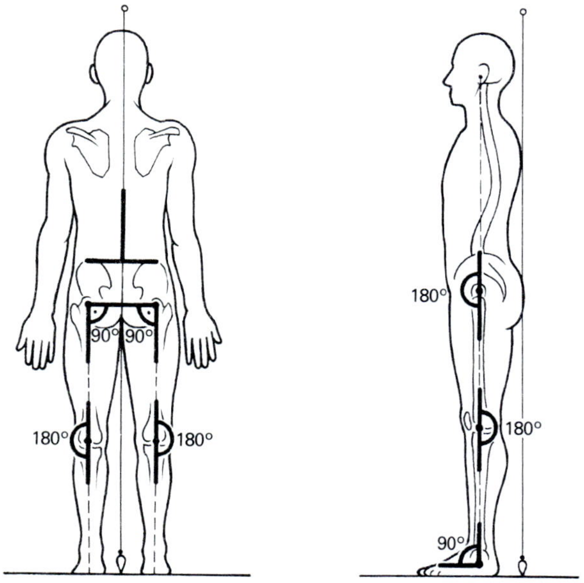

Abb. 81. Das Schema der Grundstellung ist sehr einfach: Beine, Becken und Wirbelsäule gerade, das Becken bei gleich langen Beinen horizontal. Die drei grossen tragenden Gelenke in einer Stellung von 180° bzw. 90°.

Jede *Diagnostik* und *Therapie* geht von dieser Grundstellung aus (siehe S. 102 und S. 134).

Dazu müssen die tragenden Gelenke in die richtige *Grundstellung* gebracht werden können (Abb. 81).

Diese Grundstellung der tragenden Gelenke ist für die orthopädische Betrachtungsweise und Therapie von grundlegender Bedeutung. Sie ist wichtiger als die Gelenksbeweglichkeit an sich. Es ist z.B. ausserordentlich mühsam, mit gebeugten Hüften oder Knien oder mit einem Spitzfuss zu gehen. (Vgl. «Der normale Bauplan», II.12.1.3. und «Funktionsstellung der Gelenke», II.12.2.4.).

Am *liegenden* Patienten, z.B. bei der Arztvisite am Krankenbett, werden diese Zusammenhänge leicht übersehen. Es ist deshalb zweckmässig, wenn Arzt, Pflegepersonal, Physiotherapeuten und der Patient selbst immer wieder *den aufrechten Stand prüfen* und *üben,* wenn immer möglich, indem der Patient auf die Füsse gestellt wird. Mindestens sollte dieses Manöver gedanklich genau durchgespielt werden.

Für die *funktionelle Diagnostik* (siehe I.B.1.1.1. und I.B.2.1.4.) und den *Therapieplan* (siehe I.C.2.2.) kann auf diese Weise viel gewonnen werden.

Auch für die *Lagerung* (siehe I.C.3.1.2. und I.C.4.4.) ist die Grundstellung der Gelenke wichtig, ebenso wie für eine zweckmässige und zielstrebige *Physiotherapie* (siehe I.C.3.2.).

8.2.2. *Der Einbeinstand*

ist eine Voraussetzung für den aufrechten Gang: *Bei jedem Schritt* wird das Körpergewicht eine kurze Zeit lang *auf einem Bein allein* getragen (Standbein, Standphase), bis das andere Bein den Schritt nach vorn getan hat (Schwungbein, Schwungphase) (siehe Abb. 82a).

Dies entspricht etwa dem *Einbeinstand,* wobei allerdings beim flüssigen Gehen ein dynamisches Moment dazukommt, welches die Statik des an sich mühsamen und unnatürlichen Einbeinstandes etwas modifiziert und in eine harmonische Bewegung integriert. Immerhin gelten im Prinzip die selben statischen Gesetzmässigkeiten. Auf jeden Fall ist es für eine Fortbewegung durch aufrechtes Gehen notwendig, dass *jedes* Bein *einzeln* imstande ist, *das Körpergewicht* wenigstens während kurzer Zeit voll *zu tragen,* bis das andere Bein sich verschoben hat (siehe Abb. 82b: Standbein).

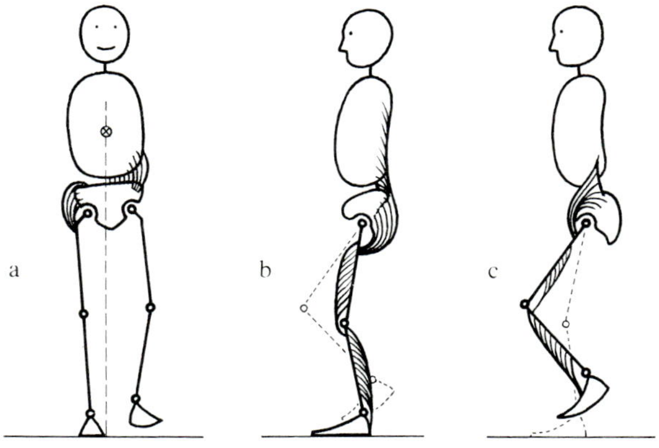

Abb. 82. *Der Schritt.*

a *Standphase,* in der *Frontalebene:* entspricht etwa dem Einbeinstand. Leichtes Anheben des Beckens auf der Schwungbeinseite durch die *Hüftabduktoren* und die gegenseitige Rumpfmuskulatur.

b *Standphase,* in der *Sagittalebene:* Das Standbein trägt die ganze Körperlast. Stabilisierung der grossen Gelenke im wesentlichen durch ihre *Streckmuskulatur.*

c *Schwungphase, Sagittalebene:* Das Schwungbein wird angehoben, indem es durch Flexion in Hüfte, Knie und Fuss *verkürzt* wird. Im wesentlichen sind die Beugemuskelgruppen in Aktion: Ileopsoas, Knieflexoren (Trizeps, ischiokrurale Gruppe), Dorsalextensoren des Fusses (Tibialis anterior) und Zehenheber (Extensor digitorum und Extensor hallucis).

8.2.3. *Der Schritt*

Das *Schwungbein* muss einen *Schritt vorwärts* machen können. Dazu muss es vom Boden abgehoben und nach vorne gebracht werden können. Die dazu notwendige *Kraft* ist wesentlich *geringer* als die zum Tragen des Körpergewichts notwendige, welche vom *Standbein* aufgebracht werden muss. Ein Bein versagt deshalb eher in der Standphase als in der Schwungphase.

Um einen Schritt tun zu können, besonders zum Überwinden einer Stufe, muss das Bein angehoben, also *verkürzt* werden. Dazu dienen, vereinfachend gesagt, die Beugemuskeln der grossen Gelenke des Beines, sowie Muskelgruppen, welche das Becken auf der Schwungbeinseite anheben (Abduktoren der Standhüfte, Rumpfmuskulatur der Schwungseite) (siehe Abb. 82c).

8.2.4. *Das Stufensteigen*

Stufen sind für körperlich Behinderte grosse, oft *unüberwindliche Hindernisse,* welche ihren Aktionsradius begrenzen. Die Unfähigkeit, eine bestimmte Stufenhöhe zu ersteigen, verunmöglicht einem Menschen z. B., eine Wohnung in einem höheren Stockwerk zu bewohnen, ein öffentliches Verkehrsmittel zu benützen usw.

In dem Augenblick, da sie nicht mehr Stufen steigen können, werden viele Menschen abhängig von fremder Hilfe oder zu eigentlichen Pflegefällen. Das *Treppensteigen* ist deshalb für die Beurteilung und die Rehabilitation Behinderter von ausschlaggebender Bedeutung. Zur Gehschule nach Unfällen und Operationen gehört das Treppauf- und -absteigen von Anfang an als wichtiges *Training.*

Das Stufensteigen bedingt eine *vertikale* Verschiebung des Körpergewichtes und braucht damit viel Kraft, vor allem vom *Standbein* (Abb. 83).

Aus dieser Abfolge geht hervor, dass die grössere Arbeit, nämlich das vertikale Verschieben der Körperlast, immer vom *oberen* Bein geleistet werden muss.

Wenn ein Bein geschwächt ist, wird eine Stufe automatisch mit dem stärkeren Bein voran bestiegen. Beim Treppabgehen ist es umgekehrt: Das schwächere Bein geht voraus.

Das stärkere Bein ist also immer *oben,* das schwächere tiefer.

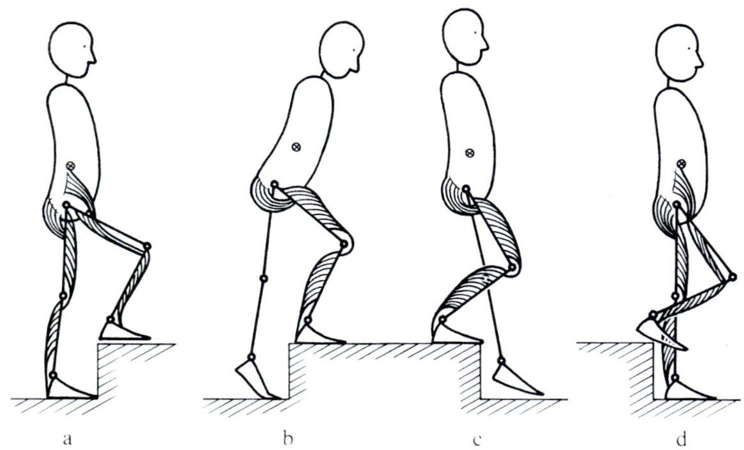

Abb. 83. *Stufensteigen.*

a Das Schwungbein wird auf die Stufe hinaufgehoben, während das Standbein wie beim gewöhnlichen Gehen das Körpergewicht trägt.
b Das Gewicht wird auf das andere Bein verlagert. Dieses muss jetzt das Körpergewicht um die Höhe der Stufe *emporheben,* indem es gestreckt wird mit Hilfe der grossen Streckmuskulatur des Beines (siehe Abb. 80a – c). Diese Phase erfordert am meisten Kraft. Das untere Bein wird lediglich nachgezogen.
c Treppab werden Schwungbein und Körpergewicht langsam tiefer gesetzt, indem das Standbein, welches oben auf der Stufe stehen bleibt, gebeugt wird. Die Beugung muss langsam und kontrolliert erfolgen, damit ein Sturz vermieden wird. Diese Phase des Treppabsteigens ist für Behinderte oft besonders schwierig, weil sie sich meist auch unsicher fühlen. Das *Bremsen* erfordert viel Muskelkraft und ermüdet stark, was man auch als Gesunder erlebt, z. B. als Muskelkater im Quadrizeps nach einem längeren Abstieg im Gebirge.
d Sobald das untere Bein den Boden erreicht hat, übernimmt es die Körperlast. Das obere Bein braucht nur noch nachgezogen zu werden.

Diese Art des Treppensteigens, immer mit dem selben Bein voraus (im Gegensatz zum normalen, «alternierenden» Treppengang), gibt einen einfachen aber wichtigen *funktionsdiagnostischen Hinweis* und ist für manche Behinderte die einzige Art, Schwellen und Treppen zu überwinden.

8.2.5. *Zehen- und Fersenstand*

Er setzt eine kräftige Waden- resp. Fusshebermuskulatur voraus. Zehen- und Fersenstand sind deshalb *einfache diagnostische Tests* für das Funktionieren dieser Muskulatur, besser als die Prüfung im Liegen, gegen den Widerstand der Hand, weil auch eine geringe Schwäche und eine kleine Seitendifferenz erkannt werden können. Selbstverständlich muss jeder Fuss einzeln geprüft werden, also am besten im Zehen- oder Fersen*gang* (Abb. 84).

Im Gehen und Laufen spielen diese Muskelgruppen eine besondere Rolle: Der *Trizeps* ermöglicht das *Abrollen* und *Abstossen* am Ende der Standphase. Ohne diesen Muskel (Trizepslähmung) ist der Gang langsam, kein Abstossen erfolgt, und schnelles Laufen ist nicht möglich.

Die *Fussheber* heben die Fussspitze zu Beginn der Schwungphase vom Boden ab, damit der Fuss nach vorne gebracht werden kann. Bei Fussheberlähmung (Peronäuslähmung) wird die Fussspitze nachgeschleift, das Knie muss höher angehoben werden, und der Fuss wird zuerst mit der Fussspitze wieder aufgesetzt *(Steppergang).*

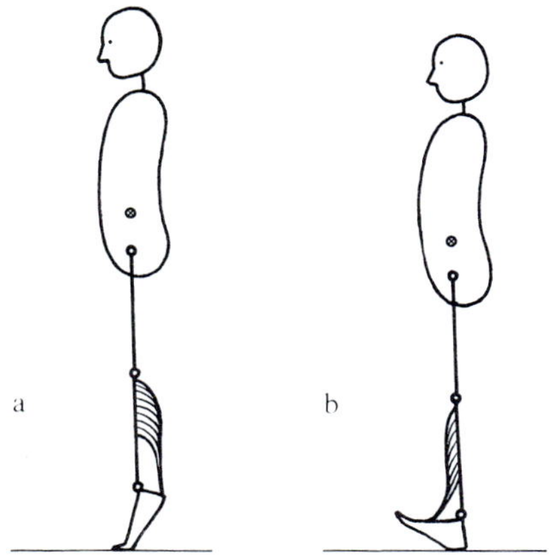

Abb. 84.

a *Zehenstand:* Stabilisierung des oberen Sprunggelenkes durch den Triceps surae (Gastrocnemius und Soleus), Standfläche stark verkleinert.
b *Fersenstand* (Hackengang): Fuss- und Zehenheber (Tibialis anterior, Extensor hallucis longus und Extensor digit. communis) stabilisieren das obere Sprunggelenk in Hackenstellung.

8.2.6. *Hocke und Aufstehen*

Aufstehen aus der Hocke ist ein guter Test für die Muskelkraft. Versuchen Sie es selbst auf *einem* Bein! Der Körper gleicht einer zusammengedrückten Feder, welche aufspringen muss. Die drei grossen Gelenke (Hüfte, Knie, Sprunggelenk) liegen weit vor, resp. hinter der Schwerelinie, die

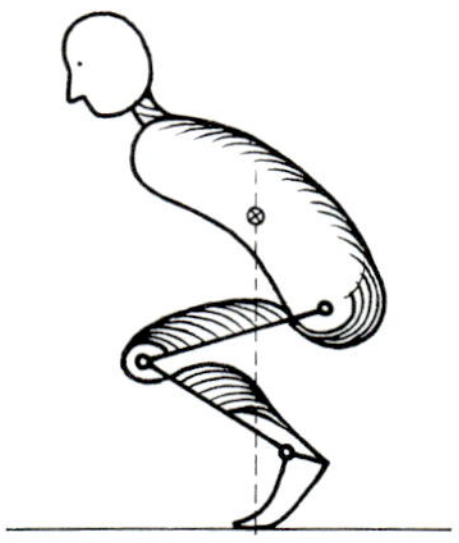

Abb. 85. Das *Aufstehen aus der Hocke* erfordert wegen der langen Hebelarme, vor allem des Kniegelenkes, eine erhebliche Anstrengung der drei grossen Streckmuskelgruppen des Beines: Glutäen, Quadrizeps und Trizeps.

Hebelarme sind entsprechend gross und damit auch die nötigen Muskelkräfte (Abb. 85).

Ähnlich erfolgt das *Aufstehen von einem Stuhl,* von der Toilette, aus dem Bett, vom Boden. Es sind alltägliche Bewegungen. Ihre Beherrschung entscheidet weitgehend über das Schicksal eines Behinderten. Wer sie nicht mehr zustande bringt ist pflegebedürftig und praktisch bettlägerig. Die *Rehabilitation* muss also *hier* ansetzen.

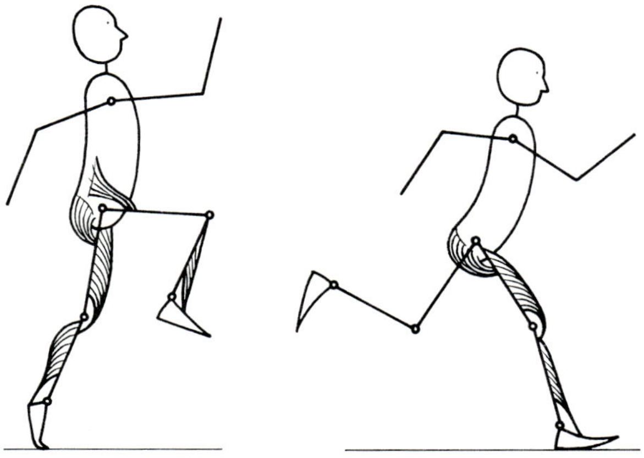

a b

Abb. 86. *Laufen und Springen.*

a *Sprung:* Die drei wichtigsten Muskelgruppen sind wiederum Trizeps, Quadrizeps und Glutaeus maximus. Damit wird das Bein maximal gestreckt und der Körper beschleunigt.

b *Abfangen* des Sprunges: Die *Bremswirkung* der Muskulatur ist ebenso wichtig wie das Beschleunigen. Am meisten beansprucht wird der *Quadrizeps,* was man etwa bei einem raschen Abstieg von einer Bergtour zu spüren bekommt. Der *Tibialis anterior* bremst ebenfalls, damit der Fuss physiologisch abrollt und nicht mit dem Vorfuss hart auf den Boden schlägt, sobald die Ferse aufgesetzt hat, wie das bei Fussheberschwäche auch beim gewöhnlichen Gehen geschieht (Hängefuss, siehe III.C.7.4.3.).

8.2.7. *Laufen und Springen* (Abb. 86)

Die drei wichtigsten Muskelgruppen für das Laufen und Springen sind:

1. Wadenmuskulatur: Fersenheber (Triceps surae),
2. Oberschenkelmuskulatur: Kniestrecker (Quadriceps),
3. Gesässmuskulatur: Hüftstrecker (Glutaeus maximus).

Diese drei Muskelgruppen machen aus dem Bein eine Sprungfeder und geben die Kraft des Abstosses. Das Aufstehen aus dem Sitzen oder Liegen erfolgt im Prinzip auf die gleiche Weise, ebenso das Weit- und Hochspringen. Diese sportlichen Leistungen zeigen die Leistungsfähigkeit eines gesunden durchtrainierten Bewegungsapparates.

8.2.8. *Sitzen*

Die zivilisierte Menschheit sitzt auf Stühlen. Für bequemes Sitzen sind folgende Gelenkstellungen günstig (Abb. 87).

Die Funktionsstellung im Stehen (siehe Abb. 81) kommt mit der Sitzstellung oft in Konflikt. Sie weichen an Hüfte und Knie um je 90° voneinander ab. Manche Patienten leben im Rollstuhl und können nicht gehen, andere haben vorwiegend eine sitzende Beschäftigung. Für diese ist die gute Sitzhaltung wesentlich. Wenn die Beweglichkeit der grossen Gelenke nicht beide Haltungen zulässt, ist die *Funktionshaltung zum Stehen* in *erster Linie* anzustreben. Zum Sitzen kann man sich mit einer Fehlhaltung eher arrangieren, als zum Stehen und Gehen. (Siehe Kapitel «Deformitäten», II.12.)

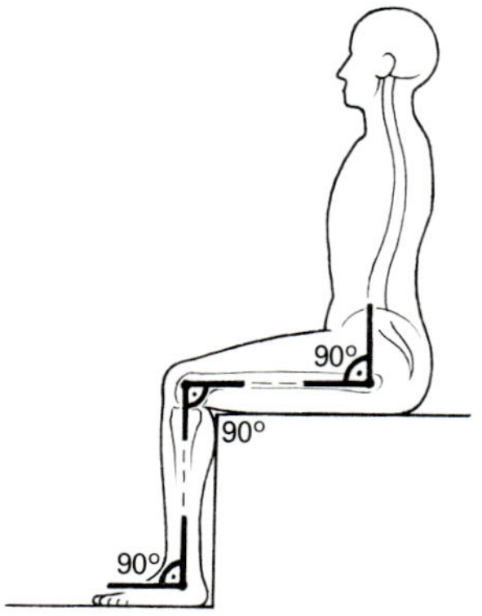

Abb. 87. Auch das Schema der *Sitzhaltung* ist sehr *einfach:*

1. Aufrechte Haltung der Wirbelsäule;
2. Hüfte 90° Flexion;
3. Knie 90° Flexion;
4. Fuss 90° = Funktionsstellung.

8.3. Der menschliche Gang

Er ist eine einzigartige Mischung von unwillkürlichen, automatischen mit halbautomatischen und willkürlichen Bewegungen. Sein Effekt ist eine zielgerichtete Fortbewegung mit geringem Energieaufwand unter Erhaltung eines komplizierten Gleichgewichtes, sein Ablauf eine harmonische Bewegungsfolge. In regelmässigem Rhythmus wiederholen sich bis in Einzelheiten festgelegte Muster. Trotzdem ist der Gang so individuell, dass man einen Menschen daran erkennen kann.

Der Bewegungsablauf bezieht fast alle Gelenke und Muskeln des menschlichen Körpers mit ein. Er läuft nach einer überaus komplizierten «Partitur» ab. So werden z.B. Rumpf und Arme im gleichen Rhythmus wie die Beine, aber gegensinnig, mitbewegt usw. (Abb. 88).

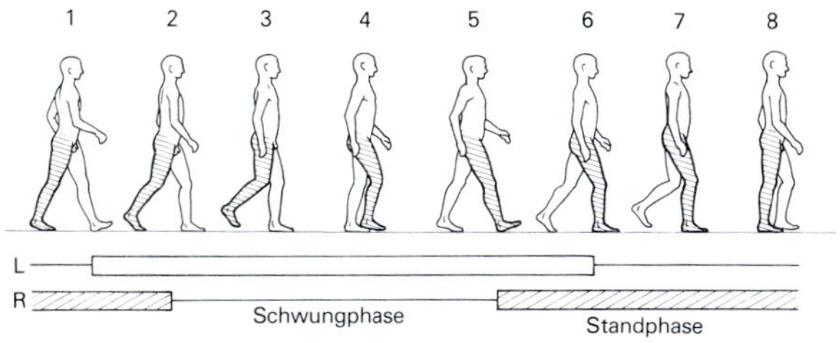

Abb. 88. Die *Phasen eines Doppelschrittes.* Der Zyklus des *rechten* (schraffierten) Beines, von links nach rechts:

1 Beide Beine am Boden, Gewichtsverlagerung von rechts nach links.
2 Abstossen mit dem rechten Bein.
3 Beginn der rechten *Schwungphase.*
4 Durchschwingen.
5 Aufsetzen der rechten Ferse und damit Beginn der rechten *Standphase.*
6 Aufsetzen des rechten Fusses und Gewichtsverlagerung auf rechtes Bein. Beide Beine noch am Boden.
7 Das rechte Bein trägt den nach vorne beschleunigten Körper. Mitte der Standphase.
8 Linkes Bein wird vorgeschwungen.

Unten ist die Dauer der Stand- bzw. Schwungphase von linkem und rechtem Bein eingezeichnet.

Die Erforschung des genauen Ablaufes des Gangmechanismus ist sehr aufwendig. Sie wurde erstmals wissenschaftlich genau von O. Fischer 1895 versucht auf optischem Weg. Fischer konnte Geschwindigkeiten, Beschleunigungen und daraus die wirkenden Kräfte errechnen und hat so ein sehr genaues Bild des menschlichen Ganges beschrieben, auf dem bis heute die meisten Untersuchungen über den menschlichen Gang aufbauen. Seither sind mechanische Untersuchungen mit Bodendruckplatten, telemetrische Studien usw. dazugekommen. Die Arbeiten Fischers sind aber grundlegend geblieben (Abb. 89 und 90).

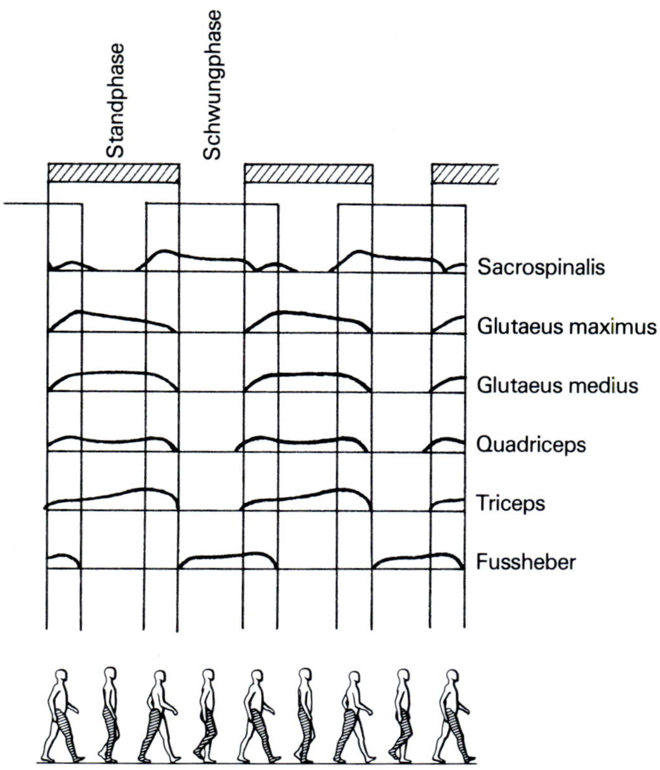

Abb. 89. *Myokinesigramm.*

Die Balgrist-Schule in Zürich (Scherb, Francillon) hat palpatorisch auf der Rollgehbahn (siehe I.B.2.3.1.4.) die Muskelaktion während des Gehens untersucht. Dabei zeigte sich, dass jeder Muskelgruppe ein ganz bestimmtes Aktionsmuster, eine Aktionskurve zukommt. Der Gehakt ist ein hochkompliziertes, halbautomatisch gesteuertes und genau koordiniertes Zusammenspiel der gesamten Muskulatur des Bewegungsapparates. Die Abbildung zeigt einen Ausschnitt aus der «Muskelpartitur» von Scherb. Man erkennt, dass die Mehrzahl der grösseren Muskeln in der Standphase, und vor allem zu Beginn und am Schluss derselben agiert.

Für die *Praxis* ergibt sich, dass der menschliche Gang ein so komplizierter Vorgang ist, dass in der Klinik keine praktikable Methode zu seiner objektiven Analyse zur Verfügung steht. Anderseits ist das Gangbild eine so geläufige optische Erfahrung, dass auch der Laie schon geringe Abweichungen von dieser «Norm» erkennt. Er spricht von «Hinken». Das kann auch der Arzt sehen. Bei genauer Beobachtung und aufgrund seiner Kenntnisse von Physiologie und Pathologie des Ganges ist ihm eine weitere Differenzierung möglich: Schonhinken bei Schmerzen, Hinken bei (reeller oder funktioneller) Beinverkürzung, bei Gelenkfehlstellungen, Versteifungen, Lähmungshinken usw.

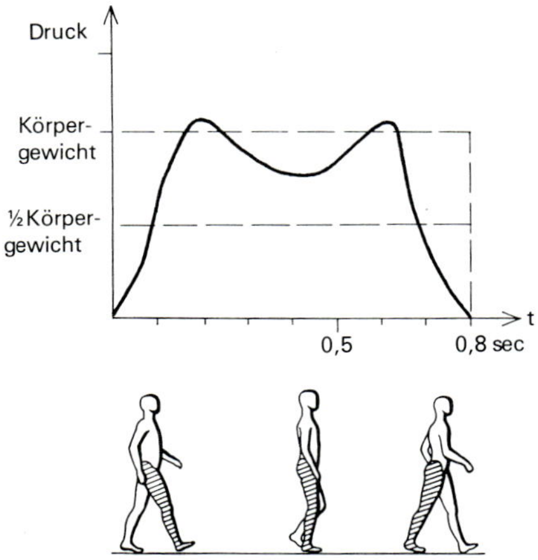

Abb. 90. Fussbelastung während eines Schrittes.

Normales dynamisches Druckdiagramm einer Standphase, wie man es etwa mit einer Bodendruckmessplatte bestimmen kann. Unten die zugehörige Schrittphase (rechtes Bein).

Nach dem Aufsetzen des Fusses sofort starker Druckanstieg bis über das volle Körpergewicht hinaus (Bremswirkung). Beim Abstossen mit dem andern Bein sinkt der Druck wieder etwas und steigt am Schluss der Standphase, beim Abstossen, nochmals an.

Solche dynamische Druckdiagramme zeigen auch Abweichungen vom Normalen auf und eignen sich für Ganganalysen zu klinischen und Forschungszwecken.

9. Die mechanische Beanspruchung als pathogenetischer Faktor

In den vorangegangenen Kapiteln war immer wieder von der mechanischen Beanspruchung der Gewebe und Strukturen des Bewegungsapparates die Rede. Tatsächlich spielt diese als pathogenetischer Faktor in der Orthopädie eine zentrale Rolle. Daher soll noch einmal zusammenfassend ihre Bedeutung dargestellt werden.

9.1. Die biomechanisch wirksame Beanspruchung

Biomechanisch wirksam ist nicht eine einmalige, kurzfristige Beanspruchung (ausser sie ist so gross, dass sie unmittelbar zum Bruch führt), sondern die über längere Zeit (Monate, Jahre) vorwiegend wirksame *Dauerbeanspruchung.*

Diese wechselt unter normalen Bedingungen ständig. Aus ihrer Summe über längere Zeit hinweg kann aber in der Regel ein ungefährer *Durchschnitt* ermittelt werden als *Hauptbeanspruchung.*

Für die Hüfte hat sie PAUWELS zu bestimmen versucht. Er ging davon aus, dass das Hüftgelenk seine grösste Beanspruchung beim Gehen, und zwar in der Standphase erleidet. Er konnte Grösse und Richtung dieser resultierenden Kraft R errechnen aus den Gleichgewichtsbedingungen des Gelenkes (siehe Stabilisierung eines Gelenkes, I.A.8.1.4.) und fand eine Belastung *etwa drei- bis viermal grösser als das Körpergewicht,* welche bei jedem Schritt auftritt. Dieser unerwartete Befund hängt damit zusammen, dass es sich nicht um eine einfache Tragfunktion handelt, sondern um die Erhaltung eines Gleichgewichtes (siehe I.A.8.1.).

Deshalb findet man an anderen tragenden Gelenken, ebenso wie am Knochen, ähnliche Verhältnisse.

Pathologische Störungen treten auf bei einem *Missverhältnis* zwischen den *mechanischen Eigenschaften* der Strukturen des Bewegungsapparates und der tatsächlichen *Beanspruchung.*

Ein *gesunder, trainierter Bewegungsapparat* ist so eingerichtet, dass er eine Beanspruchung, wie sie beim normalen Gebrauch desselben auftritt (körperliche Leistungen, wie Sport, Schwerarbeit, und zwar sowohl Sprinter- wie Dauerleistungen), *ein Leben lang ohne Schaden zu nehmen aushält* (so zeigen auch bei alten Menschen die Extremitätengelenke normalerweise keine wesentlichen Degenerationserscheinungen. Die früher gebräuchliche Bezeichnung «malum coxae senile» für Coxarthrose ist deshalb irreführend).

Zum *Versagen* kommt es durch:

1. *Passive Überbeanspruchung* gesunder Strukturen. Praktisch nur durch Unfall, nicht durch aktive Beanspruchung möglich: Trauma, Frakturen, Rupturen.
2. Normale Beanspruchung *insuffizienter* Strukturen des Bewegungsapparates (bei Krankheit, Unfallfolgen usw.). Die meisten chronischen Schäden am Bewegungsapparat entstehen auf diese Weise: Degenerative Krankheiten (siehe dort).
3. Kombination von 1. und 2., z.B. übermässige Beanspruchung des untrainierten Bewegungsapparates.

Die *«Insuffizienz»* von Strukturen des Bewegungsapparates kann auf *mikroskopischer* oder *makroskopischer Ebene* liegen:

1. *Insuffizientes Gewebe* (Knochenkrankheiten wie Rachitis, Osteopsatyrosis; lokalisierte Schäden wie Knochennekrosen, atrophische Pseudarthrosen, Gelenkschäden usw.), also Gewebeschäden bei intakter Form der Strukturen.
2. *Insuffiziente Konstruktion:* Struktur und Form entsprechen nicht den normalen mechanischen Anforderungen: z.B. unfall- und krankheitsbedingte lokalisierte Schäden am Bewegungsapparat, gestörte Reparationsphase (verzögerte Heilung), Deformitäten, inkongruente und instabile Gelenke usw., wobei die Gewebe an sich nicht beschädigt zu sein brauchen.

Eine Überbeanspruchung hängt nicht von der gesamten Belastung ab, sondern tritt auf, wenn an einer einzigen Stelle im Knochen oder in einem Gelenk eine *Spannungsspitze* die Elastizitätsgrenze des Gewebes überschreitet. Ausschlaggebend ist also die *Verteilung* der auftretenden Kräfte (Spannungen).

In den vorstehenden Kapiteln hat sich immer wieder die *Wechselbeziehung* zwischen *Form* und *Funktion,* zwischen der Morphologie der statischen Strukturen und der mechanischen Leistung und Beanspruchung des Bewegungsapparates als ein zentrales Problem herauskristallisiert. Diese Wechselbeziehungen sind im einzelnen sehr *komplex,* wie eben der Bewegungsapparat ein sehr kompliziertes Gebilde ist.

Als wesentliche *Vereinfachung* können wir davon ausgehen, dass, wie bisher darzutun versucht worden ist, der Bewegungsapparat für seine Aufgabe *optimal konstruiert* ist. (Siehe Auf- und Umbau des Knochens im Kapitel «Vom Leben des Knochens», I.A.2.; «Die mechanische Beanspruchung des Knochens», I.A.3.; «Druckverteilung im Gelenk», I.A.6.1.3.3.; «Statik der aufrechten Haltung», I.A.8.1.)

In erster Näherung können wir also getrost vermuten, dass anatomisch normalen Verhältnissen auch die geringste Beanspruchung entspricht.

Anatomische Abweichungen im kraftübertragenden System führen zu Veränderungen der normalen Verteilung der Kräfte im Körper. Grosse Kräfte konzentrieren sich an bestimmten Stellen des Stützapparates, was zur Folge hat, dass die *Kraft pro Flächeneinheit* der tragenden Substanz, also z. B. der Druck an einer umschriebenen Stelle im Gelenk, oder die Spannung in einem bestimmten Knochenabschnitt, *das tragbare Mass überschreitet* (Abb. 91).

Solche *«Spannungsspitzen»* können das Stützgewebe an dieser Stelle zerstören. Sie sind oft der Ausgangspunkt einer Unterbrechung der Kontinuität des *Knochens* (Ermüdungsfrakturen, Refrakturen, Pseudarthrosen) oder von degenerativen Veränderungen an *Gelenken,* also von *Arthrosen.*

Meistens kommt in solchen Fällen ein *Circulus vitiosus* in Gang:

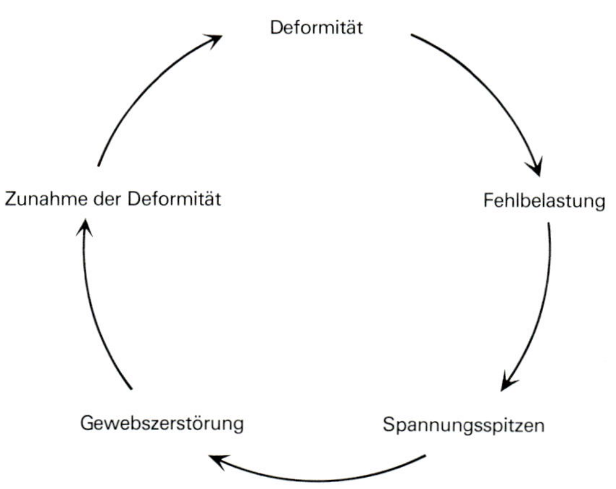

Die Gewebe des Bewegungsapparates sind entsprechend ihrer mechanischen Funktion differenziert (siehe I.A.1.1.). So entspricht auch jedem Gewebe eine bestimmte, spezifische mechanische Beanspruchung. Diese, sowie ihre pathogenetische Wirkung sind in einer Tabelle zusammengefasst (Tab. 5):

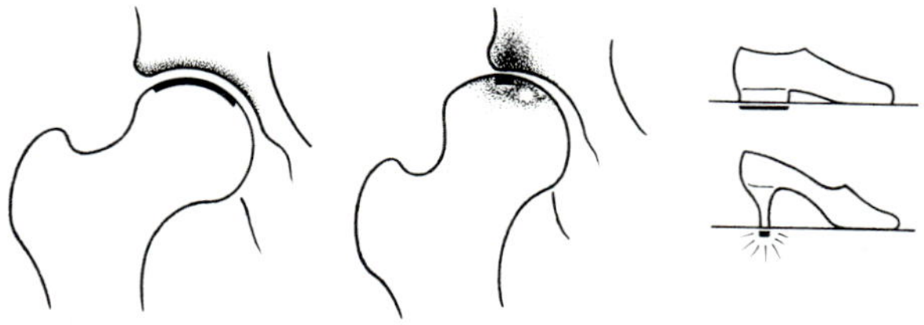

Abb. 91. Beanspruchung wirkt schädlich, wenn sie an *umschriebener Stelle* die *Belastbarkeit des Gewebes übersteigt.* Massgebend ist also nicht die Gesamtbelastung, sondern der Druck pro Flächeneinheit.

Als Beispiele hier links das Hüftgelenk, rechts die Wirkung des spitzen Absatzes als Analogie.

Tab. 5. Die pathogenetische Wirkung der mechanischen Beanspruchung auf die Gewebe des Bewegungsapparates.

Gewebe, Struktur	*Spezifische mechanische Beanspruchung*	*pathogenetische Wirkung*
Knochen	Biegung, Scherkraft	Fraktur, Ermüdungsbruch, «schleichende Fraktur»
Kallus	Scherkraft, Biegung	Refraktur, Pseudarthrose
Gelenkknorpel	Reibung, Überdruck	Verschleiss, Degeneration, Arthrose
Bänder	Zug	Überdehnung, Schlottergelenk
Muskulatur	Überdehnung	Spannungen, Verkrampfungen Schmerzen, Myogelosen, Kontrakturen
Sehnenansätze	Zug	Tendoperiostitis

Zur *Illustration* der bisher etwas theoretischen Betrachtungen seien einige *Beispiele* dafür gezeigt, wie Abweichungen von der normalen Form zu Änderungen der Beanspruchung und damit zu Schäden führen können.

9.2. Beispiele mechanischer Überbeanspruchung

9.2.1. *Beanspruchung der Gelenke*

Bestimmend für die mechanische *Beanspruchung* eines Gelenkes ist nicht die *Belastung* (Körpergewicht, Muskeldruck) an sich, sondern die *Druckverteilung im Gelenk,* insbesondere der grösste *Gelenkdruck pro Flächeneinheit auf den Knorpel.*

9.2.1.1. *Erstes Beispiel: Exzentrische Belastung: Das Kniegelenk bei Genu varum*

(siehe auch II.12.4. und III.C.4.6./7.) (Abb. 92, 93 und 94).

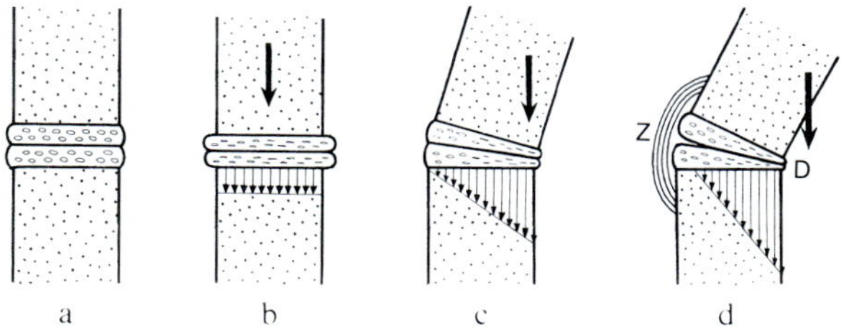

Abb. 92. *Exzentrische Druckverteilung im Gelenk.*

a Unbelastetes Gelenk.

b Eine konzentrisch aufgesetzte Last wird gleichmässig über den Gelenksquerschnitt verteilt, der Gelenkknorpel wird überall gleichmässig verformt (komprimiert), wie das Druckdiagramm (kleine Pfeile) andeutet. Die einzelnen Knorpelzellen werden auch gleichmässig verformt (vgl. Abb. 59 und I.A.6.1.3.3.).

c *Exzentrische Beanspruchung:* Die Deformierung des Gelenkknorpels ist asymmetrisch, entsprechend der ebenfalls asymmetrischen Druckverteilung im Gelenk (kleine Pfeile: Druckdiagramm). Die Knorpelzellen auf der rechten Seite werden stark komprimiert und deformiert. Übersteigen Beanspruchung und Deformation ein gewisses Mass, so geht der Knorpel zugrunde = Arthrose. Dazu gehört auch die Sklerosierung des subchondralen Knochens an dieser Stelle als Umbaureaktion auf den erhöhten Druck.
Beachte: auch Schubkräfte treten auf, welche die Gelenkflächen gegeneinander zu verschieben trachten. Der Bandapparat muss das Gelenk zusammenhalten. Einer solchen Beanspruchung ist er auf die Dauer nicht gewachsen.

d Last so stark exzentrisch, dass sie neben dem Gelenk liegt und damit eine Biegewirkung hat. Die Druckspitze (D) am rechten Rand steigt noch stärker an, die dort liegenden Knorpelzellen werden zusammengequetscht.
Auf der linken Seite klafft das Gelenk auseinander und muss durch den Bandapparat zusammen gehalten werden (Z). Dieser dehnt sich mit der Zeit und das Gelenk wird instabil.
Genau so entsteht die Arthrose bei einem Genu varum (siehe Abb. 94).

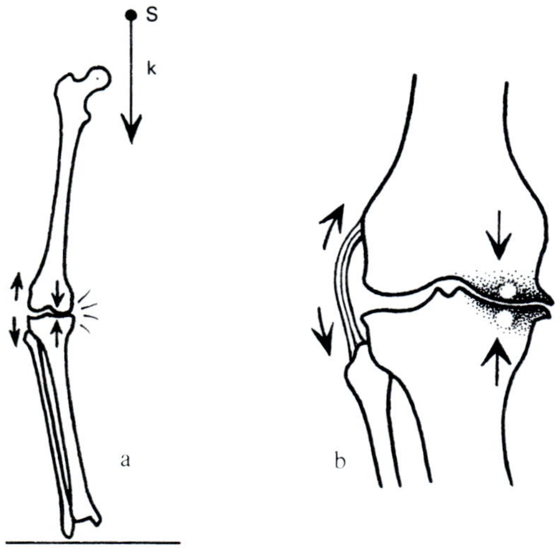

Abb. 93. *Überbeanspruchung des Knies bei O-Bein (Genu varum) → Gonarthrose.*

a Die Schwerkraft K sucht das O-Bein zu verstärken: Druck im medialen Kniegelenkspalt, Zug an den lateralen Bändern. Mit der Zeit nimmt die Deformität zu. So entsteht ein Circulus vitiosus.

b Instabilität durch Bandüberdehnung lateral (Wackelknie), Arthrose mit Knorpelusur und subchondraler Sklerose im medialen Kniegelenksabschnitt. (Der laterale ist nicht geschädigt.)
Eine Korrekturosteotomie kann normale Beanspruchungsverhältnisse wiederherstellen und den Circulus vitiosus unterbrechen.

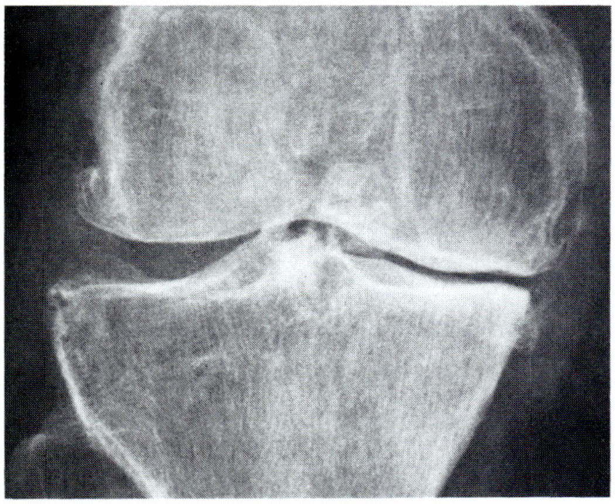

Abb. 94. Röntgenbild des Knies einer 67jährigen Frau mit starkem O-Bein (Genu varum): Verschmälerung des medialen Gelenkspaltes (Knorpel- und Knochenusur), subchondrale Sklerose. Klaffen des lateralen Gelenkspaltes. Hier ist eine Korrekturosteotomie angezeigt (Behandlung: siehe III.C.4.7.2.).

Als *zweites Beispiel* sei die *Abhängigkeit der Hüftbeanspruchung von der Hüftmorphologie* gezeigt:

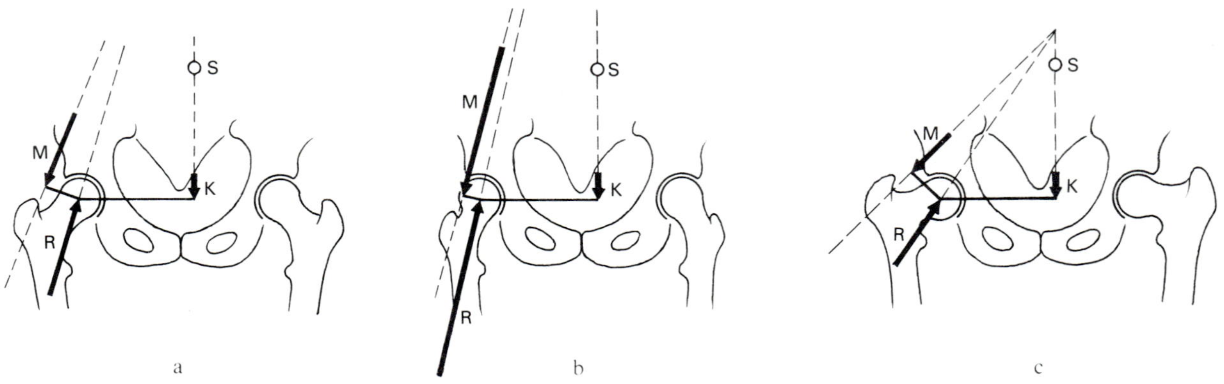

Abb. 95. *Beanspruchung des Hüftgelenkes abhängig vom Schenkelhalswinkel.*

Nach PAUWELS kann die Beanspruchung des Hüftgelenkes graphisch ermittelt werden (siehe «Gelenkstabilisierung», I.A.8.1.5.) aus der Grösse des Körpergewichtes K, welches am Schwerpunkt S angreift, und der Muskelkraft M, welche am Trochanter maior ansetzt. Daraus ergibt sich Richtung und Grösse der *Resultierenden* R auf das Gelenk.

a Bei einem mittleren Schenkelhalswinkel (126°).

b Bei einem steilen Schenkelhalswinkel *(Coxa valga).* Die Resultierende R ist grösser und verläuft steiler, sie greift weiter lateral an. Die Beanspruchung des Gelenkes ist grösser.

c Bei flachem Schenkelhalswinkel *(Coxa vara).* Die Druckkraft R ist kleiner, verläuft flacher und greift mehr medial an. Die Gelenksbeanspruchung ist kleiner.

9.2.1.2. *Schenkelhalswinkel und Resultierende*

Die *Geometrie des proximalen Femurendes* ist massgebend für Grösse und Richtung der Resultierenden und damit für die Hüftgelenksbeanspruchung (Abb. 95).

Diese Verhältnisse geben die Möglichkeit, mittels operativer Veränderung des Schenkelhalswinkels (Osteotomie) die Hüftbeanspruchung zu beeinflussen (siehe III.C.2.10.).

9.2.1.3. *Pfannenform und Druckverteilung*

Die Druckverteilung im Hüftgelenk ist aber nicht nur abhängig von der Grösse und Richtung der Resultierenden, sondern auch von der *Lage des Pfannenerkers.*

Je näher die Resultierende am Pfannenerker liegt, desto grösser wird dort der Druck (Abb. 96 und 97).

Die Abbildung zeigt deutlich, wie relativ geringe Abweichungen von der normalen Anatomie die gleichmässige Druckverteilung im Gelenk drastisch stören können. Therapeutisch operativ lassen sich solche ungünstigen Verhältnisse beeinflussen durch:

1. Veränderungen von Grösse und Richtung der Resultierenden R (siehe oben) und
2. Vergrösserung des tragenden Pfannenerkers.

Das Schema gilt nicht nur für die Hüfte, sondern für alle Gelenke; es zeigt das Prinzip der Druckverteilung im Gelenk schlechthin.

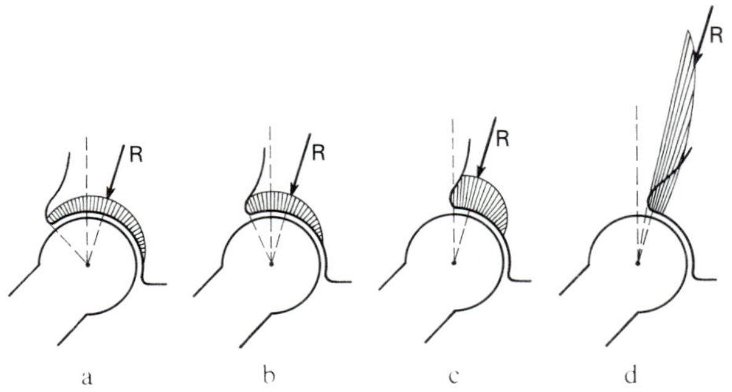

Abb. 96. *Verteilung des Druckes im Gelenk* je nach Lage der wirkenden Kraft (nach PAUWELS).

a Schneidet die Resultierende das Gelenk in der Mitte, ist der Druck gleichmässig verteilt.

b – d Je näher die Wirkungslinie der Kraft an die Gelenkecke verschoben ist, desto kleiner wird die tragende Gelenkfläche und desto grösser der Druck pro Flächeneinheit.

9.2.1.4. *Drittes Beispiel: Posttraumatische Arthrose infolge Inkongruenz eines Gelenkes nach Fraktur*

Wenn die beiden Gelenksoberflächen nicht mehr genau zueinander passen, spricht man von *Gelenksinkongruenz.* Solche Abweichungen von der normalen Gelenksgeometrie bewirken eine unregelmässige Druckverteilung, Druckspitzen an bestimmten umschriebenen Stellen des Gelenkes und damit Überbeanspruchung des Gelenkknorpels. Auch hier sind *Degenerationserscheinungen* die Folge, welche einer Arthrose gleichkommen (siehe II.11.).

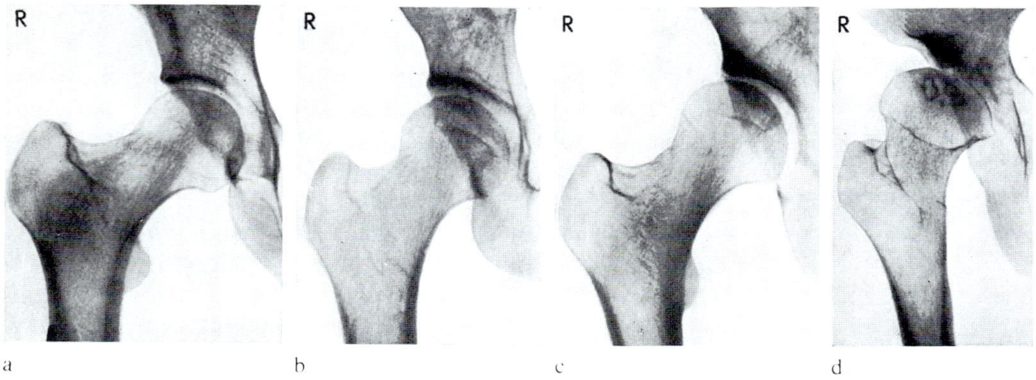

Abb. 97. Form und Beanspruchung des Hüftgelenkes, entsprechend dem Druckdiagramm in Abb. 96 (nach PAUWELS).

a *Normale Überdachung,* gleichmässige Druckverteilung, entsprechend regelmässig dichte Knochenstruktur in Pfannendach und Hüftkopf auf dem Röntgenbild.

b und c Mit zunehmender Dysplasie (ungenügender Überdachung, Subluxation) wird die subchondrale Verdichtungszone im Acetabulum breiter und keilförmig, die Sklerose nimmt an der Stelle des Druckmaximums zu als Reaktion auf die erhöhte Beanspruchung.

d Bei stärkerer Subluxation konzentriert sich die ganze Beanspruchung am Pfannenerker und wird extrem hoch. Der Knochen kann nicht mehr mit weiterem Anbau reagieren, sondern wird *zerstört.* An der Stelle der grössten Beanspruchung entstehen *Resorptionszysten* («destruierende Arthrose», siehe II.11.).

Die *Knochenstruktur des Pfannendaches spiegelt weitgehend das Spannungsdiagramm wider,* ein weiteres Beispiel des Knochenumbaues (siehe I.A.2.2. und I.A.2.5.).

Aus der reaktiven Sklerose lässt sich im Röntgenbild die *Beanspruchung* direkt *ablesen.* Dies ist für Beurteilung und Therapieplan wichtig (siehe III.C.2.2. und III.C.2.10.).

Die Abweichung von der normalen Gelenksgeometrie wird, weil sie zur Arthrose prädisponiert, als *Präarthrose* bezeichnet. Eine solche kann kongenital oder erworben sein (z.B. Hüftdysplasie, Fehlstellungen nach Frakturen usw.) (Abb. 98).

Posttraumatische Arthrosen entstehen z.B. häufig nach Syndesmosenverletzungen am oberen Sprunggelenk. Auch sie gehen auf eine *Gelenkinkongruenz* zurück (Abb. 99 und 100).

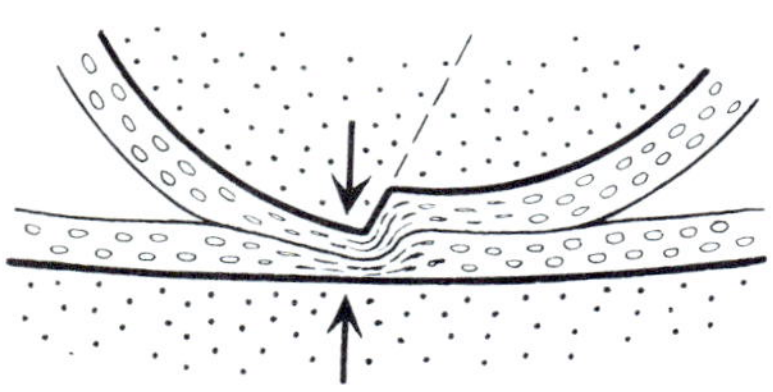

Abb. 98. *Stufe nach intraartikulärer Fraktur.*

Wenn eine Fraktur durch ein Gelenk verläuft und nicht genau anatomisch reponiert wird, bleibt eine *Stufe* in der Gelenkfläche zurück. Auch wenn sie nur sehr klein ist, wird die *Druckverteilung* im Gelenk stark verändert. Fast der gesamte Druck konzentriert sich an der Stufe, die Knorpelschicht wird hier stark gequetscht und verformt, und die Knorpelzellen leiden Schaden. Das ist der Ausgangspunkt einer *posttraumatischen Arthrose,* wie man sie nach intraartikulären Frakturen nicht selten sieht.

Die logische Schlussfolgerung ist, intraartikuläre Frakturen *prophylaktisch anatomisch genau* zu reponieren. Dies ist eine der Hauptindikationen für die Osteosynthese (siehe II.15.2.2.2.).

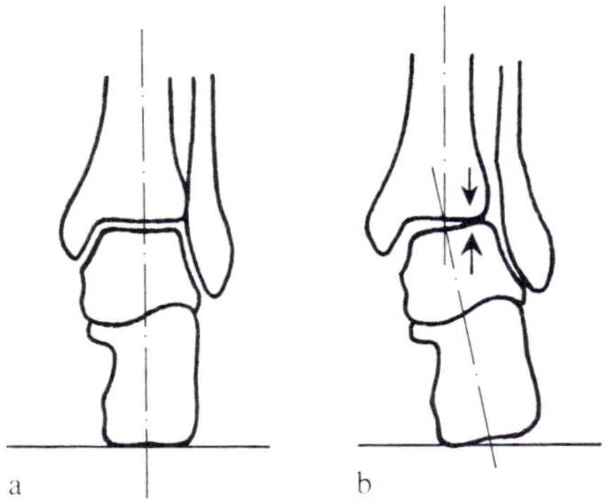

Abb. 99. *Gelenkinkongruenz* und *posttraumatische* Arthrose nach Syndesmosenverletzungen des oberen Sprunggelenkes entstehen, wenn die anatomischen Verhältnisse in der Knöchelgabel nicht sofort wiederhergestellt werden.

a *Normale* Konfiguration des oberen Sprunggelenkes: Kongruenz zwischen Talusrolle und Knöchelgabel.

b Durch die *Gabelsprengung* (meistens mit hoher Fibulafraktur kombiniert) vergrössert sich der Abstand zwischen den Malleolen, der Talus ist nicht mehr stabil gehalten. Er gerät in eine exzentrische, schiefe Stellung, die Gelenkflächen von Tibia und Talus verlaufen nicht mehr genau parallel: Das Gelenk ist *inkongruent.* Der Gelenkdruck konzentriert sich am lateralen Tibiarand (Pfeile). Mit der Zeit verschwindet hier der Gelenkspalt, d.h. die Knorpelschicht, unter der enormen Beanspruchung: Posttraumatische Arthrose (vgl. III.C.6.1.8.).

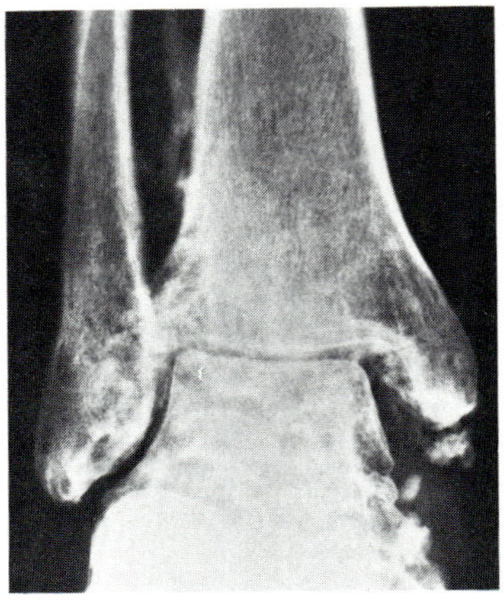

Abb. 100. Posttraumatische Arthrose bei Inkongruenz des oberen Sprunggelenkes, als Folge einer Gabelsprengung (Syndesmosenruptur). Klinik der Gabelsprengung siehe III.C.6.1.8.

9.2.2. *Beanspruchung von Knochen und Kallus*

9.2.2.1. *Einfluss der mechanischen Kräfte auf die Frakturheilung am Beispiel der Schenkelhalsfraktur*

Im Abschnitt über «Knochenbruchheilung» (I.A.4.2.) wurde darauf hingewiesen, dass die Ausbildung des Knochenregenerates (Kallus) weitgehend von mechanischen Kräften abhängig ist. Diese bestimmen, ob eine knöcherne Brücke oder eine Pseudarthrose entsteht.

Am Beispiel des Schenkelhalses können diese Zusammenhänge gut verfolgt werden (Abb. 101).

Dieses praktische Beispiel zeigt den Einfluss der mechanischen Beanspruchung auf die Frakturheilung, wie sie bei I.A.4.2.2. beschrieben wurde. Ähnliche Beziehungen zwischen mechanischer Beanspruchung und Frakturheilung resp. Pseudarthrosenbildung gelten auch an anderen Stellen des Skelettes.

9.2.2.2. *Einfluss der Spannungsverteilung im Knochen auf die Knochenstruktur, am Beispiel des proximalen Femurendes*

Die im letzten Beispiel der Schenkelhalsfraktur gezeigten mechanischen Verhältnisse gelten auch für den *intakten* Schenkelhals:

- Coxa valga: weitgehend reine Druckkräfte.
- Coxa vara: grosse Biegekräfte (Druck unten, Zug oben), Scherkräfte (siehe auch Abb. 498).

Vergleicht man diese Kräfteverteilung mit anatomischen Präparaten und Röntgenbildern des

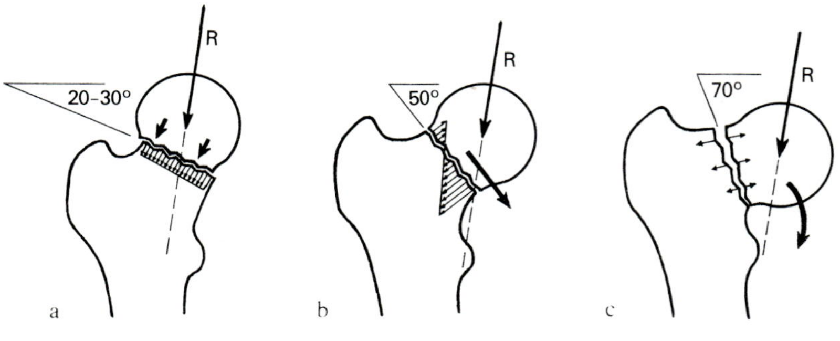

Abb. 101. *Beanspruchung* des Knochenregenerates (Kallus) nach *Schenkelhalsfraktur* (nach Pauwels).

a *Abduktionsfraktur.* Bruchfläche ziemlich horizontal (30°). Schenkelhalswinkel in Valgusstellung (Grad 1 nach Pauwels).
Die Resultierende R trifft die Frakturfläche annähernd senkrecht und nahe der Mitte. Im Frakturspalt treten fast ausschliesslich Druckkräfte auf, welche zudem gleichmässig über die Bruchfläche verteilt sind, dargestellt als kleine Pfeile im Druckdiagramm.
Dies ist die beste Voraussetzung für das Regenerat. Solche Brüche heilen fast immer in relativ kurzer Zeit aus. Manche sind eingekeilt, stabil und brauchen überhaupt nicht behandelt zu werden (siehe III.C.2.12./13.).

b *Schenkelhalsbruch* mit schräger Bruchfläche (50°), (Grad 2 nach Pauwels), *ohne wesentliche Dislokation.*
Die Resultierende R trifft hier den medialen Rand der Bruchfläche. Sie wird wirksam als Scherkraft S, welche ein *Abrutschen* des Kopfes entlang dem Frakturspalt bewirkt. Dieser Beanspruchung ist das Regenerat schlecht gewachsen, es differenziert sich oft zu Bindegewebe aus statt zu Knochen, d.h. die Fraktur wird nicht knöchern fest, sondern es entsteht eine *Pseudarthrose.* Die Druckverteilung im Frakturspalt ist unregelmässig: unten grosser Druck, oben Zug, auch dies ungünstige Voraussetzungen für die Heilung.

c *Adduktionsfraktur:* Bruchfläche steil (70°), Schenkelhals in Varusstellung (Grad 3 nach Pauwels).
Die Richtung der Resultierenden verläuft medial *neben* dem Frakturspalt. Daraus ergibt sich ein zusätzliches Kippmoment auf den Femurkopf. Im Frakturspalt wirken nur noch Zug- und Scherkräfte (kleine Pfeile). Unter diesen Kräften bildet sich im Frakturspalt nur Bindegewebe statt Knochen, und es entsteht eine Pseudarthrose.
Durch eine *Aufrichteosteotomie* kann diese Fraktur vom Grad 3 in eine solche von Grad 1 verwandelt werden (siehe III.C.2.13.2.).

Pauwels konnte auf diese Weise Pseudarthrosen, die bisher als unheilbar galten, zur knöchernen Konsolidation bringen und damit in der Praxis den Beweis für seine Theorie leisten.

a

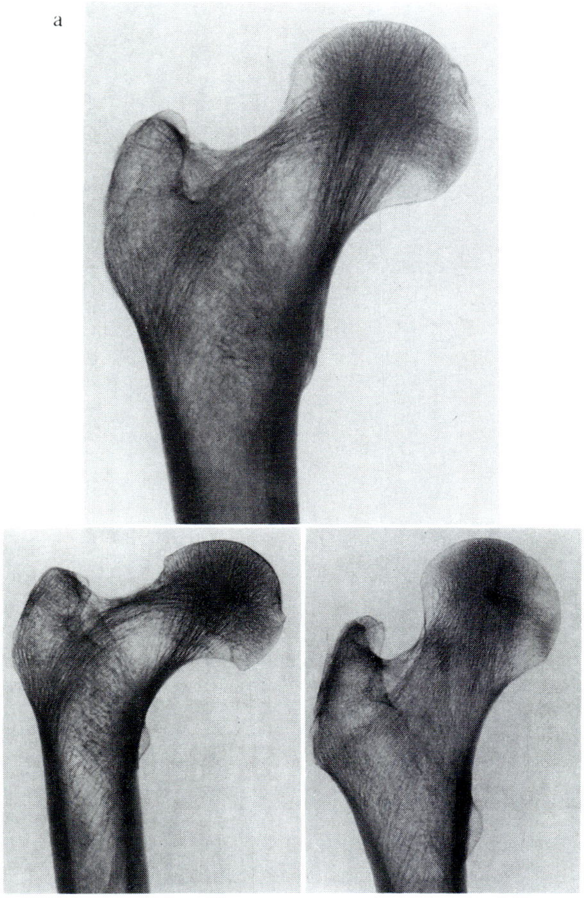

b c

Abb. 102. Funktionelle Anpassung der Spongiosaarchitektur im proximalen Femurende an verschiedene mechanische Beanspruchung (nach PAUWELS).

a Normale *Hüfte.* Die Druck- und Zuglamellenbündel entsprechen der normalen Biegebeanspruchung (vgl. Abb. 9 und Abb. 10).

b *Coxa vara:* Sowohl Zug- wie Druckbündel sind viel kräftiger als normal. Damit kann die mehrfach höhere Beanspruchung des Schenkelhalses in weitem Rahmen aufgefangen werden. Allerdings kommen Insuffizienzerscheinungen (schleichende Frakturen, Varusabknickung) bei Coxa vara gehäuft vor. In solchen Fällen kommt eine Aufrichteosteotomie (Valgisierung) des Schenkelhalses in Frage.

c *Coxa valga.* Das Zugbündel fehlt fast vollständig, da der Schenkelhals praktisch nur auf Druck beansprucht wird.

proximalen Femurendes, so findet man das Gesetz des trajektoriellen Aufbaues des Knochens, sowie dasjenige des funktionellen Umbaues (WOLFF, ROUX) (siehe I.A.2.2.) genau bestätigt (Abb. 102).

Ist die mechanische Festigkeit des Knochens durch Krankheiten, z. B. bei einer Osteopsatyrose oder Osteomalazie, vermindert, kann es bei grosser Beanspruchung, z. B. bei Coxa vara, zu Insuffizienzerscheinungen der Knochenstruktur kommen. Diese äussern sich als schleichende Fraktur am Ort der grössten Beanspruchung, also z. B. am oberen oder unteren Umfang des Schenkelhalses (siehe II. 14.2.).

B. Orthopädische Diagnostik

Inhaltsverzeichnis zu I. Teil B

1. Die Diagnose in der Orthopädie

Der Diagnose im Sinne der Identifizierung einer Krankheit als nosologische Einheit, einschliesslich des Bestimmens der Ätiologie, kommt in der Orthopädie nicht die zentrale Bedeutung zu, die sie sonst in der Medizin hat, und zwar aus drei Gründen:

1. In vielen Fällen muss die Diagnose *beschreibend bleiben,* z. B. bei verschiedenen Körperdeformitäten, bei geringgradigen Abweichungen der Form von der sogenannten Norm usw.
2. In anderen Fällen ist die Diagnose *evident,* gibt aber für Therapie noch keinerlei Hinweise, wie z. B. bei der Diagnose «Poliomyelitis», «Unterschenkelfraktur», «Arthrose» usw.
3. Oft ist mit der Diagnose wenig gewonnen für den *Therapieplan.* So spielt es eine geringe Rolle, welche Ätiologie z. B. eine Beinverkürzung oder eine juvenile Skoliose haben. Die Behandlung ist in allen Fällen dieselbe.

Was wir vielmehr brauchen, ist eine sogenannte

1.1.1. *Funktionsdiagnose*

Damit meinen wir eine *beschreibende Diagnose des Funktionsausfalles,* der Art und Schwere einer Störung, und wie sie sich auf die Funktion des Bewegungsapparates und damit *auf den Patienten* selbst und sein Leben *auswirkt.* Dies schliesst eine Beurteilung der Invalidität, ihrer Natur und ihres Grades, sowie der Adaptationsmöglichkeiten des Patienten und seines Bewegungsapparates ein. Eine solche *Funktionsdiagnose* ist nicht mit einem Wort zu erfassen wie die nosologische Diagnose eines Krankheitsbildes; sie erfordert eine erschöpfende Beschreibung.

Funktionsdiagnose ist der zweite Schritt nach der Diagnose der pathologisch-anatomischen Störung, es ist die *qualitative und quantitative Analyse der Funktionsstörung des Bewegungsapparates und seiner Folgen für den Patienten,* also seiner *Behinderung im täglichen Leben.*

Diese hängt nicht nur von der pathologisch-anatomischen Diagnose ab, sondern noch von einer Reihe anderer Faktoren.

So kann z. B. der Träger einer ankylosierenden Coxarthrose praktisch beschwerdefrei und voll leistungsfähig sein, während eine simple Warze an der belasteten Fusssohle einen Menschen weitgehend zu immobilisieren vermag.

Besonders schwierig wird die Situation, wenn mehrere Störungen zusammen kommen, weil sie sich nicht nur addieren sondern nicht selten potenzieren.

Nur eine genaue *Funktionsdiagnose* kann als *Grundlage für den orthopädischen Therapieplan* dienen.

Ein Grundschema für die Funktionsdiagnose ist deshalb im Abschnitt über die Untersuchungstechnik beigefügt. Es orientiert sich an den Leistungen des Bewegungsapparates (siehe I.B.2.1.4.).

Mit dem Vorstehenden ist nicht gesagt, dass eine nosologische Diagnose unwichtig wäre. Im Gegenteil ist sie anzustreben und möglichst genau zu formulieren:

1. um der Ordnung und Klarheit willen, welche eine Voraussetzung für einwandfreie *Dokumentation* und *wissenschaftlich* fundierte *Arbeit* bildet.
2. muss in jedem Fall mindestens ernsthaft versucht werden, zu einer Diagnose zu gelangen, um eine *kausale Therapie,* falls eine solche existiert, zu ermöglichen.
3. gibt es auch in der Orthopädie echte diagnostische Probleme, Krankheiten, bei denen das Schicksal eines Patienten von der rechtzeitigen Diagnose abhängt. Eine entsprechende «Checkliste» findet sich bei I.B.2.4.2.

1.1.2. *Zweck der orthopädischen Diagnostik*

Diagnostik sollte nicht als Selbstzweck, sondern mit einem bestimmten *Ziel* vor Augen betrieben werden. Solche Ziele sind:

- *Prophylaktische Untersuchungen* (z. B. Früherfassung von angeborenen Störungen, etwa einer Hüftdysplasie). Sie werden gezielt durchgeführt.
- *Ätiologische Abklärung* (nosologische Diagnose), soweit möglich und für die Therapie notwendig. Oft ist eine «Blickdiagnose» möglich.
- *«Funktionsdiagnose»,* als Grundlage für den Therapieplan: Dazu ist eine eingehende Untersuchung mit Funktionsanalyse erforderlich.
- *Verlaufskontrollen* zur Beurteilung des Behandlungserfolges. Dazu sind genaue Vergleichsmessungen notwendig. Oft auch bringt der *Verlauf* einer Krankheit erst eine Klärung der Situation.

  Verlaufskontrollen setzen *genaue Messungen* und gute Dokumentation voraus, da nicht absolute Werte, sondern Änderungen im Laufe

der Zeit festgestellt werden sollen. Einzelwerte sagen nicht viel aus, hingegen ein Vergleich mit früheren.
- *Beurteilung* der Leistungsfähigkeit (Arbeitsfähigkeit, Verkehrs-, Sport-, Militärdiensttauglichkeit, «Check-ups»). Hier genügen oft kursorische Untersuchungen.
- *Begutachtungen,* z. B. für Versicherungen, Gerichte usw. Dazu werden wohlfundierte Beurteilungen aufgrund exakter Messungen verlangt, da es meist um hohe Versicherungssummen geht.
- *Wissenschaftliche Untersuchungen* erfordern Genauigkeit, Vollständigkeit und eine einwandfreie Dokumentation.

1.1.3. *Orthopädische Symptome*

Es ist zweckmässig, bei jedem Patienten sich gleich zu Beginn *Klarheit darüber zu verschaffen, was ihn zum Orthopäden führt.* Weniger gerät man dann in Versuchung, eine Diagnose zu therapieren anstatt einem Menschen zu helfen.

In Amerika ist auf diese simple Erkenntnis bereits auf den vorgedruckten Krankengeschichtsformularen Rücksicht genommen. Dort steht obenan, vor der Anamnese: «chief complaint», also der Grund, der den Patienten veranlasste, den Arzt aufzusuchen. Der Orthopäde wird gut daran tun, diesen Punkt während der ganzen Konsultation und Behandlung im Auge zu behalten.

Ein *Arztbesuch* kann sehr *verschiedene Ursachen* haben:

1.1.3.1. *Angst*

Sie ist häufiger als man glauben würde:
- Angst vor Krebs oder einer anderen unheilbaren Krankheit;
- Angst invalide zu werden, nicht mehr gehen zu können und «im Rollstuhl zu enden»;
- Angst, eine Behandlungsmöglichkeit oder eine Prophylaxe zu verpassen;
- Angst, ein an sich erträglicher Zustand könnte sich verschlimmern;
- Angst vor Lähmung oder Versteifung;
- Angst vor Arthritis oder Rheuma, Tuberkulose oder Erbkrankheiten.

Sehr häufig finden wir harmlose Zustände, die sich nicht mehr verändern werden, evtl. leichte Abweichungen von der Norm ohne schwerwiegende Folgen oder geringgradige Deformitäten ohne grosse Bedeutung.

In den meisten dieser Fälle genügt eine Beruhigung des Patienten in irgend einer Form, evtl. eine harmlose und nicht aufwendige Therapie, um die Beruhigung zu unterstützen.

1.1.3.2. *Schmerz*

Die dringlichste Klage ist der *Schmerz.* Die meisten ernsthaft Kranken kommen wegen Schmerzen zum Orthopäden. Mehr als jedes andere Symptom macht er die Leute invalid. Vor allem bei chronischen Gelenkleiden steht der Schmerz im Vordergrund, während eine Lähmung oder Versteifung den Patienten meist weniger beeinträchtigen. Leistungsausfälle und Arbeitsunfähigkeit sind viel häufiger eine Folge des Schmerzes als irgendeiner anderen Ursache. Ständige Schmerzen sind auch das einzige, woran sich ein Mensch nicht gewöhnen kann, und so muss unsere Behandlung sehr oft eine Behandlung der Schmerzen sein. Aus diesem Grunde sind oft Versteifungsoperationen auch heute noch die beste Hilfe bei vielen Gelenkleiden, besser als manche Massnahmen, die auf eine Verbesserung der Gelenkbeweglichkeit abzielen.

1.1.3.3. *Hinken*

Es ist das orthopädische Symptom par exellence. Bezeichnend ist die Redensart, dass der Patient, der zum Orthopäden gehe, nach der Behandlung zwar immer noch hinke, aber anders. Immerhin ist das Hinken nicht das Übel, sondern die Überwindung des Übels: Der Mensch bewegt sich eben fort wie es am besten geht, aber er geht wenigstens! Es gilt also, zu überlegen:
1. was die Ursache des Hinkens sei und ob diese beseitigt werden kann und soll.
2. ob das Hinken vielleicht die Kompensation eines Dauerschadens ist, mit dem der Patient sich abfinden muss. Dies ist besser als etwa das Hinken beseitigen zu wollen auf Kosten der Gehfähigkeit! (z. B. bestimmter Spastiker und Poliogelähmter).

Häufig ist das Hinken schmerzbedingt, z. B. bei Warzen an den Fusssohlen, oder als Schonhinken bei Gelenksaffektionen. Diese Fälle sind in der Regel die dankbarsten für die Behandlung.

Meistens führen die Patienten das Hinken – wenn sie keine Schmerzen haben – auf eine *Beinverkürzung* zurück. Wenn eine solche tatsächlich vorhanden ist, kann eine Absatz- oder Schuhsohlenerhöhung genügen. Häufiger aber hat das Hinken andere Ursachen wie Gelenkkontrakturen (siehe auch Hüfte, Wirbelsäule), Lähmungen usw. Das Hinken an sich oder ein etwas unschöner Gang sind praktisch nie Gründe für eine Operation.

1.1.3.4. *Steife Gelenke*

Viel *seltener* als man annehmen sollte suchen Patienten wegen Gelenkversteifungen den Arzt auf. In der Regel merken es die Patienten sehr lange Zeit nicht, wenn ein Gelenk langsam seine Beweglichkeit verliert. Aufmerksam werden sie erst, wenn eine für sie *wichtige Funktion ausfällt,* z.B. Frauen, wenn sie wegen einer Schultersteife sich nicht mehr kämmen können, oder wenn die Schuhe und Strümpfe nicht mehr selbst angezogen werden können bei Hüftleiden. Fast nie wird ein Patient mit einer ankylosierten Hüfte oder einem versteiften oberen Sprunggelenk uns glauben, dass er tatsächlich ein völlig steifes Gelenk hat. Die Kompensation in anderen Gelenken, z.B. in der Wirbelsäule bzw. in den übrigen Fussgelenken ist in der Regel so gut, dass sich die Patienten ohne weiteres – im günstigen Sinne – täuschen lassen. Dazu kommt, dass zuerst der Bewegungsumfang dort abnimmt, wo er am wenigsten gebraucht wird: z.B. bei Hüfterkrankungen verschwindet zuerst die Rotation, später die Seitenbeweglichkeit, während die Flexion als wichtigste Bewegung des Hüftgelenkes am längsten erhalten bleibt. Auf Rotation und Seitenbewegungen kann verhältnismässig leicht verzichtet werden, solange das Bein in einer Mittelstellung und nicht in einer Fehlstellung fixiert ist und noch etwas bewegt werden kann.

Diese Beobachtungen über die Gelenkbeweglichkeit haben auch *praktische Bedeutung:* Häufig wird als Mass für die Funktionstüchtigkeit eines Gelenkes fälschlicherweise sein Bewegungsumfang benützt, weil diese Grösse am besten messbar ist, und weil der Trugschluss naheliegt, die *Beweglichkeit* sei das wichtigste an einem Gelenk. Für den Patienten ist sie jedoch in der Regel *weniger wichtig* als etwa die *Gelenkstabilität.* Der Orthopäde sollte also bei der Beurteilung seiner Patienten und beim Aufstellen eines Behandlungsplanes weniger den vollständigen Bewegungsumfang eines einzelnen Gelenkes im Auge haben als in erster Linie *Schmerzfreiheit, Stabilität* und *Leistungsvermögen.*

Unter diesem Gesichtswinkel sind auch ehrgeizige Versuche, jedes steife Gelenk beweglich zu machen, sei es mittels gewaltsamer passiver «Heilgymnastik» oder mobilisierender Gelenkoperationen, mit Zurückhaltung zu beurteilen. Häufig ist es besser, ein Gelenk zu versteifen und so die Schmerzen zu beseitigen und eine gute Stabilität zu erreichen.

Schlimmer als eine Einschränkung der Gelenksbeweglichkeit an sich ist eine *Fehlstellung,* eine *Kontraktur:* Wenn ein Gelenk seine Mittelstellung, die «Normalstellung» nicht erreicht, ist die Funktion des gesamten Bewegungsapparates in der Regel empfindlich gestört. (Siehe Kapitel «Deformitäten», II.12.) Auch geringgradige Kontrakturen müssen bei der Untersuchung erfasst werden (siehe I.B.2.1.3.2. und III.C.1.2.).

1.1.3.5. *Deformitäten*

Sie sind das klassische orthopädische Symptom. Aus dem Bestreben heraus, Verkrümmungen gerade zu richten, ist die Orthopädie entstanden. Die Einstellung der Patienten zu ihren Deformitäten ist sehr unterschiedlich: Manche tragen sie ihr Leben lang und bemerken sie oft nicht einmal, andere entwickeln eigentliche Neurosen aus geringfügigen Veränderungen. Der Orthopäde wird die Deformität nicht nur feststellen und ihre Ursache ermitteln, sondern ihre Bedeutung für den Patienten – objektiv und subjektiv – zu erkennen suchen.

Über Sitz und Ursache von Deformitäten kann man sich leicht täuschen: Gelenkfehlstellungen, Kontrakturen, Wirbelverkrümmungen usw. können als Verdickung, Tumoren, Knochenvorsprünge erscheinen (v.a. am Becken und am Schultergürtel), man muss unterscheiden was zu viel (Schwellung, Ödem, Erguss, Tumor, Buckel) und was zu wenig ist (Atrophie, Aplasie, Defekt). Beinlängenunterschiede sind häufiger durch Fehlstellungen im Beckengürtel vorgetäuscht als echt (siehe III.C.1.2.).

Die Ursachen von Deformitäten sind mannigfaltig. Sie sind im Kapitel «Deformitäten und statische Störungen», II.12., beschrieben.

1.1.3.6. *Lähmungen*

In der Regel muss eine Lähmung schon ziemlich massiv sein, bis sie den Patienten veranlasst, den Arzt aufzusuchen. Lähmungen sind stumme und versteckte Symptome, die nur findet, wer sie sucht. Dies gilt für motorische wie für sensible Lähmungen. Schlaffe Lähmungen ziehen bald eine massive Muskelatrophie nach sich, ein feines diagnostisches Zeichen.

Was ein Patient als Kraftlosigkeit, als plötzliche Lähmung empfindet, kann eine Störung im Gelenksmechanismus (Instabilität, habituelle Luxation, Einklemmungserscheinung) sein.

Leichtere *spastische* Lähmungen, z.B. Hemiplegie, erscheinen eher als *Ungeschicklichkeit* und Unbeholfenheit. Sie äussern sich vor allem bei komplexeren Bewegungen (Gehen, Springen, Handfertigkeit) (siehe «Klinik der Lähmungen», II.8.).

2. Orthopädische Diagnosetechnik

In diesem Kapitel wird die *allgemeine Diagnostik des Bewegungsapparates* systematisch beschrieben. *Spezifische* Untersuchungsmethoden der einzelnen Körperregionen werden in den entsprechenden Abschnitten ergänzend dargestellt.

Wie überall in der Medizin kann der grösste Teil der Diagnosen schon aus der *Anamnese* gestellt werden.

Von den verbleibenden Fällen können die meisten durch die *physikalische Untersuchung* in der *Sprechstunde* abgeklärt werden.

Bei einem kleinen Rest sind zusätzliche Untersuchungen notwendig. Meistens genügt ein gewöhnliches *Röntgenbild.* Diesem kommt in der Orthopädie allerdings *besondere Bedeutung* zu:

1. Kontrolle des klinisch erhobenen Befundes,
2. als objektives, genaues Dokument (Vergleichs- und Verlaufskontrollen).

Nur selten sind *Zusatzuntersuchungen* für die Diagnosestellung notwendig.

2.1. Klinische Untersuchung des Bewegungsapparates

Es ist zweckmässig, sich immer an das gleiche *Schema* zu halten. Die *Routine* in der Untersuchungstechnik gewährleistet:

- dass nichts vergessen wird, sodann
- eine brauchbare Dokumentation und
- rationelles Arbeiten. Schliesslich
- kann man sich auf wichtigeres konzentrieren, z. B. die Interpretation der Befunde, wenn man nicht ständig überlegen muss, welche Untersuchung noch fehlt.

2.1.1. *Anamnese*

Sie *beginnt* mit der *Frage nach dem Hauptsymptom* (chief complaint), d.h. nach den Symptomen oder Störungen, welche den Patienten zum Arzt führten. Diese können massiv oder belanglos sein. Aus der *Bedeutung,* welche ihnen der Patient gibt, erfährt man etwas über den Menschen und seine Probleme. Viele Patienten berichten, was sie selbst oder ein anderer Arzt *über* ihre Krankheit denken. Auch dies kann Hinweise geben, doch muss der Patient vor allem erzählen, was *er selbst* sieht und fühlt. Mit den Hauptsymptomen soll die Anamnese beginnen, denn davon möchte der Patient zuerst sprechen, von der Krankheit seiner Grosseltern erst am Schluss.

- Die *hauptsächlichen Symptome* bei Störungen des Bewegungsapparates sind:
  - Schmerzen;
  - Funktionsstörungen;
  - verändertes Aussehen.

Entscheidend für die Diagnose ist *der zeitliche Ablauf* des Geschehens:

- *Erstmaliges Auftreten* der Symptome, allmählich oder plötzlich, mit oder ohne erkennbare Ursache, Dauer der Symptome: Das ganze Leben, Jahre, Wochen, Tage oder nur ein Augenblick.
- *Weiterer Verlauf:* Schubweise, intermittierend passt z. B. zu rheumatischen Krankheiten, kontinuierliche Verschlechterung zu Infektionen, Tumoren oder Arthrosen usw., zunehmende Besserung eher zu Traumafolgen, kurze, akute Episoden mit beschwerdefreien Intervallen zu mechanischen Gelenkstörungen.
- Die *zeitlichen Verhältnisse* werden von den Patienten oft sehr ungenau erinnert. Es lohnt sich, Beziehungen zu festen Daten zu suchen, z. B.: letzten Sonntag, an Ostern, nach den Sommerferien, vor der ersten Schwangerschaft, nach der Rekrutenschule, während der Lehre usw., und so Erinnerungshilfen anzubieten.

Auch die Angaben über *Ursachen* von Störungen sind mit Vorsicht aufzunehmen. Der Mensch hat ein grosses Kausalitätsbedürfnis. Er sucht und findet leicht einen Unfall oder eine Überanstrengung, die er anschuldigen kann – nicht zuletzt für die Versicherung. Nur die genaue Abklärung des zeitlichen Ablaufes und der Verhältnismässigkeit kann Klärung bringen.

2.1.1.1. *Schmerzen*

Sie sind das wichtigste Symptom. Jeder Mensch hat eine andere Schmerzempfindung. Es gibt Indolente und Empfindliche, und es braucht eingehende Befragung, um sich einigermassen ein Bild machen zu können.

Lokalisation: umschrieben, konstant oder vage, «rheumatisch». Spontan oder in *Zusammenhang* mit einem bestimmten Ereignis, *abhängig* von Stellung, Lage des Körperteils, Belastung oder von bestimmten Tätigkeiten (liegen, sitzen, stehen, gehen, bücken, Arbeit, Sport). Ruheschmerz? Nächtliche Schmerzen?

Entzündungsschmerz z. B. nimmt ab bei Ruhigstellung und Hochlagerung. Für Arthrose ist der «Anlaufschmerz» typisch. Statische Beschwerden verstärken sich bei längerem unbeweglichem Verharren in der gleichen Stellung und nehmen bei Bewegung eher ab.

Art der Schmerzen: dumpf, dem Gefühl der Müdigkeit ähnlich, oder scharf, stechend. Brennend und klopfend bei akuten Entzündungen, krampfartig bei Muskelspasmen. Nicht zu verkennen sind die rasenden, ausstrahlenden Schmerzen bei radikulärer Symptomatologie (Ischias). Auch andere als Nervenschmerzen können ausstrahlen, z. B. Hüftschmerzen ins Knie.

2.1.1.2. *Funktionsstörungen*
des Bewegungsapparates erfährt der Patient unmittelbar und bewusst. Wenn man ihn dazu bringt, sie richtig zu beobachten und zu beschreiben, ist häufig eine Diagnose bereits möglich. Bei habituellen Luxationen (Schulter, Patella, Fibularissehnen) schnellenden Sehnen (Finger, Hüfte) muss sie oft aus der Anamnese *allein* gestellt werden.

Wie äussert sich die Funktionsstörung? Welche Tätigkeiten, Verrichtungen, Bewegungen sind gestört? Durch Schwäche, Schmerzen, Blockierung, Steifigkeit, Deformität? Hinken ist häufig das erste Symptom.

Auch hier sind die *zeitlichen Verhältnisse* wesentlich: Ist die Störung dauernd, vorübergehend, wann wurde sie bemerkt, nimmt sie zu oder ab? Die Blockierungen des Kniegelenkes z. B. sind für Einklemmungen von freien Gelenkskörpern oder Meniskusteilen fast pathognomonisch.

2.1.1.3. *Äusseres Aussehen*
Veränderungen der Haut, Verkrümmungen, Verschmächtigung oder Verdickung von Extremitäten, Deformitäten an Thorax und Rücken, Asymmetrien, Unterschiede zwischen rechts und links, abnormer Gang, alles sind Gründe, einen Orthopäden aufzusuchen.

Seit wann bestehen sie? Haben sie zugenommen? Die Angaben der Patienten zu diesem Punkt sind oft unzuverlässig: z. B. werden Deformitäten lange Zeit nicht beachtet und eines Tages plötzlich entdeckt.

2.1.1.4. *Die persönliche Situation des Patienten*
Nachdem der Patient seine *Hauptsymptome* vorgetragen hat, versucht man sich ein Bild zu machen über die Auswirkung dieser Beschwerden auf *seine persönliche Situation:* Beruf und Arbeitsweise, Arbeitsausfall und Arbeitsfähigkeit, familiäre Pflichten, Lebensweise, soziale Verhältnisse, sportliche Betätigung.

Dies gibt den *Rahmen,* in welchem die Beschwerden gesehen werden müssen und rückt diese in die richtigen Proportionen. Anhaltspunkte für die Behandlung zeichnen sich bereits hier ab.

Zusammenhänge zwischen *Symptomen* und *Beanspruchung im täglichen Leben* müssen gesucht werden, so kann eine Analyse der Arbeitsweise des Patienten (z. B. vornübergeneigte Körperhaltung, stereotype Bewegungen, lange dauerndes Sitzen oder Stehen in unveränderter Stellung, Bücken und Lastenheben, Knien, usw.) Hinweise auf Überlastungsbeschwerden geben.

- *Allgemeine Krankheitsgeschichte:* Frühere Krankheiten, Verletzungen und Operationen, jetzige allgemeine Krankheiten (Diabetes, Herz- und Gefässleiden, Infektionen, psychische Störungen, Medikamente usw.).
  Allgemeinkrankheiten können Symptome am Bewegungsapparat machen oder verändern. Der Therapieplan,besonders eine Operation, hängt aber umgekehrt auch vom Allgemeinzustand des Patienten ab.
- *Familienanamnese:* Bei Verdacht auf Erbleiden. Soziale Anamnese.

2.1.2. *Beobachtung (Inspektion)*

Dies ist die Untersuchungsmethode, die in der *kürzesten Zeit* am *meisten* Information liefert!

2.1.2.1. *Erste Erscheinung*
Das *Alter:* entspricht das Aussehen dem tatsächlichen Alter? (Manche Ärzte schätzen zuerst und kontrollieren dann.)

Das *Alter* allein engt den Kreis der möglichen Diagnosen bereits drastisch ein und gibt in der Regel schon eine *Vermutungsdiagnose.* Auch das *Geschlecht* gibt ähnliche Hinweise. Als Hilfe für die Diagnosestellung sind in Tabelle 7, I.B.2.4.1., Alter und Diagnosen zueinander in Beziehung gesetzt (siehe auch III.C.2.1.1.).

Weitere Hinweise geben *Konstitution, Typ, Haltung, Gang* usw. (Abb. 103).

Schon das Entkleiden selbst ist ein *Test* und gibt wichtige Hinweise auf Funktionsstörungen (z. B. Schulter- und Hüftgelenkbeweglichkeit).

2.1.2.2. *Inspektion im Stehen*
Für die *Inspektion im Stehen* ist gute Beleuchtung (im Rücken des Arztes, nicht schräg) und genügende Distanz nötig. Inspektion von *vorne, hinten* und von der *Seite:* Der Patient soll gerade stehen. Nur so kann die *Symmetrie* des Körpers

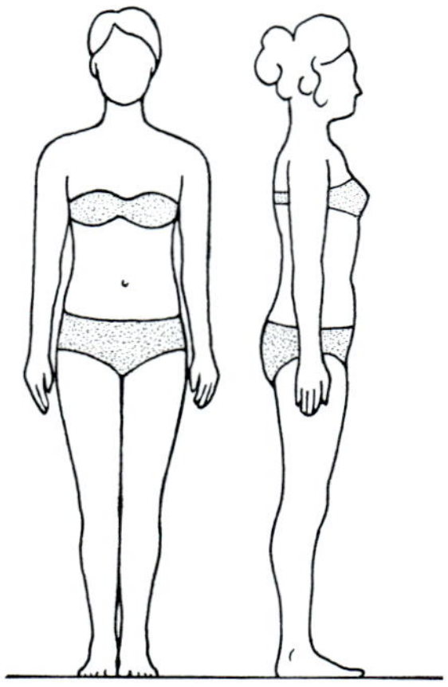

Abb. 103. *Untersuchung im Stehen.*

Eine richtige Beurteilung ist nur möglich, wenn der Patient wenigstens so weit *entkleidet* ist, wie er ins Schwimmbad gehen würde. Hautveränderungen, Narben usw. sieht man dann. Durch Rücksichtnahme auf das Schamgefühl, namentlich bei Frauen, lässt sich die Mitarbeit der Patienten bei der Untersuchung leichter gewinnen.

Unregelmässigkeiten fallen am leichtesten auf, wenn man den Patienten genau von vorn, von der Seite und von hinten aus einiger Distanz betrachtet.

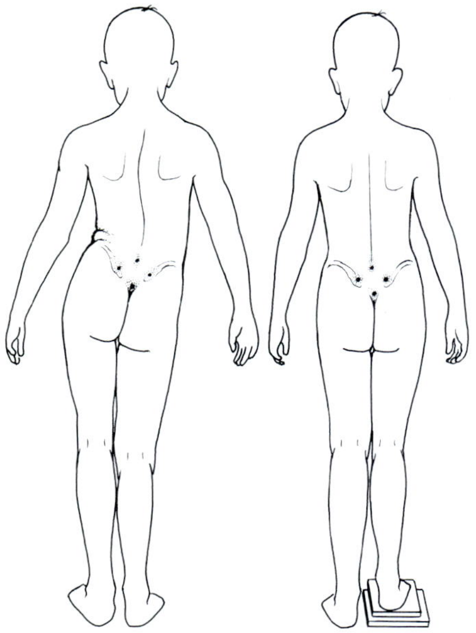

a b

Abb. 104. *Beinlängenmessung.*

a Im geraden *aufrechten Stand* wird ein nicht allzu grosser Beinlängenunterschied normalerweise (bei frei beweglichen Gelenken und Wirbelsäule) *ausgeglichen* durch einen *Beckenschiefstand* und eine kompensatorische *skoliotische Haltung.* Dabei erscheint die höher stehende Hüfte *dicker* und das *Taillendreieck* stärker ausgeprägt. Die Verbindungslinie der beiden *Beckenkämme* bzw. Spinae ilicae post. zeigt den Beckenschiefstand an.

b Durch Unterlegen von genügend Brettchen von 1 bzw. ½ cm Höhe kann der *Beckenschiefstand ausgeglichen* werden. Bei symmetrischem Aspekt von hinten entspricht die Höhe des Brettchenstapels der Beinverkürzung.
Diese Messmethode ist genauer als das Messen der Beinlängen mit dem Metermass.

beurteilt werden. Auf *Unterschiede* zwischen den beiden Körperhälften ist besonders zu achten. Sie zeigen:

- Fehlstellungen und -haltungen;
- Beinlängenunterschiede (siehe unten);
- Deformitäten, Achsenfehler (Definitionen: siehe II.12.1.2.);
- Wirbelsäulenform (Definitionen: siehe III.B.6.1.1.);
- Schwellungen und Atrophien.

Das menschliche Auge kann oft geringe Asymmetrien genauer erkennen als dies mit Messungen möglich ist (Abb. 103).

Mit der Feststellung der *Körpersymmetrie* oder einer *Asymmetrie* ist fast immer ein grosser Schritt zur Diagnose getan.

- *Grundlage* der Beurteilung ist die Kenntnis des *normalen Bauplanes* des Bewegungsapparates und der möglichen Abweichungen davon. Diese sind dargestellt in II.12.1.3.
  Die dort zu findende Tabelle 20 kann *als «Checkliste» für die orthopädische Untersuchung dienen.*
- *Unterschiedliche Beinlängen* werden gemessen, indem sie im Stehen ausgeglichen werden durch ein oder mehrere *Brettchen,* auf welche der Patient mit dem kürzeren Bein steht, mit durchgestreckten Knien, bis Becken und Wirbelsäule gerade stehen. Die Höhe der Brettchen ergibt die Verkürzung. Man hat etwa sechs Brettchen von 1 cm und eines von ½ cm Dicke zur Verfügung (ausführliche Beschreibung siehe Kapitel «Beinlängenunterschiede», III.C.1.2.2.) (Abb. 104).

Beinlängendifferenzen werden aber, ebenso wie Körperasymmetrien, v.a. im Beckenbereich, oft vorgetäuscht durch *Fehlstellungen:* Skoliose, Hüftgelenkskontraktur (siehe «Funktionelle Beinlängenunterschiede», III.C.1.2.).

Die *Prüfung der Funktion*
des Bewegungsapparates ist am besten möglich durch *Inspektion* des Patienten *im Stehen und Gehen,* besser als auf dem Untersuchungstisch oder durch Palpation (siehe auch «Physiologie des Stehens und Gehens», I.A.8.2.):

- *Arme* heben, senken, nach vorne, zur Seite usw. Der aktive Bewegungsumfang *aller Gelenke* kann so geprüft werden.
- *Wirbelsäule:* Rumpfbeugen vorwärts, Finger bis zum Boden: Fingerbodenabstand (FBA)? Aufrichten der Brustwirbelsäule zuerst: Ausgleich der Kyphose?, dann des ganzen Rumpfes, Seitenneigen usw. (Weiteres siehe III.B.2.1.2.)
- *Becken:* Schiefstand? Ausgleich möglich? Einbeinstand: Trendelenburg? Duchenne? (Siehe Abb. 105 und Kapitel «Hüftgelenk», III.C.2.1.)
- *Untere Extremität:* Bein anheben: aktive Beweglichkeit von Hüfte und Knie, gleichzeitig Standbein im *Einbeinstand:* Tragfähigkeit? Stabilität? nimmt eine Deformität (z. B. O-Bein) zu? (Bandinsuffizienz).
  - *Absitzen:* Gelenksbeweglichkeit?
  - *Aufstehen:* Kraft?
  - *Kniebeuge* bis zur Hocke: berühren die Fersen das Gesäss? treten beim Aufstehen Knieschmerzen auf?
  - *Aufstehen vom Boden:* Ein Kind mit progressiver Muskeldystrophie z. B. muss sich dazu mit den Händen auf den Knien abstützen.
  - *Zehenstand:* Plantarflexion im oberen Sprunggelenk und Kraft des Trizeps, gleichzeitig Dorsalextension der Grosszehe.
  - *Fersenstand:* Dorsalextension im oberen Sprunggelenk und Kraft des Tibialis anterior.

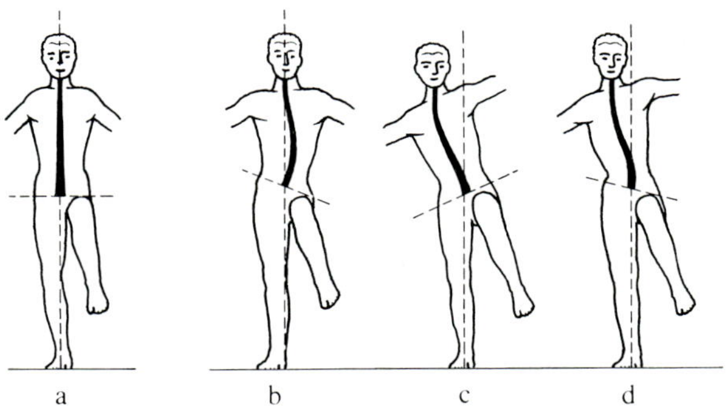

Abb. 105. *Trendelenburgsches und Duchennesches Phänomen* erlauben die *Prüfung* der *Hüftstabilität* in der Frontalebene.

a Der Gesunde kann im Einbeinstand das Becken mitsamt dem freien Bein anheben mit Hilfe der Abduktoren des Hüftgelenkes (Glutaeus medius). Das Becken bleibt gerade.

b Bei einer *Hüftinsuffizienz* fällt das Becken auf der Gegenseite ab: *Trendelenburg positiv.*

c Durch Überneigen des Oberkörpers und damit Verlagerung des Schwerpunktes über das Standbein können manche Patienten das Becken auf der Gegenseite anheben und so einen negativen Trendelenburg vortäuschen: *Duchenne positiv.*

d In schweren Fällen sind sowohl Trendelenburg als auch Duchenne positiv.

Beim *Gehen* lassen sich Trendelenburgsches und Duchennesches *Hinken* ebenfalls leicht erkennen.

Zur Entstehung und Statik dieser Phänomene vergleiche I.A.8.1.5. Sie sind nicht nur bei Lähmungen des Glutaeus medius, sondern auch bei Insuffizienz anderer Genese und bei Schmerzen (Schonhinken) positiv.

Eine Funktion kann durch *Schmerzen* behindert sein. Auch das kann man bei dieser Prüfung sehen.

2.1.2.3. *Inspektion im Gehen*

Die Beobachtung des Ganges gibt in *kürzester Zeit mehr Information,* als durch mühsame und langwierige Gelenkbeweglichkeits- und Muskeltests auf dem Untersuchungstisch zu gewinnen ist (vgl. I.A.8.2./3.).

Der Untersuchungsraum sollte wenigstens ein paar Meter *unbehindertes Gehen* erlauben.

Der Gang sollte aus genügend Abstand, wenn möglich *genau von vorn und hinten* beobachtet werden.

Der *normale Gang* ist eine komplizierte, aber harmonisch ablaufende Bewegungsfolge, und wir haben instinktiv eine recht genaue Vorstellung davon. Wie ist die Bewegungsfolge gestört? Symmetrische Gangstörung durch beeinträchtigte Koordination (Parkinson, Spastizität bei C. P.), Schwäche (Muskelkrankheiten) usw.

Jeder Mensch hat einen etwas anderen Gang. Manche symmetrische «Gangstörungen» sind nicht eigentlich pathologisch, sondern eher als *Normvarianten* aufzufassen (Einwärtsgang usw.).

Was man allgemein als *Hinken* bezeichnet sind *asymmetrische Gangstörungen.* Sie haben viele Ursachen und sehr viele Erscheinungsformen. Wie hinkt der Patient?

Hinken wird vom Patienten meist einer *Beinlängendifferenz* zugeschrieben. Ist dies der Fall, bewegt sich der Körper bei jedem Schritt etwas auf und ab, es entsteht eine Art Wellenbewegung. Trifft das zu? Längst nicht immer.

Schonhinken wegen Schmerzen ist sehr häufig: Das Bein wird möglichst wenig und möglichst *kurz* belastet (kurze Standphase) der Patient geht wie mit einem Dorn in der Fusssohle (vielleicht hat er tatsächlich eine Dornwarze).

Ein schmerzhaftes oder insuffizientes Gelenk wird reflektorisch *axial* belastet, d. h. es wird unter den Schwerpunkt gebracht. Der Patient neigt sich beim Gehen *auf die kranke* Seite.

Hinken wegen Gelenkversteifung wird nicht selten *übersehen,* z. B. bei Fussversteifung oder Hüftankylose. Das typische Gangbild wird aber vom guten Beobachter erkannt.

Stand- und Schwungfunktion sind für jedes Bein einzeln zu beobachten. Die beiden Phasen wechseln bei jedem Schritt (siehe auch I.A.8.2.2./3.). Die *Standbeinphase* ist wichtiger.

- *Standbein:* Trägt es überhaupt? Muss der Patient mit einem oder zwei Stöcken nachhelfen? Welchem Bein hilft der Stock? (Er wird im gleichen Rhythmus wie dieses vorgesetzt, meistens auf der Gegenseite.) Trendelenburg? Duchenne? (Siehe «Diagnostik des Hüftgelenkes», III.C.2.1.1.2., Abb. 485). Verkürzte Standphase? Dies ist ein sicheres Zeichen für eine Störung (Schmerzen, Insuffizienz). Berührt die Ferse den Boden auch in der Standphase nicht, also Spitzfuss?
- *Schwungbein:* Können das Bein, der Fuss, genügend angehoben werden? Steppergang? Hängefuss? Zirkumduktion und Steifhaltung, wie bei Hemiplegie?

Abheben des Fusses: Mit kräftigem Abstossen auf der Fussballe? (Triceps surae.)

Aufsetzen auf dem Boden: Mit Abrollen über die Ferse (Fuss- und Zehenheber) oder Aufsetzen der ganzen Fusssohle gleichzeitig, oder auf der Fussballe zuerst (Hängefuss)? Abrollen über die Aussenkante oder Abknicken nach medial? usw.

Wenn die Beobachtung der einzelnen Gangphasen wegen des raschen Wechsels etwas schwierig erscheint,so kann die *Betrachtung* des *Einbeinstandes* (als «eingefrorene» Gangphase) die Situation klären helfen.

- *Zehen- und Fersengang:* Damit werden die Aktion des Triceps surae bzw. der Fuss- und Zehenheber und gleichzeitig die Beweglichkeit des oberen Sprunggelenkes geprüft.
- *Treppensteigen* ist ein ausgezeichneter Funktionstest. Ist es alternierend möglich oder nur, indem immer das gleiche Bein vorausgeht und das andere nachgezogen wird? Welches wird nachgezogen?
  Welche Stufenhöhe überwindet das Bein?, als Schwung- und als Standbein? Zwei verschiedene Funktionen werden so gleichzeitig getestet. Treppauf geht das bessere Bein vor, das Kranke wird nachgezogen, treppab ist es umgekehrt. Stimmt es? Warum?

Aus der *Beobachtung allein* ergibt sich im allgemeinen schon ein ziemlich erschöpfendes Bild der vorliegenden Funktionsstörung (siehe Abb. 81 bis 88, I.A.8.2.).

Die einzelnen aus der einfachen Beobachtung gewonnenen Daten sind vielleicht nicht so exakt, wie man sie mit dem Winkelmass im Liegen nachmessen kann, aber sie haben den grossen Vorteil, dass sie *realistisch* und *praxisbezogen* sind.

Sie geben ein Bild vom Zustand der Funktionsstörung in ihrer *unmittelbaren Bedeutung für den Patienten.* Dieses Bild muss dem Therapieplan zugrunde liegen, wenn es um die Wiederherstellung einer für den Patienten brauchbaren Funktion geht.

Nach dem Vorstehenden erscheint vielleicht die Inspektion etwas lang. Sie ist es nicht. Tatsächlich spielt sie sich, routinemässig abgewikkelt, sehr schnell ab, in wenigen Minuten.

Beobachtung und Interpretation sind, bei einiger Übung, viel *raschere* Vorgänge als z.B. das Lesen, sei es eines Buches oder einer Krankengeschichte.

Erst jetzt soll «Hand an den Patienten gelegt werden».

2.1.3. *Manuelle Untersuchung*

Im Liegen, auf *harter, flacher* Unterlage:

- Lokalisieren des *Schmerzes;*
- Druckdolenz: Welche Gewebe sind empfindlich? Gelenk, Muskulatur, Skelett, Sehnenscheiden oder -ansatzstellen.
- Typische Schmerzpunkte, z.B. Tabatière, Proc. styloides, Epikondylus, Schultergelenk, Bewegungs- und Stauchungsschmerz usw.
- Hauttemperatur;
- Ödeme;
- Periphere Arterienpulse, v.a. am Bein: A. femoralis, A. poplitea, A. dorsalis pedis, A. tibialis;
- Schwellungen, Konsistenz, Abgrenzung, Beziehung zum Skelett;
- Gelenkerguss, Kapselverdickung;
- Zustand der Muskulatur: Tonus, Atrophie, Spastizität, Verkrampfung, Myogelosen (Myokinesigraphie, siehe I.A.8.3.);
- Palpation der *Gelenke* während der Bewegung: Reiben und Knarren «Schnapphänomen» bei kongenitaler Hüftluxation (siehe dort) usw.
- Palpation von *Sehnen* bei Bewegung: Das Schnellen bei Tendovaginitis stenosans von Daumen- und Langfingersehnen, des Tractus ileo-femoralis, und das Knirschen bei Tendovaginitis oder Peritendinitis (Tib. ant., Achillessehne) sind einwandfrei zu fühlen mit den Fingerspitzen;
- Prüfung der Frakturkonsolidation: Falsche Beweglichkeit, federnder Widerstand.

2.1.3.1. *Bewegungsprüfungen*

- *Prüfung des aktiven Bewegungsumfanges* aller Gelenke, gegen die Schwerkraft, gegen Widerstand: Schmerzhemmung, Lähmung, Sehnenruptur, Gelenkversteifung?

- *Passive Beweglichkeitsprüfung* der Gelenke: Bewegungsumfang in allen Bewegungsebenen: Schmerzhemmung? Kontraktur?

Die Bewegungsausschläge werden *gemessen* mit einem Winkelmesser (Goniometer) und notiert. Einzelne Messwerte haben keine allzu grosse Aussagekraft, weil die individuellen Unterschiede recht gross sind und es keine eigentlichen Normwerte gibt.

Zweck der Messungen ist der *Vergleich:*

1. Vergleichsmessungen zwischen symmetrischen Organen. Auch geringe Seitendifferenzen haben eine hohe Aussagekraft. Bei Arm- und Beinaffektionen müssen *immer beide Seiten* vergleichend untersucht werden.

2. Verlaufskontrollen: Vergleichende Messungen des gleichen Gelenkes in regelmässigen Zeitabständen geben ein genaues Bild des Krankheits- bzw. Heilungsverlaufes und ermöglichen eine gezielte Therapie. Voraussetzung dafür ist eine gute *Dokumentation.*

Genaue Messmethoden sind deshalb notwendig, obwohl man für die Diagnosestellung allein oft mit Schätzungen auskommen würde.

Besonders zu beachten ist die

- *Einschränkung der Beweglichkeit:* Schmerzhemmung, federnder Weichteilwiderstand, kapsuläre oder knöcherne Ankylose? Kontrakturen (Definition siehe II.12.2.1.).
- *Übermässige Beweglichkeit* (konstitutionell oder erworben), falsche Beweglichkeit: Luxation oder Subluxation (z. B. kongenitale Hüftluxation, Patella), seitliche Bewegungen bei Scharniergelenken (Aufklappbarkeit = Bandinsuffizienz bei Bandläsionen, auch z. B. bei Varusgonarthrose usw. (siehe auch am Kniegelenk, III.C.4.7.2. und III.C.4.10.3.1.; am oberen Sprunggelenk, III.C.6.1.6. und III.C.6.1.8.).

Wichtig ist besonders, ob die *Mittelstellung* («Funktionsstellung», II.12.2.4.1.) *erreicht* wird oder nicht, d. h. ob eine Kontraktur vorliegt, weil solche in der Regel Störungen der Funktion des *gesamten* Bewegungsapparates zur Folge haben (II.12.1.1. und II.12.6.).

2.1.3.2. *Gelenkmessungen*

- *Definitionen:*
- Flexion = Beugung;
- Extension = Streckung;
- Einzig am Fuss ist diese Bezeichnung nicht eindeutig, deshalb spricht man von
  - Plantarflexion (Senken der Fussspitze)
  - Dorsalextension (Heben der Fussspitze);
- Abduktion = Abspreizung von der Körpermittellinie;
- Adduktion = Zuspreizung zur Körpermittellinie;
- Aussenrotation = Auswärtsdrehung;
- Innenrotation = Innendrehung (Schulter, Hüfte);
- Supination = Umwendbewegung des Vorderarmes im Radioulnargelenk, resp. des Fusses im unteren Sprunggelenk, so dass die Handfläche nach oben, resp. die Fusssohle nach innen schaut;
- Pronation = gegensinnige Umwendbewegung: Handfläche nach unten, resp. lateraler Fussrand nach aussen oben.

Merkhilfe: Mit *supinierter* Hand hält man einen Teller *Suppe,* in *Pronation* ein Stück *Brot.* (Definitionen von Achsenabweichungen, siehe II.12.1.2.)

Gelenkmessungen können auf verschiedene Art gemacht und notiert werden. Hier wird die *«Neutral-0-Methode»* angegeben, die von der deutschen und der schweizerischen Gesellschaft für Orthopädie ausgearbeitet und empfohlen wurde. Diese Methode gestattet eine einfache und eindeutige Messung und Protokollierung.

- *Die Neutral-0-Methode:*
  Die Bewegungen jedes einzelnen Gelenkes werden von einer einheitlich definierten *Neutral-* oder *Nullstellung* aus gemessen. Diese entspricht einer *«anatomischen Normalstellung»,* d. h. der Stellung der Gelenke bei *aufrechtem geradem Stand* mit hängenden Armen.

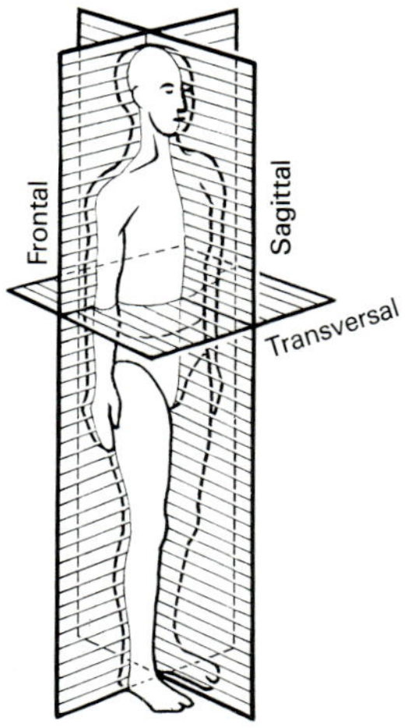

Abb. 106. Die *«Neutral- oder Null-Stellung»* (anatomische Normalstellung) als Ausgangsstellung für die Messung der Gelenkbeweglichkeit.

Sagittalebene: Flexion und Extension,
Frontalebene: Ab- und Adduktion,
Transversalebene: Rotation.

So sind etwa Knie und Hüften in Nullstellung gestreckt, während der Fuss rechtwinkling zur Tibiaschaftachse steht. Von dieser Stellung aus werden die Winkel der Bewegungsausschläge in jeder Bewegungsebene in beiden Richtungen gemessen, im oberen Sprunggelenk z. B. in der Sagittalebene in Dorsalextension und Plantarflexion (Abb. 106).

- Die *Notierung* ist am einfachsten nach der *Null-Durchgangsmethode.* Sie besteht aus der Legende und 3 Zahlen: Zuerst der eine Bewegungsausschlag, gemäss der Legende, dann beim Durchgang durch die Neutralposition die Null, normalerweise in der Mitte, und als dritte Zahl der Endausschlag auf der Gegenseite. Für ein normales Kniegelenk ergibt sich also etwa: Flexion: 140°, Nullstellung: 0°, Extension: 5°. Im Protokoll: Flex./Ext.: 140°/0°/5°.

Wird (bei einer Kontraktur) die Nullstellung nicht erreicht, so steht die Null nicht in der Mitte, sondern auf der Seite der Bewegungseinschränkung. Bei einem Knie mit einer Flexionskontraktur von 30° (Streckdefizit von 30°) also:

Flex./Ext.: 140°/30°/0°

was bedeutet: Flexion 140° bis Flexion 30°, Extensionsdefizit.

Im folgenden ist die *Messtechnik* mit Bezugspunkten, Gliedmassenachsen und dem *durchschnittlichen Bewegungsbereich* bei Erwachsenen für jedes Gelenk einzeln dargestellt und als Ergänzung dazu die *funktionelle Bedeutung der Gelenkbeweglichkeit* im einzelnen und ihres Ausfalles.

- *Die praktische Bedeutung des Bewegungsumfanges der einzelnen Gelenke und die tatsächliche Behinderung bei Bewegungseinschränkung:*

Die *Messung* der Gelenkbeweglichkeit hat etwas *Abstraktes* an sich, vor allem für den Patienten, aber auch für den Arzt. Um die Untersuchung etwas *praxisorientierter* zu gestalten, vor allem aber im Hinblick auf die *tatsächliche Behinderung* des Patienten (Gutachten!) und die *therapeutische Zielsetzung* (Physiotherapie, Operationen) ist es nützlich, *gleichzeitig* mit der *Winkelmessung* die *funktionellen Ausfälle* zu erfragen, festzustellen und zu notieren.

Hinweise dazu sind deshalb den Zeichnungen für die *einzelnen Gelenkmessungen beigegeben.*

- Für die *Bedeutung der Gelenkbewegung* siehe auch «Die Physiologie des Stehens und Gehens», I.A.8.2.
- Wesen und Auswirkung von *Kontrakturen* (Gelenkfehlstellungen) sind im Kapitel «Gelenkkontrakturen – Gelenkfehlstellungen – Ankylosen» (II.12.2.), beschrieben.
- Die beste *Stellung* für *versteifte Gelenke* (Ankylosen, Arthrodesen), d.h. die sog. *Funktionsstellung* ist in II.12.2.4.1. zu finden.

- *Bewegungsprüfung* (Abb. 107 – 115)

Bei allen Figuren sind *Grundstellung* sowie *physiologischer Bewegungsumfang* notiert. Dieser ist individuell stark variabel. Signifikant sind vor allem *Seitendifferenzen.*

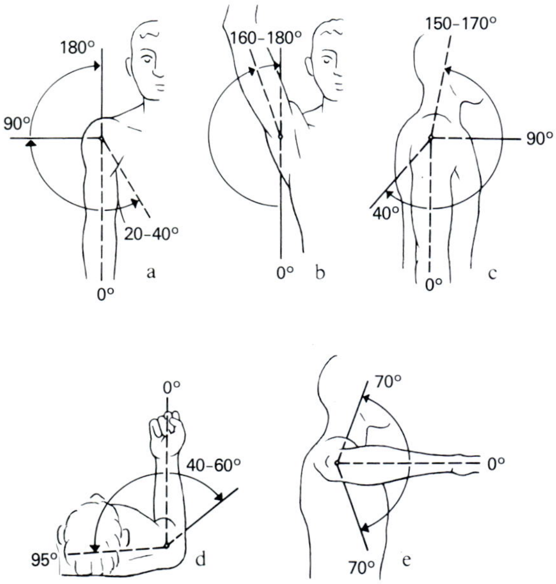

Abb. 107. *Schultergelenk.*

a Seitwärtsheben (Abduktion).
b Beim Armheben über die Horizontale dreht sich das *Schulterblatt* mit. Bei Bewegungseinschränkung im Schultergelenk selbst setzt diese Drehbewegung früher ein und ist viel ausgeprägter (siehe III.A.1.1.).
c Armheben vorwärts (Elevation). Auch hier dreht sich das Schulterblatt mit, je höher der Arm, desto mehr.
d Rotation bei angelegtem Ellbogen.
e Rotation bei abduziertem Arm.

Praktische Funktion des Schultergelenkes:

- *Armheben:* Kämmen (v.a. für Frauen sehr wichtig!), Gesichtspflege, essen. Erreichen hochgelegener Gegenstände (z.B. Küchentablare).
- *Aussenrotation:* Kämmen, Nackengriff (Körperpflege, Mantel anziehen, Knöpfe schliessen).
- *Innenrotation:* Rückengriff: Waschen, Knöpfe, Reissverschlüsse. Griff in die Hosentasche, Intimpflege (wer sich nach dem Stuhlgang nicht selbst säubern kann, ist praktisch pflegebedürftig).

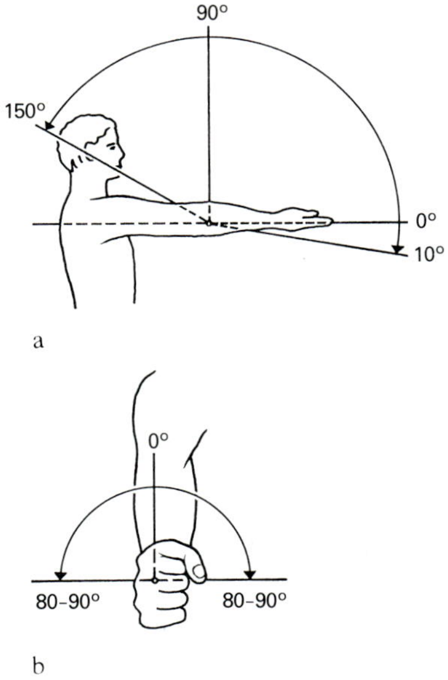

Abb. 108.

a *Ellbogen:* Flexion – Extension
b *Vorderarm:* Pronation – Supination (vgl. auch III.A.5.1.1.).

Praktische Funktion:

Ellbogen:
– *Extension:* Erreichen weiter entfernter Gegenstände.
– *Flexion:* Erreichen von Gesicht (Waschen) und Mund (Essen)

Vorderarm:
– *Pronation:* bequeme Arbeitshaltung: Fehlende Pronation muss durch seitliches Anheben des Ellbogens kompensiert werden, was ermüdend, unbequem und unschön ist.
– *Supination:* Tragen von Gegenständen auf der flachen Hand, Lasten heben, Untergriffe fassen (Schubladen), Fenstergriffe, Hahnen, Schraubverschlüsse öffnen und schliessen, Schrauben ein- und ausdrehen.

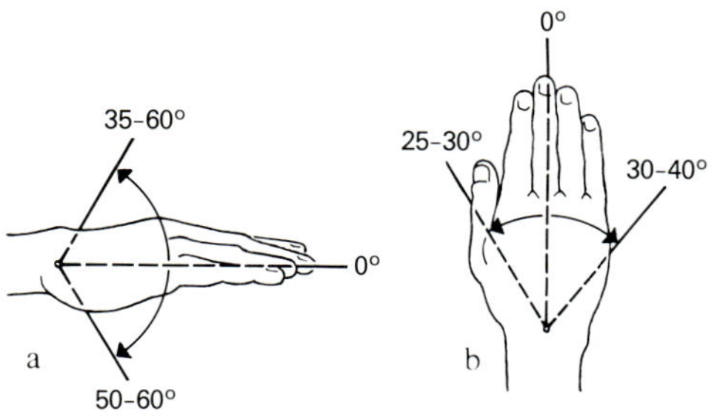

Abb. 109. *Handgelenk.*

a Flexion (palmar) – Extension (dorsal);
b Radialabduktion – Ulnarabduktion.

Praktische Funktion:

– *Dorsalextension:* notwendig für kraftvollen Faustschluss. Bei palmar gebeugtem Handgelenk haben die Finger keine Kraft.

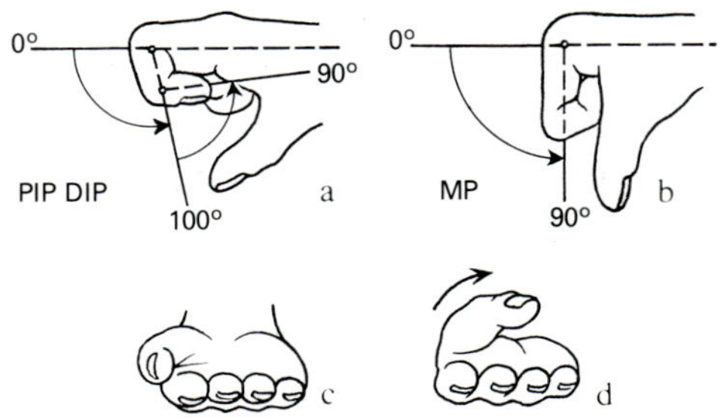

Abb. 110. *Finger:*

a *Flexion* im *distalen* (DIP) und im *proximalen Interphalangealgelenk* (PIP).
b *Flexion* im *Metakarpophalangealgelenk* (MP).

Daumen:

c und d *Opposition* des Daumens.

Praktische Funktionen:

Fingergrundgelenke:
– *Flexion:* alle Griffarten (Kraftgriff, Feingriff). Relativ schwierige tägliche Verrichtungen sind: Knöpfe schliessen, Schuhnestel binden usw.

Daumen:
– *Daumenabduktion und -opposition:* Kraft- und Spreizgriff. Grössere runde Gegenstände halten (Flaschen, Gläser). Dies sind nur einige besonders wichtige Bewegungen. Weiteres zur Funktion von Hand und Fingern siehe III.A.7.1.

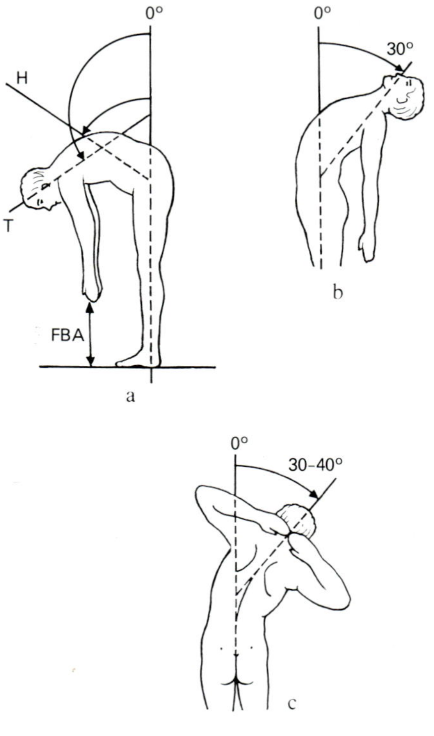

Abb. 112. *Hüftgelenk.*

a *Flexion – Extension.* Eine Flexionskontraktur kann kompensiert werden durch Hyperlordose und wird *leicht übersehen.* Bei der Untersuchung muss das Kreuz auf der Unterlage aufliegen. Gegebenenfalls muss man dies durch Flexion der *Gegenhüfte* erzwingen: siehe III.C.2.1. Abb. 486 (Thomasscher Handgriff).

b *Abduktion – Adduktion.* Wichtig ist die genaue *Markierung* der beiden *Spinae ilicae ant.* Ihre Verbindungslinie ist die *Grundlinie* der Messung. Täuschungen kommen leicht vor. Diese Winkel sollten genau gemessen werden wegen ihrer Beziehung zur funktionellen Beinlänge (siehe unten Abb. 117).

c *Innen-* und *Aussenrotation* bei *gebeugten* Hüften.

d Genauer und aussagekräftiger ist die *Rotationsmessung* bei *gestreckter* Hüfte in *Bauchlage.* Kleine Seitendifferenzen sind oft die *ersten Zeichen* eines Hüftleidens!

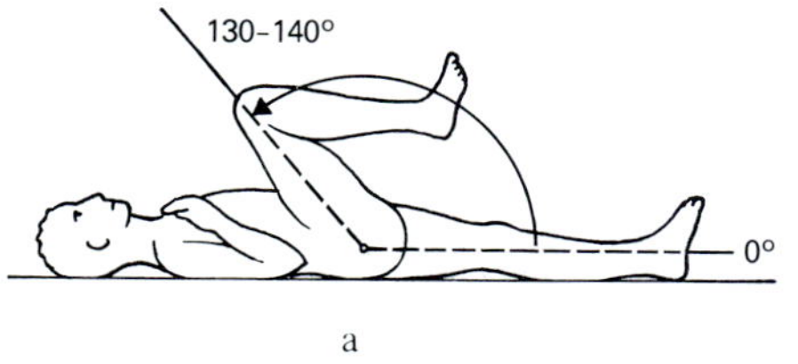

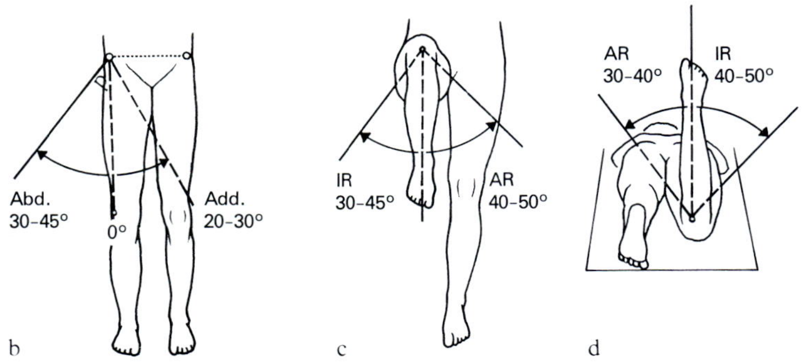

Praktische Funktion des Hüftbewegungsraumes:

– *Flexion:* Sitzen: auf niederen Sesseln kann nur sitzen, wer die Hüften gut flektieren kann. Je schlechter die Flexion, desto *höher* muss der Stuhl sein. Dabei muss der Kranke schräg und an der vorderen Kante sitzen (siehe Abb. 287). Sitzen auf der Toilette! (evtl. mit erhöhtem Ring!)
  Bücken, Kauern, Schuhe binden, Strümpfe anziehen, Pedicure (all dies hängt auch stark von der Wirbelsäulenbeweglichkeit ab).
– *Extension:* Aufrechtes Gehen ohne Vornüberneigen und/oder Hyperlordose.
– Abduktion: – Abspreizen: Für Frauen kann sich ein sexuelles (meist überwindbares) Problem stellen.
  Einschränkung der Abduktion macht im übrigen, ausser etwa beim Reiten, kaum Behinderungen.
– *Adduktion:* Einschränkung macht kaum Behinderung.
  Kontrakturen (Definition siehe II.12.2.1.) in Ab- oder Adduktion machen hingegen erhebliche Störungen: Die Beine erscheinen ungleich lang (funktionelle Beinlängendifferenzen, siehe S. 107 und S. 456). Beckenschiefstand und Skoliosen (siehe S. 287).
– *Aussenrotation:* Evtl. wichtig zum Schuhe binden und Strümpfe anziehen.
– *Innenrotation:* Stemmen beim Skifahren. Ausfall macht sonst wenig Behinderung.
  Ausfälle von Aussen- bzw. Innenrotation machen kaum Behinderungen.
  Kontrakturen in Aussen- bzw. Innenrotation machen beschwerlichen Auswärts- bzw. Einwärtsgang.

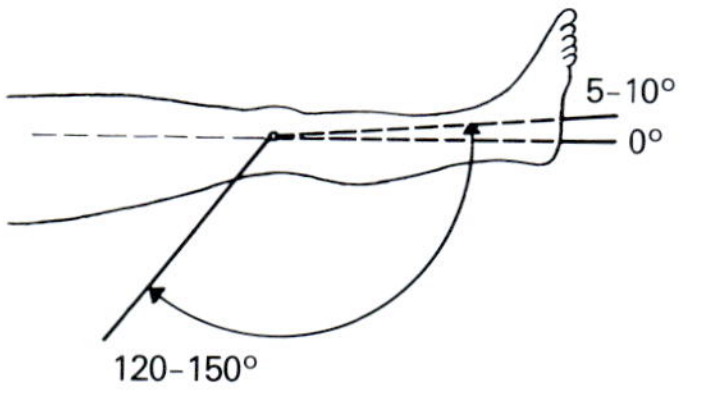

Abb. 113. *Knie: Flexion – Extension.*

Praktische Funktion:

– *Extension:* gerades Stehen mit gestreckten Knien (Stehen und Gehen mit gebeugtem Knie wirkt sich wie eine Beinverkürzung aus und ist beschwerlich).
– *Flexion:* zum bequemen Sitzen, vor allem bei engen Verhältnissen (Kino, Theater, Tram, Bus) sind wenigstens 90° nötig. Knien, kauern, Schuhe binden usw. brauchen in der Regel mehr (auch abhängig von Beweglichkeit der Wirbelsäule und der Hüfte). Zum bequemen Aufstehen aus dem Sitzen sind 100° – 110° notwendig.

◁ Abb. 111. *Wirbelsäule.*

a *Vorneigen* (Rumpfbeugen nach vorne). H: Hüftflexion. T: Totaler Bewegungsumfang. FBA: Finger-Boden-Abstand.

b Rückwärtsneigen.

c Neigen zur Seite.

Differenziertere Beweglichkeitsprüfung der Wirbelsäule siehe III.B.2.1.2.

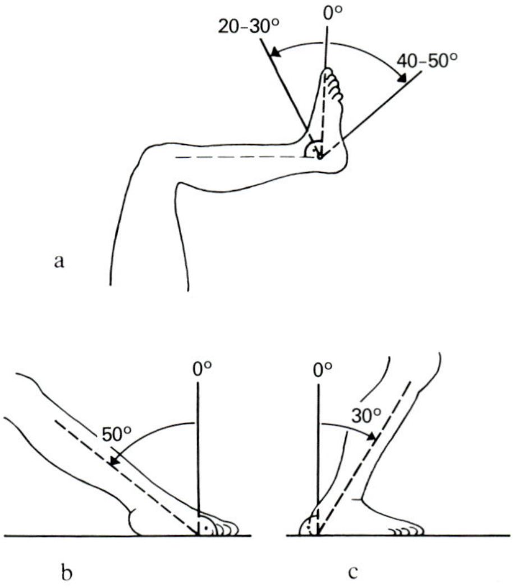

Abb. 114. *Oberes Sprunggelenk.*

a *Dorsalextension – Plantarflexion:* bei gebeugtem Kniegelenk zu prüfen, sonst spannt der Gastrocnemius.

b und c Genauer und der physiologischen Funktion besser entsprechend ist die Messung im *Stehen.*

Praktische Funktion:

- *Dorsalextension:* normales Auftreten und Abrollen, vor allem aufwärtsgehen, Treppen steigen.
- *Plantarflexion:* schnelles Laufen, Springen (abstossen), Zehenstand, Tragen von Schuhen mit hohen Absätzen.
- *Spitzfusskontraktur* siehe III.C.7.4.2.

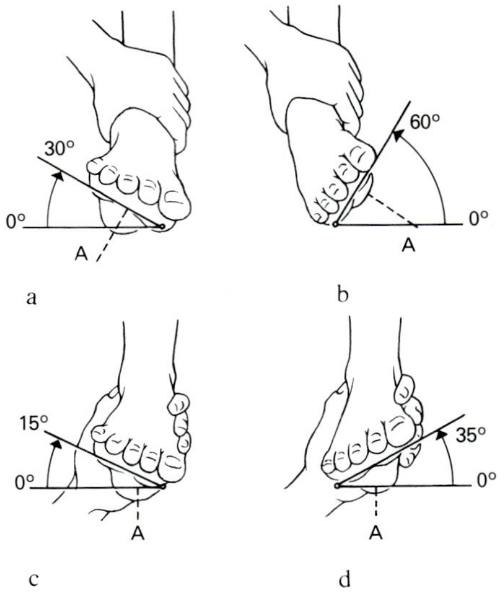

Abb. 115. *Unteres Sprunggelenk, Chopart, Lisfranc.*

Die Bewegungsachsen sind schräg und komplex, die Nomenklatur ist nicht einheitlich. Als *Pronation,* auch *Eversion* wird die Hebung des *äusseren,* als *Supination,* auch *Inversion,* die Hebung des *inneren* Fussrandes bezeichnet. Oft ist es wichtig, die Beweglichkeit des unteren Sprunggelenkes und jene des *Mittelfusses getrennt* zu beurteilen.

a und b: *Pronation* (Eversion) bzw. *Supination* (Inversion) im *Rückfuss,* zwischen Unterschenkel und Kalkaneus gemessen.

c und d: *Pronation* (Eversion) bzw. *Supination* (Inversion) im *Mittelfuss* (zwischen Ferse und Vorfuss) gemessen.

(A bezeichnet die senkrechte Achse des Kalkaneus.)

Praktische Funktion:

Gehen auf unebenem Boden, schräg zum Hang, Anpassung des Fusses an die Unterlage.

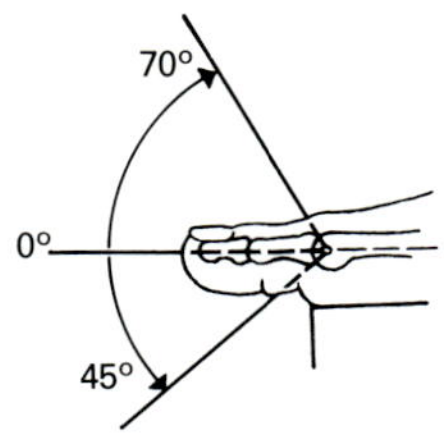

Abb. 116. *Zehenbeweglichkeit.*

Flexion – Extension. Wichtig in erster Linie für die Grosszehe.

Funktion: Die Zehen sollten mit Kraft gegen den Boden gepresst werden können. Sie helfen damit beim Abstossen.

Extension: Normales Abrollen und Zehenstand. In dieser Stellung am besten zu prüfen.

2.1.3.3. *Muskelprüfung*

Die *Kraft* jedes einzelnen Muskels kann *manuell geprüft,* geschätzt und nach einer Skala bewertet werden. Ein vollständiger *Muskelstatus* ist wichtig bei Lähmungen, z.B. Poliomyelitis, zur Kontrolle des Verlaufes und für die Planung von Muskeltransplantationen.

Skala der Muskelkraft:

0 = Keine Muskelaktion
1 = Spürbare Muskelaktion, ohne Wirkung
2 = Geringe Kraft, Bewegung nur bei aufgehobener Schwerkraft (Bewegungsebene horizontal)
3 = Aufheben des Gliedes gegen die Schwerkraft
4 = Kraft gegen Widerstand (Hand des Untersuchers)
5 = Volle Muskelkraft

Der Muskelstatus kann für jeden *Muskel* einzeln (was recht schwierig ist), oder, etwas einfacher, für jedes *Gelenk* gemacht werden, was in der Regel genügt. Er setzt gute anatomische und gelenkmechanische Kenntnisse voraus und ist eine ausgezeichnete Übung zum Studium des Bewegungsapparates. Er nimmt ziemlich viel Zeit in Anspruch. Physisotherapeuten sind geschult darin.

N.B. Die elektrische Muskelprüfung ersetzt den mechanischen Muskelstatus *nicht*, weil sie über die *Kraft* des Muskels nichts aussagt. Die Kraft des Faustschlusses kann mit einem *Dynamometer* objektiviert werden.

2.1.3.4. *Weitere Messungen*

1. *Grösse, evtl. Sitzhöhe (Wirbelsäule), Gewicht;*

2. *Längenmessung der unteren Extremitäten:* Distanz Spina iliaca ventralis – Malleolus internus. Von Bedeutung ist die *Differenz* zwischen links und rechts.
Voraussetzung für die Messung ist die symmetrische Lagerung der Beine (ein Beckenschiefstand verfälscht die Werte). Die Messmethode ist nicht sehr genau, auch wird die Fusshöhe dabei nicht berücksichtigt.
Besser ist die *Bestimmung der Beinlängendifferenz* im *Stehen* (siehe «Inspektion», I.B.2.1.2.2.), evtl. gesichert durch ein Röntgenbild: Becken ap. im Stehen (III.C.1.2.2.).
Funktionelle Beinlängendifferenz: Am liegenden Patienten wird gemessen ob und wieviel eine Fusssohle tiefer steht als die andere. Die funktionelle Beinlängendifferenz setzt sich zusammen aus der wahren Beinlängendifferenz und der durch einen Beckenschiefstand (irgend einer Genese) erzeugten, scheinbaren Längendifferenz. Sie ist die für den Patienten massgebende und funktionell wirksame Differenz. (Siehe auch Kapitel «Deformitäten»: II.12. und «Beinlängenunterschiede»: III.C.1.) (Abb. 117).

3. *Umfangmessungen*
Zur Bestimmung von
- Gelenksschwellungen
- Muskelatrophien
- Ödem.

Aussagekraft hat nur ein *Seitenunterschied* oder eine *Änderung* im *Laufe der Zeit.*
Die *Messniveaus* sollten standardisiert sein:
- Gelenkmitte (praktisch nur Knie)
- grösster Muskelumfang (Arm, Wade)
- 15 cm oberhalb des oberen Patellarandes
- kleinster Fesselumfang

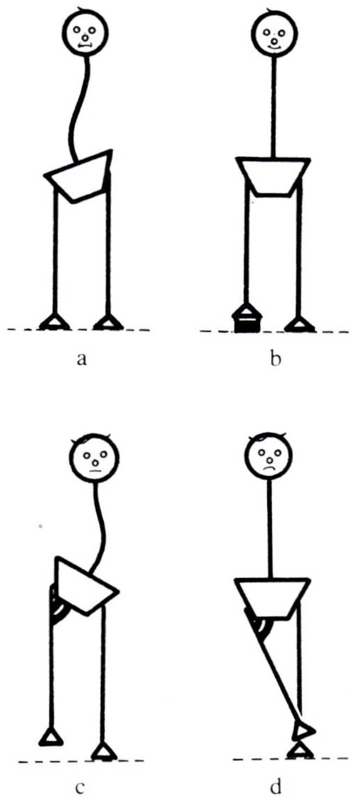

Abb. 117. *Echte und «funktionelle» Beinverkürzung.*
Obere Reihe: Echte Beinverkürzung.
Untere Reihe: «Funktionelle» Beinverkürzung.
Links: Der Aspekt im Stehen ist bei beiden Zuständen gleich: Beckenschiefstand.
Rechts: Beim Versuch, den Beckenschiefstand auszugleichen, erscheint die wahre Natur der Asymmetrie.

a *Echte Beinverkürzung:* Im Stehen erscheinen beide Beine gleich lang, die Verkürzung rechts ist durch Beckenschiefstand und skoliotische Haltung ausgeglichen.
b Nach Ausgleich des Beckenschiefstandes durch Unterlegen von Brettchen, oder im Liegen, erscheint die echte Beinverkürzung.
c *«Funktionelle Beinverkürzung»:* Das rechte Bein erscheint im Stehen kürzer, der Patient kann nicht bequem auf beiden Beinen stehen, Beckenschiefstand.
d Der Beckenschiefstand kann im Stehen *nicht* ausgeglichen werden, da die Ursache der Verkürzung eine *Kontraktur* (hier eine Adduktionskontraktur der Hüfte) ist. Der Beckenschiefstand kann nur im Liegen korrigiert werden durch Adduktion des Beines. Tatsächlich sind die Beine gleich lang, aber «funktionieren», wie wenn sie ungleich lang wären.

4. *Messung von Achsenabweichungen*
Definitionen und Beschreibungen der Achsenabweichungen siehe im Kapitel «Deformitäten»: II.12.1.2. und Abb. 118.
Analog der Gelenkmessung werden Achsenabweichungen der Gliedmassen (Knochen und Gelenke) mit dem Winkelmass (Goniometer) gemessen.

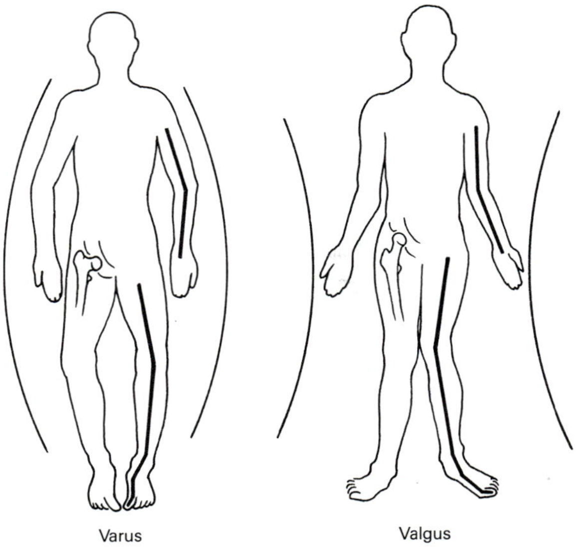

Abb. 118. *Achsenabweichungen in der Frontalebene.*

Varus bezeichnet Achsenabweichungen, die zur Körperachse *konkav* sind: Arm, Ellbogen, Hüfte, Bein, Knie, Unterschenkel, Fuss und Zehen.

Valgus bezeichnet die gegensinnige, zur Körperachse *konvexe* Deformität.

Am wichtigsten ist die *Beinachse in der Frontalebene:* Normalerweise liegen die *drei grossen Gelenke* (Hüft-, Knie-, oberes Sprunggelenk) *auf einer Geraden* (Mikuliczsche Linie).

Liegen die Beine nebeneinander, so berühren sich Knie und Innenknöchel.

Bei einem *Genu varum* (O-Bein) wird der *Kniekondylenabstand* in cm gemessen, bei einem *Genu valgum* (X-Bein) der *Malleolenabstand.* Sie geben ein Mass für die Schwere der Deformität (Abb. 119).

2.1.3.5. *Auskultation*

Hören kann man Frakturkrepitus, arteriovenöse Aneurysmen, Gelenkgeräusche (Reiben, Knacken, Schnappen. Grobes Knacken kommt auch in normalen Gelenken vor).

2.1.3.6. *Neurologische Untersuchung*

Der Bewegungsapparat hat enge Beziehungen zum Nervensystem. Neurologische Affektionen haben fast immer Störungen des Bewegungsapparates zur Folge, häufig auch umgekehrt:
- Zentrale Koordination des Bewegungsapparates durch ZNS;
- Rückenmark (bei Wirbelsäulenaffektionen);
- periphere Innervation (bei Extremitätenaffektionen).

Eine neurologische Untersuchung gehört in der Regel zur Untersuchung des Bewegungsapparates.

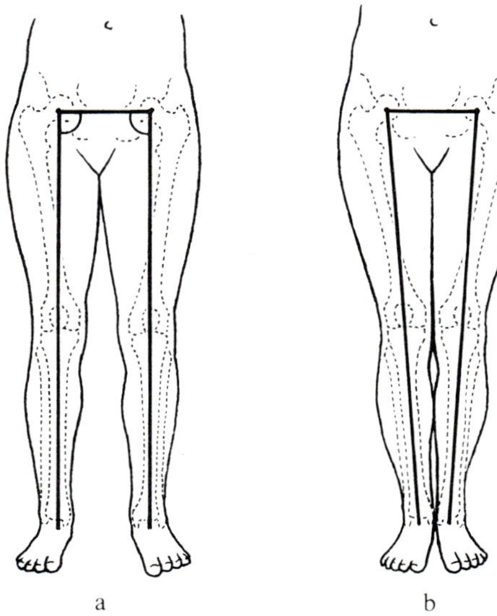

Abb. 119.

a Die *drei grossen Gelenke* des Beines: Hüfte, Knie, oberes Sprunggelenk, liegen *auf einer Geraden* (sog. Mikuliczsche Linie).

b Die Beine sind gerade, wenn sich Knie und Innenknöchel gleichzeitig berühren (im Stehen und im Liegen zu prüfen).

2.1.4. *Funktionelle Untersuchung des Bewegungsapparates*

Die bis hier beschriebenen Techniken sind zusammenhangslose Einzeluntersuchungen und geben noch keinen Überblick über die *Leistungsfähigkeit* des Bewegungsapparates als Ganzes und seine praktische Bedeutung für den Patienten. Zu Beginn des Diagnosekapitels wurde die Wichtigkeit der *Funktionsdiagnose* hervorgehoben (siehe I.B.1.1.1.).

Im folgenden wird versucht, einen *systematischen Untersuchungsgang der Leistung des Bewegungsapparates zu geben.* Er stützt sich vorwiegend auf die Befragung von Patient und Drittpersonen, teilweise auch auf direkte Beobachtung (vgl. Abb. 120).

Der Bewegungsapparat, das «animalische System», ermöglicht die Haltung und Fortbewegung des Körpers sowie *jede Arbeit* und *spezifisch menschliche Tätigkeit,* im Gegensatz zum «vegetativen System», den inneren Organen, die aus-

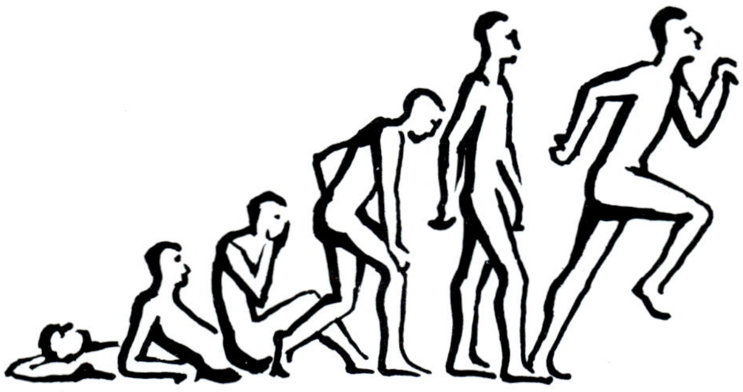

Abb. 120. *Die Leistung des Bewegungsapparates.*

Mit Hilfe seines Bewegungsapparates erlangt der Mensch Freiheit und Unabhängigkeit. Zwischen hilfloser Bettlägerigkeit und sportlichen Höchstleistungen liegt ein weiter Weg. Jeder Schritt auf diesem Weg bedeutet für den Patienten einen Gewinn, jeder Schritt zurück einen schweren Verlust.

Orthopädische Diagnostik und Therapie, sollen sie dem behinderten Menschen echte Hilfe sein, müssen den Patienten auf diesem Weg Schritt für Schritt begleiten, d.h. die praktische Leistung seines Bewegungsapparates, seine Behinderung, seine Probleme erfassen, in Ergänzung zur Pathologie.

schliesslich der Erhaltung und Reproduktion der lebendigen Substanz dienen.

Die folgende Aufstellung unterscheidet *verschiedene Leistungsstufen,* von denen eine die nächste voraussetzt in hierarchischer Ordnung. Für den Menschen bedeuten sie zunehmende Freiheitsgrade, d.h. wachsende *Unabhängigkeit von seiner Umwelt.* Ihr negatives Korrelat sind *Invalidität* und *Hilflosigkeit.* Dieser Betrachtungsweise kommt grosse praktische Bedeutung zu bei der Beurteilung und beim Aufstellen eines Behandlungsplanes (siehe I.C.2.2.), für die Rehabilitation (siehe I.C.1.1.2.) und soziale Wiedereingliederung (siehe etwa die Fragebogen von Invalidenversicherungen, welche nach diesem Schema aufgebaut sind) (Tab. 6).

Tab. 6. Die Leistungen des Bewegungsapparates.

1. *Unmittelbare Erhaltung des Lebens*
   - Atmung
2. *Erhaltung der Eutrophik des Körpers*
   - Verdauung (Bauchdeckenmuskulatur);
   - Gewichtsregulation (ohne Bewegung entsteht Übergewicht);
   - Normale Trophik der Extremitäten:
     Ohne Bewegung entstehen Zirkulationsstörungen, Venenstauungen, Ödeme, Osteoporose, Muskelatrophie, Gelenkversteifungen, Kontrakturen, Druckstellen → Dekubitalulzera.
3. *Unabhängigkeit von Spitalpflege* (z.B. für ein Leben im Altersheim, in Pensionen, Anstalten mit Pflegepersonal, in Haushalten bei denen eine ungelernte Person zur Pflege zur Verfügung steht).
   Die notwendigsten Körperbewegungen um sich selbständig bewegen zu können sind:
   - Drehen im Bett vom Rücken auf den Bauch und zurück;
   - Sitzen und sich aufsetzen (Toilette, Sessel);
   - Stehen und Aufstehen;
   - evtl. sich aus dem Bett in den Rollwagen setzen und zurück ins Bett begeben;
   - evtl. Rollwagen betätigen;
   - Aufstehen aus dem Bett und wieder hinlegen ins Bett;
   - Gehen (evtl. mit Hilfe von Handstock oder Krückstöken);
   - Schwelle überwinden, Stufen und Treppen steigen, treppab gehen.
4. *Die notwendigsten Verrichtungen um ohne Pflegehilfe auszukommen* (z.B. in Altersheimen, Pensionen, in Hausgemeinschaften mit Berufstätigen, Familien):
   - selbständig essen: (Hand zum Mund führen, Fleisch zerkleinern, Löffel halten);
   - Toilette selbständig besorgen: Selbständig sich zur Toilette begeben und dort sitzen, urinieren, defäcieren, anschliessend Körperreinigung;
   - sich selbst waschen (alle Körperteile), Nagelpflege (Füsse mit den Händen erreichen), Haare kämmen (mit den Händen den Scheitel erreichen), (evtl. Bad nehmen, in die Badewanne einsteigen, evtl. duschen stattdessen);
   - sich selbst anziehen, bes. Strümpfe und Schuhe (Füsse mit den Händen erreichen, evtl. ankleiden, Schuhe binden und Kragenknopf schliessen: braucht in der Regel *beide* Hände (Test!);
   - Tritte steigen (öffentliche Verkehrsmittel);
   - Evtl. ins Auto steigen, Platz nehmen und aus dem Auto steigen.
5. *Vollständige (ausser finanzielle) Unabhängigkeit von Hilfspersonen* (Leben in eigener Wohnung evtl. mit zeitweiliger Haushaltshilfe):
   - wenn nötig Treppen steigen;
   - ausser Haus gehen zum Einkaufen: Trottoirschwellen steigen, Strasse überqueren, wenigstens eine Hand frei haben um Lebensmittel zu tragen;
   - Haushalt besorgen: Kochen (Hände frei haben von Stökken), schwerere Gegenstände halten, heben und tragen, sich bücken. Betten machen: sich bücken. Putzen, sich bücken, knien. Evtl. Waschen, schwerere, anstrengende Arbeit. Eine gewisse Handfertigkeit (schreiben).
6. *Vollständige, auch finanzielle Unabhängigkeit:* Setzt eine gewisse Arbeitsfähigkeit voraus: Weitgehend abhängig von Vorbildung und Bildungsfähigkeit, aber in der Regel ist der Gebrauch von Händen und Armen Vorbedingung. Verhältnismässig selten stellt sich das Problem der Eingliederung wegen vollständiger Gebrauchsunfähigkeit oder Verlust eines Armes oder einer Hand, da Einhänder oft überaus geschickt sind. Evtl. sitzende Arbeit bei Gebrauchsbehinderung der Beine, evtl. besondere, leichtere, der Behinderung speziell angepasste Arbeit. Ein besonders schwieriges Problem ist die Eingliederung Invalider mit Rückenbeschwerden.
7. *Besondere Leistungen,* die über die Erhaltung des Existenzminimums hinausgehen:
   - *Handfertigkeit:* Handwerk, hochqualifizierte Handarbeit, Schreibmaschine, Instrumente (Klavier, Violine), Feinmechanik usw.
   - *Kraftleistungen:* Schwerarbeit, Lasten heben, tragen;
     Sport (Laufen, Leichtathletik, Bergsteigen, Skifahren, Spitzensport), Artistik.
     Solche Spitzenleistungen haben für viele Menschen grosse, oft existentielle Bedeutung. Manchmal ist der Orthopäde in der Lage, ihnen dazu zu helfen.

2.2 Röntgenuntersuchung

Das Röntgenbild gibt eine sehr feine Darstellung vor allem der *Knochenstrukturen.* Es ist für die Beurteilung des Bewegungsapparates von erstrangiger Bedeutung.

Es eignet sich besonders für die
- Dokumentation und für
- Verlaufskontrollen.

Nicht jedes Röntgenbild zeigt, was es sollte. Man darf sich nicht scheuen, wirklich *gute Bilder* zu verlangen, welche hinsichtlich
- Ausschnitt
- Strahlengang
- Exposition und
- Schärfe

in Ordnung sind, und ungenügende neu anfertigen zu lassen. Die Gefahr, etwas zu übersehen oder falsch zu interpretieren wäre zu gross.

Allerdings sollten *alle* Bilder kontrolliert werden, sonst kann es vorkommen, dass die Röntgenassistentin aus Angst vor Tadel sich angewöhnt, immer mehrere Aufnahmen zu schiessen, bis sie ein einwandfreies Bild hat, und die «Versuche» unbesehen wegzuwerfen. Schon aus Gründen des Strahlenschutzes ist dies unzweckmässig.

Bei der *Beurteilung* von Röntgenbildern muss man sich ständig vergegenwärtigen, dass es nur *Schatten* dreidimensionaler Strukturen sind. Es ist aus einem einzigen Bild nicht ersichtlich, ob einzelne abgebildete Elemente vorne oder hinten liegen und ob sie Beziehungen zueinander haben oder nicht, vielleicht in verschiedenen Ebenen liegen und nur übereinander projiziert sind. Übereinanderprojektion kann auch Knochendichte vortäuschen. Bei Frakturen ist die Interpretation oft nicht einfach.

Um die räumlichen Verhältnisse abzuklären muss wenigstens *ein zweites Röntgenbild* gemacht werden, üblicherweise *im rechten Winkel* zum ersten: *Standardaufnahmen in zwei Ebenen.*

2.2.1.1. *Standardaufnahmen*
- *ap (anterioposteriore* Richtung) und
- *seitliche* (bei Schulter und Hüfte: axial)

Manchmal ist auch eine Aufnahme mit nur *wenig verändertem* Strahlengang besonders aufschlussreich: Die auf dem ersten Bild sichtbaren Strukturen sind noch erkennbar, aus ihrer Verschiebung kann abgelesen werden, in welcher Ebene sie liegen.

2.2.1.2. *Weitere Aufnahmen*
mit anderem Strahlengang sind in manchen Fällen notwendig:
- *axial*
  - bei Schulter und Hüfte statt Seitenbild
  - Patella
  - Calcaneus
- *schräg* (45°)
  - Halswirbelsäule
  - Lumbalwirbelsäule
  - Handgelenk (Naviculare)
  - Vorfuss
- *anderer Strahlengang:* bei manchen Gelenken können damit besondere Einzelheiten erfasst werden:
  - *Schulter:* ap-Aufnahmen bei Innen- bzw. Aussenrotation (sog. «Schwedenstatus»);
  - *Lumbosakralgrenze, Ileosakralgrenze:* ap-Aufnahme mit nach hinten gekipptem Becken (Teschendorff, Barsony);
  - *Becken:* schräge Aufnahmen bei Pfannenfrakturen;
  - *Hüften:* axiale nach Lauenstein, Antetorsionsaufnahme nach Dunn (siehe III.C.2.4.4.);
  - *Knie:* schräge Aufnahmen bei Tibiakopffrakturen;
  - *oberes Sprunggelenk:* ap-Aufnahmen mit Innenrotation 10° zur Darstellung des fibularen Gelenkspaltes;
  - *unteres Sprunggelenk:* schräg, gezielt in den Gelenkspalt;
  - *Zehen:* Sesambeine axial.

Die *Technik der orthopädischen Röntgenuntersuchung* ist in der Spezialliteratur beschrieben, z. B. in: Hafner/Meuli: «Die Röntgenuntersuchung in der Orthopädie».

Symmetrische Aufnahmen der gesunden Gegenseite zum Vergleich sind in unklaren Fällen zweckmässig. So sind etwa die Röntgenbilder von Gelenkfrakturen im Wachstumsalter manchmal schwierig zu interpretieren wegen der Knochenfugen und Ossifikationskerne. Vergleichsaufnahmen der Gegenseite zeigen die normalen Verhältnisse im entsprechenden Alter (siehe Abb. 323). Auch Befunde, von welchen man nicht weiss, ob sie eine pathologische Bedeutung haben, lassen sich auf diese Weise klären.

Für die Beurteilung dichter Knochenstrukturen (Kortikalis) müssen die Aufnahmen *hart* sein. Für die Darstellung der Weichteilschatten (Gelenkkapsel, Sehnen, Muskulatur, Schwellungen) sind besonders *weiche* Bilder notwendig (Weichteilaufnahmen).

2.2.2. *Beurteilung*

Die Beurteilung der Röntgenbilder des Bewegungsapparates ist zu wichtig, als dass sie den Röntgenologen allein überlassen werden sollte. Der Orthopäde muss die Bilder *selbst* lesen und interpretieren. Nur er kennt alle Begleitumstände genau, und ohne diese werden leicht falsche Schlüsse gezogen.

Die Betrachtung des Röntgenbildes ist eine *erweiterte Inspektion* des Patienten.

Folgende Punkte sind zu beachten:

2.2.2.1. *Allgemeine Knochendichte*

Aus Erfahrung weiss man, wie sie in jedem Alter etwa sein soll. *Generalisierte Osteoporose* ist häufig, doch lässt sie sich auf dem Röntgenbild nur schätzen, nicht genau bestimmen. Je nach Exposition und Entwicklung ist ein Bild hell oder dunkel. Man darf das nicht mit verschiedener Knochendichte verwechseln. Diese erkennt man am Kontrast und an der Struktur:

Die *Feinstruktur* von Kortikalis und Spongiosa, zusammen mit der äusseren Form, ist ein treues Abbild der Beanspruchung des Knochens. Die Anordnung der Struktur entspricht dem Kraftfluss. Dies gibt dem Bild eine gewisse Harmonie. Ist diese irgendwo gestört, so ist dort sicher auch eine Störung am Bewegungsapparat vorhanden (vgl. etwa Abb. 181, 182 und 199).

2.2.2.2. *Lokalisierte, umschriebene Veränderung der Knochendichte*

- Porose, Osteolyse oder
- Sklerose

Es sind sehr feine Zeichen, nach denen man suchen muss. Sie zeigen den lokalen Knochenumbau als Reaktion auf irgendwelche Störungen (siehe «Reaktion des Knochengewebes», I.A.2.5.).

- *Lokale Porose* bei Entzündungen, nach Verletzungen, *Osteolyse* bei Tumoren, Metastasen usw. (vgl. Abb. 227);
- *Lokale Sklerose* als Ausdruck der funktionellen Anpassung, der Frakturheilung (Kallus), reaktive Pseudarthrose, subchondral bei Arthrosen, aber auch bei Stauchungsbrüchen, Knochennekrosen, reaktiv bei bestimmten Entzündungen, einigen Systemkrankheiten, osteoplastische Tumormetastasen (vgl. Abb. 226).

Knochenschatten sind *strukturiert*, andere Verkalkungen eher *verwaschen*, schummerig gezeichnet (Abb. 568).

2.2.2.3. *Umrisszeichnung der Knochen*

Form (Deformität), Unterbrüche (Frakturen, Osteolysen), Unregelmässigkeiten, Aufhellungen, Exostosen, Osteophyten.

- *Gelenke:* Stellung der beiden Gelenkteile zueinander (Luxation, Subluxation), Weite des sog. «Gelenkspaltes» (besser: Dicke des Gelenkknorpels): zu eng z. B. bei Arthrose, zu weit z. B. bei Perthes, Subluxation, Bandinsuffizienz.
- *Knorpelige Epiphysenfuge:* Reifestadium? Verbreiterung bei Epiphysenlösung.
- *Weichteilschatten:* Gelenkschwellung, Erguss, Muskel, Sehnen, Verkalkung, freie Gelenkkörper sind auf weichen (schwach exponierten) Aufnahmen oft gut zu erkennen.

2.2.2.4. *Messungen an Röntgenbildern*

Winkelmessungen an standardisierten Röntgenbildern werden vor allem gebraucht in der Diagnostik der

- Wirbelsäule (Skoliosen, siehe III.B.8.3.2.2.), des
- Hüftgelenkes (Röntgenischiometrie, siehe III.C.2.1.), des
- Kniegelenkes (Achsenfehler, siehe III.C.4.6.) und des
- Fusses (Winkel zwischen Tibia und Kalkaneus, siehe III.C.7.3.1.), sowie in der
- Frakturbehandlung zur Stellungskontrolle.

Diese Messungen dienen vor allem auch der *Planung* der Therapie, insbesondere vor *Operationen.*

Zur *Bestimmung des Skelettalters* wird eine Handaufnahme ap gemacht und die Entwicklung der Ossifikation verglichen mit Standardaufnahmen (z. B. Atlas von Pyle und Greulich, vgl. III.C.1.3.2.1.).

- Eine *Photographie* ist in vielen Fällen ein *ausgezeichnetes Dokument,* v. a. für *Verlaufskontrollen,* bei *Deformitäten* usw. Sie ist manchmal *aussagekräftiger* als ein Röntgenbild (siehe Abb. in II.8.1.). Von Photographien wird im allgemeinen *zu wenig* Gebrauch gemacht!

2.2.3. *Grundsätzliches zur apparativen Diagnostik*

Falls die bis hierher beschriebenen einfachen diagnostischen Methoden sinnvoll angewandt und ausgeschöpft werden, ist es *in den meisten Fällen möglich, eine Diagnose zu stellen* und *eine gezielte Therapie durchzuführen.* Was in den folgenden Abschnitten an diagnostischen Möglichkeiten aufgeführt wird ist keineswegs obligat und in sehr vielen Fällen entbehrlich. Diese Feststellung scheint nicht überflüssig zu sein in einer Zeit, da die «Kostenexplosion» in der Medizin nicht nur Experten und Politiker, sondern die gesamte Öffentlichkeit beschäftigt.

Der bis hierher beschriebene diagnostische Aufwand bestand – ausser den üblichen Standardröntgenaufnahmen – fast ausschliesslich in *persönlicher Arbeit des Arztes* (Anamnese, klinische Untersuchung und Beurteilung) mit entsprechend geringen Kosten. Was an weiteren Untersuchungen jetzt noch folgen kann, sind grossteils technisch *aufwendige*, unverhältnismässig viel *teurere* Methoden (Serien von Röntgenbildern, wie sie für Tomographien, Kontrastmitteluntersuchungen, besonders Arteriographien erforderlich sind, Szintigramme, kompliziertere Laboruntersuchungen usw.).

Wenn wir als Ärzte nicht in eine immer grössere finanzielle Abhängigkeit kommen wollen, so ist es sicher vernünftig, sich bei allen diesen Hilfsuntersuchungen die *Frage* vorzulegen, *ob sie tatsächlich* für Beurteilung und Behandlung *notwendig* sind, ob der *Aufwand* mit den *therapeutischen Konsequenzen* in einem *vertretbaren Verhältnis* steht.

Die Frage ist umso eher berechtigt, als die bisher beschriebenen Untersuchungsmethoden für den Patienten völlig *ungefährlich* und *schmerzlos* sind, was bei den noch folgenden *nicht immer* zutrifft.

Orthopädische Diagnostik ist immer noch ärztliche Kunst und kommt nicht aus der Diagnosemaschinerie. Zu dieser Kunst gehört es auch, mit einfachsten Mitteln zu einer Diagnose zu gelangen und die Hilfsuntersuchungen sparsam und gezielt dort einzusetzen, wo sie tatsächlich Informationen bringen können, mit welchen man dem Patienten weiter helfen kann.

Für die in Ausbildung stehenden Spezialärzte empfiehlt es sich, dies frühzeitig zu lernen, da ihnen als niedergelassene Ärzte später nicht mehr der enorme diagnostische Apparat des Spitals zur Verfügung steht.

Unter den genannten Einschränkungen können die folgenden zusätzlichen Untersuchungsmethoden ausgezeichnete Hilfsmittel sein. Voraussetzung ist allerdings, dass sie nicht nur durchgeführt und der Dokumentation beigefügt, sondern *richtig interpretiert* werden. Dazu gehört viel Wissen und Erfahrung. Ohne diese sind die Untersuchungen wertlos, wenn nicht irreführend.

2.2.4 *Zusätzliche Röntgenuntersuchungen*

2.2.4.1. *Gezielte Aufnahmen* sind in manchen Fällen wertvoll: Unter Durchleuchtungskontrolle (Bildverstärker) wird der Strahlengang genau festgelegt, wenn er anders schwierig einzustellen ist oder wenn bestimmte Strukturen herausprojiziert werden sollen.

2.2.4.2. *Funktionsaufnahmen*

Die (normale oder falsche) Beweglichkeit eines Gelenkes kann röntgenologisch objektiviert werden, indem das Gelenk in beiden Endstellungen geröntgt wird (gebräuchlich vor allem bei der Hals- und Lendenwirbelsäule, siehe III.B.2.1.3.). Beurteilt wird die Stellung der beiden knöchernen Gelenksanteile bzw. Wirbel gegeneinander.

Bei *Scharniergelenken* wird der *Schluss der Gelenkbänder* geprüft mit *gehaltenen Aufnahmen:*

- Kniegelenk
- oberes Sprunggelenk

Von Hand wird das Gelenk kräftig in Varus-, resp. in Valgusstellung gedrängt, *«aufgeklappt»*. Die Erweiterung des Gelenkspaltes auf dem Röntgenbild, die «Aufklappbarkeit», gibt ein Mass für eine Bandinsuffizienz. (Siehe Abb. 607 und 615.)

2.2.4.3. *Tomographien (Schichtaufnahmen)*

Die Projektion grösserer Skeletteile übereinander verdeckt leicht kleinere Befunde, wie z. B. Osteolyseherde in der Spongiosa (Wirbelkörper, grössere Gelenke), Knochendefekte in der Kortikalis, Sequester, Pseudarthrosespalten usw.

Die Tomographie erlaubt die scharfe Abbildung einer bestimmten horizontalen Ebene, was davor und dahinter liegt wird verwaschen. Die Schichtaufnahmen folgen sich im allgemeinen im Abstand von ½ cm (siehe Abb. 464b).

- Die *Computertomographie* hat sich bisher vor allem für die Lokalisierung von Weichteile-verdrängenden Prozessen als nützlich erwiesen (siehe Abb. 461).

2.2.4.4. *Kontrastmitteluntersuchungen* welche für die Orthopädie Bedeutung haben:

1) *Arthrographien* sind möglich am

- *Knie:* Darstellung von *Meniskus*verletzungen (siehe III.C.4.1.);
- *Schulter:* Kapseldarstellung, Nachweis eines Rotatorenmanschettenrisses (siehe III.A.2.2.2.);
- *Hüfte:* bei Kindern mit kongenitaler Hüftgelenksluxation zur genaueren Abklärung (siehe

III.C.2.5.), bei Erwachsenen z. B. um die Lockerung einer Endoprothese nachzuweisen;
- selten Handgelenk, oberes Sprunggelenk.

2) *Fistelfüllungen* zur Darstellung von Fistelgängen, Abszesshöhlen, Sequestern. Es ist eine einfache und für die Planung von Operationen bei Knocheninfekten nützliche Untersuchungsmethode.

3) *Myelographie:* Diskushernie, Tumoren, siehe III.B.10.5.1.

4) *Arteriographie:* vor allem in der Traumatologie.

5) *Venographie,* evtl. Lymphographie (Ödem).

2.2.5. *Skelettszintigraphie*

Während das Röntgenbild die *Morphologie* des Skelettes wiedergibt, kann die Szintigraphie den *Knochenumbau* darstellen. Die Einlagerung der radioaktiven Isotope bestimmter Elemente, wie Strontium (Sr), Technetium (Tc) geht parallel zum *Kalziumstoffwechsel* im Knochen, also zur Mineralisation, zum *Knochenumbau.* Die Radioaktivität kann aufgezeichnet (Szintigraphie) oder gemessen werden (Szintimetrie).

Die Lokalisierung der Umbauprozesse ist recht genau. Sie muss mit dem Röntgenbild korreliert werden. Es entstehen eindrucksvolle farbige Bilder, auf welchen die «heissen» Umbauzonen schön erkennbar sind.

Die Szintigraphie zeigt *alle Prozesse* an, mit welchen ein *vermehrter Knochenumbau* einhergeht. Sie ist also brauchbar für die Diagnose solcher Prozesse: Tumoren, Tumormetastasen, Entzündungen im Knochenbereich, Umbauvorgänge nach frischen Frakturen (Wirbelsäule), biologisch aktive Pseudarthrosen, Arthrosen usw. Eine *Differenzierung* gestattet sie *nicht* (vgl. Abb. 17).

Die Szintigraphie ist *keine* Alternativuntersuchung zum Röntgenbild sondern eine *Ergänzung.*

Die Szintigraphie als Ganzkörperszintigraphie eignet sich z. B. zur *Herdsuche* besser als das Röntgenbild, ebenso für die Beurteilung der Aktivität von Skelettveränderungen. Das *Röntgenbild* zeigt die *Feinstruktur im Detail,* sein «Auflösungsvermögen» ist viel grösser als das der Szintigraphie. Im *Vergleich* würde etwa die Röntgenuntersuchung der Inspektion, die Szintigraphie der Temperaturmessung entsprechen (Abb. 121).

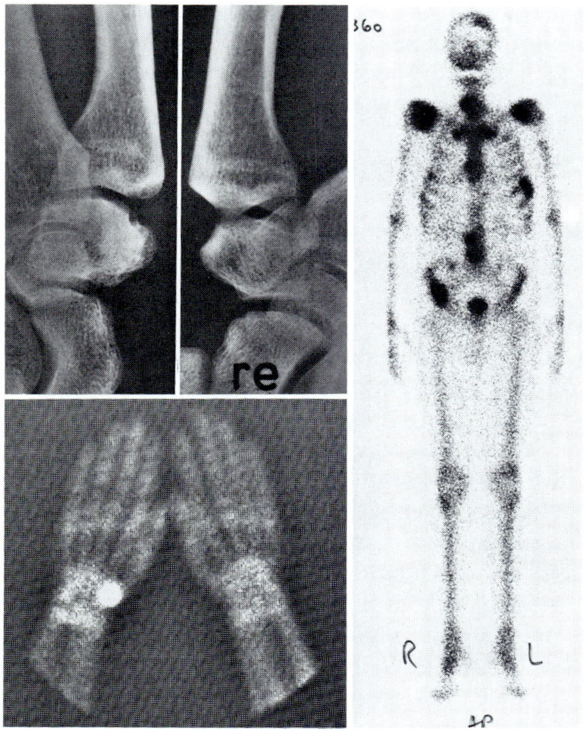

Abb. 121. *Szintigraphische Diagnostik.*

Links: Die Diagnose eines Osteoidosteoms im Trapezium des linken Handgelenkes konnte im Röntgenbild nicht eindeutig, wohl aber mit Hilfe des Szintigrammes (unten) gestellt und auch nachträglich histologisch verifiziert werden.

Rechts: Die Ganzkörperszintigraphie ist eine geeignete Methode, um Skelettmetastasen zu suchen. Die bei diesem 62jährigen Mann im ganzen Skelett verstreuten Umbauherde zeigen osteoplastische Metastasen eines Prostatakarzinoms an.

Nicht nur in der Diagnostik von Tumoren, sondern auch bei Infekten, unklaren Frakturen, Knochennekrosen u.a. kann die Szintigraphie eine wertvolle Hilfe sein (siehe auch Abb. 17).

2.3. Hilfsuntersuchungen

Weitere häufig gebrauchte einfache physikalische Untersuchungsmethoden:

2.3.1.1. *Angiologie*
- *Arterielle* Zirkulation: Lagerungsprobe (Ratschow), Oszillographie, Oszillometrie;
- Funktionsprüfung der *Venen:* Perthes- und Trendelenburgversuch.

2.3.1.2. *Punktionen* zur bakteriologischen, serologischen und zytologischen Untersuchung von Gelenksergüssen, Empyemen und anderen Flüssigkeitsansammlungen (Bursen, Sehnenscheiden, Abszesse usw.).

2.3.1.3. *Biopsien* für histologische Untersuchungen, vor allem aus:
- Tumoren (siehe II.7.1.)
- Knochen, z. B. Beckenkammbiopsie bei Osteoporose (II.4.2.)
- Muskel (Neuromuskuläre Erkrankungen).

2.3.1.4. *Elektrische Untersuchung der Muskel-(und Nerven-)erregbarkeit*
Konventionelle Erregbarkeitsprüfung mit Hautelektroden: Prüfung der Degeneration bei Denervation und des Verlaufes einer Reinnervation.
- *Elektromyographie (EMG).* Ableitung der Muskelpotentiale von Nadelelektroden im Muskel. Sie erlaubt eine differenzierte Diagnostik der motorischen Lähmungen und der Muskelkrankheiten, sowie prognostische Hinweise für die Reinnervation bei peripheren Nervenläsionen (siehe II.8.3.3.).
- *Myokinesigraphie:* Palpation der Muskulatur während des *Gehens,* zur feineren Differenzierung von Motorik und Koordination. Diese Untersuchung ist an eine sog. *Rollgehbahn* (tapis roulant) gebunden, auf welcher der Patient marschiert, aber an Ort bleibt.
- Neue diagnostische Möglichkeiten haben sich eröffnet mit der *Arthroskopie,* welche bei unklaren Kniebeschwerden eine wesentliche Hilfe geworden ist.

Die *Elektromyokinesigraphie* erlaubt die objektive Aufzeichnung der Muskelaktionen während des Gehaktes mittels Elektroden. Diese Untersuchung hat vor allem in der Erforschung der Physiologie des Gehens Bedeutung.

- als diagnostische Weiterentwicklungen kommen vielleicht auch Ultraschall, Thermographie, Telemetrie, biomechanische Messungen in vivo, Radioisotopuntersuchungen in Frage.

2.3.2. *Laboruntersuchungen*

- Blutbild, Senkungsreaktion. Bei entzündlichen Erkrankungen verändert, bei degenerativen nicht;
- Gerinnungsstatus: vor Operationen;
- Serumchemie: bei Stoffwechselkrankheiten;
- Serologie: rheumatische Erkrankungen;
- Bakteriologie: (Gelenkpunktate);
- Liquordiagnostik;
- Urinstatus usw.

Für Details wird auf die chirurgische, internmedizinische, pädiatrische und vor allem rheumatologische Literatur verwiesen.

2.4 Tabellen zur Diagnostik

2.4.1. *Lebensalter und Krankheiten*

Die Mehrzahl der orthopädischen Krankheiten kommt nur in einem bestimmten Lebensalter vor, manche, z. B. die juvenile Epiphysenlösung, sind sogar auf eine ganz kurze Zeit des Lebens beschränkt. Vorher und nachher findet man sie nicht.

Es ist gut, diese Zusammenhänge zu kennen. Sie sind eine grosse Hilfe für die Diagnose, aber auch für das Verständnis der Krankheiten. In der folgenden Tabelle ist eine Anzahl wichtiger Krankheiten einzelnen Lebensaltern zugeordnet.

Berücksichtigt ist der Zeitpunkt der *Manifestation,* nicht jener der Entstehung der Krankheit. Eine kongenitale Hüftdysplasie oder eine zerebrale Paralyse z. B. sind bereits bei der Geburt vorhanden, werden aber meistens erst später manifest (Tab. 7).

Tab. 7. Lebensalter und Krankheiten.

Geburt:	*Kongenitale Schäden*	– Dysmelien – Klumpfuss – Hüftdysplasie und -luxation – Coxa vara – Tibiapseudarthrose – Osteogenesis imperfecta
	Geburtstrauma:	– Hirnschäden (C. P.) – Geburtslähmungen (Plexus brachialis, obere und [seltener] untere Lähmung) – Frakturen (Klavikula, Humerus usw.)
Säuglingsalter:		– kongenitale Hüftluxation – zerebrale Paralyse – septische Arthritis
Kindheit:		– M. Perthes
	Infekte:	– hämatogene Osteomyelitis – Tbc
	Frakturen:	– Ellbogen
Adoleszenz:		– Epiphyseolysis capitis femoris – M. Scheuermann – Skoliose – habituelle Patellaluxation – M. Osgood-Schlatter, M. Köhler – Plattfuss, spastischer
junge Erwachsene:		– Meniskusläsion (Jugendliche selten) – Diskushernie (Jugendliche und Alte selten) – Osteochondrosis dissecans (auch schon früher)
ältere Erwachsene:		– degenerative Gelenkserkrankungen: Arthrosen, Spondylosen (junge Erwachsene meist nur sekundär)
Menopause:		– Osteoporose – Osteomalazie – Gonarthrose
Alter:		– Tumormetastasen – Frakturen: Schenkelhals, Radius, Humerus – Hemiplegie – Zirkulationsstörungen

2.4.2 ***Die wichtigsten orthopädischen Krankheiten, welche rechtzeitig erkannt werden müssen, damit der günstigste Zeitpunkt für die Therapie nicht verpasst wird.***

Lebensalter	Krankheit	Diagnose
Bei der Geburt	Kongenitale Hüftgelenksluxation (Luxationsbereitschaft, instabile Hüfte)	– Abduktionshemmung der Hüfte – Schnapphänomen (Ortolanisches Zeichen) (siehe III.C.2.5.)
Mit 3 – 4 Monaten	Kongenitale Hüftgelenksluxation (Luxationsbereitschaft, instabile Hüfte)	– Abduktionshemmung der Hüfte – Röntgenkontrolle (Hüftkopfkerne in diesem Alter sichtbar)
Erste Lebenswochen	Kongenitaler Klumpfuss	fixierte Equino-varus-Stellung des Fusses, nicht redressierbar (siehe III.C.7.3.1.)
Erstes und zweites Lebensjahr	zerebrale Parese	spezifische Reflexe im Säuglingsalter, abhängig von der Entwicklung des ZNS (siehe «Zerebrale Parese», II.8.2.)
Mit etwa 4 – 6 Jahren	Morbus Perthes (aseptische Nekrose des Hüftkopfes)	Schmerzen in Hüfte oder Knie, Hinken. – Beckenröntgen: Veränderungen des Hüftgelenkes (siehe «Morbus Perthes», III.C.2.6.)
Vor der Pubertät (Knaben 13 – 15 Jahre, Mädchen 9 – 12 Jahre)	Juvenile Hüftkopfepiphysenlösung	Schmerzen in der Hüfte, evtl. nur im *Oberschenkel oder Knie,* Hinken 1. Klinisches Zeichen: Einschränkung der Innenrotation der Hüfte (am besten in Bauchlage bei gestreckter Hüfte geprüft) – Röntgen: Bei Verdacht immer *axiales Röntgenbild* (siehe «Juvenile Epiphysenlösung», III.C.2.7.)
Säuglingsalter und Kindesalter	Septische Arthritis Osteomyelitis Tbc-Arthritis	– septischer Zustand – Funktionsstörung – Veränderung im Röntgenbild erst nach Tagen/Wochen (siehe II.6.3.1., II.6.4.1., III.C.2.8.)

• *Notfälle in der Orthopädie*
Abgesehen von Unfällen (Frakturen und Luxationen usw.) sind Notfälle in der Orthopädie selten. Umso wichtiger ist es, die wenigen wirklichen orthopädischen Notfälle zu kennen und konsequent als solche zu behandeln.

2.4.3. *Orthopädische Notfälle*

– Akute Epiphyseolysis capitis femoris (siehe III.C.2.7.);
– eitrige Arthritis beim Säugling (siehe II.6.4.1.);
– Osteomyelitis im Kleinkindesalter (siehe II.6.3.1.);
– Ischiaslähmungen (Kompression durch Tumoren, bei Skoliosen usw.) (siehe III.B.);
– Spina bifida aperta bei Geburt (siehe II.8.5.1.);
– Phlegmonen (Sehnenscheiden) usw. (siehe II.6.8.);
– periphere Embolien (arterieller Verschluss).
Besondere Notfallsituationen nach Verletzungen:
– Schenkelhalsfrakturen bei Kindern (siehe III.C.2.12.2.2.);
– Frakturen und Luxationen mit Kompression von Nerven, Gefässen (Ellbogen: Volkmannsche Kontraktur), Druck auf die Haut von innen (siehe II.15.2.7.);
– offene Frakturen (siehe II.15.2.5.);
– Tibiafrakturen mit Dislokation und drohendem Hautschaden.
– Tibialis-anterior-Syndrom (siehe III.C.5.2.3.1.).

C. Orthopädische Therapie

Inhaltsverzeichnis zu I. Teil C

Sinn und Ziel ärztlicher Tätigkeit

«Therapie» soll hier in einem umfassenden Sinn verstanden werden als *Hilfe für den Patienten,* den Menschen in seiner persönlichen Situation, seiner Umwelt. Nur so bekommt unsere praktische ärztliche Tätigkeit ihren Sinn.

Im Verlaufe der rein wissenschaftlich orientierten Ausbildung des Arztes wird das kausale Schema: «Aus Untersuchung folgt Diagnose, aus Diagnose folgt Therapie» zu einem Reflex eingeschliffen, welcher Gefahr läuft, vor allem im Spitalbetrieb, zur einzig wirksamen Richtlinie ärztlicher Tätigkeit zu werden und daneben andere Aufgaben vergessen zu lassen.

Mehr als die Hälfte aller Patienten – auch Eltern mit ihren Kindern – kommen zum Arzt in erster Linie um sich *beraten* zu lassen und brauchen keine «Behandlung». In manchen orthopädischen Fällen ist eine Heilung der Grundkrankheit auch gar nicht möglich, und trotzdem kann dem Patienten geholfen werden.

Das einfache Schema «Untersuchung → Diagnose → Therapie» mag für akute und lebensbedrohliche Krankheiten genügen. In der Orthopädie jedoch haben wir es nur selten mit lebensbedrohlichen Zuständen zu tun, dafür umso mehr mit chronischen, Jahre und Jahrzehnte dauernden, mehr oder weniger invalidisierenden Krankheiten, welche oft das Leben der Betroffenen tiefgreifend beeinflussen. Noch mehr als anderswo in der Medizin steht ein Mensch vor uns, dem wir aus einer Not – und sei sie «nur» psychisch – mit Rat und Tat helfen müssen, und nicht eine bestimmte Krankheit, die wir zu benennen haben, damit wir automatisch die Therapie im Lehrbuch nachschlagen können.

Beispiel: Eine poliomyelitische Restlähmung können wir nicht heilen, wohl aber eine daraus entstandene Beininstabilität und Gehbehinderung beseitigen durch eine Fussarthrodese. Die *Indikation* zur Operation ergibt sich nicht aus der Diagnose «Poliomyelitis», sondern aus der Funktionsstörung und ihrer Bedeutung für den Patienten im konkreten Fall. (Siehe «Funktionsdiagnose», I.B.1.1.1.)

Während oft in der inneren Medizin mit dem Stellen der Diagnose die schwierigste Arbeit des Arztes geleistet ist und sich das weitere folgerichtig daraus ergibt, beginnt der wesentliche Teil der Aufgabe des Orthopäden meistens nach der Diagnosestellung erst.

Die *Hilfe,* die er seinen Patienten geben kann, fällt in eine der drei folgenden Kategorien:

1. Beratung und Beruhigung
2. Konservative Therapie
3. Operative Therapie

Die *erste Kategorie* ist in jedem Fall notwendig, sie wird vom Patienten immer erwartet, ist immer *wirksam* und – bei genügend Einfühlung und Takt – *unschädlich.*

Psychische Betreuung

Wichtig ist, dass der Arzt zuerst einmal auf die Klagen des Patienten eingeht (siehe «Orthopädische Symptome», I.B.1.1.3.).

Fast jeder Patient hat zu Beginn *Angst:* vor dem Kranksein und oft noch mehr vor dem Arzt und der Behandlung, besonders vor einer Operation. Dies vergessen wir Ärzte oft bei der täglichen Arbeit. Sobald wir selber Patienten sind, erfahren wir wieder, dass dies gar nicht «abnormal» ist.

Anormal für den Menschen ist vielmehr seine Situation in der Krankheit: Die Begrenzung seiner Existenz wird ihm mehr oder weniger drastisch vor Augen geführt. Er erlebt oder ahnt, dass dies im Grunde der «Anfang vom Ende» sei (Abb. 122).

Nichts greift so tief in sein Leben ein wie die Krankheit, und so sind psychische Reaktionen nicht erstaunlich sondern die Regel.

Eine akute Krankheit, ein Unfall, kann als Schock wirken. Noch tiefergreifendere Wirkungen haben aber lange dauernde, schmerzhafte, invalidisierende Krankheiten, und psychische Veränderungen treten nach einiger Zeit praktisch *bei jedem Patienten* auf.

Psychische Betreuung ist deshalb immer notwendig. Dazu ist auch der Nichtpsychiater ohne

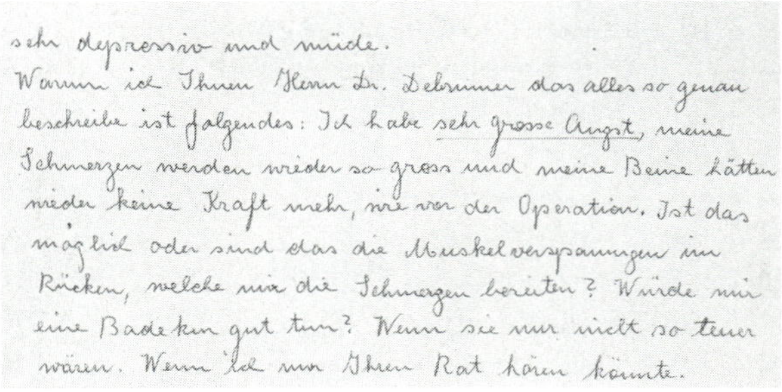
sehr depressiv und müde.
Warum ich Ihnen Herrn Dr. Debrunner das alles so genau beschreibe ist folgendes: Ich habe sehr grosse Angst, meine Schmerzen werden wieder so gross und meine Beine hätten wieder keine Kraft mehr, wie vor der Operation. Ist das möglich oder sind das die Muskelverspannungen im Rücken, welche mir die Schmerzen bereiten? Würde mir eine Badekur gut tun? Wenn sie nur nicht so teuer wären. Wenn ich nur Ihren Rat hören könnte.

Abb. 122. Die meisten Menschen können ihre Not, ihre Angst nicht formulieren. Viele Patienten sind nervös, depressiv, aggressiv, verwirrt, gehemmt. Viele reden, erzählen; wenige von dem, was sie bedrückt. Einige wenige können es schreiben. Die allermeiste und grösste Not bleibt unausgesprochen.

weiteres in der Lage (Bleuler): Es handelt sich ja in der Regel *nicht* um psychopathologische Reaktionen, sondern um *normale* psychische Reaktionen auf einen Ausnahmezustand. Was nottut ist keine Psychotherapie, sondern Verständnis, Einfühlung, rein menschliche Anteilnahme sowie die sichere ruhige Führung durch den fachlich kompetenten Arzt.

Mit Etiketten wie «psychische, funktionelle oder hysterische Überlagerung» usw. wird dem Patienten die Schuld am Versagen der Behandlung zugeschoben. Sie verraten meistens Unsicherheit, mangelnde Kompetenz und Ungeduld des Arztes.

Ein Vertrauensverhältnis zwischen Patient und Arzt wird dadurch unmöglich und jede weitere «Behandlung» aussichtslos.

Bei diesen Fällen handelt es sich meistens um:
1. Fehlende oder falsche Diagnose;
2. Unzweckmässige Therapie;
3. Ungenügende psychologische Führung;
4. Versuch, dem Patienten die Wahrheit ganz oder teilweise vorzuenthalten (z.B. bei Komplikationen);
5. Schwierigkeiten finanzieller Art, z.B. die ungenügende Versicherungsdeckung, besonders bei Leistungskürzung oder -ablehnung aus juristischen Gründen, welche vom Standpunkt des Patienten aus kaum verständlich und ungerecht sind;
6. Monate- und jahrelang dauernde, schmerzhafte therapieresistente und invalidisierende Leiden, z.B. nach schweren Unfällen, gehen praktisch immer mit psychischen Veränderungen einher. Diese sind aber nicht die *Ursache* der Schmerzen sondern die *Folge* eines desperaten Zustandes, der den «Knick in der Lebenslinie» bewirkt hat.

Zur *Behandlung* dieser Fälle wird am besten zuerst die *Ursache* der Überlagerung beseitigt, d.h.: die richtige Diagnose gestellt, eine zweckmässige (somatische) Therapie angewandt usw. (siehe oben). Kurz, die fachliche Autorität muss wiederhergestellt werden, in welche der Patient Vertrauen haben kann.

Diese Situation erheischt meistens einen *Arztwechsel.* Oft führt ihn der Patient von sich aus durch. Es ist aber sicher nicht falsch, wenn der Arzt selbst dazu rät und den Patienten einem Kollegen überweist. Dieser braucht *nicht* unbedingt ein Psychiater zu sein.

Zweifellos *gibt* es Patienten, die tatsächlich psychisch krank sind und deshalb somatisch nicht gesund werden können. Bei diesen wird ein Psychiater zu helfen versuchen müssen.

Die *«normale» psychische Betreuung jedes Patienten durch seinen Arzt* hat jedoch nichts mit Psychiatrie, wohl aber mit Psychologie zu tun. Sie ist *Voraussetzung* für jeden Behandlungserfolg und wird in zwei Formen angewandt:
1. als alleinige Behandlung in Verbindung mit einer sachlichen Information und *Beratung,* wenn keine somatische Therapie angezeigt ist.
2. als psychologische Führung und Beruhigung vor, während und nach somatischen Therapiemassnahmen, insbesondere Operationen.

Der grösste Teil der Betreuung findet statt in der
- orthopädischen Sprechstunde, ein kleiner Teil während der
- Visite am Krankenbett.

Die orthopädische Sprechstunde

Arzt sein ist eine *soziale Funktion.* Sie wird als zwischenmenschliche Beziehung wirksam, und zwar (faktisch und juristisch) als *Auftrag* des Patienten an den Arzt. In der *Begegnung* von Patient und Arzt ist die *Sprechstunde* das *erste,* das *zentrale* und *wichtigste* Ereignis. Alle weiteren Ereignisse werden darin festgelegt und sind nur Folgeerscheinungen, z.B.: Weiterführen des Auftrages in Form von Behandlung, mit Erfolg oder ohne, Einschaltung von Versicherungen, Überweisung, Arztwechsel durch den Patienten, Bezahlung oder Nichtbezahlung eines Honorars, Strafklagen und Prozesse: darüber fällt die Entscheidung fast immer schon in der ersten Sprechstunde. Deshalb ist es nicht nur für den Patienten, sondern auch für den Arzt wichtig, was in dieser «Sprechstunde» geschieht.

Die volle Stunde steht aus praktischen Gründen nicht regelmässig zur Verfügung. Eine halbe Stunde sollte es eigentlich das erste Mal sein, und eine Viertelstunde wäre schon ein Minimum. Wenn die «Sprechstunde» zur «Spritzminute» degeneriert, ist ärztliche Tätigkeit und «Begegnung» nicht mehr möglich.

Das Wort «Sprechstunde» hat seinen Sinn: Es sollte vor allem *gesprochen* werden: zuerst vom Patienten, dann vom Arzt, schliesslich im Zwiegespräch. Der Arzt muss deshalb zweierlei:
1. Sein *Gehör* leihen dem Patienten;
2. Mit seinem *Wort* wirken.

Beides ist ungemein schwierig und wichtig zugleich.
- *Das Zuhören* verlangt eine gewisse Demut vom Arzt. Er muss auf die Stufe des Patienten heruntersteigen, falls er sich auf einer höheren vermutet. Es verlangt viel Geduld (u.a. weil der

Patient nie erzählt, was der Arzt hören will). Aber es bringt wesentliches, unter anderem:
1. Das Vertrauen des Patienten;
2. Den Schlüssel zur Diagnose;
3. Erkennen der psychischen und sozialen Situation des Patienten;
4. Der Arzt erfährt, was der Patient eigentlich *will;*
5. Aus dem vorstehenden ergibt sich, was der Patient tatsächlich *braucht;*
6. Das wichtigste ist nicht selten, dass der Patient überhaupt jemandem seine Nöte klagen darf. Damit ist ihm schon sehr viel geholfen.

– *Das Wort* des Arztes wiegt beim Patienten (auch heute noch) erstaunlich viel. Es schneidet schärfer als sein Skalpell. Es ist deshalb nicht unbillig, dass er es tatsächlich auf die Goldwaage legt und sich unüberlegter unnötiger Äusserungen enthält. Dies ist vor allem deshalb eine schwierige und heikle Aufgabe, weil dem Arzt nur wenig Zeit zum Überlegen bleibt: ein Zögern und eine Unsicherheit wird vom Patienten sofort mit Argwohn registriert, wirkt noch stärker als ein ausgesprochenes Wort und kann nicht mehr ausgelöscht werden.
Das *Wort* ist die erste, manchmal die wichtigste *Therapie,* es ist nötig für folgendes:
1. Das Vertrauen des Patienten zu gewinnen und zu stärken;
2. Eine Bestätigung: «Ich habe Dir zugehört und Dich verstanden», und damit
3. das Eingehen auf den Patienten und seine Nöte als moralische Unterstützung;
4. Der Patient wünscht und braucht eine *Erklärung* seiner Krankheit, ihrer Implikationen, Folgen und ihres langfristigen Verlaufes in *einfachen, verständlichen* Worten zu seiner *Beruhigung,* und damit er sein Leben danach einrichten kann.
5. Er wünscht und braucht eine *Führung* durch seine Krankheit. Obwohl er grundsätzlich alle Entscheide hinsichtlich Behandlung usw. selber fällen muss, ist er damit in den meisten Fällen einfach *überfordert* (z.B. Operationsindikationen, siehe I.C.4.2.).
6. Die *Mitarbeit* des Patienten ist Voraussetzung für die vorgesehene Behandlung. Sie wird im *Gespräch* gewonnen.

Selbstverständlich bedarf eine einschneidende Therapie, welche auch Gefahren in sich schliesst, wie z.B. eine Operation, eines einlässlichen Gespräches (siehe I.C.1.).

- *Visite am Krankenbett*
Die meisten Kliniken, wo orthopädische Operationen durchgeführt werden, dienen gleichzeitig als Lehrstätte für junge Ärzte und Personal. Dies hat dazu geführt, dass auch die Visite am Krankenbett der Ausbildung dienlich gemacht wird. Das Bild ist bekannt: Der Chefarzt mit seinen Trabanten, früher lateinisch, heute englisch sich unterhaltend. Aber auch ihr Deutsch wäre dem Patienten unverständlich, jedenfalls wird *über* ihn, nicht *mit* ihm gesprochen.
Eine Krankenvisite, bei welcher der behandelnde Arzt, eventuell ein älterer Arzt mit einem jüngeren Assistenten, dazu die Stationsschwester, wenn möglich auch die Physiotherapeutin und die Fürsorgerin anwesend sind, ist zweckmässig: Alle Probleme des Patienten können besprochen und gelöst werden.

1. Beratung des Patienten

Die *sachliche Beratung* des Patienten ist Voraussetzung für jede weitere Tätigkeit des Orthopäden. Sie hat zum Zweck:

1. Die *Erklärung* des Krankheitsgeschehens zur Beruhigung des Patienten und um seine Mitarbeit für die Therapie zu gewinnen.
2. *Anweisungen* für zweckmässiges Verhalten, evtl. Selbsttherapie, Arbeit, Beruf usw.

• *Die Erklärungen* müssen in erster Linie dem Auffassungsvermögen des Patienten entsprechen und ihm verständlich sein. Häufig gilt es, zuerst allerlei Missverständnisse und falsche Vorstellungen zu beseitigen. Klare Information ist die Grundlage des Vertrauens zwischen Patient und Arzt. Der Arzt muss nicht unbedingt den Namen der Krankheit erwähnen, aber Angaben über ihre Wirkungsweise, ihre Auswirkungen für seine Lebensweise, seine Arbeit und vor allem über mutmasslichen Verlauf und Dauer der Krankheit machen.

Krankheiten und Heilungsprozesse verlaufen fast immer *langsamer* als Patient und Arzt es wünschen. Immerhin hat es der Arzt etwas leichter, sich in Geduld zu üben. Eine wichtige Aufgabe ist es, diese so gut als möglich auch dem Patienten zu vermitteln. Ein unabsehbares Krankenlager ist schlecht zu ertragen. Nur die *Unterteilung* und *Strukturierung* einer unendlich scheinenden Zeit kann helfen: Ein *Therapieplan* mit zeitlich möglichst genau festgelegten Etappen, schrittweiser Steigerung der Bewegungstherapie, z.B. wöchentliche, wenn auch kleine, Teilziele in der Rehabilitation und sukzessive Steigerung der Anforderungen. Auch ganz geringe *Fortschritte* müssen regelmässig registriert werden. Dem Patienten bedeuten sie Bestätigung seiner Hoffnung, Ansporn und Richtung auf ein *Ziel* hin, nämlich *Unabhängigkeit* von seiner Umgebung und *Arbeitsfähigkeit.*

Vom ersten Tag an muss sein Blick darauf gerichtet sein. Wenn er es nicht von selbst tut, muss der Arzt ihn dazu anhalten.

Angaben über Nutzen, Dauer und Auswirkungen einer *Therapie* sind ebenfalls notwendig, vor allem wenn eine *Operation* geplant ist. In diesem Fall muss der Patient auch auf mögliche Gefahren hingewiesen werden.

• *Die Beratung* erstreckt sich auf folgende Fragen:

- *Ernährung,* Diät: Dies interessiert die Patienten sehr. Selten ist in der Orthopädie eine spezifische Diät nötig, es sei denn für eine Abmagerungskur.
- *Bewegung oder Ruhe?* Beides sind Heilverfahren par excellence. Oft ist die richtige Kombination entscheidend (siehe I.C.3.1.). Für den Patienten ist dies manchmal nicht leicht zu begreifen. Er braucht einfache, verständliche Erklärungen und genaue Anweisungen.
- *Belastung:* Ob, wieviel und wie lange ein Bein z.B. nach einer Fraktur oder Operation belastet werden darf, ist für die Heilung entscheidend. Die Instruktion mittels einer *Bodenwaage* ist sehr wertvoll (siehe Abb. 138).
- *Verhaltensweise:* Wie man z.B. bei einem Rückenleiden eine Last vom Boden aufhebt, wie man zweckmässig sitzt, wie man bei Beinleiden regelmässig hochlagern soll usw. Von solchen Anweisungen hängt oft das Wohlergehen der Patienten ab.
- *Bekleidung: Elastische Strümpfe* sind zur Behandlung der sog. «Beinleiden» (Varikosis, Ödeme) unentbehrlich. Es gibt Modelle, welche annähernd elegant aussehen.
  Das Schuhproblem ist ein leidiges. Keinem Arzt ist es noch gelungen, eine Frau soweit zu überzeugen, dass sie genügend grosse Schuhe trägt. Und wäre das noch möglich, so findet sie auf dem Markt keine, wenigstens keine, welche sie tragen würde. Manche Spezialgeschäfte haben in dieser Richtung etwas grössere Auswahl als andere.

• *Schuhabänderungen* und *Einlagen* zu verschreiben gehört zu den täglichen Aufgaben des Orthopäden (siehe III.C.7.). *Spreizfuss-* und *Knickfusseinlagen* sind aber recht einfache Hilfsmittel, und es ist nicht einzusehen, warum ein Allgemeinpraktiker, ein Chirurg oder sonst ein Nichtorthopäde sie nicht auch verschreiben sollte, so gut wie jedes Sanitätsgeschäft serienweise vorgefertigte Einlagen verkauft, offenbar mit Erfolg. Falls solche *nicht* genügen, kommt der Patient ohnehin früher oder später zum Orthopäden.

• *Massschuhe* sind teuer, gute Massschuhmacher rar. Es gilt, eine Versicherung zu finden, welche sie zahlt und einen guten Orthopädieschuhmacher mit nicht zu langen Lieferfristen. Massschuhe können auch ganz elegant gemacht werden und sind für viele Füsse die einzig tragbaren Schuhe.

• *Leibbinden* halten warm, *Bandagen* und *Korsette* geben Halt (siehe I.C.3.7.3.). Beides ist bei Rückenschmerzen ausgezeichnet und wird oft und gern getragen. Falsch ist das Vorurteil, dass die Rückenmuskulatur unter einem Korsett zugrunde geht. Bei Kreuzschmerzen ist ein Korsett oder mindestens eine Bauchbandage praktisch immer besser als nichts, und es ist unsinnig, es dem Patienten zu verbieten, wenn er damit weniger Schmerzen hat.

• *Behandlungsmöglichkeiten zu Hause:* Es ist für den Patienten sehr wichtig, dass er selbst zu seiner Gesundung etwas beitragen kann. Die Mitarbeit und Mitverantwortung des Patienten für den Heilungsprozess, auf die der Arzt angewiesen ist, kann so gewonnen werden. Eine Menge alter und neuer unschädlicher Hausmittel stehen zur Verfügung: Salben und Öle für Einreibungen, Pflaster, Umschläge, Bäder, Verbände usw., dann vor allem regelmässige Bewegungs- und Muskelübungen (Abb. 123).

• *Die Arbeit: Orthopädische Leiden stehen weit an der Spitze aller Invaliditätsursachen.* Im Einzelfalle besteht fast immer eine Behinderung für eine bestimmte Bewegung, eine bestimmte Tätigkeit, z. B. Lasten heben, ganztägiges Stehen, gewisse Handfertigkeiten usw., wobei der Patient aber eine geeignete Arbeit ohne weiteres auszuüben imstande ist, wenn auch vielleicht nur während beschränkter Zeit.

Für den Patienten ist es von vitaler Bedeutung, dass er arbeiten kann. Die Aufgabe des Arztes be-

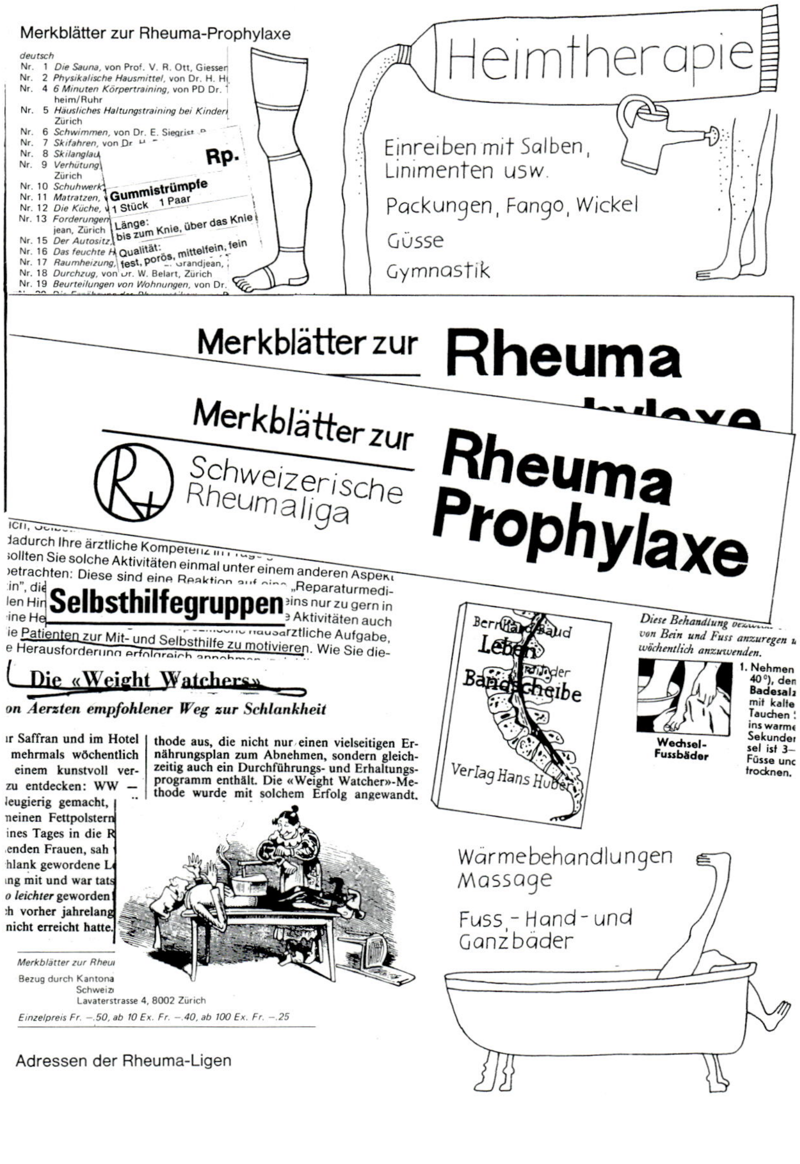

Abb. 123. Glücklicherweise wollen auch heute noch die meisten Patienten *selbst* etwas *tun* für ihre Gesundheit. Wir Ärzte können diesen Willen nur unterstützen und sollten den Patienten Gelegenheit und Anleitung dazu geben.

Nebst Ratschlägen für den Alltag (wenn möglich Anregungen statt Verbote) dienen diesem Zweck ausgezeichnet die alten, bewährten und unschädlichen *Hausmittel* und Selbsttherapien, die der Patient *selbst zu Hause* durchführen kann, wie etwa die verschiedensten Wärmeanwendungen usw.

Wer selbst zu wenig Erinnerung und Phantasie hat (im Studium wird das nicht geprüft) findet Anregungen bei vielen verschiedenen Organisationen, Vereinigungen, im Schrifttum für Laien usw. Die Merkblätter der Rheumaliga sind nur *ein* Beispiel von vielen Hilfen, die wir unseren Patienten vermitteln können.

steht darin, im gemeinsamen Gespräch mit dem Patienten, gegebenenfalls auch mit dem Arbeitgeber, einer Fürsorgestelle, dem Berufsberater und der zuständigen Versicherung, die praktischen Arbeitsmöglichkeiten des Patienten abzuklären. Der Arzt muss sich zu diesem Zwecke den Arbeitsplatz und die Arbeit im Detail schildern lassen, aber auch die individuellen Möglichkeiten des Patienten auf dem Arbeitsmarkt aufgrund seiner psychischen, intellektuellen und sozialen Situation mit ihm gemeinsam aufsuchen.

• Die *Arbeitsfähigkeit* muss *kurzfristig* beurteilt und bescheinigt werden. Sie wird üblicherweise in Prozentzahlen ausgedrückt. Es ist gut, wenn sich der Arzt eine Vorstellung davon verschafft, was z. B. eine «50%ige Arbeitsfähigkeit» bedeutet. Versicherung und Arbeitgeber verstehen darunter einfach: halbes Taggeld, halber Lohn, halbtägige Arbeit. Dies funktioniert aber nicht immer, z. B. wenn der Patient seine bisherige Arbeit (noch) gar nicht, eine leichtere, geeignete aber ganztags ausüben könnte. So bleibt der Patient schliesslich viel länger arbeitsunfähig geschrieben als nötig.

Sinnvoller ist in diesen Fällen, eine genauere, qualitative Umschreibung der Arbeitsfähigkeit (z. B. keine Lasten heben, nicht ganztags stehen usw.). Nicht selten ist der Arbeitgeber dann in der Lage und willens, den erst teilarbeitsfähigen Patienten so zu beschäftigen, zu beider Nutzen.

• Eine *Dauerinvalidität* muss *langfristig* beurteilt und die Berufsmöglichkeiten des Patienten herausgefunden werden. Bei Erwachsenen stellt sich das Problem der *Umschulung*. In manchen Ländern sind die Voraussetzungen dazu dank einer ausdrücklich daraufhin angelegten Gesetzgebung und den Institutionen einer (staatlichen) Invalidenversicherung (Berufsberatung, umfassende Wiedereingliederungsmassnahmen) gut. Es ist weitgehend die Aufgabe des Arztes, in Zusammenarbeit mit Fürsorgestellen, diese Möglichkeiten für den Patienten auszunützen und ihn darauf hinzuweisen.

• *Berufswahl:* Bei *Jugendlichen* mit orthopädischen Affektionen (meistens des Rückens), welche vor der Berufswahl stehen, hat der Arzt eine grosse Verantwortung. Er ist rasch geneigt, pauschal von bestimmten Berufsgattungen abzuraten (z. B. von körperlich anstrengenden, handwerklichen Berufen). Nicht selten sind aber z. B. Büroberufe mit ganztags sitzender Arbeit ohne Abwechslung keineswegs günstiger. Überdies erträgt der Mensch in einem Beruf, der ihm Freude macht, ungleich mehr Beschwerden als bei einer ihm aufgezwungenen unbeliebten Arbeit. Ich halte es für bedenklich, als Arzt einem jungen Menschen von einem Beruf, den er mit Begeisterung gewählt hat, aus rein medizinisch-prophylaktischen Gründen abzuraten oder gar ihm diesen verbieten zu wollen. Ein solcher Eingriff in die persönliche Sphäre, in das Leben eines jungen Menschen ist derart gross, und unsere Kenntnisse über die Prognose orthopädischer «Leiden» so gering, sowohl für bestimmte Zustände (z. B. die sogenannte Scheuermannsche «Krankheit»), als auch im Einzelfall, dass sich ein solcher Eingriff in die Berufswahl nur bei ganz triftigen Gründen und nach eingehender Abklärung aller Umstände rechtfertigt (vgl. auch III.B.7.: «Scheuermann»).

• Der *Arbeitsplatz* (auch jener der Hausfrau!) ist einer Beachtung wert. Nicht selten erfährt man vom Patienten auf Befragen, dass der Arbeitsplatz für seine Behinderung ungünstig gestaltet ist. Manche *Verbesserungen* sind möglich: Richtige *Höhe* des Arbeitsplatzes (Tisch, Maschine) und der Sitzfläche, richtige Stuhllehne und Rückenstütze, physiologischere Einrichtung von Arbeitsgängen, z. B. durch Verbesserung der Anordnung und andere Änderungen: trockene statt nasse Böden, höhere und leichtere Betten für die Hausfrau, damit sie sich weniger bücken muss beim Bettenmachen usw. Gelegentlich sind auch spezielle Einrichtungen notwendig: Verstellbare Stühle, hohe Sattelhocker usw. Oft sind eigentliche orthopädische Hilfen nötig: spezielles Schuhwerk, Rücken- und Nackenstützen, Arbeitsschienen (siehe I.C.3.7.). Die *Arbeitsmedizin* befasst sich eingehend mit diesen Fragen und kann uns eine grosse Hilfe sein.

Der *Weg zum Arbeitsort* hängt unter Umständen von einem geeigneten *Transportmittel* ab.

• *Schule:* Orthopädische Störungen bei Kindern und Jugendlichen können Probleme mit der Schule aufwerfen:

– Bei leichten zerebralen *Bewegungsstörungen* und genügenden geistigen Fähigkeiten ist der Besuch einer normalen Schule möglich. Psychologische und soziale Schwierigkeiten überwinden zu helfen sind Eltern und Lehrer, auch die andern Kinder, gerne bereit, wenn sie vom Arzt die nötigen Erklärungen über die Natur der Störung bekommen. Dies gilt auch bei anderen Mängeln am Bewegungsapparat, angeborenen und erworbenen.
– Eine häufige Frage von Kindern und Eltern betrifft den *Turnunterricht*. Er ist für die Kinder,

auch die orthopädischen Patienten unter ihnen, wichtig. Dispens sollte nur erteilt werden, wenn unbedingt nötig (z. B. bis eine Fraktur geheilt ist), und evtl. nur für einzelne Übungen (z. B. Sprünge). Bei etwas gutem Willen aller Beteiligten lässt es sich meistens so einrichten, dass auch behinderte Kinder am Turnunterricht teilnehmen können.

- Während eines *längeren Krankenlagers,* wie z. B. bei Perthesscher Krankheit, nach Operationen oder Unfällen, versäumt ein Kind leicht so viel Schulunterricht, dass es eine oder sogar mehrere Klassen repetieren muss. Um dies zu vermeiden, sind in den orthopädischen und pädiatrischen Kliniken *Spitalschulen* eingerichtet. Kommt das Kind nach Hause, so muss oft der Arzt darauf drängen, dass es dort auch für die Schule arbeitet, und dass es so bald als möglich die Schule wieder besuchen kann, evtl. mittels eines besonderen Transportes und mit Gehhilfen.

• *Sport* ist Spitzenleistung des Bewegungsapparates, seine beste Trainingsmöglichkeit, aber auch seine *grösste Beanspruchung.* Deshalb ist er leider oft das erste, worauf ein Patient wegen eines Schadens an diesem Bewegungsapparat verzichten muss. Nach Frakturen und Operationen ist jeder Sport ausser Schwimmen während genügend langer Zeit zu verbieten. Bei chronischen degenerativen Leiden ist dies weniger einfach. Wenn man dem Patienten davon abrät, ist er unglücklich – und das Leiden heilt doch nicht. Vielleicht kann der Schmerz für den Patienten ein brauchbarer *Indikator* sein für seine Leistungsfähigkeit. Was er ohne oder mit wenig Schmerzen noch tun kann, ist kaum sehr schädlich. Werden die Schmerzen zu stark, so beschränkt sich der Patient von selbst.

• *Erbleiden:* Manche Patienten möchten vom Arzt wissen, ob sie heiraten können oder dürfen, wenn sie selbst oder ihr Partner unter einer angeborenen Krankheit leiden, und ob für Kinder die Gefahr einer Vererbung des Leidens bestehen würde.

Man wird dies abzuklären versuchen. Vielleicht ist es nötig, den Unterschied zwischen «angeboren» und «vererbt» zu erklären, den viele Laien zu wenig kennen. Ebenso trägt es manchmal zur Beruhigung bei, wenn man einem Patienten versichern kann, dass seine Krankheit nicht ansteckend sei.

Manche Leute machen sich Sorgen über ihre schwächliche Konstitution und Anfälligkeit für bestimmte Leiden. In der Regel darf man ohne Zwecklügen solche Bedenken zu zerstreuen versuchen.

• *Finanzielle und soziale Probleme* tauchen bei länger dauernden Krankheiten fast immer auf. Für den Patienten sind deshalb die Angaben des Arztes zu Handen der Versicherung von grosser Bedeutung. Aus dieser Einsicht heraus wird sich der behandelnde Arzt dieser lästigen Büroarbeit unterziehen.

Manche Patienten wissen nicht, welche Versicherungsleistungen sie zu erwarten haben und von welcher Versicherung. Hier ist ein Hinweis des Arztes nötig.

Oft brauchen die Patienten auch Beratung und Hilfe von Fürsorgestellen und sozialen Institutionen. Es ist gut, wenn der behandelnde Arzt entsprechende Adressen und Kontakte vermitteln kann.

Nicht selten kommen zur Krankheit psychische, familiäre, soziale Nöte usw. hinzu. Diese werden dem Arzt erzählt oder verschwiegen. In jedem Fall stellt sich ihm auch hier eine Aufgabe, ob er nun sich selbst damit befassen oder die Hilfe anderer vermitteln will.

• *Technische Hilfsmittel:* Behinderte Patienten sind oft auf Hilfsgeräte für ihre täglichen Verrichtungen angewiesen: Strumpfanzieher, Greifscheren, Coxarthrosestuhl usw. Diese «Selbsthilfen» sind in I.C.3.7.5. («Selbsthilfen und Rehabilitation») aufgeführt. Sie werden im Spital in der Regel von der Ergotherapie (Beschäftigungstherapie) hergestellt, improvisiert oder beschafft. Sie sind auch in einschlägigen Geschäften erhältlich.

1.1.1. *Probleme der verschiedenen Altersgruppen*

Je nach Alter stellen sich dem Patienten ganz verschiedene praktische Probleme, welche der orthopädisch tätige Arzt ihnen lösen helfen muss. Sie sind in der folgenden Liste zusammengefasst:

- *Säuglingsalter:* Prophylaktische Untersuchungen (Hüftdysplasie und -luxation, andere kongenitale Missbildungen, zerebrale Schäden);
- *Kleinkindesalter:* Sehr oft sind die Mütter verängstigt durch Bemerkungen von Verwandten, Nachbarn usw. und haben Angst, später Vorwürfe zu bekommen, weil sie die Kinder vernachlässigt hätten. Es handelt sich meist um tatsächliche oder vermeintliche leichtere Gangstörungen, Gestaltanomalitäten usw. In solchen Fällen kann der Orthopäde als Fachmann die Mutter in der Regel beruhigen.

– *Schulalter:* Haltung (Füsse, Rücken). Turndispens, Schuldispens, Möglichkeit des Schulbesuches, evtl. mit Gehgips, Apparaten, Stöcken, evtl. Transport zur Schule usw. Bei längerer Krankheit evtl. Verlust eines oder mehrerer Schuljahre. Spezialschuhe. Möglichkeit der Schulung im Spital oder zu Hause.
– *Adoleszenz:* Wachstumsstörungen (Epiphysenlösungen, Scheuermann, Skoliose). Berufswahl, Arbeits- und Bildungsfähigkeit, Lehre (z.B. kontrakter Plattfuss, III.C.7.5.3.5.). Bei der Berufswahl spielen in erster Linie Neigung, Eignung und Einsatz eine Rolle, erst in zweiter Linie orthopädische Probleme. Die Prognose vieler orthopädischer Leiden ist so unsicher, dass grössere Eingriffe in die Berufswahl, z.B. Verbote bestimmter Berufe oder ähnliches, nur ausnahmsweise und nach genauer Abklärung aller, auch der nicht medizinischen (sozialen) Probleme gerechtfertigt sind.
– *Junge Erwachsene:* In diesem Alter sind orthopädische Krankheiten, ausser Unfallfolgen, relativ selten. Beurteilung von Sport- und Diensttauglichkeit. Beratung von Ehekandidaten: Erbkrankheiten, Belastung der Frau durch Schwangerschaft und Geburt (Rücken, Lähmungen, Beckenenge usw.). Beurteilung der *Arbeitsfähigkeit* und evtl. einer *Dauerinvalidität.* Wiedereingliederung in den Arbeitsprozess (psychische und somatische Voraussetzungen). Die Unersetzbarkeit der Hausfrau und Mutter, Probleme der Familie, wenn die Frau krank und ihre Arbeitsfähigkeit beeinträchtigt ist.
– *Ältere Patienten:* Degenerative Erkrankungen. Dies sind oft Krankheiten, welche nicht mehr geheilt werden können, «mit denen der Patient leben muss». Arbeitsfähigkeit, Umstellung der Arbeitsweise oder Pensionierung. Familiäre Verpflichtungen. Unterhaltspflicht unmündiger Kinder.
– *Greisenalter:* Osteoporose (siehe Abb. 124), Schenkelhalsfraktur, Tumormetastasen. Orthopädische Erkrankungen sind im hohen Alter wieder häufig. Möglichkeit in einer eigenen Wohnung zu leben, evtl. bei der Familie, evtl. im Heim oder Spital. Der Grad der Selbständigkeit und Unabhängigkeit solcher Patienten bestimmt ihre Lebensweise (siehe Tab. 6, S. 109, und Abb. 125).

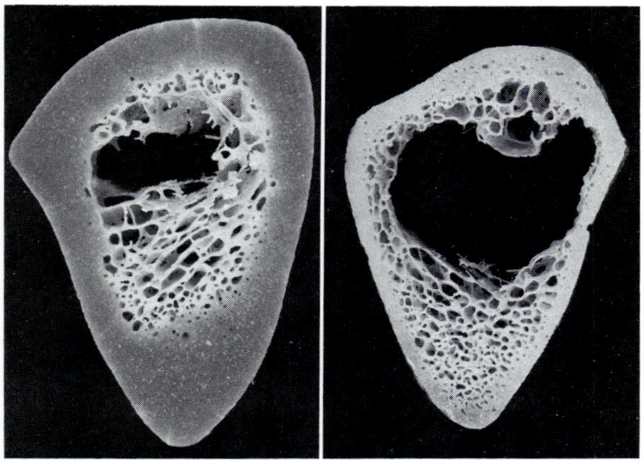

a b

Abb. 124. *Veränderungen des Knochens im Laufe des Lebens.* Struktur und Zusammensetzung der Knochen machen im Laufe des Lebens eine ständige Wandlung durch, welche bei einer Therapie zu berücksichtigen ist. Während im Knochen des Kindes der Anteil der organischen Substanz (Kollagen) noch verhältnismässig gross, der Knochen deshalb noch biegsam ist, nimmt im Alter der anorganische Anteil (Kalziumsalze) ständig zu, die Knochen werden starrer und brüchiger. Gleichzeitig setzt im Alter eine mehr oder weniger physiologische Reduktion der Knochensubstanz ein, die *Altersatrophie* oder *-osteoporose,* wodurch die mechanische Festigkeit der Knochen erheblich abnimmt.

a Normaler Tibiaquerschnitt von einem gesunden jungen Mann.
b Vergleichbarer Querschnitt von einer 75jährigen Frau. Die äussere Form ist erhalten, die Markhöhle jedoch ist erweitert, und die innere Kortikalis aufgelockert, «spongiosiert».

Diese Veränderungen haben auch Einfluss auf die Pathologie (Frakturen), sowie auf die Therapie. Es leuchtet ein, dass beispielsweise Schrauben für eine Osteosynthese im Knochen eines jungen Erwachsenen besseren Halt finden, als im Knochen eines älteren Menschen.

Tab. 8: Checkliste Orthopädische Beratung.

– Verhaltensmassregeln (Lebensweise, Schonung und Belastung);
– Berufsberatung (Umschulung);
– Schulberatung (Spezialschulung, Turnen);
– Sportberatung (Training);
– Beobachtung, regelmässige Kontrollen;
– Besprechung der Therapiemöglichkeiten;
– Invalidenberatung;
– Beurteilung von Arbeitsfähigkeit, Invalidität, Wiedereingliederungsfähigkeit, Tauglichkeit für Sport, Verkehr (Auto), Militärdienst;
– Beurteilung für Versicherungen, Gerichte (Gutachten, Zusammenhänge);
– Konsiliarische Beratung des behandelnden Arztes.

Abb. 125. Der Bewegungsapparat des Menschen ist von der Geburt bis zum Tod einer *ständigen Wandlung* unterworfen, was nicht nur wegen der unterschiedlichen Beschaffenheit der Gewebe (besonders des Knochens) z. B. unsere Operationstechnik weitgehend bestimmt. Auch die *Leistungsfähigkeit* des Bewegungsapparates ändert sich mehr als wir wahrhaben wollen. Man ist oft erstaunt, was etwa jüngere Medizinalpersonen älteren Menschen noch zumuten, z. B. an Heilgymnastik. Offenbar haben junge Menschen gar keine Möglichkeit, das Körpergefühl eines Alten nachzuempfinden. Wichtiger ist aber wohl, dass auch die gesamte Vorstellungswelt völlig verschieden ist, dass kein Lebensalter sich in ein anderes hineinzuversetzen vermag. Diese unsichtbare Barriere überwinden zu helfen ist Aufgabe des Arztes.

Das Menschenleben ist kein Zustand, sondern ein Ereignis mit Ursprung und Ziel. So radikal wie sich die Gestalt wandelt, so grundlegend wandeln sich Inhalt und Sinn des Lebens in der Spanne zwischen Geburt und Tod. Die bekannte alte bildliche Darstellung der Lebensalter stellt die Verhältnisse sehr gut dar. Es lohnt sich, die Stationen einzeln anzusehen. Der Arzt, der nur Chemie, Mechanik und Pharmakokinetik weiss, wird die Bedeutung der Lebensalter für den Patienten, für seine Krankheit und die adäquate Therapie kaum verstehen und deshalb auch die wirklichen Bedürfnisse seiner Patienten nicht erkennen.

1.1.2. *Rehabilitation*

Die *Wiedereingliederung* eines kranken oder invaliden Menschen in seine normale Umgebung und Arbeit, kurz, *in ein normales Leben* – soweit wie irgend möglich –, ist der *umfassendste Begriff* ärztlicher – und allgemein menschlicher – Hilfe: Einem Menschen zu helfen, sich selber zu helfen, ist wohl das beste, was man ihm geben kann.

Unter Rehabilitation, Wiedereingliederung, versteht man die *Gesamtheit aller medizinischen und nichtmedizinischen* Bemühungen, einem Behinderten oder Invaliden den Weg zurück in die Gesellschaft, in die Arbeitswelt zu ebnen. Rehabilitation ist immer ein Team-Work. Es braucht dazu die *Zusammenarbeit* von Ärzten (Orthopäden, Rehabilitationsmediziner, Werkarzt, evtl. Psychiater), anderen medizinischen Berufen (Pflegepersonal, Physiotherapeuten, Ergotherapeuten, Orthopädiemechaniker) und Sozialarbeitern wie Fürsorgestellen, Berufsberatung, Stellenvermittlung, Personalchefs usw.

In diesem Gemeinschaftswerk kann der Orthopäde eine wichtige, zweifache Aufgabe erfüllen:

1. Die *Koordination* der gemeinsamen Bemühungen.
2. Das *Aufstellen* und *Durchführen eines Behandlungsplanes.*

Für das Aufstellen des Behandlungsplanes ist es zweckmässig, von den *Leistungsmöglichkeiten des Bewegungsapparates* und ihrer Bedeutung für den Patienten auszugehen. Dazu dient Tabelle 6 in I.B.2.1.4.

2. Möglichkeiten und Indikationen orthopädischer Behandlung

2.1.1. *Kausale Behandlung*

Kausale Behandlung ist natürlich anzustreben wo immer möglich. Immerhin müssen *funktionelle* und *praktische* Gesichtspunkte den Ausschlag für die Wahl des Behandlungsverfahrens geben, und meistens sind symptomatische Massnahmen zur Erhaltung und Verbesserung der Funktion zusätzlich notwendig.

In vielen Fällen steht eine kausale Behandlung nicht zur Verfügung. Trotzdem kann den Patienten praktisch sehr viel geholfen werden durch Linderung ihrer Beschwerden und Verbesserung der Funktion des Bewegungsapparates. Vielleicht muss man sich zuweilen ein wenig lösen von der aus dem Studium mitgebrachten Vorstellung einer lehrbuchmässigen Funktion des Bewegungsapparates und einer vollständigen Integrität des Körpers. Anders als eine Maschine hat der Mensch mit seinem Bewegungsapparat unzählige Möglichkeiten, Störungen im «normalen» Funktionsablauf irgendwie zu kompensieren («Funktionelle Anpassung», I.A.1.2.3. und I.A.2.2.2.).

Diese Möglichkeiten, dieses «irgendwie» herausfinden und therapeutisch zu unterstützen macht den Reiz orthopädischen Denkens und Handelns aus. Unter diesem Aspekt verliert die Vorstellung von der «nur symptomatischen» Behandlung vielleicht etwas von ihrem abschätzigen Beiklang und gewinnt dafür an Interesse und Wert.

2.1.2. *Symptomatische Behandlung*

2.1.2.1. *Schmerzbekämpfung*

Fast immer steht sie für den Patienten an erster Stelle. Sie hat aber einen weiteren Zweck: Schmerzen beeinträchtigen die Funktion praktisch immer sehr stark. Beseitigung von Schmerzen ist deshalb auch *Funktionsverbesserung,* sogar in Fällen, bei denen man das Gegenteil erwarten würde (z. B. nach Ausschalten eines schmerzhaften Gelenkes mittels Arthrodese).

2.1.2.2. *Verbesserung der Funktion*

1. *Verbesserung statisch ungünstiger Verhältnisse,* z. B. mittels Korrektur von Deformitäten (Arthrolysen, Tenolysen, Osteotomien, Arthrodesen).
2. *Stabilisierung der Gliederkette* bei
   - Lähmungen
   - Gelenkinsuffizienz
   - Gestörter Tragfunktion des Skelettes (Frakturen, Pseudarthrosen usw.)

   mittels Osteosynthesen, Arthrodesen, Sehnen- und Bandplastiken, Apparaten usw.

Verbesserung statisch ungünstiger Verhältnisse und Stabilisierung der Gliederkette sind die *beiden Grundpfeiler* orthopädischer Therapie im engeren Sinne. Erst an dritter Stelle folgt die

3. Verbesserung des *Bewegungsumfanges* der Gliederkette. *Schmerzfreiheit, Stabilität* und *praktische Funktion* haben den *Vorrang* vor Gelenksmobilisierungsversuchen als Selbstzweck.

2.1.2.3. *Korrektur von Deformitäten*

Dies war die ursprüngliche Aufgabe der Orthopäden. Sie hat an sich schon einen gewissen Sinn, der in der Vorstellung der körperlichen Integrität des Menschen gründet.

Bei dem engen Zusammenhang zwischen Form und Funktion ist damit oft auch eine Verbesserung der Leistung des Bewegungsapparates verbunden.

Andererseits ist eine Deformität – zumal eine geringgradige – an sich noch keine Operationsindikation.

Recht häufig suchen Patienten den Orthopäden auf mit der Bitte, eine ästhetisch störende Deformität zu beseitigen. Dem Arzt stellt sich die verantwortungsvolle Aufgabe, Berechtigung eines solchen Anliegens gegen Gefahren und Nachteile einer Operation abzuwägen und den Patienten entsprechend zu beraten. Einerseits wird man nicht leichtfertig «Schönheitsoperationen» anpreisen und ausführen. Andererseits kann man sich den oft echten und schwierigen psychischen und sozialen Problemen, welche manche Patienten tatsächlich haben, nicht entziehen indem man sie einfach als «neurotisch» abtut. Eine eingehende Aussprache ist in jedem Fall notwendig. (Vgl. auch I.C.4.2.6.: «Kosmetische Indikation?»)

Zur Korrektur von Deformitäten als *Prophylaxe* vgl. I.C.4.2.3. und I.C.4.2.4. sowie II.13.: «Häufige Normvarianten bei Kindern».

2.2. Behandlungsziel

Unserer idealen Vorstellung gemäss, welche wir von der Ausbildung her mitbringen, ist das Ziel jeder Behandlung die Ausschaltung der krankmachenden Noxe und eine «Restitutio ad integrum», eine vollständige Wiederherstellung.

Nur beim kleineren Teil der orthopädischen Krankheiten ist dies möglich, teils weil eine «kausale Therapie» fehlt, teils weil die Schäden irreversibel sind. Unser Behandlungsziel muss dann ein anderes sein: *Erreichen der bestmöglichen für den betreffenden Patienten brauchbaren Funktion.* Dabei muss von der integrierten *Leistung* des gesamten Bewegungsapparates und *ihrer Bedeutung für Leben und Arbeit* dieses Patienten ausgegangen werden (siehe Liste «Die Leistungen des Bewegungsapparates», I.B.2.1.4.).

Unter diesem Gesichtspunkt wird es sinnvoll, etwa ein schwer beschädigtes, schmerzhaftes Gelenk nicht zu retten zu versuchen, sondern zu versteifen, damit das beschädigte Glied wieder für die Gesamtfunktion des Bewegungsapparates brauchbar wird.

Natürlich entspricht die neue Funktion nicht mehr genau der früheren, «normalen». Es ist eine abgewandelte «Ersatzfunktion», pathologisch vielleicht im Sinne der Lehrbuchphysiologie, aber für die Bedürfnisse des betreffenden Menschen von unersetzlichem Wert.

Wir müssen in der Orthopädie Hilfsfunktionen, Improvisationen, Ersatzlösungen, usw. erkennen und akzeptieren. Die Natur und unsere Patienten kennen sie schon lange und wenden sie an.

Oft sind solche nicht lehrbuchmässige Funktionen mühsam durch funktionelle Anpassung und jahrelange Übung vom Patienten erworben worden, und er ist in Ermangelung der «regelrechten» Funktion darauf angewiesen.

Unverzeihlich wäre es, ihn solcher unentbehrlicher Funktionen etwa durch eine Operation zu berauben, mit dem Blick auf eine «Normalisierung», eine Wiederherstellung anatomischer Lehrbuchverhältnisse.

Diese Gefahr ist gar nicht so klein, wie es scheinen könnte. Beispiele von Operationen bei Spastikern, bei multiplen Deformitäten oder Lähmungen, bei Folgen von Verletzungen oder polyarthritischen Schüben an mehreren Gelenken, aber auch bei nicht anatomisch geheilten Frakturen usw. zeugen davon.

Vor solchen Fehlleistungen kann uns nur eine aufmerksame Gesamtbetrachtung schützen, eine genaue Funktionsdiagnose, das Verständnis der Wechselwirkung zwischen mechanischen Anforderungen und biologischer Leistung zusammen mit einiger Erfahrung.

Hier muss sich die orthopädische Betrachtungsweise bewähren. (Vgl. «Funktionelle Diagnostik»: I.B.2.1.4.)

2.2.1. *Die integrierte Leistung des Bewegungsapparates*

Sie ist die Grundlage dieser Betrachtungsweise:

Von der Atmung für die unmittelbare Erhaltung des Lebens bis zu Spitzenleistungen in Handfertigkeit und Sport ist ein langer Weg, auf dem *eine Stufe die nächste voraussetzt.*

Im Verlaufe der menschlichen *Entwicklung* wird dieser Weg von *Stufe zu Stufe durchlaufen,* von der völligen Hilflosigkeit des Säuglings über die vollständige, auch finanzielle, Unabhängigkeit, die von einem normalen Erwachsenen erwartet wird, bis zu spezifischen überdurchschnittlichen Fertigkeiten und Leistungsvermögen eines bestimmten Individuums. All dies setzt einen intakten, tadellos funktionierenden Bewegungsapparat voraus. Wenn die Funktionen des Bewegungsapparates sich entweder wegen frühkindlicher Störungen nicht normal entwickeln, oder aber wegen späterworbenen Störungen wieder abgebaut werden, so fallen in erster Linie die hochdifferenzierten Leistungen aus, und die «Entwicklungsstufen» werden in umgekehrter Reihenfolge wieder *rückwärts durchlaufen* in immer grössere Abhängigkeit des Betroffenen von seiner Umgebung hinein.

Dies geschieht bei *Krankheiten langsam,* durch *Unfälle plötzlich,* und im *Alter* oft *fast unmerklich* und nur am Grade der Abhängigkeit erkennbar. Das ist was wir mit *Invalidität* bezeichnen.

Diese Invalidität steht für den Patienten des Orthopäden in der Regel im *Vordergrund,* und unsere therapeutischen Überlegungen kreisen um ihre zentrale Bedeutung. Für jeden Patienten ist sie verschieden: Bei einem Musiker kann es darum gehen, ob er wieder sein Instrument spielen kann oder nicht, bei einem Arbeiter, ob er seine Familie selbst durchbringen kann oder nicht. Ein schwer Verunfallter sollte wieder in einen Arbeitsprozess eingegliedert werden, und bei einem alten Patienten kann die Frage sein, ob er nach einer geheilten Schenkelhalsfraktur wieder zu Hause zu leben imstande ist, in ein Heim übergesiedelt werden muss, oder überhaupt nicht mehr das Spital verlassen kann.

In jedem Fall ist es die wichtigste und schönste Aufgabe des Orthopäden, Mittel und Wege zu suchen, seinen Patienten wieder in die *nächsthöhere Stufe* der *Selbständigkeit* zu bringen. Dies ist für das Leben des Betroffenen von zentraler Bedeutung und für die Gesellschaft von grossem Interesse.

Es ist für den orthopädisch tätigen Arzt zweckmässig, sich bei jedem seiner Patienten die *Frage nach der Stufe seiner Unabhängigkeit vorzulegen* und alle Möglichkeiten zu prüfen, ihm einen grösseren Freiheitsgrad zu verschaffen. Dazu ist das Studium und die Kenntnis des Bewegungsapparates und seiner Funktionsweise im gesunden und gestörten Zustand notwendig. *Als «Checkliste» dafür kann die Liste «Leistungen des Bewegungsapparates» im Abschnitt «Funktionelle Diagnostik»,* I.B.2.1.4. *gebraucht werden* (Tab. 6, S. 119).

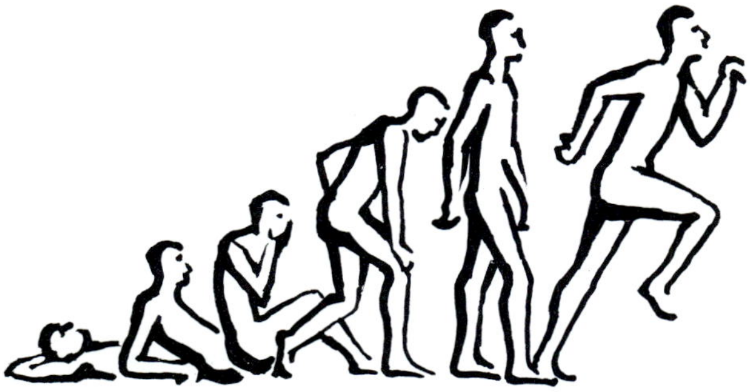

2.2.2. *Der Behandlungsplan*

Kaum irgendwo ist ein *langfristiger* Behandlungsplan so wichtig wie in der Orthopädie. Als Beispiel sei die kongenitale Hüftgelenksluxation oder die Klumpfussbehandlung angeführt: Eine Korrektur der Deformität in einem Akt ist nicht möglich und würde mit einer Katastrophe enden. Die Behandlung muss oft über mehrere Jahre geführt werden. Verschiedene konservative und operative Methoden ergänzen sich in bestimmter Folge, und der richtige Augenblick für den nächsten Schritt muss genau erfasst werden.

Das Aufstellen eines langfristigen Behandlungsplanes ist somit notwendig, auch um die unerlässliche Mitarbeit der Patienten, bzw. der Eltern der betroffenen Kinder, zu gewinnen.

Orthopädische Leiden *begleiten* die Patienten oft *durchs ganze Leben.* Eine Gelenkdeformierung, Epiphysenlösung oder Fraktur in der Jugend führt mit den Jahren zur deformierenden Arthrose. Auch wenn der Patient nichts davon zu wissen braucht, wird der Orthopäde sich einen langfristigen Plan zurecht legen, wie dieser Patient therapeutisch durch die Jahre zu betreuen sei, und er wird versuchen, unmittelbar notwendige Massnahmen auf später erforderliche abzustimmen.

Nicht selten soll eine Operation, welche für notwendig erachtet wird, nicht sofort ausgeführt werden, sondern man wartet besser den geeigneten Zeitpunkt dafür ab, z.B. eine gewisse Skelettreifung bei Epiphyseodesen, Skoliose- und Arthrodeseoperationen, Endoprothesen usw., obwohl damit die Geduld von Patient und Operateur unter Umständen ein paar Jahre lang strapaziert werden.

2.3. Methoden orthopädischer Therapie

Dass Therapie zuerst und vor allem *nicht schaden* soll, ist wohl zu Recht das erste Gebot des Hippokrates. Es gilt heute, da uns viel wirkungsvollere – im Nutzen wie im Schaden – Methoden in die Hand gegeben sind, mehr denn je.

Es ist deshalb zweckmässig, sich bei der Auswahl der zur Verfügung stehenden Mittel an das bewährte *Schema* zu halten, welches *beginnt mit den am wenigsten gefährlichen Massnahmen:*

1. Keine Therapie, lediglich Aufklärung und Beratung;
2. Konservative (nicht operative) Therapie;
3. Operative Therapie.

Wenn immer möglich wird man einen Versuch machen mit der niedrigeren Stufe und nur, wenn unbedingt nötig, zur nächst höheren «eskalieren».

Vor allem Operationen, aber auch konservativen Methoden, wohnt eine erstaunliche Mannigfaltigkeit von *Komplikationsmöglichkeiten* inne. Sogenannte iatrogene Schäden, Misserfolge, ja tragische Katastrophen, sind häufiger, als man aus den Angaben in der Fachliteratur vermuten würde. Und sehr oft entstehen diese Schäden aus kleinen Versehen, Fehlern in der Beurteilung, Nachlässigkeiten in der Ausführung, welche bei der Planung der Therapie nicht vorausgesehen wurden. In den Vereinigten Staaten hat die Verurteilung von Ärzten zu Haftpflichtleistungen in der Folge von «malpractice suits» (Kunstfehlerprozessen) solche Ausmasse angenommen, dass die Haftpflichtversicherungen sich zu weigern begonnen haben, Ärzte überhaupt zu versichern. Orthopädische Chirurgen stehen dabei konkurrenzlos an erster Stelle. Ein zweifelhafter Ruhm. In Europa ist eine ähnliche Entwicklung im Gange.

Sicher fällt die Entscheidung, ob Operation oder nicht, oft schwer. Es ist aber sicher besser, im Zweifelsfall sich einmal auf der Seite der konservativen Therapie zu irren.

3. Konservative Therapie

Die in der Orthopädie heute gebräuchlichen Methoden gründen zu einem grossen Teil auf gesicherten Grundlagen. Es ist daher in den meisten Fällen möglich und richtig, einen *logischen, rationalen Behandlungsplan* aufzustellen. In gewissen Fällen kann es allerdings zur Betreuung und psychologischen Führung des Patienten wesentlich sein, dass «etwas gemacht wird», also eine Therapie «ut aliquid fiat». Selbstverständlich wird man harmlose Applikationen, vielleicht etwas Bewegung, Bäder, Einreibungen, usw. wählen, welche der Patient wenn möglich selbst zu Hause anwenden kann. Medikamente sind in solchen Fällen in der Orthopädie entbehrlich (Tab. 9).

3.1. Zwei orthopädische Behandlungsprinzipien: Ruhe und Bewegung

Die spezifisch orthopädischen Behandlungsprinzipien stützen sich vor allem auf die *Anwendung bzw. Ausschaltung mechanischer Kräfte.*

Sie fallen in eine der drei folgenden Gruppen:
- *Ruhe*
- *Stützung* instabiler Strukturen (Knochen, Gelenke)
- *Korrektur* und Verhinderung von Deformitäten.

Alle bedienen sich ähnlicher Methoden: äussere Stützen und Fixationen, Schienen, Gipse, Apparate usw.

In einem scheinbaren Gegensatz dazu stehen bewährte Methoden, welche die
- *Bewegung als Behandlungsprinzip* in den Vordergrund stellen: Heilgymnastik, Manipulation, Massage usw.

3.1.1. *Bewegung und Ruhe, ein Gegensatz?*

Zur Erhaltung seiner Funktion braucht der *Bewegungsapparat* die *Bewegung.* Für die Heilung von *Krankheit* und *Verletzung* braucht es hingegen *Ruhe.*

Was braucht nun der kranke und verletzte Bewegungsapparat?

Diesen gegensätzlichen Anforderungen gerecht zu werden ist ein zentrales Anliegen der orthopädischen Therapie, das uns in unzähligen Abwandlungen auf Schritt und Tritt begegnet und sich wie ein roter Faden durch konservative und operative Therapie zieht: Körpertraining, Heilgymnastik, Mobilisation, Gelenksoperationen auf der einen, Schonung, Ruhigstellung, Fixation mit Gipsen und Apparaten, Osteosynthese, Arthrodese auf der andern Seite.

Manchmal ist das eine, oft das andere besser, häufig ein Kompromiss und nicht selten auch beides zugleich, z. B. bei einem Gehgips oder einer Mobilisation nach Osteosynthese.

Welches sind die Prinzipien nach denen die vielfältigen Möglichkeiten aus dem Arsenal der konservativen orthopädischen Therapie angewendet werden? Vielleicht ist es am besten, sich erst einmal die Wirkung von Ruhe und Bewegung auf die Gewebe des Bewegungsapparates klar zu machen, um daraus die Behandlungsprinzipien abzuleiten.

1. Nur ein *normaler Gebrauch* gewährleistet eine normale Trophik (Eutrophie) der Gewebe und eine normale Funktion des Bewegungsapparates. Sobald dieser normale Gebrauch ausfällt, sei es weil er durch Krankheit unmöglich gemacht oder einfach vernachlässigt wird, reagieren die Gewebe mit regressiven und involutiven

Tab. 9. Konservative orthopädische Therapie.

– Ruhigstellung, Hochlagerung	
– Fixierung und Stützung, Redression	
– Bewegung	– Heilgymnastik
	– Massage
	– Manipulation (Frakturen, Luxationen, Gelenke, Wirbelsäule)
– Physikalische Applikationen	– Wärme und Kälte
	– Wasser
	– elektrische und andere
	– Ultraschall
	– Röntgenbestrahlung
– Medikamente	– allgemein
	– lokal
– orthopädische Apparate und Behelfe	

Tab. 10. Wirkung von Ruhe und Bewegung auf die Entzündungs- und Heilungsvorgänge.

	Knochen	Gelenke	Muskulatur und Bindegewebe
Ruhe (Hochlagerung): therapeutisch	Normale Frakturheilung, keine Schmerzen	Rückgang von Entzündung, Schmerzen und Erguss; Bewegungseinschränkung in der Regel reversibel	Rasche Wundheilung. Rückgang des Ödems. Atrophie, reversibel
Tieflage: ungünstig	evtl. Sudecksche Atrophie	Schwellung, Erguss, Schmerzen und Versteifung	Venöse Stauung, Ödem, Schmerzen
Bewegung: schädlich (besonders die passive Mobilisation)	– Entzündung nimmt zu – Frakturheilungsstörung: überschiessender Kallus, evtl. verzögerte Heilung, Fehlstellung, Refraktur, Pseudarthrose mit Schmerz, Schwellung, Rötung evtl. Sudeck	Stärkere Entzündung mit Schmerzen, Schwellungen, Erguss und zunehmender Versteifung (paradoxe Wirkung!)	evtl. Myositis ossificans, evtl. stärkere Entzündung, Schwellung, Ödem und *Schmerzen*
Aktive Bewegungsübungen, soweit schmerzfrei: sobald es die Situation erlaubt		Verbesserung der Beweglichkeit	Rückgang der Atrophie, Abnahme der Schwellung

Veränderungen, mit Atrophie und Mobilitätsverlust.

2. Die *Heilung* von Krankheiten des Bewegungsapparates benötigt in der Regel eine bestimmte *Zeitspanne der Ruhe* für den Heilungsprozess (Entzündung, Wundheilung, Frakturheilung). Zudem lindert Ruhigstellung die Schmerzen, welche durch Bewegung ausgelöst werden. Schmerzhafte, entzündete und verletzte Gelenke und Gliedmassen werden instinktiv immobilisiert (Tab. 10).

An der Bedeutung von Ruhe und Hochlagerung für den Heilungsprozess bei akuten Krankheiten und nach Verletzungen ist ebenso wenig zu zweifeln wie an der Schädlichkeit allzu früher und forcierter Bewegung.

Dem Prinzip der *Ruhigstellung* dient denn auch ein grosser Teil aller orthopädischen Therapie (Schonung, Bettruhe, Extensionen, Gipse, Apparate, Korsette, Osteosynthesen).

Wie wirken sich diese Massnahmen auf die Gewebe des Bewegungsapparates aus? (Tab. 11.)

Die Wirkungen treten *rasch* ein (Tage, Wochen) und sind *tiefgreifend.* Der Stoffwechsel der

Tab. 11. Wirkung von Ruhe und Bewegung auf die gesunden Gewebe des Bewegungsapparates.

	Knochen	Gelenk	Muskulatur und Weichteile
– Immobilisation: Bettruhe, Gipsfixation (Liegegips): *notwendiges Übel,* nicht länger als nötig	Inaktivitätsosteoporose, reversibel	Ohne tägliche Bewegungsübungen leicht Versteifung möglich, vor allem bei Gelenkserkrankungen und Lähmungen. Bei Jugendlichen praktisch nie Versteifung. Bei älterem und vorgeschädigtem Gelenk evtl. Bewegungseinschränkung, meist reversibel, bei Gelenkserkrankungen und Lähmungen aber oft bleibend	Inaktivitätsatrophie (bei Jugendlichen ohne weiteres reversibel)
Besser, wenn möglich ist: – partielle Fixation, jedoch mit möglichst normaler Funktion (Belastung) z. B. Gehgips, Funktionsgips (Arm, Hand), Apparat, Stützkorsett	Geringe Osteoporose	Beweglichkeit bleibt erhalten	Geringe Atrophie
Ideal ist: Normale schmerzfreie Funktion (Gehen mit Belastung, Handarbeit): *wo immer möglich:*	Eutrophie	Schmerzfreie Beweglichkeit im Rahmen des Möglichen	Eutrophie (wenn keine pathologischen Zustände vorhanden sind, welche Ruhe verlangen)
		Normale Funktion ist das beste Training	

Gewebe des Bewegungsapparates reagiert schon auf geringe Änderungen in der Beanspruchung sehr fein.

Es ist nicht zu bezweifeln, dass länger dauernde, weitgehende Immobilisierung die Gefahr einer Gelenkversteifung in sich birgt und gewisse Schäden nach sich ziehen kann, welche allerdings – je nach Alter und Zustand der Gelenke – mehr oder weniger lange Zeit reversibel bleiben.

Die Ruhigstellung erweist sich somit als ein «notwendiges Übel», weshalb eine gewisse Atrophie der Gewebe zum Bilde fast aller Erkrankungen und Verletzungen des Bewegungsapparates gehört. Es gilt, diese 1. in kleinstmöglichem Rahmen und 2. reversibel zu halten.

Daraus ergeben sich

- *zwei Behandlungsprinzipien* für die Ruhigstellung

1. *Zeitliche Begrenzung der Ruhigstellung auf das unbedingt notwendige:*
   - Vollständige Ruhe (Bettruhe) (z.B. nach Schock, Operationen): wenige Tage,
   - Wundheilung: wenige (4–6) Tage;
   - Frakturheilung: bis Konsolidation eingetreten;
   - Entzündungsheilung: bis Entzündung abgeklungen.
2. *Örtliche Beschränkung* auf das unbedingt notwendige:
   - Verletztes oder erkranktes Gelenk;
   - Wunde;
   - verletzter Knochen;
   - entzündeter Körperabschnitt.

Dabei wird man *alle jene Gelenke* und Muskeln, *welche nicht unbedingt ruhiggestellt* werden müssen, *weiter* übungsmässig *bewegen* und womöglich normal funktionieren lassen (z.B. Finger brauchen im Handgips, Schulter bewegen bei Ruhigstellung der Hand usw.).

Die Beurteilung, ob Ruhigstellung oder Bewegung im einzelnen Falle das richtige ist, kann *nur die Beobachtung* lehren: Wenn bei forcierter Bewegungstherapie ein Glied anschwillt, sich verfärbt, stärker schmerzt und schlechter bewegt werden kann, so benötigt es eben noch Ruhe bis diese Symptome wieder verschwunden sind. Bald wird man aber, diesmal etwas vorsichtiger, mit aktiven Bewegungsübungen wieder beginnen und sehen, dass jetzt die Heilung Fortschritte macht, die Schmerzen und das Ödem verschwinden und die Funktion sich verbessert. Dies war dann das richtige Mass von Ruhe und Bewegung.

Die *Methoden* der Ruhigstellung sind mannigfaltig:

3.1.2. *Ruhigstellung, Hochlagerung, Fixation*

Ruhigstellung, Hochlagerung und Fixation gehören bei Entzündungen jeder Genese, nach Verletzungen, Operationen usw. zu den wichtigsten Therapiemassnahmen. Im akuten Stadium ist dazu in der Regel Bettruhe notwendig.

Dabei ist eine

- *korrekte Lagerung* zu beachten: Grundstellung der Gelenke, damit keine Kontrakturen entstehen: ausführliche Beschreibung im Kapitel «Deformitäten»: II.12.2.5.1. (Abb. 126).

Die korrekte Lagerung in Funktionsstellung ist besonders wichtig bei *Lähmungen.* Sie ist dort (II.8.1.4.1.) ausführlich beschrieben.

Arm und Hand werden hochgelagert, die Hand ebenfalls in Funktionsstellung (siehe III.A.7.1.) (Abb. 127).

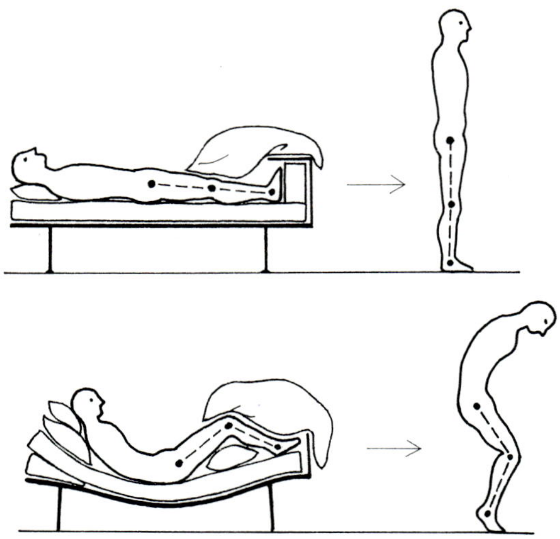

Abb. 126. Der Einfluss der *Lagerung* im Bett auf die Haltung im *aufrechten Stand:*

Oben: Korrekte Lagerung im Bett: feste gerade Unterlage, Brettchen oder Kiste zum Abstützen der Fusssohle und Bettbogen, damit die Decke nicht auf den Fuss drückt. Diese Stellung ergibt im Stehen eine gerade aufrechte Haltung.

Unten: Eine häufig anzutreffende Lagerung im Bett: Kopf hochgestellt, die weiche Unterlage sackt durch, Kissen unter den Kniekehlen, die Bettdecke drückt auf den Fussrist. Diese Körperhaltung ist zum Stehen denkbar ungünstig.

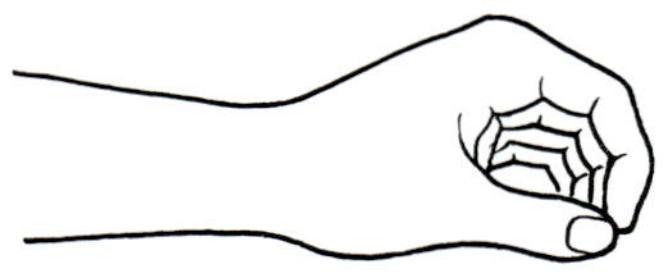

Abb. 127. *Funktionsstellung der Hand.*

Lockerer Faustschluss, Daumen und Zeigefingerkuppe berühren sich. Detailliertere Beschreibung siehe II.8.1.4.1.

Die *Fixation eines Gelenkes, eines Gliedmassenabschnittes,* wie sie bei Gelenk- und Knochenerkrankungen, nach Gelenkverletzungen, Frakturen, Operationen wie Osteotomien, Arthrodesen usw. häufig notwendig ist, kann kurzfristig mit Schienen, mit Gipsverbänden, im Dauerzug (Extension) erfolgen, längerfristig mit Apparaten (Orthesen).

Je nach Krankheit oder Verletzung muss die Fixation mehr oder weniger starr sein (mehr oder weniger gepolsterter Gips, Liegegips oder Gehgips). Eine völlig starre Fixation ist mit konservativen Methoden nicht zu erreichen, aber auch selten unbedingt notwendig.

Falls – in seltenen Fällen – eine absolute Fixation notwendig ist (z. B. bei manchen Pseudarthrosen), hilft nur eine Operation (Osteosynthese).

3.1.3. *Absolute und relative Ruhigstellung*

Vollständige Ruhigstellung bedeutet
- *Bettruhe* oder
- *Gipsfixation.*

Oft ist jedoch nur eine gewisse *Schonung* und *Entlastung vor übermässiger Beanspruchung* notwendig (Abb. 128).

Zum Schutz vor der *normalen* Beanspruchung dienen:
- an der oberen Extremität: eine *einfache Armschlinge;*
- für die untere Extremität: *Krückstöcke;*
- für die Wirbelsäule: *Lendenmieder* und *Halskragen.*

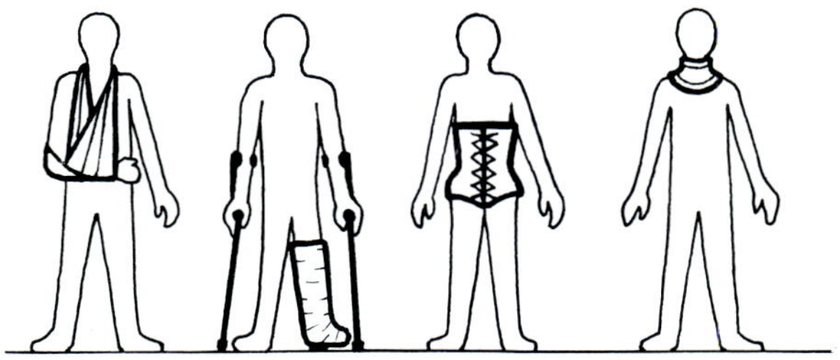

Abb. 128. *Ruhigstellung und Entlastung von Arm, Bein und Wirbelsäule.*

- Die *Armschlinge* ist einfach und zweckmässig. Der Gefahr der Schulterversteifung muss durch möglichst frühes regelmässiges *Armheben* begegnet werden. Eine ruhigzustellende *Hand* sollte allerdings, anders als auf der Zeichnung, auch *in* der Schlinge liegen.
- Mit *Krückstöcken* kann man auf *einem* Bein gehen *ohne* das andere zu belasten. Der Fuss sollte aber wenn möglich normal *aufgesetzt* und *abgerollt* und nicht in der Luft gehalten werden, da sonst rasch trophische Störungen (Ödem, Versteifung) auftreten.
- *Beingipse* sollten wenn immer möglich als *Gehgipse* gefertigt werden.
- *Lendenmieder* und *Halskragen* geben eine relative Ruhigstellung, ohne dass die Funktion der Muskulatur dadurch behindert wird.

3.1.4. *Stützung und Halt*

Stützung und Halt sind oft gleichbedeutend mit Ruhigstellung und werden auch mit ähnlichen Mitteln erreicht.

In vielen Fällen jedoch ist *Stützung notwendig aber keine Ruhigstellung.*

Während die *Ruhe* eine Voraussetzung für die *Heilungsvorgänge* am Bewegungsapparat bildet, ist die *Stabilität* und *Belastbarkeit* der Strukturen des Bewegungsapparates *Voraussetzung für seine Funktion.*

Gebrochene, pseudarthrotische oder weiche Knochen, instabile, insuffiziente Gelenke, gelähmte Gliedmassen bedürfen der *Stützung* damit sie funktionieren können. Oft soll damit nicht in erster Linie eine Ruhigstellung angestrebt, sondern im Gegenteil Bewegung, Belastung und normale Funktion ermöglicht, erlaubt und gefördert werden.

Stützung und Entlastung ist kurzfristig am besten mittels Schienen, Gipsverbänden usw. möglich. Für langfristige Fixation lohnt es sich, *abnehmbare* Behelfe: Schienen, orthopädische Apparate usw. herzustellen. Die Patienten sind dankbar, wenn sie sich waschen können.
- *Arm und Hand:* Einfache Schienen, Manschetten, Gipsverbände, welche die Fingergrundgelenke freilassen, ermöglichen einen weitgehend normalen Gebrauch der Hand. Eine Hand, die nicht gebraucht wird, versteift rasch (siehe auch I.C.3.7.2.3.).
- *Wirbelsäule:* Gipskorsett, Bauchbandage, Lendenmieder, Halskragen (siehe I.C.3.7.3.).
- *Beine:* Vollständige Entlastung ist selten nötig und nur mit Krückstöcken möglich oder mit einem Apparat, auf welchen sich das Becken direkt abstützt, ein sogenannter Thomasbügel (siehe auch I.C.3.7.2.2.).

Wenn immer möglich soll aber *normales Gehen mit voller* oder wenigstens *teilweiser Belastung* angestrebt werden: Dazu eignet sich kurzfristig am besten ein *Gehgips* (Unter- oder Oberschenkelgips) (Abb. 129).

Für chronische Zustände, vor allem auch Lähmungen, kommen *Gehapparate* und Lähmungsschienen in Betracht.

Auch ein gewöhnlicher *Handstock* ist oft schon eine grosse Hilfe.
- *Füsse:* Einlagen, Stiefel, Massschuhe (siehe III.C.7.).

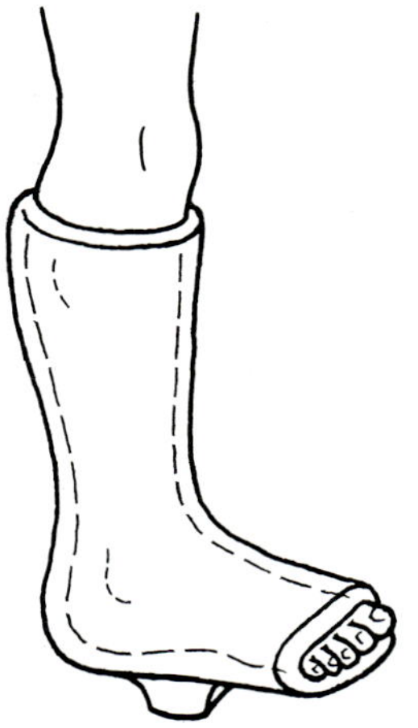

Abb. 129. *Gehgips.*

Trophik und Zirkulation sind im Gehgips wesentlich besser als im Liegegips, weil bei jedem Schritt automatisch isometrische *Muskelaktionen* stattfinden und Knochen und Gelenke physiologisch beansprucht werden. Statt eines *Gummiabsatzes* an der Sohle kann auch ein *Behelfsschuh* aus einem alten Autopneu angelegt werden.

Ein Beispiel für die konsequente Durchführung des Prinzips von Ruhigstellung und Bewegung gleichzeitig ist die *Osteosynthese:* Durch stabile Fixation der gebrochenen Knochen kann auf die Ruhigstellung verzichtet und statt dessen Bewegung und normale Funktion gefördert werden.

Heute geht deshalb die Tendenz dahin, äussere Stützen durch innere zu ersetzen (siehe I.C.4.3.5.).

3.1.5. *Verhindern und Korrigieren von Deformitäten*

Während in der Fraktur- und Luxationsbehandlung und bei der Manipulation von Wirbelsäule und – selten – Gelenken mit einem kurzen aber oft massiven Kraftaufwand eine Reposition bzw. Mobilisation versucht wird, benützt die konservative Orthopädie zur *Korrektur von Deformitäten* stete, *über lange Zeit hinweg wirkende Kräfte,* welchen die Deformitäten mit der Zeit nachgeben sollen *(Redression).*

Mindestens ebenso wichtig ist es, *Rezidive* von korrigierten Deformitäten zu *verhindern,* weil diese immer die Tendenz haben, sich sofort wieder zu bilden (siehe «Kontrakturen», II.12.2.).

Angewendet wird die Redression bei kongenitalen Deformitäten (Klumpfuss: Gipse, Apparate, Nachtschienen: siehe III.C.7.3.1.) und gelegentlich bei kindlichen Stellungsvarianten. Bei schlaffen und spastischen Lähmungen sind sie unentbehrlich (Prophylaxe von Gelenkfehlstellungen mit Schienen und Apparaten, siehe II.8.). Technisch recht schwierig und aufwendig ist die Skoliosebehandlung (Korrekturgipse, Extensionskorsette, siehe III.B.8.3.6.). Auch bei Gelenkserkrankungen mit muskulären Kontrakturen werden Schienen und Apparate verwendet, und schliesslich kommt das Prinzip auch bei der Frakturbehandlung gelegentlich zur Anwendung (3-Punkte-Gips, Gipskeilen, siehe I.C.3.6.). Eine besondere Vorrichtung zur Gelenksredression ist der Quengel (als Gips oder Apparat, siehe I.C.3.6.2.4.).

Das Hauptproblem bei allen diesen Redressionsbehandlungen ist der Druck auf die Haut mit der *Gefahr von Hautnekrosen,* von Dekubitalgeschwüren. Diese zu vermeiden und trotzdem genügend Druck auf das Skelett auszuüben ist eine Kunst. Hier ist dieser Methode eine Grenze gesetzt.

3.2. Bewegungstherapie (Heilgymnastik) (Tab. 12)

Jede dieser Aufgaben erfordert verschiedene heilgymnastische Methoden.

Bewegungsbehandlung ist weitgehend die Domäne der
- *Heilgymnastik (Physiotherapie)* und der
- *Beschäftigungstherapie (Ergotherapie),*

beides medizinische Berufe mit einer langen und gründlichen Ausbildung.

Während die *Physiotherapie* sich vorwiegend den *unteren Extremitäten* und dem *Stamm* widmet, nimmt sich die *Ergotherapie* besonders der *Hand* und ihren Fertigkeiten an.

Ihre Hauptaufgabe haben beide in der *Nachbehandlung* von Verletzungen und Operationen, sowie von Krankheiten, welche länger dauernde Immobilisation erfordern.

Tab. 12. Aufgaben der Heilgymnastik.

1. *Kräftigen* einer geschwächten Muskulatur.
2. *Erhalten der Muskeltrophik* während (durch Krankheit oder nach Operationen) erzwungener Inaktivitätsperioden.
3. Erhalten oder Wiedergewinnen der *Gelenksbeweglichkeit* während erzwungener Immobilisierung.
4. *Verbessern* einer ungenügenden, «schlaffen», muskelschwachen *Haltung.*
5. *Lockern* muskulärer Verkrampfungen und Spannungen, sowie ungünstiger verkrampfter Gewohnheitshaltungen.
6. Verbessern der *Koordination* bei neurologischen Störungen (zerebrale Bewegungsstörungen).
7. *Verhindern sekundärer Komplikationen* (Thrombosen, Decubitus, Pneumonien) bei Bettlägerigen.
8. Verbessern und Wiedererlangen der normalen *Gebrauchsfunktionen:* Greifen, Halten; Stehen, Gehen, Aufstehen, Treppensteigen usw.

Daneben gibt es aber eine ganze Reihe von spezifischen Indikationen, so vor allem bei schlaffen und spastischen Lähmungen und bei manchen statischen Störungen und Schmerzen, besonders im Bereiche des Rumpfes, Schulter- und Beckengürtels.

Eine besonders wichtige und dankbare Aufgabe erwächst der Physiotherapie und der Ergotherapie bei der *Rehabilitation,* der *Wiedereingliederung* invalider und nach längerer Immobilisation behinderter Patienten in das tägliche Leben. Diesen Patienten muss man *helfen, sich selbst zu helfen.* Dies beginnt mit Einübung der einfachsten täglichen Verrichtungen und führt bis hin zu spezifischen Leistungen, welche besondere Kraft und Geschicklichkeit verlangen (siehe I.B.2.1.4. und I.C.2.2.1.).

• *Formen der Bewegungstherapie*

1. Muskeltraining:
   - isometrisch (reines Krafttraining ohne Bewegung);
   - isotonisch (Bewegung gegen gleichbleibenden Widerstand);
2. aktive Bewegungsübungen: funktionelle Bewegungsabläufe;
3. passive Bewegungsübungen: bei schlaffen Lähmungen zur Verhinderung von Kontrakturen;
4. Koordinationstraining bei spastischen Lähmungen (Bobath usw.);
5. Haltungsturnen;
6. Lockerungsübungen und Massage;
7. funktionelles Training: Praktisch orientiertes Üben der normalen Funktionen:
   - Gehschule;
   - Üben der täglichen Verrichtungen;
   - Handfertigkeit (Ergotherapie).

3.2.1. *Muskeltraining*

3.2.1.1. *Dynamische und statische Muskelarbeit*

Dynamische, also *mit Bewegung verbundene* Muskelarbeit (z.B. Gehen, Fenster putzen, rudern), fördert Durchblutung und Stoffwechsel und erhält den Bewegungsapparat in gutem Trainingszustand. Dynamische, rhythmische Muskelarbeit kann man sehr lange leisten bei bestem Wohlbefinden *ohne zu ermüden,* kurz, sie ist *gesund* und natürlich.

Aber auch *bei bewegungslosem Verharren* in einer bestimmten Stellung ist die Muskulatur ständig in Aktion: z.B. im Stehen, Sitzen oder Lasten tragen muss sie den Körper gegen die Schwerkraft aufrecht halten. Dazu braucht es *Haltearbeit.* Diese wird als *statische Muskelarbeit* bezeichnet.

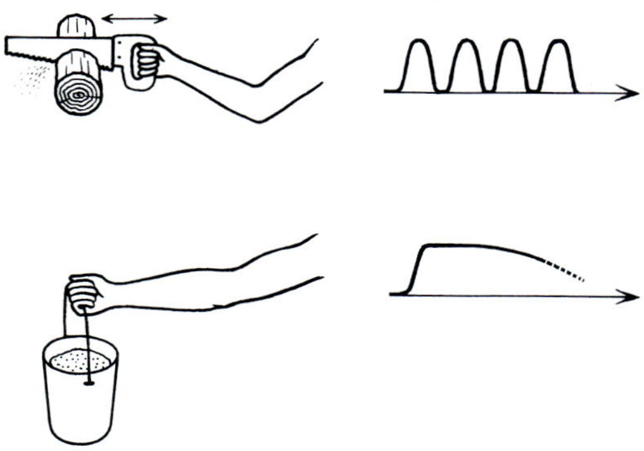

Abb. 130. *Dynamische und statische Muskelarbeit.*

Oben: Dynamische Muskelarbeit ist physiologisch, rhythmisch, fördert die Trophik und ermüdet wenig.

Unten: Statische Haltearbeit leistet keine Arbeit im eigentlichen Sinn (man könnte den Kessel auch aufhängen oder abstellen). Wegen rascher Ermüdung nimmt die Kraft bald ab.

Bei unserer modernen Lebensweise überwiegt leider oft die statische Muskelarbeit: Langes Verharren in vornübergeneigter Stellung, am Tisch, an der Schreibmaschine, am Fliessband beansprucht die Muskulatur *unphysiologisch.* Man *ermüdet* rasch, es stellen sich bald *Verkrampfung* und *Schmerzen* als Zeichen der Überdehnung und des ungenügenden Metabolismus ein (Abb. 130).

Viel kann erreicht werden, wenn es gelingt, im täglichen Leben – am Arbeitsplatz – durch Verbesserung der Körperhaltung und Rationalisierung der Arbeitsweise die statische Muskelbeanspruchung zu verringern und statt dessen Rhythmus und Bewegung in den Alltag zu bringen.

Beim Kranken und Verletzten liegen die Dinge etwas komplizierter. Oft ist Immobilisierung notwendig und Bewegung verboten. Trotzdem ist dynamische Muskelarbeit möglich: Dank *isometrischem Muskeltraining.* Dieses ist nicht zu verwechseln mit statischer Muskelarbeit: Isometrisches Muskeltraining wird *rhythmisch* betrieben.

3.2.1.2. *Isometrische Muskelübungen*

Der Muskel wird *so stark als möglich angespannt ohne das Gelenk zu bewegen* (Gelenk in Endstellung oder durch Antagonisten fixiert). Diese Art von Muskeltraining hat *grosse Vorteile:*

1. Muskelphysiologische Untersuchungen haben gezeigt, dass isometrisches Muskeltraining genau der richtige Stimulus ist, eine maximale *Hypertrophie* des Muskels hervorzurufen. Im Leistungssport wird es deshalb gezielt als *Krafttraining* benutzt. Es genügt, mehrmals täglich die betreffende Muskelgruppe (z.B. den Quadrizeps)

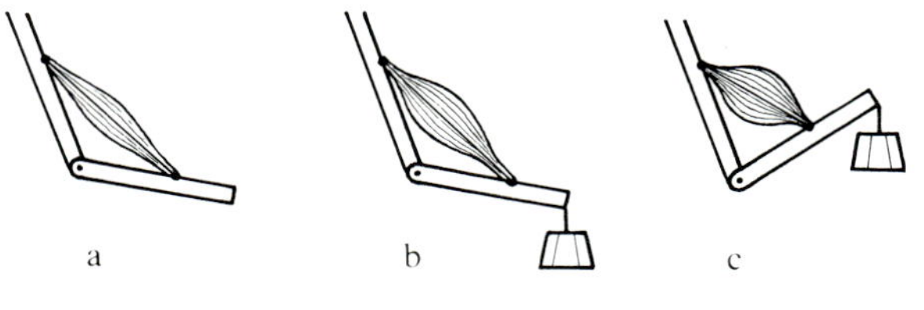

Abb. 131. *Isometrische und isotonische Muskelaktionen.*

a Muskel (z. B. Bizeps am Vorderarm) in Ruhe.
b *Isometrische Muskelaktion:* Bei *gleichbleibender Länge* des Muskels (bei fixiertem Gelenk) Muskelspannung gegen Widerstand.
c Um das Gelenk gegen *gleichbleibenden* Widerstand zu *bewegen* muss der Muskel sich *isotonisch* kontrahieren.

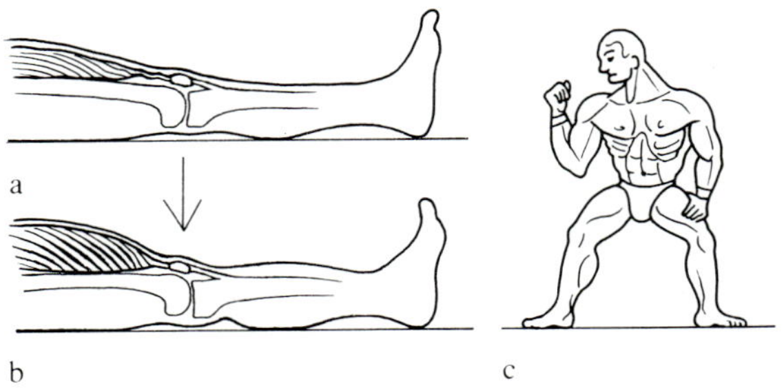

Abb. 132. *Isometrisches Krafttraining.*

a Bei erschlafftem Quadrizeps steht die Patella tief und lässt sich von Hand leicht verschieben.
b Der angespannte Quadrizeps zieht die Patella hoch und fixiert sie fest. So lassen sich isometrische Quadrizepsübungen leicht palpatorisch kontrollieren.
c Maximale *Hypertrophie* der Muskulatur wird beim «bodybuilding» mit isometrischem Muskeltraining erreicht. Eine der *wichtigsten* Aufgaben der *Heilgymnastik* ist das Verhindern bzw. die *Rückbildung* der Muskelatrophie.

während ein paar Sekunden mit maximaler Kraft einige Male hintereinander anzuspannen, um in kurzer Zeit die grösstmögliche Hypertrophie zu erreichen (Abb. 131).

2. Diese Übungen sind, hat man den «Trick» einmal begriffen, sehr einfach und ohne Hilfsmittel durchzuführen, eignen sich also besonders gut als «Hausaufgaben».

3. Sie erlauben *Muskeltraining* bei immobilisierten Gelenken, also *im Bett, im Gips* usw., kurz, es gibt *keine* Situation in welcher auf ein Muskeltraining verzichtet werden muss!

Beim *Gehen in einem Gehgips* finden infolge der normalen Innervation automatisch isometrische Muskelaktionen statt. Dies ist einer der Gründe, warum der Gehgips dem Liegegips weit überlegen ist. Analoges gilt für Korsette, Apparate usw.

4. Isometrisches Muskeltraining kommt, auch wenn die Gelenke selbst nicht bewegt werden, der Gelenkbeweglichkeit zugute: Es fördert die Zirkulation und damit die Resorption von Ödemen, verhindert ausgedehnte Inaktivitätsatrophie und -dystrophie sowie Gelenkkapselschrumpfung und -verklebung und ermöglicht damit später eine *raschere Gelenkmobilisierung.*

Besonders deutlich ist die Wirkung des isometrischen Muskeltrainings am *Knie* zu beobachten. Das Spiel der Patella zeigt dem Arzt, der Heilgymnastin und dem Patienten selbst, ob er seine Quadrizepsübungen richtig macht. Diese Bewegung der Patella hilft wesentlich mit, dass auch ein immobilisiertes Kniegelenk beweglich bleibt (Abb. 132).

5. Das *funktionelle Training,* z. B. in Form der Gehschule, beansprucht die Muskulatur weitgehend *isometrisch.*

3.2.1.3. *Isotonische Muskelübungen*
erfolgen gegen gleichbleibenden Widerstand, z. B. Gewichte. Sie dienen ebenfalls der Muskelkräftigung und sind gleichzeitig die besten Übungen für die Gelenksmobilisierung (siehe Abb. 135b).

3.2.2. *Aktive Bewegungstherapie*

Aktive Bewegungsübungen bilden die Grundlagen der Physiotherapie. Am besten sind Übungen gegen Widerstand: gegen die Schwerkraft, evtl. die Hand der Physiotherapeutin, gegen Gewichte, Übungen die der Patient selbst machen kann (Abb. 133).

Auch zur Mobilisierung steifer Gelenke sollte auf *aktive* Bewegungsübungen vertraut werden.

Die Versuchung, mit *passiven* Bewegungen, also von Hand nachzuhelfen ist gross. Tatsache ist, dass entzündlich gereizte Gelenke, etwa nach Frakturen oder Operationen, unter ständig wiederholten gewaltsamen passiven Bewegungsversuchen *nicht besser beweglich sondern steifer werden,* abgesehen von den äusserst *unangenehmen Schmerzen,* die solche Versuche auslösen.

Der Grund für den «kontraproduktiven» Effekt solcher Manipulationen liegt darin, dass die Gelenksentzündung durch die mechanische Reizung verschlimmert wird. Dadurch entstehen *Exudate, Ödeme* und zelluläre *Infiltrationen,* welche ihrerseits wieder zu *Narbenbildung* und *Versteifung* führen. Die *Schmerzen* tun das übrige. Sie bewir-

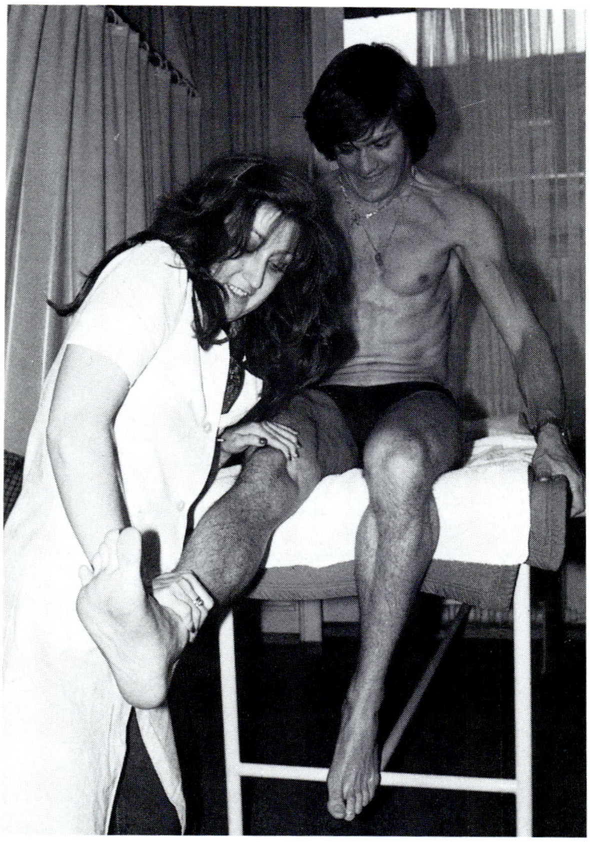

Abb. 133. *Aktives Muskeltraining gegen Widerstand* ist das Prinzip, auf welches Skiabfahrtsmeister *Russi* vertraut für die Rehabilitation seines havarierten Kniegelenkes. Die Motivation spielt bei der Heilgymnastik die Hauptrolle. Sie obliegt der Therapeutin. Nicht immer hat sie es so leicht mit den Patienten und so schwer mit dem Widerstand des Quadrizeps wie hier.

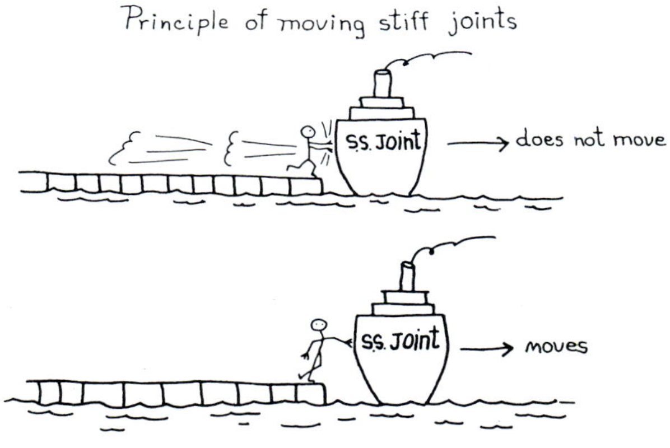

Abb. 134. Das Prinzip, steife Gelenke zu bewegen, haben Howard und Flatt so dargestellt: Abrupte Gewalt nützt nichts, macht nur Schmerzen und entzündliche Gewebsreaktionen. Einer sanften aber stetigen Kraft gibt das vernarbte periartikuläre Gewebe eher nach ohne Reaktion.

ken *Verkrampfung, Abwehr* und *Passivität* (siehe Abb. 134).

Unerfahrene und übereifrige Physiotherapeuten richten gelegentlich ihr Augenmerk zu einseitig auf die Gelenkbeweglichkeit und messen ihre Erfolge mit dem Winkelmass. Wichtig ist hingegen, die *Schmerzgrenze* als natürlichen Schutzmechanismus zu beachten. Als Faustregel kann gelten, dass die *beste Heilgymnastin jene ist, welche mit den Händen auf dem Rücken* arbeitet. Diese vielleicht etwas überspitzte Formulierung garantiert, dass das *Hauptgewicht* auf die *aktive* Gymnastik gelegt wird: Der Patient muss sie *selbst* betreiben (Abb. 135).

Mit Hilfe der Schwerkraft und einfachen Einrichtungen (Gewichte) kann der Patient mit diesem Programm auch eine kontrollierte *«passive»* Gelenkmobilisierung durchführen, ohne dass die Heilgymnastin «assistiert».

Immerhin sei zugestanden, dass eine einfühlende, vorsichtige manuelle Hilfe durch eine geschickte Physiotherapeutin eine ausgezeichnete Wirkung haben kann, nicht zuletzt deshalb, weil der Patient durch die Anwesenheit und Zuwendung der Therapeutin (welche mehr Zeit für ihn hat als der Arzt) zu intensiver Mitarbeit angespornt wird.

Diese Übungen sind in erster Linie *aktiv,* sie ergeben aber gleichzeitig auch eine vom Patienten *selbst* kontrollierte *passive* Bewegungsmöglichkeit.

3.2.3. *Passive Bewegungstherapie*

Die *rein passive Bewegungstherapie* ist nur angezeigt, wenn ein Gelenk *aktiv nicht mehr bewegt werden kann,* z.B. bei Lähmungen. Das tägliche Durchbewegen solcher Gelenke verhindert Kontrakturen, welche sonst unweigerlich auftreten würden. Dass im übrigen die Nachteile der passiven Bewegungen ihre Vorteile überwiegen wurde oben dargelegt (Abb. 136).

3.2.4. *Das Üben der Gebrauchsfunktion*

Das Üben der *Gebrauchsfunktion,* also der natürlichen Aufgaben des Bewegungsapparates, ist in der Orthopädie wichtiger als das isolierte Üben von Teilfunktionen. Statt z.B. die isolierte Dorsal- und Plantarflexion des Fusses gegen Widerstand im Liegen zu üben ist es sinnvoller, den Zehen- und Fersenstand zu trainieren. Das Üben der koordinierten Funktionen im natürlichen Zusammenhang gibt bei geringerem Zeitaufwand bessere funktionelle, für den Patienten praktisch

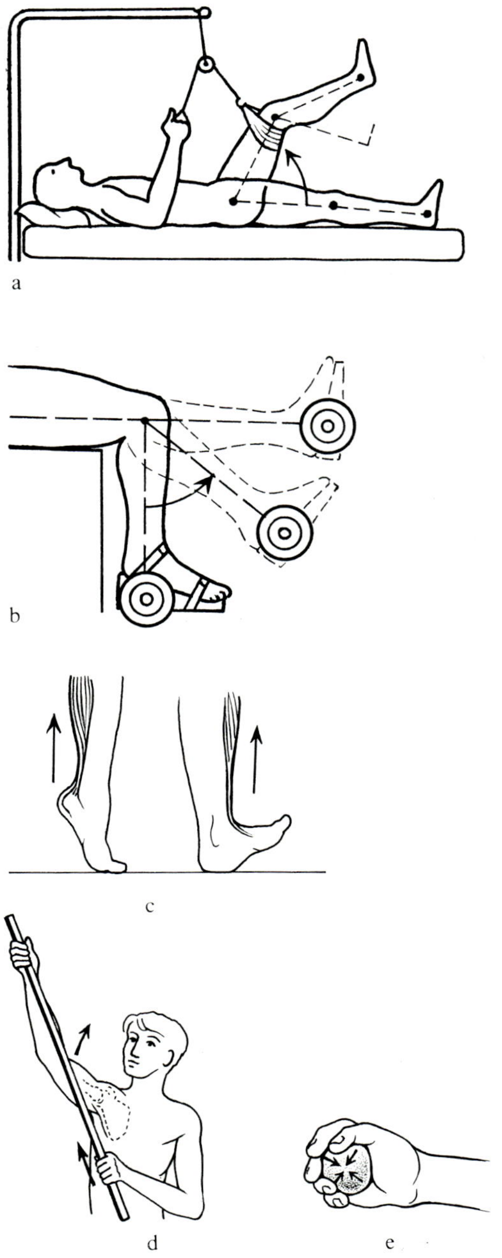

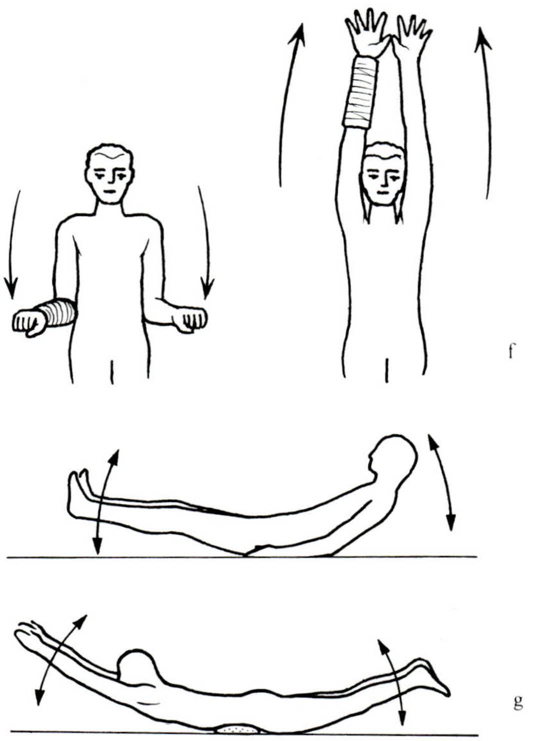

Abb. 135. *Aktive Gymnastik:* Für jedes Gelenk eine Übung, welche der Patient *allein* durchführen kann.

a *Hüften* und Knie im Bett mit Hilfe eines Rollenzuges.
b *Knie:* Quadrizeps (aktiv und passiv): *Gewicht* heben und langsam senken.
c *Fuss:* am besten in normaler Funktion: Zehen- und Fersengang.
d *Schulter:* aktiv und passiv: mit Hilfe eines Stockes und der andern Hand.
e *Hand:* Faustschluss, Finger in Funktionsstellung: Drücken eines kleinen Balles, Kneten von Silikonmasse o. ä.
f *Übung für die obere Extremität:* Arm hochhalten, Hand und Finger zur Decke strecken, dann Arm senken, Ellbogen beugen, Faust schliessen. Diese Übung mehrmals hintereinander jede Viertelstunde.
g *Rücken:* in Rückenlage: für die Bauchmuskulatur; in Bauchlage: für die Rückenmuskulatur.

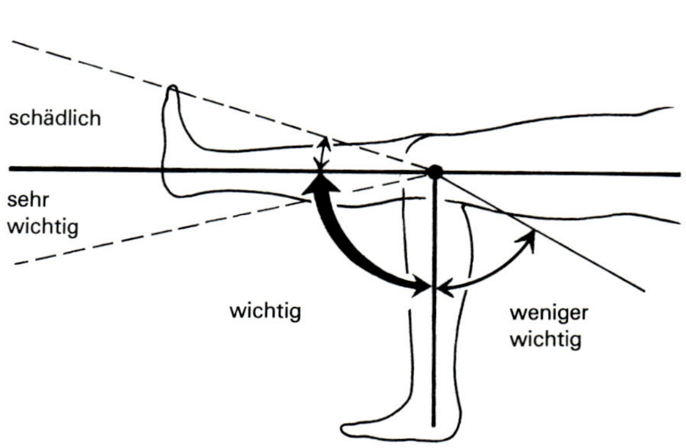

Abb. 136. *Die praktische Bedeutung des Bewegungsumfanges.*

Entscheidend ist nicht der Bewegungsumfang allein, in Winkelgraden gemessen, sondern die Beweglichkeit im richtigen, *funktionell wichtigen Bereich.*

Das *Kniegelenk* z.B. sollte *voll gestreckt* werden können (Funktionsstellung), denn Gehen mit gebeugten Knien ist ungünstig. Eine Flexion von 90° erlaubt bequemes Sitzen und genügt oft, besonders bei älteren Leuten. Ähnliches gilt für alle andern Gelenke auch.

Der Ehrgeiz des Physiotherapeuten sollte weniger auf die möglichst grosse Beweglichkeit als auf die beste *Funktion* gerichtet sein. Wesentlich ist in diesem Zusammenhang vor allem das Verhindern und Bekämpfen von *Kontrakturen* (siehe dazu II.12.2.).

brauchbarere Resultate. Es gilt, diesem zu helfen, sich selbst zu helfen. Die *Rehabilitation* zielt darauf ab, den Patienten wieder von seiner Umwelt unabhängiger zu machen. Oft muss er die einfachsten täglichen Verrichtungen erst wieder lernen: Aufstehen, Gehen, sich selbständig an- und auskleiden, allein auf die Toilette gehen, seine Körperpflege selbst zu besorgen, Schwellen und Treppenstufen steigen usw. (siehe auch I.B.2.1.4.: «Die Leistungen des Bewegungsapparates» und I.C.1.1.2.: «Rehabilitation»). Alle praktisch wichtigen Fähigkeiten zu üben ist die Hauptaufgabe der Physiotherapeutin. Deshalb legen wir besonderen Wert auf die

3.2.4.1. *Gehschule,* welche auch die richtige Handhabung der Stöcke mit einschliesst (siehe I.A.8.2.: «Physiologie des Stehens und Gehens» und I.C.3.7.4.: «Gehhilfen»).

Das Gehen mit Krückstöcken muss gelernt werden. Anzustreben ist der 4-Punkte-Gang, d.h. gleichzeitiges Vorsetzen eines Fusses und des gegenseitigen Stockes. Bei dieser Gangart werden beide Beine teilweise belastet (Abb. 137C).

Ist *keine* Belastung möglich bzw. erlaubt, so bewegen sich beide Stöcke im *gleichen* Rhythmus wie das zu *entlastende* Bein (Abb. 137B).

Der kranke Fuss wird wenn möglich *abgerollt* wie beim normalen Gehen, auch bei vollständiger Entlastung. Das Hochziehen des kranken Beines während des Gehens fördert Atrophie, Dystrophie und Fehlstellungen und sollte möglichst vermieden werden (Abb. 138 und 156).

Ein grosser *Spiegel* hilft dem Patienten und der Physiotherapeutin zur Kontrolle der aufrechten geraden Haltung.

Nur wenn es nicht anders geht muss der «Durchschwinggang» benützt werden (Abb. 137A und 139).

Als Übung für das normale Gehen sind die andern Gangarten besser.

Für die ersten Gehversuche (postoperative Nachbehandlung) muss man oft auf zusätzliche Gehstützen (Gehwagen, Gehböcke, Achselkrükken) zurückgreifen, oder aber auf das *Gehbad,* wo ein schwereloses Gehen den Anfang erleichtert.

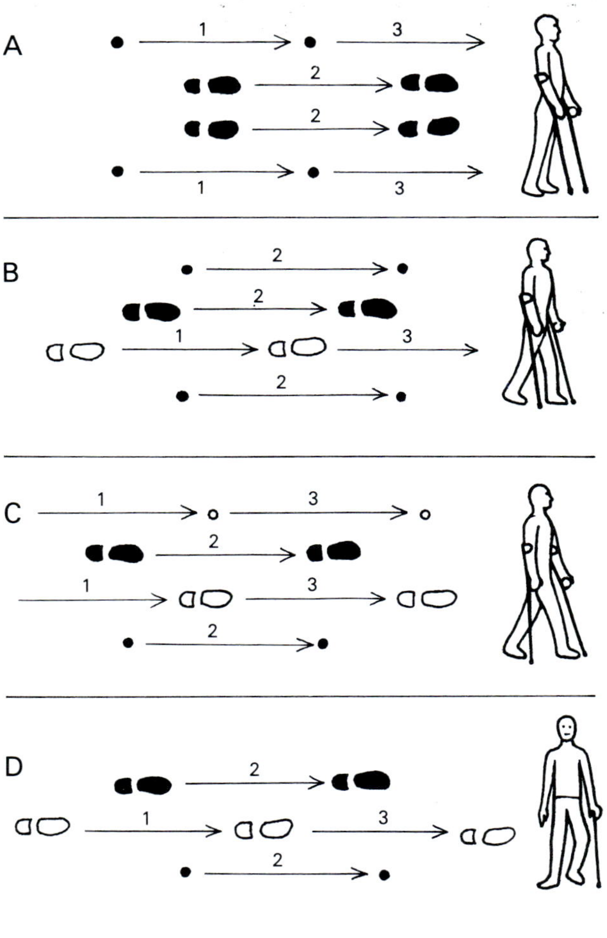

Abb. 137. *Verschiedene Gangarten mit Krückstöcken,* in der Reihenfolge, in der sie bei fortschreitender Rehabilitation erlernt werden.

Die Zahlen 1, 2, 3, bedeuten drei Schritte. Schwarz das kranke Bein, mit der entsprechenden gleichzeitigen Stockhilfe, weiss das gesunde Bein.

A *«Durchschwinggang».* Im Rhythmus: Beide Stöcke gleichzeitig vor, dann beide Beine zwischen den Stöcken durchschwingen. In der Regel nur bei Lähmungen beider Beine, meist mit Gehapparaten (vgl. auch Abb. 139).

B *Vollständige Entlastung.* Beide Stöcke immer zusammen mit dem zu entlastenden Bein. Meist am Anfang der Rehabilitation (nach Frakturen, Operationen usw.). Wenn zuerst noch Schwierigkeiten bestehen, vor allem mit dem fehlenden Gleichgewicht, beginnt man mit *Gehböcken* oder *Gehwagen* (siehe I.C.3.7.4.).

C *4-Punkte-Gang* (alternierend) Stöcke bewegen sich gegensinnig zu den Beinen (gleich wie das automatische Armschwingen beim normalen Gehen). Teilweise Belastung beider Beine, weitere Stufe in der Rehabilitation. Vorteil: Gang symmetrisch. Bei *beidseitigen* Affektionen. Bei *einseitigen* kann man bald übergehen zu D.

D Gang mit *einem* Stock (Krück- oder Handstock). Stock immer auf der Gegenseite.

Ein *gewöhnlicher Handstock* bringt auch vielen Patienten mit Schmerzen Erleichterung (siehe auch I.C.3.7.4. und III.C.2.10.5.).

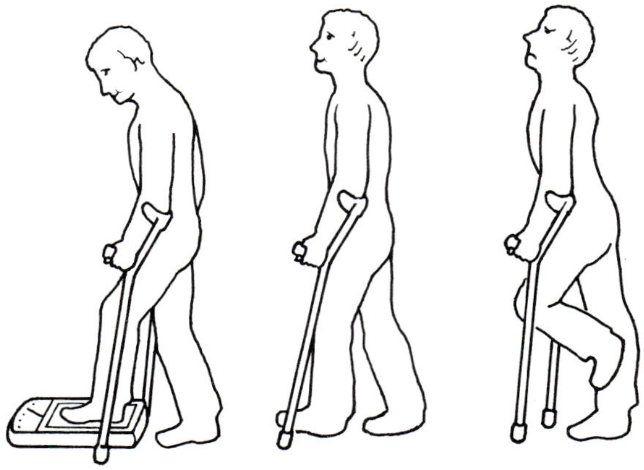

a b c

Abb. 138. *Technik der Entlastung mit Krückstöcken.*

a Entsprechend der Belastungsmöglichkeit wird der Fuss mit mehr oder weniger Gewicht aufgesetzt. Mit einer *Bodenwaage* ist das leicht zu kontrollieren und zu üben.

b Auch bei vollständiger Entlastung wird der Fuss auf dem Boden *aufgesetzt* und normal *abgerollt,* so dass von Anfang an ein normales Gangbild eingeübt wird.

c Diese Gehtechnik mit dem Bein in der Luft ist *schlecht.* Sie fördert Atrophie, Dystrophie und Fehlstellung, die Funktion wird vernachlässigt, der Patient gewöhnt sich einen schlechten Gang an und hat nachher grosse Mühe, wieder umzulernen (siehe auch Abb. 156).

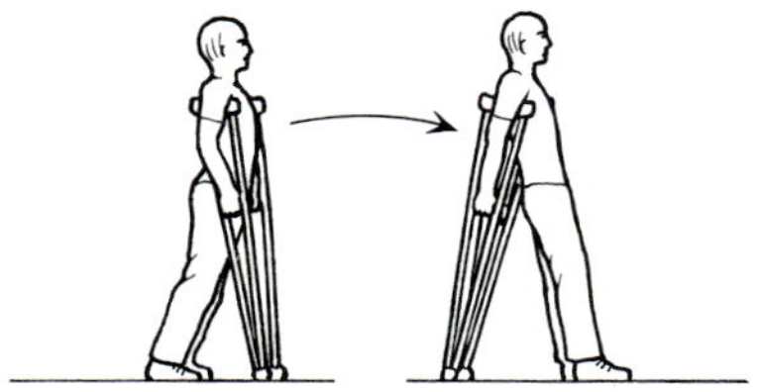

Abb. 139. *«Durchschwinggang» mit Krücken.* Bei ausgedehnten *schlaffen Lähmungen* beider Beine (z.B. nach Poliomyelitis) ist mit Hilfe von Oberschenkelgehapparaten und Krücken das Gehen auf diese Weise möglich (vgl. II.8.1.3.1.). Auch manche Paraplegiker können auf diese Weise gehen lernen, evtl. ohne Apparate, wenn sie auf den spastischen Beinen stehen können.

3.2.4.2. *Funktionelles Training bei Hand- und Armaffektionen*
ist nicht weniger wichtig. Hier geht es darum, die *praktische Gebrauchsfähigkeit der Hand* zu erhalten und zu fördern. Einfache, isolierte Bewegungsübungen genügen nicht. Aus dieser Erkenntnis heraus ist die *Beschäftigungstherapie (Ergotherapie)* entstanden. Bestimmte Handfertigkeiten, oder noch besser echte nützliche handwerkliche Arbeiten werden so auf die funktionellen Verhältnisse der Hand abgestimmt, dass daraus ein kombiniertes Training von Koordination, Kraft und Geschicklichkeit entsteht, welches einem vollständigen heilgymnastischen Programm entspricht.

Diese Aufgaben sind, wie die Funktion der Hand selbst, sehr kompliziert, erfordern viel Kenntnisse und Geduld. Wo keine Ergotherapeutin diese Aufgabe übernehmen kann, ist es zweckmässig, den Patienten wenigstens zu irgend einer Handarbeit anzuhalten, z.B. Stricken oder Puzzles legen, ihn so weit als möglich bei den täglichen Verrichtungen die behinderte Hand brauchen zu lassen und ihm einen kleinen Gummiball oder noch besser einen Klumpen Silikonmasse in die Hand zu drücken, damit er diese kneten kann. Dazu kommt Übung f (Abb. 135f).

3.2.5. *Einzelne spezielle Formen der Heilgymnastik*

3.2.5.1. *Lockerungsgymnastik*
ist angezeigt bei ungünstigen nicht fixierten Gewohnheitsfehlstellungen, bei Muskelverkrampfungen und bei manchen Schmerzzuständen.

Bei ernsthafteren Krankheiten am Bewegungsapparat nehmen die Schmerzen in der Regel *bei Bewegung zu.* Dies ist geradezu ein diagnostischer Test. Im Gegensatz dazu gibt es überaus *häufig* mehr oder weniger *harmlose Schmerzzustände,* welche *auf Bewegung günstig ansprechen.* Es handelt sich wohl meistens um statische Beschwerden infolge Insuffizienz der Muskulatur, Trainings- und Bewegungsmangel usw.

Diese – weil ohne anatomisch-pathologisches Substrat – schlecht fassbaren Beschwerden, welche von den sog. «rheumatischen» oft nicht eindeutig abgegrenzt werden können, bessern sich – im Gegensatz zu den ernsthafteren Erkrankungen, welche in der Regel ruhiggestellt werden müssen – häufig unter heilgymnastischer Behandlung. Die Beschwerden machen weniger den Eindruck eines entzündlichen Geschehens als eines «eingerosteten» Bewegungsapparates. Es handelt sich vor allem um Beschwerden im Rücken, Nacken, Kreuz, im Becken- und Schultergürtel.

Ein Versuch mit heilgymnastischer Behandlung, vor allem Lockerung von Versteifungen und Muskeltraining, auch evtl. gezielte Massage, wird in solchen Fällen meistens belohnt. Gelingt er nicht, so muss nach andern Ursachen gesucht werden.

3.2.5.2. *Haltungsgymnastik*
hat eine straffere, besser aufgerichtete, bewusstere Haltung, vor allem des Rumpfes, aber auch der Füsse und Beine zum Ziel.

Die Patienten sind in der Regel Kinder und Jugendliche. Oft werden die Übungen prophylaktisch und in Gruppen durchgeführt. Der Erfolg ist nicht eindeutig nachgewiesen. Er ist nur zu erwarten, wenn die Patienten auch regelmässig täglich zu Hause turnen und tatsächlich zu einer bewusst besseren Haltung gelangen.

3.2.5.3. *Heilgymnastik bei zerebralen Bewegungsstörungen*

Eine besondere und besonders schwierige und mühsame Bewegungstherapie beschäftigt sich mit den zentral-nervös bedingten Koordinations- und Bewegungsstörungen, *vor allem bei Kindern* mit angeborenen Schäden (C. P.), aber auch mit anderen Patienten, z. B. mit *Hemiplegikern.*

Es existieren verschiedene, z. T. recht komplizierte Systeme von neurophysiologisch theoretisch gut untermauerten Therapieschulen, wie z. B. jene des Ehepaars BOBATH. Das Ziel ist bessere *Koordination* der Bewegungen, was u. a. durch *Ausnutzen* der reichlich vorhandenen *Reflexe* zu erreichen versucht wird. Diese spezielle Heilgymnastik braucht eine längere zusätzliche Ausbildung. Sie ist zweifellos von grossem Wert für die zerebral bewegungsgestörten Patienten, wenn der Aufwand auch recht gross ist und man natürlich keine Wunder erwarten darf bei diesen Krankheitsbildern (siehe auch II.8.2.3.).

3.2.6. *Manipulationen, Redressionen*

Manuelle Methoden zur Beeinflussung von Störungen des Bewegungsapparates wurden ursprünglich von drei ganz verschiedenen Seiten her entwickelt:

3.2.6.1. *Orthopädische Manipulation*

Die ersten Orthopäden auf dem Kontinent versuchten, Deformitäten mit Brachialgewalt zurecht zu biegen, teils mit, teils ohne Erfolg. Die meisten gewaltsamen Handgriffe sind subtileren Methoden gewichen, einige haben sich in verfeinerter Form erhalten, so z. B. die manuelle Redression des angeborenen Klumpfusses (siehe Abb. 2). Ganz verlassen wurde die manuelle Reposition der angeborenen Hüftgelenksluxation, weil sie sehr häufig zur Zerstörung des wachsenden Hüftkopfes führte.

Die gewaltsame *manuelle Mobilisation eines Gelenkes,* ohne oder mit Narkose, ist eine nicht ungefährliche, aber in geeigneten (seltenen) Fällen wirksame Methode, wenigstens für Schulter- und Kniegelenk (Gefahr einer Patellafraktur!).

3.2.6.2. *Frakturreposition*

In England waren die sogenannten *«bone-setters»* eine eigene, mehr oder weniger paramedizinische Spezialität. Sie haben das Geraderichten gebrochener Knochen zu einer Kunst entwickelt. Im deutschen Sprachgebiet haben Unfallärzte und Orthopäden, vor allem auch die österreichische Schule, die *manuelle Frakturreposition* zu technischer Vollkommenheit entwickelt. Trotz den heute vorhandenen operativen Möglichkeiten der «Osteosynthese» bleibt die *manuelle Reposition* für die meisten Brüche die beste Behandlungsmethode und verdient, technisch einwandfrei erlernt und beherrscht zu werden. Darüber sind sich nach wie vor die Befürworter der konservativen mit denen der operativen Frakturbehandlung einig. Eine *einwandfreie Retention* der erreichten Reposition ist allerdings *unerlässlich.* Ohne eine tadellose *Gipstechnik* (siehe I.C.3.6.) geht die gute Fragmentstellung bald wieder verloren (siehe auch «Frakturbehandlung», II.15.2. und II.15.3.).

3.2.6.3. *Manuelle Behandlung*

Von einer ganz anderen Seite her kam die amerikanische Schule der *Chiropraktiker* zu manipulativen Techniken. Ihre Theorie geht davon aus, dass viele Krankheiten, auch innerer Organe, ihre Ursache in Unstimmigkeiten (Verschiebungen) im Bereiche der Wirbelverbindungen haben sollen. Durch bestimmte genau vorgeschriebene Handgriffe gelingt es, diese Wirbelverbindungen zu beeinflussen, Verklemmungen zu lösen und «Luxationen» zu reponieren. Nach den Vorstellungen der Schulmedizin bestehen Beeinflussungsmöglichkeiten über die Headschen Zonen, doch ist es wohl illusorisch, innere Krankheiten auf diese Weise kurieren zu können. Das Laienpublikum jedoch hat sich am eigenen Leib vom *Erfolg chiropraktischer Behandlung bei Rückenschmerzen* überzeugen lassen. Mit einiger Verspätung ist die Schulmedizin dieser Erkenntnis gefolgt und hat begonnen, sie sich selbst zu Nutze zu machen. Vieles liegt hier noch im Dunkel der archaischen Strukturen des Achsenskelettes verborgen, doch steht fest, dass die Kunst der Manipulation, der manuellen Beeinflussung von Schmerzen im Bereiche der Wirbelsäule, vor allem Kreuz- und Nackenschmerzen, erlernbar ist und oft spektakuläre Erfolge zeitigt – mit wenig Aufwand und Gefahr. Im Arsenal der Therapiemöglichkeiten ist die manuelle Therapie also eine gute Alternative, neben anderen, für geeignete Fälle. Darüber hinaus zeigen die Erfolge der Chiropraktoren, was eine gute Führung der Patienten vermag.

3.2.7. *Massage*

Sie ist überaus beliebt bei Kranken wie bei Gesunden. Sie wird in einer Reihe verschiedener Spielarten angewandt. Sicher ruft sie immer eine Hyperämie hervor. Sie ist auch imstande, *verkrampfte Muskulatur* und Muskelhärten (Myogelosen) zu lösen. Bei Entzündungen (Phlebitiden) ist sie *kontraindiziert.*

Zur Kräftigung der Muskulatur (des Patienten) trägt sie nichts bei. Hier hilft nur eigenes Muskeltraining. Die Massage ist aber angenehmer und bequemer und tatsächlich in geeigneten Fällen sehr nützlich. Das wird ihr ihre Verbreitung erhalten.

3.3. Physikalische Applikationen

3.3.1. *Wärme und Kälte*

Beides sind sehr wirksame Mittel um lokal auf kranke Gewebe einzuwirken.

• *Wärme* bewirkt eine Zunahme der lokalen Durchblutung und des Stoffwechsels. Bei vielen *chronischen* Zuständen wirkt dies schmerzlindernd, resorptionsfördernd und «heilend».

Bei *akuten Entzündungen* und Schwellungen jedoch verstärkt Wärme die Schmerzen. Hier wirkt sich im Gegenteil

• *Kälte* günstig aus. Auch bei frischen Verletzungsfolgen wirkt Kälte schmerzlindernd.

Kälte wird in der Regel in Form von feuchten Umschlägen, Packungen oder Eisbeuteln angewandt.

Der *Wärmeapplikation* dient ein grosser Teil der physikalischen Behandlungsmethoden. Bei vielen wird die Wärme von aussen zugeführt: Umschläge, Packungen, Bäder, Lampen, Lichtbogen usw., bei einigen wird sie im Körperinneren erzeugt: Kurzwellenapparate (kontraindiziert bei Metallimplantaten), Ultraschall usw.

3.3.2. *Wasser*

Wärme und Kälte wirken im feuchten Milieu viel intensiver als im Trockenen. Darauf beruht ein Teil der Wirkung des Wassers. Dass Thermalbäder als angenehm empfunden werden, ob sie nun Schwefel, Sole oder Schlamm enthalten, ist altbekannt. Ihre Wirkung ist zwar wenig erforscht, doch ist dies kein Grund, darauf zu verzichten. Ob die chemische Zusammensetzung des Wassers eine grosse Rolle spielt, ist nicht ganz klar, aber vielleicht auch nicht so wichtig.

Die für den orthopädischen Patienten wesentliche Wirkung des Wassers ist die *Aufhebung der Schwerkraft.* Bewegungsübungen (Schwimmen) und vor allem Gehübungen sind deshalb im Bad viel leichter und müheloser möglich. Auch schwer Gehbehinderte und Invalide können oft noch gut schwimmen. Die Rehabilitation eines insuffizienten Bewegungsapparates wird durch Wassergymnastik und Gehbad enorm erleichtert. Schrittweise kann der Patient durch Senken des Wasserspiegels wieder «aufs Land» trainiert werden.

Für die orthopädische Therapie ist daher vor allem das *Gehbad* von grossem Wert.

3.3.3. *Elektrische Behandlung*

Wissenschaftlich gesichert ist die elektrische *Wirkung* auf die *Skelettmuskulatur:* Denervierte, noch nicht degenerierte Muskelfasern können damit zur Kontraktur gebracht werden. Theoretisch ist deshalb die elektrische Stimulation gelähmter Muskelgruppen indiziert um ihre Degeneration hintanzuhalten, bis eine Reinnervation zustandekommt, falls eine solche überhaupt erhofft werden kann. Ob solche Behandlungen tatsächlich einen praktischen Nutzen haben, ist nicht mit Sicherheit erwiesen.

Die Anwendung anderer elektrischer Wirkungen, ebenso wie der *Ultraschallbehandlung* erfolgt eher auf empirischer Basis. Mittels *Jontophorese* ist es möglich, in beschränktem Mass Wirkstoffe durch die Haut in den Körper zu bringen.

Diathermie und *Kurzwellen* wirken durch die produzierte *Wärme.* Diathermie wirkt oberflächlich, die Gefahr von Verbrennungen muss beachtet werden.

Kurzwellen haben eine *Tiefenwirkung* und deshalb ein weiteres Anwendungsgebiet, vor allem bei chronischen, nicht entzündlichen, degenerativen, rheumatischen und posttraumatischen Zuständen usw. Bei *metallischen Implantaten* dürfen sie wegen der Hitzeentwicklung *nicht* verwendet werden.

3.3.4. *Röntgenbestrahlung*

Indiziert bei wenig differenzierten, rasch wachsenden malignen *Tumoren* (z. B. Ewing-Sarkom).

«Entzündungsbestrahlung», «Schmerzbestrahlung» wird gelegentlich bei hartnäckigen chronischen Gelenkschmerzen angewandt (M. Bechterew), wenn die anderen Behandlungsmöglichkeiten erschöpft sind.

Röntgenbestrahlung kann schwerwiegende *Schäden* am Skelettsystem verursachen. Vor allem die *Epiphysenwachstumszonen* sind sehr empfindlich. Sie können leicht zerstört werden und haben dann schwere Wachstumsstörungen mit späteren, evtl. massiven Deformitäten zur Folge (siehe II.2.2.). Höhere Röntgendosen (bei Tumorbestrahlungen) machen Knochennekrosen mit Ermüdungsfrakturen, welche nicht mehr heilen.

3.4. Medikamentöse Therapie

Pharmazeutische Produkte spielen in der Orthopädie eine relativ kleine Rolle. Vitamin D zur Behandlung der Rachitis und die spezifischen Mittel bei der Gicht sind zwei von den wenigen Beispielen *spezifischer* medikamentöser Therapie.

Die übrigen sind im wesentlichen Hilfsmittel zur *Unterstützung* der eigentlichen orthopädischen Therapie.

Es sind:

3.4.1. *Schmerzmittel*

In akuten Zuständen, nach Operationen usw. sind sie unentbehrlich. Salicylate bei rheumatischen Krankheiten wirken bis zu einem gewissen Grad spezifisch. Lange dauernder regelmässiger Schmerzmittelkonsum bei chronischen, invalidisierenden Gelenksleiden ist an sich ein Indiz für eine Operation. Nicht immer aber ist eine solche möglich oder erwünscht. So kann man oft auf eine länger dauernde Medikation mit Schmerzmitteln nicht verzichten. Einige relativ spezifische Pharmaka (z.B. Indomethacin und andere «Antirheumatika») haben sich bewährt.

3.4.2. *Antibiotika*

Bei akuten bakteriellen Entzündungen, wie eitriger Arthritis oder hämatogener Osteomyelitis bei kleinen Kindern, können gezielt eingesetzte Antibiotika im *Frühstadium* eine ausgezeichnete Wirkung haben, so dass ausser Ruhigstellung keine weiteren Massnahmen mehr notwendig sind.

In der Mehrzahl von Infektionen im Bereiche des Bewegungsapparates, zumal *bei chronischen Osteitiden* usw. *genügen Antibiotika allein nicht* um eine solche Infektion zu heilen. Sie werden zur Unterstützung und Abschirmung bei chirurgischer Behandlung eingesetzt, evtl. auch lokal. Die *prophylaktische* Anwendung von Antibiotika bei orthopädischen Operationen vermindert nachgewiesenermassen die Gefahr der Wundinfektion *nicht,* erhöht sie vielleicht sogar.

Bei *tuberkulösen* Erkrankungen des Bewegungsapparates wird die tuberkulostatische Therapie im Rahmen der allgemeinen Tuberkulosebehandlung durchgeführt.

3.4.3. *Kortikosteroide*

Ihre Wirkung bei rheumatischen und anderen Gelenkleiden ist frappant, allerdings nur kurzfristig. Die systemische Applikation, über längere Zeit durchgeführt, wird recht gefährlich und komplikationsreich und deshalb so sparsam als möglich angewandt (siehe auch II.10.1. Anhang).

3.4.4. *Lokale Injektionen*

Lokale Injektionen eines Lokalanästhetikums an umschriebene schmerzhafte Stellen des Bewegungsapparates wie Bandansätze, Muskelhärten, Gelenke, bringt sofortige Schmerzfreiheit, allerdings oft nur von kurzer Dauer.

Die *lokale Injektion* von *Kortikosteroiden* hat anhaltendere Wirkung, ist aber nicht ungefährlich. Die Injektion muss vorsichtig, mit geringen Dosen, und unter strenger Asepsis gemacht werden. Depots im Periost oder dicht unter der Haut können zu unangenehmen Schmerzzuständen bzw. *Hautschäden* führen. *Infektionen* nach Kortisonspritzen sind zu Recht gefürchtet, besonders nach intraartikulären Injektionen (siehe II.6.4.2.).

3.5. Orthopädische Apparate und Behelfe

Früher bestand die «Kunst» des Orthopäden zu einem grossen Teil darin, ausgeklügelte technische Apparate zu entwickeln zur Behebung von Deformitäten usw. Die Entfaltung der operativen Orthopädie hat scheinbar die «technische Orthopädie» etwas in den Hintergrund gedrängt und auch manche Hilfsmittel entbehrlich gemacht. Tatsache ist aber, dass:

1. die *Gipstechnik* nach wie vor unersetzbar ist in der Orthopädie, besonders auch in der Frakturbehandlung und dass
2. die *Orthopädietechnik* weiter in rascher Entwicklung begriffen ist. Sie ist heute bereits zu einer Spezialwissenschaft innerhalb der Orthopädie geworden.

Die *Indikationen* wurden im Abschnitt

I.C.3.1., besonders I.C.3.1.4., eingehend begründet.

3.5.1. *Aufgabe von orthopädischen Apparaten und Gipsen*

1. *Ruhigstellung* von Teilen des Bewegungsapparates zur Schmerzlinderung, bei Entzündungen, nach Trauma oder Operationen (z.B. Liegeschalen, gepolsterte Verbände, Extensionen);
2. *Fixierung* einzelner Gelenke und Skelettabschnitte (z.B. Frakturgipse);
3. *Stützung* insuffizienter Tragstrukturen des Bewegungsapparates (z.B. Gehgipse, Führungsapparate, Korsette);
4. *Entlastung* nicht tragfähiger Gelenke oder Skeletteile (z.B. Thomasbügel, Schuheinlagen usw.);
5. *Korrektur* von Deformitäten (z.B. Quengelapparate);
6. *Verhindern von Deformitäten* und Fehlstellungen (Kontrakturen) (z.B. Schienen, Korsette);
7. *Gliederersatz* (Prothesen);
8. *Ersatz gelähmter Muskelkraft* (Motor-angetriebene Prothesen und Orthesen);
9. Massnahmen zur *Verbesserung der Statik* und Mechanik (z.B. Hängefussschiene, Änderungen am Schuhwerk usw.);
10. *Andere Behelfe,* welche die täglichen Verrichtungen ermöglichen und erleichtern (z.B. Strumpfanzieher, Greifzange).

Manche dieser Funktionen überschneiden sich, und viele Apparate und Gipse dienen mehreren Zwecken gleichzeitig.

Mit fast jeder Gips- und Apparatebehandlung muss als entscheidender Nachteil eine mehr oder weniger massive *Behinderung* der normalen Funktion, vor allem der Bewegungsmöglichkeiten, in Kauf genommen werden. Die Kunst der orthopädischen Therapie besteht darin, die – therapeutisch beabsichtigte – Funktionsbehinderung auf das absolut notwendige Minimum zu beschränken. Alle übrigen Funktionen sollen ermöglicht, erlaubt und unterstützt werden.

Das *Angebot* an technischen Behandlungsmöglichkeiten ist so gross, dass für jeden einzelnen Fall eine individuelle, auf die speziellen Bedürfnisse zugeschnittene *optimale* technische Lösung zur Verfügung steht.

Es ist die *Aufgabe des Arztes,* diese Lösung zu finden und anzuwenden, bzw. exakt anzuordnen. Dazu ist es zweckmässig, sich jedesmal die Frage vorzulegen, was man eigentlich vom Gips oder vom Apparat im konkreten Fall erwartet. Diesem Zweck dient die oben aufgeführte Tabelle, welche dabei als «Checkliste» dienen kann. Diese erleichtert die Auswahl des geeignetsten Hilfsmittels, und hilft, das Zweckmässigste auszudenken, welches die gestellte Aufgabe erfüllt, ohne mehr zu behindern als unbedingt notwendig.

So wird verhindert, dass Patienten über lange Zeit vollständig immobilisiert im Bett liegen, wenn Rollenzüge oder andere Hilfsmittel bereits Bewegungsübungen erlauben würden, dass sie noch auf Sofas und in Rollstühlen sitzen, wenn mit Schienen oder Apparaten eine Gehschule begonnen werden könnte, oder dass sie sich auf einem Bein herumquälen und das andere in die Luft hoch halten, wenn ein normales Gehen mit voller oder wenigstens teilweiser Belastung mit einem guten Gehgips oder dem richtigen Apparat möglich wäre. Viele Patienten können, mit den richtigen technischen Hilfsmitteln versorgt, auch früher ihre Arbeit aufnehmen, statt wochen-und monatelang zu Hause sich zu langweilen und ihre «Genesung» abzuwarten.

Besonders wichtig ist das Üben der normalen Gebrauchsfähigkeit der *Hand.* Oft gelingt das mit Hilfe von kleinen Schienen und Apparaten. Untätig in der Armschlinge wird eine Hand bald steif und gebrauchsunfähig.

Einfache Stützbehelfe werden gelegentlich *zur genaueren Abklärung einer Operationsindikation* herangezogen: Vor einer Arthrodese wird das betreffende Gelenk mit einer Schiene oder einem leichten Gips fixiert um festzustellen, wie sich das auf die Gesamtfunktion auswirkt. Arzt und Patient können sich dann ein ungefähres Bild machen von den Auswirkungen der geplanten Operation.

- *Die einzelnen Techniken:*
- Verbände
- Extensionen
- Gipstechnik
- Orthopädietechnik:
  - Orthesen (äussere Apparate)
  - Schuhe und andere Fussbehelfe
  - Prothesen
- andere Hilfsmittel

Stützverbände mit elastischen Klebebinden oder gewöhnlichen elastischen Binden werden

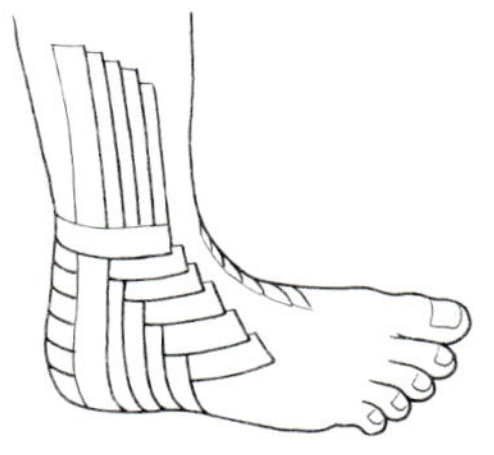

Abb. 140. Beispiel eines *Stützverbandes* aus dachziegelartig gekreuzten elastischen Klebebinden für die Knöchelgegend, etwa bei leichteren Fussverstauchungen (Gibneyverband).

angewendet, wo eine starre Fixierung nicht notwendig erscheint. Etwas komfortabler sind käufliche elastische *Bandagen,* z. B. für Knöchel und Knie.

Zinkleimverbände werden vor allem nach längeren Liege- und Gipsperioden angelegt, um Schwellungen und Ödeme zu vermeiden (Abb. 140).

3.5.2. *Extensionen*

Sie sind ein wichtiges Hilfsmittel mit verschiedenen Anwendungen:

3.5.2.1. *Extensionen zur konservativen Behandlung unstabiler Frakturen*

Die Extension hat den Zweck:

- Die Achsenstellung der Fragmente zu erhalten;
- eine stärkere *Verkürzung* zu verhindern (eine *Distraktion* ist auf jeden Fall zu vermeiden!);
- die Ruhigstellung während der ersten Zeit der Frakturheilung zu gewährleisten.

3.5.2.2. *Extensionen zur Behandlung bestimmter Deformitäten,* z. B. der kongenitalen Hüftgelenksluxation (siehe III.C.2.5.) oder bestimmter Kontrakturen (z. B. Hüfte, kontrakter Knickfuss usw., siehe dort).

Technik: Bei *Kindern* und bei realtiv geringem Zug genügt die *Extension an der Haut* (Klebebinden) oder mittels Manschetten.

Wenn stärkere Zugwirkung nötig ist, besonders bei Erwachsenen, wird die *Extension direkt am Skelett* angelegt mittels eines Drahtes (Kirschnerdraht) oder, besser, eines Nagels (Steinmannagel) quer durch das distale Femur oder die proximale Tibia.

Für kürzere Zeit (einige Wochen) ist die Extension am proximalen Tibiaende jener durch das Femur vorzuziehen, weil die Gefahr einer Infektion oder Versteifung des Kniegelenkes weniger gross ist.

Muss *längere Zeit* extendiert werden, so ist die *Extension am Femur* besser, weil dann Dehnungsschäden am Kniebandapparat sicher vermieden werden können.

Extensionen für den Unterschenkel greifen am Tuber calcanei oder an der distalen Tibia an.

Die Technik mit dem dünnen Kirschnerdraht und dem Spannbügel hat den *Nachteil,* dass sich der Draht im Knochen ständig etwas bewegt, was einer Infektion des Knochens von der Drahteintrittsstelle her Vorschub leistet. *Dickere Nägel,* besonders solche mit einem Gewinde, *sitzen unbeweglich fest im Knochen.* Sie werden deshalb nicht an Bügeln festgeschraubt, sondern an beiden Enden direkt mit der Zugschnur verbunden.

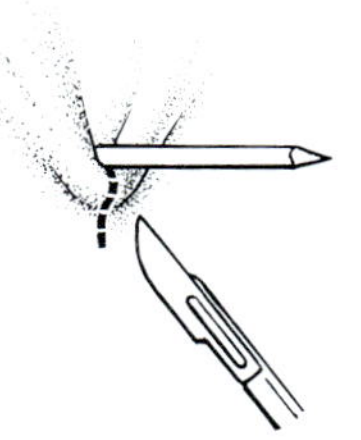

Abb. 141. Zur *Technik der Nagelextension.* Wenn der Nagel die Haut spannt, muss sie mit dem Messer eingeschnitten und auf der Gegenseite wieder *spannungsfrei* genäht werden, sonst gibt es Hautnekrosen und Infektionen dem Nagelkanal entlang bis in den Knochen hinein.

An der Nageleintrittsstelle darf die Haut nicht gespannt sein, weil sonst dort lokale Hautnekrosen und Infektionen entstehen (Abb. 141).

Bei *Kindern* ist darauf zu achten, dass die Nägel nicht durch die Epiphysenfuge, d. h. durch die Wachstumszone eingebohrt werden, sondern im Schaftbereich.

Der *Zug* wird über eine *Rolle* geleitet und lässt sich einfach regulieren durch das an- bzw. abhängen von Gewichten. Weniger leicht ist es, die Wirkung des Zuges zu *kontrollieren* und zu dosieren. Davon hängt aber der Effekt der Extension wesentlich ab.

In der *Frakturbehandlung* sind die nötigen Gewichte ziemlich genau bekannt. Man richtet sich am besten genau nach den Vorschriften. Ein *zu grosser Zug* führt zur *Distraktion* der Fragmente und damit gewöhnlich zu einer Verzögerung oder gar zum Ausbleiben der Frakturheilung. Zeigt eine *Röntgenkontrolle* ein Auseinanderklaffen der Fragmentenden, so muss sofort Gewicht abgehängt werden.

3.5.2.3. *Extensionen an der Wirbelsäule*

Sie wirken bei akuten Schmerzen im Kreuz oder im Nacken unmittelbar schmerzlindernd. Die Wirkung beruht wahrscheinlich auf behutsamem Dehnen von Wirbelblockierungen und dem Lösen reflektorischer Muskelverspannung.

Die Extension kann intermittierend, also auch ambulant angewandt werden, oder aber als *Dauerextension.* Sie greift an den Beinen oder am Becken an.

Die *«Glissonsche Schlinge»* zur Extension der Halswirbelsäule greift am Kinn und Hinterhaupt an und kann im Liegen oder im Sitzen verwendet werden (siehe Abb. 459).

3.6. Gipstechnik

Die Gipstechnik ist ein Beispiel dafür, dass nicht immer das Neue auch das Bessere ist. Sowohl das Material als auch die Technik, wie sie von Generationen von Orthopäden entwickelt wurde, sind bisher unübertroffen und heute so unentbehrlich wie damals. Dass der Orthopäde die Technik beherrscht ist selbstverständlich, ebenso, dass die Kunst und der Teufel im *Detail* liegen.

3.6.1.1. *Polsterung*

Gepolstert oder ungepolstert braucht keine Streitfrage mehr zu sein, wie sie es lange Zeit war. Die österreichische Schule (Böhler) hat mit dem ungepolsterten Gipsverband ausgezeichnete Resultate erzielt in der Frakturbehandlung. Tatsächlich ist zur Retention reponierter frischer Frakturen ein sehr satt sitzender genau angepasster Gips nötig.

Je weniger Polster verwendet wird, desto sorgfältiger muss ein Gips anmodelliert werden, sonst gibt es unweigerlich Druckstellen, Schmerzen und Hautnekrosen. Wenn zuviel gepolstert wird, sitzt der Gips schlecht.

Druckulzera entstehen in der Regel an Knochenvorsprüngen mit dünner Hautdecke ohne subkutanes Polster, also an Stellen mit schlechter Heilungstendenz. Am besten ist es deshalb, diese *besonders gefährdeten Stellen zu polstern* (Abb. 142).

3.6.1.2. *Technik*

Als Polster eignet sich am besten dünner Filz. Schaumstoff wird leicht durchgedrückt und schützt weniger gut. Die Gipsbinden werden satt abgerollt, jedoch nicht angezogen. Mit der Handfläche kann eine relativ dünne Schicht gut anmodelliert werden, wobei Eindrücke mit den Fingern vermieden werden. Dickere Schichten lassen sich weniger genau anpassen. Während des Anlegens und des Härtens des Gipsverbandes darf das Glied nicht mehr bewegt werden, weil sonst *Falten* entstehen im Gips, welche, einmal hart geworden, schmerzhafte Druckstellen abgeben (z.B. vorne über dem oberen Sprunggelenk oder in der Kniekehle) (Abb. 143).

Solche wenig gepolsterten Gipse müssen, wenn eine auch nur geringe Schwellungsneigung besteht (also immer nach frischen Verletzungen) sofort in der ganzen Länge vollständig *gespalten* werden, damit keine Zirkulationsstörungen entstehen (Abb. 147).

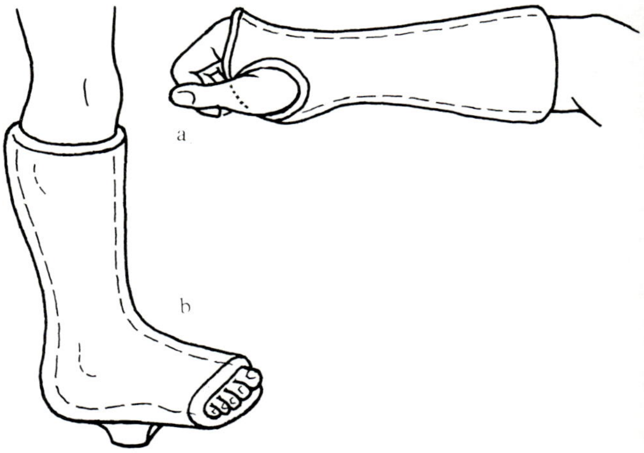

Abb. 143.

a *Vorderarmgips.* Hand in Funktionsstellung. Die Fingergrundgelenke sollen wenn immer möglich bis 90° *gebeugt* werden können. Oben muss der Gips bis zu den Fingerknöcheln reichen, sonst gibt es Ödeme auf dem Handrücken. Der Daumen wird nach Möglichkeit *freigelassen,* was eine gute Greiffunktion ermöglicht.

b *Unterschenkelgehgips.* Wichtig ist die *plantigrade Stellung* des Fusses, damit die Fusssohle im Stehen gerade auftritt: Rechtwinkelstellung zum Unterschenkel (kein Spitzfuss) und keine seitliche Kippung. Die Fusssohle soll modelliert, der Vorfuss nicht seitlich zusammen gepresst werden.
Der Gips muss oben bis zu den *Zehengrundgelenken* reichen, sonst gibt es ein Ödem auf dem Fussrücken. Der Gips darf nicht auf das Fibulaköpfchen drücken, damit keine Fibularislähmung entsteht.
Statt eines Gummistollens zum draufstehen kann ein Behelfsschuh, hergestellt aus einem alten Autopneu, verwendet werden.

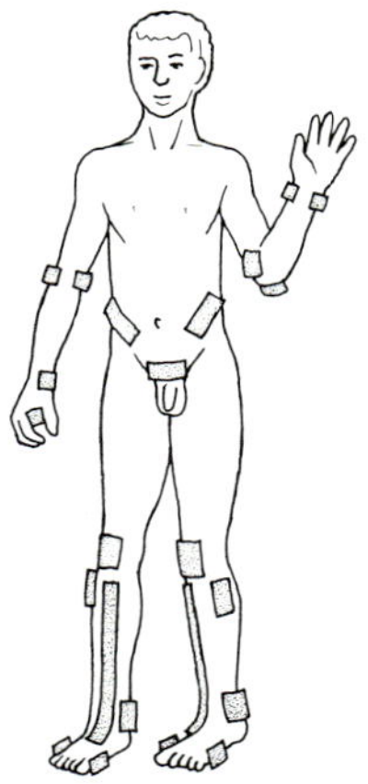

Abb. 142. *Polsterung* der druckgefährdeten Stellen: Knöchel, Fibulaköpfchen, Kondylen, Beckenkämme usw., sowie ein Streifen vorne längs für die spätere Gipsentfernung. Am besten eignen sich Filz und Zellstoffbinden.

Oft ist eine starre Fixation nicht nötig und auch nicht erwünscht (z. B. soll eine reponierte Hüfte nach kongenitaler Luxation bei einem Kind im Beckengips ein gewisses Spiel haben). Auch bei der postoperativen Ruhigstellung etwa oder zur Vermeidung von Fehlstellungen bei bettlägerigen Patienten geht es lediglich darum, grössere Bewegungsausschläge zu verhindern.

In solchen Fällen ist es zweckmässig, einen *gut gepolsterten Gips* anzulegen, der einen gewissen Spielraum lässt und hinsichtlich Druckstellen und Zirkulationsstörungen weniger problematisch ist. Als Polstermaterial eignet sich *Zellstoff* in Rollen.

3.6.2. *Verschiedene Gipsformen*

3.6.2.1. *Zirkuläre Gipse* geben den besten Halt durch *kontinuierliche, ununterbrochene Fixation* (z. B. bei Frakturen unerlässlich). Nachteil: Keine Kontrolle und keine Pflege der Haut möglich.

3.6.2.2. *Gipsschienen* sind einfache, billige aber sehr wirksame Hilfen. Sie werden mit elastischen Binden angewickelt, sind abnehmbar und ermöglichen die Körperpflege und Kontrolle. Gipsschienen können aus zirkulären Gipsen geschnitten oder unmittelbar aus mehreren Schichten längs gelegter Gipsstreifen angefertigt werden. Als Polster eignet sich Flanell.

Gipsschienen haben viele Anwendungsmöglichkeiten, vor allem auch als *Nachtschienen* (Fuss, Hand) um Gelenkfehlstellungen zu verhindern.

Zur vollständigen Ruhigstellung von Wirbelsäule und unteren Extremitäten werden *Liegeschalen* (Gipsbett) verwendet.

3.6.2.3. *Gehgipse* haben gegenüber Liegegipsen gewaltige *Vorteile:* automatisches, adäquates Training durch normale Funktion, bessere Trophik, raschere Heilung. Daneben kann der Patient seine normale Tätigkeit ausüben. Wenn immer eine Belastung, auch nur eine teilweise möglich ist, wird man den Beingips mit einem Absatz versehen, damit der Patient mit dem Fuss auftreten und abrollen kann. Dazu eignet sich ein einfacher *Gummistopfen* am besten. Er soll etwas *hinter* der Mitte der Sohle, wenig vor der Verlängerung der Unterschenkelachse befestigt werden, und zwar so, dass er sich nicht gleich lockert beim Draufstehen (Abb. 143).

Auch mit *Gipshülsen* (z. B. zur Kniestabilisierung) kann man gehen. Diese Hülsen müssen aber gut anmodelliert und evtl. mit Trägern über die Schulter aufgehängt werden, damit sie nicht hinunterrutschen.

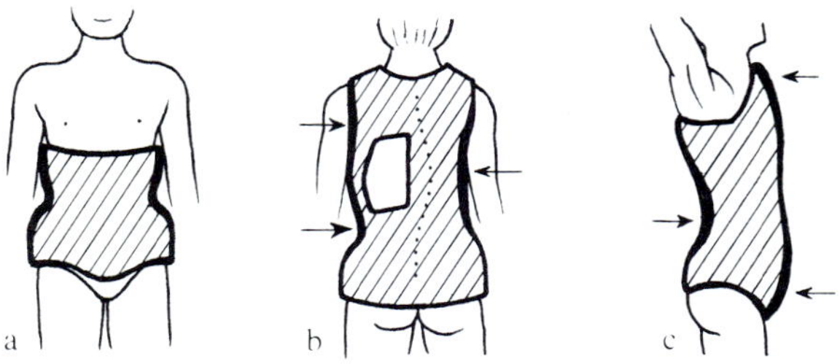

Abb. 144. *Gipskorsette* können *verschiedene Funktionen* haben. Hier 3 Beispiele:

a Gipsmieder zur *Ruhigstellung* der Lumbalwirbelsäule, bei starken Kreuzschmerzen und nach Operationen. Taille und Beckenkämme müssen gut ausmodelliert werden.
b *Korrekturgips* zur Behandlung von Skoliosen, nach dem 3-Punkte-Prinzip (vgl. III.B.8.).
c Gipskorsett zur *Erhaltung* der *Reklinationsstellung* nach Aufrichtung einer Kyphose, z. B. bei Wirbelkompressionsfrakturen und Spondylitiden. Nach dem 3-Punkte-Prinzip werden Symphyse, Lumbalwirbelsäule und Sternum abgestützt.

Die Punkte, wo Druck ausgeübt werden soll, sind mit Pfeilen bezeichnet. Polsterung und Modellierung dieser Stellen ist besonders wichtig.

Gipskorsette dienen verschiedenen Zwecken (Abb. 144). Richtig angepasst sind sie sehr wirksam.

3.6.2.4. *Gipse zur Korrektur von Fehlstellungen*

Das *Prinzip* ist in der Regel *Druck an drei Punkten:* Am Ort der Deformität, Gegendruck auf der Gegenseite oben und unten (3-Punkte-Gipse) (Abb. 145) (siehe auch II.15.3.2.).

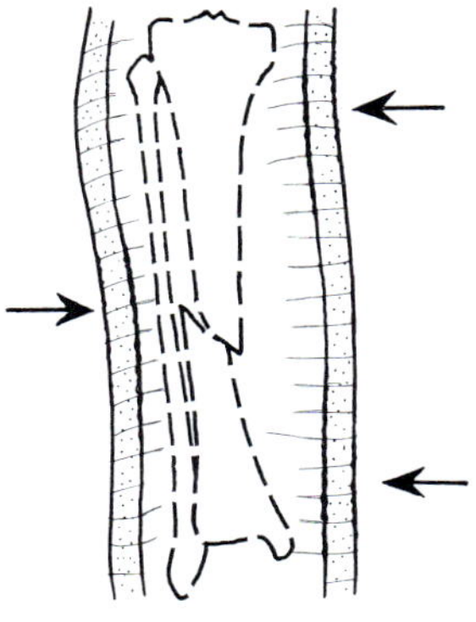

Abb. 145. *3-Punkte-Gips.*

Gipse zur *Korrektur* oder *Erhaltung* einer Korrektur müssen gezielt *modelliert* werden. *Beispiel:* Eine isolierte Tibiaschaftfraktur hat wegen der Sperrwirkung der intakten Fibula die Tendenz, in Varusstellung abzuknicken. Dieser Tendenz kann schon beim Anlegen des Gipses entgegengewirkt werden durch *Gegendruck* an 3 Punkten mit der flachen modellierenden Hand.

Solche Gipse werden angewandt zur etappenweisen Redression von kongenitalen Klumpfüssen (siehe III.C.7.3.1.), in der Frakturbehandlung zur Verhinderung von Achsenfehlern, als Korsette zur Aufrichtung von Kyphosen und Redression von Skoliosen (siehe III.B.8. und III.B.7.). Eine Variante ist der Quengelgips (siehe unten), eine weitere das Gipskeilen (siehe I.C.3.6.3.3.).

Da diese Gipse *Druck ausüben sollen* besteht immer die *Gefahr von Hautschäden,* Druckstellen, Dekubitalgeschwüren, welche sehr schlecht heilen und schwierig zu behandeln sind (siehe unten). Korrekturgipse erfordern deshalb eine besonders sorgfältige Gipstechnik und genaue Überwachung. Anwenden soll sie deshalb nur, wer die Technik gut beherrscht und Geduld hat.

- *Quengelgipse:* Eine Methode um *Gelenkkontrakturen zu korrigieren.* Ein zirkulärer Gips wird auf Höhe des zu redressierenden Gelenkes (am häufigsten Knie) quer durchgetrennt und mit einem mechanischen Scharniergelenk versehen. Eine einfache Quengelvorrichtung gestattet, mit zunehmender Kraft das Gelenk zu strecken (seltener: zu beugen). Die Quengelbehandlung muss über längere Zeit durchgeführt werden. Ihr Anwendungsgebiet ist beschränkt (Lähmungen, muskuläre Kontrakturen bei manchen Gelenkskrankheiten, Hämophilie).
  Für Fingerkontrakturen (z. B. bei Polyarthritis) werden gelegentlich Quengelgipse mit Gummizügen angefertigt (Abb. 146).

3.6.2.5. *Gipsmodelle* werden zur Herstellung von orthopädischen Apparaten und Schienen benötigt. Die Modelle macht in der Regel der Orthopädiemechaniker selbst. Bei Behelfen, welche in einer bestimmten *Korrekturstellung* wirken sollen, ist es manchmal gut, wenn der Arzt den Gips für das Modell selbst herstellt oder wenigstens dabei mithilft, denn nur er weiss genau, welche Stellung dem Glied, z. B. dem Fuss, gegeben werden soll. Zuerst wird ein ungepolsterter, dünner zirkulärer Gipsverband angelegt, während das Glied in Korrekturstellung gehalten wird. Bevor der Gips ganz hart geworden ist, wird er über einem auf der Haut liegenden Band längs gespalten, abgenommen und schliesslich wieder zusammengesetzt. Durch Ausgiessen dieser Form erhält der Orthopädiemechaniker den Leisten, über dem er den Behelf herstellen kann.

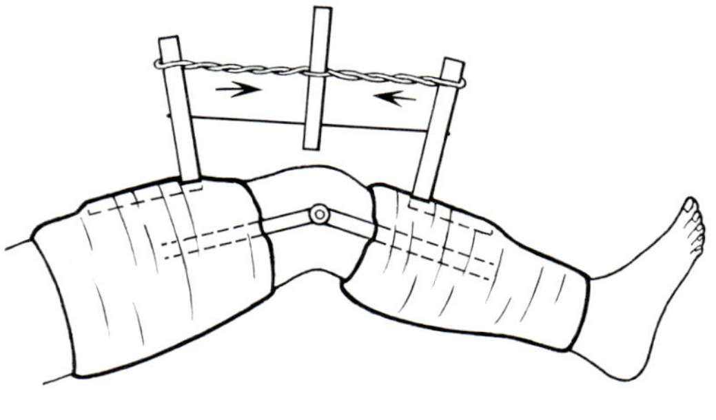

Abb. 146. *Quengelgips.* Durch tägliches Drehen des Stabes wird die Schnur gespannt und das Knie langsam gestreckt.

Auch mit dem Keilen des Gipses (siehe Abb. 148) können in ähnlicher Weise in mehreren Etappen Gelenke gestreckt werden, z. B. bei Poliomyelitis.

3.6.3. *Kontrolle und Änderungen von Gipsen*

Mit dem Hartwerden des Gipses hat die Behandlung erst begonnen: Jetzt muss *kontrolliert* werden, ob die Stellung richtig ist und bleibt, ob keine Zirkulationsstörungen, Druckstellen, Hautschädigungen entstehen. Solche müssen sofort behoben werden.

3.6.3.1. *Druckstellen*

Klagt der Patient *von Anfang an* über *Schmerzen* an *einer bestimmten Stelle* im Gips, ist *immer* anzunehmen, dass dort *der Gips drückt.* Ein *Fehler* wäre es, Schmerzmittel zu geben und abzuwarten. Fast sicher würden zwar die Schmerzen nach wenigen Stunden verschwinden, doch ist dies kein Grund zur Beruhigung. Im Gegenteil: Die Haut ist unter dem Gipsdruck anästhetisch geworden und wird bald ischämisch und nekrotisch. Schon nach ein paar Stunden kann es zu spät sein. Die Haut wird schwarz, demarkiert sich schliesslich und hinterlässt ein schmerzhaftes, schlecht heilendes Dekubitalgeschwür. Druckstellen im Gipsverband können *vermieden* werden, wenn man darauf achtet *in der ersten Zeit kurz nach Anlegen des Gipses.* Gibt der Patient an einer umschriebenen Stelle Schmerzen an, schneidet man genau dort ein genügend grosses Fenster aus dem Gips und sieht nach. Ist eine Druckstelle vorhanden, so wird diese abgepolstert, die Ränder des Fensterrahmens werden etwas aufgebogen mit einer Zange, damit sie nicht drücken, und dann wird das Fenster wieder mit dem ausgeschnittenen Deckel *geschlossen,* damit kein *Fensterödem* entsteht.

Bei Druckstellen am *Rand* des Gipses wird der Rand besser mit einer Zange aufgebogen als abgeschnitten, da sonst nur ein Ödem und ein neuer Druck am Rand entstehen (Abb. 147).

3.6.3.2. *Zirkulation*

In den ersten Stunden und Tagen muss auch die *Zirkulation* und die *Sensibilität* überwacht wer-

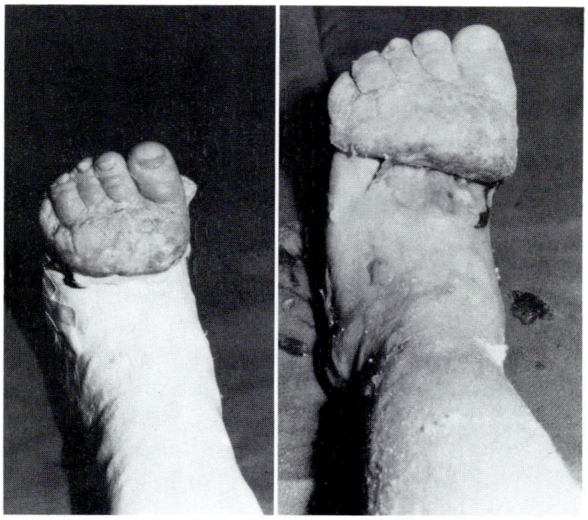

Abb. 147. Druckstellen, Dekubitalulzera, Ödeme, Infektionen und *Hautnekrosen unter Gipsdruck* sind sehr unangenehme, langwierige Komplikationen, die irreparable Schäden hinterlassen können (siehe auch Abb. 251). Sie sind vermeidbar durch sorgfältige Gipstechnik (richtige Polsterung der gefährdeten Stellen, kein Fingerdruck und keine Falten, während der Gips erhärtet; Fussgips bis zu den Zehen, damit keine Schwellung auf dem Fussrücken entsteht) und genaue *Kontrolle in den ersten Stunden und Tagen.* Wenn der Gips drückt, muss er *sofort geöffnet* und die Haut darunter inspiziert werden.

den, vor allem bei zirkulären Gipsen. Schmerzen, Unfähigkeit Finger bzw. Zehen zu bewegen, Verfärbungen (Zyanose oder Blässe), Ödem sind Alarmzeichen. Der Gips muss sofort der Länge nach vollständig gespalten (falls das nicht schon beim Anlegen geschah), oder, wenn die Störungen nicht gleich verschwinden, ganz entfernt werden, damit keine *ischämischen Muskelnekrosen* bzw. keine Stauungen entstehen (siehe I.A.7.1.2.).

Durch Gipsdruck können auch *periphere Nerven* gelähmt werden. Besonders gefährdet ist der *nervus fibularis* am Fibulaköpfchen in der Kniekehle.

3.6.3.3. *Korrektur von Fehlstellungen*

Bei Frakturen und Osteotomien sollte in den ersten Tagen die Stellung der Fragmente kontrolliert werden. Schon nach zwei bis drei Wochen ist eine Korrektur oft nicht mehr möglich, vor allem bei Kindern (siehe auch II.15.3.2.).

Bei Frakturen ist es oft nützlich, eine leichte Achsenabweichung im Gips durch *Keilen* des Gipses zu korrigieren. Am einfachsten geht das, indem der Gips an der Stelle, wo gekeilt werden soll (im Röntgenbild zu bestimmen), zirkulär durchtrennt wird bis auf eine Stelle auf der konve-

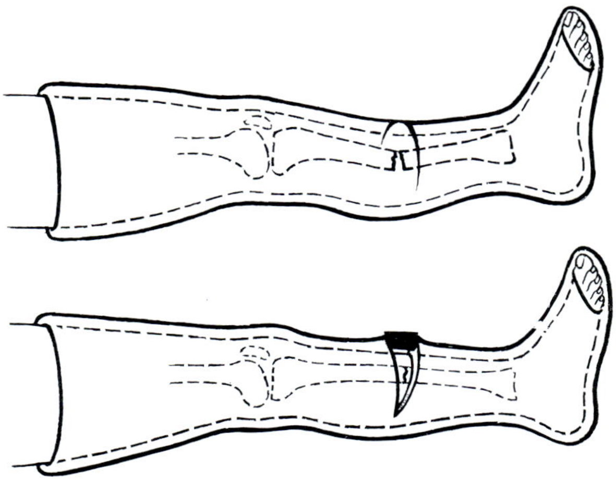

Abb. 148. *«Gipskeilen».* Erklärung im Text. Diese Methode ist besser als einen Keil aus dem Gips herauszuschneiden, da sonst die Weichteile eingeklemmt werden können (vgl. auch Abb. 316).

xen Seite des Achsenknickes, über welche der Gips dann aufgebogen wird, bis die Achse gerade steht. In den klaffenden Spalt auf der gegenüberliegenden Seite wird ein passendes Kork- oder Holzstück eingeklemmt und der Gips wird wieder verschlossen (Abb. 148).

Diese Methode wird gelegentlich auch zur *Redression* von *Kontrakturen,* etwa nach *Lähmungen* (Poliomyelitis), angewandt.

Meistens verspüren die Patienten keine Schmerzen, solange die Abwinkelung nicht zu gross ist (etwa bis zu 10°). Man muss aber kontrollieren, ob nicht an der Stelle, über welche der Gips aufgebogen wurde, evtl. eine Druckstelle entsteht.

3.6.3.4. *Gipsentfernung*

Dazu sollten die richtigen Werkzeuge vorhanden sein: Gipssschere mit flacher unterer Klinge, welche ohne Gewalt zwischen Haut und Gips eingeschoben werden kann. Gipsspreizzange und «Rabenschnabelzange» zum Aufbiegen der Gipsränder.

Vor Gipsfräsen erschrecken sich die Patienten, besonders Kinder, nicht nur wegen des fürchterlichen Lärms. Zwar oszillieren die Sägeblätter nur, so dass schwere Verletzungen ausgeschlossen sind (den Patienten zur Beruhigung kann das der Arzt am eigenen Handballen demonstrieren), doch entstehen schmerzhafte Striemen auf der Haut durch die vom Fräsen stark erhitzten Sägeblätter. Man sollte also, wenn überhaupt, mit der Gipsfräse dort *schneiden, wo Gipse gut gepolstert sind.* Deshalb werden Gipse vorne mit einem Polsterstreifen versehen.

Kleine Fussgipse bei *Säuglingen* werden am leichtesten entfernt nach einem Bad im warmen Wasser. Die Gipsbinden lassen sich dann abwickeln.

3.7. Orthopädietechnik

Was der Arzt mit dem Gips bezweckt, kann der *Orthopädiemechaniker* – eleganter, differenzierter, für den Patienten bequemer, aber auch wesentlich teurer – mit der Orthopädietechnik erreichen, und dazu einiges mehr.

Für rasche, *kurzfristige* Behandlung kommt *Gips,* für *langfristige* oder *dauernde* Versorgung *Orthopädietechnik* in Frage. So kann man, grob gesagt, die Indikationen etwa abgrenzen, wobei wir natürlich auch von den viel grösseren Möglichkeiten der Orthopädietechnik gerne Gebrauch machen.

Apparate sind im allgemeinen nicht besonders beliebt. Die Patienten haben grosse psychologische Probleme damit und möchten im allgemeinen lieber durch eine Operation davon befreit werden. Die moderne operativ orientierte Orthopädie unterstützt sie darin.

Trotzdem hat die *Apparatebehandlung* grosse *Vorteile:* Im Gegensatz zur Operation ist sie *risikolos* und *reversibel.* Wenn der Apparat nicht passt, kann er abgeändert oder weggelassen werden. Viele, vor allem ältere Patienten haben sich an ihren Apparat gewöhnt, er dient ihnen für ihre praktischen Bedürfnisse. Für manche Behelfe, z.B. die Prothesen, gibt es ohnehin keine Alternativen.

Es ist heute für den praktisch tätigen Fachorthopäden kaum mehr möglich, die technische Orthopädie in allen Details zu kennen. Besonders die Verwendung plastischer Materialien hat einer Vielfalt von neuen Verfahren gerufen. Immerhin sind die alt bewährten Materialien, wie Leder und Metall, unentbehrlich geblieben dank ihrer guten Verträglichkeit und Stabilität.

Wichtig ist, dass der Arzt dem Orthopädiemechaniker genau sagen kann, was er für seinen Patienten braucht. Das beste Resultat wird erzielt, wenn *Arzt und Orthopädiemechaniker gemeinsam besprechen* können, welche *Art* von Behelf im gegebenen Fall am zweckmässigsten ist und was er *bewirken* soll. Die *Ausführung* des Behelfs bleibt Sache des Orthopädiemechanikers.

Die *Kontrolle,* ob der Behelf tatsächlich passt und richtig funktioniert, ist wiederum Sache des *Arztes.* Dazu sind gute Vorstellungen vom Wesen orthopädischer Apparate notwendig, jedoch nicht unbedingt detaillierte Spezialkenntnisse der orthopädischen Technik. Es ist auch ohne solche möglich, Druckstellen, schlechte Passform, ungenügende Korrekturwirkung, falsche Gelenkstellung, überflüssige oder fehlende Teile am Apparat zu erkennen und dies dem Orthopädiemechaniker mitzuteilen, damit er die Sache korrigiert. Es wäre falsch, auf diese Kontrollen zu verzichten und sich als Arzt auf die grössere technische Erfahrung des Orthopädiemechanikers zu verlassen. Nur der Arzt kennt Funktionsstörungen und Bedürfnisse seiner Patienten genau und kann somit die biomechanische *Wirkung* des Apparates beurteilen. Der Orthopädiemechaniker kennt lediglich seine *Funktionsweise* – und auch er macht Fehler. Schlecht angepasste, schmerzhafte und unzweckmässige Apparate aber sind für die Patienten eine Mühsal, wenn nicht eine Qual.

Die Kontrolle sollte erfolgen, sobald der Patient den *Behelf während einiger Zeit praktisch erprobt hat.*

Hier sollen nur *einige Grundformen* orthopädischer Behelfe und Apparate beschrieben werden, besondere Behelfe hingegen bei den entsprechenden Krankheiten.

3.7.1. *Prothesen*

Diese werden im Kapitel über «Amputationen und Prothesenversorgung», III.C.8. abgehandelt.

3.7.2. *Orthesen*

Äussere *Stützapparate* werden im Gegensatz zu den Prothesen auch als *Orthesen* bezeichnet.

3.7.2.1. *Schienen*

Einfache, starre Schienen zur Ruhigstellung und/oder Erhaltung einer bestimmten Gelenkstellung, ähnlich den Gipsschienen. Aus armiertem Leder oder Kunststoff, z.B. Handgelenksschiene, Radialisschiene (Lähmungsschienen siehe II.8.3.5.1.) (Abb. 149).

- *Beinschienen,* z.B. Spitzfussschiene (Schale) zur Vermeidung einer Spitzfussdeformität bei Bettlägerigen, Peronäusschiene (Heidelbergerschiene) bei Fibularislähmung (Abb. 640).
- *Kniehinterschienen:* Für Gehübungen bei Gelähmten zur Stabilisierung eines insuffizienten Kniegelenkes.
- *Nachtschienen:* Zur Behandlung leichter Deformitäten bei Kindern (Torsionsvarianten, X- und O-Beine). Über längere Zeit wirkende kleine äussere Kräfte sollen die Fehlstellung beeinflussen. Dazu werden während der Nacht Korrekturschienen angelegt. Ihr Wert ist nicht eindeutig nachgewiesen, im Gegensatz zu den folgenden:

Durch manuelle Redression und Operation erreichte Korrekturen (z.B. von kongenitalen Klumpfüssen) müssen *erhalten* werden, sonst ge-

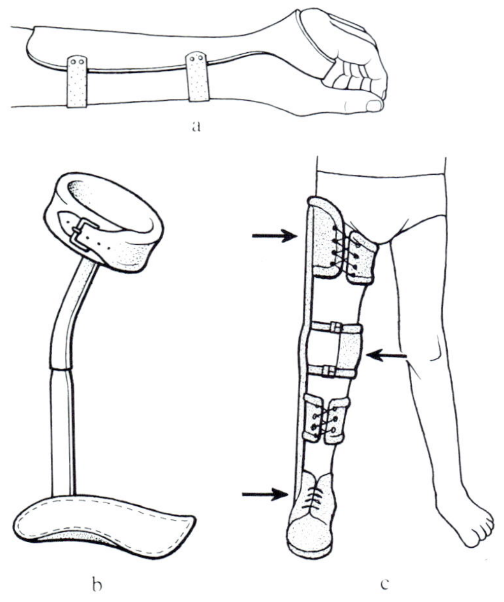

Abb. 149.

a *Handschiene* aus Kunststoff zur Stabilisierung des Handgelenkes bei Radialislähmung (Fallhand).
b *Peronäusschiene:* Stützung der Sohle bei Fussheberschwäche. Die mit Stab verbundene Einlage wird im Schuh getragen (siehe III.C.7.4.3.).
c Apparat zur *X-Bein-Korrektur* im Wachstumsalter. Die Wirkung solcher Schienen lässt sich kaum eindeutig objektivieren.

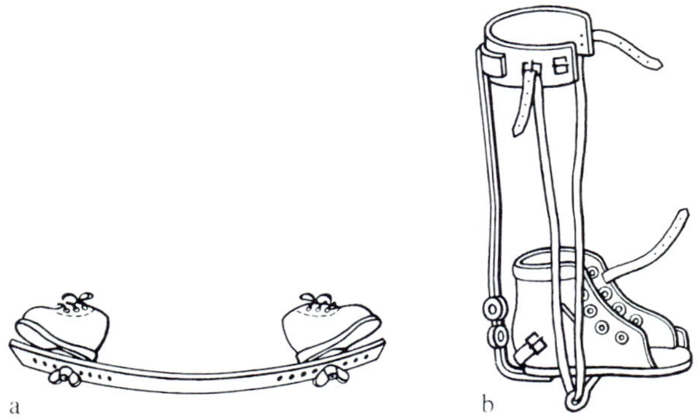

Abb. 150.

a Beispiel einer *Nachtschiene* für Kleinkinder. Die Schuhe können verstellt werden. Man kann damit Spreizstellung sowie Innen- oder Aussenrotation der Beine und Füsse fixieren während der Nacht.
Solche Schienen werden manchmal auch in der Behandlung der angeborenen Hüftgelenksluxation gebraucht (Ponseti-Schiene).
b Nachtschiene zur Behandlung des angeborenen Klumpfusses. Diese Schienen dienen der *Erhaltung* der mittels manipulativer und operativer Techniken erreichten Korrekturstellung und müssen konsequent und während langer Zeit nachts getragen werden, weil sonst sehr leicht *Rezidive* entstehen.

hen sie bald wieder verloren. Zu dieser *Rezidivprophylaxe* dienen ebenfalls Nachtschienen, mehr oder weniger komplizierte Apparate, welche in Korrekturstellung angefertigt und angelegt werden, evtl. mit eingebauten Gelenken und elastischen oder starren Zügeln (siehe z. B. Klumpfussbehandlung, III.C.7.3.1.). Auch in der Behandlung der kongenitalen Hüftgelenksluxation usw. werden verschiedene Schienen verwendet (Abb. 150).

- *Quengelschienen:* Bei manchen Kontrakturen werden Quengelschienen verwendet, welche gleich funktionieren wie die Quengelgipse (siehe I.C.3.6.2.4.).

3.7.2.2. *Apparate für die untere Extremität*

Gehapparate erfüllen etwa denselben Zweck wie Gehgipse: Stützung, Stabilisierung des Beines, bzw. eines Gelenkes, damit der Patient belasten und gehen kann.

Die klassische Indikation für den Gehapparat ist die *schlaffe Lähmung* (siehe II.8.1.). Ein *instabiles Gelenk* (z. B. Kniegelenk bei Quadrizepslähmung, Sprunggelenk bei Fusslähmungen) wird zum Gehen *fixiert,* damit es nicht unter der Körperlast einknickt.

Gehapparate werden je nach Bedarf als

- *Unterschenkelapparat* (für den Fuss) oder als
- *Oberschenkelapparat* (für das Knie) angefertigt (Abb. 151).

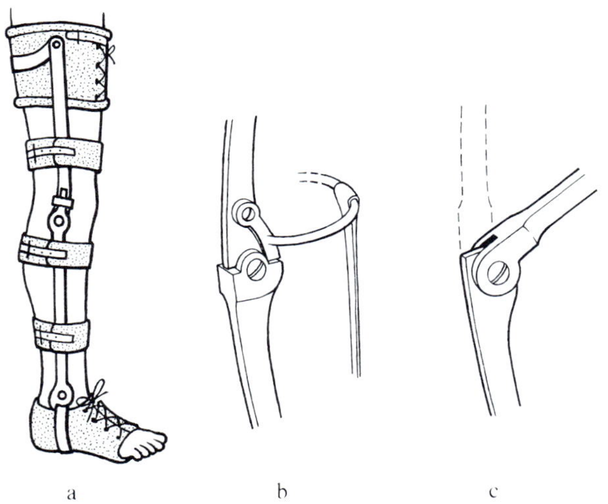

Abb. 151. *Oberschenkelapparat.* Feststellbares Kniegelenk, Fussgelenk mit Anschlag gegen Spitzfuss. Der Fussteil ist bei allen Beinschienen nötig, damit der Apparat nicht hinunterrutscht (a). Mancherorts werden die Apparate stattdessen direkt am Schuh befestigt.

Rechts: Detail eines Knieschlosses: b) sog. *«Schweizerschloss»,* in Streckstellung blockiert. Kann zum Sitzen ausgeklinkt und gebeugt werden. Z. B. bei Quadrizepslähmung.

c) *Führungsscharnier,* bleibt beim Gehen beweglich, mit *Anschlag* gegen Überstreckung. Z. B. bei Knieseitenbandinsuffizienz, Wackelknie, Genu recurvatum.

Gelegentlich ist noch ein zusätzlicher *Beckenteil* notwendig. Die Stabilisierung der Hüfte mit Apparaten ist aber schwierig und nur unvollkommen möglich.

Zu jedem Beinapparat gehört in der Regel ein *Fussteil,* um das Gewicht des Apparates zu tragen, damit er nicht auf die Knöchel herunterrutscht.

Oberschenkelapparate werden in der Regel mit einem beweglichen *Kniegelenk* ausgerüstet. Dieses wird zum Gehen *blockiert* und beim Sitzen freigegeben. Dazu dient ein spezieller Verschluss («Schweizerverschluss»).

Das *Fussgelenk* ist je nach Bedarf starr (etwa zur Blockierung der Sprunggelenke bei Arthrose), oder beweglich, wenn lediglich eine *Stützung* nötig ist (z. B. bei Lähmungen).

Eine besondere Art des Gehapparates ist der *Führungsapparat,* welcher angewandt wird bei einer Bandinsuffizienz, also einer *seitlichen Instabilität* des Knies (siehe II. 12.4.) oder Sprunggelenkes. Er lässt die normale Gelenksbewegung frei, verhindert aber das seitliche Abknicken. Die *Gelenke* solcher Führungsapparate werden *nicht blockiert.*

Bei vielen Geh- und Führungsapparaten ist es zweckmässig, die Gelenke mit einer *Anschlagsperre* zu versehen, um unerwünschte Bewegungen zu verhindern, während die erwünschten Bewegungen frei bleiben, z. B.

- Anschlag *gegen Spitzfuss-* oder Hackenfussstellung;
- Anschlag *gegen Überstreckung* des Kniegelenkes (z. B. bei Genu recurvatum usw.).

Apparate werden in *zwei Grundtypen* hergestellt:

1. Als *Metallapparat* mit Ledergurten (Schellen). Diese Ausführung ist einfacher und billiger.
2. Als *Schienenhülsenapparat.* Die Gliedmassen werden gefasst und gehalten von modellgefertigten Lederhülsen. Solche Apparate sind anspruchsvoller, sitzen satter und geben besseren Halt, sie sind aber teurer.

Entlastungsapparate

Im Gegensatz zu den Gehapparaten, bei welchen das Körpergewicht vom Bein mehr oder weniger selbst getragen wird, und der Apparat lediglich stützt und führt, *trägt* der *Entlastungsapparat das Gewicht des Körpers* teilweise oder ganz. Eine *teilweise* Entlastung ist mit einem gut angepassten, kräftigen Gehapparat gut möglich. Eine *vollständige* Übertragung des Gewichtes vom Körper auf den Apparat ist jedoch schwierig. Es stellt sich das gleiche Problem wie bei der *Abstützung einer Prothese.*

Praktisch kommt auf lange Sicht nur die Abstützung auf dem Sitzbein (Tuber ossis ischii), der sog. *Tubersitz* in Frage. Der entsprechende Apparat *(Thomasbügel)* hat einen starren Ring auf Gesässhöhe. Beim Gehen «sitzt» der Patient auf diesem Ring, das Bein hängt darin ohne den Boden zu berühren. Die Anpassung des Ringes, vor allem am Sitzbein, hat sehr genau zu erfolgen, das Becken darf nicht in den Ring hineinrutschen.

Am andern Bein muss entsprechend die Schuhsohle erhöht werden (Abb. 152).

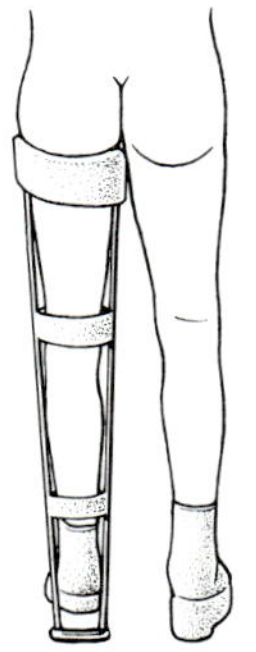

Abb. 152. *Thomasbügel* zur Entlastung des Hüftgelenkes. Das Bein hängt frei im Apparat, das Körpergewicht wird vom Beckenring getragen, der Patient «sitzt» darauf. Der Ring muss genau angepasst sein. Auf der Gegenseite ist eine Schuherhöhung nötig.

3.7.2.3. *Apparate für die obere Extremität*

Da die Arme keine Tragfunktion haben, sind Stützapparate seltener notwendig als an den unteren Extremitäten.

Relativ häufig werden gebraucht:

- Manschetten oder Schienen, ein schmerzhaftes oder gelähmtes Handgelenk zu fixieren und so den Gebrauch der Finger zu ermöglichen.
- funktionelle Fingerschienen (Bunnell), um die Beweglichkeit der Fingergelenke zu verbessern und Fehlstellungen und Kontrakturen zu vermeiden (z. B. bei PcP) (Abb. 153).

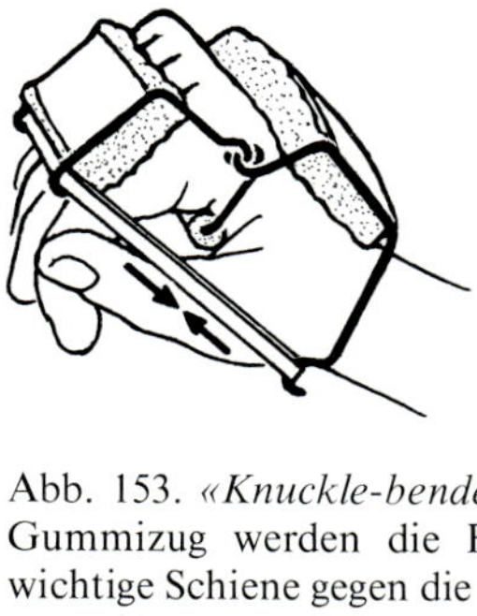

Abb. 153. *«Knuckle-bender»* («Knöchelbeuger»). Mit einem Gummizug werden die Fingergrundgelenke gebeugt. Eine wichtige Schiene gegen die funktionell ungünstige und häufige Versteifung der Fingergrundgelenke in Streckstellung.

Wichtig ist es in jedem Fall, die gute *Funktionsstellung* der Hand zu erhalten (siehe Kapitel «Hand»: II.7.).

Für *gelähmte* Arme und Hände werden recht komplizierte Apparate konstruiert, um die verlorene *Muskelkraft zu ersetzen* und geeignet zu steuern. Dazu kann die eigene Kraft des Schultergürtels verwendet werden oder aber fremde, elektrische Kraft.

3.7.3. *Stützen für den Rücken*

Gegen Korsette bestehen Vorurteile, bei Ärzten wie bei Laien: Die Muskulatur «verkümmere» darunter. Dem ist *entgegenzuhalten:*

1. Der Muskeltonus ist zur Hauptsache *reflektorisch,* nicht willkürlich und wird deshalb nicht einfach «abgeschaltet». Die Reflexmechanismen sorgen für Muskelaktivität auch unter dem Korsett.
2. Schmerzen und schlechte Haltung führen zu Verkrampfung, Überdehnung und Atrophie der Rückenmuskulatur. Das Korsett *vermindert die Schmerzen* und verbessert die Haltung. Es verhilft damit zu einer besseren Funktion der Rückenmuskulatur.
3. Das wichtigste Argument ist die Praxis: Rückenstützen sind tatsächlich sehr oft *ausgezeichnete Mittel gegen Rückenbeschwerden.* Sie werden natürlich nur bei vermehrter Beanspruchung, also bei der Arbeit, bei längerem Stehen usw. getragen (siehe auch III.B.: «Wirbelsäule»).

Eine Vielfalt von Behelfen steht zur Verfügung. Die Skala reicht von der einfachen Leibbinde über das Stoffmieder bis zum Stahlkorsett (Tab. 13).

In dieser Skala nimmt die Fixationswirkung von oben nach unten zu (aber auch Preis und Behinderung), während Bewegungsfreiheit und Komfort bei den zuerst genannten am grössten sind.

Tab. 13. Die Wirkung von Rückenstützen.

- Leibbandage
- Stützgürtel
- Stoffmieder
- Stoffkorsett, mit Stäben armiert
- Lederkorsett
- Stahl-Lederkorsett
- Gipskorsett

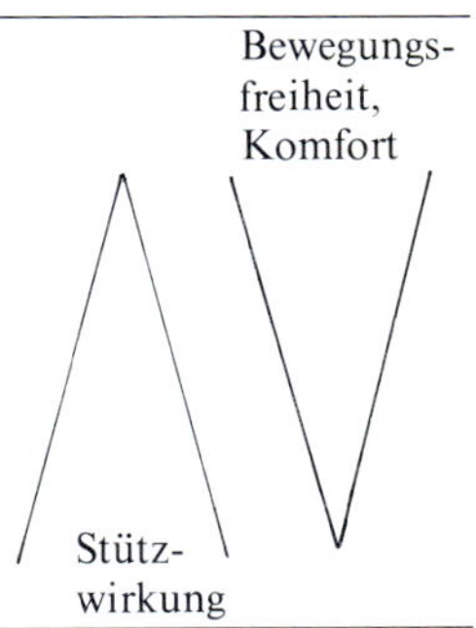

Die *Wahl* richtet sich in erster Linie nach der Fixationswirkung welche nötig ist, dann aber auch nach der gewünschten Bewegungsfreiheit usw. (siehe Tab. 13).

Die Stützwirkung dieser Behelfe beruht auf zwei verschiedenen Mechanismen (siehe auch III.B.1.4.).

1. *Hydrostatischer Druck* (im Abdomen)

Eine straffe Binde eng um den Leib gewickelt erhöht den intraabdominellen Druck. Darauf beruht die Stützwirkung von *Bauchbandagen,* Miedern usw. ohne oder mit wenig stabilen Teilen.

Voraussetzung ist eine *straffe Bandagierung.* Wollene Leibbinden sind ein guter Kälteschutz, haben aber keine Stützwirkung, ebensowenig locker gebundene Mieder.

2. *Äussere Stützwirkung am Skelett: Starre Korsette*

Die untere Abstützung erfolgt am Becken, und zwar an den *Beckenkämmen,* am Kreuz und an der Symphyse.

Die obere Abstützung greift am *Rippenthorax* an, bei Bedarf auch höher, am *Sternum,* evtl. lateral davon (Abb. 154).

Der nächst höhere Stützpunkt ist der *Kopf* und zwar *Hinterhaupt* und *Kinn,* wenn die obere Brust- und Halswirbelsäule mitgestützt werden müssen (z.B. das «Milwaukee»-Korsett von Blount zur Behandlung von Skoliosen und schweren Kyphosen, siehe III.B.8.3.6.).

Wenn der Unterkiefer als Stützpunkt dienen soll, sind kieferorthopädische Massnahmen zum Schutz der Zahnentwicklung notwendig.

Grössere Kräfte müssen durch Skeletttraktion direkt auf die Schädelkalotte übertragen werden (Halo-traktion).

Korsette, welche eine *Korrekturwirkung* ausüben sollen, werden nach dem *3-Punkte-Prinzip*

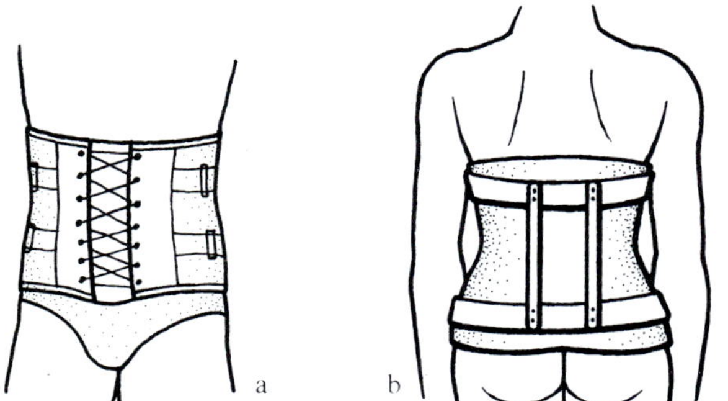

Abb. 154. *Halt und Stütze für den Rücken bei Kreuzschmerzen.*

a Ein *Stoffmieder.* Solche «Campgürtel» und schmalere Bauchbandagen sind als Konfektionsartikel in verschiedenen Grössen im Handel.

b Ein nach Mass und Modell gefertigtes *Überbrückungsmieder* aus Leder mit Metallverstärkung.

konstruiert (siehe I.C.3.6.2.4.). Anwendung finden sie bei Skoliosen (siehe III.B.8.3.6.2.), starken Kyphosen (siehe III.B.7.), Wirbelfrakturen (siehe III.B.12.).

Die gewählten Stützpunkte müssen besonders *gut ausmodelliert* und gepolstert werden, damit keine Druckstellen entstehen.

3.7.4. *Gehhilfen*

Im weitesten Sinne gehören dazu:
- Physiotherapie mit Gehschule (siehe I.C.3.2.4.1.)
- Gipse und Apparate (siehe I.C.3.5.1.).

Grundlage ist die *Physiologie des Stehens und Gehens,* welche im Abschnitt I.A.8.2. beschrieben ist.

Gehhilfen im engeren Sinne
- Handstöcke
- Krückstöcke
- Gehböcke
- Gehwagen (Eulenburg)
- Gehbarren

Die einfachste Gehhilfe ist ein gewöhnlicher *Handstock.* Tatsächlich ist er eine *sehr grosse Hilfe,* sowohl für das Gleichgewicht als auch für die *Entlastung* und damit zur *Schmerzlinderung.* Die Beanspruchung z.B. des Hüftgelenkes kann durch einfache Stockhilfe auf etwa ¼ reduziert werden. Dazu wird der Stock auf der der kranken *gegenüberliegenden* Seite getragen (siehe auch III.C.2.10.). Die Patienten machen das in der Regel von selbst richtig, sonst muss man es ihnen zeigen.

Der Stock sollte unten mit einem Gummistopfen versehen sein, damit er auf der Unterlage nicht ausrutscht (Abb. 155).

Krückstöcke geben einen etwas stabileren Halt, indem der *Unterarm* kräftig abgestützt werden kann. Die Länge der Krückstöcke muss richtig eingestellt werden: Nicht zu kurz, damit der Patient aufrecht stehen kann und sich nicht bücken muss, nicht zu lang, damit die Arme bequem herunterhängen und der Ellbogen nicht zu stark gebeugt oder die Schulter angehoben werden muss.

Mit *zwei* Krückstöcken ist eine *vollständige Entlastung* eines Beines möglich (Abb. 138).

Das Gehen mit Krückstöcken muss erlernt werden. Die *Gehschule* hat eine zentrale Stellung im Physiotherapieprogramm (siehe I.C.3.2.4.1.) (Abb. 156).

Mehr Stabilität und Gleichgewicht geben
- *Stützwagen* mit Achselstützen (Eulenburg) und
- *Gehböcke,*

von denen es verschiedene Modelle gibt (Abb. 157).

Diese Hilfen dienen den *ersten Gehversuchen* nach Operationen und manchen Frakturen. Besonders auch für *Kinder* sind sie zweckmässig.

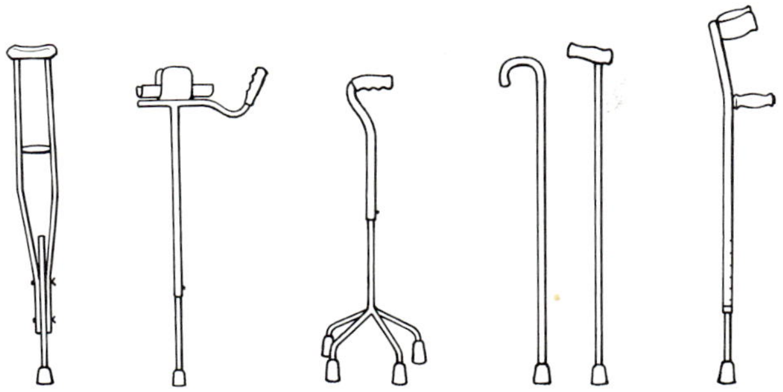

Abb. 155. *Verschiedene Stockhilfen.*

a Achselkrücken sind nötig, wenn das ganze Körpergewicht beim Schritt getragen werden muss. Sie müssen gut gepolstert und verstellbar sein.

b Polyarthritikerstöcke gestatten das Abstützen mit dem Vorderarm bei invaliden Händen.

c Die drei- oder vierbeinige Gehstütze gibt mehr Sicherheit und Stabilität, etwa für Kinder, Spastiker, oder alte Leute mit Gleichgewichtsproblemen.

d Gewöhnliche Handstöcke mit verschiedenen Griffen. Auf einem geraden, wenn nötig der Hand eigens angepassten Griff, kann man besser abstützen. Alle Stöcke müssen Gummistopfen haben, damit sie nicht rutschen.

e Der am häufigsten gebrauchte Krückstock (Amerikanerstock) mit Unterarmführung erlaubt weitgehende Entlastung. Alle Krückstöcke müssen *verstellbar* sein. Sie sollten auch so leicht als möglich sein.

Manche Patienten genieren sich «am Stock zu gehen», aber auch ein Wanderstab, ein Schirm, ein elegantes Stöcklein sind oft schon eine grosse Hilfe und werden eher akzeptiert.

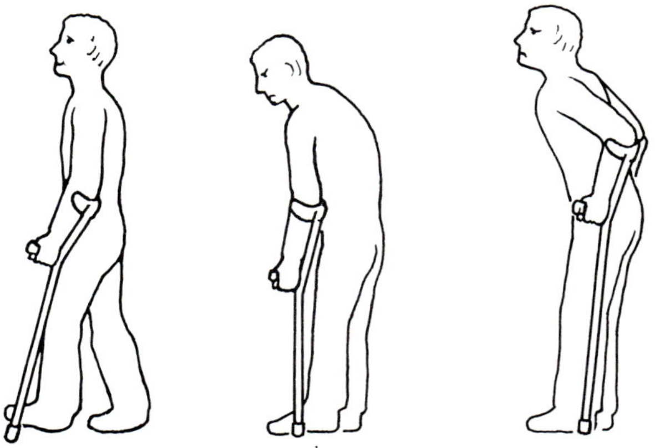

Abb. 156. *Gehen mit Krückstöcken.* Der Patient soll bequem aufrecht gehen und den Fuss richtig *abrollen* (siehe I.C.3.2.4.1. und Abb. 138). Die Stöcke müssen auf die *richtige Länge* eingestellt werden (a). Sind sie zu kurz, so geht der Patient gebückt (b), sind sie zu lang, zieht er die Schultern hoch (c).

Abb. 157. Solche Gehböcke geben Stabilität und Sicherheit. Sie sind geeignet vor allem für Kinder, aber auch für Erwachsene mit Gleichgewichtsstörungen.

Ältere Patienten brauchen gerne den *Gehwagen* mit Rädern und Achselstützen (Eulenburg).

Tab. 14. Hilfsmittel für Behinderte.

Für Kranke mit steifem Rücken und steifen Beinen:

- Strumpfanzieher
- Greifscheren
- Koxarthrosestuhl mit absenkbarem Beinteil
- Erhöhter WC-Sitz
- Haushaltgeräte (Wischer, usw.) mit langem Stiel

Für Kranke mit steifen Armen oder Einhändige:

- Bürste und Kämme mit langem Stiel
- Gestielte Bestecke
- Teller mit aufgesetztem Rand

Für Kranke mit schmerzenden, schwachen Händen:

- Flaschendeckel- und Hahnenöffner
- Feststeller (Saugunterlagen) u.a. Küchenhilfen
- Geräte mit dicken und abgewinkelten Stielen, welche besser in die deformierte Hand passen
- Krückstöcke zum Abstützen des Vorderarmes (Abb. 155b).

Bei fehlendem Gleichgewicht und schweren Lähmungen lernen die Patienten das Gehen am besten zuerst an starren *Gehbarren.*

3.7.5. *Selbsthilfen für Behinderte, Rehabilitation*

Viele Patienten, vor allem Polyarthritiker, sind bei ihren *einfachsten täglichen Verrichtungen behindert.* Coxarthrotiker etwa können ihre Strümpfe nicht selbst anziehen. Eine ausführliche Liste solcher Behinderungen findet sich in I.B.2.1.4.

Diese Patienten können sich oft mit *ganz einfachen Hilfsmitteln selbst helfen,* und sie sind sehr dankbar, wenn man ihnen diese *vermittelt.*

In der *Ergotherapie* werden sie in einfacher Form ad hoc hergestellt. Sie sind auch in *Fachgeschäften* erhältlich (Tab. 14 und Abb. 158).

Besondere Aufmerksamkeit verdient vor allem die *tägliche Toilette,* sodann die *Arbeit in Küche und Haushalt,* welche auch der schwer behinderten Hausfrau praktisch nie abgenommen wird.

Ein wichtiges Ziel der Rehabilitation ist auch die *Mobilität* der Behinderten, d.h. dass diese sich im Haus und ausser Haus frei und ohne Hilfe bewegen können. Dazu dienen eine Reihe von Einrichtungen, von den Gehhilfen über architektonische Veränderungen an Wohnungen und Häusern bis zu speziellen *Verkehrsmitteln.*

Schliesslich gilt es, den Behinderten die Arbeit zu erleichtern oder zu ermöglichen durch spezielle Einrichtungen an *Arbeitsplätzen* usw.

Besonderes Verdienst um die Hilfe für Behinderte haben die *Rheumaligen.* Ihre Fürsorgestellen haben einen *Beratungsdienst,* geben Merkblätter heraus usw. Ihre Mitarbeit ist auch für den Arzt eine grosse Hilfe.

Weitere Hilfsmittel betreffen die *Wohnungseinrichtung* von Behinderten und Betagten: Gummimatten in der Badewanne und Haltegriffe, um das Ausrutschen zu verhindern usw.

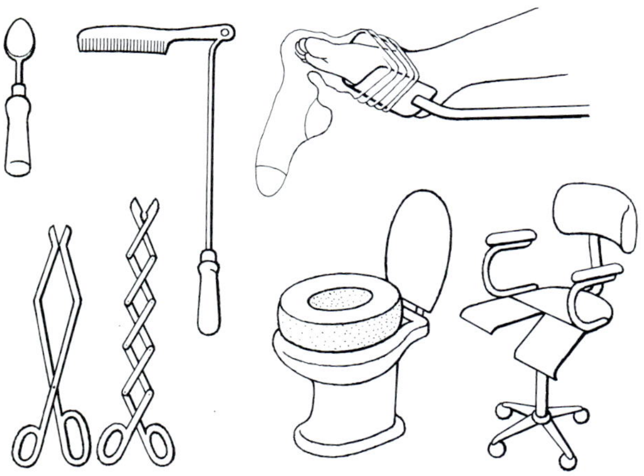

Abb. 158. *Selbsthilfen für Behinderte.*

- *Löffel* mit dickem Griff für behinderte Hände. Griffe können allgemein auch genau der Form der Hand angepasst werden (z.B. bei PcP).
- *Kamm* mit langem Griff: z.B. bei steifer Schulter.
- *Strumpfanzieher:* Unentbehrlich bei steifer Hüfte (Coxarthrose), steifen Knien und Rücken. Dazu Schuhlöffel mit langem Griff.
- *Greifzangen* (2 Arten) für Patienten, die sich nicht bücken können, um Gegenstände vom Boden aufzuheben (z.B. Rückenpatienten).
- *WC* mit erhöhter Schüssel. Für Hüftpatienten, die schlecht sitzen können.
- *Coxarthrosestuhl,* für steife Hüfte einstellbar (hier linke Seite).

Architektonische Gesichtspunkte sind zu beachten, wenn die Behinderten nicht gut gehen, sich nicht bücken, keine hoch gelegenen Regale erreichen können oder gar auf einen *Rollstuhl* angewiesen sind: Keine Schwellen und Treppen, gute Erreichbarkeit von Gegenständen (Abstellflächen und Kästen, nicht zu hoch oder zu tief), richtige Sitzhöhe und Höhe der Arbeitsfläche, genügend Verkehrsraum.

Rollstühle brauchen bestimmte *minimale Abmessungen* von Türen, Liften, WC usw. und zusätzlichen Verkehrsraum. Auch Treppen und Schwellen sind meist unüberwindliche Hindernisse.

Um sich auch ausserhalb der Wohnung fortbewegen zu können brauchen Rollstuhlpatienten Motorantrieb, Selbstfahrer und besonders eingerichtete Autos. Zur Rehabilitation von Gelähmten, vor allem von Paraplegikern siehe auch das Kapitel «Neurologische Erkrankungen», II.8.

In der Gestaltung, Einrichtung und Änderung von *Arbeitsplätzen* steht für Arzt und Patient an manchen Orten die Hilfe eines betriebseigenen *Werkarztes,* welcher mit der *Arbeitsmedizin* vertraut ist, zur Verfügung, daneben jene von Wiedereingliederungsstellen der Sozialversicherung usw.

4. Operative Therapie

Früher nur zögernd als Hilfsmethode angewandt, hat die operative Therapie sich heute mit Macht ins Zentrum des Interesses gedrängt. Die «orthopädische Chirurgie» ist zur wichtigsten und wirksamsten Behandlungsmethode von Störungen des Bewegungsapparates geworden. Die Fortschritte, etwa auf dem Gebiet der Frakturbehandlung oder der Endoprothesen haben sich rasch weltweit ausgebreitet. Es ist uns eine wirkungsvolle Methode in die Hand gegeben, aber auch ein zweischneidiges Schwert. Iatrogene Schäden aus unzulänglicher Anwendung sind häufiger und schwerer als je zuvor.

Es ist deshalb vielleicht nicht überflüssig, *einige grundsätzliche Fragen* zur operativen Therapie hier aufzuwerfen.

4.1. Sechs allgemeine Behandlungsprinzipien

Robert Salter, ein kanadischer Orthopäde, gibt in seinem ausgezeichneten Lehrbuch sechs allgemeine Behandlungsprinzipien zu beherzigen. Obwohl sie banal scheinen mögen, sind sie so grundlegend und wichtig, dass sie hier in Form von sechs Gewissensfragen gebracht werden sollen:

1. Habe ich dem Patienten *geholfen* oder *geschadet?* Durch die Behandlung nicht gebessert worden zu sein ist deprimierend. Durch die Behandlung verschlechtert worden zu sein ist niederschmetternd.
2. Gründet meine Behandlung auf *gesicherter Diagnose und Prognose?* Eine mögliche Behandlung unterlassen zu haben bei schlechter Prognose ist schlimm. Aber auch eine Krankheit aktiv zu behandeln, welche von selbst heilen würde, ist ein schlechter Dienst am Patienten.
3. Habe ich ein *bestimmtes Behandlungsziel* im Auge? Entsprechend den orthopädischen Symptomen gilt es 1. Schmerzen zu lindern, 2. Funktion zu verbessern, 3. Deformität zu verhindern bzw. zu beseitigen.
4. Wirke ich *mit den Gesetzen der Natur* oder *gegen* sie? Unsere Behandlung ist völlig abhängig von der Reaktion der Körpergewebe. Nur wenn wir sie unterstützen, können wir etwas erreichen, sonst nicht: «medicus curat, natura sanat».
5. Ist mein *Behandlungsziel vernünftig?* Wenn ja, *erreiche ich es* mit meinen Behandlungsmethoden? Und schliesslich: *Lohnt sich dieses Ziel* für meinen Patienten, *gemessen an den Gefahren,* Unannehmlichkeiten und Opfern, die er dafür auf sich nimmt?
6. *Helfe* ich meinem Patienten mit seinen *besonderen Problemen* und *individuellen Bedürfnissen* in seiner *persönlichen Situation* oder behandle ich lediglich einen «Fall» oder eine Diagnose? Der grösste Teil der orthopädischen Operationen sind «Wahloperationen», also nicht dringlich. Deshalb hat der Orthopäde immer Zeit und Möglichkeit, bei der Wahl der Therapie die individuellen Faktoren wie Alter, Geschlecht, Beruf, persönliche Situation, aber auch Charakter und psychische Reaktion des Patienten auf sein Leiden zu berücksichtigen.

4.2. Zur Operationsindikation

«L'homme peut plus qu'il ne sait»
(Claude Bernard)

4.2.1. *Wie entsteht eine Indikation?*

Eine Operationsindikation ist ein *Entscheid.* Dieser kann intuitiv, affektiv oder aber rational-logisch sein. Für eine Operationsindikation ist eigentlich nur letzteres zulässig. Ein rational-logischer Entscheid basiert auf bestimmten *Entscheidungsgrundlagen* (medizinische und andere Informationen vom Patienten, medizinische Kenntnisse aufgrund der Ausbildung, im besten Fall entsprechend dem derzeitigen Stand des Wissens). Diese Entscheidungsgrundlagen können falsch oder richtig sein.

Ein logischer Denkprozess führt dann zur «Indikation». Wie läuft dieser ab? Ziel einer Operation ist in der Regel nicht nur, einen gegebenen Zustand zu ändern, sondern die *Spontanprognose zu verbessern. Die Indikation sollte also nur gestellt werden, wenn die Prognose nach dem Eingriff besser ist als jene ohne Eingriff.* Dieses Kriterium allein genügt aber noch nicht: *Die Indikation ist nur gegeben, wenn der Unterschied* zwischen Operations- und Spontanprognose *grösser ist als die Gefahren, Unannehmlichkeiten und Opfer, die der Patient für die Operation auf sich nehmen muss.* Wiegt die mögliche Verbesserung der Prognose jedoch diese Opfer und Gefahren

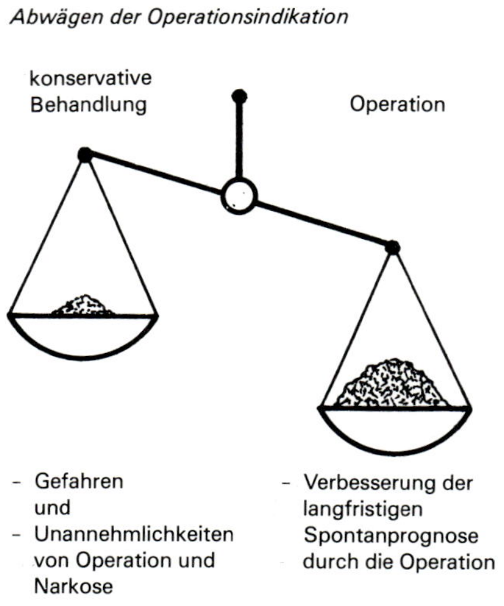

Abb. 159. Nur wenn *alle* Argumente auf die Waage gelegt werden und sich *eindeutig* die rechte Schale senkt, sollte operiert werden.

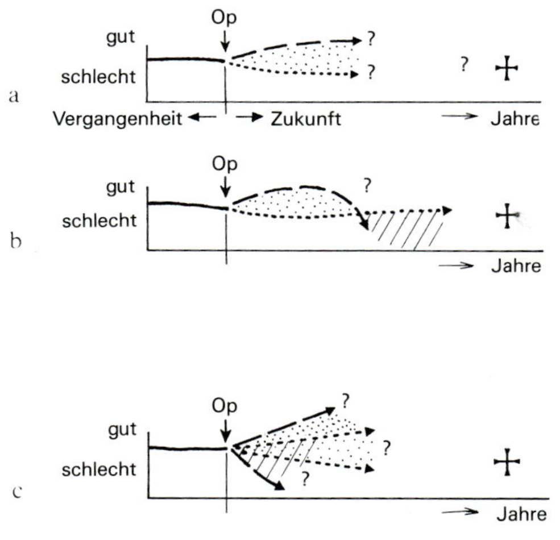

Abb. 160. Die *Prognose* kann als eine Kurve in die Zukunft dargestellt werden.

a Vom Tage der Operation an trennen sich die beiden Kurven: Spontanprognose (punktiert) und Prognose nach Operation (gestrichelt). Der *Gewinn* für den Patienten liegt im Feld dazwischen (punktiert). Nur wenn die *Verbesserung* der Prognose durch die Operation die *Gefahren* und *Unannehmlichkeiten* der Operation aufwiegt, ist der Entschluss zur Operation gerechtfertigt. Was wissen wir über die beiden Kurven?

b Langfristige und kurzfristige Prognosen brauchen nicht übereinzustimmen. Über langfristige Prognosen wissen wir in der Orthopädie immer noch viel zu wenig. Was nützt es einem Patienten, wenn das Operationsresultat langfristig schlechter wird, als die Spontanprognose gewesen wäre?

c Prognosen sind im besten Fall statistische Mittelwerte. Wir müssen deshalb mit einem grossen Unsicherheitsfaktor und grosser Streuung rechnen. So bleibt die Indikation, trotz aller Bemühungen, sie zu objektivieren, letztlich ein persönlicher Entscheid des Operateurs.

nicht auf, ist die Operation *nicht* angezeigt, besonders, da die Mehrzahl der orthopädischen Eingriffe *«Wahloperationen»* sind (Abb. 159).

Alle diese Grössen liegen in der *Zukunft* und können deshalb nur *statistisch* als *Wahrscheinlichkeit* erfasst werden. Je mehr unsichere Grössen in der Rechnung vorkommen, desto grösser wird die Unsicherheit der Indikation, da die Unsicherheitsfaktoren der einzelnen Grössen sich multiplizieren (Abb. 160 und 604).

4.2.2. *Die Prognose*

Die *Prognose* ist in der Regel der *grosse Unsicherheitsfaktor* in der Rechnung: Es gibt Leiden, bei denen sie ziemlich eindeutig ist, andere, bei denen sie sehr stark variieren kann, d. h. unsicher ist. Dasselbe gilt für Operationen.

Die Unsicherheitsfaktoren können verringert werden, wenn statt auf die Prognose *auf den Jetztzustand* abgestellt wird. Dann bleibt lediglich die Unsicherheit, ob der Eingriff tatsächlich den bestehenden (schlechten) Zustand verbessern kann. Diese Unsicherheit ist relativ gering gegenüber derjenigen, bei welcher prognostische Überlegungen für die Indikation im Vordergrund stehen.

Praktisch heisst das: Rein *therapeutische* Eingriffe haben *zuverlässigere Grundlagen als prophylaktische.* Ziemlich eindeutig ist die Situation bei Schmerzen, auch körperlich störenden Leiden und Deformitäten. Der Nutzen einer guten und bewährten Operation wird ihre Unannehmlichkeiten und Gefahren sicher aufwiegen, so dass man sie dem Patienten mit gutem Gewissen empfehlen kann. In der Regel wird die Operation dann auch vom Patienten gewünscht, der seine Schmerzen loswerden will.

Therapeutische Eingriffe werden denn auch im Regelfall Anlass zu orthopädischen Operationen sein, während die Indikation zu prophylaktischen Operationen (z. B. «um eine spätere Arthrose zu vermeiden») auf wesentlich wackligeren Füssen steht.

4.2.3. *Prophylaktische Operationen*

Wie wir gesehen haben, sind ihre Entscheidungsgrundlagen (Prognosen spontan bzw. nach Eingriff) in hohem Grade unsicher. Auch haben die Patienten von sich aus keine Ursache, sich operieren zu lassen, da sie ja oft völlig gesund sind, und schliesslich widersprechen solche Operationen wohl auch oft dem Prinzip des «primum nil nocere».

Wenn eine Operation bei einem schweren schmerzhaften Leiden nicht den gewünschten Erfolg hat, so wird doch ihre Notwendigkeit nachträglich kaum bezweifelt. Wenn aber ein praktisch gesunder, arbeitsfähiger, in der Regel junger Mensch oder ein Kind durch eine prophylaktische Operation zu Schaden kommt, dann wird mit Recht gefragt, *ob denn der Eingriff tatsächlich notwendig gewesen wäre.* Es ist zweckmässig, die Erklärung, die allenfalls vor Gericht – entsprechend logisch und stichhaltig – gegeben werden müsste, sich regelmässig schon *vor* jeder Operation zu überlegen und sie als strengen Massstab für die Indikationsstellung zu Grunde zu legen. So wird man dem Vorwurf entgehen, überflüssige Operationen um einer unsicheren Prognose willen bei gesunden Kindern fahrlässig mit ihren Risiken in Kauf genommen zu haben.

Selbstverständlich ist dies keine Verurteilung prophylaktischer Operationen an sich. Sie erfordern aber – und das gilt grundsätzlich – eine noch wesentlich *strengere Indikationsstellung* als therapeutische Eingriffe. Aus diesem Grunde scheint es zweckmässig, noch etwas näher auf die prophylaktische Indikation einzugehen.

4.2.4. *Normvarianten und Formfehler*

Mit dem Fortschritt der orthopädischen Chirurgie und dem Verschwinden schwerster Deformitäten hat sich die Orthopädie auch den weniger ausgeprägten Formfehlern zugewandt, besonders seit man erkannt hat, dass solche Abweichungen von der Norm offenbar degenerative Krankheiten im Gefolge haben können mit Schmerzen und Invalidität. Da Operationen heute weniger gefährlich sind als früher, ist die Frage der operativen Korrektur dieser Formabweichungen im Sinne der Arthroseprophylaxe aktuell geworden.

Bekannte Beispiele, wie Abweichungen von der normalen Form mit der Zeit zu degenerativen Gelenkerkrankungen führen können, sind vor allem die Achsenfehler der unteren Extremitäten und die Inkongruenzerscheinungen der belasteten Gelenke, v.a. die Hüftdysplasien, welche mit Arthrosen enden. Es liegt auf der Hand, solche Deformitäten frühzeitig zu korrigieren, um Krankheiten zu vermeiden.

Immerhin wird man sich bewusst bleiben müssen, dass sich hier prophylaktische und kosmetische Indikationen leicht vermischen mit all ihren Problemen und ihre Grenzen sich verwischen.

Schwierig wird die Entscheidung, wenn die Deformität verhältnismässig gering ist, so dass sie nicht mehr eindeutig als pathologisch bezeichnet werden kann, sondern an der Grenze zwischen den normalen und pathologischen Formvarianten liegt. Unsere Kriterien zur Abgrenzung sind nicht sehr scharf. Schon die Definition, was pathologisch sei und was nicht, ist nicht eindeutig.

Gibt es «Normalwerte»?
Wir benützen für unsere Beurteilung wohl eine Reihe von sog. «Normalwerten». Es handelt sich bei diesen aber durchwegs lediglich um Mittelwerte einer verhältnismässig kleinen Population sog. «normaler» Individuen, wobei sehr häufig nicht einmal die statistische Streuungsbreite bekannt ist (siehe auch Kapitel II.13.: «Häufige Normvarianten bei Kindern», III.B.6.: «Form und Haltung der Wirbelsäule», III.C.2.4.4.: «Torsionsvarianten am Schenkelhals», III.C.4.6.: «Achsenfehlstellungen»).

Mindestens müsste man noch die normale Verteilung kennen, die Standardabweichungen, die Perzentilenzahlen usw. um sich einigermassen ein Bild machen zu können, in *welchem Rahmen* die normalen Werte tatsächlich streuen. Ohne diese Daten, welche heute noch weitgehend fehlen, ist es kaum zulässig, apodiktisch scharfe Grenzen zwischen normal und pathologisch zu ziehen. Und doch tun wir das häufig und gründen sogar Operationsindikationen darauf.

Haben wir andere Kriterien, um die tatsächlich pathologischen Abweichungen von den «Normvarianten» zu unterscheiden? Sinngemäss wären es diejenigen, welche später zu Störungen, etwa zu Arthrosen und Schmerzen führen. Praktisch läuft dies wieder auf die Frage der *Prognose* hinaus.

Wie sind unsere Langzeitergebnisse? Die Theorie gibt uns wohl sehr genaue und einleuchtende Kausalzusammenhänge und Hypothesen, aber *keine quantitativen Angaben!* Nur *langfristige Verlaufskontrollen* können solche liefern. Leider fehlen uns, aus verschiedenen Gründen, langfristige Verlaufsserien und stichhaltige, statistisch einwandfreie Reihenuntersuchungen noch fast durchwegs! Immerhin hat man erkannt, dass solche Untersuchungen dringend notwendig sind. So hat man z.B. erst kürzlich herausgefunden, dass sich eine vermehrte Antetorsion des Schenkelhalses fast immer bis zum Wachstumsabschluss normalisiert, dass man also nicht operieren muss!

Weitere gross angelegte prospektive *Reihenuntersuchungen,* im *horizontalen* (grössere Anzahl) wie im *vertikalen* (längere Zeitspanne) *Querschnitt,* sind als Grundlage für gezielt indizierte prophylaktische Eingriffe notwendig. Ein grosser Teil der in der Orthopädie noch zu leistenden Arbeit liegt in solchen Untersuchungen (vgl. Abb. 2).

Vorläufig werden sog. «Normalwerte» lediglich als Vergleichswerte zur Beurteilung herangezogen werden können. Für die Indikation werden im Einzelfall noch eine Reihe anderer Umstände berücksichtigt werden müssen.

4.2.5. *Therapeutische Operationen*

Anders als bei prophylaktischen Operationen ist es hier nicht selten der *Patient*, der den Arzt zur Operation drängt. Dies ist meist besser als umgekehrt, doch ist es die Pflicht des Operateurs, zu hochgespannte Erwartungen des Patienten zu erkennen und ihn auf Gefahren, Unannehmlichkeiten und Opfer, die er auf sich nehmen muss, aufmerksam zu machen. Vor allem aber sollte er nicht nur einen *kurzfristigen Erfolg*, sondern das *spätere Schicksal* des Patienten im Auge haben. Dies scheint selbstverständlich zu sein, doch zeigt gerade der Aufschwung der Endoprothesenchirurgie oft das Gegenteil. So ist es beispielsweise fragwürdig, bei jungen, aktiven Menschen solche Prothesen einzusetzen, nur weil sie dies wünschen, und «weil der Patient sonst doch nur zu einem andern Chirurg ginge». Vielleicht wäre es doch möglich, mit dem Patienten ins Gespräch zu kommen und ihn beispielsweise von einer Arthrodese zu überzeugen, falls eine solche angezeigt ist.

Letzten Endes bleibt die *Indikation im Einzelfall ein freier Entscheid des Operateurs*, den ihm niemand abnehmen kann, weder Lehrmeinungen noch Standardschemata, weder Professoren noch andere Kollegen, und schon gar nicht Publikumsmeinungen oder Massenmedien, nicht einmal der Patient.

Dieser Entscheid wird getroffen *für* den individuellen Patienten, um ihm in seiner besonderen persönlichen Situation zu helfen, und *im Einvernehmen mit ihm*, denn so wenig der Operateur über den Patienten entscheiden kann, so wenig kann er diesem die Entscheidung allein überlassen.

4.2.6. *Kosmetische Indikation?*

Form und *Funktion* sind die beiden Pole, zwischen denen sich auf weite Strecken die Orthopädie bewegt. Beide sind untrennbar verbunden. Trotzdem ergeben sich sehr verschiedene Aspekte desselben Problems: Ein *funktionelles* und ein *kosmetisches*, je nach Standort des Betrachters. Betrachter ist nicht nur der Patient, sondern auch der Arzt. Beide Betrachtungsweisen sind an sich legitim, nur wissen manchmal beide, Arzt und Patient, nicht genau, von welchem Standpunkt aus sie das Problem gerade betrachten, und vermengen leicht beides. Dass der Patient das tut ist ihm nicht zu verargen: Sein Problem ist komplex, vielschichtig, affektiv beladen, aber als solches ein ganzes, nicht auftrennbar (siehe II.12.1.: «Deformitäten und statische Störungen»).

Umso mehr muss der Arzt auf der Hut sein, die beiden Gesichtspunkte nicht durcheinander zu bringen, sondern klar zu trennen. Sonst wird seine Indikation irrational.

Damit soll nicht gesagt sein, dass der Wunsch des Patienten nach Körperintegrität, nach Korrektur hässlicher, verkrüppelnder Deformitäten nicht ebenso ernst zu nehmen wäre wie seine Funktion. Die psychischen Probleme mancher Patienten in dieser Hinsicht sind oft nicht geringer als ihre somatischen. Diesen Problemen sich zu verschliessen wäre wohl zu mechanistisch gedacht. Andererseits sollten funktionelle Betrachtungen kein Vorwand sein, um – bewusst oder unbewusst – kosmetische Chirurgie zu betreiben.

Die Indikationen sind auch auf diesem Gebiet nicht leicht zu stellen und nur unter Berücksichtigung der persönlichen Situation des Patienten und seiner Nöte möglich. Indem er sich Rechenschaft gibt über Motive und Ziele, wird der Operateur am ehesten die richtige Lösung für das spezifische Problem seines Patienten finden.

4.2.7. *Die individuelle Indikation*

Alle bisher gemachten Überlegungen können höchstens Richtlinien sein. Im konkreten Fall kann die Indikation nur im Gespräch mit dem Patienten erarbeitet werden. Seine persönliche Situation ist letztlich ausschlaggebend.

Auf *alle Faktoren* einzugehen, welche die Operationsindikation schliesslich *bestimmen*, würde ein weiteres Buch füllen. Hier seien nur einige pro memoria angeführt:

- Ziel, Wert und Erfolgsaussichten des Eingriffs;
- Grösse, Schwierigkeit, Gefahren des Eingriffs;
- Personelle und materielle Voraussetzungen für die Operation;
- Alter, Geschlecht, persönliche Situation, Arbeit, Charakter, Psyche des Patienten;
- Pathologische Anatomie, lokale und allgemeine Situation;
- Zeitpunkt, Dringlichkeit;
- Trotzdem Indikationen eigentlich nur rational-

Resultate	Behandlungsmethode A	B
sehr gut	50%	95%
befriedigend	50%	-
schlecht	-	5%

Abb. 161. Wie objektiv sind Ihre Beurteilungskriterien? Testen Sie sich selbst: Fiktive Erfolgsstatistik, Vergleich der Behandlungsmethoden A und B. Welche Methode ist besser? Welche würden Sie wählen? Warum?

logisch gestellt werden, zeigt sich immer wieder, dass Temperament von Operateur (und Patient) oft eine ausschlaggebende Rolle spielen (Abb. 161).

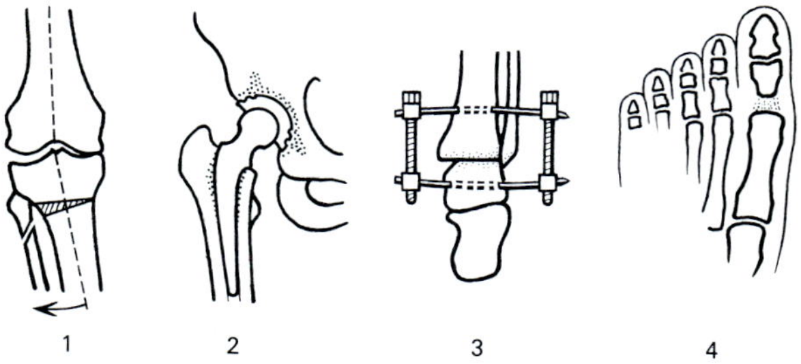

Abb. 162. *4 Grundtypen von orthopädischen Gelenkoperationen,* mit je einem typischen Beispiel

1 *Osteotomie:* Knochendurchtrennung, zur Änderung bzw. Korrektur der Achsenverhältnisse. Hier bei Genu varum mit Arthrose.
2 *Gelenksendoprothese:* künstliches Gelenk, z. B. Hüftgelenk.
3 *Arthrodese:* Gelenkversteifung. Hier oberes Sprunggelenk.
4 *Resektion:* Hier bei Hallux valgus.

4.3. Grundmuster von Operationen

Chirurgie ist auch heute noch ein *Handwerk* und wird es wohl auch bleiben. Die Arbeitsweise der orthopädischen Chirurgie hat viel vom Schreinerhandwerk an sich: der *Werkstoff* bestimmt die Instrumente, und Knochen lässt sich am ehesten mit Holz vergleichen. Eine entsprechende *handwerkliche Ausbildung* ist die *Grundlage für die Operationstätigkeit* in der Orthopädie.

Die Wirkungsweise des chirurgischen Eingriffs ist einfach und beruht im Prinzip auf *Schnitt* und *Naht.* Am *Knochen* braucht es dazu die Instrumente des Schreiners: Meissel, Säge, Bohrer zur Trennung; Schrauben, Platten, Nägel, Drähte zur Verbindung. Das Prinzip von Schnitt und Naht, von Trennen und Verbinden, bleibt sich gleich.

Daraus ergeben sich die weiteren Möglichkeiten der *Ausschneidung* (Resektion) von Gewebe bzw. des *Ersatzes.*

Kombinationen dieser vier Grundoperationen werden angewandt etwa zur *Rekonstruktion komplexer Strukturen,* z. B. von Gelenken. Solche Operationen werden auch als *Plastiken* bezeichnet (Tab. 15).

Im folgenden werden die wichtigsten Operationen kurz beschrieben (Abb. 162).

4.3.1. *Osteotomie*

Knochendurchtrennung zur Stellungsänderung. Die Osteotomie mittels Meissel, evtl. Bohrer und Säge hat die früher geübte «Osteoklasie», das manuelle Brechen der Knochen, z. B. bei rachitischen Deformitäten, verdrängt.

Tab. 15. Terminologie der orthopädischen Operationen.

	Schnitt	Naht
	– Trennen (-tomie)	– Verbinden (-dese)
	– Lösen (-lyse)	(Synthese)
Knochen:	– Osteotomie = Knochendurchtrennung	– Osteosynthese = stabiler Knochenverbund
Gelenk:	– Arthrotomie: Eröffnen eines Gelenkes	– Arthrodese: operative Gelenkversteifung (knöcherne Verbindung der beiden Knochen)
	– Arthrolyse: operative Gelenkmobilisierung	
Sehne:	– Tenotomie = Sehnendurchtrennung	– Sehnennaht
	– Tenolyse = Befreien einer verwachsenen Sehne	– Tenodese = Fixation einer Sehne zur Gelenksperre
Nerv:	– Neurolyse: Auslösen eines Nervs aus einer Narbe	– Nervennaht
	Entfernen von Gewebe:	*Ersatz von Gewebe:*
	– Exzision, Resektion, Exkochleation	– Gewebstransplantate: werden um- und eingebaut, z. B.
	– Amputation	– Knochenspäne
		– Sehnentransplantation
		– durch Fremdmaterial: bleibt im Körper unverändert, z. B. Gelenksendoprothesen
	Rekonstruktionsoperationen (Plastiken)	

Die Osteotomie dient der Korrektur einer Knochenfehlstellung (z.B. nach Fraktur), aber auch der Fehlstellung eines Gelenkes (gelenknahe Osteotomie). Gerade die letztere hat aber auch biomechanische Wirkungen (z.B. Hüfte, Knie) und hat sich als *ausgezeichnete Operation* zur *Ausschaltung* von *Schmerzen,* vor allem bei arthrotischen Gelenken erwiesen.

Über den Wirkungsmechanismus existieren viele Theorien. Wahrscheinlich spielen mehrere Faktoren eine Rolle: Verringerung der mechanischen Beanspruchung durch Korrektur von Fehlstellungen, Entlastung überbeanspruchter Gelenksabschnitte, Änderung der Blutzirkulation, Umbauvorgänge im Knochen usw.

Indikationen zur Osteotomie sind:

- stärkere *Fehlstellungen und Deformitäten* von Knochen (angeboren, krankhaft oder nach Frakturen) und Gelenken (Kontrakturen). (Siehe dazu Kapitel «Deformitäten»: II.12.)
- *Schmerzen* bei arthrotischen Gelenken: siehe «Degenerative Krankheiten»: II.12., und in den einzelnen Abschnitten: Hüfte, III.C.2.10.; Knie, III.C.4.6./7.
- *Biomechanisch* wirksame Osteotomien sind z.B. die Aufrichteosteotomie bei Schenkelhalsfrakturen (siehe III.C.2.13.2. und I.A.9.), die Entlastungsosteotomie bei Hüftarthrodese u.a.

Heilungsverlauf: Die Osteotomie ist eine gezielt gesetzte Fraktur. Es gelten deshalb die Gesetze der Frakturheilung (I.A.4.) und der Frakturbehandlung (II.15.2.). Man wird natürlich eine günstige «Fraktur» setzen, die leicht heilt (z.B. möglichst im spongiösen Bereich, möglichst kleiner Hebelarm usw.). Häufig wird eine Osteosynthese angeschlossen. Bei *Kindern* ist eine Nachbehandlung im Gips meist einfach und zweckmässiger, auch ist eine nachträgliche Stellungskontrolle noch möglich.

4.3.2. *Arthrodese*

Gelenkversteifungsoperation mit dem Ziel der *knöchernen Ankylose* der beiden beteiligten Knochen. Ein krankes, schmerzhaftes Gelenk wird praktisch immer schmerzfrei und *stabil,* sobald es knöchern durchgebaut ist. Die Grundkrankheit heilt in der Regel gleichzeitig aus. Diese Schmerzbefreiung ist *zuverlässig* und *dauernd,* ein unschätzbarer Vorteil gegenüber anderen Operationen.

Funktionell gibt die Arthrodese ebenfalls ausgezeichnete Resultate, vorausgesetzt dass

1. die *Stellung gut* ist (siehe II.12.2.4.: «Die Funktionsstellung der Gelenke») und
2. die *benachbarten Gelenke* gut funktionieren.

Vor allem die *Greiffunktion* (bei Arthrodesen an der oberen Extremität) und die *Gehfunktion* (Arthrodesen an Hüfte, Knie oder Fuss) kann entscheidend gebessert werden. Der Verlust an Beweglichkeit wird dadurch mehr als wettgemacht und fällt funktionell meist erstaunlich wenig ins Gewicht (vgl. auch I.B.2.1.3.2.: «Die praktische Bedeutung des Bewegungsumfanges» und I.B.1.1.3.4.: «Gelenksteifen»).

Ein grosser Vorteil ist die *Stabilität* des arthrodesierten Gelenkes. Deshalb werden auch instabile Gelenke manchmal versteift (z.B. bei Lähmungen, siehe II.8.1. und Bandinsuffizienz).

Indikation

Ihre Hauptindikation hat die Arthrodese bei infektiösen *Arthritiden* (siehe II.6.), bei *posttraumatischen Gelenkszerstörungen* und bei *degenerativen Gelenkserkrankungen.* Weiteres zur Arthrodese siehe im Kapitel «Arthrosen»: II.11. und bei den einzelnen Gelenken. An der *Wirbelsäule* entspricht der Arthrodese die *Spondylodese:* siehe III.B.10.4.1.8.

Die *Indikation* zur Arthrodese ergibt sich vor allem:

1. Bei Befall eines *einzigen* Gelenkes;
2. bei *jüngeren* Patienten;
3. bei *körperlich* schwer *arbeitenden* Patienten.

Im Zeitalter der Endoprothesen sind Arthrodesen verpönt, sowohl bei Patienten wie bei Ärzten. Zu Unrecht. Tatsächlich ist die *Behinderung* durch das versteifte Gelenk erstaunlich gering, jedenfalls meist geringer als Patient und Arzt befürchtet hatten. Es kann deshalb zweckmässig sein, das Gelenk vorher versuchsweise für einige Zeit mit einer Gipshülse ruhigzustellen, damit der Patient den Effekt der Versteifung erleben kann. Besser noch ist es, ihm die *Adresse* eines bereits erfolgreich *operierten anderen Patienten zu vermitteln,* damit er sich objektiv über das Resultat informieren kann.

Technik

Ein arthrodesiertes Gelenk muss heilen wie ein Knochenbruch. Grosse angefrischte Kontaktflächen fördern den Durchbau, d.h. der Gelenkknorpel sollte möglichst weitgehend entfernt werden. Durch die Versteifung wird der Hebelarm grösser. Dies ist einer der Gründe, warum die Pseudarthroserate von Arthrodesenoperationen gewöhnlich höher liegt als jene von Frakturen und Osteotomien. Aber nicht nur deshalb ist die *Fixation* (Osteosynthese) von Arthrodesen bedeutsam: Sie hat auch die Aufgabe, die *richtige Stellung* bis zur Konsolidation zu sichern, was für die *Funktion* ausschlaggebend ist. *Die beste Stel-*

lung der Arthrodese für jedes Gelenk ist in II.12.2.4.1. angegeben.

Pseudarthrotische Gelenke bleiben fast immer schmerzhaft, was sogar als diagnostischer Test gelten kann. Solche Pseudarthrosen nach Arthrodeseversuchen müssen deshalb meist nochmals operiert werden und zwar nach den Regeln der Pseudarthrosebehandlung (siehe II.16.2.).

4.3.3. *Gelenkendoprothesen*

Ersatz der sich berührenden Gelenkflächen durch Fremdmaterial (künstliche Gelenke). Mit ihrer Einführung ist erstmals die grosse Hoffnung, zerstörte, steife Gelenke wieder beweglich zu machen, in Erfüllung gegangen.

Tatsächlich ist es möglich, künstliche Gelenke aus Metall und verschieden Kunststoffen einzusetzen, die

1. vom Körper *akzeptiert* werden und
2. die mechanischen *Kräfte auf den Knochen übertragen,* ohne dass dieser unter der Beanspruchung zerstört wird oder verschwindet. Wir wissen heute, dass die Totalhüftendoprothesen während einer Reihe von Jahren wie normale Gelenke funktionieren können in günstigen Fällen.

Diese an sich ausgezeichneten Resultate dürfen nicht darüber hinwegtäuschen, dass *die Probleme,* welche die Gelenksendoprothesen mit sich bringen, enorm gross sind:

1. wegen der möglichen Komplikationen;
2. wissen wir (noch) nicht, *wie lange* die Endoprothesen *funktionieren.*

Die schwerste Komplikation ist die *Infektion.* Die Chance, dass eine solche heilt, ist trotz Antibiotika gering, und meist wird die Prothese mit der Zeit instabil und muss ersetzt, häufig jedoch über kurz oder lang schliesslich ersatzlos *entfernt* werden (siehe I.C.4.3.4.).

Infektionen können zu jedem Zeitpunkt entstehen, *auch noch viele Jahre nach der Operation.* Auch hämatogene Infekte kommen vor, z.B. bei allgemeiner Sepsis, so dass der Patient eigentlich zeitlebens einer gewissen Komplikationsgefahr ausgesetzt bleibt.

Neben einer Reihe von *Frühkomplikationen* (Luxation, Verkalkung, Versteifung, mechanische Insuffizienz u.a.), ist *die Langzeitprognose* der grösste Unsicherheitsfaktor:

1. *Ermüdungserscheinungen* des implantierten Materials (siehe I.A.4.1.3.). Die Beanspruchung ist beträchtlich: Ermüdungsbrüche der Prothesen, des Prothesenlagers, Usurierungen und Abrieb zerstörten die früheren Prothesenmodelle schon in den ersten Jahren. Ob die technische Entwicklung das Auftreten dieser Ermüdungserscheinungen des Fremdmaterials verhindert oder nur hinausschiebt, werden wir erst im Laufe der nächsten Jahre und Jahrzehnte erfahren.

2. *Die Kraftübertragung von der Prothese auf den Knochen* wirft die grössten Probleme auf: Lokale Überbeanspruchung und unterschiedliche Elastizität von Knochen und Fremdmaterial führen häufig zu *Lockerung* und Knochenresorption. Versuche, die Nachteile des üblicherweise verwendeten *«Knochenzementes»* (Zementbruch) durch zementlose (formschlüssige) Verankerung zu vermeiden, waren bisher (noch) nicht erfolgreich.

Besonders problematisch in dieser Hinsicht sind *Scharnierprothesen* (Knie, Ellbogen), bei welchen die seitlichen Kräfte zur Gelenkstabilisierung nicht von den Bändern abgefangen, sondern direkt auf den Prothesenstiel und die Verankerung übertragen werden (siehe Abschnitt «Seitliche Fehlstellungen in Gelenken»: II.12.4.). Ohne feste Verankerung geht jedoch die Stabilität verloren, Schmerzen entstehen, und der Knochenabbau schreitet unaufhaltsam weiter. Solche Prothesen müssen ausgewechselt werden. Allerdings nimmt mit jeder Operation die Aussicht auf ein gutes Resultat ab.

Ist wegen Infektion oder zu ausgedehnter Knochenresorption kein Wechsel mehr möglich, bleibt als Rückzugsmöglichkeit schliesslich nur die ersatzlose Entfernung der Prothese (siehe I.C.4.3.4.). Wegen des grossen Knochendefektes ist auch eine Arthrodese meist nicht mehr möglich.

So trägt der Patient also eigentlich mit seiner Prothese während seines ganzen Lebens eine kleine «Zeitbombe» mit sich herum, von der niemand weiss ob und wann sie «losgeht» (Abb. 276, 560–563 und 604).

Wir haben deshalb allen Grund, vorläufig mit der *Indikation* zurückhaltend zu sein und sie zu beschränken auf:

- Patienten *mit beschränkter Lebenserwartung,* also vor allem *ältere* Menschen (Abb. 602).
- Patienten, welche die *Prothese wenig strapazieren,* also wieder *Ältere* und schwer Invalide.

Junge aktive Menschen, welche noch im Erwerbsleben stehen, würden voraussichtlich eine Endoprothese während vieler Jahre grosser Beanspruchung aussetzen. Wir wissen nicht, wie lange Implantat und Körper das aushalten und einwandfrei funktionieren. Eine Komplikation könnte leicht zur lebenslangen Invalidität führen. Der Chirurg, der bei einem jüngeren Menschen eine Endoprothese einsetzt, nimmt also eine *grosse Verantwortung* auf sich.

Endoprothesen werden eingesetzt vor allem bei degenerativen Gelenksveränderungen, also bei *Arthrosen,* welche ja ohnehin überwiegend eine Krankheit des Alters sind (siehe II.11.) sowie bei invaliden *Polyarthritikern* (siehe II.10.), aber auch bei anderen nicht-infektiösen Gelenkerkrankungen.

Technik: Grundsätzlich können alle Gelenke durch Endoprothesen ersetzt werden. Nicht alle eignen sich jedoch gleich gut dafür. Das *Hüftgelenk* als gut gesichertes Kugelgelenk ist bisher am längsten, am häufigsten und am erfolgreichsten ersetzt worden. Verankerung (mit oder ohne «Zement») und Lockerung sind zur Zeit die grössten Probleme bei den Hüftendoprothesen.

Zusätzliche Schwierigkeiten (Stabilität, Führung, Scharniermechanismus, Anschlag, komplexe Gelenkmechanik, Hautbedeckung usw.) treten bei anderen, vor allem bei Scharniergelenken auf (siehe einzelne Gelenke).

Je kleiner die Prothese, desto weniger Knochen muss reseziert werden und desto besser sind die «Rückzugsmöglichkeiten» bei Misserfolg.

Ein *Prothesenwechsel* ist ein wesentlich *grösserer* und schwererer Eingriff als eine Erstoperation.

4.3.4. *Resektions- und Interpositionsarthroplastik*

Definition: Resektion eines zerstörten Gelenkes, ohne oder mit nachfolgender Interposition von Weichteilen aus der Umgebung (Kapsel, Faszie).

Seit der Einführung der Endoprothesen sind solche Gelenkplastiken wenig mehr gefragt. Trotzdem sind sie besser als ihr Ruf und in manchen Fällen die beste oder die einzige Möglichkeit, so z. B. wenn gelockerte Endoprothesen wegen Infekt oder Knochenschwund entfernt werden müssen, aber auch gelegentlich primär. Bei *kleinen* Gelenken (Zehen) stehen sie immer noch an erster Stelle.

Anstelle des früheren Gelenkes bildet sich eine dicke derbe Narbe, die mit der Zeit eine gewisse Stabilität und Belastbarkeit ergibt und auch eine beschränkte Beweglichkeit, meist ohne oder mit geringen Schmerzen.

Bedeutung haben solche Plastiken vor allem an der *Hüfte* (Girdlestone, siehe III.C.2.10.), am *Ellbogen,* an der *Hand* und als Methode der Wahl an den *Zehengelenken* (siehe III.C.7.6.).

4.3.5. *Osteosynthese*

Temporärer mechanischer Knochenverbund mittels Schrauben, Platten, Drähten oder Nägeln zum Zweck der unverschieblichen Fixation von Knochenfragmenten, vor allem nach *Frakturen,* aber auch nach *Osteotomien* und *Arthrodesen.*

Vorweg ist festzuhalten, dass eine Osteosynthese die knöcherne *Heilung weder ersetzt noch beschleunigt.* In jedem Fall muss auf die Dauer die körpereigene *Knochenheilung* für den *dauernden, stabilen* und *belastbaren* Knochenverbund sorgen, mit und auch ohne Osteosynthese (siehe «Frakturheilung», I.A.4.2.).

4.3.5.1. *Wozu Osteosynthesen?*

Die *Indikation* ergibt sich aus dem *Abwägen* verschiedener unbestrittener *Vorteile* in bestimmten Fällen gegen die *Gefahren* jeder offenen Knochenoperation. Kaum eine Indikation in der Chirurgie des Bewegungsapparates ist so umstritten wie jene zur Osteosynthese. In den meisten Fällen ist sie relativ, selten zwingend.

1. Gelenkbrüche: Die *genaue* Reposition der Fragmente zur *anatomischen Wiederherstellung* der Gelenkflächen ist in der Regel nur mit offener Reposition und Osteosynthese möglich (II.15.2.2.2.). (Bei Kindern auch die anatomische Wiederherstellung gebrochener *Epiphysenfugen:* II.15.3.3.2.)

2. Pseudarthrosen: Viele Pseudarthrosen heilen unter konservativer Behandlung nicht mehr. Die stabile Kompressionsosteosynthese ist die *Operation der Wahl* (siehe II.16.2.2.).

3. Sofortige Mobilisation: Um die *Komplikationen* der konservativen Frakturheilung, d. h. vor allem der Immobilisierung, zu *vermeiden:*

- allgemein: Thrombose, Embolie, Pneumonie, Dekubitus usw.
- lokal: die sog. «Frakturkrankheit»: Versteifung, Dystrophie, Zirkulationsstörung, Ödeme, Druckstellen usw. (siehe Kapitel «Frakturbehandlung», II.15.2.).

Diese Komplikationen kommen nur bei *Erwachsenen,* praktisch *nie bei Kindern* vor. Deshalb gilt diese Indikation zur Osteosynthese auch nur für Erwachsene, nicht für Kinder (siehe «Frakturen bei Kindern», II.15.3.).

4. Ein weites Feld *relativer* Indikationen sind Frakturen und Osteotomien, welche konservativ *schlecht zu halten* sind (vor allem im Hüft- und Oberschenkelbereich). Am meisten umstritten ist wohl die Osteosynthese am Tibiaschaft.

5. Die Möglichkeit der *raschen Mobilisation* hat viele praktische (nicht unbedingt vitale) Vorteile: Einfachere Nachbehandlung, grösseren

Komfort für Patient und Arzt, kürzere Hospitalisationsdauer, raschere Erlangung einer gewissen *Unabhängigkeit,* und in manchen Fällen frühere *Arbeitsfähigkeit.* All dies sind wesentliche, wenn auch mehrheitlich nicht rein medizinische Gesichtspunkte. Die Indikation ist nicht zwingend und deshalb anfechtbar.

6. Osteosynthesen bei *orthopädischen Operationen* wie Osteotomien und Arthrodesen haben ihren festen Platz in der orthopädischen Chirurgie. Es ist sinnvoll und zweckmässig, im Anschluss an solche Operationen die Knochenfragmente in der *gewünschten richtigen Stellung* zu fixieren. Meist ist rasche Mobilisation und Belastung möglich.

4.3.5.2. *Stabilität und Belastbarkeit*

Stabile Osteosynthesen können mit Schrauben und Platten und unter bestimmten Umständen mit Drähten (Zuggurtung) erreicht werden: Unverrückbare Stellung der Fragmente gegeneinander, keine Bewegung im Frakturspalt. Grundsätzlich sollten bei Erwachsenen nur *stabile* Osteosynthesen gemacht werden. Nur unter stabilen Bedingungen kann die Frakturheilung ungestört erfolgen (siehe I.A.4.2.3.). Instabiles Flickwerk stört die Frakturheilung und schadet mehr als es nützt. Die Implantate dürfen *nicht* auf Biegung beansprucht werden, vielmehr soll der *Knochen selbst* den Druck und im *Verbund* mit ihm das Implantat den Zug aufnehmen, damit keine Ermüdungsbrüche entstehen (siehe I.A.4.1.3.). Stabile Osteosynthesen setzen viel Kenntnisse, Erfahrung und Geschick voraus. Die Prinzipien der Mechanik und des Handwerkes müssen genau beachtet und für jeden Einzelfall individuell appliziert werden. Die Erforschung und Verbreitung dieser Prinzipien hat sich z.B. die *Schweizerische Arbeitsgemeinschaft für Osteosynthese* zum Ziel gesetzt.

Belastbare Osteosynthesen. Voll belastbare Osteosynthesen, d.h. solche, mit denen der Patient ohne Stöcke herumgehen kann, können eigentlich nur mit Marknägeln erzielt werden (dies sind allerdings nicht ganz starre Osteosynthesen). Stabile Osteosynthesen mit Schrauben und Platten sind in der Regel *nur teilweise belastbar.* Die Belastbarkeit kann der Operateur am Schluss der Operation einigermassen abschätzen (siehe auch I.A.4.2.3.3./4.).

Osteosynthesen sollten mindestens die *Mobilisation der Gelenke ohne Belastung* erlauben (Übungsstabilität). Volle Belastung ist jedoch selten möglich. In der Regel ist eine Teilentlastung mittels Stöcken, seltener Schienen oder Gipsen notwendig.

«Adaptationsosteosynthesen» z.B. einfache Drahtschlingen («Cerclagen»), halten die Fragmente lediglich einigermassen zusammen ohne ihre Bewegungen gegeneinander zu verhindern. Solche Osteosynthesen sind bei *Kindern* in Form der Spickdrahtfixation die Technik der Wahl, z.B. bei Epiphysenbrüchen (siehe II.15.3.3.3.). Bei *Erwachsenen* sind sie jedoch *ungenügend* und stören die Bruchheilung. Sie schaden mehr als sie nützen (Infekt, Pseudarthrosen). Missglückte Versuche, stabile Osteosynthesen zu erzielen, sind die Hauptursache von iatrogenen Schäden in der Frakturbehandlung und haben die Osteosynthese in Misskredit gebracht.

4.3.5.3. Die *Gefahren der Osteosynthese* sind vor allem:

- *Infektion* (Osteitis)
- *Hautdefekt* (Nekrose)
- *Zusammenbruch der Osteosynthese*

Deshalb müssen hohe Anforderungen gestellt werden: hochgradige Asepsis, gute Hautverhältnisse, gute mechanische Stabilität.

Die Osteosynthese ist eine *anspruchsvolle* Methode. Andererseits ist sie kaum je unbedingt notwendig. Die Knochen heilen auch ohne Operation zusammen.

Man wird sich also bei einer geschlossenen Fraktur nur zur Osteosynthese entschliessen:

1. Wenn eine *klare Indikation* vorliegt und
2. wenn die *personellen und materialen Voraussetzungen* dafür gegeben sind. Die entsprechenden Erkenntnisse sind in einer umfangreichen Literatur niedergelegt. Die notwendige Erfahrung und das erforderliche Können sind gross und nur in praktischer Arbeit zu erwerben.

4.3.6. *Knochentransplantation*

(zum Knochenersatz)

- *Kortikalis,* mit vorwiegend *mechanischer* Funktion
- *Spongiosa,* mit hauptsächlich *biologischer* Wirkung.

Freie Knochentransplantate werden mit der Zeit *umgebaut* und durch körpereigenen Knochen *ersetzt.*

Am besten ist *autologe Spongiosa.* Diese heilt problemlos ein und wird rasch umgewandelt. Dies ist vor allem bei ungünstigem Spanbett wichtig. Autologe Spongiosa wird deshalb *bei Knocheninfekten* und *Tumoren* bevorzugt. Eigenspongiosa wird wenn möglich aus der unmittelbaren Umgebung des Operationsgebietes gewonnen oder aber aus dem Beckenkamm oder dem Trochanter.

Kortikalisspäne werden wesentlich langsamer umgebaut. Sie werden nur noch verwendet, wenn das Transplantat eine *mechanische Stützfunktion* erfüllen muss. Die Spanentnahme soll so erfolgen, dass kein Ermüdungsbruch auftritt (Technik siehe I.A.3.1.2.3.).

Um den Patienten die unangenehme Spanentnahme zu ersparen, kann in vielen Fällen *homologe Spongiosa* verwendet werden, entweder frisch oder aseptisch tiefgekühlt. Wenn die Späne lediglich Platzhalterfunktion haben und in einem gut *durchbluteten Spanbett* liegen, verläuft der Umbau komplikationslos. Selbstverständlich dürfen keine Infektionskrankheiten übertragen werden.

Indikationen:
- Ersatz von tragfähigem Knochen bei *Defekten*, Tumoren, Frakturen, vor allem Stauchungsfrakturen an Gelenken (siehe dort).
- *Förderung der Frakturheilung*, wo dies notwendig erscheint (verzögerte Heilung, atrophische Pseudarthrosen [II.16.2.2.2.], manche Femurfrakturen).
- *Arthrodesen, Spondylodesen* (siehe dort).
- *Knocheninfektionen:* autologe Spongiosa hat sich zur Auffüllung von Defekten nach Ausräumung von infiziertem, nekrotischem Knochen besser bewährt als alle andern Materialien. Das Spanbett muss gut durchblutet sein (siehe bei «Osteitis»: II.6.5./6.).
- Gestielte (vaskularisierte) Späne werden gelegentlich verwendet, vor allem in Form der sog. «Dekortikation» bei Pseudarthrosen (siehe II.16.2.2.2.).

4.3.7. *Weitere Knochen- und Gelenksoperationen*

- *Resektion:* Bei Tumoren, Exostosen usw.
- Arthrotomie: Eröffnung des Gelenkes zur Inspektion und Revision und für weitere Gelenkoperationen.
- *Arthrolyse:* Lösung von Weichteilkontrakturen zur Mobilisierung eines steifen Gelenkes.
- *Synovektomie:* Resektion der (pathologisch veränderten) Synovialmembran (z.B. bei PcP und anderen Arthritiden) (siehe dort).
- *Bandplastiken:* Zur Wiederherstellung eines insuffizienten Bandapparates, vor allem am Knie und oberen Sprunggelenk (siehe dort).

- *Arthrorhise:* Konstruktion einer knöchernen Anschlagsperre. Kaum mehr gebraucht.

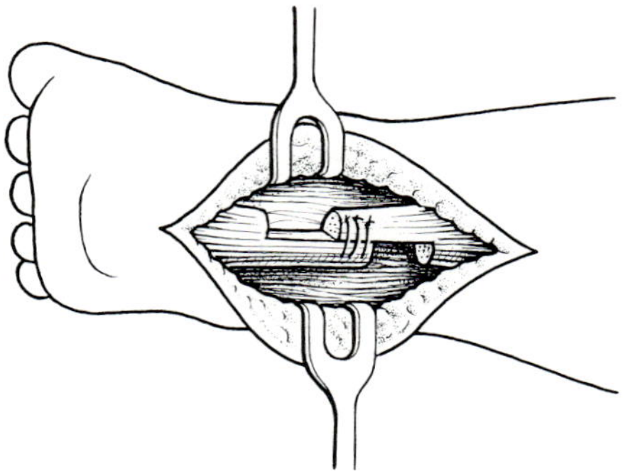

Abb. 163. Z-förmige Sehnenverlängerung mit Seit-zu-Seit-Naht. Hier Achillessehnenverlängerung bei einem Säugling mit kongenitalem Klumpfuss.

4.3.8. *Sehnenoperationen*

- *Tenotomie:* Sehnendurchtrennung bei Kontrakturen (z.B. Adduktoren der Hüfte, bei gewissen kongenitalen und spastischen Kontrakturen).
- *Sehnenverlängerung:* Zur Lösung von Kontrakturen. Differenzierter und besser dosierbar als die einfache Tenotomie (Abb. 163).
- *Sehnentransplantation* (-verlagerung): z.B. bei kongenitalem Klumpfuss, dann bei schlaffen Lähmungen vor allem an der Hand, evtl. bei Sehnenrupturen (Finger).

Die Ersatzsehne muss einen *genügend kräftigen Muskel* haben. Am Bein des Erwachsenen z.B. ist dies kaum je der Fall (Stützfunktion!), an der Hand eher (Greiffunktion).

Freie Sehnentransplantate kommen in den Sehnenscheiden der Hohlhand zur Anwendung.

- *Tenodese:* Fixation der Sehne eines gelähmten Muskels am Knochen, als Anschlagsperre für das Gelenk. Selten mehr gebraucht, weil meist von ungenügender Wirkung.

4.3.9. *Operationen an Nerven*

- *Nervennaht:* End zu End, evtl. unter Zwischenschaltung eines freien Transplantates. Mikrochirurgische Technik.
- *Neurolyse:* Herauslösen eines schmerzhaften und beschädigten Nerven aus einer Narbe, Verwachsung oder anderer Einengung (Tunnelsyndrome, II.8.3.6.) (evtl. Nervenverlagerung, z.B. N. ulnaris).
- *Neuromversorgung:* Stumpfversorgung eines schmerzhaften Narbenneuroms (siehe II.8.3.6.).
- *Nervenresektion:* Zur Schmerzausschaltung.

4.3.10. *Plastische Operationen*

Bei kongenitalen Deformitäten, Kontrakturen, Hautdefekten, Dekubitalulcera, sind gelegentlich plastische Operationen an der Haut notwendig. Die Zusammenarbeit mit einem plastischen Chirurgen ist zweckmässig.

4.4. Nachbehandlung

Die Nachbehandlung nach Operationen und Verletzungen (Knochenbrüchen) ist ein wesentlicher Bestandteil der gesamten Behandlung. Sie wird schon vorher im *Behandlungsplan* festgelegt. Entscheidend ist die *Mitarbeit des Patienten.* Diese kann am besten gewonnen werden, wenn der *Arzt selbst* die Patienten schon vorher genau *informiert* und die Nachbehandlung *persönlich* leitet.

Das *Ziel* ist eine möglichst vollständige funktionelle Wiederherstellung.

4.4.1.1. *Wundbehandlung, Verbände*

Eine gute und allgemein verwendete Massnahme zur Vermeidung von Hämatomen ist die posttraumatische *Saugdrainage.*

Verbände soll der behandelnde Arzt selbst anlegen und auch regelmässig kontrollieren. Das Pflegepersonal muss genau über die durchgeführte Behandlung orientiert sein. Bei starken *Schmerzen* sollten nicht einfach Schmerzmittel gegeben, sondern zuerst muss der *Verband kontrolliert* werden, ob er *zu eng* ist, denn innerhalb weniger Stunden können Druckstellen an der Haut gefühllos und nekrotisch werden. Auch *Nervendruckschäden* und periphere *Zirkulationsstörungen* müssen *in den ersten Stunden* erkannt und behoben werden. Vergleiche dazu auch den Abschnitt «Kontrolle und Änderung von Gipsen»: I.C.3.6.3.

Grössere postoperative *Hämatome* und auch Wundinfekte werden mit Vorteil sofort chirurgisch *ausgeräumt* und drainiert. Die Wundheilungsstörung kann damit auf ein Minimum beschränkt werden.

4.4.1.2. *Lagerung*

Ruhigstellung und *Hochlagerung* gehören fast immer zur Nachbehandlung. Vgl. dazu die Abschnitte «Bewegung und Ruhe, ein Gegensatz?»: I.C.3.1.1. und «Ruhigstellung, Hochlagerung, Fixation»: I.C.3.1.2. Operierte und verletzte Arme und Beine werden höher gelagert als der übrige Körper, um einer *Ödembildung entgegenzuwirken.*

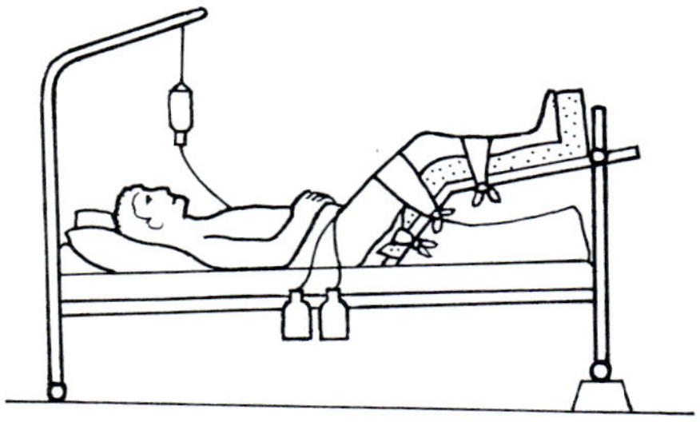

a

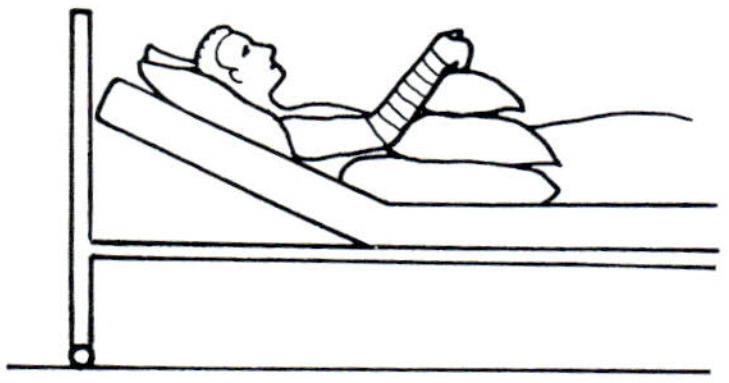

b

Abb. 164.

a Hochlagerung des Beines auf Schiene mit Fussstütze. Hochstellen des unteren Bettendes.

b Hochlagerung von Arm und Hand auf Kissen, auch auf Schienen oder aufhängen in einem Sack.

Besonders wichtig ist die *Lagerung in Funktionsstellung,* weil sonst in kurzer Zeit irreversible Kontrakturen entstehen können. Vgl. dazu II.12.2., besonders die Tabelle in II.12.2.5: «Prophylaxe der Kontrakturen». Zur Lagerung bei Lähmungen siehe II.8.1.4.1.

Peinlich genau ist darauf zu achten, dass *keine Druckstellen* und daraus *Dekubitalgeschwüre* entstehen an Fersen, Gesäss usw., sowie durch Schienen, Aufhängevorrichtungen usw. Vor allem ältere Patienten, welche längere Zeit im Bett liegen, müssen häufig umgelagert werden. Gummiringe, Schaumstoffpolster, Wasserkissen und ähnliche Behelfe sind oft unentbehrlich (Abb. 126, 164, 250 und 251).

4.4.1.3. *Medikamente*

In den ersten Tagen wird man selten ohne Schmerzmittel auskommen, allerdings erst, wenn lokale Schmerzursachen soweit als möglich behoben sind. Eine schmerzfreie Funktion vermindert die Gefahr von trophischen Störungen (Sudeck) wesentlich.

Meist wird bei bettlägerigen Patienten eine *Thromboseprophylaxe* durchgeführt. Nicht weniger wichtig ist die aktive Bewegungsgymnastik.

Antibiotika sind nach aseptischen orthopädischen Operationen kaum je indiziert.

4.4.1.4. *Mobilisation*

Eine aktive Frühmobilisation ist in jedem Fall anzustreben (siehe I.C.3.1.). Sie wird sich nach der Art der Operation (Osteosynthese) richten (siehe I.C.3.5.1. und I.C.4.3.5.).

Auch im Gipsverband, und wenn noch nicht bewegt werden darf, ist *immer ein isometrisches Muskeltraining möglich* (vgl. dazu I.C.3.2.1.).

So früh als möglich sollen die Patienten aufstehen und herumgehen, wenn nötig mit Stock- und anderen Hilfen («Gehhilfen»: I.C.3.7.4.).

4.4.1.5. *Physikalische Therapie und Ergotherapie*

Regelmässige Atmungsgymnastik muss schon vor der Operation geübt werden.

Die Heilgymnastin hat in der Nachbehandlung von orthopädischen Operationen und Frakturen hauptsächlich überwachende und leitende Funktion. Sie arbeitet *am besten mit den Händen auf dem Rücken,* und nur selten wird sie selbst aktiv eingreifen. Die Hauptarbeit leistet der Patient selbst. Zweckmässig sind Flaschenzüge, Pullingformer, Hanteln und andere Geräte, mit welchen der *Patient selbst* gegen Widerstand arbeiten kann.

Aktive heilgymnastische Übungen für jedes Gelenk sind im Abschnitt I.C.3.2.2. aufgeführt.

Von grösster Wichtigkeit ist das *möglichst frühzeitige Üben der normalen Gebrauchsfunktion* (siehe I.C.3.2.4.): Die Greiffunktion der *Hand* (Ergotherapie, Knetübungen mit Silikonkitt) und *die Gehschule:* I.C.3.2.4.1.

Von Fall zu Fall muss verordnet werden, wieviel das Bein belastet werden darf. Wenn immer möglich soll der *Fuss beim Gehen auf dem Boden aufgesetzt* und nicht in der Luft hochgezogen gehalten werden! Meist ist eine Belastung von einigen Kilogramm möglich. Sie kann mit einer einfachen kleinen Personenwaage gemessen und geübt werden. *Das Gehen mit Stockhilfe muss gelernt werden* (Abb. 156 und 165).

Bei den ersten Gehversuchen wird das Bein mit elastischen Binden eingebunden, um das fast obligate Ödem zu vermeiden. Gummistützstrümpfe tun denselben Dienst.

Physikalische Applikationen

In den ersten Tagen kommen höchstens kalte Packungen zur Abschwellung in Frage. Nach Wundheilung sind Bewegungsübungen *im warmen Wasser* (Bad) zweckmässig.

Andere Applikationen kommen gelegentlich später als Hilfsmassnahmen in Frage.

4.4.1.6. *Ambulante Nachsorge*

Vor der Spitalentlassung ist abzuklären, ob der Patient genügend selbständig ist, um *nach Hause* gehen zu können (aufstehen, gehen, Treppen steigen, Toilette, sich selbst ankleiden, evtl. Kochen,

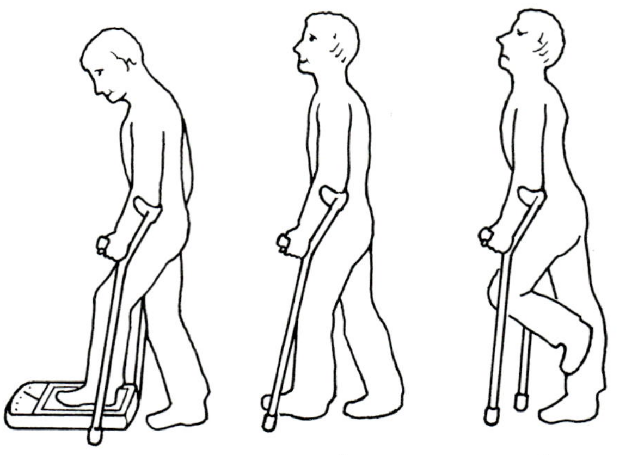

Abb. 165. *Technik der Entlastung mit Krückstöcken.*

a Entsprechend der Belastungsmöglichkeit wird der Fuss mit mehr oder weniger Gewicht aufgesetzt. Mit einer *Bodenwaage* ist das leicht zu kontrollieren und zu üben.

b Auch bei vollständiger Entlastung wird der Fuss auf dem Boden *aufgesetzt* und normal *abgerollt,* so dass von Anfang an ein normales Gangbild eingeübt wird.

c Diese Gehtechnik mit dem Bein in der Luft ist *schlecht.* Sie fördert Atrophie, Dystrophie und Fehlstellung, die Funktion wird vernachlässigt, der Patient gewöhnt sich einen schlechten Gang an und hat nachher grosse Mühe, wieder umzulernen.

Haushalt, einkaufen usw.). Kinder werden in der Regel in die Obhut der Mütter entlassen. Auch Männer finden meist genügend Hilfe und gute Pflege zu Hause durch ihre Frauen.

Alleinstehende Patienten brauchen wenigstens eine zeitweise Hilfe zu Hause (Angehörige, Nachbarn, Gemeindehelferin), sonst gehen sie besser zuerst in ein *Erholungsheim* (nicht unbedingt in eine Badekur, dazu ist es meist noch zu früh).

Hausfrauen sollte man nicht zu früh aus dem Spital entlassen, denn meistens können sie sich nicht schonen und müssen sofort wieder anderen helfen statt dass ihnen geholfen wird. Eine *Haushalthilfe* ist ein Minimum, löst aber nicht immer alle Probleme.

Die ärztlichen Nachkontrollen sind zu regeln und wenn möglich wieder dem *Hausarzt* zu überlassen. Dabei muss die *schrittweise Arbeitsaufnahme* gefördert und den individuellen Gegebenheiten angepasst werden, im Einvernehmen mit Arbeitgeber und Versicherung (siehe auch I.C.1.).

Jeder Operateur wird sich über den *Erfolg* seiner Operation *informieren* wollen. Von Bedeutung ist weniger der Befund bei Spitalaustritt als das *Ergebnis auf lange Sicht.* Entsprechende *Nachkontrollen* sind vor allem in der Orthopädie besonders wichtig. *Spätresultate* bilden die *Grundlage* unserer *Indikationsstellung* (siehe auch I.C.4.2.).

II. Teil:

Orthopädische Krankheiten

Inhaltsverzeichnis zu II. Teil

1. Angeborene Krankheiten

1.1. Allgemeines

1.1.1.1. *Begriffsbestimmung*

Angeborene oder *kongenitale* Krankheiten und Missbildungen sind bei der Geburt bereits vorhanden, teils bereits erkennbar, teils noch nicht. Die meisten manifestieren sich aber dann innerhalb des ersten Lebensjahres, einige wenige erst später.

(Als perinatale Krankheiten werden solche bezeichnet, welche in Zusammenhang mit der Geburt entstehen, wie z. B. Geburtstraumata, manche Formen der C. P. usw.)

1.1.1.2. *Ätiologie*

1. *Genetische Schäden:*
   - Vererbung (z. B. viele Systemerkrankungen)
   - andere (z. B. Genmutationen, Chromosomenschäden)
2. *Schädigung* der Frucht *während der Schwangerschaft:*
   - Virus-embryopathie (z. B. Rubeolen)
   - Röntgenstrahlen
   - Medikamente (z. B. Thalidomid)
   - O_2-Mangel
   - mechanische Schädigung im Uterus (z. B. kongenitale Amputationen)
   - andere, unbekannte.
3. *Zusammenwirken* von *genetischen* und *exogenen* Faktoren: eine vererbte Prädisposition kann durch äussere Einwirkung zur manifesten Krankheit führen.

Beispiel: Bei genetisch bedingter Laxität und Instabilität der Hüftgelenke führt die mechanische Umstellung nach der Geburt (Streckung und Adduktion) zur Subluxation, zur Dysplasie und schliesslich zur bekannten «kongenitalen Hüftgelenksluxation», welche bei der Geburt meistens noch gar nicht vorhanden war.
Die *Prophylaxe* bei Neugeborenen (Abduktionsstellung der Hüften durch breites Wickeln, Spreizhose) verhindert praktisch fast immer die Krankheit (siehe «Luxatio coxae congenita», III.C.2.5.).

4. Bei einer Reihe von kongenitalen Krankheiten ist die *Ursache nicht geklärt,* wie z. B. beim kongenitalen Klumpfuss.

Bei manchen Krankheiten, welche erst im Laufe des späteren Lebens auftreten, scheinen kongenitale *Prädispositionen* eine Rolle zu spielen, wie z. B. bei der Dupuytrenschen Kontraktur, bei manchen Hüftaffektionen usw.

1.1.1.3. *Teratogenese*

Kongenitale Krankheiten und Missbildungen des Bewegungsapparates entstehen aus Störungen der embryonalen Entwicklung. Ihre Erscheinungsform hängt hauptsächlich vom *Stadium der Organogenese* zum Zeitpunkt der Schadeneinwirkung ab. Diese spielt sich im wesentlichen zwischen der dritten und der siebenten Woche ab. So haben toxische Schäden (z. B. Medikamente wie Thalidomid) vor allem in *frühen Stadien* schwerwiegende Folgen: Die sich entwickelnden Extremitätenknospen werden so geschädigt, dass sie sich gar nicht ausbilden können (Amelie).

Wirkt die Noxe in einem *späteren Zeitpunkt,* wenn die Extremität schon angelegt ist, so wird z. B. nur noch etwa eine Tibia, ein Finger missgebildet. Die gefährliche Zeit sind die ersten zwei Schwangerschaftsmonate. Die Art der Missbildung lässt auf den Zeitpunkt der Schädigung rückschliessen (Abb. 166).

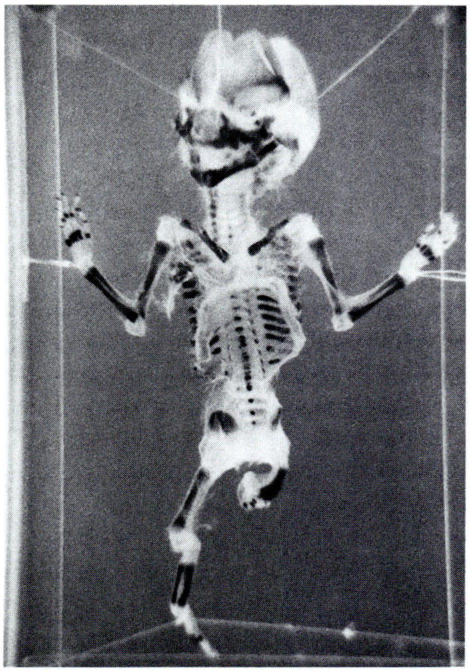

Abb. 166. *Embryo* von etwa 3 Monaten (Präparat von Dr. Ch. Petri). Die Skelettanlage ist schon voll ausgestaltet. Die Knochenkerne sind in den Diaphysen der langen Röhrenknochen, in der Wirbelsäule und in den Extremitäten bereits weitgehend ausgebildet. Die meisten gelenktragenden Epiphysenkerne verknöchern erst nach der Geburt.

Die *Missbildung* des linken Beines, wo nur der Fuss und ein verkürzter Röhrenknochen angelegt sind, muss in den ersten Schwangerschaftswochen entstanden sein.

1.1.1.4. *Erscheinungsformen* der orthopädisch wichtigen kongenitalen Krankheiten:

1. *Generalisiert* als
   a) Skelettsystemerkrankungen
   b) multiple, komplexe Missbildungen
2. *Lokalisiert* als
   a) Missbildungen einzelner Extremitäten oder Teilen davon (Dysmelien)
   b) An bestimmten Punkten des Bewegungsapparates lokalisierte Störungen (z.B. Wirbelmissbildungen, Hüftdysplasie, Klumpfuss).
3. Kongenitale Schäden des *Zentralnervensystems* haben je nach Ausmass und Lokalisation mehr oder weniger schwere Störungen des Bewegungsapparates zur Folge (Hirnschäden, degenerative Erbkrankheiten, Spina bifida mit Meningozele usw., siehe «Neurologische Affektionen», II.8.).

1.1.1.5. *Diagnose*

Manche kongenitale Missbildungen sind bei der Geburt leicht erkennbar, etwa ein kongenitaler Klumpfuss, andere werden nur bei sorgfältigem Suchen entdeckt, wie z.B. die kongenitale Hüftgelenksdysplasie. Da die frühzeitige Behandlung eine Voraussetzung für eine erfolgreiche Behandlung und eine gute Prognose ist, so gehört das *gezielte* Fahnden nach solchen kongenitalen Störungen zur Routineuntersuchung bei *jedem Neugeborenen.* (Hüftuntersuchung bei Neugeborenen siehe «Kongenitale Hüftluxation», III.C.2.5.)

Manche weniger schwerwiegende Missbildungen werden in der Regel als *Zufallsbefunde* auf Röntgenbildern entdeckt, wie etwa eine Spina bifida occulta. Ihre Bedeutung liegt lediglich darin, dass man sie richtig interpretiert und keine falschen therapeutischen Schlussfolgerungen zieht.

1.1.1.6. *Prophylaxe*

In den letzten Jahren konnten viele kongenitale Krankheiten ursächlich geklärt werden. Eine Prophylaxe ist damit in vielen Fällen möglich geworden:

Die wichtigste Massnahme ist das *Fernhalten schädigender Einflüsse* vom Fötus, vor allem *in den ersten Schwangerschaftswochen und -monaten.* Dazu gehören die bekannten Noxen wie Röntgenstrahlen, Rubeolen, schädigende Medikamente usw. Die Tragödie der durch Thalidomid geschädigten Kinder hat gezeigt, dass auch als harmlos geltende Medikamente verheerende Wirkung haben können, und dass man noch weit davon entfernt ist, alle schädigenden Einflüsse zu kennen.

Die *Aufklärung der Eltern* ist eine wesentliche Aufgabe des Arztes. Sind bereits kongenitale Krankheiten in der Familie bekannt, so geht es darum, die Prognose für ein zu erwartendes Kind zu stellen und die Eltern entweder zu *beruhigen,* wenn die Wahrscheinlichkeit einer Störung gering ist, zumal wenn die Krankheit nicht erblich ist, oder sie eingehend zu *beraten,* falls die Gefahr einer Schädigung des Kindes besteht.

Wenn in der Familie bereits Fälle von kongenitalen Hüftluxationen bekannt sind, ist die Untersuchung und gegebenenfalls Behandlung (Spreizbehandlung) der Neugeborenen imstande, weitere Luxationen und Dysplasien zu verhindern.

1.1.1.7. *Therapie*

Manche kongenitalen Anomalien haben keine Funktionsstörungen zur Folge und brauchen deshalb keine Therapie ausser vielleicht einer kosmetischen. Andere, wie z.B. die kongenitale Hüftdysplasie und -luxation oder der kongenitale Klumpfuss, können nur geheilt werden, wenn die *Behandlung in den ersten Tagen,* höchstens Wochen nach der *Geburt* begonnen wird. Je später die Therapie einsetzt, desto schwieriger wird sie und desto schlechter sind die Resultate. Schon nach einem halben Jahr sind meistens nicht wieder gutzumachende Schäden entstanden.

Kenntnis von Bedeutung und Prognose der kongenitalen Krankheiten sind Voraussetzung für einen sinnvollen Behandlungsplan.

Die Therapie zielt darauf hin, eine möglichst normale Funktion zu gewährleisten. Wegleitend dafür sind die biomechanischen und *allgemein orthopädischen Gesichtspunkte.*

1.2. Die einzelnen angeborenen Krankheiten

1.2.1. *Skelettsystemerkrankungen*

Es sind generalisierte, meistens vererbte Störungen einer bestimmten Phase im Ablauf der normalen Skelettentwicklung. Diese (mit Ausnahme der kartilaginären Exostosen) sehr *seltenen* Krankheiten sind deshalb für das Verständnis der Pathophysiologie der Knochenbildung interessant, so z.B.:

- Störung der (für das enchondrale Längenwachstum wichtigen) *Knorpelbildung:* Achondroplasie (Chondrodystrophie, siehe unten);
- Störung der *enchondralen Ossifikation:* Dysostosis enchondralis;
- *Generalisierte* Dysostosen (Morquio, Pfaundler usw.);
- *Lokalisierte* Störungen des *enchondralen*

Wachstums: Multiple kartilaginäre Exostosen, Enchondromatose (siehe unten);
- Störung der periostalen und endostalen *Knochenbildung:* Osteogenesis imperfecta (siehe unten);
- Störung des *Knochenabbaus:* Marmorknochenkrankheit (Albers-Schönberg, äusserst selten).

Neben den genannten gibt es eine Reihe von weiteren kongenitalen generalisierten Störungen der Skelettentwicklung. Die meisten davon sind ausserordentlich selten. Hier werden nur einige wenige aufgeführt, welche für die Orthopädie von klinischer Bedeutung sind.

1.2.1.1. *Achondroplasie* (Chondrodystrophie)

Gestörtes epiphysäres Längenwachstum der langen Röhrenknochen. Daraus entsteht ein *dysproportionierter Zwergwuchs:* Extremitäten stark verkürzt, oft deformiert, während Schädel und Stamm annähernd normal sind. Einige sind bekannte Zirkusclowns. Eine Behandlung ist nicht möglich, ausser, wenn nötig, die operative Korrektur stark deformierter Beine (Abb. 167).

1.2.1.2. *Osteogenesis imperfecta* (Osteopsatyrosis, angeborene Knochenbrüchigkeit)

Sehr dünne, porotische, brüchige Knochen. *Multiple Frakturen,* in schweren Fällen schon im Uterus, schleichende Frakturen, Pseudarthrosen, schliesslich schwere *Deformitäten* der Extremitäten, vor allem Femur (Coxa vara, Hirtenstab), Tibia. In schweren Fällen Gehunfähigkeit und Hilflosigkeit.

Je älter die Patienten sind bei der ersten Manifestation, desto leichter ist die Krankheit. Nach der Pubertät treten nur noch selten Frakturen auf.

Bei stärkeren Deformitäten sind Korrekturosteotomien, evtl. an mehreren Stellen gleichzeitig und Armierung mit einem dünnen Marknagel (Sofield) notwendig, um weitere Frakturen zu verhindern. Evtl. Gehapparat (Abb. 168).

Abb. 167. *Chondrodystrophiker* sind gesunde Leute. Ihr Problem ist weniger medizinischer als sozialer Art: Ihren Platz in der Gesellschaft zu finden. Diese Beiden scheinen eine befriedigende Lösung gefunden zu haben.

1.2.1.3. *Multiple kartilaginäre Exostosen*

Relativ häufige familiäre Erkrankung. Im Verlaufe des Wachstums bilden sich *von den Epiphysen ausgehend* zahlreiche kleinere und grössere *Knochenauswüchse mit Knorpelkappen,* kartilaginäre Exostosen. Sie entstehen durch eine Störung des periostalen osteoklastischen Abbaues in der Metaphyse. Die einzelnen Exostosen entsprechen in jeder Beziehung den solitären kartilaginären Exostosen, welche im Tumorkapitel (II.7.3.2.1.) beschrieben sind.

Die Exostosen sitzen in *Gelenknähe.* Sie machen gelegentlich Schmerzen und Funktionsbehinderung durch ihre Ausdehnung und Lokalisation. Befallen sind vor allem Knie, Knöchel, Schultergegend, Handgelenke, Ellbogen (Abb. 169).

Mit dem Verschluss der Epiphysenfugen hört auch das Exostosenwachstum auf. Späteres Wachstum ist auf maligne Entartung (Chondrosarkom) verdächtig.

Störende Exostosen können operativ entfernt werden.

1.2.1.4. *Enchondromatose*

Selten. Von enchondralen Ossifikationszentren ausgehende *tumorartige Knorpelinseln,* welche den Knochen auftreiben und verdicken können. Sie persistieren als *multiple Enchondrome* (vgl. II.7.3.2.2.) im Knochen und können das normale Längenwachstum stören. Befallen sind vor allem die *Fingerknochen,* gelegentlich auch die langen Röhrenknochen: Olliersche Krankheit: einseitiger Befall einer Körperhälfte (Beinlängendifferenz).

Knochendeformitäten müssen gelegentlich operativ korrigiert werden.

1.2.1.5. *Dysostosis enchondralis*

Verschiedene leichtere *Gelenkdeformitäten,* Abweichungen von der normalen anatomischen

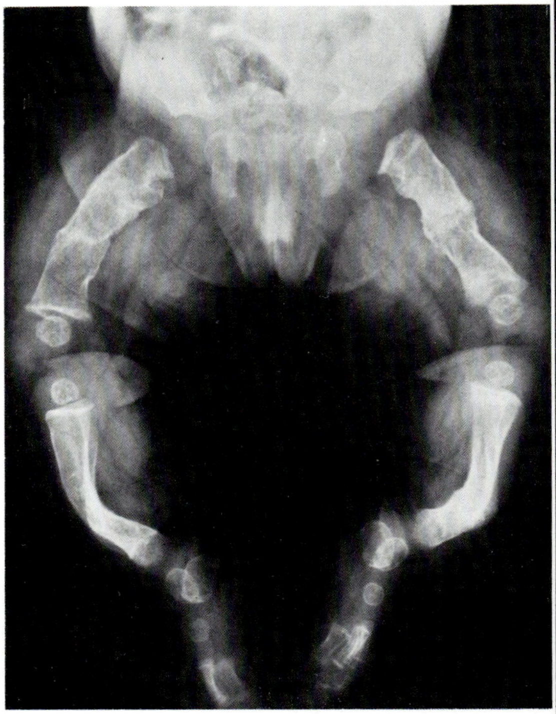

a

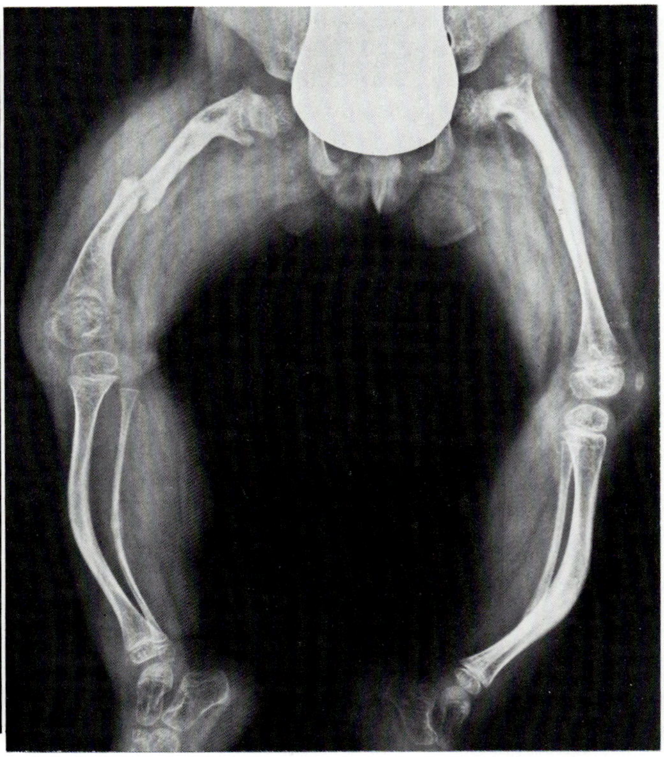

b

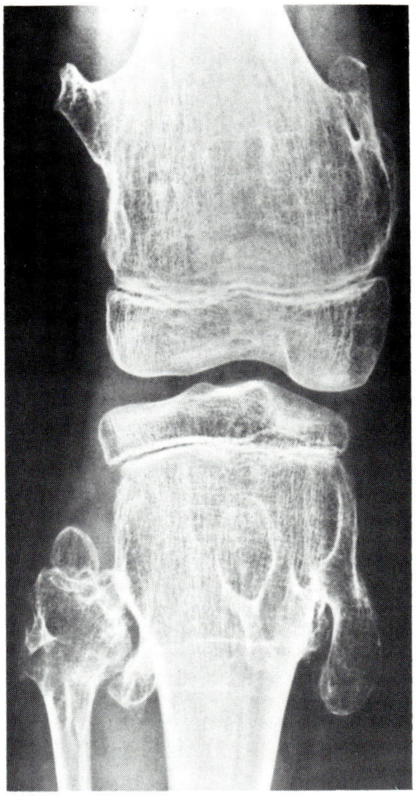

Form, vor allem des *Hüftgelenkes,* hat man als kongenitale Dysostosen abzugrenzen versucht.

1.2.2. *Multiple komplexe Missbildungen*

Missbildungen, die *mehrere Organsysteme* betreffen (Skelett, Bindegewebe usw.). Von der Vielfalt dieser meist sehr *seltenen* Erscheinungen sollen nur einige für die Orthopädie wichtige erwähnt werden.

- *Arachnodaktylie (Marfansyndrom):* extrem asthenischer Habitus, oft Insuffizienz des statischen Apparates (Senk-Plattfüsse, überstreckbare und Schlottergelenke [siehe II.12.3.], Haltungsstörungen der WS, usw.), relativ häufig.
- *Arthrogrypose:* Kongenitale, generalisierte Störung der Gelenkanlagen. Die *Gelenke* sind alle weitgehend *versteift* infolge periartikulärer Kontrakturen. Fehlstellungen, schwere Invali-

◁ Abb. 169. *Multiple kartilaginäre Exostosen.*

Manche Patienten haben fast an allen Gelenken mehrere Exostosen und zum Teil erhebliche Deformitäten der Knochenenden. Die Exostosen wachsen, solange die Epiphysenfugen noch offen sind (wie hier), nachher verändern sie sich in der Regel nicht mehr (vgl. II.7.3.2.1.).

◁ Abb. 168. *Osteogenesis imperfecta.*

a Kurz nach Geburt. Bereits multiple Frakturen.
b Mit 3 Jahren: Dünne, stark verbogene Knochen (beachte die Sklerose und Verdickung im Knickbereich als Ausdruck des reaktiven Knochenumbaues, mit welcher der Organismus die mangelnde Qualität des Knochens wettzumachen versucht). Pathologische schleichende Frakturen in beiden Femora; Coxa vara.

Oft sind mehrfache Osteotomien zur Geraderichtung der Knochen nötig.

dität. Die Gelenke können nur sehr schwierig und auch operativ meist nur ungenügend mobilisiert werden.

- *Neurofibromatose:* Systemerkrankung des peripheren Nervensystems. *Hellbraune Hautflekken* (café au lait). Häufig *Skoliosen,* welche besonders rasch progredient und schwer verlaufen (siehe Skoliosen, III.C.8.).
- *Myositis ossificans progressiva.* Massive generalisierte heterotopische Knochenbildung in der Skelettmuskulatur (keine Beziehung zur posttraumatischen Myositis ossificans).

Andere angeborene Muskelkrankheiten: siehe Muskelerkrankungen, II.9.

1.2.3. *Extremitätenmissbildungen* (Dysmelien)

Extremitätenmissbildungen (Dysmelien) können eine einzige oder mehrere Extremitäten, sogar alle vier gleichzeitig befallen. Alle Varianten kommen vor, von kleinen Defekten oder Überschussbildungen einzelner Strahlen (z.B. Hexadaktylie) über die Verstümmelung einzelner Extremitäten (Phokomelie = Robbengliedrigkeit), bis zu ihrem völligen Fehlen (Amelie) (Abb. 170).

Für die von den Thalidomidunfällen betroffenen Kinder wurden besondere Eingliederungsstätten geschaffen. Schwierige Probleme stellen sich bei der *prothetischen Versorgung.* Die technische Orthopädie der Arm- und Beinprothesen einschliesslich der elektronischen Steuerung ist zu einer Spezialwissenschaft geworden.

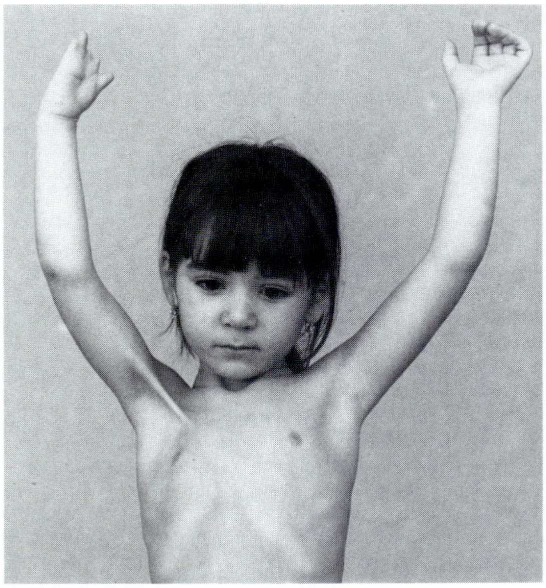

a

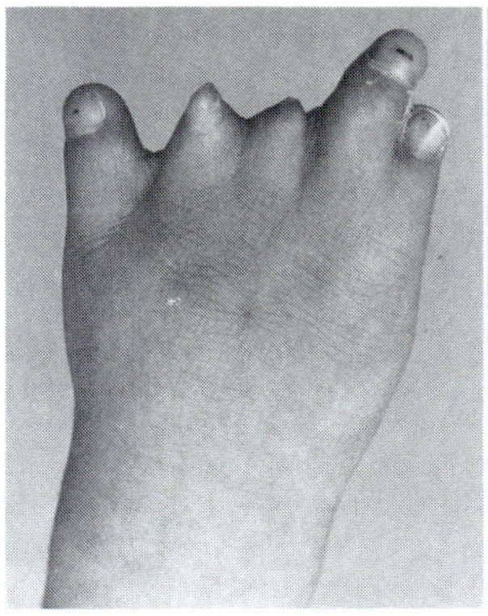

b

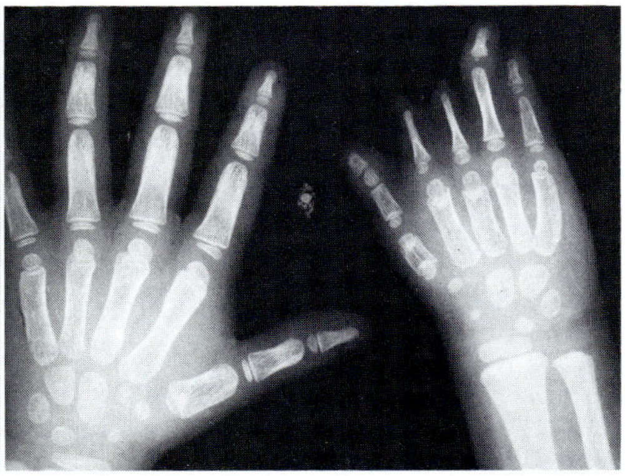

c

Abb. 170. Kongenitale Missbildungen der rechten Körperhälfte: Aplasie des M. pectoralis. Der Muskel fehlt, an seiner Stelle sitzt nur ein bindegewebiger Strang. Missbildungen aller Finger der rechten Hand. Die Finger sind verwachsen (Syndaktylie) und zu kurz, der Daumen ist nicht abgesetzt. *Unten:* Die deformierte Hand und das Röntgenbild beider Hände, zum Vergleich.

Der Zustand kann funktionell und kosmetisch verbessert werden: Nach Durchtrennung der Finger voneinander (Syndaktylieoperation) wird die Gebrauchsfähigkeit der Hand, vor allem des Daumens, besser. Mittels einer Z-Plastik der Haut kann der Strang in der Achsel beseitigt werden.

Die Ätiologie der Missbildung ist nicht bekannt, die Noxe muss zur Zeit der Organogenese der oberen Extremitäten gewirkt haben (um die vierte Embryonalwoche).

Die Kinder mit solchen schweren angeborenen Extremitätenmissbildungen vermitteln dem Orthopäden drei wichtige Erkenntnisse:

1. Die fast unglaubliche *Geschicklichkeit* und Willenskraft, mit der angeborene (auch früh erworbene) Körperbehinderungen von geistig normalen Kindern bewältigt werden. (Ein Kind ohne Beine kann gehen lernen, eines mit zwei Oberarmstümpfen kann z.B. ohne Prothesen stricken.)
2. Der hohe *Wert* von kurzen, unscheinbaren *Extremitätenstümpfen,* sofern sie mit guter *Sensibilität* ausgestattet und nicht schmerzhaft sind.
3. Kinder mit Extremitätenmissbildungen können ausserordentlich geschickt mit zweckmässigen Prothesen (für Arme und Beine) umgehen, vorausgesetzt dass sie
   1. so früh als möglich darauf trainiert werden (schon ab 1. Lebensjahr)
   2. intensiv geschult und nicht einfach mit ihren Behelfen sich selbst überlassen werden.

Je später die Umstellung auf Prothesen beginnt, desto schwieriger wird sie, und oft verwenden ältere Kinder und Erwachsene ihre Prothesen überhaupt nicht mehr, da sie bereits mit dem Defekt zu leben gelernt haben (siehe Prothesenversorgung, III.C.8.5./6. und Abb. 481).

1.2.4. *Lokalisierte Störungen*

Es gibt eine Reihe lokalisierter kongenitaler Missbildungen, welche oft überhaupt nie oder nur bei einer Röntgenuntersuchung *zufälligerweise gefunden* werden (z.B. Spina bifida occulta u.a. Wirbelmissbildungen, Zusatzknochen, Halsrippen usw.).

Andere werden *früher oder später im Leben manifest,* z.B. wenn ein Gelenk oder ein Bewegungssegment der WS wegen der angeborenen Missbildung und Minderwertigkeit mit der Zeit unter der Belastung degenerative Veränderungen durchmacht und damit *schmerzhaft wird* (kongenitale Hüftdysplasie und -luxation, Spondylolisthesis, Assimilationsstörungen der WS usw.).

Die Mehrzahl der Missbildungen wirkt sich von Anfang an mehr oder weniger störend aus, z.T. rein kosmetisch (einzelne Fingermissbildungen, Sprengel, Klippel-Feil usw.) oder auch funktionell (Coxa vara congenita, kongenitale Tibiapseudarthrose, Klumpfuss usw.). Bei letzteren ist eine Therapie fast immer notwendig, oft operativ. Bei den rein kosmetischen Störungen muss die Indikation von Fall zu Fall gestellt werden (Abb. 171).

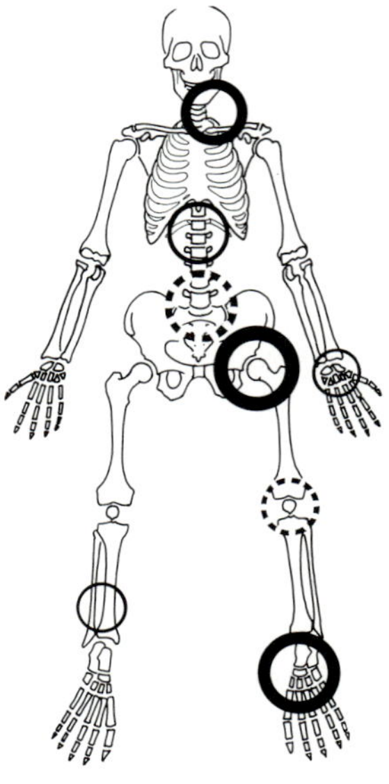

Abb. 171. Gezielte *Untersuchung des Neugeborenen* zur Erkennung kongenitaler Missbildungen am Bewegungsapparat:

Dicke Kreise: Häufige Lokalisationen. *Dünne Kreise:* seltenere Lokalisationen. *Ausgezogene Kreise:* Missbildungen, die schon bei der Geburt erkannt werden können:

1. *Hüfte:* Kongenitale Hüftluxation.
2. *Fuss:* Kongenitaler Klumpfuss u.a. Fussdeformitäten.
3. Kongenitaler Schiefhals.
4. Andere Lokalisationen: Wirbelsäule, Hand, Finger, Unterschenkel.

Gestrichelte Kreise: Manifestation der Missbildung meist erst im Laufe des Wachstums: Wirbelsäule (Spina bifida occulta, Spondylolisthesis u.a.), Knie: Patella.

Liste der lokalisierten kongenitalen Missbildungen

In der folgenden Liste sind die nicht ganz seltenen, lokalisierten angeborenen Missbildungen aufgeführt, die *häufigsten* und für den Orthopäden besonders *wichtigen* sind *kursiv* gesetzt. Wo im speziellen Teil eine ausführliche Beschreibung folgt, ist darauf hingewiesen. Es ist wichtig, diese Missbildungen zu erkennen, um sie von erworbenen Veränderungen abgrenzen zu können.

Thorax:

- *Trichterbrust:* Bei ausgeprägter Deformität ist die Lungenkapazität vermindert. Therapie: Atmungsgymnastik. Eine kosmetische Verbesserung ist nur thoraxchirurgisch möglich.
- Hühnerbrust: rein kosmetische Bedeutung.
- Clavicula-hypoplasie und -agenesie: keine Therapie möglich.
- Aplasie des Musculus pectoralis (Abb. 170a).
- Schulterhochstand (Sprengel): durch ausgedehnte Operation kann das Schulterblatt tiefer

gesetzt werden. Hauptsächlich kosmetische Indikation.

Hals:
- Basiläre Impression;
- Wirbelsynostosen: angeborener Kurzhals (Klippel-Feil);
- *Schiefhals* = Torticollis (siehe III.B.3.2.1.);
- Halsrippe (siehe III.B.3.1.).

Wirbelsäule:
- symmetrisch: Blockwirbel, Spaltwirbel;
- asymmetrisch: Keilwirbel: *kongenitale Skoliose* (siehe III.B.5.1.2. und III.B.8.);
- *Assimilationsstörungen:* vor allem am Lumbosakralübergang: Hemilumbalisation resp. -sacralisation (siehe III.B.5.1.1.);
- Spondylolyse → *Spondylolisthesis* (siehe III.B.9.);
- Spina bifida occulta. Sehr häufig, Zufallsbefund, klinisch ohne Bedeutung;
- *Spina bifida mit Meningo- oder Meningomyelozele.* Je nach neurologischer Störung sehr schwere Erkrankung (siehe II.8.5.1.).

Arme:
- Radio-ulnare Synostose (siehe III.A.4.1.1.);
- Luxation des Radiusköpfchens;
- Madelungsche Deformität am distalen Vorderarm (siehe III.A.6.1.1.);
- Klumphand (Radiusdefekt);
- *Syndaktylie:* Zusammengewachsene Finger (Abb. 170b), Polydaktylie: überzählige, evtl. missgebildete Finger, Klino-, Kamptodaktylie: leichtere, relativ häufige Fingermissbildungen (siehe III.A.7.2.).

Beine:
- Kongenitale Hemi-hypertrophie, evtl. mit Beinlängendifferenz (siehe III.C.1.);
- Protrusio acetabuli und andere Hüftdeformitäten (Dysostosen) (siehe Kapitel Hüftgelenk, III.C.2.4./10.);
- *Luxatio coxae congenita:* Angeborene Hüftdysplasie und -luxation. Bei etwa 1,5‰ aller Neugeborenen (siehe III.C.2.5.);
- Coxa vara congenita (siehe III.C.2.4.2.);
- Kongenitaler Femurdefekt, mehr oder weniger ausgedehnt (Abb. 166 und 481);
- Knieluxation;
- Patella alta, *Patelladysplasie,* Patella bipartita (siehe III.C.4.2.);
- Kongenitale Patellaluxation (siehe III.C.4.3.1.);
- Diskoider Meniskus (siehe III.C.4.2.);
- Tibia pronata, – *kongenitale Tibiapseudarthrose* (siehe Kapitel Tibia, III.C.5.1.1.);
- Fibulahypoplasie und -agenesie, selten Tibiaagenesie;
- *Pes equinovarus: kongenitaler Klumpfuss.* Bei etwa 2‰ aller Neugeborenen (siehe III.C.7.3.1.);
- *Pes adductus congenitus* = kongenitaler Sichelfuss (siehe III.C.7.3.2.);
- Kongenitaler Plattfuss, Hackenfuss (siehe III.C.7.3.3.);
- Coalitio talo-navicularis (siehe «Der kontrakte Plattfuss», III.C.7.5.3.5.);
- Os tibiale externum und andere Zusatzknochen am Fuss (siehe III.C.7.7.);
- Hallux varus congenitus usw.;
- Kongenitale Zehendeformitäten (siehe III.C.7.6.).

2. Störungen des Wachstums der Epiphysenfugen

Kinder sind keine kleinen Erwachsenen. Ihre Anatomie, in Organaufbau wie in den Proportionen, unterscheidet sich wesentlich von jener des Erwachsenen, ihre Psyche nicht weniger. Insbesondere aber haben sie von der Geburt bis zur Pubertät ein eigenes *«Wachstumsorgan»: Die Epiphysenfugen* (siehe auch Skelettwachstum, I.A.5.).

Eine Reihe von Störungen am Bewegungsapparat entstehen und verlaufen in engem wechselseitigen *Zusammenhang mit dem Skelettwachstum:* Es handelt sich um *Schäden* an diesem Wachstumsorgan, an den *Epiphysenfugen,* welche dann das weitere Wachstum stören.

Der Ursprung des Namens «Orthopädie» geht auf die Sorge um «gerades Wachstum der Kinder» zurück. Das Wachstum ist ein zentrales Anliegen auch der heutigen Orthopäden geblieben. Seine besonderen Probleme, insbesondere der meist viele Jahre dauernde Verlauf, macht das Wesen der *«Kinderorthopädie»* aus.

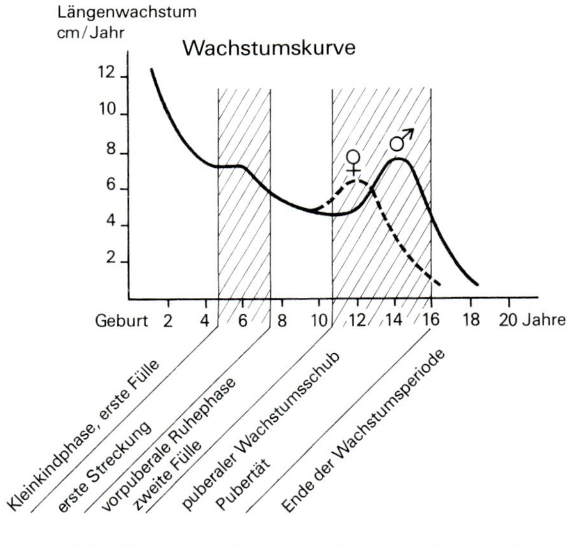

Abb. 172. *Wachstumskurve,* welche das jährliche Längenwachstum zeigt, in cm pro Jahr. Das Längenwachstum ist bei der Geburt am schnellsten, wird ständig langsamer und hört im Alter zwischen 16 und 20 Jahren ganz auf. Die Abnahme ist aber nicht kontinuierlich. Dazwischen gibt es *Wachstumsschübe,* vor allem in der *Pubertät,* bei den Mädchen früher als bei den Knaben. Der Zusammenhang mit hormonellen Umstellungen ist offensichtlich, aber im einzelnen noch nicht restlos klar. Diese Wachstumsschübe sind Perioden *erhöhter Gefährdung* und fallen zusammen mit dem Auftreten spezifischer Wachstumsstörungen (Epiphyseolysis der Hüften, Scheuermann, Skoliose u. a.). Weiteres siehe Text.

2.1. Entwicklung und Wandlung

Das Skelettwachstum verläuft nicht geradlinig, sondern in kleineren und grösseren Schüben. Es spiegelt damit die Reifung und Entwicklung des Kindes wider, welche ebenfalls nicht geradlinig verläuft. Es zeigt sich, dass manche Entwicklungsphasen mehr gefährdet sind als andere (z. B. die Pubertät), und dass bestimmte Störungen in bestimmten Phasen auftreten.

Das Skelettwachstum, die einzelnen Entwicklungsphasen und ihre Beziehungen zu Störungen am Bewegungsapparat sind in einem *Diagramm* zusammengefasst (Abb. 172).

1. *Bei der Geburt* ist das Bindegewebe unter dem Einfluss mütterlicher Hormone besonders dehnbar: Hypermobile Gelenke (kongenitale Hüftluxation), dünne Extremitäten. Die Schwerkraft hat noch keinen formenden Einfluss. Das Säuglingsalter wird abgelöst von der

2. *Kleinkindphase:* Typisch sind die kleinkindlichen Proportionen und eine gewisse Fülle. Das Kind richtet sich auf und belastet erstmals Beine und Wirbelsäule axial. Die bisher gebeugten Knie und Hüften werden gestreckt, was die Beanspruchung dieser Gelenke grundlegend ändert: Aus dem physiologischen O-Bein des Säuglings wird im dritten Lebensjahr ein X-Bein (siehe Abb. 301 und 589, III.C.4.6.1.2.).

Die Antetorsion der Hüfte nimmt ab. Allerdings ist das Becken noch stark nach vorne gekippt, die Wirbelsäule einigermassen gerade. In dieser Phase verläuft das Wachstum ruhiger.

3. *Der erste Gestaltwandel.* Zwischen dem fünften und dem siebenten Altersjahr liegt ein kleiner Wachstumsschub, die «erste Streckung». Sie löst die «erste Fülle» des Kleinkindes ab, Proportionen und Gestalt ändern sich.

Die Perthessche Erkrankung der Hüften kommt in dieser Phase besonders häufig vor. Auch für Haltungsschäden scheint diese Periode anfälliger zu sein.

4. Im *Schulalter* vor der Pubertät, durchlaufen die Kinder eine etwas ruhigere Entwicklungsphase. Sie scheinen für Wachstumsstörungen weniger anfällig zu sein. Auch die Haltung gibt weniger Anlass zur Beanstandung. Besonders eindrücklich ist

5. der *Pubertätswandel.*

Am Skelett äussert er sich durch einen starken, letzten *Wachstumsschub,* bevor das Längenwachstum aufhört. In dieser Phase ist der Bewegungsapparat besonders *gefährdet.* Offenbar erreicht die Beanspruchung durch das intensive Wachstum eine kritische Schwelle. Eine ganze Reihe von mehr oder weniger schweren *Störungen* und *Beschwerden treten in dieser Phase gehäuft auf:*

Schlaffe Haltung der Wirbelsäule, Adoleszentenkyphosen, Knie- und Fussbeschwerden mit Akzentuierung von Deformitäten wie X-Bein, Knickfuss, kontrakter Plattfuss usw. Manche leichte Deformitäten oder Fehlhaltungen mögen vorbestanden haben, nehmen aber in dieser Phase zu und machen erstmals Beschwerden.

Diese *«Wachstumsstörungen»* haben eher den Charakter einer *konstitutionellen* Insuffizienz des Muskel- und Bandapparates, welche während der Periode stärkerer Beanspruchung (zum Wachstumsschub kommen psychische Belastungen und der Eintritt ins Berufsleben) manifest werden kann. Sie können am ehesten als *statische Insuffizienzen am Haltungsapparat* (Wirbelsäule, untere Extremitäten) gedeutet werden (vgl. II.12.6. und III.B.6.).

Aber auch eine *Reihe von ernsthafteren Krankheiten* erscheinen in dieser Phase:

- Scheuermannsche Krankheit (siehe III.B.7.);
- Juvenile Epiphysenlösung (siehe III.C.2.7.);
- Idiopathische Skoliose u. a. (siehe III.B.8.).

Wahrscheinlich bestehen auch Zusammenhänge zwischen diesen Krankheiten. Allen ist gemeinsam eine *mechanische Insuffizienz* der *Epiphysenwachstumszonen,* des «Wachstumsorganes». Offenbar sind die Epiphysenwachstumsfugen in dieser Phase überbeansprucht und besonders anfällig. Sicher spielt die *hormonale Umstellung* eine wesentliche Rolle dabei. Es handelt sich bei diesen Krankheiten also um eigentliche «Systemkrankheiten» des *«Wachstumsorgans».*

2.1.1. *Übersicht der Störungen des Knochenwachstums*

Fast alle Krankheiten oder äusseren Einwirkungen, welche eine wachsende Epiphysenfuge nachhaltig zu schädigen vermögen, können Störungen des Knochenwachstums zur Folge haben.

• *Generalisierte Störungen*

Neben den genannten «Systemerkrankungen des Wachstumsorganes» sind es

- *kongenitale Krankheiten* wie Chondrodystrophie, Osteogenesis imperfecta, kongenitaler Klumpfuss usw.
- *Stoffwechselkrankheiten:* Die *Rachitis* als Ossifikationsstörung verändert das Knochenwachstum in spezifischer Weise, siehe II.3.2.1.
- *Lähmungen* und Gelenksdysplasien können das Wachstum nachhaltig beeinflussen (siehe II.8, II.1. und III.C.2.3.1.1.).
- *Lokalisierte* Schädigungen der Epiphysenfugen können *schwere Deformitäten* zur Folge haben. Sie werden im folgenden besprochen:

2.2. Lokalisierte Schädigungen der Epiphysenwachstumszonen

2.2.1. *Ursachen*

1. Lokal destruierende Prozesse (Infektionen, vor allem Arthritis, Osteomyelitis; Tumoren, Exostosen usw.);
2. Aseptische Nekrosen (z. B. Perthes);
3. Röntgenbestrahlung!
4. Trauma: Epiphysenfrakturen, Stauchungsfraktur der Metaphyse;
5. Operation im Bereiche der Epiphysenfuge (Marknägel!);
6. Epiphysenfugenläsion am distalen Femur nach lang dauernder Ruhigstellung bei Coxitis tbc;
7. Angeborene Störungen der enchondralen Verknöcherung (Chondrodystrophie, kartilaginäre Exostosen, enchondrale Dysostosen, Tibia vara (Blount) usw.).

2.2.2. *Auswirkungen*

Eine Schädigung der germinativen Zone im Epiphysenwachstumsknorpel kann je nach Schwere, Lokalisation und Ausdehnung des Schadens ganz unterschiedliche Wachstumsstörungen zur Folge haben:

1. Gleichmässige *Verlangsamung* des Wachstums;
2. Totaler *Wachstumsstop;*
3. Asymmetrische Verlangsamung des Wachstums;
4. Asymmetrischer Wachstumsstop.

Diese Störungen können vorübergehend oder *permanent,* d. h. während der ganzen Wachstumsphase wirksam sein. Je *jünger* das Kind ist, desto *schwerer* sind die bis zum Wachstumsabschluss zu erwartenden *Deformitäten* (siehe Abb. 350).

Ein *Beispiel* für falsch gesteuertes Wachstum infolge einer *Anlagestörung* der Epiphysenfuge sind die *kartilaginären Exostosen.* Ihre Entwicklung geht mit dem enchondralen Wachstum parallel und hört mit diesem auf (siehe Tumorkapitel, II.7.3.2.1.). Auch die *juvenilen Knochenzysten* entstehen nur während der Periode des enchondralen Wachstums.

Zu 1. und 2.: Gleichmässige, symmetrische Wachstumshemmung: Sie hinterlässt nach Abschluss des Wachstums eine *Verkürzung* des betroffenen Gliedes, welche, besonders bei früheren Schädigungen, z. B. im Säuglingsalter, viele Zentimeter betragen kann (z. B. nach Schädigung der Wachstumszonen im Hüft- oder Kniebereich durch eitrige Coxitis, Osteomyelitis, nach traumatischer, nicht reponierter Luxation der Hüftkopfepiphyse usw., vgl. III.C.1.: «Beinlängenunterschiede»).

Zu 3. und 4.: Manchmal ist *nur ein Teil der Epiphysenscheibe beschädigt,* blockiert oder zerstört. Der *intakt gebliebene Anteil wächst normal weiter,* während der geschädigte Anteil zurück bleibt oder ganz ausfällt.

Dies führt zu einer asymmetrischen einseitigen Apposition von Knochen und damit zu einem völlig *ungleichmässigen Wachstum,* meist zu einer starken *Achsenknickung.* Nach einer Korrekturosteotomie entsteht die Deformität wieder, und oft sind mehrere Eingriffe bis zum Wachstumsabschluss notwendig.

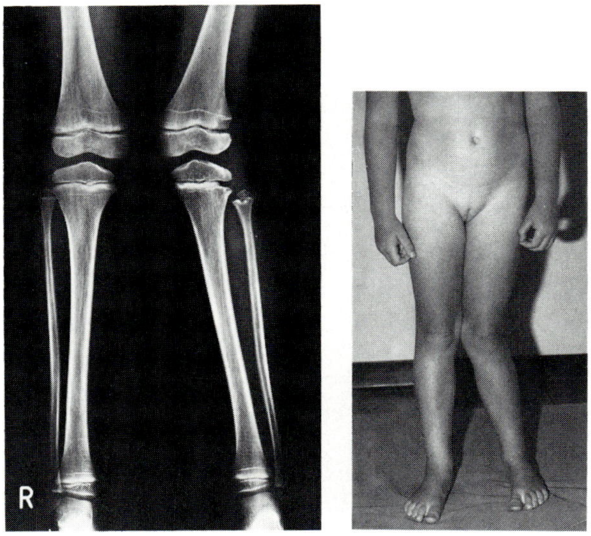

Abb. 173. Beispiel einer *Wachstumsstörung* infolge eines Schadens an der Wachstumszone in der Epiphysenfuge, hier im Anschluss an die Röntgenbestrahlung eines Hautnaevus lateral am linken Knie bei einem 5jährigen Kind. Die Veränderungen im lateralen Abschnitt der Epiphysenfugen am linken Knie (Femur, Tibia, Fibula) sind deutlich zu erkennen: Defekt, Deformität, Sklerose. Der Längenzuwachs seit der Störung lässt sich an der Harrisschen Linie ablesen: Lateral ist er geringer als medial, was zu einer *Achsenabweichung* führt.

Solche Wachstumsstörungen kommen auch nach anderen lokalen Schädigungen der Epiphysenfuge vor. Die Deformität wird erst längere Zeit *nach* der Schädigung manifest, aber nimmt bis zum Wachstumsabschluss noch weiter zu.

Dieses X-Bein muss korrigiert werden, wenn nötig mehrmals bis zum Wachstumsabschluss.

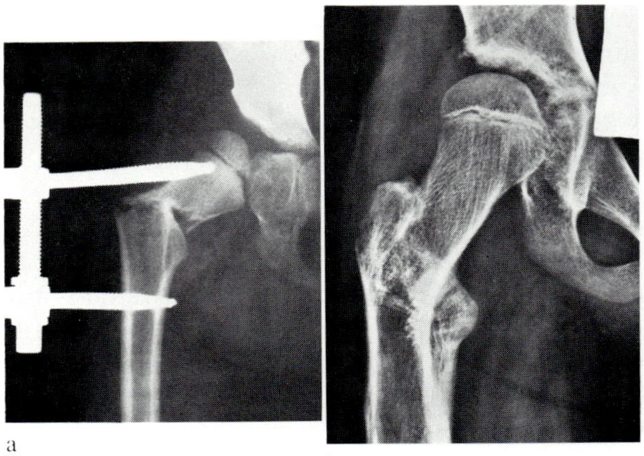

a b

Abb. 174. *Je nach Lokalisation* eines Schadens an der Epiphysenwachstumszone des proximalen Femurendes verläuft das weitere Wachstum ganz verschieden. Hier 3 Beispiele zur Illustration der Skizze von Abbildung 53, wo im Abschnitt I.A.5.3. die Theorie der Wachstumsstörung erläutert wird.

a Während einer Derotationsosteotomie bei kongenitaler Hüftluxation wurde die *Trochanterepiphysenfuge* verletzt. Osteotomie und Fixationsschraube liegen zu hoch: postoperatives Bild im Alter von 3 Jahren.

b Dieselbe Hüfte im Alter von 11 Jahren: Steilstellung des Schenkelhalses wegen vorzeitigen Verschlusses der Trochanterepiphysenfuge. Diese Deformität ist vermeidbar.

c *«Luxationsperthes»* (siehe III.C.2.5.) mit Schädigung der *Wachstumszone* des *Hüftkopfes.*

d Bild 10 Jahre später: Ausgeprägte Coxa vara, da der Trochanter weiter gewachsen ist, der Schenkelhals nicht mehr.

e Säuglingscoxitis mit osteomyelitischem Herd im Schenkelhals.

f Im Alter von 3 Jahren: Defekt im Bereiche der Wachstumszone zwischen Kopf- und Trochanterepiphysenfuge.

g Dieselbe Hüfte nach Abschluss des Wachstums mit 14 Jahren. Der Wachstumsdefekt liegt genau zwischen Kopf und Trochanter. Dieses Beispiel zeigt, dass auch an dieser Stelle eine Wachstumszone liegt, welche zur formgerechten Ausgestaltung des proximalen Femurendes wesentlich beiträgt.

Epiphysenfugenschäden sehen zu Beginn recht *harmlos* aus. Manche (vor allem traumatische) werden gar nicht diagnostiziert. Die Kinder werden als geheilt entlassen. *Erst nach einem oder mehreren Jahren* beginnt sich das Glied immer stärker zu deformieren (Haftung einer Unfallversicherung!). Die Deformität nimmt dann zu bis zum Abschluss des Wachstums, d. h. bis alle Epiphysenfugen geschlossen sind.

Beispiele:

1. *Genu valgum nach Bestrahlung* eines Hautnaevus lateral am Knie mit Schädigung der lateralen Knieepiphysenscheiben (Abb. 173).

2. *Coxa vara* bei *M. Perthes:* siehe Abschnitt «Skelettwachstum» (Abb. 53, I.A.5.3. und III.C.2.6., sowie Abb. 174c und 495).

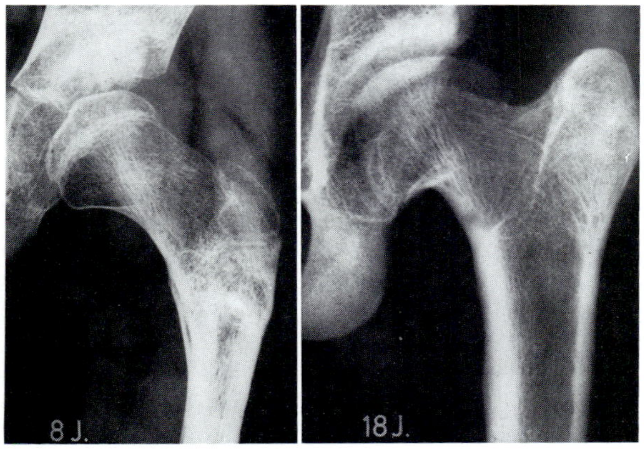

c d

e

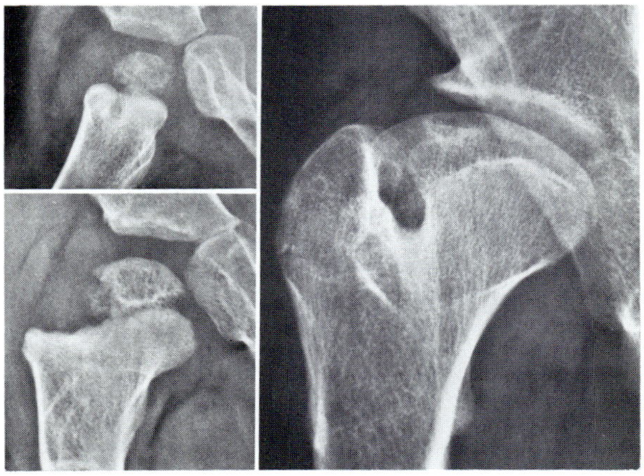

f g

3. *Schenkelhalsaufrichtung* nach *Schädigung der Trochanterepiphysenlinie* (siehe Abb. 53, I.A.5.3. und III.C.2.5., sowie Abb. 174a und 495).

4. *Traumatische Schädigung* des medialen Abschnittes der distalen Tibiaepiphysenfuge: *Varusfehlstellung* des oberen Sprunggelenkes (Abb. 175 und 176).

• *Blockierung der Epiphysenfuge.* Ein massiver äusserer Druck, der den Wachstumsdruck übersteigt, bringt das Wachstum der Epiphysenfugen zum Erliegen (siehe Druckdiagramm in I.A.5.4.1.). Dies kann man experimentell nachweisen, indem man die Knorpelfuge mit kräftigen Agraffen fest verklammert (Abb. 58).

Therapeutisch wird dieser *Epiphyseodese* genannte Eingriff angewandt z. B. zum Beinlängenausgleich (siehe Abschnitt Beinlängendifferenzen, III.C.1.3.2.1.).

Die gleiche Wirkung hat eine *Knochenspange,* welche die knöcherne Epiphyse mit der Metaphyse verbindet und damit die dünne Epiphysenscheibe, welche die beiden Knochenteile trennt, *überbrückt.* Eine sehr schmale Knochenbrücke wird allerdings vom Wachstumsdruck der Epiphysenfuge gesprengt (siehe I.A.5.4.4.2.: «Die Kraft des epiphysären Längenwachstums»).

Transepiphysäre Brüche verlaufen quer durch die Epiphysenfuge. Eine *Kallusmasse* kann in den klaffenden Frakturspalt hineinwachsen und eine solche Brücke bilden. Durch die lokale Wachstumssperre kommt eine schwere asymmetrische Wachstumsstörung zustande wie bei einer lokalisierten Zerstörung der Epiphysenfuge.

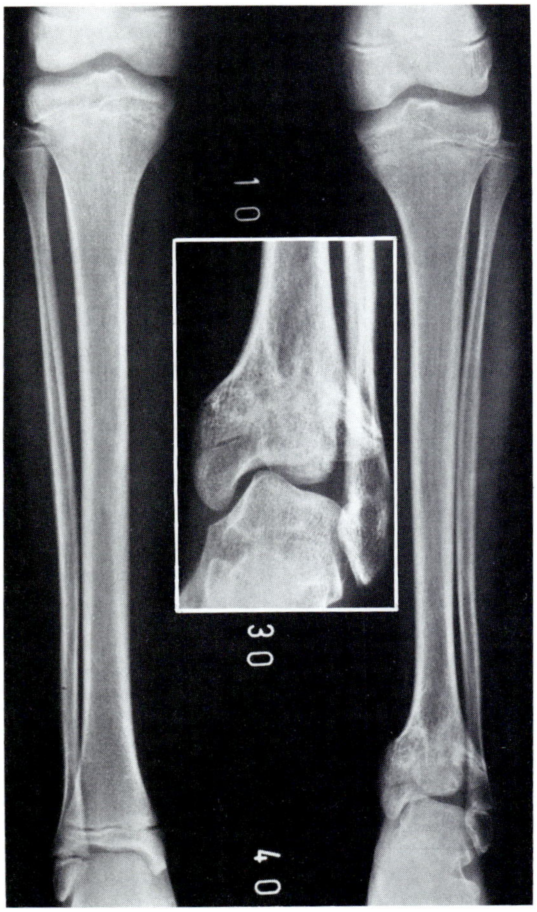

Abb. 175. *Wachstumsstörung* bei einem 11jährigen Mädchen, das als Säugling eine Osteomyelitis in der linken distalen Tibiaepiphyse hatte: Der linke Unterschenkel ist um etwa 4 cm kürzer als der rechte. Zudem ist das obere Sprunggelenk stark schiefgestellt und deformiert (siehe Inset). Die Beinlängendifferenz wird bis zum Wachstumsabschluss noch *zunehmen.*

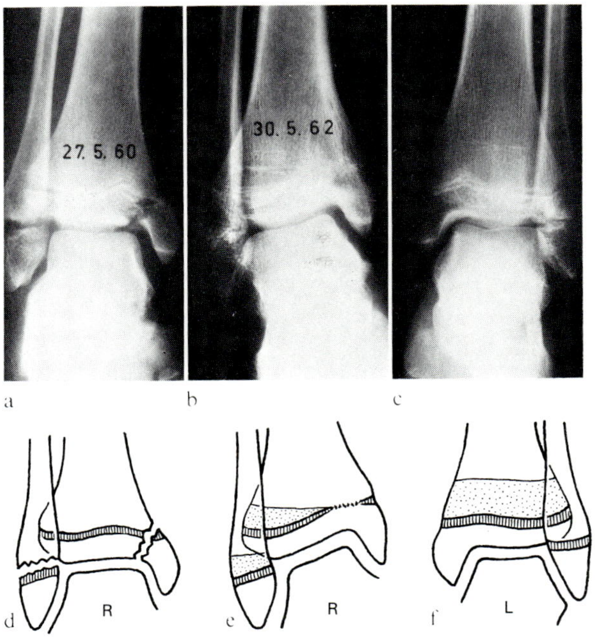

◁ Abb. 176. Wachstumsstörung nach Knöchelbruch (a) mit Fraktur und anschliessender Verödung der medialen Epiphysenfuge am Innenknöchel bei 13jährigem Mädchen. b: 2 Jahre später Varusfehlstellung des oberen Sprunggelenkes infolge Blockierung des Wachstums der Epiphysenfuge medial.

Solche Deformitäten können vermieden werden durch anatomische Reposition und Osteosynthese der gefährdeten Epiphysenfrakturen (siehe II. 15.3.3.2.).

c: Kontrollbild der Gegenseite: Normales Wachstum (beachte die Harrissche Epiphysenlinie, die den normalen Längenzuwachs markiert).

d – f: Schema zu Abbildung a – c (Pausen nach den Röntgenbildern). Schraffiert: Die Epiphysenfuge, punktiert: Die seit dem Unfall hinzugewachsenen Knochenpartien.

Eine anatomisch exakte Reposition solcher Epiphysenfrakturen ist notwendig, damit die beiden Knochenanteile (Epiphyse und Metaphyse) durch die dünne Epiphysenfuge wieder getrennt sind und keine Knochenbrücke sich bilden kann (siehe Kapitel Kinderfrakturen, II.15.3.3.2.) (Abb. 176).

Anderseits können *Operationen* im Bereiche der Wachstumsfugen zu unbeabsichtigten Wachstumsstörungen führen. So sollte z.B. die Verpflanzung der tuberositas tibiae bei der habituellen Patellarluxation (nach Roux), sowie die Tibiamarknagelung im Wachstumsalter vermieden werden wegen der Gefahr eines späteren Genu recurvatum. Schädigungen der Trochanterepiphyse können zu Coxa valga führen (Femurmarknagel!) (Abb. 177).

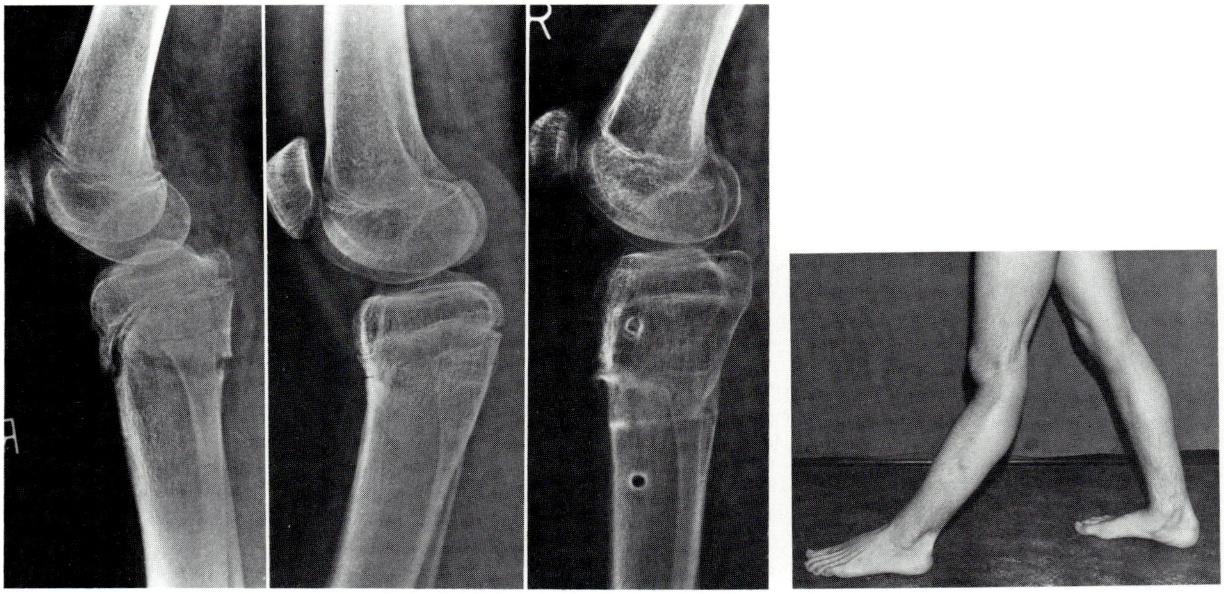

a b c d

Abb. 177. *Wachstumsstörung* nach Fraktur am Tibiakopf bei 14jährigem Knaben.

a Die Fraktur verläuft offenbar quer durch die Wachstumszone der Tuberositas tibiae.

b 1¼ Jahre später: Verschluss der Epiphysenfuge an der Tuberositas tibiae. Ventral kein Längenwachstum mehr, nur noch dorsal. Dadurch Achsenabweichung: Genu recurvatum.

c Zustand drei Monate nach Korrekturosteotomie und Einsetzen eines keilförmigen Knochenspanes zum Verkürzungsausgleich. Äussere Spanner dienten zur Fixation unter Druck, die Nagellöcher sind noch sichtbar.

d Das Genu recurvatum vor der Korrekturoperation.

Zu einer spontanen Epiphyseodese kommt es zuweilen im Kniebereich bei Coxitis tbc. Die ausserordentlich starke Osteoporose (lange Liegezeit, trophische Störungen) führt zu Mikrofrakturen im Bereiche der Wachstumszone und zur Brückenkallusbildung).

2.2.3. *Indirekte Störung des epiphysären Wachstums*

2.2.3.1. *Überschiessendes Längenwachstum* durch Stimulation der Wachstumsfuge wirkt störend vor allem an den unteren Extremitäten, wenn dadurch *Beinlängendifferenzen* entstehen. *Ursache* ist meist eine über längere Zeit vermehrte Durchblutung der Diaphyse eines langen Röhrenknochens (Osteomyelitis, arteriovenöse Fistel). Am häufigsten sieht man dies heute nach anatomisch reponierten Schaftfrakturen, besonders nach *Osteosynthesen.* Das Röntgenbild unmittelbar nach der Operation kann den Chirurgen freuen, das Spätresultat sieht er nicht mehr. Wenn der Fall längst abgeschlossen ist, kommt der Patient zum Orthopäden für den Beinlängenausgleich (siehe auch im Abschnitt über Frakturbehandlung im Kindesalter, II.15.3.2.1. und Beinlängendifferenzen, III.C.1.).

2.2.3.2. *Störungen der normalen mechanischen Verhältnisse – Lähmungen*

Im Kapitel Skelettwachstum ist die Bedeutung der normalen *physiologischen mechanischen Beanspruchung* für das Wachstum beschrieben worden (siehe I.A.5.4.). Diese fehlt vor allem bei *Lähmungen:* Bei schlaffen Lähmungen fehlt der physiologische Muskeltonus ganz oder teilweise, bei spastischen Lähmungen ist seine Koordination gestört.

Am *Hüftgelenk* können die Auswirkungen katastrophal sein, besonders wenn die Lähmung bereits im *frühen Kindesalter* entsteht (Poliomyelitis, zerebrale Parese, siehe II.8.1.4.3. bzw. II.8.2.4.).

Wie in Abbildung 56 gezeigt *richtet sich der Schenkelhals* unter der veränderten Beanspruchung im Verlaufe des Wachstums *auf* (Coxa valga). In ausgeprägten Fällen führt das zur Subluxation, ja *Luxation* der Hüfte (Coxa valga luxans), was schwerste Behinderung nach sich zieht. Meist lässt sich diese Entwicklung nur operativ verhindern (Varisationsosteotomie) (siehe auch III.C.2.4.3.).

Allerdings ist die Gefahr von *Rezidiven* gross, was nicht verwundert, wenn man bedenkt, dass unter der veränderten pathologischen Beanspruchung der Schenkelhals sich wieder von neuem aufrichtet (Abb. 178).

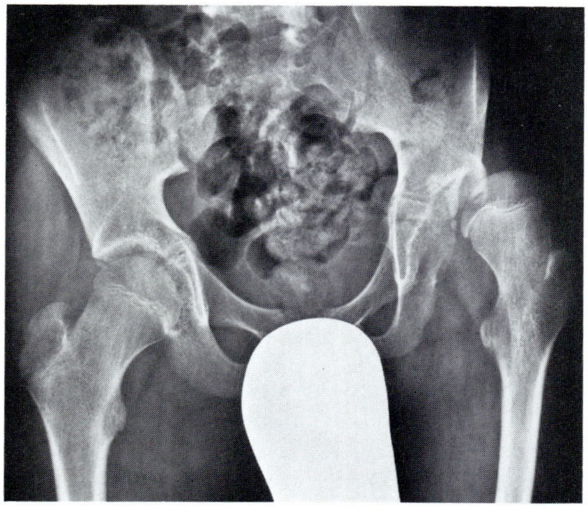

Abb. 178. *Wachstumsstörung* infolge schlaffer *Lähmung* des linken Beines (Poliomyelitis im Kleinkindesalter): Aufrichtung des Schenkelhalses (extreme Coxa valga), Subluxation der linken Hüfte. Als weitere Folge bleibt die Pfannenentwicklung aus und anstelle des Pfannendaches bildet sich eine sekundäre Abstützfläche, ein kümmerliches Ersatzgelenk.

2.2.3.3. *Störungen der Gelenkentwicklung*

Störungen der geometrisch genau festgelegten Anlage eines Gelenkes oder Muskelgleichgewichtes leiten einen Circulus vitiosus ein, der wechselweise Beanspruchung und Entwicklung des Gelenkes in falsche Bahnen bringt. Typisches Beispiel dafür ist die Hüftdysplasie im Kindesalter, welche, wird der Circulus vitiosus nicht unterbrochen, das Gelenk früher oder später zerstört. Dies ist im Abschnitt Gelenkentwicklung, I.A.5.4.2. erläutert. Die Klinik der Hüftdysplasie ist im Abschnitt Kongenitale Hüftdysplasie (III.C.2.5.) beschrieben.

Ähnliche Fehlentwicklungen kommen aber auch an *anderen Gelenken* vor: z. B.

- *Fussgelenke,* z. B. beim kongenitalen Klumpfuss,
- *oberes Sprunggelenk,* bei Fehlstellungen des Fusses und Fehlbelastung der Talusrolle in der Malleolengabel.
- *Kniegelenk,* bei Fehlstellungen (z. B. Genu recurvatum), bei Dystopie der Patella mit veränderter Zugrichtung des Quadrizeps und habitueller Patellaluxation.
- *Ellbogengelenk:* Ist die Kongruenz der drei zusammenwirkenden Gelenkanteile (Scharniergelenk zwischen Trochlea humeri und Ulna, Kugelgelenk zwischen Radiusköpfchen und Capitulum humeri, Drehgelenk zwischen Radiusköpfchen und Ulna) aus irgend einem

Grunde gestört, so kann sich das Ellbogengelenk nicht normal entwickeln. Daraus können Fehlstellungen und Bewegungseinschränkungen entstehen. Deshalb darf z.B. das *Radiusköpfchen beim Kind nie entfernt* werden.

2.2.4. *Prognose*

Allen in diesem Kapitel aufgeführten Wachstumsstörungen ist gemeinsam, dass sie meistens *unauffällig beginnen,* kaum Symptome machen und deshalb *oft nicht erkannt werden.* Anstatt auszuheilen nehmen die Störungen zu, allerdings so langsam und in langen Zeiträumen, dass sie oft nur mit Verlaufskontrollen über Monate und Jahre hinaus erfasst werden können.

Die *Beurteilung* der Prognose und die daraus sich ergebende *Planung* der prophylaktischen Therapie stellen manchmal recht schwierige Probleme, welche nur in jahrelanger Betreuung der Kinder – in der Regel bis zum Wachstumsabschluss – gelöst werden können. Es sind typisch orthopädische Probleme. Ihre Lösung verlangt:

- Biomechanische Überlegungen,
- Gesamtheitsbetrachtung,
- Erfassen der langfristigen Entwicklung und
- viel Geduld.

2.2.5. *Prophylaxe und Therapie der lokalisierten Wachstumsstörungen*

Ist die Bedeutung der Epiphysenwachstumszonen einmal erkannt, so kann die oberste Regel nur heissen: Sie *schützen* und *schonen:* Pathologische Prozesse in ihrer Nähe sofort eliminieren, bevor sie grösseren Schaden anrichten, ohne dabei die Wachstumszone selbst zu beschädigen. *Bei Operationen* die Epiphysenfugen (und auch die übrigen Wachstumszonen, z.B. an Apophysen) nicht zu berühren, vor allem nicht zu überqueren (ausser mit ganz dünnen Kirschnerdrähten in senkrechter Richtung) (siehe auch Frakturen bei Kindern, II.15.3.3.3.).

Ob es möglich ist, Verklammerungen (knöcherne Epiphyseodesen) zu sprengen, wissen wir noch nicht genau. Immerhin wissen wir, dass eine mit Agraffen verklammerte Epiphysenfuge auch noch nach einem oder zwei Jahren wieder weiterwachsen kann, wenn die Agraffen entfernt werden.

Manchmal ist aber die Entwicklung von Fehlstellungen und Verkürzungen nicht zu vermeiden. Es gilt dann, mittels individuell geplanter Korrekturosteotomien solche kombinierten Deformitäten möglichst zu korrigieren. Falls vorauszusehen ist, dass die Wachstumsstörung nachher

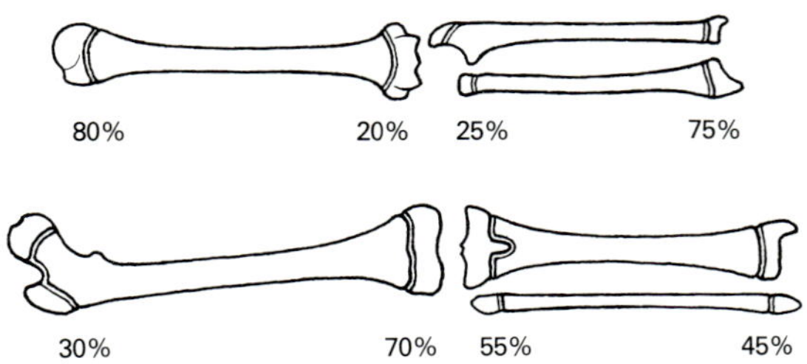

Abb. 179. Beitrag der einzelnen Wachstumsfugen zum Längenwachstum der Extremitätenknochen (Länge jedes Knochens zu 100% gerechnet): Am Bein haben die *knienahen Epiphysenfugen* den grössten Anteil am Längenwachstum, am Arm jedoch die *ellbogenfernen* Wachstumszonen.

Wichtig sind diese Werte für die Beurteilung von Wachstumsstörungen und deren *Prognose* im Kindesalter, und damit für das Aufstellen eines *Behandlungsplanes* (siehe III.C.1.3.2.). Überdies erklären diese Verhältnisse, warum nach Amputationen an Oberarm und Unterschenkel bei Kindern manchmal der Knochen aus dem Amputationsstumpf herauswächst (siehe III.C.8.1.4.).

noch weiter wirkt, wird man überkorrigieren. Meist ist auch eine gewisse *Verlängerung* erwünscht. Nicht selten sind aber bis zum Wachstumsabschluss *mehrere* Eingriffe notwendig.

Mit *gezielten Epiphyseodesen* (Verödung von Epiphysenfugen: siehe III.C.1.3.2.1.) ist es manchmal möglich, weitere Deformierungen zu verhindern und/oder Verkürzungen auszugleichen (auf der gesunden Gegenseite). (Siehe auch Deformitäten, II.12. und Achsenfehlstellungen, III.C.4.6.2.1.) (Abb. 179.)

Bei Fehlentwicklungen von Gelenken können gelenkmechanisch wirksame Operationen die normale Gelenkfunktion und damit eine normale Entwicklung fördern.

3. Skelettveränderungen bei Allgemeinkrankheiten

Orthopädische Probleme ergeben sich manchmal bei bestimmten Allgemeinkrankheiten, manchmal dominieren sie das Krankheitsbild.

Gelenkschäden entstehen sehr häufig bei der

3.1.1. *Hämophilie = Bluterkrankheit*

Die Blutungsneigung führt immer wieder zu schweren *Blutergüssen* in die *Gelenke* hinein: *Hämarthros.* Der entstehende Pannus auf der Gelenkoberfläche beeinträchtigt die Ernährung des Knorpels. Dadurch werden degenerative Erscheinungen im Gelenk und eine Fibrose der Gelenkkapsel ausgelöst. Im *akuten Stadium,* das klinisch wie eine Entzündung aussieht, ist, neben der internmedizinischen Behandlung, die *Ruhigstellung* der Gelenke mit Schienen notwendig. Bei unzweckmässiger Lagerung (siehe II.12.2.4./5.) versteifen die Gelenke leicht in Fehlstellungen (z.B. Knieflexionskontraktur). Der Versuch, sie zu redressieren, löst neue Blutung aus. Die Hämophiliegelenke sind deshalb schwierig zu behandeln. Am erfolgreichsten ist das vorsichtige, langsame Aufquengeln mit nachträglicher Sicherung durch Schienen und Apparate. Operationen (z.B. Korrekturosteotomie) sind bei genauer Überwachung der Blutgerinnung (zusammen mit dem Hämatologen) möglich. Aufwand (Frischblut) und Kosten sind aber sehr hoch.

Die *übrigen Allgemeinkrankheiten,* die orthopädische Probleme stellen, sind fast durchwegs Stoffwechselkrankheiten.

3.2. Stoffwechselkrankheiten

Das Skelett ist der grösste Kalzium- und Phosphorspeicher des Körpers. Sein Stoffwechsel ist intensiv, rasch und sehr variabel (An- und Abbau durch bone-remodeling: siehe I.A.2.3.). Veränderungen im Kalziumstoffwechsel machen sich rasch am Skelett bemerkbar. Umgekehrt kann eine überstürzte Kalziumfreisetzung aus dem Skelett sich in allgemeinen Symptomen, wie z.B. in Nierensteinen, manifestieren, etwa bei Inaktivitätsosteoporose infolge längerer Bettruhe.

Tabelle der Stoffwechselstörungen

1. Störungen der Vitaminzufuhr:

Vitamin D-Mangel: Bei wachsendem Skelett: *Rachitis* (siehe II.3.2.1.).
Nach Wachstumsabschluss: *Osteomalazie* (siehe II.3.2.1.3.).

Vitamin D-Überdosierung: Hypervitaminose.

Vitamin C-Mangel: Skorbut = Möller-Barlowsche Krankheit: u.a. Störungen der enchondralen Ossifikation, subperiostale Blutungen, Epiphysenlösungen. Typische Erscheinungen im Röntgenbild.
Rasche Heilung nach Vitamin C-Zufuhr.

Vitamin A, B, E: Mangelerscheinungen.

2. Störungen des Hormonhaushaltes

Parathyreoidea
- Hyperparathyreoidismus: *Osteodystrophia generalisata* = Ostitis fibrosa cystica generalisata (siehe II.3.2.2.).

Nebennieren
- Morbus Cushing: schwere Osteoporose, evtl. mit pathologischen Frakturen und (Wirbel-)deformitäten.
- Auch iatrogen durch Steroidmedikation (Cortison usw.) (siehe Rheumatische Erkrankungen, II.10.1.4. Anhang).

Thyreoidea:
- Hypothyreoidismus: Kretinische Wachstumsstörung.
- Hyperthyreoidismus: Osteoporose.

Hypophyse:
- Hypophysärer Riesenwuchs, Akromegalie.
- Wachstumsstörungen (hypophysärer Zwergwuchs).

Keimdrüsen:
- gestörtes Hormongleichgewicht im Klimakterium: *präsenile Osteoporose* (siehe II.4.2.2.).

Störungen bei Diabetes
- Zirkulationsstörungen, Infektanfälligkeit, diabetische Osteopathie mit schmerzhafter Osteoporose.

Störungen bei Schwangerschaft – Osteoporose.

3. Andere Stoffwechselstörungen

Renale Osteopathien (Renale Rachitis)
Skelettsystemveränderungen bei bestimmten Formen von Niereninsuffizienz simulieren das klinische Bild der Rachitis, sprechen aber auf Vitamin D-Zufuhr in normalen Dosen nicht an:

- *Vitamin D-resistente Rachitis:* vererbte tubuläre Niereninsuffizienz. Therapie mit hohen Dosen Vitamin D.
- *Renale Osteodystrophie* bei chronischem Nierenschaden: Kombination von Vitamin D-resistenter Rachitis und sekundären Hyperparathyreoidismus.

Resorptionsstörungen: z.B. Sprue, auch länger dauernde Hungerzustände, können zu Skelettveränderungen, vor allem zu *Osteomalazie,* führen.

Speicherkrankheiten: gelegentlich Skelettveränderungen.

Gicht = Arthritis urica: siehe II.10.2.1.

Im folgenden sollen nur die *orthopädischen Aspekte* der wichtigsten Stoffwechselkrankheiten besprochen werden. Die Krankheitsbilder selbst sind in der internmedizinischen oder pädiatrischen Literatur nachzulesen.

3.2.1. *Vitamin D-Mangel: Rachitis und Osteomalazie*

Früher und in Krisenzeiten ausserordentlich häufig und eines der Hauptprobleme in der Orthopädie. Heute beinahe, aber nicht vollständig, verschwunden. Die Diagnose ist deshalb schwieriger geworden.

3.2.1.1. *Pathophysiologie*

Die Zellen (Osteoblasten, Osteoklasten usw.) funktionieren normal, *gestört ist die Kalkeinlagerung* in die vorgebildete Knochengrundsubstanz (Matrix). Der Knochen bleibt deshalb *weich.*

Kompensatorische Überproduktion von Grundsubstanz, beim wachsenden Skelett vor allem im Bereiche der Wachstumszonen (Epiphysenfugen), welche aber keine mechanische Festigkeit hat. Dies führt zu *Verbiegungen,* evtl. massiven Deformitäten dieser wachsenden Knochen, im *Kindesalter* also zum typischen Bild der *Rachitis.*

Bei voll ausgebildetem starrem Skelett, d.h. *nach Wachstumsabschluss,* äussert sich die mangelnde Mineralisation vor allem in einem *generalisierten Knochenschwund.* Deformitäten kommen zustande durch *multiple schleichende Frakturen* (Loosersche Umbauzonen, sog. «Milkmansyndrom»). Die Krankheit hat deshalb bei Erwachsenen eine andere Erscheinungsform und auch einen anderen Namen: die *Osteomalazie.*

Die *«Looserschen Umbauzonen»* sind keine eigene Krankheit. Sie sind ein *Symptom* und kommen überall dort vor, wo das Verhältnis zwischen mechanischer Beanspruchung und mechanischer Festigkeit des Knochens gestört ist. Sie sind die charakteristische Antwort des lebenden Knochengewebes auf Ermüdungsbrüche der Knochengrundsubstanz (siehe Ermüdungsbrüche, II.14.2.2.). Bei der Osteomalazie sind sie besonders häufig und deutlich zu verfolgen.

3.2.1.2. *Rachitis*

Typische Deformitäten: säbelförmige *Verbiegung* der langen tragenden Röhrenknochen: O- oder X-Beine, *Auftreibungen* der distalen Epiphysenfugengegend (äusserlich und im Röntgenbild sichtbar, palpierbar, vor allem Handgelenk und Knöchel). Verdickungen am Knochen-Knorpel-Übergang der Rippen (Rosenkranz), weiche Schädelknochen am Hinterkopf (Kraniotabes).

Röntgen: Starke Verbreiterung der Epiphysenfuge, typische becherförmige Ausweitung der Metaphyse, Auflockerung der Knochenstruktur an der Grenze Metaphyse-Epiphysenwachstumsknorpel, Osteoporose (Abb. 180).

Die Diagnose wird vermutet bei mangelhafter Ernährung und den typischen Erscheinungen der Krankheit.

Sie wird erhärtet durch Röntgen und Labor (erhöhte Serumphosphatase), sowie durch promptes Ansprechen auf Vitamin D-Zufuhr (Diagnose ex juvantibus, DD. gegen Vitamin D-resistente Rachitis).

Therapie: Vitamin D-Zufuhr, z.B. Vitamin D-Stoss (1 × 300000 E.). Besser, wenn möglich: tägliche Zufuhr von 100 – 200 E., Sonnenlicht.

Überdosierung von Vitamin D kann zu allgemeinen Krankheitserscheinungen führen! (Hypervitaminose mit typischen Röntgenzeichen).

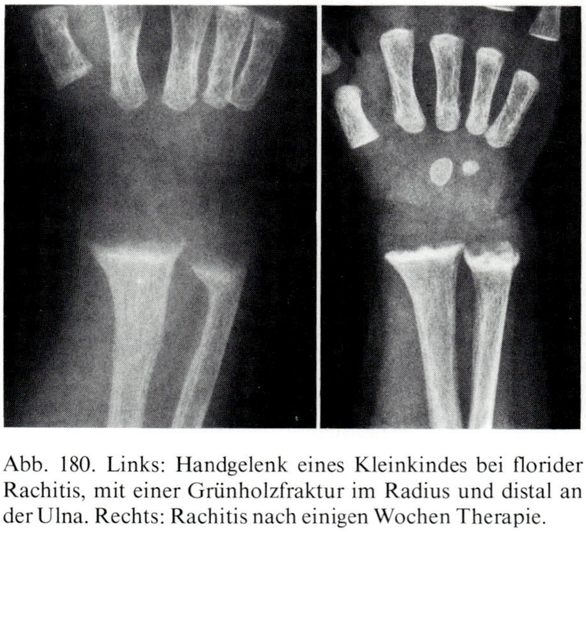

Abb. 180. Links: Handgelenk eines Kleinkindes bei florider Rachitis, mit einer Grünholzfraktur im Radius und distal an der Ulna. Rechts: Rachitis nach einigen Wochen Therapie.

Bereits bestehende Knochendeformitäten korrigieren sich vor allem bei kleinen Kindern im Verlaufe des weiteren Wachstums weitgehend spontan (siehe I.A.5.4.1.), evtl. sind temporär Schienen und Apparate zweckmässig. So kann man unter medikamentöser Therapie meistens *abwarten,* bis die verbogenen Knochen *wieder gerade wachsen.* Bei schweren Deformitäten kommen Korrekturosteotomien in Frage.

3.2.1.3. *Osteomalazie*

Im höheren Alter, vor allem *Frauen:* Die Osteomalazie infolge mangelnder Zufuhr von Vitamin D ist bei normaler Ernährung selten. Sie kommt aber vor infolge von Fettresorptionsstörungen im Darm.

Andauernde *Schmerzen,* vor allem in der *Wirbelsäule.* Zusammensintern der Wirbel, Schrumpfen der Thoraxhöhe, Kyphose, evtl. Gibbus. Multiple Stauchungsfrakturen der Wirbelsäule. Deformitäten infolge schleichender Frakturen.

Röntgen: Entkalkung des gesamten Skelettes. Das Röntgenbild ist verwaschener und weniger scharf gezeichnet als bei der Osteoporose.

- Wirbeldeformitäten: Fischwirbelformen
- Beckendeformierung: (Kartenherzbecken)
- Coxa vara
- An den Stellen grösster Beanspruchung *schleichende Frakturen,* Umbauzonen (Looser): Scham- und Sitzbeinäste, Schenkelhals (Abb. 498), oberer Femurschaft.

Therapie: Ebenfalls Vitamin D-Zufuhr. Wegen der starken Schmerzen und der mechanischen Insuffizienz des Skelettes ist oft temporäre Bettruhe nötig. (Wenn möglich nicht zu lange, wegen der zusätzlichen Osteoporose.) Oft ist ein gut angepasstes *Stützkorsett* zur Entlastung der Wirbelsäule notwendig.

3.2.2. *Hyperparathyreoidismus:* Osteodystrophia fibrosa generalisata = Ostitis fibrosa cystica generalisata (v. Recklinghausen)

Seltene Krankheit, welche neben allgemeinen Symptomen (Nierensteinen) im Spätstadium generalisierte und gleichzeitig lokalisierte Knochenveränderungen aufgrund einer Stoffwechselstörung durch erhöhte Ausschüttung von Nebenschilddrüsenhormon macht. Als Ursache findet man fast immer ein *Adenom* der Parathyreoidea.

Regellose Entkalkung des Skelettes, Verdünnung der Kortikalis, fibröse Umwandlungen des Knochenmarkes, Zystenbildungen, braune Tumoren als Folge von Blutungen, Frakturen, in schweren Fällen massive Skelettdeformitäten. Zuerst Schmerzen, später funktionelle Störungen.

Die Krankheit ist *heilbar* durch die Exstirpation des Epithelkörperchenadenoms.

Die *Diagnose* wird vermutet bei unklaren Knochenveränderungen und gesichert durch den Nachweis der Störung im Kalzium-Phosphatstoffwechsel.

4. Verschiedene Knochenkrankheiten

In diesem Kapitel sind einige Erkrankungen des Skelettes zusammengenommen, deren *Ätiologie nicht bekannt* ist, oder die nicht leicht nach ihrer Ätiologie in anderen Kapiteln eingereiht werden können.

4.1.1. *Osteofibrosis deformans juvenilis = fibröse Dysplasie* (JAFFÉ, LICHTENSTEIN, UEHLINGER)

Ätiologisch nicht geklärte, seltene Skelettaffektion mit fibröser Umwandlung von Knochenmark einzelner (monostotische Form) oder mehrerer Knochen (polyostotische Form). Bei Kindern und jungen Erwachsenen gelegentlich zusammen mit Störungen ausserhalb des Skelettes.

Die Knochenveränderungen gleichen jenen bei der Osteodystrophia fibrosa: Grössere wabig-zystische Auftreibungen, vor allem der langen Röhrenknochen, wobei eine dünne Kortikalisschicht immer erhalten bleibt. Stoffwechselstörungen fehlen jedoch.

Wichtig ist die *differentialdiagnostische* Abgrenzung von den *Tumoren,* damit keine unnötigen Resektionen gemacht werden.

Nur Spontanfrakturen und Deformitäten verlangen manchmal chirurgische Interventionen wie Spongiosaplastiken und Osteotomien.

4.1.2. *Ostitis deformans (Pagetsche Erkrankung)*

Ungeklärte, nicht allzu seltene Erkrankung einzelner oder mehrerer Knochen im fortgeschrittenen Erwachsenenalter (etwa 3% aller Männer über 40 sind befallen) mit stark erhöhtem, *überstürztem Knochenumbau.* Die lamelläre Knochenstruktur wird abgebaut und ersetzt durch rasch wachsenden Faserknochen von ungeordneter Struktur, meist grösserer Dichte aber geringerer mechanischer Festigkeit. Die normalen Knochenformen werden grob verändert: Vergrösserung des Schädels (Hut wird zu klein), *Verkrümmung langer Röhrenknochen,* Veränderungen auch an Wirbelsäule, Becken und Sacrum. Gewöhnlich unbemerkter Beginn und schleichender Verlauf über Jahre hinweg. Nicht selten Zufallsbefund auf Röntgenbildern.

Gelegentlich symptomlos, oft schmerzhaft, auffällig wegen der langsam entstehenden Deformitäten und akut bei *pathologischen Frakturen.* Oft Ermüdungsfrakturen (grössere Beanspruchung wegen Deformität, geringere Belastbarkeit

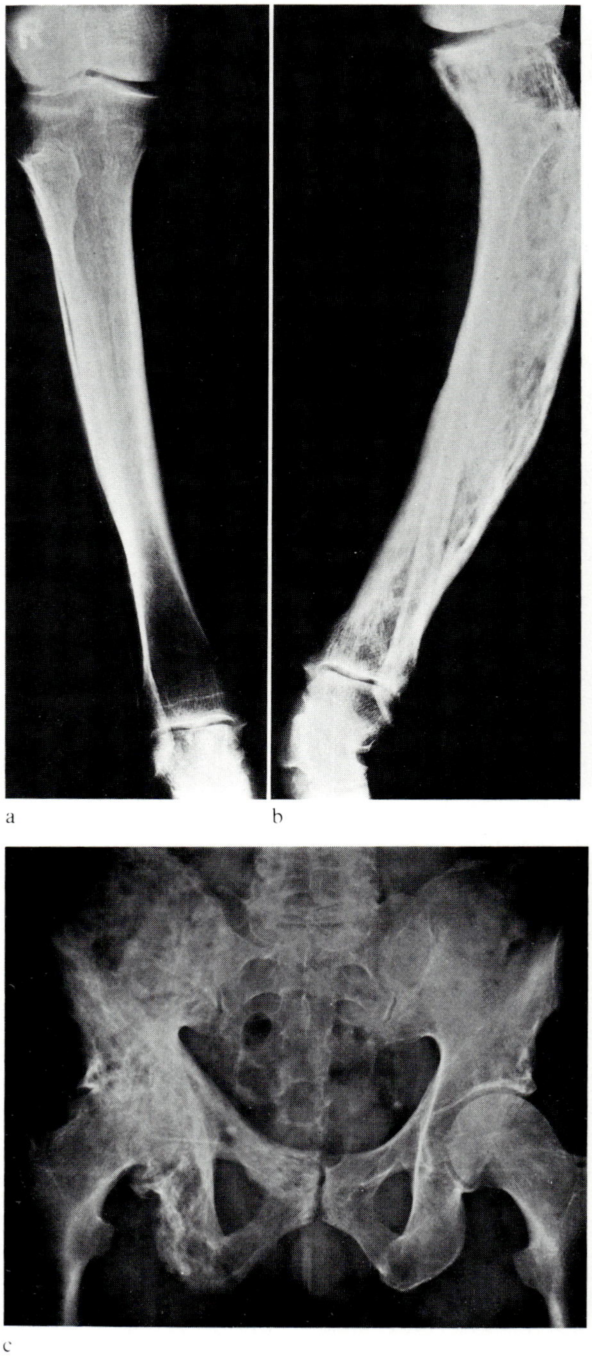

Abb. 181. *Ostitis deformans:* Pagetsche Erkrankung bei einem 70jährigen Mann.

a Rechter Unterschenkel mit normaler Knochenstruktur.
b Linke Tibia massiv deformiert (Crus varum), die Spongiosastruktur grob strähnig und unregelmässig umgebaut durch überstürzten ungeordneten Knochenumbau.
c Massiver Knochenumbau in der rechten Beckenhälfte infolge M. Paget bei einem 74jährigen Mann.

des Faserknochens), besonders Schenkelhals, proximale Tibia. Gelegentlich *entartet* der Paget in ein sehr malignes Sarkom. Ausser in diesen Fällen ist der Verlauf *langsam protrahiert* und kommt oft spontan zum Stillstand.

Diagnose: Typischer Aspekt im Röntgenbild: im Frühstadium Rarefikation, später grobsträhnige, unregelmässige, oft sklerotische Struktur. Grobe Veränderungen, Verkrümmungen und Verdikkungen der Knochenform (Abb. 181).

Labor: Alkalische Phosphatase fast immer erhöht, übrige Laborbefunde normal.

Therapie: Symptomatisch-orthopädisch, Röntgenbestrahlung nicht sicher wirksam. Die Knochenbruchheilung verläuft beim Paget normal. Korrekturoperationen sind manchmal notwendig und heilen normal aus.

4.2. Die Osteoporose

Osteoporose ist vorerst ein *Symptom* und als solches eine *Begleiterscheinung* der Mehrzahl aller generalisierten, sowie vieler lokalisierter Skelettaffektionen.

Osteoporose bedeutet *«weniger Knochensubstanz als normal»*. Der Knochen selbst hat makroskopisch normale Form und auch seine mikroskopische Struktur ist erhalten. Es handelt sich also eigentlich nicht um ein qualitatives, sondern um ein *quantitatives* Phänomen am Knochen.

Der Mechanismus dieser Rarefizierung ist auch heute noch nicht eindeutig klar: Vermutlich spielt ein vermehrter *Knochenabbau* in den meisten Fällen eine grössere Rolle als ein verminderter Anbau, jedenfalls ist die *Bilanz* des Umbaues negativ. Der Umbauprozess selbst verläuft geordnet, im Gegensatz zu anderen Knochenkrankheiten.

4.2.1. *Ursachen*

Die Ursachen der Osteoporose sind mannigfaltig:

1. *Generalisierte Stoffwechselstörungen,* vor allem Störungen des hormonalen Gleichgewichtes zwischen anabolen und katabolen Hormonen:
- Hyperthyreoidismus
- Hyperparathyreoidismus
- Hypogonadismus und vor allem
- Hyperadrenokortizismus: M. Cushing oder Steroidmedikation
- Postmenopausale (präsenile) Osteoporose (siehe II.4.2.2.).

2. *Lokalisierte Stoffwechselstörungen* sind wahrscheinlich die Ursache der lokalisierten Osteoporose bei lokalen Entzündungen, Tumoren und bei der Sudeckschen Dystrophie.

3. *Inaktivitätsosteoporose:* Die massive Osteoporose der Astronauten hat gezeigt, dass das Fehlen der mechanischen Beanspruchung des Knochens innert wenigen Tagen und Wochen zur

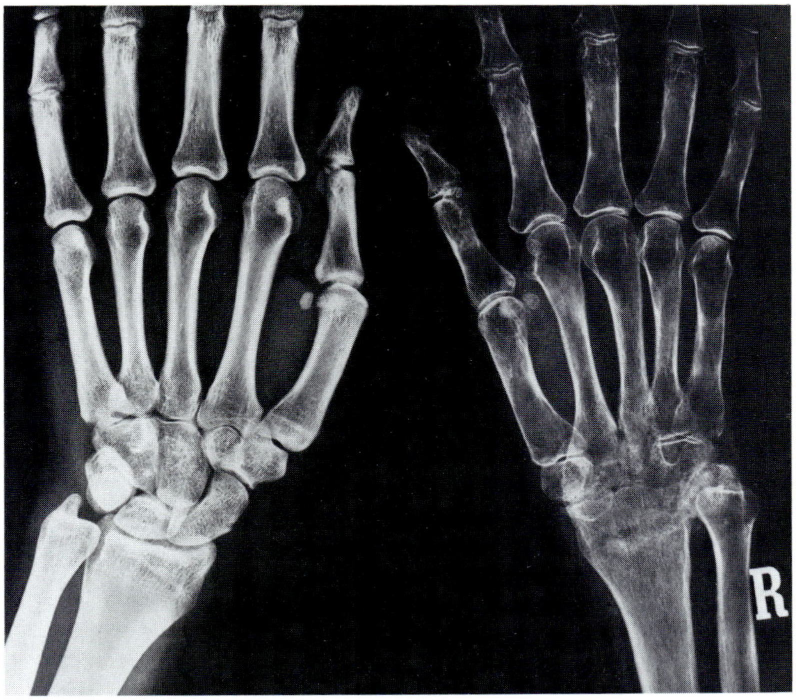

Abb. 182. *Inaktivitätsosteoporose* der rechten Hand, im Anschluss an eine entzündliche Erkrankung im Handwurzelbereich. Linke Hand normal.

Die Knochensubstanz ist insgesamt massiv abgebaut, die Kortikalis nur noch in dünnen Umrissen zu sehen, die Spongiosa zum Teil vollständig verschwunden.

Form und Struktur der noch vorhandenen Knochen ist erhalten. Die Osteoporose ist weitgehend ein *quantitatives* Phänomen.

Knochenatrophie führt. Dasselbe geschieht – generalisiert – bei Bettlägerigkeit und – lokalisiert –, wenn wegen einer Verletzung oder Krankheit ein Körperteil ruhiggestellt wird, sei es durch Schmerzhemmung oder äussere Fixation. Z.B. nach Frakturen und lokalisierten Knochenkrankheiten ist die Osteoporose ein regelmässiger, meist recht massiver Befund. Ist der Zustand nicht zu weit fortgeschritten, so ist die Osteoporose in der Regel reversibel (Abb. 182).

4. *Senile Osteoporose* (siehe II.4.2.2.).

5. *Sudecksche Dystrophie:* Eine besondere Form einer lokalisierten Osteoporose entsteht gelegentlich im Anschluss an eine Extremitätenfraktur, manchmal auch nach geringfügigem Trauma (siehe II.15.2.6.) (siehe Abb. 324 und 357).

Charakteristisch ist ein *grobfleckiges* Aussehen der stark rarefizierten Knochenstruktur, welche *später grobsträhnig* wird, da die verschwundenen Spongiosabälkchen nicht ersetzt werden können, die übriggebliebenen dafür umso kräftiger werden entsprechend der Beanspruchung (funktioneller Umbau, siehe I.A.2.2.2.).

4.2.2. *Postmenopausale und senile Osteoporose*

Die *generalisierte Osteoporose* im vorgerückten Alter ist die *häufigste Knochenkrankheit überhaupt.* Die beiden Formen sind nicht scharf voneinander abzugrenzen. Der Trennungsstrich (60–65 Jahre) entspricht einer mehr oder weniger willkürlichen Definition.

Eine Osteoporose des gesamten Skelettes gehört, solange sie ein gewisses Mass nicht überschreitet, zu den *biologischen Veränderungen im Alter* und macht als solche auch keine Symptome (siehe Abb. 124).

Die sogenannte *postmenopausale* oder präsenile Osteoporose tritt schon im 5. und 6. Lebensjahrzehnt auf, vor allem bei *Frauen* nach der Menopause, aber auch gelegentlich bei Männern. Ein *hormonaler Faktor,* vor allem der Ausfall der anabolen Gonadenhormone, spielt sicher eine wesentliche Rolle. Diese Osteoporose unterscheidet sich von der senilen im übrigen nur noch dadurch, dass sie häufiger erhebliche Beschwerden macht.

Die *mechanische Schwächung des Knochens* durch Osteoporose im vorgerückten Alter führt zu den überaus häufigen *Altersfrakturen:* (Radius, Humerus, Wirbelkörper), vor allem aber am *proximalen Femurende,* welche ihrerseits eines der grössten Probleme der Orthopädie, der Unfallchirurgie und Geriatrie geworden sind.

• *Diagnose:*

Osteoporose ist zuerst einmal ein *röntgenologischer Begriff:* Knochenschwund ohne Strukturveränderung. Die Knochen erscheinen etwas blass und glasig. Eine Osteoporose ist auf dem Röntgenbild allerdings erst zu erkennen, wenn *über ein Drittel bis die Hälfte* der Knochensubstanz verschwunden ist. Dann setzt auch eine Rarefizierung und Vergröberung der Bälkchen ein. Vorher lässt sich eine Porose röntgenologisch nicht eindeutig feststellen, weil die *Knochendichte* im Röntgenbild von anderen Faktoren, wie Exposition, Filmmaterial und -verarbeitung usw., sowie von der Beschaffenheit des Weichteilmantels u.a. abhängt. Obwohl immer wieder Versuche zur Standardisierung von Röntgenaufnahmen gemacht wurden, ist eine quantitativ einwandfreie radiologische Erfassung der Osteoporose bisher praktisch undurchführbar geblieben. Die röntgenologische Diagnose versagt also bei leichten Fällen und ist bei schwereren subjektiv. Dazu kommt, dass die Übergänge von normal zu pathologisch fliessend und nicht eindeutig abzugrenzen sind. Aber auch sonst entzieht sich die Osteopo-

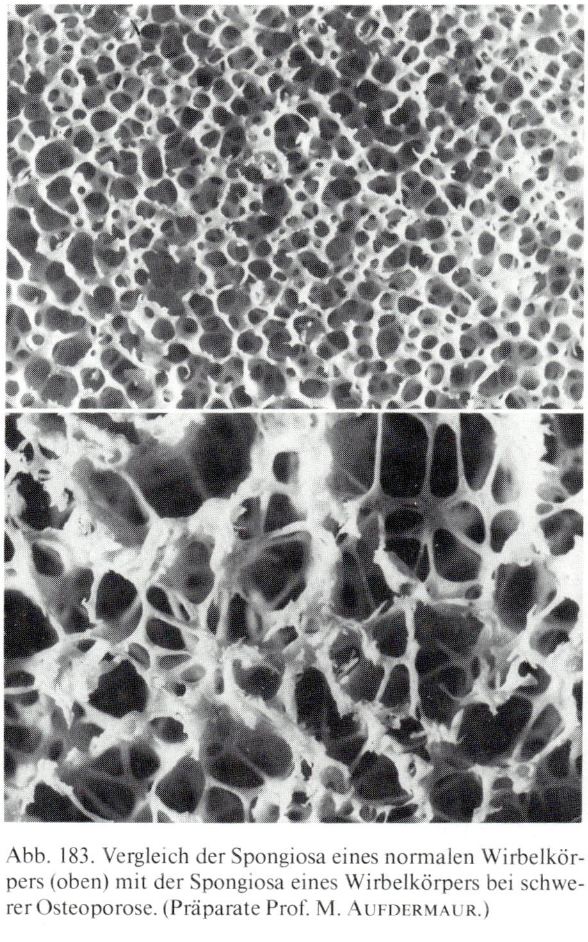

Abb. 183. Vergleich der Spongiosa eines normalen Wirbelkörpers (oben) mit der Spongiosa eines Wirbelkörpers bei schwerer Osteoporose. (Präparate Prof. M. Aufdermaur.)

rose einer Diagnose leicht: Eindeutige klinische Zeichen fehlen und alle Laboruntersuchungen sind normal oder zumindest unspezifisch.

In dieser Situation wurde versucht, das pathologisch-anatomisch einzige Kriterium, nämlich den Anteil von Knochensubstanz an einem bestimmten Volumen Spongiosa, quantitativ zu bestimmen. Dies gelingt durch morphometrische Auswertung von *histologischen Spongiosapräparaten.* Dazu sind standardisierte Beckenkammbiopsien geeignet. Für die Frühdiagnose der Osteoporose sowie anderer Knochenkrankheiten ist die *Stanzbiopsie aus dem Beckenkamm* eine wertvolle Methode geworden.

- *Pathologie:*
  Die generalisierte Osteoporose beginnt in der Spongiosa: Die Bälkchen werden dünner und verschwinden zum Teil, vor allem die Querverbindungen, während die Tragelemente länger erhalten bleiben. Befallen sind also vor allem die *Wirbelkörper* und die Metaphysen der langen Röhrenknochen (Abb. 183 und 184). Der Knochen wird – anders als bei der Osteomalazie – nicht weich, sondern spröde und zerbrechlich, und *Frakturen bei geringem Trauma sind sehr häufig:* Pertrochantere- und Schenkelhalsfrakturen, Radius- und Humeruskopffrakturen, Kompressionsfrakturen eines oder mehrerer Wirbel, häufig als Spontanfrakturen ohne eigentliches Trauma (Abb. 185).

- *Klinik der Osteoporosekrankheit:*
  Das häufigste Symptom sind *Rückenschmerzen,* seltener Schmerzen an anderen Knochen.

  Die Ursache dieser Schmerzen sind möglicherweise wiederholte Mikrofrakturen im Bereiche der Wirbelsäulenspongiosa. Bei der unkomplizierten Osteoporose tritt im Röntgenbild die Spongiosastruktur vor allem im Wirbelbereich stark zurück, die Wirbel erscheinen «durchsichtig», ihre Begrenzung ist aber – im Gegensatz z. B. zur Osteomalazie – scharf gezeichnet. Im weiteren Krankheitsverlauf findet man aber oft einzelne *Wirbelkörper* durch wiederholte *pathologische Spontanfrakturen* mehr oder weniger stark *zusammengedrückt,* teils keilförmig, was zur charakteristischen *Brustkyphose* führt, teils – indem die Deckplatten von den Zwischenwirbelscheiben eingedellt werden – fischwirbelförmig erniedrigt, was eine deutliche Abnahme der Rumpfhöhe dieser Patienten zur Folge hat (siehe Osteoporose der Wirbelsäule, III.B.11.1.1.).

  Diese Komplikationen sind recht schmerzhaft. Eine vollständige Heilung in diesem Stadium ist kaum mehr zu erwarten.

  Sehr häufig macht aber eine Osteoporose keinerlei Beschwerden, bis einmal eine Fraktur sie nach einem geringfügigen Unfall oder auch ohne Trauma manifest werden lässt.

a

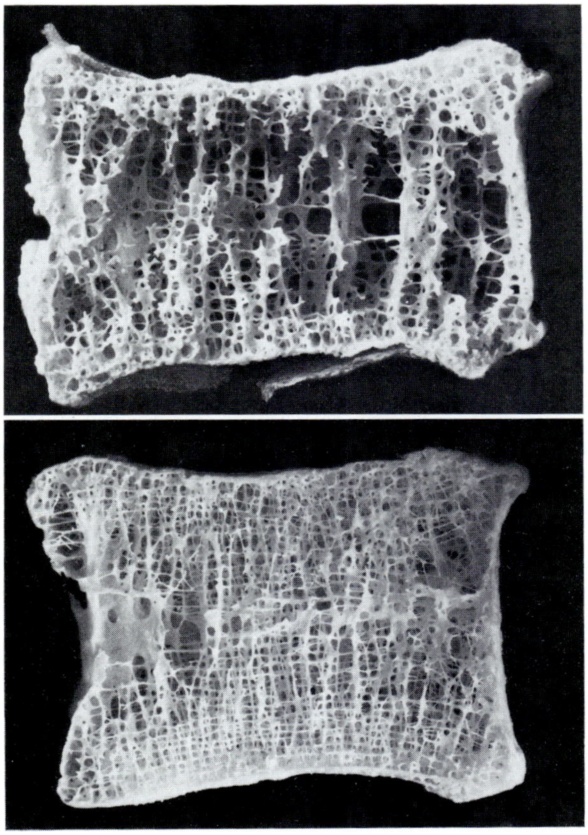

b

Abb. 184. *Osteoporose.*

a Wirbelkörper mit osteoporotischer Spongiosa. Deutliche Auflockerung der Wabenstruktur, die im ganzen jedoch erhalten bleibt. Die Rarefizierung betrifft vorwiegend die quer verlaufenden Trabekel, während die senkrechten, die den Druck übertragen müssen, eher stehen bleiben. Die Substanzeinbusse gegenüber normaler Spongiosa ist jedoch eindrücklich. Die Osteoporose ist ein quantitatives Phänomen. Sekundäre Komplikationen wie Deformationen (hier Eindellung der Deck- und Grundplatten im Sinne der Fischwirbelbildung) und Spontanfrakturen machen erst die Osteoporose zu einer schweren Krankheit.

b Normale Wirbelspongiosa zum Vergleich.

- *Therapie:*
  Eine sicher und rasch wirksame spezifische Behandlung der Osteoporose ist noch nicht gefunden worden. Die bisher verwendeten Medikamente sollen in den Mineralstoffwechsel eingreifen. Im Gebrauch sind vor allem anabole Hormonpräparate (Methandrostenolon) und Östrogene bei postmenopausaler Osteoporose. Kal-

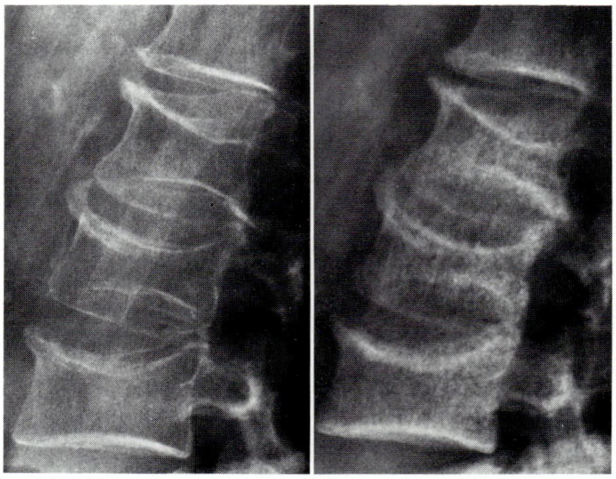

a b

Abb. 185.

a Schwere Osteoporose der Lumbalwirbelsäule mit massiven Deformationen der Wirbelkörper: Deckplatteneindellungen (Fischwirbel), Spontanfrakturen.

b Nach 3jähriger Behandlung mit hohen Dosen von Natriumfluorid (80 mg NaF täglich) entsteht eine eigentliche Fluorose mit einer marmorartigen Verdichtung der Knochen (Bilder von M. Dambacher aus der Klinik Balgrist, Zürich). Wie weit diese Sklerosierung als Therapie der Osteoporose sich eignet, ist noch nicht ganz gewiss. Nebenwirkungen (schmerzhafte Schwellungen der Sprunggelenke) zwingen manchmal zum Absetzen der Therapie.

zium als Substitutionstherapie und Vitamine haben nur begrenzte Wirkung, weil diese Stoffe bei den meisten Fällen von Osteoporose in genügender Menge im Organismus vorhanden sind. Hohe Dosen von Natriumfluorid (50 mg pro Tag) über längere Zeit (ein Jahr und länger) scheinen einen Erfolg zu versprechen (Abb. 185).

Im fortgeschrittenen Stadium ist die Krankheit aber medikamentös kaum mehr zu heilen. Deshalb ist die Früherfassung und -behandlung der Osteoporose wichtig.

Bettlägerigkeit, Immobilisierung und Fixierung führen immer in kurzer Zeit zu massiver Osteoporose. Sie sind also soweit als immer möglich zu vermeiden. Frühzeitige Mobilisierung und funktionelle Beanspruchung des Bewegungsapparates sind notwendige Voraussetzungen der Osteoporoseprophylaxe und -behandlung. Eine frühzeitige Mobilisierung nach Frakturen und Operationen mit Teilbelastung ist deshalb immer anzustreben und auch meistens möglich.

Bei hartnäckigen Rückenschmerzen ist ein Stützkorsett besser als Immobilisierung im Bett.

Die sekundäre Osteoporose als Folge einer Grundkrankheit geht zurück, wenn diese sich bessert. Oft muss wegen schwerer Osteoporose eine Corticoidmedikation abgebrochen werden.

5. Knochennekrosen

Am besten bekannt, weil am auffälligsten, sind die nekrotischen *Knochensequester* bei *Knocheninfektionen.* Sie werden als Fremdkörper demarkiert und abgestossen. Im Gegensatz dazu können die sog. *aseptischen Knochennekrosen,* auch *avaskuläre* oder *ischämische* Knochennekrosen genannt, mit der Zeit wieder durch lebenden Knochen ersetzt werden (siehe I.A.2.3.: «bone remodeling») (Abb. 186).

Die *avaskuläre Nekrose* ist an sich eine gewöhnliche, oft symptomlos verlaufende Erscheinung. Bei jeder Fraktur werden kleine Knochenabschnitte nekrotisch, ebenso wie z. B. transplantierte Knochenspäne. Durch «creeping substitution» werden sie wieder vaskularisiert.

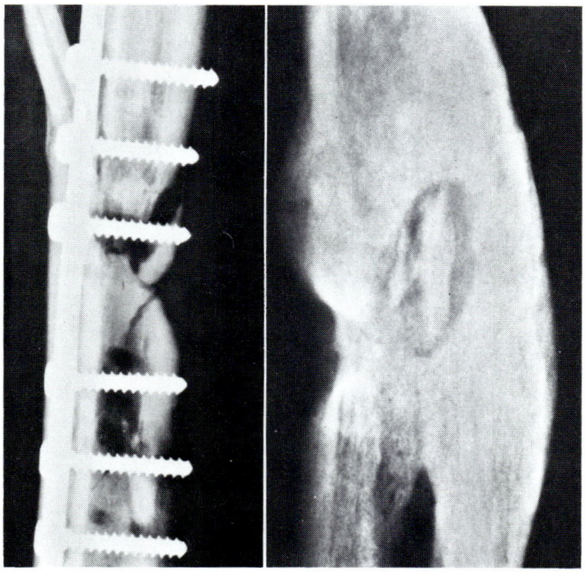

a b

Abb. 186. *Nekrotischer Knochen im Röntgenbild.*

a Die Kortikalisfragmente zwischen den mittleren Schrauben sind verhältnismässig knochendicht. Sie haben ein glasiges, reaktionsloses Aussehen, im Gegensatz zum umliegenden Knochen, der Umbauerscheinungen zeigt. Es handelt sich um nekrotische Knochenbruchstücke nach einer Trümmerfraktur des Unterschenkels. Die Vaskularisation der Fragmente war von Anfang an prekär und wurde durch eine zu wenig gewebsschonende Operationstechnik bei der Plattenosteosynthese noch vollständig zerstört. Die Frakturheilung ist dadurch kompromittiert, und die Gefahr einer Infektion im nicht durchbluteten Gebiet, mit der Bildung von Sequestern und Defektpseudarthrosen, ist ausserordentlich gross (siehe II.16.2.1.2.).

b Totes Knochenstück (Sequester) bei chronischer Osteomyelitis des Femur eines 29jährigen Mannes, vier Jahre nach Oberschenkelfraktur und Marknagelung. In der Mitte des Bildes liegt ein sklerosiertes, nekrotisches Stück der ehemaligen Kortikalis (rechts davon periostaler Kallus) in einer Knochenhöhle, die mit Granulationsgewebe und Eiter gefüllt ist. Solche eitrige Sequester können spontan nicht mehr ausheilen (siehe II.6.1.2.).

5.1.1. *Die subchondralen avaskulären Knochennekrosen*

Diese besondere Form von Knochennekrosen hingegen hat grosse *klinische Bedeutung.*

5.1.1.1. *Ursachen*

Bei bestimmten *intraartikulären Brüchen* wie z. B. den Schenkelhalsfrakturen können grosse Teile der Epiphyse von der Blutzufuhr abgeschnitten sein. Es erstaunt nicht, wenn solche Fragmente nekrotisch werden (Abb. 567). In vielen Fällen von avaskulären Knochennekrosen ist die Ursache der Durchblutungsstörung weniger klar (Tab. 16) (Abb. 187).

Tab. 16. Ätiologie der Knochennekrosen.

1. *Traumatische Knochennekrosen* (in der Reihenfolge ihrer Häufigkeit aufgeführt). (Siehe auch II.15.2.4.)
   1. *Femurkopf.* Nach intraartikulären Schenkelhalsfrakturen bei Kindern und Erwachsenen, nach traumatischer Hüftluxation (siehe III.C.2.13.3.)
   2. Os Naviculare der Hand (proximales Fragment) nach Navicularefraktur (siehe III.A.6.1.3.)
   2. Os Lunatum, nach Luxation (siehe III.A.6.1.2.)
   4. Talusrolle nach Fraktur
   5. Trochlea humeri, Humeruskopf, Femurkondylen (selten)
2. *Weitere bekannte Ursachen von Knochennekrosen*
   - Embolischer Gefässverschluss: bei der *Caisson*krankheit (Gasembolie durch Stickstoff beim raschen Auftauchen aus grosser Tiefe). Femurkopf, Humeruskopf usw.
   - *Röntgenbestrahlung.* Z. B. Femurkopfnekrose nach Bestrahlung eines Uterusneoplasmas.
   - Metabolische, hämatologische Störungen
   - *Nach Nierentransplantationen* häufig Knochennekrosen an mehreren Gelenken
3. *Idiopathische Knochennekrosen*
   Relativ häufig ist die
   - *Idiopathische Hüftkopfnekrose* (siehe III.C.2.9.2.). Eine Stoffwechselstörung wird vermutet, konnte aber bisher nicht bewiesen werden. Selten werden auch andere Epiphysen, z. B. der Humeruskopf, befallen.
   - *Juvenile Osteochondrosen* (siehe unten)

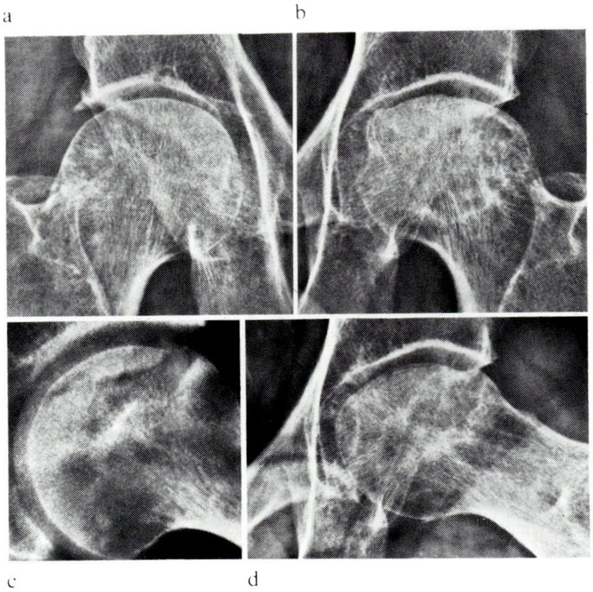

Abb. 187. *Idiopathische Hüftkopfnekrose* bei 51jährigem Mann.

a Normale rechte Hüfte.
b Linke Hüfte: Nekrose der oberen Kopfhälfte, welche unregelmässig sklerosiert erscheint. Die normale Spongiosastruktur ist nicht mehr erkennbar. Der obere Kopfpol ist eingedrückt und abgeflacht.
c Hüfte eines 48jährigen Mannes mit idiopathischer Hüftkopfnekrose: Die nekrotische, knochendichte Kopfkalotte ist eingesunken (Kopfkontur unterbrochen), darunter erkennt man eine aufgelockerte Osteolyse- und Umbauzone, durch welche eine schleichende Fraktur verläuft.
d Axiales Röntgenbild der linken Hüfte desselben Patienten. Der vordere Kopfpol ist eingebrochen. Subchondral ist als feiner Spalt eine tangential verlaufende Ermüdungsfraktur zu erkennen.

5.1.1.2. *Verlauf*

Die subchondralen avaskulären Knochennekrosen beim *Erwachsenen* werden häufig *nicht* wieder vaskularisiert und umgebaut. Der tote Knochen hält der mechanischen Beanspruchung auf die Dauer nicht stand (siehe I.A.2.3.). Es treten schleichende Frakturen auf (siehe I.A.4.1.2.), die Knochenstruktur zerrüttet und bricht schliesslich zusammen. Da dem (an sich intakten, weil durch die Synovialflüssigkeit ernährten) Gelenkknorpel (siehe I.A.6.1.2.) das richtige *Widerlager fehlt,* wird er ebenfalls langsam zermürbt, so dass der Prozess mit der Zeit (Monate, Jahre) zur Zerstörung des Gelenkes und zur *degenerativen Arthrose* führt.

5.1.1.3. Die *Diagnose*

dieser Knochennekrosen ist im Anfangsstadium schwierig. Schmerzen können das einzige Zeichen sein. Im *Röntgenbild* erkennt man erst nach einiger Zeit eine relative *Verdichtung* der Knochenstruktur und erst spät ihren Zusammenbruch (Klinik der Knochennekrosen bei Erwachsenen, siehe III.C.2.9.2.).

Im Gegensatz zu den subchondralen Knochennekrosen bei Erwachsenen haben die Osteochondrosen bei *Jugendlichen,* soweit sie nicht sehr ausgedehnt sind, eine recht gute Heilungstendenz.

5.2. Die juvenilen Osteochondrosen

(aseptische Knochennekrosen)

In dieser Gruppe wird eine Reihe von genau umschriebenen, *an einzelnen Epiphysen lokalisierten* Krankheitsbildern des *Wachstumsalters* zusammengefasst, welche alle die gleichen pathologisch-anatomischen Veränderungen zeigen.

Sie werden hier in der *Reihenfolge ihrer Häufigkeit* aufgeführt, mit dem Hinweis, wo sie im speziellen Teil im einzelnen beschrieben sind.

1. Wirbelkörperdeckplatten (M. Scheuermann, siehe III.B.7.1.);
2. Femurkopf (M. Calvé-Legg-Perthes) (siehe III.C.2.6.);
3. Apophyse der tuberositas tibiae (Morbus Osgood-Schlatter) (siehe III.C.4.4.3.);
4. Metatarsalköpfchen II (M. Freiberg-Köhler II) (siehe III.C.7.7.1.7.);
5. Os naviculare pedis (M. Köhler I) (siehe III.C.7.7.1.6.);
6. Os lunatum (M. Kienböck) (siehe III.A.6.1.2.);
7. Kalkaneusapophyse (siehe III.C.7.7.1.2.);
8. Seltenere Lokalisationen: Capitellum humeri (M. Panner), unterer Patellapol (M. Sinding-Larsen), Osteochondrosis ischio-pubica (van Neck), Vertebra plana (Calvé) und an fast allen andern Epiphysen und Apophysen (Abb. 188).

Zu den juvenilen Osteochondrosen kann auch die *Osteochondrosis dissecans* gezählt werden, da die pathologischen Veränderungen sich weitgehend gleichen (siehe II.5.3.).

Allen Osteochondrosen gemeinsam ist

1. Das Auftreten *im Wachstumsalter,* etwa zwischen 3. und 16. Lebensjahr.
2. Die *Lokalisation:* Subchondraler Knochen einer gelenktragenden Epiphyse und/oder einer epiphysären Wachstumszone.
3. Der *chronische,* klinisch oft symptomarme oder stumme Verlauf.
4. Die Tendenz zur *Selbstheilung:* Abbau und schleichender Ersatz des toten Knochens durch

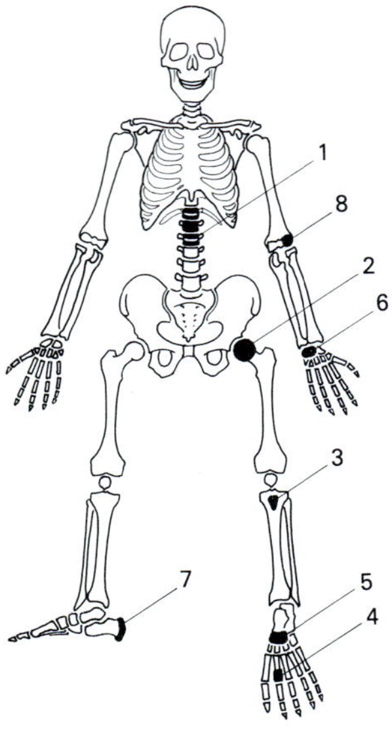

Abb. 188. Lokalisation der *aseptischen Knochennekrosen.* Numerierung wie im Text, in der Reihenfolge der Häufigkeit.

Bei der «Apophysitis» des Kalkaneus (7) scheint es sich eher um die Folgen einer chronischen Traumatisierung der Apophyse und ihrer Sehnenansätze durch Muskelzug zu handeln. Auch bei der Schlatterschen Erkrankung (3) spielt dieser Mechanismus eine auslösende Rolle.

neuen, lebendigen Knochen (Ausnahme: Osteochondrosis dissecans).

5. Die *typischen röntgenologischen Veränderungen,* welche den Ablauf der pathologisch-anatomischen Veränderungen genau und augenfällig sichtbar machen. Auf diesen *klaren Röntgenbefunden basieren Diagnostik und Beurteilung* der Osteochondrosen.
6. Die *Beeinflussung* des Krankheitsverlaufes durch die *mechanische Beanspruchung.* Traumatische Schädigungen spielen wahrscheinlich häufig eine auslösende Rolle.

5.2.1. *Pathologische Anatomie*

Am Beispiel der *Perthesschen Erkrankung* des Femurkopfes lässt sich der Verlauf gut verfolgen. Er ist für *alle* Osteochondrosen *typisch.* Die röntgenologischen Veränderungen spiegeln die pathologisch-anatomischen Vorgänge genau wider (Abb. 189):

1. Stadium: Ischämie und Knochennekrose. Histologisch findet man leere Osteozythenhöhlen. Die Knochenstruktur und damit ihre mechanische Tragfunktion sind noch erhalten. Der Gelenkknorpel wird von der Synovialflüssigkeit ernährt und bleibt am Leben.

Erst nach einiger Zeit werden *diskrete röntgenologische* Veränderungen sichtbar: Der nekrotische Knochenkern erscheint ein wenig dichter, sklerotisch, wahrscheinlich wegen einer reaktiven Osteoporose der Umgebung. Der Gelenkspalt wird mit der Zeit eine Spur breiter und der Epiphysenkern ein wenig kleiner, wahrscheinlich deshalb, weil der Knorpel weiterwächst, der nekrotische Knochen nicht mehr.

Meist verläuft dieses Stadium «stumm», d.h. *beschwerdefrei* und undiagnostiziert. Es kann mehrere Monate bis über ein Jahr dauern.

2. Stadium: Revaskularisation des nekrotischen Knochens. Reaktives Einwachsen von lebendem Gewebe in den toten Knochen. Neuer

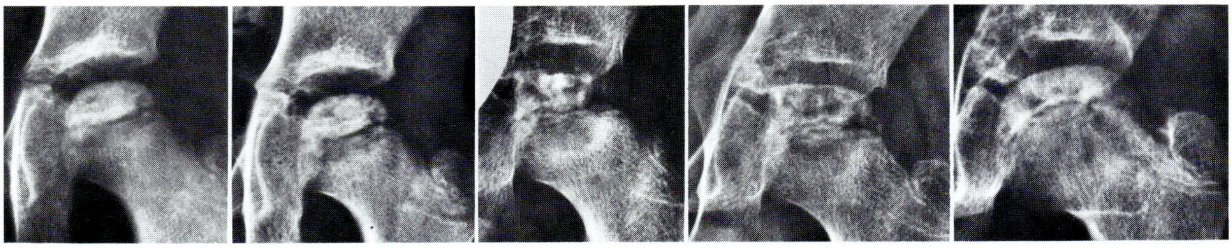

a b c d e

Abb. 189. Verlauf der juvenilen aseptischen Knochennekrose am Beispiel des M. Perthes eines 6jährigen Mädchens.

a Röntgenbild der linken Hüfte: Sklerose und leichte Abplattung der Hüftkopfepiphyse. Das Mädchen hatte seit einigen Wochen etwas Schmerzen.

b Einige Monate später: Die Knochenstruktur des Hüftkopfes beginnt unregelmässig zu werden: Frühes «Schollenstadium».

c Ein Jahr später: Im Röntgenbild scheint die Hüftkopfepiphyse völlig zu zerfallen. Der obere Kopfpol ist etwas erniedrigt, eingedrückt, mit einem stark sklerotischen (noch nekrotischen) Fragment. Ringsum unregelmässige, fleckige Struktur: Resorptions- und Umbauzonen. Diese sind bereits wieder revaskularisiert.

d Nach einem weiteren halben Jahr ist der Kopf praktisch vollständig revitalisiert und umgebaut, seine Konturen sind wieder sichtbar. Von der nekrotischen Zone in der Mitte ist nur noch ein kleines Restfragment sichtbar.

e Nach weiteren 1½ Jahren ist der Hüftkopf wieder weitgehend aufgebaut. Die residuelle Deformität ist in diesem Fall relativ gering.

Knochen wird an die nekrotischen Trabekel angelagert. Dadurch erscheint die Knochenstruktur unregelmässig und sklerotisch.

In diesem Stadium lässt sich in vielen Fällen eine subchondrale pathologische *Kompressionsfraktur* nachweisen (meistens im axialen Röntgenbild, siehe Abb. 527 und 529, III.C.2.6.). Sie zeigt an, dass die mechanische Resistenz des Knochens nicht mehr genügt, und ist Ausdruck einer *mechanischen Zerrüttung* der mikroskopischen Struktur. An diesen Stellen setzt eine *osteoklastische Reaktion* durch einwachsendes Granulationsgewebe ein, so dass neben den Ossifikationsvorgängen auch *osteolythische Bezirke* im Röntgen zu erkennen sind. Dadurch erscheint der Epiphysenkern unregelmässig, aufgelockert. In diesem «Fragment- oder Schollenstadium» ist der Epiphysenkern besonders gefährdet.

Der neugebildete primäre Faserknochen wird durch Umbau und Wachstumsvorgänge unter dem Einfluss der mechanischen Beanspruchung plastisch *deformiert.* In diesem Stadium sind die auf das Gelenk wirkenden Kräfte für die Prognose entscheidend.

An der Hüfte wirkt die Belastung im Sinne einer *Subluxation.* Dadurch wird wiederum der Druck auf den Kopfkern erhöht, und ein Circulus vitiosus entsteht, der zu einer schweren *Deformierung* des Kopfes mit schlechter Prognose führen kann.

Alle therapeutischen Bemühungen setzen hier an mit dem Ziel, den «weichen» Kopfkern während dieser Phase vor Deformierung durch mechanische Beanspruchung zu *schützen.* Das ist nicht leicht, denn diese Phase kann 1–4 Jahre lang dauern.

Oft wird die Krankheit erst in diesem Stadium diagnostiziert, weil vorher keine oder nur geringe Beschwerden bestanden.

3. Stadium: Knöcherner Wiederaufbau. Der Revitalisierung der Epiphyse folgt sukzessive der neue Aufbau des Knochenkernes. Er beginnt an der Peripherie (z.T. vom Knorpel aus) und lässt sich im Röntgenbild genau verfolgen. Die sklerotischen Fragmente verschwinden langsam und machen einer regelmässigen Knochenstruktur Platz. In dieser Phase ist der Knochen immer noch mehr oder weniger plastisch deformierbar. Erst am Schluss lässt sich die endgültige Kopfform erkennen. In dieser Phase bestehen in der Regel keine Beschwerden mehr.

4. Stadium: Residuelle Deformität. Nach der knöchernen Heilung ändert sich die Form nicht mehr wesentlich. Die bleibende Deformität kann sehr unterschiedlich sein, sie hängt ab vom Alter der Kinder (jüngere haben eine bessere Prognose), vom Ausmass der Nekrose und von der Behandlung. Diese Restdeformität ist sehr variabel. Falls die *Wachstumsepiphysenfuge* mitbetroffen ist, kann die Deformität noch im Verlaufe der nächsten Jahre infolge von Wachstumsstörungen weiter zunehmen (Coxa vara).

Da der *Gelenkknorpel intakt* geblieben war ist die Gelenkfunktion in der Regel nicht wesentlich gestört. Die residuelle Deformität führt jedoch im späteren Leben häufig zu degenerativen Erscheinungen im Gelenk, zur *Arthrose* (Abb. 530).

Die am *Beispiel des M. Perthes* beschriebenen pathologisch-anatomischen Vorgänge, sowie ihre radiologischen und klinischen Begleiterscheinungen finden sich *bei allen Osteochodnrosen.*

Die einzelnen Krankheitsbilder sind im speziellen Teil unter der entsprechenden Lokalisation beschrieben (siehe Liste in II.5.2.).

5.3. Die Osteochondrosis dissecans

Die Osteochondrosis dissecans gehört pathologisch-anatomisch auch zu den juvenilen Osteochondrosen. Sie unterscheidet sich aber in einigen Punkten von den bisher genannten Formen, insbesondere darin, dass die Tendenz zur Selbstheilung mit zunehmendem Alter fehlt. Betroffen sind denn auch eher ältere Kinder und junge Erwachsene.

Die Krankheit befällt vorzugsweise konvexe Gelenkflächen: am häufigsten die
- Femurkondylen, sodann das
- Capitellum humeri, seltener die
- Talusrolle und gelegentlich das
- Hüftgelenk.

Statt einzuheilen werden die kleinen subchondralen nekrotischen Knochenstücke *«disseziert»,* und mit der Zeit *ins Gelenk hinein abgestossen.* Dort machen sie als freie Gelenkkörper, sog. «Gelenkmäuse» Beschwerden.

Als *Ursache* lässt sich manchmal ein *Trauma* nachweisen (subchondrale Fraktur, sog. «flake fracture»: tangentiale intraartikuläre Fraktur durch Abscherung z.B. einer Kante an der Talusrolle).

Am Knie spielen möglicherweise chronische Mikrotraumen eine Rolle. Im übrigen ist es nicht klar, warum an bestimmten Stellen umschriebene subchondrale Knochenpartien nekrotisch werden.

Pathologische Anatomie:

Die Knochennekrosen sind meist nicht viel grösser als eine Linse. Der sie bedeckende Ge-

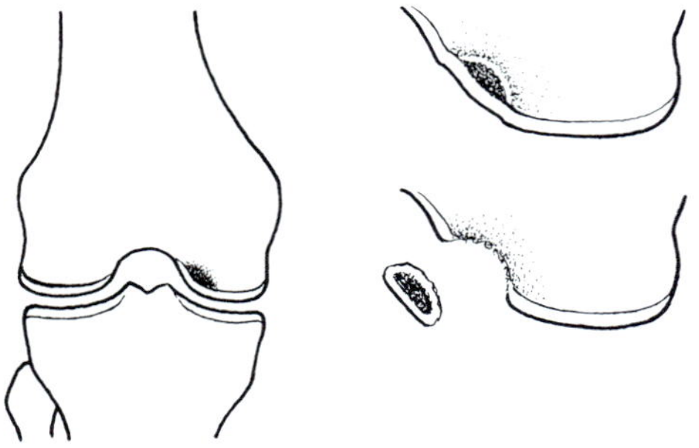

Abb. 190. *Osteochondrosis dissecans.*

Lokalisation meist an typischer Stelle am Knie, subchondral auf der Innenseite des medialen Kondylus.

Rechts: Das nekrotische Areal hat sich vom lebenden Knochen demarkiert, der Gelenkknorpelüberzug ist noch intakt (oben). Schliesslich wird das Stück abgestossen (unten) und schwimmt als freier Gelenkkörper im Gelenk (Gelenkmaus). Symptome entstehen, wenn es im Gelenk einklemmt.

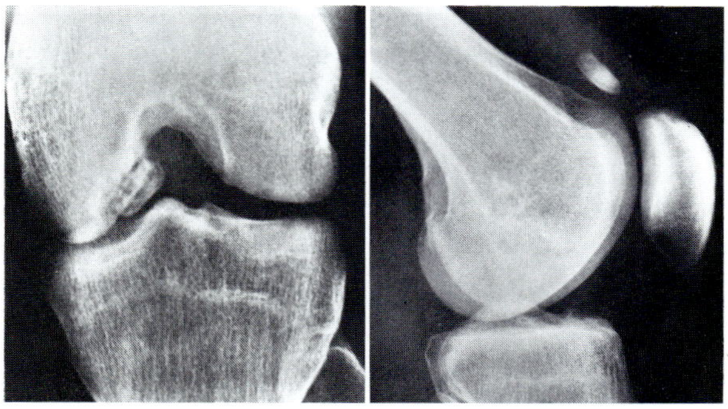

a b

Abb. 191. *Osteochondrosis dissecans* bei einem 16jährigen Mädchen.

a Linkes Kniegelenk. Ein grosses Dissekat an typischer Stelle: Auf der Innenseite des medialen Femurkondylus. Der Defekt, das «Mausbett», ist sklerotisch abgegrenzt gegen das bereits vollständig demarkierte Dissekat.

b Einige Zeit später hatte das Mädchen zeitweise Blockierungen des Knies. Diese Einklemmungserscheinungen waren verursacht durch das Dissekat, welches inzwischen als freier Gelenkskörper ins Gelenk abgestossen worden war. Die «Gelenkmaus» ist sichtbar im Recessus suprapatellaris, wo sie im Augenblick der Röntgenaufnahme gerade lag. Sie kann sich aber jederzeit wieder im Kniegelenk einklemmen und sollte deshalb entfernt werden. Sie zu finden ist oft nicht ganz einfach.

lenkknorpel bleibt am Leben, da er von der Gelenksflüssigkeit ernährt wird, und ist vorerst intakt, so dass man bei Eröffnung des Gelenkes im Frühstadium keine pathologische Veränderung findet. Bei *jüngeren Kindern* kann die Nekrose *ausheilen* durch schleichenden Knochenersatz wie bei den andern juvenilen Osteochondrosen. Bei älteren Kindern und Erwachsenen verliert sich diese Kraft zur Selbstheilung. Das nekrotische Knochenstück sklerosiert und wird von einem Wall von Granulationsgewebe, das in einen Spalt zwischen gesundem und nekrotischem Knochen hineinwächst, *demarkiert.* Mit der Zeit reisst unter der mechanischen Beanspruchung der Knorpel am Rande des Sequesters ab und das Knochenstück mitsamt dem bedeckenden Knorpelüberzug wird ins Gelenk hinein abgestossen, wo es sich frei bewegt und *Einklemmungserscheinungen* machen kann (Abb. 190 und 191).

Die eigentümliche Tatsache, dass die nekrotischen Knochenpartien bei der Osteochondrosis dissecans, im Gegensatz zu den meisten übrigen Osteochondrosen, nicht knöchern umgebaut werden und ausheilen, erklärt man mit der ständigen mechanischen Beanspruchung, welche die einsprossenden Gefässe immer wieder zerstört und so die Revaskularisation verhindert (der gleiche Vorgang wie bei einer Pseudarthrose).

Diese Vermutung wird gestützt durch die Beobachtung, dass ein Dissekat unter Umständen einheilen kann, wenn es unbeweglich in seinem Bett fixiert wird, z. B. mit kleinen Schrauben oder Stiften.

Klinik:

Die Osteochondrosis dissecans macht kaum oder nur geringe Beschwerden, solange das Dissekat an Ort und Stelle liegt. Bei jüngeren Kindern heilt die Krankheit meist spontan. Heftige *Beschwerden* treten auf, wenn sich das Dissekat ablöst und im Gelenk einklemmt. Wenn der Defekt, den das Dissekat hinterlässt, das «Mausbett» gross ist, und in der kraftübertragenden Gelenkzone liegt, entstehen mit der Zeit degenerative Veränderungen und damit eine *Arthrose.*

Die spezifischen Aspekte der Osteochondrosis dissecans sind im speziellen Teil beschrieben: Knie, III.C.4.4.4.; Ellbogen, III.A.4.2.; Hüfte, III.C.2.9.1.; oberes Sprunggelenk, III.C.6.1.4.

Die *«Chondromatose»,* eine durch viele freie Gelenkkörper gekennzeichnete seltene Krankheit, ist bei III.A.4.2. beschrieben.

6. Infektionen am Bewegungsapparat

Als *Erreger* infektiöser Entzündungen am Bewegungsapparat stehen zur Zeit
1. die *Staphylokokken* an erster Stelle.
2. Die *Tuberkulose* von Knochen und Gelenken ist seit Einführung der Chemotherapie in den Industrieländern *eher selten* geworden, ebenso wie die Infektionen durch
3. andere *Eitererreger,* wie
   - andere grampositive Kokken (Streptokokken)
   - gramnegative Stäbchen: Bang, Paratyphus, Colibakterien
   - Gonorrhoe, Lues.

Diese und andere noch seltenere Infektionen sind in manchen *Entwicklungsländern* noch weit verbreitet.

Die Ausbreitung der Infektion erfolgt:
1. *auf dem Blutweg* aus einem entfernt gelegenen Herd. Diesen Weg nehmen die Staphylokokken bei der «hämatogenen Osteomyelitis», in der Regel auch die Tuberkelbazillen und die meisten anderen, selteneren Eitererreger.
2. *direkt,* indem die Erreger durch eine – grosse oder kleine – Hautverletzung (Stichverletzung, Injektionsnadelkanal, offene Wunde, z.B. bei Fraktur) an Ort und Stelle gelangen oder aus einem benachbarten Infektionsherd «per continuitatem» in den Knochen oder in ein Gelenk einwandern.
   Auf diesem Weg entstehen vor allem *Staphylokokkeninfektionen:*
- im Gelenk am häufigsten nach intraartikulären Injektionen,
- am Knochen bei offenen oder operierten Frakturen. Solche Knocheninfekte werden gelegentlich als «Osteitis» (im Gegensatz zur hämatogenen «Osteomyelitis») bezeichnet.

Lokalisation: Eitrige Entzündungen befallen vor allem
- *Knochen* und Knochenmark (Osteomyelitis), sowie
- *Gelenke* (Arthritis, Gelenkempyem),

sie nisten sich aber auch in anderen vorbestehenden Höhlen ein (Sehnenscheidenphlegmone, Bursitis) oder verbreiten sich im Zwischengewebe (Phlegmone, Panaritium).

6.1.1. *Schwere, Ausdehnung und Verlauf eines Infektes*

Schwere, Ausdehnung und Verlauf eines Infektes hängen einerseits von der Art, vor allem von der *Aggressivität* und *Virulenz* der Erreger, anderseits von der *Infektabwehr* des betroffenen Individuums und – lokal – des befallenen Gewebes ab.

Diese Faktoren sind im einzelnen nicht genau erfassbar, so dass die Diagnose des Erregers nicht genügt, um die Prognose eindeutig bestimmen zu können. Oft zeigt erst der *klinische Verlauf* die Schwere einer Infektion.

So ist z.B. ein Staphylokokkeninfekt in einem Fall eine banale, kurz dauernde Episode ohne Folgen, in einem anderen aber eine schwere, lebensbedrohende, akute Krankheit, welche ausgedehnte Zerstörungen machen und in einen chronischen Zustand ohne Heilung übergehen kann (Abb. 192).

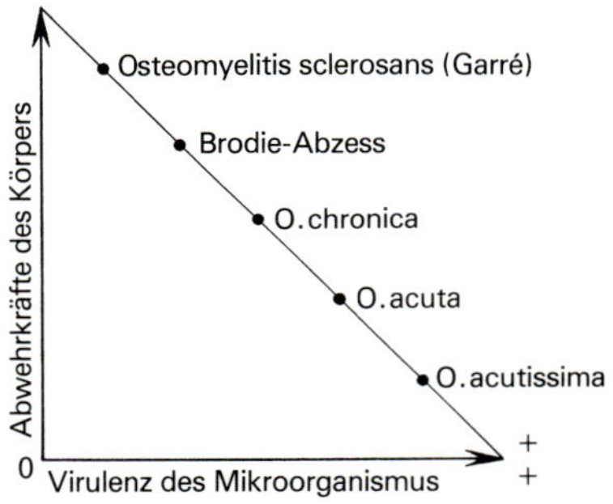

Abb. 192. Die *klinische Erscheinung* der *Osteomyelitis* hängt von der Virulenz der Erreger und der Stärke der Abwehrkräfte des Körpers ab. Zwischen chronischen sklerosierenden Formen und foudroyant verlaufenden schweren Allgemeinerkrankungen mit ausgedehnten Knochenzerstörungen gibt es alle Übergänge. (Nach FANCONI.)

6.1.2. *Warum Knocheninfekte schlecht heilen:* *Pathologisch-anatomische Besonderheiten von Entzündungen an Knochen und Gelenken*

Die *Heilung* eines Infektes ist grundsätzlich möglich *auf zwei Arten:*
1. *Resorption* der Entzündung auf dem Lymph- oder Blutweg
2. *Abkapselung* des Infektes (Abszess) und Entleerung nach aussen (Fistel), worauf sich die Resthöhlen durch Narbenschrumpfung schliessen können.

Am *starren* Interzellulargerüst von Knochen und Knorpel finden diese Heilungsvorgänge *ungünstige Voraussetzungen:* Durch die Infektion werden häufig grössere Knochenpartien *nekrotisch.* Die so entstehenden kleineren und grösseren Sequester können vom Körper nicht ausgestossen, aber auch nur schlecht oder gar nicht resorbiert werden. Sie bleiben – weil nicht durchblutet und somit auch für Antibiotika nicht erreichbar – als Brutstätte für Bakterien im Körper liegen. Abkapselung durch Abszessbildung ist wohl möglich, ebenso kann sich der Eiter durch Fistel entleeren, aber die *starren Resthöhlen* können sich *nicht* durch Narbenschrumpfung *verkleinern und schliessen.* Im Granulationsgewebe, welches diese Höhlen schliesslich ausfüllt, mottet der Infekt weiter und kann jederzeit wieder aufflackern. Dies ist der Grund, warum akute Knocheninfekte so *häufig chronisch* werden, endlos fisteln oder immer wieder Abszesse machen und nicht ausheilen. Damit ist aber auch der Weg für die Therapie vorgezeichnet: Er kann in solchen Fällen nur *chirurgisch* sein (siehe II.6.5.1.) (Abb. 193).

Infizierte Gelenke machen massive entzündliche Schwellungen der stark vaskularisierten Synovialmembran und *eitrige Ergüsse* (Gelenkempyem). Bei massivem Befall wird der Gelenkknorpel nekrotisch, teils durch subchondrale Invasion, teils durch einen fibrinösen entzündlichen Belag (Pannus), das Gelenk versteift. In diesem Fall ist der beste Ausgang die *knöcherne Ankylose* und damit Ausheilung des Infektes. Fehlstellungen durch Kontrakturen sind häufig. In solchen Fällen ist die frühzeitige *Arthrodese* die *Therapie der Wahl.*

6.2. Tuberkulose

Dank der BCG-Impfung und der erfolgreichen medikamentösen Therapie der Tuberkulose im Frühstadium sind die tuberkulösen Erkrankungen des Bewegungsapparates stark zurückgegangen. Früher häufig gesehene Bilder wie Querschnittslähmung bei Spondylitis tbc, schwere Fehlstellungen und Beinverkürzungen wegen Coxitis tbc nach jahre- und jahrzehntelanger Erkrankung usw. sind selten geworden. Trotzdem ist die Tuberkulose noch nicht verschwunden, und es ist wichtig, an die Diagnose zu denken. Die frühe gezielte Behandlung vermag manches Gelenk zu retten, die Knochentuberkulose zur Heilung zu bringen und die Leidenszeit um Jahre abzukürzen.

Die *Skelettuberkulose* ist in der Regel eine Krankheit der *Kinder* und Jugendlichen. Sie wird hämatogen ausgestreut und setzt sich besonders im Knochenmark gut durchbluteter Spongiosa fest, also vor allem in Wirbelkörpern (Spondylitis) und in Gelenknähe: Hüftgelenk (Coxitis), Knie (Gonitis), seltener kleine Hand- und Fussknochen (Spina ventosa). Der Befall der *Gelenke* kann sowohl von einem gelenknahen Knochenherd wie auch direkt von einer tuberkulösen Synovitis ausgehen.

Klinik: Die Krankheit beginnt schleichend und verläuft *protrahiert,* oft über mehrere Jahre hinweg. Die klassischen Symptome der Entzündung fehlen meistens, einzig die Schmerzen sind immer vorhanden. Eine erhöhte Senkungsreaktion, eine gewisse Einschränkung der Beweglichkeit des be-

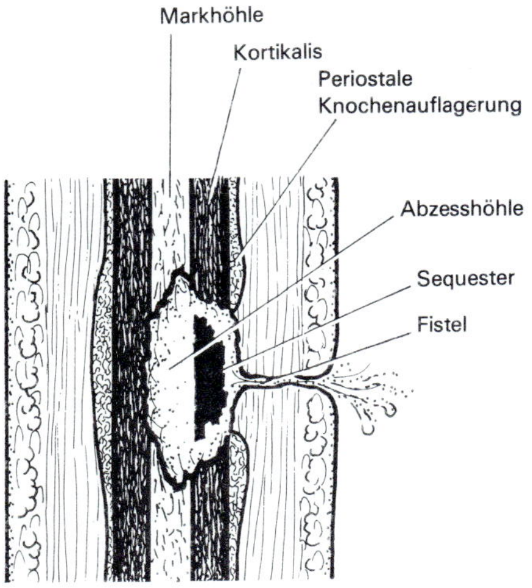

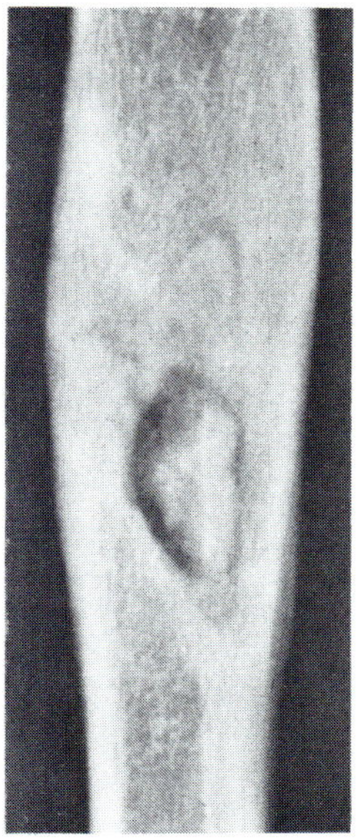

Abb. 193. *Warum Knocheninfekte nicht spontan heilen können.*

Ein totes Knochenstück, ein «Sequester» liegt in einer starren, knöchernen Abszesshöhle, welche sich durch eine Fistel dauernd entleert. Der Sequester kann weder ausgestossen noch resorbiert werden, und die Abszesshöhle kann nicht schrumpfen und sich schliessen. Die Behandlung der chronischen Osteomyelitis ist nur chirurgisch möglich: Alles nekrotische Gewebe muss entfernt und die Höhle ausgefüllt werden.

Röntgenbild: Sequester im Femur eines Jünglings bei Osteomyelitis. Man erkennt die massive reaktive Sklerose mit periostaler Verdickung, wo die Osteomyelitis bereits abgeheilt ist, aber auch die scharfe Abgrenzung der Abszesshöhle und des toten Knochenstückes: Hier ist eine Spontanheilung nicht möglich.

fallenen Gelenkes können die einzigen Zeichen sein im Beginn. An Stellen, die der klinischen Untersuchung gut zugänglich sind, wie Kniegelenk, Finger usw. lässt sich eine Schwellung, allerdings oft ohne Überwärmung, feststellen. Die *Diagnose* muss in diesem Stadium vermutet und mit Hilfe von Tuberkulinreaktion (damit kann eine Tbc wohl ausgeschlossen, nicht aber nachgewiesen werden), *Röntgenbild*, evtl. *Tomogramm* und durch den *Nachweis der Erreger* aus dem Krankheitsherd gesichert werden.

Die Veränderungen auf dem *Röntgenbild* sind zu Beginn der Erkrankung oft gering und nicht selten auf einer gewöhnlichen Aufnahme nicht sichtbar. Ein lokaler Defekt lässt sich dann evtl. nur auf der *Schichtaufnahme* nachweisen. Manchmal müssen wiederholte Kontrollen in Abständen von 1 – 2 Monaten gemacht werden. Charakteristisch ist die starke, regelmässige *Osteoporose* in der Umgebung des Herdes, fast immer ohne osteosklerotische Reaktionen.

Bei Gelenkbefall erscheint nach einiger Zeit (Wochen) eine zunehmende *Verschmälerung des Gelenkspaltes* im Röntgenbild. Er zeigt die fortschreitende Zerstörung des Gelenkknorpels an.

Verlauf: Bei der primären Tbc-Arthritis fehlt gelegentlich ein Erguss, und das Gelenk versteift unter langsamer Zerstörung des Gelenkknorpels (Caries sicca, z. B. des Schultergelenkes). Meist ist jedoch ein eitriger Erguss vorhanden, zusammen mit einer massiven Verdickung der Synovialmembran. Bei unbeeinflusstem Verlauf verschwindet mit der Zeit der Gelenkspalt ganz, das Gelenk ankylosiert, zuerst fibrös, später knöchern, indem der Gelenkspalt von Knochentrabekeln überbrückt wird. Dies war früher die einzige Art der «Heilung» der Krankheit (Abb. 194).

Wachstumsstörungen nach Skelettuberkulose sind nicht selten, weil der tuberkulöse Prozess in der Regel in der Nähe der Epiphysenwachstumsfugen beginnt und diese zerstören kann, mit Vorliebe am Hüftgelenk. Massive Beinverkürzungen und Fehlstellungen, z. B. des proximalen Femurendes, bleiben zurück, auch nach Ausheilung des Prozesses. Frühe operative Herdausräumung kann solche Folgen manchmal verhindern.

Eine eigenartige Wachstumsstörung befällt gelegentlich bei einer Coxitis tbc das gleichseitige *Knie:* Zerstörung und Wachstumsblockierung der knienahen Epiphysen im sehr stark porotischen Knochen, ohne dass das Knie selbst tuberkulös wäre. Vielleicht spielt die monate-, oft jahrelange Liegezeit im Gips bei diesen Fällen eine Rolle (Mikrofrakturen im stark osteoporotischen Knochen).

Die *häufigste* Skelettuberkulose und auch die *schwerste* Form ist die *Wirbeltuberkulose:* siehe III.B.11.2.

Therapie: In jedem Fall steht heute die antibiotische tuberkulostatische Therapie nach den allgemeinen Regeln der Tuberkulosebehandlung an erster Stelle. Dazu kommt die vollständige Ruhigstellung, in der Regel Bettruhe bis zum Abklingen des floriden Prozesses. Unter einem solchen Regime kann die Skelettuberkulose ausheilen, allerdings meistens nicht ohne Defekte wie Keilwirbel- und Gibbusbildung oder Gelenkankylosen zu hinterlassen. Bei manchen Fällen von Gelenktuberkulose, die früh diagnostiziert und behandelt werden, vor allem bei Kindern, kann sich das Gelenk unter der konservativen Therapie erholen, sofern der Zerstörungsprozess noch nicht

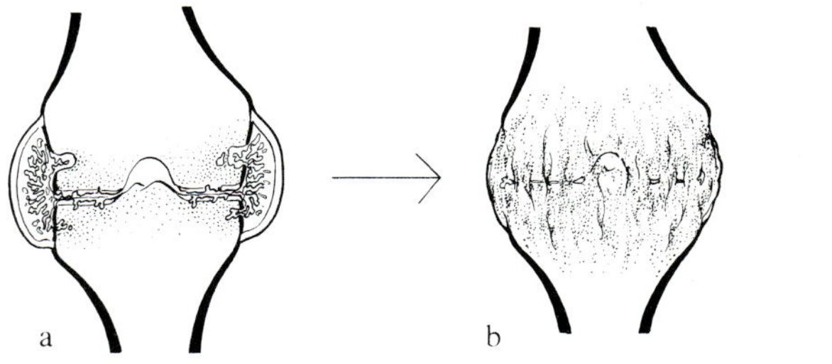

Abb. 194. *Gelenktuberkulose.*

a Synovitis, Erguss. In diesem Stadium ist eine Heilung noch möglich, doch geht der Prozess häufig weiter, mit Schädigung des Gelenkknorpels, Infiltration des Knochens, und schliesslich Zerstörung des Gelenkes.

b Ausheilung durch Ankylose, erst fibrös, später meist knöchern. Dadurch wird das Gelenk wieder schmerzfrei und tragfähig, allerdings dauert es lange Zeit (evtl. Jahre). Auch andere eitrige Arthritiden können so ausheilen. Mit einer Arthrodese lässt sich der Prozess abkürzen.

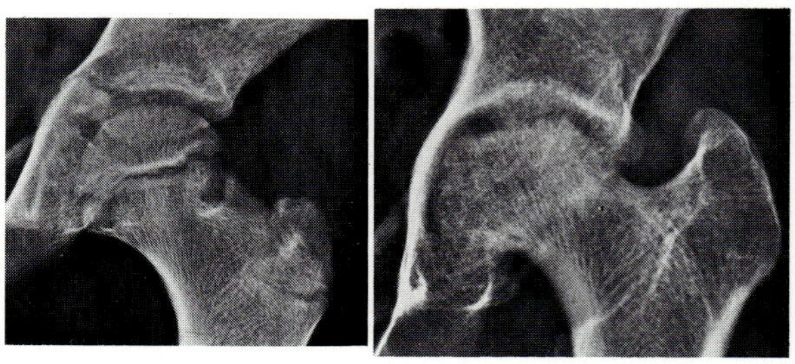

a b

Abb. 195. *Coxitis tuberculosa.*

a Osteolyseherd in der Metaphyse, dicht unter der Epiphysenfuge, bei einem 11jährigen Knaben.

b Dieselbe Hüfte 9 Jahre später. Offenbar ist der Herd ins Gelenk durchgebrochen und hat eine Arthritis verursacht, welche das Gelenk weitgehend zerstörte. Nach vielen Jahren werden solche Gelenke in der Regel ankylotisch, zuerst bindegewebig wie hier, später meist knöchern (siehe Abb. 285).

weit fortgeschritten ist. Evtl. kann durch anatomisch genaue *Ausräumung eines gelenknahen Knochenherdes,* der noch nicht ins Gelenk eingebrochen ist, evtl. durch eine *frühzeitige Synovektomie* der Prozess zur Heilung gebracht werden, *bevor* er irreparable Zerstörungen am Gelenk angerichtet hat. Falls ein Gelenk nicht gerettet werden kann – nach einigen Monaten konservativer Therapie ist dies erkennbar – ist die *Ankylose in guter Stellung* das beste Ergebnis. Manchmal tritt sie spontan ein. Meistens dauert dies aber lange Zeit (Jahre; siehe Abb. 195), und Fehlstellungen sind nicht selten. Deshalb ist in der Regel die *operative Ausräumung* des Infektes und gleichzeitige *Arthrodese* bzw. Spondylodese angezeigt (auch bei floridem Prozess ohne weiteres möglich!), bei Fehlstellungen evtl. eine Korrekturosteotomie (Funktionsstellung, siehe II.12.2.4.1.).

Manchmal verhindern *Knochensequester,* nekrotische Wirbelteile oder Gelenksabschnitte, eine Spontanheilung, weil sie vom Körper nicht mehr abgebaut oder resorbiert werden können. So können chronische Fisteln mit dauernder Eitersekretion übrigbleiben. Sie tragen den Keim für maligne Entartung (Fistelkarzinom) und Stoffwechselstörungen wie z.B. die Amyloidose in sich.

In solchen Fällen ist eine *Sanierung* durch *operative Ausräumung* möglich und zweckmässig. Damit kann die Krankheitszeit meistens erheblich verkürzt werden. Die Operation umfasst in der Regel die Abszessausräumung, Sequesterentfernung, Resektion aller nekrotischen Gewebe, Fistelentfernung, sowie evtl. eine Spanoperation oder eine Arthrodese (siehe auch bei Osteomyelitis, II.6.5.1.).

6.3. Akute Osteomyelitis

Die durch *Staphylokokken* hervorgerufene hämatogene Knocheninfektion ist eine gefürchtete, *akut* und dramatisch verlaufende Krankheit bei *Kindern,* vor allem Säuglingen. Eine *prompte Diagnose* ist in diesen Fällen besonders wichtig, weil die Heilung zum grossen Teil von einer sofort einsetzenden Therapie abhängt. Andernfalls geht die akute leicht in eine *chronische* Osteomyelitis über, welche jahrzehntelang dauern kann.

6.3.1. *Akute hämatogene Osteomyelitis der Kinder*

Beginn unter dem *Bild einer akuten Infektionskrankheit.* Hinweise auf eine lokalisierte Krankheit sind Schmerzen, ängstliche Schonhaltung, Gebrauchsunfähigkeit und Schwellung einer Extremität und lokale Druckdolenz. Bei Kleinkindern und besonders bei Säuglingen sind sie oft nur spärlich ausgeprägt. Befallen sind am häufigsten die *langen Röhrenknochen:* Tibia, Femur, Humerus, Vorderarm. Der Herd liegt fast immer in der gut durchbluteten Spongiosa der *Metaphysen,* nahe der Epiphysenfugen und Gelenke. Die Epiphyse selbst ist primär nie betroffen. Im Säuglingsalter jedoch kann die Infektion auf die Epiphyse übergreifen, weil die Blutgefässe noch durchgängig sind; später bildet die Epiphysenfuge eine Barriere (Abb. 196). Nicht selten bricht ein Knochenherd *ins Gelenk* durch: Säuglingsarthritis siehe II.6.4.1.

Die *Diagnose* muss sich weitgehend auf die genannten klinischen Befunde stützen. Das Röntgenbild zeigt in den ersten Tagen höchstens *Weichteilschwellungen.* Knochenveränderungen erscheinen erst nach etwa 2 Wochen: Zuerst feine periostale Auflagerungen und lokale Osteoporose, dann Osteolyseherde in der Spongiosa, später relative Sklerose der nekrotischen Kortikalisabschnitte, welche dann sequestrieren. Eine Gelenksluxation beim Säugling weist auf eine *septische Arthritis* hin. Die *Gelenkspunktion* bestätigt die Diagnose.

Verlauf und Komplikationen: Bei sofort einsetzender adäquater Therapie ist im Frühstadium eine *Heilung* mit Restitutio ad integrum durch Resorption möglich. Sonst breitet sich der Infekt rasch weiter aus und kann verheerende Wirkun-

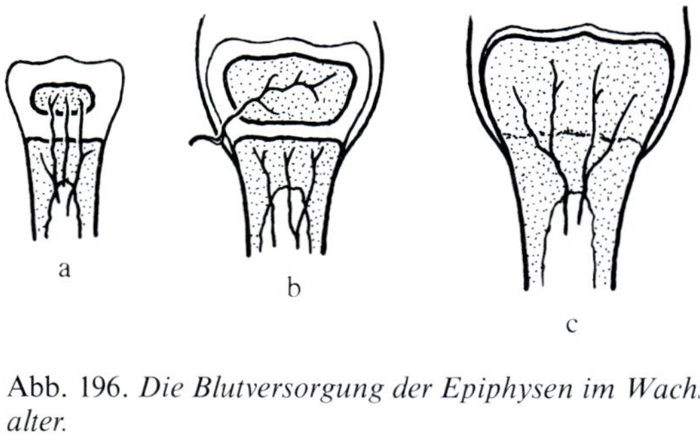

Abb. 196. *Die Blutversorgung der Epiphysen im Wachstumsalter.*

a Beim *Säugling* erreichen die Gefässe aus der Metaphyse den Epiphysenkern direkt. Ein Infekt kann sich leicht in die Epiphyse und *ins Gelenk* ausbreiten.
b Beim *Kind* (von etwa 2 – 16 Jahren) bildet die Epiphysenfuge eine *Schranke* für die Gefässe. Knocheninfekte befallen vorzugsweise die *Metaphysen* und verschonen Epiphysen und Gelenke in der Regel.
c Beim *Erwachsenen* wird die Epiphyse von der Metaphyse her versorgt. Infekte können wieder leichter die Epiphyse erreichen und ins Gelenk durchbrechen.

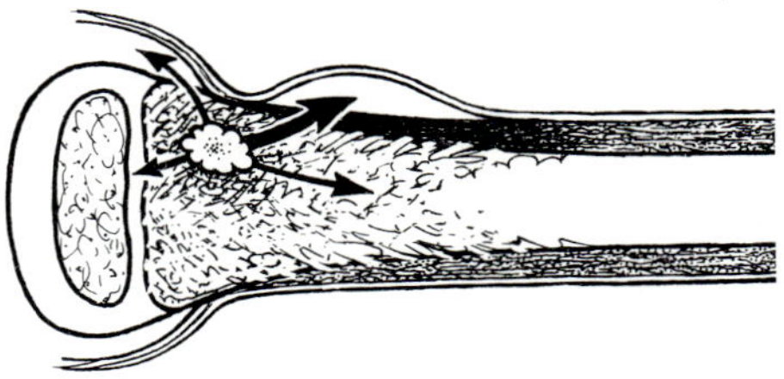

Abb. 197. *Ausbreitung der Infektion.* Hämatogene Herde liegen mit Vorliebe in der gut durchbluteten Spongiosa der *Metaphyse.* Von hier kann die Infektion *subperiostal* sich ausbreiten und hier einen Abszess bilden, sie kann in die *Markhöhle* vordringen, oder auch – bei Säuglingen und Erwachsenen vor allem – in die *Epiphyse* und ins *Gelenk* übergreifen und hier schwere Schäden anrichten (eitrige Arthritis, Wachstumsstörungen).

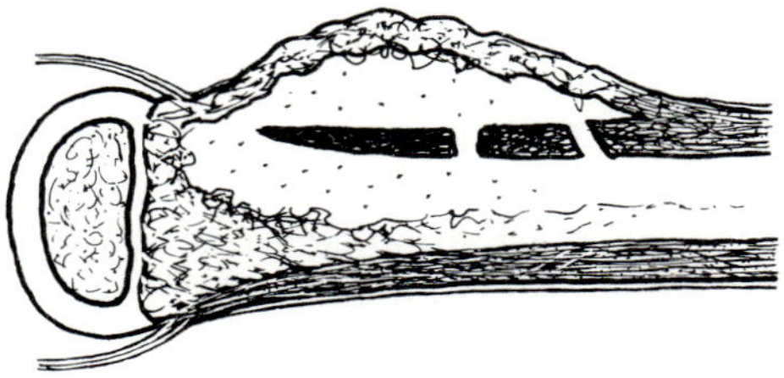

Abb. 198. *Hämatogene Osteomyelitis beim Kind.* Wenn es nicht gelingt, der Infektion im Frühstadium Herr zu werden, können Markraumphlegmone und subperiostale Abszesse entstehen. Die dazwischen liegende Kortikalis wird zum Teil nekrotisch und sequestriert, d.h. liegt als totes Knochenstück in der Abszesshöhle (sog. «Totenlade»). Vom Periost her bildet sich ein ausgedehnter Kallus (vgl. Abb. 193b und 199). Die Osteomyelitis ist *chronisch* geworden (siehe unten: II.6.5.).

gen haben. Je nach dem, in welcher Richtung er sich ausbreitet können entstehen (Abb. 197):

- Markraumphlegmone
- Periostaler Abszess
- Fistelbildung
- Nekrose und Sequestrierung kleiner und grösserer Kortikalisabschnitte
- Zerstörung einer benachbarten Epiphysenwachstumsfuge
- Einbruch in ein benachbartes Gelenk: septische Arthritis
- Allgemeine Sepsis.

So kann es zu schweren Wachstumsstörungen, Deformitäten, Verkürzungen und Gelenksankylosen kommen. Diesen vorzubeugen ist manchmal möglich durch eine *frühzeitige chirurgische* Ausräumung des Infektes, bevor er sich weiter ausgebreitet hat.

Die Therapie muss einsetzen, *bevor* diese röntgenologischen Veränderungen erscheinen: Sofortige hochdosierte Antibiotikagaben, nebst der obligaten Ruhigstellung, können *im Anfangsstadium* den Infekt zur Heilung kommen lassen. *Nicht* abgewartet werden sollte der Nachweis von Eiter und Staphylokokken durch Punktion: Er bestätigt lediglich die Diagnose, und die Resistenzprüfung des Erregers erlaubt eine gezieltere Anwendung der Antibiotika. Ist nämlich der Prozess schon zu weit fortgeschritten, mit Abszedierung und Sequesterbildung, so ist die Osteomyelitis bereits ins *chronische Stadium* getreten (Abb. 198), und die Heilungsaussichten nehmen rasch ab. Die hämatogene Osteomyelitis im Kindesalter ist deshalb eine *Notfallsituation.*

Wenn die Krankheit auf die antibiotische Therapie nicht sofort anspricht, oder wenn bereits Eiterherde vorhanden sind, ist es besser, nicht länger zuzuwarten und eine *Operation* durchzuführen (Punktion allein genügt nicht, weil der Eiter zu dick ist). *Die chirurgische Ausräumung* des *Infektherdes* mit anschliessender Drainage gibt bessere Gewähr, die häufigen schweren Komplikationen zu vermeiden, den Krankheitsprozess abzukürzen und zur Heilung zu bringen, *bevor* er in das *chronische* Stadium tritt.

Bei fortgeschrittener Erkrankung sind oft grosse Teile der Schaftkortikalis nekrotisch. Alle diese *Sequester* müssen entfernt werden, in seltenen Fällen die gesamte Diaphyse. Ein Ersatz durch Spongiosa ist kaum je nötig, denn das Regenerationsvermögen des kindlichen Periostes ist ausserordentlich gross (Abb. 199).

6.4. Die eitrige Arthritis

Sie wird an dieser Stelle beschrieben, weil Vorkommen, Pathologie, Erscheinungen, Verlauf und Therapie ähnlich sind wie bei der *hämatogenen Osteomyelitis.* Eigentlich handelt es sich um ein und dieselbe Krankheit, die den Knochen oder das Gelenk, oft beide zusammen, befällt. Die hämatogene eitrige Arthritis ist vorwiegend eine *Kinderkrankheit* und kommt am häufigsten bei *Säuglingen* vor.

6.4.1. *Säuglingsarthritis*

Die Säuglingsarthritis entsteht denn auch meist infolge des *Durchbruches* eines metaphysären oder epiphysären *Osteomyelitisherdes ins Gelenk.*

Befallen werden deshalb in erster Linie Gelenke, deren Metaphyse intrakapsulär liegt, vor allem die Hüfte, seltener Ellbogen, Knie usw. Die

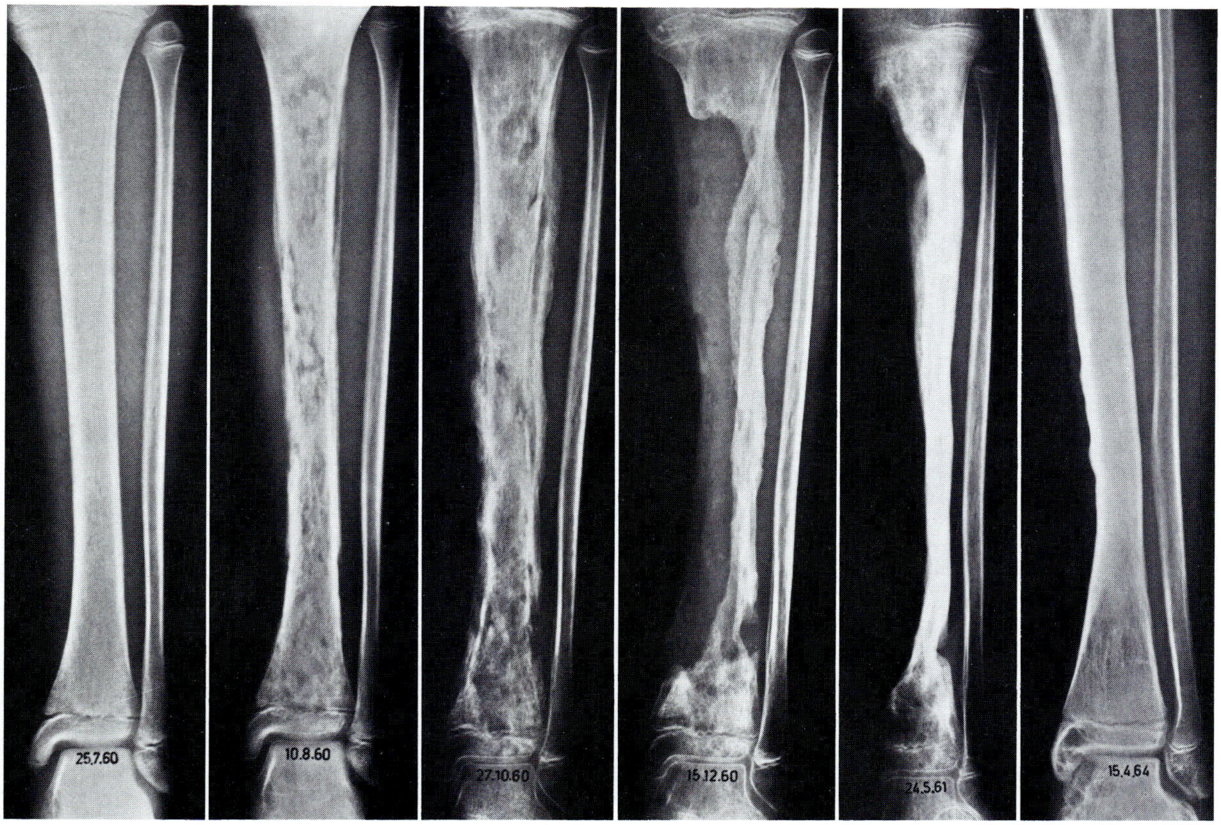

a b c d e f

Abb. 199. *Hämatogene Osteomyelitis der Tibia, Verlauf bei einem 11jährigen Knaben.*

a Erste klinische Symptome: Fieber, Schmerzen, Schwellung. Im Röntgenbild noch kaum Veränderungen: Diskrete unregelmässige Osteoporoseherde in der distalen Metaphyse.
b 2 Wochen später: ausgedehnte, unregelmässige, fleckige Osteoporoseherde, periostale Auflagerungen. Einzelne Kortikalisabschnitte bleiben reaktionslos und röntgendicht: Zeichen der Nekrose.
c 2 Monate später: ausgedehnte Zerstörung der Knochenstrukturen, daneben intensive Knochenneubildung. Proximal eine grosse Knochenhöhle mit Sequester.
d Subperiostale *Resektion* der gesamten nekrotischen Diaphyse. Nur eine schmale Wand bleibt stehen.
e Ein halbes Jahr später. Osteomyelitis ausgeheilt, der Knochen beginnt sich wieder zu regenerieren, starke reaktive Verdichtung des erhaltenen Knochenpfeilers.
f Drei Jahre später: Weitgehende Wiederherstellung der normalen Knochenstruktur durch Umbau und Wachstum.

Unterscheidung von einer Osteomyelitis kann verständlicherweise schwierig sein, ist aber auch nicht unbedingt notwendig, da die Therapie dieselbe ist.

Das *klinische Bild* entspricht beim Säugling nicht immer der Schwere der Krankheit. Die Zeichen einer Infektionskrankheit und die ängstliche Schonhaltung des Gelenkes in einer Zwangsstellung müssen den Verdacht auf eine septische Arthritis erwecken.

Die *Diagnose* muss sofort mittels Gelenkspunktion gemacht werden, denn nur die *früh*, d.h. in den *ersten Tagen* begonnene adäquate Therapie ist imstande, ein solches Gelenk zu retten. Ohne Behandlung führt der Druck des eitrigen Ergusses in diesem Alter rasch zu einer *Luxation* und Zerstörung des Gelenkes (z.B. am Hüftgelenk bei Coxitis). Die Zerstörung der Wachstumsfugen führt zu schwersten Deformitäten mit Verkürzung der Extremität (Abb. 174e–g und Abb. 200).

• *Therapie*

Die *sofortige Eröffnung* und *Ausräumung des Herdes* sowie die *Arthrotomie* und *Drainage* können, zusammen mit der einschlägigen antibiotischen Behandlung, ein solches Gelenk nicht sel-

a

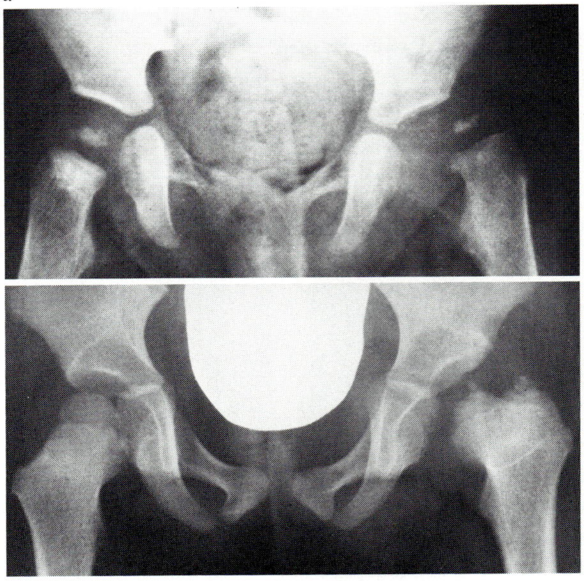

b

Abb. 200. *Säuglingscoxitis.*

a 8 Monate altes Mädchen mit dem Bild einer schweren akuten Infektionskrankheit. Das linke Hüftgelenk ist subluxiert, der Kopfkern etwas unregelmässig, den kleinen Defekt in der Metaphyse sieht man nur auf der Originalaufnahme. Die ganze linke Seite ist etwas osteoporotisch. Dass es sich um eine *frische* Subluxation handeln muss, sieht man an der normalen Pfannenkonfiguration. Die Diagnose «eitrige Säuglingscoxitis» wurde durch Operation bestätigt. Der Druck des Eiters im Gelenk, das Empyem, hatte den Hüftkopf aus der Pfanne gedrückt.

b Zustand 3 Jahre später: Durch die Operation konnte die Luxation behoben werden. Eine Schädigung der Wachstumszonen führte jedoch zu einer Wachstumsstörung.

(Klinik der eitrigen Coxitis: siehe III.C.2.8.)

ten retten. Akute eitrige Gelenksentzündungen im Säuglingsalter gehören zu den wenigen *Notfällen* in der *Orthopädie.*

Mit *zunehmendem Alter* nimmt die Häufigkeit der septischen Arthritis ab, die klinischen Zeichen sind deutlicher auf das betroffene Gelenk bezogen. Der Verlauf ist etwas weniger dramatisch, eine Luxation entsteht kaum noch, doch sind die Folgen nicht weniger schlimm, wenn die *frühzeitige Behandlung* die Infektion nicht rasch zu beseitigen vermag. Die Therapie ist dieselbe wie bei der Säuglingsarthritis.

Das klinische Bild wird zunehmend ähnlicher demjenigen bei Erwachsenen.

6.4.2. *Eitrige Arthritis des Erwachsenen*

Die eitrige Arthritis des Jugendlichen und Erwachsenen entsteht weniger in Zusammenhang mit einer hämatogenen Osteomyelitis als mit Gelenksverletzungen, z.B. durch Stichwunden, mit Gelenkspunktionen, intraartikulären Injektionen, länger dauernder Cortisonbehandlung usw. An erster Stelle stehen deshalb Knie, Finger- und Fussgelenke, aber auch die Hüfte und alle anderen Gelenke können befallen sein.

Die Symptome – allgemein und lokal – sind deutlicher ausgeprägt als beim Kleinkind. Es sind die *klassischen Entzündungszeichen:* Rötung (nur bei oberflächlich liegenden Gelenken, z.B. Fingergelenke), Schwellung, besonders massiver Gelenkserguss, vor allem am Kniegelenk gut erkennbar, Überwärmung (an der in der Tiefe gelegenen Hüfte nicht immer nachweisbar) und starke Schmerzen. Das *Gelenk* ist *sehr empfindlich,* wird *ängstlich fixiert in einer Zwangshaltung,* die der Stellung entspricht, in welcher der Gelenkserguss die Kapsel am wenigsten spannt und deshalb am wenigsten Schmerzen verursacht. Meist besteht hohes Fieber in den ersten Tagen, und das Blutbild ist verändert im Sinne einer akuten Infektion.

Verlauf: Die *Synovialmembran* wird stark entzündlich geschwollen und produziert einen massiven *Gelenkserguss,* der zuerst serös sein kann, bald aber trüb und schliesslich *eitrig* wird (Empyem). Dieser, sowie das von der Synovialmembran aus wuchernde *Granulationsgewebe,* drosselt die Ernährung des Gelenkknorpels und zerstört ihn. Mit der Zeit verödet der Gelenksspalt, das Gelenk versteift, nicht selten in einer Fehlstellung. Es kann zu Abszess-, Sequester- und Fistelbildung, auch zur Nekrose des subchondralen Knochens, kommen. Mit der knöchernen *Ankylose* kann die Infektion *ausheilen.*

Die *Diagnose* muss bei den oben beschriebenen Zeichen vermutet werden. Sofort muss das Gelenk *punktiert* werden, um die Diagnose zu *sichern,* sowie Art und Empfindlichkeit des Erregers festzustellen. Dies ist notwendig, auch wenn im *Röntgenbild* noch keine Veränderungen zu sehen sind. Solche stellen sich erst allmählich ein: *Osteoporose* im ganzen Gelenksbereich, zunächst diffus, mit der Zeit unregelmässig fleckig. Eine zunehmende *Verschmälerung des Gelenkspaltes* deutet die Zerstörung des Gelenkknorpels an. In diesem Stadium kann mit der Wiederherstellung des Gelenkes nicht mehr gerechnet werden (Abb. 201).

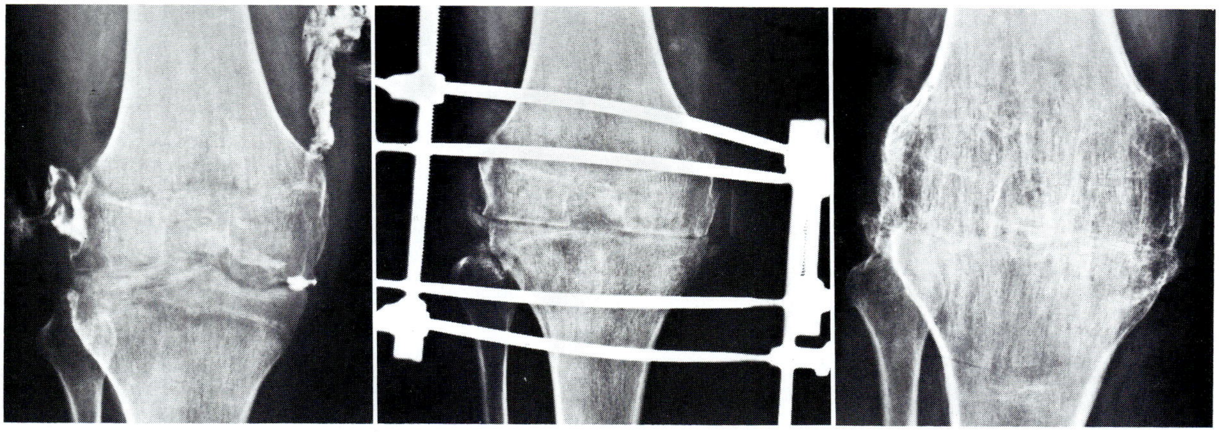

a b c

Abb. 201. *Septische Arthritis* bei einem 35jährigen Mann.

a Weitgehende Zerstörung des Kniegelenkes und starke Osteoporose. Die Kontrastmittelschatten stammen von einer Fistelfüllung her.
b Zustand nach Ausräumung des Infektes und Kompressionsarthrodese des Kniegelenkes. Der Druck auf die entknorpelten Gelenkflächen ist an der Durchbiegung der Nägel zu erkennen, welche durch äussere Spanner zusammengepresst werden.
c Kontrollbild 2 Jahre später: Die Infektion ist ausgeheilt, die Arthrodese knöchern fest geworden.

Die Therapie entspricht jener der septischen Arthritis beim Kind. Durch frühzeitige, gezielte antibiotische Therapie und konsequente Ruhigstellung gelingt es manchmal, die Arthritis zu heilen, wenn die Erreger nicht allzu pathogen sind. Wenn die Infektion aber auf die konservative Behandlung nicht sofort anspricht, sollte mit der Operation nicht lange zugewartet werden: *Chirurgische Ausräumung* des Infektes, Spülung, Synovektomie und Drainage geben dem Gelenk eine Chance, zu heilen, bevor irreversible Zerstörungen eingetreten sind.

Sobald jedoch Zeichen der Gelenksdestruktion deutlich werden, ist die *Ankylose in Funktionsstellung* (siehe II.12.2.4.1.) anzustreben. Die Krankheit und die Schmerzen verschwinden, sobald das Gelenk knöchern fest versteift ist. Dies tritt früher oder später spontan ein, und man kann das Gelenk einfach so lange in Funktionsstellung *im Gips ruhigstellen.* Doch kann die spontane Verknöcherung Monate und Jahre auf sich warten lassen, und nicht selten entstehen Fehlstellungen. Deshalb ist es besser, die *Arthrodese* durchzuführen, sobald es sich herausstellt, dass eine Wiederherstellung des Gelenkes nicht mehr möglich ist.

a b

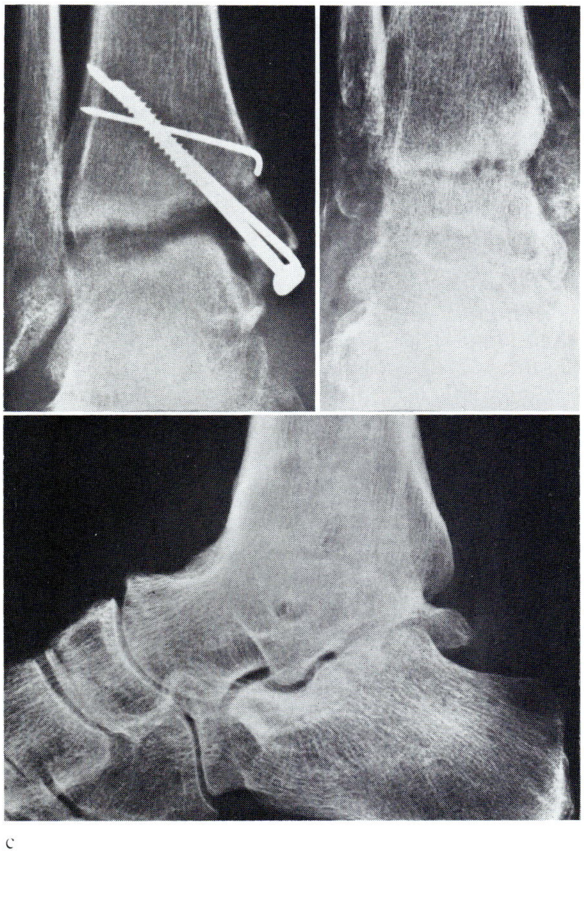

c

Abb. 202. *Posttraumatische septische Arthritis* bei einem ▷ 23jährigen Mann.

a Infektion des oberen Sprunggelenkes im Anschluss an eine offene Fraktur des oberen Sprunggelenkes und Osteosynthese. Das Gelenk ist weitgehend zerstört.
b Ausräumung der Infektion und Arthrodese des oberen Sprunggelenkes.
c 2 Jahre später. Arthrodese knöchern durchgebaut.

Die Arthrodese kann, ja soll auch bei florider eitriger Entzündung gemacht werden. Gleichzeitig wird ja auch der Infekt radikal ausgeräumt. In kurzer Zeit klingt die Entzündung ab und das Gelenk wird in guter Funktionsstellung knöchern fest und tragfähig (siehe auch Arthrodesen, I.C.4.3.2.) (Abb. 202).

Bei Fehlstellung ankylosierter Gelenke kann eine Korrekturosteotomie notwendig werden.

6.5. Die chronische Osteomyelitis

Sie *entsteht* entweder aus einer *akuten hämatogenen Osteomyelitis* wie oben beschrieben, oder durch eine *lokal fortgeleitete Infektion* bei offener Fraktur oder nach einer Knochenoperation.

Die akuten Entzündungszeichen verschwinden mit der Zeit ganz, das Bild ist beherrscht von *Fisteln,* welche dauernd sezernieren (Abb. 203), oder immer sich wiederholender *Abszessbildung,* wenn der Eiter nicht abfliessen kann, von *Sequestern* welche nicht resorbiert, aber auch nicht ausgestossen werden können, von *pathologischen Frakturen,* aber auch von massiven periostalen Knochenneubildungen, welche die Sequester einschliessen (Totenlade) und den zerstörten Knochen mit der Zeit ersetzen. Eine chronische Osteomyelitis bleibt immer ein Infektionsherd, der jederzeit wieder aufflackern kann. Rezidive

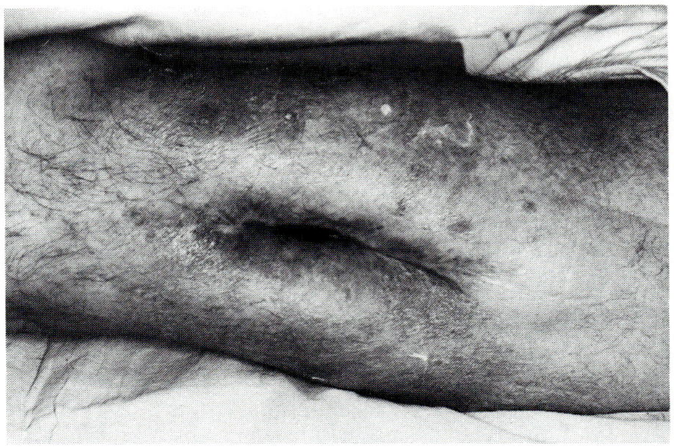

Abb. 203. Fistelnde Narbe bei chronischer Osteomyelitis im Anschluss an Femurfraktur. Die Narbe ist derb, am Knochen adhärent, die Haut dünn. Die Fistel geht auf den Knochen, meist ist ein Sequester die Ursache. Ständig fliesst etwas Eiter, die Patienten müssen oft mehrmals täglich ihre Verbände wechseln und fühlen sich geniert und behindert.

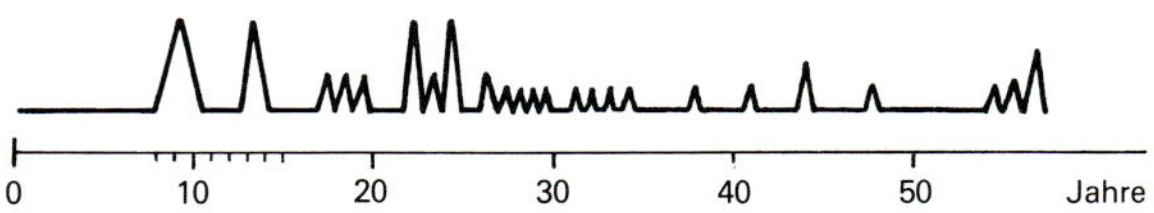

Abb. 204. *Osteomyelitisverlauf.*

Eine Osteomyelitis kann einen Patienten sein ganzes Leben lang begleiten. Früher war das fast die Regel, aber auch heute noch kann man nie mit Sicherheit sagen, dass eine Osteomyelitis endgültig geheilt sei. Die Kurve zeigt die Rezidive mit schmerzhaften Schwellungen (niedere Zacken) und Eiterungen (hohe Zacken) bei einem Sechzigjährigen, der als Kind eine hämatogene Osteomyelitis hatte. Dank Antibiotika gingen die Schübe zurück, verschwanden jedoch nie ganz.

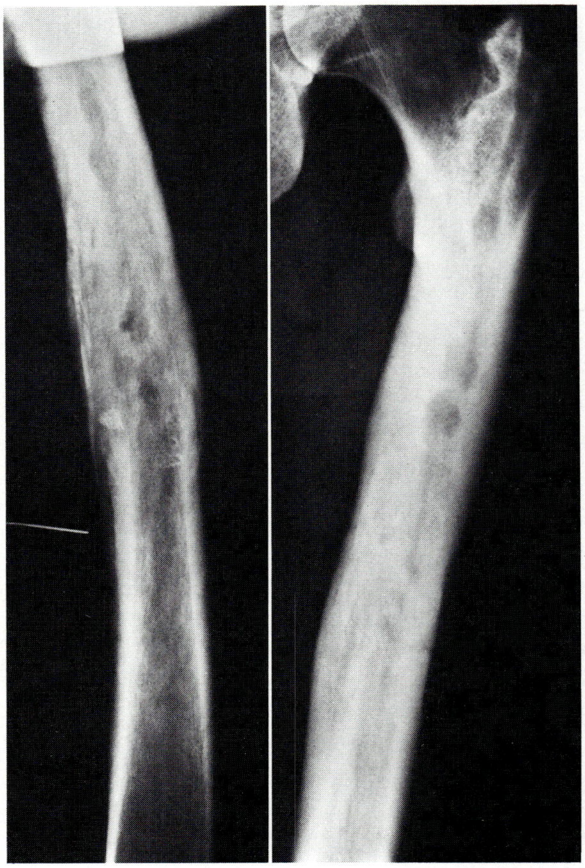

a b

Abb. 205. Chronische Osteomyelitis bei einem 35jährigen Mann, 12 Jahre nach Marknagelung einer Femurfraktur. Im Laufe der Jahre immer wieder Schmerzschübe, welche zeitweise von Abszess- und Fistelbildung gefolgt waren, zeitweise spontan langsam zurückgingen. Die Röntgenbilder zeigen massive Umbauerscheinungen im Femur, starke Sklerosierung, periostale Auflagerung und an mehreren Stellen *Aufhellungszonen* (oft erst auf Tomogrammen zu sehen) im Markkanal, eine davon lässt sich bis zum Trochanter maior verfolgen. Es sind Resorptionshöhlen, wo der Marknagel gelegen hatte, gefüllt von eitrigem Granulationsgewebe, in welchen der Infekt weiter mottet und zeitweise wieder aufbricht (die Nadel links auf dem Bild bezeichnet die Fistel).

Durch radikale Ausräumung der Höhlen und Ausstopfen mit autologer Spongiosa konnte die Infektion später eliminiert werden. Vor einem Rezidiv ist der Patient jedoch nie vollständig gefeit.

nach Jahren und Jahrzehnten sind keine Seltenheit (siehe II.6.1.2. und Abb. 204).

Die *Röntgenbilder* können groteske Veränderungen, vor allem unregelmässige, massive Sklerosen zeigen nebst Sequestern, welche deutlich durch einen Osteolysehof demarkiert erscheinen (Abb. 205).

Extrem chronisch verlaufende Formen der Osteomyelitis, ohne Fistelbildung, können zu diagnostischen Schwierigkeiten Anlass geben:

Der sogenannte *Brodie-Abszess:* Umschriebene Sklerosierung in der Metaphyse eines langen Röhrenknochens, mit kleiner zentraler eitriger Einschmelzung. Die Ausräumung evtl. Ausfüllung der Höhle mit Spongiosa führt in der Regel zur Heilung.

Noch chronischer verläuft die sogenannte *Osteomyelitis sclerosans* (Garré), mit kleinen, im Röntgenbild kaum sichtbaren Granulations- und Abszessherdchen, dafür starker *Sklerosierung* und *Verdickung* der Kortikalis eines langen Röhrenknochens. Klinisch bestehen lokale Entzündungszeichen. Wichtig ist die Differentialdiagnose gegen Tumoren (Osteid-Osteom, II.7.3.2.3., Sarkom). Die Prognose ist gut, evtl. ist operative Ausräumung angezeigt. (Siehe Abb. 192 in II.6.1.1.)

6.5.1. *Therapie der chronischen Osteomyelitis*

Systemisch applizierte *Antibiotika* erreichen die Bakterien in den Sequestern und den mit Eiter und nekrotischem Gewebe gefüllten Höhlen *nicht,* nützen also nichts. Nur die *radikale chirurgische Ausräumung* aller infizierten nektrotischen, nicht durchbluteten Gewebe gibt Aussicht auf eine Heilung. Eine chronische Fistel geht fast immer von einem Knochensequester aus. Eine *Fistelfüllung* mit Methylenblau während der Operation zeigt deutlich das nicht durchblutete, infizierte Gewebe: Sequester, Fistelgang, Granulationsgewebe. Die Ausräumung muss peinlich genau und radikal erfolgen. Es darf nur *gut durchblutetes Gewebe* belassen werden, von welchem die aktive Infektabwehr ausgehen kann (körpereigene Abwehrstoffe, Antibiotika). Gelegentlich kann anschliessend eine temporäre Spüldrainage zweckmässig sein, bis eine stärkere Sekretion nachgelassen hat.

Mit dieser aktiv chirurgischen Behandlung, *wenn nötig* mehrmals *wiederholt* in Abständen von einigen Wochen, gelingt die Elimination des Infektes fast immer.

Resthöhlen müssen *ausgefüllt* werden, weil sonst leicht darin Rezidive entstehen. Zum Ausfüllen hat sich *autologe Spongiosa* am besten bewährt. Die Resultate sind besser als mit Fremdmaterial. Man kann ohne weiteres Spongiosa unmittelbar in Abszesshöhlen einbringen, wenn diese vorher peinlich genau ausgeräumt wurden. Eigenspongiosa heilt sogar als «offene Spongiosaplastik» ein, wenn eine Hautdeckung nicht möglich ist.

Als weitere Methoden kommen in Frage: die Ausmuldung, damit sich lebende Weichteile, vor allem Muskeln, in den Defekt hinein legen können (besonders am Femur), und die Austapezierung der Höhle mit einem dünnen Spalthautlappen (Thiersch) (besonders an der Tibia).

6.6. Infizierte Frakturen und Pseudarthrosen

(Posttraumatische Osteitis)

Die Infektion erfolgt durch eine offene Wunde, am häufigsten also bei offenen Frakturen und Frakturosteosynthesen, aber auch bei anderen Knochenoperationen (z.B. Osteotomien). Entsprechend der Zunahme von schweren Verkehrs- und Arbeitsunfällen mit offenen Frakturen, aber auch der teils kritiklosen Verbreitung der operativen Frakturbehandlung, ist die Osteitis sehr häufig und ihre Behandlung ein grosses Problem geworden (siehe auch II.15.2.5.).

Erscheinungsbild: Die Infektion einer Wunde nach Trauma oder Operation im Knochenbereich kann verschieden tief gehen: Von der harmlosen «Fadeneiterung» über die Heilung «per secundam» zum tiefen Abszess und bis zur Infektion des Knochens selbst. Verschiedene Faktoren kommen zusammen, wenn aus einem banalen Infekt eine Osteitis entsteht: Ausgedehnte, schwere Verletzung, zerstörtes und gequetschtes, nicht oder ungenügend durchblutetes Gewebe, vor allem auch Knochen, fehlende oder defekte Hautdecke, virulente Erreger, geschwächte Abwehr.

Die *Diagnose* ist einfach, sie ergibt sich aus der Wundinfektion, den allgemeinen und lokalen Entzündungszeichen und dem chronischen Verlauf.

Pathologisch-anatomisch sind die Vorgänge die *gleichen* wie bei der *hämatogenen Osteomyelitis.* Die Erreger sind aber in der Regel nicht so extrem virulent wie bei dieser, die Heilungsaussichten also an sich eher besser. Andererseits ergeben sich zusätzliche Probleme infolge:

1. Weichteilschaden durch Trauma und/oder Operation

2. Störungen der Knochenbruchheilung
3. Fremdmaterial (Metallfixationen).

6.6.1. *Pathophysiologie – Prophylaxe – Therapie*

6.6.1.1. *Weichteilschäden*

Massive Gewebszerstörung durch Trauma und/oder Operation lassen devitalisiertes, nekrotisches, *nicht durchblutetes Gewebe* zurück, in welchem Infektionen sich leicht ausbreiten und von der körpereigenen Infektabwehr und von Antibiotika nicht erreicht werden können. *Gut durchblutetes, vitales Gewebe ist die beste Infektabwehr.*

Eine beschädigte oder zerstörte *Hautdecke* öffnet einer Infektion den Weg zum Knochen. Hautschnitte etwa zum Zweck von Osteosynthesen, durch kontusionierte, beschädigte Haut führen leicht zu ausgedehnten *Hautnekrosen,* dadurch zu Hautdefekten und Infektion der darunter gelegenen Strukturen. Hat die Infektion sich erst einmal im Knochen eingenistet, so nützt eine geschlossene Hautdecke nichts mehr. Sie verhindert im Gegenteil das Abfliessen des Eiters und damit die Heilung. Daraus ergeben sich als praktische Schlussfolgerungen:

Prophylaxe: Bei der *Indikationsstellung* zu einer Osteosynthese ist deshalb zu beachten:
1. Osteosynthesen sollen nicht unter *kontusionierter Haut* angelegt werden.
2. Eine Osteosynthese schädigt traumatisiertes Gewebe (Weichteile und Knochen) noch weiter, so dass ausgedehnte Nekrosen entstehen können, welche einer Infektion Vorschub leisten.

Therapie: Bei etabliertem Infekt soll devitalisiertes Gewebe radikal entfernt und die Haut offen gelassen werden.

6.6.1.2. *Störung der Knochenbruchheilung bei Infekt; Pseudarthrosen*

Infizierte Knochenbrüche haben eine grosse *Pseudarthroserate.* Zwischen Infekt und Pseudarthrose besteht ein *Circulus vitiosus:* Der Infekt stört die Brückenkallusbildung und verhindert das Festwerden der Pseudarthrose, und der Infekt kann nicht heilen, solange Knochenfragmente sich gegeneinander bewegen und reiben (siehe Abb. 332, II.16.2.3.).

Die Kombination von Infekt und Pseudarthrose ist deshalb relativ häufig und galt lange Zeit als fast unheilbar. Erst spät hat man die biologischen Zusammenhänge genauer erkannt, und gelernt, diese schwere Komplikation zu behandeln und zur Heilung zu bringen.

Im Prinzip muss zuerst die Pseudarthrose stabilisiert und zur Konsolidation gebracht und anschliessend die Infektion nach den Richtlinien der *Osteomyelitisbehandlung* (siehe II.6.5.1.) zur Ausheilung gebracht werden. Die *Behandlung der infizierten Pseudarthrose* ist in II.16.2.3. beschrieben.

6.6.1.3. *Körperfremdes Material* (Metallplatten, Nägel usw. zur Osteosynthese) fördert eine beginnende Infektion. Bei gefährdeten Fällen ist die Indikation zur Osteosynthese entsprechend vorsichtig zu stellen.

Ein einmal etablierter Infekt kann in der Regel *nicht* ausheilen, solange Fremdkörper in situ lie-

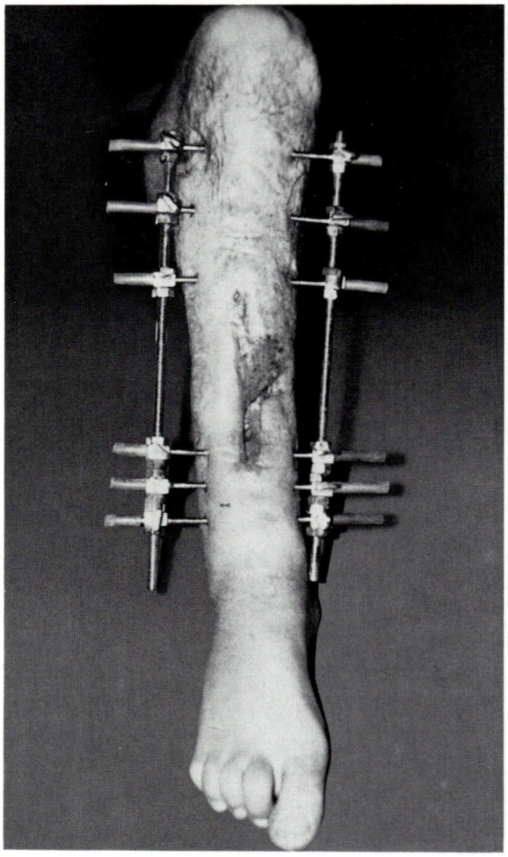

Abb. 206. Äussere Spanner bei infiziertem offenem Unterschenkelbruch.

Gute Stabilität ist Voraussetzung für den Erfolg der Methode. Mit zweckmässiger Anwendung von kräftigen Spannern ist eine unverrückbare Fixation zu erreichen, die eine offene ambulante Wundbehandlung erlaubt.

Äussere Spanner eignen sich besonders auch für die Behandlung infizierter Pseudarthrosen (siehe II.16.2.3. und Abb. 331).

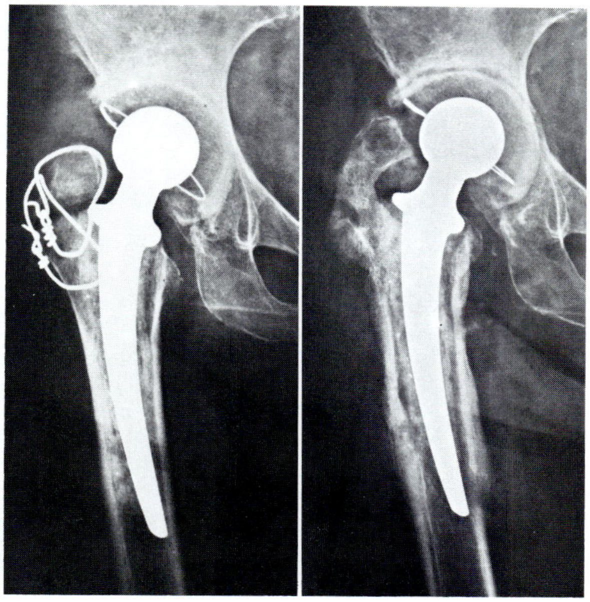

a b

Abb. 207. *Infektion* bei Totalhüftendoprothese, die *gefürchtetste Komplikation* dieser Operation.

a In den ersten Wochen ist auf dem Röntgenbild noch kaum etwas zu sehen.

b 2 Jahre später: ausgedehnte Osteolysezone rings um das Implantat herum. Sowohl Pfanne wie Schaft sind gelockert. Die Femurkortikalis zeigt alle Zeichen einer Osteomyelitis: Unregelmässige, herdförmige Osteolyse und Sklerose, periostale Auflagerungen.

Die Patientin hatte eine Fistel, zunehmend Schmerzen, und konnte immer schlechter gehen. Die Prothese wurde schliesslich ersatzlos entfernt, wodurch der Infekt geheilt, die Schmerzen beseitigt und die Patientin wieder ordentlich, wenn auch mit Stock, gehfähig gemacht werden konnte.

Der Versuch, den Infekt operativ auszuräumen und wieder eine neue Prothese einzusetzen, kann gelingen, gibt aber keine Gewähr, dass nicht früher oder später die Prothese doch noch definitiv entfernt werden muss (siehe Abb. 563).

gen. Meistens bleibt eine *Fistel* offen, die mehr oder weniger stark eitert. Trotzdem ist es besser eine gut fixierende Osteosynthese zu *belassen* und das Fixationsmaterial erst nach der Konsolidation der Fraktur oder Pseudarthrose zu entfernen, sofern das Metall tatsächlich gut stabilisiert. Gelegentlich ist eine temporäre Spüldrainage notwendig.

Metall allerdings, das *keine* mechanische Funktion hat (z.B. gelockerte Schrauben und Platten) wird sofort entfernt. Die Stabilisierung erfolgt dann am besten mit *äusseren Spannern* (Abb. 206) (siehe auch Therapie der infizierten Pseudarthrose, II.16.2.3.).

Infizierte Endoprothesen (Abb. 207 und 563) müssen meistens über kurz oder lang entfernt werden.

Erstaunlich ist es, dass ein *Hautdefekt* im Verlaufe der Osteitis nicht die entscheidende Rolle spielt, die man angenommen hatte. Meist kann die Osteitis trotzdem heilen, wenn die oben angeführten Prinzipien befolgt werden. Eine Wunde schliesst sich mit der Zeit durch Granulationen und Narbenschrumpfung, aufwendige Hautlappenplastiken (z.B. Cross-leg-Plastiken) sind selten notwendig.

6.7. Seltenere Infektionskrankheiten des Skelettes

Typhus, Bang, Ruhr: Diese Krankheiten befallen gelegentlich das Skelett, vorzugsweise einzelne Wirbelkörper, und verursachen hier eine spezifische Osteomyelitis, resp. eine Spondylitis. Die Krankheit verläuft akuter als die Tbc-Spondylitis und macht im Gegensatz zu dieser eher sklerotische Reaktionen als Porose. Die Diagnose wird aus dem bakteriologischen oder serologischen Nachweis der Grundkrankheit gestellt. Die Heilung erfolgt auf dem Weg über den Zusammenbruch des befallenen Wirbels (Keilwirbel, Gibbus) und die Verschmelzung mit dem benachbarten Wirbel.

Therapie: Behandlung der Grundkrankheit, Ruhigstellung (Bettruhe, Liegeschale), evtl. chirurgische Ausräumung von Abszess und Sequester zusammen mit Spondylodese (Spanoperation) (vgl. Tuberkulose, II.6.2.).

Lues: Die kongenitale Lues kann eine Reihe von verschiedenen Läsionen am kindlichen Skelett verursachen (siehe Pädiatrie). Die Lues des Erwachsenen kann sich in Periostitiden und Osteomyelitiden von spezifischem Charakter manifestieren. Bei der *Tabes dorsalis* können als Folge der vorhandenen Sensibilitätsstörungen charakteristische massive Zerstörungen an den Gelenken entstehen (Charcot) (siehe neurogene Arthropathien, II.11.2.).

Gonorrhoe. Sie kann eine schmerzhafte akute Arthritis, vorzugsweise des *Kniegelenkes* (Gonarthritis gonorrhoica), machen.

Diagnose: Nachweis der Kokken im Erguss. Therapie: Antibiotisch mit gutem Erfolg im Frühstadium.

6.8. *Weichteilinfektionen*

Eitrige Sehnenscheidenentzündungen: Vorzugsweise in den Sehnenscheiden der Fingerflexoren, ausgelöst durch lokale Infektion (Stichverletzungen). Lokale Schmerzen und Bewegungsbehinderung. Oft ist die chirurgische Drainage des Empyems notwendig (siehe III.A.7.3.1.4.).

Eitrige Bursitis: Typisch ist die eitrige Bursitis der

- Bursa olecrani (III.A.4.4.) und der
- Bursa praepatellaris (III.C.4.9.3.2.), ebenfalls fast immer durch lokale Infektion (offene Wunden).

Starke entzündliche Schwellung, Hydrops. Die Bursitis darf nicht mit einer Arthritis verwechselt werden. Durch Inspektion und Palpation kann die Begrenzung der Entzündung auf die Bursa festgestellt werden.

Therapie: Im akuten Stadium: Inzision und Drainage. Wenn Entzündung abgeklungen: Exzision der Bursa.

Prophylaktische Exzision bei traumatischer Eröffnung der Bursa.

Panaritium: siehe III.A.7.3.1.1., *Paronychie:* siehe III.A.7.3.1.2. und (an den Zehen) III.C.7.9.3.

7. Tumoren des Bewegungsapparates

Tumoren des Bewegungsapparates sind relativ selten. Mit wenigen Ausnahmen sind es *Knochentumoren.* Ihre grosse Bedeutung liegt darin, dass *neben harmlosen* Zufallsbefunden auch rasch *letal verlaufende* Krankheiten vorkommen. Die *Verantwortung* des Arztes, *sie zu erkennen* und die Therapie entsprechend zu wählen, ist gross. Es ist sicher schlimm, einen malignen Tumor nicht zu erkennen und die Überlebenschance, die der Patient z. B. mit einer rechtzeitigen Amputation vielleicht gehabt hätte, zu verpassen. Schlimmer noch ist aber eine Amputation, wenn sich nachträglich herausstellt, dass gar kein maligner Tumor vorhanden war. Beides kann nur durch sorgfältige Diagnostik und Indikation vermieden werden.

Was an einem Tumor am meisten interessiert, ist sein *Wachstumsverhalten,* seine spontane *Prognose.* Grundlage dafür ist eine *pathologisch-anatomische Klassierung* der Tumoren. Dass an dieser heute noch gearbeitet wird, zeigt, wie schwierig es ist, über die mutmassliche Entwicklung der einzelnen Tumoren mit einiger Genauigkeit etwas auszusagen.

Noch schwieriger ist es, herauszufinden, welche Therapie bei welchem Tumor tatsächlich eine Heilung oder wenigstens eine Besserung bringen kann ohne zu grosse Opfer für den Patienten. Retrospektive Studien haben bisher nur unvollständige Kenntnisse gebracht und prospektive Studien brauchen lange Zeit.

Immerhin können zunehmend genauere *Richtlinien* angegeben werden.

7.1. Diagnostik

Wenn ein Patient längere Zeit Schmerzen an einer bestimmten Stelle des Bewegungsapparates hat, deren Ursache unklar ist, so sollte einmal ein *Röntgenbild* gemacht werden.

Schmerzen bei Tumoren treten nicht selten nach einem unbedeutenden Trauma auf, dem dann der Patient, und mit ihm leicht auch der Arzt, die Schmerzen zuschreibt. Schmerzen nach einfachen Verletzungen klingen in der Regel jedoch rasch ab.

Weitere Zeichen sind sichtbare, evtl. palpierbare Verdickungen, Schwellungen oder Funktionseinschränkungen.

Nicht selten macht sich ein Knochentumor erstmals bemerkbar, wenn der geschwächte Knochen bei einem geringfügigen Trauma *bricht: Pathologische Fraktur* (siehe II.14.2.1.). Frakturen ohne adäquates Trauma, mit ungewöhnlicher Lokalisation oder Erscheinungsform, erwecken deshalb den Verdacht auf einen Tumor (siehe Abb. 212 und 229).

In jedem Fall von Tumorverdacht wird zuerst ein Röntgenbild veranlasst.

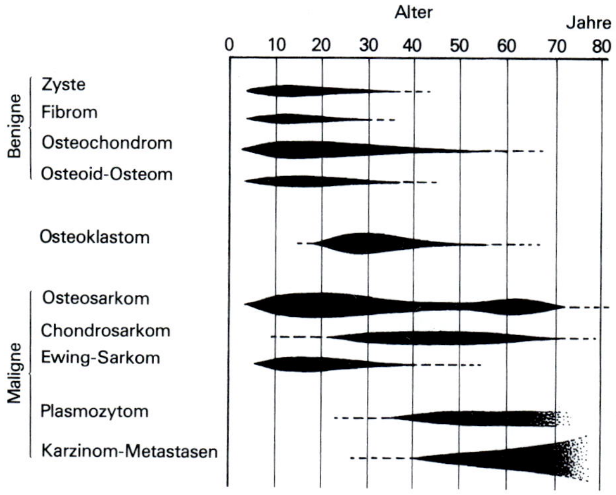

Abb. 208. Die *Lebensalter,* in welchen *Knochentumoren* zu erwarten sind. Die Mehrzahl der primären Tumoren, benigne wie maligne, treten in der *Wachstumsperiode* auf. Häufiger ist allerdings der *sekundäre* Skelettbefall im *Alter.*

7.1.1. *Röntgendiagnostik*

Die grosse Mehrzahl der Tumoren des Bewegungsapparates sind *Knochentumoren* und machen röntgenologisch sichtbare Veränderungen. Das *Röntgenbild* steht deshalb am Anfang der Tumordiagnostik.

Manche nicht neoplastischen Veränderungen oder typische benigne Tumoren können mit Hilfe des Röntgenbildes und der klinischen Beurteilung (Alter des Patienten und Lokalisation der Läsion) *allein* von den übrigen Tumoren abgegrenzt werden. Dazu gehören das *Knochenfibrom,* die juvenile *Knochenzyste* u. a.

Es gibt für Tumoren *typische röntgenologische Zeichen* wie Knochendefekte durch Osteolyse, Knochenneubildung durch osteoplastisches Tumorwachstum und reaktive Sklerose, periostale Auflagerungen, parallel oder senkrecht zur Ober-

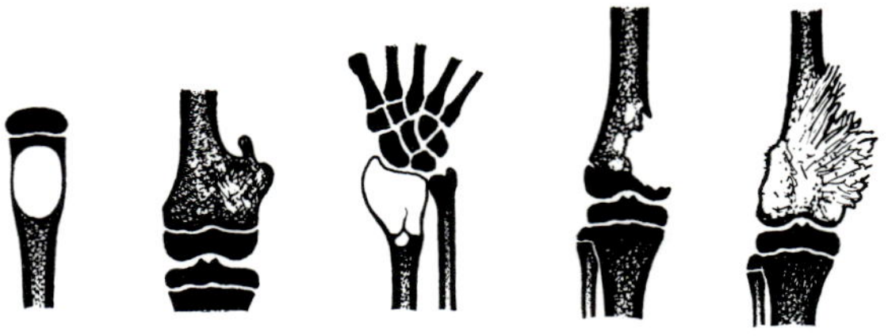

Abb. 209. *Röntgenaspekt einiger Knochentumoren.* Links *benigne,* rechts *maligne* Tumoren.

Von links nach rechts:

1 *Solitäre Knochenzyste.* Scharfe Begrenzung, keine Zerstörung der fundamentalen Knochenstruktur: Kortikalis wohl verdünnt und ausgeweitet, aber überall intakt. Epiphysenfuge ebenfalls intakt. Diese Zeichen sprechen für einen benignen Prozess.
2 *Kartilaginäre Exostose:* gut begrenzte, strukturierte Auswüchse, ebenfalls benigne.
3 *Osteoklastom* (Riesenzellgeschwulst). Meist in der Epiphyse, bei bereits verschlossenen Epiphysenfugen. Epiphyse kolbig aufgetrieben, Form und Begrenzung verändert, aber immer noch einigermassen gewahrt. Massive Osteolyse, gekammert. Semimaligner Tumor.
4 *Osteosarkom,* osteoklastisch. Unregelmässige, destruierende Osteolyse, welche die anatomischen Strukturen und Begrenzungen nicht mehr beachtet. Massive Zerstörung von Struktur und Form: Maligner Tumor.
5 *Osteosarkom,* osteoblastisch: Unregelmässige und ungeordnete Knochenproduktion neben Destruktion, in den Knochen und in die Umgebung infiltrierend. Die anatomischen Grenzen werden nicht mehr beachtet: Maligner Tumor.

fläche des Knochens, doch sind diese morphologischen Veränderungen praktisch nie pathognomonisch für einen bestimmten Tumor (Abb. 209). Die meisten von diesen Zeichen können auch einmal bei nicht neoplastischen Affektionen, wie Knocheninfekte, posttraumatische Veränderungen, Myositis ossificans usw., vorkommen. Zudem haben vor allem die Sarkome sehr variable Erscheinungsformen auf dem Röntgenbild. Die Mehrzahl der Knochentumoren lässt sich aus dem Röntgenbild allein *nicht* mit genügender Zuverlässigkeit bestimmen (oder wer es sich zutraut, braucht schon sehr viel Erfahrung). Eine *histologische Diagnose* ist in der Regel als Grundlage für die Therapie unerlässlich.

Weitere diagnostische Hilfsmittel: Szintigraphie und Arteriographie sind für die Tumordiagnostik herangezogen worden. Sie haben bestimmte Aufgaben: Mit Hilfe der *Szintigraphie* kann die Aktivität eines Umbauprozesses erkannt werden. Eine Ganzkörperszintigraphie kann z. B. Metastasen aufdecken (siehe Abb. 121). Im übrigen ist sie unspezifisch.

Die *Arteriographie* kann über die *Ausdehnung* eines Tumors Auskunft geben. Eine sichere Differenzierung von Tumoren erlaubt sie in der Regel ebenfalls nicht.

Laborbefunde können Veränderungen im Calcium-Phosphatstoffwechsel zeigen, sie sind unspezifisch und somit für die Tumordiagnostik nur beschränkt hilfreich (Plasmozytom, Karzinommetastasen).

7.1.2. *Die histologische Diagnose*

Der Pathologe hat in der Diagnostik der Knochentumoren nach wie vor die zentrale Stellung inne. Seine Aufgabe ist es, im wesentlichen, den *Grad* der *Aggressivität* eines Tumors zu bestimmen. Daraus leitet sich das therapeutische Vorgehen ab.

Bei Verdacht auf Malignität ist immer vor einer Therapie eine *Tumorbiopsie* angezeigt. Schnellschnitte sind schwieriger zu beurteilen als fixierte und nicht immer eindeutig. Nadelbiopsien sind unzuverlässig. Andererseits ist es nicht erwiesen, dass durch eine chirurgische Biopsie die Überlebenschancen bei einer nachträglichen Amputation herabgesetzt würden. Schlimmer wäre es, nach einer Amputation feststellen zu müssen, dass gar kein Sarkom vorgelegen hat.

Wichtig ist es, dass der Pathologe
- die *klinischen Daten* und die *Röntgenbilder* kennt
- dass er *repräsentative Teile des Tumores* zur Beurteilung erhält und
- dass er *kein* durch Röntgenbestrahlung oder anderweitig *sekundär verändertes Gewebe* zur Verarbeitung bekommt.

Auch dann ist seine Aufgabe noch schwierig genug: Die Abgrenzung einer Myositis ossificans oder einer massiven Kallusbildung, sowie die Differenzierung mancher Tumoren kann ebenso schwierig wie verantwortungsvoll sein.

7.2. Klassierung der Tumoren des Bewegungsapparates

Der grösste Teil der Tumoren des Bewegungsapparates sind Knochentumoren. Zum Verständnis der mannigfaltigen und komplizierten Erscheinungsformen trägt die These bei, dass die *Tumorentstehung eng mit der Skelettentwicklung und Gewebsdifferenzierung zusammenhängt:* Danach sind Tumoren Entgleisungen dieser normalen Vorgänge und entstehen vorwiegend zu jenem Zeitpunkt und an jener Stelle, wo die betref-

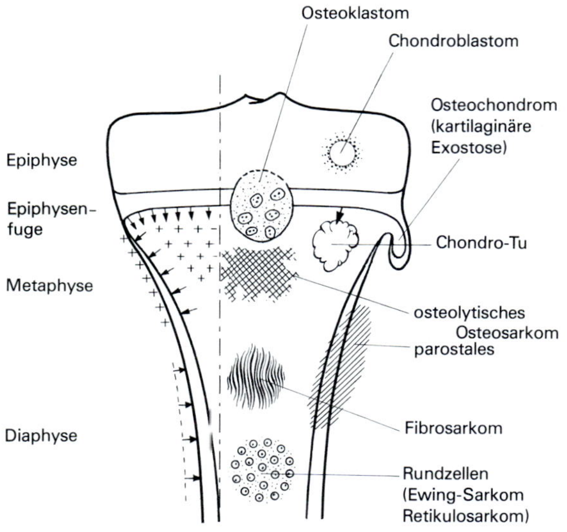

Abb. 210. Zusammenhang zwischen Tumorentstehung und normaler *Zelldifferenzierung* beim Knochenwachstum (nach JOHNSON).

Links: An- und Umbauvorgänge am wachsenden Knochen (vgl. I.A.5.). Pfeile: Osteoblasten, Kreuze: Osteoklasten.

Rechts: Bevorzugte Lokalisation einiger Knochentumoren. Sie entspricht topographisch ungefähr den Stellen grösster Zellaktivität bei *normalem* Wachstum.

fende normale Zellaktivität besonders gross ist, so z. B. während der Wachstumsperiode *im Bereiche der Wachstumszonen,* welche den grössten Längenzuwachs bringen, also knienahe Femur- und Tibiametaphysen, proximale Humerus- und distale Radiusepiphysen (Abb. 210).

Bei der *Klassierung* der primären Tumoren des Bewegungsapparates ist vor allem die Einteilung in bezug auf die *Aggressivität* des Tumors von praktischer Bedeutung: Sie ist die Grundlage für den *Therapieplan.*

1. Benigne Tumoren: Hier besteht erfahrungsgemäss die Gefahr, dass «übertherapiert» wird. In manchen Fällen ist eine Therapie gar nicht notwendig, vor allem, wenn keine Beschwerden bestehen und die Tragfunktion des betroffenen Knochens nicht oder nur unwesentlich beeinträchtigt ist.

Weil sie hinsichtlich Diagnostik und Therapie ähnliche Probleme stellen wie die benignen Knochentumoren, werden *einige andere nicht tumoröse Knochenveränderungen zusammen mit diesen besprochen.* Dazu gehören als relativ häufige Befunde: Juvenile Knochenzysten und fibröser Kortikalisdefekt. Praktisch wichtig ist es vor allem, diese Befunde von den Tumoren zu unterscheiden, und damit *unnötige chirurgische Eingriffe zu vermeiden.*

2. Maligne Tumoren: Die malignen primären Knochentumoren sind für ihre besondere Bösartigkeit bekannt. Immerhin ist eine genauere Differenzierung und entsprechend gezielte Therapie sinnvoll und gibt den Patienten eine *reelle Überlebenschance.*

3. Die sogenannten *semimalignen Tumoren* stehen zwischen diesen beiden Extremen. Sie sind lokal aggressiv, machen aber praktisch nie Metastasen. Ihre Therapie stellt manchmal schwierige Probleme, wenn es darum geht, der Forderung nach Radikalität des Eingriffes und der Erhaltung der Funktion gerecht zu werden.

Zwischen diesen drei Gruppen sind die Übergänge fliessend.

4. *Knochenmetastasen und generalisierte Knochentumoren.* Weit häufiger als primäre maligne Knochentumoren. Nicht selten Ursache von ungeklärten Schmerzen am Skelett. Häufigste Ursache von pathologischen Frakturen. Diese Komplikation macht oft lokale chirurgische Eingriffe nötig, nicht mit dem Ziel einer Heilung, sondern um den Patienten von Schmerzen zu befreien und ihm eine temporäre Funktion wiederzugeben. Skelettkarzinose siehe II.7.5.

Im folgenden werden *die häufigeren Tumoren* mit ihren praktisch wichtigen Besonderheiten *aufgeführt, beginnend mit den harmlosesten Veränderungen in der Reihenfolge zunehmender Bösartigkeit:*

7.3. Systematik der Knochentumoren

7.3.1. *Tumorähnliche harmlose Veränderungen*

7.3.1.1. *Fibröser Kortikalisdefekt, nicht ossifizierendes Fibrom*

Verhältnismässig häufige Defektbildung im Cortex der Metaphyse langer Röhrenknochen (vor allem Femur und Tibia distal, auch proximal, Humerus, Fibula). Fast ausschliesslich bei Kindern und Jugendlichen, machen keine oder nur geringe Beschwerden.

Der *röntgenologische Aspekt* ist so *typisch,* dass die Diagnose daraus allein gestellt werden kann: zystenähnlicher Kortikalisdefekt mit Randsklerosierung. Die Knochenkontur ist nie unterbrochen, eine dünne Kortikaliswand bleibt immer bestehen (Abb. 211).

Manchmal bilden sich die Defekte von selbst zurück. Eine Operation ist bei kleinen Defekten nicht notwendig. Grössere Defekte können bei Beschwerden, z. B. Spontanfrakturen usw., durch Curettage und Ausfüllen des Defektes mit Spon-

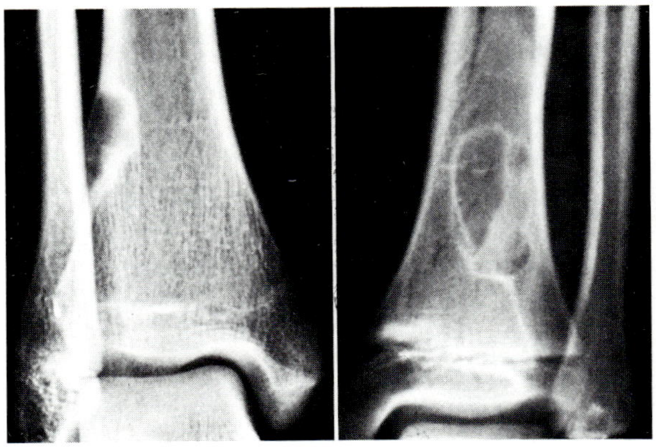

a b

Abb. 211.

a Bei diesem Mädchen war wegen einer Tibiafraktur ein Röntgenbild gemacht worden. Als *Zufallsbefund* fand man einen *fibrösen Kortikalisdefekt,* der keine Beschwerden gemacht hatte. Das Röntgenbild dieser harmlosen, relativ häufigen (am häufigsten in der distalen Femurdiaphyse) Erscheinung ist so typisch, dass die Diagnose ohne weitere Abklärung mit Sicherheit gestellt werden kann. Solange die Tragfähigkeit des Knochens nicht gestört ist, ist keine Therapie nötig.

b Bei diesem Kind wurde wegen einer Unterschenkelfraktur ein Röntgenbild gemacht und dabei ein nicht ossifizierendes Knochenfibrom entdeckt. Dieses beeinflusste die Frakturheilung nicht.

giosaspänen geheilt werden. Eingreifendere Operationen sind nie indiziert.

7.3.1.2. *Juvenile Knochenzysten*

Aspektmässig und hinsichtlich ihrer Therapie gehören sie in dieses Kapitel, obwohl sie histologisch keine Tumoren sind, sondern flüssigkeitsgefüllte, von einer dünnen Membran ausgekleidete *Zysten.* Sie sitzen in der Metaphyse langer Röhrenknochen, am häufigsten in der *proximalen Metaphyse* von *Humerus* und *Femur,* dicht an die noch offene Epiphysenfuge angrenzend. Die Kortikalis ist oft so dünn wie eine Eierschale, aber nie unterbrochen. Befallen sind Kinder und Jugendliche *im Wachstumsalter.* Manchmal sind

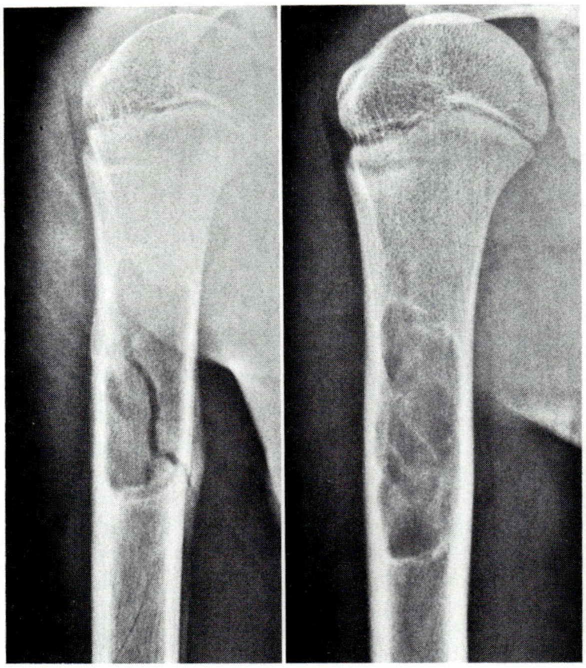

a b

Abb. 212.

a *Juvenile Knochenzyste* im Humerusschaft eines 11jährigen Mädchens, kurze Zeit nach einer Spontanfraktur. Konservative Behandlung. Die periostale Kallusbildung ist bereits deutlich zu erkennen.

b 1½ Jahre später ist die Fraktur gut geheilt, die Kortikalis ist etwas dichter geworden. Die Zyste veränderte sich kaum mehr. Das Mädchen war beschwerdefrei. Eine operative Therapie ist bei Knochenzysten oft nicht nötig. Das geringe Risiko einer Refraktur schien in diesem Fall das kleinere Übel zu sein.

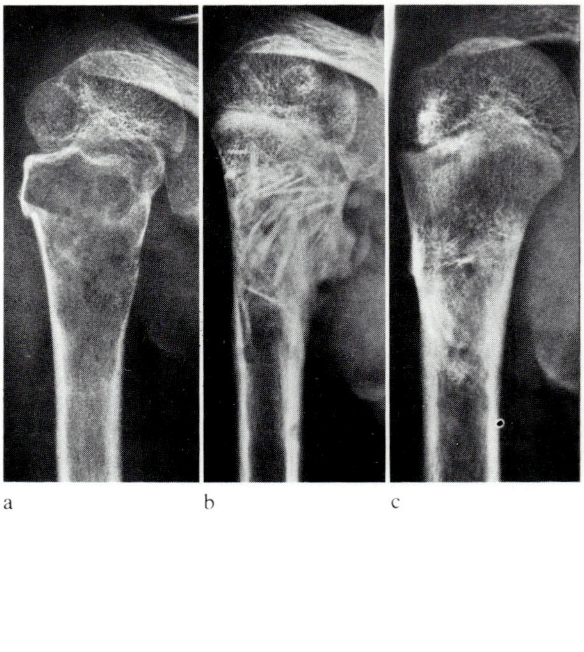

a b c

Abb. 213. *Juvenile Knochenzyste* im proximalen Humerusende. Das 7jährige Mädchen hatte kaum Beschwerden, bis nach einem leichten Trauma plötzlich starke Schmerzen in der Schulter auftraten. Das Röntgenbild (a) zeigte eine juvenile Knochenzyste an typischer Stelle: In der Metaphyse, bis direkt an die Epiphysenlinie reichend, mit einer kaum verschobenen Spontanfraktur der dünnen äusseren Kortikalis. ▷

Wegen des grossen Defektes wurde die Zyste mit autologen kortiko-spongiösen Spänen gefüllt (b).

c) Ein Jahr später sind Fraktur und Zyste geheilt. Sie liegen jetzt bereits im Schaft, in einigem Abstand von der Epiphysenlinie, ein Zeichen, dass die Wachstumszone intakt geblieben war. Das Längenwachstum des Humerus ging ungestört weiter. Bei schonender Operationstechnik ist dies die Regel.

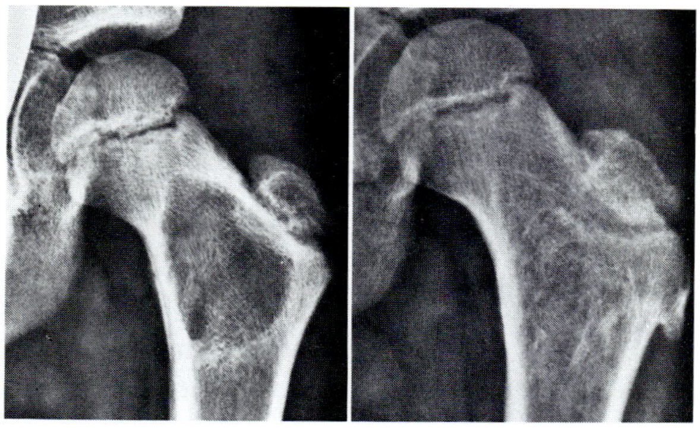

a b

Abb. 214. Diese *juvenile Knochenzyste* im proximalen Femurende hatte seiner Trägerin, einem 7jährigen Mädchen, lange Zeit keine Beschwerden gemacht. Schmerzen traten erst auf infolge einer schleichenden Fraktur am Adambogen. Die Zyste musste deshalb operiert werden. Sie wurde mit Spongiosa gefüllt. Rechts: Weitgehende Wiederherstellung der Struktur 2 Jahre später.

die Zysten Zufallsbefunde, welche kaum Beschwerden machen. Kleine Zysten brauchen keine Behandlung. Bei geringem Trauma oder spontan kann aber der Knochen an dieser Stelle brechen. Meist wird die Zyste erst durch eine solche pathologische Fraktur manifest (Abb. 212). Die Fraktur heilt fast immer von selbst, die Zyste jedoch nur selten. Ist sie gross, so ist es zweckmässig, sie auszukurettieren und mit Spongiosaspänen zu füllen (Abb. 214). Infolge des epiphysären Längenwachstums verlagern sich die Zysten scheinbar Richtung Diaphyse (Abb. 213). Es ist besser, mit der Auskratzung zu warten, bis zwischen Zyste und Epiphysenlinie Knochen nachgewachsen ist, damit bei der Operation die Epiphysenfuge nicht verletzt wird, was Wachstumsstörungen nach sich ziehen könnte.

7.3.2. *Benigne Tumoren*

7.3.2.1. *Osteochondrome, kartilaginäre Exostosen*

Fast die Hälfte aller gutartigen Tumoren sind kartilaginäre Exostosen. Von einer Knorpelkappe überzogene tropfen- oder blumenkohlartige Knochenauswüchse, ausgehend von einer wachsenden Epiphysenfuge (eigentlich angeborene Störung im enchondralen Knochenwachstum, siehe II.1.2.1.3.), sie können über faustgross werden. Man findet sie bei Jugendlichen im Wachstumsalter, hauptsächlich an den knienahen Metaphysen von Femur und Tibia, am proximalen Humerus- und Femurende, an Ellbogen, Handgelenken, dann auch am Becken und Schulterblatt. Das Wachstum der Exostosen hört in der Regel auf mit dem Schluss der Epiphysenfugen. Späteres Wachstum weckt Verdacht auf maligne Entartung (Chondrosarkom).

Exostosen kommen *einzeln* vor oder *multipel* als familiäre Krankheit (siehe II.1.2.1.3.) (Abb. 215).

Beschwerden treten in der Regel erst auf, wenn die Exostosen lokale Druckerscheinungen machen oder traumatisiert werden. Nur wenn sie deshalb stören, sollen sie chirurgisch entfernt werden.

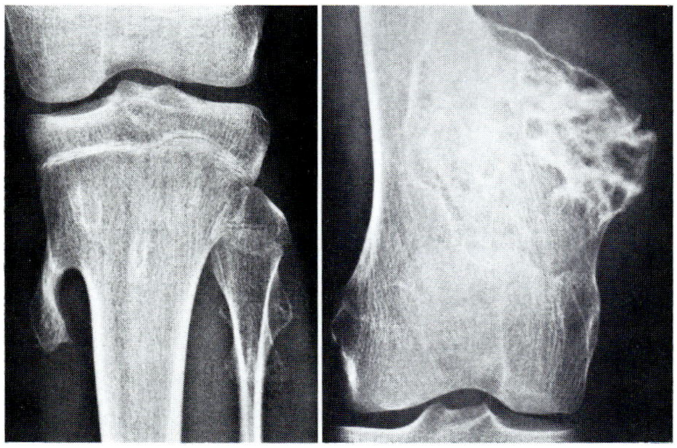

a b

Abb. 215. *Kartilaginäre Exostosen.*

a Bei 14jährigem Mädchen. Die Exostosen hängen wie Tropfen an der Metaphyse, hier an Tibia und Fibula. Sie wachsen, solange der normale Knochen auch wächst. Nach dem Verschluss der Epiphysenfugen hört ihr Wachstum in der Regel auch auf.

b Grosse kartilaginäre Exostose bei 21jähriger Frau. Die Exostosen treten nicht selten multipel auf. Ein Beispiel ist Abb. 169. Kleine Knochenvorsprünge schmerzen meist nur, wenn sie angeschlagen werden.

7.3.2.2. *Enchondrome*

Knorpeltumoren im Knocheninnern, vor allem in den kurzen Knochen der Hand, aber auch

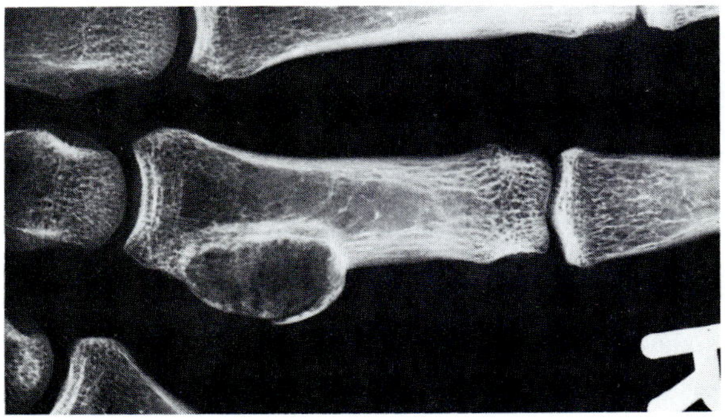

Abb. 216. Enchondrom in der rechten Mittelfingergrundphalanx eines 20jährigen Mannes.

in langen Röhrenknochen gehören zu den häufigeren Knochentumoren. Befallen sind hauptsächlich über 20jährige. Meist sehr langsames Wachstum und wenig Beschwerden. Im Röntgenbild zystenartige Defekte im Knochen. Enchondrome können auscurettiert und mit Spongiosa ausgefüllt werden und heilen auf diese Weise aus.

Multiple Enchondrome kennzeichnen eine familiäre Erkrankung (siehe II.1.2.1.4.) (Abb. 216).

7.3.2.3. *Osteoid-Osteom*

Kleiner, im Röntgenbild oft kaum sichtbarer Tumor in der *Kortikalis* langer Röhrenknochen, selten in der Spongiosa, mit Nidusbildung (stecknadelkopfgrosse Aufhellung) im Zentrum und *Sklerosierung der Umgebung,* welche röntgenologisch manchmal von einer sklerosierenden Osteomyelitis schwer zu unterscheiden ist (Abb. 217).

Wenn ältere *Kinder,* Jugendliche und junge Erwachsene während längerer Zeit über *lokalisierte Schmerzen,* vor *allem nachts* klagen, sollte an ein Osteoid-Osteom gedacht und danach gesucht werden. Der klinische Befund ist gering, bei der Röntgenuntersuchung können Tomogramme helfen. Wenn man ihn sucht, ist der Tumor nicht ganz selten.

Nach chirurgischer Ausräumung des Osteoid-Osteoms verschwinden die Schmerzen. Der Nidus muss dabei mitentfernt werden.

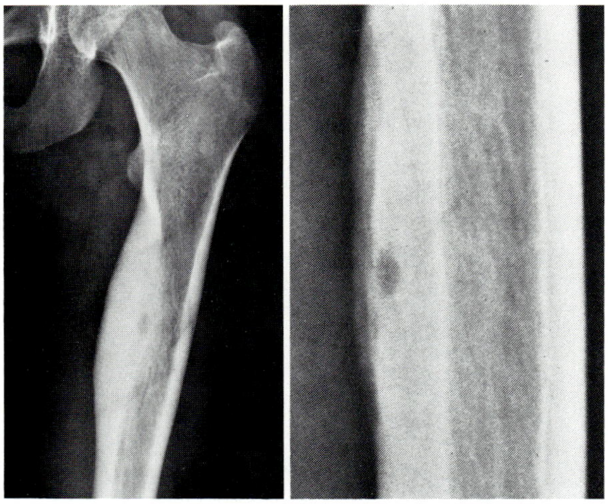

Abb. 217. *Osteoid-Osteom* in der Femurkortikalis. Die reaktive Verdickung und Verdichtung des Knochens ist hier ungewöhnlich massiv. Oft ist der Röntgenbefund ausgesprochen diskret. In der Mitte eine kleine Aufhellung (Ausschnitt rechts). In diesem «Nidus» sitzt das pathologische Gewebe.

7.3.2.4. *Andere benigne chondrogene und osteogene Tumoren*

Chondroblastom, Chondromyxoidfibrom, Osteoblastom usw. sind benigne Knochentumoren z. T. lokalisiert in den Epiphysen, welche von den malignen Tumoren und den Osteoklastomen abgegrenzt werden müssen, damit sie nicht zu radikal behandelt werden.

Je nach Beschwerden und lokaler Situation genügt eine Curettage und Spongiosaplastik.

Dies gilt ebenso für *Hämangiome* des Knochens (Wirbelkörper), *eosinophile Granulome* und *aneurysmatische Knochenzysten,* welche ähnlich wie maligne osteolytische Tumoren aussehen können.

7.3.3. *Semimaligne Tumoren*

7.3.3.1. *Der Riesenzell-Tumor (Osteoklastom), «brauner Tumor»*

Es ist ein rein osteolytischer Tumor, normalerweise lokalisiert in den Enden der langen Röhrenknochen: knienahe Epiphysen von *Femur* und *Tibia,* sowie *distale Radiusepiphyse* (Abb. 218). Er tritt auf im frühen Erwachsenenalter, jedenfalls *nach* Schluss der Epiphysenfuge. Die Osteolyse beginnt im Inneren des Knochens, respektiert aber seine Grenzen nicht immer. Er ist lokal aggressiver als die benignen Tumoren, neigt auch

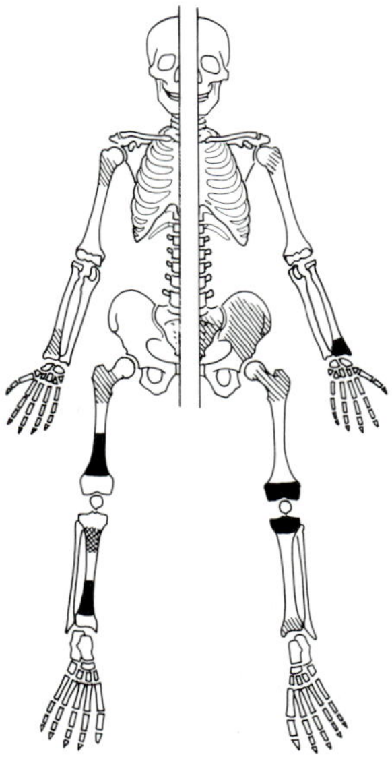

Abb. 218. Die *Lokalisation* kann in manchen Fällen die Diagnose klären helfen.

Verteilung einiger häufiger Tumoren und tumorähnlicher Veränderungen (siehe auch Abb. 222 und 225).

Links: Nicht ossifizierendes Fibrom (fibröser Kortikalisdefekt).

Rechts: Osteoklastom (Riesenzelltumor).

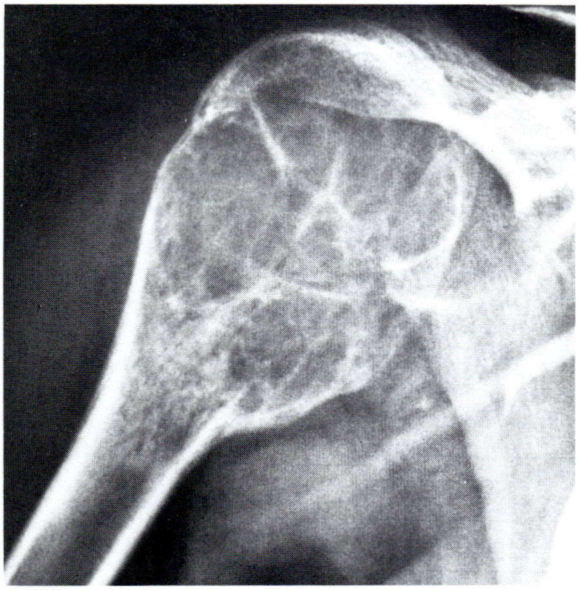

Abb. 219. *Osteoklastom* (Riesenzelltumor) im Humeruskopf eines 17jährigen Mädchens. Typische Lokalisation in der Epiphyse, die Epiphysenlinie ist bereits verschwunden. Der gekammerte Tumor hält sich nicht an die anatomischen Grenzen des Knochens.

mehr zu Rezidiven, hingegen metastasiert er nur sehr selten (Abb. 219).

Die Therapie muss sich an diesen Gegebenheiten orientieren. Ein radikaler chirurgischer Eingriff im Gesunden würde das – unmittelbar benachbarte – Gelenk zerstören. Eine genaue Exkochleation und Spongiosaplastik gibt gute Funktion und eine reelle Heilungschance. Auch ein lokales Rezidiv kann wieder auf die gleiche Weise angegangen werden.

Eine *Bestrahlung* dieser Tumoren nützt nichts, kann aber ihre maligne Entartung auslösen.

7.3.4. *Maligne Tumoren*

7.3.4.1. *Osteosarkom*

Das Osteosarkom ist der häufigste maligne primäre Knochentumor.

Die Altersgruppe zwischen 10 und 25 Jahren ist hauptsächlich betroffen. Es ist also eine Krankheit der *Jungen,* im Gegensatz zu den meisten Karzinomen. Dies, sowie die häufigste Lokalisation: *knienahe Femur-* und *Tibiametaphyse,* hängt mit der massiven Zellproliferation zusammen, welche für das Skelettwachstum notwendig ist (siehe Abb. 222).

Die *Diagnose* wird vermutet bei einer unklaren Knochenaffektion und einem entsprechenden Knochenherd im Röntgenbild, der anders nicht eindeutig erklärt werden kann: *unregelmässige* Osteolyse- und/oder Sklerosezonen, welche die Knochengrenzen *nicht* respektieren (Abb. 220 und 221). Eine *sichere* Diagnose, und damit die

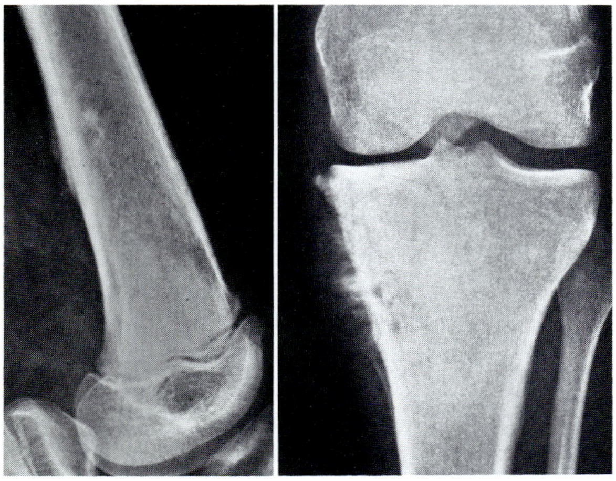

a b

Abb. 220.

a Kleine unregelmässige Skleroseherde, unregelmässige periostale Auflagerungen im distalen Femurende eines 11jährigen Mädchens: Geringfügige aber sehr verdächtige Veränderungen an typischer Lokalisation: Die histologische Diagnose ergab ein *Osteosarkom.*

b *Osteosarkom* im Tibiakopf eines 16jährigen Mädchens. Strahlenförmig vom Periost ausgehende Knochenneubildungen. Im Knochen selbst unregelmässige Osteolyseherde und Sklerosezonen. Der Tumor kümmert sich nicht um anatomische Grenzen.

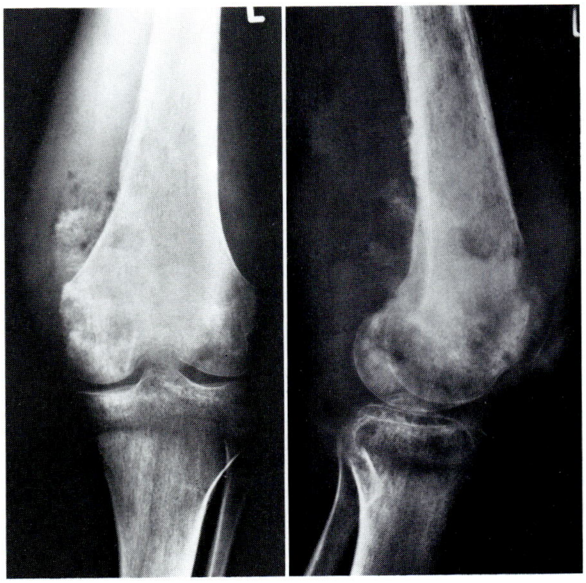

Abb. 221. Fortgeschrittenes *Osteosarkom* im distalen Femur eines 18jährigen Jungen: Die Weichteilverschattung zeigt die Ausdehnung von Tumor und kollateralem Ödem. Osteosklerose und Osteolyse unregelmässig nebeneinander, allgemeine Osteoporose und Knochenneubildung in den Weichteilen.

Grundlage für die weitere Therapie, kann nur der *histologische Befund* bringen.

Osteosarkome gehören zu den *bösartigsten* Geschwülsten. Sie metastasieren rasch und ihre Prognose ist nicht gut: nur etwa 10–20% aller Patienten leben nach 5 Jahren noch. Eine Patenttherapie ist bis heute noch nicht gefunden. Immerhin haben zielstrebige Untersuchungen und Behandlungsprinzipien die Überlebenschancen verbessert. Bei der häufigsten Lokalisation, am Knie, ist – nach eindeutiger histologischer Verifikation der Diagnose – *die Amputation* im Oberschenkel, handbreit oberhalb des Tumors, zur Zeit wohl das beste Verfahren: Es gibt dem Patienten die beste Chance und schafft gute lokale Verhältnisse. Die Bestrahlung allein kann in der Regel nicht verhindern, dass das Bein schliesslich doch noch amputiert werden muss wegen der lokalen Situation und den unerträglichen Schmerzen. Die Kombination mit einer allgemeinen zytostatischen Behandlung scheint die Prognose günstig beeinflussen zu können.

Wenn wegen der Lokalisation des Tumors nicht amputiert werden kann, bleibt nur die Bestrahlung übrig.

Vom Osteosarkom unterscheiden sich einige besondere Formen, u.a. das *parossale Sarkom* und das *Fibrosarkom,* durch eine etwas bessere Prognose. Die Behandlung ist im übrigen dieselbe.

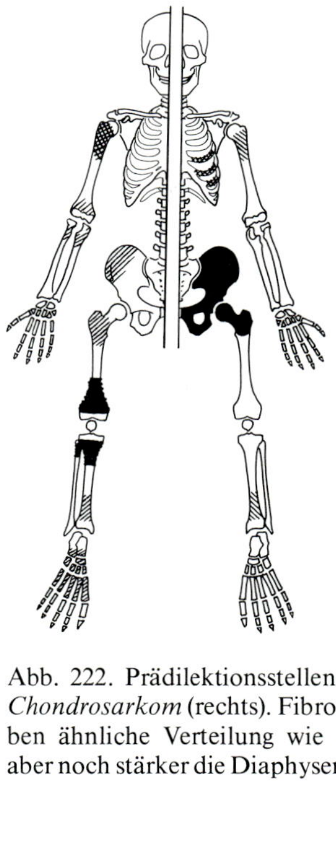

Abb. 222. Prädilektionsstellen von *Osteosarkom* (links) und *Chondrosarkom* (rechts). Fibrosarkom und Ewing-Sarkom haben ähnliche Verteilung wie das Osteosarkom, bevorzugen aber noch stärker die Diaphysen.

7.3.4.2. *Chondrosarkom*

Dieses Sarkom hat eine deutlich bessere Prognose als das Osteosarkom. Es tritt erst *im Erwachsenenalter* auf und befällt vorwiegend den *Stamm,* also *Becken,* Rippen, Schultern und Hüften (siehe Abb. 222). Gelegentlich entsteht es als maligne Entartung eines Osteochondroms.

Röntgenologisch sind Osteolyseherde, welche die Knochengrenzen nicht respektieren, sowie parostale Verkalkungen vorhanden.

Metastasen sind eher selten, der Verlauf verhältnismässig langsam. Die Chondrosarkome sind daher nicht strahlensensibel.

Die Therapie kann nur chirurgisch sein. Eine *radikale Blockexzision,* beim Befall von Becken oder Schulter evtl. sogar eine Hemipelvektomie, resp. eine interthorakoskapuläre Amputation, geben dem Patienten eine echte *Überlebenschance.* Die beiden letztgenannten sind allerdings heroische Eingriffe (Abb. 223).

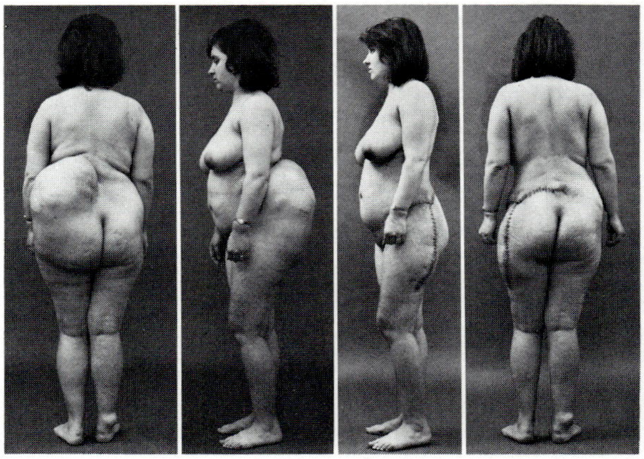

Abb. 223. *Chondrosarkom* der linken Beckenschaufel. Die 30jährige Frau kam in diesem Zustand erstmals in die Sprechstundenpraxis. Sie hatte schon als Kind multiple kartilaginäre Exostosen (eine davon ist am rechten Aussenknöchel sichtbar), hatte keine Schmerzen und schenkte dem wachsenden Knoten deshalb zuerst keine grosse Beachtung. Eine derartig fatalistische Einstellung, bei Naturvölkern fast die Regel, trifft man in unseren zivilisierten Gegenden kaum mehr an. Eher greift eine Überängstlichkeit um sich, die ebensowenig sinnvoll ist.

Der Tumor war bereits stellenweise ins Sakrum und ins Abdomen durchgebrochen. Er wurde radikal exzidiert, doch rezidivierte er im Laufe der nächsten Jahre immer wieder lokal, ohne Metastasen zu machen. Die Frau lebte noch etwa 6 Jahre und machte den Haushalt für ihre Familie, bis sie an abdominalen Komplikationen und Kachexie starb.

Solche Fälle sind glücklicherweise selten, sie zeigen aber eindrücklich Natur und Schicksal der malignen Tumoren am Bewegungsapparat, sowie unsere derzeitige Hilflosigkeit.

Bei früherer Erfassung dieser Tumoren sind unsere therapeutischen Bemühungen etwas aussichtsreicher, doch sind die Möglichkeiten immer noch sehr beschränkt.

7.3.4.3. *Ewing-Sarkom*

Das Ewing-Sarkom ist das *bösartigste* Knochensarkom. Es befällt vor allem *Kinder,* und zwar vorwiegend die *langen Röhrenknochen,* Femur und Tibia, aber auch alle anderen Knochen. Das *klinische Bild* lässt zuerst an eine *akute Entzündung,* eine Osteomyelitis denken, das Röntgenbild zeigt unregelmässige, diffuse Osteolyse und periostale Auflagerungen, ebenfalls Zeichen, welche auch bei einer Osteomyelitis oder bei anderen Knochentumoren gefunden werden können. Nur eine gute, genügend grosse Biopsie kann die Diagnose bringen (Abb. 224).

Die 5-Jahr-Überlebensrate liegt unter 10%. Eine chirurgische Therapie nützt nichts. Der rasch wachsende, wenig differenzierte Tumor ist aber sehr *strahlensensibel* und *verschwindet* auf entsprechende *Bestrahlung.* Die *Strahlenfibrose* und *Knochennekrose* ist der Amputation vorzuziehen. Die Metastasierung kann trotzdem selten verhindert werden.

Eine etwas bessere Prognose hat das *Retikulo-Sarkom,* das sich aber im übrigen wenig vom Ewing-Sarkom unterscheidet. Auch die Therapie ist dieselbe.

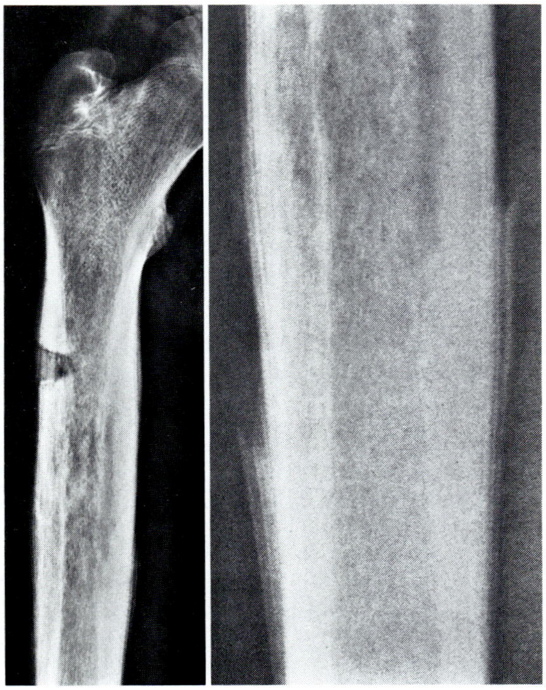

Abb. 224. *Ewing-Sarkom* bei 16jährigem Jüngling: Strähnige Auflockerung der Kortikalis und lamellenartige periostale Auflagerungen, rechts im Detail. Der Defekt links stammt von einer Probeexzision. Einige Zeit nach der Röntgenbestrahlung erlitt das Femur hier eine pathologische Fraktur.

7.4. Zur Therapie der primären Tumoren

7.4.1. *Benigne Tumoren*

In Frage kommen:
1. keine Therapie, weil unnötig
2. einfache Curettage, evtl. mit Spongiosaplastik
3. Resektion.

Das Wichtigste ist, die gutartige Natur des Tumors zu erkennen und ihn nicht als maligne radikal zu operieren oder gar zu bestrahlen. Eine einwandfreie histologische Abklärung, zusammen mit der klinischen, dem Röntgenbild und dem Verlauf, können den Entscheid wohl meistens bringen. In Zweifelsfällen ist es wohl besser, abzuwarten und damit dem Tumor und dem Patienten eine Chance zu geben, als eine radikale, verstümmelnde Operation zu machen. Der Entscheid ist oft nicht leicht. Der *Pathologe* und der *Chirurg* tragen die Verantwortung.

Kleine, mechanisch nicht störende Defekte brauchen oft keine Therapie. Lokale Störungen und Schmerzen infolge pathologischer Frakturen, Gelenkschäden oder Druck auf empfindliche Nachbarorgane (Nerven, Rückenmark) machen eine Operation notwendig. Meistens genügt eine einfache *Curettage* und *Resektion,* wobei wichtige Strukturen (tragende Knochenkortikalis, Gelenke, Epiphysenfugen) weitgehend *geschont* werden können. Die entstehenden Defekte werden mit Spongiosa ausgefüllt.

Rezidive kommen bei diesem Vorgehen gelegentlich vor. Es ist aber besser, dann ein zweites mal zu operieren, als primär einen übermässig radikalen, verstümmelnden Eingriff zu machen.

Ist der Knochen so weit *geschwächt,* dass seine mechanische Festigkeit nicht mehr genügt, ist – nach Auscurettieren des Tumors – eine *Wiederherstellung* der Tragstrukturen notwendig. Dazu eignet sich in erster Linie autologe Spongiosa. Der Um- und Einbau erfolgt rasch, bei Kindern in wenigen Wochen (Abb. 214). Steht nicht genügend Eigenspongiosa zur Verfügung, so kann sie mit homologer Spongiosa ergänzt werden.

Gelegentlich muss die Tragfunktion des Knochens bis zur Einheilung der Spongiosa durch ein tragfähiges Implantat temporär unterstützt werden. Dies ist mittels massiver Kortikalisspäne oder mit einer Plattenosteosynthese möglich.

7.4.2. *Maligne Tumoren*

Hier geht es um die Erhaltung des Lebens des Patienten. Bevor ihm aber ein heroischer Eingriff zugemutet wird, muss man sich zwei Fragen stellen: 1. Handelt es sich mit Sicherheit um einen malignen Tumor, so dass nur dieser Eingriff eine Überlebenschance gibt? 2. Steht die Überlebenschance, die man dem Patienten geben will, in einem vernünftigen Verhältnis zum verstümmelnden, schweren Eingriff?

Als Therapie kommen in Frage:

1. Resektion
2. Blockexzision im Gesunden
3. Amputation (inkl. Hemipelvektomie)
4. Röntgenbestrahlung allein
5. Kombinationstherapie mit Zytostatika
6. Nur palliative Therapie.

Wird eine *Amputation* erwogen, so ist vorgängig eine genügend grosse Biopsie zu entnehmen. Wenn möglich, d. h. wenn ein Schnellschnitt eindeutige Malignität erkennen lässt, kann die Amputation in der gleichen Sitzung gemacht werden. Sonst ist es besser, die entkalkten Schnitte und damit eine sichere Diagnose abzuwarten. Es ist nicht erwiesen, dass die vorgängige Biopsie die Prognose verschlechtert.

Schwierige chirurgische Probleme werfen Tumoren der Extremitäten auf, bei denen man – wegen ihres relativ wenig aggressiven Verhaltens – nicht amputiert sondern das Glied durch eine *Resektion des Tumors im Gesunden* (en bloc) zu erhalten versucht. Schwierig ist vor allem die Wiederherstellung der Kontinuität des Knochens bei grossen Defekten. Selten ist genug eigener Knochen vorhanden, und massive homologe Implantate sind biologisch minderwertig. Recht komplizierte *Wiederherstellungsoperationen* wurden angegeben (z. B. Umkehrplastik am Knie). Mit Hilfe der Osteosynthese (Platten, Marknägel), sind solche Operationen eher möglich geworden.

Bei Tumorlokalisation im Hüft- und Schulterbereich können gelegentlich Amputationen im Becken (Hemipelvektomie) oder Absetzung des Armes mit der Schulter (interthorakoskapulare Amputation) zur Diskussion stehen. Dies sind verstümmelnde und den Patienten schwer belastende Eingriffe. Ihre Indikation ist eine Gewissensfrage.

Die *Röntgenbestrahlung* ist indiziert bei Ewing- und Retikulo-Sarkom und wird auch angewendet bei sehr malignen Tumoren, welche nicht mehr operiert werden können. Vorbestrahlung und spätere Amputation bei Osteosarkomen wird heute mehrheitlich abgelehnt. Viele andere Tumoren (Chondrosarkom) sind nicht oder kaum strahlensensibel. Beim Chondroklastom ist die Bestrahlung kontraindiziert wegen der Gefahr der malignen Entartung.

Die *Chemotherapie*, meistens in Kombination mit anderen Behandlungen, ist eine wichtige Hilfe und eine grosse Hoffnung für die Zukunft. Die Tumortherapie wird deshalb in *Zusammenarbeit mit dem Onkologen* durchgeführt werden.

7.5. Skelettkarzinose und Plasmozytom

Es sind die weitaus *häufigsten* malignen Knochentumoren überhaupt. Betroffen sind – anders als bei den primären Knochentumoren – vorwiegend *alte Leute*. Befallen werden vor allem die gut vaskularisierten spongiösen Knochen mit rotem Knochenmark, also das *Stammskelett: Wirbelkörper, Becken,* und die *stammnahen Abschnitte:* Hüfte, Schulter, seltener die Extremitäten (Abb. 225).

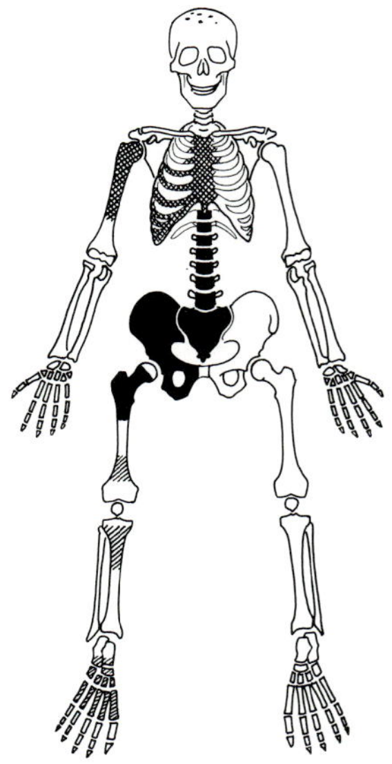

Abb. 225. Verteilungsschema der *Skelettmetastasen* von Karzinomen. Im Gegensatz zu den Primärtumoren befallen die Karzinommetastasen vorwiegend den *Stamm* (Wirbelsäule, Becken), weniger die Extremitäten. Das *Plasmozytom* verhält sich ähnlich, befällt aber zusätzlich mit Vorliebe die Schädelkalotte.

Unklare, hartnäckige Skelettschmerzen wekken den Verdacht auf Knochenmetastasen. Nicht selten ist die erste Manifestation eine pathologische Fraktur.

Im Röntgenbild sind die Metastasen, vor allem in der Wirbelsäule, erst von einer gewissen Grösse an sichtbar. Die *Ganzkörperszintigraphie* deckt Metastasen als Herde vermehrten Knochenumbaues oft besser und früher auf als das Röntgenbild (Abb. 121).

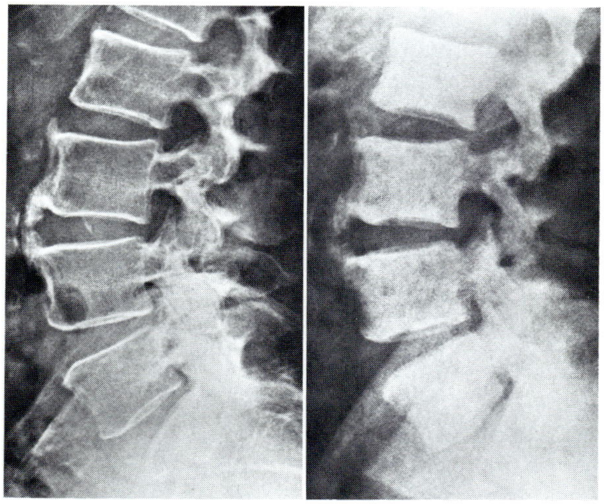

a b

Abb. 226.

a *Lendenwirbelsäule* eines 71jährigen Mannes: Ausser spondylotischen Zacken, Brückenbildung und einer leichten Osteoporose kein pathologischer Befund.

b *3 Jahre später* ist dieselbe Wirbelsäule vollständig von osteoplastischen, *knochenbildenden Metastasen* durchsetzt. Der Mann hatte Rückenschmerzen und war kachektisch. Der Primärtumor war ein *Prostatakarzinom*.

a

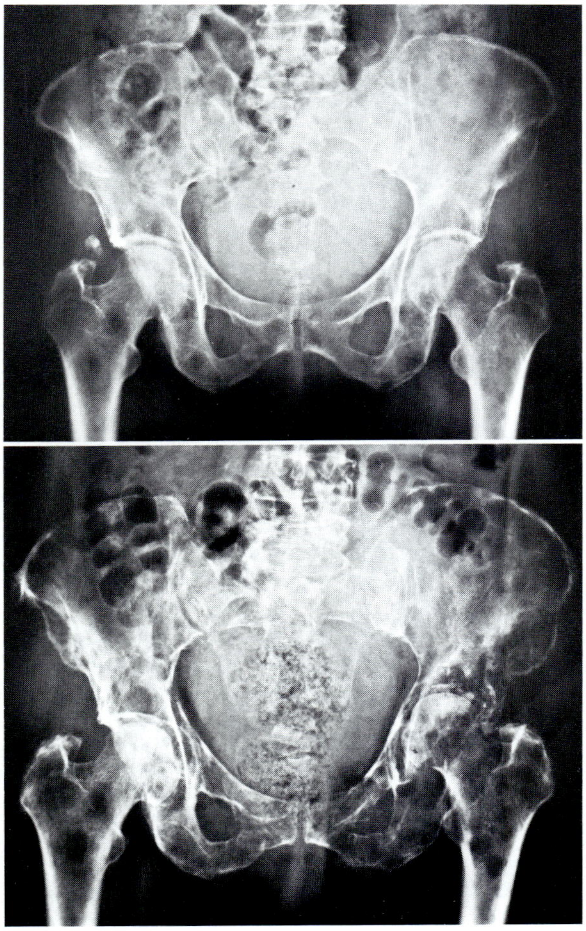

b

Der *Primärtumor* ist häufig unbekannt und wird manchmal trotz zielstrebigem Suchen nicht gefunden. Von den häufigsten metastasierenden Tumoren sind die meisten vorwiegend *osteolytisch*, nämlich *Bronchuskarzinom, Mammakarzinom, Schilddrüsenkarzinom* und *Hypernephrom* (Abb. 227). *Osteoplastische* Metastasen stammen am häufigsten aus einem *Prostatakarzinom* (Abb. 226).

Das *Plasmozytom* (multiples Myelom) ist in seinem klinischen Erscheinungsbild der Skelettkarzinose sehr ähnlich. Es unterscheidet sich von dieser lediglich durch die im Röntgenbild *scharf ausgestanzten Defekte* und einige positive Laborbefunde (ausser beim Prostatakarzinom sind die Laborbefunde bei Skelettkarzinosen meistens unspezifisch) (Abb. 228).

Die *Diagnose* der Skelettkarzinose oder des Plasmozytoms muss aus dem allgemeinen klinischen Bild, dem Röntgenbild, den Laborbefunden und letztlich aus dem *histologischen Befund* einer

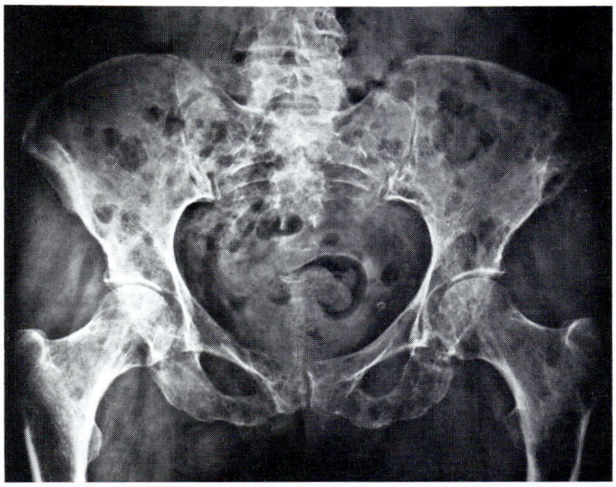

Abb. 228. Plasmozytom (multiples Myelom) bei einer 75jährigen Frau. Typisch sind die ausgestanzten Rundherde.

◁ Abb. 227.

a Beckenübersicht einer 55jährigen Frau, der zwei Jahre vorher die linke Brust wegen eines *Mammakarzinoms* amputiert werden musste. Jetzt Schmerzen in Rücken und Beinen. Im proximalen Femurende rechts sind bereits zwei grössere Osteolyseherde von *Karzinommetastasen* zu erkennen.

b Drei Monate später, trotz Bestrahlung und Chemotherapie, Metastasierung im ganzen Stammskelett, mit ausgedehnter Osteolyse, vor allem in der linken Beckenhälfte und im linken Femur. Das linke Hüftgelenk ist weitgehend zerstört. Die Patientin hatte starke Schmerzen und war bettlägerig. Da man ihr medizinisch nichts mehr zu bieten hatte, ging sie nach Hause, wo sie von ihrer Familie gepflegt wurde bis zu ihrem Tode zwei Monate später.

Biopsie erbracht werden. Beim Plasmozytom kann eine *Sternalpunktion* helfen. Eine Ganzkörperszintigraphie kann Herde sichtbar machen.

Obwohl das Schicksal der Patienten kaum entscheidend beeinflusst werden kann, hat die Diagnose doch in manchen Fällen therapeutische Konsequenzen, indem manchmal Karzinome, vor allem die geschlechtsspezifischen, einer *medikamentösen Therapie* zugänglich sind, welche sich auch auf die Knochenmetastasen günstig auswirkt.

Für das Plasmozytom ist eine spezifische Therapie bisher nicht bekannt. Zytostatika wurden bisher ohne durchschlagenden Erfolg angewandt.

Im übrigen ist die Therapie in den meisten Fällen lediglich palliativ. Röntgenbestrahlung nützt nicht viel. In seltenen Fällen kann es angezeigt sein, eine solitäre Metastase (zusammen mit einem operablen Primärtumor) zu resezieren (z. B. Hypernephrom).

7.5.1. *Palliative chirurgische Eingriffe*

Nicht selten machen Skelettmetastasen erst durch *lokale Zerstörung von Knochen und Gelenken* den Patienten ihren letzten Lebensabschnitt zur Qual:

- *Pathologische Frakturen* machen ihn bettlägerig, durch
- *Gelenkinfiltrationen* wird er invalide,
- *Rückenmarkskompressionen* lähmen ihn.

Alle diese Komplikationen sind überaus schmerzhaft.

Es ist deshalb nicht sinnlos, solche Zustände chirurgisch zu beheben, auch wenn dadurch die Prognose des Grundleidens nicht verbessert wird. Diese palliative Chirurgie hat in der letzten Zeit stark an Bedeutung gewonnen.

Pathologische Frakturen (siehe II.14.2.1. und Abb. 229) können mittels Osteosynthesen stabilisiert werden. Die Idee – und damit die Technik – ist aber nicht ganz dieselbe wie bei gewöhnlichen Frakturen: Eine knöcherne Heilung ist in der Regel nicht mehr zu erwarten. Andererseits genügt es, dass die Stabilität während einer begrenzten, verhältnismässig kurzen Zeit gewährleistet ist. Dies erlaubt eine *Osteosynthese,* bei welcher das *Implantat als alleiniger Kraftträger* fungiert. Als Implantate werden neben Platten und Marknägeln Knochenzementplomben (Methylmethacrylat) und spezielle Tumorendoprothesen als Knochenteilersatz zur Überbrückung von Defekten verwendet.

Bei *Gelenksdestruktionen* ist die Implantation von Endoprothesen (Ersatzgelenken) zu erwägen (Hüfte, Abb. 230).

Rückenmarkskompressionen sollten sofort, sobald neurologische Ausfälle festgestellt werden, mittels Laminektomie zu beheben versucht werden, und zwar ohne vorherige Röntgenbestrahlung (siehe auch II.8.4.5.).

7.6. Weichteiltumoren

Bisher war ausschliesslich von Knochentumoren die Rede. Weichteiltumoren am Bewegungsapparat sind selten. Alle Weichteilgewebe können Ausgangspunkte von Tumoren sein. Zu den relativ häufigeren gehören unter den *benignen Formen* das Neurofibrom und Hämangiom, wel-

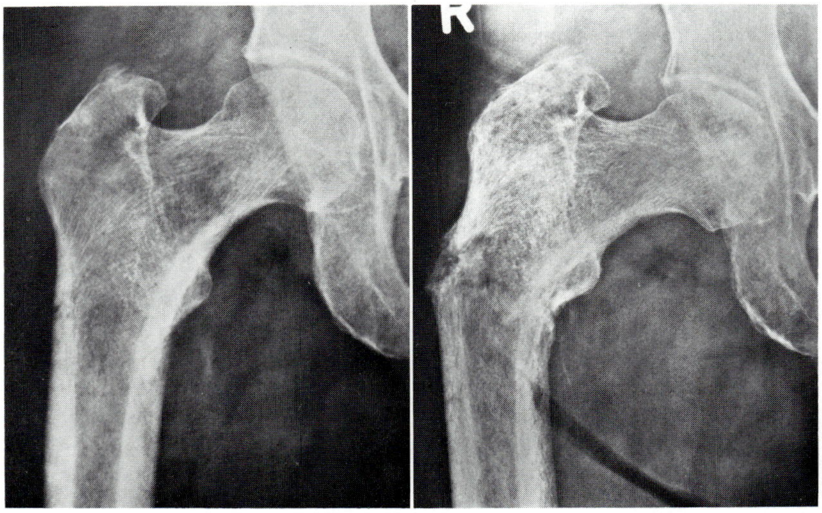

a b

Abb. 229. Pathologische Spontanfraktur im oberen Femurschaft bei einer 54jährigen Frau mit Mammakarzinommetastasen.

a Röntgenbild wegen Schmerzen im rechten Oberschenkel. Die Fraktur ist noch kaum zu sehen. Es handelt sich um eine schleichende Ermüdungsfraktur des durch Tumormetastasen geschwächten Knochens.

b Kurze Zeit später: vollständige Fraktur mit Varusabknickung des proximalen Femurendes. In solchen Fällen ist eine Osteosynthese angezeigt, da die Patienten sonst endgültig bettlägerig bleiben.

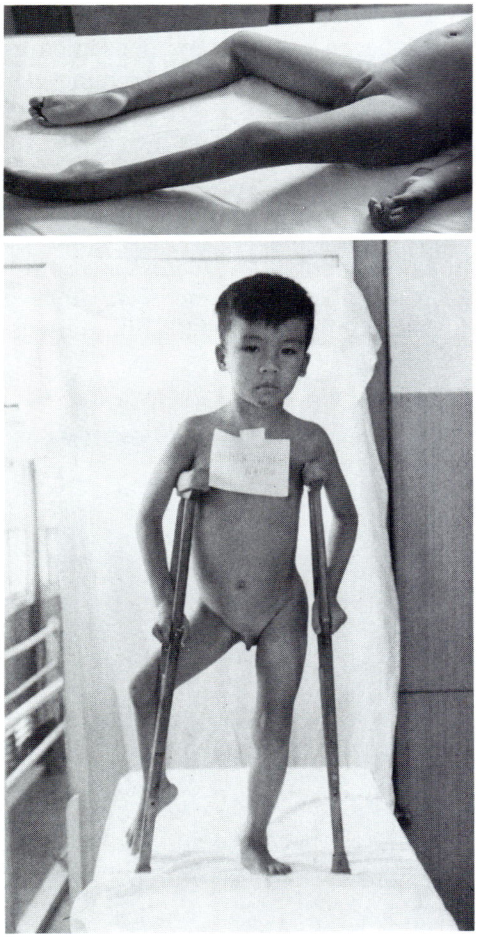

a

b

Abb. 237.

a Im *Liegen* entstehen leicht Kontrakturen, wie hier: Aussenrotation, Flexion und Abduktion der Hüfte, Genu flexum, Spitzfuss.

b So sieht die gleiche Fussstellung im *aufrechten Stand* aus: Der Knabe kann nicht auf das Bein stehen. Für die Rehabilitation müssen zuerst die Kontrakturen beseitigt werden. Besser ist die *Prophylaxe* mittels korrekter *Lagerung* (vgl. I.C.3.1. und II.12.2.5.1.).

Für die *Hand* gilt als *Funktionsstellung* eine Mittelstellung zwischen Pro- und Supination, also Daumen nach oben, eine mässige Dorsalflexion und leichte Ulnarabduktion des Handgelenkes, eine gleichmässige Beugung aller Fingergelenke und eine Opposition des Daumens, so, dass sich *Daumen- und Fingerspitzen* fast *berühren.* Diese Stellung lässt sich am besten erhalten, indem man dem Patienten einen kleinen Gegenstand, z.B. einen Ball oder eine Gazebinderolle von der Grösse eines Hühnereies in die Hand gibt, welche er locker mit der Hand umschliessen kann.

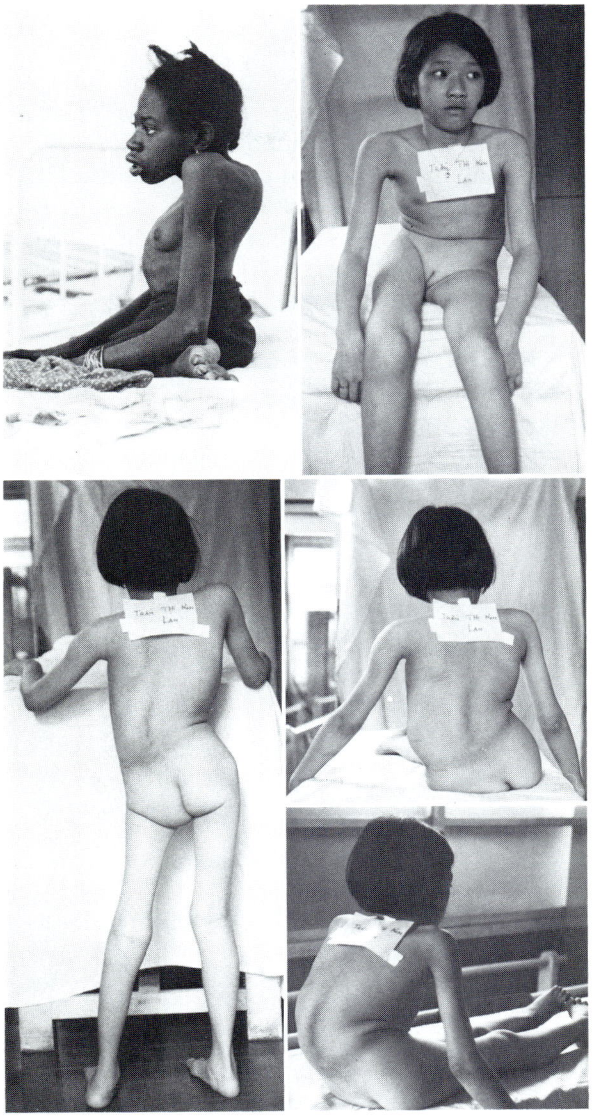

a b c d e

Abb. 238. *Lähmungen der Stammuskulatur – Skoliosen.*

a Lähmung mit schwerer Kyphoskoliose. Thorakaler Buckel und Hyperlordose lumbal (vgl. Abb. 410). Im Sitzen verstärkt sich die Deformität. Die Wirbelsäule ist instabil.

b 11jähriges Mädchen mit Beckenschiefstand und Skoliose, die sich gegenseitig kompensieren, so dass die starke Verkrümmung relativ wenig auffällt.

c Von hinten gesehen ist die Deformierung deutlicher. Beinverkürzung, Ab- bzw. Adduktionsfehlstellung der Hüften, Beckenschiefstand und Skoliose bedingen und verstärken sich gegenseitig, kompensieren sich aber auch, so dass das Mädchen einigermassen gerade steht trotz der erheblichen Deformitäten.

d Im Sitzen ist der Beckenschiefstand noch ausgeprägter. Er wird kompensiert durch die gegensinnige Skoliose, so dass der Thorax gerade steht. Der Rumpf ist aber instabil, das Mädchen muss sich halten.

e In der schrägen Ansicht wird der Buckel erst recht deutlich. Beckenfehlstellung und Skoliose können nur im Zusammenhang betrachtet und behandelt werden.

In dieser Stellung ist die Funktion, auch bei erheblich versteiften Gelenken, am besten. *Ungünstig* ist hingegen vor allem die *Streckstellung* der Finger, insbesondere der *Fingergrundgelenke,* weil damit das Greifen unmöglich wird.

Asymmetrische Lähmungen der Stammuskulatur (Rücken-, Bauchmuskulatur) führen zu *Wirbelsäulendeformitäten,* vor allem zu sog. *paralytischen Skoliosen.* Diese sind im Kapitel Skoliosen, III.B.8. beschrieben (Abb. 238).

Behandlung

der Kontrakturen (siehe auch II.12.2.6.): Manchmal wird ein Gelenk trotz aller Massnahmen kontrakt. Dann sind folgende *orthopädische Massnahmen* notwendig, je nach der Schwere der Kontraktur:

1. Gipsverband in Korrekturstellung, etappenweises *Gipskeilen* (siehe I.C.3.6.3.3.).
2. *Quengelgipse* oder -apparate (siehe I.C.3.6.2.4. und I.C.3.7.2.).
3. Operative Weichteillösung *(Arthrolyse):* Kapsulotomie, Sehnendurchtrennung oder -verlängerung, Durchtrennung der kontrakten Weichteile.
4. *Korrekturosteotomie.*

8.1.4.2. *Schlottergelenke*

(Bandinsuffizienz) (siehe auch Hypermobile Gelenke, II.12.3.)

Wenn durch schlaffe Lähmung der ständige Muskeltonus wegfällt, der ein Gelenk und seine Bänder normalerweise schützt, *dehnen* sich diese Bänder *allmählich* unter dem Einfluss der Schwerkraft, der Belastung durch das Körpergewicht, die Gelenkstabilität geht verloren, und es entstehen Schlottergelenke mit übermässiger falscher Beweglichkeit, welche nicht mehr kontrolliert werden können (am häufigsten Kniegelenk, Schultergelenk).

Diese Banddehnung kann zu schweren *Deformierungen* führen (z.B. Genu valgum, Genu recurvatum). Wenn einmal die Deformität vorhanden ist, beginnt ein Circulus vitiosus, indem die Fehlstellung die Beanspruchung vervielfacht und die Bänder noch stärker überdehnt werden (Abb. 234 und 235).

Pathogenese und Therapie des *Genu recurvatum:* siehe II.12.3.1.2./3.

Orthopädische Massnahmen werden notwendig, sobald die Bewegungs- und Stützfunktion durch die Instabilität eines Gelenkes erheblich beeinträchtigt wird.

- *Bandraffungen* oder Bandersatz sind unbefriedigend, wenn das Gelenk nicht aktiv durch Muskelkraft geschützt und stabilisiert werden kann. Es kommen praktisch nur
- *Stützapparate* (z.B. Oberschenkelgehapparat mit Anschlag gegen recurvatum oder Knieführungsapparat bei seitlicher Abweichung der Beinachsen) oder die
- *Arthrodese* des Schlottergelenkes in Frage (Schulter, Knie).

8.1.4.3. *Luxationen (Hüftgelenk)*

Wenn die Poliomyelitis im *frühen Kindesalter,* etwa vor dem 4. Lebensjahr, eine *Hüftlähmung* verursacht, setzt häufig wegen der unphysiologi-

a

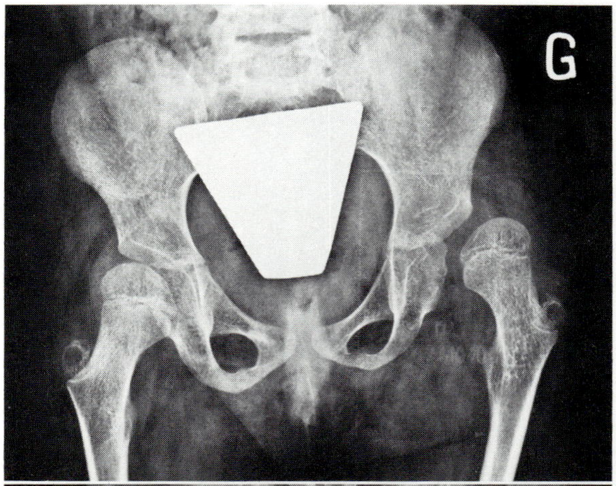

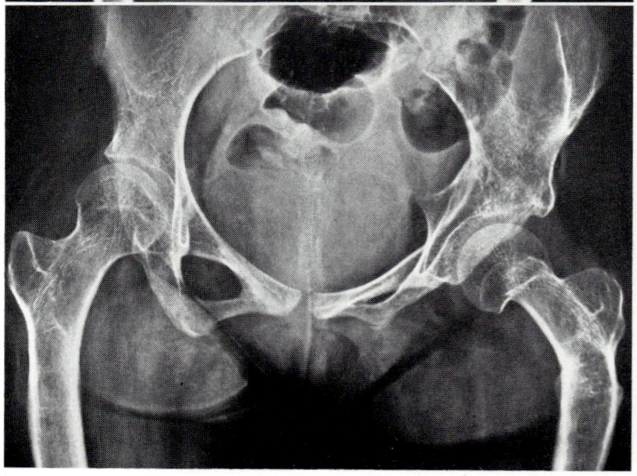

b

Abb. 239. Hüftluxation links bei einem 7jährigen Mädchen, das als Kleinkind eine Poliomyelitis mit Beinlähmungen durchgemacht hatte.

a Infolge des fehlenden physiologischen Wachstumsreizes sind die Knochen dünn, atrophisch geblieben, die Schenkelhälse sind steil aufgerichtet. Eine Adduktionsfehlstellung hat zur Dislokation der linken Hüfte geführt, und deshalb ist auch die Pfanne nicht ausgebildet worden. Beckenschiefstand und Beinverkürzung links. Die Fehlstellung wurde in diesem Alter durch eine beidseitige Osteotomie mit Varisation der Schenkelhälse korrigiert.

b Zustand 8 Jahre später, nach Abschluss des Wachstums. Die Hüften sind wieder gut zentriert.

schen Beanspruchung eine Fehlentwicklung des Gelenkes ein, welche mit einer Aufrichtung des Schenkelhalses beginnt und mit einer *Luxation* endet.

Diese ist nicht mit einer Bandschwäche allein zu erklären. Anschaulich demonstrieren solche Fälle den Einfluss der Mechanik, im speziellen der veränderten Muskelkräfte, auf Wachstum und Gelenksentwicklung (Skelettwachstum, I.A.5.4. und Wachstumsstörungen, II.2.2.3.). Nach dem Ausfall der Hüftabduktoren ändern sich Grösse und Richtung der resultierenden Druckkraft (Schwerkraft und Muskelkraft) auf das Gelenk, und damit die Wachstumsrichtung des proximalen Femurendes (Schenkelhalsaufrichtung).

Mit der Zeit drängt der Hüftkopf seitlich aus der Pfanne heraus und luxiert in schweren Fällen spontan. Damit ist das Gehen natürlich schwer beeinträchtigt (Abb. 239).

Die *Prophylaxe* der Luxation ist praktisch nur mit einer *Operation* möglich: Korrekturosteotomie des fehlgewachsenen proximalen Femurendes mit tiefer Einstellung des Kopfes in die Pfanne (Varisationsosteotomie), siehe Coxa valga paralytica, III.C.2.4.3.

8.1.4.4. *Wachstumsstörungen*

Wenn die Poliomyelitis im *frühen* Kindesalter beginnt, ist mit einer Störung des Wachstums in den gelähmten Gliedern mit Sicherheit zu rechnen. Die Knochen bleiben dünner, vor allem aber verlangsamt sich das epiphysäre Längenwachstum, ändert auch z. T. seine Richtung (siehe oben, Hüftluxation) und hinterlässt beim Wachstumsabschluss eine mehr oder weniger grosse *Verkürzung* des gelähmten Gliedes. Diese kann in schweren Fällen bis zu 15 cm und mehr betragen.

Je grösser der Längenunterschied der Beine ist, desto stärker stört er die Statik der aufrechten Haltung und des Gehens (siehe Kapitel Beinlängendifferenzen, III.C.1.). Die Kinder können den Längenunterschied auf verschiedene Arten ausgleichen: Zehenstand (Spitzfussstellung), Beckenneigung (dazu kompensatorische Skoliose), Flexion oder Überstreckung des längeren Beines im Knie (siehe Abb. 478, III.C.1.2.). Keiner dieser «Tricks» ist aber ideal und oft entstehen daraus Fehlstellungen, welche sekundär wieder Beschwerden machen können. Es ist deshalb in den meisten Fällen besser, den Ausgleich des Längenunterschiedes frühzeitig zu suchen. Neben Schuherhöhungen, evtl. Apparaten, stehen bei Kindern im Wachstumsalter die *Epiphyseodese* bestimmter Wachstumsepiphysenfugen zur Verfügung, womit das Längenwachstum des längeren Beines gebremst werden kann. *Behandlung* der Beinlängendifferenzen siehe im übrigen III.C.1.3.

8.1.4.5. *Trophische Störungen*

Im Vordergrund steht die *vollständige Atrophie* und Degeneration der gelähmten Skelettmuskulatur. Der Ausfall des Muskeltonus und der aktiven Bewegung haben sodann eine starke Verminderung der Durchblutung und Verlangsamung des venösen Abflusses zur Folge. Dadurch entstehen *Ödeme,* venöse Stauungen, trophische *Veränderungen der Haut* (Verfärbung, Glanzhaut), gelegentlich Indurationen und Schrumpfungen von Gelenkkapseln und anderen Weichteilen mit Kontrakturen, sowie eine schwere *Inaktivitätsosteoporose,* welche bei den ohnehin schon dünnen Knochen leicht zu Frakturen führt. Auch die Wachstumsstörungen werden auf die verminderte Durchblutung zurückgeführt. Die bei schweren Lähmungen massiven trophischen Veränderungen und Wachstumsstörungen demonstrieren eindrücklich die *Bedeutung des Muskeltonus* für Trophik und Wachstum am Bewegungsapparat.

Physiotherapeutische Massnahmen, vor allem auch regelmässige Badekuren, sind zweckmässig und notwendig zur Erhaltung eines leidlichen Zustandes, doch können sie die eutrophische Wirkung der verloren gegangenen Muskulatur nicht ersetzen.

8.1.4.6. *Allgemeine Wirkungen*

Bei schweren Lähmungen ist auch der Allgemeinzustand betroffen: Starke Gewichtszunahme, Verdauungsschwierigkeiten (Obstipation,

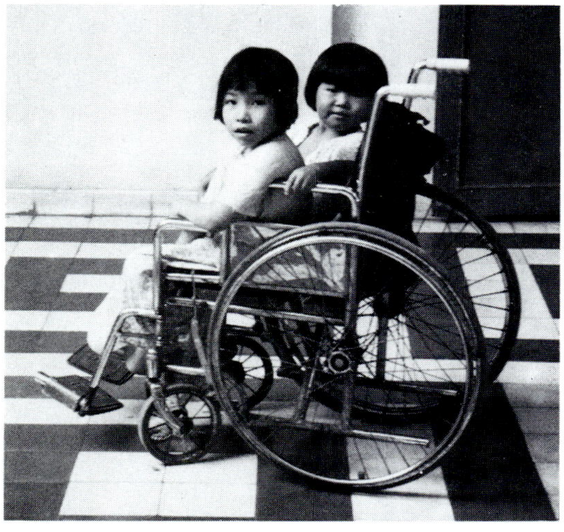

Abb. 240. Manche Gelähmte sind praktisch nur mit dem *Rollstuhl* zu rehabilitieren. In der Dritten Welt ist auch dies nicht so problemlos, wie es hier für die beiden Mädchen aussieht, die zusammen im gleichen Wagen fahren. Es ist zwar möglich, Rollstühle aus alten Fahrrädern zu bauen, aber nicht überall ist der Boden so hart, glatt und eben wie hier, und nicht überall findet man jemanden, der eine Panne reparieren kann.

fehlende Bauchpresse), Atmungsbeschwerden usw. erfordern ein besonderes ärztlich überwachtes Regime.

8.2. Die zerebrale Kinderlähmung: spastische Lähmung

8.2.1. *Krankheitsbild*

8.2.1.1. *Ätiologie – Pathogenese*

In der Gruppe der zerebralen Kinderlähmung (zerebrale Paralyse, C.P.) werden *verschiedene Krankheitsbilder* zusammengefasst, bei denen spastische, seltener athetotische und andere *zentrale Bewegungsstörungen* im Vordergrund stehen, *entstanden durch Hirnschäden, meistens vor oder während, seltener kurz nach der Geburt.*

Die *Ursachen* sind vielfältig, z.T. noch wenig bekannt: Embryopathien, verschiedene Fötalschäden, Kernikterus usw. (pränatal), dann Geburtsschäden wie Hypoxie, intrakranielle Blutungen (perinatal), später Meningitiden, Enzephalitiden und Hirnverletzungen im frühen Kindesalter (postnatal).

Mit der Zunahme der schweren *Verkehrsunfälle* häufen sich auch die schweren zerebralen Schäden bei älteren Kindern und Erwachsenen.

Verlauf: Die Motorik des Neugeborenen ist noch vorwiegend von *subkortikalen* Zentren beherrscht. Im Verlaufe der Entwicklung wächst allmählich der Einfluss höherer, kortikaler Zentren. Da dieser bei der C.P. teilweise fehlt, ist die normale *motorische Entwicklung gestört.* Während also die *Hirnschädigung stationär* bleibt, nimmt die *Bewegungsstörung progressiv zu* in den ersten Jahren und stabilisiert sich dann.

8.2.1.2. *Die klinischen Erscheinungen* sind, entsprechend der Lokalisation der Schäden, sehr *variabel* und reichen von geringfügigen Lähmungen, die von einem leichten Entwicklungsrückstand oder von der Ungeschicklichkeit eines Linkshänders kaum zu unterscheiden sind, bis zu schwersten motorischen und psychischen Schäden (Bewegungsunfähigkeit, Idiotie), welche die Lebenserwartung stark herabsetzen.

Allen diesen Krankheitsbildern *gemeinsam* ist der *Zeitpunkt* der Schädigung: Sie traf ein noch *unreifes Hirn,* welches auf *Schäden* noch *anders reagiert* als ein voll entwickeltes.

Das *Wesen der spastischen Lähmungen* ist nicht die Kraftlosigkeit, sondern die *mangelnde Kontrolle und Koordination: Charakteristische Symptome* sind die spastischen Paresen einzelner oder mehrerer Extremitäten oder, seltener, athetotische und choreatische Bewegungsstörungen. Dazu kommen oft, aber *keineswegs immer,* Störungen der Intelligenz und der Psyche, gelegentlich auch vorgetäuscht durch Störungen der *Wahrnehmung,* z.B. Schwerhörigkeit mit Sprachschwierigkeiten, Sehschwäche usw., manchmal auch *Sensibilitätsstörungen,* welche kaum bemerkt werden, aber doch die Lähmung und ihre Behandlung erschweren.

Die *häufigste Form* der zerebralen Kinderlähmung, die *spastische Diplegie,* wird heute noch als LITTLEsche *Krankheit,* nach ihrem ersten Beschreiber, bezeichnet (Abb. 241).

8.2.1.3. *Typische Formen der zerebralen Kinderlähmung*

– Kindliche Spastische Diplegie: (Littlesche Krankheit)	Spastizität beider Beine, typischer scherender Gang, wobei die Beine einwärts gedreht und überkreuzt werden, Zehengang. Oft Arme nicht gelähmt und geistig normal.
– Kongenitale, zerebrale Monoparese	Am häufigsten Arm- und Gesichtslähmung
– Kongenitale Hemiplegie	Arm meist stärker betroffen als Bein, nicht selten epileptische Anfälle, häufig geistig behindert.
– Kongenitale Tetraparese	Oft schwerste Defekte, geistig meist stark gestört, bis zur Idiotie
– Athetosen	Unwillkürliche, langsame, verkrampfte oder rasche ausfahrende Bewegungen
– Daneben gibt es alle möglichen Formen von motorischen Störungen: ataktische, atonische Syndrome, Rigor usw., meist mit geistiger Behinderung, oft mit Schluck- und Artikulationsstörungen usw. oder epileptischen Anfällen kombiniert.	

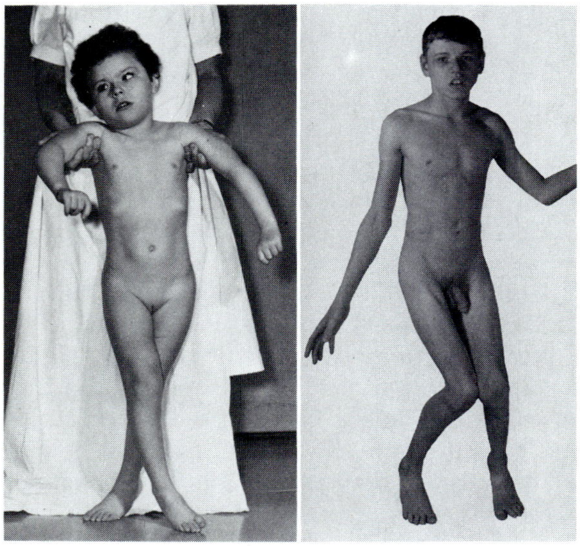

a b

Abb. 241. *Zerebrale Kinderlähmung.*

a Kind mit schwerem Hirnschaden. Stark in der Entwicklung zurück geblieben. Schielt, kann nicht sprechen und nicht stehen, obwohl die Muskulatur kräftig ist. Typisches Überkreuzen der Beine.

b Älterer Knabe mit zerebraler Störung. Die Spastizität der Beine ist deutlich, die Flexions- und Adduktionskontrakturen sowie der Zehenstand sind typisch.

Schwere Hirnschäden mit motorischen Störungen werden zunehmend häufiger infolge von Verkehrsunfällen.

Die zerebrale Kinderlähmung hat grosse praktische, vor allem auch *soziale Bedeutung,* da die Gefahren der fötalen Schädigung eher zugenommen haben und die Kinder seit der Herabsetzung der Frühgeburtensterblichkeit *häufiger überleben.* Somit bilden diese bedauernswerten jungen Patienten einen guten Teil der Pflegeheiminsassen, der Hilfebedürftigen, Voll- und Teilinvaliden. Eine auch nur teilweise *Eingliederung* ist in jedem Fall ein grosser *Gewinn.*

8.2.2. *Diagnose*

Der Schaden wird, wenn er nicht allzu schwer und schon bei der Geburt offenkundig ist, im Verlaufe der ersten Lebensmonate oder -jahre deutlich. Gewöhnlich fällt zuerst nur ein gewisser *Entwicklungsrückstand* auf, von dem nicht leicht zu entscheiden ist, ob er pathologisch sei oder nicht. Auch gewisse ungeschickte, etwas tappige und tollpatschige Bewegungen, z.B. ein etwas schwerfälliger ungelenkiger Gang weist mitunter auf eine abortive Form einer zerebralen Kinderlähmung hin.

Die *Frühdiagnose* ist wichtig, weil mit intensiver, sachkundiger und zielgerichteter Physiotherapie im Frühstadium die Schäden gemildert und die motorische Entwicklung gefördert werden kann. Andererseits sollten aber Eltern und Umgebung des Kindes nicht unnötig mit der Diagnose «zerebrale Lähmung» geängstigt werden. «Frühkindliche Bewegungsstörung» z.B. ist ein etwas neutralerer Ausdruck.

Die Diagnose im Säuglingsalter stützt sich auf den Nachweis eines motorischen Entwicklungsrückstandes, sowie auf das pathologische Verhalten einer *Reihe von Reflexen,* die für den Stand der motorischen Entwicklung im ersten Lebensjahr kennzeichnend sind, wie Stützreaktionen, Stellreflexe, tonische Nackenreflexe usw. Wichtig ist die Beobachtung der *Spontanbewegungen* des Säuglings: Charakteristisch sind Koordinationsstörungen bei komplexen Bewegungen, Tonusschwankungen, Hemmungen und Stockungen im Bewegungsablauf, der eine natürliche Leichtigkeit vermissen lässt (Abb. 242).

Eine eigentliche «Lähmung» ist also nicht vorhanden, hingegen sind aktive Bewegungen mühsam, wenig differenziert und nur als Massenbewegungen möglich: Das kennzeichnende Merkmal der zerebralen Parese ist das *Fehlen eines harmonischen, flüssigen, eleganten Bewegungsablaufes*

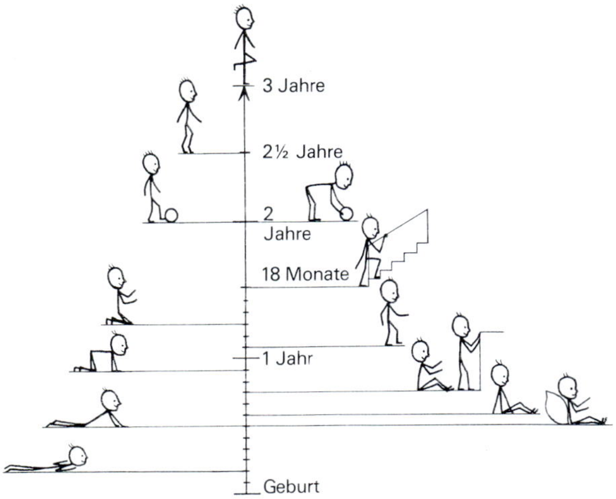

Abb. 242. *Kenntnis der normalen Entwicklung* von Haltung und Bewegung in den ersten 3 Jahren erleichtert das Erkennen einer leichten zerebralen Kinderlähmung (nach HERZKA).

Der *aufrechte Stand* wird auf zwei gegensinnige Arten erreicht: Aus der Bauchlage heraus über das Kriechen und aus der Rückenlage über das Sitzen.

Manche leichtere zerebrale Kinderlähmungen manifestieren sich weniger durch Spastizität als durch mangelnde Koordination, fehlendes Gleichgewicht, und dadurch bedingten Entwicklungsrückstand.

(vgl. I.A.8.3.). Früher oder später kommen gewisse Fehlhaltungen und -stellungen einzelner Gelenke von unterschiedlicher Ausprägung, aber meist typischer Art dazu: Die eigentliche Spastizität, eine Steifigkeit der Glieder wegen eines erhöhten Tonus der Muskulatur beim Versuch, die Gelenke passiv zu bewegen, zeigt sich meist erst später, ebenso wie Steigerung von Sehnenreflexen und Klonus.

- untere Extremitäten:
  - Spitzfuss, proniert oder supiniert
  - Genu flexum (bei Hemiplegie evtl. recurvatum)
  - Adduktion, Innenrotation und Flexion der Hüften
- obere Extremitäten (weniger konstant und typisch):
  - Innenrotation des Armes
  - meist Pronation des Vorderarmes
  - eingeschlagener Daumen
  - verschiedenartige Krampfstellungen der Finger.

Verlauf: Während der ersten Lebensmonate und -jahre bleibt die motorische Entwicklung immer mehr zurück. Viele Kinder haben bereits grosse Schwierigkeiten mit Kriechen, Sitzen, Kniestand, geschweige denn mit Stehen und Gehen. Gestört ist vor allem die Erhaltung des *Gleichgewichtes,* da die dazu notwendigen raschen, komplexen, höheren Reflexe fehlen und nur Massenbewegungen möglich sind. Die aufrechte Haltung und das Gehen scheitern weniger an der Muskelkraft, welche oft sogar im Übermass vorhanden ist, als an der *mangelnden Koordination und Kontrolle* der Bewegungen, vor allem des fehlenden Gleichgewichtssinnes. Je nach der Schwere der Läsion bleibt die Entwicklung schliesslich auf der erreichten Stufe stehen.

8.2.3. *Frühbehandlung*

Die Frühbehandlung hat zum Ziel, eine *normale motorische Entwicklung zu fördern.* Sie hat in den letzten Jahren grosse Fortschritte gemacht, seitdem die Physiologie und Pathophysiologie dieser zentralen Störungen besser verstanden werden, und eine entsprechend gezielte spezifische Bewegungstherapie entwickelt wurde (Bobath). Damit können sehr gute Resultate erzielt werden. Allerdings sind dazu ausserordentlich viel *Geduld* und Ausdauer sowie spezifische Kenntnisse der neuromuskulären Physiologie notwendig. Der Zeitaufwand möchte vielleicht übertrieben erscheinen, wenn man ihn mit dem Erfolg vergleicht. Wenn man aber bedenkt, was es für einen Menschen und seine Umgebung bedeutet, ob er selbständig essen, sich ankleiden und fortbewegen kann oder nicht, und ob er eine auch nur anspruchslose Arbeit verrichten kann oder vollständig invalide bleibt (vgl. I.B.2.1.4.), wird man jedem Kind die Chance geben wollen, die ihm die konservative Frühbehandlung bietet.

Anderseits sollten nicht durch endlose Therapiebemühungen bei hoffnungslosen Fällen die anderen Kinder zu kurz kommen.

Das *Prinzip der spezifischen Physiotherapie* für das Spastikerkind besteht darin, Stellungen und Bewegungen, welche schädliche Reflexe auslösen, zu vermeiden, die vorhandenen physiologischen Reflexe zu bahnen und günstige Ausgangsstellungen zu nutzen, um die Spastizität zu mildern, die Gleichgewichtsreaktionen zu fördern und so stufenweise über die Bauchlage, das Rumpfbeugen, das Kriechen, den Vierfüsslerstand, das Sitzen und den Kniestand das Kind zum Stehen und Gehen zu bringen. Meistens sind dazu keinerlei Stützapparate oder Gipse usw. notwendig, da ja die Muskelkraft zur Stabilisierung der Gelenke vorhanden ist. Zur Erhaltung des Gleichgewichtes jedoch sind die Kinder oft auf Gehböcke, Drei- oder Vierbeinstöcke, Krück- oder gewöhnliche Handstöcke angewiesen (Abb. 243).

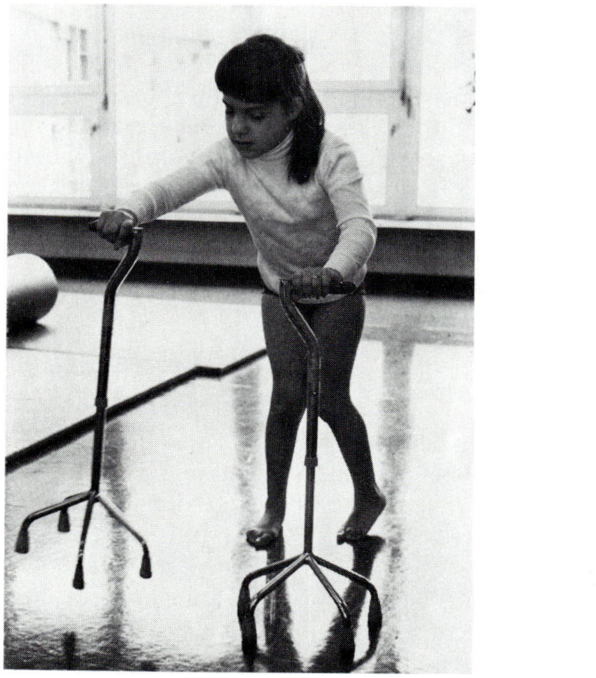

Abb. 243. *Gehschule* bei zerebral gestörter Motorik. Die *Gehböcke* sind ein ausgezeichnetes Hilfsmittel bei mangelndem Gleichgewicht.

Für die Schulung der *oberen Extremitäten*, insbesondere der Fingerfertigkeit, ist vor allem die zielgerichtete *Beschäftigungstherapie* (Ergotherapie) zweckmässig.

8.2.4. *Komplikationen und orthopädische Massnahmen*

Orthopädische Massnahmen, welche über die beschriebene physiotherapeutische Behandlung hinausgehen, kommen in der Regel nur in Betracht, wenn durch Verkrampfung einzelner Muskelgruppen Fehlstellungen *(Kontrakturen)* von Gelenken entstehen, welche ihrerseits *Komplikationen* machen:

1. Schmerzen (z. B. an den Füssen wegen Fehlstellung)
2. Zusätzliche Gehschwierigkeiten oder Gehunfähigkeit
3. Gelenkluxationen oder schwere Skoliosen
4. Behinderung der Sitzfähigkeit
5. Pflegehindernisse (z. B. bei Hüftkontrakturen)
6. Zusätzliche Gebrauchsbehinderung der Hand wegen Fehlstellung.

1. *Schmerzen* können entstehen bei *Fussdeformitäten,* weil die Schuhe nicht passen und drükken, oder weil der Fuss wegen einer Fehlstellung (z. B. Spitzfuss, Knickplattfuss, Klumpfuss, Hohlballenfuss, Krallenzehen) nicht richtig belastet werden kann (siehe Fussdeformitäten, III.C.7.4.).

Im Kindesalter ist in therapieresistenten Fällen eine dosierte Verlängerung und Schwächung des triceps surae angezeigt, gelegentlich eine subtalare extraartikuläre Arthrodese. *Bei Erwachsenen* kommen meist nur noch Arthrodesen und ossäre Zehenkorrekturen in Frage. Manchmal müssen schmerzhafte Hüftkontrakturen beseitigt werden.

2. Übermässige *Fehlstellungen von Gelenken* (*Kontrakturen,* siehe auch II.12.2.), z.B. Spitzfuss, Kniebeugekontraktur, Hüftbeuge-, Adduktions- und Innenrotationskontrakturen als typische Kombination, können zusätzlich zur neurologischen Grundstörung den aufrechten Gang erschweren oder unmöglich machen. Man versucht sie dauerhaft zu *beseitigen* mittels:

1. Regelmässige physiotherapeutische Behandlung (Redression). Wenn nicht genügend:
2. Gipsverband in Korrekturstellung während einiger Wochen, dann evtl. Nachtschienen zur Erhaltung der korrigierten Stellung. Wenn nicht möglich:
3. Quengelgips (siehe I.C.3.6.2.4.) bis die gewünschte Stellung erreicht ist, dann Erhalten dieser Stellung evtl. mit Apparaten oder Nachtschienen. Falls dies nicht gelingt:
4. Operative Behandlung der Kontraktur:
   a) Sehnen- oder Muskelverlängerungen
   b) periphere Neurotomien (heute seltener geübt, weil die Resultate wenig befriedigten)
   c) bei schweren fixierten Kontrakturen evtl. Osteotomien
   d) Arthrodesen.

Die *Indikation* zu solchen Operationen ist *nicht leicht* zu stellen. Es ist manchmal sehr schwierig herauszufinden, wieweit die Gehbehinderung durch die Gelenkfehlstellung bedingt ist und wieviel davon zu Lasten der neurologischen Grundstörung geht. Auf keinen Fall darf man sich durch eine Operation eine Normalisierung des Gangbildes versprechen. In ungünstigen Fällen kann das Gegenteil eintreten, sowohl bei Kindern wie besonders im Erwachsenenalter, wenn die Anpassungsmöglichkeiten weitgehend erschöpft sind.

Auch die *Gefahr* von Überkorrekturen und Rezidiven ist nach Operationen bei Spastikern wesentlich grösser als z. B. bei schlaffen Lähmungen. Der weitere Verlauf ist nicht immer vorauszusehen (z. B. Hackenfuss nach Achillessehnenverlängerung). Arthrodesen sind am sichersten.

3. Eine verhältnismässig häufige Komplikation der spastischen Lähmung ist die Subluxation und *Luxation der Hüfte* (siehe Coxa valga antetorta,

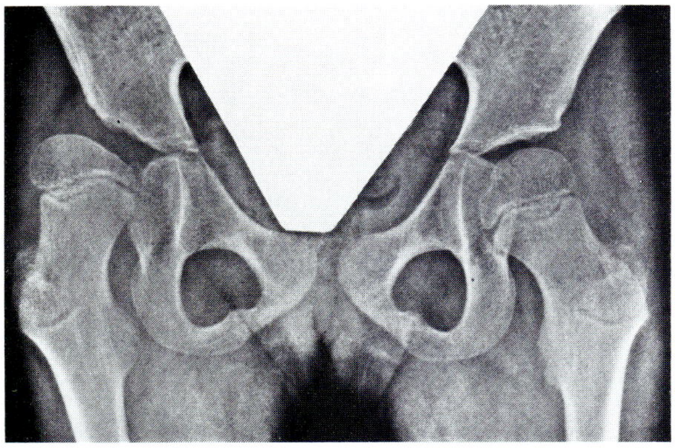

Abb. 244. *Hüftgelenksubluxation* und -luxation sind bei schweren spastischen Lähmungen nicht selten. Im Verlaufe des Wachstums richtet sich der Schenkelhals auf. Coxa valga und Adduktionsfehlstellung drängen den Hüftkopf aus der Pfanne heraus als Folge der Fehlinnervation der Muskulatur. In schweren Fällen können sich daraus massive Fehlstellungen und Kontrakturen ergeben, die, einmal entstanden, kaum mehr zu korrigieren sind.

Die präventive Varisierungsosteotomie kann diese Entwicklung häufig verhindern. Die postoperative Fixation muss aber ausserordentlich stabil sein, sonst kippt das proximale Fragment leicht ab infolge der Muskelspasmen.

III.C.2.4.3.). Sie hat meistens völlige Gehunfähigkeit und grobe Deformität, bei Einseitigkeit schweren Beckenschiefstand mit Skoliose zur Folge (Abb. 244).

Die Luxation entwickelt sich langsam, im Verlaufe der Kindheit (siehe bei Wachstumsstörungen, II.2.2.3.2.). Regelmässige *Kontrollen* der Hüften von spastischen Kindern sind notwendig, und wenn eine Luxation droht, ist eine operative Einstellung des Hüftkopfes in die Pfanne angezeigt: Intertrochantere Derotations- und Varisationsosteotomie.

4. Manche *Schwergeschädigte* haben keine Aussicht, je gehen und stehen zu lernen. Solche Patienten müssen zeitlebens *gepflegt* werden. Es ist bereits ein sehr grosser Gewinn, wenn sie wenigstens *sitzen lernen.* Dazu ist die *Symmetrie* des *Beckengürtels* und eine gewisse *Stabilität der Wirbelsäule* notwendig. Ein schwerer Beckenschiefstand kann manchmal durch Hüftoperationen, eine insuffiziente Skoliose durch eine Spondylodese soweit beseitigt werden, dass die Patienten nachher sitzen lernen.

5. Bei schwerst geschädigten Kindern mit verkrüppelnden Deformitäten kann die *Pflege* behindert sein, z. B. wenn die Beine wegen Hüftkontrakturen auch passiv nicht mehr abgespreizt werden können oder wenn Kontrakturen der Knie, Füsse oder Handgelenke das Ankleiden und eine ordentliche Lagerung behindern. In solchen Fällen sind einfache Operationen zur Lösung der Kontrakturen sicher angezeigt.

8.2.4.1. *Operationen bei Spastikern*

Spastische Lähmungen sind für orthopädische Operationen weit weniger dankbar als die schlaffen Lähmungen. Das Problem ist hier nicht die gestörte Statik, sondern die mangelnde Kontrolle und Koordination des Bewegungsapparates. Die *Prognosen hinsichtlich des Nutzens korrigierender Operationen* im Bereiche der Knochen, Gelenke und Muskeln sind immer *mit grosser Vorsicht zu stellen.*

Korrekturoperationen an der Hand bei spastischer Lähmung haben im grossen und ganzen enttäuscht. Verbesserungen der Funktion sind kaum eingetreten nach solchen Operationen. Dies liegt wohl vor allem daran, dass die Gebrauchsfähigkeit der Hand in erster Linie von der Feinkontrolle und Koordination abhängt, und gerade diese hochqualifizierte Leistung fehlt beim Spastiker. Dazu kommen sensible Störungen, welche bei der zerebralen Lähmung eine grössere Rolle spielen als oft angenommen wird.

Von den verschiedenen angegebenen Sehnenoperationen wird meist nur noch die Durchtrennung oder Verpflanzung eines stark kontrakten M. flexor carpi ulnaris (Green) ausgeführt, selten, eher aus kosmetischen Gründen, eine Handgelenksarthrodese.

Fuss: Achillessehnenverlängerung. Wegen der Gefahr der Überkorrektur (Hackenfuss), wird oft die Verlängerung und Dehnung der Sehnenplatte des Gastrocnemius vorgezogen (Gastrocnemiusfensterung nach Scherb), vor allem bei isolierter Kontraktur des Gastrocnemius, d.h. wenn der Spitzfuss bei gebeugtem Knie passiv korrigiert werden kann.
- Arthrodese des Subtalargelenkes, im Kindesalter extraartikulär (Grice)
- Doublearthrodese (subtalar und Chopartsches Gelenk).

Knie:
- Durchtrennung der am stärksten kontrakten Kniebeugemuskeln in der Kniekehle und Transposition auf das Femur (Eggers); dadurch werden zweigelenkige Muskeln zu eingelenkigen gemacht.
- Durchtrennung der Retinacula patellae.

Hüfte:
- Adduktorotomie, evtl. mit partieller Obturatoriusresektion.
- Intertrochantere Derotations-Varisationsosteotomie: bei Gefahr der Luxation

(Vorsicht wegen der Gefahr des postoperativen Abrutschens der Fragmente infolge der spastischen Muskelkontraktionen.)

Operationen bei zerebral Gelähmten stellen schwierige Probleme. Spektakuläre Erfolge dürfen nicht erwartet werden. Andererseits sind die nachteiligen Wirkungen erheblich: Zunahme der Spastizität durch die Immobilisierung, Rückschlag in der motorischen Entwicklung, psychologische Schwierigkeiten.

Die *Nachbehandlung* erfordert grosse Anstrengungen: Geduldige, ausdauernde Übungstherapie und Betreuung, mit welcher die darin speziell ausgebildete Physiotherapeutin kleine, schrittweise Erfolge erzielen kann, welche auf lange Sicht gesehen für den Patienten von unschätzbarem Nutzen sein können, dann nämlich, wenn man ihm zu grösserer Unabhängigkeit von seiner Umgebung verhelfen kann (siehe I.B.2.1.4. und I.C.2.2.).

Die *Indikation* zu Operationen bei Spastikern sollte deshalb sehr *zurückhaltend* gestellt werden. Die richtige Indikationsstellung zu solchen Eingriffen setzt sehr *viel Erfahrung* voraus und bleibt in der Regel Ärzten und Kliniken vorbehalten, die sich vorwiegend mit spastischen Lähmungen beschäftigen.

Der beste Zeitpunkt für die endgültige orthopädische Versorgung ist der Abschluss des Wachstums, falls keine dringenden Indikationen zu früherem Eingriff zwingen.

8.2.5. *Rehabilitation*

Die Behandlung der Spastiker ist ein *komplexes soziales Problem.* Im Einzelfall ist eine Betreuung während der ganzen Entwicklung notwendig, wobei eine Reihe von Spezialisten und Institutionen *zusammen arbeiten* müssen:

Pädiater	Spezialschule
Orthopäde	Logopädie
Physiotherapeut	Sehschule
Invalidenfürsorge	Berufsbildung
	Eingliederungsstellen

Die Behandlung in besonderen *Spastikerzentren* ist deshalb zweckmässig, soweit sie stationär sein muss. Die besten Aussichten hat das Kind jedoch, wenn es in der Geborgenheit seines Elternhauses sich so weit als möglich normal entwikkeln kann. Die in der Regel mit dem Alter grösser werdenden *psychologischen Probleme,* welche sowohl die Patienten wie ihre Umgebung, vor allem die Eltern, zunehmend belasten, sind kaum gänzlich lösbar (Abb. 245). Umso wichtiger ist es, sie in geduldigem Gespräch und in Zusammenarbeit mit allen Beteiligten erträglich zu halten. Nur so sind Fortschritte überhaupt möglich. Wenn man bedenkt, dass viele Spastiker das Erwachsenenalter erreichen, erkennt man, welche Bedeutung auch der kleinste Schritt in Richtung Unabhängigkeit von der Umwelt haben kann (siehe auch Rehabilitation, I.C.1.1.2.).

Abb. 245. Dieser Junge zeigt die typischen Merkmale des Spastikers in Gesichtsausdruck, Haltung und Bewegungen. Unnatürliche Haltung von Kopf, rechter Hand, linkem Daumen; rechtes Bein nach innen gedreht und überstreckt, linkes in Adduktionsstellung. Der Junge ist deshalb dem Herrn rechts im Bild sofort aufgefallen, der ihn scharf beobachtet.

Spastiker haben es nicht nur auf Bahnhöfen doppelt schwer, sich wie gewöhnliche Menschen zu bewegen. Zu den Koordinationsstörungen, mit welchen viele Spastiker erstaunlich gut fertig werden, kommen die Kommunikationsschwierigkeiten mit der Umwelt, die auf die Dauer schwierigere Probleme schaffen als die primäre Behinderung.

8.3. Periphere Nervenläsionen: Schlaffe Lähmungen mit Sensibilitätsstörungen

Neben den auffälligen Symptomen einer schlaffen Lähmung werden die *Sensibilitätsstörungen* oft kaum beachtet. Für den Patienten haben diese aber nicht selten grössere Bedeutung als die motorische Lähmung.

Immer häufiger werden die Lähmungen aus *Unfallfolgen.* Diese sind meist nicht rein motorisch, sondern auch sensibel. Es ergeben sich Probleme infolge veränderter Trophik, anästhesiebedingter Verletzungen und trophischer Ulzera, sowie eine ungleich grössere Invalidität. Ohne Sensibilität ist z. B. eine Hand, auch wenn ihre Motorik wieder hergestellt ist, nahezu unbrauchbar.

8.3.1. *Die Bedeutung der Sensibilität*

Zwei Sensibilitätskategorien sind für die Funktion des Bewegungsapparates besonders wichtig:

1. *Die taktile Sensibilität der Hand* (2-Punkte-Unterscheidung, Stereognose, qualitativ differenzierte Sensibilität) ermöglicht erst einen differenzierten Gebrauch der Hand, besonders bei einer Tätigkeit, welche gezielte, exakte Bewegungen und ein gutes *«Fingerspitzengefühl» erfordern (z. B. Feinmechaniker, Musiker usw.).*

Von diesen Sensibilitätsqualitäten gewinnt man eine Vorstellung durch den *«Auflesetest»* von MOBERG: Der Patient soll mit geschlossenen Augen kleine Gegenstände (Münzen, Büroklammern, Radiergummi usw.) auflesen und erkennen können. Auch bei guter Spitz-Stumpf-Unterscheidung können diese Fähigkeiten oft empfindlich gestört sein (Abb. 246b).

Eine intakte Sensibilität ist von ausschlaggebender Bedeutung für die Hand als universelles *Instrument,* aber auch als höchst differenziertes *Tastorgan* (Abb. 246).

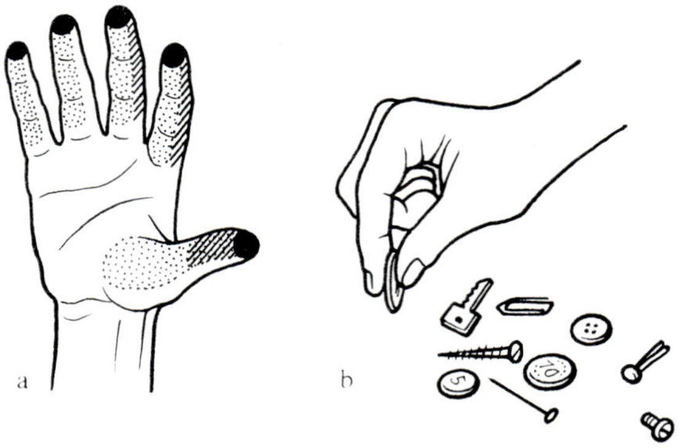

Abb. 246. *Taktile Sensibilität* ist für die Hand als höchst differenziertes Organ ausschlaggebend. Das «Fingerspitzengefühl» ist sprichwörtlich. Zu seiner Prüfung eignet sich der *Auflesetest* von Moberg besonders gut (vgl. III.A.7.1.5.).

Gefühllose Finger oder eine sensibilitätsgestörte Hand werden schlecht oder kaum mehr gebraucht und stören manchmal sogar mehr als dass sie nützen.

Aus dieser Erkenntnis ergeben sich Richtlinien, aber auch Grenzen für die *Wiederherstellungschirurgie* an der Hand: Die *Sensibilität an den zum Greifen benützten Fingerkuppen* hat die grösste Bedeutung. Eine Wiederherstellungschirurgie (Hautplastiken, Muskeltransplantationen usw.), welche diese Grundvoraussetzungen nicht berücksichtigt, ist in der Regel von geringem Nutzen.

Die *Beurteilung* von Patienten mit Sensibilitätsstörungen an der Hand bezüglich Invalidität (Versicherungen, Gutachten!), aber auch hinsichtlich Wiedereingliederungs- und Umschulungsmöglichkeiten muss sehr differenziert erfolgen. Häufig ist die Behinderung des Patienten grösser, als eine kursorische Untersuchung vermuten lässt (vgl. Gefühllose Finger, III.A.7.1.5.).

2. *Eine protektive Sensibilität,* vor allem an Fuss und Zehen und Hand, schützt die Haut vor Schäden, Verbrennungen, trophischen Störungen, Ulzera und Infektionen, welche bei vollständigem Sensibilitätsverlust, vor allem infolge Ausfall der Schmerzempfindung, früher oder später fast unweigerlich auftreten.

Eine solche rudimentäre, wenigstens «protektive» Sensibilität kehrt nicht selten bei partieller Nervenregeneration nach Verletzungen zurück, während die volle taktile Sensibilität oft nicht mehr erscheint.

8.3.2. *Pathologie peripherer Nervenläsionen*

8.3.2.1. *Ursachen*

Isolierte Ausfälle peripherer Nerven (Mononeuropathien) haben praktisch immer *mechanische Ursachen.*

An erster Stelle stehen *Verletzungen* (Zerrung, Kontusion, Durchtrennung) bei Unfällen und, nicht so selten, iatrogene Schäden durch unzweckmässige Lagerung, Gipsdruck, Überdehnung von Nerven bei gewaltsamem Lösen von Gelenkkontrakturen, bei Operationen usw., schliesslich sind lokale Schäden durch andauernde Kompression, Überdehnung, mechanische Irritation, Narben usw. relativ häufig, wenn man danach sucht (vgl. II.15.2.7.3.).

8.3.2.2. *Pathophysiologie der Nervenläsionen*

Bei jeder Nervenläsion ist die *Nervenleitung gestört.* Die spontane Wiederherstellung der Nervenleitung hängt von der Art der Läsion ab. Für praktische Gesichtspunkte wie Prognose und Zeitpunkt von Behandlungsmassnahmen ist eine *Differenzierung der pathologisch-anatomischen Schädigung* zweckmässig (Abb. 247).

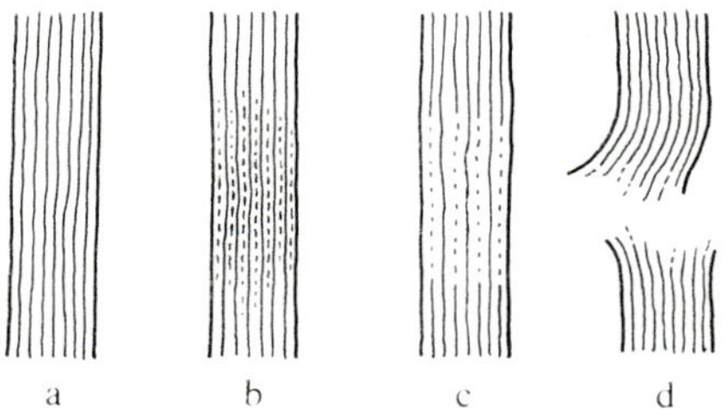

Abb. 247. *Pathophysiologie der traumatischen Schäden eines peripheren Nerven.*

a Intakter Nerv.
b Neurapraxie: Der Nerv leitet nicht, obwohl er morphologisch normal aussieht.
c *Axonotmesis:* Nervenscheiden erhalten, aber Axone unterbrochen.
d *Neurotmesis:* Nerv ganz durchtrennt.

Erklärung im Text.

1. Neurapraxie: Der Nerv als ganzes und die einzelnen Axone sind *erhalten.* Der Ausfall ist *rein funktionell,* temporär und erholt sich in der Regel in Minuten (Drucklähmung, z. B. Radialis, nach Draufliegen in der Nacht), Stunden (Leitungsanästhesie) oder Tagen (z. B. Drucklähmung bei ungünstiger Lagerung auf dem Operationstisch). Bei elektrischer Prüfung keine Entartungsreaktion der Muskulatur. Die Ursache der Leitungsstörung muss rasch behoben werden, damit kein schwererer Schaden entsteht. Im übrigen ist keine Therapie notwendig.

2. Axonotmesis: Der *Nerv als ganzes* mit den Nervenscheiden ist *erhalten,* die *Einzelaxone* sind aber *unterbrochen* (z.B. Drucklähmung des Peronaeus, Nervenüberdehnungen und Quetschungen bei Frakturen, stumpfe Verletzungen usw.). Nach wenigen Tagen zeigt die Muskulatur eine Entartungsreaktion. Die *Axone* degenerieren peripher und *wachsen von proximal her wieder in die Nervenscheiden* ein, mit einer Geschwindigkeit von ungefähr 1 mm pro Tag. Die Erholung dauert meist lange, in der Regel Monate, je nach Distanz zwischen Läsion und Endorgan, bei Schädigung z.B. am Oberarm oder Fibulaköpfchen ein Jahr und länger. Die Voraussetzung für eine *Erholung ist an sich gut,* da jedes Axon in seine Nervenscheide einwachsen kann und damit automatisch wieder sein Endorgan erreicht. Eine kausale Therapie ist nicht möglich. Wegen der *langen Erholungszeit* kann aber eine Muskelatrophie, evtl. eine irreparable Degeneration der betroffenen Muskulatur in der Zwischenzeit eintreten.

3. Neurotmesis: Vollständige Durchtrennung des Nerven einschliesslich seiner Hüllen, wie sie bei schweren Plexuszerrungen und offenen Nervenverletzungen vorkommen. Die regenerierenden Axone finden keinen Anschluss an ihre Leitbahnen mehr vor, wachsen ziellos in einem Knäuel und bilden ein *Narbenneurom.* Dieses ist oft druckempfindlich, manchmal dauernd schmerzhaft. Eine spontane Reinnervation ist *nicht* zu erwarten. Um den Axonen den Anschluss an ihre Leitgebilde zu ermöglichen, müssen die Nervenstümpfe *vernäht* werden.

8.3.3. *Diagnose*

Eine periphere, isolierte Nervenläsion lässt sich aus dem neurologischen Ausfall und seiner Topographie fast immer einwandfrei diagnostizieren.

Bei Verletzungen werden sie allerdings leicht übersehen, wenn man nicht systematisch danach sucht, vor allem bei Frakturen, Luxationen und offenen Verletzungen. Schwieriger als die Diagnose einer peripheren Nervenleitungsstörung ist die Diagnose der Art der zu Grunde liegenden Schädigung (siehe II.8.3.2.2.) und die Prognose, sowie das Erfassen der Regenerationsvorgänge. Für die Therapie ist es wesentlich, diese Fragen möglichst genau zu klären. Dazu dient vor allem die *elektrische Untersuchungstechnik* (siehe II.8.3.3.2.).

8.3.3.1. *Diagnose und Therapie bei traumatischen Nervenverletzungen*

1. Bei *offenen Verletzungen* sind vollständige Nervendurchtrennungen (Neurotmesis) häufig. Eine Revision des betroffenen Nerven ist bei der Wundversorgung immer angezeigt. Die Durchtrennung des Nerven ist eine Indikation zur *Nervennaht.*

Sie wird in der Regel als *Sekundärnaht* nach etwa 3 – 4 Wochen durchgeführt, seltener, nur bei sauberen, glatten Wundverhältnissen und günstigen Operationsbedingungen, als Primärnaht. Das Ziel ist eine genaue End-zu-End-Adaption der einzelnen Nervenfaszikel, als Voraussetzung für ein komplikationsloses Einwachsen der Axone in den distalen Nervenabschnitt. Eine ausgefeilte Operationstechnik ist dazu notwendig. Voraussetzung für den Erfolg ist eine *völlig spannungsfreie* Naht. Ist eine solche nicht möglich, kommt zur Überbrückung ein autologes Transplantat in Frage.

2. Bei *geschlossenen Verletzungen* mit Nervenleitungsstörungen ist es am Anfang nicht möglich, genau die Art der Nervenverletzung festzustellen. Immerhin ist der Nerv selten vollständig durchtrennt. Man wird also, ausser in besonderen Fällen (Plexusläsionen) vorerst einmal eine Axonotmesis oder Neurapraxie annehmen und eine spontane Rückkehr der Nervenleitung *abwarten.* Insbesondere wenn nach etwa 3 Wochen keine Entartungsreaktion der Muskulatur eintritt, also eine Neurapraxie vorliegt, ist eine spontane Restitution zu erwarten, und eine Exploration erübrigt sich.

8.3.3.2. *Die Regeneration der peripheren Nerven*

Das *Einwachsen der Axone* in den distalen Nervenstumpf hinein, also die Regeneration des Nerven, erfolgt mit einer Geschwindigkeit von etwa 1 mm pro Tag, d.h. etwa 3 cm pro Monat.

Für das weitere *therapeutische* Vorgehen, d.h. im wesentlichen: ob operativ revidiert werden soll oder nicht, ist der *Fortschritt der Regeneration* entscheidend. Er lässt sich verfolgen mit Hilfe der *nachstehenden Untersuchungen:*

1. *Klinisch-neurologischer Befund:*
   Wiederkehren der Sensibilität und der Muskelinnervation von proximal nach distal,
2. *Hoffmann-Tinelsches Klopfzeichen:*
   Im distalen Ausbreitungsgebiet des Nerven treten Parästhesien auf beim Beklopfen des Nervenstammes an jener Stelle, welche die auswachsenden Axone bereits erreicht haben. Bei guter Regeneration *verschiebt* sich diese Stelle langsam *nach distal.*
3. *Reizzeit-Spannungskurven* bei wiederholter elektrischer Prüfung,
4. *Elektromyogramm:* Seine wiederholte Aufzeichnung (z.B. alle 1 – 2 Monate) gibt ein genaues Bild der Regeneration.

Wenn die Reinnervation nicht innert der aufgrund des Axonwachstums erwarteten Zeit einsetzt, muss die Frage nach einer *operativen Revision* des Nerven gestellt werden. In der Regel ist dies nach etwa 3 – 5 Monaten der Fall. Später sinken die Chancen für eine Reinnervation, auch nach Operation, und nach einem Jahr kann von einer Revision kein Erfolg mehr erwartet werden: die Muskulatur ist vollständig degeneriert und kann sich *nicht mehr erholen.*

Die Reinnervation nach Nervennaht bei vollständiger Durchtrennung ergibt praktisch nie eine Restitutio ad integrum. Vor allem die motorische Wiederherstellung ist unvollständig, etwa hinsichtlich der Präzision der feinen Bewegungen. Aber auch die taktile Sensibilität bleibt oft rudimentär, und in manchen Fällen, vor allem bei proximalen Läsionen, muss man um eine undifferenzierte protektive Sensibilität froh sein. Umso wichtiger ist es, die vorhandenen Funktionen zu *erhalten:*

8.3.4. *Komplikationen bei peripheren Lähmungen*

Die grösste Gefahr bei einer frischen Lähmung ist die *Versteifung* der betroffenen Gelenke in einer schlechten Stellung. Diese Komplikation droht hauptsächlich in den *ersten* Tagen und Wochen, in erster Linie bei *Verletzungen.* Ungünstig ist vor allem das posttraumatische *Ödem,* das wegen der fehlenden aktiven Bewegung besonders ausgeprägt sein kann. Hand und Fuss sind vor allem gefährdet. Eine Hand kann, auch nach vollständiger Erholung des Nervenschadens, durch Versteifung annähernd unbrauchbar werden.

Prophylaxe:

1. Hochlagerung des gelähmten Gliedes (Hand auf einer Abduktionsschiene).
2. Erhalten der Funktionsstellung des Gliedes mittels korrekter Lagerung und Schienen (siehe II.8.1.4.1. und II.12.2.5.1.).
3. Regelmässiges passives Durchbewegen der gelähmten Gelenke, in den ersten Wochen mehrmals täglich.
4. Elektrische Stimulation (Faradisation) der Muskulatur soll ihre Degeneration hintanhalten, und damit die Zeit bis zur Reinnervation überbrücken. Eine eindeutige Wirkung ist nicht erwiesen. Bei nur partieller Lähmung sind stattdessen aktive Bewegungsübungen angezeigt.

Narbenneurome nach Nervendurchtrennung können gelegentlich sehr *schmerzhaft* sein, vor allem solche im Ausbreitungsgebiet des Nervus radialis oder des N. fibularis an Hand bzw. Fussgelenk. Sie lassen sich längst nicht immer durch chirurgische Stumpfversorgung heilen, Rezidive sind sehr häufig.

Eine schmerzhafte, glücklicherweise *seltene* Komplikation bei Nervenverletzungen ist die *Kausalgie,* eine von vegetativen Störungen begleitete äusserst schmerzhafte Affektion nach Amputation peripherer Nerven, die völlig therapieresistent ist.

8.3.5. *Orthopädische Therapie der peripheren Lähmungen*

Sie hat die Erhaltung und Wiederherstellung der bestmöglichen *Funktion* zum Ziel.

8.3.5.1. *Schienen zur Erhaltung der Funktionsstellung* (siehe auch I.C.3.7.2.)

Diese müssen *einfach* und *leicht* sein und sollten den Patienten nicht stören.

Am häufigsten werden gebraucht:

1. *Radialisschiene* für die Fallhand bei Radialislähmung. Vorderarmmanschette mit Pelotte oder einer Querstütze in der Hohlhand, welche das Handgelenk in Dorsalflexion hält. Damit kann die Hand für den Griff genügend geöffnet werden (Abb. 248a und 364).
2. *Ulnarisschiene* für die Finger bei Ulnarislähmung, um die Fingergrundgelenke in Beugestellung zu bringen, zur Verhütung einer Krallenhand. Damit wird eine Streckung der Fingergelenke durch die langen Fingerstrecksehnen ermöglicht (Abb. 248b).
3. *Hängefussschiene* bei Fibularislähmung, sog. «Heidelbergerschiene». Vorfuss und Zehen sol-

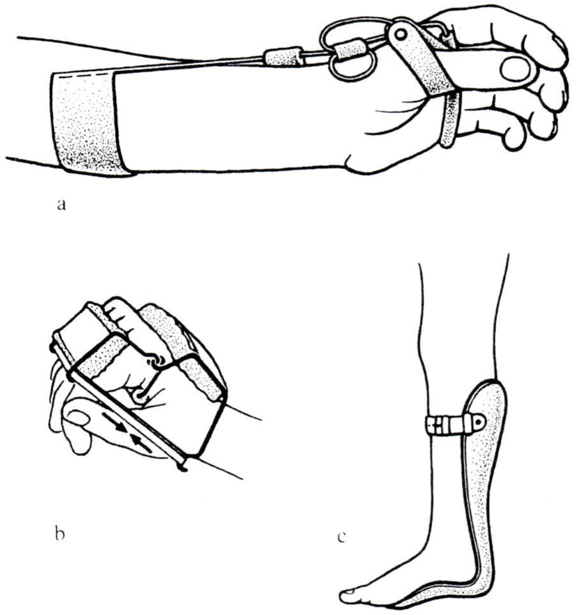

a

b

c

Abb. 248. *Drei gebräuchliche Lähmungsschienen.*

a Handschiene aus steifem Draht und Leder, für *Radialislähmung:* Eine quere Stange drückt die Hohlhand nach dorsal, in Funktionsstellung. Hier wird zusätzlich der Daumen mit einem elastischen Zug abgespreizt. Eine einfache Radialisschiene aus Kunststoff zeigt Abb. 149a.

b Dynamische Handschiene zur Bekämpfung der Versteifung der Fingergrundgelenke in Streckstellung bei *Ulnarislähmung.*

c *Fussheberschiene* gegen Hängefuss bei *Fibularislähmung.*

len vorne angehoben werden, damit der Patient sie beim Gehen nicht anstösst und das Bein nicht übermässig hochheben muss (Steppergang, siehe III.C.7.4.3.). Der Fuss wird in Rechtwinkelstellung gehalten mittels einer hinteren Unterschenkelschiene aus Metall oder Kunststoff (Abb. 248c und 640).

8.3.5.2. *Wiederherstellungsoperationen bei Restlähmungen*

Verbesserung der motorischen Funktion an der Hand versprechen nur Erfolg, wenn auch noch eine *genügende Sensibilität vorhanden* ist.

Um den Ausfall bestimmter Muskelgruppen zu kompensieren sind

1. *Muskeltransplantationsoperationen* empfohlen worden. Für die Hand sind vor allem die Strecksehnenersatzplastik für die Radialislähmung, sowie die Opponensersatzoperation bei Medianuslähmung bekannt. Am Bein sind Muskeltransplantationen ungenügend.
2. *Arthrodesen* können bestimmte Gelenke stabilisieren und damit die Funktion verbessern helfen, z.B. am Handgelenk bei Radialisparese, Daumenarthrodese bei Opponenslähmung. Fussarthrodese bei Hängefuss.
3. Operationen zur Wiederherstellung der Nervenleitung bzw. der Sensibilität einzelner Fingerkuppen (gestielte Hauttransplantate) sind dem Handchirurgen vorbehalten.

8.3.5.3. *Rehabilitation*

Besondere Bedeutung hat bei peripheren Nervenläsionen die *Rehabilitation.* Frühzeitig muss der Patient darüber Klarheit bekommen, welche Tätigkeiten er mit seiner Behinderung noch ausüben kann, damit eine Wiedereingliederung, gegebenenfalls ein Berufswechsel, in die Wege geleitet werden kann.

In der folgenden *Tabelle* sind die peripheren Nervenläsionen aufgeführt, soweit sie für den Orthopäden von Bedeutung sind, zusammen mit Ursache, hauptsächlichen Beschwerden und Behinderung, sowie orthopädischer Therapie.

8.3.5.4. *Die einzelnen peripheren Nervenlähmungen.*

Nerv	Ursache	Folgen	Therapiemöglichkeiten: Wiederherstellungsmassnahmen bei irreparablen Lähmungen
N. accessorius	oft iatrogen, bei chirurgischer Exzision von Halslymphknoten	Trapeziuslähmung: hängende Schulter, siehe auch III.A.2.4.	evtl. Muskeltransplantation
N. thoracicus longus	gelegentlich iatrogen (Ausräumung oder Bestrahlung von Axillarlymphknoten)	Serratuslähmung: Scapula alata, siehe auch III.A.2.4.	selten Muskeltransplantation
N. axillaris	gelegentlich bei Luxationen und Frakturen der Schulter oder bei Operationen	Deltoideuslähmung, siehe III.A.2.4.	Schulterarthrodese
N. radialis	«Krückenlähmung» in der Axilla, manchmal Begleitverletzung von Humerusfrakturen	evtl. Lähmung des Trizeps, Lähmung der Hand- und Fingerstrecker: «Fallhand», siehe III.A.3.1.3. und III.A.7.5.3.1.	Schiene, Sehnentransplantationen, evtl. kombiniert mit Handgelenksarthrodese
N. medianus	Verletzung, meist offene, seltener am Ellbogen, häufiger am Handgelenk. Karpaltunnelsyndrom	Sensibilitätsverlust an den 4 radialen Fingern: Schwere Funktionsstörung der Hand. Opponenslähmung, siehe auch III.A.7.5.3.2.	evtl. Opponensersatz u.a. evtl. gestielte Hautnerventransplantation auf Zeigefingerkuppe
N. ulnaris	häufigste Nervenläsion an der Hand, meist am Ellbogen: z.B. Spätlähmung bei Valgusdeformitäten nach Frakturen oder kongenital, Drucklähmung. Arbeitsschaden.	Ausfall der kleinen Handmuskeln, schwere Beeinträchtigung der Handfunktion, siehe III.A.7.5.3.3. und III.A.4.4.2.	oft Verlagerung des Nervus ulnaris am Epicondylus ulnaris nach volar. Wiederherstellung der Hand- und Fingerdeformitäten schwierig
N. femoralis	gelegentlich iatrogene Schäden bei Operationen	Quadrizepslähmung, vgl. III.C.4.9.1. und II.8.1.2.1.	wenn nötig Gehapparat

8.3.5.4. *Die einzelnen peripheren Nervenlähmungen* (Fortsetzung).

Nerv	Ursache	Folgen	Therapiemöglichkeiten: Wiederherstellungsmassnahmen bei irreparablen Lähmungen
N. ischiadicus	Lähmung durch direktes Trauma (z. B. Hüftluxationen) offene Verletzungen, Spritzenlähmung bei unkorrekter Intraglutaealinjektion! (zu weit medial oder kaudal, statt in den oberen äusseren Quadranten)	Fusslähmung, sensibel und motorisch, instabiler Hängefuss, trophische Störungen am Fuss, Gehfähigkeit erhalten.	Hängefussschiene Fusshygiene zur Verhinderung von Ulzera und Infektionen
N. tibialis	proximal selten	Fuss- und Zehenflexoren gelähmt	
	distal gelegentlich traumatisch (siehe III.C.6.1.8.5.)	Sensibilität der Fusssohle aufgehoben (trophische Ulzera an Fusssohle)	Therapie meist unbefriedigend wegen Sensibilitätsausfall
N. fibularis	*häufigste* Nervenlähmung, meist *Druck*schaden. Hinter dem Fibulaköpfchen (Gipsdruck, unzweckmässige Lagerung usw.) DD: Tibialis anterior-Syndrom: Ischämische Muskelnekrose: siehe III.C.5.2.3.1.	Lähmung der Fuss- und Zehenheber, Hängefuss, Fussspitze schleppt am Boden, Knie muss höher angehoben werden beim Gehen (Steppergang). Unangenehme Gangstörung (siehe Hängefuss, III.C.7.4.3.)	Drucklähmungen bilden sich oft nach längerer Zeit zurück. In der Zwischenzeit Prophylaxe des Hängefusses: Lagerung, Tag- und Nachtschienen in rechtwinkliger Stellung des Fusses. Evtl. Sprunggelenksarthrodese

8.3.6. *Kompressionssyndrome peripherer Nerven*

Mechanische Kompression oder Irritation eines peripheren Nerven an einer Durchtrittsstelle durch einen Faszienkanal oder nahe an einem Knochen kann zu Reizerscheinungen, Schädigungen und eigentlichen Lähmungen führen («Peripheral Entrapment Neuropathy»). Am bekanntesten ist das Karpaltunnelsyndrom des Nervus medianus, aber auch andere Nerven können betroffen sein.

Gemeinsam ist diesen Affektionen der meist sehr unangenehme *Schmerz*, der charakteristischerweise auch in der Ruhe und *nachts* auftritt.

Wenn man an diese Ursache von Schmerzen denkt, findet man solche mechanische Neuropathien nicht ganz selten.

Neurologische Ausfallserscheinungen können sich auf geringfügige Sensibilitätsstörungen im Ausbreitungsgebiet des betroffenen Nerven beschränken.

Eine *gezielte Lokalanästhesie* bringt die Schmerzen schlagartig zum Verschwinden. Die chirurgische Befreiung des Nerven aus seiner Einklemmung beseitigt sie dauerhaft.

Folgende Nerven können betroffen sein, in der Reihenfolge der Häufigkeit aufgezählt:

1. N. medianus am Handgelenk: Karpaltunnelsyndrom (siehe III.A.6.2.2.).
2. N. interdigitalis pedis der Zehen III und IV: Mortonsche Neuralgie (siehe III.C.7.5.4.6.).
3. N. cutaneus femoris lateralis: Meralgia paraesthetica nocturna (siehe III.C.2.11.2.).
4. Plexus brachialis: Skalenussyndrom (siehe III.B.3.1.1.).
5. N. tibialis: Tarsaltunnelsyndrom (siehe III.C.6.1.8.).
6. Weitere Nerven die betroffen sein können: N. ulnaris in der Hohlhand, N. ileoinguinalis in der Leiste u. a.

Eine mechanische Ursache haben auch die

7. Ulnarislähmung am Ellbogen (siehe III.A.4.4.2.) (allerdings oft ohne Schmerzen), sowie
8. radikuläre Erscheinungen bei Diskushernie (siehe III.B.10.5.).

8.3.7. *Plexusläsionen*

Verletzungen des Plexus brachialis kommen am häufigsten *durch Zugwirkung* auf den Arm zustande, bei Säuglingen durch das Geburtstrauma, im Erwachsenenalter durch Unfälle.

8.3.7.1. *Armplexuslähmungen bei Säuglingen (Geburtslähmungen)*

Die häufigere *obere Plexuslähmung* (Erb) betrifft hauptsächlich die *Schulter:* Abduktion und

Aussenrotation sind nicht möglich, das Ärmchen fällt schlaff herunter und mit der Zeit entsteht eine Kontraktur in Adduktion und Innenrotation. Diese zu vermeiden dienen regelmässige passive Bewegungen sowie Nachtschienen. Gelegentlich erfordern permanente Kontrakturen später Operationen (Tenotomien, Derotationsosteotomie).

Die seltenere *untere Plexuslähmung* (Klumpke) setzt Lähmungen und Sensibilitätsausfälle an der Hand. Sie hat eine schlechtere Prognose.

8.3.7.2. *Die Plexuslähmung beim Erwachsenen* ist gewöhnlich die Folge eines schweren Traumas. Sie kommt am häufigsten bei einem Sturz auf die Schulter oder den Kopf (Motorrad) *durch Zerrung der Nervenwurzeln* zustande. Wenn die Nervenwurzeln aus dem Rückenmark ausgerissen sind (Nachweis mit Myelographie), ist keine Erholung möglich, bei Zerrungen im Bereiche des lateralen Halsdreiecks selten. Eine operative Exploration sichert die Diagnose, verbessert aber selten die Prognose. Immerhin ist während eines Jahres eine gewisse spontane Besserung möglich.

Eine vollständig gelähmte Hand ist unbrauchbar und für den Träger eher ein Hindernis. Das beste funktionelle Resultat wird mit der Amputation oberhalb des Ellbogens, einer Schulterarthrodese und der prothetischen Versorgung des Stumpfes erreicht.

8.4. Querschnittslähmungen (Paraplegie): Spastische Lähmung mit Sensibilitätsstörungen

8.4.1. *Allgemeines*

Rückenmarkskrankheiten und -verletzungen sind schwere und gefährliche Schäden. Noch bis zum Zweiten Weltkrieg *starben* die meisten Patienten an ihren Komplikationen nach wenigen Monaten oder Jahren. Es ist das Verdienst der Paraplegikerzentren, sich der schwierigen und aufwendigen Behandlung der Querschnittsgelähmten angenommen zu haben, so dass heute die Mehrzahl der Paraplegiker nicht nur am Leben bleibt, sondern auch wieder in ein einigermassen *normales Leben eingegliedert* werden kann.

Die Hauptakzente der Paraplegikerbehandlung liegen heute deshalb auf
1. *Frühbehandlung*
2. *Rehabilitation*

8.4.1.1. *Ätiologie*

Jede Rückenmarksschädigung, die mehr oder weniger den ganzen Querschnitt betrifft, hat eine *Unterbrechung der Leitungsbahnen,* und damit ein *Querschnittssyndrom* zur Folge.

Die häufigsten Ursachen einer Querschnittslähmung sind heute *Unfälle* (Wirbelsäulenverletzungen bei Verkehrsunfällen, Sturz aus grosser Höhe, Kopfsprung in seichtes Wasser, direkte Rückenmarksverletzungen), sodann Tumoren und Tumormetastasen im Bereiche der Wirbelsäule und des Rückenmarkes, schliesslich Rükkenmarkskrankheiten wie z. B. die Multiple Sklerose.

Querschnittssyndrome infolge von langsam entstehenden Wirbelsäulenverkrümmungen bei Spondylitiden (Tbc usw.) sind heute selten. Bei extrem schweren Skoliosen muss immerhin an diese Komplikation gedacht werden.

Das *Ausmass* der Lähmungen hängt von der *Höhe* der Querschnittsläsion ab (Abb. 249):

Halswirbelsäule	Tetraplegie (Lähmung aller vier Extremitäten)
Thorakalwirbelsäule	Paraplegie (Beinlähmung)
Lumbalwirbelsäule (seltener)	evtl. Konus- oder Kauda-equina-Syndrom (schlaffe Lähmung mit Blasen- und Darmlähmung)

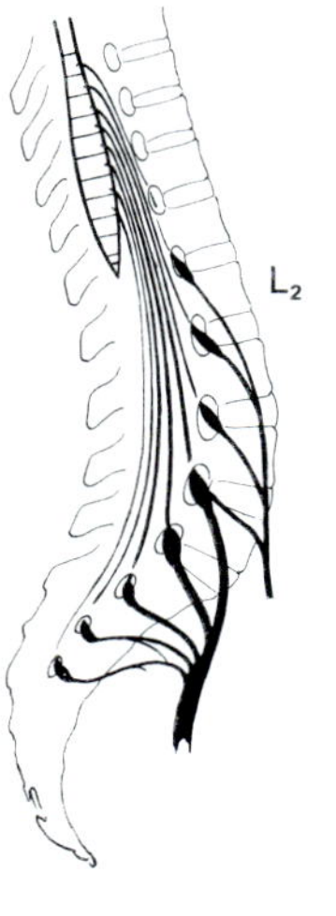

Abb. 249. *Topographische Beziehung zwischen Wirbelsäule und Rückenmark.*

Das Rückenmark endet bereits auf Höhe der obersten Lumbalwirbel. Der *Konus* mit den motorischen Zentren für die Beine liegt oberhalb davon. Querschnittsläsionen an dieser Stelle machen schlaffe, höhere dagegen spastische Lähmungen. Unterhalb von L_2 verlaufen die Nervenwurzeln der Cauda equina distalwärts. Kompression dieser Wurzeln kann schlaffe Lähmungen bewirken.

8.4.1.2. *Klinischer Verlauf*

Der klinische Verlauf hängt davon ab, ob die Lähmung *plötzlich* oder *langsam* entsteht:

1. In den ersten Stunden und Tagen nach einem *Unfall* besteht eine vollständig *schlaffe* Lähmung vom Niveau der Verletzung nach distal, zusammen mit einem Sensibilitätsverlust und einer schlaffen Lähmung der Blase und des Rektums: Stadium des «spinalen Schockes».

Nach einigen Wochen beginnt der distal der Läsion gelegene Rückenmarksanteil, beim Fehlen höherer Nervenimpulse, *automatisch* zu funktionieren: Die Muskulatur wird *spastisch,* mit überschiessenden Sehnenreflexen und Klonus. Eine Willkürinnervation fehlt.

2. *Nicht traumatische* Querschnittssyndrome entwickeln sich in der Regel langsam, oft unmerklich. Schon die ersten Symptome sind spastisch, das Stadium des «spinalen Schockes» fehlt.

Die Diagnose ergibt sich aus Art und Verteilung der Lähmung. Schwierigkeiten können auftreten bei bewusstlosen Patienten. Bei entsprechender Unfallursache muss danach gesucht und ein *Röntgenbild der Wirbelsäule* angefertigt werden.

Bei *partiellem* Querschnittssyndrom, wenn also einzelne Leitungsbahnen erhalten geblieben sind, kann mit einer gewissen Rückbildung der Lähmung gerechnet werden, vor allem bei jüngeren Patienten.

Liegt von Anfang an eine *vollständige* Querschnittslähmung vor, so ist die Prognose der Lähmung schlecht. Eine Erholung kann *nicht* erwartet werden.

Die Prognose für das Leben ist von den Gefahren, welche durch die *Komplikationen* drohen, bestimmt. Nur bei *optimaler* Behandlung *von Anfang an* ist sie gut.

Die Chance für den Paraplegiker liegt in der Rehabilitation zu einem *Leben mit der Lähmung.* Dies kann bei intensiver Behandlung in 1–2 Jahren erreicht werden. Eine solche optimale Behandlung ist praktisch an ein Paraplegikerzentrum gebunden.

8.4.1.3. *Komplikationen*

Die Gefahren sind *unmittelbar nach dem Beginn* der Lähmungen *am grössten:*

1. Dekubitalulzera;
2. Aufsteigender Harnwegsinfekt;
3. Spastische Gelenkskontrakturen;
4. Andere Komplikationen wie: Störungen der Atmung (bei Tetraplegie), Störungen der Darmentleerung, des Kreislaufs und der Temperaturregulation, des Kalziumstoffwechsels (Nierensteine, massive periartikuläre Verkalkungen mit Gelenksversteifung, Myositis ossificans).

Die *Verhütung* und Behandlung dieser Komplikationen erfordert grösste Aufmerksamkeit und eine sehr personalintensive *Pflege,* vor allem in den ersten Tagen und Wochen. Damit sind normale, nicht besonders dafür eingerichtete Spitäler, überfordert. Die besten Resultate werden erzielt, wenn die querschnittsgelähmten Patienten *sofort* nach dem Unfall, *notfallmässig* in ein Paraplegikerzentrum überführt werden, denn die meisten irreparablen Komplikationen entstehen in den *ersten Tagen.*

8.4.2. *Frühbehandlung der Querschnittsläsion*

Sie beginnt schon am Unfallort: Vorsichtiger Transport des Verunfallten, um nicht noch bestehende Restfunktionen (bei partieller Lähmung) zu zerstören. Transport wenn möglich *sofort an den definitiven Behandlungsort.* Dort: Lagerung auf dem Drehbett, womit die zur *Dekubitusprophylaxe* notwendige zwei-stündliche Umlagerung sich leichter bewerkstelligen lässt. Polsterung und Entlastung der gefährdeten Druckstellen: der Vermeidung von Hautnekrosen ist von der ersten Stunde an die grösste Beachtung zu schenken (siehe II.8.4.3.1.).

Lagerung der Gelenke in Funktionsstellung (siehe II.8.4.3.2. und II.8.1.4.1.).

Blasenkatheter, zweimal täglich, oder Dauerkatheter (siehe II.8.4.3.3.).

Indikationen zur Operation: Bei vollständiger Querschnittsläsion sind neurochirurgische Eingriffe zwecklos. Wenn sich eine partielle Lähmung verschlechtert, so kann eine Dekompression des Rückenmarkes durch Laminektomie angezeigt sein.

Eine neurochirurgische *Notfallsituation* liegt vor bei einem *Cauda-equina-Syndrom:* Nach Dekompression der Nervenwurzeln ist eine Erholung möglich.

Die *operative Stabilisierung* einer instabilen Wirbelsäulenfraktur (Osteosynthese, Spondylodese) beeinflusst die Prognose der Lähmung zwar nicht, erleichtert aber die Pflege und ermöglicht eine frühere Mobilisation.

Bei instabilen Luxationsfrakturen der *Halswirbelsäule* kommen gelegentlich Spätlähmungen vor. Die *prophylaktische* Spondylodese ist in diesen Fällen zu erwägen (vgl. III.B.4.2.).

8.4.3. *Weitere Behandlung*

8.4.3.1. *Dekubitusprophylaxe*

Hautnekrosen entstehen in sehr kurzer Zeit durch den Auflagedruck an wenig gepolsterten Stellen: Sakrum, Fersen, Dornfortsätze, bei Seitenlage über den Trochanteren (Abb. 250). Mindestens alle zwei Stunden müssen die Lagerung geändert und die Druckstellen entlastet werden. Am besten geschieht dies auf dem Drehbett. Als Unterlage werden mit Flüssigkeit gefüllte Kissen, alternierend aufblasbare Matratzen, Gummiringe usw. verwendet. Die gefährdeten Stellen werden hohlgelegt mittels Kissen und müssen regelmässig inspiziert werden. Der Patient soll dies so bald als möglich selbst lernen: Rote Hautstellen sind Alarmzeichen.

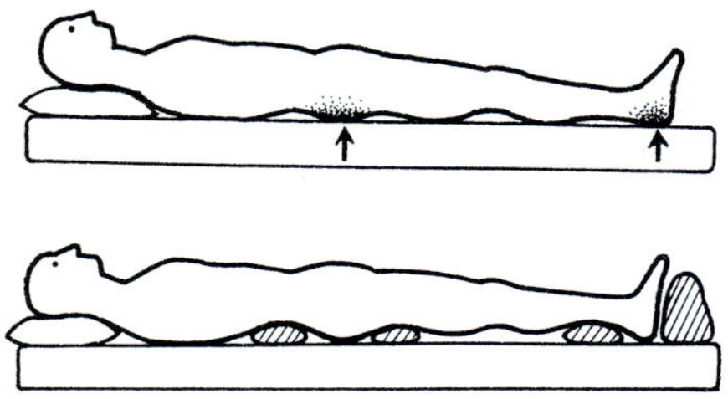

Abb. 250. *Dekubitusprophylaxe.*

Druckstellen entstehen zuerst am *Sakrum* und an den *Fersen.* Diese Stellen sind von Anfang an genau zu beachten: Hohllegen mit Kissen, Ringen, häufiger Lagewechsel.

In Seitenlage ist der Trochanter maior am meisten gefährdet.

Einmal entstandene Dekubitalgeschwüre vergrössern sich rasch und können oft trotz ausgedehnten Lappenplastiken fast nicht mehr geschlossen werden. Sie sind Eintrittspforten für Infektionen (Abb. 251).

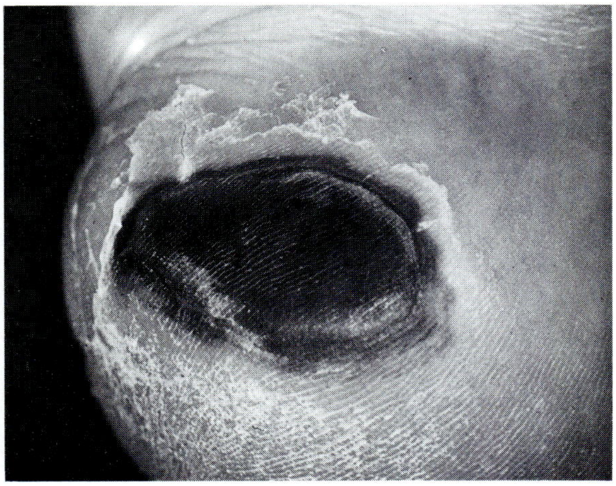

Abb. 251. *Dekubitus an der Ferse.*

Druckstelle infolge zu langen Aufliegens der Ferse auf der Unterlage. Die Haut wurde ischämisch und nekrotisch. Solange sie auflag, war sie weiss und blutleer, nachher wurde sie livide, weinrot, später violett und schliesslich schwarz. Nach längerer Zeit demarkiert sich die abgestorbene Haut, gibt als schwarze Kruste noch etwas Schutz, meistens infiziert sich die offene Wunde jedoch mit der Zeit. Eine Heilung ist äusserst mühsam und langwierig, häufig gar nicht mehr möglich. Die *Prophylaxe* ist deshalb besonders wichtig. Durch regelmässige Kontrolle in kurzen Abständen (Stunden), sorgfältige Lagerung, Hochlegen der gefährdeten Stellen, häufiges Umlagern, muss verhindert werden, dass solche Nekrosen überhaupt entstehen. Gefährdet sind vor allem Fersen und Sakrum bei Bettlägerigen, in erster Linie bei Patienten mit gestörter Sensibilität. Dekubitalgeschwüre kommen aber keineswegs nur bei Paraplegikern vor. Gefährdet sind auch alle alten, bettlägerigen Patienten, solche mit schlechtem Allgemeinzustand, die nicht gut mobilisiert werden können.

8.4.3.2. *Kontrakturprophylaxe*

Durch korrekte Lagerung muss verhindert werden, dass Gelenke in einer schlechten Stellung versteifen: Füsse rechtwinklig (Fusssohlenstütze), Knie und Hüften gestreckt, Arme angewinkelt, Hände mit lockerem Faustschluss (Funktionsstellung) (siehe Tabelle in II.12.2.5.1.). Regelmässiges Durchbewegen der gelähmten Gelenke.

8.4.3.3. *Blasenbehandlung*

(Prophylaxe von Harnwegsinfekt und Steinbildung.) Am Anfang regelmässige Entleerung mit absolut steriler Katheterisierung, zweimal täglich, evtl. Dauerkatheter. Später oft wöchentliche Blasenspülungen notwendig. Die Gefahr des Harnwegsinfektes ist in den ersten Tagen am grössten. Nach wenigen Wochen kann sich eine automatische Blasenfunktion einstellen mit spontanen, unwillkürlichen Miktionen. In diesem Stadium ist der Katheterismus oft nicht mehr nötig. Damit verkleinert sich die Infektionsgefahr. Viele Paraplegiker lernen, ihre Blase über Reflexmechanismen (z.B. Bauchmassage) zur Entleerung zu bringen und gewinnen so eine Blasenkontrolle. Erst diese ermöglicht ihnen eine echte Wiedereingliederung in die Gesellschaft.

8.4.4. *Rehabilitation*

Durch intensives Training können auch vollständig paraplegische Patienten das *Gehen lernen.* Apparate nützen gewöhnlich nichts, die spastische Muskulatur genügt, das Körpergewicht zu tragen. Die fehlende Sensibilität und Willkürinnervation erlaubt aber höchstens ein Stehen mit zwei Krückstöcken und den sog. «Durchschwinggang»: Die gestreckten Beine werden zusammen zwischen den Krückstöcken, welche das Gewicht tragen, «hindurchgeschwungen» (Abb. 139 in

I.C.3.2.4.1.). Jüngere und nur teilweise gelähmte Patienten werden manchmal wieder ordentlich gehfähig, *die Mehrzahl* der *Paraplegiker* jedoch ist *beweglicher im Rollstuhl.* Mit Hilfe einer *gut trainierten Armmuskulatur* können sie sich ohne fremde Hilfe vom Bett in den Rollstuhl, auf die Toilette, in ein Auto setzen, auch selbst den Rollstuhl ins Auto verladen, fahren und wieder zurück in den Rollstuhl umsteigen. Auch das Überwinden von Schwellen und Randsteinen mit dem Rollstuhl gehört dazu. Das Ziel ist, dass die Patienten *von ihrer Umgebung vollständig unabhängig werden,* einer Berufsarbeit nachgehen und ein weitgehend normales Leben führen können.

Diese Rehabilitation verlangt vom Patienten wie vom Therapeuten grosse Willenskraft und Ausdauer. In einem günstigen Fall ist das Ziel bei intensivem, regelmässigem Training in etwa einem bis zwei Jahren zu erreichen.

Als besonders wertvoll hat sich der *Invalidensport* für Paraplegiker erwiesen. Beim Ping-Pong- und Handballspielen, bei Bogenschiessen und Schwimmen werden Arme und Rumpf bestens trainiert. Im Wettbewerb mit gleichartigen Behinderten und in der Freude an Spiel und Sport findet der Paraplegiker die moralische Kraft, die er für seine Rehabilitation braucht.

Berufliche Wiedereingliederung: Von grosser, auch psychologischer Bedeutung sind die *frühzeitige* Wiedergewöhnung an eine geregelte Tätigkeit, die Planung eines Berufswechsels, die Umschulung und die Eingliederung in einen Arbeitsprozess, wenn nötig schrittweise über besondere Pflegeheime mit angegliederten Arbeitsstätten und «geschützten» Werkstätten, wo besondere Einrichtungen dem Invaliden das Leben ausserhalb von Spital und Pflegeheim erlauben (Abb. 252).

Die Rehabilitation der *Tetraplegiker* ist allerdings immer noch ein schwer lösbares Problem. Bei *vollständiger* Tetraplegie bleibt lediglich Kopf- und Atmungsmuskulatur verschont. Man hat versucht, Signale, welche der Patient z.B. durch Blasen geben kann, elektronisch in bestimmte Funktionen zu übersetzen, wie Licht ein- und ausschalten, Buchseiten drehen, Schreibmaschine schreiben, Telefonoperationen ausführen usw. Die Arbeiten auf diesem Gebiet der Rehabilitation sind aussichtsreich.

Die optimale Behandlung und Rehabilitation der Querschnittsgelähmten erfordert die *Zusammenarbeit* von Neurochirurgen, Urologen, Orthopäden, Internisten, Rehabilitationsmedizinern, sowie von besonders ausgebildetem Pflegepersonal, von Physiotherapeuten, Sozialfürsorgern, Lehrern, Berufsberatern und Ingenieuren. Diese Zusammenarbeit ist in einem eigens dafür

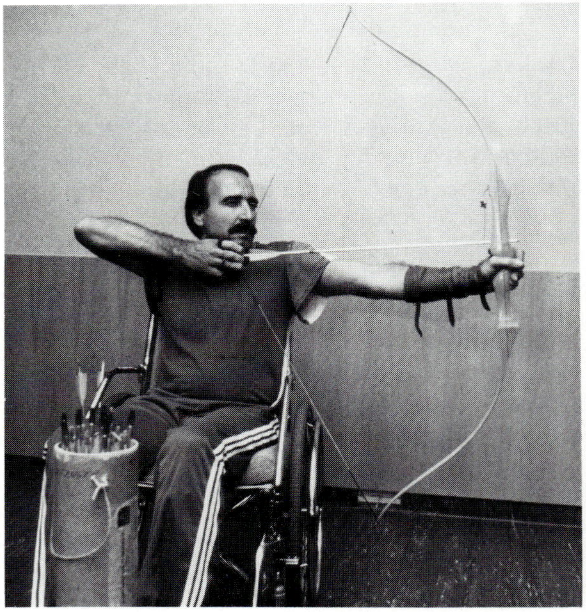

Abb. 252. Autorennfahrer Clay Regazzoni beim Training. Bogenschiessen ist nicht nur eine ausgezeichnete Kraftübung für Arme und Hände, sondern auch eine zielstrebige, lustbetonte Aktivität. Regazzonis Ziel, nachdem er eine Querschnittslähmung infolge eines Autounfalles erlitten hatte, ist die Wiedereingliederung in ein «normales» Leben.

Ein nicht weniger erstrebenswertes Ziel wäre allerdings die *Prophylaxe* der Querschnittslähmung, beispielsweise durch verminderte Geschwindigkeiten auf der Strasse.

eingerichteten Paraplegikerzentrum am besten gewährleistet.

8.4.5. *Querschnittssymptome durch Rückenmarkskompression nichttraumatischer Genese*

Langsam oder akut auftretende Querschnittssyndrome ohne Trauma sind in der Mehrzahl der Fälle durch extramedulläre, meist extradurale Rückenmarkskompression bedingt. (Tumoren oder deren Metastasen in Wirbelkörpern oder im Wirbelkanal.) Die Lähmungen sind nach kurzer Zeit irreversibel. Mittels chirurgischer Dekompression (Laminektomie) in den ersten Stunden kann das Fortschreiten der Lähmung oft gestoppt oder rückgängig gemacht werden, allerdings nicht immer. Solche Fälle sind deshalb als *neurochirurgische Notfälle* innert *Stunden* der Abklärung (evtl. Myelographie) und Operation zuzuführen.

8.5. Andere neurologische Affektionen

Die vier Grundtypen neurologischer Erscheinungen am Bewegungsapparat (schlaffe, spasti-

Tab. 18. Höhenlokalisation neurologischer Affektionen.

Substrat	Krankheit	Lähmung	Sensible Störungen
Cerebrum, Hirn	z. B. C. P., Hemiplegie	komplex, spastisch	Komplexe, relativ geringfügige Sensibilitätsstörungen
Hirnstamm (extrapyramidales System)	z. B. Parkinson	Rigor, Tremor	
Halsmark	z. B. Syringomyelie	komplex, spastisch/schlaff	Anästhesie
Rückenmark (Thorax)	z. B. A. L. S., M. S., Paraplegie	spastisch	Sensibilitätsstörungen
Rückenmark, Cauda equina	Spina bifida	schlaff	sensible Störungen
Motorische Ganglien des Rückenmarkes	Poliomyelitis	schlaff	–
Nervenwurzeln	z. B. Diskushernie	schlaff, radikuläre Verteilung	sensible Störungen, segmental
Periphere Nerven	z. B. Trauma, Neuritis	schlaff, distale Verteilung	Sensibilitationsstörungen im Ausbreitungsgebiet des Nerven

sche Lähmung, mit oder ohne Sensibilitätsstörung) wurden in den vorstehenden vier Abschnitten anhand von vier Beispielen dargestellt. Für die orthopädische Beurteilung und Behandlung *anderer* neurologischer Erkrankungen gelten *die gleichen Grundsätze* (Tab. 18).

So macht z. B. die *Polyradikulitis* (Guillain-Barré) ähnliche schlaffe Lähmungen wie die Poliomyelitis (siehe II.8.1.).

Es gibt eine Reihe von neurologischen *Erbkrankheiten,* welche erst im Laufe des späteren Lebens zu Störungen am Bewegungsapparat führen. Dazu gehören die *spinozerebellären Degenerationen* (Friedreich, Charcot-Marie-Tooth). Typisch ist die sehr langsam progrediente, beidseitige Hohl-Ballenfuss-Deformität. Gelegentlich sind Fussoperationen notwendig (siehe III.C.7.4.5.).

Die meisten *Muskel-Systemerkrankungen* haben die gleichen Auswirkungen wie schlaffe Lähmungen. Auch für sie gelten die selben Behandlungsrichtlinien wie für die Poliomyelitis (siehe II.8.1.2./3.).

Die *Hemiplegie* nach vaskulärem Insult beim Erwachsenen, sowie die zerebralen Lähmungen nach *Hirnverletzungen* gleichen in vielem der *zerebralen Kinderlähmung* (siehe II.8.2.). Auch hier steht die bestmögliche *Rehabilitation* im Vordergrund: Physiotherapie, Gehschule (siehe I.C.3.2.4.1.), Kontrakturverhütung. Andere orthopädische Massnahmen wie Apparate, z. B. Unterschenkelgehapparat und Operationen (Tenotomien bei Kontrakturen: z. B. tibialis posterior, Achillessehne) haben beschränkte Möglichkeiten.

Die neurologischen Symptome bei *Diskushernien* erinnern an die Einklemmungserscheinungen peripherer Nerven. Im Vordergrund stehen die *Schmerzen.* Das Ziel der Behandlung ist deren Beseitigung. Selten sind orthopädische Massnahmen wegen Lähmungserscheinungen nötig (Diskushernien, siehe III.B.10.5.).

Die *Multiple Sklerose* führt häufig zu einer mehr oder weniger ausgeprägten *spastischen Paraplegie.* Die orthopädischen therapeutischen Probleme sind deshalb dieselben wie bei einer langsam einsetzenden Querschnittslähmung. Ähnliches gilt für die *Amyotrophische Lateralsklerose* und andere spinale Erkrankungen.

8.5.1. *Spina bifida mit neurologischen Erscheinungen* (Myelomeningocele; M. M. C.)

Dorsale Ausstülpung des Duralsackes *(Meningozele)* bzw. des Rückenmarkes *(Myelomeningozele)* mit mehr oder weniger stark ausgeprägten Lähmungen. Der angeborene, wegen mangelndem Schluss des Neuralrohres entstehende Defekt am Rücken kann heute neurochirurgisch sofort nach der Geburt geschlossen werden, so dass keine Infektion eintritt und viele Kinder am Leben bleiben. Die ausgedehnten Lähmungen allerdings bleiben bestehen. Ihre Verteilung ist ähnlich wie bei einer tiefen Querschnittslähmung: *Motorische* und *sensible Lähmungen* der *unteren Extremitäten,* sowie *Blasen-* und *Mastdarmlähmung.* Die motorischen Lähmungen sind allerdings wegen des tiefen Sitzes der Läsion vorwiegend vom peripheren Typ, also *schlaff* (Abb. 253).

Entsprechend diesem Lähmungstyp stellen sich ähnliche therapeutische Probleme wie bei der Querschnittsläsion hinsichtlich der Blasenlähmung und der Sensibilitätsstörungen (siehe II.8.4.3.3.). Die Beurteilung und Behandlung der motorischen Lähmungen und daraus entstehenden Deformitäten richtet sich hingegen nach den Prinzipien der Behandlung schlaffer Lähmungen, wie sie für die Poliomyelitis gelten (siehe II.8.1.).

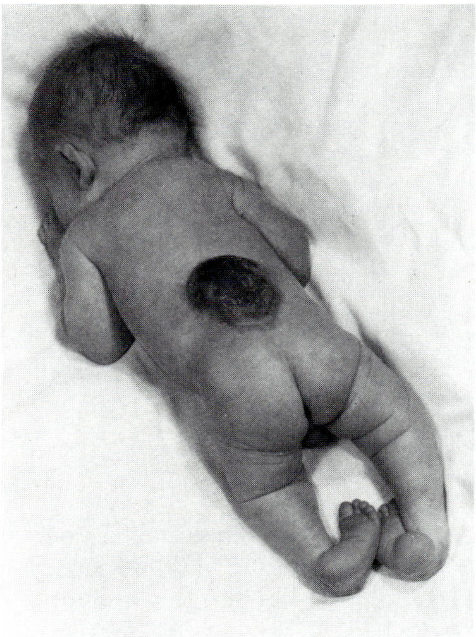

Abb. 253. *Myelomeningozele.* Bereits bei Geburt schwerste Deformierung der Füsse: Extreme Klumpfüsse.

Sie treffen einen in Entwicklung begriffenen Organismus. *Entwicklung und Wachstum* der unteren Extremitäten sind von Anfang an *nachhaltig gestört.* Infolge des Muskelungleichgewichtes entstehen sekundäre Deformitäten und *Kontrakturen,* welche progredient zunehmen: Hakenhohlfüsse, Klumpfüsse, Rotationsfehlstellungen, Kniekontrakturen, Kontrakturen und Luxationen der Hüftgelenke, Wirbelsäulenverkrümmungen, je nach Höhe der Läsion (vgl. auch II.12.2.) (Abb. 254).

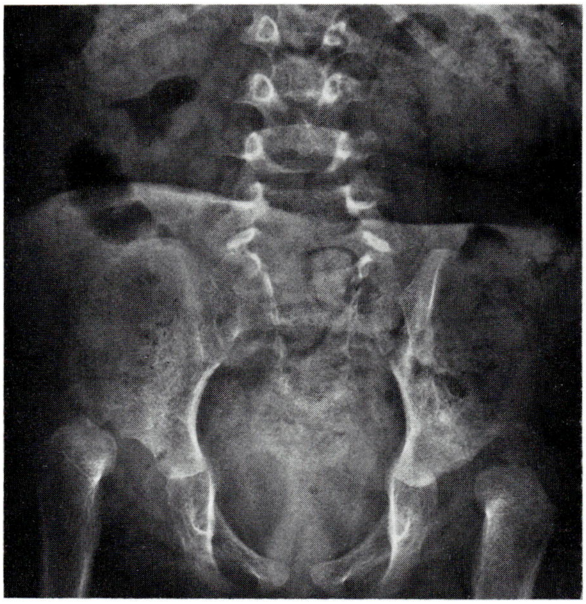

Abb. 254. Röntgenbild eines 3jährigen Knaben mit Myelomeningozele. Die hinteren Wirbelbögen fehlen von L_3 nach distal (Spina bifida), die Bogenwurzeln weichen nach lateral aus. Beide Hüftgelenke sind vollständig luxiert.

Es geht darum, die Deformitäten und Kontrakturen so weit zu mildern, zu korrigieren oder zu verhindern, dass die Kinder wenn möglich wenigstens mit Apparaten und Krückstöcken einigermassen *stehen und gehen lernen* können. Dazu sollte die Therapie frühzeitig beginnen. Andererseits neigen die Deformitäten naturgemäss zum Rezidiv, so dass die Kinder während der ganzen Wachstumsperiode unter Kontrolle bleiben müssen.

Dazu kommt, wegen der gestörten Sensibilität, die Gefahr von Dekubitalulzera, welche bei der Planung *orthopädischer Massnahmen* wie Apparate, Gipse, Operationen usw. berücksichtigt werden muss. Diese Massnahmen sind in den Abschnitten II.8.1.3./4. beschrieben.

Die orthopädische Therapie der Myelomeningozelenkinder ist eine überaus schwierige und aufwendige Aufgabe. Deshalb wird sie gerne einem mit diesen Problemen besonders erfahrenen Orthopäden überlassen.

• Die *Parkinsonsche Erkrankung* macht Bewegungsstörungen (Rigor, Tremor), welche durch orthopädische Massnahmen nicht zu beeinflussen sind. Die Behandlung ist medikamentös und neurochirurgisch.

Ebensowenig sind *ataktische, athetotische* und andere *Koordinationsstörungen* einer orthopädischen Therapie zugänglich.

• *Neurogene Arthropathien*

Bei einigen selteneren neurologischen Erkrankungen wie Syringomyelie, Lues u.a. ist die *Schmerzempfindung* aufgehoben. Unter diesen Bedingungen kommt es manchmal zu trophischen Störungen an den Extremitäten sowie zu massiver Zerstörung einzelner Gelenke (neurogene Arthropathie, Charcotsche Gelenke, siehe II.11.2.). Bei schweren Gelenkszerstörungen ohne Schmerzen muss also nach einer neurologischen Ursache gesucht werden.

9. Muskelkrankheiten

Primäre, myogene Muskelkrankheiten, sogenannte *Myopathien,* sind viel seltener als *sekundäre Muskelveränderungen* bei anderen Affektionen des Bewegungsapparates, vor allem bei neurologischen Erkrankungen. Diese sekundären Muskelveränderungen sind an anderer Stelle beschrieben:

- Die einfache *Muskelatrophie* (Inaktivitätsatrophie) im allgemeinen Teil (siehe I.A.7.).
- Die *Muskeldegeneration* bei *schlaffen Lähmungen* im Kapitel über neurologische Affektionen (siehe II.8.1. und II.8.3.).
- Die *Ischämie* der quergestreiften Muskulatur bei der Volkmannschen Kontraktur (siehe II.15.3.4.3.).
- Die sog. *Myalgien* und *Myogelosen* im Kapitel über rheumatische Erkrankungen (siehe II.10.3.)
- Die Myositis ossificans als Traumafolge (siehe II.15.3.4.4. und III.C.3.2.3.).

Myopathien: Von den zahlreichen *Muskelsystemerkrankungen* sind die meisten sehr *selten.* Sie stellen vor allem *diagnostische* Probleme.

9.1.1. *Progressive Muskeldystrophie*

Die häufigste Myopathie ist die Progressive Muskeldystrophie (Erb). Sie ist *erblich,* befällt vorwiegend Knaben, beginnt *im Vorschulalter* und verläuft *langsam progredient.* Die Patienten erreichen das Erwachsenenalter meist nicht. Die Lähmungen sind symmetrisch und beginnen meist am Beckengürtel, am Knie und am Schultergürtel. Das *klinische Bild ist typisch:* Starke Ermüdbarkeit, Hohlkreuz, Watschelgang, hängende Schultern. Die Kinder müssen beim Aufstehen aus der Hocke die Knie mit den Händen stützen (Abb. 255).

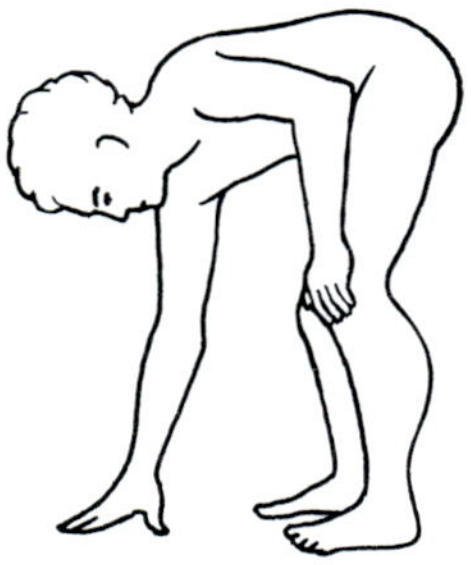

Abb. 255. *Progressive Muskeldystrophie.* Der Knabe braucht die Arme, um aufzustehen. Er stützt sich zuerst am Boden, dann auf den Knien ab. Dieser «Test» ist charakteristisch für die Krankheit.

Die Waden sind trotz der Muskelatrophie dick: «Pseudohypertrophie».

Eine kausale Therapie ist nicht bekannt. Die *Gehfähigkeit* muss so lange als möglich mit Apparaten und Gehstützen erhalten werden, entsprechend den Behandlungsprinzipien für poliomyelitische Lähmungen. Grössere Operationen sind kontraindiziert.

Wegen der Hüftlähmungen kann eine Coxa valga und antetorta vorliegen. Man wird sich hüten, bei der Progression des Leidens eine Korrekturosteotomie vorzuschlagen.

10. Die sogenannten rheumatischen Erkrankungen

Ursprünglich bezeichnet der Rheumatismus «fliessende», «ziehende», d.h. wechselnde Beschwerden in Stamm und Gliedern. Von «Rheumatismus» spricht auch der Laie und meint damit alle möglichen Schmerzzustände im Bewegungsapparat, vor allem in Muskeln, Gelenken und Weichteilen, sowohl vorübergehende harmlose Muskelschmerzen, als auch schwerste Krankheiten, wie z. B. die chronische Polyarthritis.

Es ist das besondere Verdienst der Rheumatologie, die wissenschaftliche Erforschung und Behandlung dieser verschiedenartigen Schmerzzustände an die Hand genommen zu haben. Indem auch die natürlichen Heilmethoden adaptiert wurden, sind die physikalische Therapie und die Balneotherapie zu einem festen Bestandteil der Rheumatologie geworden.

Da die sog. *rheumatischen Krankheiten* in der Regel *von Funktionsstörungen des Bewegungsapparates begleitet* sind, hat sich *die Orthopädie seit je mit ihnen befasst.*

Rheumatologie und Orthopädie ergänzen sich in ähnlicher Weise wie innere Medizin und Chirurgie. Die intensive *Zusammenarbeit* zwischen Rheumatologen und Orthopäden hat bessere Behandlungsmöglichkeiten erschlossen zugunsten der oft schwer verkrüppelten und schmerzgeplagten Patienten.

		Organsystem	
		Innere Organe	Bewegungsapparat
Fachgebiet	Interne Medizin:	Innere Medizin	Rheumatologie
Fachgebiet	Operative Medizin:	Chirurgie	Orthopädie

Die hier zu besprechenden *rheumatischen Krankheiten im engeren Sinne* umfassen den
- *entzündlichen Rheumatismus* und den noch wenig erforschten sog.
- *Weichteilrheumatismus,* während die grosse Gruppe der *degenerativen* Erkrankungen des Bewegungsapparates aufgrund ihrer Ätiologie und pathologischen Anatomie von den rheumatischen Krankheiten *abzutrennen* ist.

10.1. Progressiv chronische Polyarthritis (PcP)

Die grösste praktische Bedeutung hat die progressiv chronische Polyarthritis.

10.1.1. *Allgemeines*

Diese verhältnismässig häufige Krankheit ist gekennzeichnet durch ihren *protrahierten,* Jahre und Jahrzehnte dauernden *Verlauf,* der nicht selten wegen der *massiven Zerstörung einer Reihe von Gelenken* zur teilweisen oder vollständigen *Invalidität* führt.

Die PcP ist in der letzten Zeit immer mehr ins Interesse des Orthopäden gerückt. Nicht nur ist die Krankheit eher häufiger geworden: Die *orthopädische Chirurgie* hat heute dem Patienten mit Polyarthritis eine Reihe von *Behandlungsmöglichkeiten anzubieten,* welche ihm sowohl im schmerzhaften Anfangsstadium, wie bei der schweren Invalidität und Pflegebedürftigkeit im fortgeschrittenen Stadium, eine echte Hilfe sein können.

Die *Ätiologie* der Krankheit ist noch nicht genau geklärt.

10.1.1.1. *Pathologische Anatomie*

Die *pathologisch-anatomischen* Veränderungen hingegen sind typisch: Ihr Merkmal ist ein mehr oder weniger spezifisches *entzündliches Granulationsgewebe.* Die *Synovialmembran* der Gelenke und Sehnenscheiden – normalerweise eine einschichtige Zellmembran – wird massiv *entzündlich infiltriert* und kann bis über einen Zentimeter dick werden. Gleichzeitig entsteht im akuten Stadium ein erheblicher, sehr schmerzhafter *Gelenkerguss.*

Die infiltrativen synovialen Wucherungen, welche sich ähnlich wie ein maligner Tumor gebärden, beginnen in den Umschlagfalten des Gelenkes den subchondralen *Knochen zu zerstören,* was zu den röntgenologisch typischen Usuren führt, anderseits *wächst das Granulationsgewebe als Pannus über den Gelenkknorpel* und zerstört ihn mit der Zeit samt dem darunter liegenden Knochen und damit dem ganzen Gelenk (Abb. 256).

Der Erguss überdehnt Kapsel und Bänder, das Gelenk verliert seine Stabilität, es wird ein *Schlottergelenk,* welches subluxieren oder ganz luxieren kann (vor allem Fingergelenke), andere

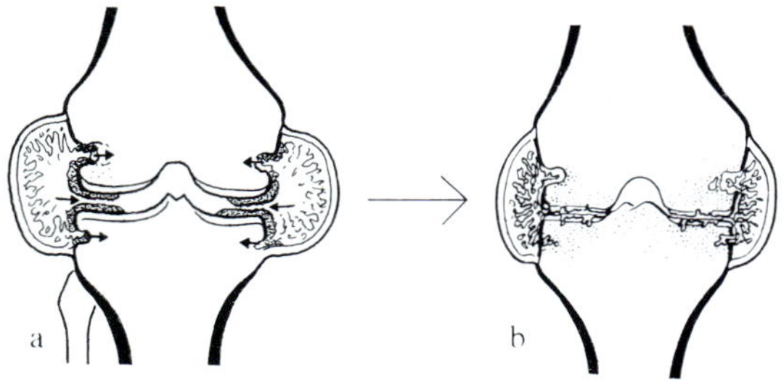

Abb. 256. *Pathologie der chronischen Polyarthritis.*

a Ein massiver entzündlicher Erguss erweitert die Kapsel. Oft entstehen so mit der Zeit Schlottergelenke.
Die Synovialmembran wird entzündlich geschwollen, bildet einen ungemein dicken Pannus. Dieser benimmt sich fast wie ein Tumor und beginnt den Knochen zu infiltrieren zwischen Kapselansatz und Knorpelüberzug. Ein dicker Pannus überzieht mit der Zeit auch den Gelenkknorpel und greift ihn an.

b Langsam schreitet die Gelenkzerstörung weiter und endet in der Regel mit einer schweren Arthrose. Häufig wird das Gelenk instabil, ein «Schlottergelenk», seltener wird es ankylotisch.

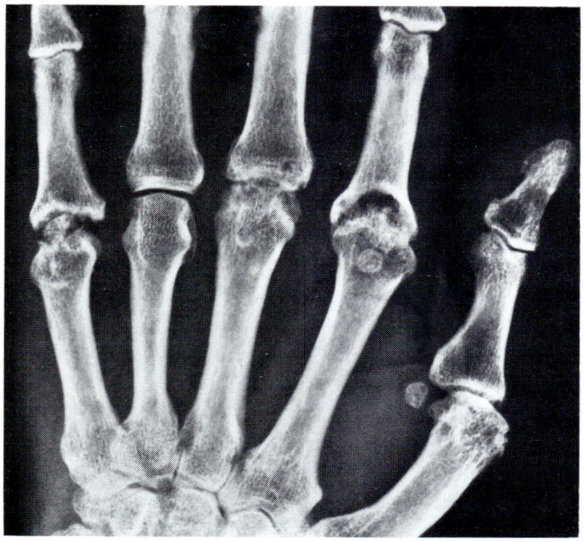

Abb. 257. Hand eines 49jährigen Mannes, der seit 5 Jahren eine PcP hatte: Nur das 4. Fingergrundgelenk ist noch intakt, die übrigen sind weitgehend zerstört, auch das Daumengrundgelenk ist befallen. Die Gelenke werden durch die Zerstörung teils steif, teils instabil und geraten in Fehlstellung.

Der chronisch progrediente Verlauf ist auf Abb. 260 am Beispiel des Zeigefingergrundgelenkes dargestellt.

Gelenke obliterieren und *ankylosieren* fibrotisch, oft auch knöchern (Fusswurzel). In beiden Fällen entstehen *schwere Deformitäten.*

10.1.1.2. *Klinik*

Die Krankheit beginnt meist *schleichend,* am häufigsten zwischen dem zwanzigsten und vierzigsten Lebensjahr und befällt häufiger Frauen als Männer.

Die Diagnose kann im Anfangsstadium schwierig sein; bei Patienten, welche orthopädische Behandlung brauchen, ist sie meist augenfällig.

In der Regel werden *zuerst die distalen Gelenke* (Fingergrundgelenke, proximale Interphalangealgelenke, Zehen, Fussgelenke), später, gegen den Stamm fortschreitend, die grösseren Gelenke befallen (Abb. 257).

Die Krankheit verläuft in *Schüben,* über Jahre und Jahrzehnte, mit Exazerbationen der entzündlichen Erscheinungen und dazwischen ruhigeren Latenzperioden (siehe Abb. 260). Eine Prognose kann im Einzelfall nicht gestellt werden. Besonders maligne verlaufen die juvenilen Formen.

Das *Bild der vollausgebildeten chronischen Polyarthritis* ist charakteristisch: Schwer verkrüppelte Hände mit typischer Ulnarabweichung und Deformierung der Langfinger, Adduktionsfehlstellung des Daumens, starrer schmerzhafter Spreizfuss, Kontrakturen, Fehlstellungen und Ankylosen der grösseren Gelenke (Abb. 258). Beim Befall von Sehnenscheiden können die Sehnen so schwer beschädigt werden, dass sie spontan abreissen (z. B. Fingerstrecksehnen).

Weil *viele Gelenke gleichzeitig betroffen* werden (Abb. 259), sind die Patienten oft ausserordentlich *schwer behindert* und nicht selten völlig *hilflos.* Auch wenn ihre Rehabilitation dann nur teilweise möglich ist, sind die Patienten dafür dankbar.

Für klinische Belange und vor allem für die Indikationsstellung zu orthopädischen Eingriffen, hat sich eine *Einteilung in 4 Stadien* als *zweckmässig* erwiesen:

1. *Stadium: Leichte* Gelenksschwellung, *keine* Veränderungen im Röntgenbild, praktisch keine Funktionsstörung.
2. *Stadium: Starke,* akut entzündliche *Gelenkschwellung* mit *starken Schmerzen,* Muskelatrophie. Im Röntgenbild kleine Knochenusuren iuxtaartikulär, allgemeine Osteoporose. Deutliche Funktionsstörungen (Schmerzen).
3. *Stadium:* Erhebliche *Gelenkzerstörungen* mit Knorpel- und Knochendestruktion, Subluxation, Fehlstellungen, im Röntgenbild deutlich zu sehen. Starke Funktionsbehinderungen.
4. *Stadium:* Entzündliche Zeichen verschwunden, *«ausgebrannte» Polyarthritis.* Schwere

Abb. 258. *Hände* einer *Polyarthritikerin.* Die jahrelange Krankheit hat die meisten Gelenke weitgehend zerstört und die Hände deformiert. Charakteristisch ist die *Ulnarabweichung* der Finger, die durch den Druck beim Greifen verstärkt wird. Hier erkennt man auch die typische sog. «Schwanenhalsdeformität» der Finger mit der Überstreckung der Interphalangealgelenke, die Folge einer Kontraktur der kleinen Fingermuskeln.

Trotz der schweren Veränderungen sind die Hände noch erstaunlich brauchbar und geschickt, dank guter Sensibilität und einem Griff. Handgerechte Geräte (dicke Stiele, Festhalter usw., siehe auch Abb. 261) ermöglichen vielen Patienten ein Leben unabhängig von fremder Hilfe.

Operative Eingriffe müssen die Funktion verbessern oder mindestens erhalten und nicht nur kosmetischen Effekt haben. Dies ist bei der komplexen Funktion der Hand nicht einfach zu erzielen (vgl. II.10.1.4. und III.A.7.).

Gelenkzerstörungen als *Endzustand* mit Luxationen, Ankylosen usw. Schwerster Funktionsausfall (Abb. 260).

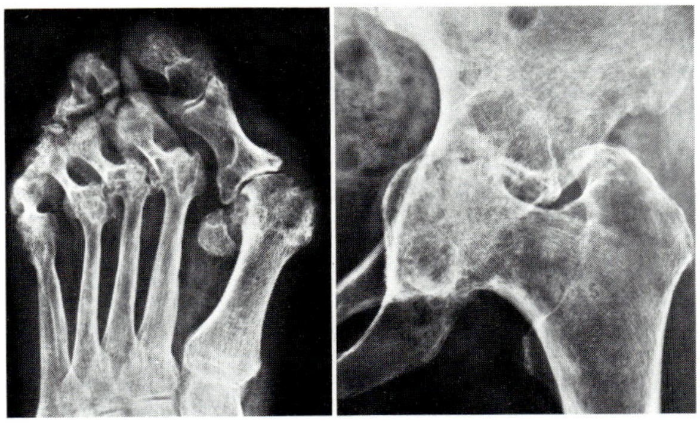

a b

Abb. 259. Schwere, zerstörende *rheumatische Arthritis* mehrerer Gelenke bei einer 60jährigen Frau. Der Befall mehrerer, in manchen Fällen fast aller Gelenke des Körpers, ist charakteristisch für die PcP.

a Befall und Zerstörung aller Zehengrundgelenke. Der Fuss ist schmerzhaft versteift, mit Hammerzehen und Spreizfussbeschwerden, die Patientin kann ihn kaum belasten. In solchen Fällen ist die Resektion aller Metatarsalköpfchen (alignement nach Lelièvre, Clayton) ausnahmsweise gerechtfertigt.

b Befall auch der grossen Gelenke: Deformierende Arthritis der linken Hüfte. Zerstörung der Pfanne und Protrusion. Solche Hüften werden manchmal steif, manchmal auch völlig instabil. In solchen Fällen ist der künstliche Gelenkersatz praktisch die einzige Lösung.

10.1.2. *Behandlung*

Eine kausale Therapie ist nicht bekannt und eine Heilung praktisch nie möglich. Die Wirkung der medikamentösen Behandlung, vor allem der Kortikoide, ist ausgezeichnet: Sie kann die Schmerzen lindern und akute Schübe mildern, auf die Dauer aber die progressive Gelenkzerstörung meist nicht aufhalten. Die Nachteile der medikamentösen Behandlung liegen in den schweren Nebenwirkungen der prolongierten Medikation, vor allem mit Kortikoiden (siehe Anhang). So ist es verständlich, dass auch nach anderen Wegen gesucht wurde, die schwere Krankheit zu beeinflussen. Die *orthopädische Therapie* hat in den letzten Jahren rasch an Bedeutung zugenommen:

10.1.2.1. *Konservative orthopädische Therapie*

- *Verhindern* von Gelenksfehlstellungen mit entsprechenden Schienen und
- *Stabilisierung* instabiler Gelenke mit Führungsapparaten (siehe I.C.3.7.2.2. und II.12.4.)
- *Korrektur* von Fingerdeformitäten mit Schienen. Genügt selten allein, hingegen zur Nachbehandlung nach Operation.

10.1.2.2. *Synovektomie*

Da die Infiltration der entzündeten Synovialmembran den Knorpel und Knochen des Gelenkes systematisch *zerstört,* wie ein Tumor seine

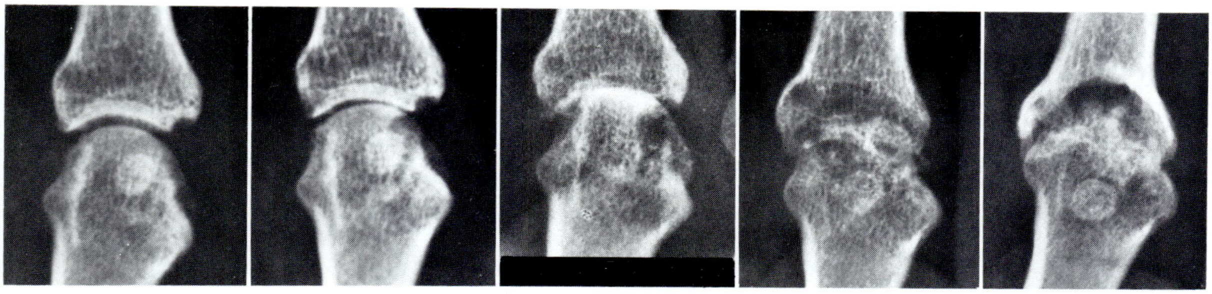

a b c d e

Abb. 260. *Die progressive Gelenkzerstörung bei der PcP,* im Verlaufe der Jahre, gezeigt am Zeigefingergrundgelenk eines 49jährigen Mannes, dessen Hand in Abb. 257 dargestellt ist.

a Im Anfangsstadium der Krankheit ist auf dem Röntgenbild noch wenig zu sehen. Das erste Zeichen ist hier eine kleine, wie ausgestanzt erscheinende Usur an der Basis der Grundphalanx rechts.
b Ein Jahr später: Verschmälerung des Gelenkspaltes.
c Zwei Jahre später ist der Gelenkspalt verschwunden, weitere Usuren am Metakarpalköpfchen.
d Nach drei Jahren ist das Gelenk weitgehend zerstört, stärkere Osteoporose.
e Nach fünf Jahren ist die Arthritis «ausgebrannt». Die entzündlichen Veränderungen sind rein degenerativen gewichen. Gelenk zerstört, ausgeweitet, instabil, mit reaktiven Sklerosen im Randgebiet.

Umgebung zerstört, hat man die *radikale chirurgische* Entfernung dieser hypertrophen Synovialmembran, im akuten Stadium (Stadium 2) vorgeschlagen, d.h. *bevor* schwere Gelenkdestruktionen nachweisbar sind *(Frühsynovektomie).* Es hat sich gezeigt, dass mit einer solchen Operation der destruktive Prozess gebremst und ein Gelenk evtl. vor der Zerstörung bewahrt werden kann. Die Operation ist auch erfolgreich, wenn die Synovialmembran nicht vollständig, aber wenigstens zu etwa drei Vierteln entfernt werden kann. Wenn allerdings bereits schwere Schäden, z.B. Knochenzerstörungen, Subluxationen usw. vorhanden sind, ist der Wert der Synovektomie zweifelhaft.

Bewährt hat sich die Frühsynovektomie vor allem an Fingergrund- und evtl. -mittelgelenken, am Handgelenk und am Knie, sowie an den Sehnenscheiden im Handgelenksbereich.

Indikation, Wahl des Zeitpunktes der Operation, Vor- und Nachbehandlung werden am besten in enger *Zusammenarbeit mit dem Rheumatologen* bestimmt. Wesentlich ist, dass weder das akut-entzündliche Stadium mit erhöhter Blutsenkungsgeschwindigkeit, noch eine längere Kortikoidmedikation Kontraindikationen für einen operativen Eingriff sind! Ein akuter Schub wird dadurch *nicht* provoziert.

10.1.3. *Wiederherstellende Gelenkoperationen bei PcP* (meist im Spätstadium, 3. oder 4. Stadium)

Das grosse Problem des Polyarthritikers ist der *Befall von mehreren Gelenken gleichzeitig.* Der Ausfall eines einzelnen Gelenkes wird in der Regel in den anderen Gelenken ohne Schwierigkeiten kompensiert. Diese Möglichkeiten hat der Patient mit Polyarthritis nicht. Sind mehrere grosse Gelenke an beiden Beinen betroffen, so wird das Gehen ausserordentlich schwierig und der Patient braucht Krückstöcke. Dazu muss er sich auf Hände und Arme stützen können. Wenn arthritische Gelenkveränderungen und Schmerzen auch dies verhindern, so bleibt der Patient an den Rollstuhl gebunden, er kann bettlägerig, hilflos und pflegebedürftig werden. Auch die Zerstörung der Fingergelenke beider Hände führt nicht selten zur vollen Invalidität.

Unter diesen Umständen darf nicht ein Gelenk für sich allein betrachtet und behandelt werden, sondern das Zusammenspiel der ganzen Gliederkette im Ablauf der Bewegungsvorgänge muss dem *Behandlungsplan* (siehe auch I.C.2.2.) zugrunde gelegt werden. Die *funktionelle Betrachtungsweise* ist hier besonders wichtig. (Siehe I.B.2.1.4.)

Bei keiner anderen Krankheit ist die *Gelenksplastik* so notwendig, wie bei der chronischen Polyarthritis. Ihre Alternative, die *Arthrodese,* welche an sich ausgezeichnete Ergebnisse hat, kann evtl. noch schwerere Behinderungen machen. So ist es z. B. nicht angängig, beide Schultergelenke zu arthrodesieren, weil sich der Patient nachher auf der Toilette nicht mehr selbst reinigen kann und vollständig pflegeabhängig wird. Auch Hüftarthrodesen sind ungünstig, weil der Patient vielleicht auf die sitzende Lebensweise (Rollstuhl) angewiesen sein wird. (Vgl. I.B.4.3., Grundmuster von Operationen.)

Die Indikation zu Gelenkoperationen im späteren Stadium sind *Schmerzen*, Fehlstellungen und Insuffizienz von Gelenken. *Bewährt haben sich vor allem:*

am Bein

- Zehenoperationen bei Hammer- und Krallenzehen, Hallux valgus
- Vorfussoperationen, vor allem bei kontraktem, schmerzhaftem Spreizfuss: Resektion aller Metatarsalköpfchen (alignement nach Lelièvre, Hoffmann, McClayton)
- Arthrodese des oberen oder/und unteren Sprunggelenkes: Gute Operation bei Arthritis der Sprunggelenke, wenn die konservative Behandlung (Massschuh usw.) keine Beschwerdefreiheit bringt.
- Kniearthrodese: oft notwendig, aber vor allem bei beidseitigem Befall schwer behindernd. Besser ist dann die
- Kniegelenksplastik (Endoprothese)
- Bei schweren Fehlstellungen evtl. knienahe Osteotomie
- Hüftgelenk: Am besten bewährt hat sich die Totalendoprothese.

am Arm

- Schultergelenksarthrodese: Nur einseitig! evtl. Endoprothese. Akromiektomie bei periarthritischen Beschwerden.
- Ellbogengelenksplastik: partielle Resektion mit oder ohne Interponat, Faszie oder Haut, mit verhältnismässig guten Ergebnissen. Evtl. Endoprothese, lockert sich aber leicht.
- Bei lokalisierten Beschwerden im Radiohumeralgelenk: Radiusköpfchenresektion.
- *Handgelenk:* dankbar ist die Resektion des distalen Ulnaendes mit Synovektomie bei der häufigen dorsalen Luxation des (Caput-ulnae-Syndrom).
  Evtl. Arthrodese des Handgelenkes (in Mittelstellung, nicht Dorsalflexion): mit Zurückhaltung (bei stark in Mitleidenschaft gezogenen Fingergelenken ist die Funktion des Handgelenkes wichtig); deshalb wurden Handgelenksendoprothesen entwickelt.

10.1.4. *Die Chirurgie der polyarthritischen Hand*

Die Chirurgie der polyarthritischen Hand ist eine Spezialität für sich geworden. Das Zusammenspiel der einzelnen Finger und Gelenke für die verschiedenen Griffe usw., die spezifische Funktion des Daumens, das muskuläre Gleichgewicht der einzelnen Fingergelenke und die grosse Varietät der Schäden und Deformierungen, welche die PcP an den Händen machen kann, ist so kompliziert, dass nur genaue Kenntnis der Funktion der Hand und ihrer Gebrauchsmöglichkeiten sowie intensive Beschäftigung mit der Pathologie und Wiederherstellung von polyarthritischen Händen die Aussicht gibt, mit chirurgischen Eingriffen die Funktion verbessern zu können. Nicht selten muss man sich mit einem kosmetischen Erfolg begnügen.

Oft ist es erstaunlich, was schwer verkrüppelte Hände noch leisten können, und man muss deshalb mit chirurgischen Eingriffen sehr vorsichtig sein, um nicht diese durch lange Adaptation gewonnene Funktion auch noch zu zerstören (vgl. auch III.A.7.1. und III.A.7.4.1.).

Operationen an Hand und Fingern: Neben Synovektomien im Frühstadium kommen in Frage:

- Fingerarthrodesen, hauptsächlich an den distalen Interphalangealgelenken, Fingerplastiken, vor allem an den Metacarpo-Phalangeal-Gelenken (Vainio, Fowler), Fingergelenkendoprothesen (z. B. Swanson), Operation an langen Sehnen, kurzen Handmuskeln und Gelenkbändern zur Korrektur von Fingerdeformitäten, besondere Operationen zur Korrektur der Ulnadeviation der Finger, zur Funktionsverbesserung des Daumens usw.

Relativ häufig sind Operationen bei folgenden *Komplikationen* notwendig:

- Sehnenrupturen (lange Finger- und Daumenstrecksehnen)
- Kompression peripherer Nerven (vor allem das bei PcP sehr häufige Karpaltunnelsyndrom (siehe III.A.6.2.2.).

Die *Nachbehandlung* erfordert intensive Bewegungstherapie unter Anleitung erfahrener Physiotherapeuten. Vor allem nach Operationen an

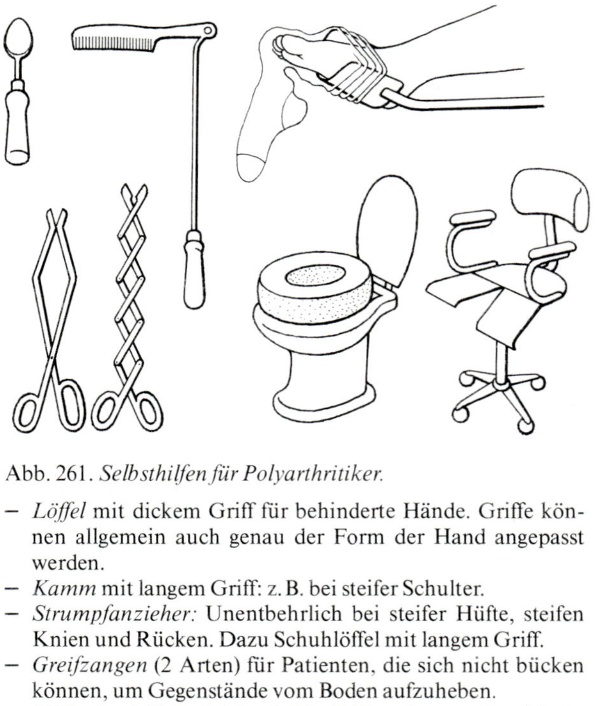

Abb. 261. *Selbsthilfen für Polyarthritiker.*

- *Löffel* mit dickem Griff für behinderte Hände. Griffe können allgemein auch genau der Form der Hand angepasst werden.
- *Kamm* mit langem Griff: z. B. bei steifer Schulter.
- *Strumpfanzieher:* Unentbehrlich bei steifer Hüfte, steifen Knien und Rücken. Dazu Schuhlöffel mit langem Griff.
- *Greifzangen* (2 Arten) für Patienten, die sich nicht bücken können, um Gegenstände vom Boden aufzuheben.
- *WC* mit erhöhter Schüssel, Für Hüftpatienten, die schlecht sitzen können.
- *Coxarthrosestuhl,* für steife Hüfte einstellbar (hier links).

der Hand ist die *Ergotherapie* eine grosse Hilfe (vgl. I.C.3.2.).

Die oft schwerst Behinderten leiden vor allem an ihrer *Hilflosigkeit.* Deshalb ist es besonders wichtig, sie anzuleiten und ihnen zu helfen, sich selbst zu helfen in den einfachsten Dingen: aufstehen, sich setzen, sich fortbewegen, Schwellen überwinden, Toilette, Strümpfe anziehen, Knöpfe schliessen, kämmen, sich waschen, essen, auflesen von Gegenständen vom Boden usw. Für jede Hilfe, in diesen ihren eigenen einfachen Angelegenheiten selbständig und unabhängig zu werden, sind die Patienten ausserordentlich dankbar (siehe I.C.1.1.2. und I.C.3.7.5., Abb. 261).

• *Anhang*

Die Gefahren bei der Behandlung mit Kortikoiden

Ausser den allgemeinen Nebenwirkungen der Langzeitbehandlung mit Kortikoiden (Cushing) *betrifft* eine Reihe von unangenehmen Erscheinungen *spezifisch Knochen und Gelenke:*

1. Eine ausgesprochene *Osteoporose,* welche die durch die Polyarthritis selbst und die Inaktivität entstandene Porose noch verschlimmert, so dass nicht selten bei geringem Trauma *Frakturen* entstehen.

2. Die Paralysierung der Infektabwehr führt häufiger bei intraartikulären Injektionen zur *septischen Arthritis.*

3. Nicht selten provoziert die lokale Steroidmedikation rasch verlaufende Gelenkdestruktionen. So beobachtet man gelegentlich nach intraartikulären Steroidinjektionen, z.B. bei degenerativen Arthrosen, eine rapide Beschleunigung des Prozesses, der in wenigen Monaten zur vollständigen Zerstörung des Gelenkes führen kann.

4. Das Operationsrisiko, vor allem bei der Implantation von grossen Fremdkörpern wie z.B. einer Totalprothese, ist grösser nach längerdauernder Kortikoidbehandlung.

10.2. Spondylitis ankylopoetica

(M. Pierre Marie-Strümpell-*Bechterew,* Pelvi-spondylitis ossificans)

Relativ seltene Krankheit unbekannter Genese, befällt zur Hauptsache Männer zwischen dem 15. und 40. Lebensjahr. Schleichender und überaus chronischer Verlauf über Jahre bis Jahrzehnte.

Geringgradige, nur pathologisch-anatomisch nachweisbare entzündliche Veränderungen treten klinisch nicht als Entzündung in Erscheinung. Sie spielen sich vor allem im Bandapparat der gesamten *Wirbelsäule* und in den *Ileosakralgelenken* ab und führen langsam zu *Verkalkungen,* später zu eigentlichen ausgedehnten *paravertebralen Verknöcherungen* (Bambusstab), welche schliesslich die gesamte Wirbelsäule einmauern und völlig versteifen, fast immer in einer schweren *Kyphosestellung.* Gelegentlich sind im späteren Verlauf auch die Hüftgelenke befallen, selten andere Gelenke. In den ersten Stadien stehen wechselnde Schmerzen im Vordergrund. Die *Diagnose* kann meist erst aus den typischen röntgenologischen Veränderungen an den Ileosakralgelenken und später an der Wirbelsäule gestellt werden (un-

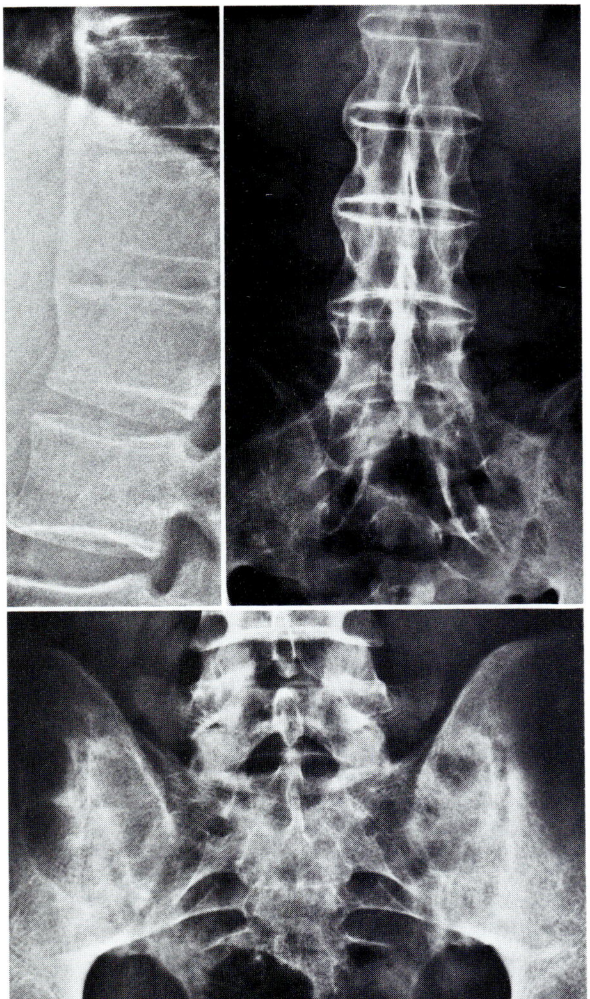

Abb. 262. Röntgenbefunde bei 31jährigem Mann mit fortgeschrittenem *M. Bechterew:* Verkalkung und Verknöcherung der Längsbänder der Wirbelsäule. Unregelmässige Auflockerung, Osteolyse und Sklerose, schliesslich vollständiges Verschwinden der Ileosakralgelenke. (Bild rechts oben: Spätstadium.)

scharfe Zeichnung, später Obliteration des Ileosakralgelenkspaltes und paravertebrale Verkalkungen) (Abb. 262).

Durch die schwere ankylosierende Kyphose kommt die *typische vornübergebeugte Haltung* zustande. Der Patient hat den Blick auf den Boden gerichtet und kann die Augen nicht mehr bis zur Horizontalen erheben. Vor allem wenn auch die Hüften mitbetroffen sind, wird der Patient zum Schwerinvaliden (Abb. 263).

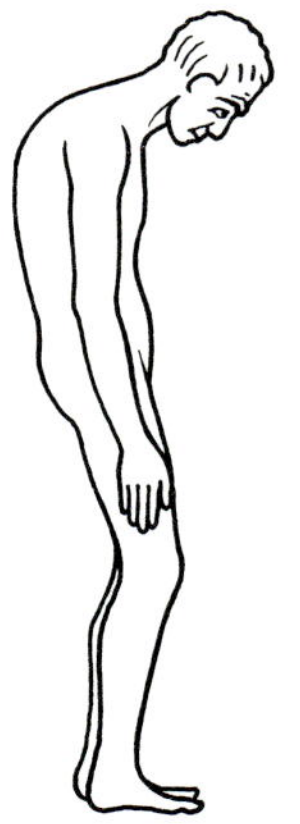

Abb. 263. Gebückte Haltung bei *M. Bechterew* infolge vollständiger Ankylose der gesamten Wirbelsäule. Der Blick ist gesenkt und kann nicht gehoben werden. Die Deformität ist besonders ausgeprägt, wenn noch eine Flexionskontraktur der arthrotischen Hüftgelenke dazukommt.

Eine *kausale* Therapie ist nicht bekannt. Röntgenbestrahlung kann in früheren Stadien Linderung bringen. Meist wird die medikamentöse Behandlung mit Phenylbutazon und ähnlichen Präparaten vorgezogen.

Mit aktiver Bewegungstherapie, evtl. auch mit Stützkorsetten usw., versucht man der Versteifung und Kyphosierung zu begegnen. Allerdings lässt sich der Prozess damit nicht aufhalten.

Orthopädische Operationen:

1. Beim Befall der *Hüften* und Invalidität kommt auch bei jungen Patienten die Hüftplastik mit *Totalendoprothese* in Frage.
2. In schweren Fällen von ankylosierender Kyphose ist die Osteotomie der Wirbelsäule, durchgeführt im Lumbalbereich, möglich, die Operation ist aber *nicht ungefährlich.*

10.2.1. *Gicht (Arthritis urica)*

Diese Stoffwechselkrankheit macht entzündliche Veränderungen an einigen Gelenken, weshalb sie *differentialdiagnostisch* gegen andere Gelenksentzündungen abgegrenzt werden muss (Hyperuricaemie). Charakteristisch sind die überaus *schmerzhaften akuten Schübe* unter dem Bild einer massiven Entzündung. Betroffen ist fast immer das *Grosszehengrundgelenk.* Unter medikamentöser (Colchizin, Phenylbutazon usw.) und lokal antiphlogistischer Behandlung klingt der akute Schub rasch ab. Im Intervall sollen spezifische Medikamente (Allopurinol, Probenecid usw.) weitere Schübe verhindern.

Bei *chronischem Verlauf,* nach Jahren, entstehen die charakteristischen Tophi: Ablagerungen von Uratkristallen in der Gelenkkapsel, im Knorpel und auch subkutan, wo sie als weissliche Knoten sichtbar werden. Am Gelenk machen sie *kleine Knochenusuren* am Übergang Gelenkknorpel–Kapsel, welche einen *typischen Aspekt im Röntgenbild* geben. Daraus können ausgedehntere Gelenkzerstörungen mit entsprechenden Beschwerden entstehen, am häufigsten am Grosszehengrundgelenk. Der Zustand ähnelt dem Bild des *hallux rigidus* und erfordert dieselbe (konservative, evtl. operative) Behandlung (siehe III.C.7.8.3.).

10.3. Extraartikulärer Rheumatismus
(Weichteilrheumatismus, Fibrositis)

Unter dieser Bezeichnung werden eine Reihe von heterogenen *Schmerzzuständen,* vor allem an den Muskeln, Sehnenansätzen, aber auch an anderen Weichteilen des Bewegungsapparates zusammengefasst, deren Ursache, Pathogenese und pathologische Anatomie grossteils noch unbekannt sind. Dies hat seinen Grund im weitgehenden Fehlen fassbarer Befunde und in der *Gutartigkeit* dieser Erkrankungen, was noch nicht zu bedeuten braucht, dass sie nicht existieren. Gelegenheiten zur histologischen Untersuchung von Biopsien oder Sektionsmaterial bieten sich verständlicherweise selten. Eine einheitliche Beschreibung und Klassierung dieser Affektionen fehlt deshalb.

Im Gegensatz zu diesen spärlichen Kenntnissen steht die *Häufigkeit* von Schmerzzuständen am Bewegungsapparat, insbesondere der Muskulatur, welche tagtäglich von Allgemeinärzten, Rheumatologen und Orthopäden in der Praxis behandelt werden müssen. Dazu einige Bemerkungen:

1. Bei einem Teil dieser Beschwerden handelt es sich vermutlich um Symptome einer anderen Krankheit, z.B. einer vorübergehenden oder beginnenden Gelenksaffektion, einer manifest oder subklinisch verlaufenden Allgemeinerkrankung, etwa einer Infektionskrankheit.

Entweder wird der Patient in nützlicher Frist wieder gesund, oder die Grundkrankheit wird schliesslich doch noch entdeckt.

Für den behandelnden Arzt bedeutet dies
1) Schwerere Krankheiten, welche eine Therapie verlangen, auszuschliessen, dann
2) den weiteren Verlauf zu verfolgen und gegebenenfalls eine Diagnose nachzuholen, evtl. «ex iuvantibus», d.h. nach dem Therapieerfolg.

2. Schmerzen am Bewegungsapparat hängen wohl häufig mit unserer *Lebensweise* zusammen und sind als *statische Insuffizienzerscheinungen* zu deuten (siehe II. 12.6.).

3. Die grosse Mehrzahl der «rheumatischen» Muskelbeschwerden sind harmlos und heilen, mit oder ohne Therapie, früher oder später.

Dies bedeutet nicht unbedingt, dass die Schmerzen eingebildet sind. Sie können sogar äusserst unangenehm und hartnäckig sein.

Sicher können psychische Faktoren eine Rolle spielen, allerdings wahrscheinlich nicht im Sinne einer Organneurose, sondern eher als Ursache von Spannungen, welche sich auf die Muskulatur übertragen und zu unnatürlichen Zwangshaltungen und eigentlichen Verkrampfungen führen können.

Praktisch wichtig für den behandelnden Arzt ist deshalb
3) den Patienten über die Harmlosigkeit seiner «Rheumatismen» aufzuklären,
4) eine entsprechende harmlose symptomatische Therapie einzuleiten,
5) die psychische Situation der Patienten zu berücksichtigen.

Symptomatologie: Die Muskelschmerzen und Schmerzen an den Muskelansätzen haben ihre *Prädilektionsstellen* (vgl. auch II. 12.6.):
- Schultergürtel und Nacken, vor allem Trapezius
- Beckenkamm, paravertebral, Glutaeus maximus und seine Ansätze, Trochanter maior
- gesamte Rückenmuskulatur (hier spielen vertebragene Ausstrahlungen wohl manchmal eine Rolle)
- auch Extremitätengelenke (Schulter, Ellbogen).

Die *Muskeln* sind spontan *schmerzhaft*, vor allem aber auf Druck und Quetschen zwischen den Fingern. Manchmal palpiert man dabei etwa bohnengrosse Verhärtungen, welche besonders empfindlich sind, sog. *«Myogelosen»*. Die Schmerzen werden verstärkt durch Kälte und Feuchtigkeit und gelindert durch Wärme, Massage und Bäder, in hartnäckigen Fällen durch lokale Infiltrationen von Lokalanästhetica, evtl. Kortison. Die Beobachtung, dass manche Patienten auf chiropraktische Behandlung gut ansprechen, deutet darauf hin, dass vertebrale Ausstrahlungen eine Rolle spielen können.

11. Degenerative Krankheiten (Arthrosen)

Begriffsbestimmung: Von degenerativen Erscheinungen werden vorwiegend *bradytrophe Gewebe* betroffen, welche nicht oder schlecht durchblutet sind, einen langsamen Stoffwechsel haben und deshalb auf irgendwelche Schäden weder mit entzündlichen noch mit regenerativen Prozessen reagieren können.

Bei den degenerativen Erkrankungen des Bewegungsapparates steht die *mechanische Abnützung,* die Zerstörung der bradytrophen Gewebe *Gelenkknorpel, Meniskus* und *Sehnen* im Vordergrund, während – im Gegensatz zu den im vorangehenden Kapitel besprochenen rheumatischen Krankheiten – entzündliche Erscheinungen zurücktreten.

11.1. Die degenerativen Gelenkkrankheiten – Arthrosis deformans

Sie sind die weitaus wichtigste und grösste Gruppe aller Gelenkkrankheiten. Sie werden als *Arthrosen,* oder, sprachlich richtiger aber weniger gebräuchlich, als *Arthronosen* bezeichnet (im angelsächsischen Sprachbereich Osteoarthritis).

Die degenerativen Gelenksleiden sind unter der älteren Bevölkerungsgruppe überaus *verbreitet.* Die scheinbare Zunahme der Krankheit beruht wohl darauf, dass heute *mehr Menschen ein höheres Alter erreichen* und *ihre Arthrose erleben.*

Die degenerativen Gelenkskrankheiten stehen heute *an der Spitze aller Invaliditätsursachen* und sind deshalb ein grosses *volkswirtschaftliches Problem.* Die Behandlung der Arthrosen, in erster Linie der Coxarthrose, ist zu einer Hauptaufgabe der orthopädischen Kliniken geworden.

11.1.1. *Pathogenese*

Auch die normalen Alterserscheinungen beruhen auf degenerativen Vorgängen. Sie führen aber in der Regel *nicht* zum Verschleiss des Gelenkes wie die eigentlichen degenerativen Krankheiten. *Ein normales Gelenk* ist *bis ins hohe Alter funktionstüchtig,* der Gelenkknorpelüberzug sieht normal aus. Die Arthrose ist keineswegs eine normale, unabwendbare Erscheinung im Alter, wenn auch eine überaus häufige. Die Bezeichnung «malum coxae senile» ist daher irreführend und ungenau auch deshalb, weil die Arthrose nicht auf das höhere Alter beschränkt ist.

Bei *jungen Leuten* entsteht die Arthrose in der Regel auf dem Boden vorbestehender – angeborener oder erworbener – Gelenksschäden, vor allem von Schäden am Knorpel. Dieser ist der normalen mechanischen Beanspruchung nicht mehr gewachsen und wird durch rein mechanischen Verschleiss schliesslich zerstört (sekundäre Arthrosen).

Als pathogenetische Ursache der Arthrosen kann das Missverhältnis zwischen mechanischer Resistenz des Knorpels und seiner mechanischen Beanspruchung gelten. Diese Umschreibung ist weit genug gefasst, um alle Formen der Arthrose einzuschliessen.

Gibt es auch eine Überbeanspruchung des *normalen* Knorpels, welche zur Arthrose führen kann?

Die Beanspruchung durch schwere Arbeit, sportliche Betätigung usw. kann als physiologisch gelten und wird von gesunden Gelenken ohne weiteres schadlos ertragen bis ins hohe Alter. Die Grenzen des Physiologischen sind dabei recht weit gesteckt. Sicher stellt ein *Übergewicht* des Patienten eine erhöhte Belastung dar, welche eine bereits bestehende Arthrose ungünstig beeinflusst. Als alleinige Ursache einer Arthrose kommt sie kaum in Frage.

Die *häufigste bekannte Ursache* einer Arthrose ist jedoch die *lokale mechanische Überbeanspruchung umschriebener Knorpelpartien in der Tragzone eines Gelenkes, in welchem der Druck nicht mehr gleichmässig über die gesamte tragende Knorpeloberfläche verteilt ist, z.B. bei deformierten Gelenken* (siehe «Knorpel und Gelenk», I.A.6. und: «Die mechanische Beanspruchung als pathogenetischer Faktor», I.A.9.) (Abb. 264).

Ausschlaggebend ist nicht die Gesamtbelastung, sondern der grösste Druck pro Knorpelflächeneinheit.

Solche *Spitzenbelastungen an umschriebenen Stellen* im Gelenk, welche den physiologisch tragbaren Druck auf den Knorpel übersteigen, sind regelmässig Ausgangspunkte degenerativer Verschleissprozesse und führen unweigerlich zur Arthrose.

Typische *Beispiele* dafür sind (siehe I.A.9.2.1.):
- die entrundete Hüfte bei Hüftdysplasie
- Gelenkstufen nach intraartikulären, nicht anatomisch reponierten Frakturen
- Die Gonarthrose bei Abweichungen der Kniegelenksachsen (O-Bein, resp. X-Bein) (Abb. 93 und 596).

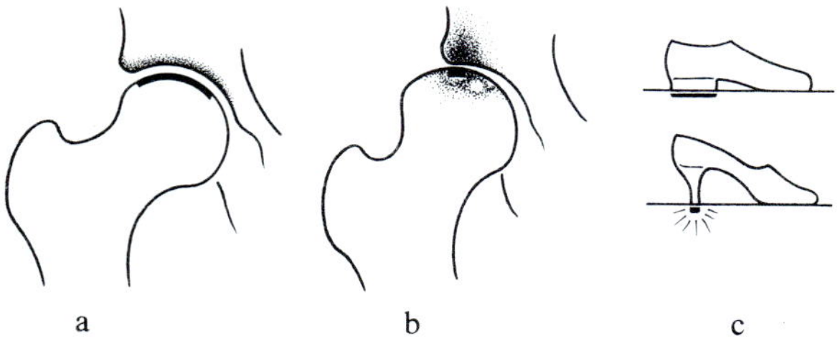

Abb. 264. *Pathogenese der Arthrose.*

a Gleichmässige Druckverteilung im Gelenk: Physiologische Beanspruchung.

b Ungleichmässige Druckverteilung. Hohe Druckspitzen an umschriebener Stelle: Zerstörung des Knorpels, reaktive Sklerose und später auch Zerstörung des darunter liegenden (subchondralen) Knochens.

c Analogie: Spitze Absätze sind auf Parkettböden verboten, weil sie Löcher machen.

Aufgrund solcher Beobachtungen ist der Begriff der *Präarthrose* von HACKENBROCH eingeführt worden. Er bezeichnet Zustände, bei welchen makroskopisch anatomische Abweichungen des Gelenkes von der normalen Form (Inkongruenz) oder andere unphysiologische Beanspruchung (z. B. Achsenabweichungen) über kurz oder lang zur *Arthrose* führen.

Der Begriff der *Präarthrose* hat in der Diskussion um die Möglichkeiten und Grenzen der operativen Prophylaxe der Arthrosen grosse Bedeutung gewonnen.

Da ein Missverhältnis zwischen mechanischer Beanspruchung und mechanischer Resistenz für das Entstehen einer Arthrose ausschlaggebend ist, spielt die *Qualität des Gelenkknorpels* eine Rolle. Diese kann vermindert sein durch Ernährungsstörungen des Knorpels infolge von Veränderungen der Zusammensetzung der Synovialflüssigkeit, wie sie z. B. bei Stoffwechselstörungen, entzündlichen Arthritiden, rezidivierenden Ergüssen usw. vorkommen.

Auch nach Zerstörung des *subchondralen Knochens,* der als *Widerlager* für den Knorpel dient, geht dieser mit der Zeit zugrunde: Arthrosen nach subchondralen Knochennekrosen (siehe II.5.1.1.).

Nach *jeder Gelenkserkrankung,* welche den Knorpel beschädigt, beginnen mechanischer Verschleiss und Knorpeldegeneration und führen über *kurz oder lang zur Arthrose.* Umgekehrt ist die *Arthrose das Endstadium* aller Gelenksschäden, welche nicht vollständig heilen oder zur knöchernen Ankylose führen.

Der *Verlauf* hängt von der Schwere des Schadens und der mechanischen Einwirkung ab. Bei gröberen Schäden geht die Grundkrankheit unmittelbar in die Arthrose über, in vielen Fällen aber dauert es *Jahre und Jahrzehnte,* bis der Verschleissprozess das Gelenk so weit geschädigt hat, dass die Arthrose auch klinisch in Erscheinung tritt. Oft ist die früher durchgemachte Krankheit inzwischen vergessen. Manchmal kann man aus spezifischen Merkmalen der Arthrose darauf zurückschliessen.

Alle Arthrosen, welche als *Folge eines anderen,* angeborenen oder erworbenen *Schadens* aufzufassen sind, werden als *sekundäre Arthrosen* bezeichnet. Alle Arthrosen bei *Jugendlichen* sind sekundär.

In vielen Fällen lassen sich allerdings *keine Grundkrankheit* und keine pathologische Ursache *finden.* Man spricht von *primären Arthrosen.* Sie werden nur *im vorgerückteren Alter* gefunden. Die Frage, ob konstitutionelle Faktoren eine Rolle spielen ist nicht gelöst. Trotzdem die Gruppe der primären Arthrosen mit der besseren Erforschung der Gelenkkrankheiten langsam schrumpft, muss man sagen, dass sie heute noch recht gross ist.

Dies ändert nichts an der *Pathogenese* der Arthrosen im allgemeinen, wie sie einleitend umschrieben wurde: Sie beruht auf einem Missverhältnis zwischen

- verminderter mechanischer Resistenz und
- erhöhter mechanischer Beanspruchung

des Gelenkknorpels.

Im Einzelfall kombinieren sich die pathogenetischen Wirkungen von verminderter Belastbarkeit und abnorm erhöhter Beanspruchung und haben meistens einen *circulus vitiosus* zur Folge, welcher die Progredienz des Leidens unterhält (siehe I.A.9.1.).

Diesen Circulus vitiosus zu *unterbrechen* ist das wichtigste *Ziel der operativen Therapie* (siehe II.11.1.5.4.).

11.1.2. *Ätiologie*

11.1.2.1. *Sekundäre Arthrosen*

Verminderte Belastbarkeit der Gewebe

Angeborene oder erworbene Unterschiede in den mechanischen Eigenschaften des Gelenkknorpels. Vermutet werden solche bei verschiedenen Krankheiten (kongenitale Dysplasien, Wachstumsstörungen, Stoffwechselkrankheiten usw.). Das Alter an sich ist nicht als Ursache einer Arthrose anzusehen.

Störungen, die wahrscheinlich den lokalen Stoffwechsel des Gelenkes, vor allem des Gelenkknorpels betreffen: Verschiedene Gelenkentzündungen (ohne makroskopische Gelenkzerstörung), Infektionskrankheiten, Serumkrankheit, Blutergelenk, rezidivierende Gelenkergüsse, rheumatische Arthritiden usw.

Gelenkserkrankungen mit z. T. auch makroskopischer Gelenkzerstörung: septische Arthritiden, Gelenkstuberkulose, Polyarthritis rheumatica der gewichttragenden Gelenke usw.

Insuffizienz der subchondralen Knochenschicht:

Osteoporose, Osteomalazie usw. Es ist möglich, dass das stark geschwächte Knochengerüst bei stärkerer Beanspruchung auf mikroskopischer Ebene einbrechen kann und damit zum Gelenksschaden und zur Arthrose führt (Protrusio acetabuli).

Lokalisierte subchondrale Knochennekrosen (Osteochondritis dissecans, posttraumatische, idiopathische und andere Knochennekrosen)

Gelenksinkongruenz (Präarthrosen) angeboren: Dysplasien, Subluxationen (Hüfte, Kniegelenk, Patella u.a.), Protrusio acetabuli, Dysostosen, enchondrale und andere.

Wachstumsstörungen:

- Epiphysenlösungen (Hüfte)
- Ischämische Nekrosen (Perthes)
- M. Scheuermann der Wirbelsäule
- posttraumatische und postinfektiöse Wachstumsstörungen (z.B. Säuglingscoxitis, lokale Schädigung der Epiphysenfugen usw.).

Andere erworbene Krankheiten, welche die Gelenkform oder Gelenkfunktion verändern, z.B. M. Paget, Skoliose, Fussdeformitäten, Schlottergelenke, Gelenkfehlstellungen mit Subluxationen (z.B. Hallux valgus) usw., freie Gelenkkörper, Meniskusschäden, Post-Meniskektomiesyndrom.

Posttraumatische Gelenksinkongruenzen. Intraartikuläre Frakturen, geheilt ohne anatomisch exakte Reposition (Stufen im Gelenk). Dies ist heute eine der Hauptursachen der sekundären Arthrose.

Fehlbelastungen von Gelenken

Achsenfehlstellungen: angeborene, erworbene, krankhaft oder posttraumatisch (mit Achsenfehler verheilte Frakturen).

Achsenfehler wirken sich vor allem an den unteren Extremitäten und an der Wirbelsäule aus: Lordosen, Kyphosen, Skoliosen, Beckenschiefstand, Beinverkrümmungen, Fehlstellungen des Fusses usw.

Andere Ursachen von Fehlbelastung und unphysiologischer Beanspruchung

- Versteifung benachbarter Gelenke (z.B. Hüfte-Gegenseite, Hüfte-Wirbelsäule, Wirbelsäule, Fuss usw.),
- Ausfall der Schmerzhemmung: «Neuropathische Gelenke» *(Charcot)* bei Tabes, Syringomyelie u.a.

11.1.2.2. *Sogenannte primäre Arthrosen*

Ursache nicht bekannt. Wie weit konsitutionelle Faktoren eine Rolle spielen ist bisher nicht erforscht.

Die Krankheit tritt praktisch ausschliesslich im fortgeschrittenen Alter auf (meist nach dem 60. Altersjahr, selten früher).

Sie wird «per exclusionem» diagnostiziert, d.h. wenn keine Grundkrankheit nachgewiesen werden kann. Die primäre Arthrose ist häufig symmetrisch und befällt vorzugsweise Hüften, Wirbelsäule, Daumengrundgelenke, aber auch alle anderen Gelenke, sehr oft mehrere gleichzeitig.

a

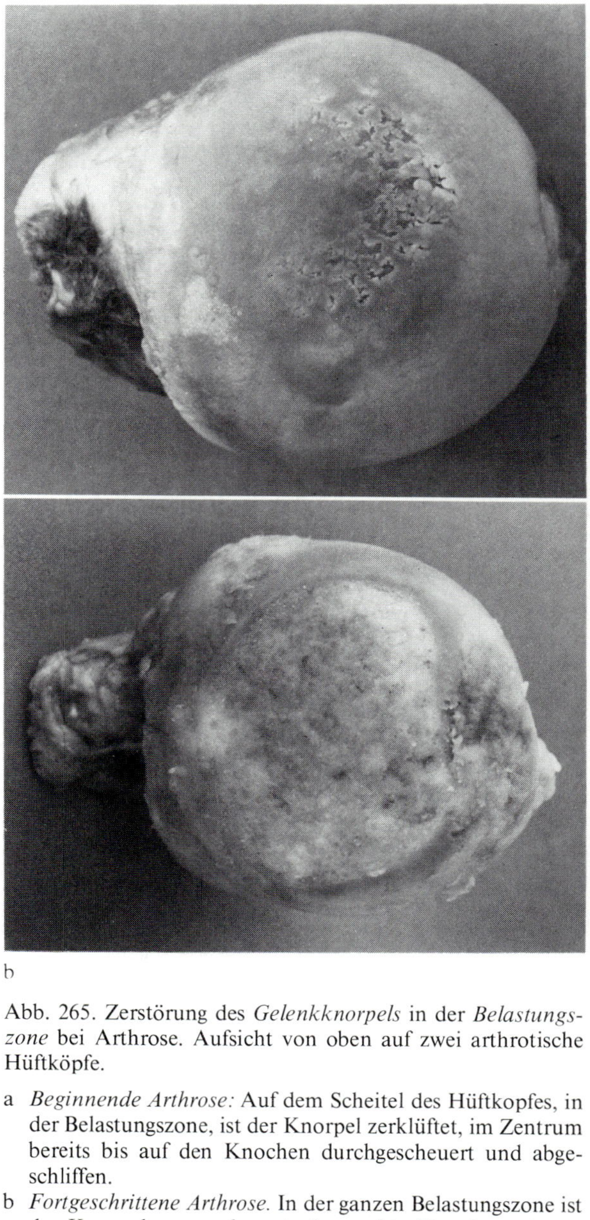

b

Abb. 265. Zerstörung des *Gelenkknorpels* in der *Belastungszone* bei Arthrose. Aufsicht von oben auf zwei arthrotische Hüftköpfe.

a *Beginnende Arthrose:* Auf dem Scheitel des Hüftkopfes, in der Belastungszone, ist der Knorpel zerklüftet, im Zentrum bereits bis auf den Knochen durchgescheuert und abgeschliffen.

b *Fortgeschrittene Arthrose.* In der ganzen Belastungszone ist der Knorpel weggescheuert, der nackte Knochen tritt zu Tage, sklerotisch hart und spiegelglatt geschliffen, von Bindegewebspfropfen durchsetzt, die aus der Spongiosa heraufwachsen. Hier reibt Knochen gegen Knochen, der Zerstörungsvorgang ist weitgehend *mechanisch.*

11.1.3. *Pathologische Anatomie*

Zwei Prozesse lassen sich unterscheiden:

1. Die *Degeneration des Gelenkknorpels in der Tragzone* durch mechanischen Verschleiss
2. Die *reaktiven Veränderungen in den übrigen Gelenksabschnitten.*

Die ersten Veränderungen findet man am *Gelenkknorpel* in der *Belastungszone:* Die ursprünglich glatte, glänzende Oberfläche wird aufgerauht, matt und beginnt aufzufasern, mikroskopisch verschwindet die Tangentialfaserschicht an der Knorpeloberfläche, der Knorpel wird weich (Chondromalazie) und mit der Zeit ganz weggeschliffen bis schliesslich der subchondrale Knochen freiliegt (Abb. 265). Die Knochenflächen reiben dann unmittelbar aneinander, sind glatt und sehen aus wie blank poliertes Elfenbein. Das *Verschwinden des Gelenkknorpels* ist auf dem Röntgenbild als Verschwinden des Gelenkspaltes zu sehen. Im unbelasteten, nicht beanspruchten Gelenksabschnitt nimmt die Breite des Gelenkspaltes in gleichem Mass zu wie er in der Tragzone abnimmt. Dies ist das erste Stadium einer *Verschiebung* der Gelenkkörper gegeneinander, welche bei der fortgeschrittenen Arthrose zur *Subluxation* und zu schwerer *Deformität* führen kann (daher der ältere Name: «Arthrosis deformans») (Abb. 266).

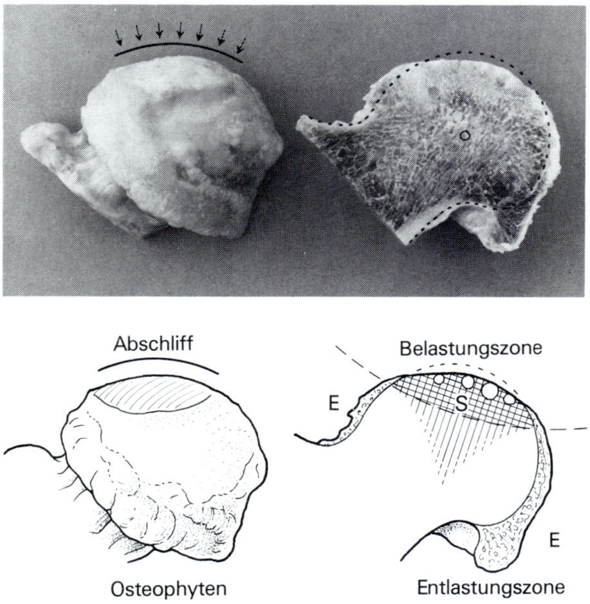

Abb. 266. *Pathologische Anatomie der Arthrose.*
Hüftkopf bei Coxarthrose: Präparat und Skizze dazu.
Links: Ansicht von vorn: oben in der *Tragzone* (Pfeile) ist der Knorpel weggeschliffen, und der glatt polierte Knochen tritt zu Tage. Unten in der *Entlastungszone* ein Osteophytenkranz: Verknöcherter und gewucherter Gelenkknorpel.
Rechts: Frontalschnitt durch denselben Hüftkopf: In der Tragzone reaktiv stark sklerotische, verdichtete Spongiosa, an der Oberfläche schon teilweise usuriert. Hier Zystenbildung mit Bindegewebe und Detritus an den Stellen zu grosser Beanspruchung. Hier kann der Knochen nicht mehr mit Knochenanbau, mit Sklerose reagieren, er wird zerstört und resorbiert.
Punktiert eingezeichnet ist die ursprüngliche runde Kontur des Hüftkopfes. Der Mechanismus der fortschreitenden Deformierung ist deutlich. Daher der ältere Name «Arthrosis deformans».

Abb. 267. Die Schliffspuren der arthrotischen Patella passen genau in jene der dazugehörigen Femurvorderfläche hinein wie Positiv und Negativ. Eindrücklich sind die massiven mechanisch bedingten Defekte: sie gehen bis in die Spongiosa hinein. Daneben reaktive Sklerose.

Diese Vorgänge sind als rein mechanischer Verschleiss des wichtigsten Gelenkanteiles, des Gelenkknorpels in der Tragzone, zu verstehen. Der Prozess spielt sich im Prinzip gleich ab wie das Ausschlagen einer Kurbelwelle oder das Ausleiern einer Türangel (Abb. 267).

Die weiteren Veränderungen im Laufe der Krankheit sind lediglich als *reaktive Antwort der vaskularisierten Gewebe* auf diese erste Schädigung anzusehen. Sie sind allerdings auffälliger als der rein degenerative Prozess am Knorpel:

In den *nicht belasteten Randzonen des Gelenkes* beginnen *Knorpel und Knochen zu wuchern,* es entstehen *Osteophyten,* welche konsolenartig ausladen und sehr gross werden können. Sie füllen vor allem auch den langsam breiter werdenden Gelenkspalt in der unbelasteten Zone aus (Abb. 268).

Durch das Abschleifen von Knorpel und Knochen in der Tragzone wird das Gelenk *inkon-*

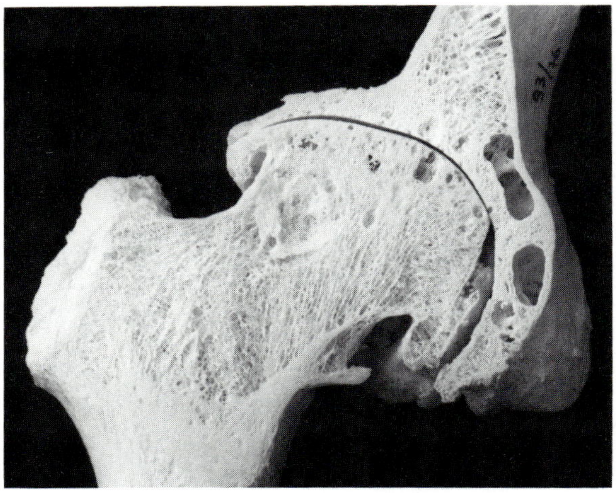

◁ Abb. 268. *Knochenschliff einer Coxarthrose,* auf welchem der enge Gelenkspalt, die Inkongruenz (Entrundung), die Deformierung von Kopf und Pfanne, die kräftige reaktive Sklerose in der Belastungszone, die ausgedehnten Osteophyten und die Zysten in der subchondralen Schicht der Tragzone zu erkennen sind. Beachtenswert ist an diesem Präparat das weit ausladende *Pfannendach,* eine durch reaktive Osteogenese entstandene Neubildung, die als ein Versuch der Selbstheilung aufgefasst werden kann, indem die überlastete Tragzone vergrössert und der progredienten Subluxation des Kopfes entgegengewirkt wird.

Tatsächlich kann bei solchen Formen der Arthrose spontan unter Opferung der Beweglichkeit eine gewisse Konsolidierung des Zustandes eintreten, der für die Patienten erträglich wird.

gruent, wodurch die Druckverteilung auf der Oberfläche immer unregelmässiger wird und das Gelenk langsam subluxiert. In den überlasteten Zonen wird weiter Substanz abgetragen und in den unbelasteten angebaut. So entsteht ein *circulus vitiosus* von *Deformität und Fehlbelastung.*

Dieser für die Entstehung der «deformierenden Arthrose» und die Wechselwirkung zwischen Deformität und Fehlbelastung typische Mechanismus lässt sich gut verfolgen am Beispiel der Coxarthrose (vgl. III.C.2.10.) sowie der Gonarthrose, dargestellt im nächsten Kapitel: Deformitäten, II.12.4. und III.C.4.7.2. (Abb. 269).

Der *subchondrale Knochen* zeigt auffällige *Reaktionen.* Die Spongiosa der Belastungszone wird durch Knochenneubildung immer dichter,

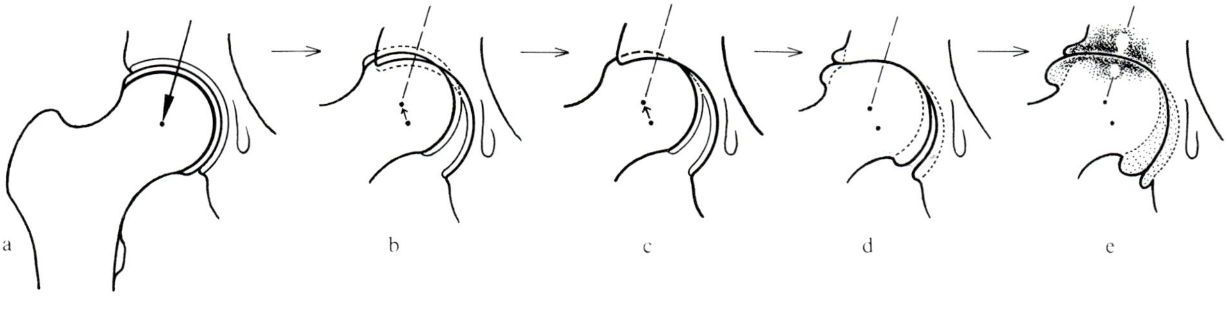

Abb. 269. *Wie entsteht die Deformität bei der Arthrose?*
Erklärungsversuch am Beispiel der Coxarthrose.

a *Normales,* konzentrisches, kreisrundes, *kongruentes* Hüftgelenk. Der geometrische Mittelpunkt des Gelenkes ist eingezeichnet. Er ist zugleich Mittelpunkt des Gelenkkopfes, der Pfanne, Drehpunkt des Gelenkes und damit Angriffspunkt der Kräfte und Hebelarme. Eingezeichnet ist auch die resultierende Druckkraft R (siehe I.A.8.1.5., Abb. 76d), die ebenfalls durch den Gelenkmittelpunkt geht.

b Bei *Überbeanspruchung* (irgendwelcher Genese) ist meist das *Pfannendach* am stärksten betroffen (siehe I.A.9.2.1.3. und Abb. 97). Deshalb beginnt an dieser Stelle die *Usur:* Zuerst wird der *Knorpel* zerstört, anschliessend der darunter liegende Knochen, sowohl am Kopf wie an der Pfanne. Durch diesen Substanzverlust verschiebt sich der Kopf nach oben und meistens, da er dort am wenigsten Widerstand findet, nach *aussen,* im Sinne einer *Subluxation.* Der Kopfmittelpunkt verschiebt sich nach oben (mit Pfeil eingezeichnet). Indem man zeichnerisch die Kopfkonturen in der neuen Stellung auf die Pfanne projiziert, ergeben sich theoretisch Ort und Ausmass des Substanzverlustes (c), was mit den tatsächlichen Verhältnissen (d) weitgehend übereinstimmt. Kopf und Pfanne sind gleichermassen von diesem Sustanzverlust in der Belastungszone betroffen.
In der *nicht beanspruchten Zone* unten medial *öffnet* sich der Gelenkspalt. Er wird ausgefüllt mit *Osteophyten,* entstanden aus Verknöcherung des nicht beanspruchten Gelenkknorpels und weiterer Wucherungen. Lateral am Gelenkspalt derselbe Vorgang.

e Der röntgenologische Aspekt entspricht genau diesen Vorgängen: Abschliff und reaktive Sklerose in der Belastungszone, Osteophyten und Osteoporose in der nicht belasteten Zone.
Am Ort des grössten Druckes wird der Knochen zerstört. Hier entstehen *Zysten.* Diese sind auf Röntgenbildern regelmässig zu erkennen, ebenso wie die Figur des «double fonds», gebildet aus den kaudalen Osteophyten von Kopf und Pfanne im unteren Gelenksabschnitt.
Die Arthrose kann als ossäre Reaktion auf einen weitgehend mechanisch bedingten Zerstörungsprozess aufgefasst werden.

a

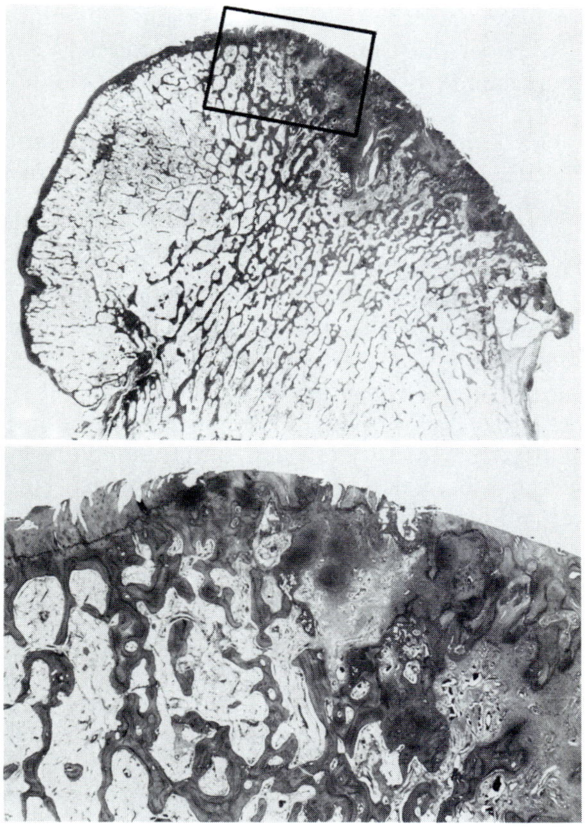

b

◁ Abb. 270. *Histologie der Arthrose* (Hämalaun-Eosin-Färbung, Prof. Aufdermaur, Luzern).

a Schnitt durch einen coxarthrotischen Hüftkopf. Typisch ist die Entrundung: Rechts oben die abgeschliffene Tragzone mit massiven Degenerations- und Umbauvorgängen. Deutlich auch die starke reaktive subchondrale Sklerose. Links in der entlasteten Zone der grosse Osteophyt (die ursprüngliche Gelenkknorpelschicht ist noch zu erkennen, vgl. Abb. 266).

b Vergrösserter Ausschnitt aus a): Links noch Reste des Gelenkknorpels, in Auffaserung begriffen. Rechts, in der Tragzone, sind Knorpel und Knochen abgeschliffen. Darunter Nekrosen, Umbauzonen mit fibrösem Gewebe, Geröllzysten sowie reaktive Knochensklerose.

bis sie aussieht wie kompakte Kortikalis. Diese *Sklerosierung* gehört zu den ersten röntgenologischen Zeichen der Überbeanspruchung und somit der Arthrose.

Bei übermässigem Druck entstehen im Zentrum der Sklerosezone, im spongiösen Knochen unmittelbar unter der Oberfläche, runde oder leicht ovale Hohlräume, *Zysten*, welche mit gallertigem Detritus gefüllt sind. Sie stehen gewöhnlich mit der Gelenkoberfläche in Verbindung und können recht gross werden (bis kirschgross). Sie entstehen wahrscheinlich durch Osteoklasie infolge von scharf umschriebenen Druckspitzen. Ihre Erscheinung im Rahmen der Arthrose ist so typisch, dass sie eigentlich nicht zu Verwechslun-

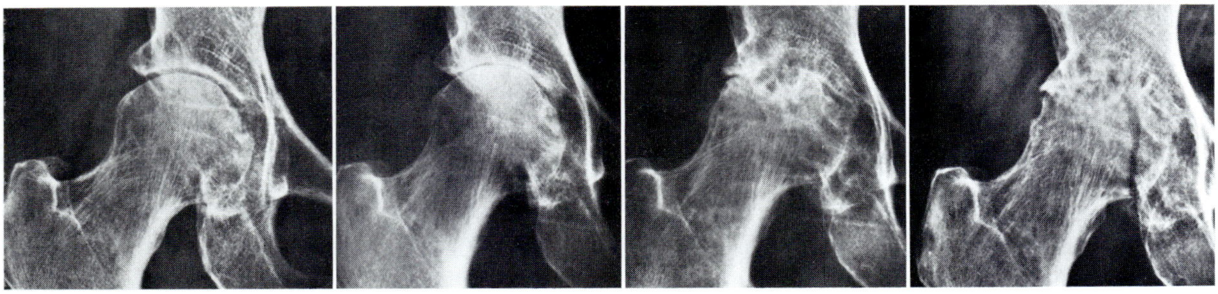

a b c d

Abb. 271. *Verlaufsserie einer primären Coxarthrose.*

a Rechte Hüfte einer 74jährigen Frau, welche seit einigen Monaten Schmerzen hatte. Gelenkspalt ein wenig verschmälert, unregelmässige Struktur der subchondralen Spongiosa. Das Gelenk ist noch kreisrund, eine Ursache für die Arthrose ist nicht zu erkennen. Deshalb bezeichnet man solche Formen als «primäre Arthrosen».

b 1 Jahr später ist der radiologische Gelenkspalt, d. h. der Gelenkknorpel, praktisch verschwunden. Der subchondrale Knochen in der Tragzone ist stark sklerosiert. Andere reaktive Veränderungen fehlen weitgehend.

c Nach einem weiteren Jahr ist der Kopf bereits abgeplattet, deformiert. In der Tragzone, wo die Knochen von Kopf und Pfanne ohne Zwischenschicht aufeinander reiben, haben sich grosse Resorptionshöhlen, sog. «Geröllzysten» gebildet, osteoklastischer Knochenabbau als Folge der Überbeanspruchung.

d Noch ein Jahr später ist das Gelenk vollständig zerstört und deformiert. Reaktive Vorgänge treten gegenüber den degenerativen in den Hintergrund.

Dieser rasch progrediente Verlauf ist bei primären Arthrosen häufig zu beobachten.

Sekundäre Arthrosen zeigen in der Regel mehr reaktive Veränderungen. Sie haben eher einen langsameren, protrahierten Verlauf und können auch jahrelang stationär bleiben.

gen mit anderen Knochendefekten Anlass geben sollten.

In den spongiösen Randzonen, welche nicht mechanisch beansprucht sind, wird der Knochen porotisch (Abb. 270).

Die Veränderungen der *Gelenkkapsel* treten gegenüber den Knorpel- und Knochenveränderungen *zurück.* Es sind vor allem reaktive Verdickungen der Synovialmembran, wohl vor allem als Reaktion auf den mechanischen Gelenksabrieb. Die entzündlichen Erscheinungen sind verhältnismässig gering, im Gegensatz zu den rheumatischen Arthritiden. Ein Gelenkserguss fehlt oder ist nicht sehr gross. Massive Ergüsse weisen auf rheumatische oder infektiöse Prozesse neben den rein degenerativen hin.

Im weiteren Verlauf des Leidens wird das Gelenk oft schwer *deformiert,* so dass man seine ursprüngliche Form nicht mehr erkennt. Es ist deshalb oft nicht mehr möglich, eine Grundkrankheit (Präarthrose) zu eruieren. Die Verformung der Gelenkskörper und die Kapselfibrose schränken die Beweglichkeit zunehmend ein. Die Gelenke werden langsam *steif.* Häufig kommt es im Spätstadium zur fibrösen, selten zur knöchernen Ankylose (Abb. 271).

11.1.4. *Klinik*

11.1.4.1. *Verbreitung*

Die Arthrose kommt im Kindesalter praktisch nicht und bei jungen Erwachsenen nur als sekundäre Arthrose nach schweren Gelenksschäden vor. Die meisten Arthrosen manifestieren sich *nach dem fünfzigsten oder sechzigsten Altersjahr* und werden im höheren Alter häufiger. Die primäre Arthrose befällt häufiger Frauen, insgesamt überwiegen Männer.

Die einzelnen Gelenke werden etwa in folgender Häufigkeitsreihenfolge betroffen:

- Wirbelgelenke
- Hüfte
- Knie
- Sprunggelenke
- Fuss- und Zehengelenke
- Schulter
- Handgelenk
- Daumengrundgelenk
- übrige Gelenke

Das Überwiegen der *lasttragenden Gelenke* ist evident. Die Arthrosen der unteren Extremitäten machen in der Regel auch mehr Beschwerden als jene der oberen Extremitäten.

Ein einziges Gelenk, aber auch mehrere, können betroffen sein. Der Befall ist ziemlich regellos.

Die Arthrose ist eine *eminent chronische Krankheit,* welche sich über Jahre und Jahrzehnte hinzieht. Sie verläuft stetig progredient. Vorübergehende Besserungen sind meist nicht von Dauer.

Die Krankheit spielt sich ausschliesslich am Gelenk und in seiner Umgebung ab und hat *keine allgemeinen Wirkungen* (Labor negativ).

11.1.4.2. *Krankengeschichte*

Die Beschwerden beginnen *schleichend,* die Patienten haben zuerst nur uncharakteristische Schmerzen, nach stärkerer Beanspruchung, denen sie vorerst wenig Beachtung schenken.

Mit der Zeit werden die Schmerzen stärker und häufiger, sie lokalisieren sich, und treten oft typischerweise bei den ersten Bewegungen nach längerem Liegen, Sitzen oder Stehen, z. B. bei den ersten Schritten nach dem Aufstehen am Morgen, als sog. *«Anlaufschmerzen»* auf, welche nach wenigen Schritten, nach kurzem «Durchbewegen» wieder verschwinden. Der Patient hat den Eindruck, das Gelenk sei «eingerostet». Die Schmerzen erscheinen wieder nach Anstrengungen, nach längerem arbeiten, gehen usw. und nehmen erst nach einer längeren Ruhepause (z. B. über Nacht) wieder ab.

Das Leiden kann oft jahrelang stationär bleiben oder nur unmerklich sich verschlimmern, und oft ist das einzige äussere Zeichen der Progredienz, dass der Patient langsam seine Aktivität immer mehr einschränken muss. Die Leistungs- und Funktionseinbusse sind eher Folgen der Schmerzen als eines Verlustes an Beweglichkeit. Die Anpassungsfähigkeit der Patienten ist erstaunlich gross, und viele arbeiten noch, wenn das Gelenk bereits fast vollständig zerstört ist.

Allerdings gehen die klinischen Erscheinungen mit dem röntgenologischen Bild keineswegs parallel. Mit der Zeit aber, und damit auch mit zunehmendem Alter, werden sehr viele Patienten invalide, vor allem auch, wenn mehr als ein Gelenk betroffen ist (Abb. 272).

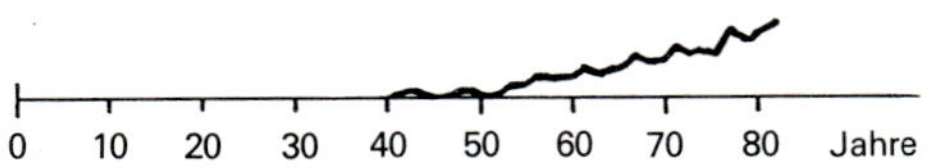

Abb. 272. *Verlaufskurve der Arthrose.*

Langsamer, schleichender Beginn, meist erst im Alter, selten früher. Langsame Progredienz über Jahre mit wellenförmigem Verlauf. Perioden mit stärkeren Beschwerden wechseln mit Remissionen ab, abhängig von Beanspruchung und Umweltfaktoren (Klima, Arbeit usw.).

Gelegentlich nehmen die Schmerzen im letzten Stadium wieder ab, nämlich wenn das Gelenk ankylosiert. Dieser Ausgang ist aber zu selten, als dass man die Patienten damit vertrösten könnte.

Im Vordergrund der Beschwerden stehen fast immer *Schmerzen,* welche die Patienten auf die Dauer zermürben, während die *Einschränkung der Beweglichkeit* ihnen meist erstaunlich lange überhaupt nicht auffällt, oft erst, wenn sie eine bestimmte tägliche Verrichtung nicht mehr ausführen können (z.B. Schuhe binden, kämmen usw.). Die Bewegungseinschränkung allein stört auch nie so stark wie die Schmerzen.

Arthrotische Gelenke sind gegen traumatische Schäden recht empfindlich.

11.1.4.3. *Diagnose*

Die *Anamnese* ist charakteristisch: Chronischer Verlauf, das Fehlen von akuten Ereignissen, entzündlichen und Allgemeinerscheinungen usw. sprechen für die degenerative Genese.

Die *Untersuchung* zeigt im Anfangsstadium geringe äusserliche Veränderungen am Gelenk selbst, kaum einen Erguss, hingegen fast immer eine deutliche, meist *schmerzhafte Einschränkung der passiven Beweglichkeit,* mindestens in bestimmten Richtungen. Gelenkgeräusche bei dieser Prüfung sind häufig aber wenig charakteristisch.

Die Muskulatur in der Umgebung des Gelenkes wird *atrophisch,* bei längerer Dauer ausserordentlich stark. Häufig findet man allerlei Schmerzen und Krämpfe, Verspannungen und Spasmen in diesen Muskeln.

Ausschlaggebend für die Diagnose einer Arthrose ist *das Röntgenbild.* Ganz zu Beginn fehlen pathologische Veränderungen. Sobald solche nachweisbar sind, können sie kaum verwechselt werden (Abb. 271 und 273).

Die *radiologischen Zeichen* spiegeln genau die pathologisch-anatomischen Vorgänge wider. *Typisch sind:*

1. *Gelenkspaltverschmälerung* in der *Tragzone* des Gelenkes (nicht immer einwandfrei nachweisbar, z.B. am Kniegelenk);
2. *Subchondrale Sklerose* der Spongiosa in der Belastungszone des Gelenkes;
3. *Randzacken, Osteophyten,* häufiger Befund (man findet sie bei jeder Wirbelsäule im Alter, deshalb von geringerer Bedeutung für die Diagnose);
4. *Subchondrale Zysten* an der Stelle des grössten Druckes;
5. Zunehmende *Gelenkdeformität* (Abb. 273, 551 und 596).

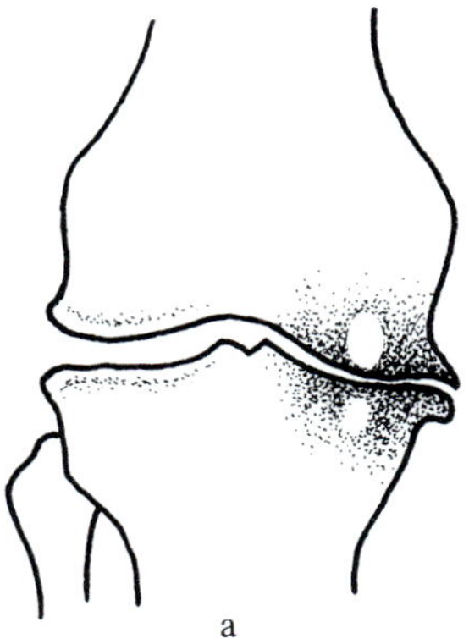

a

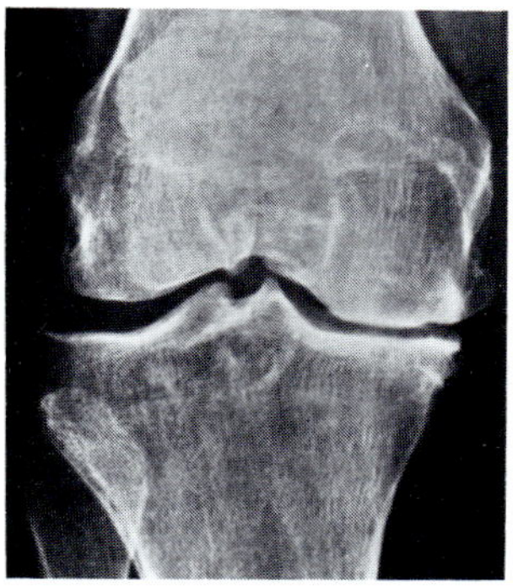

b

Abb. 273.

a *Die Röntgenzeichen der Arthrose,* etwa in der Reihenfolge des Auftretens aufgezählt:
1. Subchondrale Sklerose,
2. Gelenkspaltverschmälerung,
3. Randzacken (Osteophyten),
4. Geröllzysten,
5. Deformationen.

b Auf diesem Knieröntgenbild einer 69jährigen Frau mit Gonarthrose sind im medialen Gelenkabschnitt die ersten drei Zeichen deutlich zu erkennen. Die restlichen zwei treten gewöhnlich erst bei weiter fortgeschrittener Arthrose hinzu.

11.1.4.4. *Prognose*

Grundsätzlich verläuft die Krankheit langsam progredient, über Jahre und Jahrzehnte hinweg, allerdings nicht geradlinig, sondern mit starken Schwankungen. Perioden mit stärkeren Beschwerden wechseln mit Remissionen ab und oft bleibt die Krankheit jahrelang stationär. Seltener sieht man rasch in wenigen Monaten progredient schlecht werdende Fälle.

Obere Extremitäten: Wegen der geringeren Beanspruchung bleiben die Beschwerden meistens in erträglichen Grenzen.

Wirbelsäule: Degenerative Erkrankungen sind überaus häufig. Die Rückenbeschwerden nehmen aber *nicht* unbedingt progredient zu. Im Alter zeigen die meisten Wirbelsäulen röntgenologische Veränderungen wie Randzacken usw. (siehe III.B.10.1.). Viele dieser «Spondylosen» bleiben *symptomlos.*

Untere Extremitäten: Diese Arthrosen verlaufen in der Mehrzahl der Fälle unaufhaltsam progredient. Beschwerden und Behinderung nehmen stetig zu, die Prognose ist also auf die Dauer eher schlecht. Operationen sind deshalb hier am häufigsten angezeigt.

11.1.4.5. *Prophylaxe*

Einem gesunden Gelenk schadet die physiologische Beanspruchung nicht. Auch Leistungssport und Schwerarbeit gehören dazu. Unphysiologisch wird die Beanspruchung dann, wenn sie nicht durch eigene Muskelkraft zustande kommt, sondern durch äussere Kräfte, wie z. B. die Erschütterungen beim Arbeiten mit dem Pressluft-hammer, beim Motorradfahren, beim Boxen (Handgelenk), Fussballspielen (Meniskus) usw.

Jede erfolgreiche Behandlung einer Gelenkskrankheit kommt einer *Arthroseprophylaxe* gleich, ebenso das Verhindern einer Präarthrose, das Korrigieren einer Fehlstellung und Fehlbelastung. In diesem Lichte muss die *Frakturbehandlung* gesehen werden, aber auch die Behandlung von deformierenden *Gelenkserkrankungen im* Wachstumsalter (Wirbelsäulenfehlhaltungen, angeborene Gelenksdysplasien und -Luxationen, Epiphysenlösungen usw.). Die Prophylaxe der Arthrose beginnt somit schon bei der Geburt, z. B. mit der Früherfassung der kongenitalen Hüftdysplasie.

Die rein prophylaktische Korrektur von Fehlstellungen am Skelett sollte allerdings nicht wahllos vorgenommen werden. Die Indikation dazu muss von *der Prognose der unbehandelten Fehlstellung* ausgehen. Da unsere Kenntnisse in dieser Hinsicht immer noch sehr mangelhaft sind, sollten Operationsindikationen mit Zurückhaltung gestellt werden (siehe II.12.4. und I.C.4.2.3.).

11.1.5. *Therapie*

Eine kausale Therapie der Arthrose gibt es vorläufig nicht. Weil das Leiden nicht ausheilt, muss der Patient *damit leben* und seine

11.1.5.1. *Lebensweise der Arthrose anpassen.*

An erster Stelle steht *die Verminderung der Belastung.* Dies bedeutet:
- Gewichtsabnahme
- Reduktion der übermässigen Belastung im täglichen Leben wie:
  - schwere körperliche Arbeit
  - länger dauernde körperliche Anstrengungen
  - unphysiologische kurzfristige Spitzenbeanspruchung.

Das arthrotische Gelenk erträgt weder das Übermass noch das völlige Fehlen von Bewegung. Am besten ist eine *mässige, aber regelmässige Bewegung* mit möglichst geringer Belastung.

Mässiges Wandern, leichter Sport, wird bei Arthrosen der gewichttragenden Gelenke im nicht zu weit fortgeschrittenen Stadium oft noch recht gut ertragen und geschätzt und soll nicht verboten werden. Zu empfehlen ist ein *Gehstock.*

Ein guter Indikator für das richtige Mass ist die *Schmerzgrenze.* Manchmal ist ein Arbeitswechsel nötig. Günstig ist eine leichte abwechslungsreiche Tätigkeit, welche er selbst einteilen kann, damit er nicht zu lange ununterbrochen dieselbe Stellung einnehmen oder dieselbe Bewegung machen muss. Kurze Unterbrüche in nicht allzu langen Abständen erleichtern dem Patienten seine Arbeit.

Zu Hause sind tägliche *leichte Bewegungsübungen,* bei denen das betroffene Gelenk aktiv, ohne Widerstand und Belastung *innerhalb des schmerzfreien Bewegungsumfanges* bewegt wird, zweckmässig, damit das Gelenk nicht «einrostet».

11.1.5.2. *Konservative Massnahmen*

Aus dem Angebot der *Physiotherapie* verschafft in erster Linie die *Balneotherapie* den Patienten Erleichterung. Beliebt sind vor allem die *Badekuren.* Besonders günstig wirken, neben dem warmen Wasser, der Klimawechsel, das sorgenfreie Leben in Klinik oder Pension, eine freundliche Umgebung, welche auf die Krankheit des Patienten Rücksicht nimmt. Hier fühlt er sich verstanden, gut aufgehoben und umsorgt, er weiss, dass das Beste für sein Leid getan wird, auch kann er es mit anderen teilen. Diese psychologischen Momente sind nicht zu unterschätzen.

Wärme in irgend einer Form (Wickel, Diathermie, Fango, Kurzwellen) wird häufig angewandt und bringt fast immer Linderung, wenn auch nur vorübergehend.

Das aktive Training der *Muskulatur* ist immer zweckmässig und wichtig, während passive Bewegungsübungen wenig Nutzen haben. Gewaltsame Mobilisation vermehrt die Schmerzen.

Zu Hause ist die Behandlung schwieriger. Ambulante Physiotherapie ist bei diesen chronischen Leiden auf die Dauer mühsam und eher undankbar. Viele Patienten sind gezwungen zu arbeiten und können sich nicht schonen. Dann bleibt ihnen oft nichts anderes übrig, als mehr oder weniger dauernd *Schmerzmittel* zu nehmen. Dies ist nicht ideal, lässt sich aber nicht immer vermeiden. Gut haben sich die einfachen, verhältnismässig harmlosen Mittel, wie z. B. die Salicylate bewährt. Viele Patienten halten sich jahrelang mit solchen Mitteln über Wasser. Heute kommen laufend neue, mehr oder weniger spezifische «antirheumatische» Medikamente wie z. B. Indomethacin usw. auf den Markt. Ihre Wirkung ist gut, wenn auch rein symptomatisch.

Die systemische Anwendung von *Kortikoiden*

bringt bei Arthrosen mehr Schaden als Nutzen. Bei ständigem Gebrauch von Schmerzmitteln sollte wenn möglich eine Gelenkoperation gemacht werden.

Intraartikuläre Injektionen von Kortikoiden gehören zu den beliebten Behandlungsmethoden bei der Arthrose. Sie werden vor allem bei akuten schmerzhaften Schüben angewandt. Manchmal genügt eine einzige Injektion für längere Zeit. In der Regel sollten höchstens einige wenige Injektionen in grösseren Abständen notwendig sein. Häufigere Spritzen sind nicht zu empfehlen, denn die Injektionsbehandlung hat ihre Gefahren:

1. die septische Arthritis. Die Herabsetzung der Infektabwehr durch das Medikament erhöht diese Gefahr.
2. Plötzliche massive Beschleunigung des Destruktionsprozesses im Gelenk, ähnlich wie bei der neurogenen Arthropathie. Diese Komplikation tritt besonders nach gehäuften Injektionen auf. Ihre Ursache ist nicht geklärt.

Intraartikuläre Injektionen sind ungünstig vor Operationen, vor allem bei Prothesenoperationen.

11.1.5.3. *Orthopädische Hilfsmittel*

Bei Arthrosen der unteren Extremität, vor allem der Hüften, ist die Entlastung mit einem einfachen *Handstock,* wenn nötig mit einem *Krückstock,* sehr wirksam und empfehlenswert. Der Patient soll den Stock auf der Gegenseite halten.

Änderungen am Schuh können Erleichterungen bringen, z.B. ein dicker Gummiabsatz zur Pufferung hat sich bewährt. Apparate und Schienen dienen der Stützung und Ruhigstellung (z.B. Handgelenk, Knie), ebenso Stützmieder und Korsette. (Für die Therapie der einzelnen Gelenke siehe im übrigen III. Spezielle Orthopädie.)

11.1.5.4. *Operationen bei Arthrosen*

Keine Operation vermag ein zerstörtes Gelenk vollständig wiederherzustellen. Wenn immer möglich wird man aber eine Operation wählen, die in die Kausalkette der Wechselwirkung von Beanspruchung und Deformität eingreift, den *pathologischen Circulus vitiosus unterbricht* und damit den regenerativen Vorgängen im Gelenk, welche zweifellos vorhanden sind, eine Chance gibt.

Pauwels hat Operationen für die Hüftarthrosen entworfen und ausgeführt und anhand von langfristigen Resultaten bewiesen, dass *Gelenkregenerationen in bestimmten Fällen möglich sind.*

Das *Prinzip* liegt darin,

1. die ungünstige *Druckverteilung im Gelenk zu verbessern* durch Ausschalten von Fehlstellungen, operative Umstellung der Gelenkflächen, Muskelhebelarme usw. nach biomechanischen Gesichtspunkten und gleichzeitig
2. durch die *Umstellung der im Knochen wirkenden Kräfte* einen Knochenumbau (bone remodelling) und damit reparative Prozesse in Gang zu bringen.

Dies gelingt mit Hilfe von *gelenknahen Osteotomien,* wenn nötig kombiniert mit Eingriffen an Sehnenansatzstellen.

Besonders günstig wirken sich Osteotomien aus, wenn gleichzeitig eine *Deformität* behoben, eine *Achsenfehlstellung* korrigiert werden kann (Korrekturosteotomie), wie etwa am *Kniegelenk* (siehe auch Seitliche Fehlstellungen in Gelenken, II.12.4.).

• *Die gelenknahen Osteotomien* haben in vielen Fällen *ausgezeichnete Resultate* gebracht, vor allem an den unteren Extremitäten (Hüfte, III.C.2.10.5.2. und Knie, III.C.4.7.2.). Bei richtiger Indikation (Beweglichkeit zum grossen Teil noch erhalten, Gelenkspalt im Röntgenbild noch nicht vollständig verschwunden, Möglichkeit zur Korrektur einer Fehlstellung oder einer Inkongruenz) ist die Operation imstande, die Schmerzen zu beseitigen und das Fortschreiten des Leidens aufzuhalten (Allgemeines zur Osteotomie, I.C.4.3.1.) (Abb. 274).

Die besten Resultate bringt die Operation bei noch nicht allzu weit fortgeschrittener Arthrose. In Spätfällen mit schon weitgehend zerstörtem und deformiertem Gelenk sind kaum mehr durchschlagende Erfolge zu erwarten.

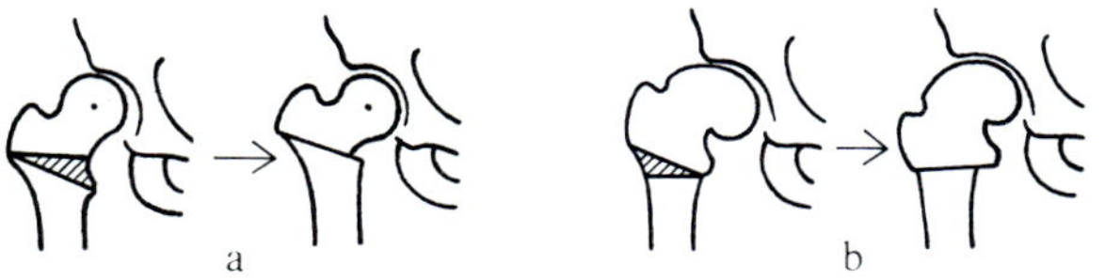

Abb. 274. *Gelenkerhaltende Operationen bei Coxarthrose.*
Von besonderem Interesse waren und sind die *hüftnahen Femurosteotomien,* wie sie vor allem von Pauwels ausgearbeitet und auf wissenschaftliche Grundlage gestellt wurden:

a Intertrochantere Varisationsosteotomie, geeignet v.a. für Subluxationscoxarthrosen.
b Valgisationsosteotomie, wie sie von Pauwels angegeben wurde für bestimmte Coxarthroseformen.

Osteotomien werden heute in der Regel nach genau standardisierter Technik mit Winkelplatten fixiert. Sie haben den Vorteil, dass das eigene Hüftgelenk erhalten bleibt (Genaueres siehe III.C.2.10.).

Die vielen anderen Operationen, die zur *Erhaltung* des beschädigten Gelenkes angegeben wurden (Weichteiloperationen, Forage, Gelenktoilette, usw.) haben fast alle enttäuscht. Sie können höchstens eine vorübergehende Linderung der Schmerzen, eine gewisse temporäre Verbesserung des Zustandes bewirken, auf die Dauer haben sie nicht den erhofften Erfolg gebracht.

So bleibt als *radikale Lösung* nur die *Ausschaltung* des pathologisch veränderten Gelenkanteiles. Damit verschwinden auch die Schmerzen.

Drei Möglichkeiten stehen zur Verfügung:

1. Die Gelenksresektion;
2. Die Arthrodese, d.h. die operative *Versteifung* des Gelenkes;
3. Der Gelenkersatz (Endoprothese) (Abb. 275).

• Die *Gelenksresektion* mit oder ohne Interposition von Bindegewebe (Faszie) ist an den grossen Gelenken weitgehend von den Endoprothesen abgelöst worden. In manchen Fällen bleibt die ersatzlose Resektion aber auch heute noch die einzige gangbare Lösung, etwa bei infizierten Endoprothesen, oder wenn das knöcherne Widerlager zum Einbau einer Prothese fehlt (Osteolyse bei Lockerung, Tumor). Vor allem an der Hüfte sind die Resultate gar nicht so schlecht.

Für manche *kleine Gelenke,* vorzüglich an den *Zehen,* auch an der *Hand* gehören die Resektionsarthroplastiken immer noch zu den besten Operationen.

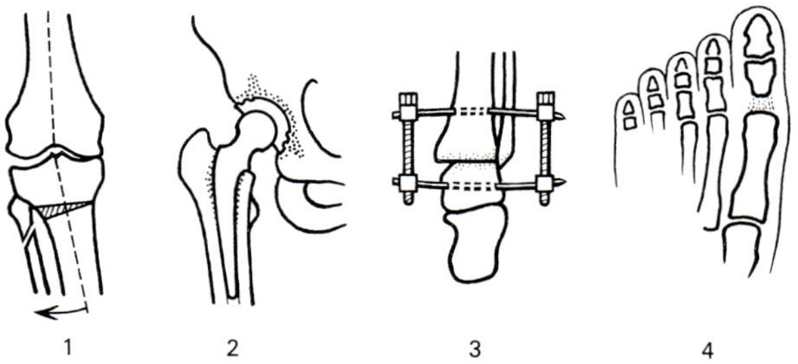

Abb. 275. Die 4 wichtigsten orthopädischen Gelenkoperationen bei Arthrosen, gezeigt an typischen Beispielen:

1 *Osteotomie,* in der Regel nahe am Gelenk, zur Änderung ungünstiger mechanischer Verhältnisse (Achsenfehler, Inkongruenz).
Hier infrakondyläre Tibiaosteotomie wegen Gonarthrose bei Genu varum.
2 *Gelenkendoprothesen,* mit Ersatz beider Gelenkflächen.
3 *Arthrodesen:* Ausschaltung und Stabilisierung des Gelenkes in Funktionsstellung.
4 *Resektion* des Gelenkes. Hier bei Hallux rigidus, auch an der Hüfte und an andern Gelenken möglich.

• *Die Arthrodese:* Bewusst wird auf die Gelenkfunktion, die Beweglichkeit verzichtet, dafür gewinnt man *Schmerzfreiheit und Stabilität,* die *beiden wichtigsten Voraussetzungen* für eine ungehinderte Funktion des Bewegungsapparates als Einheit.

Der grosse Vorteil der Arthrodese ist die vollständige Schmerzausschaltung: Mit der Arthrodese kann der Patient *zuverlässig* und für *dauernd* von den Schmerzen befreit werden. Spätere Komplikationen oder Rückfälle sind nicht zu befürchten (Allgemeines zu den Arthrodesen, siehe I.C.4.3.2.).

Bei *zweckmässiger Stellung* der Arthrodese (siehe Funktionsstellung, II.12.4.1.) und *guter Kompensation* der verlorenen Beweglichkeit in den benachbarten Gelenken gibt die Arthrodese ausgezeichnete Resultate, vor allem hinsichtlich der *Arbeitsfähigkeit.* Die meisten Patienten schrecken vor dieser Radikallösung zurück und fürchten eine Invalidität nach der «Versteifung», sie sind jedoch meistens sehr zufrieden mit dem Endresultat und überrascht, wie wenig sie davon verspüren. Es ist deshalb zweckmässig von «Stabilisierung» statt von «Versteifung» des Gelenkes zu sprechen. Dies ist legitim, vor allem wenn das Gelenk schon vor der Operation weitgehend blockiert ist, was die Patienten manchmal gar nicht merken. Tatsächlich fällt die Blockierung eines einzelnen Gelenkes, z.B. eines Sprunggelenkes oder einer Hüfte kaum auf, und es kann für den Untersucher schwierig sein, sie zu erkennen (vgl. auch I.B.1.1.3.4. und I.B.2.1.3.2.).

Selbstverständlich sind die Indikationen zur Arthrodese bei den einzelnen Gelenken verschieden. Allgemein lässt sich sagen, dass Arthrodesen eher *bei jüngeren Patienten* gemacht werden, am Fuss oder am Knie aber auch bei älteren Patienten gut sind.

Arthrodesen haben sich an folgenden Gelenken bewährt (die *Reihenfolge* entspricht etwa der *Häufigkeit.* Die Arthrodesen der einzelnen Gelenke sind im speziellen Teil beschrieben):

1. Sprunggelenk: Operation der Wahl;
2. Kniegelenk: Gut;
3. Hüftgelenk: Gut bei einseitiger Arthrose, eher bei jüngeren Patienten;
4. Handgelenk: Gut, relativ selten notwendig;
5. Fingergelenke: Vor allem distal, evtl. Daumensattelgelenk;
6. Wirbelsäule: Spondylodese; bei Befall eines einzigen Bewegungssegmentes gut;
7. Schultergelenk: Gut.

• *Endoprothesen:* Da bei der Arthrose die *beiden* gegeneinander reibenden *Gelenkanteile* beschädigt sind, müssen *beide ersetzt* werden. Es ist also eine sog. *Totalprothese* notwendig. Der Ersatz nur eines einzelnen Gelenkanteiles (z. B. Kopfprothese bei Hüftarthrose) hat sich nicht bewährt.

Die bisherige Erfahrung hat gezeigt, dass der Ersatz beweglicher Körperteile durch Fremdmaterial grundsätzlich möglich ist. Die damit verbundenen Probleme sind allerdings gross und vielfältig und noch längst nicht endgültig gelöst. Die Schwierigkeiten betreffen unter anderem die Gewebsverträglichkeit, den mechanischen Verschleiss mit der Gefahr von Abrieb und Ermüdungsbruch, die Verankerung im Knochen mit der Gefahr der Lockerung und die verhältnismässig grosse Infektgefahr. Diese lässt sich vermindern, aber nie ganz ausschalten. Auch Jahre nach der Implantation können noch Infekte auftreten (auch hämatogen). (Allgemeines zu den Endoprothesen, siehe I.C.4.3.3.).

Am besten bekannt ist die Totalprothese für das Hüftgelenk, mit welcher ausgezeichnete Resultate erzielt werden können (III.C.2.10.5.2.). Wie lange sie anhalten, weiss man noch nicht. Das Schicksal der Prothesen im Körper auf lange Sicht wird man erst nach Jahren und Jahrzehnten genau kennen. Eine Prognose kann aber nicht für längere Zeiträume gestellt werden als die Erfahrung zurückreicht! Vor allem die Frage der Verankerung und der Lockerung nach mehreren Jahren ist noch nicht gelöst. Es ist möglich, dass im Laufe der Zeit noch andere Probleme auftauchen (Abb. 276).

Totalprothesen für andere Gelenke als das Hüftgelenk stehen im wesentlichen noch im Versuchsstadium (Abb. 604).

Grundsätzlich kann jedes Gelenk ersetzt werden. Bei *Scharniergelenken* (Kniegelenk, Fingergelenke usw.) stellen sich zusätzliche Probleme der seitlichen Stabilität und der Verankerung. (Mehr darüber im Abschnitt Seitliche Fehlstellungen in Gelenken, II.12.4.)

Vorläufig ist die *Indikation* für Gelenksprothesen noch limitiert und vor allem auf *alte Leute* und *Schwerinvalide beschränkt.* Bei diesen ist die mechanische Beanspruchung weniger gross und vor allem muss die Prothese naturgemäss weniger lange Zeit halten als bei jungen Leuten.

Bei jüngeren Patienten, welche noch einen grösseren Teil ihres Lebens vor sich haben, ist grosse *Zurückhaltung* am Platz, denn der Misserfolg einer Prothesenoperation führt leicht zu lebenslänglicher Invalidität. An solchen Fällen werden die Probleme der Indikationsstellung am deutlichsten bewusst (Abb. 602).

Der *Gelenkersatz* mittels *Homotransplantaten* ist bisher nicht über das Versuchsstadium hinausgekommen. Nur ein kleiner Teil der damit verbundenen Probleme (Blutversorgung, Immunitätsreaktion, Schicksal des Gelenkknorpels) ist bis heute gelöst. Hier bleibt vielleicht eine Hoffnung für die jüngeren Arthrosepatienten.

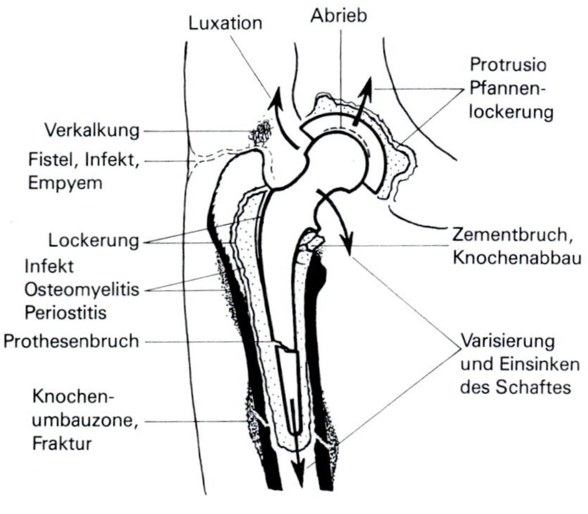

◁ Abb. 276. Mögliche *Komplikationen* bei *Totalendoprothesen,* am Beispiel des Hüftgelenks:

Die am meisten gefürchtete Komplikation ist die *Infektion* (siehe auch Abb. 563). Das Risiko lässt sich vermindern durch besondere Anstrengungen in der *Asepsis,* die über das bei anderen Operationen Gebräuchliche *hinausgehen.*

Die *häufigste* Komplikation ist die *Lockerung* von Schaft, Pfanne oder beidem. Die Bemühungen auf dem Gebiet der Endoprothetik sind heute zur Hauptsache auf eine dauerhafte *Verankerung* der Implantate im Knochen gerichtet. Trotzdem ist das Problem noch nicht gelöst, und die Prognose auf längere Sicht unsicher (siehe auch Abb. 560 und 562).

Die übrigen Komplikationen, neben den unmittelbaren Operationsgefahren, sind namentlich: Bruch, Abrieb, Luxation, Verkalkung. Die Hüftendoprothese ist die am besten entwickelte Endoprothese und gibt die konstantesten Resultate. Die Endoprothesen für andere Gelenke sind mit wesentlich mehr Komplikationen behaftet, teils weil die Prothesen noch nicht den Entwicklungsgrad der Hüftprothesen erreicht haben, vor allem aber, weil sich an anderen Gelenken schwierigere Probleme ergeben (Scharnier, Haut usw.).

11.2. Andere degenerative Krankheiten des Bewegungsapparates

– Meniskus: – Degeneration → mechanische Schädigung → Meniskusriss (siehe III.C.4.5.1.)
– Sehnen: – Degeneration → evtl. Verkalkung (z. B. Supraspinatussehne: III.A.2.2.)
→ Überbeanspruchung → Sehnenruptur (Achilles-, Bizepssehne usw.)
– Chondropathia patellae (siehe III.C.4.7.1.)

Bei diesen Störungen findet man pathologisch-anatomisch ähnliche Bilder: Chronisch degenerative Prozesse, keine oder nur minimale reaktive Veränderungen. Symptome entstehen erst, wenn das Gewebe einreisst und die Funktion mechanisch gestört wird (Meniskuseinklemmung, Sehnenruptur) (siehe Überlastungsschäden, II. 14.).

Ebenfalls weitgehend *ohne reaktive Veränderungen* verläuft die *Neurogene Arthropathie:*

Massive Gelenkzerstörung ohne Schmerzen legt den Verdacht auf eine neurologische Störung nahe, bei welcher die Schmerzempfindung aufgehoben ist (Syringomyelie, Tabes dorsalis, aber auch diabetische Neuropathie) (siehe II.8.5.). Die weitgehende Zerstörung der Gelenkenden und der massive Erguss führen in kurzer Zeit zu einem völlig instabilen Schlottergelenk und zu Fehlstellungen (Knie, Sprunggelenk, Hüfte). Da der Patient keine Schmerzen hat, schont er das Gelenk nicht. Die Krankheit wurde früher offenbar häufiger beobachtet als heute (Charcot).

Operationen machen den Zustand oft noch schlimmer. Besser ist die Versorgung mit entlastendem Apparat (Abb. 277).

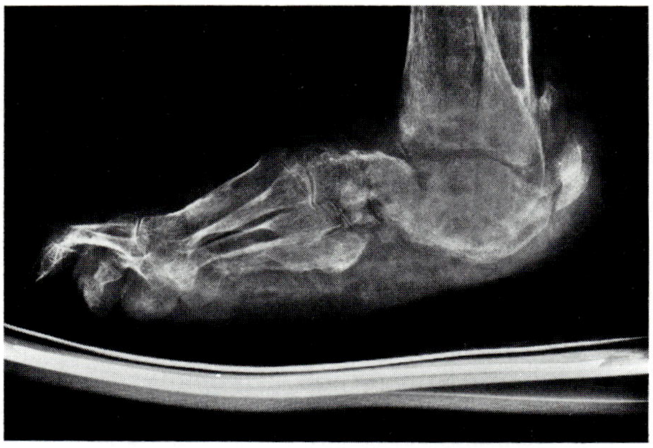

Abb. 277. *Neurogene Arthropathie.*

Vollständige Destruktion der Fusswurzelgelenke innerhalb von etwa 2 Jahren bei einer 53jährigen Frau mit schwerem Diabetes.

12. Deformitäten und statische Störungen

12.1. Allgemeines

«Die Kunst, die Deformitäten des Körpers zu verhindern und zu heilen» war der Anfang der Orthopädie und gab ihr den Namen (NICOLAS ANDRY). Die früher häufigen und überaus schweren Verkrüppelungen, welche Rachitis und Poliomyelitis, tuberkulöse und andere Entzündungen an Gelenken und Wirbelsäule hervorriefen, sieht man heute in Kulturländern nur noch selten. Andere sind jedoch geblieben und sogar häufiger geworden, wie *posttraumatische* Deformitäten und solche aus *degenerativen* Krankheiten. Wenn also die Ursachen von Deformitäten sich gewandelt haben, so sind ihre *Verhütung und Behandlung* eine der *wichtigsten Aufgaben der Orthopädie geblieben.*

Deformitäten haben grundsätzlich *zwei* unangenehme *Wirkungen:*
1. Sie sind *hässlich;*
2. Sie können *krank* machen.

Die erste Wirkung allein ist Grund genug, eine Deformität nach Möglichkeit zu verhindern, oft auch, sie zu beseitigen, die zweite dann, wenn tatsächlich die Gefahr droht, dass daraus ein Schaden entsteht. Nicht immer ist dies der Fall.

Die krankmachende Wirkung von Deformitäten geht fast immer über die *Schwerkraft.* Der *Stütz- und Halteapparat* trägt das Gewicht des Körpers und hält ihn gegen die Schwerkraft aufrecht.

Statische Störungen entstehen deshalb vor allem an den *unteren Extremitäten* und am Stamm, weniger an den Armen.

12.1.1. *Bedeutung der Form für die Funktion*

Die besten statischen Bedingungen, nämlich *axiale Belastung mit reinen Druckkräften* sind gegeben bei senkrechter *Tragachse* (vgl. z.B. Baum, Mast, Säule, Tragpfeiler). Jede Abweichung von dieser einfachen Grundstruktur ruft zusätzliche *Biegekräfte* hervor, welche leicht ein *Vielfaches* des Gewichtes erreichen können (siehe I.A.3.1.2.1.). Die Wirkung der Achsenabweichungen auf den Bewegungsapparat ist auf Abb. 92 und 93 und Abb. 278 schematisch dargestellt.

Beispiele für die schädigende Wirkung solcher unphysiologischer Kräfte auf die Knochen und Gelenke finden sich im Kapitel «Die mechanische Beanspruchung als pathogenetischer Faktor», I.A.9.

Abb. 278.
a Rein *axiale* Belastung erzeugt reine *Druckkräfte.*
b Exzentrische Belastung erzeugt *Biegebeanspruchung,* d.h. unregelmässig verteilte Zug- und Druckkräfte mit sehr hohen Spannungsspitzen (siehe Abb. 24, I.A.3.1.2.1.).

Tab. 19. Übersicht der Deformitätsarten.

Deformitäten der Knochen. Es kann sich handeln um:
– *Längendifferenzen:* Die dabei auftauchenden orthopädischen Probleme sind besprochen im Kapitel «Beinlängendifferenzen», III.C.1.
– *Achsenabweichungen.* Auf diese Deformitäten wird weiter unten eingegangen (siehe II.12.6., II.15.2.2. und II.15.3.2.1.).
– Deformitäten durch Knochenauswüchse, Tumoren *ohne* statische Auswirkungen (z.B. bei kartilaginären Exostosen). Im vorliegenden Kapitel interessieren *nur die statisch wirksamen Deformitäten.*

Deformitäten, welche in Gelenken entstehen
a) *In der Bewegungsebene:*
  – Einschränkung der Beweglichkeit (Teilversteifung): *Gelenkkontrakturen.* Sie werden in II.12.2. besprochen.
  – Übermässige Beweglichkeit: *Hypermobile Gelenke* (siehe II.12.3.).
b) *Seitenabweichungen quer zur Bewegungsebene* (v.a. bei Scharniergelenken)
  – Seitlich *instabile Gelenke* infolge Bandinsuffizienz oder/und Gelenkdeformität: Wackel- oder Schlottergelenke (z.B. Knie, Fingergelenke): siehe II.12.4.
  – Unter dem Einfluss der Schwerkraft entstandene Gelenkfehlstellungen: *Statische Deformitäten* (v.a. Fuss- und Wirbelsäulendeformitäten), siehe III.C.7.5. und III.B.6.
  – *Luxationen und Subluxationen,* kongenital, habituell und traumatisch (Übersicht, siehe II.12.5.)

Deformitäten des Bewegungsapparates sind entweder
1. im Knochen oder
2. in Gelenken lokalisiert (Tab. 19 und Abb. 282).

Bei angeborenen und frühkindlichen erworbenen Missbildungen sind häufig *ossäre* und *artiku-*

läre Deformitäten *kombiniert,* wie z.B. beim Klumpfuss, Hohlfuss usw.

Ob bei einer Deformität *Beschwerden* und pathologische Veränderungen auftreten, und welche, hängt von der Lokalisation, vom Ausmass der Deformität und von ihrer mechanischen Wirkung im Haltungsapparat ab (Abb. 279).

12.1.2. *Definitionen von Achsenabweichungen bei Knochendeformitäten und Gelenkfehlstellungen*

Sogenannte «Achsenfehler» des Stützapparates, Abweichungen der Achsen von Wirbelsäule und Extremitäten vom normalen Bauplan, können in drei Ebenen liegen (vgl. I.B.2.1.3.4., Diagnostik) (Abb. 106).

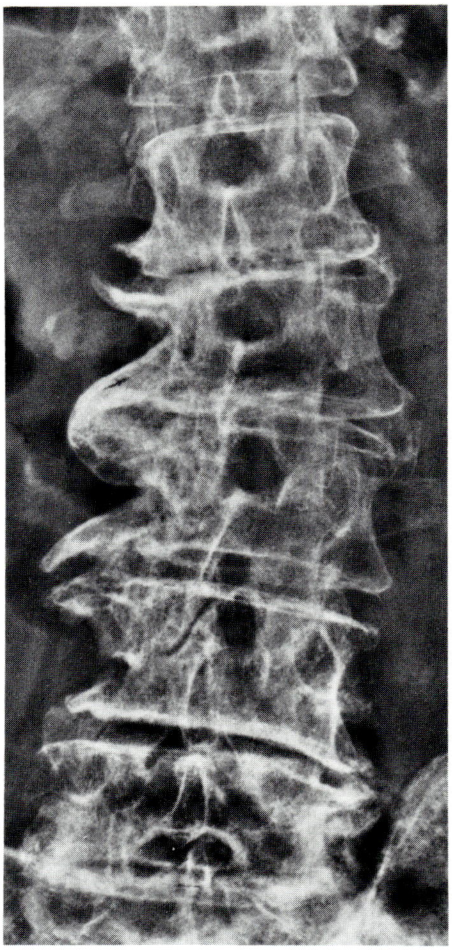

Abb. 279. *Spondylose* der Lumbalwirbelsäule mit Randzacken und Spangenbildungen in allen Stadien bis zur vollständigen knöchernen Überbrückung bei einer 70jährigen Frau mit einer leichten *Skoliose.* Bemerkenswert ist, dass die osteogenetische Reaktion (Sklerose, Osteophyten) immer auf der *konkaven* Seite der Krümmung, wo übermässig starke Druckbeanspruchung herrscht, beginnen und besonders stark ausgeprägt sind ($L_1 - L_4$ links, $L_4 - S_1$ rechts). Das Bild spiegelt somit den Einfluss der mechanischen Beanspruchung wider, genau analog dem Bild der Arthrose etwa bei einer Fehlstellung im Kniegelenk.

12.1.2.1. *Abweichungen zur Seite*
(in der Frontalebene, Abb. 280)

- *Varus:* Achsenabweichungen in der Frontalebene, konkav zur Mittellinie (geschlossene Form).
- *Valgus:* Zum Varus gegensinnige Achsenabweichung: konvex zur Mittellinie (offene Form).

An der Wirbelsäule werden seitliche Achsenabweichungen als *Skoliose* bezeichnet.

Arm:
- Cubitus varus: der normale, nach aussen offene Ellbogenwinkel ist aufgehoben oder umgekehrt.
- Cubitus valgus: Normaler Ellbogenwinkel vergrössert;

Hüfte:
- Coxa vara: Schenkelhalswinkel flacher;
- Coxa valga: Schenkelhalswinkel steiler als normal.

Knie:
- Genu varum: O-Bein: Bei geschlossenen Füssen berühren sich die Knie nicht, man sieht zwischen den Beinen hindurch (O-Form).

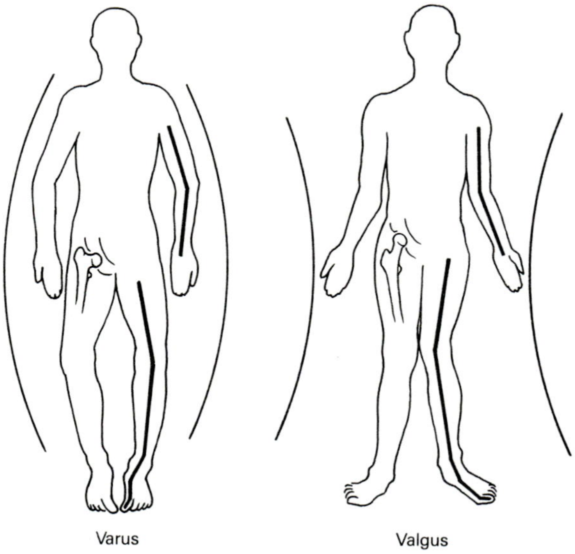

Abb. 280. *Achsenabweichung in der Frontalebene.*

Varus bezeichnet Achsenabweichungen, die zur Körperachse *konkav* sind.

Valgus bezeichnet die gegensinnige, zur Körperachse *konvexe* Deformität.

– Genu valgum: X-Bein: Wenn sich die Knie berühren, können die Füsse nicht geschlossen werden (X-Form).

• *Bei normalen Achsenverhältnissen* liegen *die drei grossen Gelenke: Hüfte, Knie, oberes Sprunggelenk, in einer Geraden* (siehe Knie, III.C.4.6. und Abb. 586 und 587).

Unterschenkel:
- Crus varum: O-Bein und
- Crus valgum: X-Bein, Deformität im Unterschenkel lokalisiert.

Fuss:
- Pes varum: Knöchel nach aussen,
- Pes valgum: Knöchel nach innen abgeknickt.

Grosszehe:
- Hallux valgus: Grosszehenachse weist von der Körpermittellinie nach aussen
- Hallux varus: Grosszehe steht vom Fuss nach medial ab (selten).

12.1.2.2. *Abweichungen nach vorne resp. hinten* (in der Sagittalebene)
- Rekurvation: Achsenknickung in der Sagittalebene: Durch Biegung nach hinten (Femur, Knie, Tibia) (z. B. Genu recurvatum).
- Antekurvation: gegensinnige Achsenabweichung (Femur, Tibia) (z. B. Femur antecurvatum). Beim Knie: Genu flexum (Abb. 284).

An der *Wirbelsäule* wird eine dorsal *konvexe* Krümmung (ein Buckel) als *Kyphose,* eine dorsal *konkave* (ein hohles Kreuz) als *Lordose* bezeichnet.

12.1.2.3. *Torsionsfehler* (Drehfehler in der Längsachse)

Vermehrte Innen- bzw. Aussenrotation. Hüfte: Coxa ante- bzw. retrotorta (siehe III.C.2.4.4.) (vgl. auch II.13.1.3.).

Einige andere Bezeichnungen von Deformitäten finden sich im *speziellen Teil* in den entsprechenden Abschnitten.

Für die *Messung* der Achsen vgl. Kapitel «Diagnostik», I.B.2.1.3.4. sowie «Wirbelsäule», III.B.2.

12.1.3. *Der normale Bauplan*

Jeder statischen Konstruktion liegt ein bestimmter Bauplan zu Grunde, welcher statischen Gesetzen gehorcht und ihnen genügen muss. So hat auch der Haltungsapparat einen bestimmten optimalen *Bau* und eine optimale *Stellung,* welche den statischen Anforderungen am besten gerecht wird. *Abweichungen* von dieser optimalen Gestalt wirken sich fast immer statisch ungünstig aus und haben Insuffizienzerscheinungen der Gewebe zur Folge, wie im allgemeinen Teil dargelegt wurde (die mechanische Beanspruchung des Knochens, siehe I.A.3., der Gelenke, siehe I.A.6., die mechanische Beanspruchung als pathogenetischer Faktor, I.A.9.) (Abb. 281).

Abweichungen vom normalen Bauplan entsprechen *typischen klinischen Deformitäten* und entsprechenden Symptomen (vgl. auch II.12.6.2.). Zweckmässig werden sie *besprochen von unten nach oben,* in der *Reihenfolge des statischen Aufbaues,* zuerst die Abweichungen in der *Frontal-,* dann jene in der *Sagittalebene.* Dazu dient *Tabelle 20,* welche auch als *«Checkliste»* für

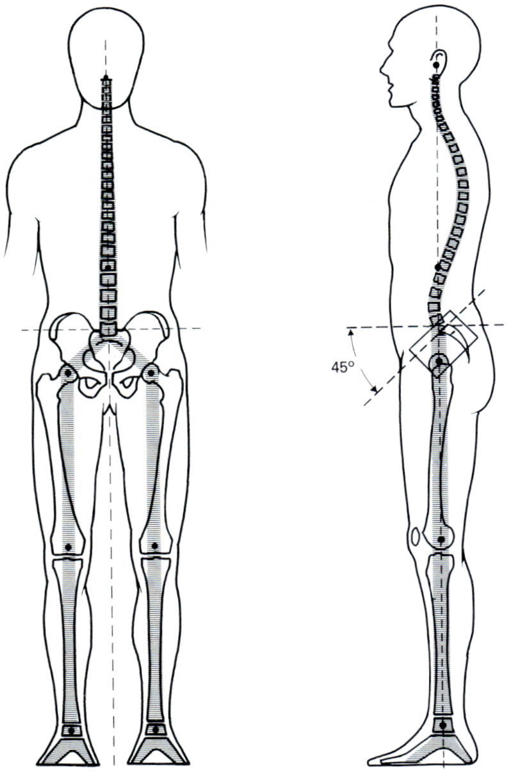

Abb. 281. *Der normale Bauplan.*

Im normalen anatomischen Aufbau des Haltungsapparates sind eine Reihe von statisch wirksamen Strukturen verwirklicht: Eine davon ist der *Tragpfeiler,* eine andere der *Tragbogen* (Fussgewölbe, Femur – Becken – Sakrum).

Die *Kenntnis* des normalen Bauplanes und der möglichen Abweichungen davon ist die *Grundlage* der orthopädischen Untersuchung und *Beurteilung.* Sie sind in der folgenden Liste (Tab. 20) detailliert aufgeführt.

Tab. 20. Der Haltungsapparat und seine Deformationen.

Frontalebene	
Normale Tragstruktur	Deformität
Querwölbung des Vorfusses: Metatarsalköpfchenreihe	Querwölbung abgeflacht: Spreizfuss
Calcaneus, Talus und Tibia senkrecht übereinander	Calcaneus schräg nach medial abgeglitten: Pes valgus, Knickfuss
beide Sprunggelenke horizontal	Fussgelenke in Varusstellung: Pes varus, Klumpfuss
Beinachsen gerade, im Zweibeinstand senkrecht. Hüftgelenk, Kniegelenk und Sprunggelenk liegen auf einer Geraden	Varusabweichungen von Knie, Unter- oder Oberschenkel. (O-Bein, Genu varum, Crus varum). Valgusabweichungen (X-Bein, Genu valgum, Crus valgum).
Bogenkonstruktion proximales Femurende – Becken – Sakrum. Die Schenkelhälse haben eine optimale Neigung (etwa 130°, ± 10°) beim Erwachsenen.	Abweichungen der Schenkelhalsachse von der Norm: flach: Coxa vara. Steil: Coxa valga.
Das Becken steht *horizontal* und mit ihm auch das Sacrum als Träger der *Wirbelsäule.*	*Beckenschiefstand,* bedingt durch Beinlängenunterschiede oder Kontrakturen.
Tragachse der Wirbelsäule senkrecht, in der Körpermittellinie.	*Seitliche Wirbelsäulenverkrümmungen:* Skoliosen (anatomisch fixiert), skoliotische Haltung (nicht fixiert)
Kopf gerade auf der Halswirbelsäule.	Schiefhals mit Schrägstellung des Kopfes.

Sagittalebene	
Tragstruktur	Deformität
Fuss: Längsgewölbe mit Metatarsalia und Calcaneus als Pfeiler, Talus als Abschluss und gleichzeitig tragender Sockel für das Bein.	Abflachung des Fusslängsgewölbes: *Senkfuss, Plattfuss.*
Beinachse gerade, im Stand senkrecht. Streckstellung der Knie in 180°, d.h. Ober- und Unterschenkel bilden eine Gerade	Achsenfehler in Unter- oder Oberschenkel (Crus, femur ante- resp. recurvatum). Genu recurvatum (überstreckbar über 180°) resp. Flexum (Flexionskontraktur, Streckdefizit).
Becken mit Sakrum in der Hüfte um etwa 45° aufgerichtet (im Verlaufe der Phylogenese: aufrechter Gang).	Beckenkippung nach vorne, z. B. bei schlaffer Haltung oder bei Hüftflexionskontraktur – kompensatorische Hyperlordose.
Aufrichtung der Lumbalwirbelsäule von der Lumbosakralgrenze an um weitere 45° bis zur Senkrechten und etwas darüber hinaus (Rückverlagerung des Schwerpunktes im Zusammenhang mit dem aufrechten Gang).	Hyperlordose der Lumbalwirbelsäule: z.B. bei stärkerer Bekkenkippung (Sacrum acutum), bei Haltungsstörungen. Fehlende Lendenlordose: Geradrücken.
Die dorsale Lage der Wirbelsäule im Körper bedingt eine Abweichung von der senkrechten Tragachse: leichte Kyphose der oberen Brustwirbelsäule, Lordose der Halswirbelsäule. Die Gesamtachse ist gerade, das Atlantookzipitalgelenk steht horizontal und zentral.	Übermässige Thorakalkyphose: Rundrücken. Gibbus = umschriebene knickförmige Kyphose, z.B. bei Spondylitis, nach Wirbelbrüchen. Verminderte Kyphose: Flachrücken.

die *orthopädische Untersuchung* dienen kann (zu I.B.2.1.2.2.).

Achsenabweichungen in der *Horizontalebene* ergeben *Rotationsfehler.* Solche kommen aus verschiedenen Ursachen vor (v.a. nach mit Drehfehlern verheilten Frakturen). Ihre Auswirkungen sind eher *dynamischer* als statischer Natur, kommen also beim *Gehen* mehr als im Stehen zum Vorschein (Tab. II.12.6.2.).

- Die *klinische Untersuchung* wird erleichtert durch ein Lot.
- Am besten lassen sich die Befunde objektivieren mittels *Photographien* und Röntgenbildern im Stehen.
- Eine *Liste* der *Auswirkungen* dieser Deformitäten, ihrer *Folgen* und *Symptome* findet sich im Abschnitt II.12.6.2., *Synoptische Tabelle der Achsenfehler und ihrer Folgen.*

12.1.4. *Fixierte und nicht fixierte Deformitäten*

12.1.4.1. *Fixierte Deformitäten* lassen sich weder aktiv noch passiv beseitigen. Man nennt sie auch *strukturell,* weil anatomisch verankert. *Knöcherne* Deformitäten sind *immer* strukturell. In der *gelenkigen Verbindung* zwischen zwei Knochen lokalisierte Deformitäten können rein haltungsbedingt oder fixiert sein. Dies lässt sich prüfen mit einem *Korrekturversuch:* Lässt sich die Deformität mit manuellem Druck *nicht* beseitigen, ist sie fixiert, *strukturell.*

Fixierte Deformitäten sind *immer pathologisch* und ernst zu nehmen. Sie sind unten (II.12.2) ausführlich beschrieben.

12.1.4.2. *Nicht fixierte Deformitäten:* Manche Deformitäten treten nur unter Einwirkung der

Schwerkraft auf und *verschwinden im unbelasteten Zustand sofort wieder* (z. B. Knick-Plattfüsse bei Kindern, Kniefehlstellungen bei Bandlaxität, Haltungsdeformitäten der Wirbelsäule, abstehende Schultern usw.). Bei Deformitäten, welche mit einer schlaffen Körperhaltung zu tun haben und durch eigene Muskelkraft aufgerichtet werden können, spricht man auch von *Haltungsdeformitäten.*

Dynamische Deformitäten kann man jene nennen, welche nur bei Bewegung, insbesondere beim Gehen, in Erscheinung treten. Ein Beispiel dafür ist der Hängefuss, dessen Spitze beim Gehen nicht vom Boden abgehoben werden kann, der aber im Stehen normal aussieht. Ein anderes Beispiel sind manche Torsionsvarianten der Beine, welche erst im Gehen auffallen (z. B. Einwärtsgang).

Alle unter dem *Einfluss äusserer Kräfte* (vor allem der Schwerkraft, aber auch durch Schuhdruck) entstandenen Deformitäten werden auch als *statische Deformitäten* bezeichnet. Dazu gehören neben den genannten auch der Spreiz- und Plattfuss, ebenso wie ein Beckenschiefstand bei Beinlängendifferenz, die dabei entstehende Skoliose, eine verstärkte Kyphose bei M. Scheuermann, die kompensatorische Fehlstellung eines Gelenkes bei einem Achsenfehler des benachbarten Knochens, oder auch ein Hallux valgus, eine Hammerzehe infolge zu enger Schuhe.

Die meisten dieser statischen Deformitäten sind *im Anfangsstadium nicht fixiert,* noch *reversibel,* werden aber unter der ständigen äusseren Krafteinwirkung häufig *mit der Zeit* d. h. nach Jahren, strukturell *fixiert* und lassen sich passiv nicht mehr korrigieren.

Um dieser Entwicklung vorzubeugen ist es in schweren Fällen oft zweckmässig und notwendig, die *Ursache* der Deformität frühzeitig auszuschalten, z. B. durch einen Beinlängenausgleich, eine Aufrichtung und Stützung (Einlagen, Korsett) während der kritischen Wachstumsperiode, die Korrektur einer benachbarten Deformität durch Osteotomie, oder das Tragen geeigneter Schuhe, welche den Zehen genügend Spielraum lassen (siehe dazu Kapitel «Statische Deformitäten und aufrechter Gang», II. 12.6.).

Ist eine statische Deformität einmal strukturell fixiert, so haben die gleichen prophylaktischen Korrekturmassnahmen häufig *keinen Effekt mehr* oder sogar einen gegenteiligen: Eine Korrektur ist nicht mehr möglich, und die erfolgte funktionelle Anpassung wird gestört. In der Zwischenzeit hat sich nämlich der Körper an die Deformität gewöhnt und *angepasst* und dabei ein neues Gleichgewicht gefunden. Wenn dieses gestört wird, treten leicht Beschwerden auf. So ist es deshalb bei schon lange Zeit bestehenden statischen Deformitäten in der Regel besser, die *Symptome* zu behandeln als ihre Ursache beseitigen zu wollen.

12.1.5. *Ursachen von Deformitäten*

Diese sind sehr mannigfaltig, entsprechend dem breiten Spektrum der Deformitätstypen.

12.1.5.1. *Angeborene Missbildungen*
von Knochen und Gelenken stören das weitere *Wachstum* mehr oder weniger stark. Bei *leichten Fällen* ohne tiefgreifende Anlagestörung kann sich die Deformität spontan «auswachsen».

Bei *schwereren Missbildungen* aber wirkt sich die Deformität biomechanisch ungünstig auf das Wachstum aus. Infolge des entstehenden *Circulus vitiosus* nimmt deshalb die Deformität während des Wachstumsalters häufig noch zu (siehe Kongenitale Deformitäten, II. 1.).

Anderseits sind die *Wachstumspotenzen* im Säuglingsalter noch gross. Darin liegt die *Chance der Frühbehandlung* kongenitaler Deformitäten, wie z. B. des angeborenen Klumpfusses (siehe III.C.7.3.1.) und der angeborenen Hüftgelenksluxation (siehe III.C.2.5.): Wenn die Deformität bald nach der Geburt korrigiert werden kann, verläuft das weitere Wachstum weitgehend normal.

12.1.5.2. *Deformitäten im Wachstumsalter*
Jede Störung des normalen *Knochenwachstums* kann eine Deformität verursachen. Es gilt zu *unterscheiden* zwischen eigentlich krankhaften Störungen und geringgradigen Abweichungen von der sogenannten «Norm», welche noch als *physiologische Varianten* im Rahmen der normalen Streubreite, also nicht als krankhaft anzusehen sind. Letztere sind überaus häufig, haben aber eine gute Prognose, d. h. sie wachsen sich mehr oder weniger vollständig aus und machen kaum Beschwerden (siehe II. 13.).

Schwieriger ist die Prognose von eigentlich pathologischen Wachstumsstörungen zu beurteilen (siehe auch Skelettwachstum, I.A.5.4. und II.2.2.). Oft ist dies erst aufgrund einer längeren Beobachtungszeit möglich. Daraus ergibt sich die Indikation einer Korrektur, sowie der beste *Zeitpunkt* dafür. In solchen Fällen ist eine gute Aufklärung und Zusammenarbeit mit den Eltern der Kinder notwendig.

Knochendeformitäten bei Kindern können auf drei Arten entstehen:

1. *Störungen des Epiphysenwachstums:* Sie entwickeln sich langsam und heimtückisch im Verlaufe von Jahren (siehe Wachstumsstörungen, II.2.2.).
2. *Frakturen:* Mit Ausnahme gewisser Epiphysenfrakturen haben Fehlstellungen nach Frakturen eine Tendenz, sich spontan zu korrigieren (siehe Frakturen bei Kindern, II.15.3.). Spezielle Probleme stellen sich bei der Osteogenesis imperfecta (siehe II.1.2.1.2.).
3. *Weicher Knochen:* Bei mangelnder Mineralisation (Rachitis) verbiegt sich der Knochen unter der Belastung (siehe II.3.2.1.).

Ein grosser Teil aller Deformitäten entsteht im Wachstumsalter als *Wechselwirkung* von Fehlwachstum der Knochen und Störungen in der Entwicklung ihrer gelenkigen Verbindungen, deren Ursache in vielen Fällen nicht oder ungenügend bekannt ist (idiopathische Skoliose, Kyphose beim Morbus Scheuermann, kongenitaler Klumpfuss).

Statische Deformitäten im Kindesalter sind sehr häufig, sie sind *nicht fixiert* und *verschwinden in unbelastetem* Zustand. Dazu gehören die gewöhnlichen Knick- und Plattfüsse (siehe III.C.7.5.), manche «X- und O-Beine», Gangvarianten wie «Einwärtsgang» usw. (siehe III.C.4.6. und III.C.2.4.4.), ebenso die sog. «Haltungsschäden», vor allem am Stamm (Becken- und Schultergürtel, Wirbelsäule) (siehe III.B.6.).

Auch hier gilt es, die behandlungsbedürftigen, krankhaften Entwicklungen von den nicht eigentlich pathologischen Normvarianten zu unterscheiden. Dies ist nur möglich, wenn man die relativ grosse physiologische Streubreite berücksichtigt und im Zweifel die Entwicklung über längere Zeit beobachtet (siehe Häufige Normvarianten bei Kindern, II.13.).

12.1.5.3. *Im Erwachsenenalter erworbene Deformitäten*

Das starre Gerüst des ausgewachsenen, gesunden Knochens ist *nicht mehr plastisch deformierbar,* seine Form kann sich nicht mehr ändern. Deformitäten entstehen nur sehr selten durch Verbiegung bei schwerer Erweichung des Knochens (Osteomalazie), sonst durch *Kontinuitätstrennung* (Fraktur, Pseudarthrose, schleichende Frakturen). *In allen anderen Fällen* können nach Wachstumsabschluss Deformitäten nur in der *gelenkigen Verbindung* zwischen zwei Knochen entstehen (Abb. 282).

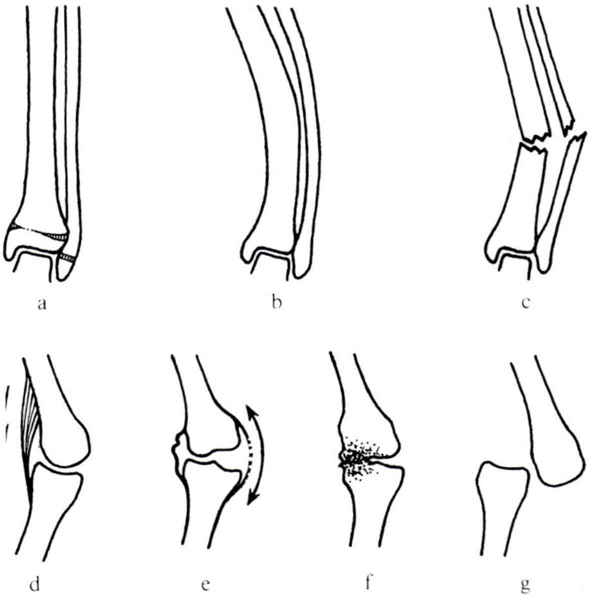

Abb. 282. Deformitäten entstehen entweder in den *Knochen* oder in den *gelenkigen Verbindungen:*

3 Ursachen von Knochendeformitäten:

a Wachstumsstörung
b Verbiegung eines weichen Knochens
c Knochenbruch

4 Ursachen von Gelenkdeformitäten:

d Kontraktur der Weichteile
e Instabilität (Bandinsuffizienz)
f Gelenkzerstörung (Arthrose)
g Luxation

12.1.5.4. *Ätiologie von Deformitäten*

A. *Knochendeformitäten:*
   1. Angeborene oder erworbene *Wachstumsstörungen* (siehe oben)
   2. *Störungen der Knochenqualität:*
      - Knochen weich, plastisch deformierbar: Osteomalazie (siehe II.3.2.1.)
      - Knochen spröde, eindrückbar: Osteoporose (siehe II.4.2.)
   3. Massiver *Knochenumbau* im Erwachsenenalter: M. Paget (siehe II.4.1.2.), Tumoren
   4. *Kontinuitätstrennung im Knochen:*
      - *Frakturen* (siehe II.15.2. und II.15.3.).
      - *Pseudarthrosen* (siehe II.16.2.).
      - *Umbauzonen* (schleichende Fraktur, Ermüdungsfraktur) (siehe II.14.2.2.).

      Beachten: Zunehmende Deformität nach Fraktur oder Arthrodese (Spondylodese) weist auf eine *Pseudarthrose* oder Umbauzone hin.

B. *Fehlstellung im Gelenk*
   1. *Einschränkung der Beweglichkeit: Kontraktur* (siehe II.12.2.)
      - *extraartikulär:* weichteilbedingt, durch Vernarbung, Verkürzung, Adhäsionen von Muskeln, Bändern, Gelenkkapsel, Haut.

- *intraartikulär:* Blockierung durch pathologische Veränderungen der Gelenkflächen (Inkongruenz) infolge Trauma, Gelenkskrankheiten, freien Gelenkkörpern usw.

2. *Übermässige Beweglichkeit* (Hypermobile Gelenke) vor allem bei Lähmungen. Konstitutionelle Hypermobilität.
3. *Instabile Gelenke* infolge:
   - *Bandinsuffizienz* (traumatisch, konstitutionell, infolge von Lähmungen oder Gelenkskrankheiten)
   - *Defekte der gelenkbildenden Knochenenden,* bei verschiedenen Gelenkserkrankungen, v.a. bei PcP (Finger), bei der Arthrose (Knie) und nach intraartikulären Frakturen.

     Oft wirken diese beiden Mechanismen zusammen in einem circulus vitiosus (siehe II.12.4.)
4. *Statische Deformitäten* (unter dem Einfluss äusserer Kräfte entstanden)
   - Unter der *Schwerkraft* entstehen: Knick-Plattfüsse, Spreizfüsse, schlaffe Haltung der Wirbelsäule, des Becken- und Schultergürtels usw. (vgl. auch II.12.1.4.).
   - Beispiele für Deformitäten als Folge andauernden *äusseren Druckes* sind Hallux valgus und Hammerzehen (enge, spitze Schuhe).

12.2. Gelenkkontrakturen – Gelenkfehlstellungen – Ankylosen

12.2.1. *Begriffsbestimmung*

Unter einer Gelenkskontraktur versteht man im allgemeinen die permanente Beugestellung eines Gelenkes. Der Begriff der Kontraktur wird nicht immer einheitlich gebraucht (z.B. spricht man auch von Streckkontraktur des Knies), ein besserer fehlt jedoch. Praktisch kann man etwa *definieren:*

Ein Gelenk, das nicht gerade gestreckt, genauer: in die *neutrale anatomische Stellung* gebracht werden kann, ist *kontrakt.*

Eine *Kontraktur* zeigt sich beim *stehenden Patienten* als *Deformität,* während eine gewöhnliche Bewegungseinschränkung *ohne* permanente *Fehlstellung* des Gelenkes erst bei der *Bewegungsprüfung* erkannt wird.

Die *Gelenkskontraktur* schliesst somit neben der Bewegungseinschränkung (Teilversteifung) eine Fehlstellung, also eine *Deformität* ein.

Wenn z.B. ein Knie nicht vollständig gestreckt werden kann, indem 30° zur vollen Extension fehlen, spricht man von einer Kniebeugekontraktur von 30°. Der Patient kann *nur mit gebeugtem Knie stehen.*

Kontrakturen sind deshalb viel *weniger harmlos* als die meisten übrigen Teilversteifungen *ohne* Deformität. Sie haben ungünstige *sekundäre Wirkungen* auf Funktion und Statik des Bewegungsapparates.

Gelenkskontrakturen sind eine überaus *häufige Komplikation* vieler orthopädischer Krankheiten. Sie entstehen nicht selten im Verlaufe der Behandlung und können meistens bei zweckmässiger Prophylaxe verhindert werden.

12.2.2. *Ätiologie und Pathogenese*

1. *Angeborene Kontrakturen* kennzeichnen die seltene generalisierte Arthrogryposis (siehe II.1.2.2.), den angeborenen Klumpfuss (siehe III.C.7.3.) und einige (seltene) andere Missbildungen. Ursache und Entstehungsmechanismus sind ungenügend bekannt.

2. Die klassische «Kontraktur» entsteht bei einer *spastischen Lähmung:* Ein Muskel, der sich dauernd kontrahiert, erleidet schliesslich eine permanente Verkürzung, er wird *kontrakt* (siehe I.A.7.1.2.2.). Gleichzeitig zieht er das zugehörige Gelenk in eine irreversible Fehlstellung: myogene Gelenkskontraktur.

3. Ein Modellbeispiel einer Kontraktur ist die *ischämische Kontraktur* der Muskulatur (z.B. bei der Volkmannschen Kontraktur): Fibröse Umwandlung und Verkürzung des Muskels zieht das Gelenk in eine permanente, irreversible Fehlstellung (siehe I.A.7.1.2.1. und III.A.4.6.1.) (Abb. 283).

4. Bei *schlaffer Lähmung* entstehen Gelenkskontrakturen: durch das Übergewicht der nicht gelähmten Antagonisten, oder unter Wirkung der Schwerkraft.

5. Auch bei *schmerzhaften Gelenkserkrankungen* treten *reflektorische Muskelspasmen* auf, welche das Gelenk ruhigzustellen suchen, mit der Zeit aber irreversible Kontrakturen machen, nicht selten mit massiven Fehlstellungen, welche dann schwere sekundäre Störungen an anderen Stellen des Bewegungsapparates zur Folge haben.

6. Schliesslich sieht man erstaunlich häufig Gelenkskontrakturen *nach Verletzungen, Operationen, Ruhigstellung* aus anderen Gründen, welche bei korrekter Lagerung und Nachbehandlung hätten vermieden werden können. Solche *iatrogene Kontrakturen* sind eine häufige Ursache von permanenten Funktionsstörungen und nicht selten von schwerer Invalidität.

Die *Prophylaxe* dieser Gelenkskontrakturen ist eine der wichtigsten Aufgaben bei der *Nachbehandlung* von Verletzungen, vor allem Frakturen,

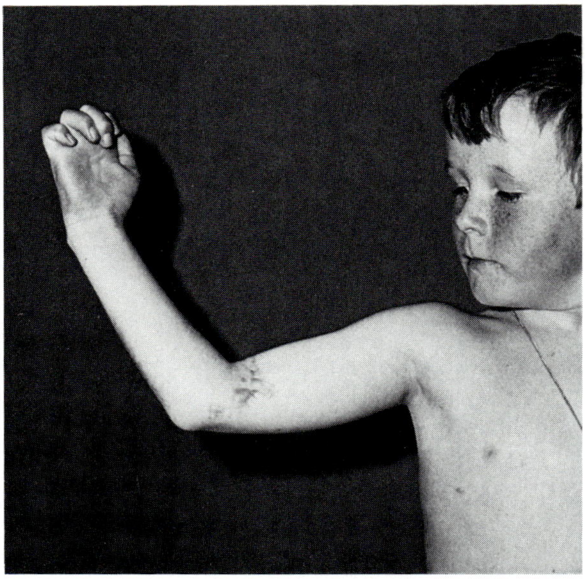

Abb. 283. *Volkmannsche Kontraktur* der Hand eines 6jährigen Knaben, einige Monate nach offener, stark dislozierter Ellbogenfraktur mit ischämischer Nekrose der Fingerbeugemuskulatur im Vorderarm (Ursache und Verhütung siehe II.15.3.4.3.).

Fixierte Krallenstellung der Finger: Flexionskontraktur der Interphalangealgelenke und Streckkontraktur der Metakarpophalangealgelenke. Diese Handstellung ist funktionell denkbar ungünstig, Langfinger und Daumen können sich nicht berühren. Für die wichtigste Funktion, das Greifen, ist diese Hand untauglich.

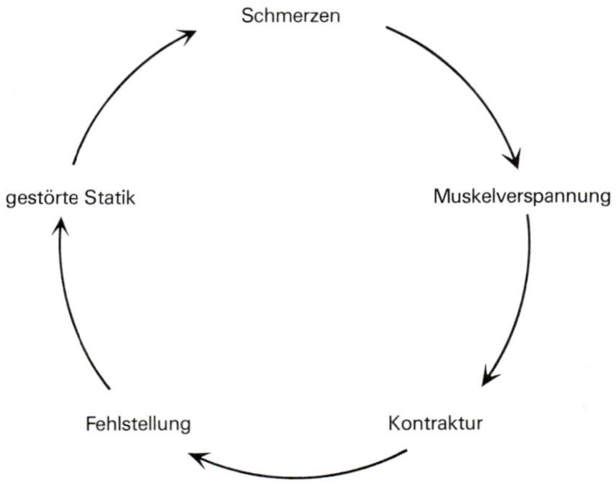

Operationen, ja der meisten Affektionen des Bewegungsapparates, umso mehr als Kontrakturen häufig eine Tendenz haben, in einem circulus vitiosus progredient zuzunehmen.

7. Nach Verbrennungen können *Hautnarben* in den Beugefalten schwere Gelenkkontrakturen verursachen.

Ein Beispiel für eine Kontraktur infolge krankhafter *Schrumpfung der Faszie* ist die Dupuytrensche Kontraktur der Finger (siehe III.A.7.6.1.1.).

8. Relativ selten ist eine *knöcherne Anschlagsperre* (z.B. nach intraartikulärer Fraktur, bei Exostosen) schuld an einer Kontraktur.

Eine Kontraktur kann demnach in den *extraartikulären Weichteilen* (myogene, tendogene, kapsuläre, dermatogene Kontraktur), oder *im Gelenk selbst* fixiert sein (arthrogene Kontraktur).

Im *Anfangsstadium* ist die Kontraktur durch die ständige Muskelverkrampfung bedingt. In diesem Stadium ist sie noch *reversibel,* z.B. durch Training, passive Dehnung. Bald aber setzen *irreversible* Veränderungen ein: zuerst eine zunehmende Verkürzung mit Fibrosierung der Muskulatur (myogene Kontraktur), dann bindegewebige Vernarbungen der Gelenkkapsel und des periartikulären Bindegewebes. Die Fixierung einer Kontraktur beginnt unmerklich und braucht manchmal nur wenige Tage oder Wochen, bis sie irreversibel geworden ist.

Schliesslich, vor allem wenn eine Gelenkerkrankung die Ursache der Kontraktur ist, verödet der Gelenkspalt (arthrogene Kontraktur) und das Gelenk kann völlig steif werden. Diesen Zustand bezeichnet man als *Ankylose.* Sie ist zuerst *bindegewebig* bedingt, doch mit der Zeit kommt es in manchen Fällen zur vollständigen Verödung und knöchernen Überbrückung des Gelenkspaltes: *Knöcherne Ankylose* (Abb. 12 und 70).

12.2.3. *Bewegungseinschränkung und Fehlstellung: Zusammenhang und Auswirkungen*

Die beiden Hauptmerkmale der Kontraktur: Bewegungseinschränkung und Fehlstellung, haben für den Patienten je nach Ausmass und Lokalisation verschiedene Störungen zur Folge.

Eine Bewegungseinschränkung *ohne* Fehlstellung ist in der Regel weit weniger schlimm, als eine solche *mit* Fehlstellung. Wesentlich ist nicht so sehr wie gross die Einschränkung ist, als *welchen Bereich* des Bewegungsumfanges sie betrifft. An *drei Beispielen* sei dies erläutert (vgl. auch Abb. 136):

1. Beispiel: Knie

Ein *Beugedefizit* ist etwas hinderlich beim Sitzen, hat aber sonst *keine* schweren Konsequenzen. Ein *Streckausfall* (Beugekontraktur) beeinträchtigt jedoch das Gehen schwer und ruft weitere Fehlstellungen von Fuss, Hüften, Becken, von anderem Bein und Wirbelsäule hervor, und damit eine Kette von statischen Störungen und Beschwerden (Abb. 284).

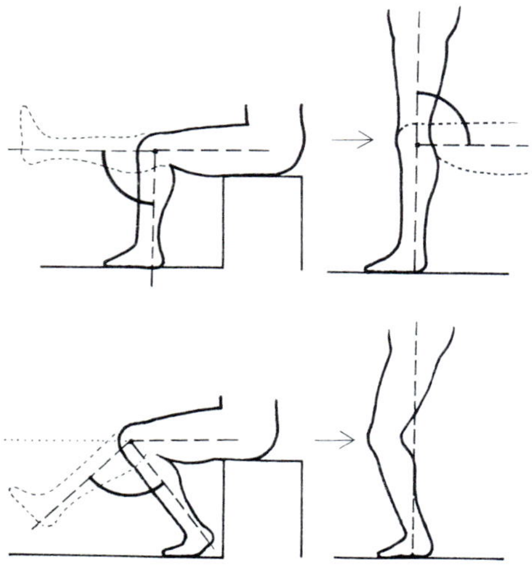

Abb. 284. *Die praktische Bedeutung des Bewegungsumfanges.*

Obere Reihe: Kniebeweglichkeit 90°: volle Streckung, Beugung bis zum rechten Winkel: Sitzen und Stehen gut möglich.

Untere Reihe: Kniegelenksbeweglichkeit ebenfalls 90° wie oben, aber *Beugekontraktur* = Streckausfall. Sitzen gut, aber *Stehen schlecht.*

Moral: Der Bewegungsumfang allein, in Winkelgraden gemessen, ist weniger wichtig als die Beweglichkeit im *richtigen Bereich:* in jenem der *Funktionsstellung.*

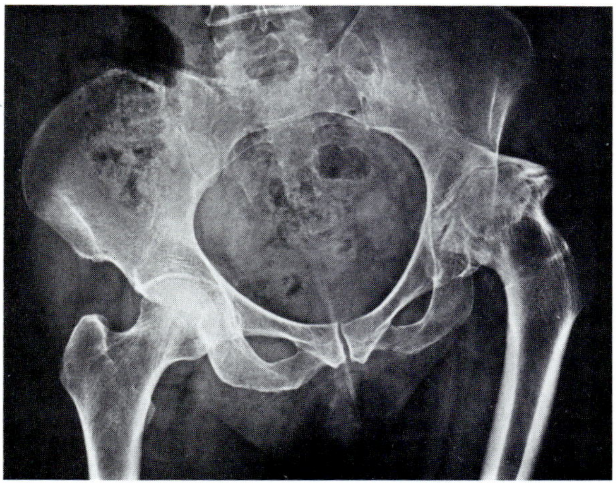

Abb. 285. *Ankylose,* d.h. praktisch vollständige Versteifung des linken Hüftgelenkes als Folge einer Gelenkstuberkulose. Der Gelenkspalt ist noch zu sehen. Es handelt sich deshalb um eine bindegewebige Ankylose.

Infolge der fixierten starken *Adduktionsstellung* der linken Hüfte sind Aufbau und Funktion des gesamten Bewegungsapparates erheblich gestört. Massiver Schiefstand des Beckens mit funktioneller *Verkürzung* des linken Beines. Die Wirbelsäule hat einen schiefen Abgang vom Sakrum, fällt nach rechts aus dem Lot, was durch eine erhebliche *Skoliose* teilweise kompensiert wird. Behinderung und Beschwerden sind beträchtlich.

Als *2. Beispiel* für die unterschiedliche Auswirkung von Bewegungseinschränkung und Kontraktur sei die Ab- und Adduktion der *Hüfte* genannt: Für eine befriedigende Funktion der Hüfte beim Gehen *genügt* eine relativ *geringe* Ab- und Adduktionsbeweglichkeit (je etwa 10°), *vorausgesetzt,* dass die Hüfte in *Mittelstellung* gebracht werden kann. Andererseits hat eine Ab- oder Adduktions*kontraktur* von nur wenigen Winkelgraden bereits sehr *unangenehme Folgen:* Eine relative Beinverlängerung resp. Verkürzung, einen Beckenschiefstand und eine skoliotische Haltung, meist mit erheblichen statischen Störungen und Beschwerden (Abb. 285).

Als *3. Beispiel* einer Funktionsstörung durch Kontraktur an der *oberen Extremität* sei die *Volkmannsche Kontraktur* (siehe Kinderfrakturen, II.15.3.4.3.) erwähnt: Die Beugefehlstellung des Handgelenkes zusammen mit der Überstreckstellung der Fingergrundgelenke verunmöglicht das Greifen und macht die Hand praktisch unbrauchbar (siehe III.A.4.6.1.), während eine in *Funktionsstellung* steife Hand noch erstaunlich funktionstüchtig ist (vgl. III.A.7.1.3.).

Grundsätzlich lässt sich sagen: Eine einfache Bewegungseinschränkung macht selten schwere Behinderung und Beschwerden, solange das Gelenk die *anatomische Grundstellung* (bzw. Funktionsstellung, siehe II.12.2.4.) erreicht. Ist dies nicht mehr möglich, also bei einer *Kontraktur,* ist die Funktion, z.B. das Gehen und Stehen, das Greifen, stark behindert und macht bald Beschwerden.

Die Verminderung der Gelenksbeweglichkeit *an sich* ist deshalb noch kein Kriterium für die Schwere einer Störung. Wichtiger ist, ob eine Fehlstellung, eine Kontraktur besteht oder nicht.

In vielen Fällen ist eine *totale Versteifung* in *guter Stellung* (Arthrodese) besser als ein noch teilbewegliches Gelenk mit einer Kontraktur.

Wenn die *Erhaltung* einer guten *Beweglichkeit* ein wichtiges Anliegen jeder Prophylaxe und Therapie von Krankheiten des Bewegungsapparates ist, welches vor allem von seiten der Rheumatologie und physikalischen Medizin mit Recht gefordert und popularisiert wird, so ist das Verhüten und Behandeln von *Kontrakturen* dieser Forderung übergeordnet und stellt deshalb ein spezielles Anliegen der Orthopädie dar, das wie ein roter Faden die Beurteilung und Betreuung aller Affektionen des Bewegungsapparates leiten muss.

Im folgenden sind die häufigsten und praktisch wichtigsten Kontrakturen und ihre Wirkung aufgezählt:

Störungen der aufrechten Haltung und des Gehens durch Kontrakturen (Abb. 286, 287 und 288).

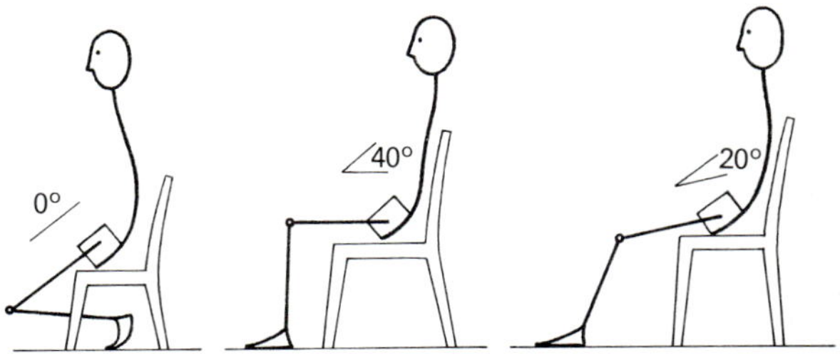

Abb. 287. *Das Sitzen mit steifer Hüfte.*

a Bei gestreckter Hüfte ist das Sitzen unbequem, besonders auf niedrigen Stühlen.
b Bei stärker gebeugten Hüften ist praktisch normales Sitzen möglich, doch ist diese Stellung für das Gehen und Stehen ungünstig.
c Die beste Stellung für eine steife Hüfte, etwa für eine Arthrodese, ist ein Kompromiss: Leichte Flexion. Damit ist das Sitzen auf relativ hohen Stühlen einigermassen bequem möglich, sofern sich die Lumbalwirbelsäule kyphosieren lässt.

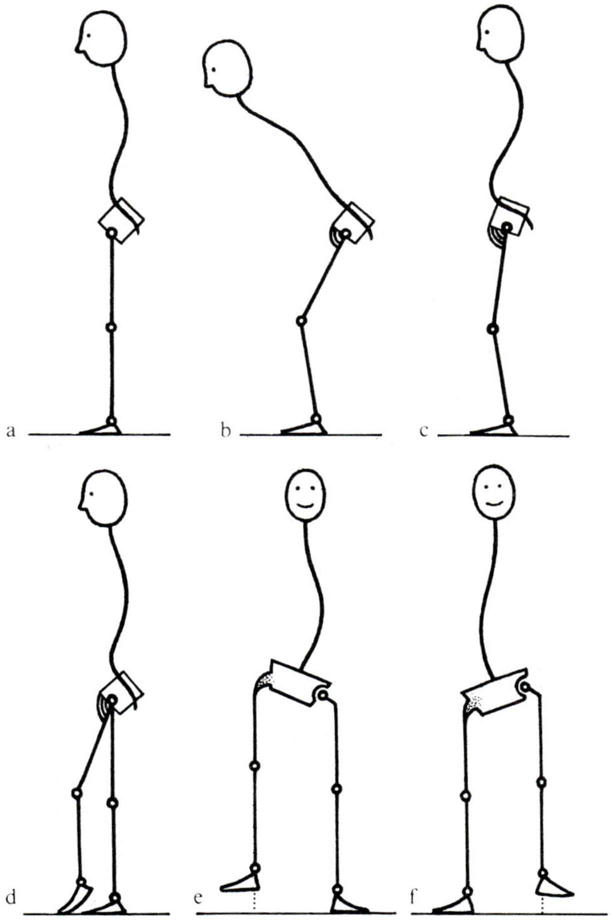

◁ Abb. 286. *Auswirkung von Hüftkontrakturen.*

a *Normaler aufrechter Stand:* Funktionsstellung der drei grossen Beingelenke (180°/180°/90°).
Bequeme Stellung mit kleiner Muskelkraft erhalten, geringe Ermüdung.
b *Hüftbeugekontraktur:* Oberkörper vornüber geneigt, unbequem, rasche Ermüdung. Meist wird die Stellung c) oder d) bevorzugt:
c *Hüftbeugekontraktur:* Beine gestreckt, Becken gekippt, kompensatorische *Hyperlordose:* besser als Stellung 2, aber auch mühsam, rasche Ermüdung, Rückenbeschwerden.
d *Hüftbeugekontraktur einseitig:* Aufrechter Stand auf dem gesunden Bein (Standbein). Meist ist dies die bevorzugte Stellung bei einseitiger Hüftkontraktur, aber auch unbequem, Ermüdung des Standbeines, relative Verkürzung des anderen Beines.
Treppauf gut, treppab schlecht, sitzen gut. Beim Gehen muss das Becken die Bewegung des Beines mitmachen, was Hyperlordosierung und Vornüberneigen in der Standphase zur Folge hat, ein charakteristisches Gangbild.

Hüftkontrakturen in der Frontalebene

e *Adduktionskontraktur* der rechten Hüfte: Beckenschiefstand, mit Hochstand der kontrakten Hüfte, funktionelle *Beinverkürzung* (siehe Abb. 474), Skoliose.
f *Abduktionskontraktur* der rechten Hüfte: Beckenschiefstand: Die kontrakte Hüfte steht *tief.* Funktionelle *Beinverlängerung* (Gegenseite erscheint zu kurz), Skoliose. Funktionelle Beinlängendifferenzen siehe III.C.1.2.

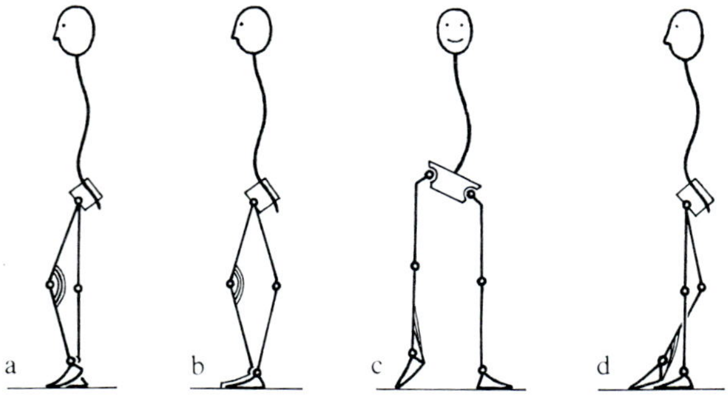

Abb. 288. *Knie- und Fusskontrakturen.*

Eine Kniebeugekontraktur kommt einer Beinverkürzung gleich, welche durch Spitzfuss (a), Rekurvation (b) oder Bekkenschiefstand ausgeglichen werden muss.

Der *Gang* bei Kniebeugekontraktur ist beschwerlich. Zur besseren Stabilisierung wird meist der Oberkörper mehr oder weniger stark vorgeneigt.

Stand und Gang bei Spitzfusskontraktur: Zehengang, kein Abrollen der Fusssohle, relative Verlängerung des Beines, Bekkenschiefstand (c), evtl. Hyperextension des Knies zum Ausgleich (d).

12.2.4. *Die Bedeutung der Funktionsstellung der Gelenke*

Als Funktionsstellung eines Gelenkes bezeichnet man jene, welche für die *wichtigsten Gebrauchsfunktionen* am *günstigsten* ist: diese sind für Arm und Hand das *Greifen,* für das Bein das *Stehen* und *Gehen.*

Die *Bedeutung der Funktionsstellung* für die Prophylaxe von Kontrakturen und ihren Folgen geht aus dem oben gesagten genügend hervor: Wenn schon die Beweglichkeit eines Gelenkes nicht erhalten werden kann, so sollte es auf alle Fälle in *Funktionsstellung versteifen.* Dies zu beachten ist wichtig bei der *konservativen* Behandlung (Lagerung, Schienen usw., siehe I.C.3.1.2. und II.8.1.4.1.) wie bei der *operativen:* Arthrodesen müssen in *Funktionsstellung* gemacht werden.

Selbstverständlich hängt diese Stellung auch vom Zustand der übrigen Gelenke, ja des ganzen Bewegungsapparates ab, sowie von den *Anforderungen* die der Patient stellt (Beruf, Lebensweise usw.).

Gewisse Empfehlungen haben sich immerhin aus der Erfahrung herauskristallisiert:

12.2.4.1. *Die Funktionsstellung der Gelenke*

1. Untere Extremität: Die Funktionsstellung entspricht weitgehend der Haltung im aufrechten Stand (vgl. auch II.12.1.3., Der normale Bauplan).

	Funktionsstellung	*Arthrodese*
– Hüfte	– Extension 180°	funktionell beste Stellung etwa 160° (Kompromiss zwischen Stehen und Sitzen)
	– Abduktion 90°	gute Stellung für Arthrodese. Das arthrodesierte Bein sollte eine Spur kürzer sein, damit der Patient bequem gehen kann.
	– Aussenrotation etwa 5°	(Innenrotationsfehlstellung würde stören)
– Knie	– 180°	evtl. ganz leicht gebeugtes Knie
– Fuss	– 90°	gute Stellung für Arthrodese. Bei Frauen evtl. leichter Spitzfuss, damit Schuhe mit Absätzen getragen werden können, für Barfussgang aber weniger geeignet
	– Fusssohle plantigrad	minimale Valgusstellung besser als varus
– Grosszehe	– etwas dorsal extendiert (wegen abrollen)	bei zu starker Dorsalextension steht die Grosszehe am Oberleder an

2. Obere Extremität: Wesentlich ist der für die Hand erreichbare *Greifraum:* 1. zum eigenen Körper hin: Essen, Kämmen, Körperpflege, Intimtoilette. 2. nach vorne: möglichst weit und hoch.

Zwischen diesen beiden Greifräumen muss ein *Kompromiss* gefunden werden, wobei der erste wohl wichtiger ist.

	Funktionsstellung	*Arthrodese*
– Schulter	– seitliche Elevation (Abduktion): etwa 45°	die Hand sollte den Kopf erreichen, andererseits sollte die Intimtoilette möglich sein und der Ellbogen muss am Körper angelegt werden können.
	– Vorheben (Elevation vorwärts): 30°	
	– Aussenrotation etwa 10°	bei zuviel Aussenrotation ist obiges nicht möglich
– Ellbogen	– ungefähr 90°	Gesicht muss erreicht werden können
– Handgelenk	– etwa Mittelstellung zwischen Pro- und Supination	
	– leichte Dorsalextension und Ulnarabduktion	abhängig auch vom Zustand der Hand
– Hand	– lockerer Faustschluss mit abduziertem und opponiertem Daumen (siehe III.A.7.1.3. und II.8.1.4.1.	Fingergrundgelenke müssen in jedem Fall *gebeugt* sein! Im übrigen: individuell (Abb. 127)

12.2.5. *Prophylaxe der Kontrakturen*

Sie ist *eine der wichtigsten orthopädischen Aufgaben* im Rahmen der Behandlung aller Krankheiten und *Verletzungen* des Bewegungsapparates, insbesondere auch in der Nachbehandlung von Frakturen und Operationen.

Dank der Kenntnis der Entstehungsmechanismen der Kontrakturen (Überwiegen einzelner Muskelgruppen, Lagerung im Bett) ist eine *gezielte* Prophylaxe möglich. Erfahrungsgemäss entstehen immer wieder die gleichen wenigen Fehlstellungen. So sieht man z. B. die Spitzfussdeformität überaus häufig, Hackenfüsse jedoch nur sehr selten.

Zur *Vermeidung von Kontrakturen sind folgende Massnahmen* notwendig:

12.2.5.1. *Lagerung im Bett, Fixation:* in Funktionsstellung (Abb. 289):

Untere Extremität: Stellung der Gelenke wie beim stehenden Patienten:

1. *Fuss:* Rechtwinkelstellung: Fusssohlenstütze (Kiste, Kissen, Schiene, Brett unten an der Fusssohle)
   Bettdecke nicht unmittelbar auf dem Fuss, sondern abgehoben durch Bettbogen. *Gefahr: Spitzfuss.*
2. *Knie:* gestreckt, möglichst *kein* Kissen unter Kniekehle. *Gefahr: Beugekontraktur.*

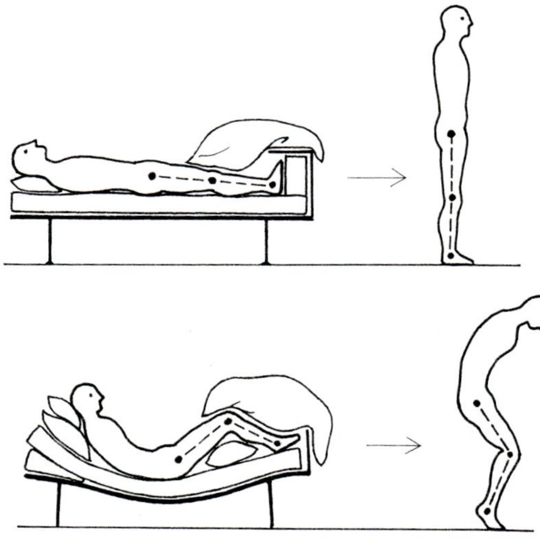

Abb. 289.

a Schema der korrekten Lagerung im Bett zur Verhinderung von Gelenkskontrakturen. Wenn man die Zeichnung um 90° nach rechts dreht, d.h. den Patienten aufstellt, steht er gerade, die Gelenke nehmen die korrekte Funktionsstellung ein.

b Eine häufig anzutreffende Lagerung im Bett: Kopf hochgestellt, Kissen unter Schultern und Kniegelenke, weiches tiefes Bett, Decke auf den Fussspitzen: Diese Körperhaltung ist zum Stehen denkbar ungünstig.

3. *Hüften:* gestreckt. Keine weichen Pfühlen, Matratzen usw. Harte Unterlage, damit Gesäss nicht einsinkt. Möglichst keine Kissen unter Kniekehle und Kreuz, Oberkörper möglichst flach, nicht ständig halb oder ganz sitzend. Zeitweise Bauchlage. *Gefahr: Beugekontraktur.*
   – Beine abgespreizt (Kissen oder Keil dazwischen) wegen der häufigen *Gefahr* einer *Adduktionskontraktur.*
   – Bein-Fussschiene zur Vermeidung einer (meist Aussen-) Rotationsfehlstellung.
4. *Rücken:* gerade, nicht zu weich und Oberkörper und Kopf nicht dauernd angehoben (Gefahr: Kyphose).

Obere Extremität:

5. *Schulter: Gefahr: Adduktionskontraktur.* Evtl. Abduktionsschiene, Lagerung des Armes über dem Kopf. Täglich aktives, evtl. passives Durchbewegen.
6. *Ellbogen:* am besten leicht gebeugt. Täglich durchbewegen.
7. *Pro-Supination:* am besten Mittelstellung (Daumen nach oben), wenn möglich bald bewegen.
8. *Handgelenk:* dorsalextendiert und etwas ulnar abduziert (Stellung beim Faustschluss, bei maximaler Kraftentfaltung in der Hand).
9. *Finger:* Grundgelenk gebeugt (etwa 120°), Interphalangealgelenke auch leicht gebeugt (Hand locker geschlossen, alle Fingerbeeren, inklusive Daumen, berühren sich (Funktionsstellung für Spitz- und Grobgriff). Häufigste *Gefahr: Streckkontraktur der Fingergrundgelenke und Beugekontraktur der Interphalangealgelenke* (vgl. Abschnitt Steife Finger, III.A.7.1.3.).
10. *Daumen:* in Opposition und Abduktion. Daumenbeere berührt übrige Fingerbeeren (Funktionsstellung). Häufigste *Gefahr:* Adduktion, fehlende Opposition (Abb. 356).

Diese Richtlinien gelten für alle bettlägerigen Patienten. Abweichungen davon sollten nur kurze Zeit erlaubt werden (z. B. zum Essen usw.).

Die gleichen Richtlinien gelten für *Gips- und andere Ruhigstellungen,* wenn keine anderen, besonderen Gesichtspunkte im Einzelfall beachtet werden müssen.

12.2.5.2. *Bewegungsübungen*

Wenn immer der Behandlungsplan es erlaubt, sollen die Gelenke täglich aktiv in vollem Bewegungsumfang *durchbewegt* werden. Ist die aktive Bewegung, z. B. wegen Lähmung, nicht möglich, so ist das regelmässige *passive* Durchbewegen unentbehrlich. Bei ruhiggestellten Gelenken kann das Muskelspiel *isometrisch* geübt werden. (Muskelkontraktionen ohne Bewegung des Gelenkes.) Damit ist auch eine gewisse Gelenkmobilisation verbunden (z. B. bewegt sich die Patella bei Quadrizepsübungen am gestreckten Knie) (vgl. I.C.3.2.).

Alle *Massnahmen, welche lokale Entzündung* und *Ödem vermindern,* helfen auch Gelenkversteifungen und Kontrakturen zu vermeiden: Hochlagerung, Vermeiden unnötiger Unruhe, Verbesserung der Zirkulation.

12.2.6. *Therapie der Kontrakturen*

Es ist *oft* überaus *schwierig*, länger bestehende Kontrakturen zu korrigieren. Eine *Reihe von Massnahmen* in *eskalierender Skala steht zur Verfügung:*

Heilgymnastik: Mit intensiver aktiver Übung können noch nicht vollständig fixierte Kontrakturen manchmal wieder beseitigt werden. Wenn in absehbarer Zeit kein Erfolg zu sehen ist, müssen andere Massnahmen ergriffen werden.

Passive Mobilisation: Der Versuch, kontrakte Gelenke ohne Narkose passiv zu bewegen ist meist mit erheblichen Schmerzen verbunden. Er darf nicht forciert, und soll nicht allzu lange fortgesetzt werden, wenn nicht bald ein sichtbarer Erfolg eintritt. Nicht nur würden dem Patienten unnötig Schmerzen zugefügt, sondern die ständigen passiven Bewegungen rufen weitere reflektorische Kontrakturen, Entzündungserscheinungen und Ödeme hervor, was auf lange Sicht zu periartikulärer Fibrosierung und weiterer Versteifung führt (vgl. I.C.3.2.2./3.).

Mobilisation in Narkose: In manchen Fällen hilft ein einmaliges Durchbewegen eines kontrakten Gelenkes in Narkose, einzelne Adhäsionen gewaltsam zu lösen (z. B. Schulter, Knie). Die Manipulation muss vorsichtig dosiert und *langsam*, nicht brüsk erfolgen, damit keine Frakturen entstehen (z. B. Refrakturen von Schaftbrüchen, Patellafraktur). Man spürt und hört den bindegewebigen Widerstand im oder um das Gelenk langsam nachgeben. Der Erfolg der Mobilisation hängt von einer *intensiven Nachbehandlung* (aktive Bewegungsübungen) ab. Ohne diese bildet sich die Kontraktur bald wieder.

Gipse und Apparate: Noch nicht völlig irreversible Kontrakturen können gelegentlich mit einer Gips- oder Apparatefixation korrigiert oder wenigstens an der Zunahme gehindert werden. Kontrakturen bei Säuglingen, wie z. B. der kongenitale Klumpfuss, können häufig manuell redressiert und etappenweise umgegipst werden (Abb. 633).

Quengelgipse und -schienen: Damit wird versucht, durch eine über längere Zeit wirkende Kraft die Kontraktur langsam zu lösen. Der Gips oder die Schiene wird mit einem äusseren Gelenk versehen und eine Quengelvorrichtung wird angebracht, welche täglich nachgestellt werden kann (siehe I.C.3.6.2.4. und I.C.3.7.2.). Vorsicht ist geboten wegen Druckstellen und Gelenkschäden. Die Quengelung hat beschränkte Anwendung (gelegentlich Knie, Finger). Ähnliche Wirkung erzielt man mit schrittweisen *Gipskeilen* (siehe I.C.3.6.3.3.) (Abb. 146 und 148).

Operative Kontrakturlösung: In vielen Fällen ist auf konservativem Weg eine Kontraktur nicht mehr zu korrigieren. Die Operation zielt darauf ab, die kontrakten Strukturen (Muskeln, Sehnen, Gelenkkapsel) zu durchtrennen und das Gelenk zu strecken. Nur in einfachen Fällen ist dies etwa mittels einer subkutanen Tenotomie möglich. Bei einer alten Kontraktur sind alle Strukturen auf der Beugeseite verkürzt, und das Gelenk lässt sich erst strecken, wenn *alle* diese kontrakten Gewebe durchtrennt sind und keine Faser mehr spannt. Deshalb sind solche *«Arthrolysen»* oft grosse, blutige Operationen. Manche Strukturen, wie Nerven und Gefässe, dürfen nicht strapaziert werden, so dass es oft nicht möglich ist, so radikal zu operieren, wie es zur Lösung der Kontraktur nötig wäre. Die Möglichkeit, Kontrakturen durch Operationen zu lösen, stösst hier auf Grenzen (Abb. 163).

Knochenoperationen: In vielen Fällen ist eine Kontraktur nur durch eine *gelenknahe Osteotomie* zu beheben. Vorsicht ist bei diesen Operationen geboten wegen möglicher Nerven- und Gefässverletzungen (Zerrungen). Gelegentlich muss deshalb gleichzeitig mit der Winkelkorrektur auch der Knochen etwas verkürzt werden. Gelenknahe Osteotomien zur Beseitigung von Kontrakturen werden an der Hüfte, am Knie, am Fuss, seltener an der oberen Extremität, mit gutem Erfolg durchgeführt.

Der *Gelenksersatz* durch *Endoprothesen* ist in manchen Fällen, wenn gleichzeitig das Gelenk selbst stark geschädigt ist, die beste Operation zur Beseitigung einer Kontraktur (v. a. an der Hüfte).

Schliesslich ist ein steifes Gelenk in guter Funktionsstellung besser als eine funktionsbehindernde Kontraktur. Deshalb ist in vielen solchen Fällen die *Arthrodese* eine gute Operation, vor allem bei jüngeren Leuten mit irreversiblen arthrogenen Kontrakturen (Fuss, Knie, Hüfte, Schulter, Handgelenk, Wirbelsäule).

12.3. Hypermobile Gelenke

Ein abnorm grosser Bewegungsumfang eines oder mehrerer Gelenke wirkt sich nur an den gewichttragenden Gelenken, also vor allem an den unteren Extremitäten ungünstig aus: Es entstehen typische *Belastungsdeformitäten:*

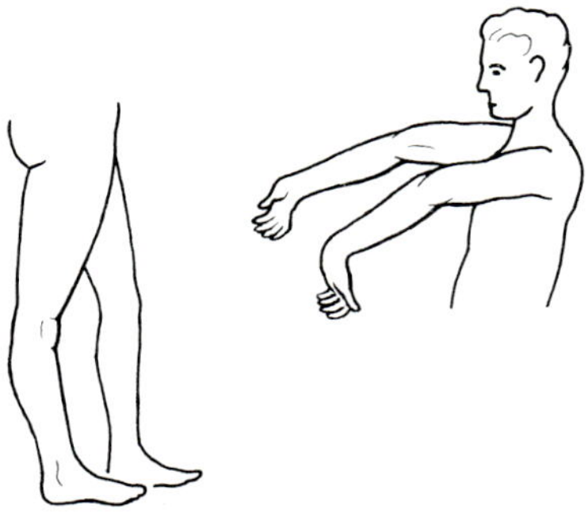

Abb. 290. *Überstreckbare Gelenke* können konstitutionell bedingt sein. Genu recurvatum, überstreckbare Ellbogen- und Handgelenke. Diese Menschen sind nicht krank, gelegentlich aber etwas anfällig für Gelenkbeschwerden.

12.3.1.1. *Ursachen überstreckbarer Gelenke*

– *Angeborene Hypermobilität*
  a) *Konstitutionell* als generalisierte Erscheinung, z.B. der Arachnodaktylie, aber auch ohne andere Symptome. In der Regel sind es schlanke, feingliedrige Kinder, welche z.B. die Fingergrundgelenke, Ellbogen, Kniegelenke mehr oder weniger stark überstrecken können. Ausser einer gewissen allgemeinen Muskelschwäche bestehen selten Beschwerden oder Funktionsstörungen und eine Therapie ist nicht notwendig (Abb. 290).
  b) Im Rahmen *lokalisierter Missbildungen* (z.B. kongenitale Knieluxation, kongenitaler Hackenfuss, siehe Kongenitale Missbildungen, II.1.).
– *Schlaffe Lähmungen* siehe bei Poliomyelitis, II.8.1.
– *Posttraumatisch,* nach Bandläsionen, Luxationen (siehe II.15.1.).
– *Bei Fehlstellungen* infolge von statischer Überbeanspruchung (z.B. Genu recurvatum).
– Bei den sogenannten *statischen Deformitäten,* vor allem bekannt an den Füssen (Knickfuss, Senkfuss, Plattfuss, Spreizfuss), spielen wahrscheinlich mehrere Faktoren eine Rolle: Eine konstitutionelle Disposition, eine Muskel- und Bandinsuffizienz und häufig eine primäre Deformität (siehe II.12.1.4.).

12.3.1.2. *Pathogenese*

Normalerweise schützen *zwei Sicherungen* ein Gelenk vor Überstreckung:

1. Gelenkkapsel und -bänder
2. Muskulatur.

Beide sind notwendig und nicht zu ersetzen.

Der *Bandapparat* verhindert kurzfristiges, gewaltsames Überstrecken, dehnt sich aber unter lange dauernder ständiger Überbeanspruchung. Deshalb braucht er als Schutz vor Überdehnung eine kräftige *Muskulatur* (vgl. I.A.6.1.3.5. und I.A.6.2.3.1.).

Überstreckung von Gelenken kommt weniger durch kurzfristige Gewalteinwirkung als durch *lange dauernde übermässige Beanspruchung* zustande, in erster Linie an körpertragenden Gelenken durch die Schwerkraft, am häufigsten am *Kniegelenk: Genu recurvatum.*

Ursache der Überbeanspruchung ist eine *Muskelschwäche* oder eine vorbestehende *Rekurvationsfehlstellung* des Knies, welche unter der Belastung zunimmt. Ähnlich wie bei der Seitenabweichung kommt ein *Circulus vitiosus* in Gang, der den Zustand verschlimmert:

Normalerweise ist das Knie im Stehen axial belastet, so dass keine oder nur geringe Biegekräfte auftreten. Die Stabilisierung erfolgt durch den Quadrizeps, welcher das Einknicken nach vorne, und durch den dorsalen Kapselbandapparat, der das Überstrecken nach hinten verhindert (siehe I.A.8.1.6.).

Paradoxerweise kann die *Quadrizepsschwäche* zu einer Überstreckung, zu einem Genu recurvatum führen: Damit das Knie nicht einknickt, wird es im Stand möglichst gut nach hinten durchgestreckt, während der Körperschwerpunkt nach vorne verlagert wird. Die Stabilisierung erfolgt dann ausschliesslich passiv durch den dorsalen Kapsel-Bandapparat. Dieser wird mit der Zeit überdehnt und die Rekurvationsfehlstellung nimmt zu. Dadurch erhöht sich wieder das Biegemoment, welches das Knie nach hinten hinauszudrücken sucht. Wenn einmal die Rekurvation ein gewisses Mass überschritten hat, nimmt die De-

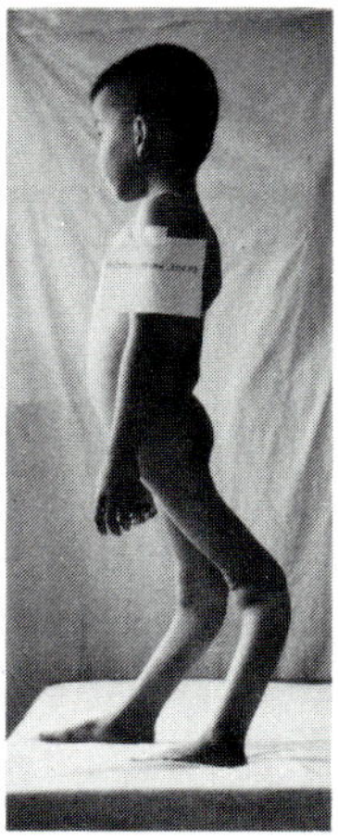

Abb. 291. Genu recurvatum bei Quadrizepslähmung nach Poliomyelitis. Die Deformität *nimmt* unter der Belastung progredient *zu* und in absehbarer Zeit kann der Knabe nicht mehr gehen. Er braucht einen stabilisierenden Apparat (siehe Abb. 151 und 236f.).

formität unaufhaltsam zu, das Knie kann nicht mehr stabilisiert werden (vgl. II.8.1.2.1.).

Eine mässige Rekurvation im Knie kann mit einem kräftigen Quadrizeps kompensiert werden, solange dieser imstande ist, das Knie in gerader Stellung ohne Überstreckung zu stabilisieren (Abb. 291).

12.3.1.3. *Therapie*

Sobald die Muskulatur dekompensiert und der circulus vitiosus von Überstreckung, übermässiger Beanspruchung und Banddehnung in Gang kommt, ist die Progredienz der Deformität (Genu recurvatum) nicht mehr aufzuhalten.

In manchen Fällen kann es gelingen, durch intensives Training (isometrische Übungen) die Muskulatur wieder instand zu setzen, das Gelenk *aktiv* zu stabilisieren. Ist dies nicht mehr möglich, so helfen nur noch Operationen oder Apparate.

Ein operativer Bandersatz, z.B. eine Raffung oder Plastik, ist auf die Dauer wirkungslos, weil die Bänder ohne Muskelschutz sich immer wieder dehnen.

Eine *Osteotomie* zur Korrektur der Fehlstellung kann manchmal günstige Voraussetzungen für eine normale Funktion schaffen. Bei Lähmungen des Quadrizeps darf allerdings die Korrektur nicht zu gross sein, da sonst das Knie nach vorne einknicken würde.

Vollständig instabile Gelenke müssen entweder *arthrodesiert* oder mit einem äusseren *Führungsapparat* (Oberschenkelapparat, siehe I.C.3.7.2.2.) mit einer Anschlagsperre gegen Rekurvation *stabilisiert* werden.

12.4. Seitliche Fehlstellung im Gelenk

12.4.1. *Pathogenese der Seitenabweichung: Wackelgelenk → Arthrose*

Scharniergelenke lassen normalerweise nur Bewegungen in einer Ebene, senkrecht zur Bewegungsachse, zu. *Seitliche Bewegungen* werden *durch die Seitenbänder verhindert* (vgl. I.A.6.1.3.). Sind diese Bänder zerrissen oder sonstwie *insuffizient,* so entsteht eine *falsche, seitliche Beweglichkeit* im Gelenk. Unter *Belastung* weicht das Gelenk seitlich aus, was als Deformität, als *Achsenabweichung* in Erscheinung tritt.

Auch ein *Defekt an der Gelenkfläche* (z.B. nach Fraktur, bei Arthrosen) führt zu einer analogen Achsenabweichung (Abb. 292).

Anderseits hat jeder *primäre Achsenfehler* eine *Fehlbelastung* zur Folge, welche ihrerseits mit der Zeit die Fehlstellung im Gelenk verstärkt.

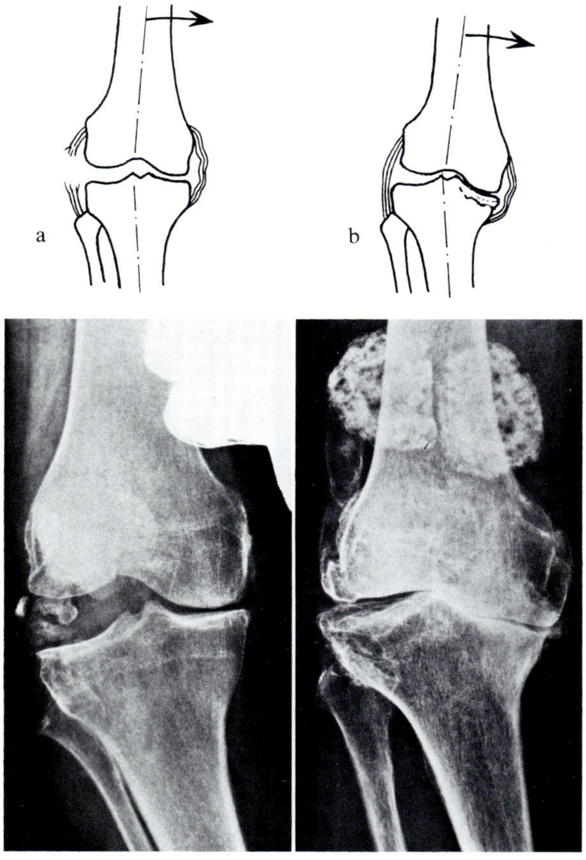

Abb. 292. *2 Mechanismen von Seitenabweichungen des Kniegelenkes:*

a *Bandinsuffizienz* (hier Ruptur): Abknickung zur Gegenseite.

b *Defekt am Gelenkkörper* (hier nach Impressionsfraktur): Abknickung zur gleichen Seite.

Unter der *Belastung nimmt* die *Fehlstellung zu.* Die normalerweise axiale Belastung wird *exzentrisch.* Dadurch treten Biegekräfte auf, welche die Tendenz haben, die Fehlstellung weiter zu verstärken.

c und d: *2 klinische Beispiele* dazu:

c Seitliche Aufklappbarkeit in Varusstellung des Knies eines 54jährigen Mannes mit veralteter, massiver Band- und Kapselläsion lateral.

d O-Bein bei Gonarthrose, vor allem im medialen Gelenkabschnitt. Das mediale Tibiaplateau wird durch mechanischen Abschliff immer niedriger, wodurch die Varusstellung ständig zunimmt. Nebenbefund: Grosse Verkalkung im Recessus suprapatellaris.

In jedem Fall kommt unter der statischen Beanspruchung ein *Circulus vitiosus* in Gang: Die exzentrische Belastung erzeugt eine *Biegebeanspruchung.* Erhöhte Druckkräfte führen zur weiteren Usurierung des Defektes am Gelenkkörper und starke Zugkräfte dehnen die bereits insuffizienten

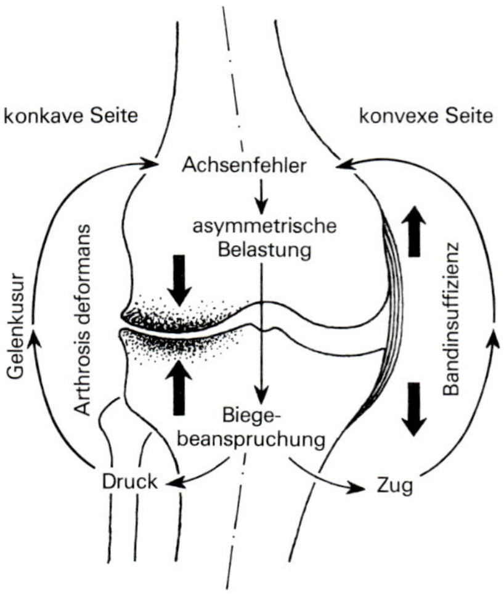

Abb. 293. *Circulus vitiosus* bei einem *Genu valgum*. Erklärung im Text.

Bänder noch mehr, was wiederum die Achsenabweichung verstärkt (Abb. 293).

Dieser *Circulus vitiosus* ist der typische Mechanismus bei der Entstehung der Arthrose (Arthrosis deformans!). Vgl. Kapitel «Mechanische Beanspruchung als pathogenetischer Faktor», I.A.9. und «Degenerative Gelenkerkrankungen», II.11.

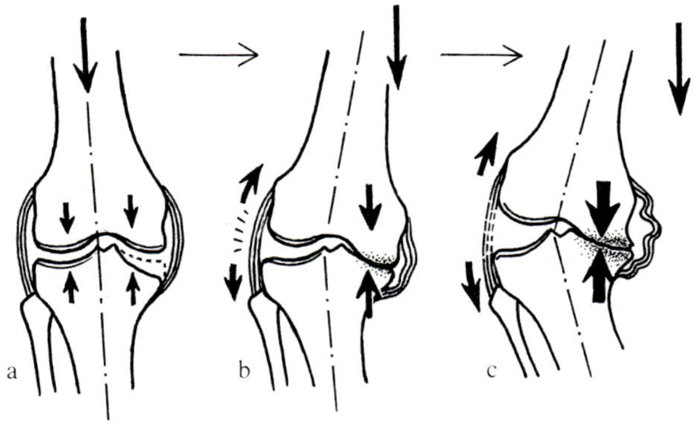

Abb. 294. Wie die Fehlstellung zunimmt und mit der Zeit zur Gelenkzerstörung führt:

a *Normale Achsenverhältnisse:* axiale Belastung, reine Druckkräfte, keine Biegekräfte (medial ist ein *Gelenkdefekt* angedeutet).

b *Unter Belastung Achsenabweichung:* Biegebeanspruchung mit erhöhten Druckkräften auf der konkavseits gelegenen Gelenkfläche führt zu weiterer *Usurierung.* Zugkräfte auf der konvexen Seite dehnen die Bänder. Dadurch nimmt die Achsenfehlstellung weiter zu.

c *Fortgeschrittenes Stadium:* Circulus vitiosus und rasch zunehmende Progredienz von Deformität, Fehlbelastung, Bandinsuffizienz und destruierender Arthrose im konkavseits gelegenen Gelenkabschnitt. Beachten: die konvexseits gelegenen Gelenkflächen sind intakt geblieben! Dies ist wichtig für die Therapie (Osteotomie, siehe III.C.4.7.2.4.).

Wenn einmal der deletäre Prozess in Gang gekommen ist, findet man häufig *beide Mechanismen* zusammen: *Bandinsuffizienz* auf der einen Seite und *Gelenkkörperdefekt* auf der andern. Welches nun die erste Ursache gewesen ist, lässt sich manchmal kaum mehr feststellen. Im fortgeschrittenen Stadium wird das Krankheitsbild trotz verschiedenartiger Ätiologie gleichförmig, entsprechend der einheitlichen Pathogenese: Im Vordergrund stehen Deformität und Fehlbelastung, welche unweigerlich zur Insuffizienz und Arthrose führen (Abb. 294).

12.4.2. *Klinik*

Dass diese Mechanismen tatsächlich eine Rolle spielen und nicht nur theoretisch postuliert werden, zeigt der konstante klinische Befund von *deformierenden Arthrosen* bei *Genua vara* resp. *genua valga,* eine im vorgerückten Alter sehr häufige Kombination: *Die arthrotischen Veränderungen betreffen* praktisch *immer nur den konkavseits gelegenen Gelenksabschnitt,* d.h. bei *Genu varum* den *medialen,* beim Genu valgum den *lateralen* (siehe Gonarthrose, III.C.4.7.2.) (Abb. 295).

Ähnliche Mechanismen wie die hier für das Kniegelenk beschriebenen, wirken auch an an-

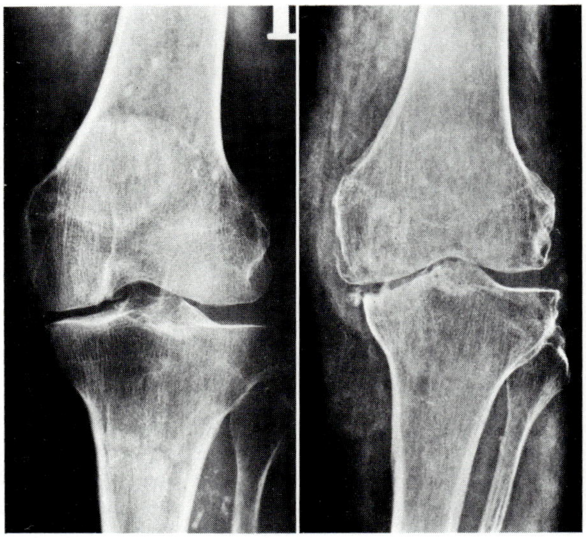

Abb. 295. Rasch progrediente Gonarthrose mit zunehmender Varusstellung.

a Erste Zeichen einer beginnenden Gonarthrose im medialen Gelenkabschnitt bei einer 77jährigen Frau.

b Ein Jahr später bereits tiefe Usurierung des medialen Tibiaplateaus und damit starke Varusabweichung des Unterschenkels.

deren Scharniergelenken, z. B. am oberen Sprunggelenk, am Grosszehengrundgelenk (Hallux valgus) an Fingergelenken, z. B. bei PcP.

An den oberen Extremitäten fällt die Wirkung der Schwerkraft weg, weshalb die Auswirkungen weniger schwer sind. Stattdessen kommen aber die aktiven Kräfte bei der Betätigung der Hand zur Wirkung (Ulnarabduktion der Finger).

12.4.3. *Prophylaxe*

Jedes Verhüten oder Beheben eines *Bandschadens* oder eines *Defektes* am Gelenkkörper ist Prophylaxe von Fehlstellung und deformierender Arthrose. Der konservierenden *Frühbehandlung* von *Gelenkleiden,* aber auch der *Behandlung* von *frischen Bandverletzungen* und *Frakturen* kommt unter diesem Blickwinkel besondere Bedeutung zu (siehe II.15.1.2. und II.15.2.2.2.).

Aber auch das *Verhüten* und *Korrigieren* von *Fehlstellungen* im Knochen und in Nachbargelenken (siehe II.12.7.) schützt ein Gelenk vor unphysiologischer Beanspruchung und ist somit ebenfalls Prophylaxe.

12.4.4. *Therapie*

Aus dem vorigen dürfte klar geworden sein, dass eine Behandlung auf die Dauer nur erfolgreich sein kann, wenn sie imstande ist, den *Circulus vitiosus* von Fehlbeanspruchung und Fehlstellung *zu unterbrechen.*

Die *Korrektur der Fehlstellung* hat also nicht nur kosmetische, sondern vor allem *kausal therapeutische* Wirkung. Wenn der Zerstörungsprozess im Gelenk noch nicht allzuweit fortgeschritten ist, ist *die Korrekturosteotomie in der Nähe des Gelenkes die Behandlung der Wahl.*

Stärkere Deformitäten sollten in der Regel *prophylaktisch* korrigiert werden, denn früher oder später setzt der Circulus vitiosus, der zur Arthrose führt, fast immer ein.

Bei *leichteren Fällen,* wenn keine Beschwerden bestehen, ist der Entscheid nicht leicht. Jedenfalls ist der *Zeitpunkt* für die Operation gekommen, sobald die Patienten konstant *Beschwerden* haben und klinische und radiologische Zeichen dafür bestehen, dass der Circulus vitiosus von Fehlstellung und Fehlbelastung in Gang gekommen ist und der Verschleissprozess im Gelenk begonnen hat. In diesem Stadium werden mit der Korrekturosteotomie die besten Resultate erzielt.

Aber *sogar bei fortgeschrittener Zerstörung,* mit partiellem Defekt der konkavseitigen Gelenkfläche, bei nicht allzu ausgeprägter Instabilität,

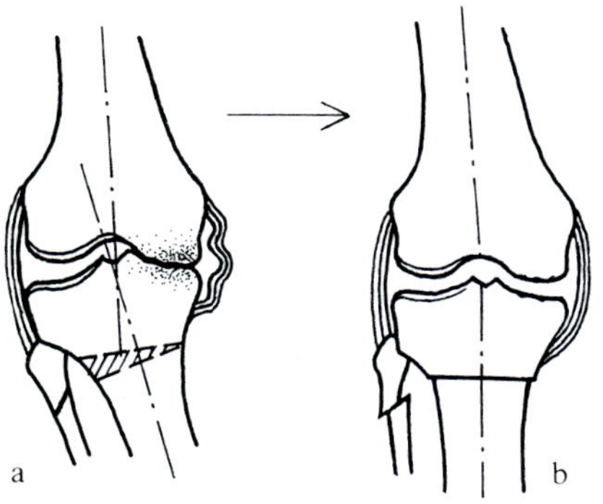

Abb. 296. *Korrektur der Fehlstellung* durch *gelenknahe Osteotomie* und Verlagerung der Belastung auf den intakten Gelenkabschnitt.

a *Fehlstellung,* exzentrische Beanspruchung, Überdruck im defekten konkavseitigen Gelenkabschnitt, Insuffizienz der überdehnten Bänder auf der konvexen Seite. Eingezeichnete Korrekturosteotomie (hier mit Keilentnahme).

b Korrektur des Achsenfehlers an der Osteotomiestelle (nach Keilentnahme). Leichte Überkorrektur. Dadurch wird die Hauptbelastung auf die andere Gelenkseite verlagert, wo der Druck von der *intakt gebliebenen* Gelenkfläche aufgenommen wird. Die Zugkräfte sind verschwunden, die Bänder sind entlastet.

Weitere Operationen bei Kniefehlstellungen mit Gelenkschäden siehe Abb. 601.

sind die *Erfolge von Korrekturosteotomien* noch erstaunlich gut. Es ist möglich, durch eine leichte Überkorrektur die Belastung ganz auf die konvexseitige, fast immer noch vollständig intakte Gelenkfläche zu verlagern, und das überdehnte Seitenband zu entlasten. Die klinischen Erfolge dieser Osteotomien zeigen die Richtigkeit der Konzeption (Abb. 296).

Ist die Gelenkzerstörung jedoch zu weit fortgeschritten, sind Deformität und Instabilität zu gross, so kommt die Osteotomie zu spät. Dann helfen nur noch *Arthrodesen* (siehe I.C.4.3.2.) und evtl. *Endoprothesen* (vgl. I.C.4.3.3.).

Letztere werfen aber bei seitlich instabilen Scharniergelenken zusätzliche Probleme auf, welche bisher nicht zufriedenstellend gelöst sind: Die *fehlende Stabilität* muss *durch ein Scharnier in der Prothese ersetzt* werden. Die seitlich wirkenden Kräfte werden auf den Prothesenstiel übertragen, wodurch die Verankerung im Knochen sehr stark beansprucht wird und sich mit der Zeit leicht lockern kann.

Bessere biomechanische Voraussetzungen haben Endoprothesen ohne Scharnier, welche, sozusagen als reine Interponate, nur den Defekt an den Gelenkflächen ersetzen. Solche sog. «Schlittenprothesen» können nur eingesetzt werden, wo die Seitenbänder zur seitlichen Stabilisierung des

Gelenkes genügen. Die Achsenabweichung wird korrigiert, indem der Defekt an der Gelenkfläche mit Hilfe der Prothese wieder aufgebaut wird (Abb. 604).

Kommt eine Operation nicht mehr in Frage wegen eines schlechten Allgemeinzustandes, z. B. bei hohem Alter, so muss versucht werden, mit einem *Führungsapparat* (I.C.3.7.2.2.) das Gelenk einigermassen seitenstabil zu halten. Der Seitendruck ist allerdings so stark, dass die Apparateversorgung oft Schwierigkeiten macht (ungenügende Stabilisierung, Druckstellen). (Vgl. auch: Die Therapie der Gonarthrose, III.C.4.7.2.4.)

12.5. Luxationen (Übersicht)

Definitionen:

- *Traumatische Luxation:*
  Durch massive äussere Gewalteinwirkung infolge eines plötzlichen einmaligen Ereignisses. In der Regel nur mit grösserer Kraftanstrengung zu reponieren.
  Spezialfall: Luxationsfraktur.
  Fast alle Gelenke können betroffen sein (siehe Luxationen und Bandverletzungen, II.15.1.).
- *Angeborene Luxation:*
  Kongenital aufgrund eines Defektes (z. B. Dysplasie oder Insuffizienz des Bandapparates). Permanent.
  - Hüfte: siehe Kongenitale Hüftluxation, III.C.2.5.
  - Patella: siehe III.C.4.2.
  - Knie: siehe III.C.4.2.
  - Selten andere.
- *Habituelle Luxation:*
  Gewohnheitsmässiges, mehr oder weniger häufiges Ereignis. Verläuft oft zuerst unter dem Bild der traumatischen Luxation, später aber ohne oder mit nur geringer äusserer Gewalteinwirkung. Oft spontane Reposition, oder mit geringem Kraftaufwand reponierbar (Selbsteinrenkung).
  - Schulter: siehe III.A.2.1.
  - Patella: siehe III.C.4.3.1.
- *Willkürliche Luxation:*
  Ähnlich wie habituelle. Der Patient kann das Gelenk selbst aktiv ein- und ausrenken (Schulter, Patella).
- *Krankhaft erworbene Luxation:*
  Durch krankhafte Veränderungen im Gelenk oder in seiner Umgebung. Mehr oder weniger schnell verlaufender Prozess: Wochen – Monate – Jahre. An fast allen Gelenken möglich.
  Verschiedenste Ursachen:
  - Infektionen: septische Arthritiden (siehe II.6.4.1.)
    - Hüfte: siehe III.C.2.8.
  - Lähmungen: Schlaffe Lähmungen: siehe II.8.1.4.3.
    - spastische Lähmung: siehe II.8.2.4.
    - Hüfte (Coxa valga luxans): siehe III.C.2.4.3. und Kapitel «Wachstumsstörungen», II.2.2.
  - Rheumatische Erkrankungen: PcP, siehe II.10.
    - Fingergelenke, sowie eine Reihe weiterer Gelenke.
  - Veraltete traumatische (nicht reponierte) Luxationen.
  - Viele andere schwerere Gelenkserkrankungen können auch zu Luxationen führen.
- *Subluxation:*
  Unvollständige Luxation, Vorstufe der Luxation. Die Gelenkkörper haben noch Kontakt, sind aber nicht mehr formschlüssig (kongruent).
  - Hüfte: siehe Kongenitale Luxation, III.C.2.5.
  - Patella: siehe III.C.4.3.1.

12.6. Statische Deformitäten und aufrechter Gang

Die Mehrzahl der Patienten, welche die orthopädische Sprechstunde aufsuchen, klagt über *Beschwerden in einer von vier* bestimmten Körperregionen:

1. Der Fuss
2. Der Beckengürtel
3. Die Lumbalwirbelsäule
4. Der Schultergürtel.

Die Häufung von Beschwerden an diesen vier Stellen hängt möglicherweise mit dem *Erwerb des aufrechten Ganges* zusammen. Die aufrechte Haltung des Menschen wurde entwicklungsgeschichtlich verhältnismässig spät erworben und scheint phylogenetisch noch nicht vollständig konsolidiert zu sein (Abb. 297). Dies drückt sich im Bauplan der Tragstrukturen des Haltungsapparates und zahlreicher Abweichungen davon an diesen vier Stellen aus (siehe II.12.1.3.).

- *Der Fuss,* bei den Primaten noch ein Greifinstrument, wurde beim Menschen zu einem Stehorgan, die Fussinnenfläche zur Tragsohle, seine differenzierten Funktionen verkümmerten, dafür wurde er in Schuhe hineingezwängt. Nicht jeder Fuss ist dieser Beanspruchung gewachsen. Knick-, Platt- und Spreizfüsse mit ihren Beschwerden sind häufige Folgen.
- Gegenüber dem Vierfüsslerstand ist beim Men-

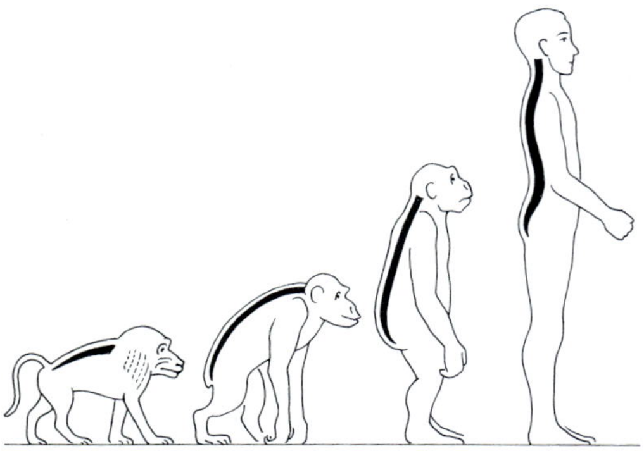

Abb. 297. Die *Entwicklungsgeschichte* des menschlichen Bewegungsapparates ist durch den Erwerb des *aufrechten Ganges* gekennzeichnet, was grundlegende Veränderungen seiner Statik, vor allem der Beine und der Wirbelsäule, nach sich gezogen hat. Diese phylogenetisch relativ späten Veränderungen sind den neuen Anforderungen vielleicht (noch) nicht immer ganz gewachsen, jedenfalls sind es Stellen, wo verhältnismässig häufig Beschwerden auftreten.

schen im aufrechten Stand das Becken um 45° aufgerichtet. Die Aufrichtung erfolgt im Bereiche der *Hüftgelenke.* Verdrehung der Achsen im Bereiche des proximalen Femurendes und der Hüftpfannen und Beschwerden im Beckengürtel sind deshalb nicht so selten.

- Die vollständige Aufrichtung des Oberkörpers gegenüber dem noch um etwa 45° nach vorne geneigten Becken und Kreuzbein erfolgt in der *Lumbalwirbelsäule.*

  Der Lumbo-sakral-Übergang ist entwicklungsgeschichtlich gesehen eine unruhige Stelle. Abweichungen im Bauplan sind hier oft zu finden (Übergangswirbel, Asymmetrien usw., siehe III.B.5.).

  Schmerzen im Lumbalbereich, «im Kreuz», die sogenannten «Lumbalgien», gehören zu den häufigsten Klagen in der Sprechstunde.
- Die Entlastung der *oberen Extremitäten* von Stützaufgaben machte die Hände frei für Greiffunktionen. Sie entwickelten sich zum Vielzweckinstrument, der Schultergürtel zum beweglichen *Aufhängeapparat* des Armes. Dieser Funktion ist er offensichtlich in vielen Fällen noch nicht gewachsen. Schmerzen im *Schultergürtel* und im *Nacken,* im «oberen Kreuz», sind überaus häufig bei Leuten, welche die Arme lange Zeit in vorgestreckter Stellung halten müssen, wie z.B. beim Schreibmaschinenschreiben.

Die genannten vier Regionen sind für Störungen, Beschwerden und auch Deformitäten besonders anfällig. Krankheiten und Störungen an anderen Stellen des Bewegungsapparates wirken sich nicht selten auf diese Regionen aus. Solche Fernwirkungen von Deformitäten werden im folgenden Abschnitt aufgezeigt.

12.6.1. *Fernwirkungen von Deformitäten auf den übrigen Bewegungsapparat*

Achsenfehlstellungen können sich im ganzen Bewegungsapparat schädlich auswirken, gelegentlich weit entfernt von ihrer Lokalisation. Solche Fernwirkungen *kommen auf vier bekannte Arten zustande:*

1. *Störungen des Gangmechanismus* mit Hinken und Schmerzen.
2. Asymmetrische *Beanspruchung benachbarter Gelenke* kann mit der Zeit zu degenerativen Arthrosen führen.
3. Viele Achsenfehler werden oft in *benachbarten Gelenken* ausgeglichen, so auch Beinlängenunterschiede. Wenn dieser *Kompensationsmechanismus überfordert* ist, treten Beschwerden auf.
4. Achsenfehler können gleichsinnige *Fehlstellungen in benachbarten Gelenken* zur Folge haben.
5. Manche sogenannten *«rheumatischen» Beschwerden,* wie sie im Abschnitt II.10.3., «Extraartikulärer Rheumatismus» beschrieben wurden, sind wohl auch als *«statische Beschwerden»* zu deuten, ohne dass die genauen (evtl. recht komplizierten) Zusammenhänge immer eindeutig klar wären.

Zu 1: Hinken ist wesentlich anstrengender als normales flüssiges Gehen. Bei Gangstörungen werden Muskeln und Sehnenansätze unphysiologisch beansprucht und reagieren gelegentlich mit Krämpfen, Verspannungen, Spasmen, Myogelosen, Kontrakturen, resp. Tendoperiostosen, d.h. *Schmerzen* an verschiedenen Stellen, welche nicht ohne weiteres mit der Deformität in Zusammenhang gebracht werden. Ähnliches gilt für längeres Stehen oder Sitzen in unphysiologischer Stellung infolge von Deformitäten.

Mit dem Aufdecken solcher Zusammenhänge ergeben sich Möglichkeiten für eine kausale Therapie derartiger Beschwerden.

Zu 2: Der Mechanismus der *Arthroseentstehung bei Achsenfehlern* wurde bereits im ersten Teil (siehe I.A.9.) und im vorigen Abschnitt («Seitliche Fehlstellungen in Gelenken») beschrieben. Der degenerative Prozess nimmt relativ lange Zeit in Anspruch, bis er sich klinisch auswirkt, in der Regel Jahre und Jahrzehnte.

Betroffen sind vor allem das Knie und das obere Sprunggelenk, also die am stärksten beanspruchten Scharniergelenke. Fehlstellungen dieser Gelenke, welche ein gewisses Mass überschreiten, führen mit grosser Wahrscheinlichkeit früher oder später zur Arthrose. Eine Korrekturosteotomie muss erwogen werden. Wenn sie nicht prophylaktisch gemacht werden soll, ist das Auftreten von Beschwerden ein günstiger Zeitpunkt für die Operation: Die Motivierung des Patienten ist besser und die Indikation ebenfalls.

Zu 3: Fehlstellungen an einer umschriebenen Stelle werden in der Regel spontan *ausgeglichen* und zwar *in benachbarten Gelenken,* sofern diese noch beweglich sind (Wirbelsäulenfehlstellungen in Zwischenwirbelsegmenten). Hier entstehen neue, kompensatorische Fehlstellungen. Diese können ihrerseits wieder Beschwerden machen (Abb. 286–288 und 298).

Augenfällig sind solche *sekundären Deformitäten* bei Skoliosen: Immer sind wenigstens zwei oder drei Krümmungen vorhanden, und oft lässt sich nicht mehr erkennen, welche primär und welche sekundär waren.

Eine *Varusstellung* der distalen *Tibia* muss im *unteren Sprunggelenk* durch Pronation ausgeglichen werden, damit die Fusssohle wieder gerade auf dem Boden aufliegt. Die Pronationsmöglichkeit im unteren Sprunggelenk ist aber nur klein und die Kompensation beschränkt. Die ständige Belastung des Fusses in der extremen Pronationsstellung kann Beschwerden hervorrufen, evtl.

Abb. 298.

1 Normales Wachstum führt zu gerader, senkrechter Körperachse.
2 Ein pathologischer Prozess verursacht eine pathologische Verkrümmung (primäre Krümmung Kp).
3 Der Körper versucht sich wieder *aufzurichten:* Gegenkrümmungen (sekundäre Krümmungen) unten (Ks_1).
4 Zweite sekundäre Krümmung (Ks_2) oberhalb der primären.

Eindrücklich wirken diese Kompensationsmechanismen z.B. bei der Skoliose (siehe III.B.8.), aber auch an den Extremitätengelenken.

(Bei Pflanzen lässt sich tatsächlich nur die zweite Sekundärkrümmung beobachten, da sie sich ausschliesslich durch Längenwachstum aufrichten.)

auch eine Kontraktur des unteren Sprunggelenkes: «Kontrakter Knickfuss», siehe III.C.7.5.3.5.

Dies ist ein Beispiel für das Auftreten von Beschwerden, wenn der Kompensationsmechanismus selbst dekompensiert.

Ein anderes Beispiel gibt der Ausgleich von *Beinlängen*unterschieden, seien sie reell oder scheinbar (funktionell), d.h. durch Gelenkkontrakturen bedingt. Massgebend ist der Beckenschiefstand beim aufrechten Stehen. Ein Beckenschiefstand wirkt sich auf die Wirbelsäule aus (Skoliose), auf die Hüftgelenke (Ab- resp. Adduk-

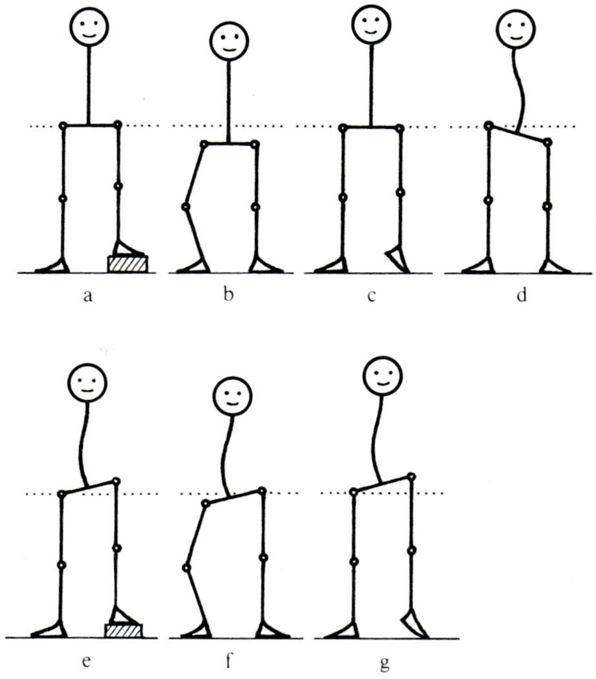

Abb. 299. Die mannigfaltigen *Auswirkungen* von *Beinlängendifferenzen:*

Obere Reihe: echter Beinlängenunterschied. Ausgleich durch:

a Schuhsohlenerhöhung: statisch richtig. Keine weiteren Auswirkungen auf den übrigen Bewegungsapparat.
b *Knieflexion* (evtl. recurvatum, oder seitliche Fehlstellung): Auswirkungen auf Knie, Hüfte und Fuss der *zu langen* Seite.
c *Spitzfuss* auf der *zu kurzen* Seite.
d *Beckenschiefstand:* Skoliose und Fehlstellung der Hüftgelenke.

Untere Reihe: funktioneller (scheinbarer) Beinlängenunterschied.

e Beckenschiefstand und Skoliose *fixiert,* mit Sohlenerhöhung *nicht* ausgleichbar.
f und g Ausgleich des Beinlängenunterschiedes mit Kniefehlstellung oder Spitzfuss, wie oben. Damit können aber Beckenschiefstand und Skoliose *nicht* korrigiert werden.
Die Fehlstellung hat Auswirkungen auf die ganze Gliederkette.

tionsfehlstellung), oft auch auf Knie (Beinverkürzung durch Flexion) und Sprunggelenke (Beinverlängerung durch Spitzfuss) aus. An allen diesen Stellen können Beschwerden auftreten.

Beinlängenunterschiede und ihre Behandlung sind im speziellen Teil besprochen (siehe III.C.1.) (Abb. 473 – 476 und 299).

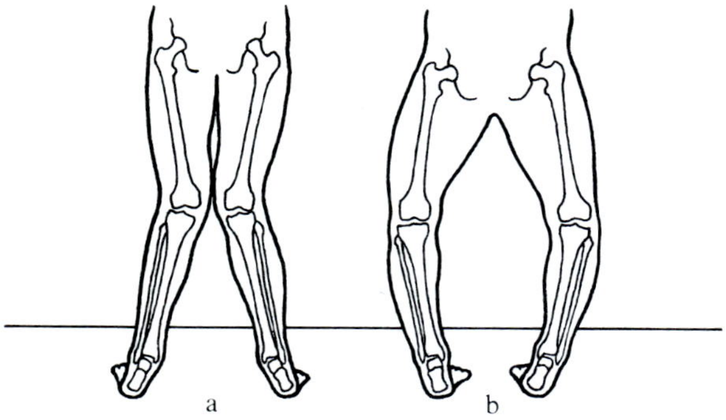

Abb. 300. X-Bein und Knickfuss *verschlimmern* sich gegenseitig (a), ebenso wie O-Bein und Varusstellung des Fusses (b).

Gegensinnige Fehlstellungen hingegen können sich bis zu einem gewissen Grade *kompensieren.*

Zu 4: Ein X-Bein und ein Knickfuss *verschlimmern sich gegenseitig.* Dies ist auf Abb. 300 leicht zu erkennen.

Eine Valgusfehlstellung an irgendeiner Stelle des Beines, z.B. des Femur, hat automatisch auch eine Valgusstellung der benachbarten Gelenke zur Folge.

(Eine Kompensation wie unter 3 beschrieben ist hier nicht möglich, weil das Kniegelenk und das obere Sprunggelenk als Scharniergelenke sich nicht seitlich ausbiegen können.)

Solche *Additionen von Fehlstellungen* wirken sich vor allem bei *Achsenfehlern nach Frakturen* ungünstig aus, wenn z.B. bei vorbestehendem Knickfuss eine Unterschenkelfraktur in Valgusstellung heilt: Der Knickfuss wird dadurch wesentlich schlimmer. In diesem Fall wäre es besser gewesen, die Fraktur in leichter Varusstellung ausheilen zu lassen. Solche Zusammenhänge gilt es zu beachten. Eine Deformität kann nicht isoliert betrachtet werden, sie hat Wechselwirkungen mit dem gesamten Bewegungsapparat.

Die nachstehende Tabelle (12.6.2.) dient als *«Checkliste»* für die *Untersuchung* und *Beurteilung statischer Störungen* und *Deformitäten:*

12.6.2. *Synoptische Liste der Achsenfehler an den unteren Extremitäten und ihrer möglichen Folgen.*

	Achsenknickungen		
	Frontalebene		Sagittalebene
Lokalisation	Antekurvation	Rekurvation	Valgusstellung
Hüftgelenk	Flexionskontraktur → Beckenkippung nach vorn → Hohlkreuz (Hyperlordose) vornüberneigen		*Abduktionskontraktur* → Beckenschiefstand (kontrakte Hüfte tief) → funktionelle Beinverlängerung → Skoliose
Schenkelhals			*Coxa valga* – erhöhter Gelenkdruck, exzentrische Beanspruchung (Pfannenrand) – Präarthrose
Femurschaft	→ evtl. Genu flexum (siehe unten)	→ evtl. Genu recurvatum (siehe unten)	→ X-Bein → Coxa valga (siehe oben) → Genu valgum (siehe unten) → evtl. Pes valgus (siehe unten)
Knie (Kondylen)	*Genu flexum* – Belastung bei gebeugtem Knie – als Stabilisierung nur mit grossem Kraftaufwand – Gehbehinderung → Beinverkürzung → Fussdeformität (Hackenfuss oder Spitzfuss) – Überdruck im Femoropatellargelenk – Arthrose	*Genu recurvatum* – Überstreckung – Überdehnung der hinteren Bänder. Instabilität, Quadrizepsinsuffizienz, Gangunsicherheit evtl. Knieschmerzen	*Genu valgum* – Gangstörung – Überlastung der lateralen Kondylen – Überdehnung der medialen Bänder – Wackelknie – Arthrose Knickplattfuss evtl. Fussschmerzen und Kontrakturen (siehe unten)
Unterschenkelschaft	*Crus antecurvatum* → evtl. Genu flexum → evtl. Störungen im oberen Sprunggelenk (vermehrte Dorsalextension)	*Crus recurvatum* → evtl. Genu recurvatum → evtl. Störung im oberen Sprunggelenk (vermehrte Plantarflexion)	*Crus valgum* → Genu valgum → Valgusstellung des oberen Spunggelenkes, Knickfuss
Oberes Sprunggelenk	evtl. Spitzfuss – Vorfussüberlastung, Vorfussbeschwerden (Spreizfuss, Hammerzehen)	*Hackenfuss* (siehe unten) Fussschwäche (vor allem für das Abstossen), Überlastung der Ferse	Asymmetrische Überlastung des Sprunggelenkes – Tendenz zur Gabellockerung – Arthrose – Knickplattfuss, evtl. Kontraktur im unteren Sprunggelenk, statische Fussschmerzen
Fuss	Hohlfuss	Senkfuss	Überlastung der medialen Fusswölbung Knickfuss → Plattfuss

	Rotationsfehler	
Varusstellung	Innenrotation	Aussenrotation
Adduktionskontraktur → Beckenschiefstand (kontrakte Hüfte hoch) → funktionelle Beinverkürzung → Skoliose		
Coxa vara – Hüftinsuffizienz (Trendelenburg positiv), evtl. Beinverkürzung – Umbauzonen – Schleichende Fraktur – Pseudarthrose	*Coxa antetorta* Überlastung des vorderen Pfannenrandes, evtl. Coxarthrose – Einwärtsgang – Präarthrose?	*Coxa retrotorta* Aussenrotation des Beines (z. B. bei juveniler Epiphysenlösung)
→ O-Bein → Coxa vara (siehe oben) → Genu varum (siehe unten) → evtl. Pes varus (siehe unten)	→ Coxa antetorta → evtl. fixierte Innenrotation des Beines, Gehbehinderung (Anstossen der Fussspitze) Überlastung des äusseren Fussrandes	→ evtl. fixierte Aussenrotation des Beines, Gangstörung evtl. Knieschmerzen evtl. Knickfuss
Genu varum – Gangstörung (evtl. Watschelgang) – Überbelastung der medialen Kondylen – Überdehnung der lateralen Bänder – Wackelknie – Arthrose Überlastung des äusseren Fussrandes, statische Beschwerden (siehe unten		– evtl. Störung im Patellarspiel – Lateralisierung, evtl. Subluxation der Patella – Knieschmerzen
Crus varum → Genu varum → Varusstellung des oberen Sprunggegelenkes (Fehlstellung über 5° führt meist zu Störungen im unteren Sprunggelenk (siehe unten) Knickfuss oder Belastung des äusseren Fussrandes	Tibia-Innentorsion – Innendrehung des Fusses, Gangstörung, Stolpern, evtl. Knieschmerzen – Überlastung des äusseren Fussrandes, evtl. kompensatorischer Knickfuss	Tibia-Aussentorsion – Fussachse weicht nach aussen ab → Überlastung der medialen Fusswölbung – evtl. Knickplattfuss
Asymmetrische Überlastung des Gelenkes, Dehnung der fibularen Seitenbänder – Tendenz zur Aufklappung in Supination. Chronische Distorsionen, Schmerzen am lateralen Knöchel	Rotationsfehlstellung der Fibula hat Inkongruenz des oberen Sprunggelenkes zur Folge	
Tendenz zu Klumpfuss, zur Kontraktur im unteren Sprunggelenk – Überlastung des äusseren Fussrandes – Druckstellen, Clavi, Schmerzen, schwere Gangstörung		

12.7. Allgemeine Richtlinien zur Vermeidung und Behandlung von Deformitäten

Die Übergänge von gesund zu krank sind *fliessend,* und die Beurteilung der Zusammenhänge ist oft nicht einfach. In jedem Fall sollte versucht werden, folgende Fragen so weit als möglich abzuklären:
- Welche *biomechanische Wirkung* hat eine bestimmte Deformität? *(Analyse)* (dazu als *Checkliste* II.12.6.2.).
- Können die *Beschwerden* auf biomechanische Wirkungen von Deformitäten *zurückgeführt* werden? *(Diagnose).*
- *Wie wirkt* sich die Fehlbeanspruchung durch eine bestimmte Deformität aus? *(Prognose).*

Die *Beantwortung dieser drei Fragen wird das Vorgehen im Einzelfall bestimmen.*

12.7.1. *Prophylaxe*

Sie richtet sich nach den Entstehungsmechanismen der Deformitäten.
- *Fehlstellungen des Knochens*
  - Kongenital: Diagnose sofort nach der Geburt und Frühbehandlung.
  - Wachstumsstörung: Frühbehandlung wenn nötig, sonst regelmässige Kontrollen bis zum Wachstumsabschluss.
  - Stoffwechselkrankheiten (Rachitis, Osteomalazie): Diagnose und Behandlung der Grundkrankheit (siehe II.3.).
  - Frakturen: Diagnose, exakte Reposition und Retention, gegebenenfalls Osteosynthese (siehe II.15.).
- *Fehlstellungen der Gelenke*
  - Lähmungen: Lagerung in Funktionsstellung, Schienen (siehe II.8.).
  - Gelenkkrankheiten: Erhaltung der Gelenkbeweglichkeit, gezieltes Einwirken gegen die drohende Deformität, evtl. Schienen usw. (siehe II.10. und II.11.).
  - Verletzungen und Krankheiten, welche Ruhigstellung erfordern: Erhaltung der Funktionsstellung mittels korrekter Lagerung, Gips, Schienen, gegebenenfalls Operation (siehe I.C.3. und I.C.4.).

12.7.2. *Therapie*

12.7.2.1. *Im Wachstumsalter*

Es ist erstaunlich, wie weit sich Deformitäten im Wachstumsalter noch verändern können (siehe I.A.5. und II.2.). Die Prognose zu stellen ist manchmal schwierig. Immer wieder steht man vor der Frage, ob eine Korrektur auszuführen sei, oder ob man abwarten soll.

Orthopädische Behelfe, wie Schienen, Apparate usw. sind in relativ wenigen Fällen indiziert: Sie haben nämlich nur eine Wirkung, wenn sie *lange Zeit,* d.h. während Monaten bis Jahren ganztags oder wenigstens während der ganzen Nacht getragen werden. Solche Massnahmen sind aber für die Kinder und ihre Mütter mit sehr viel Unannehmlichkeiten verbunden und werden ihnen deshalb nicht gerne ohne Not zugemutet.

Turnen, Massagen usw. haben ebenfalls keinen sicher messbaren Einfluss. Immerhin kann die aktive Gymnastik bei Haltungsdeformitäten wertvoll sein, so wie der Wert eines körperlichen Trainings allgemein unbestritten ist.

Persistierende Deformitäten können nur mit einer *Korrekturosteotomie* sicher behoben werden. Der Entschluss zu einem solchen Eingriff wird selten in einer ersten Untersuchung gefasst werden. Ist die Prognose nicht sicher, so kann abgewartet werden.

Wesentlich bei der Behandlung der Deformitäten im Kindesalter ist die *lange Beobachtung,* grundsätzlich bis zum Wachstumsabschluss oder noch darüber hinaus. *Regelmässige Kontrollen* in Abständen von ¼ Jahr, 1 oder 2 Jahren sind die *wichtigsten Massnahmen* im Behandlungsplan. Fast alle Deformitäten verändern sich im Verlaufe des Wachstums, viele davon, vor allem auch Achsenfehler nach Frakturen, korrigieren sich spontan, sie «wachsen aus». Bei diesen ist keine Therapie notwendig. Andere verschlimmern sich. Verlaufskontrollen gestatten ein rechtzeitiges Eingreifen.

Zuverlässige Verlaufskontrollen sind praktisch schwierig durchzuführen, das Gedächtnis lässt meist im Stich. Angaben von Patienten oder Eltern sind sehr unzuverlässig. Auch schriftlich fixierte Befunde sind zu wenig genau, um eine Veränderung von einer Kontrolle zur nächsten zu erfassen.

Für solche Verlaufskontrollen sind objektive *genaue Dokumente* notwendig, wie *Röntgenaufnahmen* und *Photographien* der Deformität. Wichtig ist, dass die Aufnahmen immer in der gleichen Stellung, am besten in einer *standardisierten Position* angefertigt werden. *Photographien* sind besonders nützlich!

Im Kindesalter sind *Beschwerden* bei Deformitäten *selten.* Die Korrektur ist deshalb – wenn sie nicht aus kosmetischen Gründen ausgeführt wird – in der Regel eine *Prophylaxe* von statischen Beschwerden und degenerativen Krankheiten. Eine genaue Kenntnis der Prognose, des schicksalsmässigen Verlaufes, ist dafür Voraussetzung. Die damit zusammenhängenden Probleme sind in den Kapiteln über orthopädische Prophylaxe I.C.4.2. sowie im folgenden über Häufige Normvarianten bei Kindern, II.13., dargelegt.

12.7.2.2. *Im Erwachsenenalter*

Deformitäten im Erwachsenenalter bessern sich spontan nicht mehr. Entweder bleiben sie unverändert oder sie verschlimmern sich noch. Beschwerden sind wesentlich häufiger als im Wachstumsalter. Oft wird deshalb die *Korrektur* einer Deformität auch die Therapie der *Beschwerden* sein. Dies sind die dankbarsten Fälle (gelenknahe Osteotomien an Hüfte und Knie). Therapeutische Operationen sind auch dem Patienten gegenüber leichter zu motivieren, als rein prophylaktische. Bei fortgeschrittenen degenerativen Gelenksveränderungen ist die Korrektur der Fehlstellung unter *Ausschaltung des Gelenkes* (Arthrodese) manchmal der Osteotomie vorzuziehen.

Bei alten, Jahre und Jahrzehnte beschwerdefrei ertragenen Deformitäten hat eine weitreichende *funktionelle Anpassung* stattgefunden in den benachbarten Gelenken und im ganzen Bewegungsapparat. Korrekturosteotomien können leicht zur Zerstörung dieser Anpassung und zum Misserfolg führen. Die Indikation ist in solchen Fällen sehr schwierig, und oft wird der Zustand am besten belassen wie er ist.

13. Häufige Normvarianten bei Kindern

13.1.1. *Allgemeines*

In der täglichen ärztlichen Praxis gehört die Beurteilung von mehr oder weniger grossen «Deformitäten» des Bewegungsapparates bei Kindern zu den häufigeren Aufgaben.

Es handelt sich vor allem um so gewöhnliche Dinge wie Knickfüsse, Plattfüsse, X- und O-Beine, Einwärts- und Auswärtsrotation von Füssen und Beinen, «unschönen Gang», «schlechte Haltung» mit abstehenden Schultern, Rundrücken und Hohlkreuz, bei im übrigen vollständig gesunden Kindern. Meist sind die Eltern ängstlich, nicht selten verunsichert durch Bemerkungen von Verwandten, Bekannten, wohlmeinenden Nachbarn, und nicht zuletzt von paramedizinischen Gewährsleuten und Artikeln in der Laienpresse.

Es gilt, zu erkennen, ob tatsächlich ein pathologischer, behandlungswürdiger Zustand vorliegt, oder, was weitaus häufiger ist, ob es sich um eine Variante im Rahmen der Norm handelt mit guter Prognose. In diesem Fall ist die Aufklärung und Beruhigung der Eltern das wichtigste.

Zwei Faktoren sind für die *Beurteilung* wesentlich:

13.1.1.1. *Der spontane Verlauf während der Wachstumsperiode*

Im Verlaufe der Kindheit, von der Geburt bis zur Adoleszenz, ändern sich Form und Haltung ständig, und zwar in verhältnismässig weitem Rahmen. So geht z.B. die bei der Geburt regelmässig vorhandene Varusstellung der Beine im Verlaufe der ersten Lebensjahre in der Regel in eine leichte Valgusstellung über, welche sich schliesslich bis zum Wachstumsabschluss ausgleicht (siehe auch Beinachsen im Kindesalter, III.C.4.6.1.2.) (Abb. 301 und 589).

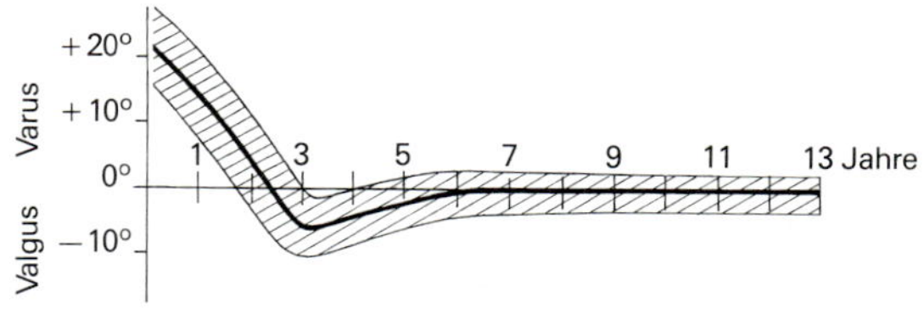

Abb. 301. Die Entwicklung des *Kniewinkels beim Kind.* Die O-Beine des Neugeborenen werden in den drei ersten Lebensjahren meist zu leichten X-Beinen, welche in den folgenden Jahren bis zur Pubertät in der Regel gerade werden.

Der Kurve liegen etwa 1500 Winkelmessungen von SALENIUS zugrunde. Sie stellt einen *Mittelwert* dar. Die Werte im schraffierten Band liegen etwa im Bereiche der Norm.

Auch andere röntgenologisch messbare Winkel, wie z.B. der Antetorsionswinkel des Schenkelhalses, *ändern sich* im Verlaufe des Wachstums erheblich. Dieser Winkel (AT-Winkel) hat eine konstante Tendenz, kleiner zu werden und bis zum *Wachstumsabschluss normale Werte* zu erreichen. Diese Entwicklung ist massgebend für die Beurteilung der Prognose (vgl. III.C.2.4.4.).

Kleinkinder haben, wenn sie erstmals aufstehen, häufig ein hohles Kreuz, einen vorgewölbten Bauch, knicken mit den Füssen um oder verdre-

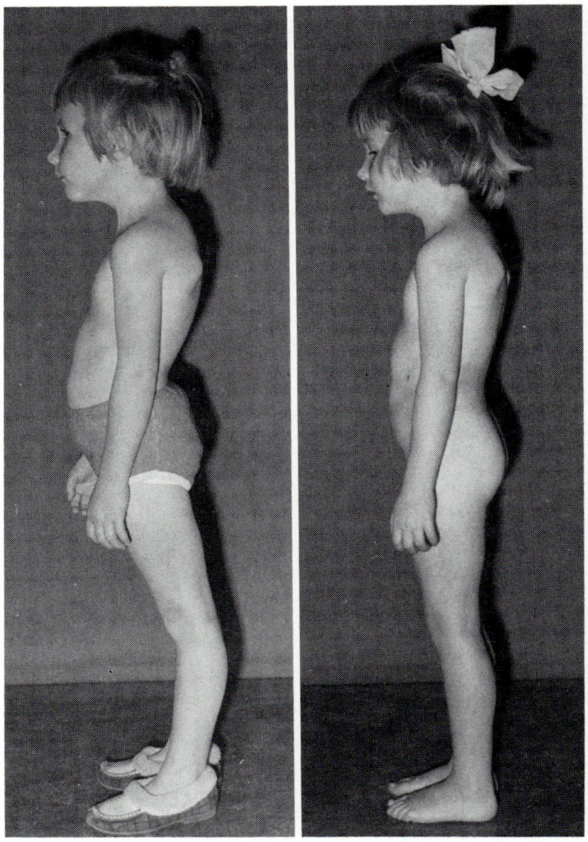

a b

Abb. 302. *Haltungswandel.*

a Dieses gesunde 4jährige Mädchen zeigt noch ein typisches Haltungsmuster des Kleinkindes: Schlaffe Haltung mit vorgestrecktem Bauch, Oberkörper zurückgelehnt, Hyperlordose, fallende, abstehende Schultern. Die Knie sind in diesem Alter oft noch stark überstreckbar.

b Dasselbe Mädchen ein Jahr später: Die kleinkindliche Haltung ist weitgehend verschwunden.

hen sie. Haben sie sich einmal an den aufrechten Stand gewöhnt, verschwinden diese «Haltungsstörungen» wieder (Abb. 302).

13.1.1.2. *Die physiologische Schwankungsbreite*

Sie ist verhältnismässig gross. Sogenannte «Normwerte» sind statistische Mittelwerte. Individuelle Abweichungen davon sind in einem relativ weiten Rahmen noch als «physiologisch», als «Normvarianten» anzusehen. So wie ein Gesicht sich von jedem anderen unterscheidet, sind auch Form und Haltung des Bewegungsapparates individuell verschieden in einem gewissen Rahmen. So hat auch jeder Mensch ein für ihn typisches Gangbild, woran man ihn von weitem erkennen kann.

Es wäre deshalb falsch, jede Abweichung von einem sogenannten «Normwert» für pathologisch und behandlungsbedürftig anzusehen (vgl. auch I.C.4.2.4.) (Abb. 303).

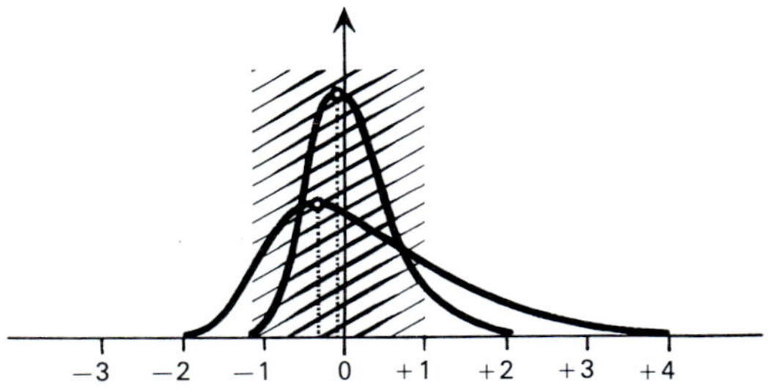

Abb. 303. *Was ist «normal»?*

Oft werden anatomische Messwerte, z.B. am Lebenden oder auf Röntgenbildern gemessene Winkel, als «Normalwerte» angegeben, wobei ausgesprochen oder unausgesprochen angenommen wird, dass alles andere «abnormal», wenn nicht «pathologisch» sei. Worauf stützt sich eine solche Annahme?

Biologische Messwerte sind häufig Gausssche Normalverteilungen, mit den sog. «Glockenkurven» darstellbar. Oft sind es «schiefe Glocken», bei denen der Null-Punkt der Kurve (Medianwert: 50% der Werte liegen oberhalb, 50% unterhalb dieses Punktes), der Mittelwert und die häufigste Verteilung (Scheitelpunkt der Kurve) *nicht* mehr zusammenfallen. Je flacher und schiefer die Kurve, desto weiter fallen diese Werte auseinander und desto grösser ist die *Streuung* zu beiden Seiten.

Unsere sog. «Normalwerte» sind Mittelwerte aus einer relativ kleinen Anzahl von Messwerten. Die Streubreite ist selten angegeben.

Was ist hier «normal» und was «abnormal» oder «pathologisch»? Vielleicht etwa, was innerhalb bzw. ausserhalb des schraffierten Streubereiches liegt? Eine eindeutige Definition fehlt.

Dies bedeutet nicht, dass genaue Messungen wertlos seien. Sie sind im Gegenteil wichtige Entscheidungsgrundlagen für den Arzt. Der Entscheid selbst wird ihm aber von diesen *nicht* abgenommen, er muss ihn selbst verantworten.

13.1.2. *Wesen der häufigsten Normvarianten*

Viele der oben angeführten gewöhnlichen Normvarianten der kindlichen Haltung beruhen auf einer dem Kindesalter eigenen, besonders ausgesprochenen *Beweglichkeit* und Elastizität der Gelenke, welche man sonst nur noch bei Artisten findet. Eine solche allgemeine Hypermobilität der Gelenke ist bei kleinen Kindern überaus häufig. Sie nimmt ab, je älter die Kinder werden, und bei Erwachsenen trifft man sie nur noch selten. Daraus lässt sich schliessen, dass in den meisten Fällen die dehnbaren Bänder im Laufe des Wachstums straffer und damit die Gelenke stabiler werden. Dies gilt vor allem für die kindlichen *Knick- und Plattfüsse* (siehe III.C.7.), sowie für die *X- und O-Beine* (siehe III.C.4.6.2.1.).

Die *Unterscheidung* dieser *«Haltungsdeformitäten»* von eigentlich pathologischen Deformitäten ist verhältnismässig leicht, indem die «Fehlstellung» im unbelasteten Zustand verschwindet und die Gelenke gut, ja eher besser *beweglich* sind als normal, während krankhafte Deformitäten in der Regel *fixiert* (strukturell) sind, bei steiferen Gelenken (siehe II.12.1.4.: Fixierte und nicht fixierte Deformitäten, sowie III.B.6.: Form und Haltung der Wirbelsäule; III.C.7.5.: Fussdeformitäten).

Da die spontane Prognose in der Regel gut ist, drängt sich eine *Therapie* nur in besonders ausgeprägten Fällen auf. In Abschnitt I.C.4.2.3. und folgenden ist ausgeführt, warum prophylaktische Operationsindikationen kaum je gegeben sind.

Eine *weitere Gruppe* von *häufigen Normvarianten* betrifft:

13.1.3. *Torsionsprobleme an den unteren Extremitäten*

Auswärtsgang oder *Einwärtsgang,* in der Regel mit beiden Beinen bzw. Füssen, sind überaus häufige Klagen, mit welchen Mütter ihre Kinder zur Kontrolle bringen. Die Kinder selbst allerdings klagen nicht, denn sie haben praktisch nie Beschwerden. Meistens ist das beanstandete Gangbild ausgeprägter bei kleinen Kindern als bei älteren, sowie wenn das Kind müde ist. Natürlich kann ein Mensch einwärts gehen wie ein Trottel oder auswärts wie Charlie Chaplin, auch wenn die anatomischen Verhältnisse seiner unteren Extremitäten in Ordnung sind. Tatsächlich tun das manche Kinder, und wahrscheinlich fördern gewisse Gewohnheitsstellungen und -haltungen eine derartige Tendenz. Man wird versuchen, solche Gewohnheiten herauszufinden und nach

Möglichkeit abzustellen (was allerdings nicht zu einem Familienstreit führen sollte).

Solche Gewohnheiten sind:

- Auswärts- resp. Einwärtsdrehung der Beine und Füsse bei bestimmten, vom *Säugling* gewohnheitsmässig eingenommenen Stellungen, wie z.B. Abspreizung der Beine und Füsse in Froschstellung, oder liegen auf den angezogenen und einwärtsgedrehten Füssen.
- Auswärtsdrehung der Füsse und Einwärtsdrehung der Hüften im «umgekehrten Schneidersitz» (am Boden mit den Füssen seitlich): «Fernsehsitz».

Anatomische Abweichungen von den «normalen» Torsionsverhältnissen sind nicht einfach zu erfassen, und es gibt keine objektive Methode, die Torsion an der unteren Extremität exakt zu messen (Ausnahme: Schenkelhals, siehe III.C.2.4.4.).

Einzelne Torsionsvarianten:

1. *Einwärtsgang* (toeing in) ist überaus häufig bei Kindern. Wenn eine verstärkte Innentorsion vorhanden ist, kann sie im Fuss lokalisiert sein (Pes adductus, III.C.7.3.2.), in der Tibia oder an beiden Stellen, aber auch in der Hüfte (vermehrte Antetorsion des Schenkelhalses mit vermehrter Innenrotation der Hüftgelenke, bis zu 90°) (siehe Torsionsvarianten am Schenkelhals, III.C.2.4.4.) (Abb. 304).

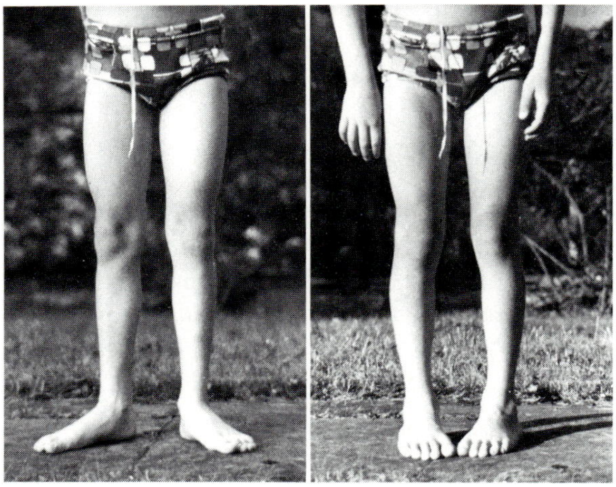

a b

Abb. 304. Dieser gesunde Knabe demonstriert:

a *Auswärtsgedrehte Beine.* Die Knie schauen nach aussen, die Füsse noch stärker, infolge leichter Knickfussstellung. Bei voll durchgestreckten Knien entsteht der Eindruck von X-Beinen. Manche Kinder und auch viele Erwachsene haben eine Tendenz, so zu gehen.

b *Einwärtsgedrehte Beine.* Die Kniescheiben schauen ein wenig nach innen, die Füsse noch stärker, infolge einer leichten Varus- und Adduktionsstellung. Die Fusswölbung ist etwas erhöht. Bei durchgestreckten Knien entsteht der Eindruck von O-Beinen.
Viele kleine Kinder stehen und gehen so, doch geht diese Tendenz mit dem Wachstum regelmässig zurück, so dass bei Erwachsenen ein solcher Stand und Gang seltener ist.

Beide Varianten sind Ausdruck der persönlichen Eigenart des Individuums und nicht pathologisch, ausser in extremen Fällen.

Die *Behandlung* besteht im Vermeiden von Gewohnheiten, welche die Deformität verstärken (umgekehrter Schneidersitz, siehe oben), bei verstärkter Verdrehung Nachtschienen: Schuhe werden mit einem Querstab verbunden und in Aussenrotation gehalten. Tagschienen sind ohne Wirkung, ebensowenig Einlagen. In den allermeisten Fällen verschwindet der Einwärtsgang vollständig oder weitgehend bis zur Adoleszenz.

Nur in ganz seltenen Ausnahmefällen wird eine beidseitige Derotationsosteotomie der Femora nötig werden (vgl. I.C.4.2.3.). Während Derotationsosteotomien bei Hüftdysplasien wahrscheinlich die Hüftentwicklung günstig zu beeinflussen vermögen, haben solche prophylaktisch gedachten Osteotomien bei *einfacher vermehrter Antetorsion des Schenkelhalses keine rationale Grundlage,* mindestens solange die Annahme, dass vermehrte Antetorsion zur Arthrose prädisponiere, eine reine Hypothese bleibt. Aber auch wenn diese Annahme sich als richtig erweisen sollte, bliebe noch zu zeigen, dass der Nutzen der Operation grösser wäre als ihre Gefahren (vgl. III.C.2.4.4.).

Innenrotationsfehlstellungen infolge Lähmungen (vor allem C.P.) oder bei kongenitalem Klumpfuss lassen sich in der Regel leicht erkennen.

2. *Auswärtsdrehung* der Beine ist häufig bei kleinen Kindern und besonders auffällig, wenn sie zu stehen und gehen beginnen. Die Torsion sitzt oft in der Hüfte (Aussenrotation bis 90°, Innenrotation nur um wenige Grade möglich), aber auch eine Knickfussstellung mit Abduktion des Vorfusses können dazu beitragen. Die Fussstellung verlangt gelegentlich eine Behandlung (mit Einlagen: siehe III.C.7.5.1.), im übrigen ist keine Therapie notwendig, die *Prognose* ist praktisch immer *gut.*

Aussenrotationsfehlstellungen infolge von Lähmungen oder juveniler Epiphysenlösung lassen sich leicht abgrenzen (einseitig, Schmerzen, Alter).

3. Relativ häufig ist die *Kombination* von verstärkter Innenrotation im Femurbereich mit Aussenrotation im Unterschenkel. Beim Gehen kommt das sog. «kneeing in» zustande, d.h. das Kniegelenk ist etwas nach innen gedreht, während Hüfte und Fuss gerade stehen. Eine wirksame Therapie ist nicht bekannt, erübrigt sich aber angesichts der guten Prognose.

13.1.4. *Prognose*

Bei allen den genannten Zuständen, statischen Deformitäten, Haltungsstörungen, Torsionsvarianten bestehen – verglichen mit ihrer Häufigkeit – sehr selten Beschwerden. Auch im späteren Leben machen sie nicht wesentlich viel mehr Beschwerden, als sogenannte «normale» Beine und Rücken. Die Prognose ist also im allgemeinen gut, wenn sie auch im Einzelfall nicht genau vorausgesagt werden kann.

Prophylaktische Massnahmen sind deshalb nicht von vornherein sinnvoll oder grundsätzlich angezeigt. Das grosse Problem liegt darin, dass wir uns noch weitgehend im Dunkeln bewegen, was unsere Kenntnisse über die Prognose betrifft, und weit mehr Vermutungen und Hypothesen haben als gesicherte Unterlagen. Unter diesen Umständen *müssen an prophylaktische Massnahmen folgende Anforderungen gestellt werden:*

- *Kontrollierbare Wirkung.* (Nur wenige Schienen und Apparate haben eine solche.)
- *Tatsächliche Verbesserung der Langzeitprognose.* Dies ist bei der Mehrzahl der Fälle nicht möglich, weil die Prognose ohnehin gut ist. Wieweit in den übrigen Fällen die Prognose auf lange Sicht wirklich verbessert werden kann, ist meist schwer zu sagen und lässt sich kaum objektivieren.
- *Zumutbarkeit.* Die Massnahmen sollen dem Kind und seiner Mutter das Leben nicht zu stark vergällen. (Manche Apparate, viele Anordnungen, Gebote und Verbote tun das.)
- *Unschädlichkeit.* Wird eine Operation erwogen, so müssen ihre Gefahren in einem vertretbaren Verhältnis zum gesicherten Nutzen stehen. Dies ist nur ausnahmsweise der Fall. Grundsätzliches zur Operationsindikation, besonders auch zu prophylaktischen Operationen, siehe I.C.4.2.

In der *überwiegenden Mehrzahl der Normvarianten* sind die *Beruhigung der Mutter* und die *Ermunterung des Kindes zur Bewegung* das Wichtigste.

14. Überlastungsschäden

Begriff: Mechanische Beanspruchung auszuhalten ist die Aufgabe des Bewegungsapparates, er braucht diese Beanspruchung. Schäden durch Überbeanspruchung am gesunden Bewegungsapparat, abgesehen von Verletzungen durch plötzliche massive Gewalteinwirkung (Frakturen, Bänderrisse), sind deshalb selten (vgl. I.A.2. und I.A.3.).

Überlastungsschäden entstehen denn auch meistens *auf dem Boden von lokalen Vorschädigungen* (siehe II.11.2.). Die chronische Schwächung derart vorgeschädigter Gewebe kann zum *plötzlichen Riss oder Bruch* unter an sich normaler Beanspruchung führen. Auf diese Weise kommt das für diese Überlastungsschäden *typische klinische Erscheinungsbild* zustande: während längerer Zeit mässig starke *chronische* Beschwerden, und dann *plötzliches akutes Ereignis,* welches als Unfall imponiert (Tab. 21).

Tab. 21. Überlastungsschäden.

Gewebe	Ursache (chronisch)		Überlastungsschäden (akut)
1. *Sehne*	degenerativ		Sehnenriss
2. *Knochen*	ungenügende mechanische	→	pathologische Fraktur
	Stabilität, mangelnde Regeneration	↘ ↗	Ermüdungsbruch
Meniskus	degenerativ		Riss

14.1. Sehnenrupturen

Sehnen als bradytrophe Gewebe erleiden gelegentlich degenerative Veränderungen ohne reaktive Erscheinungen. Typische Prädilektionsstellen sind:

- Supraspinatussehne
- lange Bizepssehne
- Quadrizepssehne
- Achillessehne

doch auch andere, wie Daumen- und Fingerstrecksehnen, tibialis anterior, können befallen sein.

Die Sehnenruptur tritt häufig *ohne nennenswertes Trauma plötzlich* ein. Die vorgängige Degeneration hat ohne Symptome stattgefunden, ohne Entzündung und ohne Schmerzen. Sehnenrupturen werden nicht selten übersehen, *nicht* oder *zu spät diagnostiziert.* Damit verschlechtert sich die Chance zur Wiederherstellung.

Ein *plötzliches Ereignis* bei einem Mann der mittleren Altersgruppe (Frauen sind seltener betroffen), besonders während sportlichen Aktivitäten ohne vorheriges Training, mit Schmerzen und Funktionsstörungen an einer der Prädilektionsstellen, *muss an eine Sehnenruptur denken lassen.*

Für *Klinik* und *Therapie* siehe auch die einzelnen Lokalisationen im speziellen Teil.

Sehnenrupturen kommen auch bei anderen pathologischen Veränderungen vor, so z.B. Strecksehnenrisse an der polyarthritischen Hand.

14.2. Ermüdungs- und pathologische Knochenbrüche

Bei *vorgeschädigten* Knochen, deren mechanische Festigkeit wegen Defekten vermindert ist (Zysten, Tumoren, Metastasen, Paget, Osteogenesis imperfecta usw.) braucht es ein *geringfügiges Trauma* um den Knochen zu *brechen:*

14.2.1. *Pathologische Frakturen*

Wenn solche Frakturen ohne ein nennenswertes Trauma (ohne Unfall) zustande kommen, nennt man sie *Spontanfrakturen.*

Umgekehrt muss ein *nicht adäquates Trauma* in der Anamnese einer Fraktur den *Verdacht* auf

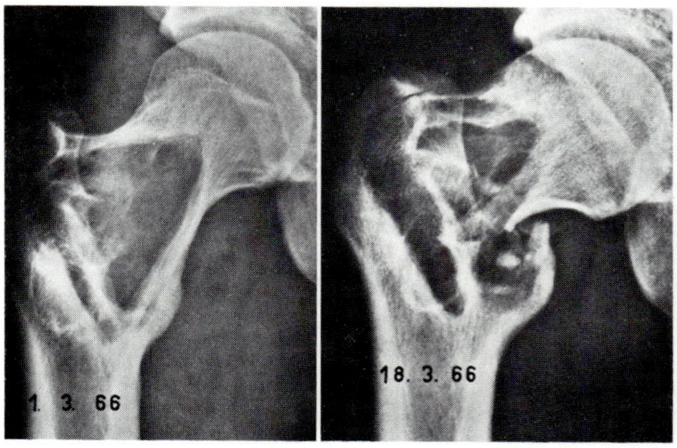

a b

Abb. 305. *Pathologische Fraktur.*

a Proliferatives ossifizierendes Fibrom bei einem 20jährigen Mann, der wegen geringfügiger Beschwerden den Arzt aufsuchte.

b Wenige Tage später Schenkelhalsfraktur ohne eigentliches Trauma. Therapie: Einsetzen einer Tumorprothese (siehe Abb. 230).

eine *pathologische Fraktur* lenken und nach einem Grundleiden zu suchen veranlassen (Abb. 305 und 229).

Die Heilung einer pathologischen Fraktur hängt unter anderem von der Grundkrankheit ab: Frakturen bei juvenilen Knochenzysten z.B. heilen rasch aus, meist sogar mitsamt der Zyste. Auch sonst ist die spontane Heilung in vielen Fällen möglich. (Osteogenesis imperfecta, Paget.) Aggressive Prozesse hingegen stören den Heilungsprozess stärker oder verhindern ihn ganz (Tumoren, Metastasen).

Die *Therapie* richtet sich ebenfalls nach der Grundkrankheit. Häufig sind Osteosynthesen und *Knochentransplantationen nötig.* Die Therapie von pathologischen Frakturen bei Tumoren ist im Tumorkapitel (siehe II.7.5.1.) beschrieben.

14.2.2. *Ermüdungsbrüche*

Biomechanik und *Pathophysiologie* der Ermüdungsbrüche am Knochen wurden im allgemeinen Teil (I.A.4.1.2.) ausführlich beschrieben. Sie treten auf bei einem *Missverhältnis* zwischen Beanspruchung und Festigkeit des Knochens:

14.2.2.1. *Verminderte mechanische Festigkeit des Knochens*

1. allgemein:
- Osteomalazie
- renale Osteopathien

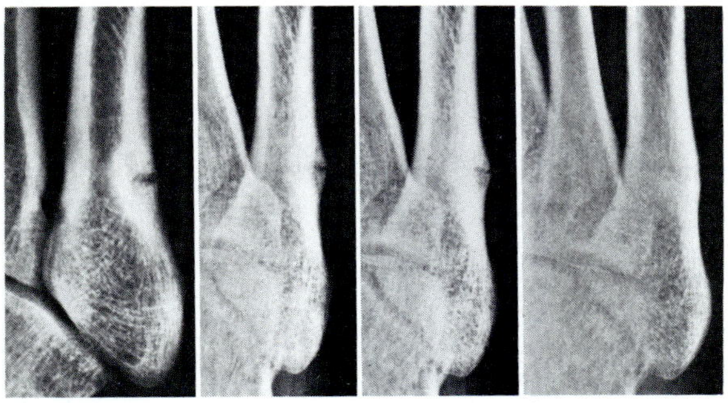

a b c d

Abb. 306. *Ermüdungsfraktur* im Röntgenbild, Verlauf: «Marschfraktur» am fünften Metatarsale bei einem 20jährigen Rekruten.

a Nach längeren Fussmärschen hatte er zunehmende Schmerzen am äusseren Fussrand. Der Knochenriss ist nicht immer so deutlich zu sehen wie hier.
b In einem etwas schrägen Bild ist wenig später bereits ein periostaler Kallus sichtbar.
c Zwei Monate später ist die schleichende Fraktur in Heilung. Einige Wochen Schonung genügten.
d Ein Jahr später. Feste knöcherne Konsolidierung mit Verdichtung und Verdickung des Knochens (vgl. auch Abb. 681 und 498).

- Paget
- andere (stoffwechselbedingte) Osteopathien.

Hartnäckige Schmerzen weisen auf *schleichende Frakturen* hin. Das *röntgenologische Bild* ist typisch: schmale unscheinbare «Risse» in der Knochenoberfläche an Orten grösster Beanspruchung: Schenkelhals, Adambogen, Tibiakopf, Scham- und Sitzbeinast (Abb. 306 und 681).

Solche «schleichende Frakturen» wurden als «Loosersche Umbauzonen» beschrieben, ihr multiples Auftreten als «Milkmans Syndrome».

Neben der *Therapie* der Grundkrankheit ist Schonung, zeitweilige Ruhigstellung, selten eine Operation, etwa eine Aufrichteosteotomie bei Coxa vara notwendig (Abb. 498 und 499).

2. lokal

Bei lokaler Schwächung der Knochenstruktur, z.B. Knochendefekte (nach Osteitis, nach operativer Ausräumung von Osteitiden oder Tumoren, bei Knochennekrosen, z.B. nach Röntgenbestrahlung).

Die *Therapie* richtet sich auch hier nach der *Grundkrankheit.* Manchmal sind Osteosynthesen, verbunden mit autologer Knochentransplantation, nötig.

14.2.2.2. *Übermässige Beanspruchung*

1. lokal: bei bestimmten mechanisch stark überbeanspruchten Knochenabschnitten, z.B. wegen Achsenfehlern.
- Coxa vara (angeboren oder erworben) (siehe III.C.2.4.1.)
- kongenitale Tibia vara (→ Tibiapseudarthrose!) (III.C.5.1.1.)
- Knochentransplantate (die der Beanspruchung nicht entsprechen)

2. allgemein: mangelndes Training
- die sogenannten «Marschfrakturen».

14.2.2.3. *«Marschfrakturen»*

werden beobachtet bei jungen Leuten, welche untrainiert grössere Marsch- oder andere körperliche Leistungen absolvieren müssen, z.B. am Anfang einer Rekrutenschule.

Typische Lokalisationen von Ermüdungsfrakturen:

1. Metatarsale II und III (siehe III.C.7.7.1.8.)
2. Schenkelhals
3. Tibiakopf (Abb. 308)
4. Femur- und Tibiaschaft
5. andere (Abb. 307).

Diagnose: Nur wer daran denkt, stellt sie. Hartnäckige *Schmerzen* nach Anstrengungen, welche

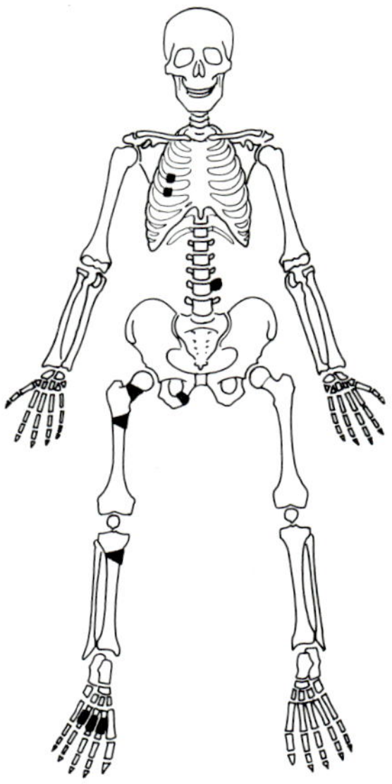

Abb. 307. *Typische Lokalisationen von Ermüdungsbrüchen* (in der Reihenfolge ihrer Häufigkeit).

1. Metatarsale II und III (siehe III.C.7.7.1.8.)
2. Schenkelhals
3. Tibiakopf
4. Femur- und Tibiaschaft
5. andere.

nicht bald wieder verschwinden, an typischer Stelle, wecken Verdacht. Am *Fuss* oder am *Schienbein,* wo der Knochen dicht unter der Haut liegt, wird bald eine harte, schmerzhafte Schwellung tastbar.

Der Befund auf dem *Röntgenbild* ist am Anfang überaus diskret: man findet zuerst evtl. nur eine kleine Infraktion, eine Umbauzone, später dann einen kleinen dichten *Kallus.* Dieser kann denn auch das *erste* und *einzige* Zeichen der Ermüdungsfraktur sein. Im Verlaufe der Heilung kann der Kallus noch mächtig wachsen.

Therapie: Ein Dispens von grösseren körperlichen Leistungen, eine gewisse Schonung während vier bis sechs Wochen genügt in der Regel, die «schleichende Fraktur» ausheilen zu lassen. Selten ist eine längerdauernde Ruhigstellung (Gips) notwendig (Abb. 308).

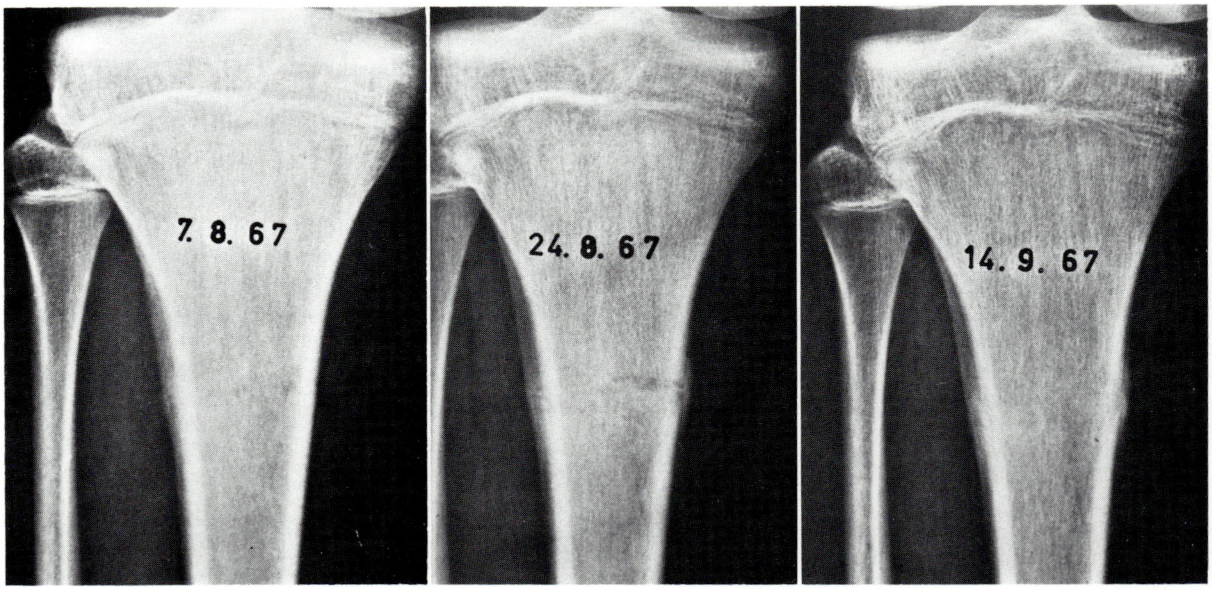

a b c

Abb. 308. Ermüdungsfraktur in der Tibia unterhalb des Knies bei einem 16jährigen Jungen, der kurz zuvor ein intensives sportliches Training begonnen hatte.

a Das erste Röntgenbild, das wegen zunehmender Schmerzen gemacht wurde, zeigt lediglich eine feine periostale Auflagerung lateral und minimale Strukturunregelmässigkeiten im Tibiaschaft.

b Zweieinhalb Wochen später ist ein feiner Frakturspalt zu sehen, eine leichte Verdichtung der Knochenstruktur in der Umgebung und ein kleiner periostaler Kallus auch medial.

c Weitere 3 Wochen später ist die Fraktur wieder geheilt. Die Behandlung bestand lediglich darin, dass der Junge das Bein etwas schonte.

15. Verletzungen des Bewegungsapparates

Die Zunahme der Unfälle – Verkehr, Technisierung der Arbeit, Sport – macht Verletzungen am Bewegungsapparat und ihre Folgen zu einem der volkswirtschaftlich bedeutendsten Faktoren, was Arbeitsausfall und Invalidität betrifft.

Es erscheint logisch, dass die Orthopädie, welche seit jeher Chirurgie des Bewegungsapparates betrieben hat, sich auch mit den Verletzungen des Bewegungsapparates, vor allem mit den Frakturen befasst, wie sie das in den angelsächsischen Ländern immer getan hat. Sie ist umsomehr dazu verpflichtet, als eine *grosse Anzahl von Unfallfolgen schliesslich* in die *Behandlung der Orthopäden kommt.* Die Kenntnis dieser Unfallfolgen ermöglicht eine *retrospektive Analyse der Frakturbehandlungsmethoden* und damit eine Revision und Modifikation dieser Methoden, dort wo sie zu wünschen übrig lassen. Die Beschäftigung mit der *Funktion* des Bewegungsapparates erlaubt es der Orthopädie zudem, die vorwiegend morphologisch orientierte Frakturbehandlung des Chirurgen durch *funktionelle Gesichtspunkte* zu ergänzen und zu modifizieren.

Diese Aspekte sollen im folgenden Abschnitt vor allem hervorgehoben werden, während eine umfassende Darstellung der Frakturbehandlung über den Rahmen dieses Buches hinausgehen würde.

Unter den Verletzungen des Bewegungsapparates haben die *Knochenbrüche* weitaus die grösste Bedeutung, wobei die *offenen* Brüche wegen der Infektionsgefahr und die *Gelenkbrüche* wegen ihres Einflusses auf die Gelenkfunktion besondere Fragen aufwerfen.

Wegen der möglichen Spätfolgen ist die *Erstbehandlung von frischen Bandverletzungen,* einschliesslich der traumatischen Luxationen, äusserst wichtig und *rechtfertigt einige Bemerkungen* im Rahmen der orthopädischen Chirurgie.

15.1. Luxationen und Bandverletzungen

Die meisten Gelenke sind gut durch Bänder gesichert, so dass sie nur luxieren können, wenn durch grosse Krafteinwirkung *ein Teil der Bänder reisst.*

Manche gut geschützte Gelenke luxieren nur, wenn gleichzeitig Bänder und Knochen reissen (Luxationsfraktur, z.B. oberes Sprunggelenk), auch können (z.B. am Kniegelenk) schwere *Bandschäden* entstehen, *ohne* dass das Gelenk luxiert. Also:

Je *beweglicher* ein Gelenk ist, desto *leichter* luxiert es *ohne* massive Bandläsion (z.B. Schultergelenk, Abb. 336).

Je *stabiler* ein Gelenk ist, desto *grössere Band-* (und Knochen-)*verletzungen* entstehen, noch *bevor* es zur Luxation kommt (z.B. oberes Sprunggelenk, Kniegelenk, Abb. 607).

Nach Bandverletzungen und Luxationen besteht die Gefahr, dass eine *Instabilität des Gelenkes zurückbleibt* mit einer Neigung zu:
- *weiteren* (habituellen) *Luxationen* (z.B. Schultergelenk)
- *permanenter Subluxationsstellung* (z.B. Akromioklavikulargelenk, Halswirbelsäule)
- *chronischen Distorsionen* (z.B. oberes Sprunggelenk, Abb. 615)
- *Schlottergelenk* (z.B. Kniegelenk).

Frische Bandverletzungen können rasch und sicher ausheilen, *alte* Bandschäden heilen spontan nicht mehr und sind auch operativ oft nur schwer oder gar nicht zu reparieren. Es ist deshalb wichtig, *bei jeder Gelenkverletzung*
- das *Ausmass der Bandverletzung festzustellen* und
- diese *im frischen Stadium zu behandeln.*

15.1.1. *Zur Diagnose*

Auf gewöhnlichen Röntgenbildern sieht man Bandverletzungen in der Regel nicht.

Eine *Bandverletzung* kann *nur durch funktionelle Prüfung festgestellt* werden. Man testet das Gelenk, ob es stabil ist oder sich aufklappen (subluxieren) lässt.

Dies kann man *klinisch* feststellen: Beim Versuch, das Gelenk aufzuklappen, spürt man, ob das Band Widerstand gibt, ob der Gelenkspalt sich öffnet, und ob falsche Beweglichkeit besteht.

Röntgenologisch lässt sich das Aufklappen des Gelenkspaltes mit einer *Funktionsaufnahme* objektivieren (siehe I.B.2.2.4.2. und Abb. 615).

Selbstverständlich muss die Prüfung vorsichtig erfolgen. Wenn sie zu schmerzhaft ist und nicht eindeutig ausfällt, so kann sie in *Lokalanästhesie* oder Narkose leicht durchgeführt werden. Diese Untersuchung ist entscheidend für den Entschluss zu einer Operation (siehe S. 543 und S. 553).

15.1.2. *Zur Therapie*

Frische traumatische Luxationen und Bandverletzungen werden mit Vorteil einige Zeit *ruhig gestellt,* damit die Bänder Gelegenheit haben, zu heilen. Dazu brauchen sie etwa 6 Wochen. So lassen sich spätere habituelle Luxationen, chronische Distorsionen, Wackelgelenke usw. *vermeiden.*

Sind Seitenbänder, vor allem am Knie und am oberen Sprunggelenk *total durchgerissen,* so retrahieren sich die Bandstümpfe und wachsen nicht mehr Ende an Ende zusammen. Es ist deshalb besser, das Band zu *nähen,* damit es wieder zusammenwachsen kann.

In der Regel ist eine *Ruhigstellung* (im Gips) von etwa 6 Wochen notwendig. Details siehe im speziellen Teil: III.C.4.10.3. (Knie) und III.C.6.1.8.3. (Knöchelgelenk). (Eine *Übersicht* über die *nicht traumatischen Luxationen* findet sich im Abschnitt II.12.5.)

15.2. Zur Frakturbehandlung

Im folgenden sollen vorwiegend *orthopädische Gesichtspunkte* im Hinblick auf die *funktionelle Wiederherstellung* zur Sprache kommen. *Pathophysiologie* und *Frakturheilung* wurden im Kapitel I.A.4. besprochen. Eine einlässliche Beschreibung der *Technik* der Frakturbehandlung liegt ausserhalb des Rahmens dieses Buches. Auf einzelne Frakturen wird im *speziellen Teil* noch eingegangen.

Neben der *Frakturlokalisation* sind mehrere *allgemeine Faktoren* für die *Prognose* sowie für die *Wahl* und *Durchführung* der *Behandlungsmethode* ausschlaggebend:

1. Stabilität
2. Stellung der Fragmente zueinander
3. Gewebszerstörung: Bruchform, Weichteilschaden und Heilungstendenz
4. Vaskularisation und Knochennekrosen
5. Infektionsgefahr (Hautverletzungen)
6. Trophische Störungen: Die «Frakturkrankheit»
7. Begleitverletzungen der Weichteile
8. Allgemeine und mehrfache Verletzungen.

Frakturen bei Kindern sind so verschieden von solchen bei Erwachsenen, dass ihnen ein *eigenes Kapitel* gewidmet wird: siehe II.15.3.: Kinderfrakturen.

15.2.1. *Stabilität*

Es gibt Knochenbrüche, welche *von Anfang an stabil* sind, vor allem Spongiosafrakturen, einfache Stauchungsbrüche der Wirbelsäule, Brüche im spongiösen Bereich von kurzen Knochen (Calcaneus) und der Metaphysen langer Röhrenknochen (z. B. Radiusfraktur loco classico), gewisse Abduktionsbrüche des Schenkelhalses, sogenannte Infraktionen, d. h. nicht ganz durchgehende Frakturen, sowie bestimmte Frakturtypen und -formen, bei welchen der Knochen dank intaktem Weichteilmantel oder der ineinander verkeilten Bruchstücke bereits eine gewisse Stabilität hat. Dazu gehören z. B. Rippenfrakturen und manche Frakturen des Schultergürtels.

Diese Stabilität ist in der Regel *klinisch ohne weiteres nachweisbar.* Das Glied lässt sich relativ schmerzfrei ein wenig bewegen, ohne dass die Bruchstücke sich gegeneinander verschieben; gelegentlich kann der Patient das gebrochene Glied noch selbst bewegen oder sogar noch umhergehen, z. B. mit einer nicht verschobenen Malleolarfraktur. Solche Brüche haben fast immer eine gute und rasche Heilung und neigen kaum zu Komplikationen (Ausnahme: Schenkelhalsfraktur). Wenn die Dislokation der Bruchstücke nicht zu gross ist, so dass sie nicht korrigiert werden muss, ist es am besten, möglichst wenig zu unternehmen, gegebenenfalls zu entlasten oder zu fixieren für einige Zeit.

Besteht bei einer stabilen Fraktur eine Deformität, so muss man sich überlegen, ob der Gewinn einer besseren Stellung den Verlust der Stabilität durch die Reposition wettmacht. Nicht immer ist dies der Fall, denn die Stabilität der Fraktur ist eine wesentliche Hilfe für eine komplikationslose rasche Heilung.

Von grossem Vorteil ist es deshalb, wenn es gelingt, eine *unstabile Fraktur,* bei der sich die Bruchstücke frei gegeneinander bewegen können, in *eine stabile zu verwandeln.* Dies ist häufiger möglich als man gewöhnlich annimmt. Bei *Biegungsfrakturen* z. B. ist der Weichteilmantel, vor allem das Periost, auf der Konkavseite der Fraktur normalerweise intakt. Wenn der Bruch in der dem Unfallmechanismus entgegengesetzten Richtung reponiert wird, wobei man versucht, etwas überzukorrigieren, strafft sich der Weichteilmantel auf der Konkavseite und stabilisiert die Fraktur. In dieser Stellung kann die Fraktur fixiert werden, z. B. mit einem Dreipunktegips (siehe I.C.3.6.2.4.). Eine Überkorrektur ist wegen des straffen Periostmantels ausgeschlossen und eine komplikationslose Heilung lässt selten lange auf sich warten. Es lohnt sich, die Stabilisierungsmöglichkeiten einer Fraktur abzuklären. Mit einem Versuch – allenfalls in Narkose und ohne rohe Gewalt durchgeführt – hat man sich den Weg für andere Therapiemöglichkeiten noch nicht verbaut (siehe Abb. 314, II.15.3.2.).

Manche Brüche lassen sich primär nicht in akzeptabler Stellung im Gips fixieren (z.B. die Mehrzahl der Oberschenkelbrüche, viele Unterschenkel- und Knöchelbrüche). Für diese Fälle ist die

- *konservative Extensionsbehandlung* (siehe I.C.3.5.2.2.) sehr zweckmässig, wenn sie auch einige Nachteile hat. Mit ihr konkurriert die
- *operative* Behandlung, die *stabile Osteosynthese.*

Sie ist in manchen Punkten der konservativen Behandlung überlegen, jedoch grösseren Gefahren ausgesetzt. Die Wahl der Behandlungsmethode hängt in diesen Fällen von verschiedenen Faktoren ab, nicht zuletzt von Möglichkeiten und Begrenzungen einzelner Spitäler und Chirurgen (Abb. 309).

Es sei hier ausdrücklich festgehalten, dass *eine Fraktur nicht unbedingt absolut stabil sein muss, um ausheilen zu können.* Eine instabile Osteosynthese ist aber eine schlechte Voraussetzung für die Frakturheilung. Ihr ist eine konservative Therapie in jedem Falle vorzuziehen.

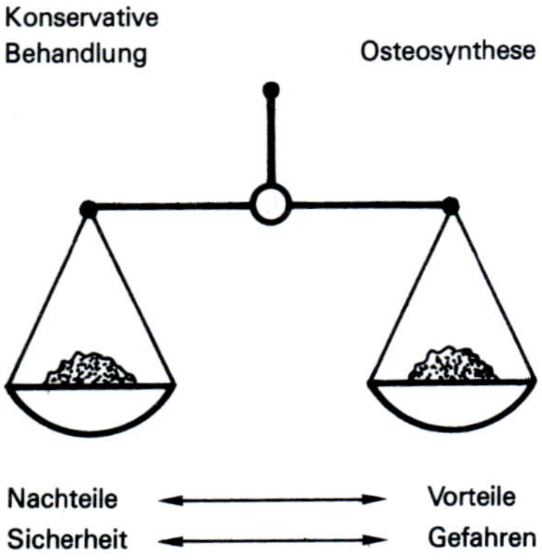

Abb. 309. *Abwägen der Indikation:* Konservative Behandlung oder Osteosynthese?

Kaum eine Behandlungsmethode hat solche Kontroversen heraufbeschworen wie die Osteosynthese frischer Frakturen. Heute haben sich die Emotionen etwas gelegt und weichen einer nüchterneren Betrachtung. Die Indikationen beginnen sich zu klären: Beide Methoden, konservative und operative, haben ihren Platz und ihre eindeutigen Anwendungsgebiete. Dazwischen bleibt eine «graue Zone» (z.B. manche geschlossenen Tibiafrakturen), in welcher der Entscheid zur *Ermessensfrage* wird. Dabei sollte weniger das Temperament als das *Abwägen* der *Möglichkeiten* und *Gefahren* den Ausschlag geben.

Immer *instabil* sind die dislozierten *Traktionsfrakturen:*

- Patellafrakturen mit Insuffizienz des Kniestreckapparates
- Olekranonfrakturen
- andere, seltener Abrissfrakturen (Tuberositas tibiae, knöcherne Bandausrisse).

Sehnen- und Muskelzug ziehen die Fragmente auseinander. Diese *Distraktion* erschwert oder verhindert die Bruchheilung (ebenso wie die Distraktion durch übermässige Dauerextension von Schaftbrüchen deren Heilung kompromittiert). Um Kontakt und Stabilität zu erreichen werden Traktionsbrüche operiert und am besten mit einer Drahtnaht fixiert.

15.2.2. *Stellung der Fraktur*

Eine der wichtigsten Forderungen an eine gute Frakturbehandlung betrifft die richtige Stellung der Fragmente zueinander. Sie soll durch die *Reposition* erreicht und mittels einer geeigneten *Retention* erhalten bleiben bis zur knöchernen Heilung der Fraktur. Die Lehrbücher der Frakturbehandlung haben weitgehend diese Probleme zum Gegenstand.

Die *Reposition* ist mit einiger Erfahrung und manuellem Geschick in der grossen Mehrzahl der Fälle möglich. Schwieriger ist oft die *Retention,* und nicht selten sieht man anfänglich gut reponierte Frakturen in den folgenden Tagen und Wochen wieder abrutschen und schliesslich in einer Fehlstellung ausheilen. Dies lässt sich nur verhindern durch:

1. Gute Kenntnis des Frakturmechanismus und der Frakturheilung,
2. gute konservative Technik und
3. genaue *Überwachung in den ersten Tagen* und anschliessend regelmässige Kontrollen in kurzen Abständen bis zur Konsolidation.

Oft fehlen diese Voraussetzungen im überlasteten Betrieb, und so besteht die Neigung, die Fragmente ein für allemal mittels einer Osteosynthese in guter Stellung zu fixieren und damit die Nachbehandlung zu erleichtern. Diese Überlegung gibt Anlass zu Kritik, denn die operative Frakturbehandlung ist unbestreitbar mit Gefahren verbunden, welche der konservativen Behandlung nicht anhaften, und welchen der Patient nicht ohne Not ausgesetzt werden sollte. Dazu kommt, dass auch operierte Frakturen einer gewissenhaften und zeitraubenden Nachbehandlung bedürfen, wenn Komplikationen auf ein Minimum beschränkt bleiben sollen.

Hier sei daran erinnert, dass eine *anatomisch*

exakte Stellung der Bruchstücke – ausser bei Gelenkbrüchen – für eine einwandfreie Frakturheilung nicht notwendig ist. Das Erzielen einer anatomischen Reposition kann also noch *keine* Indikation zur Osteosynthese sein. (Für die technisch einwandfreie Durchführung einer Osteosynthese ist anatomische Reposition jedoch unerlässlich). Eine Verschiebung um Schaftbreite oder geringe Achsenabweichungen sind bei manchen Frakturen, zumal bei Kindern, ohne weiteres mit einem tadellosen Endresultat vereinbar. Allerdings ist die *Toleranzbreite* der Fehlstellung je nach Lokalisation verschieden: Bei einzelnen Frakturen, vor allem Gelenkbrüchen, darf nur bei anatomisch genauer Reposition ein gutes Ergebnis erwartet werden. In diesen Fällen haben offene Reposition und Osteosynthese besondere Bedeutung.

Voraussetzung für eine gezielte, differenzierte und möglichst unschädliche Therapie ist die Kenntnis der *Toleranzbreite* der Abweichungen von der exakten anatomischen Stellung bei den einzelnen Frakturtypen, d.h. die Antwort auf die Frage: Welche Fehlstellungen können ohne Schaden akzeptiert werden und welche nicht?

15.2.2.1. *Schaft- und Metaphysenfrakturen* haben immer eine gewisse Toleranz:

1. *Seitenverschiebungen* (Dislocatio ad latus) sind belanglos, solange die Fragmente in Kontakt bleiben, und andere Gewebe (Haut) dadurch nicht geschädigt werden (Abb. 14).

2. *Achsenknicke* (Dislocatio ad axin). Eine gewisse Toleranz besteht immer. Sie bewegt sich etwa im Rahmen von einigen wenigen Winkelgraden, kann aber in gewissen Fällen auch zehn und zwanzig Grad übersteigen (z.B. subkapitale Humerusfraktur). Schaftbrüche an der unteren Extremität sollten im allgemeinen weniger als 10° von der Achse abweichen.

Die Toleranz ist wegen der statischen Beanspruchung *geringer* an der unteren Extremität als an der oberen. *Ausnahme: Vorderarmschaftfrakturen:* Bei diesen ist die Toleranz klein, da schon bei kleinen Achsenfehlern eines oder beider Knochen die Umwendbewegungen (Pro- und Supination) stark eingeschränkt bleiben. Am Humerus haben Achsenfehler nur kosmetische Bedeutung.

Die Toleranz ist im allgemeinen *grösser* in der *Nähe des Gelenkes* als in Schaftmitte, sofern die Fehlstellung im Gelenk auskorrigiert werden kann: Dies ist der Fall bei *Kugelgelenken* (Schultergelenk, Handgelenk, Hüftgelenk), bei *Scharniergelenken* (Kniegelenk, oberes Sprunggelenk, Ellbogen, Fingergelenke) *nur in der Bewegungsebene* von Flexion und Extension. In der Nähe von Scharniergelenken haben deshalb *Achsenknicke zur Seite* (Valgus bzw. Varus) geringere Toleranz, am Knie weniger als 10°, während Re- und Antekurvation eine relativ grosse Toleranz haben.

Varusfehlstellungen am *distalen Unterschenkel* werden relativ schlecht toleriert, weil sie im unteren Sprunggelenk nur etwa um 5° ausgeglichen werden können. Eine grössere Varusstellung führt nicht selten zu Beschwerden im Sprunggelenk, evtl. zu posttraumatischer Arthrose.

Die *Toleranz* hängt daneben auch *von etwa vorbestehenden Deformitäten ab:* Solche sollten durch die Fraktur nicht noch verschlimmert werden. Ein leichter symptomarmer Knickplattfuss z.B. kann schmerzhaft werden, wenn eine Valgusfehlstellung nach einer Unterschenkelfraktur hinzukommt. Solche Zusammenhänge gilt es zu beachten.

Die meisten Brüche werden von mechanischen Kräften, vor allem Muskelzug und Sperrwirkung eines Parallelknochens, gesetzmässig in eine bestimmte Fehlstellung gedrängt:

- Femurfrakturen, vor allem proximale, in Varusstellung
- distale Femurbrüche in Flexion
- isolierte Tibiabrüche (wegen der Sperrwirkung der Fibula) in Varusstellung und Rekurvation
- Malleolarfrakturen in Richtung des Frakturmechanismus

Man wird versuchen, diesen Fehlstellungen schon bei der Reposition und Retention entgegenzuwirken (z.B. durch keilen des Gipses bei isolierter Tibiaschaftfraktur). Überkorrekturen sind kaum zu befürchten.

3. *Rotationsfehler* (Dislocatio ad peripheriam) sind heimtückisch, weil sie *auf dem Röntgenbild* in der Regel *nicht zu erkennen* sind und erst in Erscheinung treten, wenn das Glied wieder normal gebraucht wird, d.h. wenn der Knochen fest geworden und eine Korrektur nicht mehr möglich ist.

Die Toleranz ist nicht sehr gross, besonders an den unteren Extremitäten. Innenrotationsfehler sind unangenehmer als eine Verdrehung nach aussen. Nur eine genaue *klinische* Kontrolle während der Behandlung schützt vor solchen Fehlstellungen. Sie kommen auch bei Osteosynthesen, etwa bei Marknagelungen, vor.

4. *Längenfehler:* Es handelt sich in der Regel um *Verkürzungen* (Muskelzug).

Eine Beinverkürzung bis zu 1 cm wird in der Regel nicht bemerkt. Sie darf bei der konservativen Bruchbehandlung auch einkalkuliert werden. Eine Verkürzung von mehr als 1 cm jedoch empfindet man als unangenehm, das normale Gehen und Stehen wird zunehmend gestört. Die Verkürzung durch eine Fraktur sollte deshalb einen Zentimeter nicht überschreiten.

An der *oberen Extremität* ist eine Verkürzung belanglos.

15.2.2.2. *Gelenkbrüche*

Für die Beurteilung und die *Therapie* müssen Frakturen, welche eine Gelenkfläche in Mitleidenschaft ziehen, von den reinen Schaft- und Metaphysenfrakturen unterschieden werden. Voraussetzung für eine reibungslose Funktion eines Gelenkes ist die *Kongruenz* der Gelenkflächen. Ohne eine *anatomisch exakte* Reposition ist deshalb die Prognose zweifelhaft. Stufen und Defekte im Gelenk führen fast immer zur raschen Abnützung des Knorpels und damit über kurz oder lang zur traumatischen Arthrose (siehe Abb. 100, I.A.9.2.1.).

Die beste *Arthroseprophylaxe* ist eine *möglichst genaue Wiederherstellung* der normalen anatomischen Gelenkverhältnisse, vor allem eine *exakte Rekonstruktion* der *knorpeligen Gelenkfläche.* Dies ist praktisch nur möglich mit der *operativen Inspektion und Revision des Gelenkes und der offenen Reposition der Fragmente.* Auf diese Weise können Stufen in der Gelenkfläche erkannt und ausgeglichen, Impressionen angehoben und ausgebrochene Fragmente wieder reponiert werden. Wenn es gelingt, mit der Osteosynthese die Fraktur so zu *stabilisieren,* dass *aktive Bewegungsübungen* schon in den ersten Tagen möglich sind, ist die Restitution der Gelenksfunktion rasch möglich.

Die intraartikulären Frakturen bilden somit eine der *wichtigsten Indikationen* für die *operative Knochenbruchversorgung* (Osteosynthese).

Sie hat sich hauptsächlich *bei folgenden Frakturen bewährt:*

1. Ellbogenfrakturen
2. Frakturen der Hüftgelenkspfanne, vor allem des hinteren Randes
3. Schenkelhalsfrakturen
4. Frakturen des Femurkondylus
5. Patellafrakturen
6. Frakturen des Tibiaplateaus
7. Luxationsfrakturen und Stauchungsfrakturen des oberen Sprunggelenkes
8. Talusfrakturen
9. Subkapitale Humerusluxationsfrakturen.

15.2.3. *Bruchart – Weichteilschaden – Heilung*

Die Heilungstendenz eines Knochenbruches wird weitgehend vom Ausmass der Gewebszerstörung durch die Verletzung bestimmt. Diese wiederum hängt vom *Unfallmechanismus* ab.

15.2.3.1. *Unfallmechanismus*

1. Indirekte Brüche: Die Kraft greift an über einen Hebelarm, weit entfernt von der Frakturstelle. (Typisches Beispiel: Torsionsfraktur beim Skilauf.) Die Weichteile sind relativ wenig geschädigt, die Heilungstendenz ist gut.

2. Direkte Brüche: Die Kraft trifft direkt den Knochen an der Bruchstelle. Die *Weichteile* dazwischen werden gequetscht und stark *geschädigt.* Offene Brüche sind grösstenteils direkt entstanden. (Beispiel: Biegebruch des Unterschenkels durch Autostossstange.) Direkte Brüche heilen in der Regel langsamer als indirekte.

3. Je grösser die Gewalt der einwirkenden Kraft war, desto grösser war auch die momentane *Dislokation* der Bruchstücke und die *Zerreissung* der Weichteile. Dadurch ist oft die lokale Blutversorgung einzelner Knochenabschnitte zerstört, was die Heilung stark verzögern kann.

Andererseits wird eine relativ langsam wirkende Kraft einen Knochen nur eben brechen ohne die Fragmente wesentlich zu dislozieren. Der umgebende Weichteilmantel bleibt intakt, die Fraktur ist einigermassen stabil und heilt konservativ behandelt rasch aus.

Allerdings ist die *momentane Dislokation im Augenblick des Bruches* häufig viel *grösser* gewesen, als man nach dem «Unfallröntgenbild» annehmen würde. Aus der Rekonstruktion des Unfallherganges und dem klinischen Befund muss man versuchen, sich ein Bild zu machen von Gewebstraumatisierung, Stabilität und mutmasslicher Heildauer, um dann die zweckmässigste Behandlungsart wählen zu können.

15.2.3.2. *Bruchform*

Die Bruchform *gibt Hinweise auf den Unfallmechanismus* und damit auf den Weichteilschaden:

- *Torsionsbrüche* sind indirekte Brüche, haben längere, oft zusammenhängende Fragmente, meist relativ gute Zirkulationsverhältnisse und heilen in der Regel rasch.
- *Biegungsbrüche* mit queren oder schrägen Bruchspalten. Hier sind ausgebrochene Frag-

mente (Biegungskeil) meist schlecht durchblutet und heilen langsamer.

- *Trümmerbrüche* mit vielen ausgerissenen Fragmenten heilen besonders langsam.

Besonders ungünstig für die Frakturheilung ist ein

- *Knochendefekt,* eine *Diastase* zwischen den beiden Bruchstücken. Immer ist die Heilung verzögert, häufig bleibt sie ganz aus. Ein solcher Knochendefekt kann bei Trümmerbrüchen, vor allem bei offenen, entstehen, aber auch durch zu starken *Zug* in der Extension!

Bei offenen Frakturen sind die Weichteilschäden in der Regel besonders gross, womit die lange Konsolidierungszeit, auch bei primärer Wundheilung, zu erklären ist.

Das *Abschätzen der mutmasslichen Heilungszeit* ist nicht nur für die Prognose, sondern auch *für die Behandlung wichtig:* Es ist z.B. wenig sinnvoll, nach mehreren Wochen eine konservative Behandlung abzubrechen aus Ungeduld über die lange Heilungszeit. Besser ist es, die Osteosynthese bald nach dem Unfall durchzuführen, wenn eine verzögerte Heilung erwartet wird, oder aber bei ungestörtem Verlauf die konservative Behandlung konsequent weiterzuführen bis zur Heilung.

• *Brüche in der Spongiosa:* Häufig bei Osteoporose, also bei alten Leuten. Gewöhnlich sind es *Stauchungsbrüche.* Die Spongiosa ist zusammengedrückt, die Knochenbälkchen sind ineinander eingestaucht und verzahnt. Ein grosser Teil dieser Brüche ist deshalb *stabil:*

- eingekeilte Schenkelhalsfrakturen
- Wirbelfrakturen
- Kalkaneusfrakturen
- distale Radiusfrakturen
- subkapitale Humerusfrakturen.

Unreponiert und funktionell behandelt heilen sie in kurzer Zeit ohne Komplikationen (siehe I.A.4.2.4.).

Reponiert man sie, so bleibt anstelle der eingestauchten Spongiosa ein *Defekt,* die Fraktur wird instabil, heilt nur langsam und hat eine grosse Tendenz, wieder zu kollabieren.

Es gilt, die Nachteile der beiden Behandlungsmethoden gegeneinander abzuwägen: Protrahierter Heilverlauf mit der Gefahr von Komplikationen (Sudeck, Atrophie, funktionelle Einbussen) oder Fehlstellung?

Fehlstellungen, welche einigermassen in der Toleranzbreite liegen, soll man – zumal bei älteren Leuten – akzeptieren und die Fraktur funktionell behandeln. Dies gibt die besten Resultate.

Darüber, welche Fehlstellungen bei Spongiosabrüchen akzeptiert werden können und welche nicht, gehen bei manchen Frakturen die Meinungen auseinander, wie das Beispiel der auch heute noch miteinander konkurrierenden Behandlungsmethoden von Wirbelstauchungsfrakturen nach *Böhler* (Aufrichtung und Retention im Gipskorsett) und *Magnus* (funktionell: keine Aufrichtung, sofortige Mobilisation) zeigt (siehe III.B.12.).

Bei Stauchungsbrüchen, welche eine exaktere Reposition verlangen, etwa für die Wiederherstellung einer Gelenkfläche (Tibiakopf, oberes Sprunggelenk) ist es manchmal nötig, den durch die Stauchung entstandenen Defekt unter der wieder angehobenen Gelenkfläche mit autologen Spongiosaspänen auszufüllen im Anschluss an die Osteosynthese.

15.2.4. *Vaskularisation – Knochennekrosen*

Jede Fraktur zerstört die Blutversorgung von kleineren oder grösseren Knochenteilen. Hauptsächlich gefährdet sind einige intraartikuläre Frakturen:

- Schenkelhals und -kopf (v.a. auch beim Kind!)
- Os naviculare der Hand
- Talusrolle
- Seltener andere Lokalisationen (Humeruskopf, Gelenkfrakturen am Ellbogen und Knie), aber auch
- schwerere Trümmerfrakturen mit ausgesprengten Knochenstücken
- infizierte Frakturen.

Falls die Blutzirkulation nicht bald spontan wieder einsetzt, wird der betreffende Knochenabschnitt nekrotisch und bricht mit der Zeit zusammen, manchmal erst nach Monaten oder Jahren (vgl. II.5.1.1.: Subchondrale avaskuläre Knochennekrosen).

In den wenigsten Fällen lässt sich die Nekrose voraussehen oder verhindern. (Ausnahme: Schenkelhalsfrakturen bei Kindern, siehe III.C.2.12.2.2.) In der Regel ist die Heilung *verzögert,* nicht selten sind Pseudarthrosen.

Die ersten Anzeichen der Nekrose sind *Schmerzen,* oft erst Monate oder Jahre nach der Fraktur. Klinisch findet man ausser einer schmerzhaften Bewegungseinschränkung wenig. Die *röntgenologischen* Veränderungen sind am Anfang sehr diskret: Minimale Abflachung der Gelenkfläche, evtl. eine kleine Stufe. Der nekrotische Knochenabschnitt hebt sich in der Regel von der umgebenden Osteoporose ab. Die *Diagnose* kann manchmal erst Monate oder Jahre nach dem Unfall gestellt werden.

Mit der Zeit bricht der subchondrale Knochen ein, das Gelenk wird zunehmend deformiert. Es entsteht eine schwere posttraumatische *Arthrose.*

Es sind also *Spätfolgen,* welche auch zu versicherungstechnischen Erörterungen Anlass geben können. *Therapie:* siehe im Kapitel «Arthrosen»: II.11.1. und bei den einzelnen Lokalisationen.

15.2.5. *Infektionsgefahr – Hautverletzungen (Offene Frakturen)*

Die schwerwiegendste Komplikation einer Fraktur ist die Infektion, welche auf den Knochen übergreift, die *traumatische Osteitis.* (siehe II.6.6.). Sie tritt bei *geschlossenen Brüchen* praktisch nie auf, es sei denn durch eine Operation. Die Infektion ist die grösste Gefahr für die operative Bruchbehandlung. Liegt die Infektionsrate für die Osteosynthese geschlossener Frakturen nicht unter etwa 2%, so ist es besser, die konservative Behandlung anzuwenden. Bei relativer Indikation zur Osteosynthese ist ohnehin grösste Zurückhaltung angebracht.

Gefährdet sind in jedem Fall die *offenen Brüche,* vor allem jene, bei welchen die Haut *durch Kontusion von aussen* beschädigt und nicht nur durch ein Knochenfragment von innen her durchspiesst wurde (siehe Abb. 310).

Die Behandlung der *offenen Frakturen* hat in erster Linie zum Ziel, die Infektion abzuwenden.

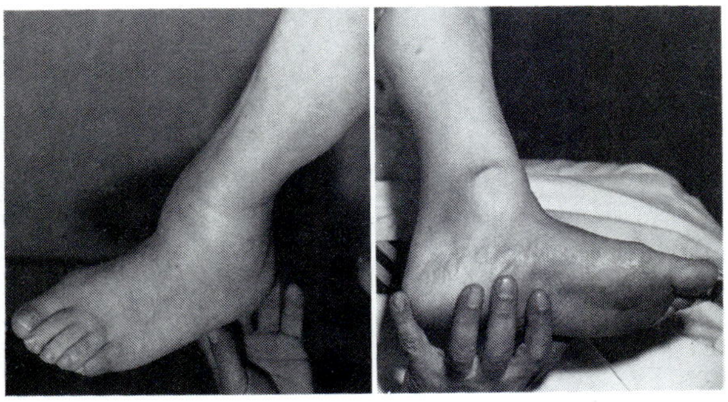

Abb. 310. Knöchelfraktur. Die Bruchstelle am Innenknöchel liegt *dicht* unter der *lädierten Haut,* die infolge der Dislokation stark *gespannt* ist. Ihre Blutversorgung ist schlecht. Wenn die Dislokation nicht rasch behoben wird, wird die Haut an dieser Stelle *nekrotisch.*

Eine Operation in diesem Stadium, an dieser gefährdeten Stelle, besonders wenn eine Fixationsplatte unter die lädierte Haut zu liegen kommen soll, ist ein heikles Unterfangen.

Genaue Beurteilung, Wahl des richtigen Zeitpunktes, vorsichtiges Vorgehen sind unerlässlich, damit aus dieser primär geschlossenen, keine offene Fraktur wird.

Wenn immer möglich wird die Fraktur bei der ersten Versorgung unter streng aseptischen Bedingungen in eine *geschlossene* verwandelt.

Noch wichtiger als die Hautdeckung um jeden Preis ist die absolute *Stabilisierung* der Fraktur. Sie gibt die besten Bedingungen für die Infektabwehr. Die Osteosynthese der offenen Frakturen, vor allem an der Tibia, ist aber sehr heikel. Die ohnehin dünne und oft gequetschte Hautdecke darf nicht durch die Operation oder das Implantat noch mehr gefährdet werden, denn die Gefahr einer Hautnekrose und damit einer sekundären Infektion ist sehr gross. Für offene Frakturen mit ausgedehnten Hautschäden ist daher der äussere Fixateur eine sehr gute Methode (siehe II.16.2.3.2.).

Die schweren offenen Unterschenkelbrüche, welche mit der Verkehrsdichte noch zunehmen, sind auch heute noch eines der schwierigsten Probleme der Knochenchirurgie.

15.2.6. *Trophische Störungen: Die sogenannte «Frakturkrankheit»*

Im Anschluss an jede Extremitätenverletzung treten mehr oder weniger ausgeprägte trophische Veränderungen auf:
- *Ödeme*
- *Atrophie*
- *Osteoporose*
- *Steifigkeit der Gelenke*

In der Regel sind sie gering und verschwinden rasch wieder, in einzelnen Fällen werden sie aber so schlimm, dass das Glied kaum mehr gebraucht werden kann. Da leichtere Veränderungen dieser Art praktisch jede Fraktur begleiten, wurde ihre Gesamtheit als «Frakturkrankheit» bezeichnet. Meistens heilt sie aus und es bleibt höchstens gelegentlich eine Neigung zu Ödemen.

Schwere Fälle zeigen ein typisches Bild mit Schmerzen, massiven Zirkulationsstörungen, Gewebsinduration und Gelenksteife, welches als *Sudecksche Dystrophie* bekannt ist. Die eigentliche Ursache dieser «vegetativen Entgleisung» ist ebensowenig bekannt, wie die pathogenetischen Vorgänge im einzelnen. Der Zustand ist aber so einprägsam, dass die klinische Diagnose keine Schwierigkeiten macht.

Neben der Infektion ist der «Sudeck» wohl die schwerste Komplikation einer Fraktur. Er dauert monate- und jahrelang und hinterlässt mitunter schwere Dauerschäden (Schmerzen, trophische Störungen, Versteifungen), vor allem an der Hand (siehe III.A.7.1.2.), aber auch an Unterschenkel und Fuss (Abb. 311 und 324).

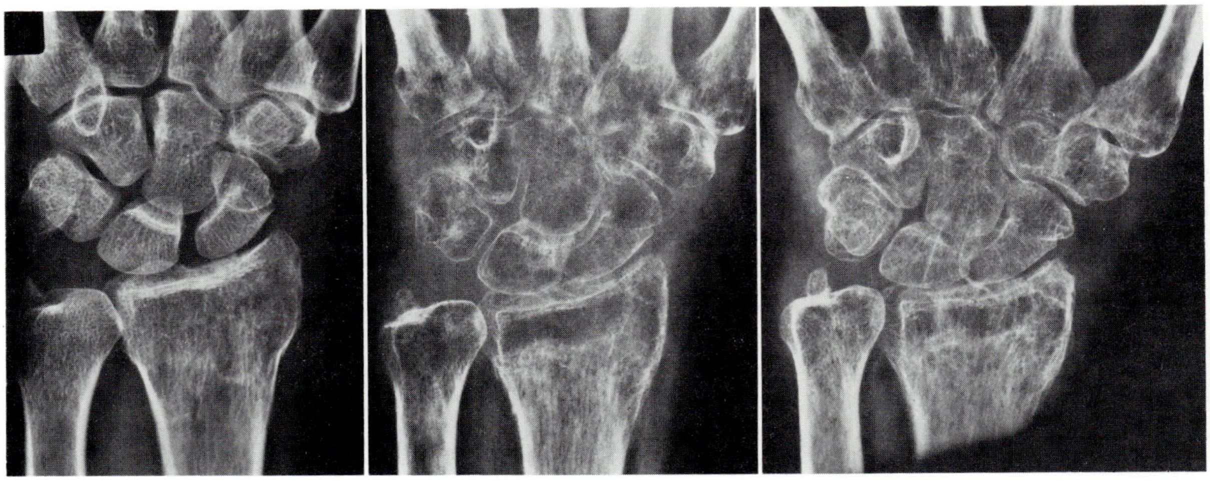

a b c

Abb. 311. *Sudecksche Dystrophie* der rechten Hand bei einem 50jährigen Mann, nach einer Weichteilverletzung mit langwierigem Verlauf. Die *drei Stadien* der röntgenologischen Veränderungen sind deutlich zu verfolgen:

a Beginnende Osteoporose in der Spongiosa.

b 3 Monate später: Massive, fleckförmige, z. T. diffus verwaschene Osteoporose, wobei einzelne Strukturen fast aufgelöst erscheinen. Die Knochenumrisse sehen aus wie mit feinem Bleistiftstrich gezeichnet (Dystrophiestadium).

c Nach fünf Monaten ist die Spongiosa wieder einigermassen regeneriert, allerdings unregelmässiger und weitmaschiger. In schweren Fällen dauert die Ausheilung monate-, sogar jahrelang und ist unvollständig (Atrophiestadium).

Zwischen einer leichten Inaktivitätsosteoporose, wie sie praktisch nach *jeder* Verletzung zu beobachten ist, und der eigentlichen Sudeckschen Dystrophie, welche eine schwere invalidisierende Krankheit sein kann, sind die Übergänge nicht scharf.

Einzelne Faktoren, welche solche trophische Störungen begünstigen oder hervorrufen, sind bekannt: Fehlen der normalen Funktion, chronisches Ödem und vor allem andauernde Schmerzen.

Die stabile Osteosynthese erlaubt, das betroffene Glied sofort wie ein normales zu bewegen. Schwere trophische Störungen lassen sich damit in der Regel vermeiden.

Ein wichtiger Grund für die Einführung der Osteosynthese in die Frakturbehandlung war die Erwartung gewesen, damit die «Frakturkrankheit» verhindern zu können. Dies gelingt wohl in der Mehrzahl der Fälle, nicht in allen. Für sich allein rechtfertigt dieser Gewinn allerdings eine Osteosynthese nicht unbedingt.

Bei *Kindern* und Jugendlichen ist die *Sudecksche Dystrophie* eine ausgesprochene Rarität. Trophische Störungen, wie sie bei Erwachsenen vorkommen, werden nur ausnahmsweise beobachtet. Dies ist einer von vielen Gründen, Frakturen bei Kindern und Jugendlichen wenn möglich *konservativ* zu behandeln.

15.2.7. *Begleitende Weichteilverletzungen* (Gefässe, Sehnen, Nerven)

Begleitverletzungen bei Frakturen sieht man nicht auf dem Röntgenbild. Manche davon haben aber schwerwiegendere Folgen als der Bruch selbst. Bei jedem Knochenbruch ist deshalb eine

1. Prüfung der Funktion von Muskeln und Sehnen
2. eine neurologische Untersuchung, und eine
3. Kontrolle der peripheren Zirkulation durchzuführen.

Diese klinischen Untersuchungen nehmen nur zwei oder drei Minuten in Anspruch. Dem Patienten können sie unangenehme Spätfolgen ersparen.

15.2.7.1. *Sehnen- und Muskelverletzungen*

Bei *geschlossenen* Frakturen kommen funktionelle Ausfälle durch Sehnen- und Muskelverletzungen äusserst *selten* vor. Häufig sind hingegen *Sehnendurchtrennungen bei offenen* Verletzungen von *Hand* und *Handgelenk.* Von ihrer ersten Versorgung hängt oft die Funktionstüchtigkeit der Hand ab. Die Handchirurgie hat die Behandlung dieser Verletzungen, welche zum Teil recht kompliziert und schwierig ist, in allen Einzelheiten ausgearbeitet. Im Rahmen dieses Buches kann nicht darauf eingegangen werden.

15.2.7.2. *Gefässverletzungen*
Bei jeder Fraktur wird routinemässig der periphere Puls palpiert. Arterienverletzungen kommen fast nur bei offenen Frakturen vor. Gefässchirurgische Massnahmen können notwendig sein. Am besten wird die Fraktur in der gleichen Sitzung fixiert und damit eine Gefässnaht ruhiggestellt.

Die drohende *ischämische Muskelkontraktur* (Volkmannsche Kontraktur) bei *Ellbogenfrakturen* ist eine Notfallsituation. Sie ist bei den Frakturen im Kindesalter beschrieben (siehe II.15.3.4.3.), ihre Folgen bei III.A.4.6.1.

15.2.7.3. *Nervenverletzungen*
Bei *geschlossenen* Frakturen können Nervenläsionen durch Überdehnung entstehen. Gefährdet sind der n. radialis bei Humerusfrakturen, sodann der n. tibialis bei tiefen Unterschenkelfrakturen. Bei rascher geschlossener Reposition erholt sich die Nervenleitung fast immer nach einiger Zeit von selbst. Primäre Nervenrevisionen sind daher kaum notwendig.

Häufiger als die primären sind sekundäre, iatrogene Nervenläsionen (vor allem n. fibularis, n. ulnaris und radialis) im Verlaufe der Frakturbehandlung (Drucklähmungen).

Bei *offenen* Verletzungen, vor allem der Hand und des Vorderarms, spielen Nervenverletzungen eine grosse Rolle. Die Funktion einer Hand hängt weitgehend von ihrer Sensibilität ab. Aber auch am Bein bestimmt eine Nervenverletzung die Prognose oft mehr als die Fraktur.

Die Nervenschäden, ihre Pathologie, Beurteilung und Therapie sind bei den «Läsionen peripherer Nerven» abgehandelt (siehe II.8.3.).

15.2.8. *Allgemeine und mehrfache Verletzungen*

Immer häufiger steht der Arzt auf den Notfallstationen der Spitäler sehr schweren und komplizierten Verletzungen gegenüber, deren Behandlung ihn vor grosse Probleme stellt. Neben einer Reihe von Frakturen können schwere, oft lebensgefährliche Verletzungen anderer Organe, des Schädels, des Rückenmarkes, des Thoraxraumes und der Abdominalorgane vorliegen. Immer ist auch ein Schockzustand vorhanden, der ebenfalls das Leben unmittelbar bedrohen kann. Bei diesen sog. *«Polytraumatisierten»* gilt selbstverständlich die erste Sorge dem Leben des Patienten. Daneben tritt die Behandlung von Frakturen vorerst in den Hintergrund. Dies heisst nicht, dass sie vernachlässigt werden muss. Es ist immer möglich, die notwendigen Röntgenbilder (v.a. Wirbelsäule, Becken, Hüfte) anzufertigen, um keine Frakturen zu übersehen, was bei Bewusstlosen leicht geschieht, und es ist auch immer möglich, einen Plan aufzustellen für eine Frakturbehandlung, welche neben der Allgemeinbehandlung Platz findet und diese weder behindert noch stört. Es ist nicht unbedingt notwendig, dass ein einziger Arzt die gesamte Behandlung allein durchführt. Die Beherrschung der komplizierten technischen Möglichkeiten der Intensivpflege sowie der gesamten Chirurgie aller Organsysteme kann heute von keinem Chirurgen mehr verlangt werden. Sinnvoller ist die Zusammenarbeit einer Gruppe von Spezialisten, welche gemeinsam den Patienten betreuen, ihre Massnahmen auf den Allgemeinzustand des Patienten abstimmen und miteinander in Einklang bringen. Bei gutem Einvernehmen und reibungsloser Kommunikation zwischen den Beteiligten ist dies ohne weiteres möglich. Selbstverständlich müssen Kompetenzen und Verantwortlichkeiten genau abgegrenzt und allgemein bekannt sein: Die *verantwortliche Leitung* der gesamten Behandlung liegt bei einem einzigen Arzt, dem *Allgemeinchirurgen*. Er entscheidet und koordiniert die Arbeit der Spezialisten. In diesen Rahmen ist auch die Frakturbehandlung eingeordnet.

Oft müssen Brüche provisorisch versorgt werden, bis der Allgemeinzustand des Patienten die endgültigen Massnahmen erlaubt. Nicht selten aber kann mit einer stabilen Osteosynthese die Allgemeinbehandlung unterstützt werden: Die Pflegemöglichkeit, die Atmung, die Thrombose- und Dekubitusprophylaxe können verbessert, die Mobilisation und Rehabilitation gefördert werden.

In der *Zusammenarbeit* von Allgemeinchirurg und orthopädischem Chirurg kann das Beste für den Patienten erreicht werden.

15.3. Frakturbehandlung bei Kindern

15.3.1. *Knochenbrüche bei Kindern unterscheiden sich wesentlich von Brüchen bei Erwachsenen*

1. Viel *schnellere* und sicherere *Konsolidation.* Je jünger das Kind desto kürzer ist die Heilungszeit. Pseudarthrosen kommen praktisch *nicht* vor ausser nach Operationen.
2. *Achsenfehlstellungen* und Verkürzungen bei Schaftfrakturen werden im Verlaufe des weiteren Wachstums noch teilweise oder ganz *ausgeglichen,* und zwar je jünger das Kind ist, desto besser.
3. *Gelenkversteifungen* kommen bei Kindern auch nach langer Fixation *äusserst selten* vor.
4. Osteoporose, Atrophie, Ödeme usw. sind nur gering und rasch reversibel, kurz, eine *«Frakturkrankheit»* gibt es bei Kindern *nicht.* Die Sudecksche Dystrophie ist extrem selten.
5. Allgemeine *Komplikationen* infolge einer längeren Liegezeit, wie Thrombose, Embolie, Pneumonie, Dekubitus, sind bei Kindern *nicht zu befürchten.*

Aus den hier genannten Punkten ergibt sich, dass *Frakturen im Wachstumsalter grundsätzlich konservativ behandelt werden sollten* (Abb. 312).

Dies gilt praktisch uneingeschränkt für alle *Schaftfrakturen.* Eine *Ausnahme* von dieser Regel machen die *Frakturen der Epiphysenfugen,* eine Frakturform, die es bei Erwachsenen naturgemäss nicht gibt. Diese relativ seltenen aber gefährlichen Verletzungen stellen eine weitere Besonderheit des Wachstumsalters dar und folgen völlig anderen Gesetzmässigkeiten als die «gewöhnlichen» Frakturen. Diese *Epiphysenfrakturen* (es sind fast immer gleichzeitig Gelenkbrüche) werden weiter unten besprochen (II.15.3.3.2.).

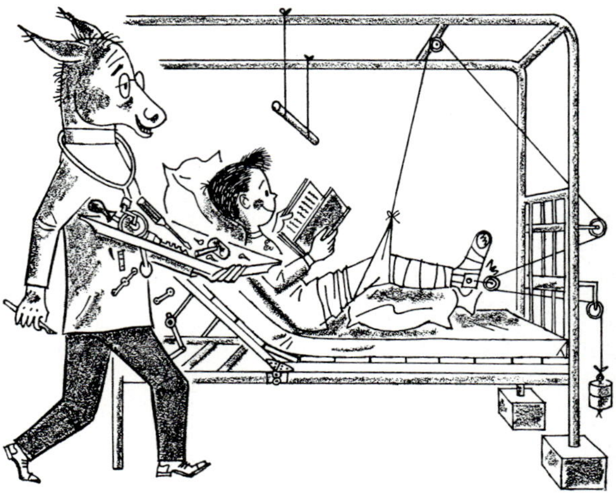

Abb. 312. «The boy is fine, doctor. No hardware is needed!»

So hat Blount in seinem ausgezeichneten Buch «Fractures in Children» die Mahnung unterstrichen, Femurschaftfrakturen bei Kindern konservativ zu behandeln. Diese gilt grundsätzlich für die Mehrzahl aller Frakturen bei Kindern, vor allem alle Schaftfrakturen. Ausnahmen bilden einige Gelenkfrakturen, auf die in diesem Kapitel noch ausführlich eingegangen wird.

15.3.2. *Schaft- und Metaphysenbrüche*

Die kindlichen Knochen sind noch ziemlich weich und elastisch. Das Periost ist ausgesprochen dick und kräftig. Daraus ergeben sich einige Besonderheiten: Der sogenannte *Grünholzbruch* ist eher eine Verbiegung, kein durchgehender Bruch. Auf der Konkavseite bleibt das Periost, teilweise auch der Knochen, intakt. Die Heilung erfolgt rasch und problemlos. Allerdings federn Grünholzfrakturen gerne wieder in die ursprüngliche Fehlstellung zurück. Dies kann bei Vorderarmfrakturen zu Einschränkungen der Umwendbewegungen (Pro- und Supination) führen. Es ist deshalb manchmal nötig, Grünholzfrakturen durch Überkorrektur noch ganz durchzubrechen und erst dann achsengerecht einzurichten (Vorderarmschaftfrakturen bei Kindern können praktisch immer konservativ reponiert und in guter Stellung retiniert werden, eine Osteosynthese im Wachstumsalter ist praktisch nie notwendig) (Abb. 313).

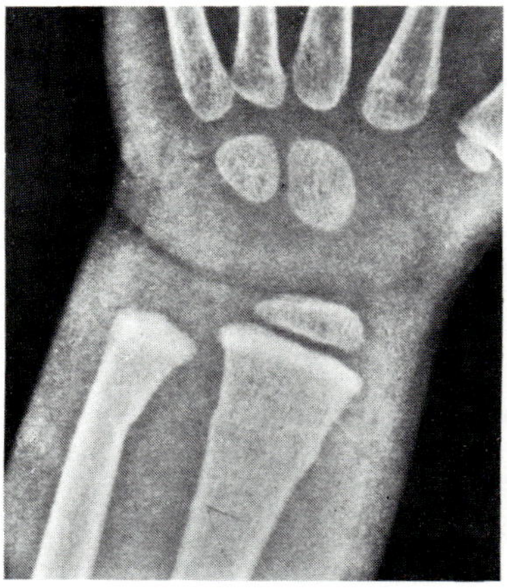

Abb. 313. *Frakturformen beim Kleinkind.*

Die Knochen des Kleinkindes sind noch weich und biegsam. Dieses 2jährige Mädchen verstauchte sich das Handgelenk. Nur bei genauerem Hinsehen erkennt man einen leichten Knick an der Ulna, eine «Grünholzfraktur», sowie zwei kleine seitliche Wülste am Radius auf derselben Höhe: Eine kleine Stauchungsfraktur.

Solche Frakturen heilen sehr rasch und bedürfen keiner besonderen Behandlung. Sie zeigen aber deutlich, dass Knochenbrüche bei Kindern anders sind als bei Erwachsenen.

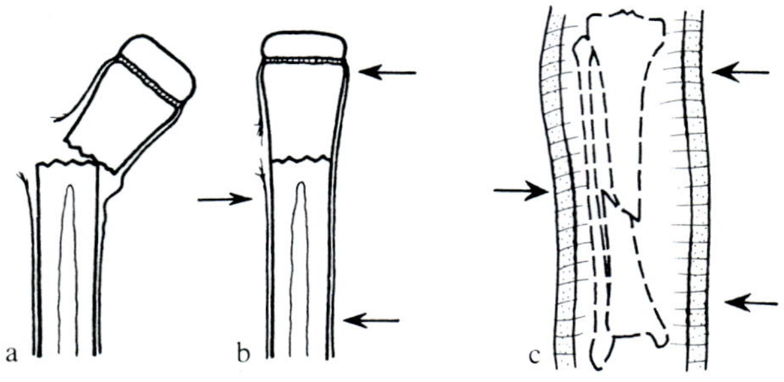

Abb. 314. Fixation nach dem *3-Punkte-Prinzip.*

a Biegungsbruch mit konvexseits zerrissenem, konkavseits *erhaltenem* Periost.

b *Reposition.* Mittels Druck an drei Stellen kann die Stellung gehalten werden. Das intakte Periost verhindert eine Überkorrektur.

c Modellieren des Gipses nach dem 3-Punkte-Prinzip.

Diese Methode ist in vielen Fällen auch bei Erwachsenen anwendbar. Auch Gipskorsette können nach diesem Prinzip angefertigt werden.

Bei vielen Frakturen bleibt der kräftige Periostmantel intakt, wenigstens auf der konkaven Seite. Mit seiner Hilfe lassen sich mehr Frakturen stabilisieren als bei Erwachsenen (siehe II.15.2.1.) (3-Punkte-Gips, siehe Abb. 314).

Sehr zweckmässig ist auch die Technik des «Gipskeilens», siehe I.C.3.6.3.3. (Abb. 316).

15.3.2.1. *Fehlstellungen und Wachstum*

Während beim Erwachsenen eine residuelle Fehlstellung nach der knöchernen Konsolidation endgültig fixiert ist, wird beim Kind die *Stellung* des Knochens im *Laufe der folgenden Jahre bis zum Wachstumsabschluss* durch Wachstumsvorgänge noch mehr oder weniger stark *verändert,* glücklicherweise fast immer im Sinne einer Korrektur (siehe Abb. 55, I.A. und Abb. 315).

Der *Ausgleich* einer Fehlstellung ist *umso besser, je jünger* das Kind ist. Massgebend ist die Anzahl Jahre, welche für diesen Knochenumbauprozess bis zum Wachstumsabschluss zur Verfügung stehen.

a. Längenwachstum

Jede Hyperämie hat eine Wachstumsstimulation zur Folge. Im Anschluss an eine Schaftfraktur des Femur beträgt das überschiessende Wachstum ungefähr 2 cm, an der Tibia etwa 1 cm. Würden die Bruchenden anatomisch genau reponiert, so wäre eine *Beinverlängerung* in diesem Ausmass die Folge. Eine Osteosynthese (wie auch die folgende Metallentfernung) würde das Längenwachstum noch stärker stimulieren, und die Differenz wäre noch grösser. Die *Operation von Schaftbrüchen bei Kindern* ist also *nicht nur überflüssig, sondern schädlich.* (Gänzlich *ungeeignet* ist die beim Erwachsenen übliche *Marknagelung,* da sie die Epiphysenwachstumszonen schädigen und iatrogene Wachstumsstörungen machen kann: siehe II.2.2. und II.15.3.3.3.)

Aus alledem folgt, dass für *Schaft- und Metaphysenbrüche bei Kindern* die *Behandlung der Wahl konservativ* ist. Eine leichte Verkürzung im Gips oder in der Extension ist erwünscht. Sie wird sich im Laufe der nächsten ein oder zwei Jahre ausgleichen, und die Beine werden schliesslich annähernd gleich lang sein.

Stabile Unterschenkelbrüche, d.h. solche, welche nicht zu stärkerer Verkürzung neigen (isolierte Tibiafrakturen, Querbrüche usw.) können primär mit Gips versorgt werden. Instabile, z.B. Spiralbrüche beider Unterschenkelknochen, werden zweckmässig vorher kurze Zeit in eine Extension gelegt.

b. Seitenverschiebungen sind belanglos. Sie werden durch periostalen Knochenumbau erstaunlich rasch und vollständig zum Verschwinden gebracht.

c. Achsenfehlstellungen haben im allgemeinen die Tendenz, sich im Laufe des weiteren Wachstums

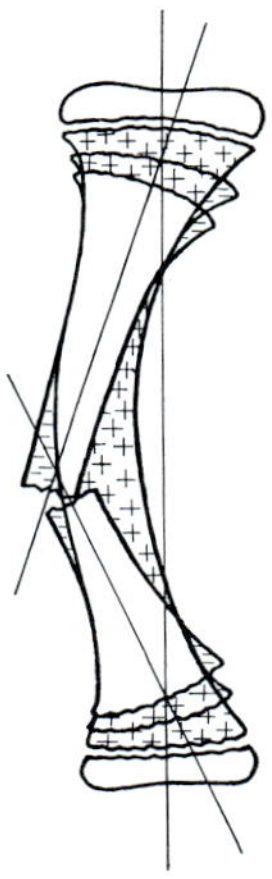

Abb. 315. *Achsenkorrektur durch Wachstum.*

1. *Epiphysäres Längenwachstum:* Durch asymmetrisches Wachstum stellt sich die Epiphysenfuge wieder senkrecht zur Längsachse des Knochens (vgl. I.A.5.3., Abb. 51 und I.A.5.4.1.2., Abb. 55).
2. *Periostales Dickenwachstum:* Durch Apposition in der Konkavität und Abbau auf der konvexen Seite wird der Schaft *gerade gerichtet.*

+ + +: Knochenanbau (Osteoblasten).

– – –: Abbau (Osteoklasten).

Je jünger das Kind ist, desto radikaler ist der Umbau, desto besser die Korrektur.

auszugleichen. Dies geschieht vor allem durch asymmetrisches epiphysäres Längenwachstum (siehe Skelettwachstum, I.A.5.3. und I.A.5.4.1.) (Abb. 315).

Der *Ausgleich* von Achsenfehlern hängt von *verschiedenen Faktoren* ab:

1. *Je jünger das Kind* ist, *desto grösser* ist der *zu erwartende Ausgleich,* desto grösser ist also auch die Achsenfehlstellung, welche noch belassen werden darf (in den ersten 5 Lebensjahren in der Grössenordnung von 20° bis 30°). Gegen Ende der Wachstumsperiode (bei Mädchen etwa 13 – 14 Jahre, bei Knaben 1 bis 2 Jahre später) wird die «Toleranzbreite» kleiner, sie gleicht sich jener der Erwachsenen an (siehe II.15.2.2.1.) und die Achsenstellung muss entsprechend *genauer* reponiert werden.
2. Fehlstellungen *in der Nähe von Epiphysen* gleichen sich besser aus als solche in Schaftmitte.
3. *Antekurvations-* und *Rekurvationsfehlstellungen* werden gut ausgeglichen, am besten solche in Epiphysennähe.
4. *Seitenabweichungen* an den *Scharniergelenken* Ellbogen und *Knie* (Varus- und Valgusfehlstellungen) gleichen sich weniger gut aus, ebenso wie Fehlstellungen im Vorderarmschaft.

Stellungskorrekturen im (gepolsterten!) Gipsverband sind technisch leicht möglich mittels *Keilung des Gipses* (siehe I.C.3.6.3.3.) (Abb. 316).

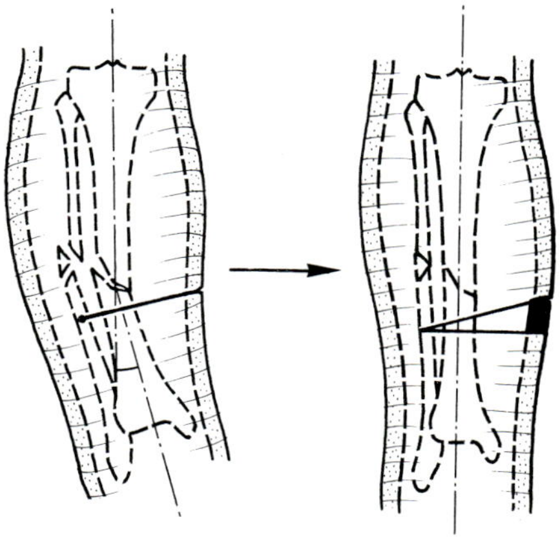

Abb. 316. Ein leichter Achsenfehler im Gips kann auf einfache Weise korrigiert werden mittels *Keilen.* Der Gips wird auf etwa ⅔ seines Umfanges zirkulär durchgesägt und dann aufgebogen. Der Spalt wird mit einem Korken oder Holzkeil offen gehalten, der Gips mit einer weiteren Gipsbindentour wieder geschlossen.

Der Dreh- und Knickpunkt muss so gewählt werden, dass sich die Fragmentenden gegeneinander und nicht auseinander bewegen. Vorsicht, dass keine Druckstellen entstehen am Ort des Knicks.

Das Keilen kann auch bei Erwachsenen angewendet werden (vgl. I.C.3.6.3.3.).

d. Rotationsfehler werden *nicht* durch Wachstum ausgeglichen und bleiben zeitlebens. Eine *Verdrehung* muss deshalb von *Anfang an vermieden* werden mittels genauer *klinischer* Überwachung. (Einzig bei Oberschenkelfrakturen ermöglicht z. B. der Extensionsapprat von Weber die röntgenologische Kontrolle der Rotation.) Am Unterschenkel schützt der Vergleich mit dem gesunden Bein beim Eingipsen oder in der Extension vor einer Fehlstellung (normale Aussendrehung des Fusses gegenüber dem Knie etwa 10°, Fuss also nicht senkrecht aufhängen in der Extension!).

15.3.3. *Gelenknahe Frakturen*

Unter diesen stellen die relativ seltenen *Epiphysenfrakturen besondere Probleme* hinsichtlich Diagnose, Prognose und Therapie.

Im Kapitel «Wachstumsstörungen» (II.2.2.) wurde erläutert, wie eine *Verklammerung der knorpeligen Epiphysenfuge* (z. B. durch eine Kallusbrücke nach Epiphysenfraktur) zu schweren *Wachstumsstörungen* führen kann. Auf diese Weise können grobe Fehlstellungen und Gelenkdeformierungen noch Jahre nachdem der erstbehandelnde Arzt das Kind als geheilt entlassen hatte, entstehen (Abb. 317).

Solche Wachstumsstörungen entstehen immer dann, wenn *Kallus* in einen *klaffenden Frakturspalt,* welcher *quer durch die Epiphysenfuge* verläuft, einwachsen kann und *eine Knochenbrücke zwischen Epiphyse und Metaphyse* bildet (Abb. 319).

Bei welchen Brüchen besteht nun die Gefahr einer posttraumatischen Epiphyseodese und damit einer späteren Wachstumsstörung?

Von allen gelenknahen Brüchen, welche etwa ein Fünftel aller Frakturen im Kindesalter ausmachen, sind es *nur wenige.*

Um eine *Ordnung* in die recht mannigfaltigen Frakturformen zu bringen, sind verschiedene ausgezeichnete *Einteilungen* vorgeschlagen worden, die bekanntesten von *Aitken* und von *Salter.*

Am einfachsen und *für therapeutische* Zwecke am klarsten ist die *Einteilung der gelenknahen Frakturen beim Kind* in:

1. Metaphysenfrakturen inklusive Epiphysenlösungen (Epiphysenfuge intakt),
2. Epiphysenfrakturen (Epiphysenfuge gebrochen) (Abb. 320 und 321).

a b c

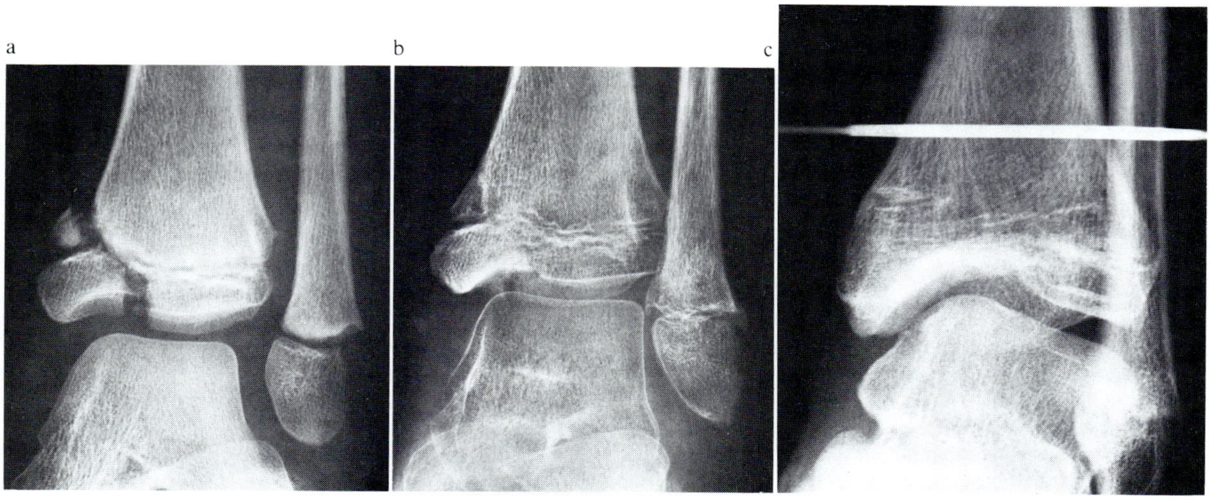

Abb. 317. *Wachstumsstörung nach Knöchelbruch* (transepiphysäre Fraktur).

a Leicht verschobener Bruch des Innenknöchels bei 9jährigem Knaben, dazu traumatische Epiphysenlösung des Malleolus fibularis.

b Konservative Behandlung. Fraktur geheilt. Die geschlossene Reposition scheint nicht so schlecht zu sein, sie ist allerdings nicht anatomisch genau.

c 6 Jahre später: Deformität durch Wachstumsstörung (Blockierung des epiphysären Längenwachstums medial). Starke Varusstellung mit Kippung der Talusrolle (vgl. auch Abb. 176). Mit anatomisch genauer (offener) Reposition lassen sich derartige Wachstumsstörungen vermeiden.

15.3.3.1. *Epiphysenlösungen*

Bei den *Metaphysenbrüchen* und *traumatischen Epiphysenlösungen* bleibt die *Epiphysenwachstumsfuge* unverletzt und *intakt an der Epiphyse hängen,* da die *Bruchlinie* immer durch die metaphysär gelegene Verknöcherungszone (Mineralisationszone) als der schwächsten Stelle, und *nie durch den Wachstumsknorpel* (generative Zone) verläuft. Genau genommen handelt es sich bei der traumatischen Epiphysenlösung um eine *Fraktur in der Metaphyse.* Bei einer *partiellen Epiphyseolyse* verläuft denn auch ein Frakturspalt von der Epiphysenfuge weg schräg in die Metaphyse hinein und ein kleineres oder grösseres Dreieck des Metaphysenknorpels bleibt an der Epiphyse hängen. Diese relativ häufige Verletzung ist harmlos, entspricht einer Metaphysenfraktur und kann entsprechend einfach konservativ behandelt werden (Abb. 318).

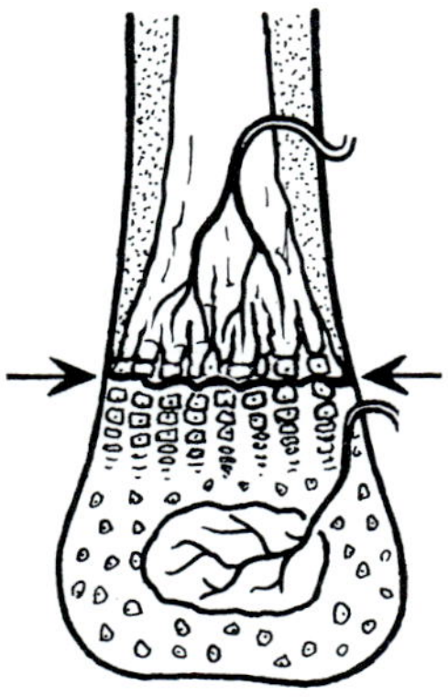

Abb. 318. *Epiphyse mit Wachstumszone.* Die schwächste Stelle ist die *Verkalkungszone,* am Übergang des Epiphysenfugenknorpels in den Metaphysenknochen (Pfeile). *Epiphysenlösungen* (traumatische oder andere, vollständige oder partielle) finden an dieser Stelle statt.

Die Epiphyse löst sich also mitsamt der knorpeligen Epiphysenfuge von der knöchernen Metaphyse ab, das «Wachstumsorgan» bleibt in der Regel intakt und als Ganzes an der Epiphysenfuge hängen. Durch Epiphysenlösungen wird das weitere Wachstum deshalb nicht beeinträchtigt.

Eingezeichnet ist auch die *Blutversorgung,* welche die Ossifikationszone nicht überquert.

15.3.3.2. *Epiphysenfrakturen*

Diese intraartikulären *Brüche verlaufen* immer quer *durch die Epiphysenwachstumsfuge hindurch,* auch wenn sie nicht weiter in die Metaphyse hinein, sondern von hier entlang der (metaphysären Seite der) Knorpelfuge verlaufen. Ob ein Dreieck aus der Metaphyse mit ausgebrochen ist oder nicht, hat keinen Einfluss auf die Prognose dieser Epiphysenfrakturen. Es besteht ein Frakturspalt quer durch die Epiphysenknorpelwachstumsfuge hindurch, und wenn dieser klafft und nicht anatomisch reponiert wird, wächst eine Kallusbrücke hinein, welche zur Epiphyseodese

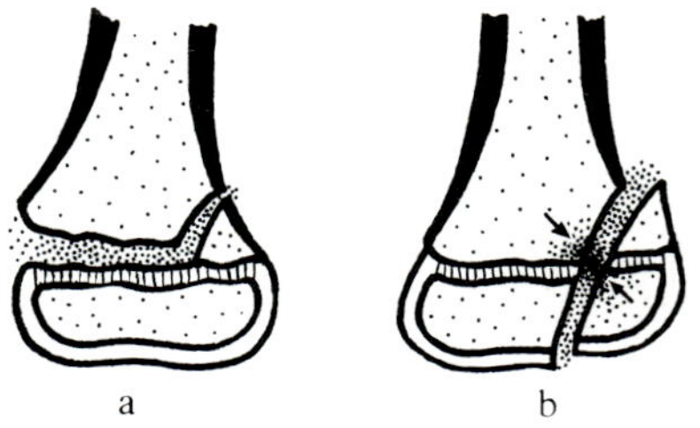

Abb. 319. *Frakturheilung und Epiphysenfuge.*

a Die *Kallusbildung* im Frakturspalt (dicht punktiert) nach partieller Epiphysenlösung tangiert die Epiphysenfuge (gestrichelt) nicht. Das Wachstum geht normal weiter.

b Epiphysenfrakturen verlaufen *durch* die *Epiphysenfuge* hindurch. Im *klaffenden* Frakturspalt bildet sich ein *Kallus,* der als *knöcherne Brücke* die Epiphysenfuge überquert und die knöcherne Metaphyse mit dem Knochenkern der Epiphyse knöchern verbindet (Pfeile). Diese Brücke wirkt wie eine Klammer und blockiert das weitere Längenwachstum an dieser Stelle (traumatische Epiphyseodese, siehe bei «Wachstumsstörungen», II.2.2.2.). Die Folge ist asymmetrisches Wachstum der intakt gebliebenen übrigen Abschnitte der Epiphysenfuge und Achsenfehlstellung (siehe Abb. 317).

Wenn der Frakturspalt *nicht* klafft, kann sich keine Brücke bilden, d.h. mit exakter anatomischer Reposition können Wachstumsstörungen verhindert werden.

und damit zur Blockierung des epiphysären Wachstums an dieser Stelle, und später zu schweren Wachstumsstörungen mit zunehmenden Deformitäten führen kann.

Das Entstehen einer solchen Kallusbrücke kann *mit einer anatomisch genauen Reposition* des Bruches und der knorpeligen Epiphysenscheibe *verhindert* werden: Eine intakte Wachstumsfuge trennt die Knochenkerne von Epiphyse und Metaphyse voneinander, so dass keine knöcherne Brücke dazwischen entstehen kann (Abb. 319 und 322).

Anatomisch exakte Reposition ist in *der Regel nur operativ möglich.*

Für die *Therapie* ergibt sich folgende einfache Regel:

- *Epiphysenbrüche* sind selten, sie müssen offen reponiert werden.
- *Epiphysenlösungen* und *Metaphysenbrüche* sind häufig, sie können *konservativ* behandelt werden (Abb. 320).

Für die *Diagnose* ergibt sich ebenfalls ein einfaches Schema:

- Findet man *Bruchlinien* in der *Epiphyse,* so liegt eine Epiphysenfraktur vor, also *keine* harmlose Verletzung.
- Findet man *Bruchlinien nur entlang der Epiphysenfuge* und im *metaphysären Bereich,* so handelt es sich um eine Epiphysenlösung, resp. Metaphysenfraktur, also um eine *gutartige* Verletzung (Abb. 321).

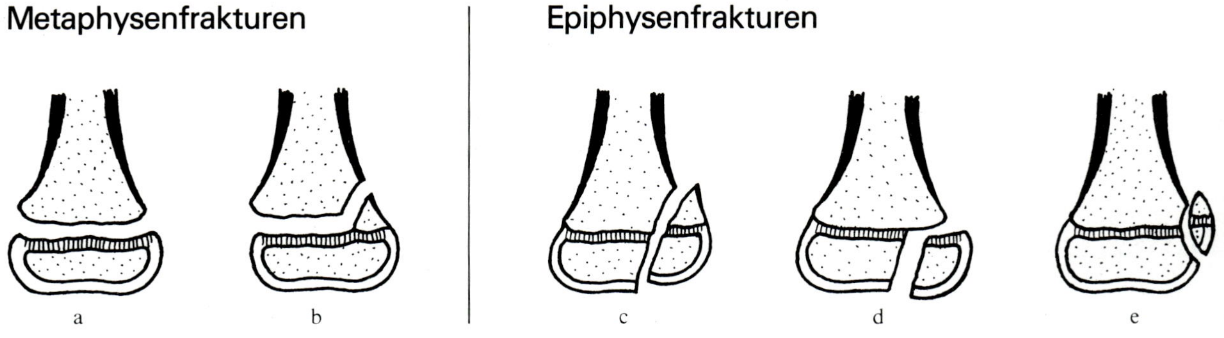

Abb. 320. *Einteilung* der *gelenknahen Brüche* für die *Therapie in Metaphysenfrakturen* und *Epiphysenfrakturen.*

a Reine *Epiphysenlösung:* Epiphysenfuge intakt, keine Wachstumsstörung (Mikroskopisch gesehen ist die «Epiphysenlösung» eine Metaphysenfraktur).

b *Metaphysenfraktur* mit *partieller Epiphysenlösung:* Epiphysenfuge intakt, keine Epiphysenverletzung.

c *Transepiphysäre* Fraktur: Bei klaffendem Frakturspalt Kallusbrücke, traumatische Epiphyseodese und Wachstumsstörung.

d *Epiphysenbruch* mit teilweiser Epiphysenlösung. Epiphysenfuge gebrochen, bei offenem Frakturspalt Kallusbrücke und Wachstumsstörung möglich.

e Schalenabriss am Epikondylus (z.B. Femur). Verletzung der Epiphysenfuge. Kallusbrücke möglich, Wachstumsstörungen kommen vor.

Diese Einteilung der gelenknahen Brüche entspricht denjenigen von Aitken und Salter. Vereinfacht lässt sie sich so darstellen:

a und b sind *Metaphysenbrüche,* bei welchen *keine* Wachstumsstörungen zu erwarten sind.
c, d und e sind *Epiphysenbrüche,* bei denen Wachstumsstörungen zu befürchten sind.
Metaphysenbrüche können konservativ behandelt werden. *Epiphysenbrüche* sollten *anatomisch reponiert,* d.h. in der Regel *operiert* werden.

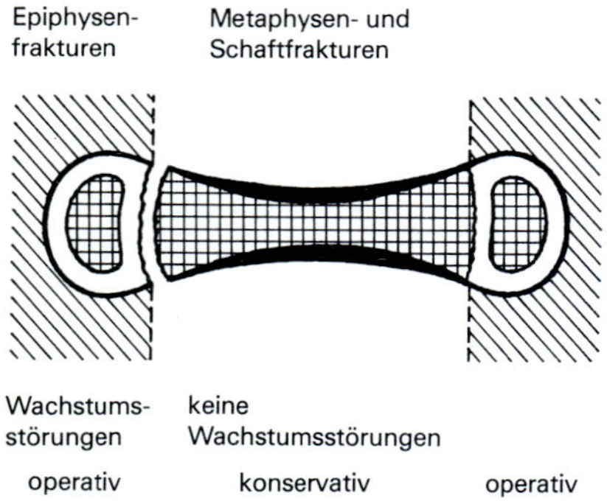

Abb. 321. *Einfache Einteilung der Kinderfrakturen* im Hinblick auf *Diagnose und Therapie.*

Weisser Bereich: Schaft- und Metaphysenbrüche (inkl. Epiphysenlösungen): Keine Wachstumsstörungen: *Konservative* Behandlung.

Schraffierter Bereich: Epiphysenbrüche: Wachstumsstörungen zu befürchten bei klaffendem Frakturspalt: Eine genaue anatomische Reposition kann dies verhindern. Deshalb werden solche Brüche mit Vorteil *operiert.*

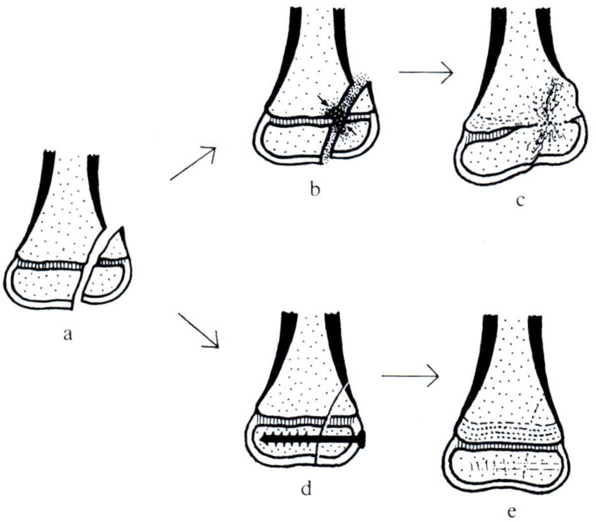

Abb. 322. *Epiphysenbrüche* sollten anatomisch genau reponiert werden.

a Verschobener Epiphysenbruch.
b *Keine* Reposition: Kallusbrücke im klaffenden Frakturspalt.
c Wachstumsstörung: asymmetrisches Wachstum, Fehlstellung nach Monaten und Jahren.
d Anatomische Reposition und Osteosynthese.
e Normales weiteres Wachstum.

Festgehalten sei, dass die *häufigen partiellen Epiphysenlösungen* mit Ausbruch eines Keiles aus der Metaphyse (Abb. 320b) leicht *konservativ zu reponieren* und nach dem *3-Punkte-Prinzip im Gips* gut zu halten sind (dank intaktem Periost auf der Seite des Metaphysenkeiles). Fehlstellungen sind nicht zu befürchten.

Epiphysenbrüche hingegen sind immer auch *Gelenkbrüche.* Die genaue Wiederherstellung der Gelenkkongruenz ist ein weiterer Grund, diese Brüche offen zu reponieren und zu fixieren.

Epiphysenbrüche, bei welchen die *Operation angezeigt* ist (vgl. Abb. 322), sind:

1. am Ellbogen: *Kondylenbrüche,* vor allem die Brüche des *Capitellum radiale humeri* (Abb. 323).
2. am oberen Sprunggelenk: Brüche des *Malleolus medialis*
3. am Knie: Brüche an den *Femurkondylen* (Ausrissfrakturen der Seitenbänder) und einzelne proximale Tibiabrüche *(Tuberositas tibiae).*

15.3.3.3. *Zur Technik der Osteosynthese von Epiphysenfrakturen*

Das Ziel der Osteosynthese ist lediglich die Retention der offenen Reposition bis zur Konsolidation, d.h. in der Regel nur für wenige Wochen. Stabile Osteosynthesen sind nicht nötig, es wird ohnehin ein Gipsverband angelegt. Traumatisierung des Gelenkes und der Wachstumszonen sind zu vermeiden. Am besten eignen sich deshalb ein, zwei oder drei *Kirschnerdrähte* zur Spickung, welche nach wenigen Wochen leicht wieder entfernt werden können. (Das Drahtende muss abgebogen werden, sonst beginnen die Drähte zu *wandern,* was gefährliche Komplikationen nach sich zieht!)

15.3.3.4. *Zur Diagnose der Frakturen bei Kindern*

Das Kennzeichen des kindlichen Skelettes sind offene Epiphysenfugen. Sie müssen auf dem *Röntgenbild* von Frakturspalten unterschieden werden, ebenso wie bei kleinen Kindern Ossifikationskerne von Bruchfragmenten abgegrenzt werden müssen.

Die manchmal etwas schwierige Interpretation von Röntgenbildern wird wesentlich erleichtert durch *Vergleichsaufnahmen der gesunden Gegenseite,* welche im Zweifel immer gemacht werden sollten (Abb. 323).

Im übrigen ist der *klinische Aspekt* nicht minder wichtig als der Röntgenbefund, und für die Beurteilung der *Torsionsverhältnisse* allein massgebend. Blount schrieb: «Doctor, treat the patient, not the picture!»

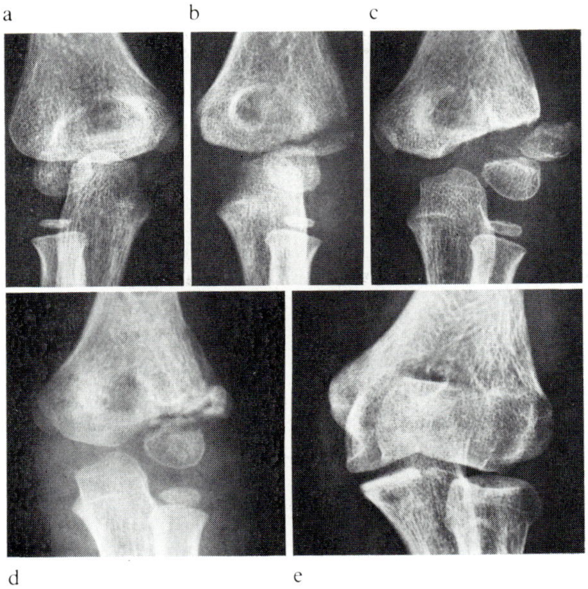

Abb. 323. Der genaue *Vergleich* mit der nicht verletzten rechten *Gegenseite* (a) lässt die Diagnose bei dieser frischen Verletzung am linken Ellbogen (b) eines 5jährigen Kindes stellen: Fraktur des radialen Kondylus. Man hielt die wenig verschobene Fraktur für harmlos und fixierte mit Gips.

c) 1 Monat später wurde klar, dass der Bruch nicht harmlos war: Die intraartikuläre Fraktur war abgerutscht. Wachstumsstörungen und Pseudarthrose mit Cubitus valgus und später Ulnarislähmung (siehe III.A.4.4./7.5.) waren zu befürchten. Die notwendige offene Reposition und Fixation war in diesem Stadium wesentlich schwieriger als sie primär gewesen wäre.

d) Einige Wochen nach Operation. Die zur Fixation verwendeten Kirschnerdrähte sind bereits wieder entfernt.

e) 8 Jahre später. Der Ellbogen hat sich praktisch normal entwickelt.

Kondylenfrakturen am Ellbogen sind praktisch immer eine *Operationsindikation.*

15.3.4. *Einige besondere Frakturen und Komplikationen*

15.3.4.1. *Traktionsfrakturen:* Olekranon, Patella, Epicondylus ulnaris humeri.

Die Fraktur der Tuberositas tibiae ist gleichzeitig eine Epiphysenfraktur mit der Gefahr einer Wachstumsstörung und späterem Genu recurvatum.

Mechanismus und Indikation wie beim Erwachsenen: Osteosynthese (Drahtnaht), wenn das Fragment disloziert ist.

15.3.4.2. *Schenkelhalsbrüche* bei Kindern neigen – noch mehr als bei Erwachsenen – zur *ischämischen Kopfnekrose.* Diese schlechte Prognose kann wesentlich verbessert werden durch sofortige *offene Reposition und Verschraubung* (siehe III.C.2.12.2.2.).

15.3.4.3. *Ellbogenfrakturen*
– Ischämische Muskelnekrose.

Unterbruch der arteriellen Zirkulation führt nach wenigen Stunden zu irreversiblen ischämischen Muskelnekrosen mit späterer *Volkmannscher Kontraktur.* Einklemmung, Kompression, Spasmus oder Ruptur der Arteria cubiti kommen bei schwereren Ellbogenfrakturen (supra-transkondyläre Frakturen) mit Ödemen oder stärkeren Dislokationen vor. Deshalb: rasche, schonende Reposition, keine geschlossenen Verbände, keine forcierte Flexionsstellung, bei schlecht reponierbarer Fraktur oder grossem Hämatom evtl. prophylaktisch offene Reposition, vor allem aber regelmässige *Zirkulationskontrolle in den ersten Stunden!* (deshalb Hospitalisation).

Die *Zeichen der arteriellen Durchblutungsstörung* sind: Schmerzen, fehlender Puls, Blässe, Schwellung und Hypästhesie im Bereiche von Vorderarm und Hand, die Finger können aktiv nicht bewegt werden und passiv nur unter Schmerzen.

Wenn diese Zeichen trotz der erwähnten Massnahmen nicht rasch verschwinden, ist notfallmässig eine operative Revision der *Arteria cubiti* (evtl. nach Arteriographie) sowie die offene Reposition und Osteosynthese notwendig.

Innerhalb der ersten etwa 6 Stunden ausgeführt, kann die Operation eine ischämische Nekrose der Muskulatur verhindern. Kommt die Zirkulation innert dieser Frist nicht wieder in Gang, so werden grosse Teile der Beugemuskulatur von Hand und Fingern irreversibel nekrotisch, und schwere, permanente und irreparable Schäden bleiben zurück (siehe Volkmannsche Kontraktur, III.A.4.6.1. und Abb. 283).

Ischämische Muskelnekrosen, ähnlich wie in der Vorderarmloge, sieht man gelegentlich in der vorderen Muskelloge am proximalen Unterschenkel bei Tibiaverletzungen: *Tibialis-anterior-Syndrom, siehe III.C.5.2.3.*

15.3.4.4. *Myositis ossificans*

Nach Frakturen oder Luxationen, vor allem im Ellbogenbereich, aber auch manchmal nach anderen Verletzungen, etwa nach stumpfem Trauma des Quadrizeps, entstehen, vorwiegend bei Kindern und Jugendlichen, ektopische Verkalkungen im traumatisierten Gewebe, vor allem in den Muskelsepten. Sie können nach Tagen und Wochen als harte, oft recht grosse und schmerzhafte Tumoren zu palpieren sein. Nach wenigen Wochen werden im Röntgenbild ausgedehnte, unscharfe, wolkige Verkalkungen sichtbar. Die Beweglichkeit ist begreiflicherweise eingeschränkt (Abb. 568).

Manipulationen, Versuche, das Gelenk passiv zu mobilisieren, Massagen usw. machen den Zustand nur schlimmer.

Auch der Versuch, die Verkalkungen im aktiven Stadium zu resezieren, hat lediglich eine weitere Ausdehnung des Prozesses zur Folge. Ruhigstellung ist die beste Therapie im aktiven Stadium der Myositis. Wenn man das Gelenk in Ruhe lässt, kommt der Prozess im Verlaufe der nächsten Monate zur Ruhe, ein grosser Teil der Verkalkungen wird resorbiert, ein Rest verknöchert und erscheint dann schärfer begrenzt und strukturiert auf dem Röntgenbild. In der Regel gehen die klinischen Begleiterscheinungen ebenfalls zurück und das Gelenk wird wieder einigermassen beweglich.

15.3.4.5. *Frakturen bei Neugeborenen*

Bei schwierigen Geburten, vor allem aus Steisslage, können Frakturen oder Epiphysenlösungen entstehen, hauptsächlich an Klavikula, Humerus oder Femur. Das Glied wird nicht spontan bewegt und erscheint wie gelähmt. Eine Schaftfraktur ist im Röntgenbild leicht zu erkennen, eine Epiphysenlösung nur schwierig, da die Gelenkregion noch vorwiegend knorpelig ist. Schon nach wenigen Tagen erscheint aber ein ausgedehnter Kallus, der die Diagnose klärt. Die Frakturen heilen in zwei bis drei Wochen, Fehlstellungen wachsen spontan aus und Spätfolgen sind kaum zu befürchten. Die Therapie besteht in einer kurz dauernden Ruhigstellung.

15.3.5. *Behandlungsrichtlinien für Frakturen bei Kindern*

I. Obere Extremität	
1. Klavikula	konservativ.
2. Humerus proximal	konservativ: Fixation am Thorax, evtl. Abduktions-Elevation im Bett. Selten operativ.
3. Humerusschaft	konservativ: Gipslonguette, evtl. Extension am Olekranon. Bei Radialisparese evtl. operativ.
4. Humerus suprakondylär	
einfache Fälle	konservativ: Armschlinge (Blount), Gips oder Extension am Olekranon.
komplizierte Fälle	operativ: bei starkem Hämatom, Störung von Zirkulation oder Innervation.
5. Humerus distal intraartikulär	operativ (Abb. 323).
6. Condylus radialis	operativ.
7. Epicondylus ulnaris	wenn stärker disloziert: operativ.
8. Radiusköpfchen	falls konservativ irreponibel: operativ (nicht resezieren!).
9. Olekranon	falls disloziert: operativ.
10. Vorderarm	Oberarmgips, selten operativ (evtl. bei älteren Jugendlichen).
11. Distaler Radius	Vorderarmgips.
12. Finger	konservativ.
II. Untere Extremität	
1. Becken	konservativ.
2. Schenkelhals	operativ (Zugschrauben).
3. Per- und subtrochanter	Gips, evtl. operativ bei älteren Kindern.
4. Femurschaft	konservativ: Steinmann-Nagelextension (z. B. auf dem «Weber-Extensionsbock»), bei kleinen Kindern senkrechter Heftpflasterzug, bei älteren Jugendlichen Längsextension, evtl. operativ (Platte) (Cave Marknagel wegen Trochanterepiphysenfuge!).
5. Distale Femurmetaphyse (einschliesslich Epiphysenlösung)	konservativ: Gips, evtl. Extension.
6. Epikondylus und Condylus femoris	operativ.

7. Patella	wenn disloziert: operativ.
8. Eminentia intercondylica	wenn disloziert und nicht durch Hyperextension reponierbar: operativ.
9. Tuberositas tibiae	operativ.
10. Tibiaschaft (isoliert)	konservativ: Gips; wenn nötig keilen.
11. Unterschenkelschaft	konservativ.
stabile	Primär Gips.
instabile	Steinmannnagel-Extension, dann Gips. Bei älteren Jugendlichen selten operativ (Platte) (Marknagel erst nach Schluss der Tibiakopfepiphysenfuge!).
12. Distale Tibia- und Fibulametaphyse, einschliesslich Epiphysenlösung	Unterschenkelgips, wenn irreponibel bei älteren Kindern: evtl. operativ (selten).
13. Distale Tibiaepiphyse (Malleolarfrakturen)	wenn disloziert: operativ (Abb. 322).
14. Fussfrakturen	wenn irreponibel evtl. operativ (selten, z. B. Talusfraktur).
15. Zehen	Gips.
III. Allgemeine Indikationen	
1. Offene Frakturen	bei ausgedehnten Hautverletzungen evtl. operativ.
2. Repositionshindernis	bei älteren Jugendlichen, bei Weichteilinterposition: evtl. operativ (selten!).
3. Schwerverletzte, Mehrfachverletzte und Gelähmte	evtl. operativ.
4. Frakturen in der Adoleszenz (15 – 20 Jahre)	bei besonderer Indikation (bestimmte Vorderarm- und Femurbrüche, selten Unterschenkel) evtl. operativ.
5. Pseudarthrosen	operativ.

Zur Nachbehandlung: Wegen der raschen Konsolidation ist die *Kontrolle der Stellung in den ersten Tagen* wesentlich. Schon nach ein, zwei oder drei Wochen kann eine Fehlstellung fixiert und der Zeitpunkt für eine Korrektur verpasst sein! Der Entscheid, ob bei veralteten Brüchen eine operative Korrektur gemacht werden soll, ist manchmal schwierig. Der Schaden kann leicht grösser als der Nutzen sein.

Wo keine *Extension* notwendig ist, bleibt für die Erstbehandlung der *Gipsverband* die Regel. Die Gipse werden *gepolstert* und werden bis zur *knöchernen Konsolidation belassen.* Einfache Brüche heilen, besonders bei *kleinen* Kindern, sehr *rasch.* Gelenkversteifungen sind nicht zu befürchten, *Physiotherapie ist nicht nötig,* passive Gelenksmobilisation schädlich. Das Kind nimmt seine normale Aktivität von selbst bald wieder auf.

Vernünftig behandelt haben *fast alle Frakturen bei Kindern* eine *einwandfreie Prognose.*

16. Verletzungsfolgen

Die Folgen von Unfällen, Frakturen, Weichteilverletzungen, aber auch iatrogenen Schäden, etwa nach Operationen, spielen eine immer wichtigere Rolle in der orthopädischen Chirurgie. Ihre Bedeutung wird in absehbarer Zeit jene der primären Erkrankungen des Bewegungsapparates *übertreffen.*

Akute Komplikationen von Verletzungen sind im vorangehenden Kapitel «Verletzungen» besprochen, *chronische Unfallfolgen* an verschiedenen andern Stellen dieses Buches.

Die *folgende Liste* soll eine *Übersicht* geben und *auf die einzelnen Kapitel verweisen um ein leichteres Auffinden zu ermöglichen.*

16.1. Verletzungsfolgen (Tabelle)

Skelett:

- verzögerte Heilung, siehe I.A.4.2.1.3.
- Pseudarthrose, siehe I.A.4.2.2. und II.16.2.
  - Schenkelhals, siehe III.C.2.13.
- überschiessender Kallus
- Refraktur, siehe I.A.4.1.2. und I.A.4.2.3.4.
- Fehlstellungen, siehe II.12.
- Fehlstellungen bei Kindern, siehe auch II.2.2.
- Verkürzungen, siehe III.C.1.
- Wachstumsstörungen an den Epiphysen, siehe II.2.2.
- Knochennekrosen, siehe II.5. und II.15.2.4.
  - Hüftkopf, siehe III.C.2.13.3.
  - Naviculare, siehe III.A.6.1.3.
  - Lunatum, siehe III.A.6.1.2.
  - Talus, siehe III.C.6.1.5.
- Osteoporose, siehe II.4.2.
- Osteochondrosis dissecans, siehe II.5.
  - der Talusrolle, siehe III.C.6.1.4.
- Osteitis, siehe II.6.6.
- Arthritis, siehe II.6.4.
- Ankylosen, Gelenksteifen, siehe II.12.
- Inkongruenz, siehe I.A.9.2.1. und II.15.2.2.2.
- Arthrose, siehe II.11.1.
- Instabilität, «Schlottergelenk», Bandschaden, siehe II.12.4. und II.12.3.
  - Akromioklavikulargelenk, siehe III.A.1.3.
  - Halswirbelsäule, siehe III.B.4.2. und III.B.4.1.1.4.
  - Knie, siehe III.C.4.10.3.
  - oberes Sprunggelenk, siehe III.C.6.1.8.
- Amputation, siehe III.C.8.
  - Stumpfkrankheiten, siehe III.C.8.5.2.
  - Kausalgie, siehe III.C.8.5.2.6.
- Kyphose, «Gibbus», siehe III.B.12. und III.B.6.4.
- Verletzungsfolgen an der Halswirbelsäule, siehe III.B.4.2. und III.B.4.1.

Weichteile:

- Hämatom, Serom
- Infekt, siehe II.6.8.
- Gefässschäden: Nekrosen, siehe II.15.2.7.2.,
  - Kontrakturen, siehe unten.
- Kontrakturen
  - Volkmann, siehe II.15.3.4.3. und III.A.4.6.1.
  - Tibialis anterior, siehe III.C.5.2.3.
  - Tibialis posterior: Krallenzehen
  - ischämische Beinlähmung
- Strangulationsschäden: Gangrän, Ödem
- «Frakturkrankheit», siehe II.15.2.6.
- Ödem
- Narben, Narbenkontrakturen, siehe II.12.2.
- Keloid
- Hautdefekt (Hautnekrose), siehe II.15.2.5.
- Sekundärheilung
- Druckschäden an der Haut (Dekubitus), siehe I.C.3.1.2. und I.C.3.6.1.
- Muskel- und Sehnenverwachsungen (Flex. hall., Tib. post., Ext. hall.)
- Myositis ossificans, siehe Kinderfrakturen, II.15.3.4.4., kommt aber auch bei Erwachsenen vor:
  - am Ellbogen, siehe III.A.4.6.2.
  - Quadrizepsmuskulatur, siehe III.C.3.
- Muskelhernien
- Muskelatrophie, siehe I.A.7.1.2.
- Sudecksche Dystrophie, siehe Frakturen, II.15.2.6. (Abb. 324)
  - der Hand, siehe III.A.7.1.2.
- Schulter-Arm-Hand-Syndrom, siehe III.A.1.5.
- Verletzungsfolgen an der Hand, siehe III.A.7.1.

Nerven:

- periphere Lähmungen, siehe II.8.3. und die einzelnen Lokalisationen im Teil III, insbesondere Hand, III.A.7.5.3.
- Narbenneurome, siehe II.8.3.4.
- Tunnelsyndrome, siehe II.8.3.6.
  - karpal, siehe III.A.6.2.2.
  - tarsal, siehe III.C.6.1.8.
- Paraplegie, siehe II.8.4.
- Plexuslähmungen, siehe II.8.3.7.
- Lähmungen nach Hirnverletzungen, siehe II.8.2.

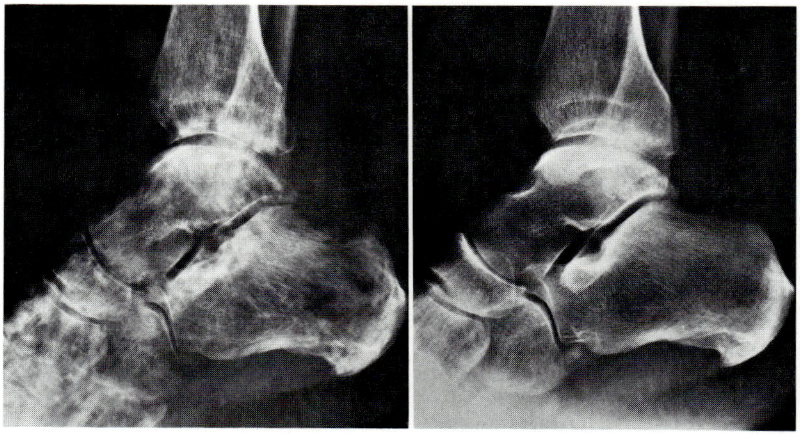
a b

Abb. 324. a) *Sudecksche Dystrophie* des linken Fusses, b) der normale rechte Fuss zum Vergleich.

Die Sudecksche Dystrophie ist eine sehr unangenehme Komplikation nach schwereren oder auch leichteren Verletzungen, hauptsächlich von Hand und Fuss. Vermutlich ist es eine neurovaskuläre Störung, deren Ursache nicht genau bekannt ist. Wiederholte Manipulationen, lange dauernde Inaktivität und Heilungsverzögerungen spielen dabei eine Rolle.

Zunehmende Schmerzen, Schwellung, Zyanose, Gelenkversteifung und Funktionsverlust sind die klinischen Zeichen. Das Glied wird ängstlich geschont. Eine fleckige Osteoporose kennzeichnet den Röntgenbefund.

Der Verlauf ist ausgesprochen langwierig, die Therapie mühsam und erfordert viel Geduld: Ruhigstellung soweit nötig, aktive Bewegungstherapie soweit möglich, keine passive Mobilisation. Wesentlich ist das Beachten der Schmerzgrenze, damit der Circulus vitiosus: Schmerzen–Dystrophie–Schmerzen unterbrochen werden kann. Lokale Wärme, Medikamente gegen Entzündung und Schmerzen, in schweren Fällen auch Cortison, evtl. Sympatikusblockierung können helfen.

Nach längerer Zeit (Monaten, gelegentlich einem oder zwei Jahren), bessert sich der Zustand allmählich wieder (vgl. auch Abb. 311 und Abb. 357).

Einzelne anatomische Lokalisationen:
– siehe im speziellen Teil, III.

16.2. Pseudarthrosen

Begriff: Als Pseudarthrose (englisch: «nonunion») bezeichnen wir ein *Ausbleiben der knöchernen Heilung* (vgl. Pathophysiologie der Fraktur – Frakturheilung, I.A.4.).

Ursprünglich bedeutete das Wort *«Falschgelenk»:* Im *Endstadium* nach Jahren bildet eine *nicht verheilte Fraktur* ein eigentliches *Falschgelenk* mit Gelenkspalt, Knorpelschicht und Bindegewebskapsel. Solche Bilder sieht man heute nur noch selten.

Pseudarthrosen können durch Bindegewebe recht *straff* verbunden und somit klinisch ziemlich stabil aussehen oder sie können *schlaff* und beweglich sein. Immer aber besteht zwischen den Knochenfragmenten ein *durchgehender* Spalt der die beiden Enden trennt.

Pseudarthrosen kommen nicht nur nach Frakturen, sondern auch nach Osteotomien und Arthrodesen vor.

Klinisch sind die Pseudarthrosen durch *persistierende Schmerzen* und eine mehr oder weniger auffällige *Instabilität* gekennzeichnet: Das Glied kann nicht richtig belastet werden, weil sonst *Schmerzen* entstehen.

Bei straffen Pseudarthrosen ist die falsche Beweglichkeit oft nur sehr gering, so dass sie bei der klinischen Untersuchung nicht festgestellt werden kann.

Das *Röntgenbild* zeigt den durchgehenden Spalt in der Regel eindeutig.

16.2.1. *Pseudarthroseformen*

Die *Ursachen* von Pseudarthrosen sind entweder rein *mechanisch* oder *kombiniert.* Wir können so zwei grosse Gruppen unterscheiden:

1. *Fehlende* oder ungenügende *Aktivität* der *Knochenbruchheilung,* meist infolge von ausgedehnten Knochendefekten oder -nekrosen. Diese schweren aber selteneren Formen werden weiter unten besprochen *(«avitale» Pseudarthrosen).*
2. *Rein mechanische Ursachen.* Die mechanischen Bedingungen für die Entstehung von gewöhnlichen Pseudarthrosen bei der natürlichen Frakturheilung wurden bereits im Kapitel über Frakturheilung (I.A.4.2.2.) eingehend erörtert. Diese sogenannte *«vitale» Pseudarthrose* ist die «gewöhnliche», die *häufigere* Form.

16.2.1.1. *Mechanisch bedingte («vitale») Pseudarthrosen*

Der *röntgenologische Aspekt* und Verlauf dieser *«mechanischen» (hyperthrophischen, vasku-*

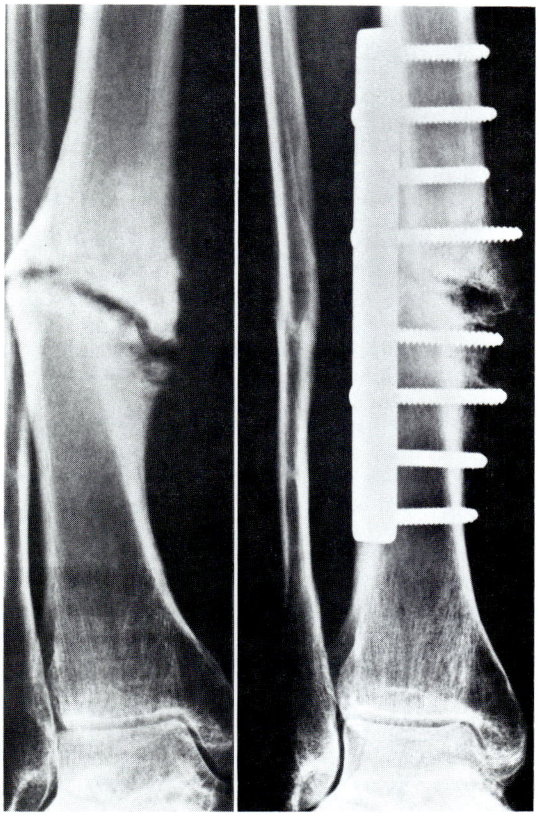

a b

Abb. 325.

a *Hypertrophische Pseudarthrose.* Typisches Bild: Stark verbreiterte, sklerosierte Fragmentenden, durchgehender, gewölbter, deutlicher Pseudarthrosespalt, etwa 2 Jahre nach einer Unterschenkelfraktur. Bei der Pseudarthrosenentstehung haben mechanische Faktoren (geführte Biegung bei stehender Fibula, Scherkräfte) eine wesentliche Rolle gespielt.

b Kompressionsosteosynthese mit gerader Platte: Knöcherne Heilung in kurzer Zeit, ohne dass der Pseudarthrosespalt eröffnet worden wäre.

lären, biologisch reaktionsfähigen) Pseudarthrose ist recht *typisch:* Häufig grosser *Kallus, sklerosierende Fragmentenden* und schmaler durchgehender Spalt. Es sieht so aus, als ob der Kallus trotz grosser Anstrengung die Lücke nicht überbrükken kann. Sie erscheint wie eine mystische Barriere (Abb. 325).

Wir wissen heute, dass in diesen Fällen weder der Spalt eine Barriere ist noch der Kallus minderwertig, im Gegenteil: Es *genügt* eine *stabile* Osteosynthese, damit der *Kallus in kurzer Zeit den Spalt überbrückt.* Dies beweist, dass *nur* die mechanische Beanspruchung der Gewebe am Pseudarthrosespalt die Ossifikation verhindert hat.

Histologisch findet man in diesen Fällen an den Fragmentenden gut vaskularisierten Knochen, angrenzend an gefässlose Binde- und Knorpelgewebe im Pseudarthrosespalt. Hier finden offensichtlich *dauernd Bewegungen im Mikrobereich* statt, welche die aus dem *Knochen einwachsenden Kapillaren laufend zerstören* (Abb. 41).

Sobald diese Bewegungen ausgeschaltet sind durch eine stabile Osteosynthese wachsen die Gefässe in den Pseudarthrosespalt ein, der vorhandene Knorpel wird mineralisiert und die darauf folgende *Ossifizierung führt rasch zur knöchernen Heilung.* Diese Vorgänge sind experimentell nachgewiesen und durch klinische Erfahrung regelmässig bestätigt worden. Die Therapie ist damit auf eine *rationale Grundlage* gestellt (Abb. 43).

16.2.1.2. *Biologisch bedingte («avitale») Pseudarthrosen*

Neben diesen eindeutig gut *reaktionsfähigen, vitalen* Pseudarthrosen sieht man zunehmend, im Gefolge der schweren Verkehrsunfälle und der operativen Frakturbehandlung, Pseudarthrosen infolge ausgedehnter *Knochendefekte,* grosser Trümmerzonen, weitgehend *devitalisierter* Fragmente, nicht selten durch Infektion mit *Sequesterbildung* kompliziert, aber auch bei osteolytischen *Tumoren,* bei ischämischen *Knochennekrosen.*

In diesen Fällen *fehlt* das nötige regenerative Substrat, aus welchem die Überbrückung der grossen Defekte möglich wäre. Es handelt sich also um nicht reaktionsfähige, *avitale Pseudarthrosen,* welche nicht nur aus mechanischen, sondern vor allem aus *biologischen* Gründen nicht heilen können (kalluslose, atrophische, avaskuläre, reaktionslose Pseudarthrosen).

In diesen Fällen ist offensichtlich eine *biologische* Anregung der Knochenheilung notwendig, am besten mit *autologer Spongiosa.*

Besondere Probleme stellen sich bei den *infizierten* Pseudarthrosen, auf welche unten bei der Besprechung der Therapie eingegangen wird.

16.2.1.3. *Pseudarthrosen nach Osteosynthese*

Ein röntgenologisch nicht immer eindeutig beurteilbares Bild ist mit der *Pseudarthrose* nach *Osteosynthese* aufgetaucht. Die Röntgenbilder nach Osteosynthesen sind ohnehin weniger typisch und schwieriger zu interpretieren. Der Kallus fehlt oder ist zumindest nicht sehr gross, die typische Sklerosierung fehlt ebenfalls (vgl. I.A.4.2.3.).

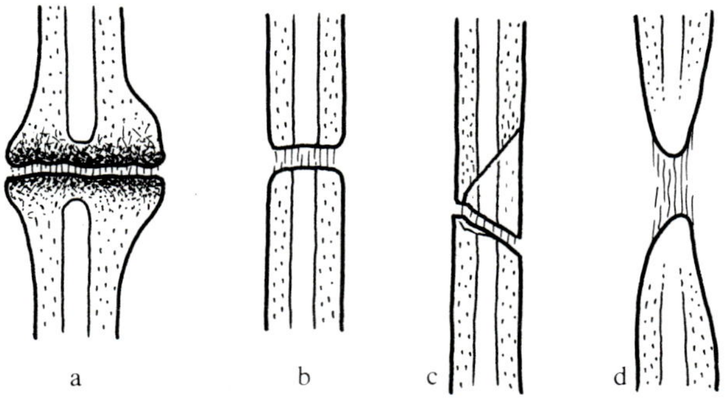

Abb. 326. *Pseudarthroseformen und ihre Therapie.*

a Die *«Elefantenfuss»*-Pseudarthrose, Spätstadium der meist mechanisch bedingten, biologisch gut reaktionsfähigen Pseudarthrose, früher das charakteristische Bild der Pseudarthrose, die spontan nicht mehr heilen konnte, und zwar wegen der mechanischen Beanspruchung des schmalen Pseudarthrosespaltes (siehe I.A.4.2.2.1., Abb. 40). Die Fragmentenden sind stark verbreitert und sklerosiert, gut vaskularisiert. Solche Pseudarthrosen heilen unter stabiler Fixation sehr rasch.

b *Reaktionsarme* Pseudarthrose. Hier spielen biologische Faktoren mit eine Rolle. Diese Form der Pseudarthrose ist mit der operativen Frakturbehandlung *häufiger* geworden. Trotz ihres reaktionsarmen Aussehens sind diese Pseudarthrosen häufig *vital* und heilen nach stabiler Fixation aus. Die biologische Aktivität lässt sich mittels Szintigraphie nachweisen.

c *Avitale Pseudarthrose.* Keine biologische Aktivität infolge gestörter Blutzirkulation und nekrotischer Knochenfragmente, vor allem bei ausgebrochenen Knochenstücken, Trümmerbrüchen, Sequestern usw., besonders auch nach Osteosynthesen mit zusätzlicher Devitalisierung des Gewebes. Diese Pseudarthrosen haben keine Knochenregenerationskraft mehr. Die Stabilisierung der Fragmente *allein* genügt *nicht* mehr. Zusätzlich ist ein *osteogenetisch* wirksames Transplantat nötig in Form von *autologer Spongiosa.*

d *Defektpseudarthrose.* Nach grösserem Substanzverlust, bei offenen, infizierten Brüchen usw. Die Fragmentenden sind zu weit voneinander entfernt, zeigen keine osteogenetische Aktivität mehr und atrophieren wie Amputationsstümpfe. Hier ist der *Ersatz* des fehlenden Knochens nötig nebst der Stabilisierung.

Immerhin gibt es eine Reihe von Röntgenzeichen, die dabei helfen können:

1. Aussagekräftig sind vor allem *Veränderungen* im Verlaufe der Zeit, also Verlaufskontrollen.
2. Verhalten des *Frakturspaltes:* Kleiner werden spricht für Konsolidation, grösser werden für Pseudarthrose.
3. *Zeichen* von *Lockerung* und *Bruch* des *Osteosynthesematerials.* Diese sind diskret, man muss danach suchen (Knick, Stufe in einem Implantat, schmale Osteolysesäume um das Implantat herum, zunehmende Deformität).
4. *Umbauzeichen* im und am Knochen (Kallusbildung, Verbreiterung, Sklerosierung der Fragmentenden usw.) sind Zeichen der Vitalität. Unverändertes Aussehen über längere Zeit spricht für mangelhafte biologische Aktivität der Pseudarthrose, gleichbleibendes, sklerosierendes, «glasiges» Aussehen einzelner Knochenteile für Nekrose, Osteolysesäume darum herum für Sequestrierung (Abb. 327).

Es handelt sich um Pseudarthrosen infolge von *Instabilität der Osteosynthese* oder von *devitalisierten Knochenfragmenten.* Ob diese Pseudarthrosen vital sind oder nicht lässt sich röntgenologisch nicht immer entscheiden, hingegen kann mit Hilfe der *Szintigraphie* die *Aktivität der Knochenregeneration nachgewiesen* werden (CECH). Es zeigt sich, dass auch Pseudarthrosen, welche röntgenologisch avital aussehen, szintigraphisch oft doch noch eine Aktivität erkennen lassen.

16.2.1.4. *Einteilung der Pseudarthrosen*

Pseudarthrose:	*Vitale,* biologisch reaktionsfähig	*Avitale,* biologisch nicht reaktionsfähig
Ursache:	mechanisch	biologisch
Auftreten:	häufiger	seltener
Durchblutung:	gut, häufig Hyperämie	schlecht
Kallusbildung:	meist hypertrophisch, fehlt nach Osteosynthesen gelegentlich	schwache oder keine Aktivität
Knochenumbau: (Szintigraphie)	starke Aktivität	schwache oder keine Aktivität
Röntgenbild:	häufig Sklerosierung und Verbreiterung der Knochenenden (Elefantenfuss), meist schmaler Pseudarthrosespalt	Atrophie, keine Reaktion, oft grosser Defekt
Therapie:	Stabile Fixation (Osteosynthese)	zusätzliche autologe Spongiosatransplantation

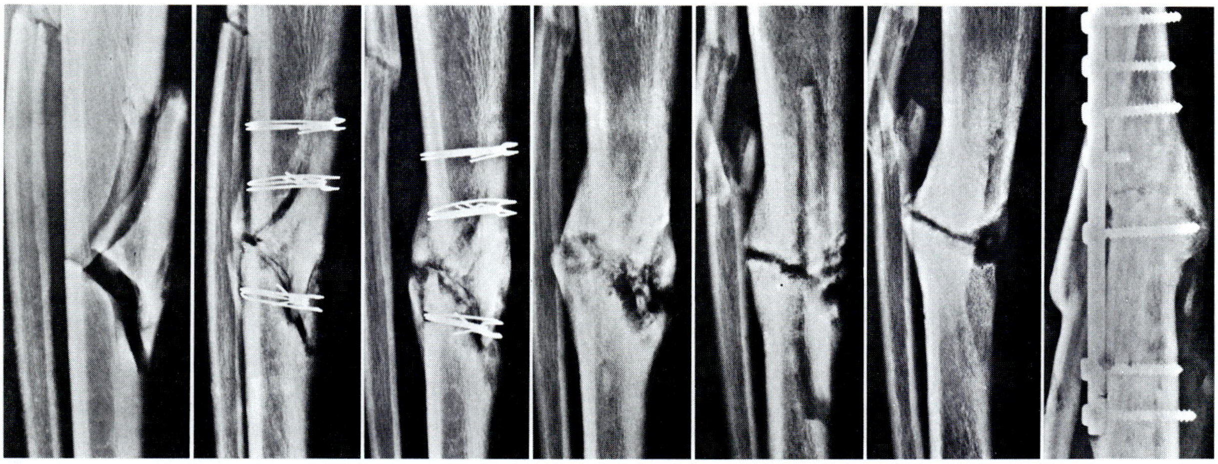

a b c d e f g

Abb. 327. *Pseudarthrose nach Unterschenkelfraktur*, ein Verlauf über 10 Jahre bei einem 32jährigen Mann.

a Biegungsfraktur der Tibia mit Ausbruch eines grossen Biegungskeiles.
b Früher wurden Schaftbrüche manchmal mit Drahtumschlingung versorgt. Der Verlauf, hier ½ Jahr später, zeigt bereits die Nachteile der Methode: Instabilität, Knochennekrose im ausgebrochenen Keil. Verzögerte Heilung.
c Nach einem Jahr eindeutige Pseudarthrose. Der Spalt geht auch quer durch die Kallusmanschette.
d Nach 2 Jahren Knochenresorption im Nekrosegebiet. Trotz Kallusbildung Verbreiterung des Pseudarthrosespaltes.
e Nach Spanoperation und Fibulaosteotomie. Der Kortikalisspan beginnt distal und proximal einzuwachsen. Im Pseudarthrosebereich zeigt er bereits Ermüdungserscheinungen, erkennbar an der beginnenden Resorption.
f 4 Jahre nach der Fraktur: Persistierende Pseudarthrose der Tibia. Abgekapselte, sklerotische Fragmentenden. Vom Span ist nichts mehr zu sehen.
g Im achten Jahr wurde schliesslich eine Kompressionsosteosynthese mit Platte gemacht. Das Bild zeigt die Konsolidation 2 Jahre später, 10 Jahre nach dem Unfall.

Die genannten Kriterien erlauben eine *Einteilung* der Pseudarthrosen, welche vor allem *für die Therapie zweckmässig* ist: siehe auch Abb. 326.

Die Einordnung der Pseudarthrosen in eine der beiden Gruppen ist aus dem Verlauf und dem Röntgenbild meistens möglich. Die *Szintigraphie* wird man in unklaren Fällen zu Rate ziehen. Selbstverständlich sind die Übergänge *fliessend* (Abb. 326).

16.2.1.5. *Besonders pseudarthrosegefährdete Frakturen*

Die Heilungstendenz der einzelnen Knochenbrüche ist recht *unterschiedlich*. Eine *Reihe von Frakturen sind besonders gefährdet* und neigen zur *Pseudarthrosebildung* (wobei sowohl mechanische als auch biologische Faktoren mitspielen):

- *Angeborene Missbildungen:* Coxa vara congenita (siehe III.C.2.4.2.), angeborene Tibiapseudarthrose (siehe III.C.5.1.1.).
- *Schenkelhalsbrüche:* vor allem die mechanisch ungünstigen Adduktionsfrakturen mit steiler Frakturlinie (siehe I.A.9.2.2. und III.C.2.13.2.); gestörte Blutversorgung (intraartikuläre Fraktur) (siehe III.C.2.13.3.).
- *Navikularefrakturen* an der Hand: vor allem die *distalen* Frakturen (intraartikuläre Fraktur mit prekärer Blutversorgung und ungünstigen mechanischen Verhältnissen: Scherkräfte) (siehe III.A.6.1.3.).
- *Isolierte Frakturen eines Vorderarmknochens:* ungünstige Scherkräfte bei intaktem Parallelknochen (dieser Mechanismus kann – seltener – auch bei isolierter Tibiafraktur eine Rolle spielen).
- *Traktionsfrakturen:* Diastase infolge von Sehnenzug: z.B. Epikondylen, Olekranon, Patella, Basis des Metatarsale V (siehe II.15.3.4.1.).
- *Iatrogene Distraktion* der Fragmente infolge *zu starker Extension* (zu viel Gewicht) bei konservativer Frakturbehandlung.

Der Pseudarthrosegefahr wird schon bei der *Behandlung* solcher Frakturen gebührend Rechnung getragen. (Besonders genaue, länger dauernde Ruhigstellung, evtl. Osteosynthese. Eine instabile Osteosynthese jedoch prädestiniert zur Pseudarthrose. Siehe Abb. 327.)

16.2.2. *Die Therapie der Pseudarthrose*

Die Therapie der Pseudarthrose hat heute nicht nur ein klares *rationales Konzept* auf wissenschaftlich gesicherter Grundlage, sie hat durch den *praktischen Erfolg* auch die früheren, eher mystischen Behandlungsverfahren wie Resektion, Bohrung, Anlegen oder Einpflanzen von Kortikalisspänen sowie allgemein wirkende Therapieversuche obsolet gemacht. Auch eine jahrelange Gipsfixation ist nicht mehr notwendig.

16.2.2.1. *Die vitalen Pseudarthrosen*
benötigen als *Therapie der Wahl* die *stabile Fixation der Fragmente (Osteosynthese).* Praktisch kann damit *jede* vitale, biologisch reaktionsfähige Pseudarthrose in kurzer Zeit zur Heilung gebracht werden. Eine *funktionelle* Nachbehandlung ist in der Regel möglich.

Bewährt hat sich – bei unverschobenen Fragmenten –

- die *Marknagelung.* Sie gestattet meist sofortige *Belastung.*

  Für sehr viele Pseudarthrosen ist
- die *Druckplattenosteosynthese* geeignet. Sie ermöglicht auch eine Achsenkorrektur ohne Resektion der Pseudarthrose (Abb. 328 und 329).
- Auch andere Osteosyntheseverfahren können im Einzelfall zweckmässig sein (Marknagel).

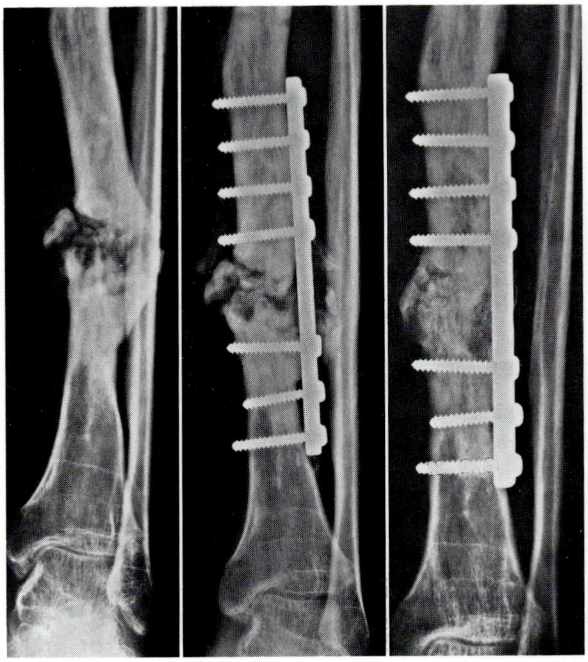

a b c

Abb. 329.

a Pseudarthrose, Jahre nach kompliziertem Unterschenkeltrümmerbruch.

b Stabile Kompressionsosteosynthese mit gerader Platte unter Korrektur der Fehlstellung. Der Pseudarthrosespalt wurde nicht eröffnet.

c Ein Jahr später: Vollständiger knöcherner Durchbau des Pseudarthrosespaltes.

Dies beweist, dass die Fragmentenden *vital* und das Regenerationspotential der Pseudarthrose erhalten waren. Unter *stabilen mechanischen Verhältnissen* ist die Ossifikation möglich, der knöcherne Brückenschlag findet in kurzer Zeit statt.

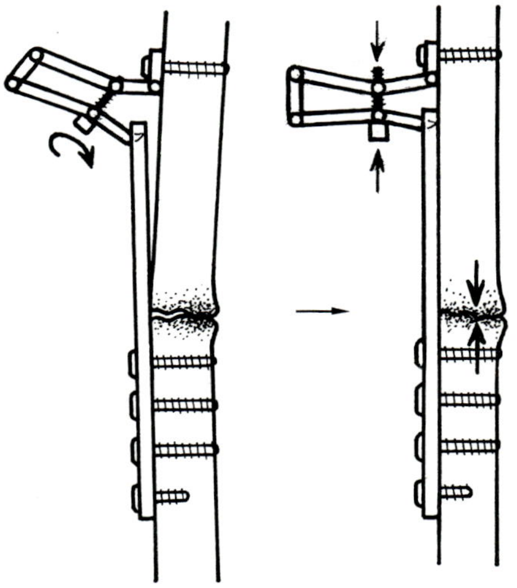

a b

Abb. 328. *Druckplattenosteosynthese* zur Behandlung einer vitalen Pseudarthrose. Die Methode der Wahl. Der Pseudarthrosespalt wird unter Kompression gesetzt, stabilisiert und baut in kurzer Zeit knöchern durch. Anfrischung der Fragmentenden, Spanplastik u. a. sind nicht nötig.

- Da man weiss, dass elektrische und magnetische Phänomene bei der Osteogenese eine Rolle spielen (siehe I.A.4.2.1.2.), lag der Gedanke nahe, elektrische Potentiale und Magnetfelder zur Stimulierung der Knochenbildung klinisch nutzbar zu machen *(Bassett).* Entsprechende Apparate zur Behandlung von Pseudarthrosen und verzögert heilenden Frakturen sind auch bereits im Handel. Dass sie tatsächlich die erhoffte Wirkung haben, ist bisher nicht bewiesen. Die Zukunft wird zeigen, was auf diesem Gebiet Bestand haben wird.

16.2.2.2. *Die avitalen Pseudarthrosen*
verlangen *zusätzlich* zur Fragmentstabilisierung eine *Anregung der Ossifikation,* wenn nötig den *Ersatz fehlenden Knochenmateriales.* Dazu ist am besten eine

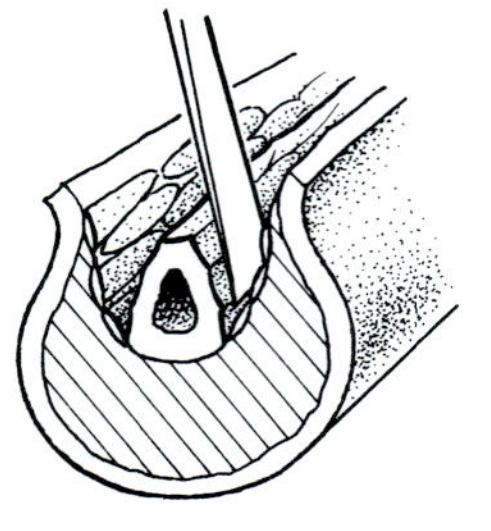

Abb. 330. *Dekortikation.* Mit einem scharfen Meissel wird die äusserste Kortikalisschicht rings um die Pseudarthrose abgehoben in kleinen Schuppen, welche als gestielte Knochenspänchen an Periost und Weichteilen belassen werden. In der entstehenden Tasche kann sich eine neue Kallusmanschette bilden. Wenn nötig können noch Spongiosaspäne eingelegt werden.

– *autologe Spongiosaplastik* geeignet. Die autologe Spongiosa bleibt mindestens teilweise *am Leben* und wird *schneller* und *sicherer* in den Knochen integriert als jedes andere Material.

In manchen Fällen von Pseudarthrosen mit wenig Kallus ist

– die *Dekortikation,* das Abmeisseln von am Periost gestielten Knochenlamellen rings um die Pseudarthrose, eine ausgezeichnete Methode.

Die entstehende Tasche kann zusätzlich mit Eigenspongiosa gefüllt werden. Hier kann jetzt eine periostale Kallusmanschette entstehen wie bei der natürlichen Frakturheilung (Abb. 330).

16.2.3. *Die infizierte Pseudarthrose*

Früher vor allem durch Kriegsverletzungen, heute in zunehmendem Mass durch schwere *Verkehrsverletzungen* entstehen infizierte Pseudarthrosen als Folge schwerer, offener Frakturen, am häufigsten am Unterschenkel, sodann am Femur und den langen Röhrenknochen am Arm. Auch die *Osteosynthese* hat ihren erheblichen Anteil an dieser schweren Komplikation. Sie sind zum Teil auf *Fehler* der *Indikation* und der *Technik* zurückzuführen (siehe auch Frakturbehandlung, II.15.2.4. und Infizierte Frakturen, II.15.2.5.). Die *Prophylaxe* der infizierten Pseudarthrosen hat an diesen Punkten einzusetzen.

Die *Heilung* einer etablierten infizierten Pseudarthrose ist überaus schwierig. Sie galt lange Zeit als praktisch unmöglich und endete nicht selten mit der Amputation, denn in *Gegenwart des Infektes kann die Fraktur nicht heilen, und solange diese nicht fest ist kann die Infektion nicht heilen* (vgl. auch II.6.1.2.). Es kommt zu einem *Circulus vitiosus:*

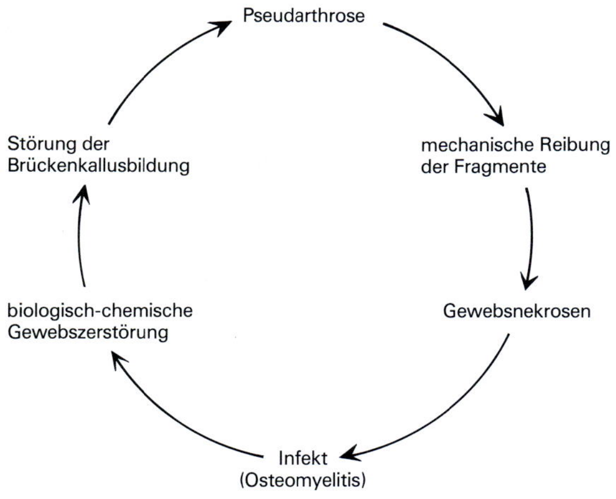

Es hat sich immerhin gezeigt, dass *vitale* Fragmente unter *mechanisch stabilen* Verhältnissen *trotz Infektion* zusammenheilen können. An diesem Punkt lässt sich der Circulus vitiosus unterbrechen. Anderseits nützt es nichts, den Infekt auszuräumen ohne die Pseudarthrose zu stabilisieren. Sie wird nicht fest und die Infektion flakkert wieder auf, denn durch die mechanische Reibung der Fragmente entstehen neue Gewebsnekrosen, wo die Infektion sich einnisten kann (ausgedehnte Resektionen bringen den Infekt allenfalls zur Heilung, es bleibt aber eine grosse Defektpseudarthrose, Abb. 332).

Aus diesem Grund ist es notwendig, *zuerst* die Pseudarthrose zur Heilung zu bringen und *nachher* die Infektion. Dieses *Prinzip* ist wegleitend für die Behandlung.

16.2.3.1. *Grundsätze für die Therapie der infizierten Pseudarthrose*

– *Als erster Schritt* wird die infizierte Pseudarthrose *stabilisiert,* genau wie eine nicht infizierte.
– Gleichzeitig oder in einem *zweiten Schritt* werden infizierte nekrotische Gewebe, Weichteile und Knochenfragmente, soweit sie nicht zur *Stabilität beitragen,* entfernt.
  Die knochenbildende Aktivität wird durch autologe *Spongiosatransplantation,* evtl. Dekortikation erreicht.
– Sobald die Pseudarthrose knöchern verheilt ist, wird die *Infektion* nach den Regeln der *Osteomyelitisbehandlung* (II.6.5.1.) saniert durch *Ausräumung* und Auffüllen der Defekte.
– Erst in *einer letzten Phase* wird dem Hautschluss Beachtung geschenkt.

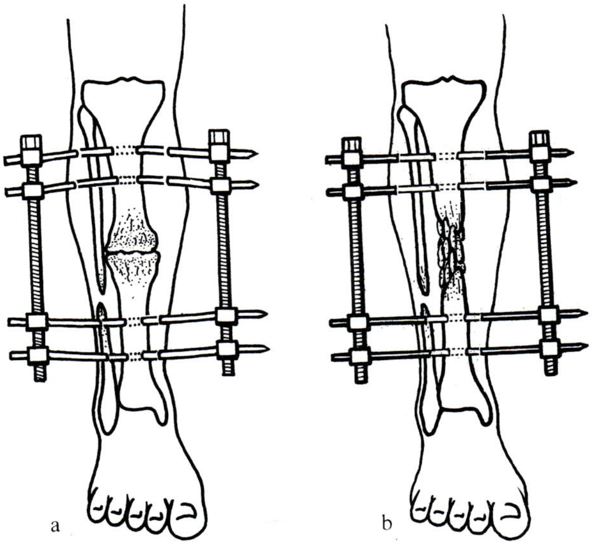

a b

Abb. 331. *Zur Behandlung infizierter Pseudarthrosen haben äussere Spanner* den Vorteil, dass die Fixation *fern vom Infektionsherd* angelegt werden kann.

a Eine reaktive Pseudarthrose *ohne* Substanzverlust kann unter *Kompression* trotz des Infektes ausheilen. Die Spannung lässt sich an den durchgebogenen Nägeln erkennen (siehe auch Abb. 206).

b Bei *infizierten Defektpseudarthrosen* ist *keine* Kompression möglich. Die geraden Nägel zeigen, dass die äusseren Spanner lediglich als Fixationsrahmen wirken. Zusätzlich ist eine autologe *Spongiosaplastik* nötig, was nach sorgfältiger und vollständiger Ausräumung des Infektionsherdes von nekrotischem Gewebe möglich ist, sogar ohne Hautdekkung.

16.2.3.2. *Technik der Behandlung infizierter Osteosynthesen und Pseudarthrosen* (siehe auch II.6.6.)

a. Stabile Fixation:

1. Bei einer *infizierten* aber *stabilen Osteosynthese* ist es in der Regel ein Fehler, das Metall zu entfernen, solange es seine Funktion noch erfüllt, weil dies meist zur Pseudarthrose führt und der Infekt dadurch nicht wirksam behandelt wird. Wenn die innere Fixation belassen werden kann, wird die Fraktur trotz des Infektes konsolidieren. Danach kann das Metall entfernt und der Infekt ausgeräumt werden (siehe II.6.6.1.3.).

2. *Locker gewordenes Osteosynthesematerial,* welches keine Funktion mehr hat, wird selbstverständlich entfernt, und es ist in der Regel besser, keine neuen Nägel und Platten usw. einzuführen ins infizierte Gebiet. Die Gefahr, den Infekt zu reaktivieren und neue Nekrosen zu setzen ist gross.

3. Zur *Stabilisierung* haben sich *äussere Spanner* (fixateur externe) als zweckmässig erwiesen, da diese weit entfernt vom Infektionsherd angelegt werden können und trotzdem eine gute Stabilität ergeben (Abb. 206, 331 und 332).

b. Biologisch wirksame Massnahmen:

4. Im übrigen gelten die *Prinzipien* der *Pseudarthrosebehandlung* (siehe II.16.2.2.), vor allem die Förderung der Osteogenese durch Dekortikation und Spongiosaplastik. *Autologe Spongiosa* heilt auch im Infektgebiet ein, vorausgesetzt, dass

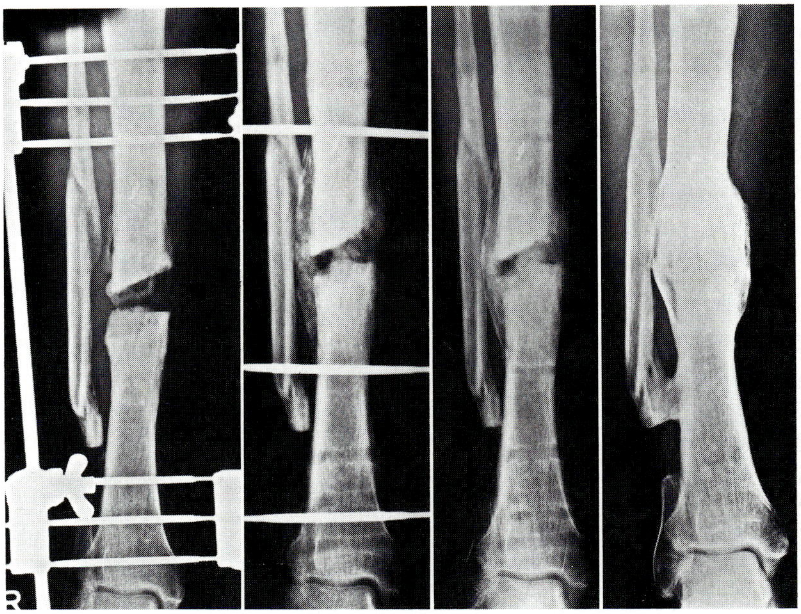

a b c d

Abb. 332. *Osteitis und Defektspeudarthrose* bei 24jährigem Mann, 3 Jahre nach offener Unterschenkelfraktur.

a Zustand, nachdem der infizierte Knochen kurzerhand reseziert und nicht ersetzt worden war. So konnte die Defektpseudarthrose nicht heilen, und überdies war der äussere Spanner zu schwach dimensioniert.

b 2 Monate nach Sanierungsoperation: Einklemmen von kortiko-spongiösen Spänen in den Pseudarthrosespalt, ausgedehnte Dekortikation (die Kallusmanschette ist deutlich zu sehen), Fixation und Kompression mit kräftigen Nägeln und einem einfachen, starren Spannrahmen.

c 5 Monate später ist die Pseudarthrose in Heilung begriffen.

d Zustand 8 Jahre später. Osteitis und Pseudarthrose geheilt.

das *Spanlager vital* ist (Ausräumung der nekrotischen Gewebe) (Abb. 332).

5. Für die Behandlung der *Infektion* gelten die *Prinzipien* der *Behandlung der chronischen Osteomyelitis:* siehe II.6.5.1. und II.6.6.

- Infekt- und Nekroseausräumung
- Defektausfüllung mit autologer *Spongiosa.* Dies ist auch ohne *Hautdeckung* als «offene Spongiosaplastik» möglich.

- *Spüldrainage:* In manchen Fällen ist es zweckmässig, während einiger Zeit eine wenn möglich geschlossene Spülung zu installieren, um den Infektionsherd mechanisch zu reinigen und um ein Antibiotikum direkt an den Herd bringen zu können. Solche Spüldrainagen sind aber nur in Kombination mit den übrigen Massnahmen, insbesondere mit dem chirurgischen Debridement sinnvoll.
- *Hautschluss:* Diesem kommt im Anfangsstadium keine grosse Bedeutung zu. Meist ist die offene Behandlung sogar besser. Auch Spongiosaplastiken können offen gelassen werden. Durch Narbenschrumpfung und Granulation heilen Hautdefekte mit der Zeit erstaunlich gut, und aufwendige Hautplastiken (z.B. cross-leg) sind kaum je notwendig. Vielleicht eröffnen *vaskularisierte Hauttransplantate* neue Möglichkeiten (Tab. 22).

Tab. 22. Therapieschema für infizierte Pseudarthrosen.

- *Stabilisierung* (fixateur externe)
- *Infektausräumung* (nekrotisches Gewebe, Sequester)
- *Ausfüllen* von Höhlen, Defekten und Förderung der Osteogenese mit autologer *Spongiosaplastik*
- Spüldrainage (v.a. zur mechanischen Reinigung)
- Defektschluss (nicht vordringlich, evtl. später)

III. Teil:

Spezielle Orthopädie

A. Obere Extremitäten

Die Orthopädie ist in der Vorstellung des Laien – und vieler Mediziner – mehr mit Füssen und Wirbelsäule verknüpft als mit Armen und Händen. Ganz zu Unrecht. Bauelemente und Funktionsweise, Biomechanik und Pathophysiologie sind doch dieselben im Bereiche des ganzen Bewegungsapparates. Entsprechend sind auch die diagnostischen und therapeutischen Prinzipien dieselben. Durch ihre logische Anwendung kann die orthopädische Denkweise für die Behandlung von Funktionsstörungen der oberen Extremitäten fruchtbar gemacht werden.

Ein wesentlicher Unterschied in der Pathophysiologie der oberen und der unteren Extremitäten besteht allerdings: Die oberen Extremitäten haben (ausser bei Patienten, welche auf Krückstökke angewiesen sind), keine Stützfunktionen. Der *Einfluss der Schwerkraft,* des Körpergewichtes *fällt* deshalb *weitgehend weg,* damit aber auch eine der wichtigsten Krankheitsursachen. Es ist deshalb nicht erstaunlich, dass degenerative Erkrankungen, welche bei Rücken- und Beinleiden an erster Stelle stehen, an den oberen Extremitäten viel seltener vorkommen, dass Achsenfehler weniger krankmachende Wirkungen haben, und dass statische Störungen kein Problem sind.

Umso wichtiger ist an den oberen Extremitäten die *Bewegungs-* und *Greiffunktion.* Sie ist unvergleichlich viel dynamischer, *differenzierter* und *komplexer* als die Funktionsweise von Beinen und Wirbelsäule. Dies kommt bereits im anatomischen Aufbau zum Ausdruck: Die Gelenke sind auf grösseren Bewegungsumfang angelegt und deshalb weniger straff durch Bänder geschützt. Der neuromuskuläre Apparat ist hoch differenziert und in seiner Funktion äusserst vielseitig.

Inhaltsverzeichnis zu III. Teil A

1. Der Schultergürtel

Die Verbindung des Armes mit dem Rumpf: Humerus – Schultergelenk – Skapula – Akromioklavikulargelenk – Klavikula – Sternoklavikulargelenk – Sternum – Rippen – Wirbelsäule bildet eine recht *lockere Kette,* im Gegensatz etwa zum Beckengürtel und seinen Gelenken.

Das Schultergelenk ist eigentlich aus *fünf einzelnen Gelenken zusammengesetzt,* von denen jedes seine eigene Pathologie hat:
1. Sternoklavikulargelenk
2. Akromioklavikulargelenk
3. Skapulohumeralgelenk (Schultergelenk im engeren Sinn)
4. Akromiohumeralgelenk (Rotatorenmanschette)
5. Thorakoskapulargelenk.

1 und 2 sind mehr oder weniger bewegliche Synarthrosen, 3 ist ein echtes Kugelgelenk, während 4 und 5 Muskel- und Bindegewebsgleitschichten sind, in welchen die Bewegungen stattfinden. Erst die freie Bewegung in allen 5 Gelenken zusammen ermöglicht die volle Bewegung des Armes in der Schulter (Abb. 333).

Das zusammengesetzte Schultergelenk hat einen ausserordentlich *grossen Bewegungsumfang,* grösser als jedes andere Gelenk. Dies ist nur möglich *auf Kosten der Stabilität,* indem Skelettanteile und straffe Bandsicherung zurücktreten. Um

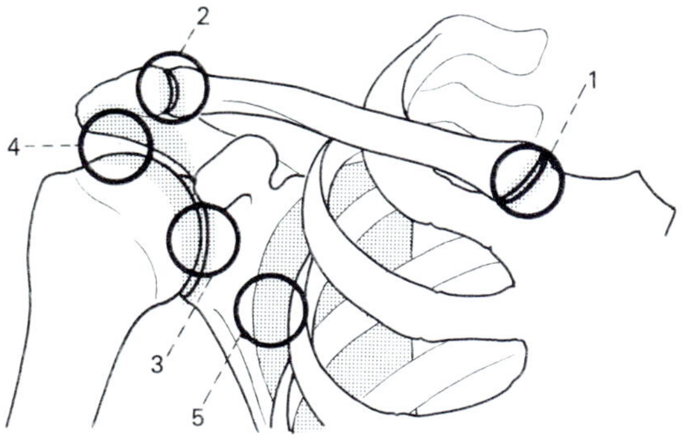

Abb. 333. *Die fünf Schultergelenke.*

1 Sternoklavikulargelenk. Sehr stabil. Nur kleiner Bewegungsumfang: Schulter heben und senken.
2 Akromioklavikulargelenk. «Aufhängung» der Schulter, Schulterblatt-Drehbewegungen.
3 Skapulohumeralgelenk: Das *eigentliche Schultergelenk.* Sehr grosser Bewegungsumfang.
4 Akromiohumerale Gleitschicht: Bursa subacromialis, Rotatorenmanschette. Degenerationsanfällig.
5 Skapulothorakale Gleitschicht. Drehen der Skapula um den Thorax beim Armheben.

dem Schultergelenk die nötige Stabilität zu geben ist ein gut entwickelter, kräftiger *Muskelmantel* notwendig.

Entsprechend der Verlagerung der Funktion von der Stützaufgabe auf die Bewegung nimmt auch die Bedeutung der Weichteile und ihrer Störungen zu: Ein *grosser Teil der Schultergelenkskrankheiten* spielt sich *in den Weichteilen* ab: Habituelle Luxation, «steife Schulter», Krankheiten der Rotatorenmanschette, die sogenannte «Periarthritis humeroscapularis» usw., während degenerative Veränderungen des Skapulohumeralgelenkes selbst seltener sind.

1.1. Diagnostik bei Schulterbeschwerden

Der Schmerz: Oft gelingt die genaue Lokalisation der schmerzhaften Stelle: am häufigsten ventral dicht unter dem Akromion, auf dem Humeruskopf (Skapulohumeralgelenk, Rotatorenmanschette, Humeruskopf, lange Bizepssehne). Schulterschmerzen strahlen häufig entlang des Armes hinunter bis gegen den Ellbogen aus, selten weiter. Genau lokalisieren lässt sich ein schmerzhaftes Akromioklavikulargelenk oder ein Sternoklavikulargelenk.

Wichtig ist es, die nicht seltenen *ausstrahlenden Schmerzen* in der Schultergegend richtig zu deuten: Am häufigsten gehen sie vom Nacken und Hals, und zwar von der Wirbelsäule und vom Zervikal- und Brachialplexus aus (siehe im Abschnitt Halswirbelsäule, III.B.4.), gelegentlich auch von der Hand her (Schulter-Handsyndrom, siehe III.A.1.5., Inaktivitätsatrophie, Sudeck) oder vom Thorax.

Schmerzsyndrome im Bereich von Schulter, Nacken, Arm und Hand sind ziemlich häufig. Die *Differentialdiagnose* dieser sogenannten *Zerviko-Brachialgien* umfasst folgende Krankheiten:
- zervikale Diskushernie
- Skalenussyndrom (mit und ohne Halsrippe)
- Angina pectoris
- Pancoast-Tumor (Lungenspitzen)
- Herpes zoster
- Brachialgia paraesthetica nocturna
- Karpaltunnelsyndrom
- intramedulläre Prozesse (z. B. Syringomyelie)
- Kausalgie
- Periarthritis humero-scapularis
- Schulter-Hand-Syndrom (frozen shoulder)

- Sudeck
- Skapulokostalsyndrom, Skapulaknarren
- Epicondylitis humeri lateralis
- Pseudoradikuläre Syndrome, Tendomyose
- Subklaviaverschluss
- Raynaud, Doigt mort, Sklerodermie
- Thrombose der vena axillaris
- Glomustumoren
- Gicht

Die Schulterkontur: Der Vergleich zwischen der kranken und der gesunden Schulter kann sichtbare Veränderungen zeigen bei Schulterluxationen, Luxationen im Akromioklavikulargelenk, Lähmungen (Atrophie), Riss der Bizepssehne usw.

Der Bewegungsumfang (allg. Diagnostik, siehe I.B.2.1.3.1.): Wichtige Hinweise gibt die Prüfung der *aktiven Elevation zur Seite* (Abduktion). Bei normaler Kraft und Beweglichkeit geht die erste Hälfte der Bewegung, das Anheben des Armes bis zur Horizontalen, zum grössten Teil im Skapulohumeralgelenk vor sich. Wenn man den Patienten von hinten beobachtet, erkennt man, dass die Skapula sich in der ersten Phase kaum bewegt, und sich erst in der zweiten Phase, beim Hochheben des Armes bis zur Senkrechten, stark nach aussen dreht.

Anders bei *Bewegungsbehinderung des Schultergelenkes:* Mit Hilfe einer Skapuladrehung kann der Arm doch noch bis zur Horizontalen angehoben werden. Versucht der Patient den Arm seitlich zu heben, dreht sich die Skapula sofort mit. Daran erkennt man die Bewegungsbehinderung im eigentlichen Schultergelenk, ob sie nun durch eine «steife Schulter», eine Arthrodese oder durch eine Insuffizienz, wie bei Deltoideuslähmung oder Abriss der Supraspinatussehne, verursacht sei (Abb. 334).

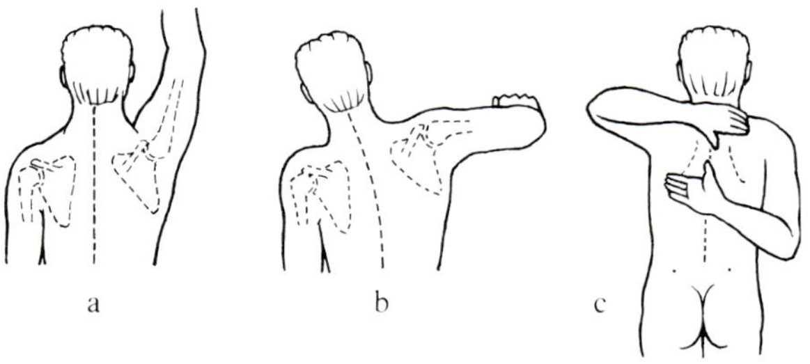

Abb. 334. *Schulterbewegung.*

a Wenn der *Gesunde* seinen Arm hebt, macht die Skapula eine zwangslose Mitbewegung, indem sie sich auf dem Thorax dreht.

b Auch bei *versteiftem Humeroskapulargelenk* kann der Arm oft wenigstens bis zur Horizontalen angehoben werden, dank maximaler Drehbewegung der Skapula um den Thorax und Seitneigung des Rumpfes.
An diesem Zeichen erkennt man eine steife oder insuffiziente Schulter.

c Ein ziemlich gut objektivierbares Mass für die Schulterbeweglichkeit geben *Nacken-* und *Rückgriff:* Man stellt fest, wie weit sich die Daumen nähern.

1.2. Sternoklavikulargelenk

Luxation oder Subluxation des proximalen Endes der Klavikula sind seltene Ereignisse bei starken stumpfen Traumen des Schultergürtels. Schmerzen, Hämatom und deutliches Vorspringen des sternalen Schlüsselbeinendes lassen die Diagnose stellen. Die Reposition erfolgt durch Druck auf das prominente Klavikulaende, zur Fixierung genügt eine Druckbandage. In seltenen Fällen, etwa bei rezidivierender Dislokation, ist eine Bandplastik gerechtfertigt.

1.3. Akromioklavikulargelenk

Eine *Luxation* oder *Subluxation* am lateralen Klavikulaende ereignet sich verhältnismässig häufig bei Sturz auf die Schulter, in der Regel bei Kindern und jungen Leuten. Der Schmerz ist genau lokalisiert, und der klinische Befund ist typisch: Während der Schultergürtel durch sein Gewicht nach unten hängt, wird das äussere Schlüsselbeinende vom M. sternocleidomastoideus und Trapezius hochgezogen und springt deutlich vor, das Schulterprofil erscheint dadurch eckig.

Mit dem sogenannten *«Klaviertastenphänomen»* wird die *Diagnose* gestellt: Mit leichtem Fingerdruck lässt sich das laterale Klavikulaende ohne weiteres reponieren, schnellt aber wie eine Klaviertaste sofort wieder hoch, wenn man sie loslässt (Abb. 335).

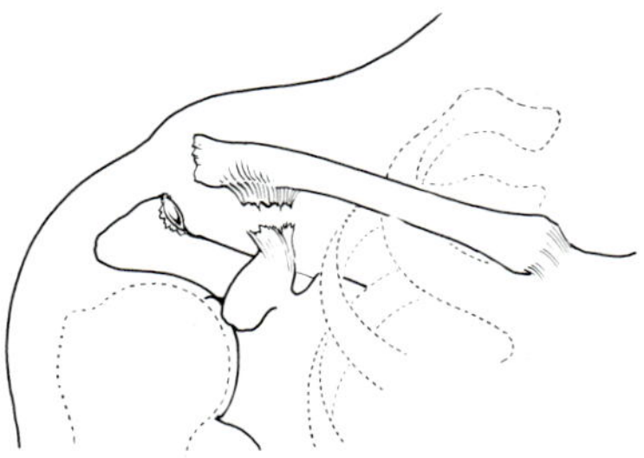

Abb. 335. Das *«Klaviertastenphänomen»* bei Luxation des Akromioklavikulargelenkes kann man leicht *fühlen,* es ist aber an der Schulterkontur des Patienten auch besser zu *sehen* als auf dem Röntgenbild. Es ist stärker ausgeprägt, wenn nicht nur die *Kapsel,* sondern auch noch das *akromioklavikulare* Band gerissen ist.

Wenn nur die Gelenkkapsel gerissen ist, besteht eine *Subluxation.* Eine kurzdauernde Verbandfixation genügt in diesen Fällen. Die Retention kann allerdings damit nicht sicher erhalten werden, aber eine leichte permanente Subluxationsstellung hat klinisch kaum Bedeutung.

Sind auch die korako-klavikulären Bänder gerissen, so besteht eine *vollständige Luxation.* Die Gelenkenden haben keinen Kontakt mehr. Ein im Stehen bei hängendem Arm aufgenommenes Röntgenbild lässt die Schwere der Verletzung erkennen.

Permanente Luxationen können erhebliche dauernde Beschwerden hinterlassen. Die Retention ist jedoch konservativ praktisch nicht möglich und auch operativ schwierig und nicht immer zuverlässig. Einfache Drahtspickung genügt nicht und kann gefährlich sein, weil der Draht leicht brechen und nach innen wandern kann.

Von den vielen angegebenen Operationen ist wahrscheinlich eine Kombination von Kapselnaht und Bandplastik des lig. korako-akromiale mit einer temporären Osteosynthese am sichersten.

Eine unspezifische *Arthritis* oder eine *Arthrose* des Akromioklavikulargelenkes ist relativ selten Ursache von Schulterschmerzen. Die genaue Lokalisation der Schmerzen weist auf das kleine Gelenk hin. Eine Arthrose ist im Röntgenbild erkennbar. Die Therapie ist konservativ. In seltenen Fällen ist die Resektion des distalen Klavikulaendes angezeigt.

1.4. Schulterblatt

Affektionen des Schulterblattes sind selten.

Frakturen, soweit sie nicht die Schultergelenkspfanne betreffen, heilen nach kurzdauernder Ruhigstellung ohne weitere Folgen aus.

Gelegentlich ist das Schulterblatt Sitz von Tumoren (Chondrome).

Abstehende Schulterblätter weisen auf eine verstärkte *Kyphose* der Brustwirbelsäule und asthenischen Habitus hin, während *ungleich hoch stehende Schultern* meistens der Ausdruck einer *Skoliose* sind.

Kongenitaler Schulterblatthochstand (Sprengel). Selten. Beide Schulterblätter stehen bis zu handbreit höher als normal. Sie sind in verkürzten, fibrosierten Nacken- und Schultermuskelpaketen ziemlich steif fixiert. Durch eine recht ausgedehnte Operation zur Lösung der Kontrakturen kann der Zustand kosmetisch, aber kaum funktionell, verbessert werden.

Schulterblattknacken: Gelegentlich kommen Patienten in die Sprechstunde und demonstrieren ein eigenartiges Knacken oder Knarren im Schulterblatt, was sie durch verschiedene Bewegungen willkürlich auslösen können. Nicht selten ist das Phänomen beidseitig. Mit der Zeit verursacht es ziehende und ausstrahlende Schmerzen. Bei der Palpation spürt man das Knarren in der Gegend der hinteren oberen Kante der Skapula. In der Regel findet man eine schlaffe Haltung mit hängenden Schultern, eine abstehende Skapula und eine verspannte, druckempfindliche Nacken- und Rückenmuskulatur. Möglicherweise sind Peritendinosen mit im Spiel. In seltenen Fällen findet man eine Exostose auf der Innenseite des Schulterblattes (Röntgen: seitliche Aufnahmen).

Das Knarren ist an sich ohne Bedeutung. Wenn es die Patienten ignorieren und nicht dauernd auslösen, bessert sich der Zustand. Gegebenenfalls ist Haltungsgymnastik zweckmässig. In hartnäckigen Fällen helfen manchmal Infiltrationen der schmerzhaften Gegend. Nur sehr selten ist eine Operation notwendig.

1.5. Das Schulter-Hand-Syndrom

Genauer: Schulter-Ellbogen-Hand-Finger-Syndrom. Zwischen Schulter, Ellbogen und Hand scheinen manchmal eigentümliche Wechselwirkungen zu bestehen, indem bei lokalisierten Affektionen an einem einzigen Gelenk Beschwerden im ganzen Arm entstehen, welche von der Schulter bis in die Hand ausstrahlen. Auch eine Periarthritis, eine Epikondylitis, ein Karpaltunnelsyndrom oder eine andere irgendwo zwischen Schultergürtel und Hand lokalisierte Affektion kann die Krankheit auslösen und unterhalten. Es kann sich auch um ein *Zerviko-Brachialsyndrom* handeln (siehe III.B.4.1.1.3.). Die Krankheit ist manchmal von einer *Sudeckschen Dystrophie,* mit Zirkulationsstörungen wie Kälte, Zyanose, Schwitzen, Atrophie der Gewebe usw. nicht zu unterscheiden, in anderen Fällen lassen sich die Beschwerden nicht objektivieren.

Befallen werden vorwiegend ältere Leute. Die Schmerzen können sich gelegentlich bis zur Unerträglichkeit steigern und den Gebrauch des Armes verunmöglichen.

Die *Therapie* richtet sich auf die Grundkrankheit, wo eine solche zu finden ist, in den anderen Fällen ist sie symptomatisch, ähnlich derjenigen bei der Sudeckschen Dystrophie. Psychische Faktoren, welche mitspielen können, sollten berücksichtigt werden. Das Leiden trotzt allerdings oft den Behandlungsversuchen sehr hartnäckig während langer Zeit.

2. Das Schultergelenk (Skapulohumeralgelenk, auch Glenohumeralgelenk)

Diagnostik: siehe oben, III.A.1.1.

2.1. Habituelle Luxation

Das Schultergelenk ist das beweglichste Gelenk des ganzen Körpers. Seine Stabilität ist nicht durch die knöcherne Struktur gewährleistet (wie z.B. beim Hüftgelenk), sondern wird durch den *Bandapparat* und vor allem durch eine kräftige *Muskulatur* gesichert. Es ist deshalb nicht erstaunlich, dass das Gelenk relativ leicht luxiert. Fast alle habituellen Luxationen gehen ursprünglich *auf eine erste traumatische Luxation zurück,* welche nicht vollständig ausgeheilt ist.

Am häufigsten luxiert der Humeruskopf *nach vorne* oder *vorne unten,* und zwar bei gewaltsamer Aussenrotation des erhobenen Armes. Während zur ersten Luxation ein erhebliches Trauma nötig ist, genügt später, bei einer rezidivierenden, habituellen Luxation eine ausfahrende Bewegung, eine Verdrehung im Schlaf, die Schulter wieder auszurenken.

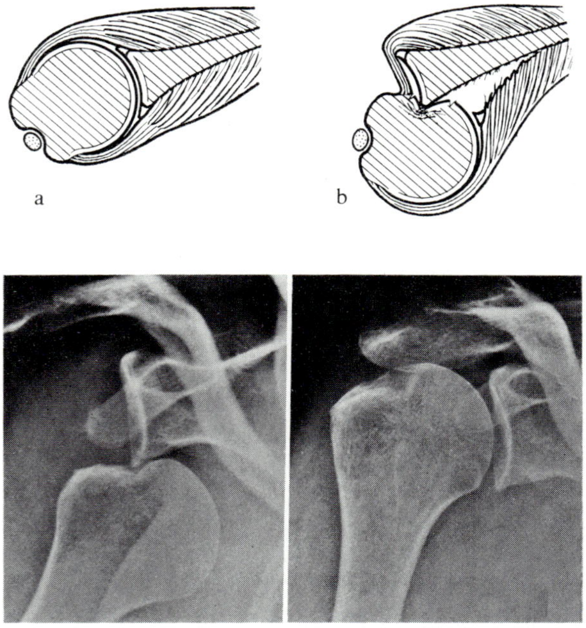

Abb. 336. Die *habituelle Schulterluxation* entsteht meist aus einer schlecht geheilten traumatischen Luxation, bei welcher vorne der Limbus abgerissen wurde. Oft ist durch die Wucht des ersten Unfallereignisses eine Impressionsfraktur im Humeruskopf entstanden, in welche später bei der habituellen Luxation der vordere Pfannenrand wieder einhakt (Hill-Sachs lesion).

a Normale Schulter in der Horizontalebene.
b Humeruskopf nach vorne luxiert, mit Impression.
c Nach vorne unten luxierte Schulter. Der vordere Pfannenrand ist im Kopf eingestaucht.
d Nach Reposition. Die hier erkennbare Impression ist in der Regel nur bei axialem Strahlengang zu sehen.

Pathologie

Bei einer gewaltsamen vorderen Luxation wird der Limbus und der vordere Kapselansatz abgerissen (Bankart's lesion). Der Humeruskopf wird mit grosser Kraft gegen den vorderen Pfannenrand gepresst, wobei häufig beide geschädigt werden: Es entsteht eine Impressionsfraktur hinten am Humeruskopf. Der vordere Pfannenrand selbst wird abgeflacht oder kann abbrechen. Weitere Luxationen werden dadurch gefördert: In Aussenrotation verhakt sich der vordere Pfannenrand in diesem Defekt und hebelt den Kopf leicht aus der Pfanne. Dies geschieht immer wieder bei geringfügigem Anlass, d.h. die Luxation wird habituell (vgl. II.15.1.) (Abb. 336).

Die Diagnose der habituellen Schulterluxation ist klinisch nur beim luxierten Schultergelenk möglich. In den Intervallen ist man auf die *Anamnese* angewiesen. Röntgenbilder mit spezieller Aufnahmetechnik («Schwedenstatus») lassen manchmal die Läsion auf der dorsalen Seite des Kopfes oder einen Defekt am vorderen unteren Pfannenrand erkennen (Abb. 336c und d).

Die Behandlung ist nur *operativ* möglich. Zwar lernen die Patienten manchmal die Schulter selbst wieder zu reponieren. Doch bringt sie die ständige Angst vor weiteren schmerzhaften Luxationen mit der Zeit dazu, sich operieren zu lassen.

Eine Reihe von Operationsverfahren sind für die vordere habituelle Schulterluxation angegeben worden. Sie berücksichtigen den einen oder anderen pathologischen Aspekt der Luxation: Der Defekt am vorderen Pfannenrand kann mit einer Knochenspanplastik geschlossen werden (Eden-Brun), der hintere Kopfdefekt kann mittels einer Rotationsosteotomie des Humerus aus der Gefahrenzone herausgebracht werden (B.G. Weber). Diese Verfahren sind etwas aufwendig. Die gebräuchlichsten Operationen dienen der Raffung der vorderen Muskelmanschette und der Schliessung des Kapseldefektes am vorderen

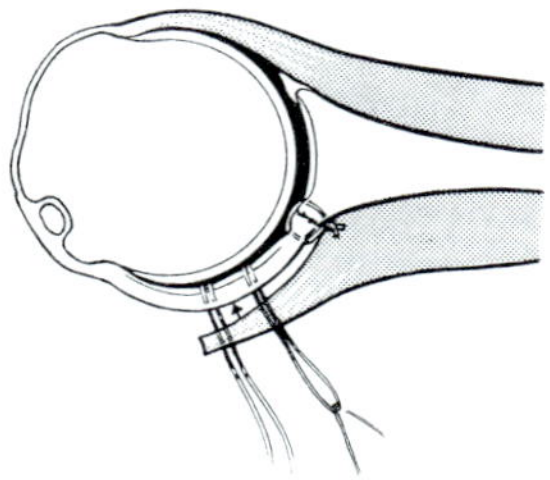

Abb. 337. Die *Operation* nach BANKART bei der habituellen vorderen Schulterluxation: Die Gelenkkapsel wird wieder am vorderen Limbus, von welchem sie abgerissen war, befestigt. Der Subskapularismuskel, der zur Darstellung der Kapsel abgelöst worden war, wird gerafft und reinseriert.

Pfannenrand (Magnusson, Putti, Platt, Bankart). Wahrscheinlich bewähren sich nicht allzu komplizierte Weichteiloperationen auf die Dauer am besten.

Rezidive oder andere Komplikationen kommen nach gut durchgeführter Operation kaum vor (Abb. 337).

Sehr selten ist die *Luxation nach hinten.* Sie darf nicht übersehen werden, weil auch eine Operation, wenn sie Erfolg haben soll, von dorsal her gemacht werden muss.

2.2. Die Rotatorenmanschette

Als *«Periarthritis humero-scapularis»* werden verschiedene Schmerzsyndrome bezeichnet, deren Sitz nicht das Schultergelenk im engeren Sinne, das Skapulohumeralgelenk, ist, sondern seine Umgebung, insbesondere das «Akromiohumeralgelenk» mit der sogenannten *Rotatorenmanschette.* Diese besteht aus den Muskeln und Sehnenansätzen der Skapulohumeralmuskulatur, welche das Schultergelenk stabilisiert und seine Bewegungen koordiniert:
- kranial: der M. supraspinatus
- ventral: der M. subscapularis
- dorsal: der M. infraspinatus.

Diese drei Muskeln umschliessen den Humeruskopf und setzen ringsum am Rande der Gelenkkapsel an. Besonders die *Sehne des Supraspinatus* wird zwischen Humeruskopf und Akromion eingeengt und *neigt zu pathologischen Veränderungen.* Die umfangreichen Bewegungen zwischen Humerus und Akromion finden in einer *Gleitschicht* zwischen Akromion und Supraspinatussehne statt, zu welcher auch eine Bursa subacromialis gehört.

2.2.1. *Degenerative Veränderungen*

Degenerative Veränderungen der Sehnenansätze des Supraspinatus findet man bei mehr als der Hälfte aller älteren Leute. Längst nicht immer werden sie auch manifest.

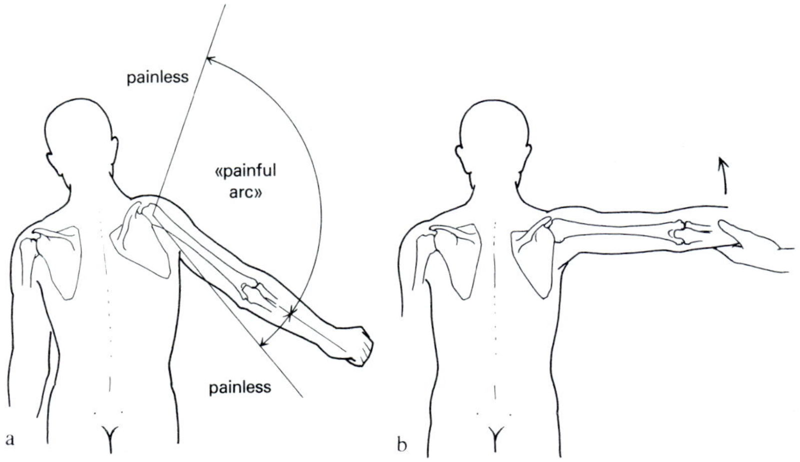

Abb. 338. *Klinik der Rotatorenmanschettenläsionen.*

a *«Painful arc syndrome»:* Bei hängendem Arm wenig oder keine Schmerzen. Manche Patienten vermeiden ängstlich den Versuch, den Arm zu heben, wegen der Schmerzen, die entstehen, wenn die Läsion der Rotatorenmanschette unter das Akromion tritt und dort eingeklemmt wird. Weitere Abduktion, aktiv oder passiv, ist schmerzhaft, etwa von 45° bis 160°, manchmal so stark, dass die Patienten groteske Ausweichbewegungen machen müssen. In der Senkrechten können sie den Arm wieder schmerzfrei halten, wenn nämlich die Läsion nach medial gewandert ist und nicht mehr unter dem Druck des Akromion steht. Beim Armsenken wieder dieselben Schmerzen im «painful arc».

b Bei ausgedehnten *Rotatorenmanschettenrissen* kann der Arm nicht abduziert werden, denn für die Abduktion im Skapulohumeralgelenk fehlt die Kraft der Rotatorenmanschette, die als Stabilisator den Humeruskopf gegen die Pfanne pressen muss, damit der Deltoideus als Abduktor zur Wirkung kommen kann.. Beim vergeblichen Versuch des Patienten, den Arm zu abduzieren, dreht sich nur die Skapula, und der Humeruskopf drückt gegen das Akromion. Hilft man dem Patienten, seinen Arm bis über die Horizontale zu heben, so kann er ihn in dieser Stellung mit Hilfe des Deltoideus allein halten und bis zur Senkrechten anheben.
Beim Senken fällt der Arm dann plötzlich kraftlos herunter.

Es kann sich dabei handeln um eine
- unspezifische Tendinitis,
- Kalkablagerung in den Sehnenansätzen,
- ein Auffasern und Einreissen der Sehnen, eine
- Bursitis calcarea, oder um eine
- Impressionsfraktur des Tuberculum maius.

Das klinische Bild: Schmerzen entstehen, wenn der pathologisch veränderte Sehnenansatz beim Armheben unter das Akromion gezwängt wird, also typischerweise bei einer Abduktion von etwa 45 – 150°. Bei senkrecht hochgehaltenem Arm verschwindet der Schmerz wieder. Der englische Ausdruck heisst treffend *«painful arc syndrome».*

Besonders eindrücklich ist das Phänomen, wenn man den Patienten den hocherhobenen Arm langsam senken lässt: Er muss ihn entweder wegen der Schmerzen fallen lassen oder groteske Verrenkungen anstellen, um den Arm ohne Schmerzen herunter zu bringen. Passive unterstützte Bewegungen sind weniger schmerzhaft (Abb. 338).

Gelegentlich beginnen solche Schmerzen ganz plötzlich und sind sehr stark. Wenn eine *Verkalkung der Sehne* die Ursache ist (Röntgenbild!), kann man versuchen, das Kalkdepot mit einer dicken Nadel zu punktieren und die kreidige Paste zu aspirieren, und damit die Schmerzen augenblicklich lindern.

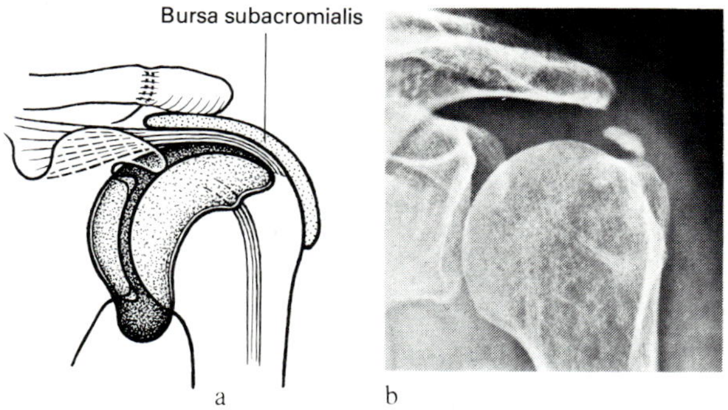

Abb. 339.

a *Arthrographie* des Schultergelenkes. Dicht punktiert Gelenkspalt, Recessus inferior (bei «steifer Schulter» durch Kapselschrumpfungen verkleinert), obere Begrenzung: M. supraspinatus, ein Teil der Rotatorenmanschette. Die *Bursa subacromialis* ist vom Gelenk durch die Rotatorenmanschette *getrennt* und füllt sich bei der Arthrographie des normalen Schultergelenkes *nicht* mit Kontrastmittel (vgl. Abb. 341).

b *Kalkdepot* im Ansatz der Sehne des M. supraspinatus. Dieser Sehnenabschnitt zwischen Gelenk und Bursa subacromialis ist schlecht durchblutet und neigt zu degenerativen Veränderungen (vgl. Abb. 340a).

Kalkherde können sich auch *spontan* in die Bursa entleeren, womit die akuten Schmerzen nachlassen.

Grosse Kalkansammlungen können operativ ausgeräumt werden (Abb. 339b).

In chronischen hartnäckigen Fällen von «Periarthritis humeroscapularis», wenn die konservativen Massnahmen erschöpft sind, kommt eine teilweise Resektion des Akromion in Frage, damit das pathologisch veränderte, entzündete Gleitgewebe nicht mehr bei jeder Bewegung daran reibt.

2.2.2. *Ruptur der Rotatorenmanschette*

Degeneration mit Rissbildungen der Rotatorenmanschette ist bei Männern von etwa 50 Jahren an sehr *häufig,* in der Regel aber symptomlos. Bei einem *Sturz* auf die Schulter können solche *vorgeschädigten Sehnen reissen.*

Die Funktion des M. supraspinatus besteht darin, den Humeruskopf in der Gelenkpfanne zu fixieren, damit der M. deltoideus den Arm um die Gelenksachse nach oben drehen kann. Tatsächlich ist es ohne die einwandfreie Funktion dieses Muskels nicht möglich, den Arm abduziert zu halten. *Bei einem ausgedehnten Riss* der Rotatorenmanschette kann deshalb der *Arm nicht mehr aktiv* über die Horizontale *gehoben werden.* Passiv lässt er sich ohne weiteres bis zur Senkrechten bringen. In dieser Stellung ist der Patient auch imstande, den Arm ohne Hilfe zu halten. Wenn er ihn aber langsam zu senken versucht, so fällt er herunter, wodurch der Eindruck einer Lähmung entsteht.

Die Diagnose des ausgedehnten Risses ist somit leicht zu stellen. Bei kleinerem Riss sind die Symptome weniger ausgeprägt. Die Diagnose der Ruptur kann mittels der Arthrographie gesichert werden: Das Kontrastmittel tritt durch das Loch in der Manschette in die Bursa subacromialis über (Abb. 340 und 341).

Therapie: Bei kleinen Rissen mit geringem funktionellem Ausfall ist nach einer kurzen Periode der Ruhigstellung mit intensiver Gymnastik eine verhältnismässig gute Wiederherstellung der Funktion zu erreichen. Bei ausgedehnteren Läsionen, und wenn eine schwere Behinderung bestehen bleibt, ist die operative Reparation der Sehne zu erwägen. Die Rehabilitation dauert allerdings wiederum mehrere Monate, und man wird älteren Patienten die recht aufwendige Operation kaum mehr zumuten wollen.

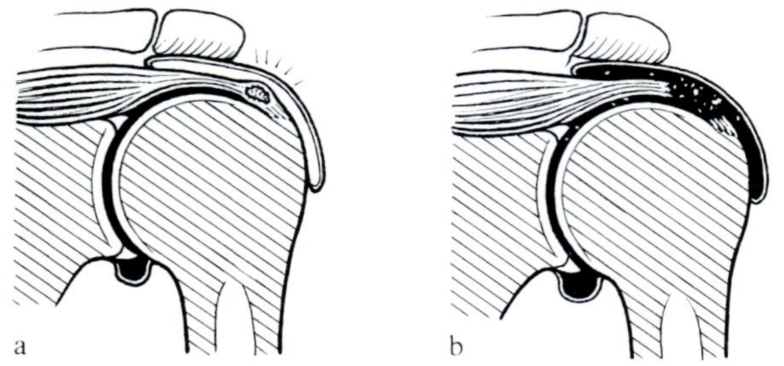

Abb. 340. Pathologie der *Rotatorenmanschette*. Schlecht durchblutet und zwischen Schultergelenkkopf und Akromion eingeklemmt, neigt der Sehnenansatz des M. supraspinatus, der kraniale Abschnitt der Rotatorenmanschette, zu degenerativen Veränderungen: Verkalkungen, Rissbildungen.

a *Verkalkung* im Ansatz des M. supraspinatus. Beim Armheben wird diese Stelle unter dem Akromion eingeklemmt, was starke Schmerzen auslöst («painful arc syndrome», siehe Abb. 338a). Die Arthrographie ist normal: Kontrastmittel (schwarz) auf das Schultergelenk beschränkt, Bursa subacromialis nicht gefüllt.

b *Abriss* der Supraspinatussehne: durch ein *Loch* in der Rotatorenmanschette fliesst das Kontrastmittel (schwarz) in die Bursa subacromialis hinein.

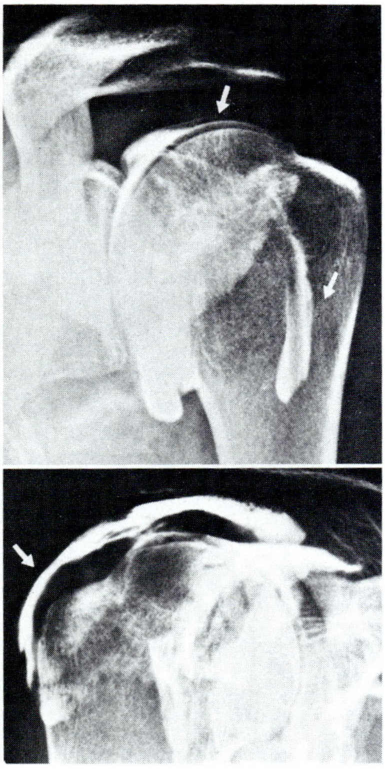

Abb. 341. *Schulterarthrographie*.

Oben: Normale Verhältnisse: Schmaler Gelenkspalt bis zum Ansatz der Rotatorenmanschette (Pfeil). Am unteren Gelenkumfang Recessus mit Kapselfalten. Die Sehnenscheide der langen Bizepssehne ist gefüllt (unterer Pfeil).

Unten: Gegenseitige Schulter, Rotatorenmanschettenriss: Die Bursa subacromialis ist gefüllt (Pfeil) (vgl. Abb. 340b).

Ruptur der langen Bizepssehne

Die Sehne ist manchmal durch degenerative Veränderung so geschwächt, dass sie bei einem unbedeutenden Trauma reisst. Der Patient verspürt einen plötzlichen Schmerz, etwa beim Heben einer schweren Last. Der Muskelbauch des Bizeps rutscht nach distal gegen die Ellbeuge und ist hier als dicker Wulst zu sehen, während proximal davon eine Delle entsteht (Abb. 342).

Der Funktionsausfall ist gering. Bei jüngeren Leuten kann die Reinsertion der Bizepssehne angezeigt sein.

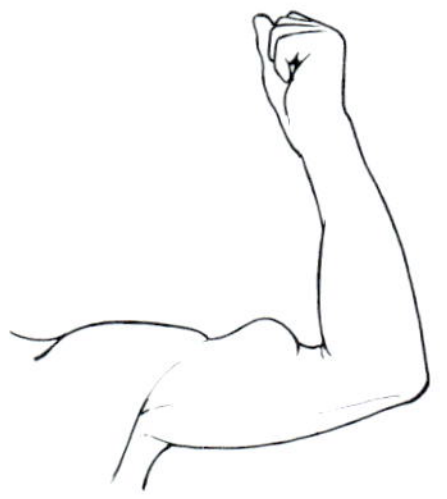

Abb. 342. Die Kontur des Oberarmes bei *Abriss der langen Bizepssehne* lässt deutlich das Tiefergleiten des Muskelbauches erkennen, wenn der Patient den Arm anspannt.

Aus dem Sammeltopf der *«Periarthritis humero-scapularis»* konnten verschiedene Affektionen der Rotatorenmanschette genauer umschrieben werden. Es bleiben einzelne unklare Schmerzzustände, häufig mit einer lokalisierten Druckdolenz über dem vorderen Abschnitt des Gelenkes, deren Ursache und Pathologie nicht genau bekannt sind. Man reiht sie deshalb beim «Weichteilrheumatismus» ein. Die Behandlung ist konservativ und die Prognose fast immer gut.

2.3. **Steife Schulter** (frozen shoulder)

Bei älteren Erwachsenen sieht man nicht selten *schmerzhafte* steife Schultergelenke. Es handelt sich um eine unspezifische blande Entzündung der Schultergelenkkapsel, in fortgeschrittenen Fällen mit intraartikulären Adhäsionen. Die Kapselschrumpfung schränkt die Beweglichkeit des Schultergelenkes stark ein und blockiert sie gelegentlich fast vollständig (Abb. 334b).

Auslösende Ursachen können Schulteraffektionen, wie Periarthritis humero-scapularis sein, aber auch die Immbolisierung bei Schmerzen, ausgehend vom Arm (Schulter-Hand-Syndrom) oder von der Halswirbelsäule (Zerviko-Brachialsyndrom). Häufig wird die Schulter auch einfach infolge der Ruhigstellung in einer Armschlinge steif, z.B. nach Verletzungen von Hand oder

Arm. In manchen Fällen findet man keine unmittelbare Ursache für die Kontraktur.

Besonders im Anfangsstadium ist die Schulter stark schmerzhaft, vor allem beim Versuch sie zu bewegen. Ausser einer lokalen Druckdolenz sind keine weiteren Entzündungszeichen vorhanden. Die Patienten sind stark behindert.

Im Arthrogramm ist die Kapselschrumpfung zu sehen.

Die Krankheit ist sehr hartnäckig, heilt aber doch nach Monaten bis Jahren in der Regel aus, ohne schwerere Folgen zu hinterlassen.

Therapie: Im akuten Stadium antiphlogistisch und analgetisch, erst nach Abklingen der Reizerscheinungen heilgymnastische Mobilisation.

Im chronischen Stadium hat sich eine vorsichtige *Mobilisation in Narkose* bewährt. Adhäsionen können damit gelöst werden. Ihr Durchreissen ist deutlich zu hören und zu spüren. Anschliessend ist die intensive heilgymnastische *Nachbehandlung* besonders wichtig, ohne welche das Resultat der Mobilisation bald wieder verloren geht.

2.4. Schulterlähmung

Neben den poliomyelitischen Schulterlähmungen sind es vor allem Lähmungen der drei grössten Schultermuskeln, welche orthopädische Probleme stellen. Ihre Ursachen sind Schädigungen peripherer Nerven (siehe Periphere Nervenläsionen, II.8.3. und Tab. 23).

Die Wiederherstellung der vollen Funktion ist bei keiner dieser drei Lähmungen möglich. Relativ dankbar ist die *Schulterarthrodese* (siehe auch Abb. 343) bei *Deltoideus*lähmung, bringt sie doch – paradoxerweise – eine Vergrösserung des aktiven Bewegungsumfanges der Schulter, indem durch die Drehung des Schulterblattes der Arm gehoben werden kann. Damit wird eine wesentliche Verbesserung der Gebrauchsfähigkeit des Armes erreicht.

Plexuslähmungen, auch die sogenannten Geburtslähmungen sind im Abschnitt II.8.3.7. beschrieben.

2.5. Arthritis des Schultergelenkes

Relativ selten. In Frage kommen:
- *Progressiv chronische Polyarthritis*
- *eitrige Infektarthritis*
- *tuberkulöse* Arthritis

Symptomatologie und Pathologie entsprechen derjenigen der betreffenden Arthritisform, ebenso die Grundsätze der Therapie (siehe II.6.4.). Nur Besonderheiten werden hier aufgeführt:

2.5.1.1. *Eitrige Arthritis*

Ausgelöst am häufigsten durch *intraartikuläre Injektionen.* Erreger deshalb hauptsächlich *Staphylokokken.* Beginn akut mit starken Schmerzen und krampfhafter Steifhaltung der Schulter. Gelegentlich entwickelt sich ein «Schulterhandsyndrom» daraus (siehe III.A.I.5.).

Die Punktion des Gelenkes sichert die *Diagnose.*

Bei nicht allzu virulenten Keimen und sofort einsetzender Behandlung (Ruhigstellung, Antibiotika) kann sich das Gelenk gelegentlich einigermassen erholen. Andernfalls wird der Gelenkknorpel durch die Infektion zerstört und das Schultergelenk *versteift* mit der Zeit im günstigen Fall.

Wichtig ist *die Stellung* des steifen Schultergelenkes. Sich selbst überlassen versteift es in der «Grundstellung», d.h. adduziert, der Ellbogen liegt am Thorax an. Der Arm kann dann überhaupt nicht mehr gehoben werden. Die «Funktionsstellung» (Abduktion von etwa 45°, Elevation nach vorne etwa 30°, siehe auch II.12.2.4.), ermöglicht jedoch das Armheben durch Bewe-

Tab. 23. Schulterlähmungen (Ursachen siehe Tab. II.8.3.5.4.).

Betroffener Muskel und Nerv	Symptome	Therapie
1. M. Deltoideus (N. axillaris)	Armheben unmöglich, Schulterprofil gestört	Ersatz durch Muskeltransplantation ungenügend, besser ist die Schulterarthrodese
2. M. Trapezius (N. accessorius)	Fallende Schulter, rasche Ermüdung, Schwäche und Schmerzen im Schultergürtel, evtl. Dauerinvalidität	Evtl. Muskeltransplantation (Levator scapulae und rhomboideus). Keine vollständige Restitution möglich
3. M. serratus lateralis (N. thoracicus longus)	Abstehendes Schulterblatt (scapula alata), Armheben gestört	Evtl. Muskeltransplantation (Teres maior), nur bei stärkeren Beschwerden angezeigt. Vollständige Restitution nicht möglich

gungen des Schulterblattes und damit einen wesentlich besseren Gebrauch des Armes und der Hand. Es ist deshalb zweckmässig, die Schulter in Abduktion zu fixieren (Abduktionsschiene) bis die Ankylose fest geworden ist. Der langwierige Heilungsprozess kann wesentlich abgekürzt werden mittels frühzeitiger *Arthrodese* (siehe III.A.2.6.) des Gelenkes, wenn keine Aussicht auf eine Wiederherstellung desselben mehr besteht (Gelenkzerstörung im Röntgenbild). Der Eingriff kann schon ausgeführt werden, wenn das Gelenk noch vereitert ist. Er dient dann gleichzeitig der Infektsanierung.

2.5.1.2. *Tbc-Arthritis*

Der Verlauf ist chronischer als bei der Infektarthritis. Häufig ist es eine «Arthritis sicca» (trocken), also ohne Eiterbildung. Im Röntgenbild kann die Zerstörung des Gelenkes verfolgt werden. Selten ist eine Restitution möglich. Sonst versteift das Gelenk, mit fibröser oder knöcherner Ankylose. Auch hier gilt in bezug auf die Stellung des Gelenkes dasselbe wie für die eitrige Arthritis. Die operative Versteifung (Arthrodese) unterstützt die Ausheilung.

2.5.1.3. *Rheumatische Arthritis*

Die langsame Zerstörung des Gelenkes führt zu einer Insuffizienz desselben. Der häufige Befall *beider* Schultergelenke hat zwei schwerwiegende Folgen:

1. Kämmen und Gesichtspflege werden unmöglich.
2. Die Benutzung von Krückstöcken (bei gleichzeitigem Befall der unteren Extremitäten) ist erschwert.

Eine wirksame operative Behandlung ist oft schwierig. Wegen des häufigen Befalles mehrerer Gelenke ist man mit der Indikation zu Arthrodesen zurückhaltend. Keinesfalls dürfen beide Schultern arthrodesiert werden, weil dadurch die Intimtoilette verunmöglicht würde.

Schulterendoprothesen könnten vielleicht hier helfen. Ausreichende Verankerung und Stabilität sind nicht leicht zu lösende Probleme.

2.6. Die Arthrose des Schultergelenkes

Degenerative Prozesse am Glenohumeralgelenk sind vergleichsweise selten. Dies ist bei einem wenig belasteten Gelenk mit kleinen Knorpelberührungsflächen wohl nicht erstaunlich. Als Ursache kommen in erster Linie traumatische Schäden, besonders intraartikuläre Frakturen in Frage.

Die Beschwerden wechseln, das Gelenk ist mehr oder weniger steif, und das Röntgenbild zeigt die für jede Arthrose typischen Veränderungen.

Bei stärkeren Beschwerden ist die *Arthrodese* (Stellung siehe II.12.2.4.1.) eine gute Lösung (für die *Funktion* der arthrodesierten Schulter vgl. I.B.2.1.3.2.) (Abb. 343).

Ob die Schulterendoprothesen die in sie gesetzten Erwartungen erfüllen werden, muss sich erst zeigen.

a b

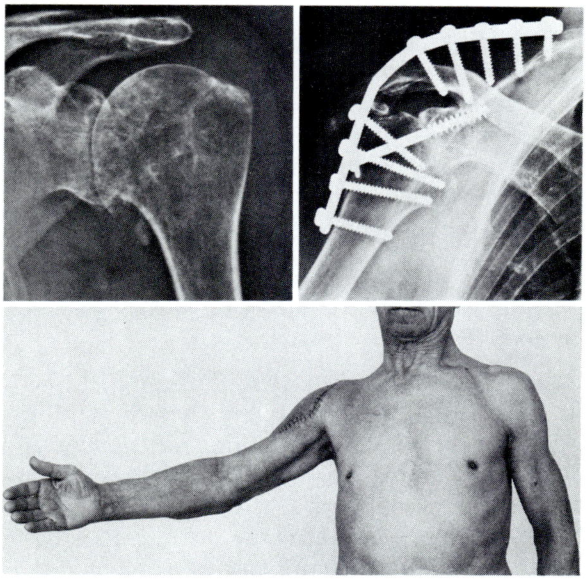

c

Abb. 343.

a *Arthrose* nach destruierender Arthritis des Schultergelenkes bei einer 70jährigen Frau.

b *Schulterarthrodese,* mit Zugschraube und Fixationsplatte primär stabilisiert.

c 60jähriger Patient mit Schulterarthrodese. Aktives Armheben 10 Tage nach der Operation. Mit der Osteosynthese erübrigt sich das monatelange Tragen einer Abduktionsschiene.

Die Behinderung durch die «Schulterversteifung» ist viel geringer, als die Patienten glauben. Meist wird der Bewegungsumfang sogar grösser: Aktives Armheben durch Drehung des Schulterblattes.

3. Der Oberarm

Am Oberarm sind es, neben selteneren Affektionen, Infektionen, Tumoren und Verletzungen des Humerus, welche therapeutische Probleme aufwerfen.

Der *Nervus radialis* ist wegen seiner engen Nachbarschaft zum Humerus besonders gefährdet.

3.1.1. *Infektionen*

Die frühkindliche hämatogene Osteomyelitis kann den Humerus befallen. Pathologie und Therapie entsprechen der Beschreibung im entsprechenden allgemeinen Kapitel (siehe II.6.3.1.).

Selten ist die posttraumatische Osteitis des Humerus in Friedenszeiten, da offene Humerusfrakturen ausser bei Schussverletzungen ebenfalls selten sind.

3.1.2. *Tumoren*

Die *juvenile Knochenzyste* hat ihren Lieblingssitz in der proximalen Humerusmetaphyse. Eine Therapie ist selten notwendig. Sie besteht im Auskratzen der Zyste unter Schonung der benachbarten Epiphysenwachstumszone. Gelegentlich kann eine Spontanfraktur auftreten. Sie heilt in der Regel ohne Komplikationen, nicht selten heilt damit die Zyste auch (Abb. 212 und 213).

Der Humerusschaft ist relativ häufig der Sitz von an sich seltenen *malignen Tumoren,* wie Osteosarkom, Ewingsarkom, multiples Myelom, sowie des Osteoklastoms, und von Karzinommetastasen. Einzelheiten sind im Kapitel «Tumoren», II.7., beschrieben.

3.1.3. *Radialislähmung*

Eine primäre Radialislähmung bei einer geschlossenen Humerusfraktur ist selten und bildet sich in der Regel spontan zurück. Bei unvorsichtigen Repositionsmanövern, oder beim Versuch einer Osteosynthese, kann jedoch der N. radialis sekundär verletzt werden. Vor allem die Plattenosteosynthese des Humerusschaftes ist gefährlich, besonders wenn die Platte wieder entfernt werden soll, da der Nerv von der alten Operationsnarbe umwachsen ist und hier leicht beschädigt werden kann. Humerusschaftfrakturen können fast immer konservativ behandelt werden und benötigen selten eine Operation. Bei geschlossenen frischen Frakturen ist die chirurgische Revision eines gelähmten N. radialis nur in seltenen Fällen (siehe II.15.2.7.3.) angezeigt. Klinik und Therapie der Radialislähmung siehe im übrigen III.A.7.5.3.1.

4. Das Ellbogengelenk

Das Ellbogengelenk ist ein *Scharniergelenk* und kann normalerweise vollständig gestreckt und bis auf etwa 30° gebeugt werden. Gegen *seitliche Bewegungen* ist es durch Bänder in jeder Stellung vollständig *stabilisiert.*

Neben der Flexionsbewegung ist das Ellbogengelenk an der *Umwendbewegung* des Vorderarmes beteiligt: Pronation = Handfläche nach unten, Supination = Handfläche nach oben (siehe Umwendbewegungen im Vorderarm, III.A.5.1.1.).

Störungen im radialen Abschnitt des Ellbogengelenkes (Radiohumeralgelenk zwischen Capitulum radiale humeri und Radiusköpfchen), sowie im Radioulnargelenk können die Umwendbewegungen beeinträchtigen.

Klinisch bilden die drei knöchernen Prominenzen am Ellbogen:
- Olekranon
- Epicondylus radialis und
- Epicondylus ulnaris

ein Dreieck von *gut erkennbaren anatomischen Bezugspunkten,* welches der Orientierung dient. Bei Frakturen und Luxationen ist es verschoben. Jeder der drei Bezugspunkte ist Sitz einer typischen Weichteilläsion des Ellbogens (siehe III.A.4.4., Abb. 345).

4.1.1. *Kongenitale Störungen*

Bei der *radio-ulnaren Synostose* fehlt das Radio-Ulnargelenk am Ellbogen. Radius und Ulna sind am proximalen Ende knöchern verschmolzen. Die *Drehbewegung des Vorderarmes* ist infolgedessen *blockiert,* während die Flexion des Ellbogens frei ist. Die fehlende Pro- und Supination bedeutet für den Patienten eine schwere Behinderung (siehe III.A.5.1.1.).

Man hat versucht, die Synostose durch Resektion zu lösen, doch zeigt es sich, dass die Drehbewegung damit nicht wiederhergestellt werden kann. In bestimmten Fällen kann hingegen eine Rotationsosteotomie zweckmässig sein, um eine extreme Drehstellung in eine Mittelstellung zu verwandeln und dadurch die Gebrauchsfähigkeit der Hand zu verbessern.

4.2. Osteochondrosis dissecans und Chondromatose

Die Osteochondrosis dissecans befällt am zweithäufigsten (nach dem Kniegelenk) das Ellbogengelenk, und zwar fast immer das Capitulum humeri, bei Männern im Alter von etwa 15–40 Jahren, seltener bei Frauen (siehe Allgemeiner Teil, II.5.3.).

Die ersten Anzeichen sind wechselnde Schmerzen und Schwellungen, vor allem bei länger dauernder, schwerer Arbeit. Im *Röntgenbild* ist das demarkierte Stück radial an der Humerusgelenkfläche deutlich zu sehen. Wenn es sich ablöst und als *freier Körper im Gelenk* bewegt, können akute rezidivierende *Blockierungen* der Beweglichkeit auftreten mit Gelenksergüssen. Obwohl die Beschwerden jeweils nach 1–2 Tagen wieder zurückgehen, wollen die Patienten meistens von diesem unangenehmen Zustand befreit werden. Die Gelenkmaus – gelegentlich sind es zwei oder mehr – muss dann operativ *entfernt* werden. Man findet sie in der Regel durch einen ventralen oder dorsalen Zugang in der Fossa coronoides resp. olecrani. Der Defekt, das Mausbett, bleibt allerdings. Er vernarbt bindegewebig, und der Verlust der knorpeligen Gelenkfläche und die Inkongruenz führen mit der Zeit zur Arthrose. Die entsprechenden Beschwerden bleiben aber, da das Ellbogengelenk kein gewichttragendes Gelenk ist, einigermassen erträglich und können mit konservativen Massnahmen in der Regel unter Kontrolle gehalten werden.

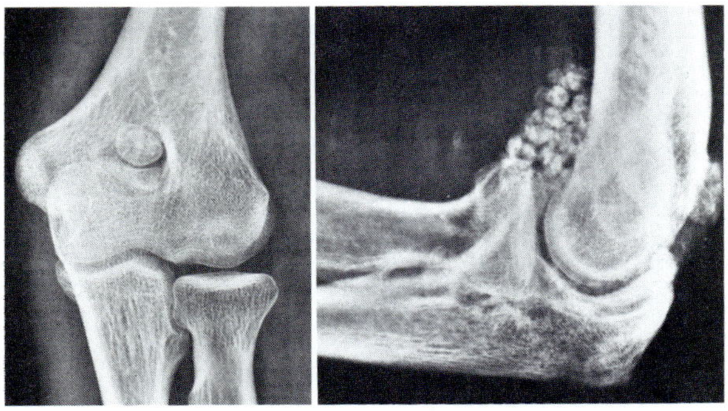

a b

Abb. 344.

a *Freier Gelenkkörper* im Ellbogengelenk. Er stammt vermutlich aus dem Capitulum humeri. Das Mausbett ist nur undeutlich zu erkennen. In der Fossa olecrani, wo die «Maus» jetzt liegt, macht sie ausser einer leichten Streckhemmung wenig Beschwerden, solange sie nicht wandert.

b *Chondromatose* des Ellbogengelenkes: Die grosse Anzahl freier Gelenkkörper ist, im Gegensatz zur Osteochondrosis dissecans, in der *Gelenkkapsel* durch Metaplasie (Umwandlung von Synovialgewebe in Knorpel) entstanden. Es handelt sich um eine eher seltene Krankheit eigener Art, die Erwachsene befällt. Die zunächst gestielten «Chondrome» ossifizieren sekundär und werden dann im Röntgenbild sichtbar. Sie lösen sich ab und werden zu freien «Gelenkmäusen». Das klinische Bild ist ähnlich wie bei der Osteochondrosis dissecans. Auf dem Bild erkennt man bereits eine beginnende sekundäre Arthrose.

Freie Gelenkskörper kommen ausser bei der Osteochondrosis dissecans auch bei intraartikulären Frakturen, bei Arthrose und in viel grösserer Anzahl bei der *Gelenkchondromatose* vor. Bei dieser Erkrankung, deren Ätiologie nicht bekannt ist, können bis zu hundert reis-, linsen- und erbsgrosse knorpelige «Gelenkmäuse» gefunden werden. Sie werden offenbar von der Gelenkmembran produziert, weisen Verkalkungen auf, und sind somit auf dem Röntgenbild zu erkennen, wie die meisten freien Gelenkkörper.

Schmerzen, Schwellungen, Funktionsbehinderungen sind die Symptome, welche die operative Entfernung der freien Gelenkkörper nötig machen (Abb. 344).

4.3. Arthritis und Arthrose

Arthritiden des Ellbogengelenkes sind am häufigsten *tuberkulös* oder *rheumatisch*. Die *unspezifische eitrige* Entzündung des Ellbogens kommt fast nur nach offenen Ellbogenbrüchen vor.

4.3.1.1. *Infektiöse Arthritiden*

Bei den infektiösen Arthritiden, vor allem auch bei der Tuberkulose, versteift das Gelenk teilweise oder vollständig mit der Zeit. Dann ist auf eine gute Funktionsstellung zu achten: Flexion wenigstens 90°, damit die Hand zum Körper und zum Gesicht gebracht werden kann (Essen, Körperpflege). Unter Umständen kann der Heilungsprozess durch eine Arthrodese abgekürzt werden. Klinik und Therapie sind im übrigen dieselben wie bei infektiösen Arthritiden im allgemeinen (siehe II.6.4.).

4.3.1.2. *PcP*

Bei der *progressiv chronischen Polyarthritis* hat das Ellbogengelenk eher die Tendenz instabil als steif zu werden. Wenn die seitliche Stabilität durch Dehnung der Bänder und Resorption der Gelenkkörper verloren ist, kann der Arm kaum mehr richtig gebraucht werden. Dazu kommen starke Schmerzen. In solchen Fällen ist eine Ellbogenplastik (Faszienplastik, Resektionsplastik, Endoprothese) manchmal gerechtfertigt. Endoprothesen neigen zur Lockerung, ihre Verankerung stellt schwierig zu lösende grundsätzliche Probleme, wie bei jeder Scharnierprothese (vgl. I.C.4.3.3.). Die Arthrodese ist beim Befall mehrerer Gelenke ungünstig (siehe auch II.10.1.3.).

4.3.1.3. *Arthrosen*

Nach schlecht geheilten intraartikulären Frakturen, alten entzündlichen Prozessen, als Folge einer Osteochondritis dissecans oder ohne ersichtliche Ursache können Arthrosen im Ellbogengelenk entstehen. Da das Ellbogengelenk aber kein Gewicht trägt und in der Regel wenig beansprucht wird, ist die Arthrose eher selten, hat wenig Neigung zur Progredienz und macht relativ geringe Beschwerden. Operative Massnahmen sind kaum je notwendig. Von allen Arthrodesen wird jene des Ellbogens am wenigsten ausgeführt.

4.4. Weichteilschäden

Vor allem die *drei anatomischen Bezugspunkte* des Ellbogens sind häufig von Störungen der Weichteile befallen (Abb. 345):

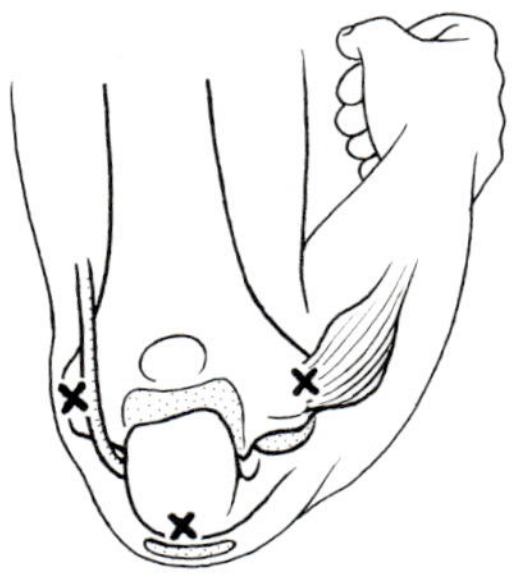

Abb. 345. *3 Bezugspunkte und 3 Krankheiten am Ellbogen.*

- *Olekranon:* Bursa olecrani, Bursitis traumatica bzw. chronica.
- *Epicondylus ulnaris* (medialis): N. ulnaris, Ulnarislähmung.
- *Epicondylus radialis* (lateralis): Epicondylitis humeri radialis (Tennisellbogen).

4.4.1. *Epicondylitis radialis humeri*

Überaus häufig klagen Patienten in der Sprechstunde über hartnäckige Schmerzen im Bereiche des Epicondylus radialis humeri, welche erstmals aufgetreten seien nach einer besonderen Anstrengung des Armes und der Hand. Typisch ist die Affektion beim Tennisspieler, weshalb sie auch als «Tennisellbogen» bezeichnet wird. Die Schmerzen werden stärker beim kräftigen Faustschluss, vor allem aber bei der Dorsalextension des Handgelenkes gegen Widerstand. Sie können ausstrahlen in den ganzen Vorderarm bis zur Hand, gelegentlich auch in den Oberarm. Der Epicondylus radialis, das Radiusköpfchen und vor allem der sehnige Ansatz der Hand- und Fingerstreckmuskulatur am Epicondylus radialis sind sehr druckdolent.

Es handelt sich um einen *chronischen,* offenbar mechanisch ausgelösten Entzündungszustand im Bereiche der Sehnenansätze der Hand- und Fingerstrecker am Epicondylus radialis (lateralis), dessen Natur nicht ganz klar ist.

Das Leiden dauert Monate, nicht selten Jahre lang, oft mit erheblicher Behinderung der Aktivität des Patienten.

Als *Therapiemassnahmen* kommen in Frage: in erster Linie temporäre Schonung, evtl. Ruhigstellung, sodann physikalisch-therapeutische Massnahmen, lokale Infiltrationen mit Kortikoidpräparaten, und schliesslich die kleine (Hohmannsche) Operation, bei welcher die Ansätze der Extensorenmuskulatur am Epicondylus radialis eingekerbt werden. Trotz aller dieser Massnahmen gelingt es nicht immer, die Beschwerden ganz zum Verschwinden zu bringen, doch heilt die Krankheit nach längerer Zeit fast immer folgenlos von selbst aus.

4.4.2. *Ulnarisschädigung*

Sie kann viele verschiedene *Ursachen* haben, doch liegen diese *am häufigsten* im Bereiche des *Sulcus nervi ulnaris* hinter dem Epicondylus ulnaris. Hier liegt der Nerv unmittelbar unter der Haut auf dem Knochen und ist deshalb für Schädigungen besonders empfindlich (siehe auch Periphere Lähmungen, II.8.3.).

Bekannt ist die späte, oft erst nach Jahren auftretende Ulnarislähmung bei *Cubitus valgus,* der meist posttraumatischen Fehlstellung des Ellbogens mit Achsenabweichung nach lateral (siehe III.A.4.6.3.). In anderen Fällen lässt sich allerdings keine Ursache für die sich schleichend einstellende Lähmung finden. Die genauere elektrische Prüfung zeigt aber, dass die Leitfähigkeit der Nerven im Sulcus ulnaris gestört ist.

Wird die Lähmung *frühzeitig erkannt,* so kann sich der Nerv nach seiner *operativen Verlagerung* aus dem Sulkus nach ventral vor den Epikondylus erholen. Irreversible Ulnarislähmung: siehe III.A.7.5.3.3.

4.4.3. *Bursitis olecrani*

Eine umschriebene fluktuierende Schwellung über dem Olecranon lässt sich durch Inspektion und Palpation leicht als flüssigkeitsgefüllte Bursa olecrani erkennen und von einem Gelenkserguss unterscheiden.

Eine eitrige Entzündung, ein Empyem der Bursa entsteht meistens als Folge einer offenen Verletzung und lässt sich durch ihre akut entzündlichen Symptome leicht abgrenzen gegenüber einer *chronischen abakteriellen Bursitis,* entstanden auf dem Boden ständiger mechanischer Reizung beim Abstützen auf den Ellbogen (z. B. Plattenleger). Bei dieser kann man auch kleine Bindegewebsstränge und «Reiskörner» palpieren.

Eine eitrige Bursitis muss drainiert und die Bursa, wenn die akute Entzündung abgeklungen ist, extirpiert werden. Die chronische Bursitis kann konservativ antiphlogistisch behandelt werden. Bei häufigen Rezidiven wird man die Bursa jedoch operativ entfernen.

4.5. Frakturen und Luxationen

Ellbogenfrakturen sind im allgemeinen recht schwere Verletzungen, ihre Behandlung ist nicht immer einfach.

4.5.1.1. *Ellbogenbrüche beim Erwachsenen*

Beim *Erwachsenen* wird man eine Wiederherstellung der Anatomie des Gelenkes anstreben, was meistens nur mit einer offenen Reposition und einer stabilen Osteosynthese möglich ist. Stabil sollte die Osteosynthese sein, damit die Ellbogenfunktion möglichst bald wieder geübt werden kann, da sie sonst rasch verloren geht.

4.5.1.2. *Ellbogenbrüche bei Kindern* sind häufig und stellen heikle Probleme (siehe auch Kinderfrakturen, II.15.3.4.3.). Schon die genaue *Diagnose* kann sehr schwierig sein, wegen der komplizierten Röntgenanatomie der einzelnen Epiphysenknochenkerne, welche sich im Verlaufe des Wachstums ständig ändert. In jedem Fall wird ein *Vergleichsröntgenbild des gesunden Ellbogens* die Verhältnisse eindeutig zu klären ermöglichen (Abb. 323).

Während bei *suprakondylären* Brüchen mit konservativer Behandlung gute Ergebnisse erzielt werden können (cave Volkmannsche Kontraktur bei zu starker Flexion), ist bei den *intraartikulären* Brüchen in der Mehrzahl der Fälle die offene, anatomisch genaue Reposition und Fixation angezeigt, wenn keine Wachstumsstörungen und schwere Beeinträchtigungen der Ellbogenfunktion auftreten sollen (näheres dazu bei Kinderfrakturen, III.A.4.6.).

«Pulled elbow»:

Wenn eine ungeduldige Mutter ihr widerstrebendes Kleinkind mit einem Ruck an der Hand hochzieht, so kann das Ligamentum annulare abreissen, über das Radiusköpfchen schlüpfen und sich im Ellbogengelenk einklemmen. Der Ellbogen ist sofort schmerzhaft blockiert. Aus diesem Befund, der Anamnese und dem negativen Röntgenbild ergibt sich die Diagnose. Durch leichte forcierte Manipulation des Ellbogens in Supination kann die Einklemmung gelöst und die Blockierung behoben werden.

4.6. Traumafolgen

4.6.1. *Volkmannsche Kontraktur*

Die ischämische Kontraktur der Vorderarmmuskulatur ist die späte Folge eines Unterbruches der arteriellen Zirkulation am Ellbogen während länger als etwa 6 Stunden. Sie ist die schlimmste Komplikation einer Ellbogenverletzung. Die drohende Ischämie, eine Notfallsituation, ist im Abschnitt über Ellbogenfrakturen bei Kindern beschrieben (siehe II.15.3.4.3.), weil sie dort am häufigsten vorkommt. Das *Vermeiden* der ischämischen Kontraktur ist die Hauptsache, denn die ischämische Schädigung der Muskulatur wird nach wenigen Stunden irreversibel und hat schwere permanente und irreparable Schäden zur Folge:

Die mehr oder weniger ausgedehnten nekrotischen Partien der Hand- und Fingerbeugemuskulatur am Vorderarm werden im Verlaufe der nächsten Monate bindegewebig umgewandelt, vernarben und verkürzen sich immer mehr, so dass Hand und Finger in eine unphysiologisch starke Beugefehlstellung gezogen und hier fixiert werden. In schweren Fällen erlaubt die Kontraktur schliesslich überhaupt keine Bewegungen mehr und die Hand wird praktisch unbrauchbar. Mehr oder weniger schwere Sensibilitätsstörungen tragen das ihre dazu bei (Abb. 283).

Die *Behandlung* (Exzision der nekrotischen Partien, Sehnenverlängerungen, Ablösen der Muskelursprünge usw.) ist nicht imstande, die volle Funktion wiederherzustellen. Man muss sich mit einer gewissen Verbesserung des Zustandes zufrieden geben.

Umso wichtiger ist die *Prophylaxe* der Volkmannschen Kontraktur, wie sie in II.15.3.4.3. beschrieben ist.

4.6.2. *Gelenkssteifen, Myositis ossificans*

Nach Verletzungen hat das Ellbogengelenk eine gewisse Neigung, steif zu werden. Intensive aktive *Bewegungsübungen* sind bei Erwachsenen deshalb wichtig.

Bei *Kindern* ist die *Physiotherapie eher schädlich als nützlich.* Der kindliche Ellbogen braucht manchmal lange Zeit (Wochen, Monate), bis er nach einer Fraktur wieder voll beweglich wird. Nur selten aber bleiben Bewegungseinschränkungen permanent. Mobilisation in Narkose oder operative Arthrolysen haben selten Erfolg. Ähnliches gilt für die

Myositis ossificans, eine Komplikation, welche am häufigsten die Ellbogenmuskulatur befällt, vor allem bei Kindern, und deshalb dort beschrieben ist (siehe II.15.3.4.4.).

4.6.3. *Fehlstellungen*

Der normale Winkel zwischen Oberarm- und Unterarmachse beträgt etwa 10° nach aussen (Valgus). Nach Ellbogenbrüchen, vor allem im Kindesalter, sieht man gelegentlich Seitenabweichungen:

Ein *Cubitus varus* entsteht nach in Fehlstellung geheilten suprakondylären Frakturen. Er wirkt vor allem ästhetisch ungünstig. Die Funktion des Ellbogens braucht dabei nicht gestört zu sein. Korrekturoperationen haben deshalb vorwiegend kosmetische Bedeutung. Das beste Verfahren ist die suprakondyläre Osteotomie des Humerus (Abb. 346).

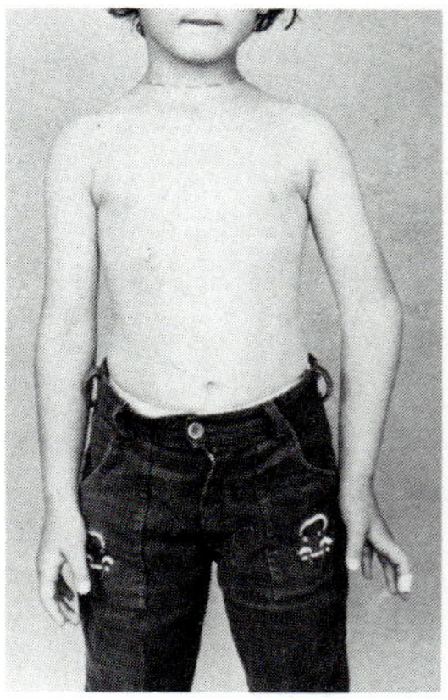

a

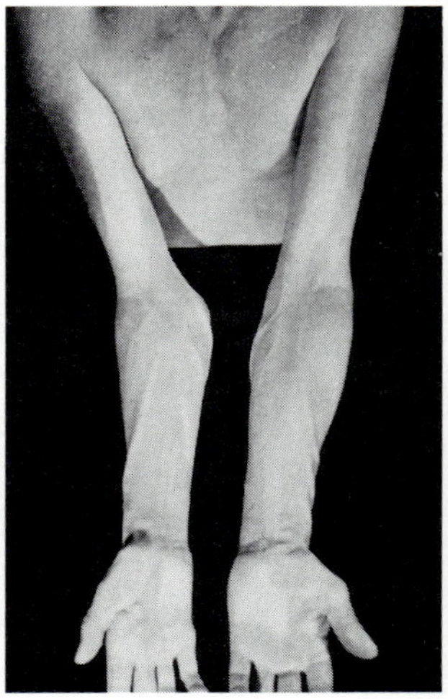

b

Abb. 346.

a *Cubitus varus* nach Ellbogenfraktur. Die Deformität ist vor allem kosmetisch störend. Sie nimmt noch zu, wenn eine Wachstumsstörung vorliegt.

b Der *Cubitus valgus,* gelegentlich, wie hier am rechten Arm, die Folge einer schlecht verheilten Kondylenfraktur (siehe Abb. 323), kann noch nach Jahren eine langsam und unbemerkt zunehmende *Ulnarislähmung* verursachen.

Ein *Cubitus valgus* entsteht eher bei Wachstumsstörungen und Pseudarthrosen nach Frakturen des radialen Kondylus. Er kann im Verlaufe des Wachstums zunehmen und noch nach Jahren eine späte Ulnarislähmung zur Folge haben, welche eine operative Verlagerung des Nerven aus dem Sulcus ulnaris nach vorne erfordert (siehe III.A.4.4.2.).

5. Der Vorderarm

5.1.1. *Die Vorderarmdrehbewegung (Umwendbewegung, Pro- und Supination)*

Physiologie und Pathologie: Die Umwendbewegung des Vorderarmes, welche zwischen Ulna und Radius stattfindet, beträgt normalerweise 180°, also eine volle Handumdrehung. Bei der *Supination* kommt die Handfläche nach oben, was gestattet, Gegenstände, z. B. Teller auf der flachen Hand zu tragen, untergriffige Schubladen zu ziehen usw., während bei Pronation Gegenstände mit den Fingern gefasst und von der Unterlage abgehoben und Türfallen geöffnet werden können usw. (mnemotechnisch: Supination – Suppe, Pronation – Brot).

Die Umwendbewegung ist nötig um Schrauben, Schlüssel und Türknöpfe zu drehen usw., während in Mittelstellung, bei einander zugewendeten Handflächen, beide Hände zusammenwirken können, z. B. beim Stricken und bei den meisten handwerklichen Arbeiten. Die beste Gebrauchsstellung (bei Versteifung anzustreben) ist eine ganz leichte Pronation. Dabei schaut der Daumen nach oben und etwas nach innen. Bei einer Blockierung der Umwendbewegung im Vorderarm ist immerhin noch eine beschränkte Drehbewegung des Armes von der Schulter aus möglich (Abb. 347).

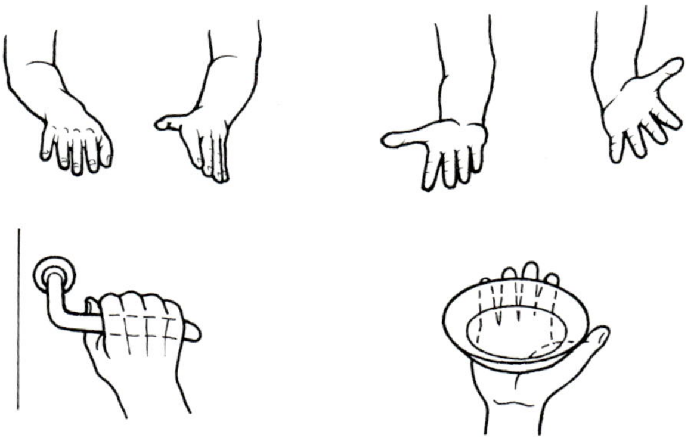

Abb. 347. *Drehbewegungen im Vorderarm.*

Links: Pronation

Oben: rechter Arm normal, linker eingeschränkt.

Unten: Funktion: Türklinke öffnen, kleine Gegenstände auflesen und halten, schreiben usw.

Rechts: Supination

Oben: rechter Arm normal, linker stark eingeschränkt.

Unten: Funktion: Teller tragen und kleine Gegenstände in der hohlen Hand, Schlüssel und Schraubenzieher drehen, Schubladengriffe usw.

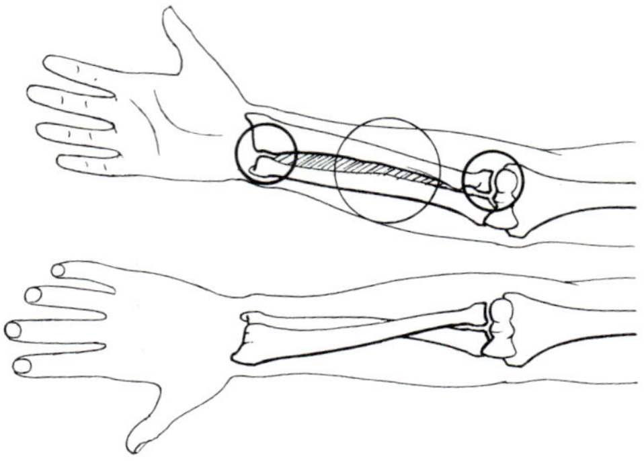

Abb. 348. *Das Vorderarmdrehgelenk.*

Funktionell bildet es ein einziges Gelenk mit Drehachse durch das proximale Radiusköpfchen und das distale Ulnaende.

Oben: Ursprüngliche, unverdrehte Stellung in *Supination* (Radius liegt radial neben der Ulna).

Kleine Kreise: Proximales und *distales Drehgelenk.* Beide Drehgelenke bestehen je aus zwei Anteilen: Radiohumeral- bzw. Karpoulnargelenk und Radioulnargelenk proximal bzw. distal. Alle vier Gelenke müssen kongruent sein, müssen genau zueinander passen, damit eine Drehbewegung möglich ist. Dazu kommt die *Membrana interossea,* das «Drehgelenk» zwischen den beiden Diaphysen (grosser Kreis). Ihre Fasern müssen ebenfalls genau am richtigen Ort ansetzen und die richtige Länge haben, damit die Drehbewegung möglich ist.

Unten: Pronation: Drehbewegung von 180° der Speiche um die Elle herum. Schon geringfügige Veränderungen in den anatomischen Beziehungen der beiden Knochen zueinander, wie sie etwa bei Vorderarmfrakturen, bei Luxationen im proximalen bzw. distalen Drehgelenk u.a. vorkommen, können die Drehbewegungen erheblich beeinträchtigen und blockieren. Solche Fehlstellungen sollten deshalb *primär* behoben werden, denn spätere Restitution ist kaum mehr möglich.

Die Prüfung der Pro- und Supination erfolgt bei rechtwinklig gebeugtem Ellbogen, um die Rotationsbewegung im Schultergelenk auszuschalten.

Die Vorderarmumwendbewegung findet in zwei Gelenken statt: *Im proximalen und im distalen Radioulnargelenk* (Abb. 348).

Änderungen der Geometrie des Vorderarmgelenkes, z. B. eine Achsenfehlstellung in einem der beiden Knochen, kann eine Blockierung der Umwendbewegung zur Folge haben, ohne dass eines der beiden Radioulnargelenke beschädigt zu sein braucht. Aber auch etwa kartilaginäre Exostosen, Verkalkungen, übermässige Kallusbildungen (Brückenkallus zwischen Ulna und Radius) oder Vernarbungen und Verwachsungen der Weichteile können die Pro-Supinationsbewegung beeinträchtigen.

Die kongenitale radio-ulnare Synostose wurde bereits bei III.A.4.1.1. erwähnt.

Die *Beurteilung* von Störungen im Bereiche des Ellbogens, des Vorderarmes und des Handgelenkes schliesst immer eine Beurteilung des «Vorderarmdrehgelenkes» mit ein:
- Affektionen des Ellbogengelenkes, sofern sie den radialen Gelenksabschnitt betreffen, haben häufig Einschränkungen der Pro- und Supination zur Folge, ebenso Affektionen des proximalen Radiusabschnittes.
- Nach Vorderarmfrakturen, vor allem nach schlecht verheilten, sind die Umwendbewegungen ebenfalls nicht selten beeinträchtigt (siehe unten: III.A.5.2.1.).
- Im Bereiche des Handgelenkes ist es vor allem das *distale Ulnaende,* welches die Umwendbewegungen stören kann. Seine Resektion kann in manchen Fällen helfen (siehe III.A.6.1.1.). Eine Versteifung des Radiokarpalgelenkes ist mit voller Umwendbewegung vereinbar.

Die *Therapie* der blockierten Umwendbewegung ist eher undankbar, und Versuche, sie operativ zu verbessern, sind in der Regel enttäuschend. Umso wichtiger ist die
Prophylaxe: adäquate Behandlung von Ellbogen- und Vorderarmfrakturen (siehe unten), gewebeschonendes Operieren, wo Operationen unvermeidlich sind, Fixationen in *Funktionsstellung* (etwa Mittelstellung: bei am Körper anliegenden Ellbogen zeigt der Daumen nach oben).

5.2.1. *Vorderarmfrakturen*

Wegen der erwähnten anatomischen Besonderheiten, welche der Umwendbewegung des Vorderarmes dienen, sind auch die Vorderarmbrüche in mancher Hinsicht komplizierter als andere Brüche.

Isolierte Frakturen des Radius oder der Ulna sind selten. *Fast immer* findet man bei genauerer Untersuchung noch eine *Fraktur oder Luxation des Nachbarknochens,* entweder des Radiusköpfchens (Monteggiafraktur) oder des distalen Ulnaendes. Diese zweite Verletzung muss gesucht (Röntgenbild mit Einschluss von Ellbogen- und Handgelenk) und behandelt werden, wenn spätere Funktionsausfälle vermieden werden sollen.

Fehlstellungen, welche bei anderen Knochen ohne Bedeutung wären, können am Vorderarm eine Behinderung der Pro- und Supinationsbewegung hinterlassen. Zudem ist die Reposition und besonders auch die Retention einer guten Fragmentstellung *beider Knochen* oft recht schwierig.

Schaftfrakturen bei Erwachsenen werden deshalb heute in den meisten Fällen mit einer stabilen Osteosynthese (z. B. Platten) fixiert. Anatomische Reposition und Stabilität, welche den sofortigen Gebrauch der Hand und das Üben der Umwendbewegung erlaubt, sind damit sicher zu erreichen.

Für *Vorderarmfrakturen bei Kindern* im Wachstumsalter hingegen (sowie für distale *Radiusfrakturen* «loco classico» in jedem Alter) ist die *konservative* Behandlung mit Gipsverband die *Methode der Wahl.*

6. Das Handgelenk

Am Handgelenk sind fünf Knochen mit ihren Gelenksfacetten beteiligt. Das wichtigste Teilgelenk ist das *Radiokarpalgelenk*. Die Ulna trägt kaum zur Stabilität bei. Wenn durch irgendeine Störung die topographische Lage der einzelnen Teile verändert ist, wird das Gelenk inkongruent und kann Beschwerden machen, auf längere Sicht entsteht eine Abnützungskrankheit, eine *Arthrose*.

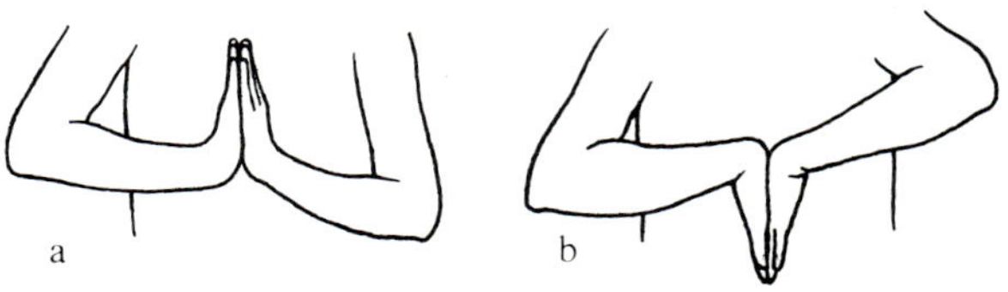

Abb. 349. Einfache *Prüfung* der *Handgelenksbeweglichkeit*.

a *Dorsalextension* des linken Handgelenkes eingeschränkt, rechts normal.
b *Palmarflexion* des linken Handgelenkes herabgesetzt, rechts normal.

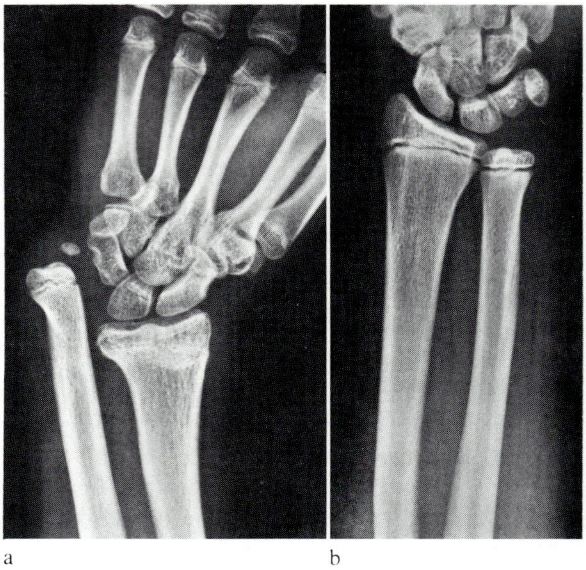

Abb. 350.

a Langsam, im Laufe von Jahren entstandene «Madelungsche Deformität» bei einem 14jährigen Mädchen, hier als Folge einer Wachstumsstörung, einer vorzeitigen Verknöcherung der distalen Radiusepiphyse unbekannter Ursache (Fraktur? vgl. II.2.2.). Die Ulna ist weiter gewachsen und steht nun stark vor, auch weicht die Hand nach radial ab. Obwohl das Mädchen keine Beschwerden hat, wäre es froh, wenn die unschöne Deformität behoben werden könnte. Deshalb wurde die Resektion des distalen Ulnaendes vorgesehen, mitsamt der Epiphysenfuge, um einen weiteren Ulnavorschub zu verhindern.
b Normale Gegenseite zum Vergleich.

6.1. Knochen und Gelenk

6.1.1. *Deformitäten*

Die *Madelungsche Deformität* ist eine *kongenitale* Subluxation oder *Luxation des distalen Ulnaendes* nach lateral und dorsal. Eine Hypo- oder Aplasie des Radius ist die Ursache. Die *Hand weicht* deshalb *nach radial ab.* Die angeborene Missbildung ist *selten.*

Viel häufiger entsteht eine *ähnliche Deformität* nach *distalen Radiusfrakturen* «loco classico», welche in einer Bajonettstellung ausheilen. Die Dislokation des distalen Radiusendes nach dorsoradial ist bei alten Leuten oft schwierig zu beheben, wegen der Einstauchung der osteoporotischen Spongiosa. Schmerzen treten später eher auf der *ulnaren* als auf der radialen Seite auf, weil die Ulna relativ zum Radius zu lang ist und nach dorsal vorspringt. In hartnäckigen Fällen kann die *Resektion des distalen Ulnaendes* die Schmerzen vermindern und die Rotation verbessern, ohne dass die Stabilität darunter leidet (Abb. 350).

6.1.2. *Lunatumnekrose (Kienböcksche Krankheit)*

Eine relativ häufige Lokalisation der aseptischen Knochennekrose ist das os lunatum des Handgelenkes. Welche Rolle bei der *Entstehung* kleine wiederholte Traumen spielen, vor allem bei schwerer handwerklicher Arbeit (Pressluftbohrer), ist nicht eindeutig erwiesen. Die Unfallversicherung anerkennt die Lunatummalazie als Berufskrankheit.

Die *Beschwerden* treten langsam auf. Die Gegend des Mondbeines ist schmerzhaft und die Kraft des Faustschlusses deshalb vermindert. Auch die Bewegung des Handgelenkes ist eingeschränkt und schmerzhaft.

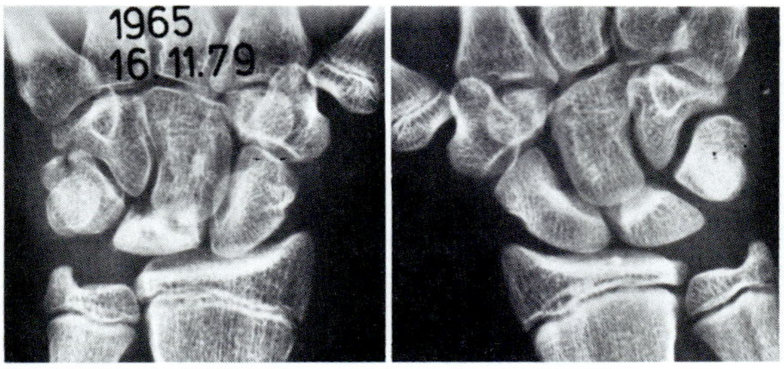

a b

Abb. 351. Die *Lunatumnekrose:* a) hier am linken Handgelenk eines 14jährigen Knaben, kommt sonst nur bei Erwachsenen vor. Sklerose und beginnende Strukturveränderungen: Zysten, Abflachung. b) das rechte, gesunde Handgelenk zum Vergleich.

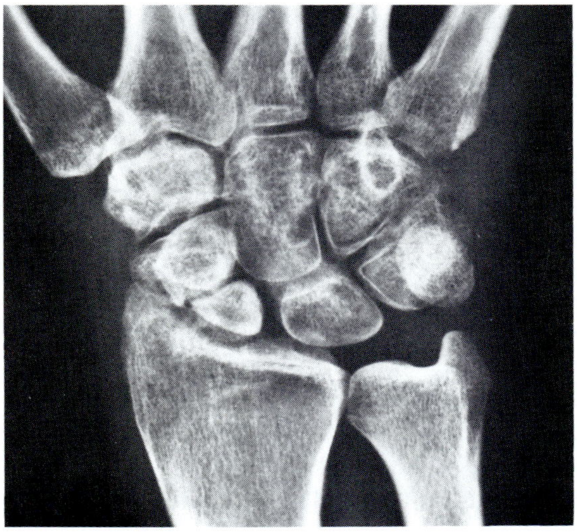

Abb. 352. *Navikularepseudarthrose* bei einem 30jährigen Mann, mehrere Jahre nach einer Navikularefraktur, welche damals nicht festgestellt worden war. Das kleinere, proximale Fragment ist etwas sklerosiert, seine Blutversorgung ist prekär. Die Pseudarthrose ist abgedeckelt, definitiv.

Die *Diagnose* wird gestellt aus dem *Röntgenbild:* Im *Anfangsstadium* ist wenig mehr zu sehen als eine leichte Sklerose des Lunatum. Die Knochenstruktur verdichtet sich in den ersten Monaten zusehends, bis später kleine Frakturen sichtbar werden und mit der Zeit der ganze Knochen sich fragmentiert (siehe Aseptische Knochennekrosen, II.5.1.1.). Im Endzustand entwickelt sich eine *Arthrose* des ganzen Handgelenkes (Abb. 351).

Eine befriedigende *Behandlung* ist noch nicht gefunden. Im Frühstadium, solange nur diskrete Veränderungen im Röntgenbild zu sehen sind, besteht die Hoffnung, durch eine mehrmonatige Ruhigstellung des Handgelenkes noch eine Heilung zu erzielen.

Wenn eindeutige Nekrosezeichen bestehen, ist der Prozess nicht mehr reversibel. Verschiedene *Operationsverfahren* (Verlängerung der Ulna bzw. Verkürzung des Radius, Interkarpalarthrodese, Endoprothese) sind vorgeschlagen worden, was zeigt, dass die herkömmliche Exzision des Lunatum nicht befriedigt.

In fortgeschrittenen Fällen mit Arthrose ist die *Arthrodese* des Handgelenkes wohl die beste Lösung.

6.1.3. *Navikularepseudarthrose*

Navikularefrakturen sind notorisch heikel:

- Oft nicht leicht zu diagnostizieren und darum nicht selten übersehen: Deshalb bei Verdacht nochmals röntgen nach ein paar Tagen! (Schräge Aufnahmen.)
- schwierig einwandfrei ruhigzustellen
- *lange Heilungsdauer*
- *gefährdete Blutversorgung* des proximalen (handgelenknahen) Fragmentes, vor allem wenn dieses klein ist, mit der Gefahr einer aseptischen Knochennekrose.
- ungünstige mechanische Bedingungen bei Schräg- oder Längsfraktur (Scherkräfte) (Abb. 352).

Deshalb ist die *knöcherne Konsolidation gefährdet,* dauert *sehr lange* (3 Monate und länger) oder bleibt *nicht selten ganz aus.*

Therapie: Man hat deshalb versucht, schon primär eine stabile Osteosynthese (mit Schrauben) zu machen, doch ist die Methode sehr unsicher. Eine genügend lange und gute *Ruhigstellung im Gips* (in den ersten Wochen mit Einschluss des Ellbogengelenkes) ist immer noch die *beste Behandlung* der *frischen Navikularefraktur.*

Ist einmal eine *Pseudarthrose* entstanden, erkennbar am verbreiterten Frakturspalt und der Sklerosierung der Bruchenden, so ist eine *Operation* notwendig. Am besten hat sich die *Spongiosaspaneinlagerung* nach *Matti* und *Russe* bewährt. Voraussetzung zum Erfolg ist eine nochmalige mehrmonatige Gipsfixation. Ein grosses proximales Fragment kann evtl. angeschraubt werden.

Wenn es nekrotisch geworden ist (Sklerosierung, Abdeckelung des Fragmentes im Röntgenbild) kommt nur noch seine Exzision in Frage.

Wenn das Leiden nicht in ein bis zwei Jahren geheilt werden kann, entsteht eine *Arthrose* des ganzen Handgelenkes. Ihre *Behandlung* ist unten beschrieben (siehe III.A.6.1.5.).

6.1.4. *Arthritis*

Eine Arthritis des Handgelenkes ist gewöhnlich rheumatischer Natur, sehr selten eitrig.

Die progredient chronische Polyarthritis des Handgelenkes ist fast immer nur ein Teilaspekt des Befalles der ganzen Hand. Sie macht aber oft starke Schmerzen, Fehlstellungen und eine Instabilität, welche operativ gebessert werden können (siehe PcP, II.10.1.). In Frage kommen *folgende Operationen:*

1. Synovektomie von Handgelenk und Strecksehnenscheiden im Frühstadium.
2. Resektion des distalen Ulnaendes bei «caput ulnae-Syndrom» (Luxation des distalen Ulnaendes nach dorsal oder Instabilität bei lokaler Synovitis, vgl. III.A.6.1.1.).
3. Spalten des Ligamentum carpi volare bei dem bei PcP relativ häufigen Karpaltunnelsyndrom.
4. Handgelenksarthrodese bei Destruktion, Instabilität und Fehlstellung des Handgelenkes (Handgelenk meist in *Mittelstellung,* da die Restfunktion der arthritischen Finger in der Regel besser ist in dieser Stellung als bei Dorsalflexion, welches die normale Funktionsstellung bei im übrigen normaler Hand wäre).
5. *Handgelenksprothesen* haben wahrscheinlich bei älteren Polyarthritikern eine Indikation, wenn auch die *Fingergelenke* befallen sind. Bei manuell Arbeitenden und normaler Fingerfunktion ist der Handgelenksarthrodese der Vorzug zu geben.

6.1.5. *Handgelenksarthrosen*

Alle die oben beschriebenen Schäden des Handgelenkes führen *mit der Zeit zu degenerativen Veränderungen.* Pathogenese und klinische Erscheinungen entsprechen der Arthrose in anderen Gelenken (siehe Arthrosen, II.11.1.).

Besonders stark bemerkbar machen sich die Beschwerden natürlich bei Schwerarbeitern, Handwerkern und Hausfrauen, welche einen kräftigen Faustschluss brauchen. Wegen der *Schmerzen* geht diese *Kraft verloren,* und die Krankheit wird zu einer schweren Behinderung, welche einen Berufswechsel notwendig machen kann. Der Verlust der vollen Beweglichkeit des Handgelenkes wiegt dagegen weniger schwer. (Er ist allerdings wichtig als diagnostischer Hinweis.)

Im *Röntgenbild* sind die üblichen Zeichen der Arthrose zu sehen, in erster Linie die Verschmälerung des Gelenkspaltes und eine subchondrale Sklerose der angrenzenden Knochen. Typisch ist eine ausgezogene Randzacke am Processus styloides radii (Abb. 353).

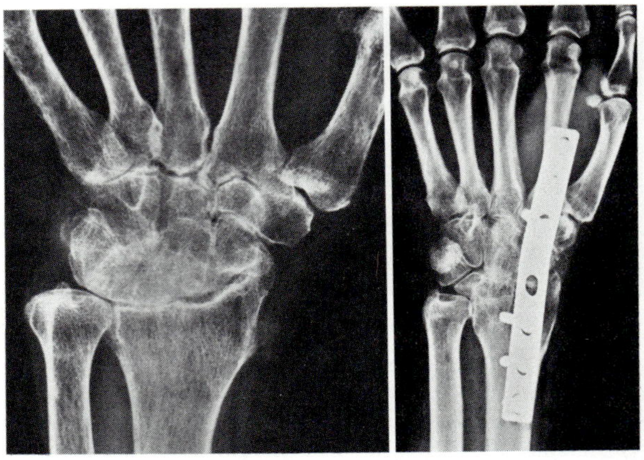

a b

Abb. 353.

a Schwere Arthrose des Handgelenkes. Gelenkspalt fast verschwunden, reaktive Sklerose. Auch die Mittelhandgelenke sind arthrotisch. Diese 75jährige Frau hatte eine rheumatische Polyarthritis.

b Arthrodese des Handgelenkes eines 59jährigen Mannes bei einer Handgelenksarthrose infolge veralteter Navikularepseudarthrose. Fixation mit einer Platte und Schrauben gibt gute Stabilität für eine gipsfreie Nachbehandlung.

Therapie: Die *konservative Behandlung* hat nur Aussicht auf Erfolg, wenn das Handgelenk geschont und *ruhig gestellt* werden kann. Dann können auch physiotherapeutische Massnahmen, wie Bäder, Diathermie, die Beschwerden wenigstens mildern. Zur Ruhigstellung eignet sich am besten eine *Handgelenksmanschette* aus Leder oder Kunststoff, die den Vorderarm und die Handfläche einschliesslich der Daumenwurzel umfasst. Eine solche Manschette sollte den Gebrauch der Hand nicht behindern (Abb. 354).

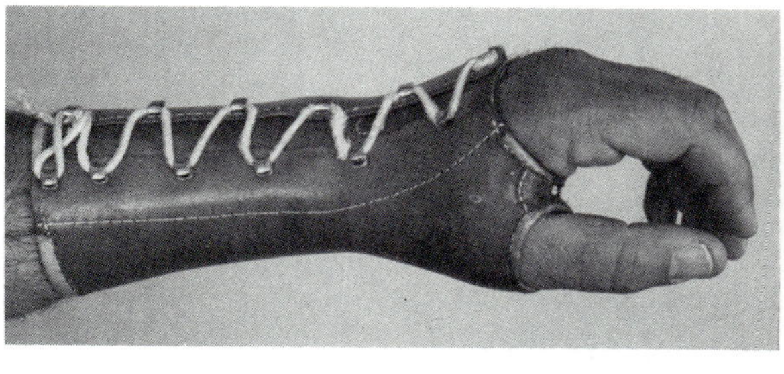

Abb. 354. Eine *Handgelenksmanschette* zur Ruhigstellung des Handgelenkes erlaubt einen weitgehend schmerzfreien Gebrauch der Hand und kann somit die Arbeitsfähigkeit erhalten bei schmerzhaften Zuständen des Handgelenkes wie Navikularepseudarthrose, Arthrose, Tendovaginitis. Die Finger müssen frei beweglich sein.

Die einzige *dauerhafte Behandlung* ist die *Arthrodese* des Handgelenkes. Bei ernsthafter Behinderung und Invalidität ist sie angezeigt. Der Verlust der Beweglichkeit des Handgelenkes beeinträchtigt die Funktion der Hand nicht allzu sehr und wird mehr als aufgewogen durch den Gewinn an Stabilität und Kraft, sowie vor allem durch die Schmerzfreiheit, zumal die Umwendbewegung erhalten bleibt (die Ulna wird nicht in die Arthrodese einbezogen).

Die *Stellung* muss individuell gewählt werden. Für manuelle Arbeit ist die «Funktionsstellung» des Handgelenkes am besten: Dorsalextension von 20°–30° und leichte Ulnarabduktion (das Metakarpale des Zeigefingers bildet die gerade Fortsetzung des Radius) (siehe auch Arthrodesen, I.C.4.3.2.).

Bei isolierter Arthrose einzelner Abschnitte sind evtl. *Teilarthrodesen* möglich.

6.2. Weichteile

6.2.1. *Sehnen und Sehnenscheiden*

6.2.1.1. *Hygrom*

Das sogenannte *Sehnenscheidenhygrom,* eine chronische Entzündung der Sehnenscheiden der Fingerbeuger zwischen Hohlhand und Vorderarm, ist häufig tuberkulös, oft rheumatisch. Lokale Schmerzen, Schwellung und Behinderung der Fingerbewegung sind ihre Zeichen. Die *Biopsie* klärt die Genese; Heilung bringt in hartnäckigen Fällen, bei welchen eine länger dauernde Ruhigstellung versagt hat, die *Synovektomie* der ganzen Sehnenscheide.

6.2.1.2. *Tendovaginitis crepitans und Peritenonitis* sind abakterielle, trockene, fibrinöse Entzündungen der Sehnenscheiden, und, wo solche nicht vorhanden sind, des Paratenons. Sie befallen vor allem die Sehnen an der Streckseite von Unterarm und Handgelenk, in der Regel als Folge einer Überbeanspruchung, also mechanisch entstanden und unterhalten. Schmerzen, vor allem beim Gebrauch der Hand, sind das Hauptsymptom. Bei Bewegungen der Sehne spürt man ein leises Knarren (Schneeballknirschen). Unter *Ruhigstellung* und antiphlogistischer Behandlung gehen die Beschwerden mit der Zeit zurück.

6.2.1.3. *De Quervains Tendovaginitis stenosans*

Eine *häufige Lokalisation* der Tendovaginitis ist die gemeinsame Sehnenscheide von Extensor pollicis brevis und Abductor pollicis longus über dem Processus styloides radii, als *De Quervains Tendovaginitis stenosans* bekannt. Die Bewegungen des Daumens sind schmerzhaft und lassen ein deutliches Knirschen in der Sehnenscheide über dem Processus styloides radii tasten. Dieser ist sehr druckempfindlich. Der plötzliche Zug am Daumen löst einen starken Schmerz aus (Test von Finkelstein).

Behandlung: Strikte Ruhigstellung und lokale Infiltrationen von Cortison können manchmal die Symptome zum Verschwinden bringen. In langwierigen Fällen bringt die operative Spaltung der Sehnenscheiden prompte Heilung.

Die *Tendovaginitis stenosans der Fingerbeugesehnen,* der «schnellenden Finger» ist in III.A.7.6.1.2. beschrieben.

6.2.1.4. *Ganglion*

Kleine erbs- bis kirschgrosse Knötchen auf dem Handgelenksrücken sind in der Regel mit klarer Gallerte prall gefüllte Ausstülpungen des Handgelenkes, allerdings lang gestielt und oft nicht mehr kommunizierend mit dem Gelenk. Diese Ganglien sind gelegentlich schmerzhaft. Dann können sie exzidiert werden, bilden sich aber leicht wieder. Dies versucht man zu verhindern durch die exakte Exstirpation mitsamt dem Stiel.

6.2.2. *Das Karpaltunnelsyndrom*

Beschwerden bei mechanischer Kompression des N. medianus im Karpaltunnel (siehe auch im Allgemeinen Teil, II.8.3.6.).

Dieses Leiden ist überaus verbreitet, wird aber nicht selten übersehen. Es lohnt sich nach ihm zu suchen, denn es ist leicht zu heilen.

Ziehende *Schmerzen* in Handgelenk und Hohlhand, ausstrahlend in die radialen Finger, vor allem nach längerer Handarbeit, und typischerweise *nachts,* so dass die Patienten daran erwachen, weisen auf das Karpaltunnelsyndrom hin.

Die *Diagnose* ist praktisch gesichert, wenn Sensibilitätsstörungen angegeben werden im Ausbreitungsgebiet des N. medianus, also im Daumen, in Zeige- und Mittelfinger und radialer Hälfte des Ringfingers. Eine Atrophie des Thenar ist bereits Zeichen einer fortgeschrittenen, meistens irreversiblen Leitungsstörung des Medianus. Im frühen Stadium kann die Diagnose durch die Ermittlung der Reizleitungsgeschwindigkeit erhärtet werden, was für *die Therapie* wichtig sein kann.

Therapie: Das Leiden ist so unangenehm und behindernd wie leicht und sicher zu kurieren, so dass man nicht zögern sollte, die notwendige kleine *Operation* anzuraten: Nach der *Spaltung* des *Ligamentum carpi volare* erkennt man deutlich, wie der Medianusnerv komprimiert war, oft findet man eine eigentliche Schnürfurche. Schlagartig verschwinden die Schmerzen, und die neurologischen Symptome bilden sich zurück, wenn die Kompression vorher nicht zu lange bestanden hatte.

Das Karpaltunnelsyndrom ist das *klassische Beispiel einer peripheren Nervenleitungsstörung durch Kompression* (siehe II.8.3.6.). Die *Ursache* der Kompression ist nur in der Minderzahl der Fälle klar: Sehnenscheidenentzündungen, Schwellungen bei PcP (häufig), Arthrosen des Handgelenkes usw. können das Karpaltunnel verengern. In vielen Fällen allerdings findet man kaum anatomische Veränderungen. Sicher ist eine mechanische Kompression vorhanden, denn die Spaltung des Ringes allein genügt zur Heilung.

7. Die Hand

7.1. Allgemeines

Die Hand ist das höchstdifferenzierte *Bewegungsorgan,* das überhaupt existiert. Die Ausgestaltung der Hand als vielfältiges und präzises Werkzeug gibt dem Menschen erst seine besondere Stellung innerhalb der belebten Welt. Die hohe Differenzierung der Hand als ausführendes Organ des menschlichen Willens, aber auch – nicht weniger wichtig – als überaus feines Tastorgan zur Erkennung der Umwelt, findet ihren Ausdruck in der *Repräsentation* der Hand im *Zentralnervensystem,* welche sich über grössere Hirnrindenabschnitte erstreckt als die Repräsentation des ganzen übrigen Bewegungsapparates zusammen.

Die komplizierte und *sehr variable* Funktion der einzelnen Teile der Hand und ihr Zusammenspiel haben im Bewegungsapparat keine Parallele und bilden allein schon eine Wissenschaft für sich. Es erstaunt deshalb nicht, dass sich bereits eine Subspezialität, die *Handchirurgie* entwickelt hat, welche sich ausschliesslich mit Problemen der Wiederherstellung der Funktion der Hand befasst. Andererseits ist die *orthopädische Betrachtungsweise* geeignet, bei der Beurteilung von Funktionsausfällen und bei der Suche nach Möglichkeiten zu ihrer Verbesserung Wesentliches beizutragen. *Die Orthopädie* zählt deshalb die Wiederherstellungschirurgie der Hand zu ihren Aufgaben.

Anatomische Besonderheiten: Die Hand selbst ist ein feingliedriges Greif- und Tastorgan. Die Kraft bezieht sie aus einer Muskulatur, die zur Hauptsache in den Vorderarm zurückverlagert ist. Nur die die Kraft übertragenden Sehnen finden Platz in der Hand selbst. Viele anatomische Strukturen sind *auf engem Raum* untergebracht, die straffen Gewebe erlauben bei Entzündungen nur geringe Volumenzunahme. Durch diese anatomischen Besonderheiten wird die Pathologie der Hand weitgehend bestimmt: Infektionen und Ödeme können katastrophale Wirkung haben. Nerven und Sehnen spielen eine grosse Rolle, ihre chirurgische Versorgung erheischt besondere Mikrotechniken. Wichtig ist auch eine robuste und doch hochsensible Hautdeckung.

Entsprechend der Exponierung der Hand stehen *Verletzungen und ihre Folgen* weit an der Spitze der Handschäden. Eine grosse Rolle spielen sodann *neurologische Affektionen,* motorische Lähmungen wie auch Sensibilitätsausfälle.

Pathophysiologische Besonderheiten: Das *Zusammenspiel* der einzelnen Gelenke, Muskeln und Tastbezirke ist überaus kompliziert und muss bei der Versorgung von Verletzungen und bei der Planung von wiederherstellenden Massnahmen zur Verbesserung der *Funktion der Hand als Leitidee* gelten. Für die Hand gilt in besonderem Mass, dass eine optimale Funktion *wichtiger* ist, als eine genaue anatomische Wiederherstellung.

Man wird sich daran erinnern, wie vielseitig und geschickt eine behinderte Hand spontan Ersatz- und Behelfsfunktionen findet. Auch eine verstümmelte, beschädigte Hand kann noch eine brauchbare Hand sein, vorausgesetzt dass einige *funktionelle Grundbedingungen* erfüllt sind. Es sind dies vor allem:

1. eine *schmerzfreie Stabilität*
2. eine gute *Funktionsstellung*
3. eine gute taktile *Sensibilität,* vor allem volar im Medianusgebiet.

Diese zu schaffen oder zu erhalten ist die wichtigste Aufgabe der Behandlung.

Sekundäre, auch iatrogene Schäden, wie Dystrophien, Fehlstellungen, Versteifungen, schmerzhafte Hautnarben, anästhetische Hautbezirke usw. beeinträchtigen die Funktion der Hand oft viel nachhaltiger, als die primäre Läsion. Solche sekundären Störungen können bei einem feinen Organ wie der Hand rasch und oft unbemerkt auftreten. Umso eher gilt es, sie zu kennen, zu erkennen, zu vermeiden und wenn nötig zu beheben. Die Komplikationsmöglichkeiten und ihre Vermeidung sind deshalb weiter unten ausführlich beschrieben. Das «primum nil nocere» ist für die Chirurgie der Hand besonders wichtig. Erst in zweiter Linie kann man an eine eigentliche *Wiederherstellungschirurgie* denken. Eine genaue Vorstellung von den mannigfaltigen Funktionsweisen der gesunden, wie auch der geschädigten, verstümmelten Hand ist Voraussetzung für den Erfolg. Dann aber kann schon eine unscheinbare Verbesserung der Funktion, eine Teilfunktion, für den Betroffenen eine wesentliche Hilfe sein.

Nützlich ist die Unterscheidung verschiedener *Greifformen.* In Abbildung 355 sind die wichtigsten *Griffarten* dargestellt.

Für jeden dieser Griffe sind bestimmte Bedingungen nötig, wie Beweglichkeit und Stabilität

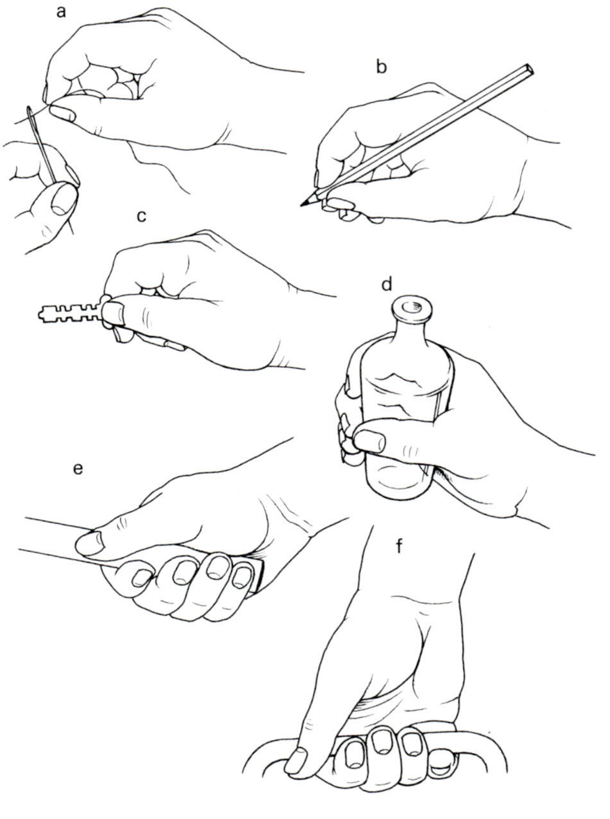

Abb. 355. *Verschiedene Griffarten.*

Alle gehen von der Funktionsstellung aus. Jede hat einen anderen Zweck. Bei Schädigungen werden sie subsidär gebraucht. Solche Ersatzfunktionen sind sehr wichtig und müssen genau beobachtet werden.

a *Feingriff,* Spitzgriff: Fingerkuppe von Daumen und Zeigefinger (evtl. anderem Finger) einander gegenüber. Präzision, Koordination, gute Zweipunktediskrimination sind hier besonders wichtig.
b *Schreibgriff:* Hier kommt zu Daumen und Zeigefinger der *Mittelfinger* als Abstützung. Eine gute Schreibhaltung entspricht ebenfalls der Funktionsstellung.
c *Schlüsselgriff,* zwischen Daumenkuppe und Zeigefinger*seite* erlaubt grössere Kraftanwendung. Auch bei wenig opponiertem Daumen möglich. Bei Sensibilitätsstörungen an den Kuppen wird dieser Griff gebraucht.
d *Kraftgriff* zwischen Fingern, Handflächen und Daumen, für grössere Gegenstände. Hand weit offen durch stärkere Abduktion des Daumens.
e *Kraftgriff,* Breitgriff, für Werkzeugstiele usw. Hier kommt vor allem die Beugekraft der Langfinger zur Wirkung. Voraussetzung ist gute Haut in der Hohlhand und gute Flexion der Langfinger. Griff auch ohne Daumen möglich.
f *Hakengriff.* Wenig differenziert. Die Langfinger wirken wie starre Haken. Eine versteifte Hand kann oft noch so gebraucht werden.

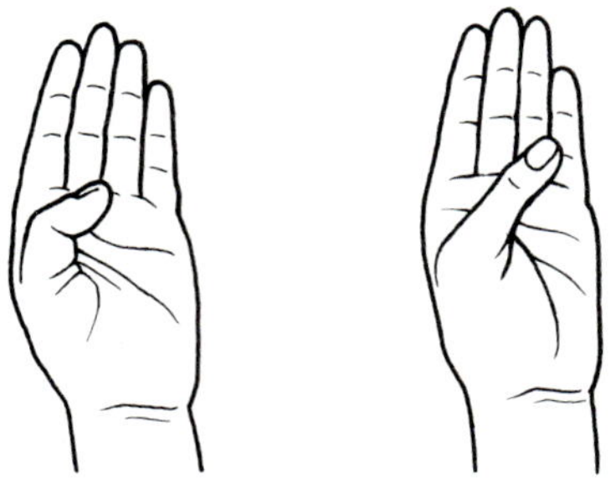

Abb. 356. Der *Daumen* ist natürlich für die Greiffunktion besonders wichtig, da er gegen die übrigen Finger gestellt werden kann.

a *Flexion* im Daumengrund- und Endgelenk genügen dazu nicht. Entscheidend ist
b die *Opposition* im Daumensattelgelenk, zwischen Metakarpale I und Multangulum maius. Die Drehung des Daumens gegen die Handfläche ist an der Stellung des Daumennagels zu erkennen.
Die *Opposition* des Daumens gehört zur Funktionsstellung der Hand und ist bei jeder Art von Ruhigstellung zu beachten.

der einzelnen Gelenke, die Muskelkraft und die Sensibilität bestimmter Hautbezirke usw.

Voraussetzung für jeden Griff ist, dass sich zwei geeignete Greifflächen (Fingerbeeren, -seitenflächen bzw. Stümpfe) *berühren* können. Diese sollten nicht schmerzhaft, jedoch sensibel sein. Der Griff sollte mit einer gewissen Kraft geschlossen und auch wieder geöffnet werden können (Abb. 356).

Griffe, auch in rudimentärer Form, zu erhalten oder wiederherzustellen, ist eines der Hauptanliegen der Handchirurgie. Der Wert solcher Griffe kann kaum hoch genug eingeschätzt werden (siehe Abb. 361).

Selbstverständlich muss auch die *Tätigkeit* des Patienten, sein *Beruf,* im Behandlungsplan berücksichtigt werden. Jede Tätigkeit erfordert eine oder mehrere Griffarten. Unter Umständen ist eine genauere Analyse des Bewegungsablaufes eines Arbeitsganges notwendig.

Im folgenden sollen einige sekundäre Störungen beschrieben werden, welche die Funktion der Hand besonders beeinträchtigen, aber bei geeigneter Prophylaxe und Therapie vermieden werden können:

7.1.1. *Infektionen an der Hand*

Jede Infektion an der Hand ist eine ernstzunehmende Sache, weil sie unversehens zu unheilbaren Schäden führen kann: Ein Panaritium, eine Sehnenscheidenentzündung, ein Wundinfekt können schwere Funktionsausfälle hinterlassen.

Das entzündliche Infiltrat und das begleitende Ödem finden wenig Platz zur Ausdehnung und bilden mit der Zeit innere Narben, Verklebungen, Schrumpfungen usw., welche die Gelenke *versteifen,* auch wenn diese nicht unmittelbar von der Infektion betroffen sind. Dazu kommt die Inaktivität und Immobilisierung wegen der *Schmerzen.* Die Infektion ist die häufigste Ursache einer Sudeckschen Dystrophie der Hand (siehe unten). Wenn sich eine Infektion an der Hand einmal eingenistet hat, so ist sie sehr schwer wieder zu eliminieren, und oft nur unter Hinterlassung schwerer dauernder Schäden.

Die *Schwere einer Infektion frühzeitig zu erkennen* und die entsprechend *radikalen Massnahmen* (grosszügige Inzisionen; bei Verletzungen ausreichende Exzision, offene Behandlung, evtl. unter Opferung funktioneller Elemente, evtl. Teilamputationen), verbunden mit peinlicher Ruhigstellung, bieten die einzige Möglichkeit, schwerere Komplikationen zu vermeiden.

Prophylaxe: Die gute *Versorgung einer frischen Handverletzung* und die richtige Planung einer Wiederherstellungsoperation an der Hand ist die beste Infektionsprophylaxe. Je *einfacher der Eingriff* ist, je weniger schlecht durchblutetes, gequetschtes Gewebe verbleibt, je geringer das postoperative Ödem ist, desto weniger kann eine Infektion entstehen.

Für die *Versorgung von Sehnen und Nerven* gilt auch heute noch, dass sie nur bei besten Verhältnissen primär genäht werden sollen, d.h. bei sauberen, glatten Verletzungen, guten Operationsbedingungen (Asepsis, Material, Instrumentation, atraumatische Technik usw.) und spezieller handchirurgischer Ausbildung des Operateurs. Auch andere wiederherstellende Massnahmen werden besser zurückgestellt, bis ideale Bedingungen vorliegen.

Trotz vieler Berichte in Zeitschriften von guten Resultaten bei primären Sehnen- und Nervennähten hat die *sekundäre Versorgung* von *Sehnen und Nerven* unter den günstigen Verhältnissen einer Wahloperation ihre Berechtigung keineswegs verloren. Die Sekundärnaht von Nerven (etwa 4 – 8 Wochen nach der Wundheilung) hat eindeutige Vorteile (Ausmass der Resektion), aber praktisch keine Nachteile (Moberg).

Auch für die Naht der *Fingerbeugesehnen* wird das sogenannte «Niemandsland», wo diese Sehnen in ihren Sehnenscheiden liegen zwischen distaler Hohlhandfalte und Fingerendgelenk auch heute noch mit Vorteil respektiert, d.h. Beugesehnennähte in diesem Bereich werden im allgemeinen sekundär ausgeführt, da nur der handchirurgisch versierte Operateur mit primärer Naht bessere Resultate erwarten darf. Ausgedehnte Narbenbildung und Verklebung zerstören das Gleitlager der Sehne und fixieren sie, der Finger wird steif.

7.1.2. *Sudecksche Dystrophie*

An kaum einem anderen Organ wirkt sich die Sudecksche Dystrophie so schlimm aus wie an der Hand. Ein schwerer Sudeck kann eine Hand nahezu unbrauchbar machen, durch Schmerzen, Steifigkeit und Fehlstellung (vgl. Schulter-Hand-Syndrom, III.A.1.5.; Sudeck allgemein, siehe II.15.2.6.).

Mehr als andere Gelenke neigen die *Fingergelenke* bei längerer Immobilisation rasch zur Versteifung, besonders aber bei *Fixation in Streckstellung.* (Diese ist bei Erwachsenen immer zu vermeiden.) Die frustrierenden Mobilisationsversuche können dann ihrerseits zum Sudeck führen.

Indessen ist nach Verletzungen und Operationen an der Hand eine temporäre Ruhigstellung fast immer notwendig, sonst treten stärkere Schmerzen und Schwellungen auf, welche wiederum rasch zu *Versteifung und Dystrophie* führen können. So kann eine Sudecksche Dystrophie

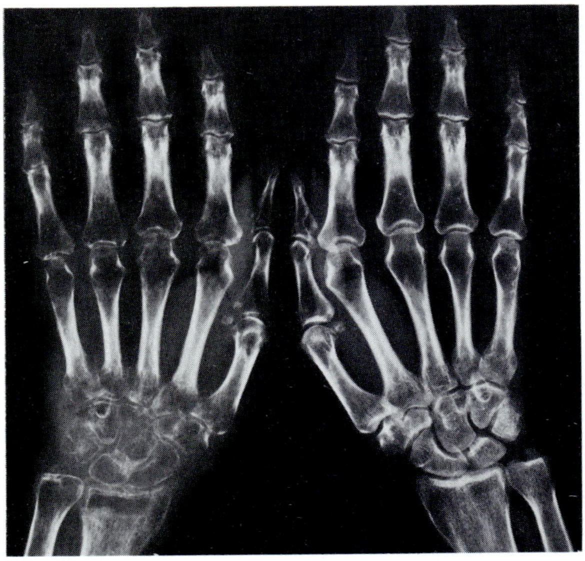

Abb. 357. *Sudecksche Dystrophie* der linken Hand eines 50jährigen Mannes, im Anschluss an eine Weichteilverletzung. Die massive fleckige Osteoporose ist eindrücklich, doch stehen die *klinischen* Symptome der Dystrophie: Ödem, Versteifung und Schmerzen, im Vordergrund. Eine solche Hand ist während Monaten, sogar Jahren, praktisch unbrauchbar und kann den Patienten weitgehend invalide machen. Die normale rechte Hand daneben zum Vergleich.

entstehen sowohl infolge unzweckmässiger Fixation der Finger als infolge vernachlässigter Ruhigstellung der Hand (z.B. nach gewöhnlicher Radiusfraktur). In beiden Fällen kann die Gebrauchsfähigkeit der Hand schwer und definitiv beeinträchtigt werden (Abb. 357).

Wichtig ist es, den *Circulus vitiosus:* Schmerzen → Untätigkeit → Ödem → Versteifung → Schmerzen schon zu Beginn zu unterbrechen. Dies geschieht zweckmässigerweise mit einer guten Fixierung des Handgelenkes bis zu den Metakarpalia, wenn möglich *ohne* Fingergrundgelenke, oder mit diesen in Beugestellung, mit der *Hochlagerung* der Hand und dem regelmässigen Bewegungstraining des *Armes* sowie – wo möglich – der *Fingergelenke.*

Verbände müssen dorsal bis über die Fingerknöchel reichen, damit keine Schwellung des Handrückens auftritt.

7.1.3. *Steife Finger*

Ein einzelner steifer Finger ist meistens für die Hand eher hinderlich als nützlich: Wenn er in Beugestellung versteift ist, ragt er bei flacher Hand in die Handfläche hinein und stört zum Beispiel beim Tragen eines Gegenstandes auf dem Handteller oder beim Ablegen der Hand flach auf die Unterlage. Ist ein Finger in Streckstellung versteift, so stösst er ständig irgendwo an und stört erheblich beim Faustschluss. Oft ist ein kürzerer, teilamputierter Finger besser als ein steifer. Dies gilt z.B. für die fortgeschrittene Dupuytrensche Kontraktur, für Beugesehnenverletzungen sowie andere schwere Fingerverletzungen.

Sind mehrere Finger steif, so sollte wenigstens eine *Greiffunktion* erhalten bleiben. Die Versteifung der Metakarpo-Phalangeal-Gelenke in Streckstellung ist funktionell besonders ungünstig, weil damit jede Greiffunktion verunmöglicht wird. Aber auch zu stark eingekrallte Interphalangealgelenke sind sehr hinderlich. Wichtig ist deshalb bei jeder Ruhigstellung *die Funktionsstellung* von Hand und Fingern: Bei leicht dorsalflektiertem Handgelenk liegen Unterarm und die leicht zur Faust gebeugten Finger auf der Unterlage auf. Die Fingerbeeren der Langfinger berühren die Daumenkuppe. Auch bei ziemlich steifen Fingern ist aus dieser Stellung heraus noch eine Greiffunktion möglich (siehe II.12.2.5.1. und I.C.3.1.2.) (Abb. 358).

Bei jeder Fingerfixation, vor allem nach Fingerfrakturen, ist die *Beugestellung der Fingergrundgelenke* wesentlich.

Erstens wird so die Schrumpfung der Kollateralbänder an den Fingergrundgelenken verhindert, was eine Versteifung zur Folge hätte (vgl. I.A.6.2.3.2., Abb. 359), zweitens kann die Rotationsstellung richtig erhalten werden und drittens sind die Finger in dieser Stellung am besten funktionstüchtig (Funktionsstellung) (Abb. 127).

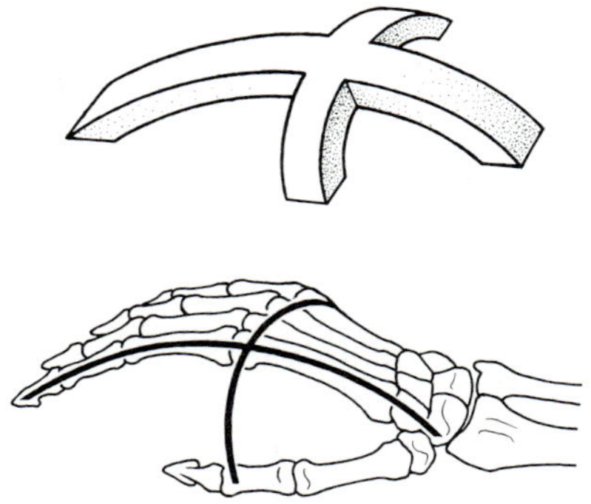

Abb. 358. *Die Funktionsstellung der Hand.*

Die verschiedenen Griffarten gehen alle von der *Funktionsstellung der Hand* aus. Architektonisch gesehen ist sie eine *Gewölbekonstruktion* mit doppelter Funktion: 1. einen variablen *Hohlraum* zu bilden, der gestattet, grössere oder kleinere Gegenstände zu umgreifen, und 2. *Stabilität* für einen kräftigen Griff zu geben.

Anatomisch sind es ein *Längs-* und ein *Quergewölbe.* Sie kreuzen sich am *Scheitelpunkt,* dem Metakarpaleköpfchen II und III, welche ziemlich starr miteinander verbunden sind, während die Mittelhandknochen von IV und V beweglich sind. Dieses Gewölbekreuz ist für die Funktion der Hand von zentraler Bedeutung. Knickt das Gewölbe ein, wie etwa bei einer Polyarthritis, nach einer Verletzung oder einer Ulnarislähmung (Abb. 365c), wird die Hand weitgehend unbrauchbar.

Die Skeletthand ist hier zu flach gezeichnet: Bei einer guten Funktionsstellung, wie sie etwa zur Ruhigstellung der Hand anzustreben ist, berühren sich Fingerkuppe und Daumen (vgl. Abb. 355a).

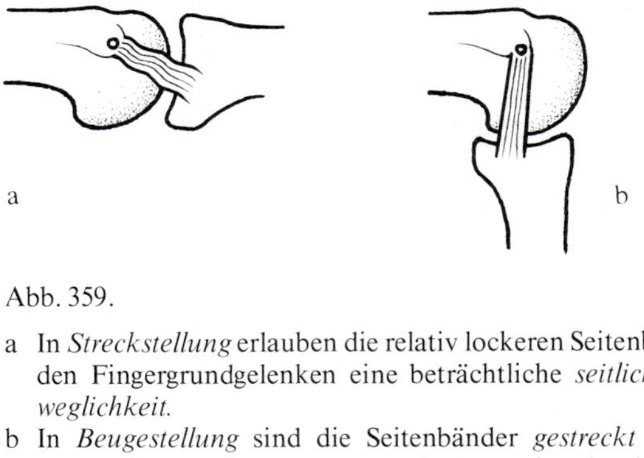

Abb. 359.

a In *Streckstellung* erlauben die relativ lockeren Seitenbänder den Fingergrundgelenken eine beträchtliche *seitliche Beweglichkeit.*

b In *Beugestellung* sind die Seitenbänder *gestreckt* wegen ihres längeren Weges. So wird die Hand für eine kräftige *Greiffunktion stabilisiert.*

Wenn Fingergrundgelenke ruhiggestellt werden müssen, sollte das wenn möglich in *Flexionsstellung* geschehen, denn in Streckstellung können die Bänder schrumpfen und *sich verkürzen,* das Gelenk versteift in Streckstellung, der funktionell ungünstigsten Stellung.

Die Nachbehandlung ist nirgends so wichtig wie bei Handverletzungen und -operationen. *Aktive Flexion gegen Widerstand* (Gummiball, Silikon, Holzgriff mit Gummizug usw.) ist die Therapie der Wahl. Jede passive Manipulation ist schädlich, hingegen können kleine Quengelschienen, die einen leichten Dauerdruck ausüben, nützlich sein (Knuckle-bender nach Bunnell).

7.1.4. *Schmerzhafte Narben*

Wenn beim Versuch, kräftig zuzugreifen, Schmerzen an der Greiffläche entstehen wegen empfindlicher Haut, wird die Hand automatisch nur noch zögernd oder gar nicht mehr gebraucht. Dünne ungepolsterte Narben an den Fingerbeeren, an der Fingerinnenseite und an der Handfläche sind sehr empfindlich. Sekundärheilungen sind deshalb hier besonders ungünstig. Auch dünne (Thiersch-)Lappen sind ungenügend. Bei Fingerverletzungen ist es gelegentlich besser, etwas mehr zu amputieren, als einen Finger mit einer empfindlichen Hautnarbe zu erhalten.

Besonders stark stören Narben, welche in der *Längsrichtung* über Finger- oder Handbeugefalten verlaufen. Fast immer bleibt eine schmerzhafte Narbenkontraktur. Bei der *Schnittführung* im Handbereich wird deshalb das *senkrechte Überqueren der Beugefalten vermieden.*

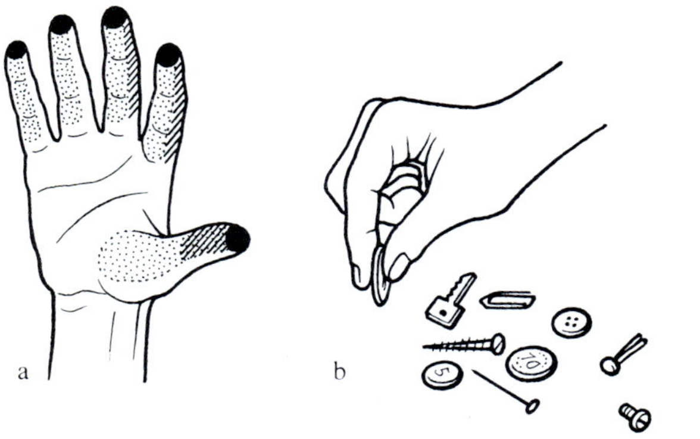

Abb. 360. *Die Hand als Sinnesorgan.*

Die Fingerspitzen haben «Augen» (a). Der Tastsinn ist für das tägliche Leben ausserordentlich hilfreich. Das merkt man erst, wenn er fehlt. Die für das «Fingerspitzengefühl» (taktile Gnosis) besonders wichtigen Hautzonen sind schwarz gezeichnet. Die schräg schraffierten Seitenflächen der Finger und des Daumens kommen bei dem häufig gebrauchten seitlichen Fingergriff (Schlüsselgriff) in Kontakt (siehe Abb. 355). Im weiteren sind auch die punktierten Hautbezirke für die taktile Funktion von Bedeutung, etwa beim Breitgriff.

b) Die *Aufleseprobe* nach MOBERG ist eine sehr gute Methode zur Prüfung der taktilen Gnosis: Der Patient hat die Aufgabe, eine Anzahl kleiner Gegenstände in eine Schachtel zu sammeln, einmal mit offenen, dann mit geschlossenen Augen. Geschwindigkeit und Geschicklichkeit, womit diese Aufgabe gelöst wird, sind unmittelbar abhängig von der taktilen Gnosis. Der Proband braucht dabei nur die sensiblen Fingerpartien.

7.1.5. *Gefühllose Finger*

Ein Finger, der seine Sensibilität verloren hat, ist nicht nur praktisch wertlos, sondern hinderlich. Auch wenn er beweglich und kräftig ist, wird er nie gebraucht und kommt den andern Fingern bei der Arbeit nur in die Quere. Zudem wird er sehr leicht verletzt. Wenn noch andere gebrauchstüchtige Finger vorhanden sind, ist es deshalb meist besser, ihn zu amputieren. Für die Beurteilung der Funktion einer beschädigten Hand und die Möglichkeiten von Ersatzfunktionen und wiederherstellenden Operationen ist die Sensibilität der Greifflächen, vor allem die taktile Gnosis (das Fingerspitzengefühl) ausschlaggebend (siehe Verletzungen peripherer Nerven, II.8.3. und Abb. 360).

In seltenen Fällen kann es gerechtfertigt sein, mit einem gestielten Haut-Nerventransplantat eine sensible Insel an der Fingerkuppe zu erhalten. Gelegentlich ist es möglich, aus sensiblen Fingern oder Fingerteilen durch Umstellung einen Griff herzustellen.

7.1.6. *Die verstümmelte Hand*

Es ist erstaunlich, was ein Mensch mit einer verstümmelten Hand oft noch zu leisten vermag, wenn Sensibilität und eine gewisse Kraft erhalten sind und der Gebrauch nicht schmerzt. So können kurze Fingerstummel, auch wenn nur noch die Basis der Grundphalanx vorhanden ist, überaus nützlich sein. Ersatzfunktionen entsprechend den verschiedenen Griffarten erlauben manchmal erstaunliche Fertigkeiten und Leistungen. Diese Tatsachen dürfen nicht vergessen werden, wenn die Versorgung einer frischen, schweren Handverletzung oder die «Wiederherstellung» einer durch Krankheit oder Trauma geschädigten Hand geplant werden soll (Abb. 361).

Ein erfahrener Handchirurg wird in ausgewählten Fällen mittels mehr oder weniger komplizierter Verfahren gewisse Verbesserungen der Funktion erzielen können. Im allgemeinen aber wird man bestrebt sein, bei der operativen Versorgung *möglichst einfache* Verhältnisse zu schaffen, auf komplizierte Rettungs- und Wiederherstellungsversuche zu verzichten, zugunsten einer raschen und sicheren Heilung, welche eine sofortige Re-

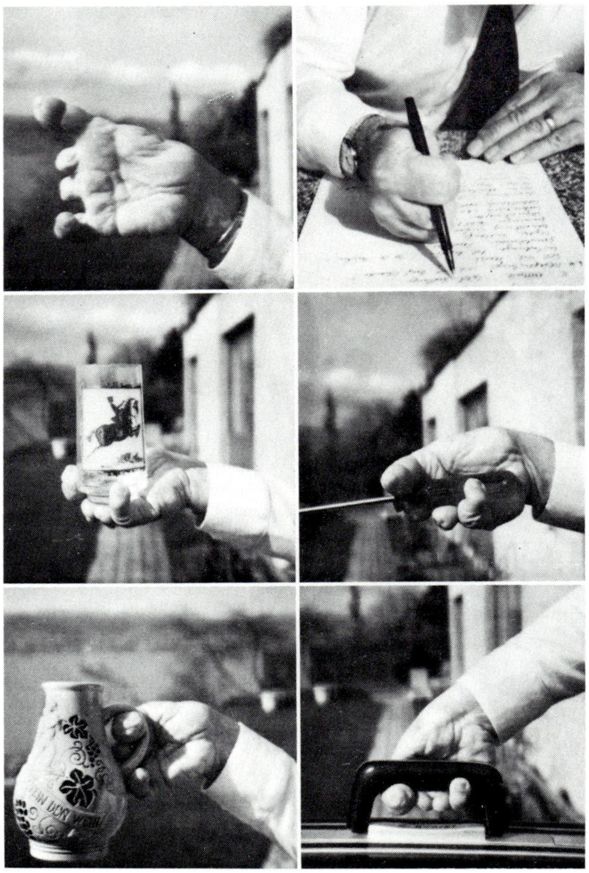

Abb. 361. *Funktion einer verstümmelten Hand.*

Verletzung der rechten Hand durch eine Explosion im Alter von 14 Jahren. a) Was von der Hand geblieben ist: Der Daumen fehlt gänzlich, von Zeige- und Kleinfinger sind etwas längere, von Mittel- und Ringfinger nur ganz kurze Stümpfe erhalten. Gute Hautdeckung und Sensibilität. Der Mann hat in Kürze die Hand wieder so brauchen gelernt, dass er praktisch nicht behindert ist: b) Schreiben. c) Halten eines grossen Gegenstandes in der hohlen Hand. d) Halten eines Werkzeuggriffes, e) eines Henkelkruges und f) eines Koffergriffes.

habilitation ermöglicht. So wird man die zahlreichen möglichen Komplikationen und Schwierigkeiten, welche den Erfolg in Frage stellen, am besten vermeiden.

7.2. Kongenitale Deformitäten

Die Ausreifung der Extremitätenknospen und die Differenzierung von Hand und Fingern im Verlaufe der Embryonalentwicklung ist ein sehr komplizierter und für Störungen anfälliger Vorgang (siehe auch Kongenitale Störungen, II.1.). Entscheidend sind die ersten zwei Lebensmonate des Embryo.

Missbildungen können die verschiedensten Formen annehmen: Plus- und Minusvarianten mit zuviel (Polydaktylie) oder zuwenig Fingern, mit Skelettvarianten, mit Deformitäten (Klumphand, Spalthand, Kamptodaktylie = Kontraktur des Kleinfingers im Mittelgelenk, Klinodyktylie = radiale Fingerabweichung, usw.), mit Verwachsungen einzelner Finger (Syndaktylie) und anderen Missbildungen (siehe Abb. 170).

Eine *Therapie* ist in vielen Fällen weder nötig noch möglich. Im übrigen richtet die Behandlung sich nach der Funktionsstörung und evtl. nach kosmetischen Gesichtspunkten. Die entsprechenden Operationen sind zum grössten Teil Spezialverfahren der handchirurgischen Technik.

Wichtig ist es, den richtigen Zeitpunkt für eine Operation zu wählen: Amputationen überzähliger Finger können früh gemacht werden, schwierigere Wiederherstellungsoperationen werden wohl besser verschoben, bis die Grössenverhältnisse und die Differenzierung der Strukturen gute Übersicht und einwandfreie technische Ausführung erlauben.

7.3. Infektionen

7.3.1.1. *Panaritium*

Häufigste Fingerinfektion, meist durch Staphylokokken verursachte eitrige Einschmelzung im subkutanen Gewebe der Fingerbeere. Bleibt wegen des straffen, mit Septen durchsetzten Fettpolsters lokalisiert und führt zu einer kleinen Fettgewebsnekrose. Diese Stelle ist sehr druckempfindlich und kann mit einer Sonde genau lokalisiert werden, was für die Inzision wichtig ist. Verschleppte Panaritien können ins Gelenk einbrechen (Panaritium articulare, eitrige Arthritis), in den Knochen (Panaritium ossale, Fingerosteomyelitis), oder in die Sehnenscheide der Beugesehnen (Sehnenscheidenphlegmone). Schwere Schäden können daraus entstehen. Die frühzeitige *adäquate Behandlung* eines Panaritium ist deshalb sehr wichtig:

1. Antibiotika helfen nur in der allerersten Phase.
2. Absolute Ruhigstellung (Vorderarm-Handschiene) und Hochlagerung.
3. Chirurgische Exzision des Herdes, der Nekrose (Blutleere!) und Anlegen eines kleinen Hautfensters zum Abfluss ist besser als ein Drain im Finger. Die Inzision soll lateral, ziemlich dicht unterhalb des Nagelbettes angelegt werden.

7.3.1.2. *Paronychie (Nagelfalzinfektion)*

Meistens lateral beginnend im Falz unter dem Nagel mit Schmerzen und Rötung. Manchmal kann im Anfangsstadium die Infektion durch Handbäder, Ruhigstellung usw. zum Abklingen gebracht werden, manchmal entleert sich ein kleiner Tropfen Eiter.

In fortgeschrittenen Fällen ist eine kleine Inzision, evtl. die Entfernung eines Teils des Nagels notwendig, das Nagelbett selbst darf nicht zerstört werden, weil sonst der Nagel verkrüppelt wächst. (Schnitt vom Nagelfalz weg, nicht parallel dazu!) (Abb. 362.)

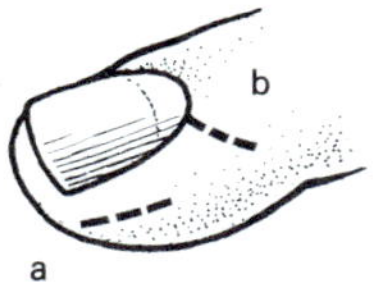

Abb. 362. *Schnittführung bei Fingerinfektionen.*

a Inzision bei *Panaritium:* Genau seitlich, längs. So werden Nerven, Gefässe und Nagel am besten geschont, und es gibt keine störende Narbe.

b Inzision bei *Paronychie: Senkrecht* vom Nagelfalz *weg.* So wird das Nagelbett nicht beschädigt. Der Nagel wächst normal weiter.

7.3.1.3. *Schwielenabszess*

Ausgehend von einer infizierten Hohlhandschwiele, breitet sich in den Hohlhandsepten aus. Chirurgische Drainage nötig.

7.3.1.4. *Sehnenscheidenphlegmone*

An der Druckdolenz im Verlaufe der *Beugesehnenscheiden* und der Bewegungshemmung erkennbar. Vor allem die sogenannte V-Phlegmone ist gefürchtet (gemeinsame Sehnenscheide von Daumen und Kleinfinger). Die Behandlung sollte stationär erfolgen.

7.3.1.5. *Osteomyelitis der Finger*

Meist fortgeleitet von Panaritien oder infizierten Verletzungen. Nicht selten ist die Amputation des betroffenen Fingers notwendig.

7.4. Arthritis und Arthrose an der Hand

7.4.1. *PcP.-Arthritis*

Die progressive chronische Polyarthritis der Hand ist ein komplexes Problem über welches Bücher geschrieben wurden (z. B. A. Flatt: «Surgery of the Rheumatoid Hand»). Die Krankheit befällt mit Vorliebe die Hand- und Fingergelenke (Allgemeines, siehe II.10.). Im Anfangsstadium stehen schmerzhafte Schwellungen der Fingergelenke im Vordergrund. Die chronischen Gelenksergüsse und Wucherungen der Synovialmembran zerstören die Gelenke mit der Zeit, wie werden instabil. Daraus resultieren mannigfaltige *Fehlstellungen* (Ulnardeviation, Flexions- und Extensionskontrakturen), welche groteske Formen annehmen und die Hand vollständig verkrüppeln können. Schädigungen des Fingerstrecksehnenapparates und der Handbinnenmuskulatur verstärken die Deformitäten und führen zu typischen Fehlstellungen (Knopflochdeformität bei Riss der Strecksehnenhaube über dem proximalen Interphalangealgelenk, Schwanenhalsdeformität bei Kontraktur der kleinen Handmuskeln und Ruptur der langen Fingerstrecksehnen usw.). Luxationen und Subluxationen von Fingergelenken sind sehr häufig (siehe Abb. 257 und 258).

Behandlung: Neben der allgemeinen medikamentösen Behandlung kommt den *handchirurgischen* Massnahmen besondere Bedeutung zu (siehe: Die Chirurgie der polyarthritischen Hand, II.10.1.4.).

Im *Anfangsstadium* geht es darum, die Gelenke zu retten (Frühsynovektomie), *später* darum, Fehlstellungen wenn möglich zu beseitigen (Plastiken, Weichteilkorrekturen, Arthrodesen), und verlorene Stabilität infolge Bandüberdehnung, Gelenkdefekt, Subluxation und Luxation in Fingergelenken zurückzugewinnen (Plastiken, Prothesen, Arthrodesen).

Der handchirurgisch erfahrene Orthopäde wird solche Massnahmen in Zusammenarbeit mit dem Rheumatologen planen und ausführen. Eine genaue Beurteilung der Teilfunktionen der Hand und ihres Zusammenspieles sind wesentlich. Wenn man sich mit einem kosmetisch guten Resultat zufrieden geben will, ist das Problem einfacher.

7.4.2. *Arthrosen*

Arthrosen kommen praktisch nur am *Daumensattelgelenk («Rhizarthrose»)* vor. Manchmal ist eine alte *Bennettsche Fraktur* (Luxationsfraktur an der Basis des Metakarpale I) die Ursache. Häufiger tritt jedoch die Rhizarthrose bei älteren Frauen ohne erkennbare Ursache auf. Schmerzen, Kraftlosigkeit und umschriebene Druckdolenz sind ihre Zeichen (Abb. 363).

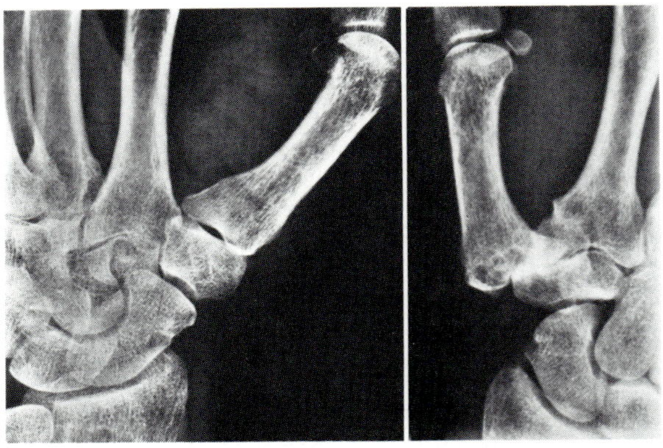

Abb. 363. *«Rhizarthrose»:* Arthrose des Daumensattelgelenkes rechts bei einer 65jährigen Frau. Links ist der Befund normal.

Therapie: Wenn die Beschwerden nicht mit Ruhigstellung (Manschette) und Schonung verschwinden, so muss zwischen zwei Operationen die Wahl getroffen werden:

- Ist Stabilität und Kraft für die Arbeit des Betroffenen besonders wichtig, so kommt die *Arthrodese* in Frage.
- Ist Beweglichkeit wichtiger als Kraft, so kann das Multangulum maius *reseziert* werden. Bei dieser Operation ist die Heilungszeit kürzer.

Beide Verfahren geben gute Resultate, ein prothetischer Ersatz ist nicht nötig.

An den *Langfingern* kommen praktisch keine Arthrosen vor, die sogenannten «Heberdenschen Knötchen» an den Fingerendgelenken sind Zeichen einer generalisierten Arthrose und haben kaum klinische Bedeutung.

7.5. Handlähmungen

7.5.1. *Poliomyelitische Lähmungen*

(siehe auch Poliomyelitis, II.8.1.)

Diese rein motorischen Lähmungen sind selten geworden. Sie werden hier aber erwähnt, weil – im Gegensatz zu spastischen oder sensiblen Lähmungen – eine *gezielte Wiederherstellungschirurgie* bei günstigen Voraussetzungen gute Chancen hat. Bei Teillähmungen sind Sehnentransplantationen und Arthrodesen, evtl. in Kombination, möglich. Nach einer *Handgelenksarthrodese* können Handbeuge- und Strecksehnen für die Finger gewonnen werden. Beuger können auf die Streckseite verpflanzt werden und umgekehrt, und nach kurzer Zeit lernt der Gelähmte, die neue Beweglichkeit anzuwenden. Eine genaue Analyse der vorhandenen Muskelkraft von Fingern, Hand und Arm ergibt die Voraussetzung für einen sinnvollen Operationsplan. Grundlage ist eine gute Funktionsstellung der Hand und Stabilität der Gelenke. Mit Schienen (Beugequengelschienen nach Bunnell) bzw. Arthrodesen an einzelnen Gelenken (Handgelenk, Daumensattelgelenk für Opposition) sind diese Vorbedingungen allenfalls erst zu schaffen.

7.5.2. *Spastische Handlähmungen*

Die therapeutischen Möglichkeiten bei spastischen Handlähmungen (C.P. und v.a. Hemiplegie, siehe auch II.8.2.) sind ungleich schlechter als bei schlaffen Lähmungen. Mangelnde Kontrolle über die Bewegung, Langsamkeit, aber auch ungenügende Sensibilität machen den Gebrauch der Hand für den Patienten mühsam und lästig. Er wird, wenn er eine gesunde Hand hat, ausschliesslich diese benützen. Heilgymnastische Bemühungen sind sicher wertvoll, haben aber ihre engen Grenzen, ebenso Operationen. Die Behandlung ist ohnehin Sache von speziellen Zentren für zerebrale Bewegungsstörungen mit entsprechend ausgebildetem Personal.

Bei schweren Hemiplegien, auch bei Kindern, ist die gelähmte Hand praktisch wertlos. Man muss sich damit begnügen, evtl. schmerzhafte Kontrakturen zu beseitigen.

7.5.3. *Periphere Lähmungen*

Die *Diagnostik* dieser Lähmung erfolgt nach neurologischen Prinzipien. Die *Behandlung* ist hauptsächlich chirurgisch und orthopädisch (Allgemeines siehe Neurologische Affektionen, II.8.3.).

Solange begründete Hoffnung besteht auf eine Reinnervation ist die wichtigste Aufgabe das *Verhindern von Kontrakturen* durch den Muskelzug der nicht gelähmten Antagonisten. Dazu sind Schienen notwendig, evtl. tägliches passives Durchbewegen der bedrohten Gelenke (siehe auch II.8.1.4.1.). Bei dauernder Lähmung kommen evtl. Sehnentransplantationen in Frage. Ein Sensibilitätsverlust ist vor allem im Medianusbereich ungünstig.

7.5.3.1. *Radialislähmung «Fallhand»*

Ursachen siehe III.A.3.1.3. (Abb. 365a).

Die Hand kann zum Greifen nicht geöffnet werden und der Faustschluss ist ungenügend, weil zur Kraftentfaltung die Stabilisierung des Handgelenkes in Dorsalextension nötig ist. Zur Ver-

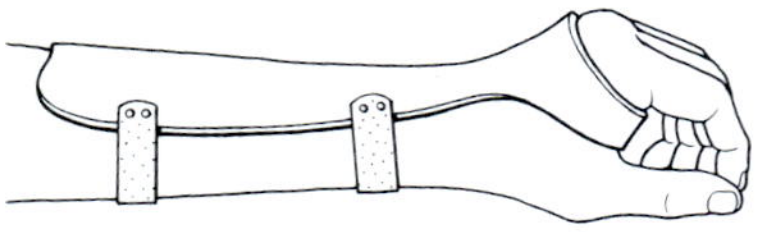

Abb. 364. Einfache *Radialisschiene* aus Kunststoff zur Stabilisierung des Handgelenkes in Dorsalextension. Nur aus dieser Stellung heraus haben die Finger genügend Kraft.

meidung von Kontrakturen werden Schienen gebraucht: Radialisschiene, siehe II.8.1.3.1. und I.C.3.7.2.3. (Abb. 364).

Für irreversible Lähmungen ist die Sehnentransplantation nach *Perthes* bzw. ihre Varianten (Verpflanzung der Handbeuger auf die Fingerstrecker) eine gute Wiederherstellungsmassnahme, evtl. kombiniert mit einer Handgelenksarthrodese.

7.5.3.2. *Medianuslähmung* (siehe Abb. 365b)

Die *fehlende Opposition des Daumens* kann *operativ* auf verschiedene Arten (Arthrodesen, Sehnentransplantationen) wieder hergestellt werden. *Schlimmer* ist allerdings der *Ausfall* der für die Hand *wichtigsten Sensibilität.* Ein Feingriff ist nicht mehr möglich, der Gebrauchswert der Hand

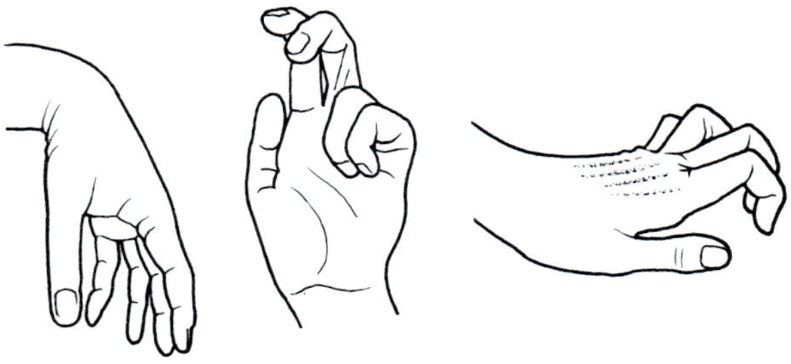

Abb. 365. *Drei Handlähmungen.*

a *Radialislähmung:* «Fallhand». Die Finger können nicht mehr gestreckt werden, die Hand kann also nicht geöffnet werden, um grössere Dinge zu ergreifen. Stärker noch ist die Behinderung durch die fehlende Stabilisierung des Handgelenkes in Dorsalextension. Dem Faustschluss mangelt daher die Kraft.

b *Medianuslähmung:* «Schwurhand». Die Flexion von Daumen, Zeigefinger und Mittelfinger ist geschwächt. Schlimmer wirkt sich jedoch der Sensibilitätsverlust dieser drei Finger aus. Dadurch wird die Hand «dumm» und oft fast unbrauchbar.

c *Ulnarislähmung:* «Krallenhand». Die normale Handwölbung erscheint gebrochen. Diese Stellung ist das Gegenteil einer guten Funktionsstellung. Die Greiffähigkeit ist stark behindert.

ist auf einen kleinen Teil des ursprünglichen reduziert (Gutachten!). Dazu kommen oft noch trophische Störungen und Schmerzzustände. Evtl. können gestielte Haut-Nerventransplantate (mit Sensibilität), auf einzelne Fingerkuppen verpflanzt, die Funktion etwas verbessern. Eine befriedigende Behandlung ist jedoch kaum möglich. Umso wichtiger ist die zweckmässige Versorgung von frischen Verletzungen (sekundäre Nervennaht bzw. -transplantation unter idealen Verhältnissen, siehe II.8.3.3.1.).

An eine sehr häufige Ursache der nicht traumatischen, partiellen Medianuslähmung muss immer gedacht werden: an das Karpaltunnelsyndrom (siehe III.A.6.2.2.).

7.5.3.3. *Ulnarislähmung* (siehe Abb. 365c)

Häufig; entsteht oft langsam durch Irritation (Druck) des Nerven im Sulcus nervi ulnaris am Ellbogen (siehe III.A.4.4.2.). Manchmal hilft eine *operative Verlagerung* des Nervus ulnaris am Ellbogen nach ventral, sofern die Lähmung nicht schon zu weit fortgeschritten ist.

Weil die Lähmung sich nur langsam im Verlaufe von Monaten und Jahren entwickelt, ohne auffällige Symptome, ist die Atrophie der vom Ulnaris innervierten Muskulatur oft schon erheblich, ehe die Lähmung entdeckt wird. In diesem Stadium ist eine Restitution kaum mehr möglich.

Durch den Ausfall der Handbinnenmuskulatur (intrinsic muscles, v. a. Mm. interossei und adductor pollicis brevis) geraten die Fingergrundgelenke in Streckstellung, während die Interphalangealgelenke durch den Zug der langen Fingerbeuger stark flektiert werden, das Gegenteil einer guten Funktionsstellung.

Bei lange dauernden Lähmungen wird die Greiffunktion stark beeinträchtigt durch die Krallenstellung der Finger, so dass sich in schweren Fällen die Nägel von Daumen und Langfinger berühren statt die Fingerbeeren.

Mit kleinen Quengelschienen (Bunnell) (siehe I.C.3.7.2.3. und II.8.3.5.), muss vor allem die Streckstellung der Fingergrundgelenke bekämpft werden. Die operativen Möglichkeiten sind beschränkt. Die Sensibilität in den für die Greiffunktionen wichtigen Gebieten ist erhalten. Wegen der gestörten Greiffunktion aber ist der Gebrauchswert der Hand in schweren Fällen doch stark vermindert (Gutachten!) (Abb. 153).

7.6. Weichteilaffektionen

7.6.1.1. *Die Dupuytrensche Kontraktur*

Ein überaus häufiges Leiden, das fast immer Männer über 40 Jahre befällt. Über seine Ursache existieren bisher nur Vermutungen. Möglicherweise spielt Vererbung eine Rolle. Die *Pathologie* hingegen ist gut bekannt: eine langsam fortschreitende hypertrophische Schrumpfung der Hohlhandfaszie, meistens im Bereiche des Ringfingers, beginnend auf der Höhe der distalen Querfalte und nach distal auf den Finger übergreifend. Oft ist auch der Kleinfinger beteiligt. Nach Jahren kann die Kontraktur so stark sein, dass die Fingerbeere die Hohlhand berührt. Die Greiffunktion ist dann natürlich stark beeinträchtigt.

Die *Therapie* besteht in der peinlich genauen restlosen Resektion der veränderten Palmaraponeurose unter Schonung der wichtigen Strukturen (Haut, Sehnenscheiden, Nerven, Gefässe). Die Operation ist technisch nicht ganz einfach (Haut, Schnittführung, Gefahr von Hämatom und Hautnekrosen). Bei schweren Kontrakturen sind auch die Fingergelenke selbst beteiligt. Dann kann eine Fingeramputation notwendig werden (Abb. 366).

7.6.1.2. *Tendovaginitis stenosans* (Schnellender Finger)

Wenn der Patient Schmerzen auf der Beugeseite eines Fingers, vor allem des Ringfingers oder Daumens, verbunden mit zeitweiligen Beuge-und Streckhemmungen angibt, wird man nach dem Phänomen der *schnellenden Sehne* suchen. Eine Verdickung der Sehne blockiert diese im engen, unelastischen Teil der Sehnenscheide, knapp hinter den Fingergrundgelenken in der Hohlhand. Dieser Widerstand kann mit Kraft, oft auch nur passiver Bewegung, überwunden werden, wobei ein deutliches Schnellen spürbar ist.

Wenn einige wenige Kortisoninjektionen in die Sehnenscheide nicht genügen, kann in einer kleinen Operation die Sehnenscheide auf dieser Höhe längs gespalten werden, damit die Sehne wieder ungehindert gleiten kann.

Beim *Säugling* manifestiert sich eine ähnliche «Tendovaginitis stenosans» der Daumenbeugesehne als permanente *Beugekontraktur des Daumenendgliedes: «Pollex flexus»* (kongenitale Daumenkontraktur, siehe II.1.2.4.). Man muss den Zustand erkennen, denn mit der Spaltung der Sehnenscheide ist er leicht zu heilen (Abb. 367).

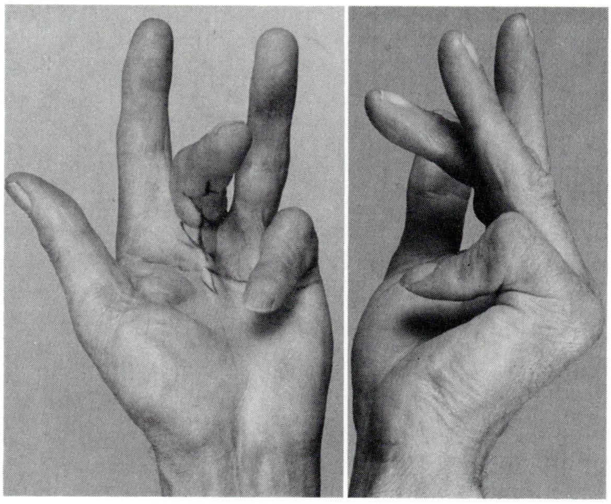

Abb. 366. *Dupuytrensche Kontraktur.* Dieser 60jährige Mann konnte seine Hand nicht weiter öffnen als wie auf diesem Bild. Kleinfinger: Endstadium der Kontraktur mit maximaler Beugung. Starke Beugung des Mittelfingers im Grund- und Mittelgelenk. Der Narbenstrang, der vom Finger volar bis in die Handfläche zieht, ist mit Tusche bezeichnet, ebenso die Schnittführung für eine mehrfache Z-Plastik der Haut. Auch der Ringfinger ist befallen, er kann bereits nicht mehr ganz gestreckt werden.

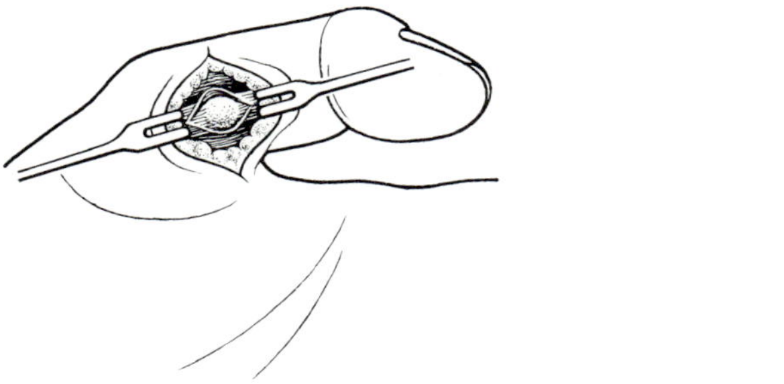

Abb. 367. Die Ursache des «schnellenden Fingers» (hier Daumen) ist eine fibröse Verdickung der langen Beugesehne, die in der Sehnenscheide auf Höhe einer Beugefalte sich verklemmt. Nach Längsspalten der Sehnenscheide kann die Sehne wieder frei gleiten. (Der Hautschnitt liegt genau quer in der Beugefalte.)

B. Wirbelsäule

Inhaltsverzeichnis zu III. Teil B

1. Pathophysiologie der Wirbelsäule

Der Wirbelsäule und ihren Krankheiten haftet in der Vorstellung von Laien wie von Ärzten etwas irrationales an (z. B. Chiropraktik). Dies lässt sich am ehesten aus der *Entwicklungsgeschichte* verstehen. Die Wirbelsäule war das erste Merkmal der «Vertebraten» und gab ihnen den Namen. Die Anatomie lässt den ursprünglichen *segmentalen Aufbau des Achsenskelettes* noch deutlich erkennen. Dieses ist phylogenetisch gesehen ein archaisches Organ und ist es in mancher Hinsicht auch geblieben.

Bei einem überaus komplizierten anatomischen Aufbau und komplexer Physiologie ist die für den Gesamtorganismus resultierende Funktion, verglichen z. B. mit der differenzierten Leistung einer Hand, recht primitiv. Manche *archaische Züge* haften denn auch der *Klinik* der Wirbelsäulenerkrankungen an, nicht zuletzt in ihren Beziehungen zur Psyche.

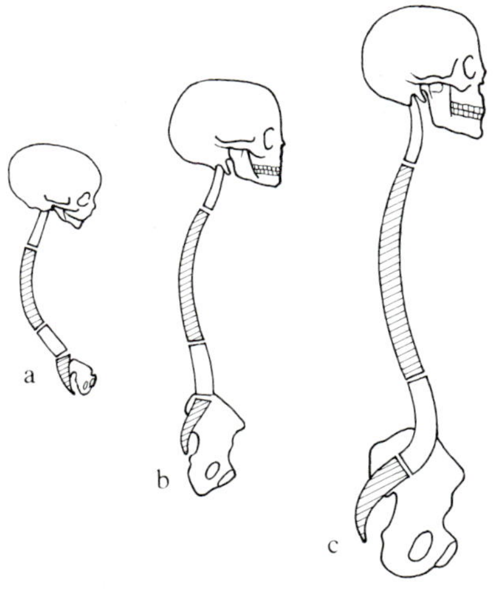

Abb. 368. *Die Aufrichtung der Wirbelsäule im Laufe der normalen Entwicklung.*

a Bei der *Geburt* ist die ganze Wirbelsäule noch weitgehend kyphosiert.
b Mit *einem Jahr* ist die Wirbelsäule bereits etwas aufgerichtet. Eine Lordosierung ist im *zervikalen* und im *lumbalen* Abschnitt (weiss) erkennbar.
c Die Wirbelsäule des *Erwachsenen* ist doppelt-S-förmig: Die beiden am Rippenthorax, bzw. am Becken weitgehend fixierten Abschnitte: Thorakalwirbelsäule und Sakrum (schraffiert) haben ihre ursprüngliche Kyphose behalten, während die beweglicheren Abschnitte: Hals- und Lumbalwirbelsäule (weiss) die Aufrichtung ermöglicht haben durch eine kräftige *Lordosierung.*

An diesen beiden Wirbelsäulenabschnitten treten denn auch vor allem statische Probleme, Beschwerden und degenerative Erscheinungen auf.

Dies erschwert die Erforschung und das Verständnis der gesunden und kranken Wirbelsäule, so dass bis heute vieles im Dunkeln verborgen geblieben ist.

1.1. Die Wirbelsäule als Ganzes

Die Wirbelsäule als Ganzes entspricht einer doppel-S-förmigen Kurve. Diese ist *phylogenetisch* entstanden im Verlaufe der *Aufrichtung des Oberkörpers vom Vierbeiner zum aufrechten Gang.* Auch in der *Ontogenese* wird diese Entwicklung noch durchlaufen (Abb. 297 und 368)..

- *Phylogenetisch alt* ist der Mittelabschnitt, die *Thorakalkyphose,* stabilisiert durch den Rippenthorax. Ihr *Bewegungsumfang* ist dadurch recht *beschränkt.*
- Aufrichtung des Kopfes (Blick nach vorne und oben) durch *Lordose* der *Halswirbelsäule* (HWS), welche *sehr beweglich* ist (grosses Blickfeld). Dies geht auf Kosten der Stabilität. Die Halswirbelsäule ist denn auch häufig Sitz von Beschwerden (Zervikalsyndrom, siehe III.B.4.1.1.1.).
- *Aufrichtung* des Körpers durch Lordose der Lendenwirbelsäule, welche ebenfalls einen *grösseren Bewegungsumfang* hat. Diese Auf-

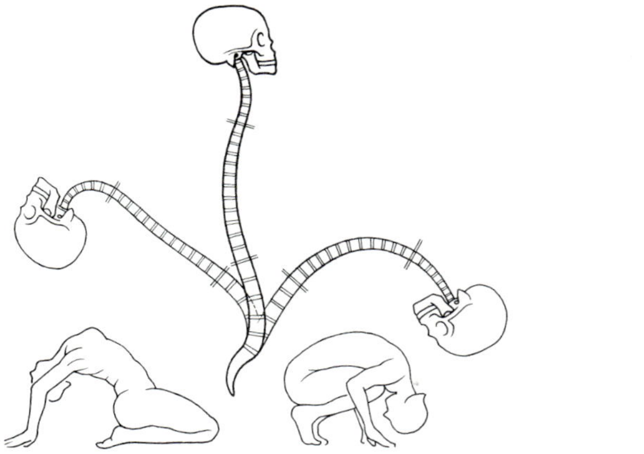

Abb. 369. Die Wirbelsäule mit ihren 25 «Gelenken» (Bewegungssegmenten) hat sehr grosse Bewegungsmöglichkeiten, wie man z. B. in Zirkus und Variété feststellen kann, doch ist die Beweglichkeit der Wirbelsäule individuell sehr unterschiedlich. Die Bewegungen finden vorwiegend in der Hals- und in der Lendenwirbelsäule statt.

Klinisch lässt sich die Beweglichkeit der einzelnen «Gelenke» nur vermuten. *Funktionsröntgenbilder* in den Extremstellungen können genauer Aufschluss geben (siehe Abb. 390).

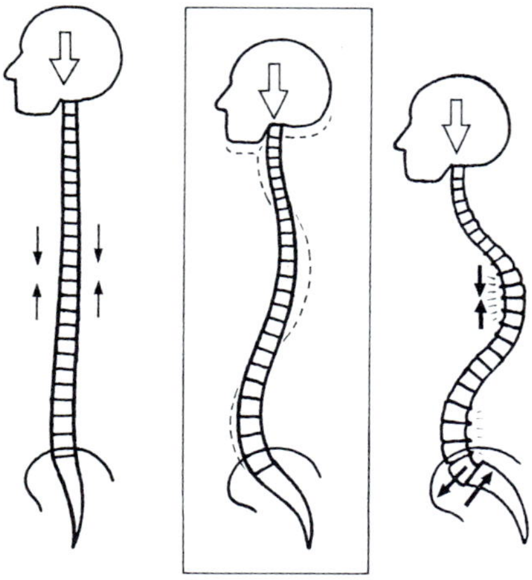

Abb. 370. *Wirbelsäulenform und Beanspruchung.*

Eine *gerade* Wirbelsäule (links) wäre *starr,* die Stösse bei wechselnder Belastung (z. B. beim Gehen) wären zu *hart.* Geradrücken neigen zu Beschwerden.

Eine harmonisch geschwungene Wirbelsäule (Mitte, im Kasten) kann die Stösse *abfedern* und wirkt als *Stossdämpfer.*

In einer zu stark gekrümmten Wirbelsäule (rechts) treten in den Krümmungen starke *Biegekräfte* auf, die frühzeitig zu Überbeanspruchungsschäden mit *Degenerationserscheinungen* führen.

richtung bedeutet eine grosse phylogenetische und ontogenetische Leistung und eine *erhöhte mechanische Beanspruchung.* Störungen, vor allem Schmerzen (Lumbago) in der Lumbalwirbelsäule (LWS), besonders am lumbo-sakralen Übergang, sind deshalb überaus häufig (Spondylolisthesis, Bandscheibenschäden) (Abb. 369).

Eine solche harmonisch geschwungene, doppel-S-förmige Wirbelsäule kann Stösse besser abfangen als eine gerade gestreckte (Federwirkung, Stossdämpfer). Geradrücken neigen denn auch in besonderem Mass zu Beschwerden (Abb. 370).

Störungen in einem umschriebenen Wirbelsäulenbereich wirken sich auf die übrigen Abschnitte (vor allem die beweglicheren Lordosen, d. h. LWS und HWS) aus. Die Wirbelsäule als Ganzes ist eine funktionelle Einheit. Ihre Bewegungen erfolgen in 25 *Bewegungssegmenten.* So wird die gelenkige Verbindung zwischen je zwei Wirbelkörpern bezeichnet.

1.2. Das Bewegungssegment

Auch dieses ist wiederum eine funktionelle Einheit. Seine komplexen Strukturen wirken funktionell wie ein einziges Gelenk.

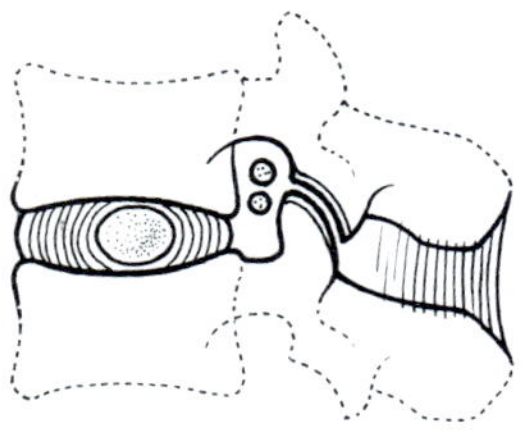

Abb. 371. Das *Bewegungssegment* ist das (aus verschiedenen Anteilen zusammengesetzte) *Gelenk* zwischen zwei Wirbeln. Es funktioniert als *Ganzes.*

Der *vordere* Abschnitt besteht aus der *Bandscheibe,* der *hintere* aus den kleinen *Wirbelgelenken* und den dorsalen Bändern. Dazwischen tritt je eine Nervenwurzel durch ein Zwischenwirbelloch. Die 25 Bewegungssegmente der Wirbelsäule haben alle dasselbe komplizierte Grundschema. Derart komplexe Strukturen sind einerseits schwer durchschaubar, andererseits sehr störungsanfällig.

Im wesentlichen besteht das Bewegungssegment aus einem *vorderen* und einem *hinteren Abschnitt,* deren Hauptelemente sind:
- *Bandscheibe* (ventral)
- *kleine Wirbelgelenke* (dorsal) (Abb. 371).

1.2.1. *Die Bandscheibe*

Mechanisch entspricht sie einem *druckelastischen hydrostatischen System,* bestehend aus
- zugfester Hülle: *Faserring* (Annulus fibrosus)
- druckfestem Inhalt: *Gallertkern* (Nucleus pulposus) (Abb. 372).

Der Gallertkern nimmt durch Imbibition Wasser auf und bekommt dadurch einen starken Turgor, er steht unter erheblichem hydrostatischem Druck, welcher vom zugfesten Faserring des annulus fibrosus aufgefangen wird.

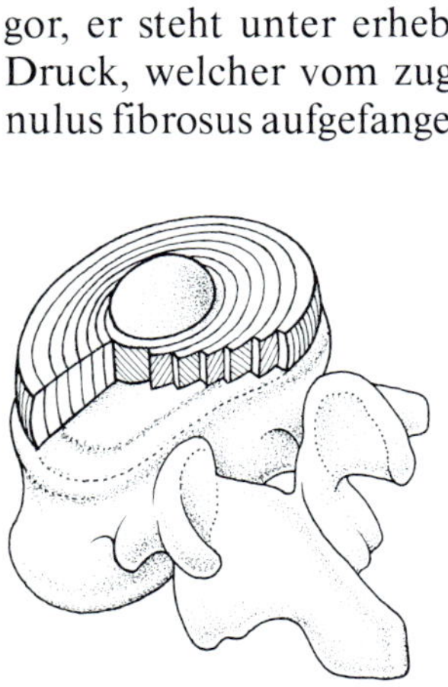

Abb. 372. *Aufbau der Bandscheibe.*

Sie besteht aus einem in Schichten fest ineinander verwobenen Faserring (Annulus fibrosus) und einem druckelastischen Gallertkern (Nucleus pulposus). Sie bildet auf diese Weise eine Art *Wasserkissen* zwischen den zwei benachbarten Wirbelkörpern, das als *Stossdämpfer* und zur gleichmässigen *Druckverteilung* auf die Deckplatten dient.

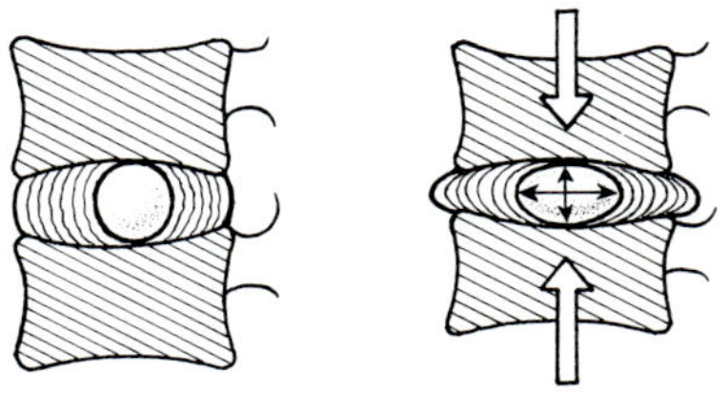

Abb. 373. Die *Stossdämpferwirkung* der Bandscheibe. Im *entlasteten* Zustand (links) nimmt die Bandscheibe Flüssigkeit auf und bekommt dadurch einen gewissen Turgor. Unter *Belastung* (rechts) kommt der Gallertkern unter hydrostatischen *Druck*, der sich auf die *Deckplatten* und den *Faserring* überträgt.

Kurzfristige, intermittierende Belastungen werden durch diese Stossdämpferwirkung weich abgefangen.

Bei *langfristiger* Belastung wird Wasser abgegeben, der Turgor nimmt ab.

Rhythmische Bewegung (Gehen) ist besser als lange dauernde Belastung (Sitzen).

– *Die mechanische Wirkung* dieses Wasserkissensystems besteht darin, dass die statischen und dynamischen Kräfte, welche auf die Wirbelsäule wirken, *gleichmässig* über den ganzen Wirbelquerschnitt verteilt werden.

1. Es treten keine schädlichen Spannungsspitzen auf.
2. Harte Schläge werden durch das Puffersystem weich abgefangen (Schock-Absorption) (Abb. 373).

Die mechanische Festigkeit dieses Systems ist derart gross, dass bei einer plötzlichen massiven Krafteinwirkung der *Wirbelkörper* einbricht (Kompressionsfraktur), während die Bandscheibe intakt bleibt.

3. Das Bewegungssegment und damit die ganze Wirbelsäule wird *stabilisiert.*
4. Der Nucleus pulposus wirkt als *Drehpunkt* der Bewegung zwischen zwei benachbarten Wirbelkörpern in der Art eines «Kugelgelenkes» (Abb. 374).

Abb. 374. Die *Bewegung* im «Wirbelgelenk» (im Bewegungssegment) gleicht einer Schaukelbewegung auf dem Bandscheibenkern. Die Bewegung wird *geführt* durch die kleinen Wirbelgelenke. Ihre Orientierung bestimmt die Bewegungsrichtung.

1.2.2. *Der dorsale Abschnitt des Bewegungssegmentes*

Der dorsale Abschnitt des Bewegungssegmentes besteht im wesentlichen aus den *kleinen Wirbelgelenken* und den dorsalen (interspinalen) *Bändern.*

Die Gelenkfazetten sind je nach Wirbelsäulenabschnitt verschieden orientiert. In der Lumbalwirbelsäule z.B. stehen sie sagittal, sie erlauben also das Vor- und Rückneigen, blockieren jedoch die Rotation, während eine gewisse Seitenneigung möglich ist.

Die kleinen Wirbelgelenke *führen* also die Bewegungen im Segment, und die dorsalen interspinalen Bänder *stabilisieren* es zusätzlich. Letzteres ist wichtig für die Beurteilung von Wirbelfrakturen hinsichtlich Stabilität (siehe III.B.12.1.1.) (Abb. 375).

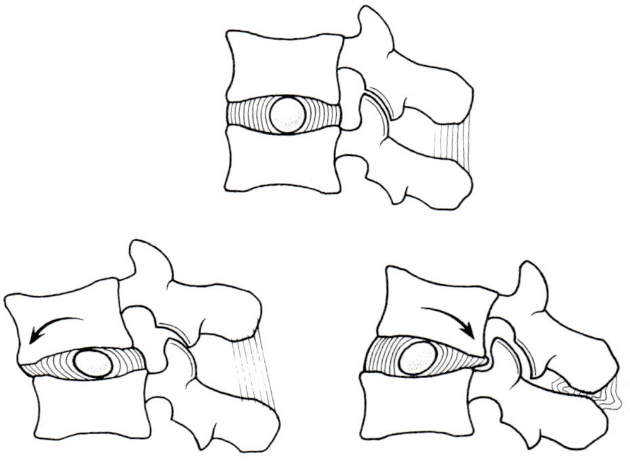

Abb. 375. *«Geführte Bewegung»* im Bewegungssegment.

Im Bewegungssegment finden keine einfachen Drehbewegungen, sondern komplizierte Kompromissbewegungen statt. Das «Gelenk» muss eine gewisse Kongruenz haben, damit es gut funktioniert, d.h. kleine Wirbelgelenke und Bandscheibe müssen einigermassen aufeinander abgestimmt sein. Erniedrigung der Bandscheibe z.B. stört diese Kongruenz (siehe Abb. 438).

Die Bewegungen in den kleinen Wirbelgelenken sind nur im Rahmen des ganzen Bewegungssegmentes möglich. Die Kongruenz dieser kleinen Gelenke ist deshalb nie ganz perfekt, grössere Bewegungsausschläge führen zu Verkantungen. Grob gestört wird die Kongruenz jedoch erst bei Veränderungen der Bandscheibe (siehe III.B.10.1.).

1.2.3. *Pathologie des Bewegungssegmentes*

Rückenschmerzen werden in der überwiegenden Mehrzahl durch Störungen im Bewegungssegment hervorgerufen:

Die *erste Gruppe* dieser Störungen hängt mit *Wachstum* und Reifung des Wirbelskelettes zusammen. Der schwächste Punkt des ganzen Gefüges sind zu diesem Zeitpunkt die *Deckplatten,* die gleichzeitig die Wachstumszonen sind. In diesem Lebensalter entsteht vor allem die Scheuermannsche Krankheit, aber auch die idiopathische Skoliose (siehe III.B.7. und III.B.8.3.).

Die *zweite, grösste Gruppe* von Störungen am Bewegungssegment hängt mit den *Alterungsvorgängen* der *Bandscheibe* zusammen. Ihr Turgor nimmt im Verlaufe des Lebens ab. Die Bandscheibe wird im mittleren Lebensalter zum schwächsten Punkt. Insuffizienz, Instabilität, Osteochondrose, Spondylose als chronische Erscheinungen, Diskushernien als akute Ereignisse, gehören zu den häufigsten Krankheiten am Bewegungsapparat überhaupt (Abb. 376 und 377).

Die Bandscheibendegeneration zieht auch den *dorsalen Teil* des Bewegungsapparates in Mitleidenschaft: Inkongruenz, Verschiebungen, Blokkierungen der kleinen Wirbelgelenke. Die mannigfachen Auswirkungen aller dieser Vorgänge sind bei den degenerativen *Wirbelsäulenleiden* (III.B.10.) beschrieben (Abb. 378).

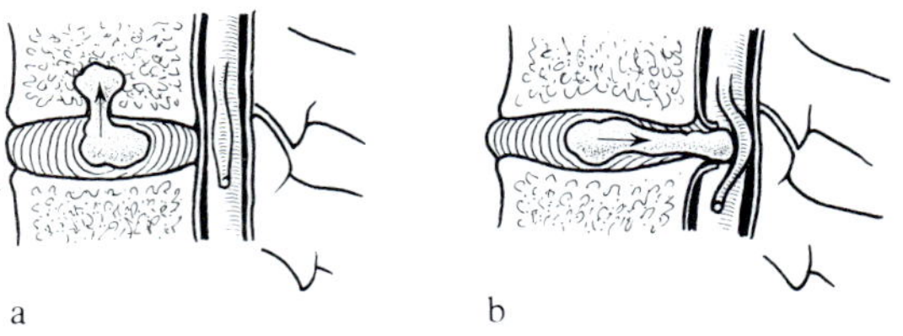

Abb. 377. *Schwache Stellen der Bandscheibe.*

Der unter Druck stehende Gallertkern wird an der schwächsten Stelle des Faserringes herausgepresst.

a Während des *Wachstums* ist die *Deckplatte* die schwächste Stelle: Bei der Scheuermannschen Krankheit können Teile des Gallertkernes durch Lücken in der Deckplatte in die Wirbelkörperspongiosa hineingedrückt werden, als «Schmorlsche Knötchen» im Röntgenbild sichtbar.

b Beim *Erwachsenen* ist der Faserring die schwächste Stelle. Bandscheibenteile können als *Diskushernien* durch Lücken im Anulus fibrosus durchgedrückt werden und durch Kompression von Nervenelementen massive Beschwerden auslösen (siehe Abb. 454).

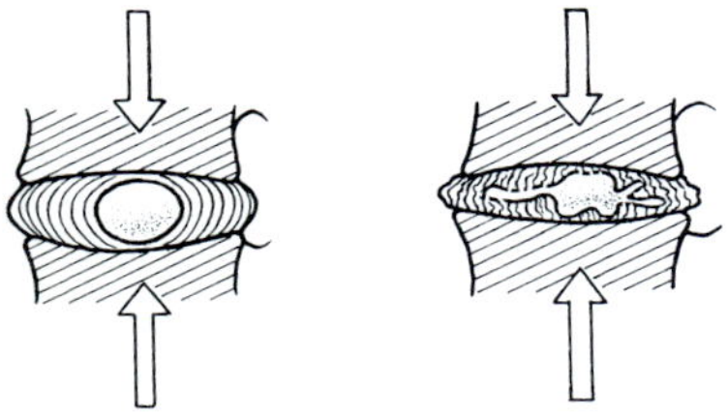

Abb. 376. Durch Degenerationsvorgänge verliert die Bandscheibe ihren Turgor und damit Pufferwirkung und Stabilität. Auch die Kongruenz des Bewegungssegmentes geht verloren (siehe Abb. 440c).

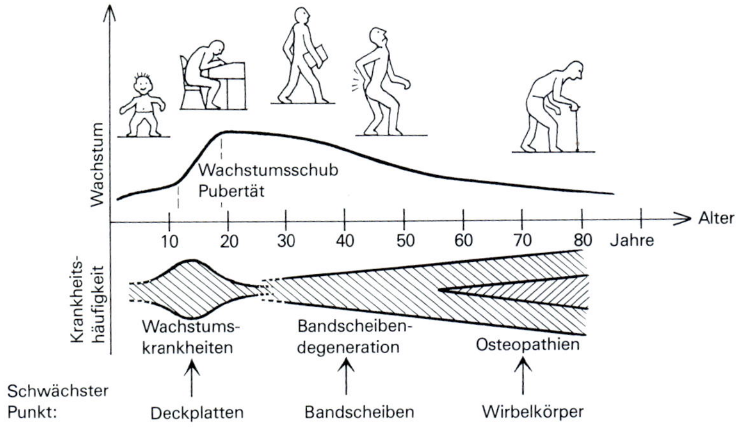

Abb. 378. *Die Lebenskurve der Wirbelsäule.*

Die Pathologie der Wirbelsäule ist eng mit den normalen Veränderungen im Laufe des Lebens verbunden.

In der Wachstumsperiode, vor allem zur Zeit des pubertären *Wachstumsschubes* sind die Wachstumszonen, die *Deckplatten* der *schwächste Punkt* im Gefüge. Die entsprechenden Krankheiten, wie Morbus Scheuermann, Skoliosen, treten in dieser Periode auf. Dazu kommt die ungünstige Beanspruchung in der Schulzeit durch das Sitzen.

Im *mittleren Lebensalter* ist die Bandscheibe, bzw. deren *Faserring* die schwächste Stelle. *Diskushernien* sind vorzugsweise eine Krankheit des mittleren Alters.

Im *höheren Alter* ist der *Wirbelkörper* der schwächste Teil. Osteoporose führt zu Deformitäten und *Wirbelkörpereinbrüchen.*

1.3. Pathologie des Wirbelkörpers

Der Wirbelkörper wird hauptsächlich auf axialen Druck und, im ungünstigen Fall (Kyphose), auf Biegung beansprucht. Der Aufbau seiner Spongiosastruktur im Innern und seiner Wände entspricht dieser Beanspruchung. Die auf den Wirbel wirkende Kraft wird von der Zwischenwirbelscheibe auf die *Deckplatte* übertragen. Diese ist, wie erwähnt, vor allem während des Wachstums ein besonders schwacher Punkt. Bei chronischer *Überbeanspruchung* entstehen Löcher und Risse, durch welche Teile des Nucleus pulposus in den Wirbelkörper eindringen: So entstehen die bekannten «Schmorlschen Knötchen» bei der Scheuermannschen Erkrankung, der typischen Deckplattenkrankheit im Wachstumsalter (siehe III.B.7.), aber auch die Defekte bei Spondylitiden und anderen Wirbeldestruktionen (siehe III.B.11.).

Ist die Knochenstruktur *weich* (Osteomalazie), kann die ganze Deckplatte durch die Bandscheibe eingedellt werden (Fischwirbel).

Spontane *Deckplatteneinbrüche* und *Wirbelkompressionen,* die ähnlich aussehen, sind eine häufige Erscheinung bei massiver *Osteoporose* im fortgeschrittenen Alter (Abb. 379).

Bei akuter massiver Krafteinwirkung (Trauma) bricht die Wirbelstruktur ein, entsprechend der Krafteinwirkung (Flexion) in der Regel vor allem *vorne,* was praktisch immer eine *Kyphosierung* bedeutet. Die Bandscheibe ist stärker als der Wirbel und bleibt – beim Fehlen von Scherkräften – intakt. Solche Kompressionsfrakturen sind *stabil,* weil auch das hintere Bogensegment in der Regel erhalten bleibt. Dies ist für die Therapie der Wirbelfrakturen von Bedeutung (siehe III.B.12.1.1.) (Abb. 468).

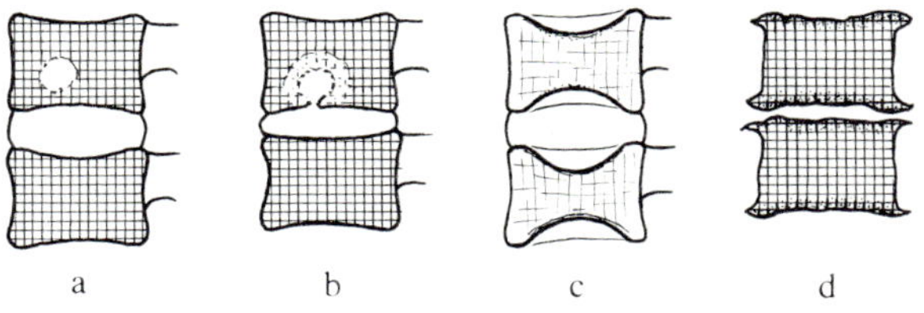

Abb. 379. *Pathologie des Wirbelkörpers* im Röntgenbild.

a Umschriebener *Osteolyseherd* in der Spongiosa, verdächtig auf Tumormetastasen. Nur relativ grosse Defekte sind auf gewöhnlichen Röntgenbildern sichtbar.

b Unregelmässiger *Osteolyseherd* dicht unter der Deckplatte, mit perifokaler Osteoporose. *Verschmälerung* der angrenzenden Bandscheibe, da Gewebe aus dem Nucleus pulposus durch ein Loch in der Deckplatte in den Wirbelkörper eingepresst wurde. Dieses Bild ist typisch für eine infektiöse Spondylitis (z. B. Tbc).

c *Osteoporose:* Stark aufgelockerte Trabekelstruktur und eingedrückte Deckplatte (Fischwirbel).

d *Spondylose:* Subchondrale, unregelmässige Sklerose, Randzacken, progrediente Bandscheibenverschmälerung. Im Alter zeigen fast alle Wirbelsäulen solche Veränderungen.

1.4. Die Bedeutung der Muskulatur für die Wirbelsäule

1. Die *Rückenmuskulatur* richtet die Wirbelsäule auf (Zuggurtung), damit diese axial belastet wird. Die Beanspruchung der Bewegungssegmente ist dabei am kleinsten. Ist die Muskulatur insuffizient, so wird die Wirbelsäule auf Beugung beansprucht, die Strukturen des Bewegungssegmentes (Bänder, Faserring, Bandscheibe, Gelenke) haben die übermässigen und unphysiologischen Kräfte allein zu tragen. Diese Beanspruchung führt zu Schmerzen und degenerativen Erscheinungen.

2. Eine kräftige *Bauchmuskulatur* wirkt gegen eine übermässige Lendenlordose und zu starke Beckenkippung, wie sie für die sogenannte «schlechte Haltung» charakteristisch ist (Abb. 407).

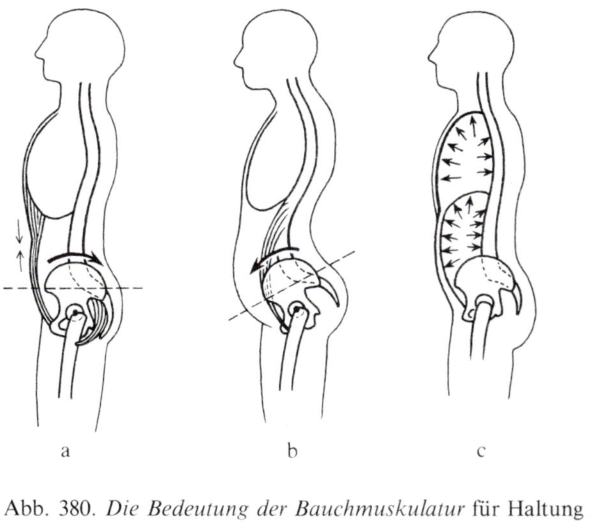

Abb. 380. *Die Bedeutung der Bauchmuskulatur* für Haltung und Wirbelsäule.

a *Beckenaufrichtung* und Ausgleich der *Lordose* durch die Bauchmuskulatur bei «strammer Haltung» (Bauch einziehen).

b Bei erschlaffter Bauchmuskulatur drückt der Bauch samt Inhalt nach vorne, die Lendenwirbelsäule wird übermässig lordotisch, das Becken kippt nach vorne ab. Diese Haltung wird noch akzentuiert durch den M. ileopsoas.

c Die Bauchmuskulatur wirkt auch über die «Bauchpresse». Der hydrostatische Druck im Abdomen hilft die Wirbelsäule stabilisieren. Das gleiche kann eine straffe Bauchbandage bewirken.

3. Die Anspannung der *Bauchmuskulatur erhöht* aber auch den *intraabdominellen Druck*. Die hydrostatische Wirkung der *Bauchpresse* richtet den Rumpf auf, stabilisiert die Wirbelsäule und entlastet sie ganz erheblich (eine kräftige Bauchbandage wirkt ähnlich! (Abb. 380).

Die Bedeutung einer *gut trainierten Muskulatur* ist auch klinisch offensichtlich und für Prophylaxe und Therapie wesentlich.

1.4.1. *Übersicht der Wirbelsäulenpathologie*

kann im folgenden Konzept zusammengefasst werden (Tab. 24):

Tab. 24. Übersicht der Wirbelsäulenpathologie.

Zwei Hauptprobleme: 1. Form: Als ästhetisch-psychologisch-soziales Problem vor allem bei Kindern und Jugendlichen.
2. Schmerz: Häufiger bei Erwachsenen.

1. Von aussen sichtbare *Deformitäten:*
   - kongenital
   - Kyphosen (z. B. Scheuermann)
   - Skoliosen
   - Haltungsprobleme
2. *Schmerzen:*
   - *statische Störungen:* Schmerzen gehen vom Bewegungssegment und von der Muskulatur aus.
     Statische Störungen führen zu degenerativen Veränderungen.
     Vorzustände sind:
     - schwere Deformitäten (siehe oben)
     - lokalisierte Wirbelveränderungen, welche die Statik des Bewegungssegmentes stören.
   - *Knochenaffektionen:* Schmerzen gehen vom Skelett aus
     - Osteopathien
     - Infektionen, Tumoren usw.
     - Trauma (Frakturen)
   - *andere Schmerzursachen*
     - neurologische
     - viszerale

2. Diagnostik der Wirbelsäule

In erster Linie sind es *Rückenschmerzen,* insbesondere *Kreuzschmerzen* (Lumbago) und Nakkenschmerzen, welche zur Untersuchung der Wirbelsäule Anlass geben.

Bei der ungemein komplizierten Struktur der Wirbelsäule (25 Bewegungssegmente, jedes mit mehreren gelenkigen Verbindungen) ist die Korrelation dieser Beschwerden mit einem anatomisch-pathologischen Substrat nicht leicht und auch nicht immer ohne weiteres möglich und zulässig.

Wir müssen uns eingestehen, dass unsere Kenntnisse von der Pathophysiologie der Bewegungssegmente und der Schmerzentstehung sehr beschränkt sind. Beschränkt sind aber auch unsere *diagnostischen Möglichkeiten* (siehe auch allgemeine Diagnostik, I.B.):

1. Anamnese
2. Klinische Untersuchung
3. Röntgenuntersuchung
4. Labor und Spezialuntersuchungen.

Die *Anamnese* ist das *wichtigste* Hilfsmittel, nicht nur für die Diagnosestellung, sondern auch für die *Beurteilung* von Prognose und Therapiemöglichkeiten.

An *zweiter Stelle* steht die *klinische Untersuchung* von Form und Funktion der Wirbelsäule.

Das Röntgenbild steht *erst an dritter Stelle.* Technik und Beurteilung von Wirbelsäulenbildern sind schwierig. Falsch negative (z.B. bei Osteolyseherden), aber auch falsch positive (praktisch alle älteren Leute zeigen degenerative Veränderungen, meist ohne Beschwerden) Befunde sind häufig.

In der folgenden Beschreibung des Untersuchungsganges sind nur die für die Wirbelsäule spezifischen Punkte aufgeführt. Eine allgemeine Untersuchung ist selbstverständlich (siehe I.B.2.).

2.1.1. *Anamnese*

2.1.1.1. *Schmerzen*

- *Erstes Auftreten:* Plötzlich einschiessende starke Schmerzen «akute Lumbago», «Hexenschuss», weisen auf Störungen im Gefüge von Wirbelbewegungssegmenten hin: kleine Gelenke, Bandscheibenverschiebungen.
  Gelegentlich sind Nervenwurzeln beteiligt (Diskushernie), was zu radikulären Symptomen (Ischias) führen kann.
- *Trauma:* Art und Intensität genau erfragen! Sturz aus grosser Höhe oder massiver direkter Schlag sind eindeutig zu erfahren. Weniger eindeutig sind die häufigen Angaben der Patienten über einen «Unfall» bei einer Anstrengung wie etwa beim Bücken, Lasten heben, bei einer ungewohnten Bewegung, aber ohne eigentliche massive Einwirkung von aussen. Bandscheibenschäden und Nerveneinklemmungen werden häufig bei solchen *«Verhebetraumen»* manifest. Es handelt sich nicht um eigentliche Unfälle. Echte Unfälle führen eher zu Wirbelbrüchen. Bei schweren Osteoporosen genügt dazu allerdings ein sehr geringfügiges Trauma. Langsam auftretende Schmerzen sprechen eher für statische Beschwerden oder Krankheiten der Wirbelkörper.
- *Verlauf:* dauernder Schmerz, Tag und Nacht, ist bei Rückenschmerzen eher ungewöhnlich. Eine eindeutige Ursache sollte sich finden lassen.
  Wechselnde Schmerzen sind vorwiegend statisch bedingt. Schubweiser Verlauf mit plötzlichen, starken Schmerzen und freien Intervallen sprechen für Störungen im Bewegungssegment, häufig ist dabei eine Nervenwurzel beteiligt.
- *Wann tritt der Schmerz auf?* Statisch bedingte Rückenschmerzen aufgrund von Haltungsstörungen, Deformitäten oder degenerativen Veränderungen sind in der Regel von Stellung, Lage, Tätigkeit, kurz, von der Beanspruchung der Wirbelsäule abhängig. Als schmerzhaft wird dann vor allem das Bücken, das Lastenheben in vornüber geneigter Haltung, das lange Sitzen mit vorgehaltenen Armen (Maschinenschreiben), das längere Verharren in leicht gebückter Haltung (Autofahren) empfunden, weniger die sportliche Betätigung, dies wohl wegen des besseren Trainingszustandes der Muskulatur des Sportlers. Wenn die Beschwerden bei leichter, entspannter körperlicher Tätigkeit (Wandern, Sport) abnehmen, sind sie mit grösster Wahrscheinlichkeit statisch bedingt und Ausdruck einer «Zivilisationskrankheit».

Viele Leute mit Bandscheibenschäden können nicht auf weicher Unterlage schlafen, können aber bestimmte Stellungen und Lagen finden, in welchen sie keine oder weniger Schmerzen haben.

Genaue Beschreibung, wann und unter welchen Umständen (bestimmte Bewegungen, Tätigkeiten) die Schmerzen auftreten, kann Hinweise geben auch für die einzuschlagende *Therapie.*

- Schmerzen beim Husten, Pressen, Niesen sind typisch für Kompression von Nervenwurzeln (Diskushernie).
- Stärkere Schmerzen bei Erschütterung können auf Spondylitis hinweisen, Schmerzen in der Nacht und am Morgen auf Bechterew, Tumoren, Osteoporose oder andere Krankheiten der Wirbelkörper.
- *Schmerzlokalisation und Art des Schmerzes:* Es gibt typische Schmerzstellen am Rücken: Lumbosakral-Übergang, Beckenkämme, Kreuzbein, mediale Kante der Schulterblätter, Nacken, Dornfortsatzreihe, paravertebrale Muskulatur. Allerdings werden Schmerzen oft fortgeleitet. Vor allem der Kreuzschmerz lässt noch keine diagnostischen Schlüsse zu.

Ausstrahlende Schmerzen: Eindrücklich ist die akute *Ischias* als Ausdruck einer Nervenbeteiligung. Leichtere Formen, z. B. mit Schmerzen nur im Hüftbereich, im Unterschenkel oder Fuss sind nicht so auffällig, kommen aber verhältnismässig häufig vor. Man muss sie suchen.

Andere Ausstrahlungen entsprechen anderen Nerven: Interkostalneuralgien, Zerviko-Brachialsyndrom.

Längst nicht alle ausstrahlenden Schmerzen sind jedoch radikulären Ursprungs: Häufig sind Ausstrahlungen in den Hinterkopf (migraine cervicale), in den Schultergürtel, in Arm und Hand, in den Beckengürtel, gelegentlich ins Abdomen.

2.1.1.2. *Andere Beschwerden*

Da die Nervenwurzeln, gelegentlich auch das Rückenmark, bei Wirbelsäulenleiden in Mitleidenschaft gezogen werden können, sind *neurologische* Symptome an Armen und Beinen wichtige Hinweise.

Angaben über plötzliche *Veränderungen der Form* des Thorax und Rückens sind mit Vorsicht zu interpretieren. Solche Beobachtungen sind in der Regel recht ungenau. Auch werden Deformitäten von Patienten und Angehörigen oft erstaunlich lange übersehen.

2.1.2. *Klinische Untersuchung*

Die *Inspektion* ist die wichtigste und feinste Prüfung. Damit man die *gesamte* Haltung gut beobachten kann, sollte der Patient entkleidet sein bis auf höchstens eine kleine Unterhose, welche hinten etwas heruntergezogen werden kann, und einen einfachen Büstenhalter. Diese kleinen Zugeständnisse beeinträchtigen die Inspektion nicht und helfen, die Hemmungen des Patienten zu vermindern und seine Mitarbeit bei der Untersuchung zu gewinnen (siehe Abb. 385, I.B.2.1.2.).

2.1.2.1. *Untersuchung im Stehen*

Beurteilt wird die Form des Rückens im Stand (Begriffe siehe III.B.6.1.1.). Dazu muss der Patient ganz gerade stehen.

1. Beim *Betrachten von vorn und vor allem von hinten* fällt jede geringfügige *Asymmetrie* sofort auf.

Die Beurteilung der Haltung beginnt beim *Becken:* Einen *Beckenschiefstand* erkennt man an der Höhe der Beckenkämme, genauer noch an der Stellung der Spina iliaca dorsalis und der Gesässfalte.

Ist der Beckenschiefstand nur durch eine *Beinlängendifferenz* bedingt, so lässt er sich mit einer entsprechend hohen Unterlage (Brettchen von 1, resp. ½ cm Höhe) ausgleichen. Ist dies nicht möglich, so muss der Beckenschiefstand durch eine fixierte Deformität, eine *Kontraktur* (vgl. II.12.2.) verursacht sein. Diese kann an einer Hüfte lokalisiert sein (Ab- oder Adduktionskontraktur) oder in der Wirbelsäule: fixierte lumbosakrale Skoliose. Eine nicht fixierte skoliotische Haltung hingegen muss sich durch den Ausgleich des Beckenschiefstandes korrigieren lassen (siehe auch III.C.1.2.2.) (Abb. 381).

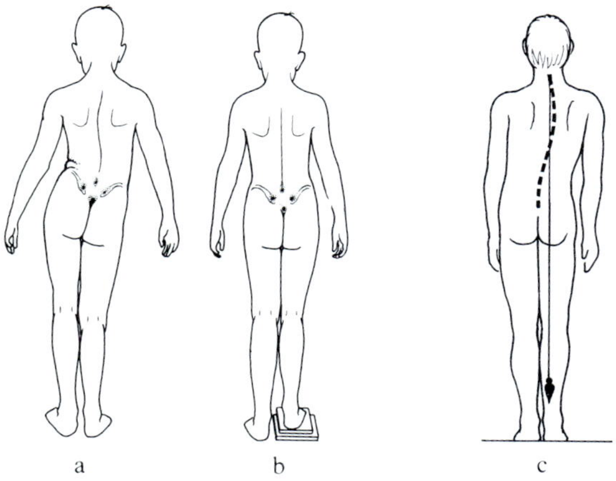

Abb. 381. *Seitliche Wirbelsäulenverkrümmungen* (Skoliosen).

a *Skoliotische Haltung* infolge Beinlängendifferenz. Im Stehen Beckenschiefstand.

b Der Beweis, dass es sich lediglich um eine *skoliotische Haltung* und *nicht* um eine fixierte Skoliose handelt: Nach *Ausgleich* des Beckenschiefstandes mit Brettchenunterlage verschwindet die Skoliose.

c *Echte Skoliose:* Gerades Becken, Asymmetrie des Rumpfes, hier mit Abweichung der Wirbelsäule aus dem Lot.

Seitliche Abweichungen der Wirbelsäule von der Senkrechten (Skoliosen, skoliotische Haltung) lassen sich an der *Dornfortsatzreihe* erkennen, gelegentlich fallen sie aber zuerst durch Veränderungen der Taillenkontur, des Hüftprofiles oder des Schulterstandes auf. Eine *Abweichung* der *Wirbelsäule aus dem Lot* kann genau erkannt und auch in cm gemessen werden als Abstand des Lotes aus dem Occiput von der rima ani (Abb. 381c).

Wichtig ist zu wissen, dass *seitliche* Abweichungen, sofern sie nicht nur auf Beinlängendifferenzen beruhen und somit ausgeglichen werden können, selten einfache Haltungsstörungen sind, sondern meistens *strukturell fixiert* sind!

2. *Die Betrachtung von der Seite* dient der Beurteilung der *Beckenneigung* und der physiologischen *Wirbelsäulenwölbung* in der Sagittalebene und damit der *«Haltung».* Diese sieht bei bequemem, schlaffem Stehen meist wesentlich anders aus als bei straffer, gespannter, aktiver «gerader» Haltung (siehe III.B.6.1., Abb. 407). Auch die Beckenneigung nach vorn kann erheblich variieren. Sowohl straff aufgerichtete als schlaffe Haltung sind zu prüfen, dazwischen liegt irgendwo die «habituelle» Haltung des Patienten. Die *Beurteilung ist weitgehend subjektiv und variabel.* Genaue Kriterien fehlen. Dies drückt sich in so ungenauen Ausdrücken wie «Rundrücken», «verstärkte Thorakalkyphose» usw., aus. Um solche eindrucksmässige Befunde möglichst zu objektivieren ist es empfehlenswert, bestimmte Grössen zu *messen.* Erst damit ist es möglich, zu *vergleichen,* sei es mit anderen Individuen oder Normgrössen, sei es beim selben Patienten im Verlaufe der Zeit.

Als Messgrössen eignen sich am besten Höhe und Distanz (Flêche) der Krümmungsscheitel von einem an der Wirbelsäule angelegten Lot (Abb. 382a).

Die Differenz der «schlaffen» und der «straffen» Haltung kann einen Hinweis auf die Beweglichkeit der Wirbelsäule geben.

Bei einer schmerzhaft fixierten Skoliose und/oder Kyphose der Lumbalwirbelsäule muss man an eine Diskushernie denken.

2.1.2.2. *Funktionsprüfung*

Die Gesamtbewegung der Wirbelsäule setzt sich zusammen aus den Bewegungen von 25 einzelnen Segmenten. Die klinische Differenzierung ist nur grob möglich. Im besten Fall gelingt es, die Beweglichkeit einzelner Abschnitte zu eruieren.

Die Untersuchung erfolgt durch *Vornüberneigen bei gestreckten* Knien. Dabei kommt (von hinten gesehen) eine Asymmetrie: ein Beckenschiefstand, eine Skoliose und vor allem auch eine damit verbundene Deformität des Thorax, besser zur Geltung (Abb. 382b).

Beim Rumpfbeugen vorwärts lassen sich normalerweise die physiologischen Lordosen der Hals- und Lendenwirbelsäule gerade strecken und auch etwas kyphosieren (Abb. 383a).

Versteifungen bestimmter Wirbelsäulenabschnitte lassen sich deutlich erkennen: Umschriebene Kyphosen, eingeschränkte Beweglichkeit wie etwa mangelnde Flexion, fixierte Lordosen (Abb. 383b und c).

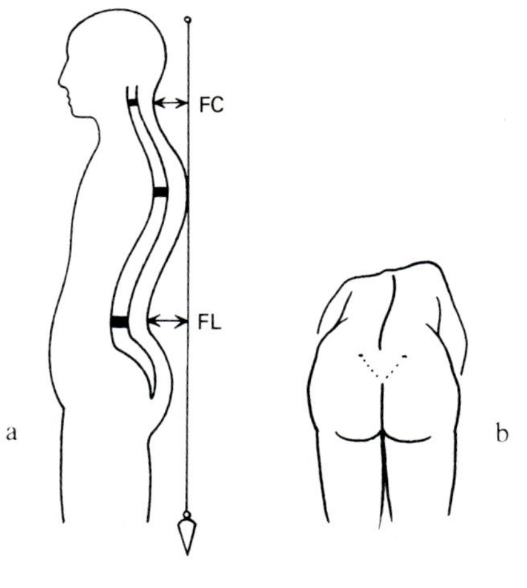

Abb. 382.

a *Messungen* an der Wirbelsäule in der Sagittalebene im aufrechten Stand. Das Lot liegt am thorakalen Krümmungsscheitel. FC (Flèche cervicale): grösster Abstand des Lotes von der HWS. FL: Grösster Abstand von der lumbalen Lordose.

b Die Asymmetrie der Wirbelsäule und des Thorax zeigt sich am besten bei der Betrachtung des vornübergeneigten Patienten von hinten. Hier *Rippenbuckel* rechts bei rechtskonvexer Thorakalskoliose (vgl. Abb. 420c).

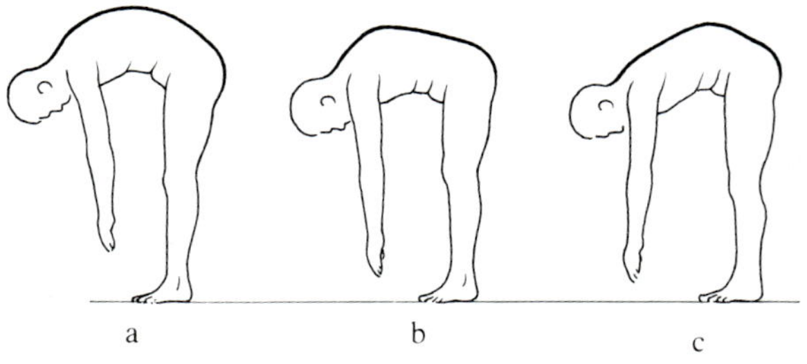

Abb. 383. Im *Vornüberneigen* zeigen sich fixierte, umschriebene Wirbelsäulendeformitäten:

a) normale, regelmässige Wölbung, b) Kyphose im *oberen* Thorakalbereich, c) Kyphose der *unteren* Thorakalwirbelsäule. Diese tiefer sitzende Kyphose ist z. B. bei der Scheuermannschen Krankheit prognostisch ungünstiger (siehe III.B.7.1.2.).

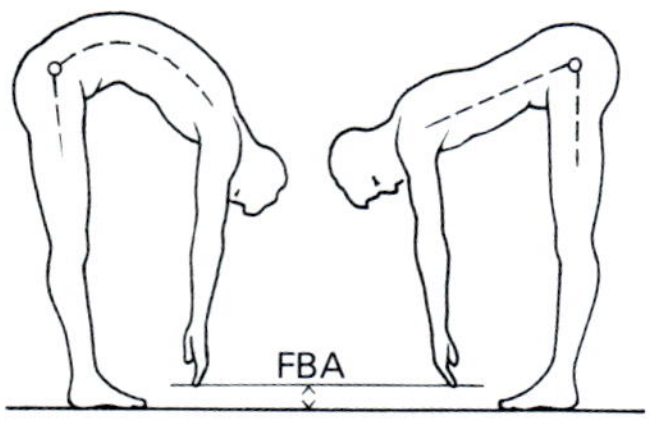

Abb. 384. Der *Finger-Boden-Abstand* (FBA) beim Rumpfbeugen nach vorn (links: normal) gibt ein leicht objektivierbares Mass der *Gesamtbeweglichkeit* von *Wirbelsäule und Hüften.* Eine schlechte Beweglichkeit des Rückens kann manchmal durch gute Hüftflexion kompensiert werden (rechts). In beiden Fällen kann der FBA gleich sein. Trotzdem ist er ein gutes Mass für Vergleichs- und Verlaufskontrollen.

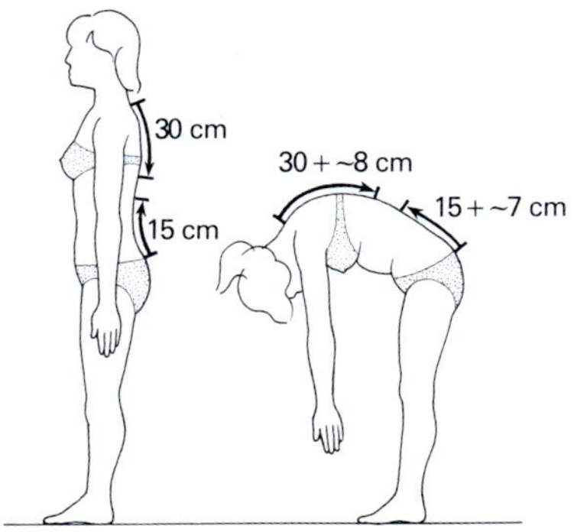

Abb. 385. Die Messung der Beweglichkeit nach SCHOBER: Von zwei Hautmarken über den Dornfortsätzen von C_7 bzw. S_1 wird eine Strecke von 30 cm bzw. 15 cm abgetragen. In gebeugter Stellung wird die Vergrösserung der beiden Strecken gemessen. Sie beträgt hier etwa 8 cm bzw. 7 cm. Diese Werte geben nur ungefähre Anhaltspunkte, sind aber für Vergleichsuntersuchungen und Dokumentation (Gutachten) zweckmässig.

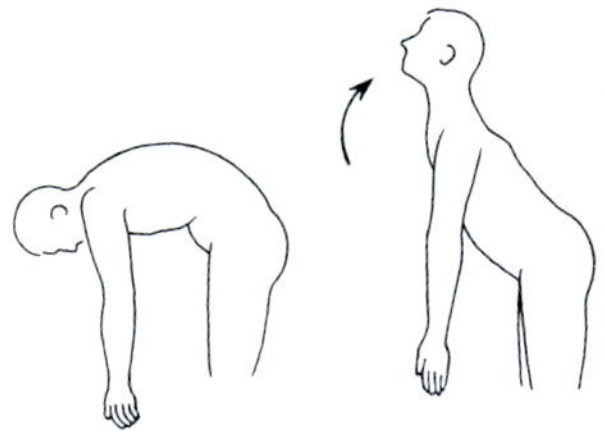

Abb. 386. Beim langsamen Aufrichten und Strecken wird die Extension (Lordosierungsmöglichkeit) der Wirbelsäule geprüft. Dabei kommen umschriebene fixierte Kyphosen zum Vorschein.

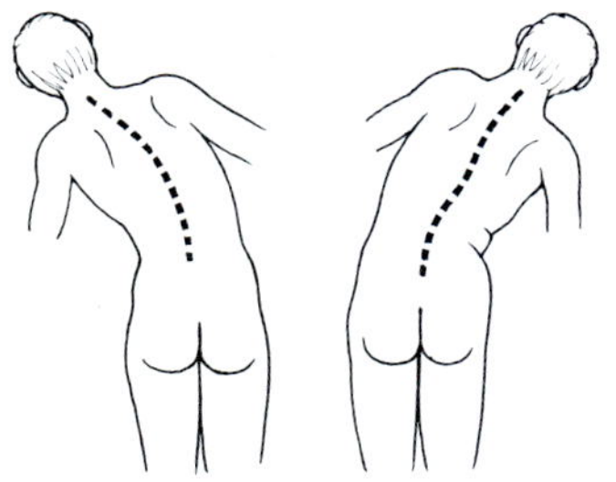

Abb. 387. Beim Neigen zur Seite treten Asymmetrien, leichte Skoliosen, oft deutlicher hervor. *Links:* Regelmässige Kurve der Dornfortsatzreihe. *Rechts:* Ein kleiner Knick in der Kurve zeigt, dass der mittlere Abschnitt der WS etwas steif ist, sich nicht nach rechts krümmen lässt. Zeichen einer leichten rechtskonvexen Skoliose an dieser Stelle.

Für die Gesamtbeweglichkeit (inkl. Bewegung der Hüften!) gibt der *Finger-Boden-Abstand* (FBA in cm) ein einfaches, aber sehr grobes Mass. Es eignet sich vor allem für Verlaufskontrollen. Um etwa besser differenzieren zu können wird häufig die *Messung nach Schober* verwendet (Abb. 384 und 385).

Hernach lässt man den Patienten aus der vollständig gebeugten Haltung heraus *sich wieder aufrichten,* zuerst den Kopf, dann langsam den Oberkörper und schliesslich die ganze Wirbelsäule. Zur Prüfung der Reklination neigt sich der Patient nach hinten.

Junge Menschen können normalerweise die Brustkyphose vollständig gerade strecken. Lokalisierte fixierte Kyphosen lassen sich bei dieser Prüfung erkennen. Für die Beurteilung einer Scheuermannschen Krankheit ist dies der wichtigste klinische Befund (siehe III.B.7.1.) (Abb. 386).

Neben der Bewegung in der Sagittalebene wird die *seitliche* Beweglichkeit auf gleiche Weise, evtl. im Sitzen, geprüft, ebenso die Drehbewegungen, vor allem der Halswirbelsäule (Abb. 387).

Während der Beweglichkeitsprüfung sind die Angaben über Schmerzen und Schmerzreaktionen des Patienten genau zu beachten. Bei manchen findet man schmerzbedingte, antalgische fixierte Fehlhaltungen, vor allem bei Mitbeteiligung von Nervenwurzeln und Rückenmark.

«Stauchungsschmerz» als Zeichen einer lokalisierten Wirbelaffektion wird durch «Fersenfall» geprüft.

Mit dem Mennellschen Zeichen (siehe Abb. 471) soll die Empfindlichkeit des Ileosakralgelenkes geprüft werden.

2.1.2.3. *Palpation*

Sie ergänzt und verifiziert die Inspektion: Abtasten der *knöchernen Fixpunkte* an Becken, Dornfortsatzreihe und Schultergürtel, Ermitteln einer umschriebenen *Druckdolenz,* welche, vor allem im mittleren Wirbelsäulenabschnitt, auf eine lokalisierte Erkrankung oder eine Osteoporose hinweisen kann. Lumbosakralübergang und

Beckenkämme dorsal sind so häufig druckdolent, dass man differentialdiagnostisch mit diesem Befund nicht viel anfangen kann.

Druckdolenz einzelner *Muskelpartien* hingegen und der Nachweis von *umschriebenen Verhärtungen* (Myogelosen) sind nützliche Befunde. Muskelverspannungen findet man allerdings häufig sekundär bei anderen Erkrankungen. Damit der Patient ganz entspannt ist, liegt er bei diesen Untersuchungen zweckmässigerweise auf dem Bauch.

2.1.2.4. *Wirbelsäule und Hüftgelenk*

Die *Funktion der Hüften* ist eng mit der Wirbelsäule verknüpft: Hüftkontrakturen ändern die Beckenstellung und damit das Fundament der Wirbelsäule. Am häufigsten führen *Flexionskontrakturen* einer oder beider Hüften zu einer verstärkten Beckenneigung nach vorne, und, als Kompensation, zu einer vermehrten *Lumballordose.* Ist die Lumbalwirbelsäule jedoch steif, so steht der Patient vornübergeneigt mit gebeugten Knien (Abb. 388 und 493).

Hinter einem Beckenschiefstand mit *Skoliose* kann die *Adduktionskontraktur* einer Hüfte versteckt sein (Abb. 487).

Die Prüfung der Hüftbeweglichkeit ist deshalb integrierender Bestandteil der Rückenuntersuchung, ebenso wie eine neurologische Untersuchung.

2.1.2.5. *Neurologische Untersuchung*

Bei der engen Nachbarschaft der Wirbelsäule mit Rückenmark und Nervenwurzeln sind diese nicht selten in Mitleidenschaft gezogen, am häufigsten die untersten Lumbalwurzeln, aber auch

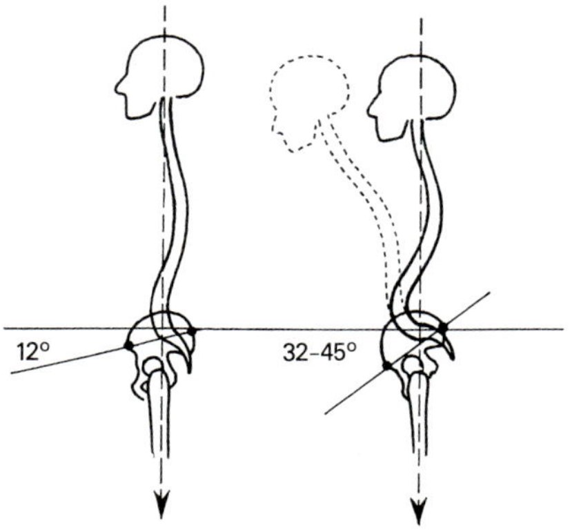

Abb. 388. Bei gestreckten Hüften steht das Becken leicht nach vorn gekippt. Durch eine *Flexionskontraktur* in der Hüfte wird im Stehen und Gehen eine viel stärkere Beckenkippung nach vorne erzwungen. Diese wird durch *Lordosierung* der Lendenwirbelsäule kompensiert. Wo dies nicht möglich ist, geht der Patient vornübergebeugt.

gelegentlich jene im Zervikal- oder Thorakalbereich oder das Rückenmark selbst (siehe III.B.10.5.1.2.).

Häufig haben Rückenschmerzen ihre *Ursache* in Störungen an *anderen Stellen des Bewegungsapparates* (Hinken, Knie, Füsse) oder in Allgemeinkrankheiten. Ein *vollständiger orthopädischer Status,* sowie eine *allgemeine Untersuchung* gehören deshalb zum Rückenstatus.

Als Hilfe zur *Differentialdiagnose* findet sich eine *Liste* der Erkrankungen und Störungen, welche Rückenschmerzen auslösen können, in III.B.10.2.

2.1.3. *Röntgenuntersuchung*

Trotzdem das Röntgenbild den genauesten Einblick in das komplizierte Gefüge des Wirbelskelettes erlaubt, ist seine Aussagekraft für die Beurteilung, vor allem der degenerativen Leiden, beschränkt:

1. gibt es *nur ein Momentbild* und sagt über Form und Funktion der Gesamtwirbelsäule wenig aus;
2. ist die *Beurteilung* der komplizierten, sich überschneidenden Strukturen *schwierig,* oft kaum möglich. Auch massive Befunde, wie etwa lokalisierte Osteolysen, können versteckt bleiben (Abb. 379);
3. röntgenologische Zeichen von *degenerativen Veränderungen* sind ausserordentlich *häufig,* ja bei Erwachsenen etwa vom 40. Lebensjahr an praktisch immer vorhanden, mit oder ohne Beschwerden. Sie haben dann *diagnostisch nur noch geringe Bedeutung.*

Die *Röntgenuntersuchung* sollte lediglich die *klinische Diagnose bestätigen* oder widerlegen, oder einen bisher nicht erkennbaren zusätzlichen Befund liefern.

Sicher wäre es falsch, einen Fall nach dem Röntgenbild allein zu beurteilen. Dies gilt in besonderem Mass für die Einschätzung der Leistungsfähigkeit, z.B. für Beruf, Sport, Militär usw. Nachdrücklich *muss vor der Überbewertung der Röntgenbefunde gewarnt* werden.

Wesentliche Bedeutung kommt dem Röntgenbild für die *Dokumentation* und *Verlaufskontrolle* zu.

Röntgentechnik: Üblicherweise werden *standardisierte Röntgenaufnahmen* der LWS und/oder BWS (evtl. HWS) im *Stehen* ap und seitlich gemacht. Die Aufnahmen im Stehen zeigen habituelle Haltung, Beckenstellung, Beinlängenunterschiede usw. besser als solche im Liegen (Abb. 389).

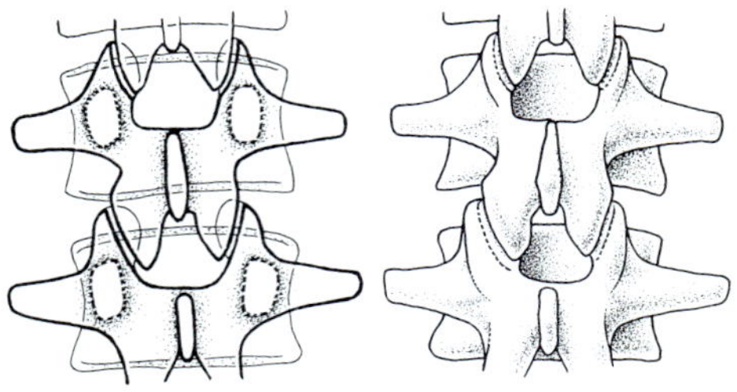

Abb. 389. *Röntgenanatomie der Lumbalwirbelsäule* (links) verglichen mit der Ansicht der Wirbelsäule von hinten (rechts). Deutliche Orientierungsmarken ergeben die *Wirbelkörper* und die *Querfortsätze*. Die übrigen dorsalen Elemente überlagern sich und sind schwieriger zu unterscheiden (vgl. Abb. 400). Kräftige Konturen zeichnen die axial getroffenen *Wirbelbogenwurzeln* und die Dornfortsätze, während die Wirbelbogen selbst, die kranialen und kaudalen Gelenkfortsätze, sowie die kleinen Wirbelgelenke nicht immer deutlich zu erkennen sind. Sie werden in der Regel mit schrägen Aufnahmen darzustellen versucht.

Eine detaillierte Beurteilung geringfügiger Veränderungen ist nur auf genau orthograd getroffenen Bildern möglich, und auch dann nicht immer, da nicht nur Befunde übersehen, sondern auch leicht hinein gelesen werden können. Schlüsse aus röntgendiagnostischen Befundberichten der Wirbelsäule sind mit Vorsicht zu ziehen.

Aufnahmen der *Lumbosakralgrenze* ap. werden zweckmässig bei aufgerichtetem Becken (mit gebeugten Hüften) gemacht, damit der unterste Intervertebralraum orthograd getroffen wird (Teschendorff). Auch für die Ileosakralgelenke wird eine ähnliche Technik verwendet (Barsony).

Je nach Fragestellung sind *schräge Aufnahmen* der LS-Grenze (Spondylolyse, siehe III.B.9.), der HWS (radikuläre Symptome), *Funktionsaufnahmen* (seitliche Aufnahmen bei maximaler Flexion, bzw. Lordosierung) (siehe Abb. 390 und 396), *Tomographien* (Abklärung unklarer Befunde an Wirbelkörpern), evtl. *Myelographien* oder Computertomographien notwendig (Abb. 464, 460 und 461).

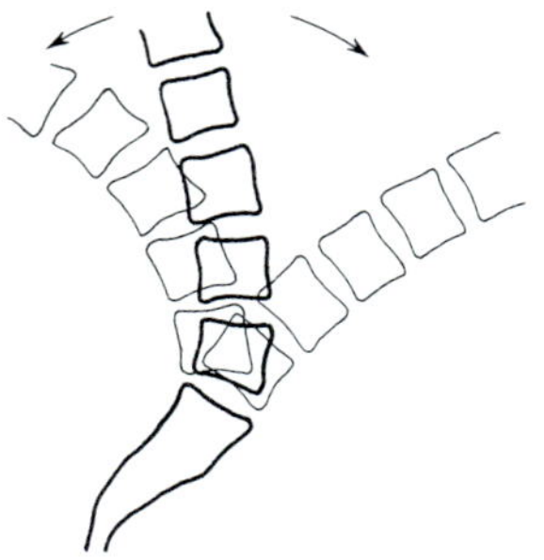

Abb. 390. Auf *Funktionsaufnahmen* der Wirbelsäule, d.h. auf Röntgenbildern bei maximaler Extension und Flexion, lässt sich der Bewegungsumfang der einzelnen Segmente ermitteln, indem man jedes Bewegungssegment in beiden Stellungen übereinander paust, wie es hier für das unterste, das lumbosakrale Segment, dargestellt ist. Solche Funktionsaufnahmen erlauben die Beurteilung einzelner Segmente, etwa im Hinblick auf die Indikation zu einer Spondylodese.

Die *Interpretation* der Röntgenbefunde ist nicht einfach und braucht grosse Erfahrung. Eine vernünftige Beurteilung ist nur bei gleichzeitiger Kenntnis des klinischen Befundes möglich.

2.1.4. *Andere Untersuchungen*

Labor: In einfachen Fällen genügt die Blutsenkungsreaktion (BSR). In der grossen Mehrzahl aller Wirbelsäulenleiden ist sie normal: Statische, degenerative, myalgische, radikuläre Beschwerden, einfache Osteoporose.

Erhöht ist die BSR bei:

- Bechterew in der Regel im fortgeschrittenen Stadium,
- infektiösen Spondylitiden,
- malignen Tumoren (Metastasen) und
- PcP.

In diesen Fällen, sowie bei Verdacht auf Osteopathien mit Störungen des Knochenstoffwechsels sind weitere Laboruntersuchungen angezeigt entsprechend der spezifischen Fragestellung.

Die Szintigraphie zeigt vermehrten Knochenumbau im Wirbelskelett, unabhängig von der auslösenden Ursache. Der Umbau ist vor allem gesteigert bei malignen Tumoren, Infektionen, nach Wirbelfrakturen, aber auch bei degenerativem Umbau. Bisher werden mittels Szintigraphie vor allem Wirbelmetastasen gesucht.

Die *Computertomographie* (C.T.) hat sich bisher für die Darstellung von raumverdrängenden Prozessen im Wirbelkanal (Diskushernien) und ausserhalb davon (Senkungsabszesse, Weichteiltumoren) bewährt.

Die Wirbelpunktion ist eine etwas heikle Untersuchungsmethode zur Abklärung von Infektionen oder Tumoren.

In seltenen Fällen kann eine operative Exploration (Probeexzision) angezeigt sein.

Entsprechend der mannigfaltigen Ursachen von Rückenschmerzen sind Spezialuntersuchungen aus anderen Fachgebieten (Gynäkologie, Urologie, Innere Medizin, Neurologie usw.) nicht selten notwendig.

Schliesslich ist es wahrscheinlich, dass bei Rückenschmerzen *psychische Komponenten* überdurchschnittlich häufig eine Rolle spielen. Diese gilt es zu berücksichtigen und ernst zu nehmen, wobei wohl immer ein somatisches Substrat vorhanden ist, das daneben nicht vernachlässigt werden darf.

3. Der Hals

3.1. Stenosesyndrome der oberen Thoraxapertur

3.1.1. *Das Skalenussyndrom*

Durch angeborene anatomische Varianten der Skalenusmuskulatur, auch durch eine überzählige Halsrippe, können die durch die Skalenuslükke austretenden grossen Gefäss- und Nervenstämme (Arteria und Vena brachialis, Plexus brachialis) eingeengt werden. Dies äussert sich in *Schmerzen,* in *neurologischen* Symptomen (Paraesthesien, evtl. Muskelschwächen), und *Zirkulationsstörungen* (Ödeme, Zyanose) in Arm und Hand. Diese Symptome kommen und verschwinden oft sehr rasch und ohne erkennbare Ursache. Üblicherweise machen sie sich erst im frühen Erwachsenenalter bemerkbar. Kräftiges Ziehen am Arm nach unten kann sie manchmal auslösen und den Radialispuls unterdrücken, Druck auf die Skalenuslücke ebenfalls.

Eine Halsrippe auf dem Röntgenbild allein beweist den kausalen Zusammenhang noch nicht. Eine Reihe *anderer Affektionen können ähnliche Symptome* machen und müssen *differentialdiagnostisch* ausgeschlossen werden:

Neurologische:
- Zervikale Diskushernie
- Tumoren
- Syringomyelie
- andere zentralnervöse Krankheiten
- Neuritiden
- Ulnarislähmung
- Karpaltunnelsyndrom

Vaskuläre:
- Raynaudsche Krankheit
- arterielle Verschlüsse

Andere:
- Pancoast-Tumor.

Therapie: In leichten Fällen genügen heilgymnastische Massnahmen. Bei hartnäckigen Beschwerden oder neurologischen Ausfällen bringt die Durchtrennung der Insertion des vorderen Skalenusmuskels an der ersten Rippe, resp. die Resektion der Halsrippe, Beschwerdefreiheit, sofern die Diagnose richtig war.

3.2. Schiefhals (Tortikollis)

3.2.1. *Der angeborene muskuläre Schiefhals*

Der angeborene muskuläre Schiefhals ist die häufigste Form.

Die *Ursache* ist bis heute noch nicht eindeutig geklärt.

Der Befund ist bei der Geburt gering, doch entwickelt sich in den ersten Lebenswochen eine derbe, spindelförmige Verdickung in einem m. sternocleidomastoideus, offenbar eine fibröse Hypertrophie im Muskelgewebe. Die Schwellung verschwindet im Laufe der folgenden Wochen und Monate, doch hinterlässt sie einen derben, fibrösen, nicht dehnbaren Strang, eine Muskelkontraktur. Dieser gut sicht- und tastbare Strang zwingt den Kopf in eine schiefe Stellung, geneigt nach der Seite der Läsion und gedreht zur anderen. Im Verlaufe des Wachstums nimmt die Deformität zu, da der fibröse Strang nicht mitwächst, und in manchen Fällen ist die Gesichtshälfte auf der befallenen Seite unterentwickelt, wahrscheinlich sekundär, und das Gesicht wirkt dadurch stark asymmetrisch (Abb. 391).

Therapie: Eine frühe Erkennung und Behandlung sind wichtig, denn in den ersten Lebenswochen lässt sich der Muskel noch dehnen. Die tägliche Dehnung des M. sternocleidomastoideus wird am besten von einer erfahrenen Physiotherapeutin durchgeführt, welche den Eltern dann auch die notwendigen Handgriffe beibringt.

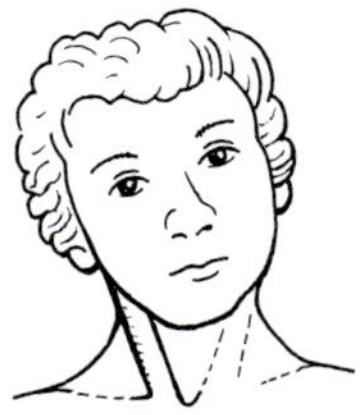

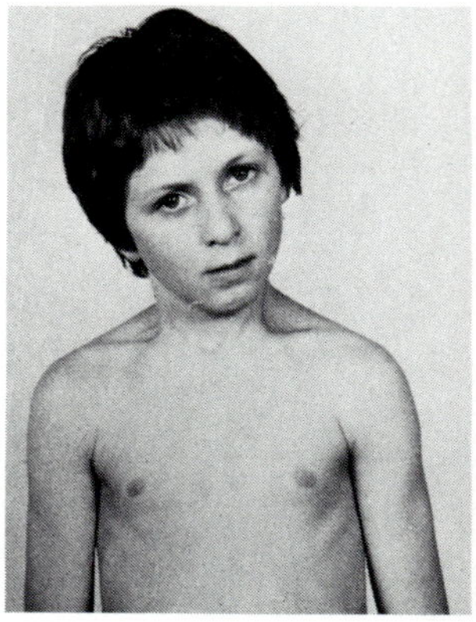

Abb. 391. Angeborener *muskulärer Schiefhals.* Der dicke, verkürzte Strang des Sternokleidomastoideus neigt den Kopf und dreht ihn zur Gegenseite.

Wenn die Behandlung früh im Säuglingsalter begonnen wird, lässt sich die Schiefstellung in vielen Fällen noch korrigieren.

Die *irreversible Kontraktur* bei *älteren Kindern* kann nur durch die *operative* Durchtrennung des Muskels (an seiner Insertion an der Klavikula) gelöst werden, eine der ältesten orthopädischen Operationen. Anschliessende Redressionsgipse und intensive Heilgymnastik sind wichtig, um das häufige Rezidiv zu verhindern.

3.2.2. *Erworbener Tortikollis*

Differentialdiagnostisch ist vom relativ häufigen muskulären Schiefhals eine Reihe anderer, seltener Ursachen für einen Schiefhals abzugrenzen:

- Ossärer Tortikollis: bei kongenitalen Missbildungen der Halswirbel (Röntgenbild!)
- Okulärer Tortikollis, bei Sehstörungen (Schielen usw.)
- Akuter Tortikollis, ausgelöst z.B. durch entzündliche Prozesse (Lymphknotenschwellungen, Tonsillenabszesse) oder Verletzungen (Wirbelfrakturen, Luxationen) im Halsbereich.

Diese Formen müssen entsprechend ihrer Ursache behandelt werden.

Häufig aber harmlos ist

- Die sogenannte *«Halskehre» des Erwachsenen,* auch eine akute Tortikollisform, durch Kälte, Zwangshaltung oder ähnliches ausgelöst. Der Schmerz entsteht in der verkrampften Nackenmuskulatur, Bewegungsstörungen in den kleinen Wirbelgelenken können eine Rolle spielen. Solche Zustände sprechen auf manipulative (chiropraktische) Behandlung oft schlagartig gut an. Auch spontan verschwinden sie rasch wieder, sofern keine ernsthaftere Krankheit dahinter steckt.
- Der *spastische Tortikollis* der Erwachsenen ist eine seltene, unklare, überaus chronische Affektion. Der Kopf neigt sich unwiderstehlich nach einer Seite. Somatische Veränderungen, ausser den Muskelkontrakturen, sind nicht zu finden. Kaum eine orthopädische, auch operative, Massnahme ist imstande, diese Tendenz zu unterbinden, hingegen kann der Patient selbst mit einem ständigen leichten Fingerdruck aufs Kinn den Kopf stützen und geradehalten. Psychotherapie könne manchmal solche Fälle heilen; sie sind überaus hartnäckig.

4. Die Halswirbelsäule

Hier werden nur einige für die Pathologie der Halswirbelsäule spezifische Affektionen besprochen. Die grundlegenden, für die ganze Wirbelsäule geltenden anatomischen und pathophysiologischen Gegebenheiten und Überlegungen müssen in den nächsten Kapiteln nachgelesen werden. Besonders gilt dies für die degenerativen Krankheiten.

Angeborene Missbildungen: Kurzhals (Klippel-Feil): Verschmelzung zweier oder mehrerer Halswirbel, evtl. weitere Missbildungen. Der Kopf sitzt unmittelbar dem Thorax auf. Selten, rein kosmetische Bedeutung.

Der zerviko-okzipitale Übergang: Im Bereiche des Atlanto-Okzipital-Gelenkes und des Kopfdrehgelenkes (zwischen Atlas und Epistropheus) kommt eine Reihe von *Missbildungen* vor (basiläre Impression, Assimilationsstörungen, Densaplasie und andere); sie sind allerdings viel *seltener* als z.B. am Lumbosakralübergang. Wichtig ist es, die Röntgenbilder richtig zu interpretieren, z.B. nach Verletzungen. Dies ist nicht immer einfach, denn die Technik der Röntgenuntersuchung dieser Region ist schwierig, und die Bilder sind recht verwirrend, besonders bei Kindern. Zweckmässig ist es, normale Vergleichsbilder zur Hand zu haben. Beschwerden bei solchen Missbildungen sind selten. Gelegentlich wird eine *Instabilität* oder eine eigentliche *Subluxation* des Atlas nach vorne über den Epistropheus durch postnatale Krankheiten verursacht: Entzündliche Krankheiten im Halsbereich (Pharynx: maladie de Grisel), Wirbelverletzungen (Densfraktur) usw. Solche Zustände sind von den kongenitalen abzugrenzen (kongenitale Dens-Pseudarthrosen). Wenn neurologische Symptome und/oder eine Instabilität mit entsprechenden Beschwerden vorliegen, ist entweder konservative Reposition mit anschliessender Ruhigstellung (Schanzsche Wattekravatte, Plastikkragen), in der Regel aber, bei chronischen Affektionen, eine Spanfixation der instabilen Segmente angezeigt (dorsale Spondylodese, evtl. zerviko-okzipital).

4.1. Degenerative Erkrankungen der Halswirbelsäule

4.1.1. *Pathologie und Klinik*

Wie die übrige Wirbelsäule unterliegt die Halswirbelsäule *sehr häufig vorzeitigen* degenerativen *Veränderungen,* besonders in ihrem beweglichsten Abschnitt, d.h. zwischen C_5 und C_7. Die pathologischen Vorgänge sind dieselben wie an der übrigen Wirbelsäule, mit Degeneration der Bandscheibe, reaktiven Veränderungen an den Deckplatten und Kanten, sowie Arthrosen in den kleinen Wirbelgelenken (siehe III.B.10.1.). Dazu kommen im Halsbereich Veränderungen der *Unkovertebralgelenke,* welche im antero-posterioren Röntgenbild deutlich sichtbar sind (Unkarthrose). Die hier entstehenden Osteophyten können sich seitlich berühren und machen Falschgelenke (Nearthrosen), die zu Beschwerden führen können.

Die *Processi uncinati* liegen aber auch in unmittelbarer Nähe der Foramina intervertebralia und der Foramina transversalia, wo Osteophyten leicht *auf die zervikalen Nervenwurzeln* resp. die *arteria vertebralis drücken* können (Abb. 392).

Daraus ergeben sich *typische klinische Syndrome:*

4.1.1.1. *Zervikalsyndrom*

Nackenschmerzen, oft mit Ausstrahlungen in den Hinterkopf, in die Schulter, evtl. bis in die

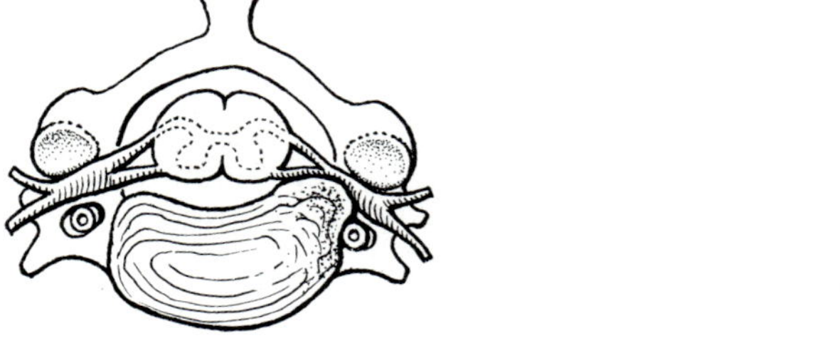

Abb. 392. Enge *topographische Beziehungen* zur Halswirbelsäule haben Rückenmark und Nervenwurzeln, sowie die Arteria vertebralis, welche durch ein Loch im Querfortsatz nach oben zieht, dicht neben dem Processus uncinatus, der lateralen Lippe des Wirbelkörpers, wo nicht selten Osteophyten wachsen, die die Nervenwurzeln und die Arterie bedrängen können (sog. «harte Hernie», hier rechts). Auch «weiche» Hernien aus der Bandscheibe können Kompressionssyndrome verursachen. Die Verhältnisse sind eng, dicht hinter den Nervenwurzeln liegen die Gelenkfazetten der kleinen Zwischenwirbelgelenke.

Arme (ohne neurologische Symptome). Nackensteife mit schmerzhaftem Muskelhartspann, evtl. vollständige Blockierung in einer Fehlhaltung (Tortikollis).

Diesem Syndrom liegen meist *Störungen* der *gelenkigen Wirbelverbindungen* (kleine Wirbelgelenke, Unkovertebralgelenke, seltener Bandscheibenveränderungen) zugrunde.

4.1.1.2. *Zerviko-zephales Syndrom*

Kopfschmerzen, oft migraine-artig, Schwindel (vestibulär), Ohrensausen, Sehstörungen, Schwächeanfälle und psychotische Veränderungen, meist zusammen mit zervikalen Symptomen. Typisch ist das intermittierende Auftreten der Symptome in Abhängigkeit von Kopf- und Halsbewegungen.

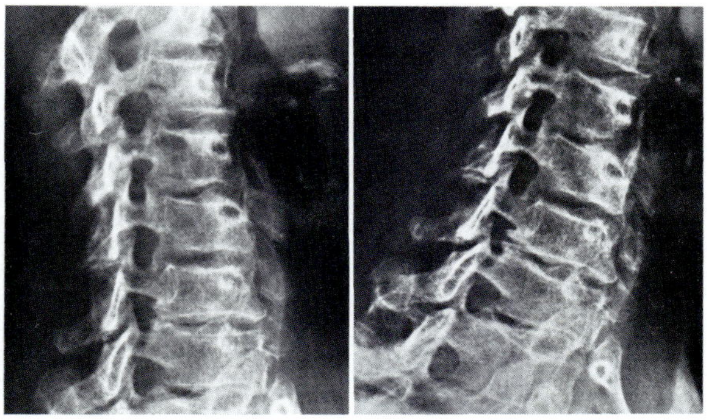

Abb. 393. In *schrägen Aufnahmen der Halswirbelsäule* kommen die *Intervertebrallöcher* zur Darstellung. Eine gewisse Verengerung, wie im drittobersten Segment links, und Randzacken, wie im drittuntersten Intervertebralloch rechts, sind Ausdruck einer Unkovertebralarthrose im Rahmen der zervikalen Arthrose. Sie kommen relativ häufig vor, können Kompressionssyndrome machen, bleiben aber auch oft symptomfrei.

Dieses Syndrom wird hervorgerufen durch eine Behinderung des Blutflusses in der *arteria vertebralis* auf ihrem Weg durch die Wirbelquerfortsätze zum Hirnstamm. Der sichere Nachweis gelingt mit der *Arteriographie.* Ursache kann eine äussere Irritation oder Kompression durch eine Unkovertebralarthrose, evtl. nach Trauma der Halswirbelsäule, sein.

Die Beschwerden scheinen so heterogen, schlecht erfassbar und therapieresistent, dass der Verdacht auf eine neurotische Genese nahelag, zumal da häufig Rentenansprüche hinzukamen. Seit die *genaue Untersuchung:* otologisch (vestibuläre Zeichen, Nystagmographie), radiologisch und vor allem die *Angiographie* der arteria vertebralis (retrograd von der a. brachialis aus) objektive Befunde ergab, und die chirurgische Behandlung Erfolge brachte, ist man eher geneigt, diesen Beschwerden eine somatische Ursache zuzubilligen und die Patienten entsprechend zu behandeln.

4.1.1.3. *Zerviko-Brachialsyndrom*

Zum Zervikalsyndrom treten *neurologische Symptome* mit sensiblen und motorischen Ausfällen in Arm und Hand vom radikulären Typ, meistens C_{5-6} oder C_{6-7}.

Ursache ist in der Regel eine *Kompression* der betreffenden *Nervenwurzel* im foramen intervertebrale, häufiger chronisch durch eine Unkovertebralarthrose («harte Hernie») (schräge Röntgenaufnahme: verengertes foramen intervertebrale), seltener durch einen akuten Diskusprolaps (weiche Hernie) (Myelographie) (Abb. 393).

Häufig sind diese Syndrome *kombiniert* (Tab. 25):

4.1.1.4. *Pathogenese der zervikalen Syndrome (Tab. 25).*

Ursache		Ort der Störung		Erfolgsorgan		Symptome	Syndrom
Zervikale Arthrose:	→	Wirbelgelenke	→	*Bewegungssegment* (Gelenke, Bänder, Muskeln)	→	arthrogene Beschwerden:	*Zervikalsyndrom*
– *Unkarthrose* (Osteophyten)	→	Foramen transversum	→ →	*Arteria vertebralis:* *Hirnstamm*	→	neuro-vaskuläre Beschwerden:	*Zervikozephales Syndrom*
– Instabilität (auch posttraumatisch)	↗ ↘						
– Bandscheibenprolaps (weiche Hernie)	→	Foramen intervertebrale	→	*Nervenwurzeln* (C_6 und C_7)	→	radikuläre Symptome:	*Zerviko-Brachialsyndrom*
Trauma (Instabilität) Tumoren, Spondylitiden usw.	→	Canalis medullaris	→	*Rückenmark* (Kompression)	→	Querschnittslähmung:	*Medulläres* Syndrom

4.1.2. *Diagnose*

Die einfache *Spondylosis cervicalis* ist im seitlichen Röntgenbild leicht nachzuweisen. Man findet sie überaus häufig bei älteren Leuten, sehr oft als röntgenologischen Zufallsbefund, auch gelegentlich mit erheblichen Verengungen der Intervertebrallöcher, ohne dass Beschwerden angegeben werden (Abb. 394).

Umgekehrt sind auf dem Röntgenbild sichtbare, degenerative Veränderungen an den Wirbeln allein noch kein Beweis dafür, dass irgendwelche Schmerzen in Nacken, Kopf oder Armen wirklich hier ihren Ursprung haben. Andere Ursachen müssen *differentialdiagnostisch* ausgeschlossen werden:

- nicht degenerative Prozesse in der Halswirbelsäule oder im Rückenmarkskanal (Entzündungen, Tumoren, Verletzungsfolgen)
- neurologische Affektionen im Bereiche des Kopfes, des Zervikalmarks, des Plexus cervicalis und brachialis.

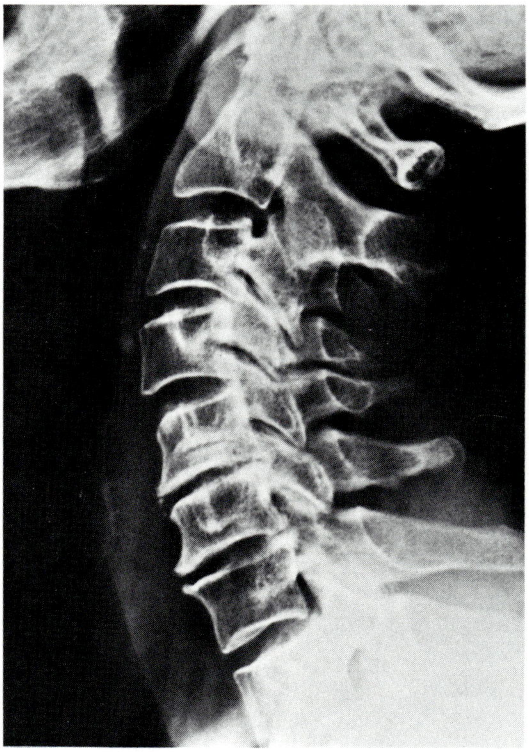

Abb. 394. *Zervikale Spondylose* im Röntgenbild einer 63jährigen Frau. In diesem Alter zeigen die meisten Halswirbelsäulen degenerative, spondylotische Veränderungen, wie sie hier vor allem in den Segmenten $C_5 - C_6$ und $C_6 - C_7$, der typischen Lokalisation, zu sehen sind: Verschmälerter Intervertebralraum, Randzacken, Sklerosierungen, sehr häufig auch ohne Beschwerden. Randzacken auf Röntgenbildern in diesem Alter sind deshalb noch nicht gleichbedeutend mit «Krankheit». Der klinische Befund ist ausschlaggebend.

- andere Affektionen im Halsbereich (Pharynx, Ohrabszesse, Lymphknotenschwellungen usw.)
- Affektionen im Bereiche des Schultergürtels, des Armes und der Hand (z.B. Karpaltunnelsyndrom, Pancoasttumor).
- Haltungsschwäche, muskuläre Insuffizienz im Bereiche der Brust- und Halswirbelsäule und des Schultergürtels (z.B. «Muskelrheumatismus» im Trapezius, in der Paravertebralmuskulatur usw.).
- Weiteres zur Differentialdiagnose der Zerviko-Brachialgien siehe III.B.3.1.1.

4.1.3. *Die Therapie der degenerativen Halswirbelsäulenleiden*

ist im Prinzip *konservativ* und gleich wie die Behandlung der degenerativen Leiden der Lendenwirbelsäule, wie sie in Abschnitt III.B.10.4. beschrieben ist.

Die *Entlastung* der Halswirbelsäule spielt eine wichtige Rolle: Extensionsbehandlung mit der Glissonschen Schlinge und *stützende Halskragen* (Schanzsche Krawatte, Wattestützverband, Plastik- oder Lederstützkragen), eine *Nackenrolle* im Bett. Dazu kommen physiotherapeutische Massnahmen (Wärmeapplikationen, Massage usw.). Meistens ist der Zustand auf diese Weise erträglich zu halten (Abb. 395).

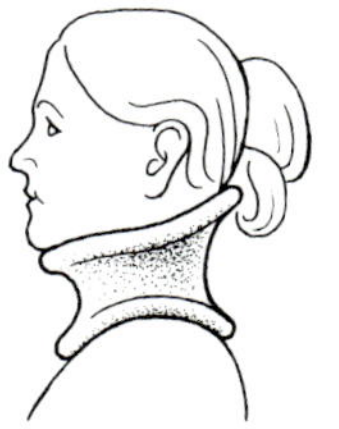

Abb. 395. *Stützkragen für den Hals* können je nach Bedarf weich, als sog. «Schanzscher Kragen», flexibel oder starr, aus verschiedenen Materialien, fertig gekauft oder nach Mass hergestellt werden.

Bei besonders hartnäckigen Beschwerden kann die *Spondylodese* eines Segmentes manchmal angezeigt sein. An der mittleren und unteren Halswirbelsäule ist diese relativ gefahrlos und sicher mit der *ventralen Knochenspanverblockung* der Wirbelkörper zu erreichen. Die Nachbehandlung ist einfach und die Rehabilitation dauert nur wenige Wochen. Voraussetzung des Erfolges ist die Lokalisation des Schadens auf ein, höchstens zwei Segmente. Nach dem Röntgenbild allein lässt sich das für die Beschwerden verantwortliche Segment nicht immer leicht feststellen, da häufig nicht ein stark verändertes, schon fast steifes Segment, sondern das benachbarte, noch bewegliche (instabile), Beschwerden macht. Funktionsaufnahmen können gelegentlich weiterhelfen.

Diskushernien (vgl. auch III.B.10.5.): Wenn *neurologische Ausfallserscheinungen* nachgewiesen werden können, welche auf konservative

Massnahmen nicht bald verschwinden, ist ebenfalls *operatives Vorgehen* zu erwägen: Eingriffe zur Dekompression einer Nervenwurzel (Resektion eines Osteophyten, resp. Entfernen einer «weichen» Diskushernie), evtl. eine Versteifung des betroffenen Bewegungssegmentes:

Die *Differenzierung* zwischen «harter» und «weicher» Hernie ist möglich mit Hilfe der klinischen Erscheinung (beim Diskusprolaps: akuter Beginn, monoradikulär, mehr motorische Ausfälle, weniger arthrotische Veränderungen) und durch die Myelographie (beim Diskusprolaps positiv) (Tab. 26).

Tab. 26. Radikuläre Symptome bei zervikaler Diskushernie.

– Diskushernie:	C_5/C_6	C_6/C_7
– Betroffene Nervenwurzel	C_6	C_7
– Schmerzen und Sensibilitätsstörungen	vom Nacken über Schulter und Arm bis:	
	Daumen	Mittelfinger
– Motorische und Reflexstörungen	evtl. Radius-Periost-Reflex	Trizeps

Eine *mediale Diskushernie* kann das Rückenmark selbst komprimieren. Dies ist ein sehr seltenes, aber bedrohliches Krankheitsbild, das notfallmässige chirurgische Behandlung erheischt.

Bei *Beteiligung der Arteria vertebralis* (Zerviko-Zephalsyndrom, «migraine cervicale») werden Dihydroergotamin-Präparate versucht. Die Beschwerden sind jedoch häufig sehr therapieresistent und oft unerträglich. *Die chirurgische Dekompression der Arterie* (Resektion des Proc. transversus und Proc. uncinatus) kann die Beschwerden zum Verschwinden bringen. Die Indikation zu diesem Eingriff wird mit Hilfe der Arteriographie der arteria vertebralis gestellt.

4.2. Trauma und Traumafolgen

Seit die Verkehrsunfälle zugenommen haben, hat das *Schleudertrauma* (whiplash-injury) an Bedeutung gewonnen. Beim Auffahren mit dem Auto und beim Angefahrenwerden von hinten wird der Kopf nach vorne, resp. nach hinten geschleudert und die Halswirbelsäule dabei gewaltsam flektiert, resp. überstreckt. Bänderrisse, Frakturen, Subluxationen und Luxationen können dabei entstehen. Nach Abheilen der unmittelbaren Verletzungsfolgen bleiben nicht selten allerlei Beschwerden zurück, wie sie für das Zerviko-Zephal- und das Zerviko-Brachialsyndrom (siehe oben) typisch sind.

Gewöhnliche Röntgenbilder brauchen keine Skelettveränderungen zu zeigen, doch decken *Funktionsaufnahmen,* besonders Seitenbilder der Halswirbelsäule in Flexionsstellung, gelegentlich eine *Instabilität* auf, eine Subluxationsstellung zwischen zwei Halswirbeln, wobei der obere über den unteren nach vorne verschoben ist (Abb. 396).

Wenn trotz längerer Ruhigstellung (Crutchfield-Extension im Liegen, Halskravatte) die Instabilität bestehen bleibt und neurologische Symptome auftreten, ist wegen der Gefährdung dieser Patienten eine Spondylodese des instabilen Segmentes in Erwägung zu ziehen.

An der mittleren und unteren HWS hat sich die *ventrale interkorporelle Spondylodese* bewährt (siehe III.B.10.4.1.8.). Zu den obersten Segmenten ist der Zugang von vorne ungünstig, und die dorsale Spanung, gesichert mit einer Drahtschlinge um Dornfortsätze und Bogen herum, ist zweckmässiger (Abb. 397).

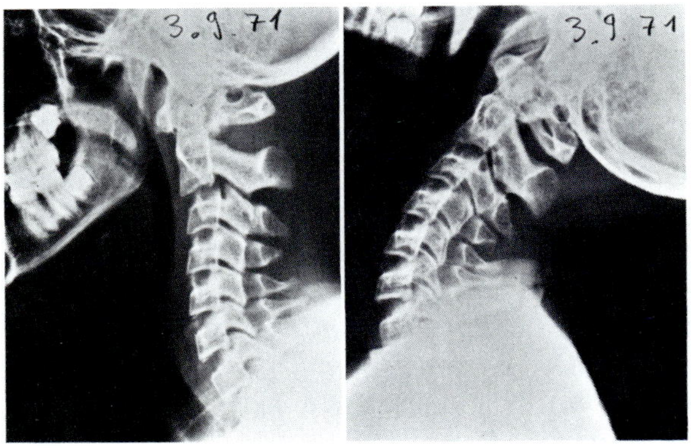

a b

Abb. 396. Funktionsaufnahmen der Halswirbelsäule eines 14jährigen Jungen, der ein Schleudertrauma infolge eines Motorradunfalles erlitten hatte. Die normale Röntgenaufnahme zeigte keine Verletzung. Das Bild links, bei maximaler Flexion aufgenommen, zeigt jedoch eine Kippung des zweiten Halswirbels über den dritten nach vorne, eine leichte Subluxation, während beim Rückneigen (rechts) die Wirbel nicht verschoben sind. Solche Instabilitäten können Ursache von erheblichen Beschwerden sein (siehe III.B.4.1.1.1.), aber auch, bei der Nähe des Halsmarkes, sehr gefährlich werden. Pathologisch vermehrte, aber auch eingeschränkte Beweglichkeit einzelner Segmente sind am besten mit solchen Funktionsaufnahmen zu erkennen.

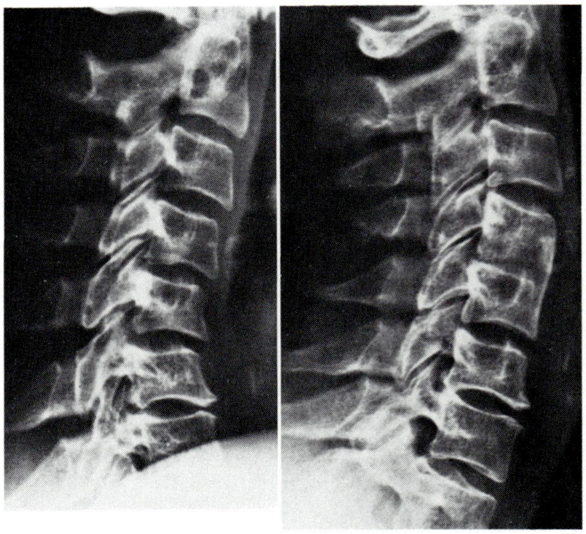

a b

Abb. 397. 59jährige Patientin mit Zervikalsyndrom. a) Das Röntgenbild zeigt eine Instabilität des Segmentes $C_4 - C_5$. b) 2 Jahre später: Knöcherne Fusion der Wirbelkörper C_4 und C_5 nach Spondylodese von einem ventralen Zugang aus.

4.3. Andere Affektionen der HWS

Tumoren, entzündliche und andere Erkrankungen des Skelettes betreffen die Halswirbel ebenso wie die übrige Wirbelsäule (siehe III.B.11.3.).

Da die Halswirbelsäule an sich aber viel schlanker und beweglicher ist, wird ihre statische Haltefunktion durch Substanzverluste viel leichter in Mitleidenschaft gezogen. Daraus ergeben sich zusätzliche Probleme bei der Behandlung solcher Affektionen. Die Entlastung durch äussere Stützen (Kragen) ist wesentlich. Bei Operationen wird man wenn immer möglich versuchen, die Stabilität der Wirbelsäule zu erhalten oder wiederherzustellen. Die *ventrale Spondylodese* mit kortikospongiösen Knochenspänen eignet sich dazu besonders gut.

5. Kongenitale Wirbelmissbildungen

Angeborene Fehlbildungen an Wirbeln sind recht *häufig,* was angesichts der komplizierten Anlage und Entwicklungsgeschichte der Wirbelsäule nicht erstaunt. Einige solche Wirbelmissbildungen machen Wirbelsäulendeformitäten, einige andere können Ursachen von Beschwerden sein. Ein *Grossteil* jedoch sind *Zufallsbefunde* auf dem Röntgenbild. Ihre klinische Bedeutung ist gering, ihre richtige Deutung allerdings wichtig.

Die Missbildung an sich ist stumm. Sie macht *nur Symptome,* wenn die *Funktion* gestört ist:
- wenn bei einer Spina bifida gleichzeitig eine *Meningozele* mit neurologischen Ausfällen besteht (siehe II.8.5.1.);
- wenn durch asymmetrische Wirbelbildungen eine *Skoliose* entsteht (siehe III.B.8.);
- wenn die Missbildung den normalen *Bewegungsablauf beeinträchtigt;*
- wenn *pathogenetische Herde* (z. B. Falschgelenke) zu degenerativen (arthrotischen) Veränderungen und *Schmerzen* Veranlassung geben, wie z. B. manche Fälle von

5.1.1. *Assimilationsstörungen*

Die Übergänge von einem Wirbelsäulenabschnitt zum anderen scheinen phylogenetisch unruhig und ontogenetisch nicht allzu genau fixiert zu sein und sind gelegentlich etwas nach oben oder unten verschoben. Solche «Assimilationsstörungen» findet man besonders *häufig am Übergang der Lumbosakralwirbelsäule zum Sakrum.* Man spricht von *«Lumbalisation»,* wenn der oberste Sakralwirbel aus dem Kreuzbeinverband herausgelöst und den Lumbalwirbeln angeglichen erscheint, im umgekehrten Fall von *«Sakralisation»* des untersten Lumbalwirbels. Beide Bilder sehen ähnlich aus und lassen sich nur durch Auszählen aller Wirbel unterscheiden, man spricht deshalb einfacher von einem *«Übergangswirbel».*

Häufig sind solche Assimilationsstörungen *einseitig* (Hemilumbalisation, Hemisakralisation). Bei der daraus entstehenden *Asymmetrie* treten eher statische Beschwerden auf als bei seitengleichen Verhältnissen.

Auf dem *Röntgenbild* fällt an einem solchen Übergangswirbel vor allem ein stark vergrösserter und *verdickter Querfortsatz* auf. Dieser kann so gross ein, dass er das *Sakrum* und manchmal auch den hinteren Beckenkamm *berührt.* An dieser Stelle bildet sich ein *falsches Gelenk,* eine Synchondrose ähnlich der Symphyse oder dem Ileosakralgelenk. Diese sogenannte *«Nearthrose»* ist funktionell minderwertig, was in der Regel bald an degenerativen Erscheinungen, wie subchondraler Sklerose und Randzacken, zu erkennen ist. Von diesem *pathogenen Fokus* können *Beschwerden* ausgehen wie von einem arthrotischen Gelenk (Abb. 398).

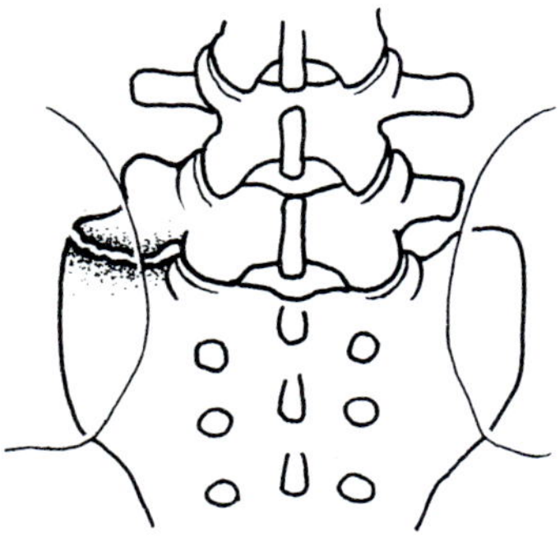

a

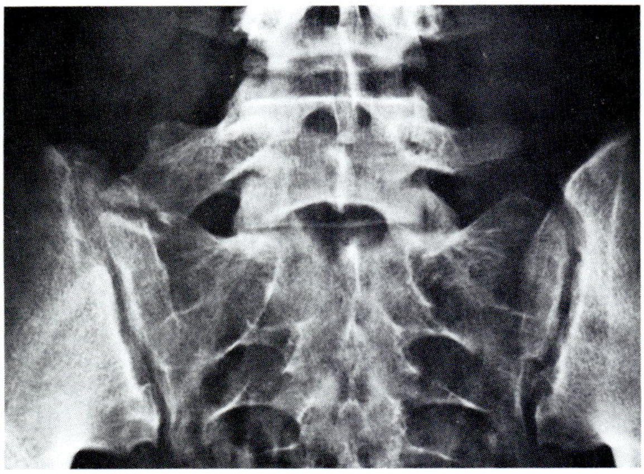

b

Abb. 398.

a Sog. *«Hemisakralisation».* Ein Querfortsatz des untersten Lendenwirbels ist stark verbreitert und hat Kontakt mit dem Sakrum. Die Verbindung ist ein Falschgelenk, eine Neoarthrose, die zu degenerativen Veränderungen neigt und auch alle Merkmale der Arthrose zeigt mit reaktiver Sklerose und Schmerzen.

b Hemisakralisation des fünften Lendenwirbels bei einem 20jährigen Mädchen, das über zunehmende Kreuzschmerzen klagte. Der lumbosakrale Übergang kommt am besten auf Röntgenbildern mit aufgekipptem Becken (Technik von Teschendorff oder Barsony) zur Darstellung. Der unterste Intervertebralraum erscheint dann orthograd getroffen, wie auf diesem Bild.

Assimilationsstörungen sind auch nicht selten von Störungen der Bandscheibenanlage und/oder von Schiefstellungen der Wirbel begleitet, welche *degenerative Erscheinungen* (Osteochondrose, Spondylose) begünstigen.

Die *Behandlung* ist zunächst gleich wie bei den degenerativen Leiden der Lumbalwirbelsäule (siehe III.B.10.4.).

Die *Resektion* des pathogenen Fokus, des Falschgelenkes, so einleuchtend sie auch wäre, bringt selten die erhoffte Beschwerdefreiheit. Wenn wegen der Intensität der Schmerzen operiert werden muss, ist die *Spondylodese* des Übergangssegmentes sicherer, vor allem wenn die Nearthrose gross ist.

5.1.2. *Asymmetrische Wirbelmissbildungen*

Jeder Wirbel entsteht aus verschiedenen Knochenkernen. Ihre Ausbildung und Verschmelzung kann gestört sein, was zu *Teilwirbeln, Blockwirbeln* und *Spaltbildungen* führt. Asymmetrische Wirbel hemmen die Entwicklung einer geraden normal geformten Wirbelsäule. *Halbwirbel* (Hemivertebrae) sind in der Regel Ursache einer *kongenitalen Skoliose.* Diese unterscheidet sich von anderen Skolioseformen durch das *Röntgenbild:* An der Stelle der knickförmigen Hauptkrümmung findet man die Wirbelmissbildung, proximal und distal davon die regelmässiger geschwungenen kompensatorischen Gegenkrümmungen (Abb. 399).

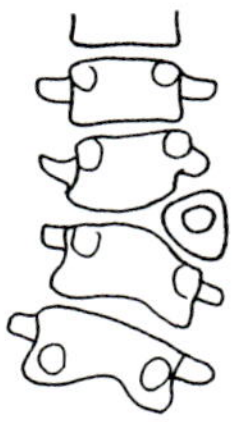

Abb. 399. Angeborener *Halbwirbel* (Keilwirbel). Daraus entsteht eine kongenitale *Skoliose,* deren Verlauf sich nicht sehr stark von den übrigen Skoliosen unterscheidet.

Im übrigen unterscheiden sich kongenitale Skoliosen *wenig* von den idiopathischen: Insbesondere ist die Progredienz der Krümmung während des Wachstumsschubes kaum kleiner. Die kongenitale Skoliose wird deshalb zusammen mit der idiopathischen besprochen (siehe III.B.8.).

5.1.3. *Spina bifida: Mangelhafter Schluss des Neuralrohres*

Wenn im Verlaufe der Embryonalentwicklung der regelrechte Schluss des Neuralrohres ausbleibt, fast immer im lumbosakralen Abschnitt,

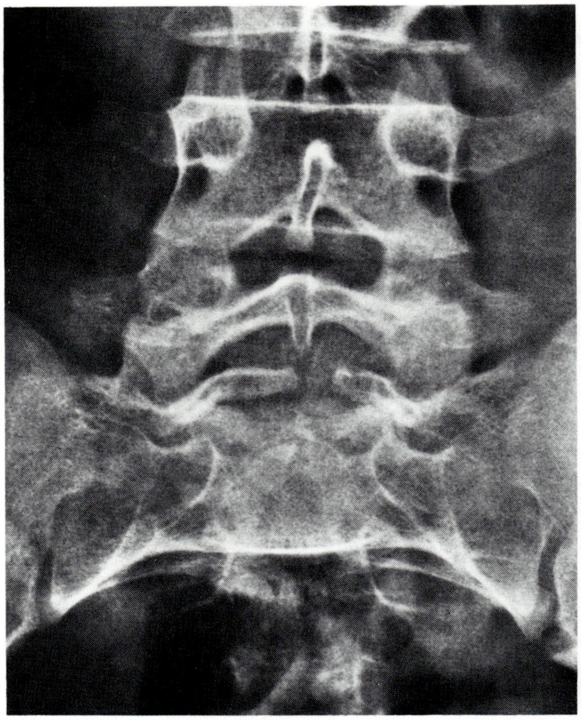

Abb. 400. Angeborenes Fehlen von hinterem Wirbelbogen und Dornfortsatz, an der Lumbosakralgrenze ein häufiger Zufallsbefund: «Spina bifida occulta», eine radiologische Diagnose ohne klinische Bedeutung.

selten auf Höhe der Halswirbelsäule, dann entsteht das Bild der *Spina bifida.* Ihre mildeste Form ist erkennbar an einer Spaltung eines oder mehrerer Dornfortsätze, oder am Fehlen derselben: *«Spina bifida occulta».* Dies ist eine röntgenologische Diagnose *ohne klinische Bedeutung,* auch wenn gelegentlich kleine äusserliche Veränderungen dazu kommen, wie Haarbesatz über dem Sakrum oder kleine Einziehungen in der hinteren Fortsetzung der Gesässfalte (Abb. 400).

In schwereren Fällen *(Spina bifida aperta)* ist der Duralsack und sein Inhalt ebenfalls missgebildet, hernienartig vorgewölbt oder offen *(Meningo- resp. Meningomyelozele),* so dass *neurologische Symptome* auftreten können. Alle Stufen von kaum erkennbaren, leichten Störungen an den unteren Extremitäten, über Urin- und Stuhlinkontinenz usw. bis zu schwersten Beinlähmungen können vorkommen. Auch diese bedauernswerten Kinder können heute am Leben erhalten werden durch sofortige Operation des offenen Duralsackes und des Hydrozephalus, doch bleiben ihre Lähmungen bestehen und stellen ein überaus schwieriges Problem für Urologen und Orthopäden dar.

Die *Spina bifida mit neurologischen Erscheinungen* ist im Kapitel über neurologische Affektionen (II.8.5.1.) beschrieben.

5.1.4. *Spaltbildungen*

Ausser bei der Spina bifida kommen Spaltbildungen, allerdings seltener, auch an anderen Stellen im Wirbelbogen und im Wirbelkörper vor (Abb. 401).

Die häufige Spaltbildung in der Interartikularportion des Wirbelbogens *(Spondylolyse)* entsteht erst nach der Geburt, wahrscheinlich aufgrund einer angeborenen Dysplasie. Sie ist Ausgangspunkt der häufig beobachteten *Spondylolisthesis* (Wirbelgleiten) (siehe III.B.9.).

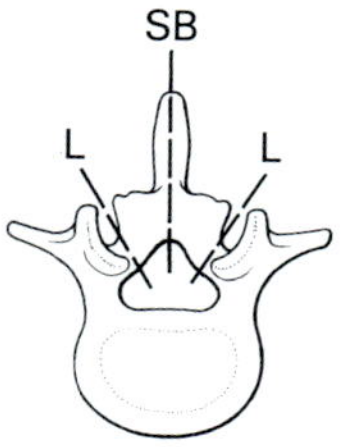

Abb. 401. *Spaltbildungen* im Wirbelbogen: SB = Spina bifida, L = Lyse, Spondylolyse: Spaltbildungen in der Interartikularportion des Wirbelbogens, praktisch immer *beidseitig.*

• *Wirbelmissbildungen* können andere, ernstere pathologische Prozesse *vortäuschen,* Spaltbildungen z. B. Frakturen. *Sehr viele Missbildungen* sind *harmlose Zufallsbefunde* und bedürfen *keiner Therapie.* Die Träger solcher Anomalien sind *gesund* und sollten *nicht* mit klinisch belanglosen Röntgendiagnosen geängstigt und zu Rückenleidenden gestempelt werden!

Es ist wichtig, die Röntgenanatomie und Bedeutung der Missbildungen zu kennen und Diagnosen nicht allein nach Röntgenbildern zu stellen.

6. Form und Haltung der Wirbelsäule

6.1. Grundlagen

6.1.1. *Begriffe*

Im üblichen Sprachgebrauch bedeuten:

1. *Kyphose* = dorsal konvexe Krümmung (*Rundrücken,* Buckel). Eine mässige Kyphose ist physiologisch für die Brustwirbelsäule. Im Hals- und Lendenbereich dagegen, auch am thorakolumbalen Übergang ist sie pathologisch. Eine *pathologische* Kyphose der Brustwirbelsäule wird als «vermehrte Kyphose» oder als «Rundrücken» bezeichnet.
2. *Lordose* = dorsal konkave Krümmung *(Hohlrücken).* Eine Lordose ist physiologisch für die Hals- und die Lendenwirbelsäule. Für die Brustwirbelsäule wäre sie pathologisch (sehr selten).
   Eine pathologisch übertriebene *Lordose* der Zervikal- oder Lumbalwirbelsäule wird als *Hyperlordose* bezeichnet.
3. *Skoliose* = *seitliche Verkrümmung* der Wirbelsäule. Seitliche Abweichungen der Wirbelsäule von der Geraden haben beim Gesunden eine relativ kleine Streuungsbreite. Stärkere Abweichungen sind als Deformitäten anzusehen.

Natürlich kann die Wirbelsäule je nach Haltung verschiedene *Stellungen* einnehmen.

Ein Röntgenbild z.B. zeigt die Stellung der Wirbelsäule im Augenblick der Aufnahme. Diese stimmt mit der *Gewohnheitshaltung,* welche allein von Bedeutung ist, nicht immer überein (Untersuchung siehe III.B.2.1.2.).

6.1.2. *Was ist eine «gute Haltung»?*

«Eine Haltung ist gut oder schön, wenn sie auf den Beschauer einen guten oder schönen Eindruck macht. Es handelt sich also um ein gefühlsmässiges Urteil. Zahlen und Messungen können die Haltung nicht beschreiben. Den Blick für eine gute (schöne) Haltung bekommt man bei der Untersuchung vieler Menschen mit guter (schöner) Haltung und durch die Betrachtung entsprechender Kunstwerke, vor allem der Plastiken der alten Griechen.» Dieser Rat, den PITZEN in seinem «Lehrbuch der Orthopädie» (10. Aufl. 1968) gibt, ist sicher zu beherzigen. Andererseits bringt er drastisch zum Ausdruck, welchen Schwierigkeiten wir begegnen beim Versuch, unsere Vorstellungen zu *objektivieren.*

Die erste *Schwierigkeit* liegt in der *Definition der «Norm».* Bei einer morphologisch normalen Haltung steht die Wirbelsäule in der Frontalebene im Lot, in der Sagittalebene richtet sie sich harmonisch an der Schwerelinie auf (siehe Abb. 281, II.12.1.3.).

Für individuelle Varianten muss eine genügende, relativ grosse Streubreite zugestanden werden. Diese stösst an Grenzen, wo die Formabweichung zu *krankhaften Erscheinungen* (sog. «Haltungsschäden») führt. Hier beginnt die *zweite Schwierigkeit,* indem *die Übergänge zum Pathologischen* wie in keinem anderen Teilgebiet der Orthopädie *fliessend* sind, und Auftreten und Ausmass der Beschwerden längst nicht immer von Form und Haltung abhängig sind: Erhebliche Abweichungen von «normaler» Morphologie ohne Beschwerden sind ebenso häufig wie Rückenschmerzen bei mehr oder weniger «normaler» Form und Haltung (vgl. auch II.13., Häufige Normvarianten bei Kindern).

6.1.3. *Aktive und passive (schlaffe) Haltung*

Vereinfacht lässt sich sagen, dass die aufrechte Haltung entweder
1. aktiv durch *Muskelkraft* oder
2. passiv durch den *Bandapparat*
erhalten werden kann (siehe III.B.1.4.). Normalerweise ist die Wirbelsäule nie ganz ruhig und die Haltung wird ständig etwas verändert, wobei zwischen aktiver und passiver Stabilisierung abgewechselt wird. Die Beanspruchung der Gewebe des Stützapparates ist geringer und physiologischer bei aktiver Haltung, obwohl die passive die «bequemere» ist.

Die *Bänder allein* sind auf die Dauer der Beanspruchung nicht gewachsen, die *Muskulatur* wird überstreckt und atrophiert, und die Bandscheiben werden unphysiologisch beansprucht, was ihre Degeneration beschleunigt.

Grundsätzlich kann deshalb eine aktive, gerade Haltung als Prophylaxe gegen Rückenbeschwerden angesehen werden (Abb. 402 und 407).

Wenig ästhetische Haltungen (Abb. 405) sind bei Kindern häufig anzutreffen. Solange sich die Wirbelsäule aktiv gut aufrichten lässt, ist dieser Befund nicht pathologisch. Diese sogenannte «schlechte Haltung» soll nicht dramatisiert werden, und man braucht Kinder und Eltern nicht mit dem Ausdruck «Haltungsschäden» zu ängsti-

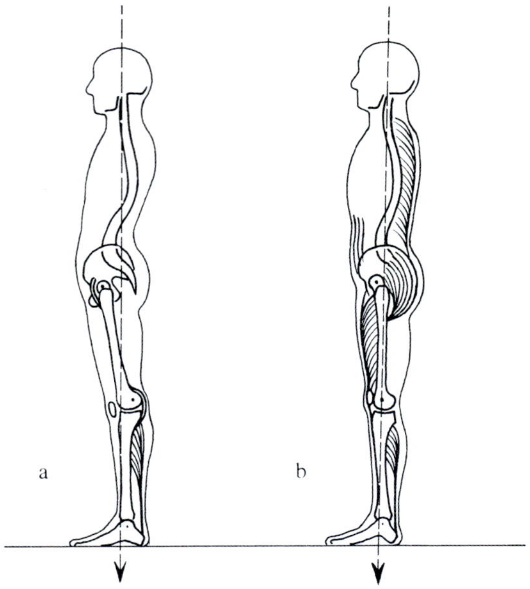

Abb. 402. *Passive und aktive Haltung.*

a Bei der passiven Haltung lässt sich der Körper «in die Bänder fallen», das Becken kippt nach vorne, der Rumpf wird nach hinten geneigt und sinkt in sich zusammen. Diese Haltung ergibt sich daraus, dass Gelenke und Teilschwerpunkte in eine solche Lage zum Schwerpunktslot gebracht werden, dass eine Stabilisierung durch Bänder allein, mit nur geringer Muskelanstrengung, möglich ist (vgl. Abb. 79).

b Die aktive Haltung ist gekennzeichnet durch eine leichte Aufrichtung des Beckens (Gesäss- und Bauchmuskulatur), eine Abflachung der Lendenlordose, sodann Aufrichtung der Brustkyphose (Rückenmuskulatur) mit Zurücknehmen des Schultergürtels (Schulterblattmuskulatur): «Bauch eingezogen, Brust heraus» (vgl. auch Abb. 407).

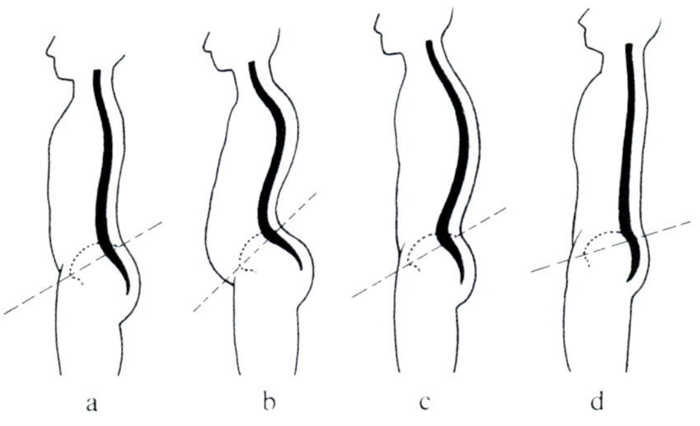

Abb. 403.

a «Normale» gerade Haltung.

b «Schlaffe Haltung» (thorakale Kyphose mit Hyperlordose der Lendenwirbelsäule und verstärkter Beckenkippung) (evtl. Hüftflexionskontraktur).

c Rundrücken (tiefthorakal).

d «Geradrücken», «Flachrücken».

Die beiden letzten sind statisch ungünstig, besonders wenn sie schon teilweise *fixiert* sind, wie etwa bei der Scheuermannschen Krankheit.

Die Formen b), c) und d) entsprechen drei typischen Aspekten des M. Scheuermann: a): Thorakale, b): thorako-lumbale und c): lumbale Form (siehe III.B.7.1.2.).

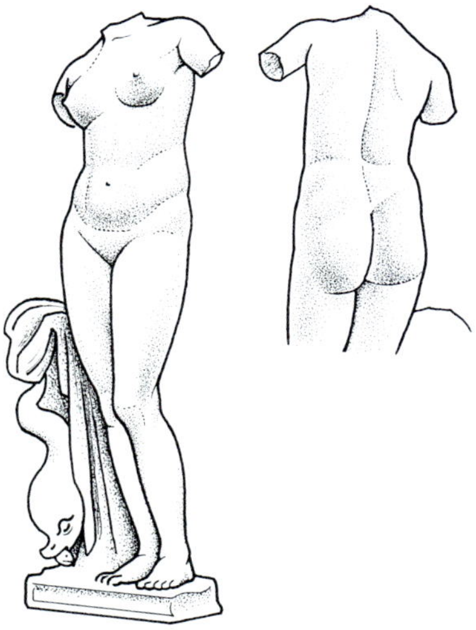

Abb. 404. *«Kontrapost»-Haltung* (Venus von Kyrene): Bequeme Haltung bei normaler Wirbelsäule. Das Becken steht etwas schief, die Wirbelsäule zeigt eine «S-förmige Skoliose», welche allerdings flexibel ist und sofort wieder aufgerichtet werden kann. Trotz der Asymmetrie ist die Haltung völlig normal und wird vom Künstler als ästhetisch empfunden.

Eine solche «skoliotische Haltung» wird z. B. auch oft eingenommen zum Ausgleich einer Beinlängendifferenz.

gen (vgl. auch II.13., Häufige Normvarianten bei Kindern).

6.1.4. *Einige typische Haltungsformen* (Abb. 403)

6.2. Haltung und Deformität

Am Beispiel des bequemen asymmetrischen Standes, bei welchem das Gewicht auf das Standbein verlagert, das Spielbein entlastet wird (Kontrapost-Haltung), soll das Wesen der «Haltung» noch etwas verdeutlicht werden (Abb. 404):

«Haltung» ist die Momentanaufnahme einer beweglichen Wirbelsäule, im Gegensatz zu fixierten («strukturellen») Formabweichungen bei einer (teilweise) steifen Wirbelsäule. Man spricht also von «lordotischer, kyphotischer oder skoliotischer Haltung», im Gegensatz zu einer (fixierten) Lordose, Kyphose resp. Skoliose (vgl. Fixierte und nicht fixierte Deformitäten, II.12.1.4.).

Dieser Unterschied markiert auch ziemlich genau die *Grenze zwischen «normal» und «pathologisch»*.

Aus «normal» kann jedoch «pathologisch» werden, denn etwas vereinfachend lässt sich sagen, *dass die Summe der Haltungen, welche die Wirbelsäule während des Wachstums einnimmt, schliesslich die Form der Wirbelsäule des Erwachsenen ergibt.*

Daraus folgt:

- *Erstens* wird damit die *Bedeutung der Wachstumsperiode* für die Prognose der Wirbelsäule klar hervorgehoben. *Wachstumsstörungen* gehören denn auch zu den wichtigsten Ursachen von Beschwerden und degenerativen Veränderungen an der Wirbelsäule. Sie werden im nächsten Kapitel: «Wachstumsstörungen» besprochen.
- *Zweitens* müssen sich unsere prophylaktischen und therapeutischen Massnahmen an dieser Erkenntnis orientieren: Sie haben nur einen Sinn, wenn es gelingt, die Haltung *permanent* und *dauerhaft* zu beeinflussen.

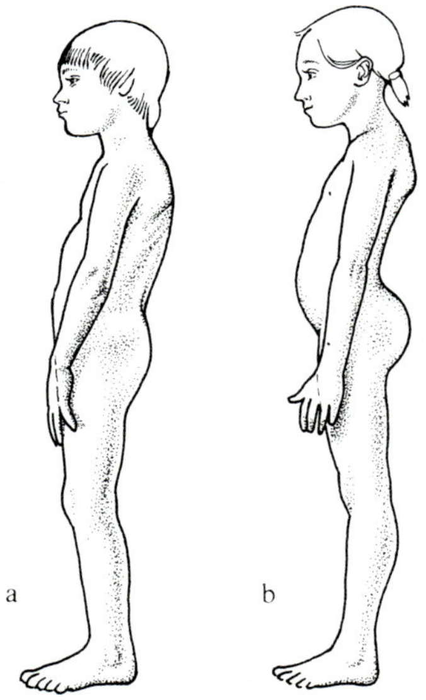

Abb. 405. Schlaffe Haltung bei Kindern.

a Hier hängt der Schultergürtel nach vorne herunter, die Brustkyphose verstärkt sich, der Thorax sinkt ein (Rundrücken).

b Häufig wird bei der schlaffen Haltung das Becken nach vorne gekippt und die Lendenlordose vermehrt. Dadurch springt der Bauch stark vor.

Es handelt sich um Zeichnungen nach zwei Photographien der Abb. 408, obere Reihe. Zu diesen schrieb W. TAILLARD: «Diese Kinder hatten normal bewegliche Wirbelsäulen, was gestattet, sie vielleicht als extreme, aber sicher nicht als pathologische Haltungen einzustufen.»

Dass dies z.B. mit einer Stunde «Haltungsturnen» in der Woche nicht möglich ist, leuchtet ein. Die «Haltungskorrektur» ist eine wesentlich aufwendigere Aufgabe.

Damit ist *nicht* gesagt, dass jede sogenannte «schlechte Haltung» auch automatisch einen «Haltungsschaden» nach sich zieht. Wesentlich ist die Differenzierung der prognostisch ungünstigen von den *weit zahlreicheren harmlosen Fällen:* Die erste Gruppe muss konsequent behandelt, die zweite *sollte nicht stigmatisiert werden* (Abb. 405).

Wenn aus einer sogenannten «schlechten Haltung» oder «fehlerhaften Haltung» ein «Schaden» entsteht, der früher oder später zu Beschwerden führt, so spricht man von «Haltungsschaden». Nach dem Gesagten wären die Zusammenhänge theoretisch klar und die Bedeutung einer Prophylaxe einleuchtend.

6.2.1. *Gibt es «Haltungsschäden»?*

In der *Praxis* gehen die Meinungen stark auseinander, da messbare Grössen, welche das Problem zu objektivieren gestatten würden, fast vollständig fehlen. Wir sind weitgehend auf *subjektive Eindrücke* und *Klinik* angewiesen. *Tatsächlich* sind *Rückenbeschwerden sehr häufig.* Besteht ein *Zusammenhang* mit der «Haltung»?

1. Die Wirbelsäule ist besonders *anfällig* für alle möglichen Störungen und Beschwerden. Wahrscheinlich hängt dies mit der völlig *veränderten mechanischen Beanspruchung,* vor allem des lumbo-sakralen Überganges, zusammen, welche *der aufrechte Gang des Menschen,* eine phylogenetisch neue Errungenschaft, erfordert.

2. Eine gewisse *Degeneration unserer Lebensweise* (langes Sitzen in gebückter Stellung, wenig Gehen, hartes Pflaster, weiche Lager, unphysiologische Beanspruchung durch Autofahren usw.) wirkt sich auf die Leistungsfähigkeit des Stützapparates *ungünstig* aus.

Wegen der – echten oder scheinbaren – Zunahme von Rückenbeschwerden in den letzten Jahren ist die *Diskussion* über die «Haltungsschäden» in die Öffentlichkeit gedrungen. Sicher ist ihre Prophylaxe eine wichtige soziale Aufgabe, doch wird sie mit einer Popularisierung und Dramatisierung des Problems (diese Tendenz bestand in den letzten Jahren) nicht gelöst (Abb. 406).

Wie jedes Halbwissen über die «Gesundheit» bringt auch der «Haltungsschadenschreck» nicht zu unterschätzende *Gefahren* mit sich:

Abb. 406. «Bonne Situation» (links) und «Mauvaise Situation» (rechts).

Eine «schlechte Haltung» scheint schon immer ein Ärgernis gewesen zu sein, gegen welches zu kämpfen die Orthopäden sich berufen fühlten, wie diese Figur aus NICOLAS ANDRYS Buch von 1741 zeigt. Der Décor hat sich gewandelt, das Problem ist dasselbe geblieben. Ob wir heute viel mehr darüber wissen und einer Lösung näher sind als der «Vater der Orthopädie» vor über 200 Jahren, ist eine offene Frage.

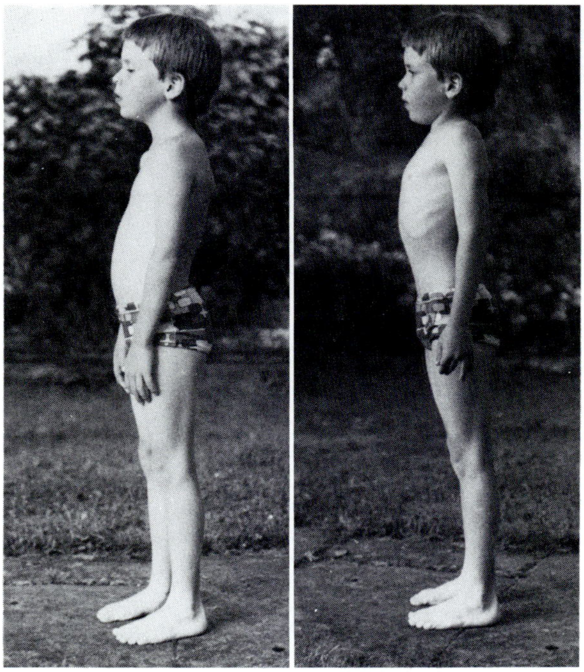

a b

Abb. 407. Dieser gesunde 8jährige Knabe demonstriert:

a «Schlaffe Haltung»: Hängende Schultern, flacher Thorax, Rundrücken und Hohlkreuz, Bauch heraus, Becken nach vorne gekippt, der ganze Körper lehnt sich etwas nach rückwärts.

b Straffe, *aktive Haltung:* Gespannte Aufmerksamkeit, Brust heraus, Schultern zurück, Bauch eingezogen, Wirbelsäule gerade, Becken aufgerichtet, Beine angespannt, Füsse aufgestellt, leichte Vorlage.

Keine dieser beiden Haltungen wird permanent eingenommen, normalerweise wird zwischen diesen beiden Extremen ständig abgewechselt. Leben ist Bewegung.

Kinder und junge Leute werden mit Ausdrükken wie «Haltungsschaden», «schlechte Haltung», «Scheuermannsche Krankheit» usw. zu Rückenschwächlingen, Rückenkranken und gar Teilinvaliden gestempelt, die beim Schulturnen nicht mitmachen, keinen Sport betreiben, keine schwerere Arbeit leisten, bestimmte Berufe nicht ergreifen und keinen Militärdienst leisten können und dürfen. Schliesslich bringt die Versicherung Vorbehalte wegen «vorbestehenden Rückenleiden» an, und manche Berufsschulen und Arbeitgeber lehnen solcherweise gestempelte Menschen als Sicherheitsrisiko ab.

Kinder und ihre Eltern werden unnötigerweise geängstigt und sensibilisiert, was nicht selten zu Reibereien in der Familie führt.

Solche Auswüchse stiften sicher mehr Schaden als Nutzen, und es fehlt nicht an ernsthaften Mahnungen, vor allem von erfahrenen Orthopäden, welche vor den Folgen der Überschätzung der sogenannten «Haltungsschäden» warnen. Diese Gefahr besteht, weil der sogenannte «Haltungsschaden» nicht genau definiert ist und somit jeder etwas anderes darunter versteht. So bleibt für Spekulationen, Theorien und Meinungen ein breiter Raum.

Die einzige solide Grundlage für unsere Prophylaxe und Therapie jedoch ist die *Kenntnis der Prognose* der *unbehandelten* und der *behandelten* Haltungs- und Formstörungen. Die Frage lautet: Besteht die Gefahr, dass ein Kind oder ein Jugendlicher mit einem bestimmten morphologischen Befund später Rückenbeschwerden bekommt? Wenn ja, sind unsere prophylaktischen Massnahmen geeignet, dies zu vermeiden?

Da uns langfristige statistische Unterlagen immer noch *fehlen* (solche zu erarbeiten wäre eine dankbare, wenn auch mühsame Aufgabe!), sind wir immer noch auf die *«klinische Erfahrung» angewiesen:*

Einigermassen gesichert *steht fest,* dass *auch erhebliche Formabweichungen* von der «Norm» in der Frontal-(Kyphose, Lordose), wie in der Sagittalebene (Skoliose), bei im übrigen leistungsfähigem Bewegungsapparat (Skelett, Muskulatur) trotz grosser Belastung (Beruf, Sport), in der Regel *während Jahrzehnten ohne Beschwerden ertragen werden.* Die «Form» der Wirbelsäule ist *nicht allein massgebend* (Abb. 407).

6.3. Kriterien für die Beurteilung von Leistungsfähigkeit und Prognose der Wirbelsäule

1. Die *Ursache* der Formabweichung.
2. *Beweglichkeit* der Wirbelsäule und benachbarter Gelenke (v. a. Hüftgelenk).
3. *Muskulatur, Konstitution* oder Trainingszustand der Patienten, wahrscheinlich auch ihre *Charakterstruktur.* Hier liegen grosse Kompensationsmöglichkeiten.
4. Die *aktuellen Beschwerden,* resp. die Beschwerdefreiheit der Patienten und ihre *körperliche Belastbarkeit.*
5. Das *Alter* der Patienten. Beschwerden in der Jugend sind prognostisch ungünstiger als Beschwerden im vorgerückten Alter.
6. Allgemeiner *Zustand der Wirbelsäule* (degenerative Erscheinungen). Eine bereits pathologisch veränderte Wirbelsäule, vor allem wenn mehrere Wirbel betroffen sind und die Beweglichkeit eingeschränkt ist, kann Fehlstellungen viel schlechter kompensieren und ist für Beschwerden viel anfälliger, als eine im übrigen gesunde Wirbelsäule.
7. Psychische Faktoren.

Zu Punkt 1: Bei Abweichungen der Gewohnheitshaltung von der «Norm» unterscheidet man drei Gruppen:

a) *«Haltungsstörungen».* Abweichungen von einer guten Körperhaltung *ohne weitere pathologische Befunde.* Die sogenannte «schlechte Haltung» kann aktiv korrigiert werden durch Muskelanstrengung. Solche «Haltungsfehler» – man spricht von skoliotischer, resp. kyphotischer oder lordotischer Haltung, im Gegensatz zur fixierten Skoliose, Kyphose, resp. Lordose – haben in der Regel keine allzu schwerwiegenden Folgen und lassen sich durch Muskeltraining einigermassen korrigieren (siehe Abb. 408).

b) *Kompensatorische Haltungsabweichungen.* Abweichungen von der «normalen» geraden Haltung als *Kompensation für Fehlstellungen,* vor allem der unteren Extremitäten und des Beckens (Beckenschiefstand bei ungleichen Beinlängen, Beckenkippung, Hüftkontrakturen usw.). Häufig werden auch lokalisierte Fehlstellungen der Wirbelsäule in ihren anderen Abschnitten durch *Gegenkrümmungen* kompensiert.

Rein kompensatorische Krümmungen sind zuerst immer reversibel. Nach längerem Bestehen werden sie langsam «strukturell», das heisst irreversibel fixiert. Solche Fehlstellungen werden oft erstaunlich lange und gut ertragen, wenn die Wirbelsäule als Ganzes gut beweglich ist und Zeit hatte, sich langsam und frühzeitig an den Zustand zu gewöhnen.

Wenn diese Voraussetzung nicht zutrifft (z. B. bei einer Wirbelfraktur mit Gibbusbildung im vorgerückten Alter), treten fast regelmässig Beschwerden in denjenigen Wirbelsäulenabschnitten auf, welche die verlorengegangene Beweglichkeit kompensieren müssen (bei obigem Beispiel: Hyperlordosierung der Lumbalwirbelsäule).

c) Fehlformen am *Ort,* und als *unmittelbare Folge, von pathologischen Prozessen an einem oder mehreren Wirbeln.* In diesen Fällen ist die Prognose von der Grundkrankheit abhängig, in zweiter Linie von der Kompensationsmöglichkeit der nicht betroffenen Wirbelsäulenabschnitte.

Zu Punkt 2: Abweichungen von der «normalen» Haltung haben für eine gut bewegliche Wirbelsäule mit kräftigem Muskelmantel keine allzu schlimmen Folgen. Fixierte Fehlstellungen (im Gegensatz zu Fehlhaltungen), auch partielle Versteifungen einzelner Abschnitte, also eigentliche strukturelle Skoliosen, pathologische Lordosen und Kyphosen (Scheuermann) sind häufiger von Rückenbeschwerden begleitet.

Beschwerden können aber auch entstehen bei *zu grosser Beweglichkeit,* bei allzu lockerem Wirbelverband. Dies hängt vorwiegend mit einer asthenischen Konstitution und einer Muskelschwäche zusammen.

Einzelne Bewegungssegmente können *instabil* werden infolge *Bandscheibendegeneration* (siehe III.B.10.1.).

Zu Punkt 3: Ein *kräftiger Muskelmantel* ist imstande, auch eine ungünstige Wirbelsäulenstatik zu kompensieren. Leute mit gut trainierter Rückenmuskulatur haben wesentlich weniger Beschwerden, als solche mit schwacher, untrainierter Muskulatur. Andererseits ist die sogenannte «schlechte Haltung» sehr häufig mit einem asthenischen Habitus und einer gewissen Muskelschwäche verbunden. Die betreffenden Jugendlichen sind auch meistens schlecht trainiert und unsportlich. Einer erhöhten Beanspruchung im Beruf oder beim Sport sind sie nicht gewachsen. Ungünstig wirkt sich das lange Sitzen in vornüber geneigter Haltung, am Schreibtisch und am Arbeitsplatz aus. In diesen Fällen kann ein *gezieltes Haltungsturnen* von Nutzen sein.

Zu Punkt 4 und 5: Es hat sich gezeigt, dass die objektivierbaren Abweichungen der Wirbelsäule von der Norm oft nicht mit den tatsächlich geäusserten Beschwerden in Übereinstimmung gebracht werden können.

Die *Prognose* entspricht aber eher der bereits erlebten Rückenanamnese als dem objektiven Befund. Bei Patienten, welche bereits in der Jugend Rückenschmerzen hatten, werden diese wohl eher noch zunehmen, während Leute mit Wirbelsäulenverkrümmungen, aber ohne wesentliche Beschwerden, wahrscheinlich auch weiter eine gute Prognose haben.

Zu Punkt 7: Psychische Faktoren spielen zweifellos eine grosse Rolle. So kann ein Schaden an der Wirbelsäule von psychisch widerstandsfähigen Menschen oft in erstaunlicher Weise kompensiert werden, während man bei anderen den Eindruck hat, dass Rückenbeschwerden mit Vorliebe Ausdruck einer Somatisierung psychischer Probleme sind, gelegentlich aber auch vorgeschoben werden, um einen bestimmten Zweck zu erreichen, wie eine Invalidenrente oder die Befreiung von einer körperlichen Anstrengung, etwa vom Militärdienst.

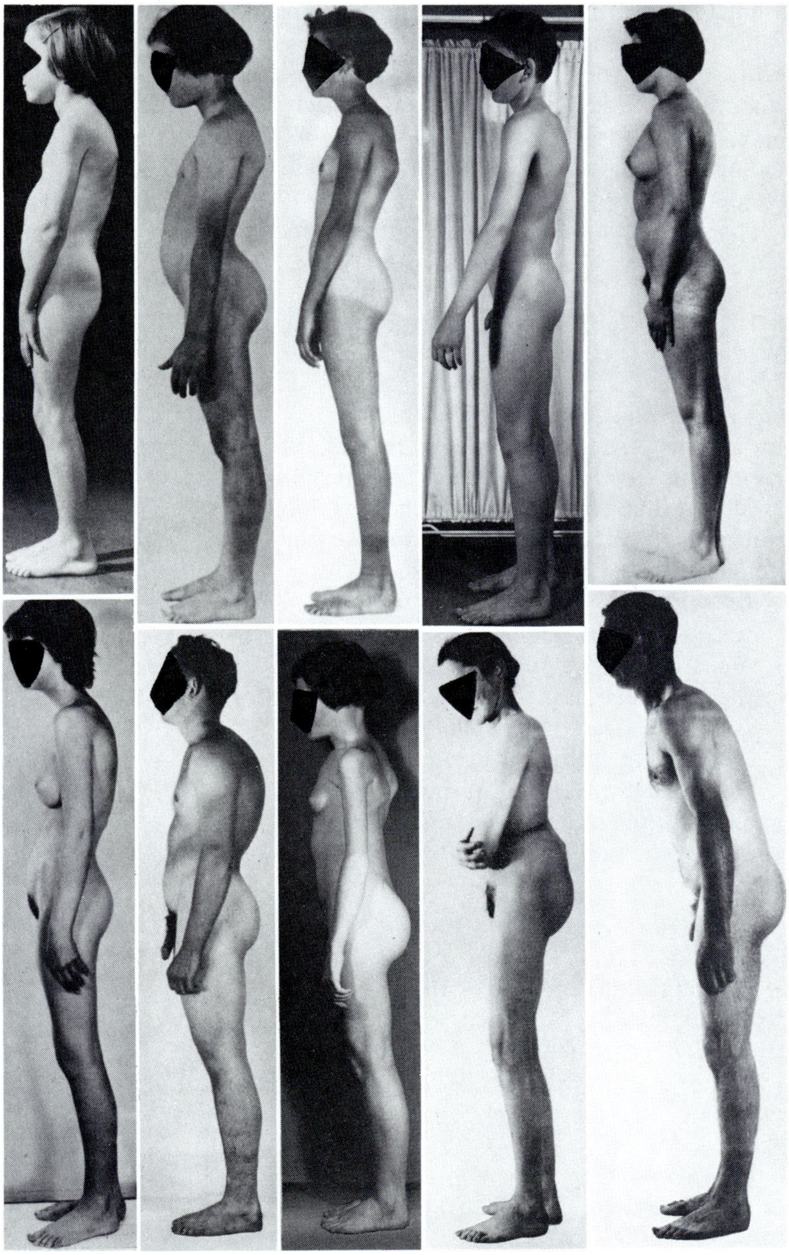

a b c d e

Abb. 408. *Normale und pathologische Rückenaspekte,* eine Zusammenstellung von W. TAILLARD.

Obere Reihe: Rückengesunde Kinder und Jugendliche. Je nach Alter, Konstitution und Situation nimmt jedes Kind seine ihm gemässe individuelle Haltung ein, die auch bei einzelnen stark variieren kann. Alle diese Wirbelsäulen hatten völlig normale Beweglichkeit.

Untere Reihe: Krankhafte Rücken:

a Lumbaler Scheuermann,
b Thorakaler Scheuermann,
c Abgeflachte Kyphose bei Skoliose,
d Stufe lumbosakral bei Spondylolisthesis,
e Antalgische Kyphose bei Diskushernie.

6.3.1. *Prophylaxe und Therapie von «Haltungsschäden»*

Da sogenannte «Haltungsschäden» praktisch fast immer im Zusammenhang mit Wachstumsstörungen der Wirbelsäule zu erwarten sind (Scheuermann, Skoliose) werden Prophylaxe und Therapie in den nächsten Kapiteln besprochen (siehe III.B.7. und III.B.8.). Zu «Beinlängenunterschiede und Rückenschmerzen» siehe III.C.1.2.3.

6.4. Fixierte Wirbelsäulendeformitäten

Im Gegensatz zu den «Haltungsfehlern», Abweichungen von der normalen Form der Wirbelsäule, welche der Patient durch Haltungsänderung aktiv auszugleichen vermag, können fixierte, strukturell im Wirbelsäulenskelett verankerte Deformitäten weder aktiv noch passiv korrigiert werden.

Als solche *pathologische Verkrümmungen gelten:*

6.4.1.1. *Skoliose* = seitliche Verkrümmung der Wirbelsäule (siehe III.B.8.).

6.4.1.2. *Kyphose*
im Zervikal- und Lumbalbereich (selten), resp. *vermehrte Kyphose* (Rundrücken) im Thorakalabschnitt (häufig). Fixierte Kyphosen sind *häufig* Folgen von verschiedenen Wirbelsäulenerkrankungen. Die bekanntesten sind:
- *Juvenile Kyphose* (Scheuermannsche Krankheit, siehe III.B.7.1.)
- verschiedene Systemerkrankungen, z.B. *Osteoporose,* Osteomalazie (siehe III.B.11.1.), Bechterewsche Krankheit (siehe III.B.11.1.3.).
- *Lähmungen* (schlaffe oder spastische).

Diese *generalisierten* Wirbelsäulenaffektionen machen einigermassen *gewölbte* Kyphosen, im Gegensatz zu den *lokalisierten* Wirbelaffektionen wie
- *Spondylitiden* (unspezifische, Tbc) (siehe III.B.11.2.)
- *Wirbelfrakturen* (siehe III.B.12.)

welche einen *Knick,* einen sogenannten *Gibbus* (Buckel) hervorrufen (Abb. 470).

Eine massive Abknickung trägt die Gefahr einer *Rückenmarkkompression* in sich (Abb. 466).

6.4.1.3. *Lordose*
im Thorakalbereich (selten), resp. *Hyperlordose* in der Zervikal- oder Lumbalwirbelsäule (Hohlkreuz).

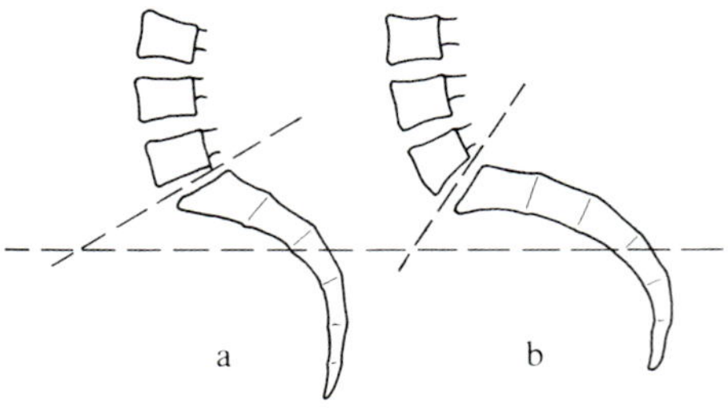

Abb. 409. *Der Lumbosakralübergang.*

a Normale Verhältnisse.
b *Sacrum acutum:* Steilstellung der untersten Bandscheibe, starke Knickung zwischen Lumbalwirbelsäule und Kreuzbein (Promontoriumwinkel um 90° und kleiner), Keilform des untersten Lendenwirbels. Bei solchen statisch ungünstigen Verhältnissen finden sich gehäuft Beschwerden.

Krankhafte Lordosen sind wesentlich seltener als Kyphosen.

Fixierte Hyperlordosen kommen vor:
- bei *verschiedenen Wirbelsäulenaffektionen:* angeboren als sogenanntes *Sacrum acutum* (Abb. 409), bei Spondylolisthesis (siehe III.B.9.) und bei (schlaffen oder spastischen) Lähmungen (Abb. 410), sodann
- *kompensatorisch* bei starken *Thorakalkyphosen* und vor allem
- bei *Flexionskontrakturen der Hüften,* besonders bei kongenitaler Hüftgelenksluxation (siehe III.C.2.5.), bei Lähmungen, aber auch bei allen anderen Hüftkrankheiten mit Beugefehlstellungen (siehe III.C.2.).

Die *Hyperlordose* ist statisch *ungünstig* und macht häufig Beschwerden.

Die *Therapie* ist am dankbarsten, wenn die *Grundkrankheit* behandelt werden kann.

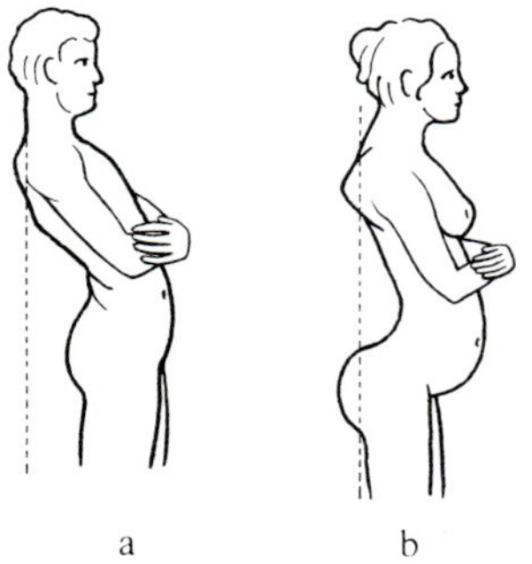

Abb. 410. *Lähmungen der Rumpfmuskulatur:*

a Lähmung der *Rückenmuskulatur:* Nur durch Zurückneigen kann der Oberkörper im Gleichgewicht gehalten werden.
b Lähmung der *Bauchmuskulatur:* Die Bauchwand kann nicht angespannt werden, der Bauch wölbt sich vor, das Becken kippt nach vorne ab.

Beide Lähmungsformen machen eine Hyperlordose und damit ähnliche Erscheinungsbilder.

7. Wachstumsstörungen der Wirbelsäule

In den ersten 12 – 17 Jahren des Lebens wächst das Skelett und mit ihm die Wirbelsäule, dann verknöchern die knorpeligen epiphysären Wachstumszonen an den Deckplatten, das Wachstum sistiert und das Skelett stabilisiert sich. Zu Beginn der *Pubertät,* bevor das Wachstum ganz aufhört, wächst das Skelett noch einmal besonders rasch und intensiv. In diesem «pubertären Wachstumsschub» (etwa 12. – 15. Jahr) ist die Wirbelsäule besonders anfällig für Störungen (siehe Wachstumskrankheiten, II.2.).

Die typische Wachstumskrankheit ist die *«Scheuermannsche Erkrankung».* Im gleichen Lebensalter ist auch die *idiopathische Skoliose* besonders aktiv. Sie wird in einem besonderen Kapitel beschrieben (siehe III.B.8.). Auch die *Spondylolisthesis* steht eng mit dem Wachstum in Zusammenhang (siehe III.B.9.).

7.1. Die juvenile Kyphose (Scheuermannsche Krankheit)

Es handelt sich um eine anatomisch-pathologisch sehr genau beschriebene *Störung des Wirbelsäulenwachstums* mit typischen röntgenologischen Veränderungen, welche in der Regel von einer verstärkten Kyphose begleitet ist. Allerdings sind die *Übergänge* vom Normalen zum Pathologischen *gleitend.* Geringgradige Veränderungen finden sich in einem hohen Prozentsatz der Gesamtbevölkerung und sind mit *normaler Leistungsfähigkeit vereinbar.* Nicht jedes Kind mit einer sogenannten «schlechten Haltung», mit einem Rundrücken, hat einen «Scheuermann».

Haltungsschäden, ihre Gefahren, ihre Behandlung und Prophylaxe sind heute im Bewusstsein der Öffentlichkeit verankert. Zu Recht. Dass dabei auch viele *Missverständnisse* auftauchen, bei Patienten, ihren Eltern, bei öffentlichen Stellen (Schulen) und nicht zuletzt auch bei Ärzten, ist nicht verwunderlich. Eines davon betrifft den «Scheuermann».

Die *Diagnose* wird zur Zeit wohl *zu häufig* gestellt und die Betroffenen werden damit unnötig geängstigt und zu Rückenkranken gestempelt (siehe auch III.B.6.2.1.). Es scheint auch nicht gerechtfertigt, schwerwiegende berufliche Entscheidungen auf das Vorliegen eines sogenannten «leichten Scheuermann» abzustützen.

Mit dieser Diagnose ist die *Bedeutung* für den Träger *noch keineswegs festgestellt:* Neben einer Vielzahl relativ harmloser Erscheinungsformen des «Scheuermann» ohne Beschwerden findet man recht schwere Schäden, welche schon in der Jugend Schmerzen machen und schliesslich zur Invalidität führen können. Die Prognose im Einzelfall hängt vom Ausmass und der Lokalisation sowie von der Schwere der Wirbeldeformierungen und der Konstitution des Betroffenen ab. Eine individuelle Beurteilung und Betreuung ist unerlässlich. Kriterien zur Beurteilung finden sich unten und auch im Kapitel «Haltungsschäden», III.B.6.3.

7.1.1. *Pathologische Anatomie und Röntgenbild*

Mikroskopisch kleine *Unregelmässigkeiten,* «Ossifikationslücken» (Töndury), *in den knorpeligen Wachstumszonen* zwischen Bandscheiben und Deckplatten der Wirbel sind vom frühen Kindesalter an in jeder Wirbelsäule zu finden, z. B. an den Gefässdurchtrittstellen. Sie nehmen im Verlaufe des Wachstums zu. Wahrscheinlich sind sie Ausgangspunkt für den späteren «Scheuermann» (Abb. 411). Welche Individuen betroffen werden ist wahrscheinlich unter anderem von konstitutionellen Faktoren bestimmt, die wir aber nicht kennen. Die typischen mikroskopischen Veränderungen sind Ausdruck eines Missverhältnisses zwischen mechanischer Beanspruchung und mechanischer Belastbarkeit. Unphysiologische Belastung, vor allem in Folge vermehrter Kyphose, bringt einen Circulus vitiosus in Gang, indem die *Wachstumszonen,* vor allem im vorderen Abschnitt, *geschädigt* werden, was im Verlaufe des weiteren Wachstums zu *Keilwirbelbildung* und *zunehmender Kyphosierung*

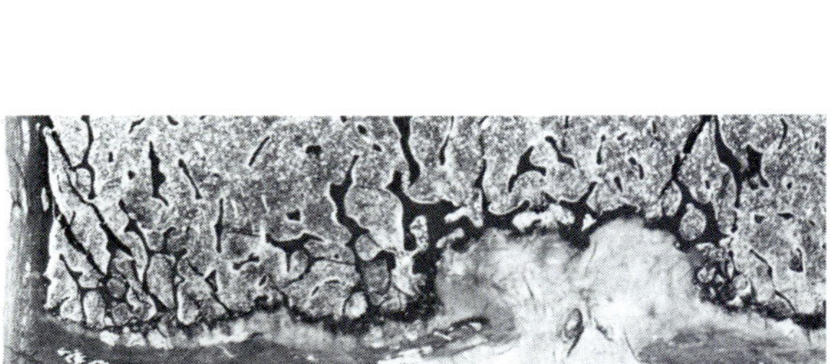

Abb. 411. *Deckplattendefekt* unter dem Mikroskop, mit Einbruch von Bandscheibengewebe in die Wirbelspongiosa (rechte Bildhälfte), auf dem Röntgenbild als «Schmorlsches Knötchen» sichtbar (vgl. Abb. 413).

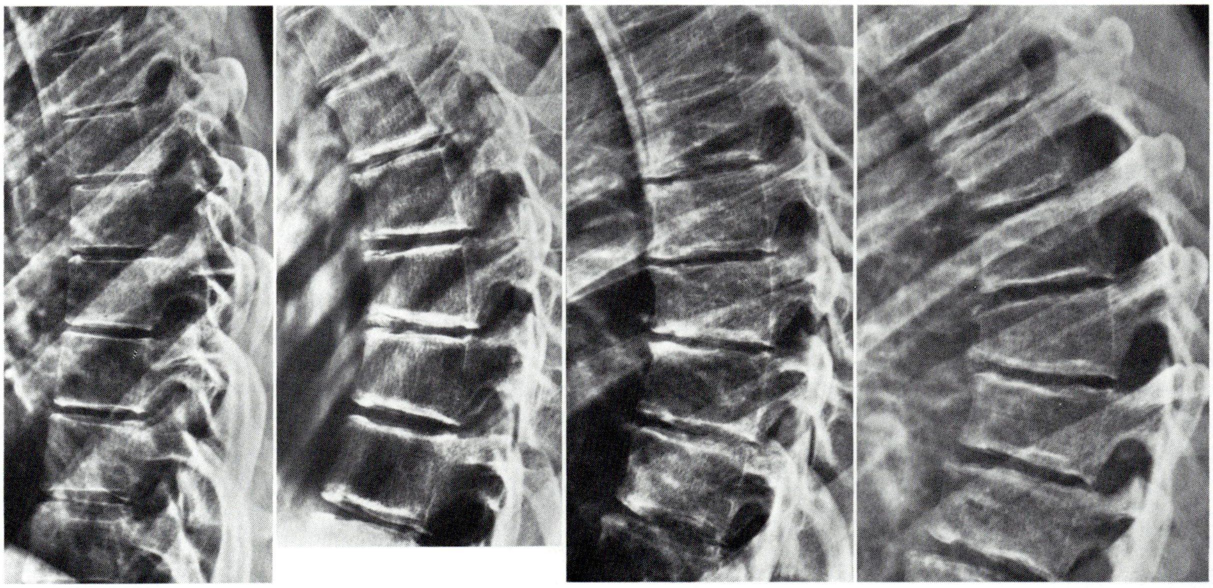

a b c d

Abb. 412. Die Veränderungen beim *M. Scheuermann* im *Röntgenbild.*

a *Normale* Brustwirbelsäule nach Wachstumsabschluss. Ziemlich regelmässige Begrenzung der Deckplatten. Die Wirbel haben annähernd rechteckige Kastenform.

b *Brustkyphose* bei einem 15jährigen Mädchen. Die Randleisten stehen kurz vor der Verschmelzung mit den Deckplatten. Im unteren und oberen Abschnitt sehen sie normal aus, im mittleren sind sie unregelmässig, abgeplattet, fragmentiert. Die Deckplatten sind auch etwas unregelmässig, sklerotisch, vor allem im ventralen Abschnitt. Zwei oder drei Wirbel haben eindeutige Keilform. Es handelt sich um einen floriden, mittelschweren M. Scheuermann der BWS mit Kyphose.

c Mittelschwerer Scheuermann, in Abheilung begriffen, bei einem 18jährigen Mädchen.

d Schwerer Scheuermann bei einem 18jährigen Jüngling, starke Kyphose der oberen Brustwirbelsäule.

führt. Diese Veränderungen entstehen vor und während des präpubertären Wachstumsschubes, zu einer Zeit, da die mechanische Festigkeit des Wachstumsknorpels infolge der hormonellen Umstellung herabgesetzt ist (Morscher) (siehe II.2.1.). Mit der anschliessenden Verknöcherung der Wachstumszonen *heilt die Krankheit von selbst* beim Eintritt ins Erwachsenenalter. Die bis dahin entstandenen Deformitäten bleiben jedoch (Osteochondrose, siehe II.B.10.) (Abb. 412).

• Die *Diagnose* des *Scheuermann* wird aus den *radiologischen Zeichen* gestellt:

Alle sichtbaren Veränderungen sind primär Folge von *Einbrüchen der Deckplatten,* durch welche Bandscheibenmaterial in den Wirbelkörper hineingepresst wird, und sekundär von *Wachstumsstörungen* am geschädigten Wachstumsknorpel der Deckplatten. Auf *Röntgenbildern,* vor allem auf einer gewöhnlichen seitlichen Aufnahme, sind sie gut zu erkennen:

1. *Unregelmässig begrenzte Deckplatten, Verschmälerung von Bandscheiben* (Verlust von Bandscheibenmaterial in den Wirbelkörper hinein).
2. *Keilwirbelbildung* (als Folge der Wachstumsstörung), mit entsprechender Kyphose.
3. Sogenannte *Schmorlsche Knötchen:* Bis kirschgrosse Aussparungen im Wirbelkörper, welche mit dem Zwischenwirbelraum kommunizieren.

Die Schmorlschen Knötchen zeigen anschaulich in makroskopischen Dimensionen den Vorgang des Deckplatteneinbruches: Es handelt sich um Höhlen in der Spongiosa, welche mit Bandscheibenmaterial gefüllt sind, um eigentliche «Diskushernien» in den Wirbelkörper hinein.

In ihrer typischen Form sind sie *pathognomonisch* für den «Scheuermann» und können von anderen Höhlenbildungen (Tbc, andere Spondylitiden, Tumoren usw.) röntgenologisch ziemlich sicher unterschieden werden (reaktive Sklerose der Höhlenwand).

4. *Abtrennung von Randleisten* (nicht zu verwechseln mit den normalen Randleistenapophysenkernen des normalen Wirbelwachs-

a c

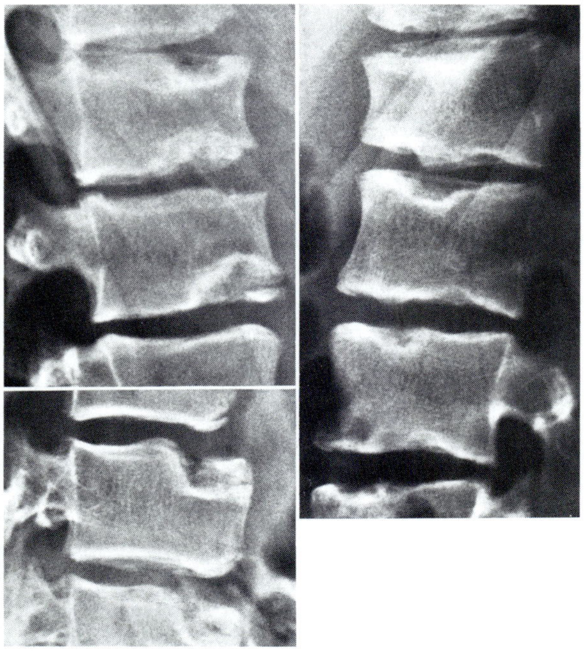

b

Abb. 413. *Deckplattenschäden* mit Eindringen von Bandscheibenmaterial in den Wirbelkörper sind typische Erscheinungen der Scheuermannschen Krankheit: Die drei Röntgenbilder zeigen Ausschnitte aus Lendenwirbelsäulen 16–18jähriger junger Männer mit *Schmorlschen Knötchen* (a) und (c), sowie *Randleistenabtrennungen* (a) und (b) an der vorderen Wirbelkante, welche nicht mit Frakturen zu verwechseln sind.

tums). Sie sind ebenfalls typisch für den Scheuermann, und werden, wenn man sie kennt, kaum mit Frakturen verwechselt. Es handelt sich wie bei den Schmorlschen Knötchen um das Eindringen von Bandscheibenmaterial entlang den Gefässdurchtrittsstellen unter die Randleisten, welche damit vom restlichen Wirbelkörper abgetrennt werden. Differenzierung muss auch gegenüber der Tuberkulose gemacht werden. Spätestens der weitere Verlauf zeigt die benigne Natur des Prozesses (Abb. 413).

Der röntgenologische Nachweis des «Scheuermann» allein erlaubt noch keine *Prognose,* für diese ist der *klinische Befund* ausschlaggebend:

7.1.2. *Klinik und Prognose*

1. Die *Rückenmuskulatur* ist häufig schwach, atrophisch und schlaff, manchmal auch schmerzhaft kontrakt. Der Zustand der Muskulatur bestimmt weitgehend die Prognose. Hier liegt der wichtigste Ansatzpunkt für *Prophylaxe* und *Therapie.*

2. Das *Ausmass* der röntgenologischen Veränderungen und der *Abweichungen* der Wirbelsäule von der physiologischen Kurve geht etwa parallel mit der Intensität der Beschwerden. Viele leichte Fälle verlaufen unbemerkt und machen nie Beschwerden. Eine Stigmatisierung dieser «Patienten» sollte vermieden werden. Ausgesprochen schwere Fälle sind verhältnismässig selten.

3. Die *Lokalisation* der pathologischen Veränderungen und deren Ausmass spielen eine grosse Rolle: Im oberen Abschnitt der Wirbelsäule sind sie weniger bedenklich, je *tiefer* sie liegen (untere BWS, bes. LWS), desto früher führen sie zu statischer Dekompensation und zu *Beschwerden.* Die Lokalisation der anatomischen Veränderungen bestimmt die *Form der Wirbelsäule* (Abb. 403):

a) *Thorakale Form: Rundrücken* mit Scheitelpunkt relativ *hoch* und kompensatorisch vermehrter Lumballordose (Hohlrundrücken): häufigste, gutartigste Form (Abb. 408b).

b) *Thorakolumbale Form:* Rundrücken mit Scheitelpunkt am dorsolumbalen Übergang: Ganzrundrücken: Ungünstigere Form, aber häufig (Abb. 408a).

c) *Lumbale Form:* Die Lumballordose ist weitgehend aufgehoben: *Geradrücken.* Besonders anfällig für Beschwerden, seltener.

4. Eine mehr oder weniger ausgeprägte *Steifigkeit* der kyphotischen Abschnitte des Rückens gehört zum Scheuermann (im Gegensatz zu den reinen *Haltungsvarianten,* bei welchen die Wirbelsäule frei beweglich ist). Sie ist ein Zeichen mechanischer Dekompensation, vor allem, wenn eine Fehlhaltung fixiert ist und weder aktiv noch passiv korrigiert werden kann. Je *steifer* der Rücken, desto ungünstiger ist die Prognose.

5. *Alter:* Je *früher* bei einem Kind Zeichen eines beginnenden Scheuermann erscheinen, desto rascher und länger wird die Krankheit fortschreiten. Mit *Abschluss* des *Wachstums hört die Progredienz* auf. Der bis dahin entstandene Schaden ist fixiert, insbesondere die Deckplattenveränderungen, die dann zur *Osteochondrose* werden, sowie die *Kyphose* und die *Versteifung.* Das Stadium der chronischen Rückenbeschwerden bei degenerativen Wirbelveränderungen beginnt, es verläuft progredient (siehe dort, III.B.10.3.).

Schon vor Abschluss des Wachstums auftretende *Schmerzen* sind nicht allzu häufig, zeigen aber, dass die Wirbelsäule statisch bereits *dekompensiert* ist. Entsprechend ist die Prognose eher ungünstig.

6. *Konstitution* und Charakter spielen sicher eine grosse Rolle. Muskelschwache asthenische Kinder und Jugendliche oder depressiv Veranlag-

te haben weniger Möglichkeiten, die gestörte Statik der Wirbelsäule aktiv zu kompensieren als Muskelkräftige.

7.1.3. *Prophylaxe und Therapie*

Der floride Scheuermann heilt spontan, sobald die Wachstumsvorgänge zum Abschluss kommen, d. h. im Anschluss an die Pubertät, er ist ein sogenannter «self-limiting disease». Wenn aber die morphologischen Veränderungen bereits stärker ausgeprägt sind, ist nur noch eine Defektheilung möglich. So wird der ausgeprägte Scheuermann zu einer der häufigsten Ursachen späterer chronischer Rückenbeschwerden. Wichtig erscheint deshalb eine wirksame

7.1.3.1. *Prophylaxe.*

Da der Ausgangspunkt für einen Scheuermann wahrscheinlich bereits im frühen Schulalter gelegt wird und eine Haltungsstörung die Entwicklung ungünstig beeinflussen könnte, ist der Haltung schon in dieser Zeit genügend Aufmerksamkeit zu schenken. Es geht darum, ein *Haltungsbewusstsein* bei den Kindern zu wecken und die *Rückenmuskulatur zu stärken.* Der erste Erfolg dieser Erkenntnis ist das mancherorts bereits eingeführte *Haltungsturnen* an den Schulen. Das orthopädische Postulat zielt auf die «tägliche Turnstunde» hin, weil nur die regelmässige Unterbrechung der langen Sitzperioden die wachsende Wirbelsäule genügend schützen kann. Hausaufgaben am Abend sollen möglichst in *Bauchlage* gemacht werden, und wenn die Kinder schon über längere Zeit sitzen müssen – oder wollen (Fernsehen) – so sollen sie wenigstens eine geeignete *Rückenlehne* gebrauchen. Der Arbeitsplatz soll *hoch* genug und *vor* den Augen sein, damit die Kinder sich nicht auf ihr Heft oder Buch hinunter bücken müssen. Regelmässiges Schwimmen hat als Muskelkräftigung und zur Aufrichtung der Wirbelsäule gute Wirkung (Abb. 414 und 448).

In besonders gefährdeten Fällen ist die *gezielte Heilgymnastik* des Rückens (Scheuermannturnen) zusätzlich notwendig. Sie nützt aber nur, wenn sie *regelmässig,* d. h. täglich in der vorgeschriebenen Art ausgeführt wird. Die Kinder sollten aber ein gewisses Alter haben, da ein Minimum von Mitarbeit und Motivation für den Erfolg notwendig ist.

Nicht selten ist ein gebückter Rücken Symbol und Ausdruck einer gedrückten Seele. Eine *psychische Aufrichtung* kann auch eine gekrümmte Wirbelsäule aufrichten helfen.

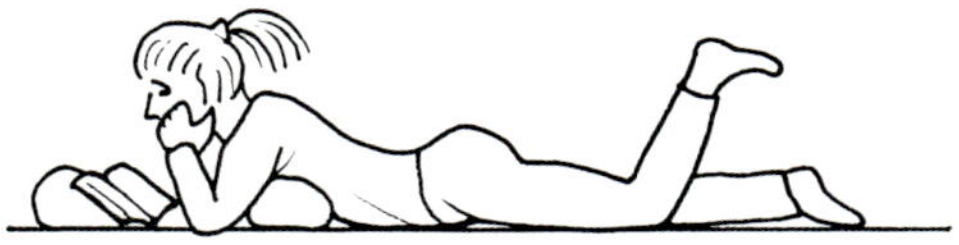

Abb. 414. Lesen auf dem Bauch als Abwechslung zum langen Sitzen.

Da sich die «Haltung» aus dem «Blickfang» ergibt, waren die früheren schrägen Schulpulte besser für den Rücken als die horizontalen. Vgl. auch Abb. 448.

7.1.3.2. *Therapie*

Im floriden Stadium gilt es, die geschwächten Deckplatten vor zu grosser mechanischer Belastung zu bewahren, bis sie nach Wachstumsabschluss ihre normale Festigkeit erlangt haben. Alle grösseren chronischen Überbeanspruchungen der Wirbelsäule (Kinderarbeit, Lasten tragen, langes gebücktes Sitzen) werden möglichst vermieden, gesunde regelmässige Bewegung gefördert. Eine Kyphose sollte aufgerichtet werden so gut es geht, denn später, nach Abschluss des Wachstums, ist das nicht mehr möglich. *Aktive Aufrichtung* mittels gezieltem Muskeltraining, konsequent durchgeführt, ist vorzuziehen. Es gibt aber Fälle, in welchen diese nicht ausreicht. Dann sind *passive Aufrichtemethoden* wie Mahnbandagen, Geradehalter, evtl. Stützkorsette, in seltenen, schweren Fällen, am Kinn abgestützte Extensionskorsette (Milwaukee) notwendig. Das tägliche Tragen eines Korsettes während längerer Zeit stellt aber für Schulkinder eine schwere *körperliche* Behinderung und *psychische Belastung* dar, die man ihnen nur im Notfall zumuten wird.

Da die *endgültige Form der Wirbelsäule die Summe der Haltungen ist, die die Wirbelsäule während des Wachstums eingenommen hat,* hängt der Wert einer Behandlungsmethode davon ab, wie stark und für wie lange sie imstande ist, die Kyphose zu verringern.

Es leuchtet deshalb ein, dass Korsette nur beschränkt nützen, und nur, wenn sie *lange Zeit dauernd* getragen werden. Sonst verzichtet man lieber darauf.

Aus den genannten Gründen ist es nur logisch, dass man nach Möglichkeiten der *inneren Fixation* gesucht hat:

Operativ wurde die Scheuermannwirbelsäule bisher allerdings kaum angegangen. In schwersten Fällen mag eine Spondylodese nach vorbereitender Aufrichtung (ähnlich wie bei der Skoliose) angezeigt sein.

8. Skoliose

Sie bedeutet eine *fixierte* seitliche Verkrümmung der Wirbelsäule. Man nennt sie auch *«strukturelle Skoliose»*, im Gegensatz zur nicht fixierten *«skoliotischen Haltung»*.

Ob eine Skoliose harmlos oder gefährlich ist, hängt von der Ursache ab und vor allem davon, ob sie progredient zunimmt oder nicht.

Skoliosen im *Wachstumsalter* haben eine starke Tendenz *progredient* zuzunehmen.

Im Hinblick auf Prognose und Therapie scheint deshalb folgende Einteilung zweckmässig:

8.1. Ätiologie der Skoliosen

a) *Skoliosen im Wachstumsalter*, die in der Regel progredient zunehmen.
   1. *Angeborene Deformitäten* (Asymmetrien von Wirbelkörpern = *kongenitale Skoliosen* (siehe III.B.5.1.2.).
   2. Skoliosen ohne bekannte Ursache *(idiopathische Skoliosen)*. In diese *wichtigste* Gruppe fallen bis zu 90% aller Skoliosen.
   3. Skoliosen bei Systemerkrankungen (Neurofibromatose Recklinghausen, Arachnodaktylie).
   4. Gestörtes Gleichgewicht der Rückenmuskulatur (evtl. Bauchmuskulatur): *Lähmungsskoliosen* bei Poliomyelitis, bei zerebraler Paralyse und anderen Lähmungen.

b) *Symptomatische Skoliosen*, weniger abhängig vom Wachstum.
   5. Erworbene Deformitäten von Wirbelkörpern: Tuberkulöse und andere Infektionen (Spondylitis), Kompressionsfraktur, pathologische Frakturen.
   6. Fixierter *Beckenschiefstand* (bei Hüftkontrakturen in Ab- oder Adduktion, bei grösseren Beinlängendifferenzen usw.).
   7. Antalgische Skoliose, z. B. bei Ischias, Diskushernien usw. (entstanden aus einer skoliotischen Schonhaltung).
   8. Asymmetrien ausserhalb der Wirbelsäule: Grosse Hautnarben mit Kontrakturen, Thoraxdeformitäten (z. B. nach Thorakoplastiken) usw.

c) *Haltungsskoliosen:* Skoliotische Haltung, nicht strukturell fixiert. Zu unterscheiden von den echten Skoliosen (siehe Form und Haltung, III.B.6. und: Fixierte und nicht fixierte Deformitäten, II.12.1.4.).

8.2. Symptomatische Skoliosen

In vielen Fällen ist die Skoliose ein reines *Begleitsymptom*, selten sehr ausgeprägt, kaum progredient, und im Vergleich zur *Grundkrankheit* im allgemeinen von geringer Bedeutung. Gelegentlich entstehen statische Beschwerden und degenerative Veränderungen. Ihre Behandlung ist in den entsprechenden Kapiteln beschrieben.

Die Skoliose bei *Beckenschiefstand* (z. B. bei Beinlängenunterschied) ist zunächst eine reversible Haltungsskoliose zur Kompensation der seitlichen Abweichung, damit die Wirbelsäule wieder ins Lot kommt (siehe Abb. 381 und III.C.1.2.).

Geringer Beckenschiefstand (z. B. bei einer Beinlängendifferenz von 1 – 2 cm) und entsprechend geringgradige skoliotische Haltung machen kaum je Beschwerden.

Für die Beurteilung solcher Skoliosen gilt, was im Kapitel «Form und Haltung der Wirbelsäule» (III.B.6.) gesagt ist. Sie nehmen im Erwachsenenalter nicht mehr wesentlich zu (ausser im höheren Alter bei schwerer Osteoporose).

Stärkere Verkrümmungen werden mit den Jahren mehr oder weniger *fixiert* und können zu *Beschwerden* führen. Die Behandlung eines Beckenschiefstandes durch Ausschalten seiner *Ursache* ist deshalb anzustreben. Die entsprechenden Massnahmen (Schuhausgleich, operative Korrekturen), sind in den Kapiteln über Hüftleiden (III.C.2.) und Beinlängendifferenzen (III.C.1.) zu finden.

Wenn aber eine solche Deformität *während vieler Jahre ohne Beschwerden ertragen* worden ist, was häufig vorkommt, so ist es nicht unbedingt richtig, sie voll auszukorrigieren, denn der Körper hat sich daran gewöhnt (funktionelle Anpassung) und würde auf die neuerliche Umstellung mit Beschwerden reagieren (vgl. III.C.1.2.3.).

Die *kongenitalen* und die *Lähmungsskoliosen* unterscheiden sich in ihrem Verhalten trotz anderer Pathogenese nicht wesentlich von der oben beschriebenen *idiopathischen* Form, denn auch sie *entstehen während des Wachstums.* Insbesondere ist ihre Prognose kaum besser. Ihre Behandlung folgt deshalb denselben Richtlinien (siehe unten) (Abb. 415).

Prognostisch noch ungünstiger verläuft die Skoliose bei der *Neurofribromatose*, was bei der Behandlung berücksichtigt werden muss.

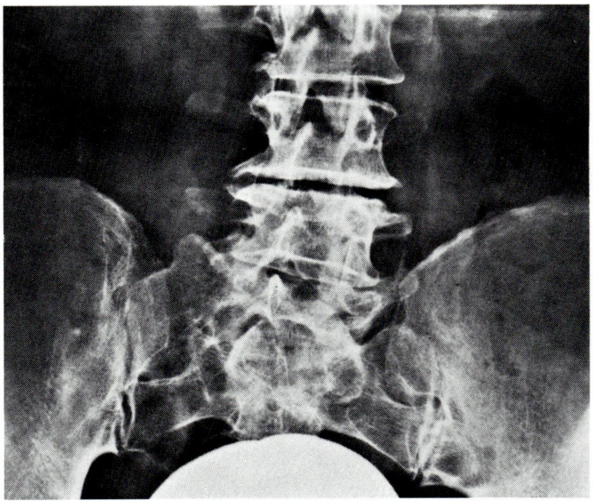

Abb. 415. Beispiel einer *symptomatischen Skoliose* bei einer 56jährigen Frau: Schiefer Abgang der Wirbelsäule vom Sakrum infolge angeborener asymmetrischer Assimilationsstörung (Hemilumbalisation von S_1, siehe III.B.5.1.1.). Als Kind hatte die Frau keine Beschwerden. Die Lumbalwirbelsäule, auf einem «schiefen Sockel» stehend, richtete sich kompensatorisch gerade auf mit einer Gegenkrümmung, einer leichten lumbalen Skoliose, welche mit der Zeit fixiert, «strukturell» wurde (siehe Abb. 298). Die asymmetrische Beanspruchung hatte mit den Jahren degenerative Veränderungen zur Folge, vor allem auf der konkaven Seite: Randzacken, Spornbildung, Sklerosierung usw. (Spondylose), welche später zu stärkeren Beschwerden führten. Die Skoliose selbst nahm kaum mehr zu. Solche Verläufe sind bei symptomatischen (sekundären) Skoliosen nicht selten.

Da die *sekundäre* Wirbelsäulenverkrümmung einen *Kompensationsmechanismus* darstellt, dank dem die Wirbelsäule als Ganzes im Lot steht, kann sie nicht beseitigt werden. Die Therapie bleibt deshalb weitgehend auf symptomatische, konservative Massnahmen beschränkt (Lendenmieder).

8.3. Die Skoliose als Wachstumskrankheit

8.3.1. *Allgemeines*

Im Gegensatz zu den eben genannten Gruppen sekundärer oder symptomatischer Skoliosen unterscheiden sich die Skoliosen des *Wachstumsalters* durch einen anderen Verlauf. Infolge asymmetrischen Wirbelwachstums nimmt die *Deformität progredient zu* und wird strukturell fixiert. Diese Skoliosen sind deshalb wesentlich ernster zu beurteilen, ihre Prognose ist in der Regel schlechter.

Die unmittelbar *behandlungsbedürftigen* Skoliosen gehören praktisch *alle* zu dieser Gruppe. Das grösste Kontingent stellt die sogenannte *«idiopathische Skoliose»,* seitdem die *Lähmungsskoliosen* als Folge der Poliomyelitis selten geworden sind. Beide können zusammen mit den

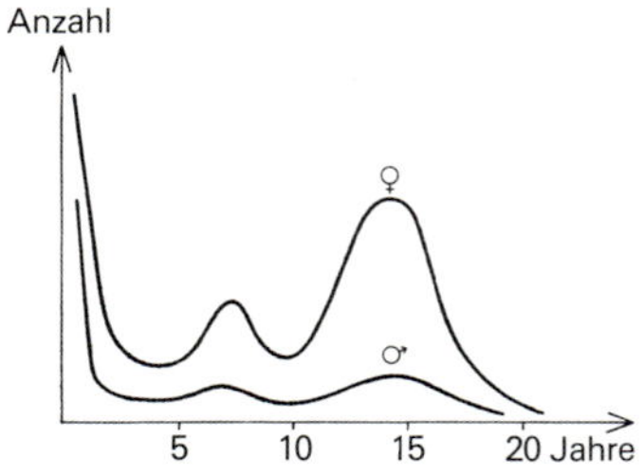

Abb. 416. Die meisten idiopathischen Skoliosen treten während der Wachstumsschübe auf. Die Kurve gleicht weitgehend der Wachstumskurve von Abb. 172 (II.2.1.). Deutlich ist der Gipfel in der Pubertät, vor allem bei den Mädchen.

kongenitalen und denjenigen bei *Systemerkrankungen* besprochen werden, weil Pathologie, Verlauf und Therapie sich nur unwesentlich unterscheiden.

Typisch für diese Skolioseformen ist ihr Verlauf (Abb. 416):

1. Sie entstehen während des Wachstums.
2. Während des *pubertären Wachstumsschubes* (mit 13 – 14 Jahren etwa) machen sie in der Regel eine *rasch progrediente Verschlechterung* durch.
3. Nach Abschluss des Wachstums nimmt die Verkrümmung nur noch unwesentlich zu (wenn der Winkel nicht grösser als etwa 40° ist). Die Krümmungszunahme und die Wachstumsintensität verlaufen also weitgehend parallel. Ein enger Zusammenhang mit der Skelettentwicklung ist somit erwiesen (Abb. 417).

Über die *Pathogenese,* die Art der Entstehung der Krümmung, weiss man noch sehr wenig. Stö-

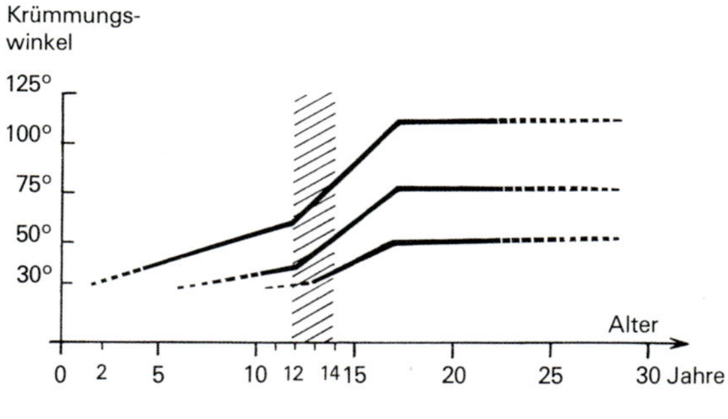

Abb. 417. Die *Progredienz* der idiopathischen Skoliose, nach Untersuchungen von Stagnara. Eingetragen ist der thorakale Krümmungswinkel nach Cobb. Praktisch alle Skoliosen nehmen mit dem Alter *zu,* je früher sie auftreten, desto *stärker* (obere Kurven: infantile und juvenile Skoliosen).

Während des pubertären Wachstumsschubes (schraffierte Periode) verläuft die Krümmungszunahme plötzlich viel *schneller,* auch bei der in diesem Alter manifest werdenden *Adoleszentenskoliose* (unterste Kurve). *Nach* Abschluss des Wachstums ist die Krümmungszunahme nur noch sehr gering.

Das Schicksal der Skoliosen entscheidet sich in der Pubertät.

rungen in den Wachstumszonen der Wirbelsäule, sowie im Tonus der Muskulatur spielen sicher eine Rolle. Sobald einmal eine Krümmung besteht, kommt ein Circulus vitiosus in Gang, indem die Schwerkraft sowie der Tonus der Rükkenmuskulatur im Sinne der Zunahme der Krümmung wirken.

8.3.2. *Klinik*

Skoliosen im Wachstumsalter *tun selten weh.* Meist werden sie von der Mutter oder vom Schneider bei der Kleideranprobe erkannt, bevor die Kinder oder Jugendlichen es selbst merken. Neben starken Verkrümmungen, die zu schlimmen Verunstaltungen und auch funktionellen Störungen führen, ist die Mehrzahl der Verkrümmungen geringfügig, macht keine Beschwerden und ist deshalb auch nicht behandlungsbedürftig.

Die *vollausgebildete Skoliose* ist leicht zu erkennen. Ihre typische Form betrifft vor allem *Mädchen* zwischen 11 und 15 Jahren. Die Hauptkrümmung liegt bei der idiopathischen Skoliose mit Vorliebe etwa auf Höhe des 8. und 9. Thorakalwirbels und ist rechtskonvex (Abb. 418).

Die seitliche Wirbelsäulenverkrümmung muss schon ein gewisses Ausmass erreicht haben, bevor die äusserlich sichtbare Asymmetrie deutlich wird. Zuerst fallen unterschiedlich stark ausgebildete *Taillendreiecke* und eine stärker *vorspringende Hüftpartie* auf der einen Seite bei lumbalen Verkrümmungen, ein *Schulterhochstand* und ein abstehendes Schulterblatt auf der Seite einer thorakalen Konvexität auf. Die seitliche Verkrümmung geht schon früh mit einer *Torsion* der Wirbelsäule einher: Die Reihe der Wirbelkörper weicht stärker vom Lot ab als die Dornfortsatzreihe. Da nur diese von aussen sichtbar ist, wird das tatsächliche Ausmass der seitlichen Ausbiegung erst auf dem *Röntgenbild* offenbar (Abb. 421).

Auf einer einwandfreien ap-Aufnahme ist dieses Abweichen der beiden Reihen voneinander deutlich zu erkennen, als ein Beweis für die strukturelle Fixierung der Skoliose (Vorsicht bei schräg aufgenommenen Röntgenaufnahmen: auf solchen liegen die beiden Reihen auch bei gerader Wirbelsäule nebeneinander).

Sekundäre Auswirkung der Torsion der Wirbelsäule ist die entsprechende *Verbiegung des Rippenthorax,* welche bei hochgradiger Deformierung den Körper stark verunstaltet, aber auch Lungenfunktion und sogar Herzaktion erheblich in Mitleidenschaft ziehen kann. Der auf der *Kon-*

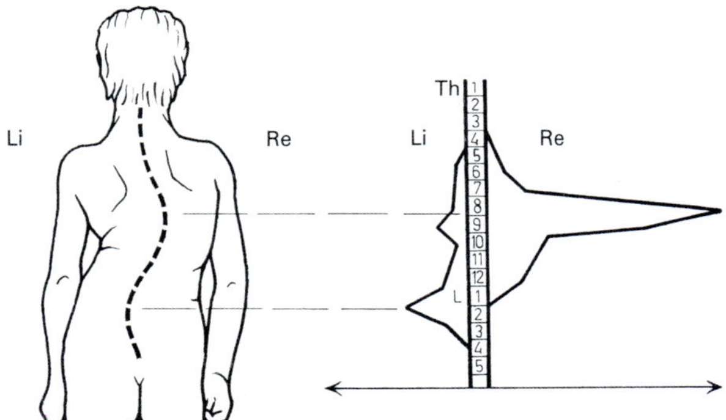

Abb. 418. Der *Krümmungsscheitel* der idiopathischen Skoliose liegt weitaus am *häufigsten rechts,* auf Höhe der mittleren *Brustwirbelsäule.* Relativ häufig ist der Scheitel *links lumbal.* Die Skoliose links im Bild ist also sehr *typisch. Rechts* ist die Wirbelsäule von L_5 bis Th_1 dargestellt, zu beiden Seiten ist die Häufigkeit der Krümmungsscheitel auf der betreffenden Höhe eingetragen.

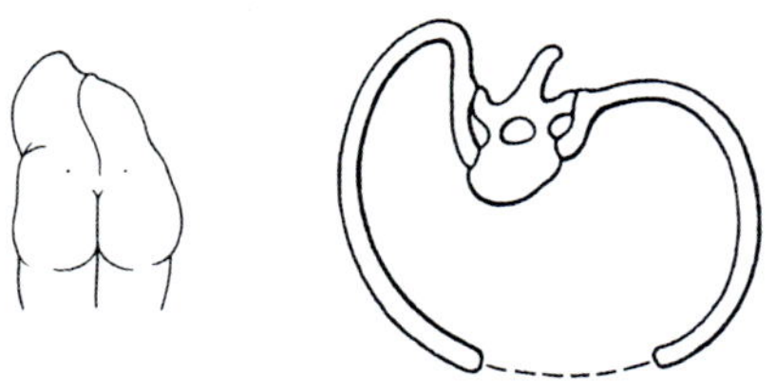

Abb. 419. *Rippenbuckel und Thoraxdeformität.* Besonders beim Vornüberneigen lässt sich der *Rippenbuckel* auf der Konvexseite der Skoliose deutlich erkennen. Er ist das auffälligste Merkmal der Thoraxdeformität, die zustande kommt durch die *Rotation* der Wirbelkörper, welche immer mit der seitlichen Krümmung einhergeht.

a b

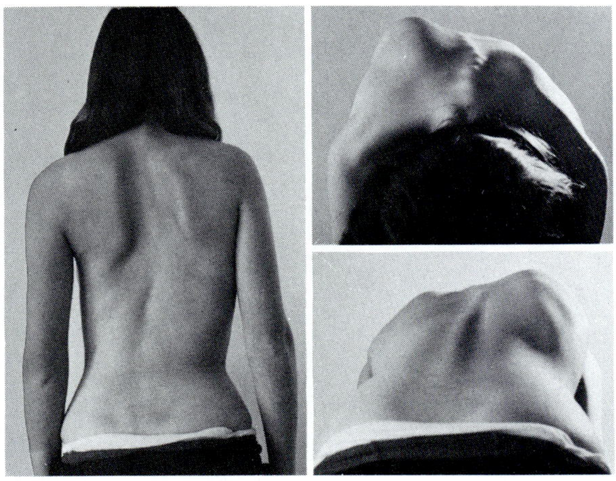

c

Abb. 420. 16jähriges Mädchen mit rechtskonvexer thorakaler Skoliose (a). Im Vornüberneigen wird die Thoraxdeformität, der «Rippenbuckel» auf der konvexen Seite, deutlich. b) von vorne, c) von hinten gesehen.

vexseite der thorakalen Krümmung entstehende *Rippenbuckel* wird am besten sichtbar, wenn man das Kind sich vornüber neigen lässt und es von hinten betrachtet. Auch eine geringe Vorwölbung ist sicheres Zeichen einer Torsion der Wirbelsäule und damit der strukturellen Fixierung der Skoliose. So lässt sie sich im Anfangsstadium von der einfachen skoliotischen Haltung abgrenzen (Abb. 419 und 420).

8.3.2.1. *Morphologie*

Die Verkrümmungen sind S- oder Doppel-S-förmig. In der sogenannten «Primärkrümmung» vermutet man den Sitz der pathogenetisch wirksamen verformenden Kräfte. Ober- und unterhalb dieser «Primärkrümmung» schliesst sich je eine entgegengesetzte «Sekundärkrümmung» an, von welcher man annimmt, dass sie als Ausgleich der «Primärkrümmung» entstanden sei (vgl. Abb. 298, II.12.6.1.). Durch diese Kompensation ist die Wirbelsäule in der Mehrzahl der Fälle trotz der Verkrümmung *im Lot.* Dieses wird gemessen mit einem Senkblei vom Occiput aus. Eine Abweichung (Dekompensation) der Wirbelsäule aus dem Lot wird in cm Abstand dieses Lotes von der rima ani gemessen. Ein solche Abweichung hat ungünstige statische Konsequenzen (siehe Abb. 381, III.B.2.1.2.).

Je nach Lage des Scheitels der Hauptkrümmung ergeben sich *verschiedene morphologische Bilder:*

- *Thorakalskoliose:* häufigste und schwerste Form. Die *Thoraxdeformität* steht im Vordergrund. Dadurch in schweren Fällen hochgradige Einschränkung der Lungenfunktion, evtl. Herzschädigung.
- *Lumbalskoliose:* Die Torsion bewirkt ein stärkeres Vorspringen der konvexseitigen Lendenmuskulatur. Die Thoraxdeformierung ist gering, hingegen ist die *Statik* der Lendenwirbelsäule stark *gestört,* was häufig im Laufe der Jahre zu hartnäckigen Kreuzschmerzen führt.
- Alle *Übergangsformen* (thorakolumbale Skoliosen) und Kombinationen kommen vor.

a b c

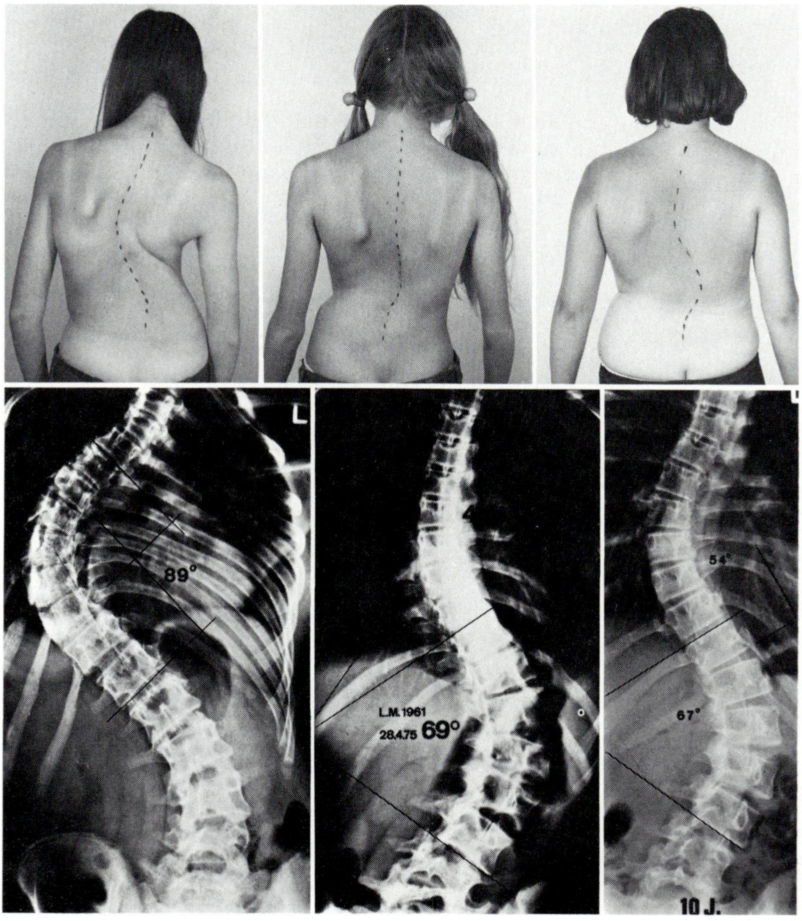

d e f

Abb. 421. Der *äussere Aspekt* der Skoliose hängt von der *Lokalisation* der Krümmung ab: Hier 3 Formen mit den zugehörigen Röntgenbildern (von dorsal gesehen).

a) und d): Die *thorakale Form* hat die stärkste Verunstaltung zur Folge, da der Thorax stark mitdeformiert ist. Der Rumpf fällt oft aus dem Lot.

b) und e): Die *lumbale Form* macht eine weniger auffällige Deformität, welche vor allem an asymmetrischer Taille und Hüftpartie zu erkennen ist.

c) und f): Die S-förmige, grossbogige thorako-lumbale Skoliose ist oft gut im Lot und kosmetisch deshalb relativ wenig störend, hingegen treten häufig mit der Zeit Beschwerden auf infolge statischer Störungen in diesem an sich gut beweglichen Wirbelsäulenabschnitt.

Allgemein kann man sagen, dass die Verkrümmung auf dem Röntgenbild fast immer schlimmer aussieht als in natura.

Alle drei Fälle sind typisch, indem es sich um junge Mädchen zwischen 10 und 15 Jahren handelt. Dass die thorakale Kurve nach links konvex ist, ist allerdings eher die Ausnahme.

Nicht in allen Fällen lässt sich die «Primärkrümmung» eindeutig feststellen (Abb. 421).

8.3.2.2. *Röntgenbild*

Das volle Ausmass der Verkrümmung wird erst auf dem Röntgenbild sichtbar. Die Verkrümmung muss *gemessen* werden, damit aus den Vergleichskontrollen Progredienz und Behandlungserfolg erkannt werden können. Die Messung nach *Cobb* hat sich international eingeführt (obwohl jene nach *Ferguson* eine genauere Beurteilung ermöglicht) (Abb. 422).

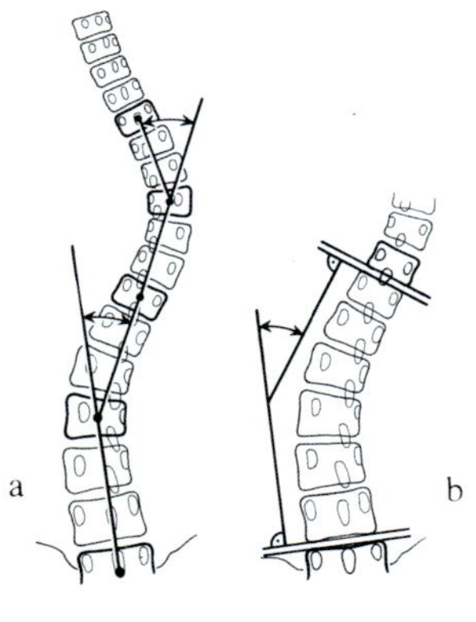

Abb. 422. *Messung der Wirbelsäulenkrümmung.*

a Messung der eigentlichen Krümmungswinkel. Messpunkte sind die Mittelpunkte der Wirbelkörper im Scheitelpunkt der Krümmung und der nicht in der Krümmung liegenden *«neutralen»* Wirbel. Diese Messung nach FERGUSON, obwohl in mancher Hinsicht zweckmässig, wird heute weniger gebraucht als die einfachere

b Messung nach COBB: Winkel zwischen dem Lot auf die Deckplatten der «neutralen» Wirbel.

8.3.2.3. *Diagnose*

Die *Diagnose* «Skoliose» zu stellen ist einfach. Wesentlich schwieriger, manchmal unmöglich ist es, die *Prognose* im Einzelfall herauszufinden. Dies ist aber im Hinblick auf die Therapie *entscheidend:* Manche Skoliosen entwickeln sich ausserordentlich bösartig und führen unbehandelt zum eigentlichen Krüppeltum, während die Grosszahl leichter Skoliosen keinerlei Beschwerden oder Verunstaltungen macht, also auch keine Behandlung braucht.

Die Behandlung der schwereren Fälle ist schwierig und aufwendig, dauert meist mehrere Jahre und bedeutet eine schwere Belastung, welche den jungen Menschen nur zugemutet werden sollte, wenn es unumgänglich notwendig ist.

8.3.3. *Formen der idiopathischen Skoliose*

Im Bestreben, die *Prognose genauer* stellen zu können hat man versucht, *einzelne Gruppen* und Formen der idiopathischen Skoliose herauszukristallisieren:

8.3.3.1. *Säuglingsskoliosen*

Untersuchung und Röntgenbilder in Korrekturstellung zeigen, dass die Wirbelsäule sich nicht nach beiden Seiten in gleichmässiger Kurve umbiegen lässt (Abb. 387).

Strukturelle Veränderungen sind (noch) nicht erkennbar, wahrscheinlich handelt es sich fast immer um skoliotische Haltungen mit spontaner Rückbildungstendenz. Verkrümmungen, welche nach dem 2. Lebensjahr noch vorhanden sind, haben allerdings häufig eine sehr schlechte Prognose. Aus diesem Grund ist man bestrebt, eine Skoliose beim Säugling möglichst rasch zu beheben, entweder mit Gipsbett oder dem *Bett von Forrester-Brown.*

Im Anschluss daran oder in leichteren Fällen als alleinige Massnahme, ist die *Bauchlage* zweckmässig. Die Verkrümmung sollte sich in den ersten Jahren auskorrigieren. Sie ist aber regelmässig röntgenologisch zu kontrollieren.

8.3.3.2. *Die infantile Skoliose*

Diese Form ist eher selten. Sie tritt meist erst im Alter von 2–3 Jahren auf. Ein Teil davon ist strukturell. Viele sind progredient und haben – unbehandelt – eine schlechte Prognose. Es ist nicht möglich, die harmlosen von den ungünstigen Formen absolut sicher zu unterscheiden. Erst der Verlauf erweist es endgültig. Einige Merkmale geben wenigstens Hinweise: Kürzere, steifere, stärkere Krümmungen mit ausgeprägter Torsion sind schlechte Zeichen. Knaben neigen (im Gegensatz zur Adoleszentenskoliose) eher zur progredient verlaufenden Form.

Die *Behandlung* von stärkeren Verkrümmungen ist nur möglich mit redressierenden Korsetten. Geeignet ist z. B. das sogenannte «Milwaukee-Korsett» (siehe III.B.8.3.6.1., Abb. 425 und 426).

Solche Korsette müssen wenn nötig vom Gehbeginn bis zum Alter von 10 Jahren immer wieder getragen werden. Vorher ist eine operative Fixation nicht ratsam, weil damit das Längenwachstum der Wirbelsäule gestoppt wird. Ebenso wichtig ist die regelmässige Kontrolle mit Ausmessungen der Krümmungen auf dem Röntgenbild. Wenn eine Zunahme der Skoliose nachgewiesen wird und besonders, wenn sie sich dem kritischen Wert von 20–30° nähert, ist die Behandlung wieder zu intensivieren.

8.3.3.3. *Die juvenile Skoliose*

Zwischen dem 5. und dem 8. Altersjahr tritt eine Skoliose selten auf. Ihr Verlauf entspricht der Adoleszentenskoliose. Da sie aber während längerer Zeit (bis zum Wachstumsabschluss) zunimmt, ist die Prognose entsprechend schlechter.

8.3.3.4. *Die Adoleszentenskoliose*

Diese bei weitem *häufigste* und *wichtigste* Form der idiopathischen Skoliose beginnt im vorpubertären Wachstumsschub (vom 10. Jahr an). *Mädchen* sind etwa 4mal *häufiger* betroffen als Knaben. Fast immer ist sie rasch progredient bis zum Abschluss des Wachstums.

8.3.4. *Prognose*

Bei jeder echten Skoliose muss mit einer Verschlimmerung bis zum Wachstumsabschluss gerechnet werden.

Je jünger das Kind ist, je länger die Wachstumsperiode also noch dauert, desto grösser wird die endgültige Verkrümmung sein. Die *stärkste Krümmungszunahme* erfolgt *im pubertären Wachstumsschub.* Innert zwei bis drei Jahren können schwere irreversible Verkrümmungen entstehen. Nach Abschluss des Wirbelsäulenwachstums ist die Progredienz nur mehr gering, die Skoliose ist weitgehend stabil geworden und nimmt nur noch wenig zu, ausser bei sehr starken Verkrümmungen (Abb. 423).

Um die *geeignete Therapie* und den *richtigen Zeitpunkt* dafür bestimmen zu können, ist es wichtig, eine *genaue individuelle Verlaufsprognose* zu stellen *(Scheier).*

Wenn die Krümmung ein gewisses Mass überschritten hat (die «kritische Grenze» liegt bei 20–30° Krümmung nach Ferguson gemessen) ist praktisch immer mit einer weiteren Zunahme der Skoliose zu rechnen. Im übrigen wird die Progredienz durch *Verlaufskontrollen* nachgewiesen: Im Abstand von 3–6 Monaten müssen *vergleichbare,* d.h. standardisierte Röntgenaufnahmen (ganze Wirbelsäule ap im Stehen) ausgemessen werden (z.B. nach der Methode von Cobb oder von Ferguson). Andere Röntgenbilder erübrigen sich.

Das Stadium des Wirbelsäulenwachstums kann vom röntgenologischen Aspekt der *Beckenkammapophyse* abgelesen werden (*Risser*sches Zeichen): Die Entwicklung dieser Apophysen zeigt den baldigen Abschluss des Wirbelsäulenwachstums an. Wenn sie mit dem Beckenkamm verschmolzen sind, ist das Wachstum beendet, die Skoliose nimmt kaum mehr zu (Abb. 424).

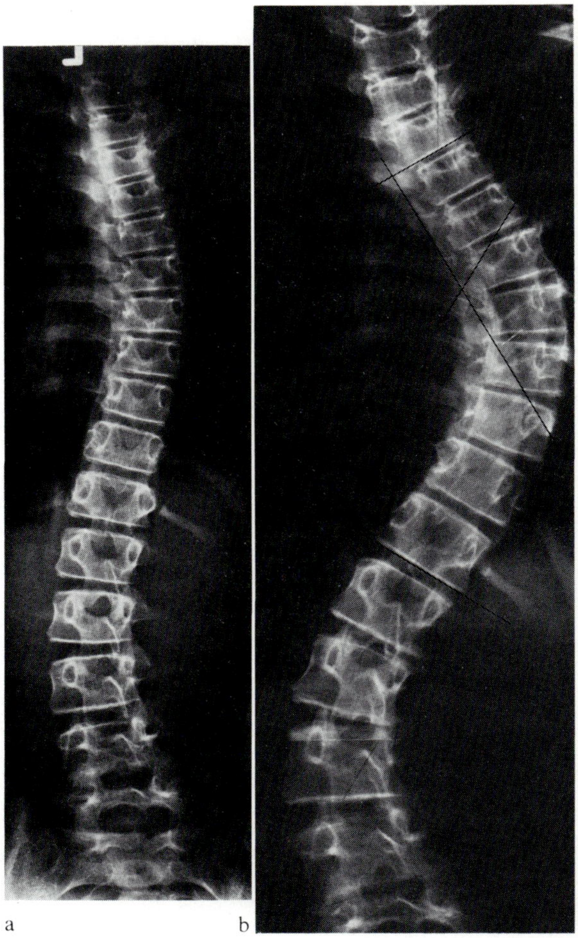

a b

Abb. 423. Die *Progredienz* der Verkrümmung im pubertären *Wachstumsschub.*

a Leichte Skoliose bei einem 10jährigen Mädchen. Es wurde keine Behandlung durchgeführt.

b 3 Jahre später, im Alter von 13 Jahren: massive Skoliose mit zum teil schon stark versteiften Krümmungen.

Eine solche Skoliose kann nur noch operativ korrigiert werden (siehe Abb. 428).

Während des Wachstumsschubes in diesem Alter kann die Verkrümmung in kurzer Zeit sehr stark zunehmen. Kontrollen in jährlichen, besser halbjährlichen Abständen sind notwendig, um den richtigen Zeitpunkt für die konservative Therapie (Korsett-Behandlung) nicht zu verpassen, sonst ist die Korrektur auch mit grossen Operationen oft nicht mehr vollständig möglich.

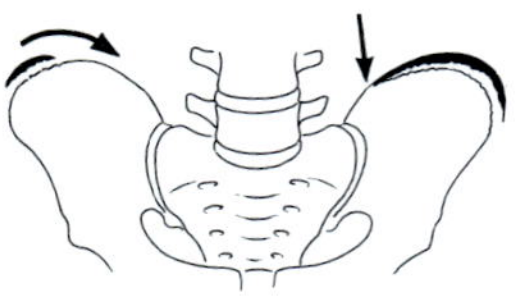

Abb. 424. *Das Rissersche Zeichen.*

Die Entwicklung der *Darmbeinkammapophyse* gibt Hinweise auf das Knochenalter. Der Knochenkern entsteht an der Spina ilica anterior (links) und wächst bis zur Spina ilica posterior. Wenn er mit dieser *verschmilzt* (rechts), sagt man, das *Rissersche Zeichen* sei *positiv,* was bedeutet, dass das Wirbelsäulenwachstum beendet ist, und in der Regel keine wesentliche Zunahme der Skoliose mehr zu befürchten ist.

8.3.5. *Beurteilung und Indikation*

Eine *nachgewiesene Progredienz* lässt sich mit *heilgymnastischen Massnahmen* und *gewöhnlichen Stützkorsetten* allein *kaum aufhalten.* Dazu sind intensive Gips- und/oder Streckkorsettbehandlungen und – in den schwereren Fällen – aufwendige operative Massnahmen notwendig.

Zu den wichtigsten Aufgaben des Orthopäden gehört es, zu entscheiden, *ob* und *wann* solche Massnahmen eingeleitet werden sollen. In leichteren Fällen ist mit Heilgymnastik allein vielleicht eine gewisse retardierende Wirkung zu erzielen. Ist die Krümmung gering, und zeigen die regelmässigen Kontrollen praktisch keine Zunahme, kann eine eingreifende Therapie vorläufig zurückgestellt werden.

Oft nimmt aber die Verkrümmung trotz Gymnastik, Stützkorsett usw. *ständig zu.* Die deformierenden Kräfte sind zu stark, vor allem wenn die «kritische Grenze» von 20 – 30° überschritten ist. In einfacheren Fällen (etwa 20° – max. 40°) ist es meist möglich, mit konsequent durchgeführten konservativen Massnahmen (Gipse, Skoliosekorsette usw.) während des gefährdeten pubertären Wachstumsschubes die Progredienz aufzuhalten und damit den Patienten ohne allzu schlimme Deformität hinüber zu retten bis zum Wachstumsabschluss, also bis die Wirbelsäule weitgehend stabilisiert ist und die Skoliose praktisch nicht mehr zunimmt. Auf diese Weise kann ihm eine Operation erspart werden.

In allen schwereren Fällen (über 40 – 50° Krümmung), sollte die Skoliose zuerst *korrigiert* und dann in der korrigierten Stellung *gehalten* werden bis zum Wachstumsabschluss. Dies lässt sich auf konservativem Weg nicht erreichen, die deformierenden Kräfte sind zu gross. Praktisch kommt nur die Verbindung von *konservativer mit operativer Behandlung* in Frage. Sie hat eben diese Korrektur und deren Stabilisierung mittels Spanversteifung des verkrümmten Wirbelsäulenabschnittes (Spondylodese) zum Ziel. Die ganze Skoliosebehandlung *dauert* in der Regel *wenigstens ein Jahr,* oft viel *länger.*

Da diese Behandlung von den jungen Patienten grosse Opfer erfordert, ist die *Indikationsstellung* eine *verantwortungsvolle Aufgabe,* welche genaue Kenntnisse der Prognose voraussetzt.

Die Frage, was man den in der Regel beschwerdefreien Jugendlichen mit einer aufwendigen Behandlung, welche ja in erster Linie Prophylaxe sein soll, zu bieten habe, ist deshalb sicher in jedem Fall neu zu stellen.

8.3.6. *Prinzipien der Skoliosebehandlung*

8.3.6.1. *Aufhalten der Progredienz,*
wenn möglich bis zum Wachstumsabschluss, wenigstens aber bis zu einem für eine Operation günstigen Zeitpunkt, d. h. bis zum Beginn des präpubertären Wachstumsschubes, mindestens jedoch bis zum Alter von 10 Jahren. Muss früher operiert werden, wächst die Wirbelsäule nicht mehr weiter, die Patienten bleiben klein.

Geeignet sind das *Milwaukee-Korsett* (siehe I.C.3.7.3., Abb. 425a), sodann verschiedene Korrekturgipse und -korsette (siehe Abb. 425b und Abb. 426). *Gezielte Heilgymnastik* ist ein wertvolles und notwendiges Hilfsmittel, die Rückenmuskulatur zu stärken; die Progredienz aufzuhalten ist sie allein nicht imstande (Abb. 423).

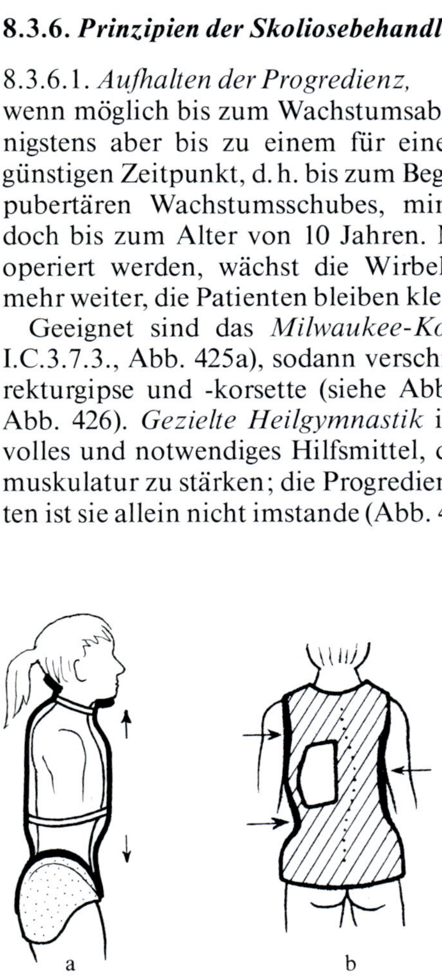

Abb. 425.

a *Skoliosekorsett* (Milwaukeekorsett) zur *Extension* der Wirbelsäule. Abstützung an Occiput und Kinn, unten an den Darmbeinkämmen. Damit kann ein Längszug ausgeübt werden. Das Korsett muss an den Abstützpunkten genau anmodelliert werden, damit keine Druckstellen entstehen.

b *Korrekturgips.* Nach dem 3-Punkte-Prinzip wird gezielter Druck ausgeübt, um die Verkrümmung auszugleichen (siehe auch Abb. 144b).

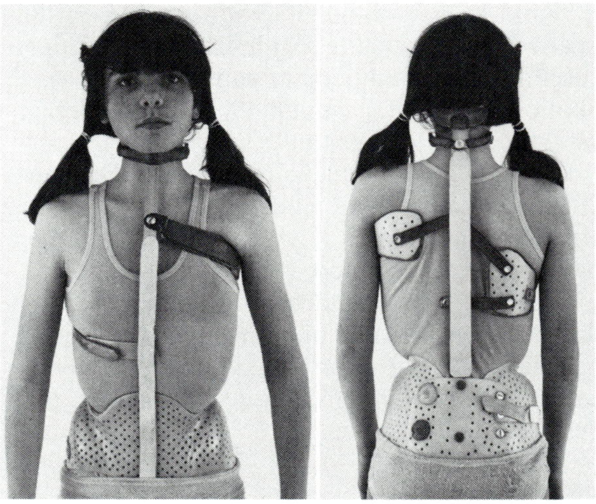

Abb. 426. *Beispiel eines Skoliosekorsettes.*

Kombination von *Extension* und *seitlichem Druck.* Um einen Längszug zu erreichen, wird der Kopf an Kinn und Occiput gefasst und gegen das Becken abgestützt. Die ganze Last ruht auf den Beckenkämmen, die entsprechend sorgfältig ausmodelliert werden müssen. Daher die schmale Taille. Wegen des Drucks auf den Unterkiefer muss der Zahnentwicklung besondere Beachtung geschenkt werden.

Seitliche Pelotten wirken nach dem 3-Punkte-Prinzip (siehe I.C.3.6.2.4. und Abb. 425b) auf die Krümmungsscheitel.

Solche Korsette werden nach Gipsmodellen angefertigt. Es braucht viel Erfahrung, Korsette herzustellen, welche auch tatsächlich eine Korrekturwirkung haben. Der Effekt ist mittels Röntgenbild zu kontrollieren.

Solche und ähnliche Korsette werden angewendet um eine Progredienz der Verkrümmung zu verhindern oder sie wenn möglich zu korrigieren.

8.3.6.2. *Korrektur der Verkrümmung*

Die *bereits bestehende Verkrümmung* sollte soweit als möglich *korrigiert* werden (dies gelingt im Durchschnitt noch um knapp ein Drittel). Dazu sind eine Reihe recht komplizierter Gipskorsetttechniken entwickelt worden, deren Beherrschung grosse praktische Erfahrung voraussetzt. Im Prinzip können Quengelgipse (Risser) oder *Etappengipse* (Abbott, Stagnara, E.D.F.) angewendet werden, welche die *Korrektur durch allmähliches Aufrichten* im Gips langsam herbeiführen sollen, durch *Längszug* (an Beckenkämmen und Kopf angreifend) und/oder äusseren *Druck* auf die konvexen Partien der Deformität. Die Kunst dabei ist es, genügend Druck auszuüben auf die Verkrümmung, *ohne* dadurch *Hautnekrosen zu verursachen.* Die Kinder müssen manchmal während Monaten in diesen Gipsen bleiben (Abb. 427).

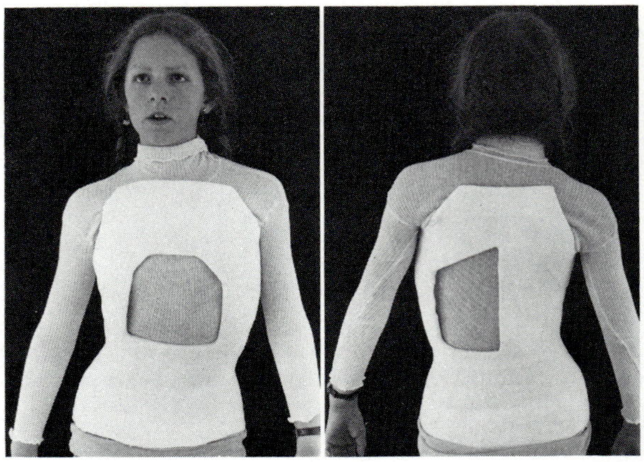

Abb. 427. *Gipskorsett* zur *Korrektur* einer Skoliose oder zur *Erhaltung* einer Korrektur nach Operation.

In einem Rahmengestell, in welches der Patient mittels Längs- und Seitenzügen eingespannt ist, wird die Skoliose zuerst möglichst gut korrigiert (EDF = Extension–Derotation–Flexion, d.h. Geradebiegen der Krümmung). In dieser Stellung wird der Gips angelegt und sorgfältig ausmodelliert. Es braucht viel Erfahrung, eine gute Korrektur zu erreichen, ohne dass Druckstellen und Hautnekrosen entstehen (siehe auch I.C.3.6.3.1.).

8.3.6.3. *Erhalten der erreichten Korrektur*

Dazu dienen nach Modell gefertigte spezielle Korsette (Abb. 426).

Die deformierenden Kräfte sind ausserordentlich gross. Es sind vor allem Schwerkraft und Muskelkräfte. Je grösser die Verkrümmung, desto grösser der Hebelarm dieser Kräfte und damit ihre schädliche Wirkung.

Das Erhalten einer erreichten Korrektur mit konservativen (von aussen angreifenden) Massnahmen (Gipse, Korsette) ist deshalb ausserordentlich schwierig. Auf die Dauer gelingt dies nur durch eine *knöcherne Versteifung* des verkrümmten Wirbelsäulenabschnittes, die sogenannte *Spondylodese* einer ganzen Reihe von Segmenten, mindestens der Primärkrümmung. Die beste Technik ist die Anfrischung der Dorn- und Querfortsätze, sowie der kleinen Wirbelgelenke, und das Anlegen von *Spongiosaspänen* (Hibbs). Bis die Spondylodese fest und tragfähig ist dauert es ein ganzes Jahr. Solange muss das Kind auch seinen Korrekturgips tragen.

Um die Schwierigkeiten mit den Redressionsgipsen zu vermeiden und um bessere Resultate zu erzielen, wird versucht, die Korrektur *während* der Operation mittels Metallstäben (Harrington) zu erreichen, welche als *interne Fixation* auch die Korrektur erhalten sollen, bis die Spondylodese konsolidiert ist. Bislang kann allerdings auf die

a b

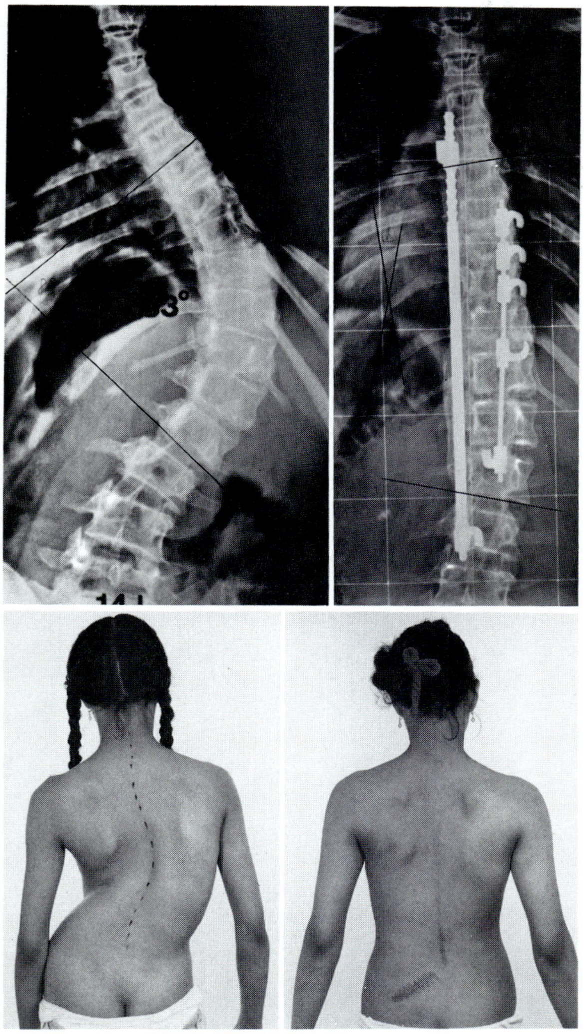

c d

Abb. 428. *Operative Skoliosekorrektur.*

a) und c): Schwere thorako-lumbale Skoliose (Krümmungswinkel 83° nach COBB) bei einem 14jährigen Mädchen. In solchen Fällen ist eine operative Korrektur und Stabilisierung durch Spondylodese notwendig.

b) und d): Zustand 1 Jahr nach Korrektur mittels Instrumentation nach HARRINGTON: Ein druckfester Stab auf der Konkavseite, sowie eine Zugvorrichtung auf der Konvexseite, an den Wirbelbogen abgestützt, erlaubt eine intraoperative Korrektur. In derselben Sitzung wird die Spondylodese durch Anfrischen der Winkelbogen und Spongiosaspaneinlagerung durchgeführt (über dem linken hinteren Beckenkamm ist die Narbe von der Spanentnahme noch zu sehen). Die Deformität konnte weitgehend behoben werden.

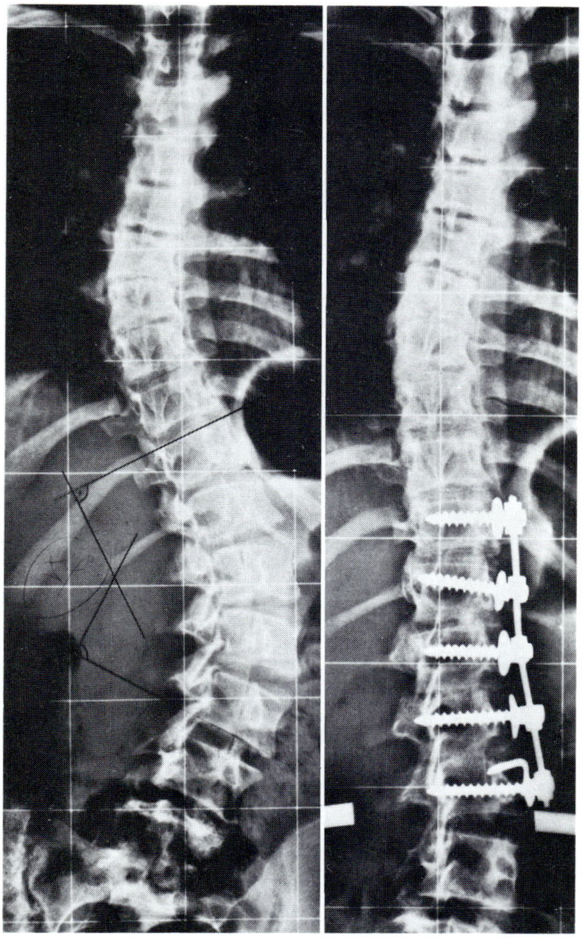

a b

Abb. 429. Eine Operationsmethode, welche an den Wirbelkörpern direkt angreift, wurde von DWYER, später von ZIEHLKE entwickelt. Sie besteht in der Resektion der Bandscheiben und der Korrektur mit Hilfe eines Zugsystems, bestehend aus Schrauben und Agraffen, welche in den Wirbelkörper verankert und mit einem Zugkabel oder -stab auf der Konvexseite der Verkrümmung miteinander verbunden werden. Damit ist auch in manchen schweren Fällen eine weitgehende Korrektur möglich. Wegen des vorderen Zuganges ist die ausgedehnte Eröffnung von Thorax- und Bauchhöhle notwendig. Es handelt sich um einen ausgesprochen grossen Eingriff.

a Skoliose eines 13jährigen Mädchens.
b Ein Jahr nach der Operation.

Wesentlich ist bei diesen instrumentellen Korrekturoperationen, genau zu berechnen, welche Wirbelsegmente in die Spondylodese einzubeziehen sind und welche nicht.

Gipsbehandlung nicht ganz verzichtet werden (Abb. 428).

Dass bei den grossen Schwierigkeiten der Skoliosebehandlung auch andere Wege gesucht werden (Operationen an den Wachstumsfugen der Wirbelkörper, Osteotomien, Implantation von Druckstäben in der Konkavseite, von Impulsgebern in der konvexseitigen Muskulatur usw.) erstaunt nicht. Vielleicht findet man eines Tages eine *kausale* Behandlung, welche alle diese mühseligen symptomatischen Behandlungsversuche überflüssig macht (Abb. 429).

8.3.6.4. *Heilgymnastische Turnübungen* – für sich allein nicht imstande eine nachgewiesene progrediente Skoliose aufzuhalten – sind als *wesentlicher Bestandteil* der beschriebenen Behandlung *unentbehrlich.*

Die Therapie der Skoliosen erfordert viel Geduld, Geschick und Erfahrung, daneben auch eine gute *Menschenführung.* Die Skoliosebehandlung ist eine der *schwierigsten* Aufgaben der Orthopädie überhaupt. Es ist verständlich, dass sie *einigen wenigen Zentren und Orthopäden,* welche sich intensiv mit der Skoliose befassen, *vorbehalten* bleibt.

9. Spondylolyse und Spondylolisthesis
(Bogendefekt und Wirbelgleiten)

9.1.1.1. *Begriffsbestimmung und pathologische Anatomie*

Als *Spondylolyse* wird der Wirbelbogendefekt, der Unterbruch eines Bogens in der Interartikularportion (fast immer auf beiden Seiten) bezeichnet. Die – oft verlängerten, ausgezogenen – Verbindungsstücke sind knorpelig und bindegewebig angelegt statt knöchern. Diese Schwäche im Wirbelgefüge kann das *Abgleiten* des betreffenden Wirbels (meist L_5 oder L_4) (mit samt der darüber gelegenen Wirbelsäule), eine sogenannte *Spondylolisthesis,* zur Folge haben (Abb. 430).

Es handelt sich um eine wohlbekannte und *verbreitete,* für den Menschen spezifische Veränderung.

9.1.1.2. *Entstehung und Verlauf*

Die *Ursachen* der Spondylolyse liegen noch im Dunkeln, wahrscheinlich bereits bei kongenitalen Anlagestörungen (Dysplasien). Die Lyse selbst entsteht allerdings erst nach der Geburt. Auch die Hypothese einer Ermüdungsfraktur wird diskutiert.

Betroffen ist der durch den aufrechten Gang am meisten beanspruchte Wirbelsäulenabschnitt: In etwa ⅘ der Fälle ist der unterste Lendenwirbel, in etwa 10–15% der vierte betroffen.

Der Gleitprozess, die Spondylolisthesis, verläuft während des Wachstums langsam, oft in Schüben, progredient, über viele Jahre hinweg, und kann verschiedenes Ausmass erreichen, von kaum sichtbaren Verschiebungen bis zum vollständigen Abrutschen, z.B. des untersten Lumbalwirbels über die Vorderkante des Sakrum (Spondyloptose), was aber selten vorkommt. Ein einmaliges Trauma kommt als Ursache selten in Betracht (Abb. 431).

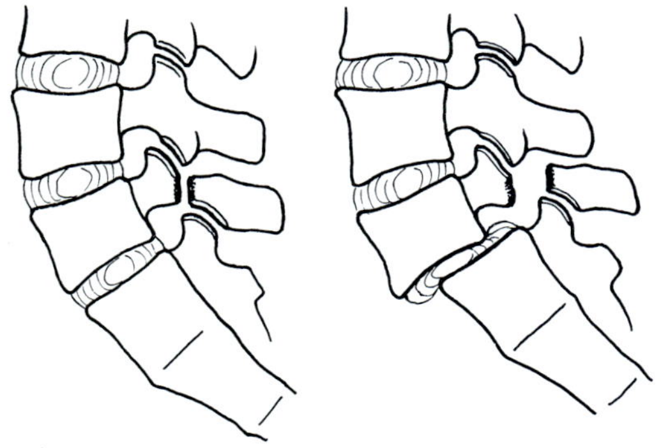

a b

Abb. 430.

a *Spondylolyse:* Wirbelbogendefekt in der Interartikularportion, am häufigsten beim 5. Lendenwirbel. Kein Gleiten. Ein häufiger Zufallsbefund.

b *Spondylolisthesis:* Abgleiten eines Wirbelkörpers vom tiefer gelegenen, bei Spondylolyse. Der hintere Bogenanteil mit dem Dornfortsatz bleibt zurück. Ebenfalls häufig symptomlos.

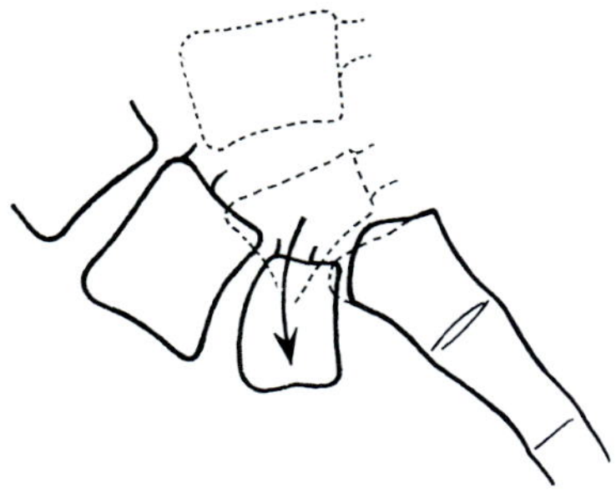

Abb. 431. *Spondyloptose:* Abgleiten und Abkippen der Wirbelsäule vom Sakrum. Der Gleitprozess kommt früher oder später zum Stehen und stabilisiert sich einigermassen.

Nach dem 20. Altersjahr kommt der *Gleitprozess praktisch immer zum Stillstand.* Erst in höherem Alter kann er durch eine schwere Osteoporose wieder aktiviert werden.

Im typischen Fall wird die Spondylolisthesis entdeckt im Alter von 20–25 Jahren, seltener im Kindesalter, wenn die ersten *Beschwerden* auftreten. Dass die Affektion sehr verbreitet ist unter der Bevölkerung *ohne* Beschwerden zu machen, zeigen die häufigen Zufallsbefunde bei Routineröntgenuntersuchungen. Bei etwa 5–7% aller Erwachsenen findet man eine Spondylolyse, in etwa 2–4% eine Spondylolisthesis.

9.1.1.3. *Diagnose*

Klinisch kann man die Spondylolisthesis nur vermuten: Langsam auftretende mehr oder weniger hartnäckige Kreuzschmerzen, vor allem bei Beanspruchung (langes Stehen, Bücken, Lastenheben), welche in Ruhe wieder verschwinden, gelegentlich Ausstrahlungen ins Gesäss und die Beine, sind Hinweise (vor allem bei Kindern), ebenso eine Aufrichtung des Beckens.

Bei stärkerer Verschiebung kann man eine *Stufe* in der Dornfortsatzreihe sehen und tasten.

Den *sicheren Nachweis* liefert das *Röntgenbild:* Im seitlichen Strahlengang kann ein Abgleiten genau erkannt und ausgemessen werden (Abb. 432).

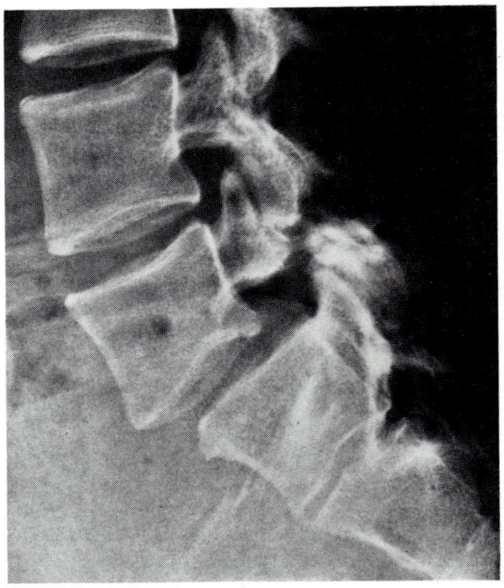

Abb. 432. *Spondylolisthesis* im Seitenbild, bei einem 16jährigen Mädchen. Der unterste Lendenwirbel ist um etwa ¼ des Wirbelkörperdurchmessers vom Sakrum abgeglitten. Der unterste Intervertebralraum ist verschmälert. Der Unterbruch in der Interartikularportion des Wirbelbogens ist in der Regel nur im schrägen Strahlengang zu sehen (siehe Abb. 433), auf seitlichen Bildern nur ausnahmsweise so deutlich wie hier.

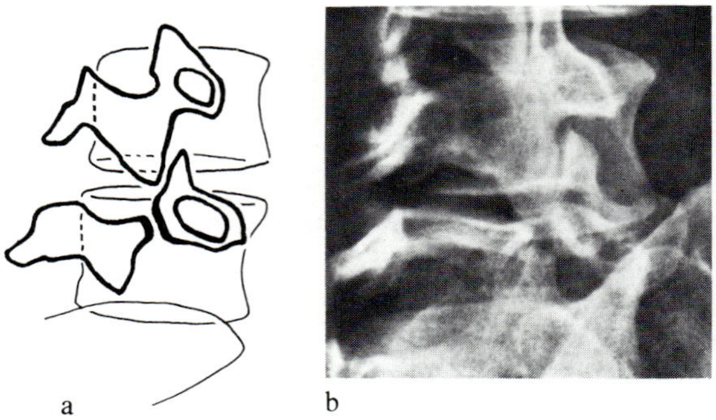

a b

Abb. 433.

a Im *schrägen* Strahlengang sehen die Wirbelbogen wie kleine Hündchen aus: Das Ohr entspricht der Gelenkfazette des oberen, die Vorderpfote derjenigen des unteren kleinen Wirbelgelenkes. Ein Unterbruch in der Interartikularportion, eine «Spondylolyse», ergibt das Bild eines vom Rumpf getrennten Kopfes (Halsband).

b Manchmal ist die Interartikularportion auch lediglich stark in die Länge gezogen. Eine solche «Elongation», als Vorstufe der «Lyse», spricht für die Theorie einer Dysplasie.

Oft sieht man auch den Unterbruch im Bogen. Einwandfrei darstellen lässt sich dieser mit *schrägen* Aufnahmen. Es entsteht die typische Röntgenfigur des «Hündchens mit Halsband» (Abb. 433).

9.1.2. *Beurteilung und Therapie*

9.1.2.1. *Kinder*

Bei *Kindern im Wachstumsalter* besteht die Gefahr des weiteren Abgleitens. Eine konservative Prophylaxe ist nicht möglich. Es gilt, eine *Progredienz* durch regelmässige Kontrolle (z. B. jähr-

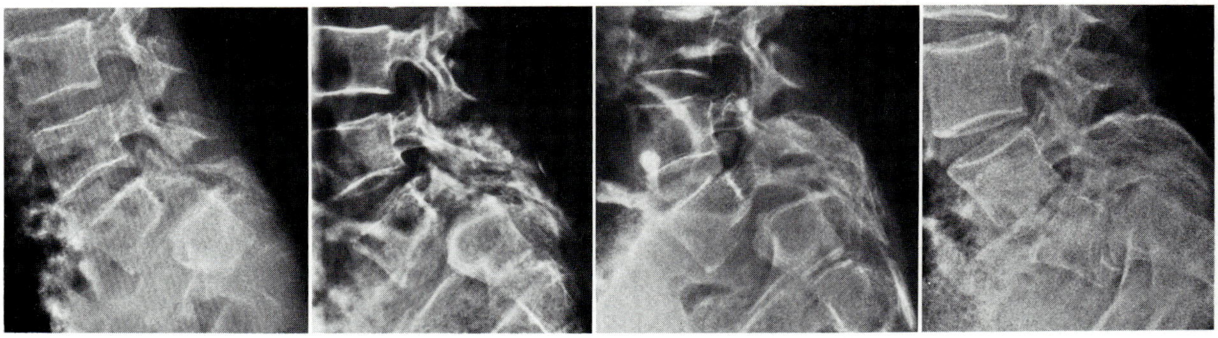

a b c d

Abb. 434. *Verlauf einer Spondylolisthesis L_5 im Wachstumsalter.*

a Lumbosakralgrenze im seitlichen Strahlengang, bei einem 12jährigen Mädchen, das seit einiger Zeit über Kreuzschmerzen klagte. Der fünfte Lumbalwirbel ist um halbe Wirbelbreite vom Sakrum abgeglitten. So starke Verschiebungen sind in diesem Alter eher ungewöhnlich. Ein weiteres Abgleiten in den nächsten Jahren muss befürchtet werden. Die Beschwerden, zusammen mit der ungünstigen Prognose, lassen die Indikation zur Operation stellen.

b Zustand kurz nach dorsaler Spondylodese: Auf die angefrischten Dornfortsätze und Wirbelbogen sowie die kleinen Wirbelgelenke von L_4, L_5 und S_1 wurden Spongiosaspäne angelagert. (L_4 muss bei dieser Technik miteinbezogen werden, da der Wirbelbogen von L_5 vom Wirbelkörper abgelöst ist.) Die Späne sind gut zu erkennen.

c Ein Jahr später ist die Spanmasse zu einer stabilen dorsalen Knochenbrücke umgebaut, welche die beiden untersten Lumbalwirbel mit dem Sakrum verbindet.

d Röntgenkontrolle 6 Jahre nach der Operation, mit 18 Jahren. Das Knochenwachstum ist praktisch abgeschlossen, die beiden untersten lumbalen Bewegungssegmente sind weitgehend verknöchert und stabilisiert. Durch die Spondylodese konnte ein weiteres Abgleiten, vielleicht eine Spondyloptose, verhindert werden. Das Mädchen hat keine Beschwerden.

Eine Reposition war hier nicht versucht worden. Möglichkeit und Notwendigkeit einer solchen werden immer noch diskutiert.

lich) zu erkennen. Aufgehalten werden kann der Gleitprozess nur durch die *operative* knöcherne *Versteifung* des betroffenen Segmentes. Bei Beschwerden im Kindesalter und nachgewiesener Zunahme der Verschiebung muss die Spondylodese-Operation erwogen werden (Abb. 434).

9.1.2.2. Bei *Erwachsenen* besteht die Gefahr des weiteren Gleitens kaum. Da die Mehrzahl der Menschen mit Spondylolyse oder Spondylolisthesis während des ganzen Lebens keine oder nur geringe Beschwerden haben, und wir andererseits keine Möglichkeit einer Prophylaxe oder kausalen Therapie besitzen, richtet sich die *Behandlung* nach den *Beschwerden* des Patienten.

Solange keine Schmerzen bestehen, ist auch keine Behandlung notwendig. Es genügt, den Patienten darauf hinzuweisen, keinen Schwerarbeiterberuf zu ergreifen. Im übrigen sollte er nicht mit Sportverboten usw. zum Kranken und Invaliden gestempelt werden. Vorhandene Schmerzen werden nach den Prinzipien der Behandlung chronischer Kreuzschmerzen bei degenerativen Krankheiten behandelt (siehe dort, III.B.10.4.).

Zweckmässig ist fast immer eine *äussere Stützung* der insuffizienten Wirbelsäule, in erster Linie durch eine *kräftige Rücken- und Bauchmuskulatur* (Heilgymnastik, vor allem isometrisches Muskeltraining), aber auch mit Hilfe einer kräftigen *Bauchbandage* oder eines *Lendenmieders,* evtl. eines massgefertigten *Stützkorsettes,* welches zur Arbeit und bei grösseren Beanspruchungen getragen werden sollte. Entgegen einer auch von Ärzten oft vertretenen Ansicht ist die Gefahr der Muskelatrophie durch das Korsett weniger gross, als bei schmerzhafter Verkrampfung und Schonhaltung der Muskulatur ohne Korsett. Die Rumpfmuskulatur arbeitet zur Hauptsache nicht willkürlich, sondern automatisch, gesteuert durch Reflexe, welche durch das Korsett nicht unterdrückt werden (vgl. III.B.10.4.1.6.) (Abb. 449 und 450).

Wenn eine Schonung, evtl. ein Berufswechsel, leicht möglich sind und vom Patienten positiv akzeptiert werden, kann davon eine gute Wirkung erwartet werden, anderenfalls kaum. Bei *hartnäkkigen Schmerzen,* welche trotz Muskelkräftigung, Stützung und symptomatischer Behandlung die Leistungsfähigkeit, besonders die *Arbeitsfähigkeit beeinträchtigen,* muss die *operative Behandlung* erwogen werden. Die *Indikation* dazu wird – bei vorhandenen Voraussetzungen (jüngere Patienten, Operabilität, Beschränkung des pathologischen Befundes auf ein, höchstens zwei Wirbelsäulensegmente, gute Beweglichkeit der Restwirbelsäule) – weitgehend vom *Patienten* selbst gestellt. Die Operation stellt die *letzte Massnahme* dar, wenn alle andern erschöpft sind.

Die *Operation der Wahl* ist, bei therapieresistenten Schmerzen vorwiegend im Kreuz, die *knöcherne Versteifung* des betreffenden Segmentes, die Spondylodese. Die Instabilität wird dadurch ausgeschaltet und die *Resultate* sind, bei richtiger Indikation *gut.* Eine vorgängige *Reposition* der Verschiebung ist kaum je, ausser evtl. bei sehr jungen Patienten, möglich, aber auch nicht notwendig.

Der Operateur hat die Wahl zwischen der *dorsalen* (interspinalen, intertransversalen) und der *ventralen* (transabdominalen, interkorporellen) Spondylodese. Beide haben Vor- und Nachteile, welche er gegeneinander abwägen muss. (Gefahren, Schwierigkeit der ventralen Spondylodese vor allem bei stärkeren Verschiebungen, Notwendigkeit der Verspanung von zwei Segmenten bei dorsalem [interspinalem] Zugang usw.) (Abb. 435.)

In manchen Fällen mit vorwiegend *ausstrahlenden Schmerzen* in die Beine ist die Frage, wie weit eine Kompression von Nervenwurzeln eine

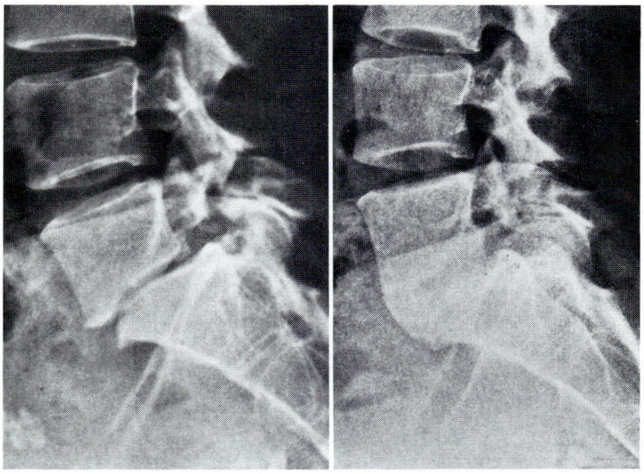

a b

Abb. 435.

a Röntgenbild der Lumbosakralgrenze einer 33jährigen Frau, welche seit längerer Zeit starke, therapieresistente und unter Beanspruchung zunehmende Kreuzschmerzen hatte. Das Bild zeigt eine Spondylolisthesis mit geringem Gleiten, aber einer massiven Osteochondrose. Wegen der Schmerzen wurde eine Spondylodese gemacht.

b Kontrollbild 2½ Jahre später: Vollständige Fusion der Wirbelkörper L_4 und L_5. Es war eine interkorporelle Verblokkung mit kortiko-spongiösen Spänen von einem ventralen Zugang aus gemacht worden (vgl. Abb. 452).

Bei dieser Operationstechnik muss nur ein Segment versteift werden. Die primäre Stabilität war gut, so dass die Patientin nach kurzer Zeit wieder mobil war. Seither ist sie beschwerdefrei und wieder leistungsfähig.

Rolle spielt, oft schwierig zu entscheiden. Eine Abklärung mittels Myelographie ist dann zweckmässig, besonders auch, da nicht ganz selten zusätzlich ein Bandscheibenprolaps besteht. Bei der Spondylolisthesis sind eindeutige neurologische Ausfallserscheinungen relativ selten, da trotz röntgenologisch erheblicher Verschiebung für die cauda equina meistens genügend Platz bleibt (wegen der Elongation des Bogens).

In solchen Fällen hat die alleinige Entfernung der beweglichen dorsalen Bogenhälfte (Gill) als Palliativoperation bei älteren Erwachsenen manchmal Erfolg, allerdings weniger konstant als die Spondylodese.

9.2. Wirbelverschiebungen ohne Spondylolyse

Von der typischen Spondylolisthesis bei Spondylolyse lassen sich Wirbelverschiebungen infolge von Instabilität anderer Genese fast immer gut unterscheiden. Der Gleitprozess ist in der Regel nur gering.

1. Die *Spondylolisthesis im Alter* bei massiver Osteoporose ist wahrscheinlich nicht mit einer Spondylolyse, sondern mit Einbrüchen der Knochenstruktur verbunden.
2. *Pseudospondylolisthesis:* Wirbelgleiten bei Bandscheibendegeneration infolge Segmentinstabilität: Die Wirbelbögen sind erhalten. Die Verschiebung beträgt nur wenige Millimeter (siehe III.B.10.1.).
3. *Retrolisthesis:* Wirbelgleiten nach rückwärts; typisches Zeichen einer Bandscheibendegeneration infolge Instabilität (siehe III.B.10.1.1.1., Abb. 438).
4. *Drehgleiten:* Bei Skoliosen, Bandscheibendegeneration, als Traumafolge (siehe Abb. 443).
5. Wirbelverschiebungen bei Wirbeldestruktion infolge Tumor, Infekt, Trauma (Frakturen, Luxationen) usw. (siehe dort).

10. Die degenerativen Krankheiten der Wirbelsäule

Die überaus zahlreichen Patienten mit *Kreuzschmerzen = Lumbago* oder Lumbalgie, den häufigsten Schmerzen am Bewegungsapparat überhaupt, haben zum grössten Teil degenerative Veränderungen, vornehmlich der Bandscheiben, als Ursache ihrer Beschwerden (Diskopathien, Osteochondrosen, Spondylosen, Spondylarthrosen).

Bis zu einem gewissen Grade sind *Degenerationserscheinungen an der Wirbelsäule normale Alterungsvorgänge.* So findet man z. B. bei Männern nach dem 50. Altersjahr in 90% spondylotische Randzacken. Nur ein kleiner Teil dieser Veränderungen wird auch klinisch manifest. Von Krankheit kann man eigentlich nur sprechen, wenn massive Veränderungen ungewöhnlich früh zu stärkeren Beschwerden führen. Diese Tendenz wird offensichtlich durch die Lebensweise des zivilisierten Menschen gefördert (Abb. 436).

Eine weitere Ursache frühzeitiger Abnutzungs- und Verschleisserscheinungen sind alle Wirbelsäulenaffektionen, welche *statische Störungen* im komplizierten Stützgerüst der Wirbelsäule hervorrufen und damit *sekundäre* degenerative Veränderungen.

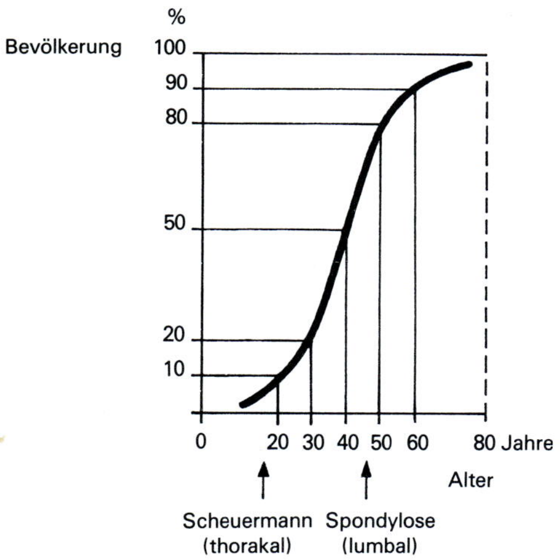

Abb. 436. *Degenerative Veränderungen der Wirbelsäule* sind nach einer Statistik von JUNGHANNS, der über 4000 Wirbelsäulen pathologisch-anatomisch untersuchte, eine *Alterserscheinung:* Im Laufe des Lebens bekommen praktisch alle Leute eine «Spondylose», welche allerdings in den meisten Fällen symptomlos verläuft.

Der erste Anstieg der Kurve fällt mit den (meist thorakalen) Veränderungen des M. Scheuermann zusammen. Mit etwa 40 Jahren haben bereits 50% der Bevölkerung Spondylosezeichen, mit 60 Jahren sind es 90%. Im Alter sind vorwiegend die beweglicheren Abschnitte lumbal und zervikal betroffen.

10.1. Pathophysiologie

(Allgemeines siehe III.B.1.).

Die *Bandscheiben* sind ausgesprochen *bradytrophe,* nicht vaskularisierte *Gewebe.* Als solche sind sie den normalen Alterungsvorgängen und dem *mechanischen Verschleiss* besonders unterworfen und *verändern* dann auch ihre *mechanischen Eigenschaften:*

1. Der *Wassergehalt* des Gallertkernes *nimmt ab* und damit auch sein Turgor. Mit dem Verlust des hydrostatischen Druckes gehen auch die Pufferwirkung der Bandscheibe, die gleichmässige Druckverteilung und die geführte Rollbewegung verloren (Abb. 437).

2. Der *Faserring* wird *rissig,* er bekommt Lükken, durch welche *Teile des Gallertkerns herausquellen* können. Ein solcher «Bandscheibenvorfall» (Diskushernie) kann zu plötzlichen akuten Komplikationen führen (siehe III.B.10.5.).

Als Folge dieser Vorgänge wird die vorher straffe, druckelastische Bandscheibe schlaff, der Faserring gelockert, das Bewegungssegment wird instabil und der glatte Bewegungsablauf unregelmässig und holprig, seitliche Scher- und Drehbewegungen treten auf.

Plötzliche Schmerzattacken hat man sich mit Einklemmungserscheinungen an den kleinen Wirbelgelenken erklärt.

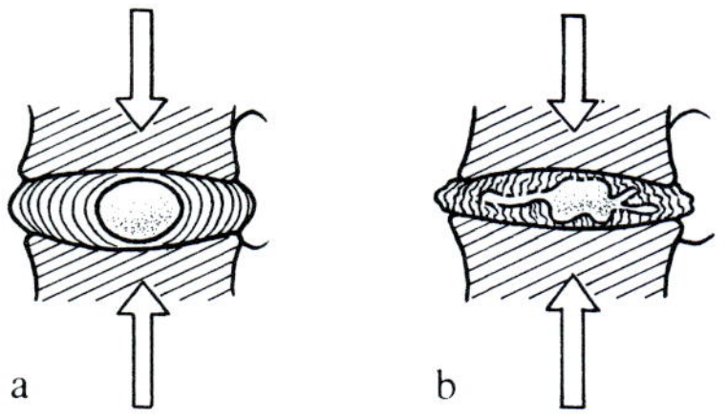

Abb. 437. *Bandscheibendegeneration.*

a Die jugendliche Bandscheibe hat einen erheblichen Turgor und kann damit grosse Belastung aufnehmen, sowie als Stossdämpfer wirken und kontrollierte Bewegung übertragen (siehe auch Abb. 373).

b Abnehmender Wassergehalt mit Verlust des Turgors, bis zu einem gewissen Grad eine natürliche Alterserscheinung, aber auch Ausdruck der Degeneration des bradytrophen Gewebes. Die mechanische Beanspruchung wird nicht mehr abgefangen und trifft den ungeschützten Knochen direkt. Dieser reagiert, als stoffwechselintensives Gewebe, mit Sklerosierung, Umbau, Abbau, den Zeichen der «Spondylose».

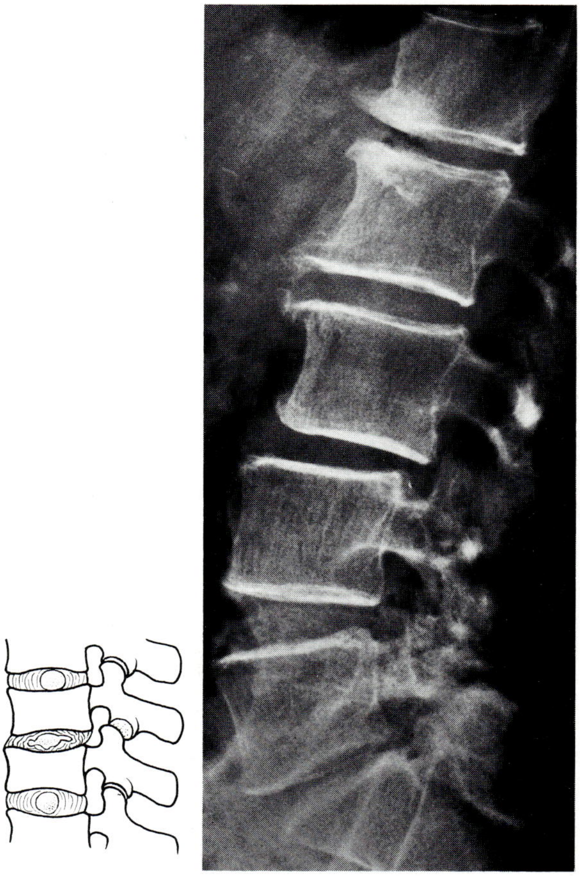

a b

Abb. 438.

a *Instabilität* und *Inkongruenz* im Bewegungssegment bei Bandscheibendegeneration: die mittlere der drei Bandscheiben hat ihren Turgor verloren und damit ihren Halt. Unphysiologische *Verschiebungen* sind möglich: nach vorwärts (Pseudospondylolisthesis) oder, wie auf der Abbildung, nach hinten (Retrolisthesis). Der Intervertebralraum wird schmäler, die Gelenkflächen der kleinen Wirbelgelenke verschieben sich gegeneinander, passen nicht mehr, werden inkongruent. Das Foramen intervertebrale wird enger. Alle diese Veränderungen können klinische Symptome auslösen. In diesem Stadium der Instabilität ist oft auf dem Röntgenbild kaum etwas zu sehen, doch können die Beschwerden intensiver sein als später, im Stadium der reaktiven Versteifung.

b *Degenerative Veränderungen* an der Lumbalwirbelsäule einer 70jährigen Frau. Bandscheibenerniedrigung mit Retrolisthesis (Rückwärtsgleiten) des 3. Lendenwirbels gegenüber dem 4. Auch die Bandscheibe L_1/L_2 ist erniedrigt, die vorderen Wirbelkanten von L_1 und L_2 sind deformiert, sie haben Randzacken (Osteophyten) und eine starke reaktive Sklerose. Randzacken auch bei L_2/L_3 und Bandscheibenverschmälerung L_5/S_1.
Das Bild dieser Spondylose sieht ähnlich aus wie eine Arthrose, etwa am Kniegelenk, und die Pathogenese ist auch ähnlich.

10.1.1.1. *Erstes Stadium: Instabilität*

Diese *Instabilität* kennzeichnet das *erste Stadium* der Bandscheibendegeneration (Chondrose) und macht erstmals *Beschwerden,* etwa intermittierende Schmerzen bei stärkerer Beanspruchung.

In diesem Stadium zeigen *Röntgenaufnahmen* oft noch keine pathologischen Veränderungen, manchmal eine geringfügige Verschmälerung des Intervertebralraumes, weil die Bandscheibe bereits niedriger geworden ist, oder kleine Randzacken an den Vorderkanten der Wirbel als Ausdruck der beginnenden *Spondylose.*

In diesem Stadium ist das Austreten einer *Diskushernie* am *häufigsten.* Das entsprechende akute klinische Bild ist im nächsten Kapitel besprochen (siehe III.B.10.5.1.).

Durch die Instabilität werden abnormale leichte *Verschiebungen* der Wirbelkörper gegeneinander möglich, welche mit der Zeit auch auf dem Röntgenbild erkennbar werden als

- Rückwärtsgleiten (Retrolisthesis)
- Vorgleiten (Pseudospondylolisthesis)
- seitliches Wirbelgleiten (Drehgleiten).

Durch solche Verschiebungen werden auch die *kleinen Wirbelgelenke* inkongruent (Subluxationen), was wiederum zu Schmerzen und degenerativen Arthrosen (Spondylarthrose) führen kann (Abb. 438).

Mit der Zeit wird die zerrüttete Bandscheibe immer niedriger, und die benachbarten Wirbelkörper, welche ursprünglich durch den Bandscheibenpuffer auf Distanz gehalten und abgefedert wurden, nähern sich einander, bis sie schliesslich die Bandscheibenreste dazwischen zerreiben und aufeinander stossen.

10.1.1.2. *Zweites Stadium: Knochenreaktionen*

In diesem *zweiten Stadium* der Degeneration gehen *reaktive Veränderungen* vom gut durchbluteten *Knochen* aus. Es scheint so, als ob diese auf eine erneute *Stabilisierung,* diesmal allerdings unter Versteifung des Bewegungssegmentes hinzielten.

Die Vorgänge sind im Prinzip ähnlich wie bei der Arthrose der Extremitätengelenke. Sie erscheinen etwa in folgender Reihenfolge auf dem *Röntgenbild* (Abb. 439):

1. *Randzacken* an Wirbelkörpern (Osteophyten: «Spondylose»)
2. *Verschmälerung* des Intervertebralraumes («Chondrose») (Abb. 440a)
3. *Sklerosierung* der Deckplatten (Osteochondrose) (Abb. 440b)
4. Arthrosezeichen (Osteophyten und Sklerosie-

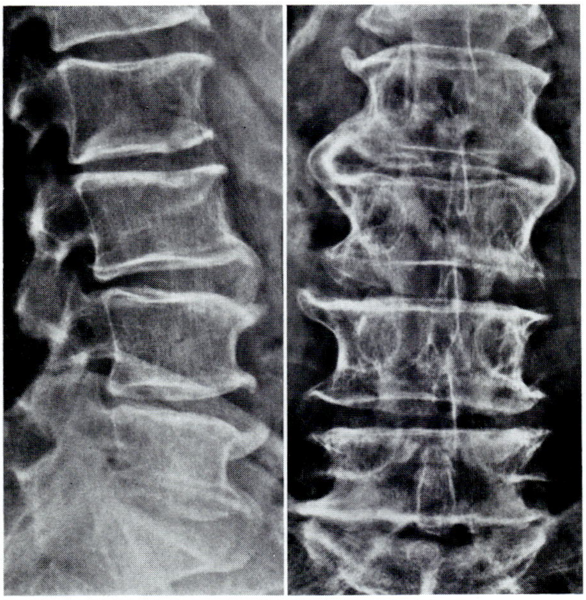

Abb. 439. Ausgeprägte *Spondylose* der Lumbalwirbelsäule eines 60jährigen Mannes: Randzacken in allen Stadien, Konsolen- und Spangenbildung bis zur knöchernen Überbrückung einzelner Segmente ($L_2 - L_3$). Dieses Bild entspricht einem fortgeschrittenen Stadium mit weitgehender Versteifung. Leichtere Formen sind sehr häufige Befunde. Im Alter zeigt fast jede Wirbelsäule solche Veränderungen. Die meisten davon werden klinisch nicht manifest. Anderseits ist bei der ausserordentlichen Häufigkeit von Kreuzschmerzen ein kausaler Zusammenhang mit einer radiologisch feststellbaren Spondylose naheliegend. Da Röntgenbild und Klinik aber längst nicht immer übereinstimmen, ist ein solcher Zusammenhang nicht ohne weiteres in jedem Fall anzunehmen. Dies zu wissen ist wichtig auch für die Beurteilung von Leistungs- und Arbeitsfähigkeit.

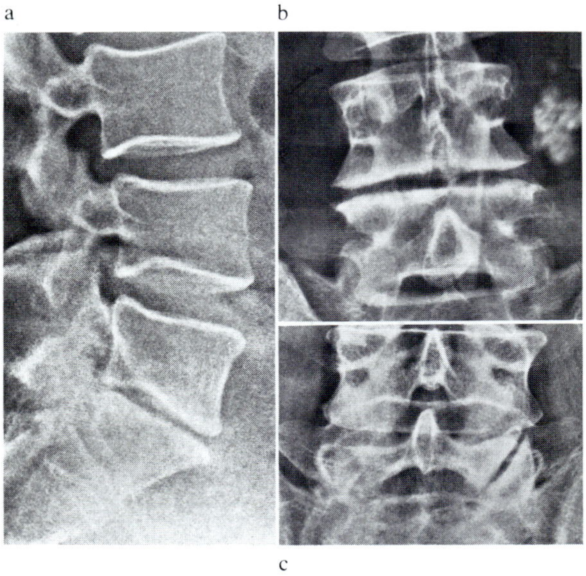

Abb. 440. *Verschiedene degenerative Veränderungen an der Lumbalwirbelsäule.*

a Sog. *«Chondrose»* des Lumbo-Sakralüberganges: Die unterste Bandscheibe ist degeneriert und weitgehend zerstört, der Intervertebralraum ist sehr schmal geworden. Dies kann spontan auftreten, oft nach Diskushernien, regelmässig auch nach Diskushernienoperationen, bei welchen der Nucleus pulposus ausgeräumt wurde. Nach der initialen Instabilität wird das Segment meist steif und wieder stabil, und damit oft auch einigermassen beschwerdefrei.
Die Knochenstruktur der Wirbelkörper ist noch weitgehend normal, man erkennt die beginnende Sklerosierung der Deckplatten: «Osteochondrose».

b Fortgeschrittene *Osteochondrose* im Bewegungssegment zwischen L_4 und L_5, mit Bandscheibenverschmälerung, starker subchondraler Sklerose der Deckplatten und Randzackenbildung. Diese Veränderungen sind besonders gut zu sehen, wenn der Intervertebralraum orthograd getroffen ist, wie hier im ap-Bild nach Teschendorff (siehe auch Abb. 472).

c Da die *kleinen Wirbelgelenke* schräg stehen, kommen sie normalerweise nur auf schrägen Aufnahmen zur Darstellung. Auch dort sind sie selten einwandfrei zu beurteilen. Auf diesem ap-Bild der Lumbosakralgrenze ist das linke Intervertebralgelenk zwischen L_4 und L_5 zufälligerweise orthograd getroffen. Es zeigt alle Merkmale einer *Arthrose:* Verschmälerung des Gelenkspaltes, Sklerose und Randzakkenbildung: «Spondylarthrose».
Fehlstellungen, Inkongruenz und degenerative Veränderungen der kleinen Wirbelgelenke spielen in der Wirbelsäulenpathologie wohl eine grössere Rolle als wir wissen, doch ist ihr Nachweis selten so eindeutig wie in diesem Fall.

rung) an den *kleinen Wirbelgelenken* (Spondylarthrose) (Abb. 440c)

5. Spangenbildungen (Abb. 441).

Diese Röntgenzeichen sind, wie erwähnt, im fortgeschrittenen Alter fast bei allen Leuten zu finden, meist *ohne* oder mit nur geringen Beschwerden.

10.1.1.3. *Fortgeschrittenes Stadium: Versteifung*

In den *fortgeschrittenen Stadien* dieser Entwicklung steht funktionell und klinisch die zunehmende *Versteifung* im Vordergrund. Diese Stabilisierung bedeutet eine gewisse *Selbstheilung* des betroffenen Segmentes (Abb. 441).

Allerdings bleibt dadurch die normale Funktion der Wirbelsäule als funktioneller Einheit gestört, besonders wenn Fehlhaltungen (Kyphosen, Skoliosen) damit verbunden sind. Nicht selten entstehen dann *Beschwerden in anderen Abschnitten der Wirbelsäule,* welche die verlorene Beweglichkeit kompensieren müssen (vor allem durch Hyperlordose von LWS und HWS).

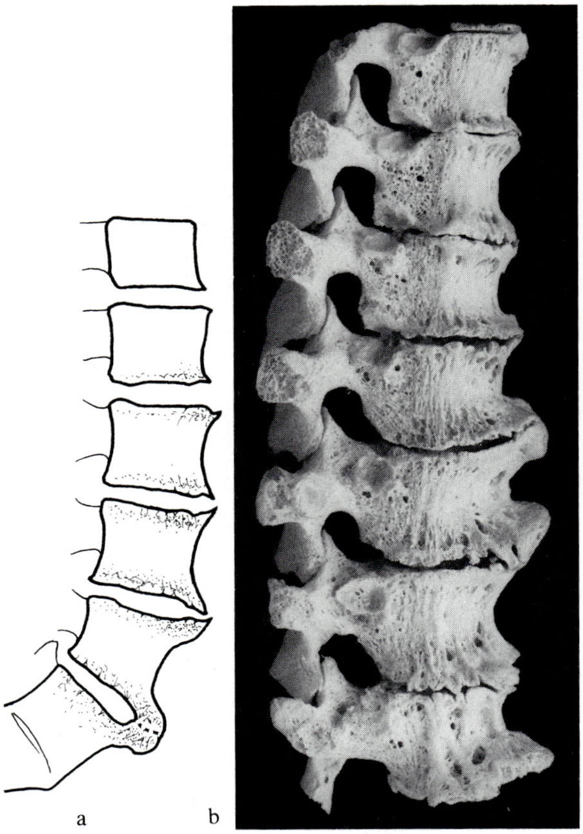
a b

Abb. 441. *Versteifende Spondylose.*

a Auf der Zeichnung ist die Entwicklung der Spondylose, von oben nach unten fortschreitend, dargestellt: Kleine Randzacken, in Wirklichkeit Randwülste, erscheinen am Bandansatz, wachsen einander entgegen, bis sie sich schliesslich berühren und in Extremfällen das Bewegungssegment überbrücken und knöchern versteifen. Parallel dazu werden die Deckplatten sklerotisch.

b *Präparat* einer Spondylose mit völlig versteifter Brustwirbelsäule. In diesem Stadium ist die Wirbelsäule zwar steif, dafür aber meist nicht mehr so schmerzhaft. Derart schwere hyperostotische Veränderungen sieht man allerdings nicht allzu häufig. Im Alter zeigen aber alle Wirbelsäulen mehr oder weniger starke spondylotische Veränderungen. Ihre klinische Bedeutung ist dann gering.

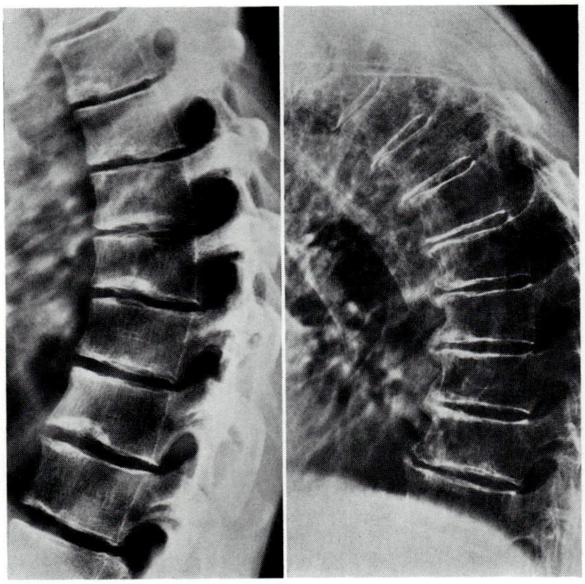
a b

Abb. 442. *Degenerative Veränderungen an der Brustwirbelsäule.*

a 20jähriger Mann, der während der Pubertät eine Scheuermannsche Erkrankung durchgemacht hatte, welche an sich ausgeheilt ist, jedoch als bleibenden Schaden eine sogenannte *«Osteochondrose»* hinterlassen hat: Verschmälerte Bandscheiben, unregelmässige Deckplatten mit Einbrüchen (alte Schmorlsche Knötchen) und reaktiver Sklerosierung. Teilweise Versteifung der wegen der Keilform mehrerer Wirbel kyphosierten Brustwirbelsäule. Solche Wirbelsäulen können bei stärkerer Beanspruchung Schmerzen verursachen, bleiben aber auch erstaunlich oft beschwerdefrei (vgl. III.B.7.1.2.).

b *Osteochondrose* und *Spondylose* bei einer 70jährigen Frau mit Rückenbeschwerden: Auch hier verschmälerte Bandscheiben und etwas unregelmässige, sklerosierte Deckplatten. Dazu kommen reaktive Veränderungen an den Vorderkanten der Wirbel: Zacken-, Sporn- und Spangenbildung, sowie die fast obligate Osteoporose des Alters. Auch diese Wirbelsäule ist stark kyphosiert und weitgehend steif. Steife Wirbelsäulen sind oft beschwerdefrei. Eine stärkere Osteoporose kann allerdings wieder zunehmende Schmerzen auslösen.

10.1.2. *Sekundäre Spondylosen*

Die beschriebenen Veränderungen treten besonders früh und schwer in Erscheinung bei *vorbestehenden Schäden* an der Wirbelsäule, welche die Statik des komplizierten Achsenorgans stören: Asymmetrische Belastung, Biegebeanspruchung statt axiale Kräfte usw. führen, ähnlich wie bei den Extremitätengelenken, zu lokalisierten Spannungsspitzen mit Überlastung an umschriebenen Stellen einzelner Wirbel und Bewegungssegmente. An diesen Stellen setzen die degenerativen Veränderungen ein und machen lokalisierte Spondylosen und Spondylarthrosen. Diese Vorgänge sind röntgenologisch gut zu verfolgen.

Jeder vorbestehende Wirbelsäulenschaden kann den *Degenerationsvorgang beschleunigen.* So kommt es, dass fast jede Wirbelsäulenkrankheit schliesslich «degenerativ entartet» (Abb. 442 und 443) (Tab. 27).

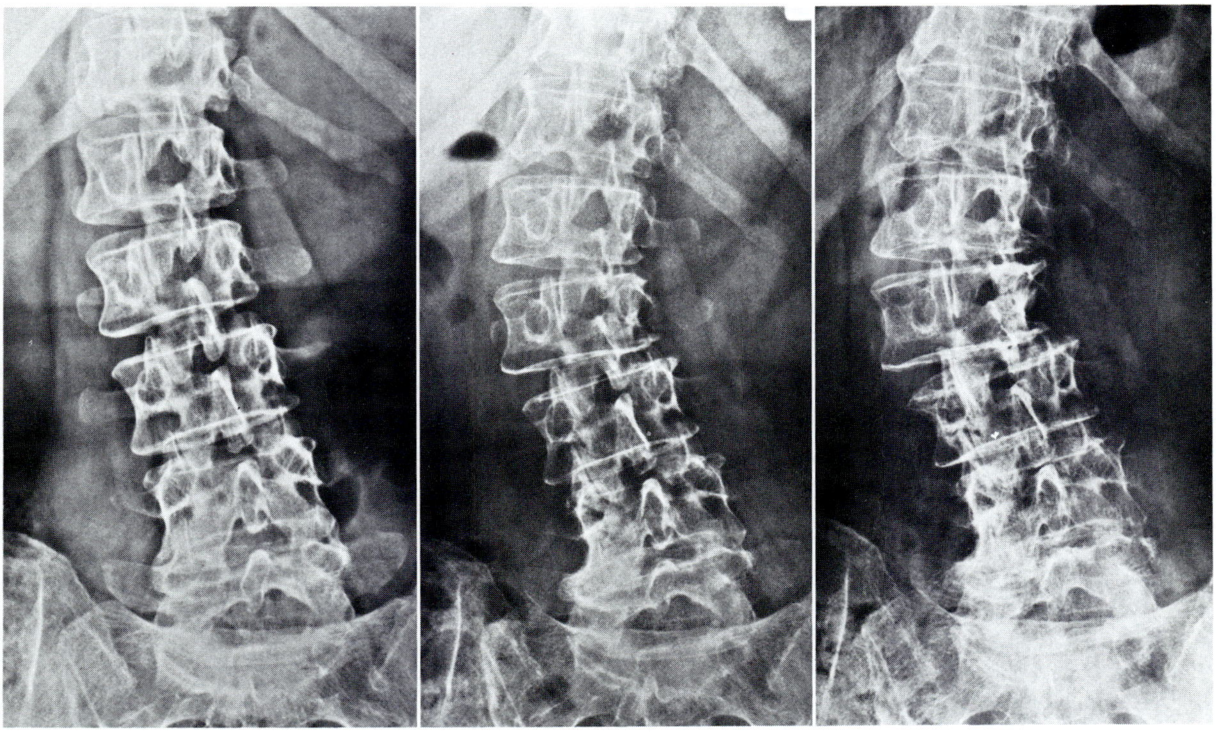

a b c

Abb. 443. *Veränderungen der Wirbelsäule im Laufe des Lebens,* am Beispiel einer leichten lumbalen Skoliose.

a Lumbalwirbelsäule einer 39jährigen Frau, die früher nie, seit einiger Zeit aber etwas Kreuzschmerzen hatte. Ausser der skoliotischen Verkrümmung, welche seit dem Abschluss des Wachstums kaum mehr zugenommen hatte, keine pathologischen Veränderungen.

b Röntgenbild derselben Frau 12 Jahre später, im Alter von 51 Jahren: Jetzt sind deutliche degenerative Veränderungen sichtbar: asymmetrische Verschmälerung der Intervertebralräume, geringgradiges Drehgleiten zwischen L_2 und L_3, kleine Randzacken, Sklerosierungen, sowie Arthrosezeichen an den kleinen Wirbelgelenken, z. B. deutlich L_3, L_4. Überdies ist die Involutionsosteoporose gut zu erkennen.

c Dieselbe Wirbelsäule weitere 11 Jahre später, im Alter von 62 Jahren: Die degenerativen Veränderungen (Spondylose) haben stark zugenommen, ebenso das Drehgleiten und auch die Skoliose. Die ungünstige Statik verschlimmert die normalen Altersveränderungen, zu denen auch gewisse Degenerationserscheinungen fast obligat gehören.

Tab. 27. Ursachen von degenerativen Wirbelsäulenveränderungen.

1. *Krankheiten, welche vorzeitig zu (sekundären) Spondylosen führen (Vorzustände).*
   1. *Kongenitale Störungen:*
      - Wirbelasymmetrien (kongenitale Skoliosen)
      - Übergangswirbel (Assimilationsstörungen, Nearthrosen)
   2. *Wachstumskrankheiten:*
      - Juvenile Skoliosen
      - Juvenile Kyphosen und Flachrücken: Scheuermann (wahrscheinlich häufigste Ursache von degenerativen Wirbelsäulenkrankheiten)
      - Spondylolisthesis
   3. *Umschriebene Wirbelsäulendeformitäten* (Gibbus, Keilwirbel):
      - alte Frakturen und Luxationen
      - Infektionen (Spondylitiden)
      - Knochenkrankheiten (Osteoporose, Osteomalazie, Tumoren usw.)
   4. Andere *Wirbelsäulenverkrümmungen* und Fehlhaltungen:
      - pathologische Kyphosen, Skoliosen und Lordosen anderer Genese, z. B. bei Beckenfehlstellung und anderen statischen Störungen
   5. *Wirbelsäulenversteifungen,* lokalisiert oder generalisiert (z. B. Bechterew).
2. *Primäre degenerative Veränderungen an den Bewegungssegmenten.*

10.2. Diagnose

Die *Mehrzahl* aller Rückenbeschwerden werden durch degenerative Wirbelsäulenveränderungen verursacht. Der typische *Röntgenbefund* ist leicht zu erkennen. Im Anfangsstadium fehlt er allerdings manchmal noch, und später, im Alter, ist er so häufig (z. B. spondylotische Randzacken), dass *nicht* ohne weiteres ein Zusammenhang mit den Beschwerden angenommen werden darf.

Es gilt also vor allem, *andere Schmerzursachen zu erkennen oder auszuschliessen.*

Schmerzen, die von den *Bewegungssegmenten* ausgehen, werden in der Regel durch die Beanspruchung der Wirbelsäule verstärkt, ändern also je nach Stellung, Lage und Tätigkeit, während Schmerzen ausgehend von den *Wirbelkörpern* oder anderen inneren Organen davon weitgehend unabhängig sind (Tab. 28).

Für die Differentialdiagnose des Zervikalsyndromes siehe III.B.4.1.1.

Tab. 28. Differentialdiagnose von Rückenschmerzen.

A. Spondylogene Schmerzen

1. *Knochenveränderungen:*
   1. Angeborene Missbildungen
   2. Statische und degenerative Störungen bei Wirbelsäulendeformitäten jeder Genese.
      - Kyphosen
      - Flachrücken
      - Skoliosen
   3. Spondylolyse, Spondylolisthesis
   4. Statische Beschwerden bei
      - Beckenfehlstellungen (Hüftkontrakturen: in Flexion, mit vermehrter Beckenkippung nach vorn; in Adduktion mit seitlichem Beckenschiefstand; Beinlängendifferenz)
      - anderen Störungen der normalen Funktion des übrigen Bewegungsapparates (Hinken)
   5. Traumatische und posttraumatische Schäden
   6. Entzündliche Erkrankungen (infektiöse Spondylotiden, Bechterew)
   7. Tumoren, primäre, Metastasen und Knochenmarkskrankheiten (Retikulosen usw.)
   8. Metabolische Osteopathien (Osteoporose, Osteomalazie)
   9. Andere Knochenkrankheiten (Paget, eosinophiles Granulom)
2. *Schäden an den Gelenken und Weichteilen*
   1. Degenerative Schäden an den Bandscheiben (Chondrose, Osteochondrose, Diskushernie, Spondylose) und den kleinen Wirbelgelenken (Spondylarthrose), primär und sekundär
   2. Kompression von Nervenwurzeln (Diskushernien)
   3. Störungen im Ileosakralgelenk
   4. Myalgien, Tendinosen: häufig sekundär als Begleiterscheinung anderer Affektionen, vor allem statischer und degenerativer Störungen, Diskushernien usw.
   5. Statische Beschwerden bei muskulärer Insuffizienz («schlaffe Haltung», konstitutionelle Bandlaxität)
3. *Neurologische Störungen*
   1. Affektionen im Bereiche des Spinalkanales (extra- oder intradural): Bandscheibenprolaps, Tumoren, Entzündungen usw.
   2. Schmerzen im Bereiche peripherer Nerven (Ischiadicus, plexus brachialis, Interkostalnerven)

B. In den Rücken projizierte Schmerzen

1. Gynäkologische Affektionen. Kreuzschmerzen während und nach Schwangerschaften sind sehr häufig
2. Urologische Krankheiten
3. Andere Krankheitsherde im kleinen Becken (Tumoren), intra- oder retroperitoneal
4. Ischämieschmerzen bei okklusiven Veränderungen in der Aorta, den Iliakalarterien oder ihren Ästen
5. Hüfterkrankungen, Beckenring
6. Allgemeinkrankheiten
7. Rückenschmerzen bei allgemeiner Überbeanspruchung, Müdigkeit, Erschöpfung und psychischer Dekompensation

10.3. Klinik

Im Vordergrund stehen die *Rückenschmerzen,* am häufigsten
- *lumbal* (Kreuzschmerzen, «Lumbago», «Lumbalgie»)

etwas weniger häufig
- *zervikal* (Nacken, «oberes Kreuz») (siehe III.B.4.)

und ebenfalls nicht selten
- *thorakal,* evtl. mit seitlichen Ausstrahlungen (Interkostalneuralgie).

Die Lokalisation der Beschwerden kann auch im Laufe der Zeit wechseln.

Die Patienten sind am häufigsten Frauen und Männer im mittleren Alter, aber nicht selten auch unter 30 (sekundäre Spondylose, z. B. nach Scheuermann). Im höheren Alter gehen die Schmerzen oft eher etwas zurück, dafür macht sich die *Versteifung* stärker bemerkbar.

Die Schmerzen treten zuerst nur sporadisch, nach grösseren Anstrengungen auf, werden dann häufiger und stärker, und klingen auch nach längeren Ruheperioden nicht mehr regelmässig ab.

Akute Schübe mit plötzlich einschiessenden Schmerzen und fixierten Fehlhaltungen weisen auf temporäre *Blockierungen* in den Segmenten oder *Diskushernien* hin (siehe III.B.10.5.1.).

Oft sind bestimmte Stellungen und Haltungen besonders schmerzhaft, und in anderen findet der Patient Erleichterung. Dies kann für Diagnose und Therapie von Bedeutung sein.
Eine übermässige Lordose der LWS ist eine häufige Begleiterscheinung schmerzhafter Instabilität. Ruhe in kyphosierter Haltung (angezogene Beine) verschafft diesen Patienten Erleichterung.

Die Untersuchung zeigt oft nur eine gewisse *Druckdolenz* im Bereiche der Dornfortsätze und Sehnenansatzstellen am Becken, nicht selten ist aber auch die *Rückenmuskulatur* empfindlich, was ihre Mitbeteiligung erkennen lässt, ebenso wie reflektorische *Verspannungen* und *Myogelo-*

sen. Die muskuläre (sekundäre) Komponente der Krankheit ist einer gezielten *Therapie* am besten zugänglich.

Charakteristisch ist, dass die Beschwerden und der klinische Befund keineswegs mit dem Röntgenbefund parallel gehen (siehe III.B.10.1.1.2.).

Der *langfristige Verlauf* ist in der Regel mehr wellenförmig als progredient und bessert eher mit den Jahren, so dass die Patienten relativ selten – verglichen mit der Häufigkeit des Leidens – voll invalide werden (Abb. 444).

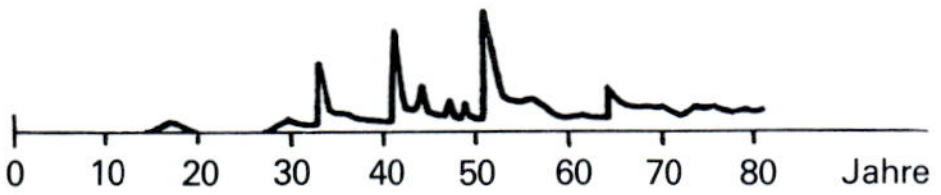

Abb. 444. *Verlaufskurve* der subjektiven Beschwerden bei degenerativen Wirbelsäulenveränderungen:

In der Adoleszenz sind sie zumeist Ausdruck der Scheuermannschen Erkrankung. In der Regel treten Rückenschmerzen jedoch erst im mittleren Alter auf, meist schleichend, wechselnd stark, abhängig von der Beanspruchung, seltener schlagartig und ausgesprochen schmerzhaft (Hexenschuss), aber meist auch rasch wieder abklingend. Diese Exazerbationen sind Ausdruck eines akuten Geschehens (Diskushernie, Einklemmung im Bereiche der kleinen Wirbelgelenke, Muskelspasmen).

Im Allgemeinen bleiben aber die Beschwerden einigermassen erträglich und zeigen *nicht* den stetig progredienten Verlauf, der, wie etwa bei der Coxarthrose, zwangsläufig zur Invalidität führt.

10.4. Behandlung der Rückenschmerzen

Eine spezifische, kausale Therapie der degenerativen Wirbelsäulenleiden gibt es nicht. Sehr viel kann jedoch erreicht werden mit vernünftiger Lebensweise und mit einer auf den einzelnen Patienten zugeschnittenen Behandlung. *So lernen die meisten Patienten «mit ihrer Bandscheibe zu leben».* Wir müssen ihnen dabei helfen, indem wir ihre spezifischen Probleme mit ihnen besprechen, damit sie ihr Leiden besser verstehen lernen und ihr Leben und ihre Arbeit entsprechend einrichten können. Das *Ziel* der *medizinischen Behandlung* ist, die *Funktion* der Wirbelsäule, vor allem auch der Muskulatur, zu verbessern und die Schmerzen zu vermindern.

Im *folgenden* sind die Methoden der Behandlung *chronischer Kreuzschmerzen* beschrieben. (Die Therapie der *akuten Schmerzen* wird bei den Komplikationen [III.B.10.5.] besprochen.)

10.4.1. *Therapeutische Möglichkeiten bei chronischen Rückenschmerzen*

10.4.1.1. *Aufklärung*

In *leichten Fällen* genügt die *Aufklärung* über die Harmlosigkeit des Leidens und die gute Prognose, sowie die Förderung körperlicher Tätigkeit, des Muskeltrainings, sowie Hinweise auf die zweckmässige Haltung, etwa beim Sitzen (Autofahren), Bücken und Lastenheben (Abb. 445).

Gummiabsätze zum Abfedern des Ganges auf hartem Boden helfen manchem Rückenpatienten, und die meisten schlafen besser auf einer relativ *harten,* unnachgiebigen *Unterlage* (Brett unter der Matratze), als in einem weichen Federbett (Abb. 446).

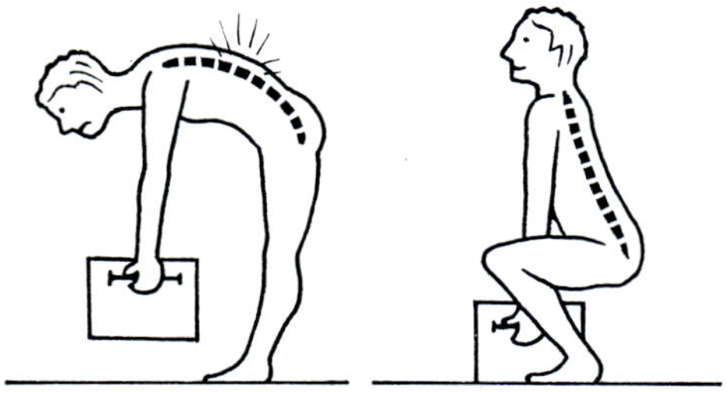

Abb. 445. Beim *Lastenheben* aus gebückter Stellung wird die Wirbelsäule maximal beansprucht.

Die sog. «Verhebetraumen» mit plötzlichen Schmerzattakken geben vor allem in der Versicherungspraxis häufig Anlass zu kausalen und prophylaktischen Erörterungen. Der Laie empfindet sie als eigentliche Unfälle.

Zum Lastenheben sollte die Wirbelsäule möglichst gestreckt gehalten werden.

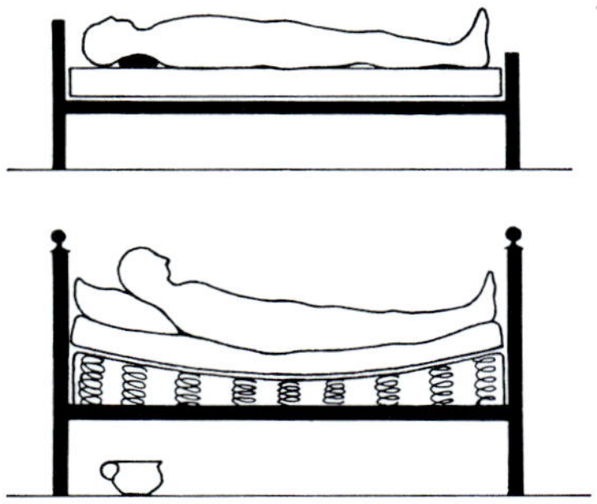

Abb. 446. Die meisten Menschen mit Rückenschmerzen schlafen besser auf einer harten Unterlage als in einem weichen Pfühl. Eine kleine Nackenrolle ist bei Nackenschmerzen günstiger als ein hohes Kissen.

10.4.1.2. *Arbeitsweise*

Die Arbeitsweise des Patienten verdient *besondere Aufmerksamkeit:* Ständiges bewegungsarmes Verharren in leicht gebückter Stellung, im

Stehen oder Sitzen, bei Nacken- und Schulterschmerzen, das ständige Vorhalten der gestreckten Arme (Maschinenschreiben!) ist ebenso ungünstig wie das dauernde Bücken und Lasten heben, vor allem aus *gebückter Stellung* heraus. Oft sind Umstellungen am Arbeitsplatz bei gutem Willen der Beteiligten möglich, nicht selten müssen allerdings die Patienten schliesslich den Beruf wechseln. Am günstigsten ist eine leichtere Arbeit, bei welcher der Patient *abwechslungsweise* sitzen, stehen und gehen kann. Gelegentlich hilft eine Ruhepause während der langen Arbeitszeit (Abb. 447 und 448).

Es gibt eine *kleine Gruppe* von Patienten, welche wegen Rückenschmerzen dauernd *invalide*

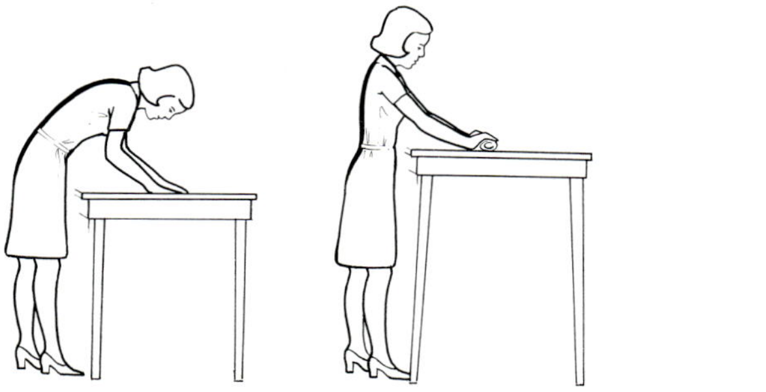

Abb. 447. Arbeiten in gebückter Stellung bedeutet eine grosse Dauerbeanspruchung für die Wirbelsäule. Wichtig ist vor allem die zweckmässige Einrichtung des Arbeitsplatzes: Er muss *hoch genug* sein, dass man bequem aufrecht stehen bzw. sitzen kann.

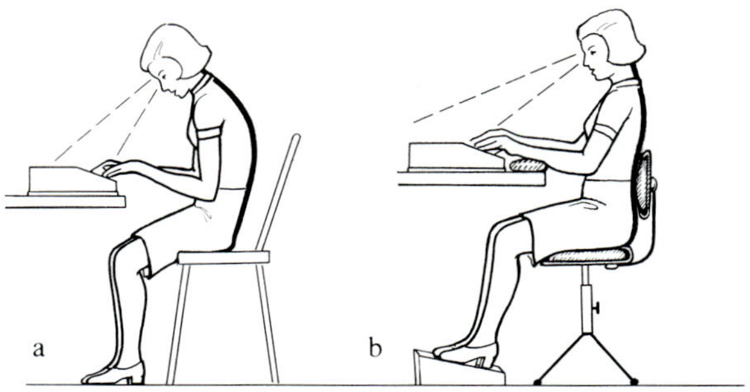

Abb. 448.

a Tägliches stundenlanges Sitzen in derselben, gebückten Stellung, besonders mit vorgestreckten Armen, ermüdet stark. Muskelschmerzen im Schultergürtel und Rücken sind häufige Folgen.

b Am Arbeitsplatz ist die Haltung vor allem durch die *Blickrichtung* bestimmt. Der *Blickfang* sollte möglichst *hoch* liegen. Gutes Abstützen von Rücken, Füssen und Armen können die Arbeit sehr erleichtern.

Eine Arbeit, welche abwechslungsweise Sitzen, Stehen und Gehen verlangt, ist wesentlich günstiger für den Rücken, als das lange dauernde, unbewegliche Verharren in derselben Stellung.

werden. Meistens sind ihre psychischen und sozialen Probleme gross. Die *Wiedereingliederung* ist ein schwieriges Problem, sollte aber deswegen nicht vernachlässigt werden. Dazu ist die *Zusammenarbeit* des Arztes mit Sozialfürsorge, Berufsberatung, Rehabilitationsinstitutionen, Versicherungsträger, aber auch mit der Industrie und evtl. mit einem Psychiater notwendig.

10.4.1.3. *Muskeltraining*

Rückenschmerzen entstehen in der Mehrzahl der Fälle infolge Dekompensation der Muskulatur. Sie sind eine eigentliche Zivilisationskrankheit. Die Erhaltung einer kräftigen Muskulatur ist die beste Prophylaxe und Therapie. Dabei ist das Training der *Bauchmuskulatur* ebenso wichtig wie dasjenige der *Rückenmuskeln* (vgl. III.B.1.4.).

Wichtiger als ausgiebige *Bewegungen* sind *gezielte isometrische Muskelübungen,* ergänzt durch Instruktion zur richtigen Haltung, zum Vermeiden des Bückens und anderer Extrembewegungen im täglichen Leben, und schliesslich das Einüben eines Selbstübungsprogrammes zum *täglichen Training.* Dies sind die wichtigsten Aufgaben *heilgymnastischer Therapie.*

Regelmässige, nicht extreme Bewegungen und Sport, besonders Schwimmen, sind sinnvoll und nützlich. Was stärkere Schmerzen macht, ist weniger günstig. Allerdings ist übertriebene Ängstlichkeit unnötig. Die Schmerzen limitieren die Aktivität des Patienten ohnehin genügend und bewahren ihn vor zusätzlichem Schaden. Die *Schmerzgrenze* ist der wichtigste und beste Indikator für das zweckmässige und zuverlässige Mass an körperlicher Anstrengung und Training: «Alles, was keine Schmerzen macht, ist erlaubt».

10.4.1.4. *Physikalische Therapie*

Bei stärkeren Schmerzschüben können lokale Wärmeanwendungen, Massagen oder Bäder vorübergehend Linderung verschaffen, können aber das oben genannte aktive Muskeltraining nicht ersetzen.

10.4.1.5. *Medikamente*

In *akuten* Fällen sind schmerzstillende Mittel unumgänglich. Bei chronischen Beschwerden tritt leicht eine Gewöhnung ein. Die bekannten antirheumatischen Pharmaka sind in der Regel wirksam, allerdings auch nur symptomatisch. Unter Umständen sind sedativ-relaxierende Mittel zweckmässig. Lokale Infiltrationen der schmerzhaften Stellen können gelegentlich sehr wirksam sein.

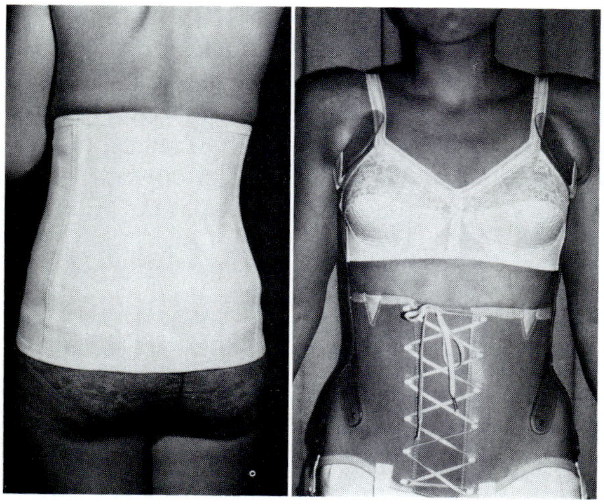

Abb. 449. *Halt und Stütze für den Rücken bei Kreuzschmerzen.*

Links ein leichtes Lendenmieder aus Stoff, das eine gewisse Ruhigstellung und zusätzlichen Halt durch straffe Bandagierung des Bauches gibt. Bei Bedarf können flexible Stäbe dorsal die Stabilität erhöhen. Solche «Campgürtel» und schmalere Bauchbandagen sind als Konfektionsartikel im Handel.

Rechts ein nach Mass und Modell gefertigtes, formstabiles Lederkorsett mit Verstärkung, das grössere Bewegungsausschläge der Wirbelsäule verhindert (hier mit zusätzlichen Achselstützen, wie sie gelegentlich zur Aufrichtung der Brustwirbelsäule Verwendung finden).

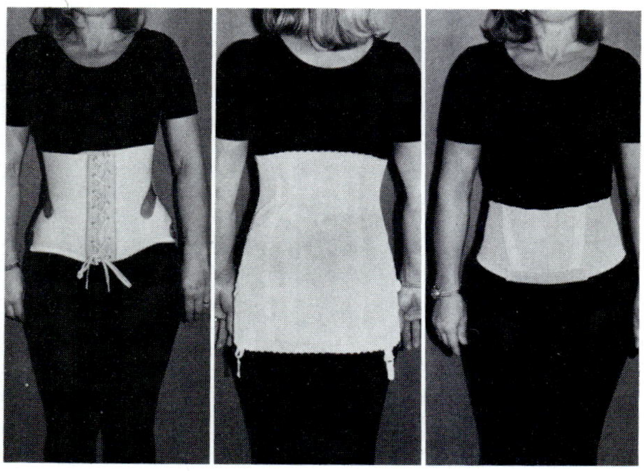

a b c

Abb. 450. Die *Breite* des Mieders wird nach der gewünschten Wirkung gewählt, kann aber auch dem Wunsch des Patienten angepasst werden.

a Lendenmieder mittlerer Grösse.
b Mehr Halt, aber auch mehr Bewegungseinschränkung bringt ein höheres Mieder. Geeignet besonders auch für adipöse Patienten.
c Schmale Bauchbandage. Vor allem jüngere Leute fühlen sich in Korsetten eingeengt, viele bequemen sich aber wenigstens zum Tragen einer solchen Bandage während der Arbeitszeit, da sie ihnen guten Halt und Schmerzlinderung gibt.

10.4.1.6. *Korsettbehandlung* (siehe auch I.C.3.7.3.)

Gewöhnliche Bauchbandagen von etwa 20 – 30 cm Breite, einfacher noch anzulegen und angenehmer zu tragen als die ebenfalls zweckmässigen Schaumgummibinden, bringen den Patienten oft wesentliche Erleichterung. *Camp-Gürtel* passen sich noch besser an, sind bequem zu tragen und behindern wenig (Abb. 449 und 450).

Sie wirken stabilisierend vor allem auch durch Straffung der Bauchwand und Erhöhung des intraabdominellen Druckes (siehe I.C.3.7.3.1.).

In manchen Fällen brauchen die Patienten *Lendenstützmieder,* wenn möglich nach Mass angefertigte Stoffmieder, die bei Bedarf durch feste Stäbe verstärkt werden können. Selten sind starre *Metall-Leder-Korsetts* notwendig. Wenn möglich werden diese Stützen nur getragen bei rezidivierenden Schmerzschüben und bei stärkerer Beanspruchung, also z. B. während der Arbeitszeit.

Vielfach wird behauptet, die Muskulatur würde unter dem Korsett atrophieren. Bei normaler Bewegung und gutem Muskeltraining ist das nicht der Fall, wie schon Böhler bewiesen hat, der Wirbelfrakturen mit Gipskorsetten behandelte und aus den Patienten innerhalb von drei Monaten Athleten machte: Wenn das Korsett grössere Aktivität gestattet, profitiert auch die Muskulatur davon.

10.4.1.7. *Manuelle Therapie*

Besonders bei therapieresistenten Rückenschmerzen, welche mit *akuten* Blockierungen und Verspannungen einhergehen, hat die manuelle Therapie immer wieder gute Erfolge aufzuweisen (siehe Allgemeine Therapie, I.C.3.2.6.3.).

10.4.1.8. *Operationen*

Die überwiegende Mehrzahl der degenerativen Wirbelsäulenerkrankungen haben auf längere Sicht eine Tendenz zur Besserung, die Schmerzen bleiben in der Regel in einem erträglichen Rahmen. Die Behandlung ist deshalb – abgesehen von einigen seltenen neurologischen Komplikationen (siehe III.B.10.5.) – mindestens zu Anfang *konservativ* (Abb. 451).

Abb. 451. Ein gut angepasstes Gipslendenmieder gibt eine relativ gute Ruhigstellung der Lumbalwirbelsäule. Es wird angewendet bei akuten Schmerzschüben (Lumbalgien), als Test im Hinblick auf eine Spondylodese, sowie zur postoperativen Fixation nach Spondylodesen am lumbosakralen Übergang.

Mit der *Spondylodese* (Verblockung, Verspanung) eines Bewegungssegmentes wird die knöcherne Versteifung zweier Wirbel bezweckt. Sie ist – neben der Operation zur Befreiung einer Nervenwurzel (siehe Diskushernien, III.B.10.5.1.3.) – praktisch die einzige Operation, welche uns zur Verfügung steht. Mit der *Ausschaltung eines instabilen, schmerzhaft beweglichen Bewegungssegmentes* hofft man, die Beschwerden zu beseitigen, analog der Konzeption der Arthrodese bei Extremitätengelenken. An der *Wirbelsäule* sind die *Probleme aber nicht so einfach:*

1. Unsere *Kenntnisse* über die Ursachen der Schmerzentstehung in der Wirbelsäule sind noch *rudimentär.* Möglicherweise spielen Faktoren eine Rolle, welche mit der Stabilisierung nicht behoben sind. Die Resultate der Spondylodesen sind denn auch weniger konstant als jene der Arthrodesen an Extremitätengelenken.

2. Die Wirbelsäule ist eine funktionelle Einheit, ein *einzelnes Segment* kann *nicht für sich allein betrachtet werden.* Wechselwirkungen, Ausstrahlungen, Kompensationsbewegungen spielen eine Rolle. Abgesehen von der Skoliose fallen Leiden, welche mehrere Bewegungssegmente betreffen, für versteifende Operationen von vorneherein ausser Betracht. Die verloren gegangene Beweglichkeit muss in den Nachbarsegmenten kompensiert werden. Dieser vermehrten Beanspruchung sind vor allem bereits vorgeschädigte Wirbelsegmente erfahrungsgemäss nicht gewachsen, was zu neuen Schmerzen führt.

3. Eine solide *knöcherne Versteifung* ist auch bei guter Operationstechnik *nicht leicht* zu erreichen. Pseudarthrosen sind nicht selten, allerdings schwierig nachzuweisen. Die Dauer bis zum knöchernen Durchbau beträgt, je nach Technik, etwa ein halbes bis ein ganzes Jahr.

4. Auch bei sicherem knöchernen Durchbau ist die *Versteifung* des Segmentes (wegen der Elastizität des Knochens) *nur relativ.*

• Die *Indikation* zur Spondylodese muss aus allen diesen Gründen *zurückhaltend gestellt* werden:

1. Die Spondylodese ist als *letzter Ausweg* anzusehen bei hartnäckigen, unerträglichen, invalidisierenden Beschwerden, welche trotz langer und intensiver konservativer Behandlung nicht bessern.

2. Die Spondylodese hat nur Aussicht auf Erfolg, wenn die Beschwerden mit Sicherheit von *einem bestimmten* Bewegungssegment ausgehen. Es wäre ein Fehler, einen abnormen röntgenologischen Befund ohne weiteres der Schmerzursache gleichzusetzen und daraus eine Operationsindikation abzuleiten.

3. Ein gutes Resultat kann nur erwartet werden, wenn die pathologischen Veränderungen *auf ein einziges Segment* (höchstens zwei) *beschränkt* sind, während die übrige Wirbelsäule praktisch gesund und frei beweglich sein muss.

4. Am häufigsten kommen die *untersten Segmente* $L_4 - L_5$ und $L_5 - S_1$ in Frage.

Relativ günstige Voraussetzungen sind auch lokalisierte Veränderungen nach angeborenen oder erworbenen (z.B. entzündlichen) Krankheiten oder Wirbelverletzungen, welche sekundär zu degenerativen Störungen führen.

5. Bei *älteren Patienten* ist die Adaptationsmöglichkeit der Wirbelsäule immer eingeschränkt. Spondylodesen kommen kaum mehr in Frage.

6. Der Patient muss den *Willen zur Gesundung* und zur Mitarbeit bei der Nachbehandlung mitbringen, sonst kommt es vor, dass mit der Operation die endgültige Invalidität und Flucht in die Krankheit besiegelt ist.

Zur Technik der Spondylodese:

- Die übliche *dorsale mediale Verspanung* der Dornfortsätze und Wirbelbogen hat einige Nachteile (lange Dauer, hohe Pseudarthroserate). Deshalb wurden andere Verfahren gesucht:
- Mit der *interkorporellen Spondylodese* werden die Wirbelkörper direkt verblockt. Die postoperative Fixationszeit kann abgekürzt werden, doch sind die Komplikationsmöglichkeiten wegen des *vorderen Zuganges* (Eröffnung

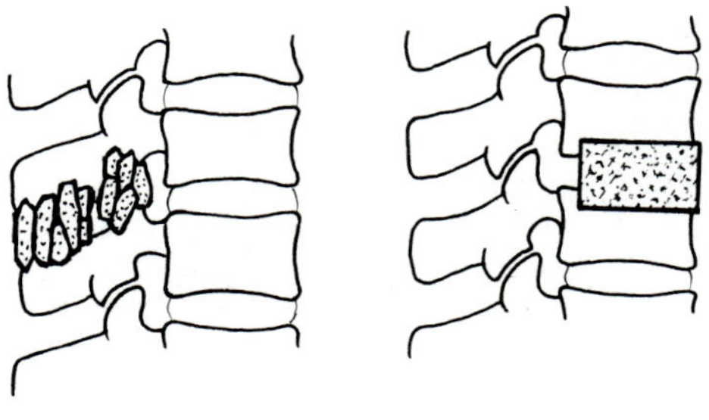

Abb. 452. *Spondylodesen* werden am häufigsten zur *Ausschaltung schmerzhafter Bewegungssegmente* gemacht. Die knöcherne Verblockung kann durch Verspanung von dorsal bzw. ventral erreicht werden.

Die *dorsale Verspanung* (links) geschieht durch Anfrischen der dorsalen Elemente und Einlagern von Spongiosaspänen. Bei der *ventralen Verspanung* (Verblockung) (rechts) werden nach Ausräumen, Anfrischen und Aufspreizen des Intervertebralraumes massive kortiko-spongiöse Späne eingeklemmt, welche schon primär eine gute mechanische Stabilität ergeben.

Beide Methoden haben ihre Vorteile, ihre Gefahren und ihre Indikationen.

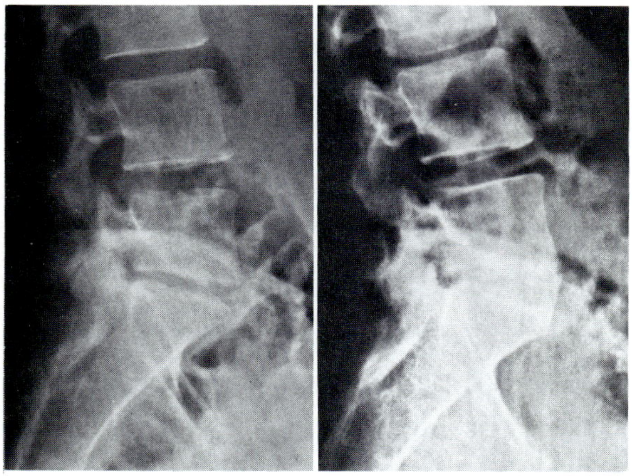

a b

Abb. 453. *Spondylodese* bei Osteochondrose $L_5 - S_1$.

a Zustand vor der Operation: stark verschmälerte Bandscheibe.

b Ein Jahr nach der Operation: Der ventral zwischen die beiden Wirbelkörper eingesetzte kortiko-spongiöse Span ist knöchern fest mit diesen verwachsen.

des Abdomens, grosse Gefässe) zweifellos grösser (Abb. 452 und 453).

- Eine dritte Möglichkeit ist die *postero-laterale Verspanung* über die Querfortsätze und kleinen Wirbelgelenke.

Anhang:

Zu den mannigfaltigen degenerativen Erscheinungen der Wirbelsäule gehört auch die *«Osteoarthritis interspinalis»* («Baastrupsche Krankheit»). Auf Lendenwirbelsäulenröntgenbildern sieht man gelegentlich reaktive Veränderungen an der Stelle, *wo sich zwei lumbale Dornfortsätze berühren.* Diese Veränderungen gleichen einer Arthrose. Ihre Entstehung stellt man sich ähnlich vor. Wenn gleichzeitig Kreuzschmerzen bestehen, vor allem bei vermehrter Lordose (im Stehen), liegt es nahe, zu versuchen, zunächst durch lokale Infiltrationen an dieser Stelle, dann durch partielle Resektion der betreffenden Dornfortsätze den Patienten von seinen Schmerzen zu befreien.

Der Zusammenhang zwischen dem augenfälligen Röntgenbefund und den Schmerzen ist aber bei der Häufigkeit sowohl von Kreuzschmerzen als auch von röntgenologischen Degenerationszeichen an der Wirbelsäule selten eindeutig. Ob der «Baastrup» überhaupt ein abgegrenztes Krankheitsbild sei, wird deshalb von vielen bezweifelt. Die an sich einfache und scheinbar logische Operation bringt denn auch längst nicht immer den gewünschten Dauererfolg. In jedem Fall sollte die Indikation dazu erst aufgrund einer eingehenden Untersuchung gestellt werden.

10.5. Komplikationen der degenerativen Erkrankungen

10.5.1. *Der Bandscheibenprolaps (Diskushernie)*

Der langwierige Verlauf der chronischen Bandscheibendegeneration kann unvermittelt und schlagartig kompliziert werden, wenn durch den Prolaps von Bandscheibenmaterial *Nervenwurzeln komprimiert* werden.

10.5.1.1. *Pathologie*

Material aus dem Nucleus pulposus wird durch eine Lücke im Annulus fibrosus hinausgedrängt, meistens dorsolateral und blockiert das Bewegungssegment (siehe III.B.1.2.1.). Ist die Hernie gross oder der Spinalkanal eng, kann sie auf eine Nervenwurzel drücken, welche den Rückenmarkskanal durch das enge Foramen intervertebrale verlässt, evtl. auch auf die nächst tiefere Nervenwurzel, hier noch im Duralsack. Selten komprimiert eine mediane Diskushernie die ganze Cauda equina (Abb. 454).

Dieses einfache mechanische Modell stimmt wohl einigermassen, ist aber weit davon entfernt, alle klinischen Erscheinungen erklären zu können. Dafür müssen *komplexere Vorgänge* (lokale Ödembildung, Gelenkblockierungen, Muskelkontrakturen über Reflexmechanismen usw.) angenommen werden, welche aber im einzelnen noch wenig bekannt und schwer nachzuweisen sind.

Ein relativ *eindeutiger topographischer Zusammenhang* besteht zwischen *neurologischen* Erscheinungen, falls solche vorhanden sind, und der komprimierten Nervenwurzel. Er erlaubt in

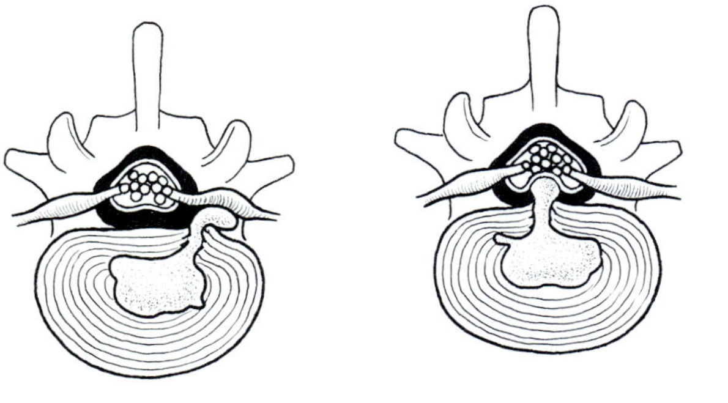

Abb. 454. *Lumbale Diskushernie.*

Links: Eine laterale Diskushernie drückt auf die abgehende Nervenwurzel.

Rechts: Eine grosse mediane Diskushernie kann die im Duralsack liegende Cauda equina komprimieren: Das «Cauda Equina-Syndrom» ist eine, allerdings seltene, *Notfallsituation* (siehe Text).

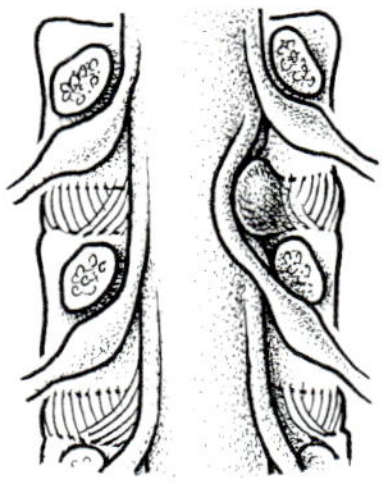

Abb. 455. Eine *laterale Diskushernie*, hier von dorsal gesehen, komprimiert in der Regel die *tiefer* gelegene Nervenwurzel in ihrem extrathekalen Verlauf.

solchen Fällen eine genaue Höhendiagnose (Abb. 455, 457 und Tab. 29).

Befallen sind in über 95% die untersten beiden Bandscheiben, d.h. L_4/L_5 und L_5/S_1.

10.5.1.2. *Klinik*

Betroffen sind vorzugsweise Männer im Alter zwischen 25 und 45 Jahren, aber auch Frauen, selten Jugendliche und ältere Menschen.

Die *Anamnese* ist typisch: Nachdem häufig schon über längere Zeit Kreuzschmerzen, oft schubweise, bestanden hatten, schiesst unvermittelt, oder bei einer unkontrollierten forcierten Bewegung (Verheben, Drehbewegung, Aufstehen aus der Hocke, usw., ein eigentlicher «Unfall» ist kaum je mit im Spiel), ein überaus heftiger Schmerz ins Kreuz (akute Lumbago). Der volkstümliche Ausdruck: «Hexenschuss» umschreibt das Geschehen treffend.

Die Patienten können sich oft kaum mehr bewegen und finden nur mühsam eine einigermassen bequeme Lage. Die Wirbelsäule wird völlig steif gehalten, in der Regel in einer zwangshaften kyphotischen und skoliotischen Haltung (antalgische Skoliose). Das Bücken nach vorn ist nicht oder nur mit einer seitlichen Ausweichbewegung möglich. Die paravertebrale Muskulatur ist bretthart, verspannt und schmerzhaft (Hartspann). Die untersten Dornfortsätze sind druckdolent (Abb. 456).

Diese Erscheinungen werden als *«vertebrales Syndrom»* bezeichnet, welches für die Diskushernie typisch ist.

Für die *Diagnose* sind wichtig:

- stellungs- und bewegungsabhängige *Schmerzen*, Zunahme der Schmerzen bei intraduraler Druckerhöhung (Husten-, Nies- und Pressschmerz).
- *Lasèguesches Zeichen* (seine quantitative Aufzeichnung gestattet den zeitlichen Verlauf genau zu verfolgen).
- *Finger-Boden-Abstand* (in cm gemessen beim Rumpfbeugen vorwärts, ebenfalls zur Verlaufskontrolle geeignet).

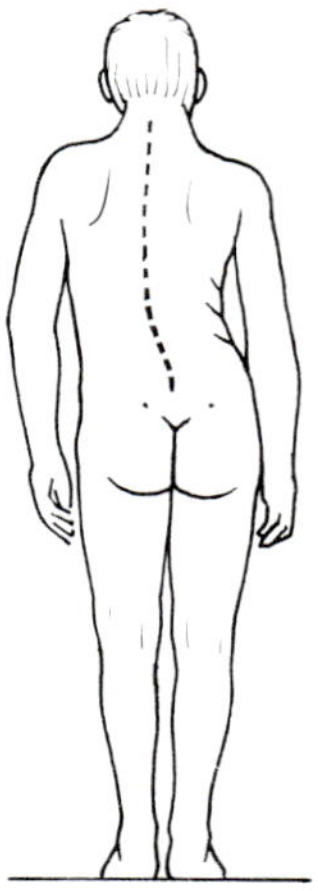

a

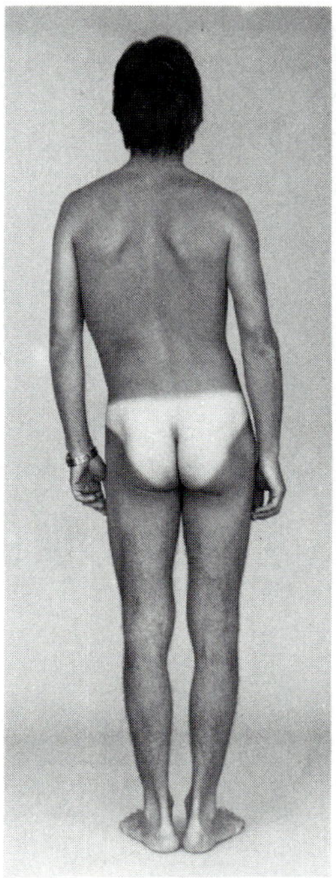

b

Abb. 456.

a Typische Haltung bei Diskushernie: Schmerzbedingte Blockierung der unteren Lendenwirbelsäule in einer kurzbogigen Kypho-Skoliose, die beim Vornüberneigen noch stark zunimmt. Die Patienten können sich vor Schmerz oft kaum mehr bewegen.

b 39jähriger Mann mit lumbosakraler Diskushernie. Deutlich ist der Überhang nach links.

- Das *gewöhnliche Röntgenbild* ergibt für die Diagnose der Diskushernie wenig. Die betreffende Bandscheibe kann etwas erniedrigt erscheinen, muss es aber nicht. Degenerative Veränderungen fehlen oft ganz. Eine bestehende Zwangsfehlhaltung (Skoliose, Kyphose) ist natürlich auch auf dem Röntgenbild zu sehen. Immerhin ist es wichtig, andere Wirbelaffektionen (Entzündungen, Tumoren usw.) als Schmerzursache ausschliessen zu können.

Mit einer *Myelographie* lässt sich eine Diskushernie in der Regel darstellen (siehe unten).

Neurologische Zeichen treten nur in einem Teil der Fälle auf. Das sogenannte *«Radikuläre Syndrom»* ist bei der Diskushernie sekundär. Es äussert sich als *Ischias*, d.h. überaus intensive ausstrahlende Schmerzen im Ausbreitungsgebiet des nervus ischiadicus, vom Kreuz ins Gesäss und entlang der Rück- oder Aussenseite des Oberschenkels, oft in die Waden und bis hinunter zu Knöchel und Fuss. Ist der Druck auf die Nervenwurzel gross, so können Paresen auftreten, sensi-

Tab. 29. Wichtigste radikuläre Symptome bei lumbaler Diskushernie.

– Diskushernie	L_4/L_5	L_5/S_1
– Betroffene Nervenwurzeln	L_5	S_1
– Schmerzen und Sensibilitätsstörungen, evtl. trophische Störungen (Hautunterkühlung)	Becken-Hüfte, Aussenseite des Beines bis zu Fussrist, Grosszehe	Gesäss-Rückseite des Beines bis lateraler Fussrand, Kleinzehen (oft Leiste)
– Motorische Ausfälle, Muskelatrophie	Dorsalextension Grosszehe, Fuss (Fersengang) Glut. med. (Trendelenburg)	Plantarflexion Fuss (Zehengang) Glut. max. (Gesässschluss)
– Reflexausfälle	evtl. Tib. post.	Achillessehnenreflex ↓

ble und motorische. Die Lokalisation entspricht den Dermatomen der am häufigsten betroffenen Nervenwurzeln: L_5 und S_1. Die genaue Ermittlung eines radikulären Syndromes gestattet die Höhenlokalisation der Kompression, was für eine evtl. notwendige Operation wichtig ist (Abb. 457).

Tabelle 29 zeigt den Zusammenhang zwischen neurologischen Ausfällen und Diskushernie. Differentialdiagnostisch müssen natürlich andere pathologische Prozesse, wie Wirbelaffektionen, extra- oder intradurale Tumoren usw. ausgeschlossen werden.

Besondere Bedeutung hat das (seltene) *Cauda-equina-Syndrom:* Eine *mediane* Diskushernie kann die ganze Cauda equina noch im Duralsack komprimieren und zu Störungen vegetativer Funktionen, vor allem der Miktion führen. Harnverhaltung bei Diskushernienkrankheit ist ein alarmierendes Symptom. Nur sofortige chirurgische Beseitigung der Kompression (innerhalb von Stunden!) kann Dauerschäden verhindern. Das Cauda-equina-Syndrom ist somit eine *Notfallsituation* (Abb. 454b).

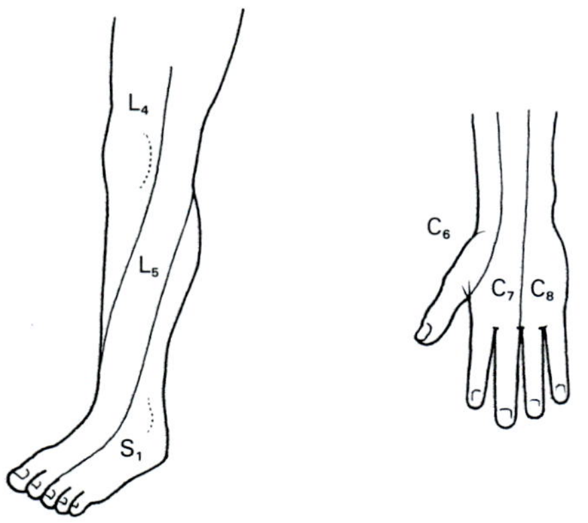

Abb. 457. Die häufigsten *Sensibilitätsausfälle* bei Diskushernien: Nervenwurzel S_1: Rückseite des Beines – lateraler Fussrand. L_5: Aussenseite des Beines – Grosszehe. L_4: Knie.
An der Hand: C_6: Daumen, C_7: Zeige- und Mittelfinger, C_8: Ring- und Kleinfinger.

10.5.1.3. *Prognose und Therapie*

Ischiasschmerzen *ohne* radikuläre Symptome gehören zu den häufigsten Schmerzen überhaupt. Sie verschwinden in den meisten Fällen ebenso häufig in wenigen Tagen wieder vollständig. Die dafür verantwortlichen pathologisch-anatomischen Veränderungen sind in solchen Fällen kaum feststellbar. Einige Tage Schonung, evtl. mit Bettruhe, Wärme, einfache antiphlogistische Massnahmen, Schmerzmittel, genügen. Eine eingehende Abklärung erübrigt sich meistens.

Häufig sind Ischiasbeschwerden aber sehr hartnäckig. Solange sie keine motorischen Ausfallserscheinungen machen, ist praktisch immer die *konservative Behandlung angezeigt,* mindestens am Anfang (Tab. 30).

Tab. 30. Die konservative Ischiasbehandlung.

- Strikte Bettruhe, Hochlagerung der Beine mit angewinkelten Hüften und Knien (Abb. 458).
- Wärme, lokale antiphlogistische Applikationen.
- Periodische oder Dauerextension, an den Beinen, besser am Becken angreifend (Abb. 459).
- Schmerzlindernde Medikamente, z. B. Phenylbutazon, Muskelrelaxantien usw.
- Im akuten Stadium kann eine lokale Infiltration, evtl. eine Epiduralanästhesie, schlagartig wirken.
- Für ambulante Patienten ist eine Stützung und Ruhigstellung der Lumbalwirbelsäule mit einer kräftigen Bauchbandage, einem festen Lendenmieder oder, für kürzere Zeit, mit einem Gipskorsett zweckmässig.
- Wert und Gefahren einer manipulativen Behandlung (ohne oder mit Narkose) sind umstritten.
- Anschliessend an den akuten Schub ist eine gezielte Rükkenheilgymnastik besonders wichtig.

Mit solchen konservativen Massnahmen – oder auch spontan – gehen die akuten Beschwerden fast immer in wenigen Wochen zurück (Abb. 458 und 459).

Allerdings ist der schubweise Verlauf der Diskushernienkrankheit typisch. Rezidive sind nicht selten.

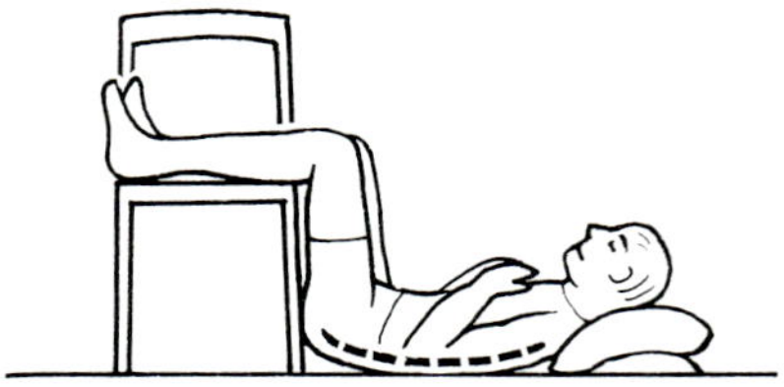

Abb. 458. Diese Stellung bzw. Lagerung bringt vielen Patienten mit Diskushernienschmerzen Erleichterung: Beine angezogen, ein Teil des Gewichtes hängt an den Beinen, so dass das Gesäss etwas angehoben ist.

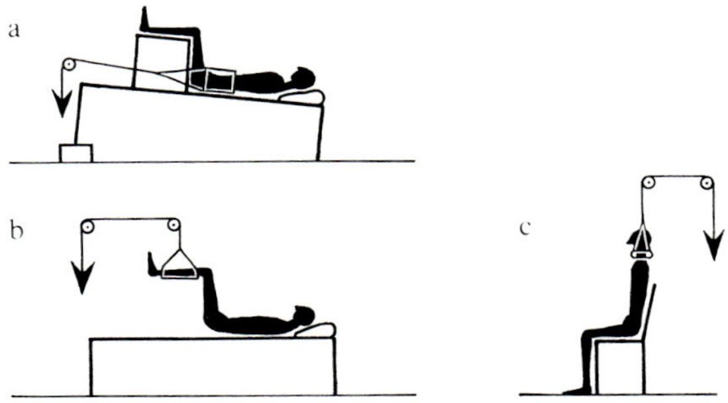

Abb. 459. *Extensionsbehandlung* bei Diskushernien und anderen (pseudoradikulären) Beschwerden.

a Längszug an einem Beckengürtel. Der Gegenzug wird entweder durch Hochstellen des Bettendes oder durch Fixation an einem Brustgürtel erreicht.
Bei stationärer Behandlung können Zugkraft und Dauer der Extension täglich sukzessiv gesteigert werden.
b Extension durch Aufhängen an den Beinen, bis das Becken sich von der Unterlage abhebt. Geeignet für ambulante Behandlung.
c Glissonsche Extension bei zervikalen Syndromen.

Mit der *Operation* (chirurgische Entfernung einer komprimierenden Diskushernie, eingeführt 1936 durch Barr u.a.) ist man in den letzten Jahrzehnten zurückhaltender geworden und stellt *strengere Anforderungen an die Indikation* (Tab. 31).

Tab. 31. Indikation zur operativen Diskushernienentfernung.

1. Cauda-equina-Syndrom (Blasenlähmung): Notfallmässige Operation!
2. Deutliche, evtl. zunehmende motorische Ausfälle durch Wurzelkompression.
3. Hartnäckige, auch nach länger dauernder konservativer Behandlung persistierende Beschwerden bei eindeutiger Diskushernie. (In der Regel nach mehreren Wochen Bettruhe ohne Besserung.)
4. Mehrere Schübe akuter Beschwerden bei eindeutiger Diskushernie.
5. Einwandfrei nachgewiesener Diskusprolaps mit Wurzelkompression bei starken Beschwerden (Myelographie).

In bestimmten, geeigneten Fällen scheint heute die *chemische Nukleolyse* (Injektion von Chymopapain – ein Enzym – unter Röntgenkontrolle in die Bandscheibe) eine gute Alternative zur Operation zu sein.

Bei der Abklärung der *Operationsindikation* gibt die klinische, vor *allem die neurologische* Untersuchung den Ausschlag.

Vor einer Operation wird in der Regel die *lumbale Myelographie* mit wasserlöslichen Kontrastmitteln durchgeführt. Bei nicht eindeutigen Befunden kann sie die Situation manchmal klären. Zudem ist die genaue Lokalisation der Hernie möglich. Dies ist für die Operation wichtig (Abb. 460). Die *Computertomographie* (CT), als nichtinvasive Methode, kann wahrscheinlich die Myelographie zunehmend ersetzen (Abb. 461).

Die *Diskushernienoperation* hat zum Ziel, das Bandscheibenmaterial, welches dorsal ausgetreten ist und Nervenelemente komprimiert, zu entfernen. Dies ist in der Regel durch eine Erweiterung des Zwischenraumes zwischen zwei Wirbelbogen auf der befallenen Seite möglich (Fenestration). Eine Durchtrennung oder gar Entfernung

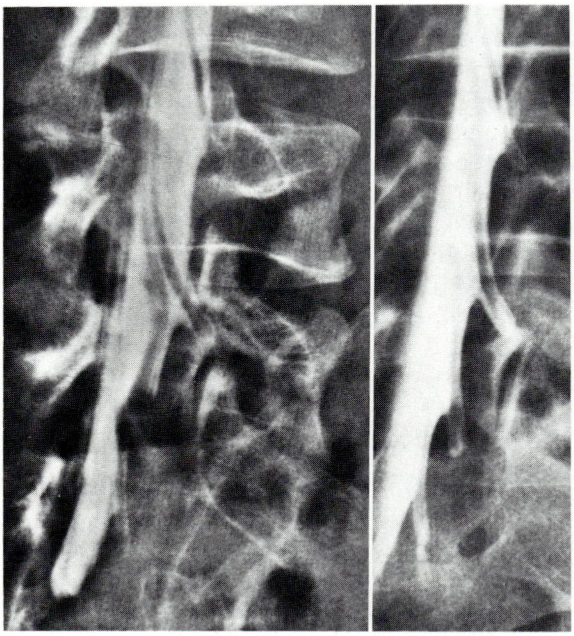

a b

Abb. 460.

a *Myelographie* eines 33jährigen Mannes mit linksseitiger Ischias, im schrägen Röntgenbild. Auf Höhe der lumbosakralen Bandscheibe ist der Duralsack von ventral her eingeengt und die Nervenwurzelscheiden der Wurzeln S_1 und S_2 erscheinen abgeschnitten, während die Nervenwurzel L_5 sich bis zum Wirbelbogen L_5 verfolgen lässt.
b Normales Myelogramm: Alle Nervenwurzelscheiden sind bis zu den Wirbelbogen mit Kontrastmittel gefüllt.

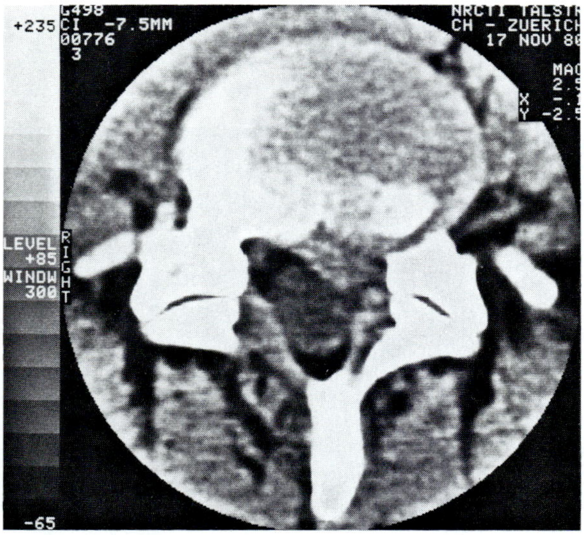

Abb. 461. *Computertomogramm* einer grossen mediolateralen Diskushernie rechts. Im horizontalen Schnitt sind links ein Teil des Wirbelkörpers mit der Bogenwurzel (weiss) getroffen, rechts die Bandscheibe (grau) und das Foramen intervertebrale, beidseits sieht man die kleinen Wirbelgelenke. Der Duralsack (dunkelgrau) wird von vorne rechts durch die grosse Hernie (hellgrau) bedrängt.

Die Computertomographie ist, im Gegensatz zur Myelographie, eine schmerz- und gefahrlose Methode.

von Wirbelbögen (Laminektomie) ist bei genauer präoperativer Diagnose selten notwendig und wird möglichst vermieden, um die Wirbelsäulenstabilität nicht zu schwächen. Wenn keine Hernie gefunden wird am vermuteten Ort, muss weiter gesucht werden (Hemilaminektomie, Laminektomie), wodurch die Stabilität weiter beeinträchtigt wird. Erfahrungsgemäss ist der Erfolg in solchen Fällen, besonders, wenn keine eindeutige Hernie gefunden wird, häufig unbefriedigend.

Durch die Ausräumung der Bandscheibe bei der Operation (was zur Verhinderung eines Rezidivs notwendig ist), wird das Bewegungssegment instabil, die benachbarten Wirbelkörper rücken zusammen. Mit der Zeit entsteht eine bindegewebige Ankylose, welche das Segment wieder einigermassen, wenn auch nicht vollständig, versteift und damit stabilisiert. In manchen Fällen ist eine dauernde Stütze, z. B. ein Lendenmieder, nötig.

Die primäre knöcherne Verblockung des Segmentes *(Spondylodese)* im Anschluss an die Diskusausräumung ist deshalb oft empfohlen und durchgeführt worden. Wegen der dadurch bedingten Ausdehnung des Eingriffes und der längeren Fixationszeiten hat sie sich aber nicht durchgesetzt. Gelegentlich ist sie wegen hartnäckiger Kreuzschmerzen später doch noch notwendig.

11. Andere Wirbelsäulenerkrankungen

1. Generalisierte Krankheiten (Systemerkrankungen)
2. Entzündliche Wirbelsäulenkrankheiten (Spondylitis)
3. Tumoren

11.1. Generalisierte Krankheiten der Wirbelsäule

1. Osteoporose
2. Osteomalazie
3. Morbus Bechterew

11.1.1. ***Die Osteoporose*** (Allgemeine Beschreibung siehe II.4.2.)

Am häufigsten sind *Frauen in der Menopause* betroffen. Die Ursache ist unklar, hormonelle Störungen spielen eine Rolle. Obschon das ganze Skelett befallen ist, stehen Rückenbeschwerden im Vordergrund, nämlich Belastungs- aber auch *Ruheschmerzen,* die in schweren Fällen so stark werden, dass die Patientinnen kaum mehr aufstehen können. Der Verlauf ist chronisch.

Die Porose vermindert die mechanische Resistenz des Knochengerüstes. Es kommt zu *Spontanfrakturen.* Diese können langsam und unbemerkt entstehen als «schleichende Fraktur», oft aber auch als akutes Ereignis im chronischen Verlauf der Krankheit, mit plötzlichen starken Schmerzen, aber auch ohne Trauma.

Die relativ resistenten Bandscheiben und Deckplatten werden in die zerbrechliche Spongiosa eingedrückt. Daraus ergeben sich typische morphologische Veränderungen: Fischwirbel und Keilwirbel, auch völlige Kompression einzelner Wirbelkörper. Möglicherweise kommen auch Veränderungen im Bereiche der kleinen Gelenke und der Wirbelbogen vor. So versucht man sich die Tatsache von vermehrten Spondylolisthesen und Pseudospondylolysthesen zu erklären (Abb. 462).

Äusserlich sind diese Patienten deutlich kleiner geworden und zeigen einen mehr oder weniger ausgeprägten *Buckel.* Das Beklopfen der Dornfortsätze ist auffallend schmerzhaft. Das *Röntgenbild* ist bei ausgeprägten Wirbelveränderungen *typisch* und kaum zu verwechseln (Fischwirbel). Der sichere, quantitative Nachweis der Osteoporose kann durch eine Beckenkammbiopsie erbracht werden. Praktisch ist dies selten nötig (Abb. 463).

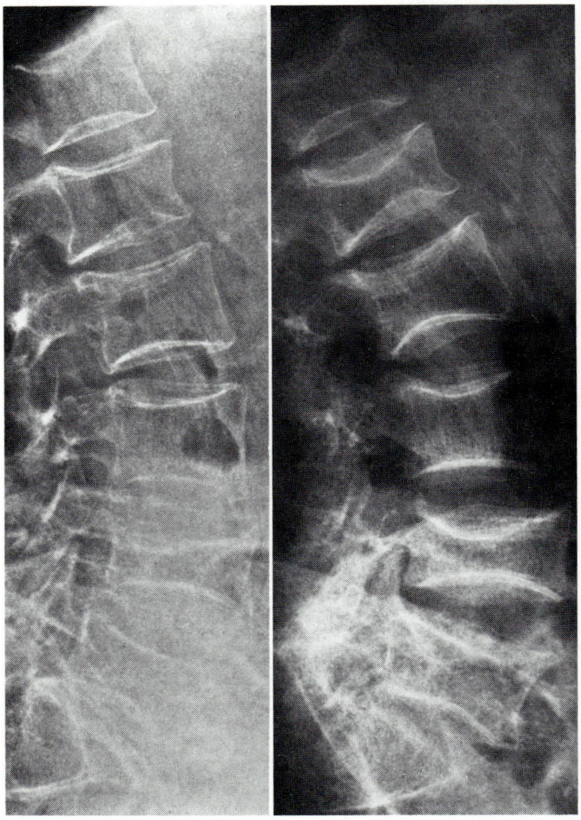

a b

Abb. 462. *Osteoporose* der Lumbalwirbelsäule einer 74jährigen Frau mit starken Rückenschmerzen.

a Verschmälerung einiger Wirbelkörper, vor allem L_4 und L_5, Eindellung verschiedener Deckplatten (Fischwirbelbildung), glasig-durchsichtiges Aussehen der Wirbel. Die begrenzende Kortikalis ist fein, aber scharf gezeichnet.

b Zwei Jahre später. Der Prozess hat seinen Fortgang genommen. Einbruch des Wirbelkörpers von L_1. Die Eindellung der Deckplatten hat zugenommen. Die scheinbare Strukturänderung ist auf eine andere Aufnahmetechnik zurückzuführen. Deshalb können verschiedene Aufnahmen nicht ohne weiteres miteinander verglichen werden.

Therapie: Leider ist eine kausale Behandlung der Osteoporose bis heute nicht gelungen. Kalzium und anabole Medikamente wirken nicht sicher. *Hohe Dosen von Fluor,* während vieler Monate verabreicht, sollen die Schmerzen auf längere Zeit mildern. Die durch die Schmerzen nach Wirbelfrakturen erzwungene Bettruhe verschlimmert die Porose und ein circulus vitiosus setzt ein, der kaum zu unterbrechen ist.

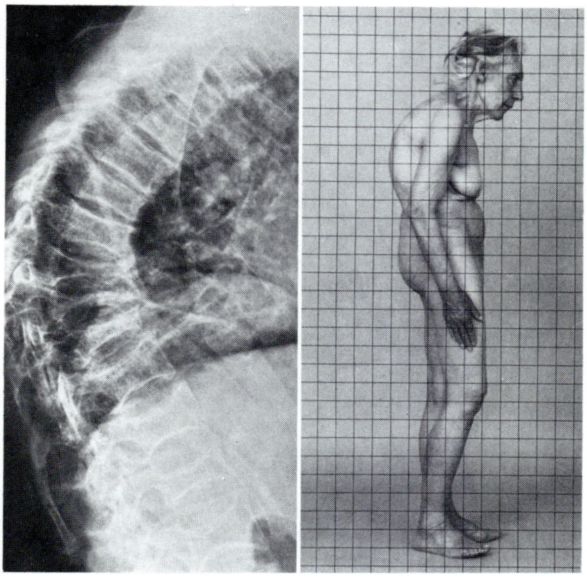

a b

Abb. 463. a) Brustwirbelsäule einer 80jährigen Frau mit schwerer Kyphose infolge Zusammensinterns mehrerer Wirbel bei *Osteoporose*. So entsteht eine typische Deformität (b): Die Leute werden bucklig und klein, der Oberkörper wird kürzer. Die Proportionen stimmen nicht mehr, die Beine sind im Verhältnis zu lang.

Um der zusätzlichen Inaktivitätsporose entgegenzuwirken ist die *Mobilisierung* dieser Patienten trotz der Frakturen besonders wichtig. In den meisten Fällen ist dies mittels einer guten Abstützung der Wirbelsäule durch ein passendes, am besten massgefertigtes, *Korsett* möglich.

11.1.2. *Osteomalazie*

Sie äussert sich klinisch fast gleich wie die Osteoporose, ist allerdings hierzulande selten. Zur Differentialdiagnose dient neben dem Röntgenbild (Loosersche Umbauzonen, Ermüdungsfrakturen) die Anamnese, der Nachweis der Grundkrankheit (mangelnde Ernährung, Absorptionsstörungen des Verdauungstraktes) und die Biopsie.

Mit Zufuhr von Vitamin D kann die Osteomalazie kausal behandelt werden.

11.1.3. *Spondylitis ankylopoetika (M. Bechterew)*

Diese Allgemeinkrankheit unbekannter Genese (Allgemeine Beschreibung siehe II.10.2.) befällt in *erster Linie die Wirbelsäule* und bleibt in der Regel lange Zeit, oft dauernd, auf diese beschränkt. Typisch sind die chronischen Schmerzen und die langsam zunehmende *Kyphose* mit *Versteifung* der Wirbelsäule. Erkannt wird die Krankheit oft an den röntgenologischen Veränderungen der Ileosakralgelenke (unscharfe Begrenzung, später Verödung), welche früh im Verlauf erscheinen. Die Diagnose ist gesichert, wenn später paravertebrale Verkalkungen dazukommen. Diese können mit der Zeit die Wirbelsäule in einen völlig steifen Stab verwandeln (Abb. 262).

Im Anfangsstadium wird versucht, mit Heilgymnastik der Versteifung zu begegnen. Wenn im fortgeschrittenen Stadium zusätzliche Hüftversteifungen den Patienten zum völlig hilflosen Krüppel machen, kann er nach einer *Hüftplastik* (Endoprothese) wieder mobilisiert und gehfähig werden. Eine Wirbelsäulenosteotomie zur Aufrichtung eines schwergebeugten Rückens ist eine heroische Operation. Sie sollte bei konsequenter Therapie (in Zusammenarbeit mit einem Rheumatologen) vermeidbar sein.

11.2. Entzündliche Wirbelsäulenerkrankungen (Spondylitis)

Früher recht häufig, vor allem im Kindesalter, meistens durch Tuberkulose, in einem oder mehreren Wirbelkörpern lokalisiert. Heute mehr durch Staphylokokken, seltener andere Erreger verursacht.

11.2.1. *Pathologie*

Infektiöse Osteomyelitis, in der Wirbelspongiosa beginnend, praktisch immer hämatogen (siehe II.6.3.). Der Verlauf kann schleichend sein, mit wenig lokalen Symptomen, in manchen Fällen stürmisch, im Rahmen einer allgemeinen Sepsis. Auf gewöhnlichen Wirbelsäulenröntgenaufnahmen werden *Einschmelzungen* von Knochensubstanz erst sichtbar, wenn sie schon eine gewisse Grösse erreicht haben, also *erst nach längerer Zeit* (Wochen, Monate; Tomographien zeigen die Einschmelzungsherde früher).

Das *erste röntgenologische Zeichen* kann eine *Verschmälerung* des angrenzenden *Intervertebralraumes* sein. Sie entsteht, wenn Nukleus-Pulposus-Gewebe durch eine defekte Deckplatte hindurch in einen Einschmelzungsherd im erkrankten Wirbelkörper hineingepresst wird. Der Prozess muss also schon weit fortgeschritten sein. Die Diagnose wird daher oft erst spät gestellt (Abb. 464).

Mit der Zeit wird die grobe Knochenzerstörung

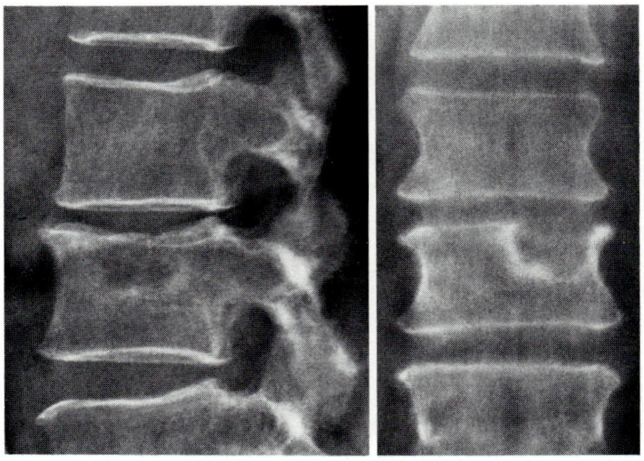

a b

Abb. 464. *Spondylitis* tbc bei einer 56jährigen Frau.

a Eine *Bandscheibenverschmälerung* erscheint als relativ frühes Zeichen. Sie kommt durch das Eindringen von Bandscheibengewebe in einen Einschmelzungsherd in der Wirbelspongiosa zustande. Der Osteolyseherd selbst muss schon ziemlich gross sein, bis er auf einem gewöhnlichen Röntgenbild sichtbar wird (hier in der oberen Hälfte des befallenen unteren Wirbels).

b Deutlich erkennbar sind Osteolyseherde auf *Tomogrammen,* wie hier bei der gleichen Patientin, im ap-Strahlengang.

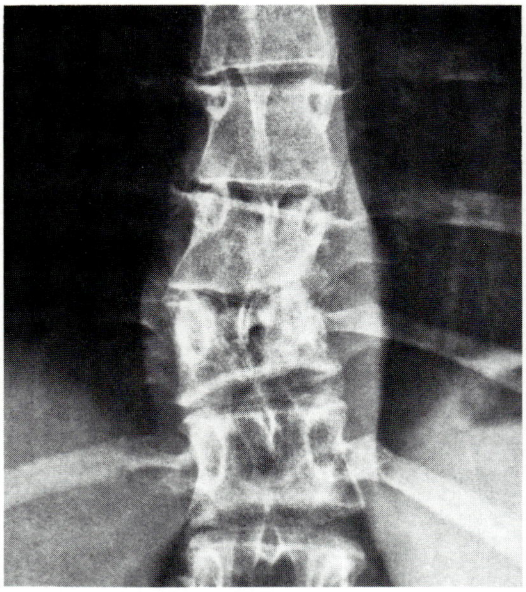

Abb. 465. Infektiöse *Spondylitis* der unteren Thorakalwirbelsäule einer 20jährigen Patientin. Defekt an zwei benachbarten Wirbeln, welche knickförmig zusammensintern. Auf diese Weise können schwere Gibbusbildungen entstehen. Ein paravertebraler Abszess ist am spindelförmigen Schatten beidseits der Wirbelsäule auf Höhe des Herdes zu erkennen. Ein solcher Abszess kann den Muskel-Septen entlang nach unten wandern: Senkungsabszess.

sichtbar. Dann kann es sich praktisch nur noch um eine Spondylitis oder einen Tumor handeln.

Im weiteren *Verlauf* können ein oder zwei, selten mehrere benachbarte *Wirbelkörper* soweit zerstört werden, dass sie *zusammenbrechen* unter dem axialen Druck. Weil die dorsalen Abschnitte (Wirbelbogen, -fortsätze, kleine Gelenke) standhalten, entsteht daraus immer eine *Kyphose.* Diese ist, im Gegensatz zu anderen Kyphosen, spitzbogig, was klinisch mehr oder weniger deutlich als Knick in Erscheinung tritt *(Gibbus).* In schwereren Fällen kann die Wirbelsäule bis zu einem spitzen Winkel abgeknickt werden. Dadurch wird sie natürlich instabil und ist nicht mehr tragfähig. Der Patient wird bettlägerig. Als weitere Komplikationen können nekrotische Knochenstücke sequestrieren und eine Heilung verhindern (Abb. 466).

Durch chronische Eiterproduktion können sich massive *Senkungsabszesse* von einem Liter Inhalt oder mehr bilden, vor allem bei Tbc-Spondylitis. Sie geben im Röntgenbild einen spindelförmigen *Schatten* neben der Wirbelsäule. Entlang der Muskelsepten drängen sie *nach aussen* unter die Haut. Sie erscheinen dann manchmal *weit vom* ursprünglichen Herd *entfernt,* z.B. inguinal (cave Verwechslung mit einer Hernie), lumbal, an Gesäss oder Oberschenkel (Abb. 465).

Im fortgeschrittenen Stadium kann es zu *Querschnittslähmungen* kommen.

Differentialdiagnose der Spondylitiden:

1. *Spondylitis Tbc:* Tbc-Anamnese, schleichender Verlauf, wenig Allgemeinsymptome, kalte (Senkungs-)Abszesse, im Röntgenbild Bandscheibenerniedrigung. Osteoporose in der Umgebung des Herdes. Nachweis des Erregers, evtl. durch Punktion oder allfällige Operation.
2. *Staphylokokkenspondylitis:* Evtl. Staphylokokkensepsis, akuter Verlauf, schwere Infektionskrankheit. Im Röntgenbild evtl. sklerotische Knochenreaktion in der Umgebung des Herdes.
3. *Spondylitis bei Morbus Bang, Typhus und ähnliche:* Anamnese (Grundkrankheit evtl. nicht manifest), eher protrahierter Verlauf, erhebliche Sklerosierung um den Einschmelzungsherd herum. Erregernachweis, Serologie.
4. *Tumoren:* Umschriebene Osteolyseherde in der Spongiosa, Bandscheiben bleiben erhalten.

Durch *Wirbelpunktion* unter Röntgenkontrolle wird versucht, Material für bakteriologische und histologische Untersuchung zu gewinnen. Dies gelingt nicht immer. Zudem ist die Methode nicht ungefährlich.

11.2.2. *Prognose und Therapie*

Seit die Möglichkeit einer spezifischen antibiotischen Behandlung besteht, ist die Aussicht, dass *Spondylitiden durch knöcherne Blockbildung* zwischen den betroffenen Wirbeln spontan *ausheilen* grösser geworden. Allerdings dauert der Prozess viele Monate, evtl. Jahre und hinterlässt einen Defekt, einen mehr oder weniger ausgeprägten Gibbus (Abb. 466). Grössere *Sequester* jedoch werden schlecht ab- und umgebaut und können die Infektion unterhalten.

In vielen Fällen ist deshalb die *operative Ausräumung* des Herdes und die *stabile Verblockung* mit tragfähigen *autologen Knochenspänen,* wenn nötig nach Aufrichtung zusammengesinterter Wirbelkörper, der konservativen Behandlung vorzuziehen, um den Heilungsprozess zu beschleunigen und einen Gibbus und weitere Komplikationen zu verhindern. Durch die Operation kann die Diagnose auch histologisch und bakteriologisch geklärt werden. Dies ist wichtig um eine gezielte, meistens länger dauernde, antibiotische Therapie durchzuführen (Abb. 467).

In jedem Fall ist eine längere vollständige *Ruhigstellung* angezeigt mit Bettruhe, am besten im Gipsbett.

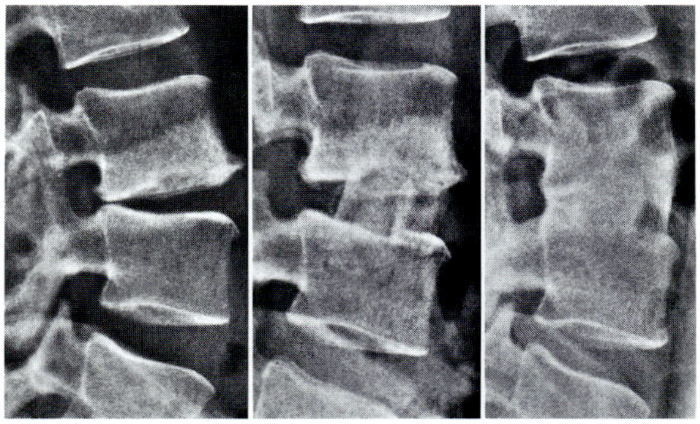

a b c

Abb. 467.

a Unspezifische *Spondylitis* vom chronisch sklerosierenden Typ mit Bandscheibenverschmälerung und Defekt an der Deckplatte des oberen Wirbels.

b Postoperative Röntgenkontrolle nach Einsetzen von drei kräftigen kortiko-spongiösen Spänen zwischen die beiden Wirbelkörper, nach Exzision und Aufspreizen des Intervertebralraumes. Dadurch wird die Spondylodese stabil und sofort belastbar.

c Kontrolle 7 Jahre später: gute knöcherne Konsolidation, die Spondylitis ist geheilt, der Patient beschwerdefrei.

Abb. 466. *Gibbus* im Thorakalbereich durch Zusammensintern von 3 Wirbelkörpern als Folge einer infektiösen Erkrankung, vermutlich Spondylitis Tbc. Der unterste der drei befallenen Wirbel ist stark keilförmig eingedrückt, die beiden oberen sind zu einem einzigen, keilförmigen, verschmolzen. Nur noch an den Wirbelbogen erkennt man, dass es ursprünglich 3 Wirbel gewesen waren. Der Mann hat offensichtlich die schwere Krankheit überlebt, jedenfalls ist sie knöchern ausgeheilt.

11.3. Tumoren

(Allgemeines siehe II.7.) Am häufigsten sind, neben dem *Plasmozytom:*

11.3.1.1. *Wirbelmetastasen bei Karzinomen,* d.h. vorwiegend bei älteren Menschen. Oft machen die Metastasen *vor* dem Primärtumor Beschwerden. Ständige starke Schmerzen, welche auch in der Ruhe nicht nachlassen, sind verdächtig. Grössere Herde sind auf *Röntgenaufnahmen* sichtbar, kleine kaum. Zu ihrem Nachweis eignet sich besser die *Szintigraphie.* Typischer Röntgenaspekt ist die reaktionslose Umgebung, die Bandscheiben bleiben erhalten.

Plötzliche starke Schmerzen entstehen, wenn Wirbel wegen der Ausdehnung der Defekte zusammenbrechen (pathologische Wirbelfraktur). Verhältnismässig häufig sind *Kompressionserscheinungen des Rückenmarkes,* auch ohne Deformität der Wirbelsäule. Die ausgedehnte *opera-*

tive Entlastung des Rückenmarkes (Laminektomie), ist nicht immer imstande, Lähmungen zu verhindern. Im übrigen kann die *Therapie* bei Wirbelmetastasen nur palliativ sein.

11.3.1.2. *Primärtumoren*

Auch manche *Primärtumoren* des Skelettes (z. B. Chondrome, Hämangiome, Osteome, seltener maligne Tumoren) sitzen mit Vorliebe in der Wirbelsäule. Ihre *Diagnose* stützt sich auf ihr Aussehen im Röntgenbild. Tomographien sind dabei nützlich. Tumoren, welche das Rückenmark (extra- und intradural) und seine Nerven (z. B. ein Neurofibrom) bedrängen, lenken den Verdacht durch ihre klinische, evtl. neurologische Symptomatologie auf sich. Zur weiteren Abklärung ist eine Lumbalpunktion und eine Myelographie nötig.

Therapie: In einzelnen Fällen ist eine lokale chirurgische Exzision möglich. Wenn die Statik der Wirbelsäule dadurch gefährdet wird, muss eine *autologe Spanplastik* angeschlossen werden (z. B. an der Halswirbelsäule). Oft sind nur palliative Massnahmen möglich.

Um Rückenmarkskompressionserscheinungen und totale Bettlägrigkeit zu vermeiden, ist es gelegentlich möglich, mit alloplastischem Material (Osteosynthesen, Kunstharzplomben) eine lokal zerstörte Wirbelsäule zu *stabilisieren.* Eine solche Stabilisierung hält nur vorübergehend, ist also nur indiziert bei schlechter Prognose wegen Malignität des Tumors. Soll die Wirbelsäule dauerhaft stabilisiert werden, also bei guter Prognose der Krankheit, ist eine Spondylodese anzustreben mittels autologer Spanplastik.

12. Wirbelverletzungen

Weil die Wirbelsäule der klinischen Untersuchung schlecht zugänglich ist, muss man für die *Diagnostik* der Verletzungen vor allem auf das *Röntgenbild* abstellen. Darauf erkennt man die Frakturen und die (seltenen) Luxationen (v.a. HWS). Kontusionen, Distorsionen, stumpfe Weichteilverletzungen sind kaum exakt fassbar (Verletzungen der Halswirbelsäule siehe auch III.B.4.2.).

Was bedeutet ein «Wirbelsäulenbruch» für den Patienten? Ein «Wirbelbruch» kann im einen Fall eine harmlose, geringfügige Deckplatteneinstauchung, in einem anderen aber eine ausgesprochen schwere Verletzung mit Instabilität der regelrecht «entzweigebrochenen» Wirbelsäule und Querschnittslähmung bedeuten. Alle Stufen zwischen diesen beiden Extremen kommen vor. *Eine Differenzierung ist notwendig.* So ist es z.B. ratsam, leicht verletzte Patienten nicht mit dem Ausdruck «Wirbelsäulenbruch» zu ängstigen und dadurch neurotischen Entwicklungen mit übertriebenen Versicherungsansprüchen Vorschub zu leisten. Das Wort «Wirbelstauchung» genügt in leichten Fällen. Tatsächlich handelt es sich eher um eine Stauchung als um einen eigentlichen «Bruch».

Am häufigsten ist die *Kompressionsfraktur* am Übergang der Thorakal- zur Lumbalwirbelsäule. Durch massiven Druck unter Flexion der Wirbelsäule kommt es zur Stauchung des vorderen Abschnittes eines oder mehrerer Wirbelkörper. In leichten Fällen ist nur ein kleiner Wulst an der Vorderkante im Seitenröntgenbild zu erkennen. Solche Brüche brauchen praktisch keine Behandlung. In schwereren Verletzungsfällen entsteht ein Keilwirbel mit einem mehr oder weniger starken kyphotischen Knick in der Wirbelsäule (Gibbus). Eine stärkere Abknickung fällt schon klinisch auf, in der oberen Lumbalwirbelsäule evtl. durch die fehlende Lordose.

Diagnose: Unfallmechanismus (Sturz auf Rücken, Gesäss, Kopf, Verschüttung usw.), *Schmerzen,* lokale Druckempfindlichkeit, evtl. ein Gibbus müssen an eine Wirbelfraktur denken lassen, auch wenn der Patient noch gut gehfähig ist. Aber auch bei Schwerverletzten, besonders bei Bewusstlosen besteht die *Gefahr,* dass *Wirbelfrakturen übersehen werden.* In beiden Fällen sollten Röntgenaufnahmen der ganzen Wirbelsäule, vor allem seitliche, veranlasst werden, nicht zuletzt um spätere Unklarheiten auch hinsichtlich der versicherungstechnischen Beurteilung zu vermeiden (Abb. 468).

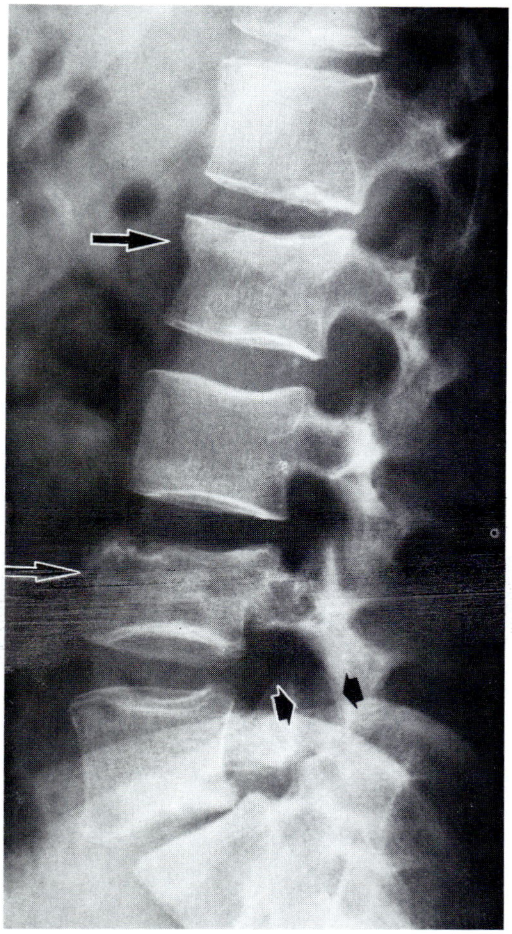

Abb. 468. *Stabile und instabile Wirbelfrakturen.*

Dieser 45jährige Mann erlitt durch einen Sturz schwere Verletzungen der Lumbalwirbelsäule: Das Unfallbild zeigt eine *Stauchungsfraktur* von L_2, erkennbar an der Erniedrigung der vorderen Wirbelkante mit Knick (oberer Pfeil) und einer Verdichtung des Knochens im oberen Drittel des Wirbelkörpers, welche durch die Einstauchung der Spongiosa eine Sklerose vortäuscht. Diese Fraktur ist sicher *stabil,* alle Bänder und die dorsalen Strukturen sind erhalten.

Eine weniger harmlose, schwere Verletzung, hat den 4. Lendenwirbel betroffen: Er ist ganz durchgerissen (unterer Pfeil), die obere Deckplatte mit der Bogenwurzel ist nach hinten verschoben, und die dorsale Verbindung ist ebenfalls zerrissen, zu erkennen am Klaffen der kleinen Wirbelgelenke (zwischen den kurzen Pfeilen). Eine solche Fraktur ist *instabil,* die Gefahr einer Nervenverletzung und einer weiteren Verschiebung besteht. Die Behandlung ist entsprechend anspruchsvoll.

Die Spondylolisthesis von L_5 hat vorbestanden und ist ein Zufallsbefund.

12.1.1. *Die Stabilität der Wirbelsäule*

12.1.1.1. *Stabile Brüche*

Solange die dorsalen Wirbelabschnitte (Wirbelbogen und kleine Gelenke) und der Bandapparat intakt geblieben sind und nur die Spongiosa des Wirbelkörpers axial zusammengestaucht wurde, ist die Fraktur *stabil.* Sie verschiebt sich sekundär nicht mehr, und die Wirbelsäule bleibt tragfähig. Solche Brüche werden in der Regel ohne weitere Verschiebungen in wenigen Wochen bis Monaten knöchern fest. Die meisten Wirbelbrüche können *funktionell* (nach Magnusson) durch *sofortige Mobilisation* behandelt werden (Abb. 468 oben).

Während die Fraktur selbst gut ausheilt, bleibt bei der funktionellen Behandlung der initiale Gibbus bestehen. Dies führt häufig zu sekundären Beschwerden, welche umso hartnäckiger sind, je grösser der Kyphoseknick ist und je weniger er in andern Wirbelabschnitten kompensiert werden kann, d.h. bei mangelhafter Lordosierungsmöglichkeit in der Lumbalwirbelsäule (siehe III.B.6.4.).

Aus diesem Grund hat vor allem die Wiener Schule von *Böhler* versucht, die Wirbelkompressionsfrakturen im Durchhang sofort *aufzurichten* und mit grossen, stark lordosierenden *Gipskorsetten zu fixieren.* Nicht alle Anhänger von Böhlers Methode haben mit ihr denselben Erfolg wie er selbst. Der Grund liegt darin, dass die Korrekturstellung an sich leicht zu erreichen, aber sehr *schwierig zu erhalten* ist bis zur knöchernen Konsolidation. Durch die Aufrichtung des komprimierten Wirbelkörpers wird die zusammengestauchte Spongiosa wieder auseinander gerissen und dazwischen klafft ein Defekt, welcher sich nur langsam mit neuem Knochen füllt. In der Zwischenzeit hat der Wirbelkörper keinen Halt und sintert leicht wieder zusammen. So lange muss die Wirbelsäule in maximaler Lordose gehalten werden mit dem Gipskorsett. Der Druck auf den 3 Abstützpunkten, Sternum, Gibbus und Symphyse ist entsprechend gross. Ein Gipskorsett muss schon ausgezeichnet angepasst sein, um den Verlust der Korrektur zu verhindern ohne Druckschäden an der Haut zu machen. Nicht jede Notfallstation verfügt über die erforderliche tadellose Gipstechnik, doch ohne diese hat die Aufrichtung von Wirbelkompressionsfrakturen wenig Sinn (Abb. 469).

Der Streit zwischen Anhängern von Magnussons und Böhlers Methode ist überflüssig: Wirbelfrakturen mit relativ geringem Kyphoseknick heilen rasch mit der funktionellen Behandlung und spätere Beschwerden bleiben in erträglichen Grenzen. In Fällen, wo wegen stärkerem Gibbus eine schlechtere Prognose zu befürchten ist, kann mit der anspruchsvollen Böhlerschen Methode die Deformität doch einigermassen ausgeglichen und damit die Spätprognose verbessert werden, vorausgesetzt, dass die Technik beherrscht wird.

Um die genannten Schwierigkeiten zu umgehen wird die primäre *operative Aufrichtung* und Verspanung des komprimierten Wirbels von ventral her empfohlen, evtl. kombiniert mit einer Osteosynthese. In *Spätfällen* ist wegen starken Beschwerden infolge Gibbusbildung eine solche operative Aufrichtung manchmal notwendig (Abb. 470).

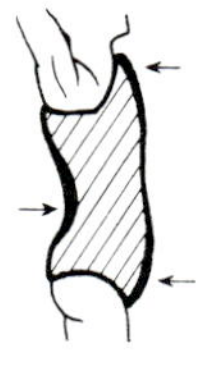

Abb. 469. *Gipskorsett* nach dem 3-Punkte-Prinzip angelegt, um eine aufgerichtete Wirbelsäule in lordosierter Stellung zu erhalten. Gut abgestützt und ausmodelliert werden die 3 Stellen, an denen Druck ausgeübt werden soll: Sternum, Kreuz und Symphyse.

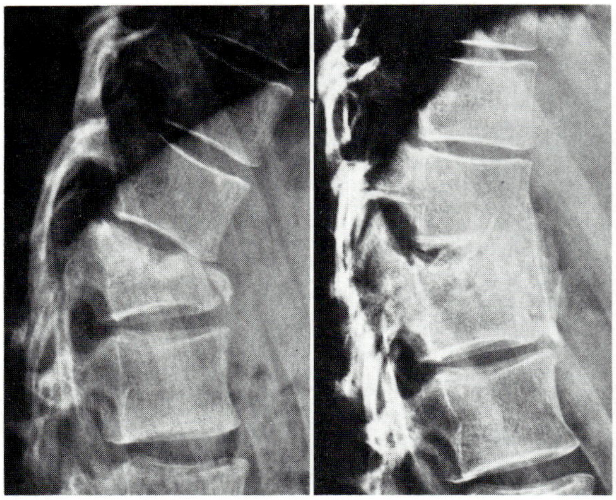

a b

Abb. 470.

a *Stauchungsfraktur* der unteren Thorakalwirbelsäule einer 22jährigen Frau mit starkem Knick. Ein solcher Gibbus kann später zu statischen Beschwerden führen. Unter konservativer Behandlung heilt der Bruch sicher, doch lässt sich der Gibbus nur schwierig oder gar nicht beheben.

b Eine Alternative bietet die operative Aufrichtung des eingestauchten Wirbels und seine Abstützung mit druckfesten kortiko-spongiösen Spänen, ein allerdings ziemlich grosser Eingriff. Hier das Resultat nach einem Jahr. (Fall von Prof. B.G. Weber, St. Gallen.)

12.1.1.2. *Instabile Brüche*

Bei Abscherung der Bruchflächen, Drehverschiebung, Brüchen in den Wirbelbogen und Zerreissungen des Bandapparates wird ein Wirbelbruch *instabil.* Solche Brüche können sich weiter verschieben, mit der *Gefahr* einer Rückenmarkskompression und *Querschnittslähmung.* Instabile Wirbelbrüche sind relativ selten. Sie müssen erkannt und sehr vorsichtig ruhiggestellt werden. Lange dauernde Bettruhe (evtl. Gipsbett) ist notwendig, bis die Wirbelsäule wieder tragfähig wird. Anschliessend muss sie noch längere Zeit mit Gips- oder anderem Stützkorsett geschützt werden (Abb. 468 unten).

12.1.2. *Wirbelfrakturen mit neurologischen Ausfällen*

Bei *jeder* Wirbelfraktur ist eine genaue neurologische Untersuchung wichtig. Ausfallserscheinungen weisen auf Rückenmarkskompression hin. *Partielle* Querschnittslähmungen sind meistens *reversibel,* wenn die Fraktur sofort vorsichtig reponiert wird (Längsextension im Bett). Operative Revisionen sind in seltenen Fällen notwendig. Die *primär totalen* Querschnittslähmungen sind *irreversibel,* auch eine Laminektomie hilft nicht mehr. Von manchen Chirurgen wird jedoch eine operative Stabilisierung der Wirbelsäule befürwortet. Die überaus heikle Pflege des Paraplegikers kann dadurch erleichtert und die Mobilisation beschleunigt werden (siehe auch II.8.4.).

• *Frakturen an den dorsalen Abschnitten der Wirbelsäule:* Querfortsatzbrüche, isolierte Frakturen an den kleinen Wirbelgelenken, an Wirbelbögen usw. sind selten und nicht leicht zu diagnostizieren. Sie sind lediglich Zeichen eines massiven Weichteiltraumas. Dieses allein muss behandelt werden.

Dornfortsatzbrüche kommen auch als Ermüdungsfrakturen bei Schwerarbeitern (Schipperkrankheit), seltener traumatisch vor.

13. Sakrum und Becken

13.1.1. *Die Ileosakralgelenke*

Es sind eigentlich *Synchondrosen,* die nur kleine Bewegungen zulassen. Schmerzen in den Ileosakralverbindungen sind schwierig abzugrenzen von solchen, welche von der Lumbalregion oder von den Hüften ausgehen. Schmerzen bei forcierten isolierten Bewegungen der Ileosakralgelenke (Mennel-Test) sprechen für Beteiligung dieser Gelenke (Abb. 471).

Mittels lokaler Infiltration von Novocain kann evtl. der Schmerzherd vorübergehend ausgeschaltet und damit lokalisiert werden.

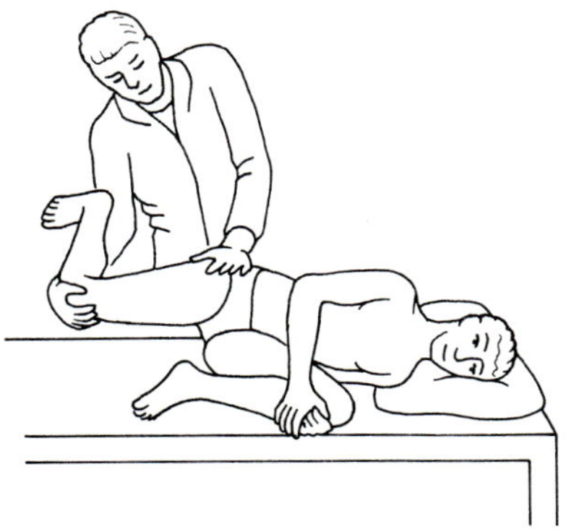

Abb. 471. Prüfung des *Ileosakralgelenkes* (nach MENNELL): Während der Patient das eine Knie fest gegen den Körper presst (zur Fixation des Beckens), zieht der Untersucher das andere Bein ruckartig nach hinten. Der Test ist positiv, wenn dabei im Ileosakralgelenk Schmerzen auftreten.

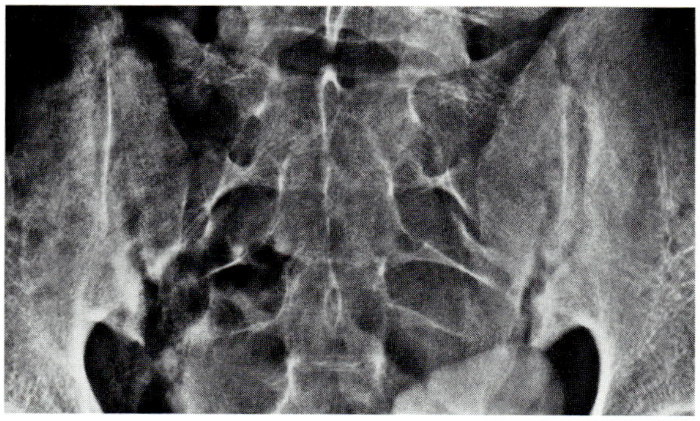

Abb. 472. Auf der Aufnahme nach BARSONY, mit aufgekipptem Becken, sind die Ileosakralgelenke (und der unterste Intervertebralraum) besser einsehbar als auf gewöhnlichen ap-Röntgenbildern.

Unregelmässige Zeichnung, Usuren und Sklerosierung, wie bei diesem 21jährigen Mann, zeigen entzündliche Veränderungen in den Ileosakralgelenken an. Der beidseitige Befall spricht eher für eine Systemkrankheit als für Tbc. Hier handelt es sich um einen M. Bechterew.

Im *Röntgenbild* gelingt die Darstellung der Ileosakralgelenke am besten mit einer anterioposterioren Aufnahme bei aufgekipptem Becken, wozu die Hüften stark flektiert werden (Aufnahme nach Barsoni, Abb. 472).

Veränderungen der normalerweise klaren Konturen der Ileosakralgelenke sind nicht immer leicht zu deuten. Ausgedehnte Sklerosierung der angrenzenden Knochenpartien sprechen für (ätiologisch und pathologisch-anatomisch unklare) sogenannte *«Ileitis condensans».* Kleinere Usuren und Unregelmässigkeiten am Gelenkspalt sind die ersten Zeichen eines Bechterew (siehe II.10.2.). Das langsame *Verschwinden* der Grenze zwischen Becken und Sakrum und die schliesslich *knöcherne Ankylose* beider Ileosakralgelenke bestätigen später diese Diagnose.

Grössere einseitige Destruktionsherde sind verdächtig auf Tuberkulose oder bakterielle Entzündungen anderer Genese.

Die *Behandlung* ist zunächst symptomatisch, evtl. mit lokalen Infiltrationen. Bei lange dauernden, starken Beschwerden, vor allem bei tuberkulösen, aber auch bei unspezifischen Prozessen, kann der Schmerzherd durch die operative *Spanverblockung* des Ileosakralgelenkes ausgeschaltet werden (Arthrodese).

«Coccygodynie»: Gelegentlich klagen Patienten, vor allem jüngere Frauen, über starke Schmerzen im Steissbein, wodurch das Sitzen mühsam wird. Häufig wird ein Trauma als Ursache angegeben. Die Untersuchung (rektal) zeigt ausser starker lokaler Schmerzempfindlichkeit wenig. Lokale Infiltrationen können gelegentlich helfen, dazu ein weiches Kissen zum Sitzen und das Beheben einer allfälligen Obstipation. Der Zustand heilt meistens über kurz oder lang von selbst und eine länger dauernde Behandlung ist kaum zweckmässig. Manchmal mögen psychische Momente eine Rolle spielen, welche zu berücksichtigen wären.

Zu einer Resektion des Coccyx wird man sich nur ausnahmsweise entschliessen.

13.1.2. *Beckenfrakturen*

Wie bei den Wirbelfrakturen gibt es stabile und unstabile Frakturen. Die *stabilen* (Frakturen ohne oder mit geringer Dislokation, eingekeilte Frakturen) stellen keine besonderen Probleme. Die Mobilisation der Patienten ist meist nach wenigen Tagen möglich.

Instabile Frakturen (Beckenringfrakturen, grössere Dislokationen) heilen nach entsprechender Ruhigstellung ebenfalls in der Regel ohne schwere Folgen aus.

Komplikationen ergeben sich – ausser bei Verletzungen innerer Organe – (Blase usw.) – bei Beteiligung der

- Ileosakralgelenke
- Symphyse
- Hüftgelenke (intraartikuläre Frakturen, Pfannenbrüche).

Massive Symphysensprengungen können erhebliche Restbeschwerden hinterlassen. Ist die konservative Reposition und Retention nicht möglich, so kommt evtl. eine Osteosynthese in Frage. Die dauerhafte Stabilisierung gelingt allerdings nur mit einer knöchernen Brücke, also der Arthrodese der Symphyse.

Grössere Verschiebungen in den Ileosakralgelenken können zu starken statischen Beschwerden führen, vor allem wenn sie einseitig sind und dadurch Beckenschiefstand, Beinverkürzung und Skoliose entstehen. Die *frühzeitige* Reposition solcher Verschiebungen ist deshalb wesentlich. Nach kurzer Zeit ist sie nicht mehr möglich.

Das *Schicksal einer Beckenfraktur hängt im übrigen von einer allfälligen Beteiligung der Hüftgelenkspfanne* ab. Diese Frakturen werden im Hüftkapitel (III.C.2.12.1.) besprochen.

C. Untere Extremitäten

Die Funktion der unteren Extremitäten ist einfach und klar zu umschreiben:
1. Aufrechter Stand: *Stehen*
2. Fortbewegung: *Gehen*

Die *Wechselwirkungen* zwischen pathologischen Veränderungen und Funktionsstörungen sind an wenigen Organen so klar zu erkennen und so bedeutsam für die Therapie wie an den unteren Extremitäten. An diesen kommt die *Schwerkraft* mit dem vollen Körpergewicht zur Wirkung. Die *Beanspruchung* im Verlaufe eines Lebens ist enorm. Degenerative Gelenkerkrankungen an den unteren Extremitäten sind – neben den Traumafolgen – die häufigsten Erscheinungen in der orthopädischen Praxis.

Die *Beanspruchung* von Knochen und Gelenken unterliegt den Gesetzen der *Statik.* Dies macht eine *funktionelle, biomechanische Betrachtungsweise* notwendig, die umso legitimer und fruchtbarer ist, als der anatomische Aufbau des Beines – im Gegensatz z.B. zur Wirbelsäule – verhältnismässig *einfach* ist und auch einer – verglichen etwa mit der Hand – *einfachen Funktion* entspricht.

Für die *Beurteilung* einer Beinkrankheit ist es zweckmässig, im Anschluss an das Erstellen der nosologischen Diagnose eine genaue *Analyse der Funktionsstörung* (vgl. I.B.1.1.1.) zu machen, denn die *Wiederherstellung der wesentlichen Grundfunktion* der unteren Extremitäten, des *Stehens* und *Gehens,* muss das *Ziel jeder Therapie* sein.

Die wichtigste Aufgabe der Beine ist, das *Körpergewicht zu tragen.* Voraussetzung für die Tragfähigkeit der unteren Extremitäten ist:
1. *Achsengerechte Stellung*
2. *Stabilität der Gelenke*

Dies bedeutet, dass der Stellung und Stabilität eines Gelenkes der *Vorrang* vor der Beweglichkeit zukommt.

Dieses Prinzip ist wegleitend für die Therapie (u.a. ergibt sich daraus die Rechtfertigung der Arthrodese). Es muss auch als Leitmotiv jeder physiotherapeutisch-heilgymnastischen Behandlung vorangestellt werden (vgl. Abb. 136 und II.12.2.).

Inhaltsverzeichnis zu III. Teil C

1. Beinlängenunterschiede

Genau gleich lange Beine sind wohl eher selten. Kleine Unterschiede bemerken weder Patienten noch Arzt. Die *Fehlergrenze* der klinischen Untersuchung liegt etwa bei $\pm$ 1 cm. *Kleinere Unterschiede* sind *nicht von Belang* und müssen deshalb auch nicht mit verfeinerten Methoden gesucht werden.

Bei *grösseren Differenzen* jedoch sind Statik und Dynamik des ganzen Bewegungsapparates bis zur Wirbelsäule hinauf verändert und mehr oder weniger stark gestört. Dabei ist es gleichgültig, ob das eine Bein zu lang oder das andere zu kurz ist. Die Frage an den Orthopäden, in welchen Fällen ein Ausgleich notwendig ist, und wie dieser zu erreichen sei, ist nicht immer einfach zu beantworten.

1.1. Ursachen

1. *Angeborene* oder *während der Kindheit auftretende Beinlängendifferenzen* beruhen meist auf *Wachstumsstörungen* (siehe II.2.2.) und *nehmen* deshalb häufig im Verlaufe des weiteren Wachstums *noch zu,* vor allem, wenn eine Epiphysenwachstumsfuge lokal geschädigt ist. Bis zum Wachstumsabschluss kann die Verkürzung erhebliches Ausmass erreichen. *Nach* diesem Zeitpunkt ändert sich die Differenz nicht mehr.

1. Angeborene Differenzen (asymmetrische Missbildungen) (Abb. 481).
2. Lähmungen während der Wachstumsperiode (Poliomyelitis).
3. Epiphysenverletzungen und -krankheiten (z.B. Perthes, Epiphysenlösung, destruierende Gelenkserkrankungen wie eitrige Arthritiden, Operationen an Epiphysenfugen) (Abb. 175).
4. Frakturen und ihre Folgen (operierte Schaftfrakturen führen zu Überlänge!).

Verkürzungen beruhen meist auf lokalisierten Wachstumsstörungen, sind häufiger und können viele cm erreichen.

Verlängerungen sind selten, beruhen auf Stimulation des Längenwachstums, meist infolge pathologischer Hyperämie im Diaphysenbereich (z.B. Osteomyelitis, operierte Schaftfrakturen) und übersteigen selten 2–3 cm.

2. *Nach Wachstumsabschluss* entstehen Beinverkürzungen nur noch infolge von Frakturen oder Operationen. Sie sind selten sehr beträchtlich und bleiben konstant.

1. Frakturen und ihre Folgen (Defektheilungen, Fehlstellungen, Pseudarthrosen, Osteitiden).
2. Operationen (Arthrodesen, Osteotomien, Resektionen).

3. *«Funktionelle» Beinlängendifferenz:* Beinlängenunterschiede können durch *Fehlstellungen* von Gelenken *(Kontrakturen)* vorgetäuscht sein. Trotzdem wirken sie funktionell, d.h. beim Stehen und Gehen, wie echte Beinlängenunterschiede und werden auch vom Patienten so empfunden. Sie werden deshalb als *funktionelle Beinlängenunterschiede* bezeichnet (siehe III.C.1.2.1.2.).

Aus obiger Liste wird ersichtlich, wie Beinlängendifferenzen *verhindert* werden können:

1.1.2. *Prophylaxe*

- Behandlung von Epiphysenwachstumsstörungen und -verletzungen (siehe II.2.2.) sowie destruierenden Gelenkserkrankungen bei Kindern.
- Korrekte Frakturbehandlung bei Kindern: Genaue Reposition von Epiphysenfrakturen, *keine* Osteosynthesen an Schaftfrakturen (siehe II.15.3.3., Kinderfrakturen).
- Verhinderungen von Kontrakturen (siehe II.12.2.).

1.2. Echte und «funktionelle» Beinlängenunterschiede

1.2.1.1. *Echte Beinlängenunterschiede* von wenigen cm werden bei gut beweglichen Bein- und Wirbelgelenken in der Regel durch *Beckenschiefstand* ausgeglichen, so dass sie im Stehen nicht auffallen. Die Beine erscheinen also *gleich lang* und werden vom Patienten meist auch als gleich lang empfunden. Die Differenz wirkt sich statt dessen als *Fehlstellung* auf Höhe des *Beckens* aus. Kann eine grössere Beinlängendifferenz durch Beckenkippung nicht mehr leicht ausgeglichen werden, so kommen andere Kompensationsmechanismen ins Spiel: Zehenstand, Kniebeugen usw. (Abb. 473).

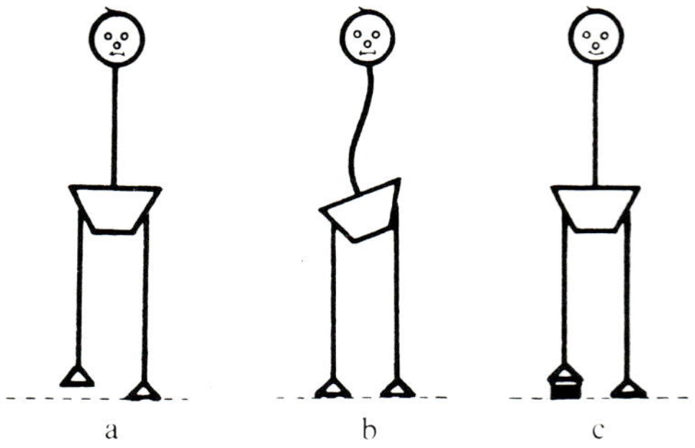

Abb. 473. *Echte Beinlängendifferenz.*

a Echter Beinlängenunterschied im *Liegen:* Bei horizontalem Becken ist die Verkürzung eindeutig.
b Im *Stehen* wird sie automatisch ausgeglichen: Bei geringgradiger Verkürzung in der Regel durch *Beckenschiefstand.* Dieser wiederum hat eine *skoliotische Haltung* zur Folge.
c Ausgleich durch Sohlenerhöhung: Die Statik ist wieder im Lot.

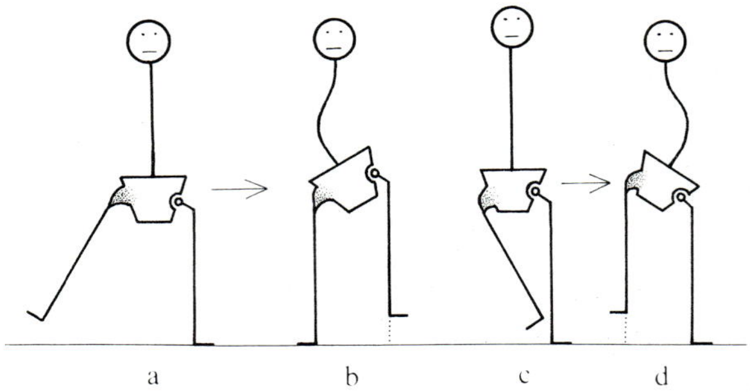

Abb. 474. *Funktionelle Beinlängendifferenz.*

Hüftkontrakturen lassen die Beine ungleich lang erscheinen:

a) *Abduktionskontraktur* der rechten Hüfte, im *Liegen:* Bein abgespreizt. b) Im *Stehen* wird das Becken auf der Gegenseite angehoben, das *gesunde* Bein erscheint kürzer, das kranke *länger.*

c) *Adduktionskontraktur* der rechten Hüfte, im Liegen: Bein adduziert. d) Im *Stehen* wird das Becken auf der *kranken* Seite angehoben, das kranke Bein erscheint *kürzer.*

Solche funktionelle Beinlängendifferenzen findet man bei Hüfterkrankungen, etwa bei Coxarthrosen, recht häufig, sie entstehen aber auch bei Beckenschiefstand anderer Genese, z. B. bei tiefsitzenden Skoliosen.

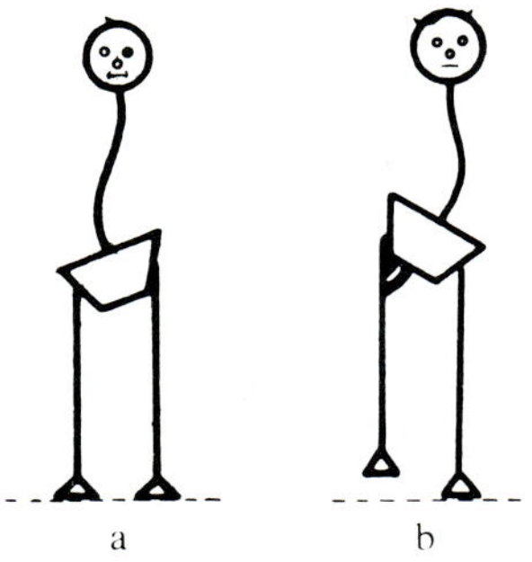

Abb. 475. Die *Gegenüberstellung* von *reeller* (a) und *funktioneller* (b) *Beinverkürzung* (des rechten Beines) zeigt die ganz verschiedene Auswirkung auf die Haltung.

1.2.1.2. *Funktionelle Beinlängendifferenzen*

Was der Patient jedoch als Beinlängenunterschied empfindet, ist die Erscheinung, dass im aufrechten Stand *die Füsse nicht* nebeneinander *auf gleichem Niveau stehen,* dass eine Ferse den Boden nicht berührt. Jedem Betrachter erscheint das auch so.

Diese Differenz, welche sich *unten* auswirkt und der landläufigen Vorstellung von «ungleichlangen Beinen» eher entspricht als die gemessene, *oben* im Becken kompensierte Differenz, wird als *funktionelle Beinlängendifferenz* bezeichnet, weil sie für die *Funktion* des Bewegungsapparates sich wie eine tatsächliche Beinlängendifferenz *auswirkt.*

Eine funktionelle Beinlängendifferenz hat ihre Ursache meist in einer *fixierten Beckenfehlstellung* infolge einer *Hüftgelenkskontraktur* oder einer *Skoliose.* Dabei können die gemessenen Beinlängen tatsächlich gleich sein, die Differenz ist dann nur vorgetäuscht (Abb. 474).

Am häufigsten sieht man solche funktionelle Beinlängendifferenzen bei *Adduktionskontrakturen der Hüften* infolge von Koxarthrosen. Schon die Tatsache, dass im Erwachsenenalter eine Beinverkürzung in kurzer Zeit entstehen kann, weist auf eine zunehmende Fehlstellung in einem Gelenk hin. Eine echte Verkürzung des Beines ist kaum denkbar.

Da die funktionellen Beinlängenunterschiede andere Ursachen haben als die echten (siehe Kontrakturen, II. 12.2.) und deshalb auch anders behandelt werden müssen (siehe III.C.1.3.4.), ist es wichtig, sie *diagnostisch von den echten Beinlängendifferenzen zu unterscheiden* (Abb. 475).

1.2.2. *Diagnose*

Grössere Unterschiede der Beinlängen sind offensichtlich. Kleinere äussern sich oft zuerst in geringfügigen Asymmetrien der Hüftkontur, der Taillen oder des Rückens. Gelegentlich stellt sie zuerst der Schneider fest. In der Regel merkt sie der Patient kaum (siehe Abb. 476).

Klinische Untersuchung (siehe auch I.B.2.1.2. und I.B.2.1.3.4.): Die Beinlänge wird häufig am liegenden Patienten mit dem Zentimetermass von der spina ilica ventralis zum malleolus-medialis gemessen. Diese Messung ist aber nur auf etwa 1 – 2 cm genau und berücksichtigt Differenzen an Fuss, Becken und Sakrum nicht. Die röntgenologische Messung ist genauer, ist aber kompliziert und hat auch Fehlerquellen. Sie wird gelegentlich für die Planung von Operationen verwendet.

Für *praktische Zwecke* ist die einfachste und beste Methode, die *Stellung des Beckens* beim aufrecht stehenden Patienten zu beurteilen: Man schiebt so viele Brettchen von 1 cm bzw. ½ cm unter das kürzere Bein, bis bei geradem, aufrechtem Stand mit durchgestreckten Knien der *Beckenschiefstand ausgeglichen* ist. Dies ist von blossem Auge gut zu erkennen, vor allem wenn man den Patienten sich vornüber neigen lässt. Bei horizontalem Becken entspricht die Beinlängendifferenz der Höhe des untergelegten Brettchenstapels (Abb. 476).

Ist es schwierig, den Beckenstand zu beurteilen, etwa bei dicken Patienten oder fixierten Skoliosen, wird eine Röntgenaufnahme: Becken ap. *im Stehen* bei ausgeglichenen Beinlängen gemacht, d.h. mit untergelegten Brettchen. Auf dem Röntgenbild sieht man, ob das Becken jetzt tatsächlich horizontal steht oder wieviel es noch gekippt ist (Abb. 477).

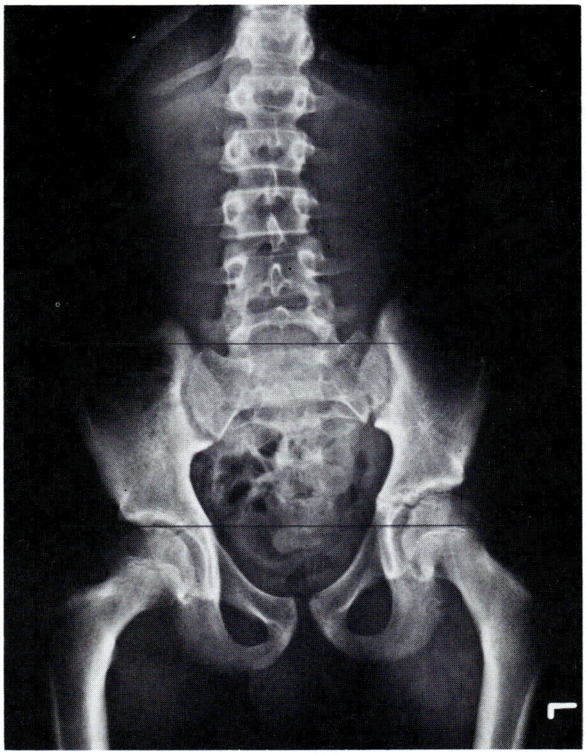

Abb. 477. Mit einer *Röntgenaufnahme* des Beckens und der Lumbalwirbelsäule *im Stehen* kann man sich ein Bild vom Ausmass der Beinlängendifferenz, des Beckenschiefstandes und der skoliotischen Haltung machen. Bei diesem 15jährigen Jungen, der vor mehreren Jahren eine Femurfraktur erlitten hatte, beträgt demnach die Beinverkürzung rechts zwischen 1,5 und 2 cm, mit entsprechendem Beckenschiefstand. Entscheidend für die Haltung der Wirbelsäule ist allerdings die Stellung des *Sakrums*, die nicht immer mit dem Beckenstand parallel geht.

In diesem Fall genügte eine Absatzerhöhung von etwa 1 cm, um die Wirbelsäule gerade zu stellen.

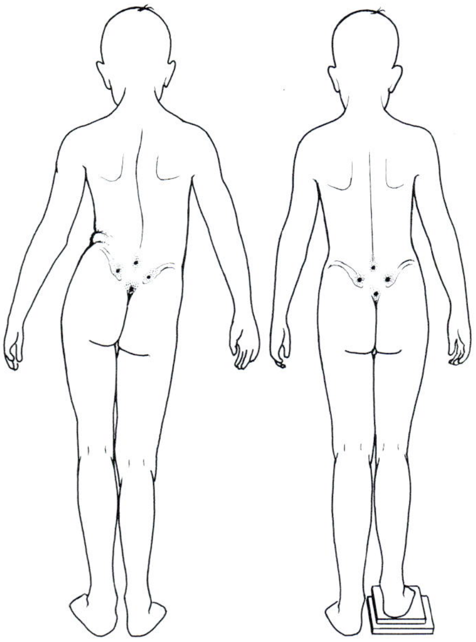

Abb. 476. *Beinlängenmessung im Stehen.* Durch Unterlage von Brettchen von 1 cm bzw. ½ cm Höhe wird der Beckenschiefstand ausgeglichen. Sobald das Becken horizontal steht, und die Wirbelsäule genau im Lot ist, kann die Verkürzung durch Zählen der Brettchen abgelesen werden.

Diese Bestimmung ist genauer als die direkte Messung der Beinlängen, weil der *symmetrische Aspekt* von blossem Auge recht genau zu erkennen ist (besonders beim Vornüberneigen), während die Messpunkte am Bein beim liegenden Patienten nicht sehr genau fixiert werden können.

Kann der Beckenschiefstand durch Brettchenunterlage *nicht* ausgeglichen werden, oder kann der Patient gar nicht gerade auf beiden Beinen stehen, liegt offensichtlich eine *fixierte Fehlstellung* in einem oder mehreren Gelenken, also eine *Kontraktur* oder eine fixierte *Skoliose* vor, und damit in der Regel auch eine *funktionelle Beinlängendifferenz.*

Im *Stehen* kann die «funktionelle» Beinlängendifferenz auch leicht *gemessen* werden, indem sie mit Brettchenunterlegen ausgeglichen wird, bis der Patient mit durchgestreckten Knien auf beiden Beinen stehen kann und beide Füsse gleichmässig belastet (Abb. 474 und 299e – g).

Am einfachsten lässt sich eine «funktionelle» Beinlängendifferenz am *liegenden* Patienten erkennen: Normalerweise befinden sich die beiden Innenknöchel genau nebeneinander. Sind sie gegeneinander verschoben und lassen sich nicht auf gleiche Höhe bringen, so ergibt ihr Abstand (in der Längsrichtung) das Ausmass der «funktionellen» Längendifferenz und gleichzeitig einen Anhaltspunkt für den Grad der Kontraktur.

1.2.3. *Auswirkungen des Beinlängenunterschiedes*

Eine Beinlängendifferenz unter 1 cm liegt noch im Bereich der Norm und wird kaum als solche empfunden. Nachteilige Folgen entstehen daraus nicht.

Ein Unterschied von 1 – 2 cm wird häufig ebenfalls ohne weiteres durch einen leichten Beckenschiefstand kompensiert und während eines ganzen Lebens beschwerdefrei ertragen.

Sogar Differenzen von mehr als 2 cm können noch unbemerkt bleiben, sofern sie schon in der Kindheit bestehen oder im Verlaufe des Wachstums langsam entstanden, so dass sich der Bewegungsapparat daran gewöhnen konnte. In anderen Fällen können sie sich aber unangenehm bemerkbar machen, durch leichtes Hinken, raschere Ermüdbarkeit und evtl. Rückenbeschwerden, vor allem bei stärkerem Beckenschiefstand und entsprechend vermehrter Skoliose. Bei jahrelanger gewohnheitsmässiger skoliotischer Haltung wird diese zunehmend fixiert und damit strukturell.

Sobald der Beckenschiefstand nicht mehr genügt zur Kompensation der Beinlängendifferenz treten *andere* Anpassungsmechanismen in Erscheinung: Spitzfussstellung des kürzeren, Knieflexion oder Rekurvation des längeren Beines. Auch diese Stellungen werden nach Jahren weitgehend fixiert. Es ist dann weder möglich noch sinnvoll, sie vollständig auskorrigieren zu wollen, ebenso wenig wie die strukturell gewordenen Skoliosen (Abb. 299 und 478).

Beinlängenunterschiede von mehreren Zentimetern machen das Gehen und Stehen überaus beschwerlich und müssen in jedem Fall irgendwie ausgeglichen werden.

Beinlängenunterschiede und Rückenschmerzen: Weitverbreitet in Laien- wie in Ärztekreisen ist die Furcht, jeder Beinlängenunterschied führe unbehandelt später zu Rückenbeschwerden. Bei geringen Differenzen von 1 – 2 cm ist ein kausaler Zusammenhang statistisch nicht erwiesen. Ein Ausgleich mit Hilfe einer Absatz- oder Schuhsohlenerhöhung kann wohl leicht bewerkstelligt werden, ist aber nicht in jedem Fall notwendig.

Auch alte, gut kompensierte und beschwerdefreie Beinlängendifferenzen sind Beispiele einer gelungenen «funktionellen» Anpassung und brauchen meistens nicht aktiv behandelt zu werden. Oft wäre es geradezu schädlich, die in langen Jahren erreichte Anpassung wieder zu stören. Dekompensationserscheinungen und Beschwerden könnten dadurch ausgelöst werden (vgl. III.B.8.2.).

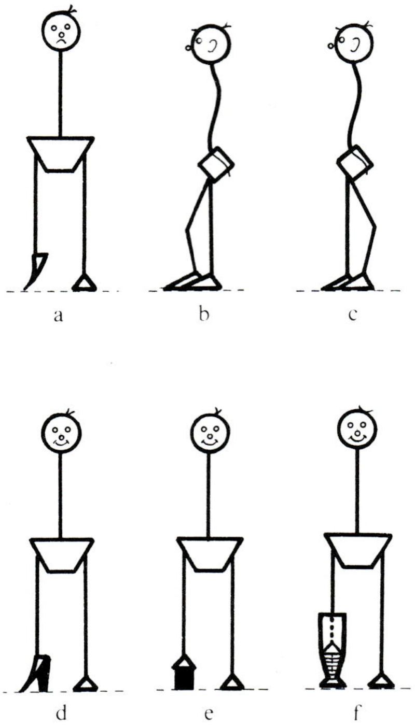

Abb. 478. *Ausgleich von Beinlängenunterschieden.*

Grössere Beinlängendifferenzen können durch Beckenschiefstand allein nicht mehr kompensiert werden, die normale Statik würde zu stark gestört. Andere Kompensationsmechanismen kommen ins Spiel:

a Verkürzungsausgleich durch *Spitzfuss* wird relativ häufig beobachtet.
b Oft wird auch das längere Bein verkürzt durch Beugen des *Knies.*
c Seltener wird das längere Bein im Knie *überstreckt.* Es kann ein eigentliches Genu recurvatum entstehen, wenn das Bein als Standbein benutzt und belastet wird.
d Eine *Absatzerhöhung* genügt in vielen Fällen.
e Bei grösseren Differenzen, und wenn die Spitzfussstellung unerwünscht ist, kann die *ganze* Sohle erhöht werden.
f Bei *grossen* Unterschieden genügt die Schuherhöhung nicht mehr: Massschuhe, Innenschuhe, und, in Extremfällen, Apparate und Prothesen werden notwendig.

1.3. Möglichkeiten des Beinlängenausgleichs

1.3.1. *Konservativ*

Am einfachsten ist die *Erhöhung des Absatzes* um einen, zwei oder drei Zentimeter. Jeder Schuhmacher kann eine solche leicht an einem gewöhnlichen Schuh anbringen. Die *Schuhsohle* braucht *nicht* oder wenigstens nicht gleich viel wie der Absatz erhöht zu werden. Das ergibt kosmetisch unauffällige, auch für Frauen annehmbare Schuhe. Die meisten Frauen tragen ja ohnehin häufig hohe Absätze und nehmen die Spitzfussstellung ohne weiteres in Kauf. Natürlich kann auch der Absatz auf der Gegenseite erniedrigt werden.

Der Ausgleich durch eine *Einlage* im Inneren des Schuhes ist höchstens bis etwa 1 cm möglich, weil sonst die Ferse aus dem Schuh heraus rutschen würde (Abb. 479).

Erhöhungen von *über 3–4 cm* machen den Schuh unförmig und unbequem. Deshalb müssen grössere Differenzen mit Massschuhen oder mit Innenschuh ausgeglichen werden, allerdings mit einer mehr oder weniger starken Spitzfussstellung, damit der Schuh nicht allzu unförmig wird (Abb. 480). Differenzen über etwa 12–15 cm lassen sich nicht mehr mit Schuhen allein ausgleichen. Die erforderlichen Verkürzungsprothesen oder -orthesen sind recht kompliziert (Abb. 478 und 481).

Eine *Beeinflussung* des Beinlängenwachstums mit *konservativen Methoden* ist nicht möglich.

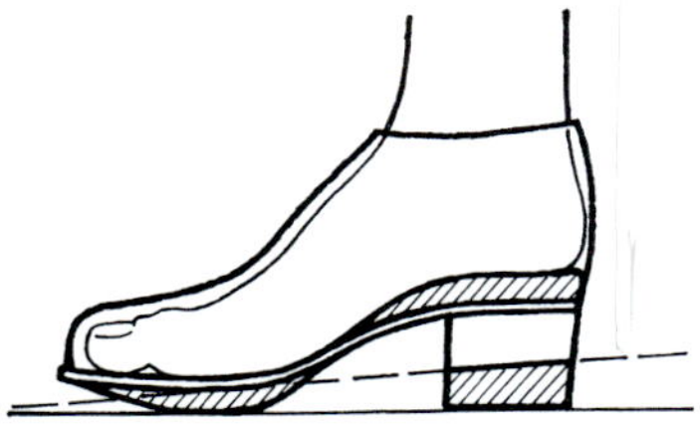

Abb. 479. *Verkürzungsausgleich am Konfektionsschuh.*

Eine einfache *Absatzerhöhung* genügt in vielen Fällen. Besonders Frauen stört die Spitzfussstellung wenig. In anderen Fällen ist die zusätzliche Erhöhung der *ganzen Sohle* zweckmässig. Eine *Einlage* im Schuh gestattet nur wenig Erhöhung, weil sonst die Ferse aus dem Schuh rutscht.

Abb. 480. Der Verkürzungsausgleich mit *Innenschuh* (Schuh im Schuh) erlaubt die Korrektur grösserer Unterschiede.

a b

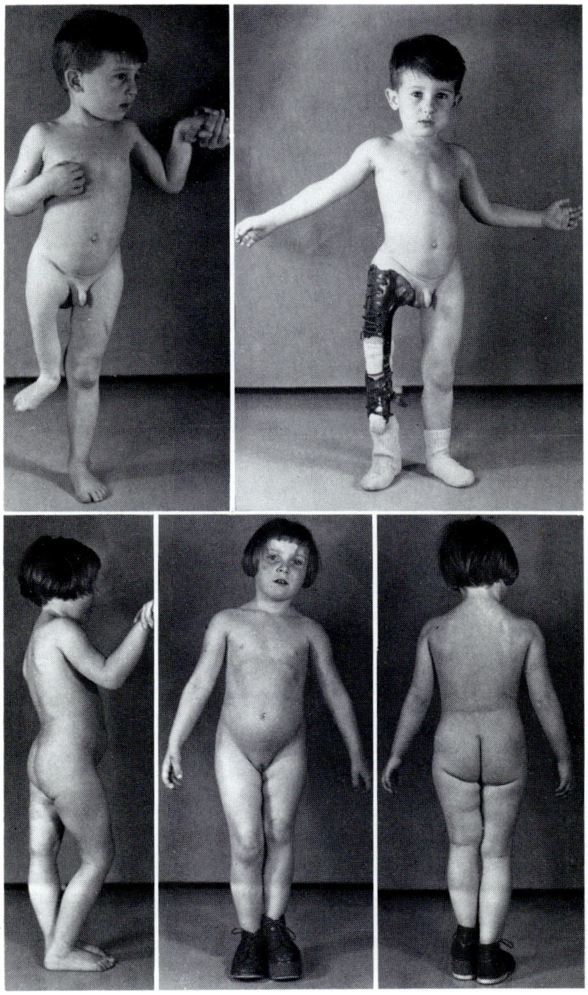

c d e

Abb. 481. *Orthopädischer Beinlängenausgleich.*

a) und b): 4jähriger Knabe mit kongenitaler Femuraplasie (siehe III.C.2.4.2.). Mit einer zusätzlich am Becken abgestützten Prothese ist er gehfähig.

c) Dieses 4jährige Mädchen steht wegen einer Beinverkürzung von 4,5 cm links mit gebeugtem rechten Knie. d) und e): Ausgleich mit orthopädischem Schuh.

1.3.2. *Operative Methoden*

Im Prinzip kann das epiphysäre *Längenwachstum* verändert, oder aber mittels Osteotomie ein Bein verlängert oder das andere *verkürzt* werden.

1.3.2.1. *Beeinflussung des Wachstums*

Stimulation: Das epiphysäre Längenwachstum wird durch eine länger dauernde *Hyperämie* stimuliert: Frakturen und Entzündungen (z. B. eine Osteomyelitis) haben eine solche Wirkung, ebenso Operationen (Deperiostierung, Osteotomien, Osteosynthesen).

In der Regel ist dieser wachstumsstimulierende Effekt unerwünscht und muss entweder vermieden oder kompensiert werden (konservative statt operative Frakturbehandlung bei Kindern, siehe II.15.3.2.). Zur Beinlängenkorrektur ist die operative Wachstumsstimulation untauglich.

Wachstumsbremsung (Epiphyseodese, siehe auch II.2.2.2.): Gegen Ende der Wachstumsperiode kann das Längenwachstum durch einen lokalen Eingriff an einer Epiphysenfuge blockiert werden:

– *Die Klammerung nach Blount:* Mit kräftigen Agraffen werden die knienahen Epiphysenscheiben von Tibia und/oder Femur überbrückt und damit das weitere Längenwachstum an dieser Stelle gestoppt. Werden die Klammern wieder entfernt bevor die Epiphysenfugen verknöchert sind, setzt das Wachstum wieder verstärkt ein (temporäre Epiphyseodese). Diese Methode führte häufig zu Komplikationen (Ausreissen der Klammern unter dem enormen Wachstumsdruck, asymmetrisches Wachstum mit Fehlstellung, Abb. 58).

Etwas einfacher und sicherer ist

– *Die Verspanung nach Phemister:* Die Epiphysenfugen werden teilweise verödet und mit Umkehrspänen überbrückt. Damit kann das Wachstum an dieser Stelle endgültig gestoppt werden (Definitive Epiphyseodese).

Bei beiden Methoden muss das noch zu erwartende Wachstum sowohl des erkrankten als auch des gesunden Beines genau berechnet werden. Dazu dienen Anamnese, klinische Untersuchung, Wachstumstabellen (Green und Anderson), sowie die Bestimmung des *Skelettalters* (Vergleich der Entwicklung des Handskelettes mit Standardröntgenaufnahmen, z. B. aus dem Atlas von Pyle und Greulich). Mit Hilfe dieser Daten lässt sich annähernd der Zeitpunkt bestimmen, wann die Epiphyseodese gemacht werden muss, damit dann beim Abschluss der Wachstumsperiode die Beinlängen ungefähr ausgeglichen sein werden. Mit einer gewissen Fehlerbreite ist trotzdem zu rechnen. (Die prozentualen Anteile der einzelnen Epiphysenfugen am Wachstum: Abb. 482.)

Wegen der Unsicherheitsfaktoren dieser Methoden wird oft vorgezogen, mit dem operativen Längenausgleich zu warten bis zum Wachstumsabschluss, d. h. bis zur spontanen Verknöcherung der Epiphysenfugen (Knaben etwa 14 – 16 Jahre, Mädchen etwa 13 – 15 Jahre), und dann eine *Osteotomie* zu machen.

1.3.2.2. *Verkürzungs- und Verlängerungsosteotomien*

Eine Beinlängendifferenz wird *häufiger* am längeren Bein durch *Verkürzung*, selten am kürzeren durch Verlängerung erreicht. Natürlich wird man lieber das kranke Bein operieren als das gesunde, doch ist dies in der Mehrzahl der Fälle nicht zweckmässig oder nicht möglich.

Eine *Verlängerungsosteotomie* kann wegen des Elastizitätsverlustes der Weichteile nur im Kindesalter und in der Adoleszenz gemacht werden. Nach dem 20. Altersjahr wird sie problematisch. In jedem Fall ist sie *schwieriger, langwieriger* und *gefährlicher* als eine Verkürzungsosteotomie.

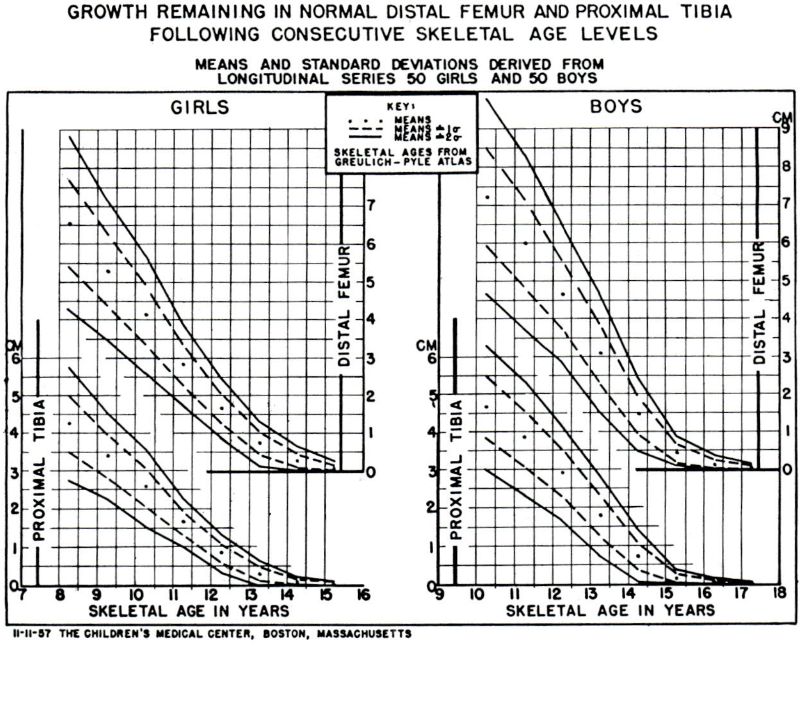

Abb. 482. Noch *zu erwartendes Wachstum* an den knienahen Epiphysen von Tibia und Femur, abhängig vom Skelettalter. Diese Tabellen zeigen Mittelwerte (punktiert) mit Standardabweichungen (gestrichelt und ausgezogen), wie sie Anderson und Green aufgrund einer Verlaufskontrolle von 50 Knaben und 50 Mädchen errechneten.

Das Skelettalter wird mit Hilfe von Handröntgenbildern bestimmt (siehe Text). Dann lässt sich das bis zum Wachstumsabschluss noch zu erwartende Wachstum in Zentimetern ablesen. So kann der Zeitpunkt für eine geplante Epiphyseodese festgelegt werden.

Die Wahl des *Osteotomieortes* wird nicht nur von der Lokalisation der Längendifferenz abhängen, sondern mehr noch von den technischen und biologischen Möglichkeiten.

Verkürzungsosteotomien: Am einfachsten und besten ist die Osteotomie intertrochanter im *proximalen Femur* durchzuführen. Die Fixationsmöglichkeit ist gut und die Heildauer kurz. Bei Osteotomien im *Femurschaft* muss darauf geachtet werden, dass keine Rotationsfehler entstehen.

Verkürzungsosteotomien am *Unterschenkel* sind gefährlich, und da ohnehin nur eine geringe Korrektur möglich ist, lohnen sie nicht.

Verlängerungsosteotomien: Der Verlängerung in einer *einzigen operativen Sitzung* sind enge Grenzen gesetzt durch die entstehende *Weichteilspannung.* Vor allem Nerven und Gefässe sind empfindlich darauf. Von einer gewissen Dehnung an, die etwa bei zwei bis drei Zentimeter liegt, muss mit einer rasch *zunehmenden Komplikationsrate* gerechnet werden.

Grössere Verlängerungen sind deshalb nur durch *langsame Distraktion* nach der Osteotomie im *Verlaufe von mehreren Wochen* zu erreichen. Am zweckmässigsten ist ein massiver äusserer Distraktor (Wagner). Die Technik hat viele Tücken und Komplikationsmöglichkeiten: Weichteilschäden wie Lähmungen, Gelenkversteifungen und Kontrakturen, Hautnekrosen, Infektionen. Nach erfolgter *Distraktion* ist in der Regel eine zweite *Operation:* eine Osteosynthese sowie eine *Spongiosaplastik* notwendig.

Die Heilungsdauer beträgt viele Monate. Verzögerte Heilung, Pseudarthrosen und Fehlstellungen sowie Refrakturen sind nicht selten. Damit verglichen ist eine Verkürzungsosteotomie am proximalen Femurende ein relativ harmloser Eingriff.

Natürlich ist es rein technisch auch möglich, gleichzeitig ein Bein zu verkürzen und das andere zu verlängern.

1.3.3. *Zur Indikation*

Beinlängenunterschiede bis zu 1,5 cm können in der Regel vernachlässigt, bei Bedarf mit einer *Einlage* oder einer *Absatzerhöhung* ausgeglichen werden.

Grössere Unterschiede sollten wohl meist korrigiert werden. Oft ist allerdings ein voller Ausgleich nicht zweckmässig und nicht nötig. Das hängt von der individuellen Situation ab (siehe oben).

Der Ausgleich bis zu 3 cm, gelegentlich auch mehr, ist ohne weiteres durch Änderung von *Konfektionsschuhen* zu erreichen.

Grössere Differenzen benötigen häufig Spezialschuhe (Massschuhe). In solchen Fällen sind *operative Korrekturen* in Erwägung zu ziehen.

Zahlenangaben können nur als allgemeine Richtlinien gelten. Im Einzelfall kommen noch andere Gesichtspunkte hinzu: Weitere Deformitäten von Gelenken, Skoliose, Grad ihrer Fixierung usw. Gelegentlich ist eine gewisse Verkürzung erwünscht, z. B. bei Knie- oder Hüftversteifung, bei Spitzfuss usw. Wenn echte und funktionelle Beinlängendifferenzen zusammenkommen, wird die Situation noch komplizierter.

In jedem Fall bleibt eine Verkürzungs- resp. eine Verlängerungsoperation eine Wahloperation: Sie ist *nie* zwingend. Immer bleibt der Längenausgleich am Schuh eine vertretbare Alternative.

In jedem einzelnen Fall sind die Vor- und Nachteile der verschiedenen Methoden und ihre Gefahren gegeneinander abzuwägen und mit den Wünschen und Vorstellungen des Patienten in Einklang zu bringen. Die *prophylaktische* Komponente der Operation ist theoretisch einleuchtend, praktisch aber zu wenig belegt (siehe auch III.B.8.2.). Andererseits ist für den Patienten der *kosmetische Aspekt* häufig der wichtigste. Beratung und Betreuung der Patienten in diesen Fragen ist deshalb keine leichte aber eine wichtige Aufgabe. Hier gilt besonders das in I.C.4.2. zur Operationsindikation gesagte.

Zeitpunkt einer Operation: Im Kindesalter soll nur operiert werden, wenn *grosse Differenzen* auszugleichen sind.

Der *Zeitpunkt für Epiphyseodesen* liegt meist kurz vor der Pubertät. Er muss *genau* ausgerechnet werden (siehe III.C.1.3.2.1.).

In den meisten Fällen wird man lieber den *Wachstumsabschluss* abwarten: Dann lässt sich die Differenz genau bestimmen und gegebenenfalls korrigieren. *Verlängerungsoperationen* sind zu diesem Zeitpunkt vorzunehmen, später werden sie rasch problematisch. *Verkürzungsosteotomien* sind auch später möglich. Je älter der Patient ist, je länger er sich an den Zustand angepasst hat und je mehr dieser fixiert ist, desto weniger sinnvoll und desto ungünstiger ist die Operation.

Umso wichtiger ist die *Prophylaxe* von Beinlängendifferenzen (siehe III.C.1.1.2.).

1.3.4. *Therapie bei funktionellen Beinlängenunterschieden*

Meistens wird die ungleiche Beinlänge, da sie nicht kompensiert werden kann, von den Patienten als unangenehm und störend empfunden. Im Rahmen der *Behandlung der Grundkrankheit* ist die Beseitigung der bestehenden Gelenkskontrakturen anzustreben. Am häufigsten handelt es sich um Adduktions- seltener um Abduktionskontrakturen einer *Hüfte,* gelegentlich eine *fixierte Skoliose.* Auch ein Spitzfuss oder eine Flexionskontraktur im Knie oder einer Hüfte kann die Ursache sein (siehe Kontrakturen, II. 12.2.).

Wenn bei einer *Coxarthrose* z. B. eine *intertrochantere Osteotomie* vorgesehen ist, muss eine Fehlstellung damit gleichzeitig korrigiert werden. Bei Adduktionskontrakturen kann die Durchtrennung der Adduktorensehnenansätze an der Symphyse (Adduktorotomie) notwendig werden.

Wenn die Kontraktur nicht beseitigt werden kann, wird die Verkürzung durch Schuherhöhung so weit ausgeglichen, bis der Patient einigermassen bequem auf beiden Füssen stehen kann und den Eindruck hat, seine Beine seien wieder gleich lang.

2. Das Hüftgelenk

Es nimmt in der Orthopädie eine zentrale Stellung ein. Am Hüftgelenk ist die biomechanische Betrachtungsweise theoretisch begründet und praktisch mit Erfolg angewandt worden. In der Folge hat die operative Behandlung der Hüftgelenksleiden volkswirtschaftliche Bedeutung gewonnen.

2.1. Diagnostik

Das Hüftgelenk liegt tief in Weichteilen eingebettet und ist damit der direkten Inspektion und Palpation nicht zugänglich.

Dem Röntgenbild kommt daher besondere Bedeutung zu. Beim geringsten *Verdacht* auf ein Hüftleiden sollte eine *Beckenaufnahme veranlasst* werden, damit der richtige Zeitpunkt für eine erfolgreiche Therapie nicht verpasst wird. Besonders wichtig ist dies bei der kongenitalen Hüftgelenksluxation und bei der juvenilen Epiphysenlösung. (Allgemeine Diagnostik, siehe I.B.2.) (Abb. 483.)

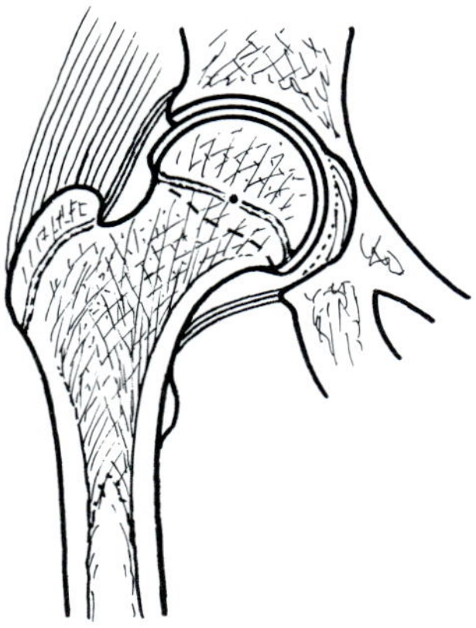

Abb. 483. Wesentliche Kriterien der *normalen Hüftanatomie:* Genau kugelförmiger (im Röntgen in jeder Projektion kreisrunder) Kopf, genau konzentrisch in die Pfanne passend (Kongruenz). Das Kugelzentrum ist der Drehpunkt.

Der radiologische Gelenkspalt (die beiden Gelenkknorpelschichten zusammen) ist überall genau gleich weit, in jeder Projektion (ausser in der Fovea centralis).

Normale Überdachung und Gelenkbeanspruchung lässt sich an Form und Struktur des Pfannendaches ablesen.

Der Kapselansatz liegt weit distal, an der Halsbasis, Kopf und Hals liegen vollständig intraartikulär.

Form und Struktur des proximalen Femurendes stimmen mit seiner Beanspruchung überein.

Die Wachstumszonen (Epiphysenlinien) bilden eine funktionelle Einheit (vgl. Abb. 496).

Neben dem Glutaeus maximus (Hüftstrecker) ist der *Glutaeus medius* (Abduktor) für die Funktion des Hüftgelenkes entscheidend.

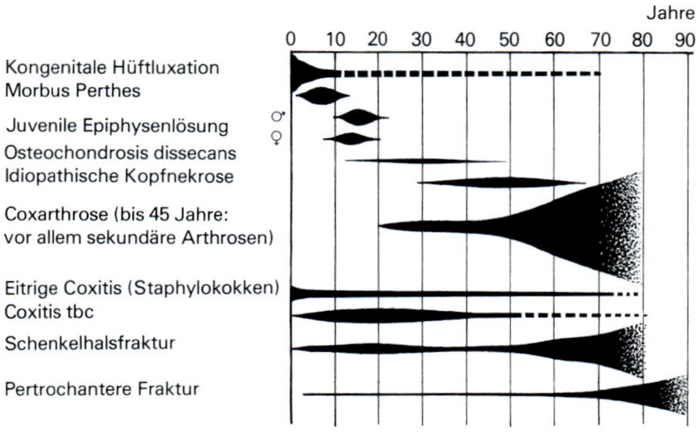

Abb. 484. *Lebensalter und Hüftkrankheiten.*

Viele Hüftkrankheiten kommen nur in bestimmten Lebensaltern vor. Man kann deshalb oft bereits aus dem Alter des Patienten auf die Art des Hüftleidens schliessen bzw. andere Affektionen ausschliessen.

2.1.1.1. *Anamnese*

Der erste Verdacht auf ein Hüftleiden wird durch *Schmerzen* und/oder *Hinken* ausgelöst. *Die Schmerzen* projizieren sich nicht selten in den *Oberschenkel* und ins *Knie,* gelegentlich ins Gesäss. Vor allem bei Kindern und Jugendlichen ist in unklaren Fällen bei Knieschmerzen ein *Hüftröntgenbild* angezeigt.

Anlaufschmerz und Ermüdungsschmerz sind typisch für die Coxarthrose. Sie werden meist in der Leiste angegeben. Schmerzen im Hüftbereich, vor allem wenn sie hinten in Gesäss und Kreuz angegeben werden, können aber auch von der Wirbelsäule ausgehen (Ischias), gelegentlich vom Becken (Abb. 484).

2.1.1.2. *Untersuchung*

Das *Hinken* kann ein *Schonhinken* sein, wobei das Vornüberneigen und eine verkürzte Standphase die Schmerzen verringern. Manchmal ist das Hinken ein Zeichen mechanischer Insuffizienz (Lähmung der Hüftabduktoren, v.a. des glutaeus medius, Inkongruenz). Es tritt als *Trendelenburgsches Zeichen* in Erscheinung (Absinken des Beckens in der Standphase nach der Schwungbeinseite) oder als *Duchennesches* Hinken (Überneigen des Oberkörpers auf die kranke Seite). Beides ist am besten im *Einbeinstand* zu

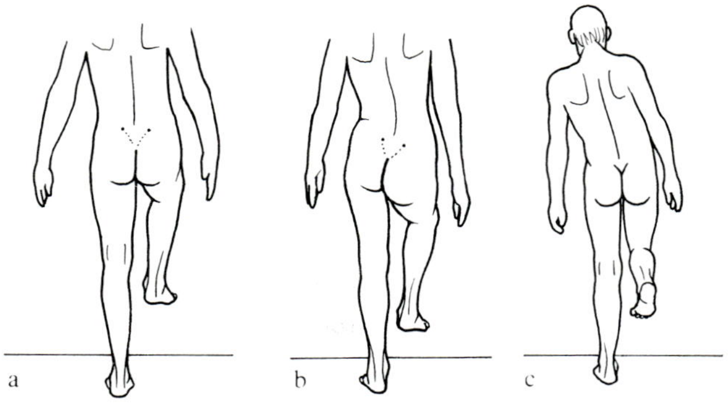

Abb. 485. Das *Trendelenburgsche Zeichen:* Ein funktioneller Hüfttest.

a Im Einbeinstand kann das Becken waagrecht gehalten oder angehoben werden mit der Kraft der Hüftabduktoren (Glutaeus medius): Trendelenburg links negativ.
b Hier sinkt das Becken nach der Gegenseite ab. Deutlich die Asymmetrie des Beckens und der Glutealfalten: Trendelenburg links positiv. Hüftinsuffizienz links.
c Falsch negativer Trendelenburg durch Überhang: positiver Duchenne. Der Trendelenburg muss im *geraden* Stand geprüft werden (vgl. Abb. 105).
Trendelenburg bzw. Duchenne sind bei Hüftlähmungen, aber auch bei vielen anderen Hüftaffektionen positiv.

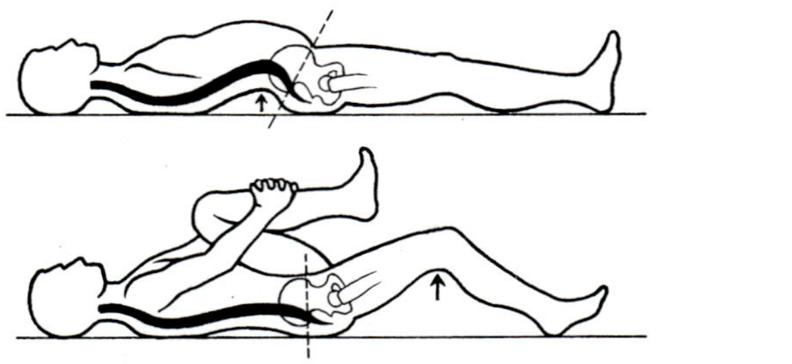

Abb. 486. *Prüfung der Hüftextension.*

Oben: Im Liegen kann leicht eine volle Streckung der Hüfte vorgetäuscht werden durch eine *Beckenkippung nach vorne* und entsprechend verstärkte Lendenlordose: Mit der Hand kann man das hohle Kreuz leicht feststellen (Thomasscher Handgriff).

Unten: Die Beckenkippung kann aufgehoben werden, indem der Patient die gesunde Hüfte maximal flektiert. Eine allfällige Flexionskontraktur der kranken Hüfte kommt jetzt zum Vorschein, indem der Oberschenkel von der Unterlage abgehoben wird.

prüfen. Besonders bei Kindern kann das Hinken der einzige Hinweis auf eine Hüfterkrankung sein (Abb. 485).

Inspektion: Äusserlich ist selten viel zu sehen ausser einer *Muskelatrophie* (v.a. des M. glutaeus maximus, evtl. des Quadrizeps). Eine solche tritt aber oft erst spät im Verlaufe der Krankheit auf.

Wichtig ist die *Prüfung der Hüftgelenksbeweglichkeit.* Ihre Technik ist im Kapitel «Diagnose»: I.B.2.1.3. beschrieben. Oft findet man bei beginnenden Hüftleiden als erstes und einziges klinisches Zeichen eine *Bewegungseinschränkung.* Betroffen ist zuerst die Rotationsbewegung, insbesondere die *Innenrotation* (juvenile Epiphysenlösung!) (Prüfung, siehe Abb. 112), später auch die *Abduktion* und die volle *Extension,* während die *Flexion* in der Regel noch lange erhalten bleibt. Aussagekräftig ist vor allem der Nachweis einer *Seitendifferenz* zwischen gesunder und kranker Hüfte.

Bei der Prüfung der passiven Beweglichkeit darf man sich nicht täuschen lassen von *Mitbewegungen des Beckens.* Die Verbindungslinie der beiden spinae ilicae muss man deshalb bei der Prüfung der Ab- bzw. Adduktion genau im Auge behalten.

Hüftbeugekontrakturen entgehen der Aufmerksamkeit nicht, wenn der *Thomassche Handgriff* angewendet wird: Durch kräftige Flexion der Gegenhüfte wird die Lumballordose ausgeglichen und das Becken aufgerichtet. Eine Flexionskontraktur kommt jetzt zum Vorschein (Abb. 486 und 493).

Eine Ab- oder Adduktionskontraktur macht sich dem Patienten und dem Arzt mit einer funktionellen *Beinlängendifferenz* und einem *Beckenschiefstand* bemerkbar, und zwar vor allem beim *Stehen.* Im Liegen lassen sich die Verhältnisse genau nachprüfen (Abb. 487).

Die Bedeutung der *Abspreizhemmung bei Säuglingen* wird bei der kongenitalen Hüftdysplasie besprochen (III.C.2.5.2.).

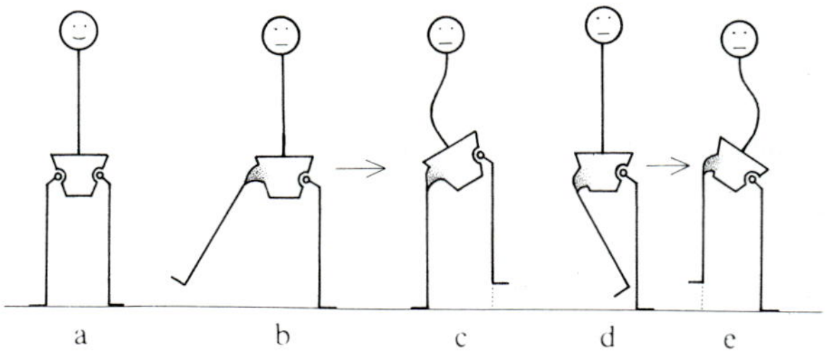

Abb. 487. *Auswirkungen von Hüftkontrakturen.*

a) Bewegliche Hüften. Mittelstellung: Symmetrischer aufrechter Stand möglich.

b) *Abduktionskontraktur* rechte Hüfte, c) Aufrechtes Stehen mit Abduktionskontraktur: Funktionelle *Beinverlängerung* und Skoliose.

d) *Adduktionskontraktur* rechte Hüfte, e) im aufrechten Stand: Funktionelle Beinverkürzung und Skoliose.

(Vgl. II.12. und III.C.1.)

Die Diagnostik der Hüftgelenkserkrankungen *beim Kind* wird bei den einzelnen Krankheiten beschrieben (kongenitale Hüftluxation, III.C.2.5.; M. Perthes, III.C.2.6.; juvenile Epiphysenlösung, III.C.2.7.).

2.1.1.3. *Röntgen*

Beckenübersichtsaufnahme: Wichtigstes Hilfsmittel zur Beurteilung des Hüftgelenkes. Sollte bei jedem Verdacht auf Hüftaffektion gemacht werden. Oft genügt sie. Der Vergleich beider Hüften erlaubt, falsch negative oder auch falsch positive Beurteilungen zu vermeiden, aber auch beidseitige Leiden zu erkennen.

Axiale Aufnahme (z.B. nach Lauenstein): Als Ergänzung der anterio-posterioren-Aufnahme bei unklarem Befund und bei jedem Verdacht auf Epiphyseolysis capitis femoris.

Andere Aufnahmen: Für die Diagnose selten notwendig. Bei bestimmten Fragestellungen, etwa zur Planung einer Operation. Sie werden in den betreffenden Kapiteln besprochen (z.B. zur Bestimmung der Schenkelhalswinkel: siehe III.C.2.4.4.).

Ausmessung von Röntgenaufnahmen: Neben der qualitativen Erfassung der anatomischen und pathologischen Verhältnisse des Hüftgelenkes hat die *quantitative Messung,* namentlich der für die *mechanische Beanspruchung* der Hüfte wesentlichen Elemente, besondere Bedeutung erlangt für die Diagnostik, vor allem aber auch für die Beurteilung der Prognose und das Aufstellen des Behandlungsplanes. Für die *Vorbereitung von Hüftoperationen* ist sie unentbehrlich geworden (Abb. 488).

Hüftkopfkontur und Pfannenkontur sind bei normaler Hüfte *genau kreisförmig* (in jeder Projektion!) und konzentrisch. Die Mittelpunkte beider Kreise (Kopf- resp. Pfannenzentrum) decken sich: *Kongruentes Gelenk.*

Die exakte Ausmessung kann Abweichungen aufdecken: *Gelenksinkongruenz* (siehe Abb. 61).

- Ac-Winkel (Acetabulumwinkel): Ein Mass für die Überdachung des Kopfes. Bei der Hüftdysplasie vergrössert.
- CE-Winkel (Zentrum-Eckenwinkel) (Wiberg) ebenfalls ein Mass für die Überdachung, sowie für die Grösse der Tragfläche. Bei Hüftdysplasie klein oder negativ.
- Projizierter CCD-Winkel (Zentrum-Kollum-Diaphysenwinkel). Daraus kann der wahre Schenkelhalswinkel errechnet werden.
- Neigung der Epiphysenfuge: z.B. bei Hüftdysplasie und Lähmungen nahezu horizontal.
- auch weitere Grössen (Distanzen, Verhältnisse, Hebelarme, Richtung der resultierenden Druckkraft R usw.) können ausgemessen und eingezeichnet werden.
- Die Ausmessung des Antetorsionswinkels (AT-Winkel) ist auf einer standardisierten Spezialaufnahme möglich (siehe III.C.2.4.4.).

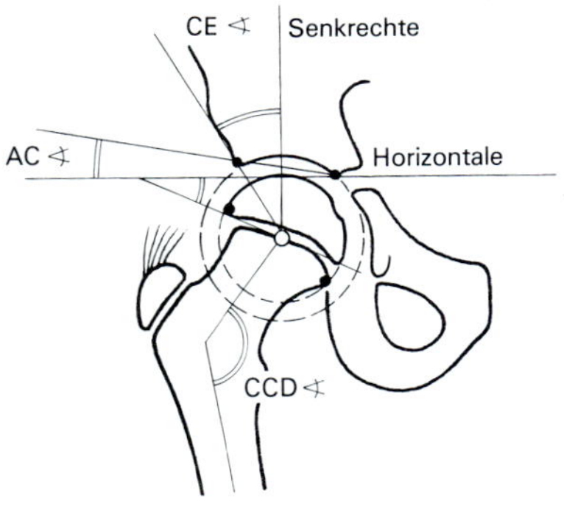

Abb. 488. *Röntgenischiometrie.*

Das *Ausmessen* der Hüftröntgenbilder mit einem Röntgenischiometer (M.E. Müller) gibt eine exakte Grundlage für Diagnostik, Beurteilung und das Aufstellen eines Operationsplanes. Erklärung im Text.

2.2. Biomechanik und Pathophysiologie

Biomechanische Überlegungen sind für die Therapie von Hüftgelenkserkrankungen besonders durch die Arbeiten von F. Pauwels frucht-

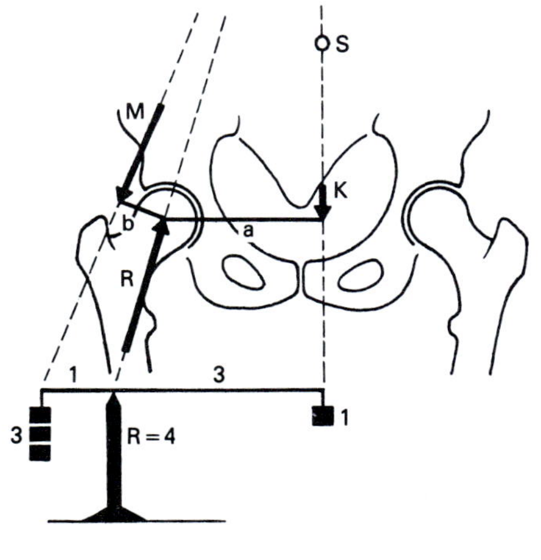

Abb. 489. *Die Beanspruchung des Hüftgelenkes:* Das Körpergewicht K, das am Schwerpunkt S wirkt, muss durch die Hüftabduktoren M über dem Hüftgelenk im Gleichgewicht gehalten werden. Daraus ergibt sich die auf das Hüftgelenk wirkende resultierende Druckkraft R. Diese für die Beanspruchung des Hüftgelenkes massgebende Resultierende R ist infolge der ungleichen Längen der Hebelarme a bzw. b um ein mehrfaches grösser als das Körpergewicht. Genaueres siehe Abb. 76 (I.A.8.1.5.).

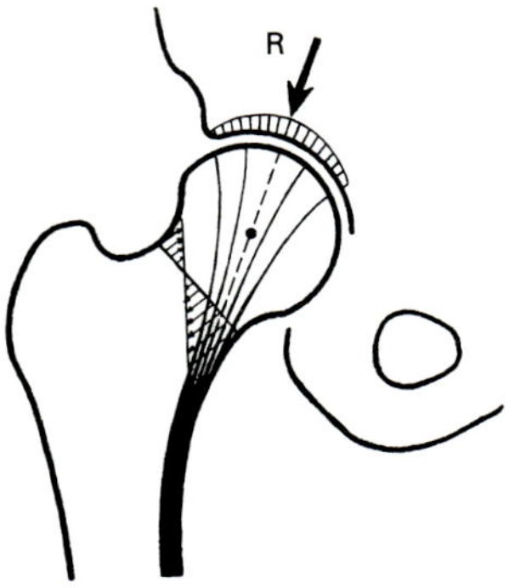

Abb. 490. Die *Beanspruchung des Hüftgelenkes* ist bestimmt durch die resultierende *Druckkraft* R und deren *Verteilung* auf die Gelenkoberfläche (eingezeichnet ist das Druckdiagramm).

Die Beanspruchung des *proximalen Femurendes* ist bestimmt durch den Kraftfluss im Innern des Knochens, welcher weitgehend abhängt von Form und Struktur des Knochens. Eingezeichnet sind die aus dem Adambogen hervorgehenden Drucktrajektorien, sowie die Verteilung der Druck- und Zugkräfte in einem Schenkelhalsquerschnitt. Genaueres siehe I.A.3. bzw. I.A.6.

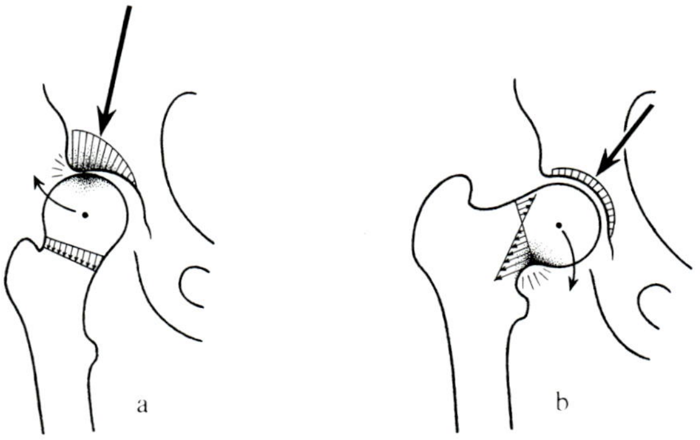

Abb. 491. *Gegensätzliche Beanspruchung von Schenkelhals und Gelenk.*

a Bei einer *Coxa valga* ist in der Regel die Beanspruchung des *Gelenkes erhöht,* weil sie vorwiegend auf den Pfannenerker konzentriert ist, während der *Schenkelhals* weitgehend axial belastet und damit *weniger* beansprucht wird.

b Umgekehrt ist bei *Coxa vara* die Beanspruchung des *Hüftgelenkes* dank kleinerem und besser verteiltem Druck *herabgesetzt,* wohingegen die *Schenkelhalsbeanspruchung* infolge des grossen Biegemomentes sehr *gross* werden kann.

bar geworden, der die *mechanische Beanspruchung* des Gelenkes genau studiert und beschrieben hat (siehe auch im Allgemeinen Teil, I.A.8.1.5. und I.A.9.2.1.). Die praktisch wichtigen Schlussfolgerungen werden hier zusammengefasst:

1. Die *Beanspruchung* des Hüftgelenkes ergibt sich aus der *Resultierenden* von Körperlast und Muskelkraft (Abb. 489).

2. Die Beanspruchung des *Gelenkknorpels* ist bestimmt durch die Resultierende Druckkraft und ihre *Verteilung* auf die Gelenkoberfläche (siehe I.A.9.2.1. und Abb. 492).

3. Die Beanspruchung des *Schenkelhalses* ergibt sich aus der *Spannungsverteilung* in seinem *Querschnitt.* (Vgl. I.A.9.2.2.) (Abb. 490.)

4. Die Beanspruchung des Gelenkes wie auch jene des Schenkelhalses hängt u.a. vom Schenkelhalswinkel ab (siehe auch Mechanische Beanspruchung als pathogenetischer Faktor, I.A.9.), und zwar meist gegensätzlich: Als vereinfachte Regel lässt sich feststellen (Abb. 491):

	Beanspruchung von:	
	Gelenk	Schenkelhals
bei Coxa *vara*	vermindert	erhöht
bei Coxa *valga*	erhöht	vermindert

Die operative Behandlung vieler Hüftleiden (Coxarthrose, Schenkelhalsfraktur u.a.) macht sich diese Gesetzmässigkeit zu Nutzen.

Beanspruchung und Arthrose: Massgebend für den Verschleiss des Gelenkknorpels (degenerative Prozesse = Arthrose) ist die *grösste Beanspruchung* im Gelenk, also der grösste Druck pro Flächeneinheit (kg/cm^2) in irgend einem Gelenksabschnitt (Druckspitze).

Unregelmässige Druckverteilung auf der Knorpeloberfläche führt zu unphysiologischen Druckspitzen an bestimmten Stellen und zur Zerstörung des Knorpels.

Die *Beanspruchung* ist somit weitgehend abhängig von der *Gelenkform (Kongruenz):*
1. Konzentrische *Kugelform*
2. Genügende *Überdachung des Kopfes*

Als Kugelgelenk ist die Hüfte nach allen Seiten beweglich (3 Freiheitsgrade). Kopf und Pfanne müssen in jeder Stellung so ineinander passen, dass ihre Oberflächen sich überall berühren. Dies ist nur möglich, wenn sie genau konzentrisch sind: *Die genaue geometrische Kugelform von Kopf und Pfanne ist Voraussetzung* für die einwandfreie Funktion des Gelenkes, sowie für die *gleichmässige Druckverteilung im Gelenk.* Jede auch nur geringe Abweichung von dieser Kugelform (z.B. Zylinderform, Eiform, Oval) führt zu Störungen der Gelenkmechanik (Bewegungseinschränkung, Instabilität, Wandern des Kopfes in der Pfanne), vor allem aber zu unregelmässiger Druckverteilung, zu umschriebenen Spannungsspitzen und damit auf längere Zeit gesehen zur Abnützung und Zerstörung des Knorpelbelages (Arthrose) (Abb. 492).

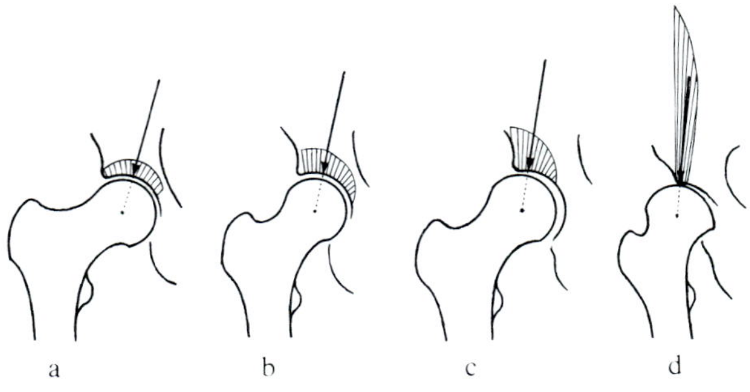

Abb. 492. Die *Druckverteilung* im Hüftgelenk ist abhängig von der Lage der *Resultierenden* R in bezug auf den *Pfannenerker.*

a *Normale* Verhältnisse: Gute Überdachung, R schräg einfallend: Gleichmässige Druckverteilung.
b Steilere Resultierende (z. B. bei Coxa valga, Dysplasie): Der Druck steigt gegen den Pfannenerker hin an.
c Ungenügende Überdachung (Dysplasie, beginnende Subluxation), R näher am Pfannenerker: Starker Druckanstieg am Pfannendach.
d Subluxation: Der ganze Druck konzentriert sich auf den Pfannenerker. Knorpel und Knochen werden an dieser Stelle zerstört (vgl. I.A.9.2.1. und III.C.2.10.: «Coxarthrose»).

Der Aspekt der *subchondralen Sklerose* im Pfannendach *entspricht der mechanischen Beanspruchung* im Gelenk recht genau. Diese kann somit aus dem Röntgenbild direkt abgelesen werden (siehe Abb. 97).

2.2.1. *Klinische Auswirkungen*

1. Praktisch jede Gelenkskrankheit, welche nicht mit einer restitutio ad integrum ausheilt, führt auf lange Sicht zur *Arthrose,* und damit zu Schmerzen.

2. Patienten mit Gelenkserkrankungen suchen ärztliche Hilfe in erster Linie wegen der *Schmerzen.* Mit Fehlstellungen und Versteifungserscheinungen können sie sich leichter abfinden. Auch eine Insuffizienz macht an sich keine Schmerzen, sondern führt lediglich zu Lähmungshinken (Trendelenburg).

3. Eine Einschränkung der Hüftbeweglichkeit (bei guter Funktionsstellung) ist für das Gehen relativ wenig hinderlich, sie macht sich eher beim Sitzen bemerkbar. Das Schuhebinden und Strümpfeanziehen kann behindert oder unmöglich sein.

4. Gelenkschmerzen gehen praktisch immer von einem noch wenigstens teilweise beweglichen Gelenk aus, auch wenn diese Beweglichkeit nur noch minimal ist. Ein vollständig steifes (ankylotisches oder arthrodesiertes) Gelenk macht keine Schmerzen, wenn auch der Gang durch das Hinken etwas gestört ist.

5. Aus den obengenannten Gründen wirkt sich eine Hüftversteifung (Ankylose) in guter Stellung unter Umständen günstig aus. Sie kann mit einer Operation erreicht werden (Arthrodese).

Abb. 493. Klinische Auswirkung einer *Hüftflexionskontraktur,* einer sehr häufigen Fehlstellung bei vielen Hüftaffektionen: Funktionelle *Beinverkürzung* und *Hyperlordose,* welche ihrerseits wieder Beschwerden machen.

6. Fehlstellungen im Hüftgelenk hingegen ziehen einen *Beckenschiefstand* und damit eine *Fehlstellung der anderen Hüfte,* einen *Beinlängenunterschied,* sowie eine Fehlstellung der Wirbelsäule (Skoliose, Hyperlordose usw.) nach sich. Diese können ihrerseits Schmerzen machen (Abb. 493).

7. Gelenksendoprothesen sind der gleichen Beanspruchung ausgesetzt wie eine normale Hüfte. Sie müssen ihr angepasst sein.

2.3. Die Hüfte im Wachstumsalter

Am Hüftgelenk sind die Wechselwirkungen zwischen Gelenkmechanik und Wachstum besonders deutlich zu sehen. Während das Gelenk

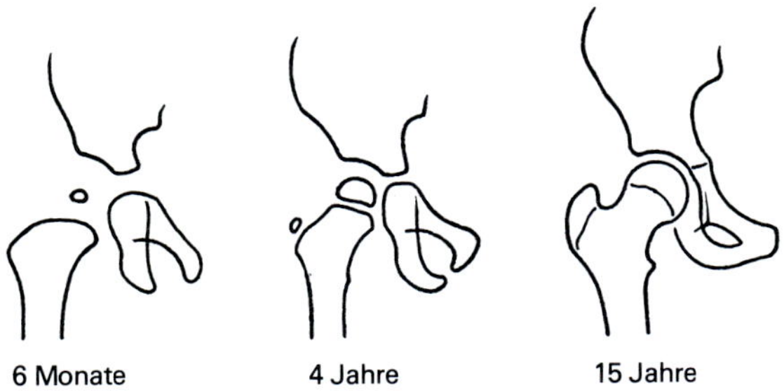

Abb. 494. *Die Skelettentwicklung im Röntgenbild.*

Der Hüftkopfkern erscheint erst im Alter von etwa 3 Monaten. Die Beurteilung der Röntgenbilder ist im Säuglingsalter deshalb noch recht schwierig. Im Laufe des Wachstums wandeln sich Form und Struktur des proximalen Femurendes noch erheblich (z. B. werden die Schenkelhalswinkel kleiner). Nur langsam nimmt bis zum Ende der Pubertät die Hüfte ihre endgültige Gestalt an, wobei sich die Epiphysenfugen schliessen.

Die Pathologie des Hüftgelenkes hängt weitgehend vom Entwicklungsstadium ab (vgl. auch Abb. 484 «Lebensalter und Hüftkrankheiten»).

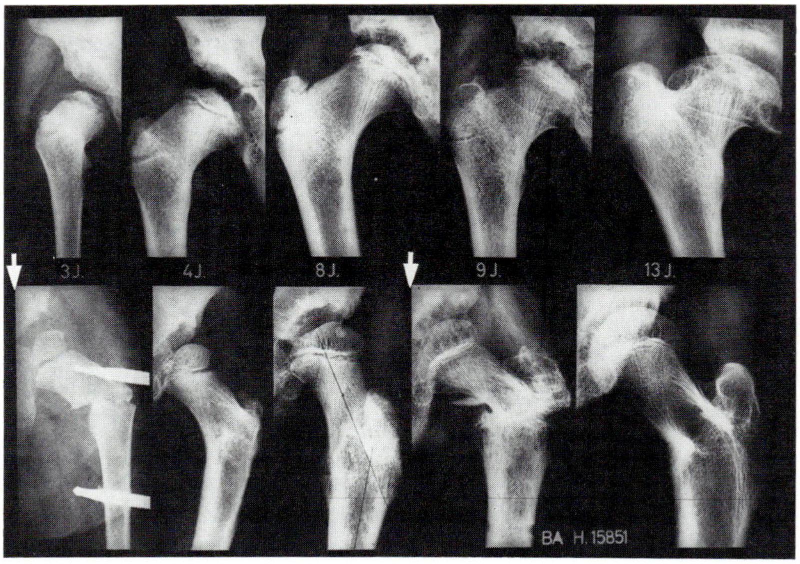

Abb. 495. *Wachstumsstörungen am proximalen Femurende,* zwei gegensätzliche Verlaufserien.

Obere Reihe: «Luxations-Perthes» im Alter von 3 Jahren, bei kongenitaler Hüftgelenksluxation. Infolge Beschädigung der Wachstumszone des Femurkopfes entsteht mit den Jahren eine *Coxa vara.*

Untere Reihe: Wiederaufrichtung des Schenkelhalses infolge Beschädigung der Trochanterepiphysenfuge bei einer intertrochanteren Varisationsosteotomie (Pfeil) wegen kongenitaler Hüftgelenksdysplasie. Trotz einer zweiten Varisationsosteotomie (zweiter Pfeil) resultierte schliesslich eine erhebliche *Coxa valga.*

Die Pathophysiologie der Wachstumsstörungen am proximalen Femurende sind bei I.A.5.3. und II.2.2.2. beschrieben (vgl. auch die Abb. 53 und 174).

In der *Kinderorthopädie* ist eine *langfristige Betrachtung* notwendig.

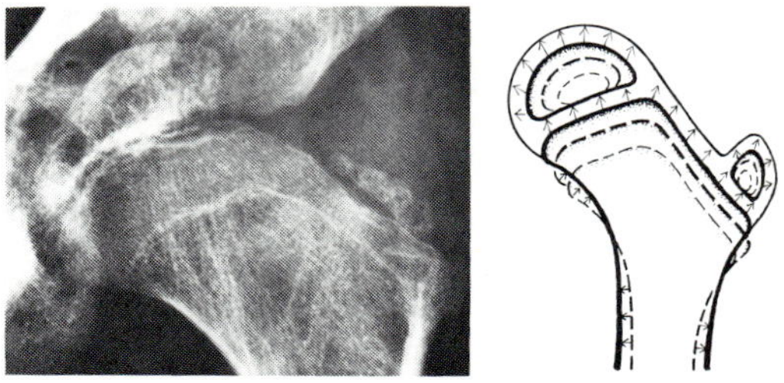

a b

Abb. 496. Das proximale Femurende hat *eine durchgehende Wachstumszone.*

a Der Knochenzuwachs durch epiphysäres Längenwachstum in einem Jahr ist durch die feine Harrissche Wachstumslinie parallel zur Epiphysenlinie markiert.

b Zeichnung dazu: Der Zuwachs ist punktiert dargestellt.

Störungen der Gelenkmechanik und/oder der Wachstumszonen haben Fehlwachstum und damit Deformationen zur Folge (vgl. I.A.5.3./4.).

sich entwickelt, seine anatomische Gestalt in ständigem Wandel begriffen ist, muss die Gelenkfunktion jederzeit voll gewährleistet sein bis schliesslich das erwachsene Gelenk entstanden ist (Abb. 494).

2.3.1. *Pathophysiologie*

2.3.1.1. *Wechselwirkungen zwischen Gelenkbeanspruchung und Wachstum*

1. Die *Beanspruchung des Hüftgelenkes und der Epiphysenfugen* beeinflusst und modifiziert das Knorpel- und Knochenwachstum (siehe bei Wachstum des proximalen Femurendes, I.A.5.3.). Nur normale mechanische Beanspruchung lassen ein kugelförmiges, konzentrisches (kongruentes) Hüftgelenk mit normalen Hebelarmen (Schenkelhals, Trochanter) entstehen. Bei abnormalen Druckverhältnissen (Lähmungen, siehe II.8.1.4.3., kongenitale Instabilität, kongenitale Subluxationen und Luxationen) werden die Hüften inkongruent (dysplastisch, entrundet), die Hebelarme verändern sich, was wiederum die *Beanspruchung* erhöht (siehe auch I.A.5.4.2. und III.C.2.5.).

2. *Wachstumsstörungen* (kongenitale Dysplasie, Schädigung der Wachstumszonen bei Morbus Perthes, bei entzündlichen oder traumatischen Epiphysenschäden) verändern die Anatomie und damit die Hüftmechanik (Abb. 174 und 495).

3. Wachstumsstörungen und gestörte Hüftgelenksmechanik *verschlimmern sich gegenseitig,* sie bilden einen *Circulus vitiosus,* der bald zu irreversiblen Schäden führt. Bei manchen Krankheiten (kongenitale Hüftdysplasie) ist nicht sicher geklärt, welche von beiden Komponenten die Ursache und welche die Folge war. Für die *Behandlung* ist dies auch nicht wesentlich. *Wichtig* ist nur, den *Circulus vitiosus* zu *unterbrechen,* damit die Hüfte sich normal entwickeln kann (Abb. 496).

Weitere Faktoren, welche das Hüftwachstum beeinträchtigen können, sind:

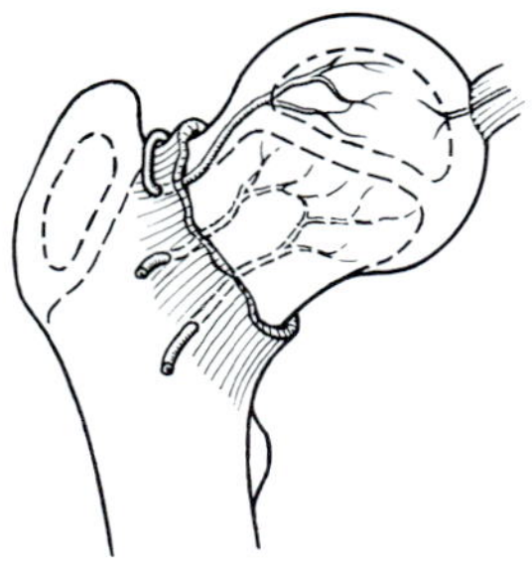

Abb. 497. Die Hüftkopfepiphyse wird beim Kind in erster Linie durch die *epiphysären Gefässe,* welche durch die Gelenkkapsel und das dorsale Periost zum Schenkelhals gelangen, mit Blut versorgt. Bei Schenkelhalsbrüchen ist die Zirkulation deshalb meist unterbrochen. Aber auch bei Epiphysenlösungen, Coxitiden u.a. ist sie prekär. Wo sie beim M. Perthes gestört ist, bleibt noch unklar.

2.3.1.2. *Die Blutversorgung*

Der Hüftkopf des Kindes wird durch einige wenige perichondrale Arterien ernährt. Die Epiphysenfuge bildet im Kindesalter eine Gefässbarriere (siehe Abb. 497 und 196, II.6.3.). Die arterielle Blutversorgung des Hüftkopfes im Kindesalter ist deshalb immer prekär. Bei verschiedenen Störungen kann der Hüftgelenkskopf teilweise oder vollständig nekrotisch werden. Wenn die Epiphysenfugen mitbetroffen sind, können schwere Wachstumsstörungen die Folge sein (Abb. 513 und 524):

Hüftkopfnekrosen im Kindesalter:

1. Hüftkopfnekrose bei forcierter Reposition oder Retention einer kongenital luxierten oder dysplastischen Hüfte (Luxationsperthes).
2. Morbus Perthes.
3. Hüftkopfnekrosen nach infektiösen Hüftkrankheiten (septische Arthritis, Tbc).
4. Hüftkopfnekrose nach Schenkelhalsfrakturen, nach Luxationen usw.
5. Hüftkopfnekrose nach Epiphysenlösungen.

2.3.1.3. *Mechanische Insuffizienz von Stützgewebe* (Knochen oder Knorpel), angeboren oder erworben, beeinträchtigt das normale Wachstum.

1. Bei der Coxa vara congenita entsteht infolge einer anlagebedingten mechanischen *Insuffizienz* des *Knochengewebes* im Schenkelhals im Verlaufe des Wachstums eine schwere Deformität (siehe III.C.2.4.2.). Ähnliche Bilder können bei generalisierter Insuffizienz der Knochenstruktur entstehen, z.B. bei der Osteopsatyrose (angeborene Knochenbrüchigkeit) oder bei schwerer Rachitis usw.

2. Gegen Ende der Wachstumsperiode nimmt unter hormonellem Einfluss die *mechanische Festigkeit der Wachstumsfugen* ab, derart, dass es in gewissen Fällen zur spontanen Lösung der Epiphysenfugen kommen kann (Epiphyseolysis capitis femoris, siehe III.C.2.7.). (Vgl. auch Tab. 32.)

2.3.2. *Orthopädie der Hüfte im Kindesalter*

Die Orthopädie der Hüfte im Kindesalter stellt andere Probleme als jene der erwachsenen Hüfte. Insbesondere ist die Prognose auf längere Sicht schwierig zu stellen. Bei jedem therapeutischen Eingriff ist das weitere Wachstum miteinzuberechnen. Nie geht es um eine einmalige Therapie, immer um eine Behandlung und Führung des Patienten bis zum Wachstumsabschluss. Erst dann kennt man den endgültigen Zustand. Manche Massnahmen (z.B. Beinlängenausgleich usw.) werden oft am besten bis dahin zurückgestellt.

Zur *Indikation* in der *Kinderorthopädie* ist besonders das im Abschnitt I.C.4.2. sowie II.13.: «Häufige Normvarianten bei Kindern» gesagte zu beachten.

Tab. 32. Krankheiten der Hüften beim Kind.

1. Kongenitale Hüftgelenksdysplasie (III.C.2.5.)
2. Morbus Perthes (III.C.2.6.)
3. Juvenile Epiphysenlösung (III.C.2.7.)
4. Schenkelhalsfrakturen bei Kindern (III.C.2.12.2.2.)

Seltenere:

1. Kongenitale Femuraplasie
2. Coxa vara congenita (III.C.2.4.2.)
3. Arthritis und Osteomyelitis, septisch oder Tbc (III.C.2.8.)
4. Hüftdeformitäten bei Lähmungen (Poliomyelitis, II.8.1.4.3.; C.P., II.8.2.; Coxa valga paralytica, III.C.2.4.3.2.)

Abweichungen des Schenkelhalswinkels von der Norm:

1. Coxa antetorta (III.C.2.4.4.)
2. Coxa valga (III.C.2.4.3.)

2.4. Deformitäten des proximalen Femurendes

Sie entstehen in der Regel im *Kindesalter,* also im Verlaufe des Wachstums, selten später (siehe Abb. 174).

2.4.1. *Coxa vara*

Coxa vara bedeutet «kleiner Schenkelhalswinkel», und kann ganz verschiedene Ursachen haben. Bei jeder Coxa vara ist die Beanspruchung des Schenkelhalses übermässig gross (siehe I.A.9.2.2. und III.C.2.2.) (Abb. 491 und 498).

Ätiologie:

1. Kongenitale Anlagestörung des Schenkelhalses: Coxa vara congenita, angeborene Femurhypoplasie (siehe III.C.2.4.2.).
2. Angeborene generalisierte Skeletterkrankungen (Achondroplasie, enchondrale Dysostose, Osteogenesis imperfecta usw.) (siehe II.1.2.1.).
3. Knochengewebsinsuffizienz bei Rachitis, fibröser Dysplasie usw. (siehe II.3. und II.4.).
4. Knorpelgewebsinsuffizienz bei juveniler Epiphysenlösung (Coxa vara adoleszentium) (siehe III.C.2.7.).
5. Lokale Wachstumsstörungen infolge Schädigung der Hüftkopfepiphysenfuge (meist durch aseptische Nekrose): Kongenitale Hüftluxation, Perthes, septische Arthritis usw. (siehe dort).

Nach *Wachstumsabschluss*

6. Trauma: Schenkelhalsfraktur: Fehlstellung, Pseudarthrose, Hüftkopfnekrose.
7. Osteomalazie, Pagetsche Krankheit.

Wie aus dieser Aufstellung hervorgeht, ist die Coxa vara häufig eine Folge mechanischer Insuffizienz des Schenkelhalses. Da umgekehrt bei der Coxa vara die Beanspruchung des Schenkelhalses übermässig gross ist, besteht die Gefahr von *schleichenden Frakturen* und Pseudarthrosen (siehe Abb. 498).

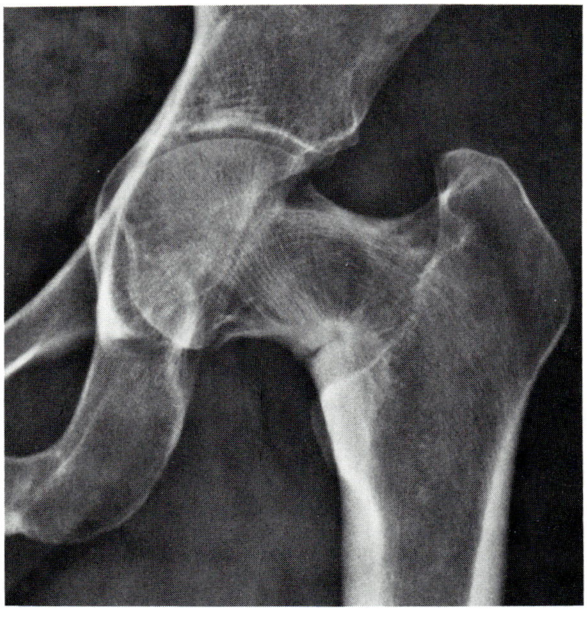

Abb. 498. Bei der *Coxa vara* ist der Schenkelhalswinkel abgeflacht, der grosse Trochanter steht auf gleicher Höhe oder höher als der Hüftkopf. Die mechanische Beanspruchung des Schenkelhalses ist dadurch erhöht, was in diesem Fall zu einer Ermüdungsfraktur geführt hat. Deutlich ist die Kerbe am Adambogen, sowie die Sklerose darum herum, als Ausdruck der Reparationsvorgänge. (Loosersche Umbauzone, vgl. I.A.4.1.2. und II.14.2.2.)

Die *Therapie* kann in diesen Fällen nur Erfolg haben, wenn die Beanspruchung des Schenkelhalses wesentlich herabgesetzt wird. Dies gelingt durch die operative Aufrichtung (Valgisierung) des Schenkelhalses, durch eine Korrekturosteotomie, womit gleichzeitig die Coxa vara in eine Coxa valga übergeführt wird (siehe Pathogenetische Wirkungen mechanischer Beanspruchung, I.A.9.2.2., Coxa vara congenita, Abb. 499 und 566, Schenkelhalspseudarthrose, III.C.2.13.2.).

2.4.2. *Coxa vara congenita*

Bei diesem *seltenen* Leiden führt eine angeborene Insuffizienz des Schenkelhalses zu einer zunehmenden Varusstellung.

Im *Säuglingsalter* kann sie eine Hüftgelenksluxation vortäuschen, der Röntgenbefund ist jedoch typisch: Hochstand des Trochanter maior wegen extremer Varusstellung des Schenkelhalses. Meistens besteht gleichzeitig eine Schenkelhalspseudarthrose. Unbehandelt nimmt die Deformität im Verlaufe des Wachstums zu, und die Pseudarthrose kann wegen der biomechanisch ungünstigen Verhältnisse (Scherkräfte) nicht heilen. Die Fol-

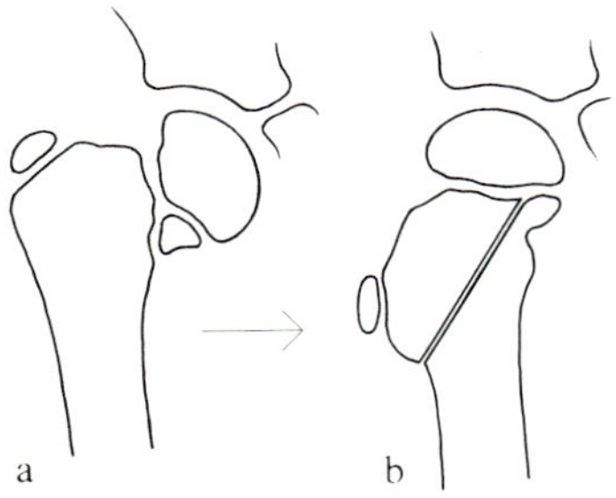

Abb. 499. *Coxa vara congenita:* Mechanische Insuffizienz des Schenkelhalses und Überbeanspruchung durch die Fehlstellung (Coxa vara) führen in einem Circulus vitiosus zu Pseudarthrose und Wachstumsstörungen (a), welche, unbehandelt, schwere Deformierung und massive Beinverkürzung zur Folge haben.

b): Die Aufrichteosteotomie (Valgisierung, mit Abstützung des Kopfes am distalen Fragment) verbessert die mechanischen Verhältnisse: Der Schenkelhals wird nur noch axial belastet. Damit kann der Circulus vitiosus unterbrochen werden, die Pseudarthrose heilt, mehr oder weniger normales Wachstum wird möglich.

Diese Operation ist ein klassisches Beispiel dafür, wie biomechanische Überlegungen für die Therapie fruchtbar gemacht werden können.

gen sind eine Hüftinsuffizienz und eine starke Beinverkürzung.

Die *Therapie* besteht in einer operativen Aufrichtung des proximalen Femurendes mittels intertrochanterer Osteotomie. Durch die Herabsetzung der mechanischen Beanspruchung des Schenkelhalses kann die Pseudarthrose spontan ausheilen und das Wachstum des proximalen Femurendes sich normalisieren. Das Endresultat ist – nach einer technisch einwandfreien Operation im richtigen Zeitpunkt (etwa 3–5 Jahre) – eine weitgehend normale Hüfte (Abb. 499).

Kongenitaler Femurdefekt:

Seltene angeborene Missbildung. Kleine oder grosse Abschnitte des proximalen Femurendes sind nicht angelegt. Wenn das Hüftgelenk fehlt, ist eine Wiederherstellung kaum möglich. Die starke Beinverkürzung muss ausgeglichen werden mit einem Beinapparat, welcher am Becken abstützt (Abb. 166 und 481).

2.4.3. *Coxa valga*

Coxa valga bedeutet «Steiler Schenkelhals» und ist lediglich ein Symptom, keine pathogenetische Einheit. Biomechanisch ungünstige Verhältnisse am Hüftgelenk, weil Muskelhebelarm verkürzt, verstärkter Druck des Kopfes gegen den Pfannenerker (siehe I.A.9.2.1. und Abb. 491a). Daraus ergibt sich während der *Wachstumsperiode* eine *Tendenz zur Subluxation* und Luxation, im *Erwachsenenalter* die Gefahr einer frühzeitigen Coxarthrose. Eine ausgeprägte Coxa valga muss als *Präarthrose* angesehen werden.

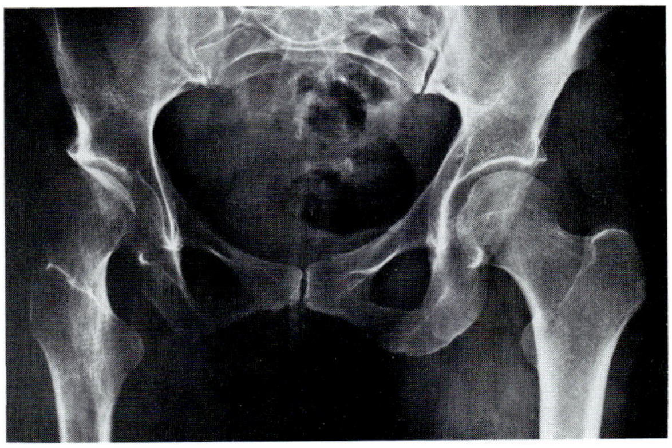

Abb. 500. *Coxa valga* infolge Lähmung der rechten Hüfte nach Poliomyelitis im Kleinkindesalter. Durch vermehrte Antetorsion und Aussenrotation (erkennbar am freiprojizierten Trochanter minor) erscheint der Schenkelhals noch steiler als er tatsächlich ist. Dass es sich aber eindeutig um eine erhebliche Coxa valga handelt, sieht man daran, dass der Kopfmittelpunkt wesentlich höher steht als die Trochanterspitze. Normalerweise stehen beide etwa gleich hoch, wie hier bei der linken, nicht gelähmten Hüfte.

2.4.3.1. *Ätiologie*

1. Normvariante
2. Kongenitale Hüftgelenksdysplasie und -Luxation (siehe III.C.2.5.)
3. *Hüftlähmung* (siehe auch bei Wachstumsstörungen, II.2.2.3.3.)
   - *Schlaffe Lähmungen* (z.B. Poliomyelitis, Spina bifida). Wenn die Lähmung im frühen Kindesalter auftritt, kann es im Verlaufe der Jahre zur Hüftgelenksluxation kommen (siehe II.8.1. und Abb. 500)
   - Auch *spastische Lähmungen* (z.B. zerebrale Paralyse) haben eine starke Tendenz zur Schenkelhalsaufrichtung und Luxation (siehe II.8.2.)
4. Lokalisierte Wachstumsstörung der Trochanter-maior-Epiphyse (z.B. durch Operationen).

2.4.3.2. *Therapie*

Bei *Lähmungshüften (Coxa valga paralytica)* ist eine prophylaktische Varisationsosteotomie angezeigt, wenn die Hüfte sonst luxieren würde.

Coxarthrosen entstehen bei Lähmungen selten, bei Coxa valga anderer Genese gehäuft. Bei beginnenden degenerativen Veränderungen und Beschwerden ist die intertrochantere *Varisationsosteotomie* zur besseren Druckverteilung im Gelenk angezeigt (siehe Coxarthrosebehandlung, III.C.2.10.5.).

2.4.4. *Torsionsvarianten am Schenkelhals*

(siehe auch: Häufige Normvarianten bei Kindern, II.13.)

Der Schenkelhals ist bei der normalen Hüfte etwas nach vorne gerichtet (ebenso wie die Pfanne auch). Diese «Antetorsion» ermöglicht die Flexion der Hüfte (z.B. beim Sitzen), ohne dass der Schenkelhals an der Pfanne anstösst. Beim Erwachsenen beträgt der Mittelwert der Antetorsion etwa 12°. Bei der Geburt ist er wesentlich grösser (zwischen 30 und 40°) und nimmt im Verlaufe der Kindheit ab. Was im Einzelfall noch «normal» sei und was nicht, ist nicht mit Sicherheit zu sagen, die Streubreite ist recht gross (siehe auch Normvarianten, II.13.1.2.).

Der Antetorsionswinkel lässt sich röntgenologisch nach der Methode von Dunn und M.E. Müller ziemlich genau messen, allerdings ist eine exakte Aufnahmetechnik Voraussetzung (siehe Abb. 501).

Der *«Einwärtsgang»* der kleinen Kinder (Knie und Füsse beim Gehen nach innen gedreht) wird oft auf eine vermehrte Antetorsion der Schenkelhälse zurückgeführt. Die Zusammenhänge sind

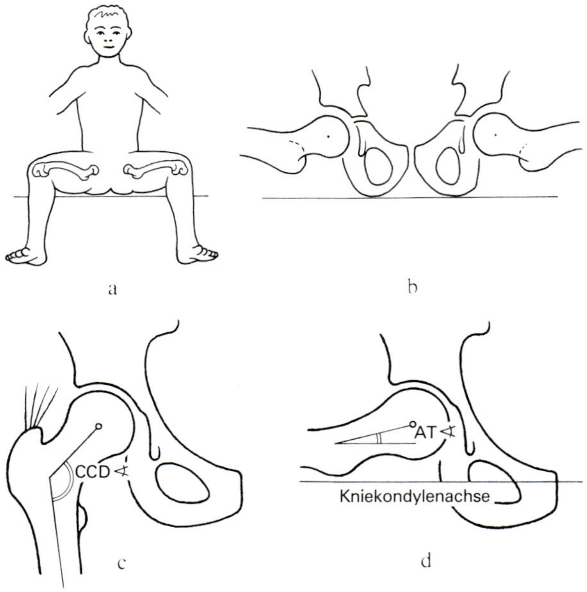

Abb. 501. *Technik der Antetorsionsbestimmung.*

a In dieser Ansicht lässt sich der Torsionswinkel der Schenkelhälse darstellen: Rechtwinklig gebeugte und leicht abgespreizte Hüften, rechtwinklig gebeugte Knie. Voraussetzung ist, dass die Unterschenkel *genau parallel* zur Körperachse liegen (Technik nach Rippstein).

b Entsprechendes Röntgenbild (auch «Aufnahme nach Dunn» genannt). Die *Grundlinie* (Kniekondylenachse) dient als Ausgangslinie für die Winkelmessung. Sie muss genau im rechten Winkel zu den Unterschenkelachsen stehen.

Ausmessung der Schenkelhalswinkel.

c CCD = Centrum-Collum-Diaphysenwinkel: Auf dem Standardröntgenbild (Knie genau nach vorn, Unterschenkel senkrecht hängend) erscheint der *projizierte* Schenkelhalswinkel. Der *reelle* Winkel kann anhand einer Umrechnungstabelle bestimmt werden.

d AT = Antetorsionswinkel, zwischen Grundlinie und Schenkelhalsachse. Der abgebildete projizierte Winkel muss ebenfalls in den reellen umgerechnet werden.
Die Winkelmessungen können Elemente für die Beurteilung liefern und sind vor allem für die technische *Planung* von Operationen unentbehrlich. Für *Operationsindikationen* hingegen ist die klinische *Gesamtbeurteilung* ausschlaggebend (siehe auch I.C.4.2.).

aber nicht eindeutig. Auch die Vermutung, dass die vermehrte Antetorsion wegen ungünstiger biomechanischer Verhältnisse am Hüftgelenk oft später zu Coxarthrosen führe, wurde bislang nicht bewiesen (siehe Torsionsvarianten, II.13.1.3.). Beim «Einwärtsgang» ist manchmal ein pes adductus mit im Spiel (siehe III.C.7.3.2.) (Abb. 304 und 502).

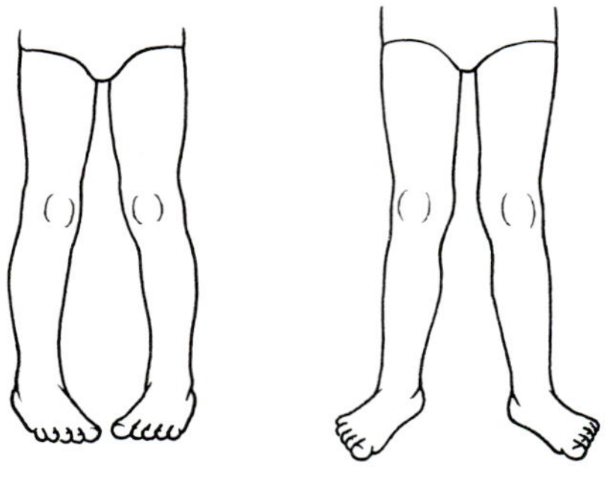

Abb. 502. *«Einwärts- und Auswärtsgang»* bei Kindern, häufige Erscheinungen in der Sprechstunde. Gelegentlich findet man Torsionsvarianten, etwa im Bereiche von Schenkelhals, Femur, Knien, Unterschenkel und, vor allem, der Füsse (Sichelfüsse bzw. Knickfüsse usw.), nicht selten kombiniert. Die Beurteilung wird zusätzlich erschwert bei X- oder O-Beinen, Überstreckbarkeit der Knie usw.

In der *Mehrzahl der Fälle* handelt es sich jedoch lediglich um *konstitutionelle Varianten* des Ganges, mehr oder weniger hartnäckige Gewohnheiten, welche *nicht als pathologisch* aufzufassen sind. Eher sind es kosmetische Probleme.

In der Regel bilden sich diese Gewohnheiten mit der Zeit spontan langsam zurück, spätestens in der Pubertät, wenn die Jugendlichen mehr körperbewusst werden.

Eine genaue Messung der Torsion ist praktisch kaum möglich und meist auch gar nicht nötig, ebenso wenig wie eine Therapie. In der Regel genügt die Aufklärung und Beruhigung der besorgten und verunsicherten Mutter.

Langzeitresultate haben gezeigt, dass «vergrösserte Antetorsionswinkel» sich im Verlaufe der Kindheit bis zum Wachstumsabschluss in der überwiegenden Mehrzahl der Fälle praktisch völlig «normalisieren», häufig schubweise, entsprechend den Wachstumsschüben *(Jani)*. Deshalb ist nur in Ausnahmefällen (sehr starke Abweichung von der Norm, sehr störender Einwärtsgang, Beschwerden) eine (beidseits symmetrische) intertrochantere Derotationsosteotomie angezeigt (siehe auch Prophylaktische Operationen, I.C.4.2.3. und: Normvarianten und Formfehler, I.C.4.2.4.) (Abb. 503).

Hinter einer vermehrten Antetorsion kann sich eine progressive Muskeldystrophie oder eine neurologische Affektion (C.P.) verbergen. In solchen Fällen steht natürlich die Grundkrankheit im Vordergrund.

Für die vermehrte Antetorsion bei der *kongenitalen Hüftdysplasie* und ihre Behandlung gelten andere Überlegungen (siehe III.C.2.5.5.3.).

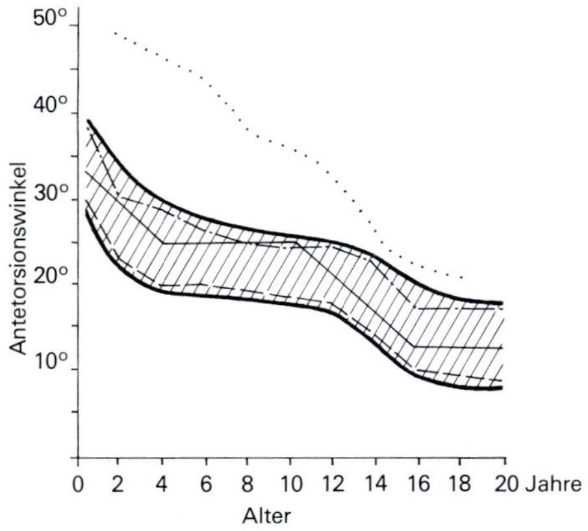

Abb. 503. Die Rückbildung der Schenkelhalsantetorsion im Laufe des Wachstums: Die drei feinen Kurven im schraffierten Band entsprechen verschiedenen Messungen: oberste: SHANDS, mittlere: VON LANZ, unterste: DUNLAP. Bei allen dreien handelt es sich um Mittelwerte aus einer relativ kleinen Fallzahl. Sie differieren um nicht weniger als etwa 10°. Die Bandbreite der Norm (etwa dem schraffierten Band zwischen den beiden dicken Strichen entsprechend) muss offenbar recht gross sein.

Deutlich zeigt die Kurve die *Rückbildungstendenz* des Antetorsionswinkels im Laufe des Wachstums, und zwar in Schüben: Einer in den ersten Lebensjahren und ein zweiter in der *Pubertät.*

Die oberste, punktierte Kurve entstammt einer Arbeit von JANI, der 1979 die Langzeituntersuchungen mehrerer Kliniken betreffend das weitere Schicksal von erhöhten Antetorsionswinkeln bei kleinen Kindern (etwa 300 Hüften) koordiniert und zusammengefasst hatte. Er konnte zeigen, dass im Verlaufe des weiteren Wachstums diese Antetorsionswinkel sich weitgehend an die «normalen» angleichen.

Nach JANIS Schlussfolgerungen besteht praktisch kaum je die Notwendigkeit, eine sog. idiopathische Coxa antetorta im Wachstumsalter operativ zu korrigieren.

2.5. Luxatio coxae congenita – Angeborene Hüftgelenksluxation und -dysplasie

Sie gehört zu den *häufigsten* kongenitalen Skelettkrankheiten. Es handelt sich um eine Fehlentwicklung des Hüftgelenkes infolge einer angeborenen Anlagestörung. Die Luxation selbst ist nur in den seltenen sogenannten «teratologischen» Fällen angeboren, sie entsteht sonst – falls keine Behandlung durchgeführt wird – im Verlaufe des ersten Lebensjahres, also sekundär. Es handelt sich um ein Erbleiden. Etwa 2‰ aller Neugeborenen sind betroffen, Mädchen etwa 8mal häufiger als Knaben, mehr als die Hälfte beidseitig.

2.5.1. *Ätiologie*

Wahrscheinlich liegt nicht eine angeborene minderwertige Anlage des Pfannendaches der Luxation zugrunde, wie früher angenommen wurde, sondern eine *Instabilität* des Hüftgelenkes infolge Laxität des Bandapparates. Vor der Geburt stehen die kindlichen Hüften unter dem Einfluss mütterlicher Hormone, welche – bei der Mutter für den Geburtsvorgang – das straffe Bindegewebe lokkern. So kann bei entsprechender Disposition des Kindes die Hüftgelenkskapsel so schlaff werden, dass der Hüftkopf aus der Pfanne herausrutschen und luxieren kann. Meistens verschwindet diese Instabilität spontan kurze Zeit nach der Geburt wieder und die Hüften entwickeln sich normal.

Bleibt die Instabilität bestehen, so setzt eine Fehlentwicklung ein, welche im Laufe der Jahre zu schweren Deformierungen und schmerzhafter Arthrose des Hüftgelenkes führt. Diese Schäden sind *sekundär* und *vermeidbar,* denn nach Beseitigung der Instabilität beim Säugling entwickelt sich die Hüfte normal weiter.

Die «kongenitale Hüftgelenksluxation» kann deshalb als ein Entwicklungsprozess angesehen werden, der – unbehandelt – *progredient fortschreitet,* aber auch – wenigstens noch im Beginn – *reversibel* ist.

Die *Behandlung* des Leidens ist aber nur in den ersten Lebensmonaten wirklich befriedigend. Schon nach einem Jahr kann man nicht mehr auf eine restitutio ad integrum zählen, welche allein eine gute Spätprognose garantieren würde.

In den ersten Monaten hingegen ist die Behandlung einfach und führt fast immer zu *vollständig normalen Hüften.*

Von grösster Wichtigkeit ist deshalb die *Frühdiagnose,* am besten in den *ersten Tagen nach der Geburt.* Wo die Hüften bei allen Neugeborenen routinemässig untersucht werden, wie z.B. in Schweden, ist die kongenitale Hüftluxation weitgehend verschwunden. In der CSSR, wo die Krankheit häufig vorkommt, ist ein Beckenröntgenbild bei allen Kindern von 3–4 Monaten obligatorisch.

2.5.2. *Diagnose*

Mit dem klinischen Nachweis der Instabilität durch die *manuelle Untersuchung der Hüftgelenke in den ersten Tagen nach der Geburt,* können praktisch alle kongenitalen Hüftgelenksluxationen und -dysplasien erfasst werden.

Neben der Abspreizhemmung ist das *Schnappphänomen* der Hüfte beim Neugeborenen (Orto-

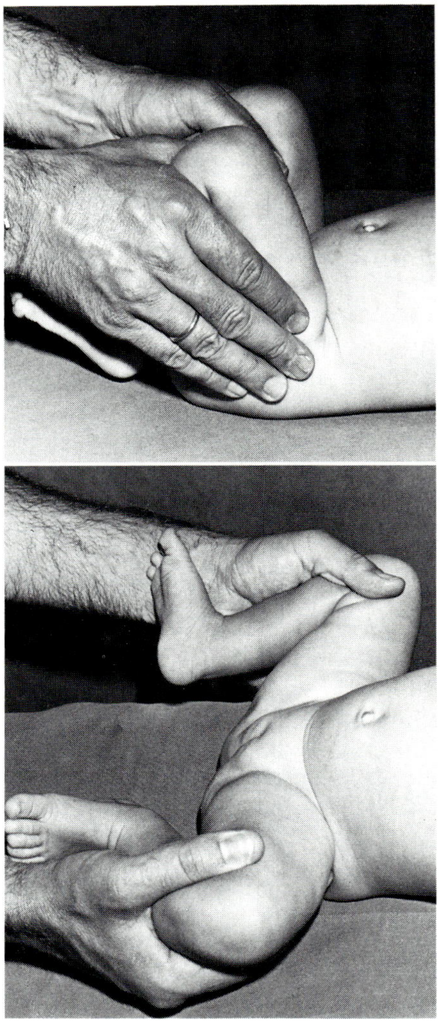

Abb. 504. *Technik der Hüftgelenksuntersuchung beim Neugeborenen.*

a Zuerst werden die gebeugten Hüften adduziert und mit der Hand in Richtung Femurachse gedrückt. Ein instabiler Hüftkopf springt dabei nach hinten aus der Pfanne hinaus, was die auf dem Trochanter liegenden Finger des Untersuchers deutlich spüren können.

b Jetzt werden die Hüften langsam abgespreizt, während die Langfinger den Trochanter nach oben drücken. Bei dieser Bewegung springt der Kopf wieder in die Pfanne hinein, was als deutliches Schnappen («Klick») zu spüren ist.

Die Bewegungen müssen ohne Kraftanwendung ausgeführt werden, da sonst die empfindliche Blutzirkulation des Hüftkopfes leiden könnte.

lani) das *wichtigste* und *genaueste* Zeichen. Es muss *in den ersten Tagen* geprüft werden, denn es verschwindet meistens schon kurz nach der Geburt wieder. Es sind deshalb der *Geburtshelfer,* evtl. die *Hebamme* oder der in den ersten Tagen zugezogene *Kinderarzt,* denen diese Aufgabe zufällt. Hausarzt und Orthopäde sehen die Kinder meistens erst später (Abb. 504).

In den ersten Lebenswochen und -monaten erwecken *Abspreizhemmungen* der Hüften, vor allem einseitige (bei gebeugten und abgespreizten Hüften sollten die Oberschenkel und Knie die Unterlage annähernd berühren), den Verdacht auf eine Subluxation (Abb. 505). Asymmetrische Hüftfalten sind ein weniger konstantes Zeichen.

Die *Röntgenbilder* sind in den ersten 3 Monaten schwierig zu interpretieren, weil das Skelett noch kaum ausgebildet ist. Ab 3. Monat erscheint der Kopfkern, dann ist das Röntgenbild eindeutig. Es sollte in allen zweifelhaften Fällen gemacht werden.

Die beste Zeit, die Diagnose zu stellen, sind also *die ersten Lebenstage,* evtl. die ersten drei Monate. Nachher wird erfahrungsgemäss die Diagnose im ersten Lebensjahr nur noch ausnahmsweise gestellt. Erst wieder, wenn das Kind *zu gehen beginnt,* fällt vielleicht der Mutter ein *Hinken* auf, und sie bringt das Kind zum Arzt.

Abspreizhemmungen, Trochanterhochstand, Beinlängendifferenzen und andere Asymmetrien können Verdachtsmomente sein. Bei *beidseitigen* Luxationen fehlen Seitendifferenzen allerdings. Fast immer ist die Lendenlordose verstärkt und das Trendelenburgsche Zeichen positiv. Die Klärung der Diagnose bringt immer das *Röntgenbild.* Eine Luxation oder Subluxation ist einwandfrei zu erkennen. Die Beurteilung einer Dysplasie ist in Grenzfällen allerdings nicht immer leicht. Als Kriterien wurden verschiedene Winkel angegeben, welche auf den Röntgenbildern ausgemessen werden können und eine objektive Beurteilung erleichtern. Die Normwerte ändern sich dabei im Verlaufe des Wachstums (Abb. 506).

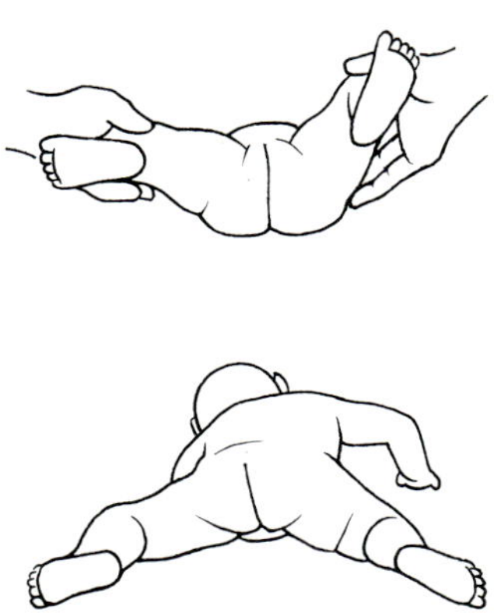

Abb. 505. Ein feines Zeichen ist die *Abspreizhemmung,* besonders wenn sie einseitig ist. a) wie sie bei der üblichen Prüfung erscheint (linke Hüfte), b) wie sie sich als *Beckenasymmetrie* präsentiert in Bauchlage (rechte Hüfte).

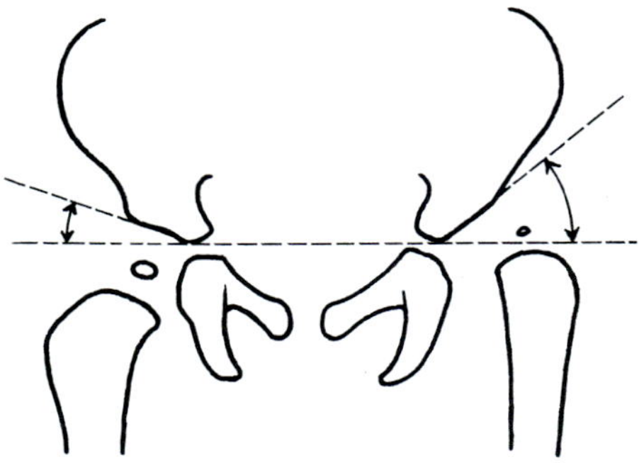

Abb. 506. Die *Frühdiagnose* der Dysplasie bzw. Subluxation beim Säugling auf dem *Röntgenbild* ist nicht einfach, vor allem, solange die Knochenkerne noch fehlen. Verschiedene Kriterien sind angegeben worden:

- Der *Acetabulumwinkel* (eingezeichnet) ist nur auf genau ap aufgenommenen Beckenbildern zu beurteilen, und auch dann oft nur schwierig zu bestimmen. Bei Dysplasien (hier: linke Hüfte) ist er vergrössert.
- Der Abstand des Femur von der eingezeichneten queren Verbindungslinie der beiden Y-Fugen (Hilgenreinersche Linie) ist bei Subluxation (Hochstand der Hüfte) verkleinert.
- Der horizontale Abstand des Femur vom Becken ist bei Subluxation (Lateralisierung) vergrössert. Auch dieses Zeichen hängt von der Stellung des Femur ab.
- Ein *Entwicklungsrückstand* des Hüftgelenkes (der Knochenkern erscheint später und ist kleiner als normal) ist auf Dysplasie sehr verdächtig.

In den ersten Monaten, solange der Kopfkern noch fehlt, ist in leichteren Fällen oft nur eine Verdachtsdiagnose möglich. Eine *Röntgenverlaufskontrolle* ist dann notwendig. Nach dem 3. Lebensmonat erscheint in der Regel der Kopfkern. Dann wird die Beurteilung zunehmend zuverlässiger. Inzwischen müssen die Kinder mit Spreizlagerung behandelt werden.

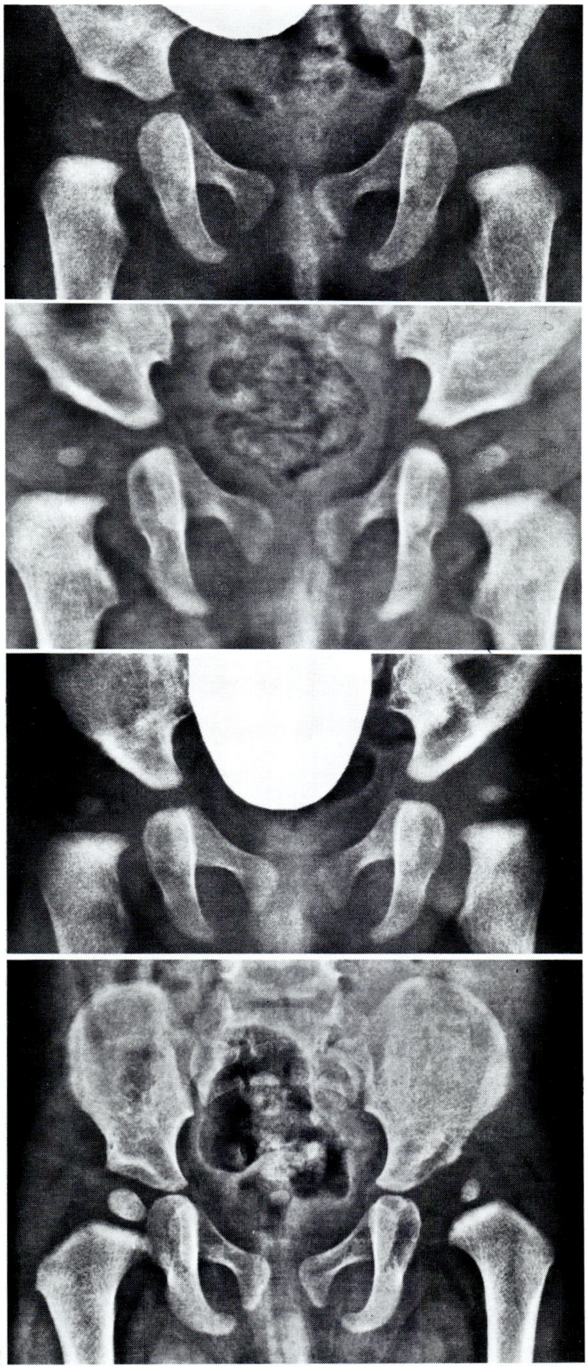

a

b

c

d

Abb. 507. *Die angeborene Hüftdysplasie auf dem Röntgenbild.*

a 5 Monate altes Mädchen. Normale Hüftgelenke: Die Pfannenerker bilden deutliche Vorsprünge. Im rechten Hüftkopf ist der Epiphysenkern eben erkennbar, im linken noch nicht. Solange die Kerne noch fehlen (bis zum 3. Monat), ist die Beurteilung der Röntgenbilder oft nicht eindeutig.

b Ein anderes Mädchen, 6 Monate alt. Hüftdysplasie rechts: Das Pfannendach ist *steiler*, etwas unregelmässiger und stärker sklerosiert als das linke, der Pfannenerker ist *abgestumpft*. Der noch etwas kleinere Kopfkern steht ein wenig weiter lateral als der linke.

Die Bilder müssen genau symmetrisch aufgenommen sein (was man an den Beckenkonturen erkennen kann), sonst täuschen sie Asymmetrien der Hüften vor.

c 5 Monate altes Mädchen. Die Pfannendächer sind steil ansteigend, der Pfannenerker vollständig abgeflacht und sklerosiert. Die Hüftköpfe sind ein wenig nach lateral und kranial verschoben.

Die Symmetrie des Bildes darf nicht täuschen: Es handelt sich um eine beidseitige Dysplasie mit beginnender Subluxation.

In unklaren Fällen sollte im Alter von 3 – 5 Monaten, wenn die Kopfkerne sichtbar sind, eine Röntgenkontrolle gemacht werden.

d Bei diesem Mädchen wurde man erst auf die Hüftgelenke aufmerksam, als es gehen lernte mit 1¼ Jahren: Es hinkte links. Das Röntgenbild zeigt eine dysplastische subluxierte Hüfte. Die Subluxation ist wahrscheinlich erst nach der Geburt entstanden. Die Prognose für die Ausbildung eines normalen Pfannendaches ist jetzt bereits deutlich schlechter, als wenn man die Behandlung früher hätte beginnen können.

Ist man im Zweifel, ob bei einem Säugling eine leichte Dysplasie vorliege oder nicht, wird man die einfache, ungefährliche und erfolgreiche Abspreizbehandlung einleiten und weiterführen, bis der Verlauf die Diagnose klärt (Abb. 507).

Die *Hüftarthrographie* zeigt die Hüftgelenksverhältnisse im Detail. Für die Diagnose ist sie nicht notwendig, gelegentlich für die Therapie. Wir verdanken ihr jedoch interessante Einblicke in den Mechanismus und den Verlauf der kongenitalen Hüftgelenksluxation und Dysplasie und in die Wirkung unserer Behandlungsmethoden (Abb. 508 und 509).

2.5.3. ***Pathophysiologie***

In den typischen Fällen der Krankheit ist offenbar zur Zeit der Geburt der Hüftkopf nicht luxiert, doch scheint der straffe Gelenksschluss zu fehlen, d.h. der Kopf kann in der Pfanne hin und her oder aus ihr herausrutschen. Bei der Prüfung des Ein- und Ausrenkphänomens ist dies deutlich zu spüren mit dem palpierenden Finger und auch zu hören. Der Kopf braucht dabei nicht vollständig aus der Pfanne zu treten. Wenn die Hüfte

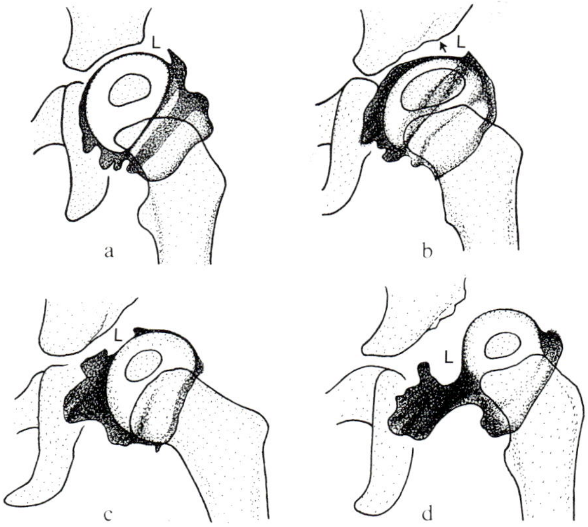

Abb. 508. *Arthrographieskizze.*
Das mit Kontrastmittel gefüllte Gelenk ist dunkel gezeichnet. L ist der Limbus des Pfannenerkers.

a Geringgradige Dysplasie.
b Leichte Subluxation. Druck auf den Pfannenerker (Pfeil).
c Subluxation, im Übergang zu Luxation. Hier drückt der Kopf auf Limbus und Acetabulum. Die Pfannenentwicklung wird dadurch behindert.
d Vollständige Luxation. Der «Isthmus» zwischen Kopf und Pfanne kann auf Höhe des Limbus so eng sein, dass er ein Repositionshindernis bildet.

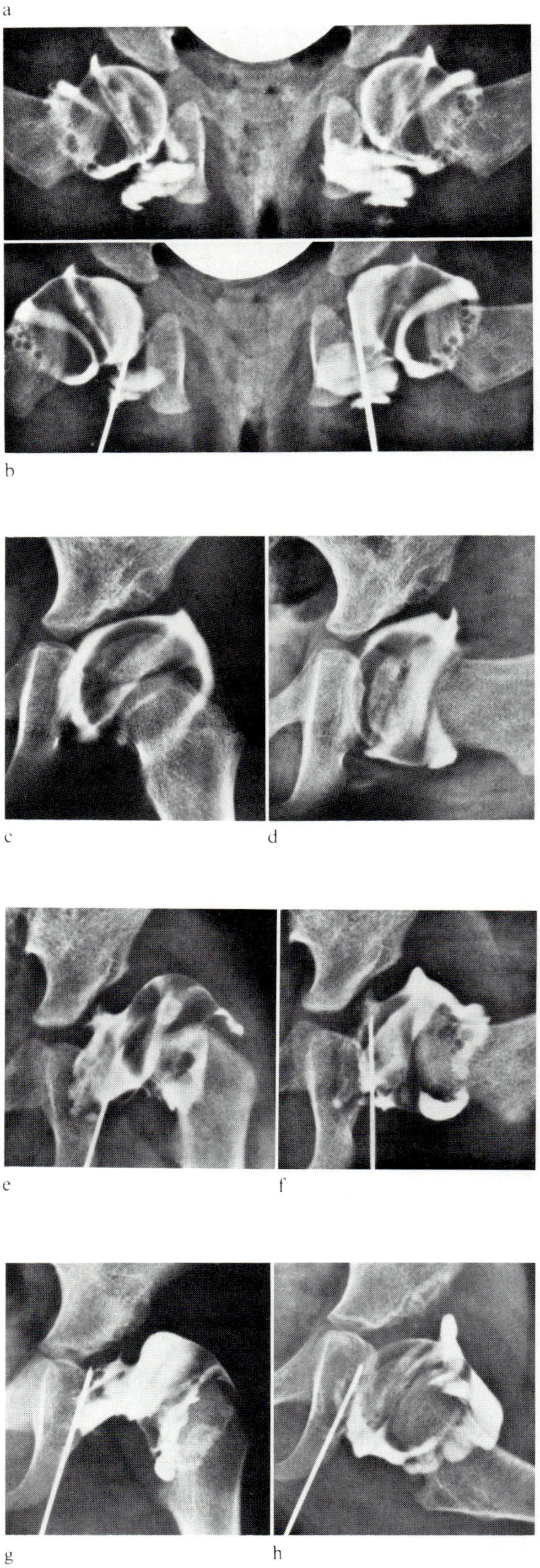

◁ Abb. 509. *Dysplasie und Luxation im Arthrogramm.*

Die einzelnen Komponenten der komplexen Störung können mit Hilfe der Arthrographie genauer erkannt werden:

1. Die Laxität

a Hüftdysplasie bei einem 6monatigen Mädchen. Die Hüftköpfe sind in Abspreizstellung gut in der Pfanne zentriert. Das knorpelige Pfannendach und der Limbus sind gut zu erkennen. (Im unteren Gelenksabschnitt ist Kontrastmittel paraartikulär aus dem Nadelstichkanal ausgelaufen, was einen nicht zum Arthrographiebild gehörenden Schatten gibt.)

b Durch leichten Seitenzug an den Beinen lassen sich die Hüften ohne weiteres ein wenig aus der Pfanne herausziehen, subluxieren. Der Pfannengrund füllt sich mit dem Kontrastmittel, und der Limbus wird nach oben gedrückt.
Die Hüftinstabilität nach der Geburt kann bei adduzierten Beinen zur Subluxation führen. Die Retention durch Abspreizung verhindert dies.

2. Die Inkongruenz

c Bei diesem 3jährigen Mädchen mit Dysplasie (das knöcherne Pfannendach ist defekt) ist die Pfanne grösser als der Kopf. Kontrastmittel liegt im Pfannengrund und lateral unter dem Limbus. Der Kopf berührt das Pfannendach nur an einer Stelle. Die Überbeanspruchung an diesem Punkt beeinträchtigt die normale Hüftentwicklung.

d Tiefere Einstellung des Kopfes in der Pfanne durch Abspreizung. Mit einer Varisierungsosteotomie am proximalen Femurende sucht man den gleichen Effekt zu erreichen.

3. Repositionshindernisse

e Bei diesem 1½jährigen Mädchen war die rechte Hüfte bereits vollständig luxiert. Der Limbus ist oben ins Gelenk eingeschlagen, die Gelenkkapsel ist hier zwischen Kopf und Pfannengrund verengt. Dieser «Isthmus» kann so eng sein, dass die Reposition nicht gelingt. Dann kann eine offene Reposition nötig werden.

f Bei diesem Kind war die Reposition unvollständig. Der Kopf erreichte nicht ganz den Pfannengrund, der Limbus wird nach oben gedrückt. Manchmal tritt der Kopf mit der Zeit doch noch tiefer und der Limbus kann sich auskrempeln, so dass eine geduldige konservative Therapie sich lohnt wie im folgenden Fall:

g 3jähriges Kind, Luxation der linken Hüfte, Limbus eingeschlagen.

h Nach 6 Monaten konservativer Behandlung ist der Kopf gut zentriert, der ausgekrempelte Limbus hat jetzt normale Form.
Wenn allerdings der Limbus sich zwischen Kopf und Pfanne einklemmt, ist eine offene Reposition nötig.

---

nicht bald nach der Geburt stabil wird, drückt der zu weit lateral stehende Kopf auf den Pfannenrand, die Pfanne wächst nicht mehr normal, sondern wird *dysplastisch.* Dies wiederum fördert die Luxation: Der Kopf wandert weiter nach oben und aussen. Er drückt dabei den Limbus nach oben und «gräbt» mit der Zeit eine «Gleitfurche» ins Becken an der Stelle des ursprünglichen Pfannenerkers (Subluxation). (Vgl. I.A.5.4.2. und II.2.2.3.)

Schliesslich luxiert er vollständig, überspringt den Limbus, wobei dieser eingekrempelt wird und zu einem Repositionshindernis werden kann. Dieser Prozess spielt sich in den zwei ersten Lebensjahren ab. Ist erst einmal dieses Stadium erreicht, so ist auch bei sachgerechter Behandlung eine volle Restitution der normalen Pfannenform kaum mehr zu erwarten (Abb. 508 und 509).

Zwischen einer leichten «Dysplasie», einer Entrundung der Pfanne und/oder einem Pfannendachdefekt, einer Subluxation und einer vollständigen Luxation sind *alle Übergangsstadien* zu finden. In jedem Fall ist das weitere Wachstum schwer beeinträchtigt. *Sekundäre Deformitäten* bilden sich aus: Änderung des Schenkelhalswinkels (Coxa valga), vermehrte Antetorsion, Verbreiterung des Pfannengrundes, mangelnde Überdachung des Kopfes, Abflachung und Verformung des Hüftkopfes (Dogenmützenform) usw. All diese sekundären Veränderungen entstehen bei nicht behandelten und vielen behandelten Fällen und nehmen im Verlaufe des weiteren Wachstums zu.

Die Progredienz der Deformitäten ergibt sich aus dem *Circulus vitiosus* der sich gegenseitig ungünstig beeinflussenden Faktoren: Gelenksmechanik, Beanspruchung, Wachstum und Gelenkanatomie, wobei wir nur die letztere einigermassen genau erfassen können. Die *Wechselwirkungen* sind *im folgenden Schema veranschaulicht:*

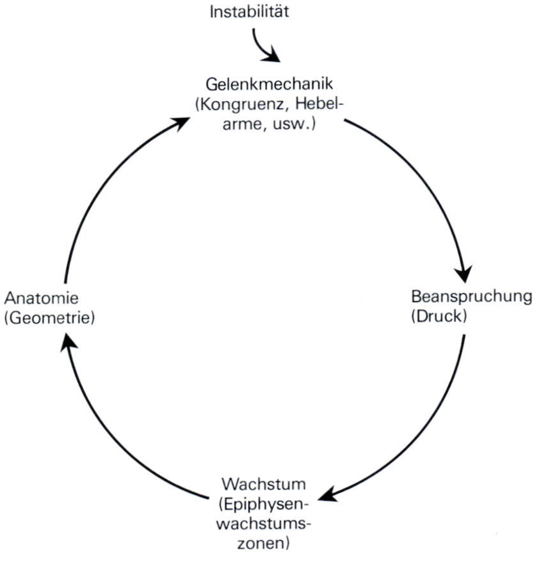

Das System entspricht einem *Regelkreis,* der die Hüftentwicklung durch Rückkopplung steuert. Am Gesunden ist seine

Wirkung einem Thermostaten zu vergleichen, der kleinere Abweichungen von der Norm korrigiert.

Ist die Störung zu gross, so entsteht ein circulus vitiosus, die Rückkopplung wirkt im umgekehrten Sinn, sie «schaukelt das System auf», wie z.B. eine Lautsprecheranlage, die zu pfeifen beginnt, wenn das Mikrophon in ihre Nähe kommt. So erklärt sich die Progredienz der Hüftluxationskrankheit.

Für die *Therapie* ergibt sich daraus als *Ziel:* den Circulus vitiosus zu *unterbrechen* und die Entwicklung der Hüfte in normale Bahnen zu lenken. Dies ist theoretisch an jedem Ort des Kreises möglich:

1. Durch *Normalisierung der Beanspruchung:* Darauf beruht die konservative Behandlung.

2. Durch Verbesserung der *Gelenkmechanik:* dazu sollen Operationen wie Osteotomien am proximalen Femurende, Tenotomien usw. dienen.

3. Die Verbesserung der *anatomischen Verhältnisse* ist die nächstliegende Möglichkeit. Zudem ist die Anatomie die einzige Komponente, die wir einigermassen überblicken können. Die meisten Operationen zielen denn auch auf die Wiederherstellung normaler anatomischer Verhältnisse hin. Allerdings erfolgt die endgültige Ausgestaltung der Hüftanatomie durch das

4. *Wachstum,* dessen Mechanismen wir nur *ungenügend kennen* und überhaupt nicht direkt zu beeinflussen vermögen, es sei denn über die anderen Faktoren des Regelkreises.

2.5.4. *Klinik*

Während die *Dysplasie* im Kindesalter praktisch *symptomlos* bleibt, ist die *luxierte* oder *subluxierte* Hüfte *insuffizient:* Das Kind *hinkt,* allerdings oft kaum merklich, und ermüdet bald. *Schmerzen* sind im Kindesalter fast *nie* vorhanden. Die Beweglichkeit ist in der Regel wenig eingeschränkt. Nach Abschluss der Wachstumsperiode ändert sich die Form des Hüftgelenkes kaum mehr. Jetzt, selten vorher, beginnt unaufhaltsam der degenerative Prozess: die Arthrose. Schon im Adoleszentenalter können Schmerzen auftreten, und im dritten Lebensjahrzehnt wird die Arthrose in der Regel manifest und schmerzhaft. Die Dysplasie, und vor allem die Subluxation, sind Ursache eines grossen Teiles der frühen und schweren Coxarthrosen (siehe Abb. 510, 513, 522 und 544).

Beachtenswert ist die Tatsache, dass die *vollständige* Luxation in der Regel nur wenig Schmerzen verursacht: Da überhaupt kein Knochenkontakt besteht zwischen Femur und Becken, kann sich auch keine Arthrose entwickeln.

a
b
c
d
e

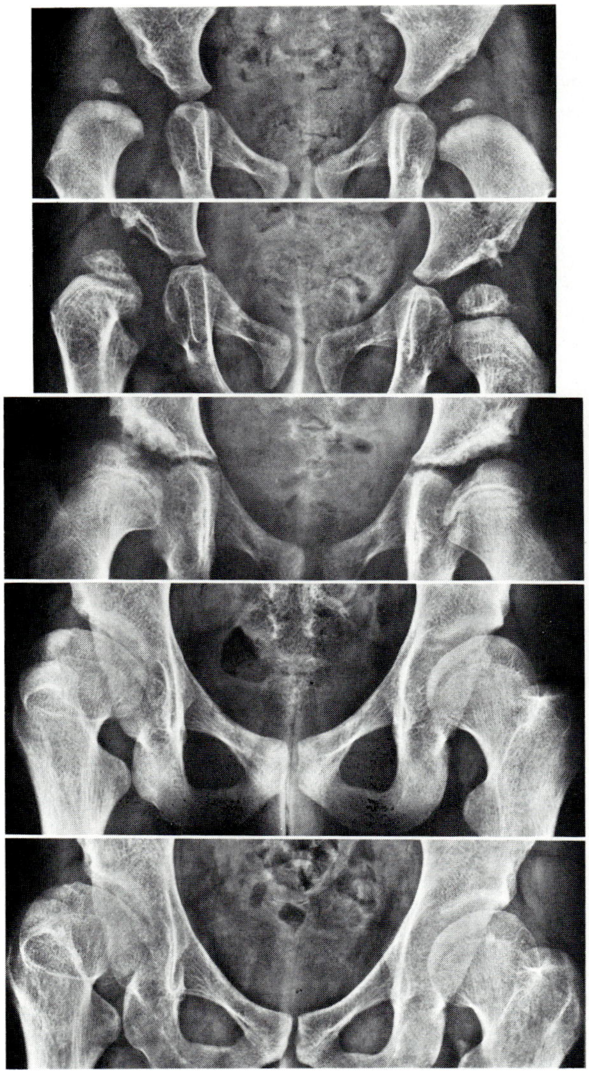

Abb. 510. *Langzeitverlaufsserie.*

a Angeborene Subluxation der rechten und Dysplasie der linken Hüfte bei einem 2jährigen Knaben.

b Zustand ein Jahr später: Residuelle Subluxation rechts. Die Pfanne ist ziemlich flach. Links scheint sich ein gutes Pfannendach zu entwickeln.

c Im Alter von 11 Jahren sind beide Hüften dysplastisch, die Köpfe entrundet, die Pfannendächer fliehend. Rechts persistierende Subluxation.

d Nach Wachstumsabschluss, mit 19 Jahren, ist die linke Hüfte immer noch leicht, aber deutlich entrundet, die Überdachung durch den Pfannenerker ungenügend. Die rechte Hüfte jedoch ist stark dysplastisch, verdreht und subluxiert.

e Ein Röntgenbild im Alter von 30 Jahren zeigt diskrete Zeichen einer beginnenden Arthrose. Der Mann hat zunehmend leichte Beschwerden.

Ohne die Kontrolle langfristiger Verläufe haben unsere therapeutischen Bemühungen nur Vermutungen und Hypothesen als Grundlage. Sinn und Wirkung unserer Operationen lassen sich nur an *Spätresultaten* überprüfen, denn das Behandlungsziel ist ja das Verhindern der Arthrose im Erwachsenenalter.

Allerdings hinken diese Patienten stark: Wegen der Insuffizienz der Hüfte muss der Oberkörper bei jedem Schritt auf die kranke Seite hinübergeneigt werden (Duchenne-Hinken, «Watschelgang) (Abb. 485 und 520).

2.5.5. *Therapie*

2.5.5.1. *Die Abspreizbehandlung im ersten Lebensjahr*

Die *Adduktionsstellung* fördert die Luxation, die *Abduktion* verhindert sie. In dieser Stellung wird der Hüftkopf gegen den Pfannengrund gedrückt, die Hüfte ist konzentrisch und stabil. Alle Voraussetzungen für die Entwicklung eines normalen Hüftgelenkes sind erfüllt. Diese Erkenntnis bildet die Grundlage der Therapie und insbesondere der *Abspreizbehandlung.*

Bei einer Dysplasie ohne Luxation in den ersten Lebensmonaten genügt es, die Kinder breit zu wickeln, d.h. ein breites Windelpaket zwischen die abgespreizten Beine zu legen und die Oberschenkel nicht zu schnüren. Bei Neugeborenen sind die Hüften ohnehin normalerweise rechtwinklig gebeugt und abgespreizt. Diese Stellung soll erhalten werden. Heute ist diese Wickelmethode bereits allgemein verbreitet. Die beste und ungefährlichste Prophylaxe der kongenitalen Hüftgelenksluxation besteht darin, dass *alle Säuglinge* auf diese Art gewickelt werden.

Der grösste Teil der Hüftluxationskinder können im ersten Lebenshalbjahr auf diese Weise geheilt werden. In manchen Fällen, vor allem im zweiten Halbjahr, kann eine Abspreizhemmung bestehen, welche mit dem Breitwickeln allein nicht überwunden werden kann. In diesen Fällen sind spezielle Spreizvorrichtungen (Spreizhöschen, Spreizkissen nach Ortolani, Spreizbandagen nach Pavlik, Spreizapparate, z.B. Hanausek u.a.) notwendig (Abb. 511 und 512). Wichtig ist es, die Abspreizung behutsam, ohne Gewaltanwendung, etappenweise zu erreichen, weil sonst der Hüftkopf geschädigt wird («Luxationsperthes», Abb. 512 und 513).

2.5.5.2. *Extensionsbehandlung*

Im ersten Lebensjahr genügen die beschriebenen Methoden in der Regel. Wenn bereits eine Luxation oder Subluxation besteht, muss zuerst eine *Extensionsbehandlung* durchgeführt werden. Seit *Lorenz* die luxierten Hüften in Narkose reponiert hatte, weiss man, dass eine solche gewalttätige Manipulation vom Hüftkopf nicht ertragen wird. Die arterielle Zirkulation wird unterbrochen und die Hüftkopfepiphyse wird nekrotisch («Luxationsperthes»). Schwerste Wachstumsstörungen mit Kopfdeformierungen sind die Folge. Solche Hüften erholen sich nie mehr und werden schon im Adoleszentenalter arthrotisch (Abb. 513).

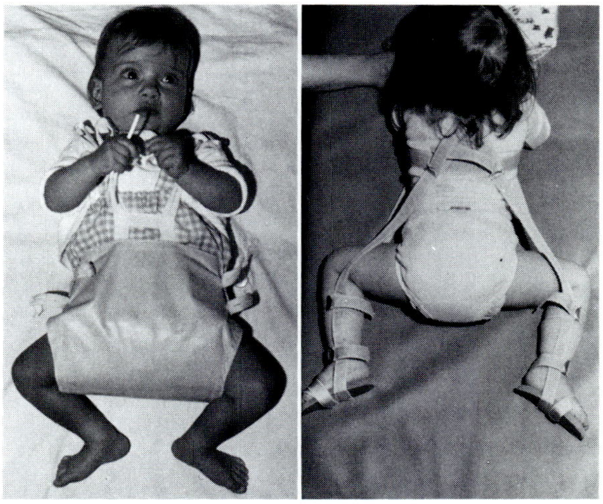

Abb. 511.

Links: Spreizhose. Die Hüften sollen ohne Zwang in einer Spreizstellung liegen, dabei sich aber bewegen können. Alle die verschiedenen gebräuchlichen Spreizvorrichtungen haben diesen gleichen Zweck. In leichteren Fällen genügt breites Wickeln mit einem Kissen zwischen den Beinen.

Rechts: Pavlikbandage. Mit Zügeln, deren Länge genau einzustellen ist, werden die Hüften gespreizt und flektiert gehalten, wobei das Kind mit den Beinen strampeln kann.

Es gilt deshalb, die Hüften sehr vorsichtig, Schritt für Schritt langsam abzuspreizen, um die Zirkulation nicht zu gefährden. Am besten eignet sich dazu die *Extensionsbehandlung:* Während zwei oder mehr Wochen wird ein reiner Längszug angelegt (Hautextension mit je ein Viertel des Körpergewichtes), bei kleinen Kindern evtl. als «overhead-extension» mit senkrechtem Zug an den Beinen bei rechtwinklig gebeugten Hüften (Abb. 514).

Anschliessend wird langsam im Verlauf von mehreren Wochen abgespreizt, indem die Zugrichtung täglich um einige Winkelgrade nach aussen gerichtet wird bis schliesslich die Hüften um 90° abgespreizt sind. Diese Methode eignet sich auch zur eigentlichen Einrenkung luxierter Hüften. Besondere Repositionsmanöver werden meist überflüssig. Gegebenenfalls kann in Narkose manuell noch etwas nachgeholfen werden, allerdings darf keine Kraft angewendet werden (Abb. 515).

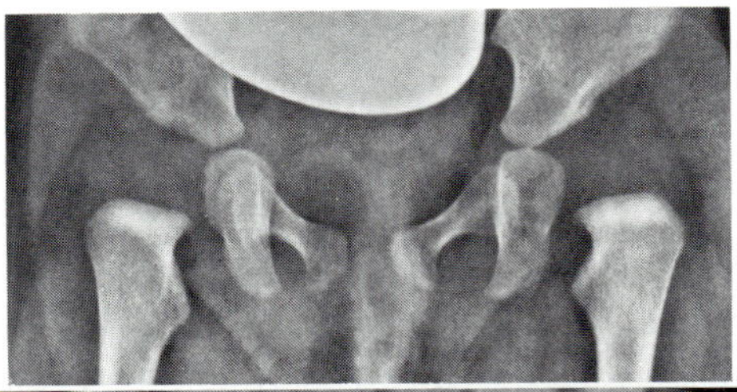
a

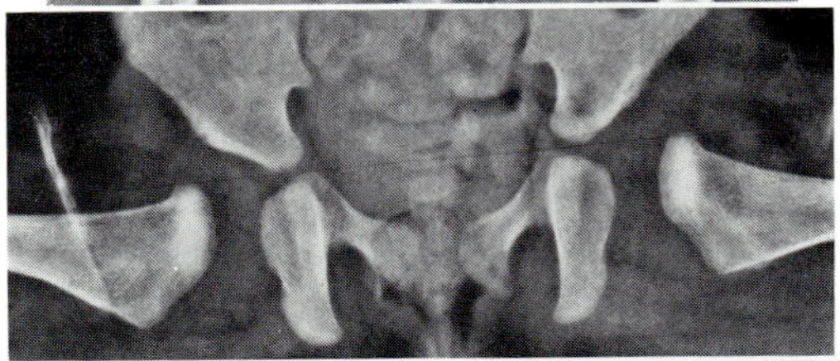
b

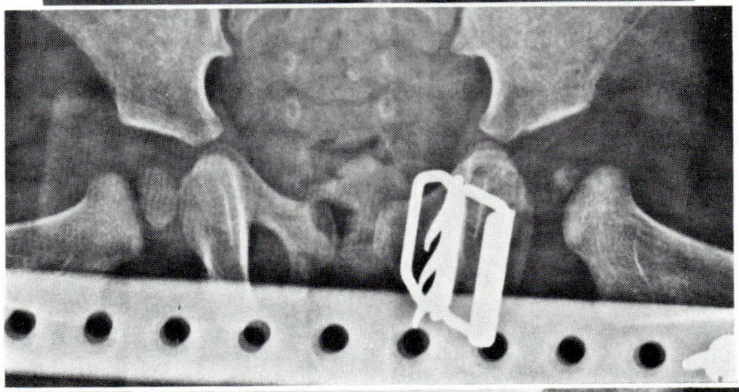
c

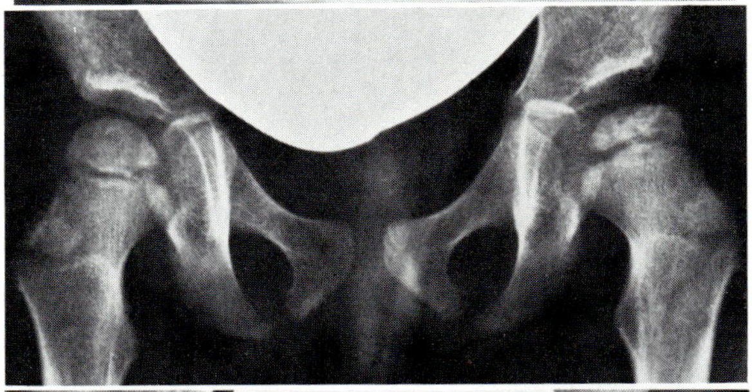
d

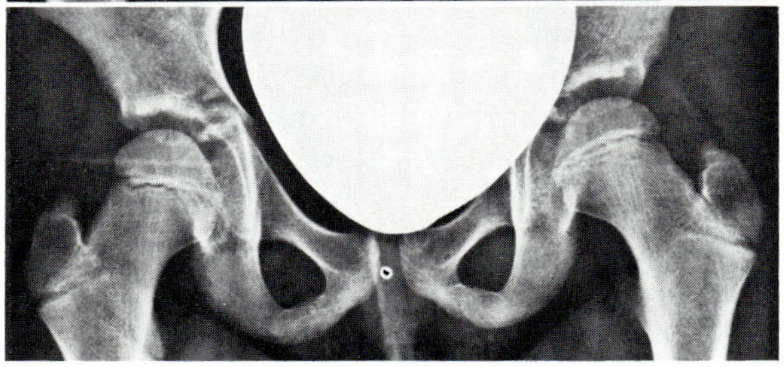
e

◁ Abb. 512. *Frühe Erkennung und Behandlung der angeborenen Hüftdysplasie.*

a Röntgenbild der Hüften eines 3 Monate alten Mädchens mit Abspreizhemmung links. Die Knochenkerne der Hüftkopfepiphysen sind noch nicht vorhanden, die Interpretation des Röntgenbildes ist in diesem Stadium deshalb oft noch schwierig und unsicher. Hier ist allerdings die linke Hüfte eindeutig etwas nach lateral und kranial verschoben, und der Pfannenerker weist eine schräg ansteigende Doppelkontur auf als Zeichen einer «Gleitfurche».

b Es wurde eine Abspreizbehandlung eingeleitet: Die Hüftköpfe sind in dieser Stellung gut in der Tiefe der Pfanne zentriert.

c Ein Jahr später: Gute Zentrierung der Köpfe. Die knöchernen Epiphysenkerne haben sich inzwischen gebildet, rechts normal, links, als Zeichen der Hüftdysplasie, stark verzögert und kleiner.
Sichtbar ist die Querstange der Denis Browneschen Abspreizschiene, welche ein Jahr lang getragen wurde.

d Röntgenbild desselben Mädchens im Alter von 3 Jahren. Hüften gut zentriert, auch die Pfannen haben sich gut entwickelt. Allerdings ist die linke Hüftkopfepiphyse abgeplattet und aufgelockert, als Zeichen einer ischämischen Hüftkopfnekrose, eines sog. «Luxations-Perthes». Ursachen dieser gefürchteten Komplikation sind meistens brüske, forcierte Repositionsmanöver und Fixationen in Extremstellungen. Gelegentlich sieht man leichtere Formen des Luxationsperthes auch bei vorsichtiger Abspreizbehandlung in diesem Alter.

e Kontrollröntgen im Alter von 8 Jahren. Gute konzentrische Entwicklung der Hüften. Der Defekt, die ehemalige «Gleitfurche» am linken Pfannendach, ist immer noch zu sehen. Der Hüftkopf ist revitalisiert und hat sich wieder normal aufgebaut und weiter entwickelt.

Nicht immer heilt der Luxationsperthes so folgenlos aus. In schwereren Fällen können Wachstumsstörungen, massive Deformitäten und Subluxationen zurückbleiben, welche früh zur Arthrose führen.

In den *ersten beiden Lebensjahren ist die Reposition auf diese Weise fast immer möglich.* Voraussetzung ist die Geduld des Orthopäden und der Eltern. Anschliessend an Abspreizung und Reposition muss diese Stellung über längere Zeit erhalten werden, wenigstens bis die Hüftgelenke stabil geworden sind. Dies dauert in der Regel etwa 1 Jahr. Am häufigsten werden zuerst ein Beckengips in sogenannter «Lorenzstellung» (Froschstellung) und später eine Abspreizschiene (z.B. Brownsche Schiene) verwendet (Abb. 514 und 516).

a

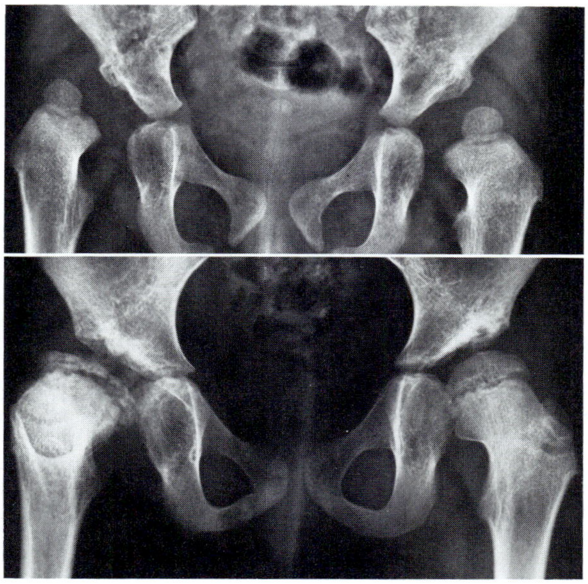

b

Abb. 513. *Angeborene Hüftsubluxation, ungünstiger Verlauf.*

a 2jähriges Mädchen mit beidseitiger Luxation. Die Hüftköpfe drücken auf die Pfannenerker, beide sind dadurch deformiert.
Eine gute, stabile Zentrierung ist in solchen Fällen oft kaum mehr zu erreichen.

b Kontrolle im Alter von 6 Jahren. Rechte Hüfte: Luxationsperthes und residuelle Subluxation mit schlechter Prognose. Linke Hüfte: Residuelle Pfannendysplasie mit leichter Subluxationsstellung, ungenügender Überdachung. Auch hier ist die Prognose nicht günstig. Die Sklerosierung am Pfannendach zeigt die Überbeanspruchung an dieser Stelle an. Sie ist die Vorstufe der früh einsetzenden Arthrose.
In solchen Fällen versucht man, die Überdachung operativ zu verbessern und hofft, damit den Beginn der Arthrose hinausschieben zu können.

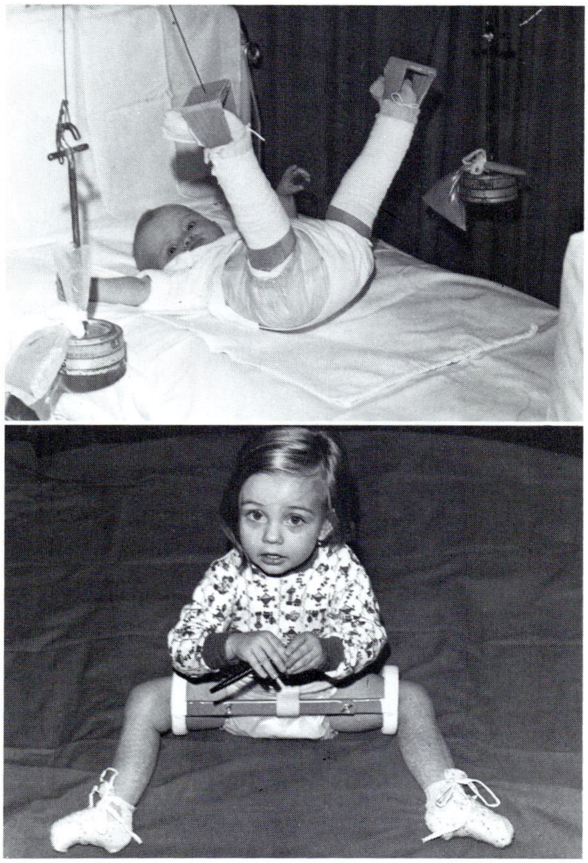

a

b

Abb. 514.

a *Extensionsbehandlung.* Bei Luxationen im ersten Lebensjahr ist die sog. «overhead»-Extension zweckmässig: Die Beine werden vorerst senkrecht nach oben gezogen, bis sich das Gesäss etwas vom Bett abhebt. Dann wird langsam sukzessive abgespreizt, wenn nötig über mehrere Wochen hinweg. Auf diese Weise ist eine konservative Reposition ohne Zwang in den meisten Fällen möglich.

b Anschliessend kann nach einer Gipsperiode die Abduktionsstellung mittels sog. «Browneschen Ringen» leicht über längere Zeit (Monate) erhalten werden, bis die Hüfte sich konsolidiert hat. Die Kinder können sich mit diesen Ringen gut bewegen und sogar oft gehen.

Abb. 515. *Reposition durch Extension.*

a Längszug, bis der Kopf auf die Höhe der Pfanne herunter gekommen ist.

b Sukzessive Abspreizung und langsame Reposition.

c Nach gelungener Reposition ist der Kopf in dieser Stellung stabil in der Pfanne.

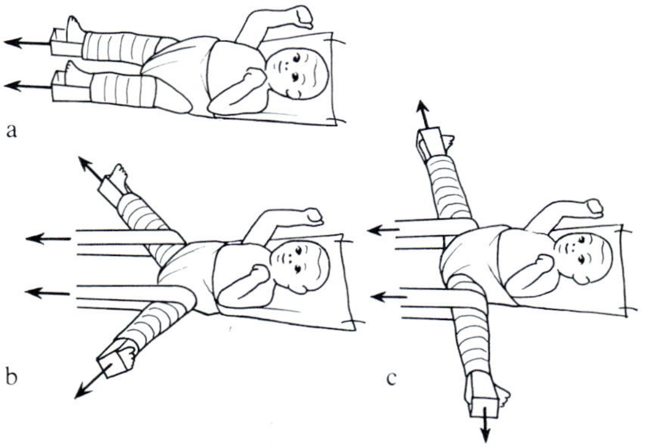

a b c

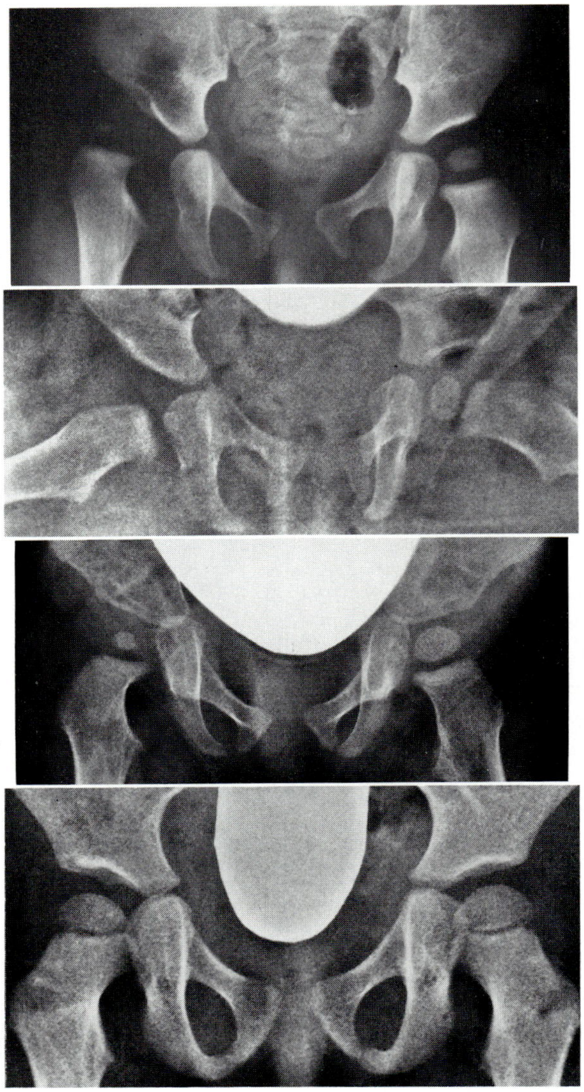

a b c d

Abb. 516. *Kongenitale Hüftluxation, konservative Behandlung.*

a Bei diesem Mädchen wurde die Diagnose erst im Alter von 7 Monaten gestellt. Wegen Abspreizhemmung der rechten Hüfte wurde ein Röntgenbild gemacht. Die linke Hüfte ist vollständig luxiert, der Kopfkern eben erst sichtbar, die Hüftpfanne steil, der Pfannenerker zeigt die für die «Gleitfurche» typische Doppelkontur.

b Mit schonender, schrittweiser Abspreizung konnte die Hüfte ohne Kraftanwendung reponiert werden (hier im Hanausek-Apparat; oft ist eine Extensionsbehandlung nötig).

c Im Alter von einem Jahr ist der Hüftkopf gut zentriert, der Pfannenerker kann seine Entwicklung noch nachholen.

d Kontrolle im Alter von 2 Jahren: Gute Zentrierung der Hüften, gute Überdachung des Kopfes durch ein fast normalisiertes Pfannendach. Gute Prognose.

Dieses Beispiel zeigt, dass in den ersten Lebensmonaten, auch bei ausgeprägter Dysplasie eine normale Hüftentwicklung noch möglich ist. Nicht immer ist der Verlauf so problemlos und so günstig wie hier. Vor allem bei späterem Behandlungsbeginn bleiben häufig residuelle Deformitäten, Dysplasien, Subluxationen zurück. Mit verschiedenen Operationen (Pfannendachplastiken, hüftnahen Osteotomien an Femur und Becken) versucht man dann, doch noch eine günstige Hüftentwicklung und damit eine gute Langzeitprognose zu erreichen, doch haben die Spätresultate bisher die Hoffnungen, welche man in die Operationen setzte, nur zu einem relativ kleinen Teil erfüllt.

Umso wichtiger ist die *Frühdiagnose* und eine schonende *Frühbehandlung.*

2.5.5.3. *Operative Behandlungsmethoden*

Wenn mit den genannten konservativen Behandlungsmethoden eine gewaltlose gute Reposition nicht möglich ist, versucht man auf *operativem* Weg das Ziel zu erreichen. Dieses Ziel ist nicht lediglich die stabile Reposition der Hüfte, sondern die Verhütung der späteren Coxarthrose. Die Spätresultate der nach dem ersten und vor allem nach dem zweiten Lebensjahr eingerenkten Fälle haben im allgemeinen enttäuscht. Diese Erfahrungen haben gelehrt, dass auch *geringe Abweichungen der Hüftanatomie und -funktion von der Norm,* welche bei Abschluss der Behandlung noch bestehen, sich während der Wachstumsperiode kaum mehr ausgleichen, sondern eher verschlimmern und später mit Sicherheit zur Arthrose führen.

Aus diesem Grund hat man sich nicht mehr mit der alleinigen Einrenkung begnügt, sondern versucht die anatomischen und funktionellen Abweichungen von der Norm, die «Dysplasie» zu beseitigen, oder wenigstens der Norm so gut als möglich anzugleichen. Die wichtigsten Faktoren sind dabei:

1. Ungenügende Zentrierung des Kopfes, vor allem bei zu geringer Tiefe der Pfanne.
2. Die mangelhafte Überdachung des Kopfes durch das Acetabulum.
3. Abweichungen des Schenkelhalswinkels von der Norm.

Selbstverständlich können alle 3 Komponenten der Dysplasie operativ beeinflusst werden. Eine ganze Reihe von Operationen sind dafür erfunden worden. Wesentlich ist allerdings nicht das unmittelbare anatomische Operationsresultat, sondern der *Endzustand nach Abschluss des Wachstums,* d.h. ob es gelingt, die *Funktion* des Hüftgelenkes soweit zu normalisieren, dass der Circulus vitiosus unterbrochen und das *Wachstum* in normale Bahnen gelenkt werden kann. Dabei ist die Reaktion des *Gelenkknorpels* und des *Wachstumsknorpels* an Pfanne und proximalem Femurende entscheidend. Eine normale Hüf-

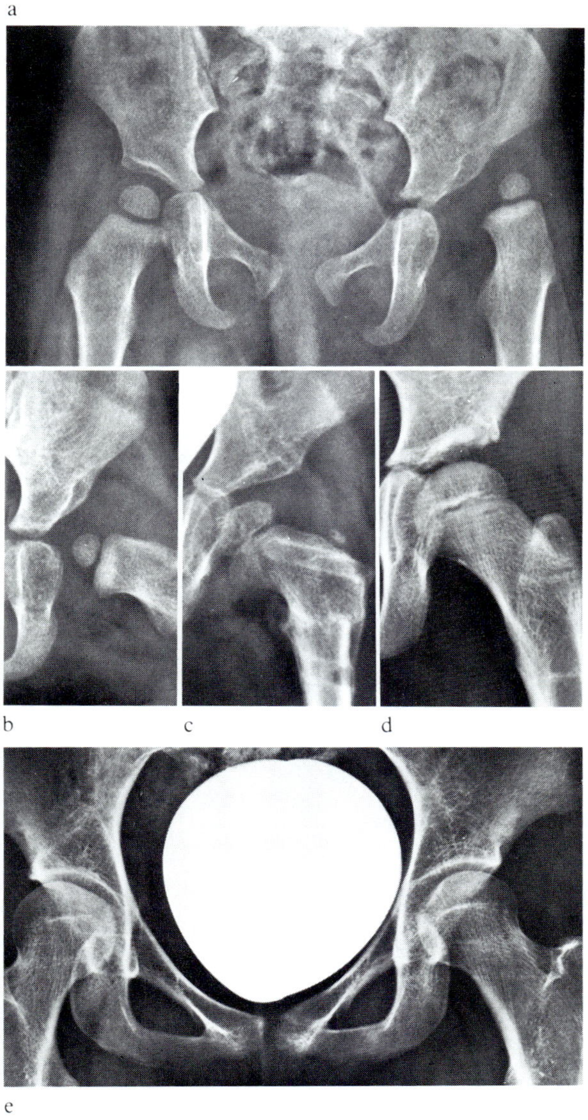

Abb. 517. *Kongenitale Hüftgelenksluxation. Verlaufsserie.*

a Bei diesem Mädchen wurde die Luxation der linken Hüfte erst im Alter von knapp 2 Jahren entdeckt.
b Konservative Reposition in Abspreizstellung. Gute Zentrierung. Grosser Pfannendachdefekt.
c Zustand ein Jahr später. Inzwischen war eine intertrochantere Varisations- und Derotationsosteotomie gemacht worden, um die Hüfte permanent besser zu zentrieren und die bei der Hüftdysplasie häufig vermehrte Antetorsion zu korrigieren. Die Osteotomie ist bereits knöchern geheilt, die Löcher von den Schrauben, mit welchen die beiden Fragmente zusammengepresst worden waren, sind noch zu sehen. [Die obere Schraube muss *unterhalb* der Trochanterepiphyse eingesetzt werden, sonst kann es zu Wachstumsstörungen kommen, wie auf Abb. 174 (II.2.).]
d Kontrolle 3 Jahre später, im Alter von 6 Jahren. Der Schenkelhals hat sich wieder aufgerichtet, doch ist der Hüftkopf kreisrund, und das Acetabulum hat seine Entwicklung nachgeholt und ein gutes Pfannendach gebildet.
e Kontrolle nach Wachstumsabschluss, im Alter von 17 Jahren: Weitgehend normale Hüftgelenksverhältnisse beidseits. Nur bei solchem Befund kann eine gute Prognose erwartet werden, doch nicht in allen Fällen verläuft die Entwicklung so günstig (vgl. Abb. 510). Manchmal bleibt eine residuelle Dysplasie oder sogar Subluxation zurück. Dann muss früher oder später mit Beschwerden und einer Arthrose gerechnet werden. Bisher lässt sich das offenbar mit keiner Operationsmethode sicher verhindern, wenn die Krankheit nicht rechtzeitig entdeckt wurde.

te kann nicht operativ hergestellt werden, sie kann nur entstehen aus der Wachstumspotenz der germinativen Knorpelschichten. Alles hängt davon ab, dass wir diese für und nicht gegen uns wachsen lassen können.

Liste der gebräuchlichsten Operationen für die kongenitale Hüftgelenksluxation:

1. Offene Reposition: In manchen Fällen gelingt die geschlossene Reposition nicht oder nur unvollkommen. Dann wird versucht, Repositionshindernisse (eingeschlagener Limbus, zu enger Isthmus, Hindernisse im Pfannengrund) operativ zu beseitigen. Anschliessend muss die Repositionsstellung gehalten werden wie nach konservativer Einrenkung. Diese Operation eignet sich nur für Kinder vom 1. bis etwa zum 4. Lebensjahr.

2. Intertrochantere Korrekturosteotomie: Bei steilen oder zu stark nach vorne gerichtetem Schenkelhalswinkel (Coxa valga, Coxa antetorta) drängt der Hüftkopf nach kranial und ventral aus der Pfanne heraus. Die Dysplasie nimmt dadurch zu, und noch Jahre nach einer Reposition kommen deshalb rezidivierende Subluxationen vor. Dieser Entwicklung versucht man zu begegnen durch Korrektur des abnormen Schenkelhalswinkels mittels einer *Osteotomie* am oberen Femurende. Dadurch versucht man ein Tiefertreten des Hüftkopfes in die Pfanne und damit eine bessere Zentrierung zu erreichen (Abb. 517).

Eine präzise Operationstechnik ist erforderlich für

1. die genaue Korrektur,
2. eine stabile Fixation,
3. Vermeiden von Verletzungen der Wachstumszone.

Bei dieser Operation ist zu berücksichtigen, dass der Schenkelhalswinkel sich fast immer später wieder mehr oder weniger stark aufrichtet, und zwar umso stärker, je jünger die Kinder sind (Abb. 56).

3. Eingriffe zur Verbesserung der Überdachung des Kopfes. Verschiedene Operationsmethoden

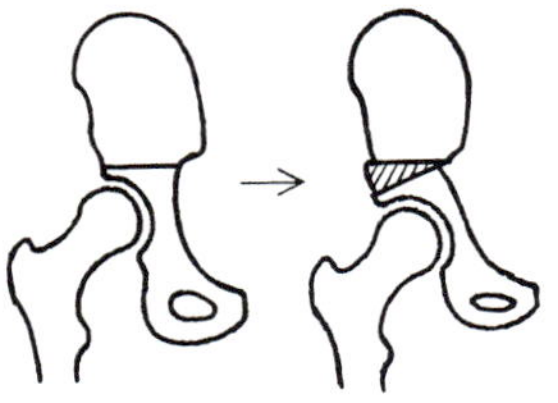

Abb. 518. Verbesserung der Überdachung mittels *Beckenosteotomie* nach SALTER. Der untere Beckenteil mit dem Acetabulum wird nach vorne und zur Seite gekippt, damit das Pfannendach den Hüftkopf besser überdacht. Die Osteotomie wird mit einem Knochenspan verkeilt. Diese Operation eignet sich für nicht allzu schwere Dysplasien bei kleinen Kindern. Bei grösseren ist der Knochen zu starr, und man erreicht keine genügende Korrektur des Pfannendachwinkels mehr.

a

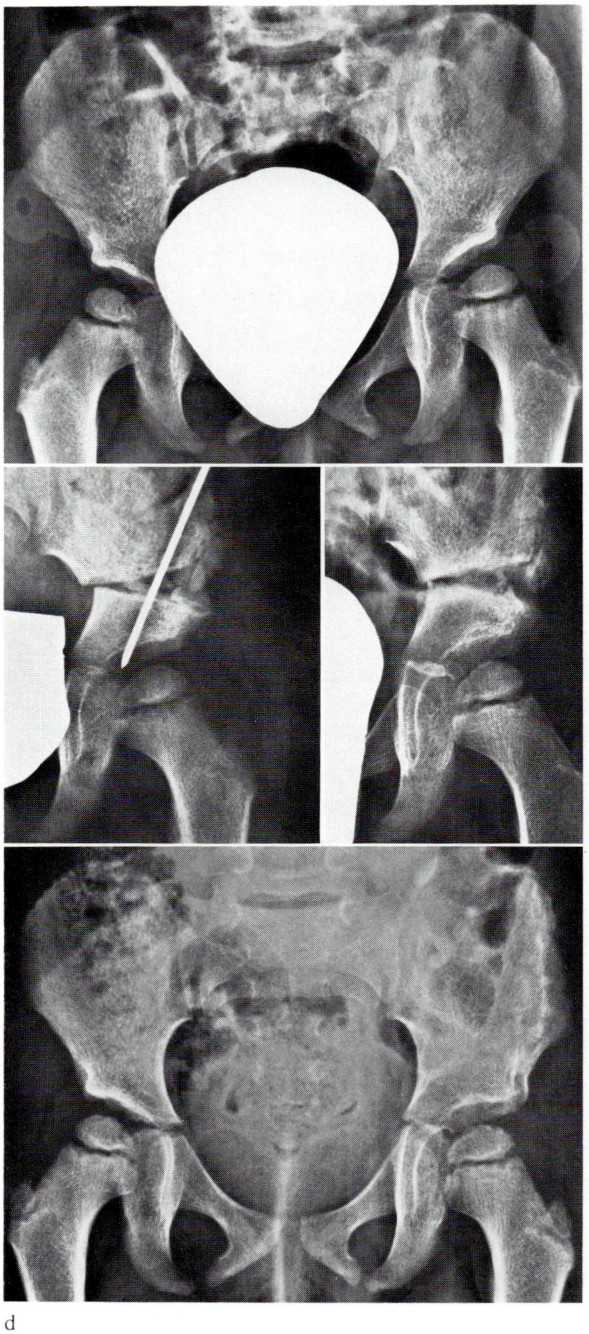

b c d

Abb. 519. *Das Problem der Kopfüberdachung.* ▷

a Bei diesem 4jährigen Mädchen steht zwar der linke Hüftkopf gut in der Pfanne, doch ist die Überdachung ungenügend: Das Acetabulum ist steiler und der Pfannenerker ragt weniger weit nach lateral vor, als auf der rechten Seite (der in Abb. 488 definierte Acetabulumwinkel nach WIBERG ist sehr klein). Eine leichte beginnende Sklerosierung des Pfannendaches (im Vergleich zu rechts), sowie eine beginnende leichte Entrundung des Kopfes, zeigen eine Tendenz zur Subluxation mit erhöhtem Druck auf Pfannenerker und Kopf an, was sich auf das weitere Wachstum störend auswirkt und eine eher ungünstige Entwicklung erwarten lässt. Deshalb wurde versucht, durch eine *Beckenosteotomie* nach SALTER die Überdachung zu verbessern.

b Zeigt die postoperative Röntgenkontrolle. Der fixierende Kirschnerdraht liegt *vor* dem Gelenk, sein Ende ist abgebogen. Er wurde nach 3 Wochen entfernt.

c Ein Monat später ist die Osteotomie in Konsolidation begriffen.

d Zustand 1½ Jahre später: Die Überdachung ist jetzt deutlich besser. Eine gewisse Asymmetrie des Beckens muss bei dieser Operation in Kauf genommen werden.

sind vorgeschlagen worden, um das Pfannendach zu verbreitern.

a) *Azetabulumplastiken:* Das Pfannendach wird heruntergeklappt und verbreitert. Eigene oder fremde Knochenspäne sind dazu notwendig. Die Pfannendachplastik mit einem einfachen Span genügt nicht (Abb. 521).

b) *Beckenosteotomie* nach *Chiari,* knapp oberhalb des Hüftgelenkes und verschieben desselben nach medial. So kommt ein neues künstliches Pfannendach zustande. Diese Operation eignet sich eher für ältere Kinder, Jugendliche und Erwachsene (Abb. 522).

c) *Beckenosteotomie* nach *Salter* (innominate osteotomy). Es wird nicht ein neues Pfannendach geschaffen, sondern die ganze Pfanne wird nach lateral gekippt, wodurch die Überdachung verbessert wird (Abb. 518 und 519).

Diese Operation eignet sich gut für kleine Kinder mit ungenügender Überdachung der Pfanne.

d) *Pfannenplastik* nach *Colonna:* Die ganze Hüftpfanne wird ausgebohrt und vertieft, und der von der Kapsel bedeckte Kopf hineingestellt. Diese Operation kann bei besonders schweren Fällen notwendig werden.

Alle diese Methoden haben bestimmte Indikationsstellungen (lokaler Befund, Alter usw.). Alle haben Gefahren und Nachteile. Ihre endgültige klinische Bewertung steht noch aus, da erst die *Spätresultate* für den Erfolg entscheidend sind (Abb. 495).

2.5.6. *Die veraltete Hüftgelenksluxation*

Trotz aller unserer Bemühungen und Operationen ist es nicht zu leugnen, dass die Behandlungsresultate viel zu wünschen übrig lassen, und zwar umso mehr, je älter die Kinder bei Behandlungsbeginn waren. Die Aussichten auf ein gutes Ergebnis nehmen schon vom ersten Lebensjahr an ab, mit zwei Jahren sind sie bereits unsicher und mit etwa vier Jahren ist kaum mehr mit einem einwandfreien Resultat zu rechnen. Man steht, vor allem bei noch älteren Kindern und beidseitigen Luxationen, vor der Gewissensfrage, ob man mit einer Operation nicht mehr schaden als nützen würde. Es gibt einen Zeitpunkt, nach welchem es besser ist, eine luxierte Hüfte nicht mehr zu reponieren. Ein Hüftkopf, welcher infolge einer hohen Luxation den Kontakt mit der Beckenwand verloren hat, macht in der Regel keine Schmerzen, auch nach Jahren nicht, während eine residuelle Dysplasie oder Subluxation früher oder später zur Coxarthrose und damit zu Schmerzen führt (Abb. 520).

Die Patienten mit vollständiger Luxation behalten wohl einen unschönen Gang, haben aber selten starke Schmerzen und werden praktisch nie voll invalide. In solchen Fällen kann eine hochdiaphysäre Osteotomie (nach Schanz) die Instabilität etwas mildern (Abb. 520 unten).

Schwierige Probleme bilden die residuellen *Subluxationen* und Dysplasien, welche schon im

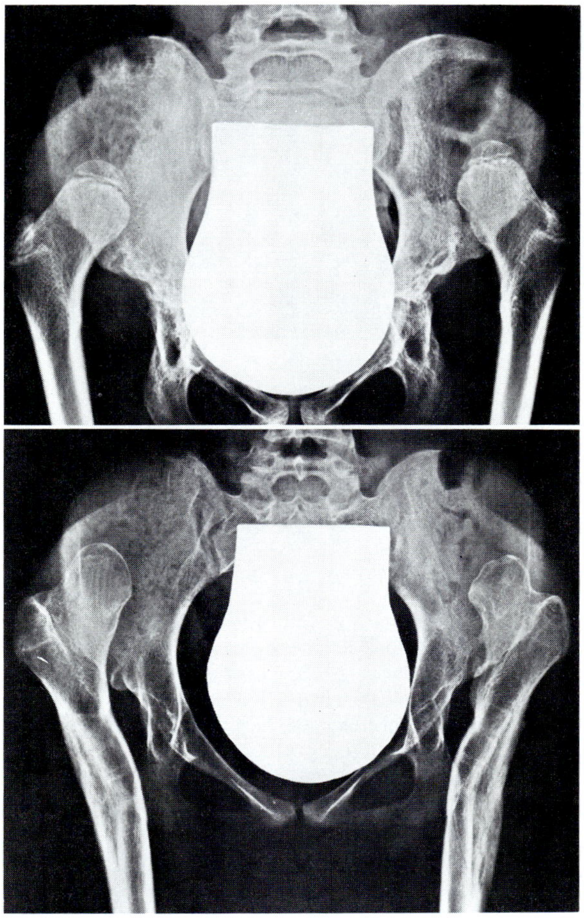

Abb. 520. Angeborene beidseitige hohe *Hüftgelenksluxation* bei einem 8jährigen Mädchen (oben). Die dysplastischen Hüftköpfe stehen oben auf Höhe der Darmbeinschaufeln, aber artikulieren nirgends. Das Becken ist nach vorne gekippt. Die Gelenkpfannen sind nicht ausgebildet, der Formationsreiz dazu fehlte.

Unten: Röntgenbild im Alter von 15 Jahren: Um eine bessere Statik zu erreichen, war eine hochdiaphysäre Abwinkelungsosteotomie gemacht worden. Das Mädchen hat keine Schmerzen, es hinkt lediglich beim Gehen.

Abb. 521. *Residuelle Dysplasie* bei 15jährigem Mädchen, das über gelegentliche Beschwerden klagt.

a Inkongruenz, ungenügende Überdachung, Sklerosierung am Pfannenerker als Zeichen der Überbeanspruchung.
b 4 Monate nach intertrochanterer Varisationsosteotomie und Acetabuloplastik. Man hoffte, durch bessere Druckverteilung im Gelenk (siehe I.A.9.2.1.) die beginnende Arthrose aufzuhalten oder wenigstens hinauszuschieben.
c 5 Jahre später. Pfannendach und Osteotomie konsolidiert und umgebaut.

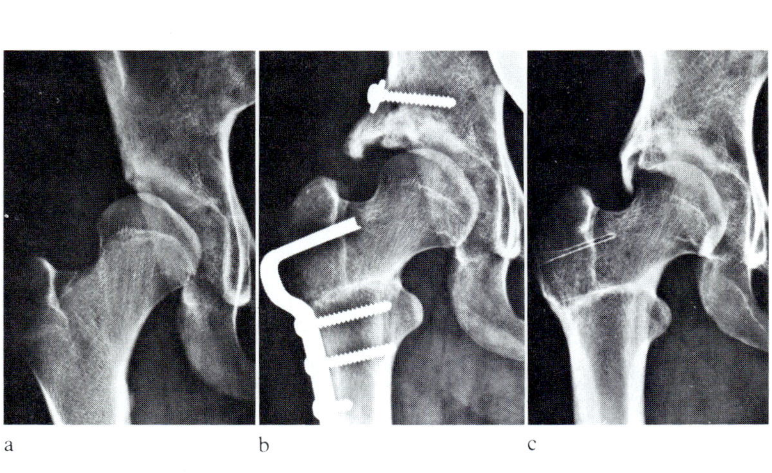

a b c

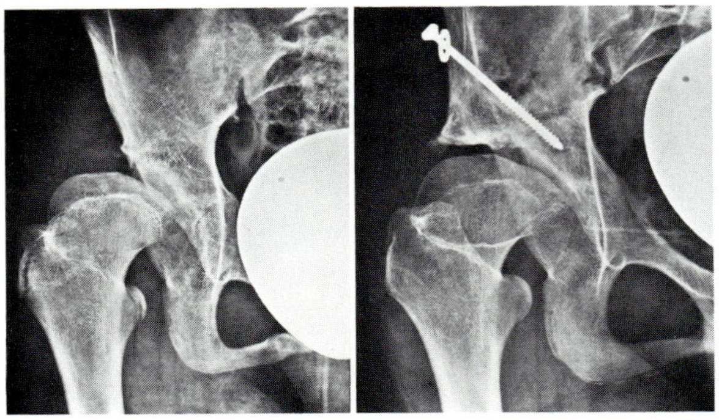

a b

Abb. 522.

a *Residuelle Subluxation* bei 14jährigem Mädchen. Starke Deformierung des Kopfes. Steil gestellter Schenkelhals. Die ursprüngliche Pfanne ist leer, sie ist kaum ausgebildet. Oberhalb davon hat sich eine rudimentäre Sekundärpfanne gebildet. Die kleine Berührungsfläche zeigt Zeichen von Überbeanspruchung. Die Überdachung fehlt völlig. Beginnende Beschwerden.
Um ein Pfannendach zu bilden, wurde das Becken knapp oberhalb des Hüftkopfes quer osteotomiert (nach CHIARI).

b Zustand 8 Jahre nach der Beckenosteotomie. Der nach medial verschobene Kopf hat durch die nach lateral verschobene Beckenschaufel ein neues Dach bekommen. Die Schraube diente zur Fixation der beiden Beckenteile in der neuen Stellung.

2. und 3. Lebensjahrzehnt zu arthrotischen Schmerzen führen. An eine völlige Wiederherstellung des Hüftgelenkes ist nicht zu denken. In Frage kommen die Operationen für die *Coxarthrose:* Osteotomien, evtl. Pfannendachplastiken usw., allerdings selten mit Dauererfolg, in der Zukunft vielleicht Gelenkstransplantationen. Endoprothesen wird man in diesem Alter nicht leichten Herzens anwenden und Arthrodesen sind unbeliebt, bei *gesunder* Gegenhüfte allerdings ausgezeichnet (siehe auch III.C.2.10.5.). (Abb. 521 und 522.)

Noch heute ist die kongenitale Hüftluxation eines der schwierigsten orthopädischen Probleme. Seine Lösung liegt weniger in der Weiterentwicklung der Operationstechnik als in der Eliminierung der Krankheit durch *systematische Untersuchung der Hüften bei allen Neugeborenen.*

2.6. Morbus Perthes (juvenile Hüftkopfnekrose)

2.6.1. *Krankheitsbild*

Der «Perthes» gehört zu den ischämischen Knochennekrosen (siehe II.5.2.). Klinisch genau umschriebene, relativ häufige Krankheit, deren Ursache immer noch unbekannt ist (Idiopathische Hüftkopfnekrose). Sie kommt praktisch nur im Alter von etwa 3 – 10 Jahren vor, bei Knaben häufiger als bei Mädchen, nicht selten beidseitig.

Pathogenese

Die Blutversorgung des Femurkopfes ist während des ganzen Lebens, besonders aber in der Kindheit, stark gefährdet (siehe III.C.2.3.1.2.). Offenbar genügt ein geringer Anlass, dass sie nicht mehr ausreicht; diesen Anlass aber kennen wir nicht. Das Stadium der akuten Ischämie verläuft unbemerkt.

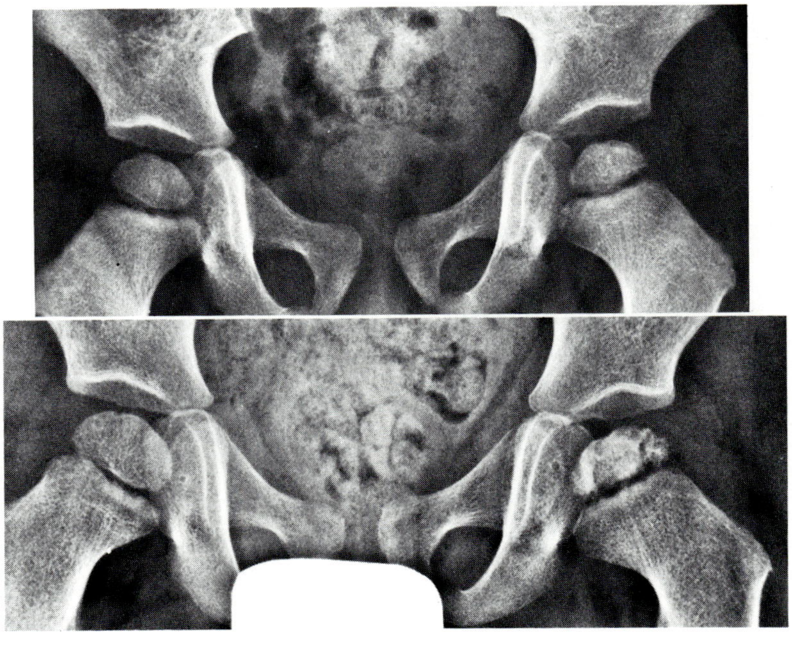

Abb. 523. Die *Frühdiagnose* des M. Perthes im *Röntgenbild.*

Oben: Beckenaufnahme eines 3jährigen Knaben, der etwas hinkte und zeitweise über Schmerzen im linken Bein klagte. Die linke Hüfte lässt beim Vergleich mit der normalen rechten Hüfte die typischen Zeichen des frühen M. Perthes erkennen:
- leicht erweiterter Gelenkspalt
- leicht abgeflachter Kopfkern
- Kopfkern etwas knochendichter (sklerosiert)

Die Veränderungen sind am Anfang sehr gering und müssen fast mit der Lupe gesucht werden.

Die Diagnose des frühen Perthes ist schwierig und wird deshalb gelegentlich verpasst. Sie kann und muss aber aus dem Röntgenbild gestellt werden, denn eine frühzeitige Behandlung ist für die Prognose wesentlich.

Unten: ein halbes Jahr später sind die Veränderungen nun eindeutig.

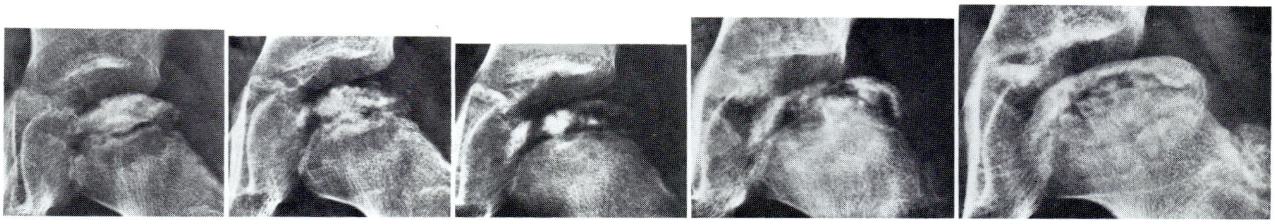

a b c d e

Abb. 524. *M. Perthes, Verlaufsserie.*

a Linke Hüfte eines 5jährigen Knaben, mit Sklerosierung und Abplattung. Befall der ganzen Epiphyse sowie eines Teils der Metaphyse.
b Ein halbes Jahr später. Beginnender scholliger Zerfall als Zeichen des Knochenumbaues. In diesem Stadium ist der Kopf relativ weich, leicht deformierbar und deshalb besonders gefährdet.
c Nach einem weiteren halben Jahr ist der Kopfkern fragmentiert, deformiert, abgeplattet: Schollenstadium.
d Noch ein Jahr später sind die Wiederaufbauvorgänge deutlich, der Kopf ist jedoch bereits etwas subluxiert.
e Bei der Kontrolle nach weiteren 2½ Jahren, im Alter von 10 Jahren, ist der Kopf neu aufgebaut. Allerdings ist er stark entrundet, und auch die Pfanne ist deformiert, die Überdachung ungenügend.

Der Knabe ist praktisch symptomfrei, doch ist die Prognose auf die Dauer ungewiss, da sich wegen der Inkongruenz mit den Jahren eine Arthrose entwickeln wird.

Das Ziel der Perthes-Behandlung wäre, Subluxation und damit präarthrotische Deformitäten zu verhindern, was versucht wird durch Entlastung und Zentrierung des gefährdeten Kopfes (containment).

Vergleiche dazu die günstigere Verlaufsserie von Abb. 189, wo das Gelenk nach dem Kopfumbau wieder weitgehend kongruent ist und somit eine bessere Prognose hat.

Die *pathologisch-anatomischen* Veränderungen und ihre Entwicklung in vier Stadien wurde im *Kapitel über ischämische Knochennekrosen* (II.5.2.1.) eingehend beschrieben (Abb. 189 und 524).

Klinik: Symptome treten meist erst nach längerer Zeit auf und sind spärlich: Leichte Schmerzen in der Hüfte, nicht selten im *Knie* (!), evtl. ein leichtes Hinken. Solche Zeichen, bei Kindern im Vorschul- und Unterstufenalter, müssen den Verdacht auf M. Perthes wecken.

Auch der *klinische Befund* ist gering: Evtl. eine leichte Bewegungseinschränkung (Innenrotation, Abduktion), eine leichte Atrophie des Quadrizeps.

2.6.2. *Diagnose*

Die Diagnose kann klinisch nur vermutet und muss mit einem *Röntgenbild* gesichert werden. Die frühesten Veränderungen treten allerdings erst nach einiger Zeit auf und sind im Anfangsstadium (Nekrose) noch sehr diskret, doch eindeutig (Abb. 523).

Das Röntgenbild gibt auch genaue Auskunft über den *Verlauf* der Krankheit, während die klinische Symptomatologie durchwegs spärlich bleibt.

Die *röntgenologischen Veränderungen* im Verlaufe der Perthesschen Erkrankung entsprechen den 4 pathologisch-anatomischen Stadien (siehe II.5.2.1.). Es sind *folgende:*

1. Geringe Gelenkspaltverbreiterung, leichte Erniedrigung der Epiphyse.
2. Relative Sklerosierung des Kopfkernes.
3. Spaltbildung subchondral (axiale Aufnahme): Pathologische Fraktur, erstes Zeichen der mechanischen Insuffizienz.
4. Abplattung der Epiphyse als Zeichen des Zusammenbruches des nekrotischen Knochens.
5. Schollen- oder Fragmentstadium. Der Knochen zerfällt in einzelne «Schollen» als Zeichen des Ab- und Umbaues.
6. Regenerationsstadium. Es wird langsam ein neues Knochengerüst wieder aufgebaut, die «Schollen» werden entweder resorbiert oder umgebaut.
7. Restitution der Knochenstruktur (Abb. 524).

Klinischer Verlauf: Die geringen Beschwerden entsprechen der Schwere der Krankheit nicht. Nach einiger Zeit gehen die Schmerzen ganz zurück. Nicht selten wird die Diagnose im Kindesalter gar nicht gestellt.

Der Perthes ist eine Krankheit, welche an sich *von selbst heilt.* Die Hüftfunktion bleibt meist gut erhalten, und in den nächsten 20 – 30 Jahren sind die Patienten wieder gesund und in der Regel voll leistungsfähig (Abb. 528).

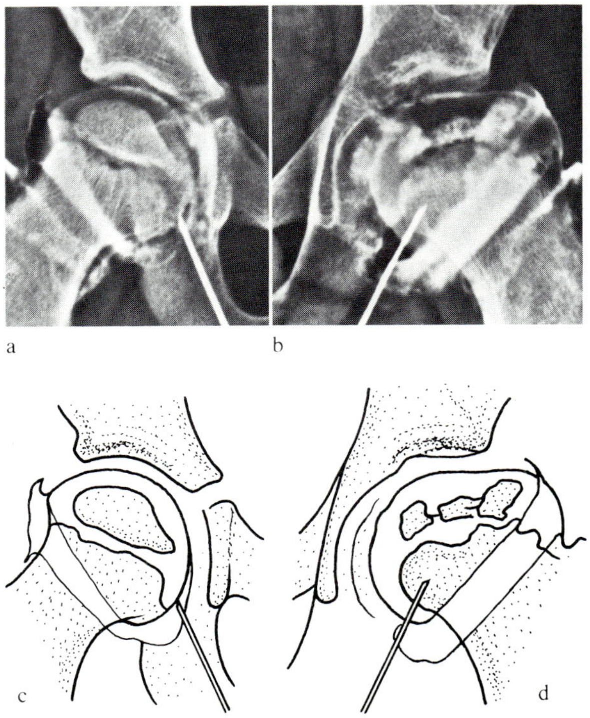

Abb. 525. *Die Kopfdeformierung beim M. Perthes:* Arthrographie der Hüftgelenke eines 5jährigen Knaben.

a Die *normale* rechte Hüfte ist *kreisrund,* Kopf und Pfanne sind kongruent.
b Der linke Hüftkopf ist infolge eines M. Perthes weich geworden und eingedrückt, abgeplattet und entrundet. Das Gelenk wird inkongruent. In der Folge wird auch die wachsende Pfanne deformiert, der Pfannenerker abgeflacht, und der Kopf beginnt nach lateral zu *subluxieren.* Ein solcher Verlauf ist ungünstig für die Prognose. Unsere derzeitigen therapeutischen Bestrebungen sind grösstenteils darauf gerichtet, eine solche Entwicklung zu verhindern, d.h. den runden Kopf in einer runden Pfanne zu *halten* (containment).
c und d: Skizze zu den Röntgenbildern.

2.6.3. *Prognose*

Die Prognose auf lange Sicht jedoch hängt davon ab, ob das Hüftgelenk *am Schluss der Wachstumsperiode* normal konfiguriert und *kongruent* ist.

Dies ist nicht leicht vorauszusagen. Tatsächlich sind die Unterschiede der Langzeitresultate sehr gross. Neben praktisch vollständiger anatomischer Wiederherstellung gibt es schwerste Deformitäten:

1. Während des Umbaues ist die Knochenstruktur der mechanischen Beanspruchung nicht gewachsen. In dieser Phase wird der Kopf mehr oder weniger stark *deformiert* und wächst nicht mehr normal.

2. Der abgeplatte, verbreiterte Kopf *subluxiert* langsam, drückt auf den Pfannenerker und deformiert dabei die Pfanne (Abb. 525 und 524).

3. In vielen Fällen ist die *Epiphysenwachstumszone geschädigt,* wenn nicht nur die Epiphyse, sondern auch noch ein Teil der Metaphyse am Schenkelhals betroffen ist. Das epiphysäre *Wachstum* am Hüftkopf kommt weitgehend *zum Stillstand,* während der Trochanter maior ungestört weiter wächst. Daraus entwickelt sich bis zum Abschluss des Wachstums eine für den Perthes *typische schwere Deformierung* des proximalen Femurendes: Pilzförmige Verbreiterung und Abplattung des Hüftkopfes (Coxa magna), schwere *Coxa vara,* Hochstand des Trochanter maior und Beinverkürzung von evtl. mehreren cm (Abb. 526 und 530).

In allen diesen Fällen macht sich mit etwa 30, 40 oder 50 Jahren die *sekundäre Coxarthrose* bemerkbar, welche unaufhaltsam fortschreitet.

Welche Fälle führen nun zu Deformitäten und welche nicht? Diese Frage ist wichtig für die Therapie. Sie ist nicht ohne weiteres zu beantworten.

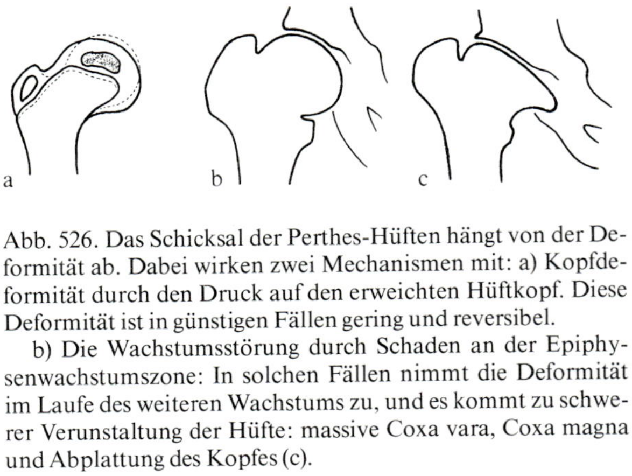

Abb. 526. Das Schicksal der Perthes-Hüften hängt von der Deformität ab. Dabei wirken zwei Mechanismen mit: a) Kopfdeformität durch den Druck auf den erweichten Hüftkopf. Diese Deformität ist in günstigen Fällen gering und reversibel.

b) Die Wachstumsstörung durch Schaden an der Epiphysenwachstumszone: In solchen Fällen nimmt die Deformität im Laufe des weiteren Wachstums zu, und es kommt zu schwerer Verunstaltung der Hüfte: massive Coxa vara, Coxa magna und Abplattung des Kopfes (c).

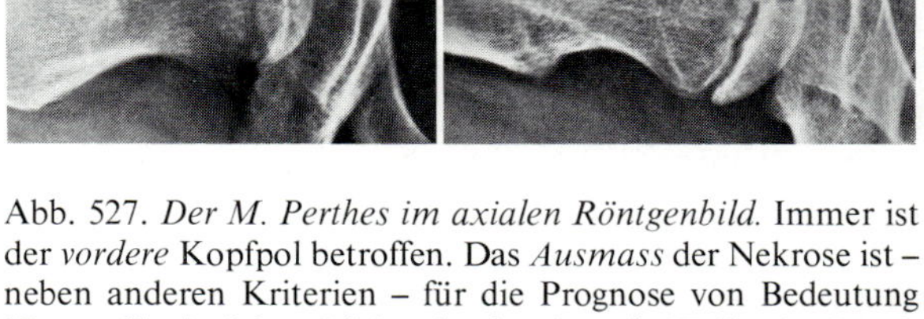

Abb. 527. *Der M. Perthes im axialen Röntgenbild.* Immer ist der *vordere* Kopfpol betroffen. Das *Ausmass* der Nekrose ist – neben anderen Kriterien – für die Prognose von Bedeutung (Catterall): Auf dem Bild rechts ist über die Hälfte der Kopfkalotte befallen, auf dem Bild links nur etwa das vordere Drittel.

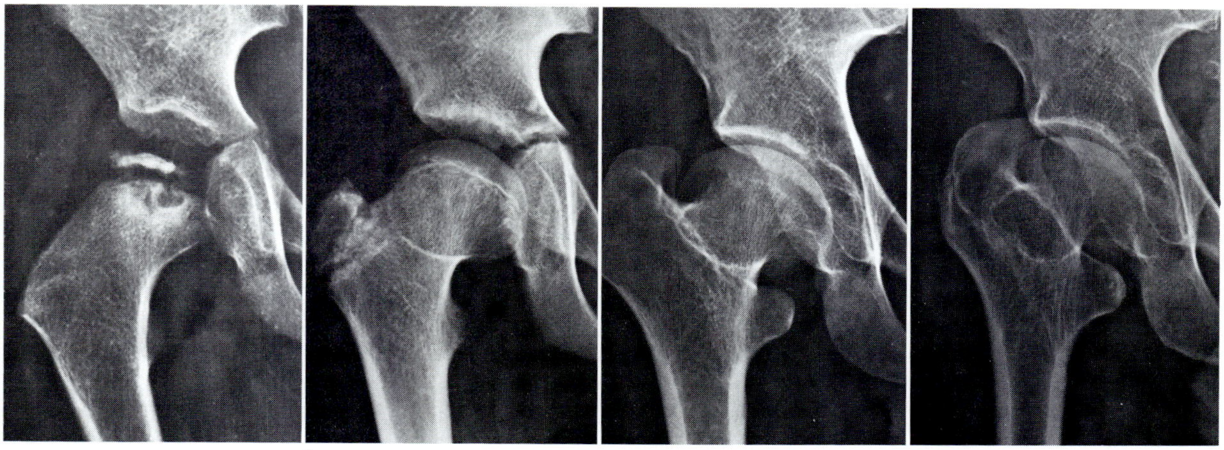

a b c d

Abb. 528. *Langzeitkontrolle* eines M. Perthes.

a Schwere Veränderungen im Alter von 5 Jahren.
b Im Alter von 12 Jahren ist der Kopf wieder aufgebaut. Er ist vergrössert (Coxa magna), aber rund und steht gut in der Pfanne.
c Kontrolle mit 25 Jahren. Die Schädigung der Wachstumszone im Kopfbereich führte zu einer starken Varusstellung bis zum Wachstumsabschluss.
d Im Alter von 60 Jahren ist der Mann immer noch weitgehend beschwerdefrei, das Hüftgelenk weist nur geringfügige Arthrosezeichen auf.

Das Beispiel zeigt die Bedeutung der Gelenkkongruenz, sowie die tiefgreifenden Veränderungen im Laufe des Wachstums.
Über die Prognose orthopädischer Leiden – unbehandelt oder nach Eingriffen – können nur solche *langfristigen Verläufe* Aufschluss geben. Diese Fallstudie war möglich dank der beispielhaften Dokumentation der orthopädischen Universitätsklinik *Balgrist* Zürich, wo alle Röntgenbilder seit der Gründung des Institutes aufbewahrt wurden und zur Verfügung stehen.

Immerhin hat man bisher einige Faktoren herauskristallisieren können:

1. *Je jünger das Kind, desto besser die Prognose.* Bei Kindern unter 4–5 Jahren ist das Endresultat auch ohne Behandlung gewöhnlich gut.
2. *Je grösser der nekrotische Bezirk, desto schlechter* ist *die Prognose.* Ist nur der vordere obere Pol betroffen, was häufig vorkommt, ist das Endresultat gewöhnlich gut (Abb. 527).
3. Ist auch die Metaphyse und damit die Epiphysenfuge befallen, sind die Resultate wesentlich schlechter.
4. Der Einfluss der *Therapie:* Die besten Spätresultate ergaben jene Fälle von Perthesscher Erkrankung, welche als Tuberkulose verkannt und entsprechend behandelt worden waren: Mit viele Monate bis Jahre dauernder Bettruhe. Geschützt vor mechanischer Einwirkung konnte sich der Umbau und Wiederaufbau des Kopfes vollziehen, ohne dass seine geometrische Form stark beeinträchtigt wurde (Abb. 528).

2.6.4. *Therapie*

Auch heute gibt die konsequente vollständige Entlastung während der ganzen Krankheitsdauer die beste Gewähr für eine gute Prognose.

Da keine kausale Behandlung der Krankheit bekannt ist, richten sich alle therapeutischen Bemühungen auf die Vermeidung der begleitenden Deformitäten durch *Ausschaltung der deformierenden Belastung.*

Voraussetzung dafür ist die rechtzeitige Diagnose, zu einem Zeitpunkt, da noch *keine* Deformität besteht.

Eine *Liegekur* von ein oder mehreren Jahren in einem Alter, da das Kind sich motorisch entwikkeln und zur Schule gehen sollte, bedeutet für den kleinen Patienten und seine Mutter eine grosse Zumutung.

Man hat deshalb versucht, mit *konservativen* Mitteln die Hüften zu entlasten und die Subluxation zu verhindern: *Gehapparate* mit Beckenring (Thomasbügel, Abb. 152) werden häufig angewendet. Ihre entlastende Wirkung ist wohl nicht ideal. Vollständige Entlastung im Einbeingang mit Krückstöcken ist von den Kindern zuviel verlangt. Besser haben sich *Abspreizgipse* und *-apparate* bewährt, doch sind auch sie recht unbequem; insgesamt sind die Resultate nicht immer befriedigend.

Gibt es *operative Möglichkeiten* der Entlastung und Hüftzentrierung? Theoretisch müsste dies möglich sein. Die bei der kongenitalen Hüftsubluxation wirksame *Varisationsosteotomie* des proximalen Femurendes und die Beckenosteotomie (Salter) zur Verbesserung der Pfannenverhältnisse bieten sich für Fälle mit schlechter Prognose an. Sie erlauben eine rasche Mobilisierung der Patienten, welche anschliessend wieder voll belasten können. Die unzumutbare Entlastungszeit fällt weg. Dies ist bereits ein grosser Vorteil.

Die bisherigen Resultate scheinen die Erwartungen zu bestätigen, doch werden erst die Langzeitresultate den Wert dieser Operationen erweisen (Abb. 529).

Spätfälle: Deformierte Gelenke machen im Laufe der Jahre degenerative Veränderungen durch. Nicht selten treten die ersten Beschwerden mit 30 oder 40 Jahren auf, wenn die Nekrose längst geheilt, aber das inkongruente Gelenk arthrotisch geworden ist. Das klinische Bild und die Therapie entsprechen denjenigen einer schweren Coxarthrose (siehe III.C.10.). In solchen Fällen gibt die *intertrochantere Valgisationsosteotomie* in der Regel gute Resultate (Abb. 530).

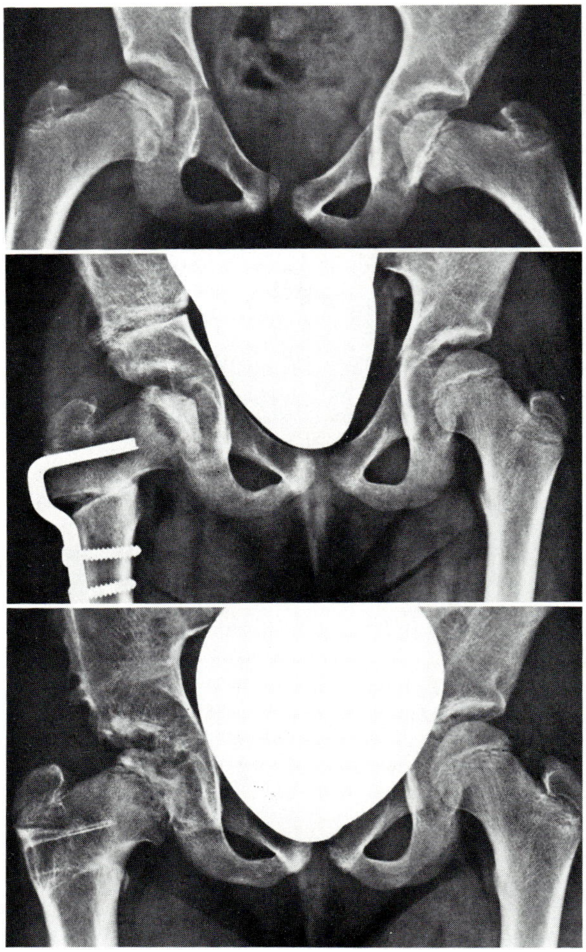

a b c

Abb. 529. Ein Versuch, die Deformität und Subluxation beim *Perthes* zu verhindern durch bessere Zentrierung und Überdachung des Kopfes.

a Frühphase eines M. Perthes rechts bei einem 8jährigen Mädchen. Röntgenbild in Abduktionsstellung der Hüfte: tiefe Einstellung des Kopfes in der Pfanne.

b Nach varisierender intertrochanterer Osteotomie und Salterscher Beckenosteotomie zur besseren Einstellung des Kopfes in die Pfanne.

c 2 Jahre später: Perthes in Heilung bei kongruentem Gelenk. Gute Zentrierung, keine Subluxation.

Die Idee der Operation ist logisch. Ob jedoch der ziemlich grosse Eingriff gerechtfertigt ist, d.h. ob durch die Operation tatsächlich die Deformierung und Subluxation besser verhindert werden können, als durch die konservative Behandlung mit Entlastung, das können erst die Spätresultate *nach Abschluss des Wachstums* zeigen. Vielleicht findet sich bis dahin eine kausale Therapie bzw. Prophylaxe.

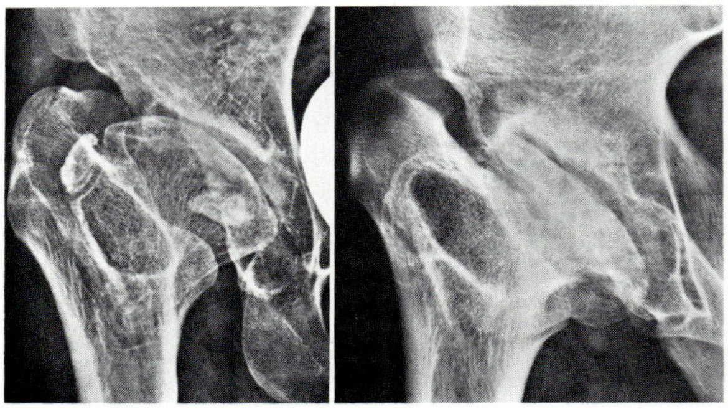

a b

Abb. 530. *Das spätere Schicksal der Perthes-Hüften.*

a Diese Frau hatte, nachdem in der Jugend der Perthes ausgeheilt war, keine Symptome mehr, bis im Alter von 33 Jahren Schmerzen auftraten infolge der beginnenden Coxarthrose.

b Diese Hüfte wurde schon mit 22 Jahren schmerzhaft. Frühzeitige Coxarthrose bei schwerer Deformität. Bei diesem jungen Mann war die Wachstumsfuge der Hüftkopfepiphyse durch die Krankheit weitgehend zerstört worden.

Diese Formen der Coxarthrose haben eine breite Abstützfläche. Sie bleiben deshalb nicht selten relativ lange beschwerdefrei. Dann sprechen sie in der Regel auf die intertrochantere Valgisationsosteotomie gut an.

2.7. Juvenile Epiphysenlösung
(Epiphyseolysis capitis femoris, Coxa vara adolescentium)

Definition: Abrutschen der Hüftkopfepiphyse des Schenkelhalses in der Wachstumsfuge während des pubertären Wachstumsschubes, meist chronisch, selten akut (siehe auch Wachstumsstörungen, II.2.1.).

2.7.1. *Ätiologie*

Im pubertären Wachstumsschub nimmt die mechanische Festigkeit der Epiphysenfuge auch bei normalen Individuen ab, offenbar unter dem Einfluss der hormonellen Umstellung in dieser Entwicklungsphase (siehe I.A.5.4.4.). Diese Veränderungen spielen ätiologisch bei der Epiphysenlösung eine Rolle, findet man sie doch bei Kindern mit *gestörtem Hormongleichgewicht (hochgewachsene asthenische, resp. dicke hypogenitale)* gehäuft. Die letztliche Ursache der Epiphyseolyse ist allerdings immer noch unklar.

Die Krankheit tritt auf im Alter von etwa 9 Jahren bis zum Wachstumsabschluss, bei Knaben, entsprechend der späteren Skelettreife, etwas später als bei Mädchen, und etwa doppelt so häufig wie bei diesen (siehe Graphik, II.2.1.).

Bei der Natur der Krankheit ist es verständlich, dass *sehr häufig beide Hüften befallen* werden, oft in Abständen von mehreren Monaten.

2.7.2. *Pathologie*

Gewöhnlich löst sich die Kopfepiphyse nicht vollständig vom Hals, sondern gleitet langsam ab und kippt schliesslich über den Schenkelhals nach dorsal. Die Gefässversorgung über die dorsalen Periostgefässe bleibt dabei erhalten. Der Prozess dauert in der Regel Wochen bis Monate. Gleichzeitig finden Reparations- und Umbauvorgänge statt: Resorption des hinteren Schenkelhalsstumpfes und Spornbildung (Abb. 531 und 534).

In seltenen Fällen löst sich der Kopf im Verlaufe der Krankheit *plötzlich* und vollständig vom Schenkelhals unter dem Bild eines Unfalles, allerdings meist ohne entsprechendes Trauma.

So unterscheidet man:
1. Chronische Epiphyseolyse (häufig)
2. Akute Epiphyseolyse (selten)
3. Akute Lyse im Verlaufe der chronischen Epiphyseolyse (etwas weniger selten).

Der Gleitprozess kann in jedem Stadium zum Stillstand kommen, manchmal erst nach vollständigem Abkippen der Kopfkalotte. Nach kurzer Zeit verknöchert dann die Epiphysenfuge und der abgerutschte Kopf wird wieder fest. So heilt die Krankheit von selbst.

Zurück bleibt allerdings die Deformität des proximalen Femurendes. Je grösser diese ist, de-

a

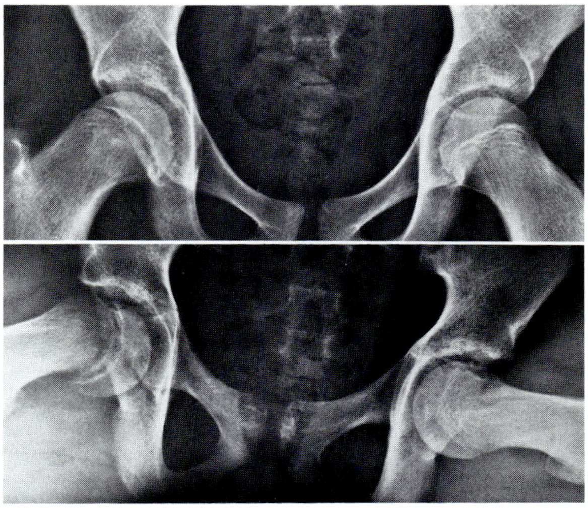

b

Abb. 531. *Die Diagnose der Epiphysenlösung.*

a 13jähriges Mädchen mit Hüftschmerzen rechts. Bereits im ap-Bild ist die Lyse deutlich: Die Epiphysenfuge erscheint etwas erweitert, aufgelockert, die Kopfkalotte ist ein wenig nach medial abgerutscht, so dass die kraniale Begrenzungslinie des Schenkelhalses in ihrer Verlängerung den Kopf nicht mehr schneidet, wie das bei einer normalen Hüfte (vgl. linke Hüfte) der Fall ist. (Die leichte Verdichtung der Kopfspongiosa ist *kein* obligates Zeichen, hier deutet es eine Zirkulationsstörung an.)

b Erst das *axiale* Röntgenbild (nach LAUENSTEIN, oder nach DUNN mit 45° Abduktion), lässt das wahre Ausmass des Gleitprozesses erkennen, welcher fast immer weiter fortgeschritten ist, als man vermuten würde. Hier beträgt der Gleitwinkel etwa 45°. In diesem Stadium ist neben der Fixation auch eine Stellungskorrektur notwendig. Trotzdem ist die Langzeitprognose umso schlechter, je stärker der Kopf abgeglitten ist.
Die linke Hüfte sieht normal aus.

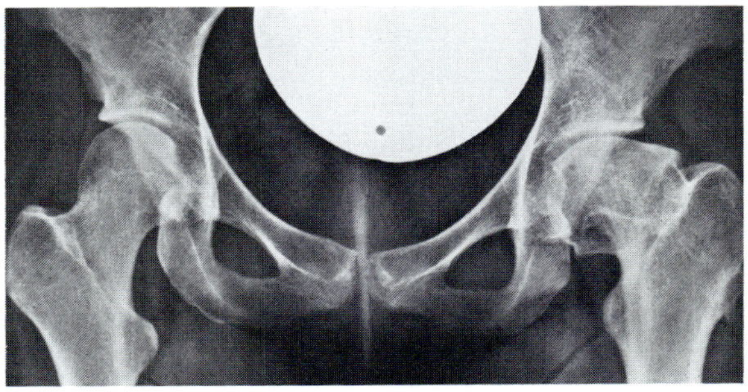

Abb. 532. Beginnende Coxarthrose bei 23jähriger Frau, die früher eine Epiphysenlösung links durchgemacht hatte.

sto stärker ist die Hüftfunktion beeinträchtigt, desto rascher stellen sich auch Degenerationszeichen ein. In der Regel entwickelt sich im Erwachsenenalter eine *sekundäre Coxarthrose* infolge der Gelenksinkongruenz (Abb. 532).

2.7.3. *Diagnose*

Wenn eine beginnende Epiphyseolyse früh genug erkannt wird, ist die Behandlung einfach und die Prognose gut. Die Wiederherstellung einer bereits abgerutschten Hüfte jedoch ist heikel und gelingt nicht immer. Die Prognose ist unsicher. Die *Frühdiagnose* der Epiphyseolyse ist deshalb *äusserst wichtig und dankbar.*

Wenn Knaben von etwa 12–15 Jahren, Mädchen im Alter von 10–14 Jahren über Schmerzen in *Hüfte,* Oberschenkel oder *Knie* klagen und hinken, so ist der erste Gedanke die Epiphyseolyse, und eine genaue Abklärung der Hüften einschliesslich *Röntgen* in zwei *Ebenen* ist notwendig. *Knieschmerzen* können das einzige Symptom sein, und es ist deshalb wichtig, bei Knieschmerzen an die Hüfte zu denken.

Die *klinische Untersuchung* zeigt oft nur wenig: *Leichtes Hinken,* evtl. nur wenn die Kinder müde sind, evtl. ein positives Trendelenburgsches Zeichen, sodann eine geringgradige Bewegungseinschränkung der betroffenen Hüfte, vor allem für *Innenrotation* (am besten Prüfung in Bauchlage, siehe I.B.2.1.3.2.). Bei der Prüfung der Flexion

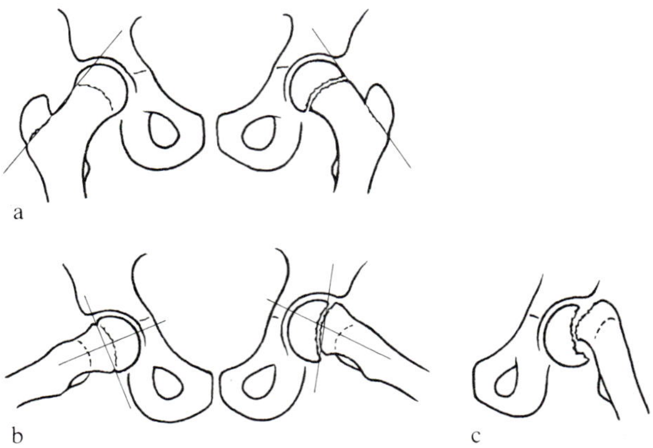

Abb. 533. Die *Frühdiagnose* der Epiphysenlösung ist für das Schicksal der Krankheit ausschlaggebend. Klinisch kann sie meist vermutet werden, wenn man das Krankheitsbild kennt. Bei Verdacht sind immer *Röntgenbilder in zwei Ebenen* notwendig.

a) Im *ap-Bild* sind die Veränderungen oft kaum zu erkennen: Leichte Auflockerung der Struktur der Epiphysenfuge (hier: linke Hüfte), evtl. geringgradige Verschiebung der Epiphyse nach medial (normalerweise schneidet die obere Schenkelhalsbegrenzung die Epiphyse am oberen Rand gerade noch). Signifikant ist v.a. ein Seitenunterschied. Bei dem häufigen bilateralen Befall kann man sich aber nicht darauf verlassen.

b) Entscheidend ist immer die *axiale Aufnahme* (z.B. nach Lauenstein, die Aufnahme nach Dunn ist weniger geeignet). Da die Epiphyse in der Regel nach *hinten* abrutscht, kommt die Lyse in der axialen Aufnahme praktisch immer schön zur Darstellung (hier: linke Hüfte). Auch bei relativ geringfügigem Befund im ap-Bild kann der Abrutsch im axialen Bild massiv sein (c).

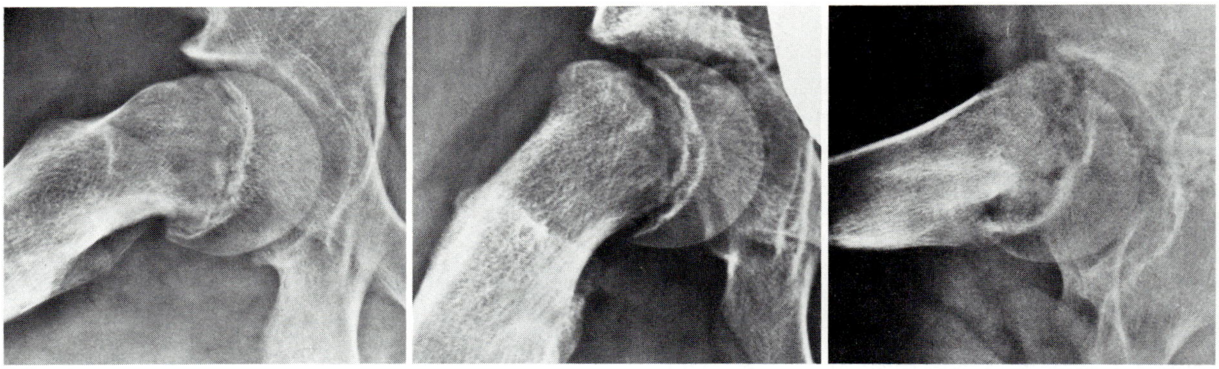

Abb. 534. *Verschiedene Stadien im axialen Röntgenbild.*

a Leichtes Gleiten bei einem 15jährigen Knaben. In solchen Fällen genügt eine Fixation, um ein weiteres Abgleiten zu verhindern.
b Abrutschen mit starker Verschiebung, bei 11jährigem Mädchen. Hier ist zusätzlich eine Korrekturosteotomie notwendig.
c Bei diesem 11jährigen Mädchen ist der Kopf fast vollständig abgekippt. Ein Teil des Schenkelhalsstumpfes dorsal ist verschwunden, resorbiert. In solchen Fällen ist eine befriedigende Korrektur kaum möglich, schwierig und heikel (Schenkelhalsosteotomie: Gefahr der Hüftkopfnekrose).

Diese Reihe soll deutlich machen, wie wichtig eine *frühe Diagnose* für ein gutes Dauerresultat ist.

weicht die Hüfte in *Aussenrotation* aus (Drehmannsches Zeichen). Sind stärkere Bewegungsbehinderungen vorhanden, so ist der Kopf meistens schon weit abgerutscht.

Ausschlaggebend für die Diagnose ist das *Röntgenbild* (in zwei Ebenen! Abb. 533).

Eine massive Lyse ist eindeutig erkennbar. Eine Verschiebung *im Anfangsstadium* ist aber auf der normalen antero-posterioren Aufnahme oft fast nicht zu erkennen. In diesem Stadium aber sollte die Diagnose gestellt werden! Deshalb ist immer eine *axiale Aufnahme* notwendig, auf welcher auch eine beginnende Lyse stets leicht erkannt werden kann (Abb. 534 und 537). Immer muss auch die *andere* vermeintlich *gesunde* Hüfte geröntgt werden! Nicht selten hat hier der Gleitprozess auch schon begonnen.

Wenn im Verlaufe der Krankheit oder auch ohne vorherige Symptome unvermittelt stärkere Schmerzen auftreten, der Patient stürzt oder sonst plötzlich gehunfähig wird, ist wahrscheinlich der Kopf vollständig abgelöst und abgekippt: *Akute Epiphyseolyse.* Die Hüfte ist dann schmerzhaft versteift in Aussenrotation und Adduktion, das Bein ist verkürzt: Diese Fälle gehören zu den wenigen *echten Notfällen* in der Orthopädie (Abb. 536).

2.7.4. *Therapie*

Die frühere konservative Behandlung hat der *operativen* Platz gemacht. Die Resultate sind damit wesentlich besser geworden, allerdings bleibt eine Einschränkung: Je grösser der Gleitwinkel desto unsicherer die Prognose.

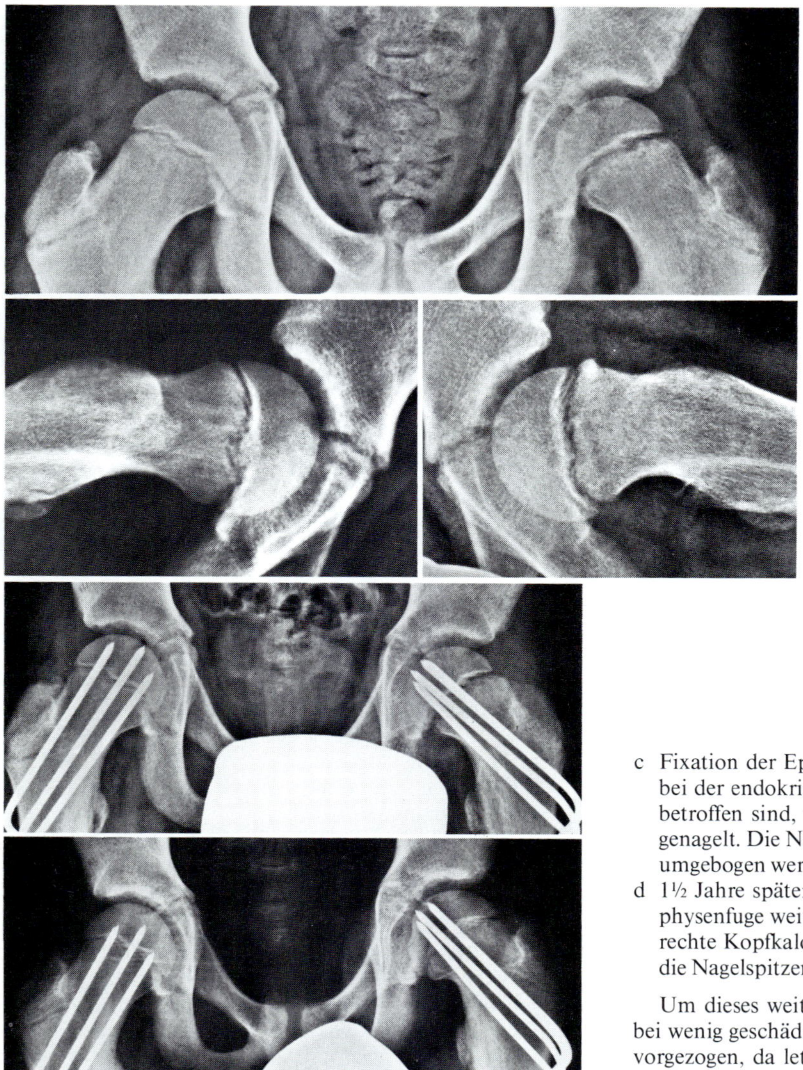

a

b

c

d

Abb. 535. *Epiphysenlösung* der linken Hüfte bei 13jährigem Knaben.

a Die Verbreiterung und Auflockerung der Epiphysenfuge ist in diesem Fall besonders deutlich; meist ist sie noch diskreter als hier. Die rechte Hüfte sieht normal aus.

b Der Gleitprozess auf der axialen Aufnahme ist deutlich zu sehen. Bei diesem Knaben hat die Kopfkalotte zum Glück gerade erst begonnen nach hinten abzugleiten. Für die Prognose ist entscheidend, dass die Diagnose in *diesem* Stadium gestellt und die Epiphyse sofort fixiert wird.

c Fixation der Epiphysen mit mehreren dünnen Nägeln. Da bei der endokrin bedingten Krankheit häufig beide Hüften betroffen sind, wurde die Gegenseite prophylaktisch auch genagelt. Die Nägel müssen ein Gewinde haben oder hinten umgebogen werden, damit sie nicht wandern.

d 1½ Jahre später ist die linke, ursprünglich gelockerte Epiphysenfuge weitgehend knöchern geschlossen, während die rechte Kopfkalotte noch normal weiter gewachsen ist, über die Nagelspitzen hinaus.

Um dieses weitere Wachstum nicht zu behindern, werden bei wenig geschädigten Epiphysenfugen Nägel den Schrauben vorgezogen, da letztere eine Epiphyseodese und damit einen vorzeitigen Wachstumsstop bewirken würden.

Ziel der Therapie ist:

1. Den Gleitprozess zu stoppen;
2. Die normale Form des proximalen Femurendes wieder herzustellen.

Das erste ist einfacher als das zweite.

Für die Therapie kann folgende *Einteilung* getroffen werden:

1. *Beginnende Epiphyseolyse* ohne oder mit geringem Gleiten (bis etwa 10 – 15°). Die *Fixation* der Epiphyse an Ort und Stelle mit dünnen Nägeln (etwa 3 mm, am besten mit Gewinde) oder mit Schrauben genügt (dicke Schenkelhalsnägel können schwere Schäden anrichten). Die Patienten dürfen nachher wieder belasten (Abb. 535).

2. *Mittelschweres Gleiten* (bis etwa 40°). Mit einer *intertrochanteren Osteotomie* (Imhäuser) kann die Deformität einigermassen korrigiert werden.

3. *Starkes Kippen* (über etwa 40 – 90°) mit Deformierung des Halses. Eine vollständige Stellungskorrektur ist praktisch nur an der Stelle der Deformierung selbst möglich: *subkapitale Osteotomie* im Schenkelhals. Bei dieser Operation besteht grosse Gefahr der *Hüftkopfnekrose,* weil bei der Reposition des Kopfes sehr leicht die dorsalen Kapselgefässe verletzt werden. Diese Osteotomie ist *technisch heikel.* Gelingt sie, so kann die Hüfte gerettet werden, wenn nicht, so versteift sie (Abb. 536).

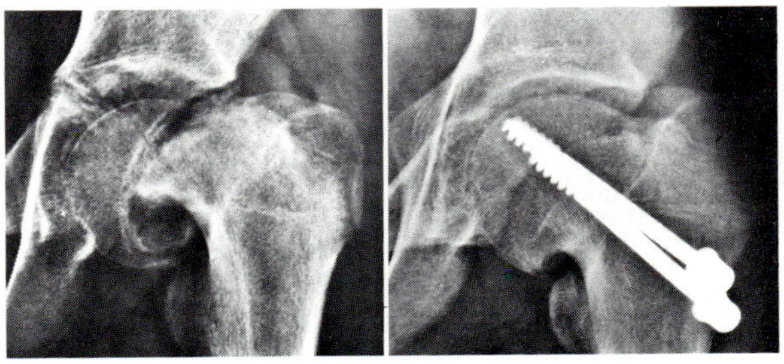

a b

Abb. 536. *Akute Epiphysenlösung,* nach längerem chronischem Gleitprozess. Der 15jährige Junge hatte vor dem plötzlichen Ereignis mehrere Monate lang immer wieder Hüftschmerzen, bis er nach einem unvermittelten Sturz das Bein nicht mehr bewegen konnte. Es war in Aussenrotationsfehlstellung fixiert.

a Das Bild bei der Spitaleinlieferung ist (wie die Anamnese) typisch für einen akuten Abrutsch mit totaler Lyse.
Sofortige offene Reposition unter Resektion des Schenkelhalssporns (Schenkelhalsosteotomie) und Verschraubung: Dadurch konnte die Blutversorgung erhalten werden.

b Ein Jahr später: Konsolidation. Keine Zeichen von Hüftkopfnekrose; einer gefürchteten Komplikation in solchen Fällen, jedoch stark verkürzter Schenkelhals.

Bei der Hüftkopfnekrose ist eine Arthrodese in guter Stellung notwendig.

4. Bei *akuter Epiphyseolyse* (vollständiger Lösung) ist es innerhalb der ersten Tage möglich, eine Epiphyse zu reponieren, am besten operativ. Die Reposition muss sehr schonend erfolgen, da die Gefahr der Kopfnekrose gross ist. Das Repositionsergebnis wird mit Schrauben fixiert.

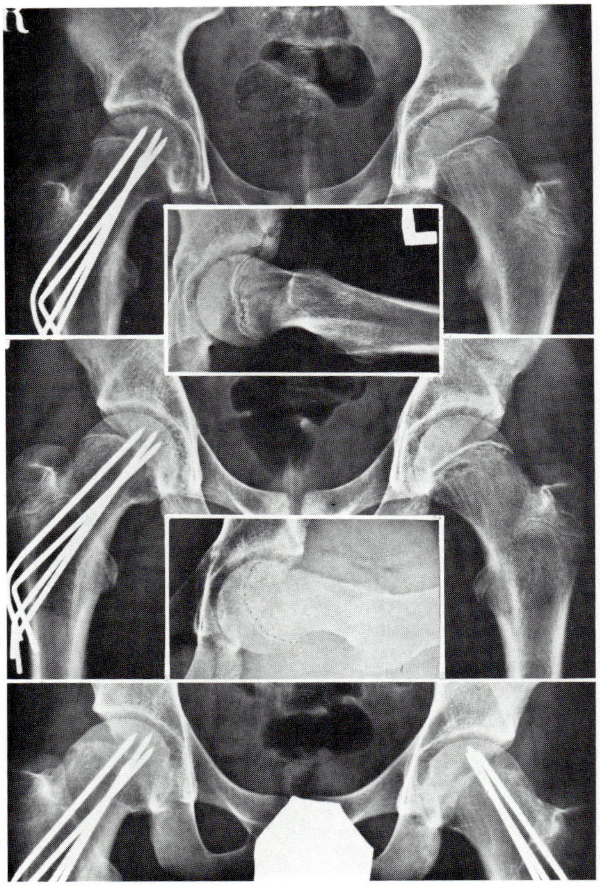

a

b

c

Abb. 537. *Die «gesunde» Gegenseite.*

a Epiphysenlösung der rechten Hüfte bei einem 15jährigen Jungen. Die Kopfepiphyse wurde mit Nägeln fixiert. Die linke Hüfte schien unauffällig, auch auf dem axialen Röntgenbild (Inset).

b 5 Monate später erscheint die linke Epiphysenfuge etwas aufgelockert. Der Junge hatte keine Beschwerden. Im axialen Bild jedoch ist die Kopfkalotte bereits über 30° nach hinten abgekippt (Inset). Auch diese Hüfte musste operiert werden.

c 2 Jahre später sind beide Epiphysenfugen verknöchert, die Köpfe sind nicht weiter abgerutscht.

Dieses Beispiel soll zeigen, dass es schwierig sein kann, die Epiphysenlösung der zweiten, «gesunden», Seite rechtzeitig zu erfassen. Da die Epiphyseolyse häufig beide Hüften befällt, und ein Abgleiten deletäre Folgen haben kann, scheint es gerechtfertigt, *primär* immer *beide* Hüften zu operieren, zumal da die Spickung mit Nägeln in situ ein relativ kleiner Eingriff ist.

5. *Die «gesunde» Gegenseite:* Es kommt vor, dass im Verlaufe der Krankheit die zweite «gesunde» Hüfte auch noch abrutscht. Ein schweres beidseitiges Hüftleiden kann die Folge sein. Dies wird sicher vermieden durch die *prophylaktische Fixierung* der zweiten Hüftkopfepiphyse, d.h. wenn *immer beide* Hüften operiert werden. Dabei ist die Spickung mit dünnen *Nägeln* vorzuziehen, da durch eine *Verschraubung* ein Wachstumsstop und eine *Verkürzung* des *Halses* auftreten kann (Abb. 537).

Vielleicht machen endokrinologische Erkenntnisse einmal alle Operationen überflüssig. Bis dahin ist die *frühe Diagnose* das wichtigste.

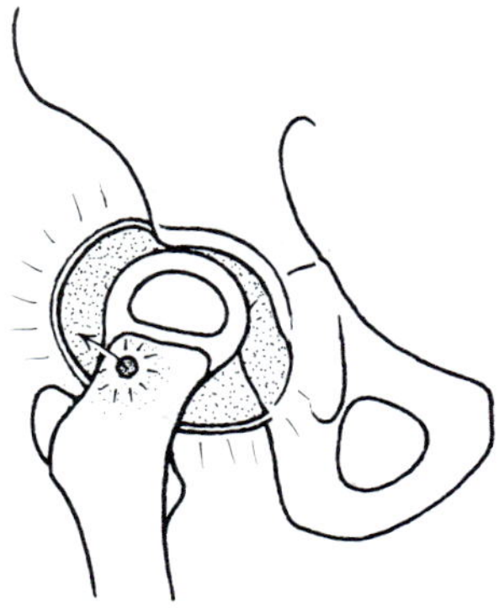

Abb. 538. *Säuglingscoxitis.* Der hämatogene Herd sitzt in der gut durchbluteten Spongiosa, meist in der Metaphyse, aber auch manchmal in der Epiphyse. Er bricht ins Gelenk durch, es entsteht ein eitriger Gelenkserguss, ein Empyem, dessen Druck die Kapsel ausweitet und den Kopf aus der Pfanne herausdrängt: Subluxation oder Luxation. Ohne aktive Behandlung geht das Gelenk auf diese Weise rasch zugrunde. Empyem und Herd müssen rasch chirurgisch ausgeräumt werden.

2.8. Entzündliche Hüfterkrankungen (Arthritis)

Beschreibung der Arthritiden im allgemeinen Teil (siehe II.6.2. und II.6.4.).

Entzündliche Veränderungen des Hüftgelenkes entziehen sich der unmittelbaren Beobachtung. Die *Diagnose* macht deshalb gelegentlich Schwierigkeiten. Von den klassischen Entzündungszeichen manifestiert sich nur der Schmerz. Er ist begleitet von einer reflektorischen Zwangshaltung der Hüfte in Beuge- und Aussenrotationsstellung (diese Stellung ist am wenigsten schmerzhaft, weil der Binnendruck des Ergusses im Gelenk am kleinsten ist).

Klinische und Laborbefunde entsprechen der Grundkrankheit.

2.8.1. *Bakterielle Coxitis*

(Staphylokokken usw., siehe auch II.6.4.)

Die eitrige Coxitis kommt vor allem im *Säuglingsalter* und in den ersten Lebensjahren vor. Typisch für die *Säuglingscoxitis* ist eine frühe *Luxation* der Hüfte durch den Binnendruck des eitrigen Ergusses. Im übrigen ist im Röntgenbild an dem noch kaum verknöcherten Skelett am Anfang wenig zu sehen (Abb. 200 und 538).

Bei etwas älteren Kindern ist eine starke Osteoporose der Hüftpartie ohne reaktive Sklerose verdächtig, später im Verlauf erscheinen Destruktionsherde. Bei Verdacht auf eine septische Arthritis ist die *frühe Diagnose* (durch Gelenkspunktion) äusserst wichtig.

Unbehandelt kann die Hüfte samt den Wachstumszonen in kurzer Zeit zugrunde gehen und eine schwere Verstümmelung mit massiver Beinverkürzung, Atrophie und Versteifung der Hüfte in Fehlstellung zur Folge haben (Abb. 174e – g).

Therapie: Bei der *Säuglingscoxitis* sind die konservativen Massnahmen: Punktion zur Aspiration des Eiters, antibiotische Behandlung, Ruhigstellung der Hüfte in Abduktionsstellung, um die Luxation zu vermeiden, oft nicht imstande, die Zerstörung des Hüftgelenkes zu verhindern.

Bei sofortiger operativer *Herdausräumung* und Drainage des Empyems sind die Heilungschancen grösser, ebenso wenn ein Infektionsherd im Schenkelhals chirurgisch ausgeräumt werden kann *bevor* er ins Hüftgelenk einbricht.

Septische Coxitiden durch *Staphylokokken* bei *Jugendlichen* und *Erwachsenen* entstehen gelegentlich im Zusammenhang mit intraartikulären Injektionen oder Operationen, seltener hämatogen. Im *Röntgenbild* ist die starke Osteoporose, später die Gelenkspaltverschmälerung typisch (Abb. 539).

Fast immer werden infizierte Hüften innerhalb einiger Monate endgültig steif.

Bei der *konservativen Behandlung* mittels Ruhigstellung im Beckenbeingips ist darauf zu achten, dass die Ankylosierung in guter Funktionsstellung (siehe II.12.2.5.1.) erfolgt.

Es ist allerdings besser, den langwierigen Heilungsprozess abzukürzen durch die *operative* Ausräumung des Herdes und gleichzeitige Arthrodese.

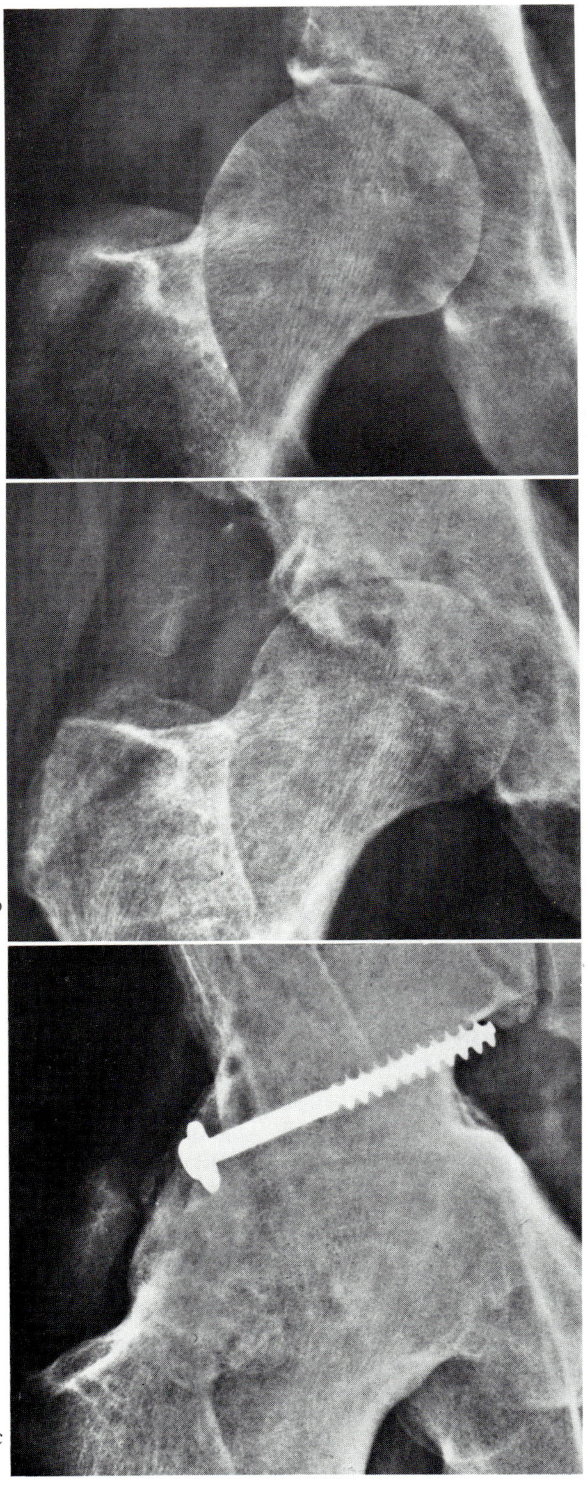

a

b

c

Abb. 539. *Septische Coxitis* durch Staphylokokkeninfektion bei 49jährigem Mann.

a Unregelmässige, fleckige Osteoporose. Verschmälerter Gelenkspalt bei verwischter Pfannenkontur.
b Ein halbes Jahr später ist das Gelenk vollständig zerstört. Grössere Osteolyseherde sind zu sehen. Jetzt wurde die Infektion ausgeräumt und das Gelenk operativ versteift.
c Röntgenbild 2 Jahre nach der Arthrodese. Knöcherne Konsolidation, Heilung des Infektes. (Die Operation ist auch ohne Verwendung von Metall möglich.)

2.8.2. *Tuberkulöse Coxitis*

Die tuberkulöse Coxitis war vor der Zeit der Tuberkulostatika bei Kindern recht häufig. Seit sie seltener geworden ist, wird sie eher übersehen. Der Verlauf ist protrahierter als bei der septischen Coxitis. Die *röntgenologischen* Veränderungen stehen im Vordergrund: Massive Osteoporose, evtl. Osteolyseherde im Knochen, später Gelenkspaltverschmälerung. Ohne Behandlung endet die Coxitis tbc praktisch immer mit einer knöchernen Ankylose.

Unter frühzeitiger tuberkulostatischer Therapie, oder wenn ein gelenknaher Knochenherd (z.B. im Schenkelhals) chirurgisch ausgeräumt werden kann, bevor die Infektion auf das Gelenk selbst übergegriffen hat, evtl. auch bei frühzeitiger Synovektomie, kann sich das Gelenk unter Umständen noch erholen, vor allem bei Kindern, andernfalls sollte man mit der *Arthrodese* nicht lange zuwarten (Abb. 195).

2.8.3. *«Rheumatische» Arthritis*

Der Befall der Hüftgelenke im Rahmen der progressiv chronischen *Polyarthritis* (PcP., siehe II.10.1.) ist häufig. Er führt in der Regel in kurzer Zeit zur Zerstörung des Gelenkes. Dieses kann versteifen oder aber völlig instabil werden. Häufig ist auch eine *Protrusion* des Kopfes weit ins Bekken hinein. Meistens erschwert der Befall anderer Gelenke und vor allem der anderen Hüfte den Zustand. Deshalb bleibt sehr oft keine andere Wahl, als der Ersatz des Gelenkes durch eine Totalprothese, in schwereren Fällen evtl. schon in jungen Jahren, um die Patienten vor dauernder Invalidität zu bewahren.

Ausser bei der PcP gibt es noch verschiedene andere Formen «rheumatischer Arthritis», welche zum Teil nicht genau umschrieben und nicht eindeutig zu diagnostizieren sind. Manche von diesen rheumatischen Coxitiden sind kurz dauernde Episoden, andere gehen wahrscheinlich ohne wesentliche Entzündungserscheinungen in eine Coxarthrose über.

2.9. Andere Hüftkrankheiten

2.9.1. *Osteochondrosis dissecans*

An der Hüfte relativ selten. Gelenkmäuse machen Einklemmungserscheinungen und können entfernt werden. Im Verlaufe der Jahre kann daraus eine Coxarthrose entstehen.

2.9.2. *Femurkopfnekrose*

Allgemeines siehe Knochennekrosen, II.5.

Wegen der prekären arteriellen Zirkulationsverhältnisse sind die Nekrosen des Femurkopfes verhältnismässig häufig (siehe auch III.C.2.3.1.2.).

Bei manchen, wie z.B. bei Morbus Perthes, wird der Kopf wieder revaskularisiert, die Krankheit kann vor allem bei Kindern heilen. Bei anderen, vor allem bei Erwachsenen, ist die Nekrose definitiv, eine Heilung erfolgt nicht.

2.9.2.1. *Ursachen*

- Femurkopfnekrosen nach Schenkelhalsfrakturen (siehe III.C.2.13.3.).
- Caissonkrankheit, Raumfahrerkrankheit (Veränderungen des atmosphärischen Druckes, Stickstoffembolien).
- Nierenschäden (z.B. nach Nierentransplantationen).
- Ungeklärte Ursache: *«idiopathische Femurkopfnekrosen»* (siehe III.C.2.9.2.4.).

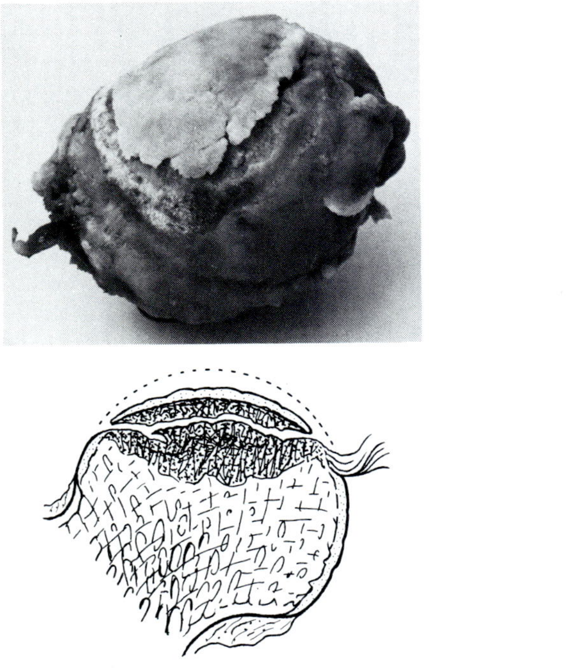

Abb. 540. Nekrose des subchondralen Knochens in der Tragzone bei *idiopathischer Hüftkopfnekrose.* Der noch einigermassen intakte Gelenkknorpel liegt wie ein Deckel auf der eingestauchten, nekrotischen Spongiosa im Bereich der Tragzone. Die rings um die Nekrose vital gebliebenen Kopfpartien haben nach dem Kollaps der Tragzone der Überbeanspruchung nicht standgehalten und wurden abgeschliffen, im Sinne einer sekundären Arthrose.

Oben: Präparat; *unten:* Skizze dazu. Der Spalt in der subchondralen Zone entspricht einer *Ermüdungsfraktur* des nekrotischen Knochens. Gelegentlich ist er auf Röntgenbildern zu erkennen.

2.9.2.2. *Klinik*

Die Knochennekrose selbst entsteht wahrscheinlich, auch bei nicht traumatischer Ursache, ziemlich plötzlich.

Gelegentlich findet man in der Anamnese bei einer *idiopathischen Femurkopfnekrose* einen akuten Hüftschmerz, der als Ischämieschmerz gedeutet werden kann. In den meisten Fällen aber entsteht die Nekrose stumm. Zuerst ist der nekrotische Knochenteil mechanisch noch durchaus tragfähig. Schmerzhaft wird die Nekrose erst Monate später, wenn der Knochen einbricht. Dadurch verliert der Gelenkknorpel sein Widerlager und geht auch zugrunde (Abb. 540).

2.9.2.3. Die *Diagnose*

wird im Anfangsstadium kaum je gestellt, denn klinisch sind die Symptome unspezifisch, und die ersten beweisenden Zeichen im Röntgenbild sind sehr diskret: Im *Frühstadium* scheint der Hüftkopf evtl. etwas knochendichter als seine eher osteoporotische Umgebung, eine starke Sklerose ist jedoch nicht zu erwarten, da der nekrotische Knochen sich nur langsam verändert. Nach einiger Zeit lässt sich bei genauer Prüfung eine gewisse *Abplattung* der Kopfkalotte in der Tragzone, eine *geringgradige Entrundung,* nachweisen, als erstes Zeichen einer Impression des nekrotischen Kopfes. Mit der Zeit werden weitere Zerfallserscheinungen in der Knochenstruktur sichtbar, schliesslich der totale Zusammenbruch des nekrotischen Kopfteiles. Dieser Verlauf kann Monate und Jahre in Anspruch nehmen. Gleichzeitig entwickelt sich eine schwere *Arthrose.*

2.9.2.4. Die *idiopathische Femurkopfnekrose*

befällt vor allem 30–40jährige Männer, gehäuft Alkoholiker, und zwar nicht selten *beidseitig,* evtl. nach einem längeren Intervall. Die Symptome entsprechen jenen einer schweren Coxarthrose. Schmerzen und Funktionsstörungen stehen im Vordergrund (Abb. 541).

2.9.2.5. *Therapie*

Die Resultate nach wiederherstellenden Operationen (intertrochantere Osteotomie, Spanplastik) hängen weitgehend vom Ausmass der Nekrose ab und sind oft unbefriedigend.

Die Arthrodese ist nur bei einseitigem Befall praktikabel. Auch ist der knöcherne Durchbau einer Arthrodese wegen des grossen Kopfsequesters nicht leicht zu erreichen.

Das Einsetzen von Hüftendoprothesen bei den häufig relativ jungen Patienten ist sicher bedenklich (siehe III.C.2.10.5.2.), doch bleibt oft nichts anderes übrig.

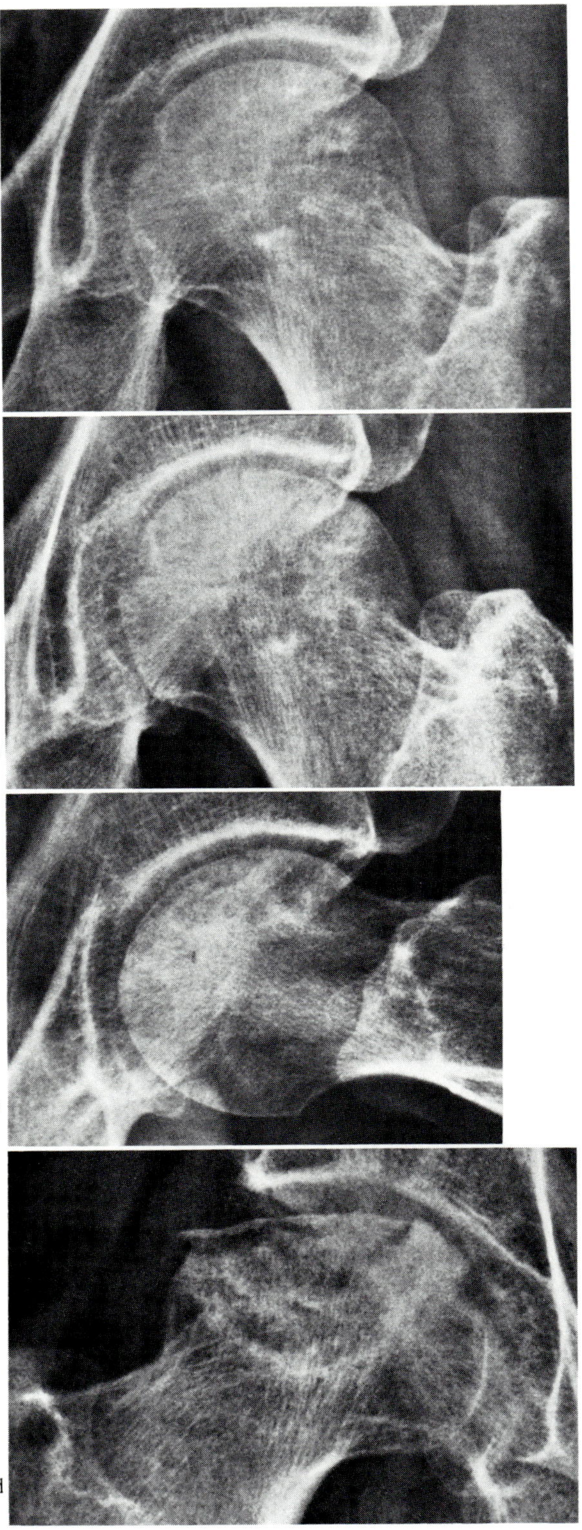
a b c d

Abb. 541. *Idiopathische Hüftkopfnekrose.*

a Dieser 45jährige Mann hatte seit einiger Zeit Hüftschmerzen. Das Röntgenbild ist praktisch normal. Der Hüftkopf ist (noch) genau kreisrund.

b 8 Monate später erscheint die Knochenstruktur etwas unregelmässig, fleckig, und die Kopfkontur ist, wenn man sie mit dem Röntgenischiometer ausmisst, nicht mehr ganz kreisrund, sondern ein wenig abgeplattet in der Tragzone.

c Auf dem axialen Röntgenbild ist der Befund deutlicher.

d Fortgeschrittener Kopfeinbruch infolge idiopathischer Hüftkopfnekrose bei einem 46jährigen Mann. Ein weiteres Beispiel siehe Abb. 187.

So ist die Hüftkopfnekrose bis heute ein ungelöstes Problem geblieben.

2.9.3. *Osteoporose, Osteomalazie*

Bei diesen Krankheiten (allgemeines siehe bei II.3. und II.4.) kann es zu *Überlastungsschäden* an besonders stark beanspruchten Stellen kommen. Eine solche Stelle ist der Adambogen, vor allem bei *Coxa vara* (siehe III.C.2.4.1.).

Es entstehen die sogenannten *Looserschen Umbauzonen* oder «schleichenden Frakturen», eindrucksvolle Beispiele biomechanischer Wechselwirkung (siehe II.14.2.). Eine Coxa vara kann dadurch verstärkt werden. Nach einer Aufrichtung des Schenkelhalses (z. B. durch intertrochantere Valgisationsosteotomie) bilden sich die Umbauzonen zurück (Abb. 498).

2.9.4. *Tumoren*

Becken und *proximales Femurende* sind *bevorzugte Lokalisationen* von verschiedenen Tumoren, benignen und malignen, primären und metastatischen. Die *Abklärung* erfordert gründliche klinische und röntgenologische Untersuchung (siehe II.7. im allgemeinen Tumorkapitel). Manchmal kann die *Diagnose* erst bioptisch bei der Operation gestellt werden.

Die *Therapie* hat bei *Benignität* die Resektion des Tumors zum Ziel, wenn möglich unter Erhaltung einer tragfähigen Hüfte. Ausmass der Resektion und Art der notwendigen *Wiederherstellung* (Osteosynthese, Spantransplantation, Endoprothese) richten sich nach Natur und Lokalisation des Tumors und müssen individuell geplant werden (Abb. 214).

Zur radikalen Resektion eines *malignen* Tumors ist eine Hemipelvektomie erforderlich. Sie ist ein heroischer Eingriff an der Grenze des Zumutbaren.

Pathologische Frakturen sind nicht selten, vor allem auch bei *Karzinommetastasen.* Eine chirurgische *Wiederherstellung* sollte auch in diesen Fällen unternommen werden (Osteosynthesen, evtl. unter Verwendung von Knochenzement, Endoprothesen), da sonst die Patienten wegen Schmerzen und Gehunfähigkeit endgültig bettlägerig werden (Abb. 229 und 230).

2.10. Degenerative Hüftleiden: Coxarthrose

Sie ist die «Verschleisskrankheit» des Hüftgelenkes par excellence.

Die Coxarthrose ist das häufigste Hüftleiden und die häufigste Arthrose überhaupt, eines der verbreitetsten orthopädischen Leiden und hat unter diesen die grösste soziale Bedeutung.

Möglicherweise gibt es mehr Coxarthrosen als früher. Sicher erleben sie heute mehr Menschen, weil sie älter werden als früher.

Die allgemeinen Aspekte der Arthrosen sind im Kapitel II.11. beschrieben, hier werden nur die für die Hüfte spezifischen abgehandelt (Abb. 542).

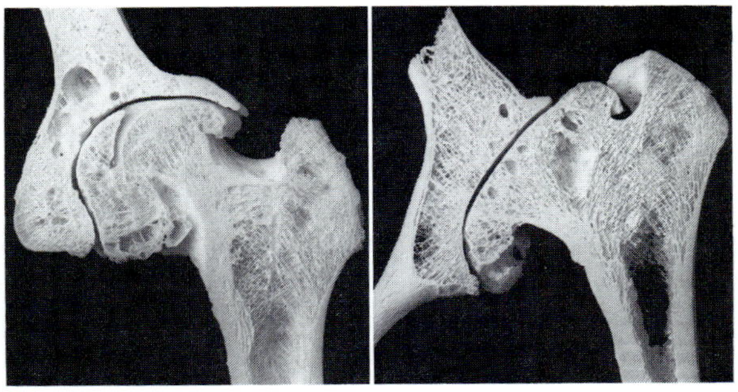

a b

Abb. 542. *Knochenschliffe von Coxarthrosen.*
Verschiedene Ursachen und Formen, aber gleiche Pathogenese und Pathologie:

a Konzentrische (primäre?) Coxarthrose,
b Sekundäre Coxarthrose nach M. Perthes: Extreme Coxa vara, flache Pfanne.

Auf beiden Schliffen sind die typischen Merkmale der degenerativen Hüfterkrankung, der Coxarthrose, gleichermassen zu sehen: Enger Gelenkspalt, Inkongruenz (Entrundung), Deformation von Kopf und Pfanne, die kräftige reaktive Sklerose in der Belastungszone mit den Resorptionszysten, sodann die ausgedehnten Osteophyten in den nicht belasteten Abschnitten (lateral und kaudal).

Beachtenswert ist das weit ausladende *Pfannendach* bei der konzentrischen Coxarthrose (a), eine durch reaktive Osteogenese entstandene Neubildung, die als ein Versuch der Selbstheilung aufgefasst werden kann, indem die überlastete Tragzone vergrössert, und gleichzeitig der progredienten Subluxation des Kopfes entgegengewirkt wird. Tatsächlich kann bei solchen Formen der Coxarthrose spontan, unter Verlust der Beweglichkeit, eine Konsolidierung des Zustandes eintreten, der für die Patienten erträglich wird.

2.10.1. *Ätiologie*

Die mechanische Abnützung jeder pathologisch veränderten Hüfte führt zur chronisch progredienten Degeneration, also früher oder später zur Coxarthrose. Die Ätiologie der Coxarthrose ist daher mannigfaltig:

- *angeborene* Hüftleiden (Luxation, Dysplasie)
- *Wachstumskrankheiten* (Perthes, Epiphyseolyse)
- *Verletzungen* (Frakturen von Kopf und Pfanne, Hüftkopfnekrose)
- *Erworbene* Hüftkrankheiten (rheumatische und andere Entzündungen, Systemkrankheiten usw.)
- *Hüftdeformitäten* (Präarthrosen) z.T. unbekannter Genese:
  - enchondrale *Dysostose:* angeborene Entrundung des Kopfes (Abb. 543)
  - *Hüftdysplasie,* z.T. primär, z.T. Folge einer kongenitalen Hüftgelenksluxation, abnorm seichte Pfanne, Tendenz zur Subluxation
  - *Protrusio acetabuli:* abnorm tiefe Pfanne. Kopf steht tief im Becken.

a

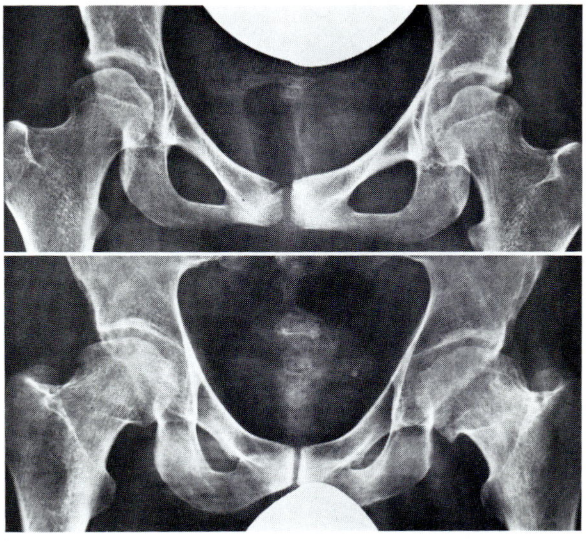

b

Abb. 543. *Inkongruenz als Präarthrose.*

a Röntgenbild der Hüften eines 15jährigen Mädchens: Beide Hüftköpfe sind unregelmässig entrundet.
b Der Vater des Mädchens hatte bereits mit 32 Jahren eine ausgeprägte Coxarthrose mit erheblichen Beschwerden als Folge derselben Krankheit. Es handelt sich um eine familiäre, vererbbare, kongenitale Missbildung, eine «Dysostose» der Hüftgelenke.

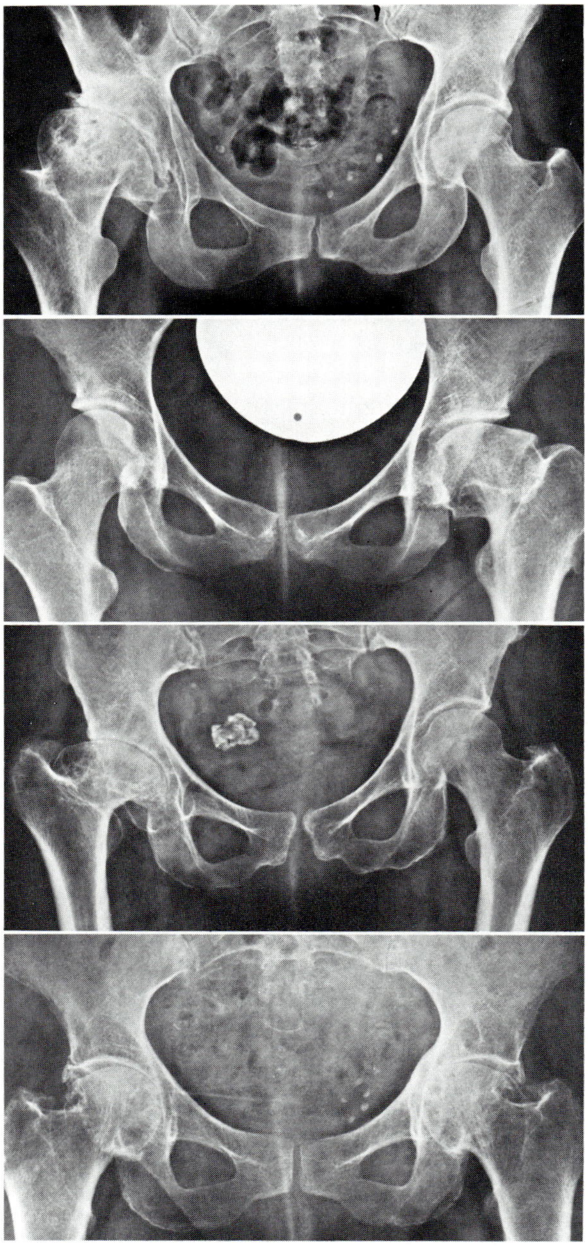

a

b

c

d

Abb. 544. *Sekundäre Coxarthrosen.*

a Schwere Coxarthrose rechts bei 45jähriger Frau, als Folge einer Subluxation. Coxa valga, seichte Pfanne.

b Beginnende Coxarthrose links, Coxa vara. Diese 23jährige Frau hatte eine Epiphysenlösung durchgemacht.

c Coxarthrose rechts bei 60jähriger Frau mit Coxa vara und breitem Kopf, wahrscheinlich infolge eines Morbus Perthes im Kindesalter.

d 67jährige Frau mit beidseitiger Coxarthrose bei Protrusio acetabuli. Links ist der Prozess schon weiter fortgeschritten, die innere Beckenwand ist bereits etwas eingebuchtet.

Solche von der Form abweichende Hüftgelenke machen sich in der Regel erst durch eine vorzeitig einsetzende Coxarthrose krankhaft bemerkbar. Sie werden deshalb auch als *«Präarthrosen»* bezeichnet (siehe auch II.11.1.1. und II.11.1.2.).

In etwa der Hälfte der Fälle kann die Arthrose mit Hilfe der Anamnese oder der Morphologie der Hüfte auf einen dieser Vorzustände zurückgeführt werden: *Sekundäre Arthrosen* (Abb. 543 und 544); in der andern Hälfte ist die Ursache nicht bekannt: *Primäre Arthrosen* (Abb. 545).

Die *sekundären Coxarthrosen* entstehen je nach der Ursache schon im frühen Erwachsenenalter, am häufigsten mit etwa 30 – 40 Jahren.

Die *primäre Coxarthrose* beginnt gewöhnlich nach dem 50. und 60. Lebensjahr. Sie wurde deshalb früher auch «malum coxae senile» genannt. Eine normale Hüfte braucht jedoch bis ins höchste Alter keine degenerativen Veränderungen aufzuweisen (siehe Abb. 8). Primäre Arthrosen sind überwiegend *bilateral.*

2.10.2. *Klinik*

Erstes Symptom sind vorübergehende Schmerzen in der Hüfte bei grösseren Anstrengungen, später auch ohne solche. Typisch ist der sogenannte *«Anlaufschmerz»:* Die ersten Schritte am Morgen beim Aufstehen oder nach längerem Sit-

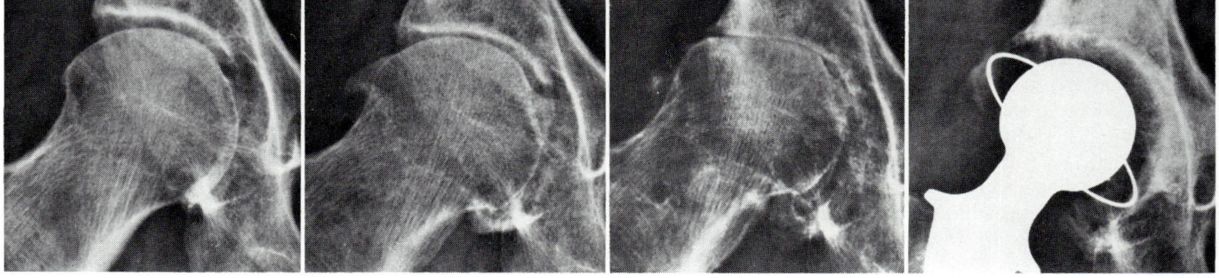

a b c d

zen sind mühsam und schmerzhaft. Diese Schmerzen verschwinden nach wenigen Minuten. Der Patient hat den Eindruck, die Hüfte sei «eingerostet». Wenn sie einmal richtig «durchbewegt» werde, so funktioniere sie wieder besser. Später vergehen die Schmerzen auch in der Ruhe und nachts nicht mehr. Sie werden zuerst angegeben in der Leiste, dann seitlich im Trochanterbereich, im Gesäss, auch manchmal im Kreuz und vor allem im Oberschenkel, vorne und bis ins *Knie* ausstrahlend.

Bald kommt ein leichtes *Hinken* dazu, die *Gehleistung* nimmt ständig ab, ebenso die Beweglichkeit der Hüfte. Der Patient merkt dies zuerst beim Spreizversuch (z.B. beim Reiten oder Skifahren), später an seinen Schwierigkeiten, Schuhe und Strümpfe anzuziehen, an einer gebückten Haltung (Flexionskontraktur der Hüfte).

Manche Patienten berichten, dass das Bein *kürzer* (selten länger) geworden sei. Dies ist Ausdruck einer Adduktions*kontraktur* (selten Abduktionskontraktur) der Hüfte. Gelegentlich fällt eine Auswärtsdrehung des Beines auf.

Solche *Hüftkontrakturen mit Fehlstellung* führen zu sekundären Beschwerden (siehe auch Abb. 487 und 493, II.12.2.):

- *Flexionsstellung:* Beckenkippung nach vorn → Hyperlordose mit Kreuzschmerzen.
- *Adduktionsstellung:* Scheinbare Beinverkürzung, Beckenschiefstand und Skoliose, Kreuzschmerzen.
- *Abduktionsstellung:* (seltener) Scheinbare Verlängerung des Beines, Beckenschiefstand und Skoliose zur anderen Seite.
- *Aussenrotationsstellung:* Veränderte Beanspruchung des Beines, Hinken.
- Andere Fehlstellungen kommen kaum vor.

Wesentlich *verschlimmert* wird das Leiden durch gleichzeitige degenerative Wirbelsäulenveränderungen, weil dann die Hüftsteife nicht in der Wirbelsäule ausgeglichen werden kann. Kreuzschmerzen sind eine häufige Folge davon.

Im fortgeschrittenen Stadium wird das Gehen mühsam. Viele Coxarthrotiker greifen spontan zum *Stock,* der sich ihnen als sehr nützlich erweist. Bald merken sie von selbst, dass er mit Vorteil auf der *gesunden Seite* benützt wird.

Die Mehrzahl der alten Leute, welche einen Stock benützen, haben eine Coxarthrose. Manche Patienten brauchen zwei Stöcke. Selten führen einseitige Coxarthrosen zur völligen Gehunfähigkeit. Bei beidseitiger Arthrose tritt dies eher ein. Allerdings ist erstaunlich, wie Patienten auch mit weitgehend versteiften Hüften noch gehen können.

Der *Verlauf* der Krankheit ist *progredient.* Er zieht sich in der Regel über Jahre und Jahrzehnte hin. Er kann viele Jahre mehr oder weniger stationär bleiben und sich nur langsam verschlechtern. Seltener verschlimmert sich der Zustand innerhalb von wenigen Monaten oder Wochen. Häufig führt die Krankheit zur Invalidität. Eine spontane Heilung ist nicht möglich. Immerhin können die Schmerzen im fortgeschrittenen Stadium, mit zunehmender Versteifung, wieder zurückgehen (bindegewebige Ankylose). Zur knöchernen Versteifung kommt es allerdings nur ausnahmsweise. Eine solche Hüfte macht keine Schmerzen mehr.

2.10.3. *Diagnose*

Frühere Hüftleiden lassen eine Arthrose erwarten. Die obgenannten Symptome weisen darauf hin. Eine Beweglichkeitsverminderung wird am ehesten bei der Prüfung der *Rotation* (Bauchlage) und der *Abduktion* entdeckt. Die *Flexion* bleibt am längsten erhalten (Sitzen!).

Der Allgemeinzustand der Patienten ist nicht beeinträchtigt, alle Laborbefunde sind negativ. Beweisend für die *Diagnose* ist das *Röntgenbild.* Im Frühstadium sind die Zeichen allerdings sehr diskret (Abb. 546).

Die *Veränderungen im Röntgenbild* spiegeln genau die pathologisch-anatomischen Vorgänge

---

◁ Abb. 545. *Progredienz* einer *primären Coxarthrose,* wahrscheinlich aus dem rheumatischen Formenkreis, bei einer 66jährigen Frau.

a Das erste Röntgenbild, das wegen beginnender Hüftschmerzen gemacht wurde, zeigt nur geringfügige Unregelmässigkeiten.

b Fünf Jahre später starke Verschmälerung des Gelenkspaltes. Osteophytenbildung lateral und medial am Hüftkopf. Für eine rheumatische Genese spricht das weitgehende Fehlen einer reaktiven subchondralen Sklerose.

c Weitere 2 Jahre später ist der Gelenkspalt nur noch als feine Linie sichtbar. Der Gelenkknorpel ist hier verschwunden, ebenso ist der Knochen am oberen Kopfpol abgescheuert.

d Hüftgelenksersatz mit Totalhüftendoprothese. Der «Saturnring» um den Prothesenkopf herum ist eine Drahtschleife, welche die Eingangsebene der Kunststoffpfanne markiert.

a b

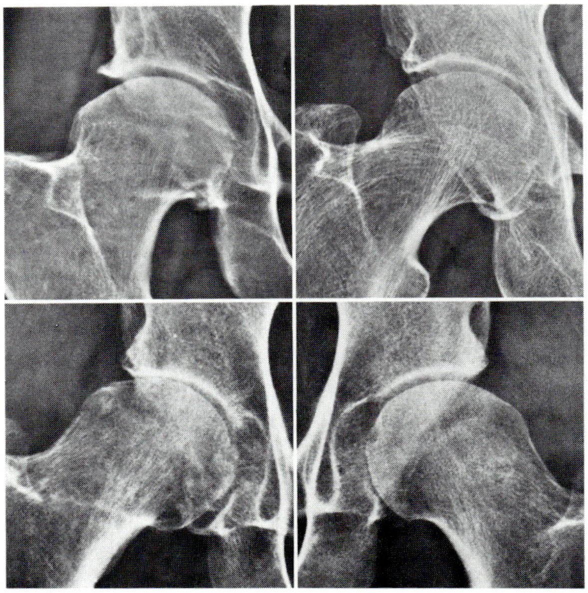

c d

Abb. 546. *Frühe Stadien der Coxarthrose im Röntgenbild.*

a Die Hüfte dieser 36jährigen Frau ist etwas entrundet. Diese leichte Dysplasie ist wahrscheinlich angeboren. Der Gelenkspalt ist kaum verschmälert, doch sitzt am Pfannendach eine stark sklerosierte Randzacke. Auch der subchondrale Knochen von Kopf und Pfanne in der Belastungszone ist etwas sklerosiert und unregelmässig: sichere Zeichen einer beginnenden Arthrose. Die Frau hat bereits erhebliche Beschwerden.

b Zum Vergleich die normale Altershüfte einer 75jährigen Frau: Pfanne und Kopf sind genau kreisrund und konzentrisch, die Knochenstruktur ist überall regelmässig. Die Coxarthrose ist keineswegs eine obligate Erscheinung des Alters.

c Verschmälerter, in der Belastungszone fast verschwundener Gelenkspalt und etwas unregelmässige Knochenstruktur. Osteophyten am unteren Kopfpol und am gegenüberliegenden Pfannenrand: Bereits ziemlich fortgeschrittene Arthrose bei einer 60jährigen Frau.

d Die andere Hüfte derselben Patientin: Wahrscheinlich auch hier beginnende Coxarthrose (Sklerose des Pfannendaches lateral eine Spur stärker als medial).

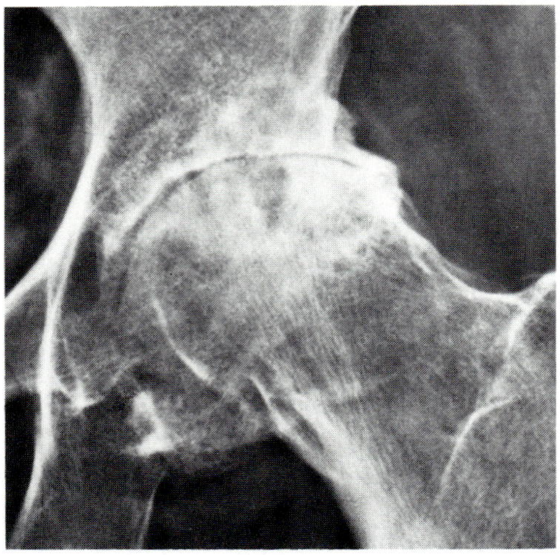

Abb. 547. *Die arthrotischen Veränderungen im Röntgenbild* bei einer fortgeschrittenen Coxarthrose: Der Gelenkspalt ist nur noch als feine Linie zu sehen. Hier ist die Knorpelschicht verschwunden, Knochen schleift auf Knochen. Die normale Spongiosastruktur im oberen Kopfpol und im Pfannendach ist weitgehend verschwunden infolge reaktiver Sklerosierung und Zystenbildung in der am stärksten beanspruchten Tragzone. Sklerotische Osteophyten am Pfannenerker. Im Pfannengrund überwiegt die Osteoporose. Der durch die Kopfwanderung unten frei werdende Platz wird von Osteophyten ausgefüllt (double-fond).

wider (Abb. 547). Sie erscheinen etwa in dieser Reihenfolge:

1. *Verschmälerung des Gelenkspaltes* als Ausdruck der Abnützung des Knorpelbelages in der Tragzone (Kopfpol).
2. Subchondrale reaktive *Knochensklerose.*
3. Reaktive Knochenbildung am Gelenkrand (*Randzacken,* Osteophyten) und in den *unbelasteten* Gelenkabschnitten (double fond).
4. Subchondrale *Zystenbildung* im Knochen unter den Stellen mit der grössten Beanspruchung.
5. Sekundäre Deformierung der Gelenksform mit langsamem *Wandern* des Kopfes: Abplattung → Verbreiterung → Subluxation ist die eine Entwicklung, oder aber Vertiefung der Pfanne → Protrusion die andere (Abb. 551).
6. In seltenen Fällen spontane knöcherne Versteifung (Ankylose).

2.10.4. *Pathophysiologie*

Allgemeines: siehe Mechanische Beanspruchung als pathogenetischer Faktor, I.A.9.; Arthrose, II.11.1.1. und Biomechanik und Pathologie der Hüfte, III.C.2.2. *Hier* wird nur kurz die *Entstehung der morphologischen Veränderungen beschrieben:*

Das *Wandern des Kopfes* erfolgt gesetzmässig unter dem Einfluss der unphysiologischen Beanspruchung. Die mechanischen Verhältnisse werden dadurch noch ungünstiger, und die deformierenden Kräfte nehmen noch zu (Abb. 548 – 551). Dieser *Circulus vitiosus* unterhält die Progredienz der Arthrose:

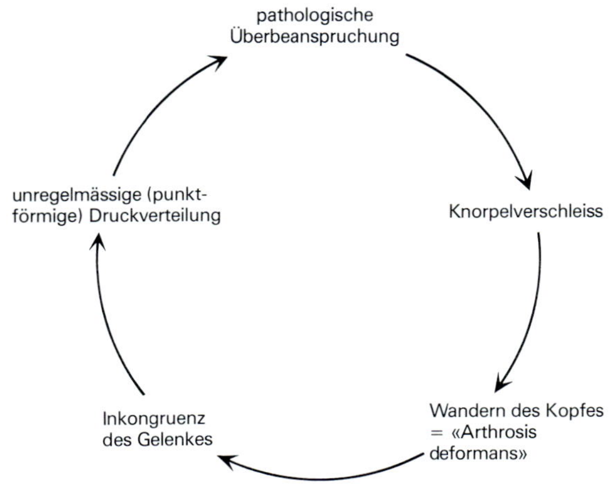

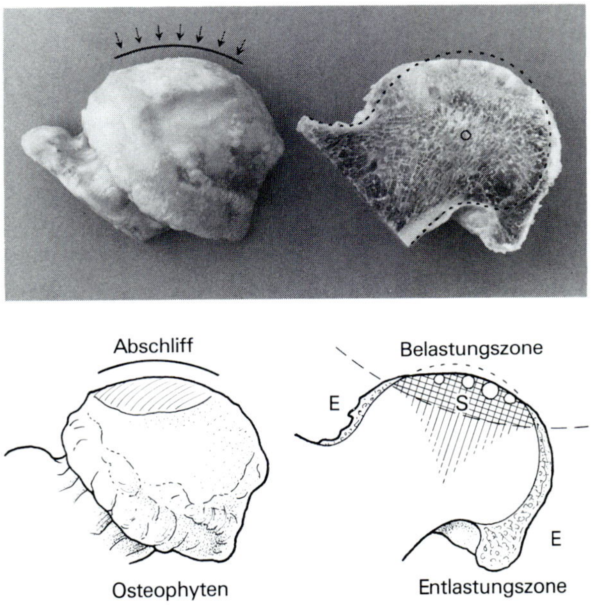

Abb. 548. *Pathologische Anatomie der Arthrose.*
Hüftkopf bei Coxarthrose: Präparat und Skizze dazu.

Links: Ansicht von vorn: oben in der *Tragzone* ist der Knorpel weggeschliffen, und der glatt polierte Knochen tritt zu Tage. Unten in der *Entlastungszone* ein Osteophytenkranz: Verknöcherter und gewucherter Gelenkknorpel.

Rechts: Frontalschnitt durch denselben Hüftkopf: In der Tragzone reaktiv stark sklerotische, verdichtete Spongiosa, an der Oberfläche schon teilweise usuriert. Hier Zystenbildung mit Bindegewebe und Detritus an den Stellen zu grosser Beanspruchung. Hier kann der Knochen nicht mehr mit Knochenanbau, mit Sklerose reagieren, er wird zerstört und resorbiert.

Punktiert eingezeichnet ist die ursprüngliche runde Kontur des Hüftkopfes. Der Mechanismus der fortschreitenden Deformierung ist deutlich. Daher der ältere Name «Arthrosis deformans».

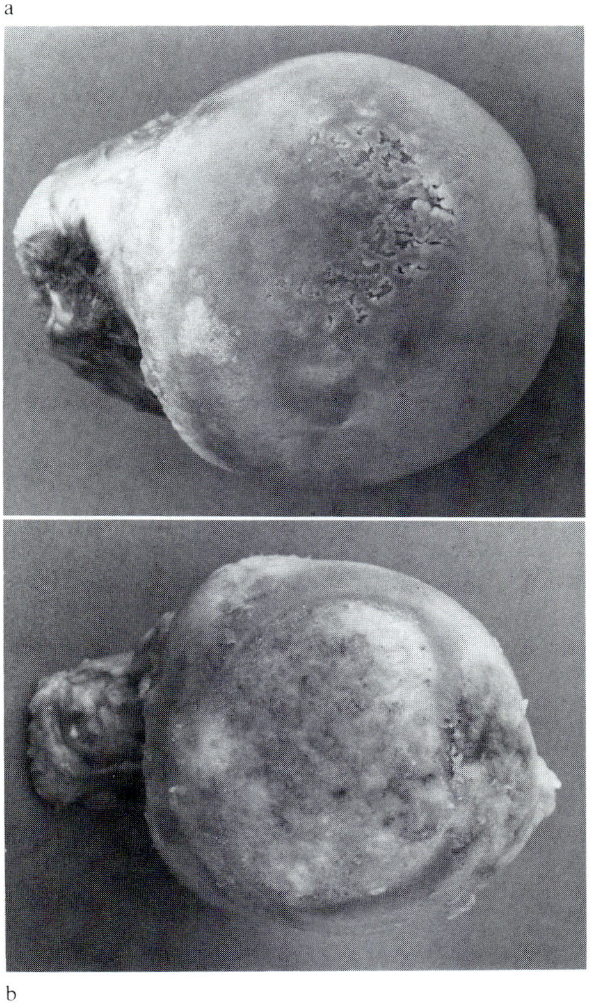

Abb. 549. Zerstörung des *Gelenkknorpels* in der *Belastungszone* bei Arthrose. Aufsicht von oben auf zwei arthrotische Hüftköpfe.

a *Beginnende Arthrose:* Auf dem Scheitel des Hüftkopfes, in der Belastungszone, ist der Knorpel zerklüftet, im Zentrum bereits bis auf den Knochen durchgescheuert und abgeschliffen.

b *Fortgeschrittene Arthrose.* In der ganzen Belastungszone ist der Knorpel weggescheuert, der nackte Knochen tritt zu Tage, sklerotisch hart und spiegelglatt geschliffen, von Bindegewebspfropfen durchsetzt, die aus der Spongiosa heraufwachsen. Hier reibt Knochen gegen Knochen, der Zerstörungsvorgang ist weitgehend *mechanisch.*

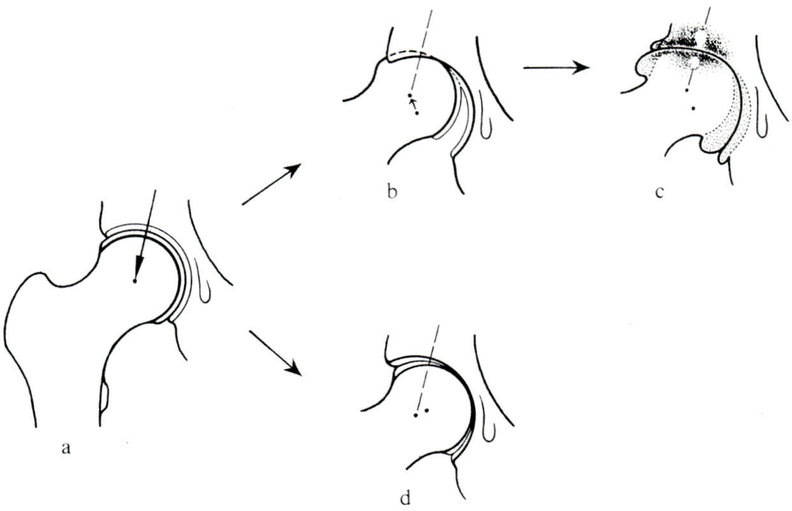

Abb. 550. *Wie die Deformation bei der Coxarthrose entsteht* (vgl. II.11.1.3.):

a Normales, konzentrisches Hüftgelenk. Eine Überbeanspruchung konzentriert sich am häufigsten am Pfannenerker (Subluxation, ungenügende Überdachung) → obere Reihe (Subluxationsreihe).
Seltener (bei Protrusion, rheumatischen Arthritiden) konzentriert sich der Überdruck auf den *Pfannengrund* → untere Reihe (Protrusionsreihe).
In der Regel verläuft die Arthrose in einer von diesen beiden Richtungen (Pfeile).

b Subluxation nach oben aussen, verbunden mit Substanzverlust durch mechanischen Abschliff am Ort der grössten Beanspruchung. Unten medial entsteht ein Hohlraum, in welchen Osteophyten einwachsen. Die Deformität kommt primär durch das *Wandern* des Kopfes (in Richtung des kleinen Pfeiles) zustande.

c «Arthrosis deformans» mit allen zugehörigen typischen Merkmalen: Abschliff und Sklerose in der Tragzone, Resorptionszysten am Ort der grössten Beanspruchung, Osteophyten in der unbelasteten Randzone lateral und medio-kaudal (sog. double-fond).

d Protrusionstyp der Coxarthrose: Abschliff und Sklerose im Pfannengrund, Osteophytensaum rings um den Pfannenrand. Die Protrusion kann kontinuierlich bis ins kleine Becken gehen.
Abb. 551 zeigt von beiden Verlaufsformen je ein Beispiel.

a b

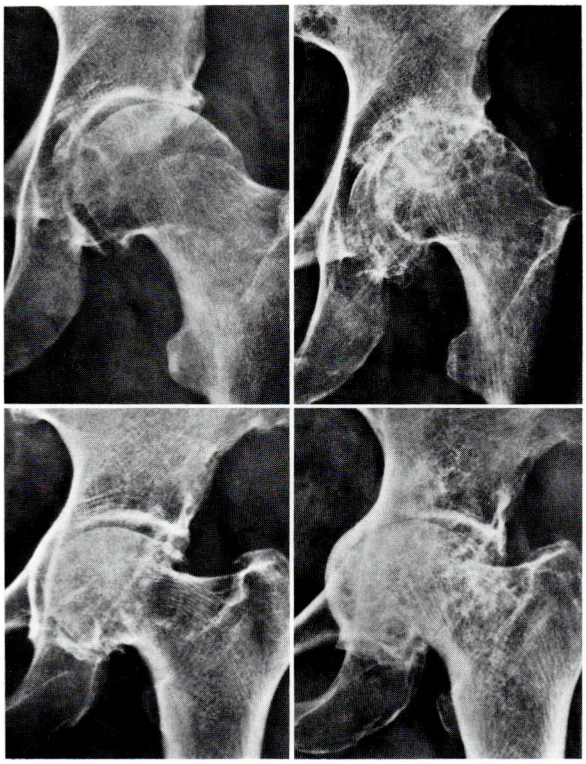

c d

Abb. 551. *Beispiele zur Zeichnung von Abb. 550.*

Obere Reihe: Wandern des Kopfes nach oben aussen.
Untere Reihe: Wandern nach innen.

a Beginnende Coxarthrose bei 52jährigem Mann. Überdruck am Pfannenerker (Gelenkspalt verschwunden, subchondrale Sklerose).

b Dieselbe Hüfte 8 Jahre später: Der Kopf ist nach oben aussen gewandert. Pfannendach und Kopf sind dort abgeschliffen, während am unteren Kopfpol ausgedehnte Knochenneubildung stattgefunden hat: Osteophyten an Kopf und Pfannengrund liegen sich gegenüber (double fond).

c Protrusio acetabuli mit beginnender Arthrose bei einer 50jährigen Frau.

d Dieselbe Hüfte nach 11 Jahren: Der Kopf ist weiter ins Becken hinein gewandert. Die innere Beckenwand ist ins kleine Becken vorgebuchtet. Hier hat sich ein neuer, stark sklerosierter Pfannenboden gebildet. Der grosse Trochanter stösst schon fast am Becken an.

In beiden Beispielen ist das Wandern auch an der Annäherung des kleinen Trochanters ans Becken zu erkennen.
Die meisten arthrotischen Hüften «wandern» in einer von diesen beiden Richtungen.

2.10.5. *Therapie*

Die im Kapitel «Degenerative Krankheiten» beschriebenen Grundzüge der Therapie (siehe II.11.1.5.) gelten auch für die Coxarthrose, insbesondere die unter «Prophylaxe» (siehe II.11.1.4.5.) gemachten Überlegungen zur Anpassung der Beanspruchung an die verminderte Belastbarkeit.

2.10.5.1. *Konservativ*

Alle bekannten konservativen Massnahmen wirken nur symptomatisch. Sie können die Krankheit nicht aufhalten, sondern höchstens mildern. Das ganze Repertoire der physikalischen und medikamentösen Medizin steht zur Verfügung:

- Heilgymnastik: Lockerungsübungen, vor allem bei sekundären Muskelverspannungen. Regelmässige unbelastete Bewegung.
- Physikalische Applikationen (Fango, Jontophorese usw.).
- Hydro- und Balneotherapie. Bäder sind sehr beliebt und bessern den Zustand häufig für einige Zeit.
- Rheuma- und Schmerzmittel (Salizylate, Indomethacin usw.) geben gute aber nur kurzfristige Linderung. Die Wirkung von sogenannten «spezifischen» Mitteln (z. B. Rumalon, Arteparon usw.) lässt sich kaum einwandfrei nachweisen.
- Intraartikuläre Injektionen: vor allem Kortison. Nicht ungefährlich, da Infektionen, Hüftkopfnekrosen, rasch progrediente Destruktionen vorkommen.
- *Orthopädische Massnahmen:* Absatzerhöhungen bei funktionellen Beinlängendifferenzen, weiche Absätze und Sohlen als Puffer, evtl. Korsett bei Kreuzschmerzen, haben beschränkte Wirkung. Eine einwandfreie Schienung der Hüfte (Hohmann-Bandage: Korsett mit beweglichem Oberschenkelteil) ist schwierig, manchmal aber doch nützlich.
- Der *Handstock* (evtl. Krückstock) ist eine grosse Hilfe. Die Hüfte kann damit ganz wesentlich entlastet werden. (Stock in der Regel auf der Gegenseite!) (Abb. 552.)

2.10.5.2. *Operativ*

Grundsätzlich bestehen folgende Möglichkeiten (siehe auch Operative Therapie, I.C.4. und Operationen bei Arthrose, II.11.1.5.4. und Abb. 553):

1. Biologische (durchblutungsfördernde) Operationen

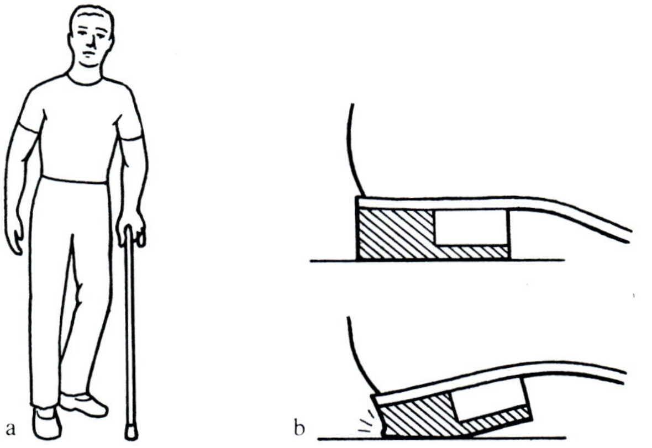

Abb. 552.

a Ein einfacher *Handstock* bedeutet eine grosse *Entlastung* für die Hüfte, wenn man bedenkt, dass der Stock dieselbe Wirkung hat, wie der Glutaeus medius (Aufrichten und Ausbalancieren des Beckens), aber mit einem viel grösseren Hebelarm. Die resultierende Druckkraft, normalerweise ein Mehrfaches des Körpergewichtes, kann so mit kleinem Aufwand wesentlich herabgesetzt werden. Der Stock wird auf der *gesunden* Seite gehalten. Das tun die meisten Patienten instinktiv.
Manche genieren sich, «am Stock zu gehen», aber auch ein Wanderstab, ein Schirm oder ein elegantes kleines Stöcklein helfen schon sehr viel. Damit sehen die Patienten weniger «invalide» aus.

b Ein weicher, gummigepufferter Absatz, eine weiche Sohle, dämpfen harte Schläge auf das Gelenk beim Auftreten und vermindern so die Schmerzen beim Gehen.

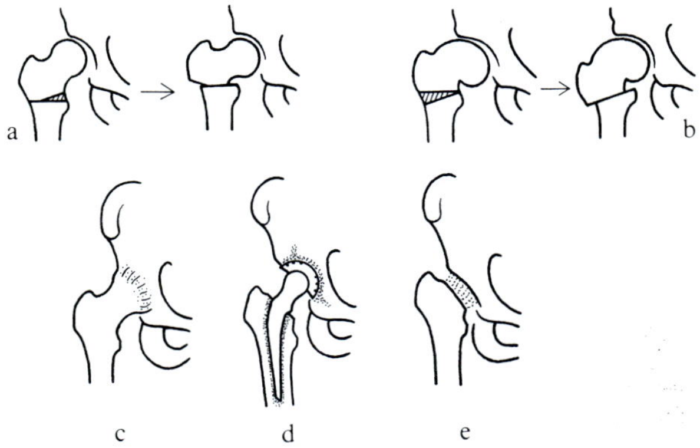

Abb. 553. *Die wichtigsten Operationen bei Coxarthrose.*

Obere Reihe:

Intertrochantere Osteotomie. Durch Umstellung sollen bessere funktionelle Verhältnisse im Gelenk geschaffen werden.

a Varisierende Osteotomie
b Valgisierende Osteotomie

Untere Reihe:

c Hüftarthrodese
d Totalhüftendoprothese
e Hüftgelenksresektion (Girdlestone)

2. Biomechanische (entlastende) Operationen: Osteotomien
3. Versteifende Operationen (Arthrodese)
4. Plastischer Gelenksersatz (Endoprothese)
5. Gelenksresektion
6. Gelenkstransplantation.

Die Indikation hat neben dem Lokalbefund vor allem die Lebenserwartung des Patienten und seine *soziale Situation* zu berücksichtigen. Praktisch von Bedeutung sind vor allem die Möglichkeiten 2, 3 und 4.

Zu 1: Die sogenannten biologischen Operationen an Knochen und Weichteilen (Voss, Camera usw.) sind weitgehend aufgegeben worden, da sie wenig nützen.

Zu 2: Osteotomien: Bei Arthrosen im *Anfangsstadium* (noch keine allzu schweren Veränderungen im Röntgenbild) gelingt es häufig, durch Verbesserung der biomechanischen Verhältnisse die Krankheit zu stoppen und ihr Fortschreiten mindestens für längere Zeit zu verhindern. In vielen Fällen werden die Patienten schmerzfrei und auch im Röntgenbild ist eine Verbesserung des Zustandes erkennbar.

Sehr verbreitet, vor allem im angelsächsischen Raum ist die *intertrochantere Verschiebeosteotomie von McMurray.* Es ist eine rein empirische Methode, deren günstige, oft viele Jahre anhaltende Wirkung, obwohl in unzähligen Fällen erwiesen, keineswegs eindeutig klar ist. «Eine typisch englische Operation: unlogisch, aber wirksam» sagte ein Franzose.

Nach der Theorie von PAUWELS kann durch eine geeignete Drehung des Kopfes in der Pfanne die Beanspruchung der Tragzone vermindert werden, indem der Druck auf eine grössere Fläche verteilt wird (Abb. 554).

Die präoperative Beurteilung der Hüftstellung und der Belastungsverhältnisse an der Tragzone anhand von Funktionsröntgenaufnahmen der Hüften (in Ab- und Adduktion) ermöglicht das Aufstellen eines geeigneten Operationsplanes, wobei die Stellungsänderung mittels einer *intertrochanteren Osteotomie* durchgeführt wird. (Allgemeines zur Osteotomie siehe I.C.4.3.1.)

Vorhandene *Fehlstellungen* (bei Kontrakturen) müssen beseitigt werden.

Inzwischen hat die intertrochantere Osteotomie weitere Entwicklungen und Abwandlungen erfahren (Bombelli). Sicher ist ihre Wirkung recht komplex. Neben der Verminderung der Beanspruchung spielt wohl eine Reihe weiterer Faktoren wie die Veränderung der Durchblutung, die Umstellung und Neuordnung der Trabekelstruktur in der subchondralen Spongiosa des Hüftkopfes durch Knochenumbau, die temporäre Entlastung, die Abstützung des Gelenkes auf den kaudal gelegenen Osteophyten usw. eine Rolle.

Ein grosser Vorteil der Operation ist die geringe Komplikationsrate sowie der Umstand, dass der *eigene Hüftkopf erhalten* werden kann.

Bei relativ jungen Patienten (bis etwa 60–65 Jahre) wird wenn möglich eine solche Operation gemacht (Abb. 555, 556 und 557).

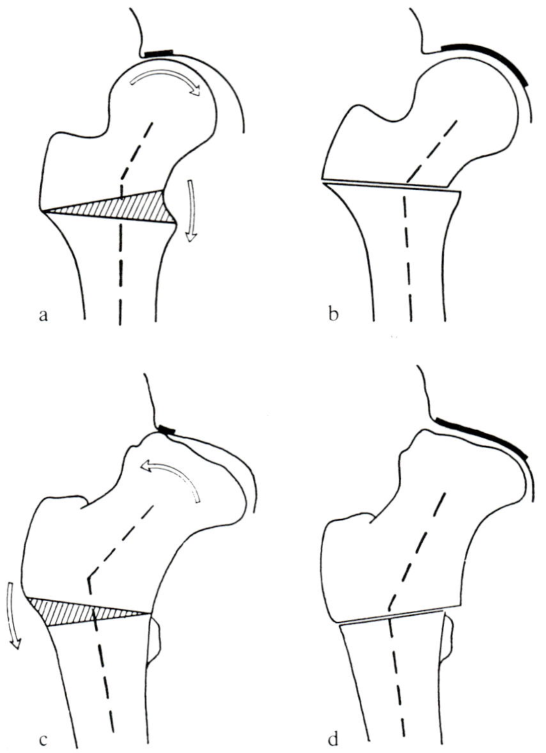

Abb. 554. *Die Reduktion des Gelenkdruckes mittels intertrochanterer Osteotomie, nach* F. PAUWELS.

Die Vergrösserung einer zu kleinen Tragfläche (mit dickem Strich bezeichnet) bei Gelenkinkongruenz ist durch *Drehung* des Kopfes in der Pfanne möglich. Je nach der Konfiguration des Gelenkes kommt eine varisierende Adduktionsosteotomie (PAUWELS I, obere Reihe) oder eine valgisierende Abduktionsosteotomie (PAUWELS II, untere Reihe) in Frage.

a Druckkonzentration am Pfannenerker bei Subluxation.
b Tiefe Einstellung des Kopfes durch *Varisation.*
c Druckkonzentration an umschriebener Stelle bei verbreitertem Kopf.
d Verteilung des Druckes auf die ganze Kopffläche durch *Valgisation.*

Im konkreten Einzelfall kann mit *Funktionsröntgenaufnahmen* des Hüftgelenkes in verschiedenen Stellungen die beste Einstellung des Kopfes in der Pfanne ermittelt werden. (Aus F. PAUWELS, Atlas zur Biomechanik der gesunden und kranken Hüfte, Springer, 1973.)

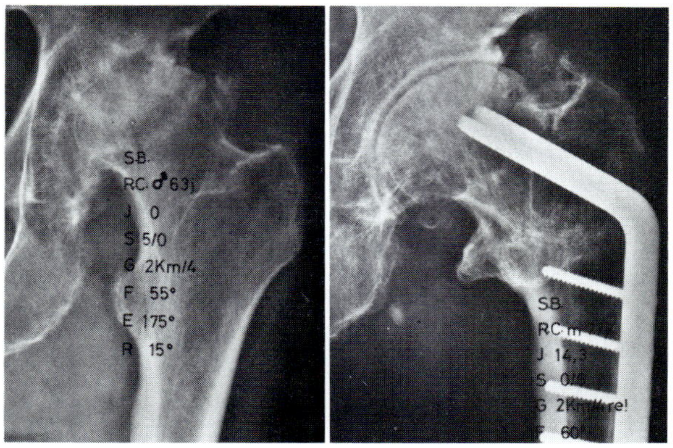

a b

Abb. 555. *Spätresultat nach Varisationsosteotomie.*

a 63jähriger Landwirt mit schwerer Coxarthrose und entsprechenden Schmerzen.
b Im Röntgenbild 14 Jahre nach Varisationsosteotomie erscheint das Hüftgelenk durch einen Regenerationsvorgang wesentlich verbessert. Der Mann ist beschwerdefrei.

Der Fall entstammt einer Serie, welche R. SCHNEIDER operiert, genau dokumentiert und nach vielen Jahren nachkontrolliert hat (Schmerzen, Gehstrecke, Beweglichkeit sind eingetragen).

Solche Untersuchungen sind für die Beurteilung von Operationsmethoden in der Orthopädie sehr wertvoll und auch sehr nötig, da sich der Wert einer Operationsmethode an den *langfristigen* Resultaten misst.

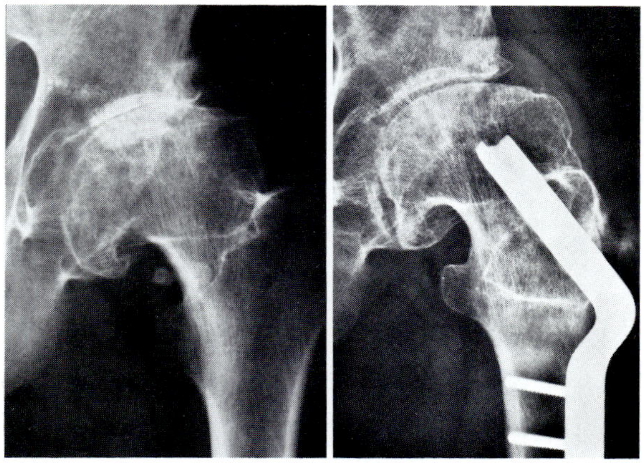

a b

Abb. 556. *Valgisationsosteotomie.*

a Schwere Coxarthrose bei einem 45jährigen Mann.
b Einige Jahre nach der valgisierenden Osteotomie: Knochenstruktur und Gelenk haben eine tiefgreifende Umwandlung erfahren. Das Hüftgelenk scheint sich bis zu einem gewissen Grade regeneriert zu haben.

In günstigen Fällen können Osteotomien die Progredienz der Arthrose aufhalten und dem Patienten für lange Jahre Beschwerdefreiheit bringen unter Erhaltung des eigenen Gelenkes. Dieser wesentliche Vorteil gegenüber der Endoprothese fällt vor allem für jüngere Patienten (unter 60 Jahre) ins Gewicht.

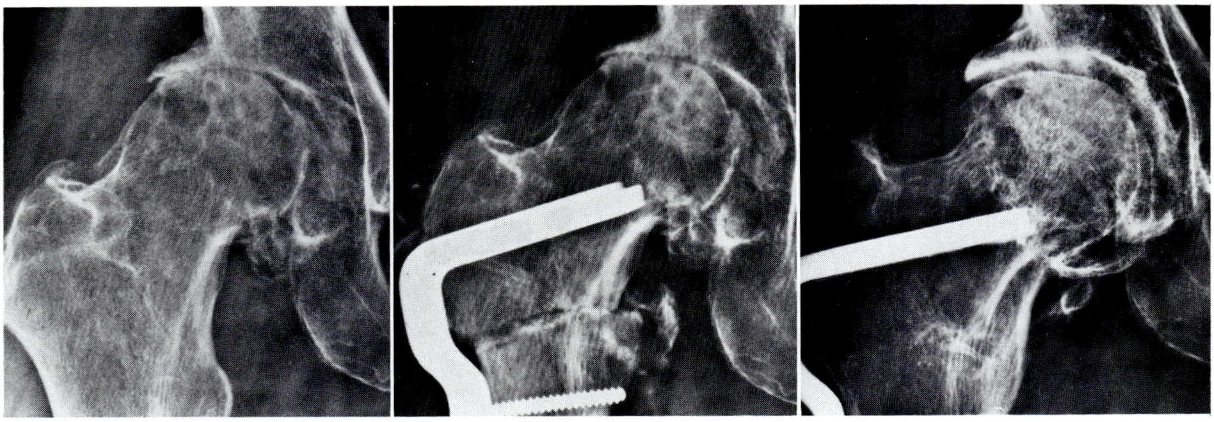

a b c

Abb. 557. *Intertrochantere Osteotomie* bei einer 59jährigen Frau.

a Coxarthrose vor der Operation. Der Gelenkspalt ist verschwunden.
b Zustand kurz nach Osteotomie knapp oberhalb des Trochanter minor, mit geringer Verschiebung und Varisation, fixiert mit Winkelplatte.
c 12 Jahre später ist wieder ein Gelenkspalt zu sehen, es hat offenbar eine gewisse Restitution des Gelenkes stattgefunden. Die jetzt 71jährige Frau hat seit der Operation nur noch geringe Schmerzen und ist gut gehfähig.

Die Wirkung der intertrochanteren Osteotomie beruht wahrscheinlich auf verschiedenen Mechanismen, unter denen der von PAUWELS beschriebene mechanische Effekt der Verminderung des Gelenkdruckes durch die Umstellung nur einer, allerdings der am besten fassbare, ist.

a

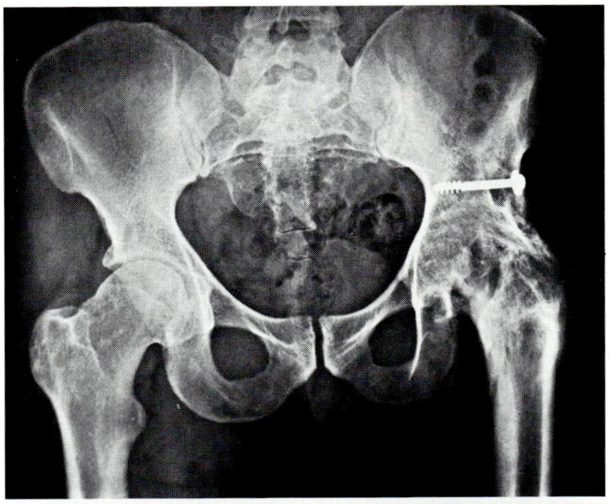

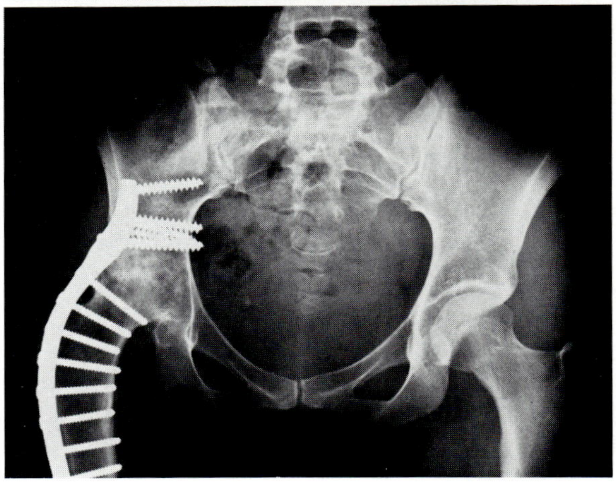

b

Abb. 558.

a *Hüftarthrodese* links, bei einem 36jährigen Mann. Diese Technik (Anfrischen der Gelenkflächen und intertrochantere Osteotomie) erfordert eine längere Fixation im Beckenbeingips, erlaubt andererseits noch eine nachträgliche Korrektur der Beinstellung.
Hier ist die Arthrodese knöchern fest. Der Mann ist voll leistungsfähig und beschwerdefrei.

b *Hüftarthrodese* rechts, wegen schwerer Arthrose, bei einer 31jährigen Frau. Fixation mit Plattenosteosynthese. Diese Technik erlaubt eine sofortige Mobilisation, verlangt aber das genaue Einstellen der Beinstellung während der Operation. Diese Stellung ist für den Erfolg ausschlaggebend.

Für jüngere Leute mit einseitigen Hüftleiden ist die Arthrodese nach wie vor eine empfehlenswerte Operation.

Die Wiederherstellung eines *defekten Pfannendaches* bei veralteten Dysplasien und Subluxationen, analog den Operationen bei der kongenitalen Hüftgelenksluxation, kann auch noch bei jungen Erwachsenen erfolgreich sein (Azetabuloplastik, Beckenosteotomie nach Chiari, vgl. III.C.2.5.5.3.).

Zu 3: Hüftarthrodese: Bei jüngeren Patienten mit schweren *einseitigen* Hüftzerstörungen ist die *Hüftarthrodese* eine ausgezeichnete Lösung, sofern Wirbelsäule und übrige Gelenke eine gute Kompensation der verlorenen Hüftbeweglichkeit zulassen.

Eine *in guter Stellung* (ganz geringe Adduktionsstellung, Flexion etwa 160–170°, leichte Aussenrotation) knöchern versteifte Hüfte ist schmerzfrei und ermöglicht erstaunliche Leistungen mit unbeschränkter Gehfähigkeit. Die Behinderung ist nicht gross, jedenfalls kleiner als die meisten Patienten und Ärzte glauben.

Ausführlich sind Indikation, Technik usw. der Arthrodese im Kapitel über orthopädische Operationen (siehe I.C.4.3.2.) und im Arthrosekapitel (siehe II.11.1.5.4.) beschrieben, beste Stellung in II.12.2.5.1., Funktionsstellung (Abb. 558).

Zu 4: Totalhüftendoprothese: Allgemeines zu den Endoprothesen siehe I.C.4.3.3. und II.11.1.5.4. Für ältere Patienten mit schwerer fortgeschrittener Arthrose (v.a. beidseits) ist der *Ersatz des Gelenkes* durch eine *Totalendoprothese* zur Zeit eine gute Indikation. Dem relativ hohen Risiko der Operation und der unsicheren Prognose (Infekt, Lockerung, Verschleiss usw.) stehen bei den älteren Patienten die geringere Beanspruchung der Prothese und die kürzere Lebenserwartung gegenüber. Die Operation ist für viele alte invalide Menschen eine Erlösung von ihren starken unbeeinflussbaren Schmerzen, welche ihnen nicht verweigert werden sollte (Abb. 559).

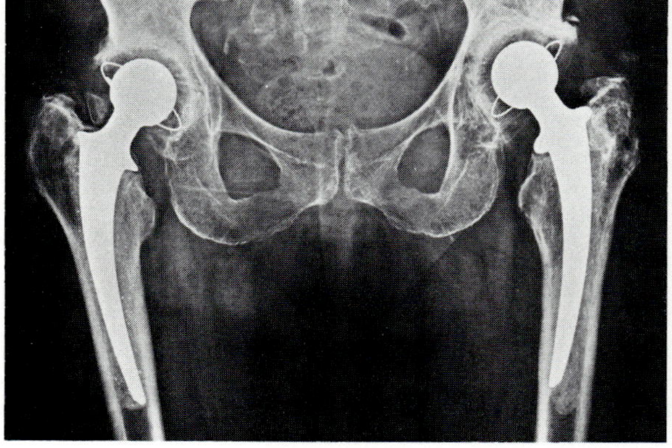

Abb. 559. *Totalhüftendoprothesen* bei 74jähriger Frau, welche wegen beidseitiger Coxarthrose invalide geworden war. Die Frau ist jetzt, 5 Jahre nach der ersten (links) und ein Jahr nach der zweiten (rechts) Operation, wieder weitgehend schmerzfrei gehfähig.

Tatsächlich können diese Patienten schon wenige Tage nach der Operation wieder schmerzfrei umhergehen. Diese spektakulären Anfangserfolge haben die Endoprothesenoperation so beliebt gemacht. Sie sollten aber nicht über die komplexen Probleme und Gefahren hinwegtäuschen, welche solchen Operationen innewohnen. Ein stabiler Endzustand, wie beispielsweise bei einer Arthrodese, wird nie erreicht und grundsätzlich muss während des ganzen restlichen Lebens mit Komplikationen gerechnet werden.

Eine grosse Verantwortung übernimmt der Operateur, welcher bei einem verhältnismässig jungen Patienten diese Operation ausführt. Die Prognose auf längere Dauer ist unsicher, denn heute weiss noch niemand, was aus diesen Fällen in 20, 30 und mehr Jahren wird, und in bestimmten Fällen von Misserfolgen (z.B. bei Infektion) muss die Prothese entfernt werden, wodurch der Patient meistens für den Rest seines Lebens invalide wird. Man wird sich deshalb bei jüngeren Patienten nur zur Prothesenoperation entschliessen, wenn sie bereits invalide sind und nicht mehr viel zu verlieren haben (schwere beidseitige Arthrosen mit Schäden an anderen Gelenken, z.B. PcP, Bechterew, vollständige Invalidität usw.).

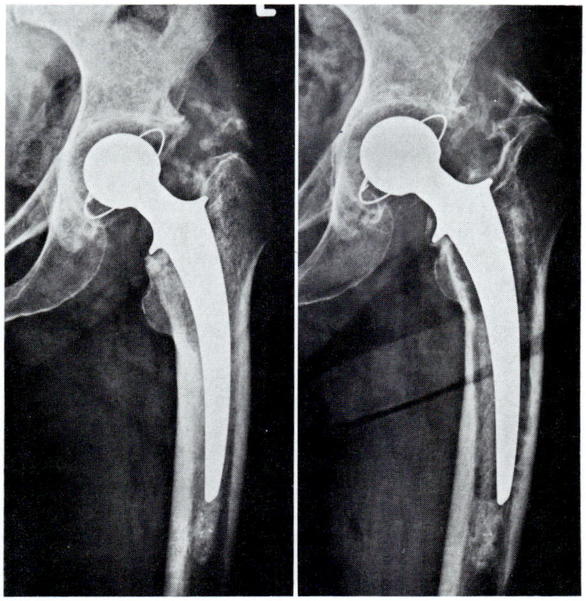

a b

Abb. 560. *Prothesenlockerung*, die *häufigste Spätkomplikation* des Gelenkersatzes.

a Totalprothese der linken Hüfte bei einer 75jährigen Frau, ein Jahr nach der Operation. Ausser einigen periartikulären Verkalkungen, wie man sie nicht selten sieht, scheint die Verankerung der Prothese in Ordnung.

b 3 Jahre später: Lockerung und Varisierung des Schaftes, Osteolysezone rings um den Schaft. Auch die Kortikalis ist bereits an einigen Stellen, die der mechanischen Biegebeanspruchung besonders ausgesetzt sind (oben medial und unten lateral) etwas resorbiert. Wenn die Prothese einmal gelockert ist, geht die Knochenresorption unaufhaltsam weiter. Solche Hüften werden in der Regel zunehmend schmerzhaft und instabil, bis die Patienten kaum mehr gehen können. Dann muss die Prothese wenn möglich ausgewechselt werden. Diese Operation ist schwieriger und wesentlich aufwendiger als die Erstoperation; im Durchschnitt sind die Resultate auch schlechter, überdies lässt sich ein Prothesenwechsel nicht beliebig wiederholen.

(Prothesenlockerung als obligate Folge bei *Infekt:* siehe Abb. 207 und 563)

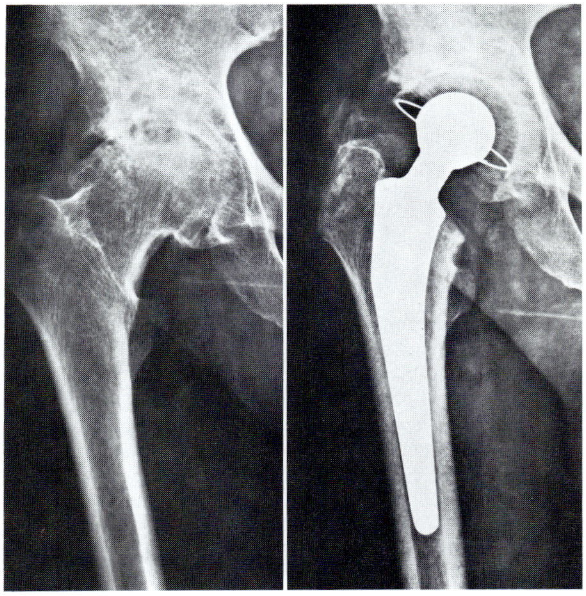

a b

Abb. 561. *Hüftgelenkersatz* durch 2teilige Endoprothese: Kopf und Schaft aus Metall, Pfanne aus Polyäthylen, die Kombination, welche die längste Bewährungsprobe mit guten Resultaten hinter sich hat.

a Coxarthrose bei 65jährigem Mann.

b 3 Jahre nach der Operation. Der Prothesenstiel soll möglichst formschlüssig in der Markhöhle liegen, er wurde zusätzlich mit Knochenzement verankert. Die künstliche Pfanne (mit Drahtring markiert, damit ihre Lage auf dem Röntgenbild genau beurteilt werden kann) liegt ebenfalls formschlüssig im Acetabulum. (Die subchondrale Knochenschicht ist bei Arthrosen in der Regel sklerosiert und somit mechanisch gut tragfähig, sie sollte bei der Operation möglichst erhalten bleiben.)

Um die Beanspruchung besser aufzufangen und damit der Lockerungstendenz wirksamer zu begegnen, wurde hier ein etwas gestreckter, dicker Schaft verwendet.

Versuche mit anderen Materialien, grundsätzlich anderem «design», sowie mit zementloser Verankerung haben bisher keine eindeutig besseren Erfolge gezeitigt.

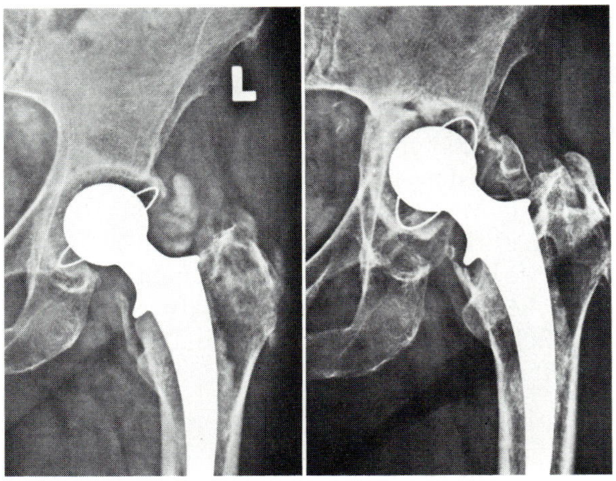

a b

Abb. 562. Die *Pfannenlockerung* bei Totalhüftendoprothese ist annähernd so häufig wie die Stiellockerung oder die Lockerung beider Teile.

a Hüfte einer 72jährigen Frau kurz nach Operation. Die Kunststoffpfanne, am Drahtring zu erkennen, in richtiger Lage.

b 6 Jahre später: Die Prothese hat sich gelockert und tief ins Becken hineingebohrt, wobei eine grosse Osteolysehöhle entstanden ist. Im Vergleich der beiden Röntgenbilder ist deutlich zu erkennen, wie die Kunststoffpfanne gekippt und nach oben (kranial) gewandert ist.

Pfannenlockerungen werden vor allem bei Osteoporose und beim Fehlen der subchondralen Sklerosezone beobachtet. Die unterschiedliche Elastizität von Kunstpfanne und Becken spielt dabei eine Rolle.

Oft wird mit der Zeit so viel Knochen vom Becken resorbiert, dass eine neuerliche Verankerung auf grosse, evtl. kaum zu überwindende Schwierigkeiten stossen kann.

Auf lange Sicht ist vermutlich der *knöcherne Widerhalt* der Pfanne die *schwächste* Stelle des ganzen Systems. Nicht zuletzt aus diesem Grunde bringt wohl der sog. «Oberflächenersatz» (Doppelcup), bei welchem die Pfanne weiter ausgebohrt werden muss, langfristig keine besseren Chancen.

Der Ersatz des Kopfes allein, ohne Ersatz der Pfanne, ist nur sinnvoll bei gut erhaltener Knorpelpfanne, also z. B. bei Schenkelhalsfrakturen, nicht aber bei Coxarthrose.

Auch die Interpositionsarthroplastik mit einer beweglichen Pfanne (z. B. cup-plastik nach Smith-Petersen) gibt keine genügend guten Resultate.

Einzig der Ersatz *beider Gelenkflächen* und ihre stabile Verankerung im Knochen, d. h. im Femur resp. in der Pfanne (z. B. mit einem «Kunststoffzement»), gibt einwandfreie und schmerzlos funktionierende Gelenke. Die grundsätzlichen Probleme sind bei den verschiedenen Modellen gleich (Abb. 560–563).

Zu 5: Die *Gelenksresektion* (Girdlestone) wurde früher häufig durchgeführt. Sie hinterlässt eine instabile, aber immerhin nach längerer Zeit meist wieder einigermassen tragfähige, weniger schmerzhafte Hüfte. Für manche Fälle ist die Re-

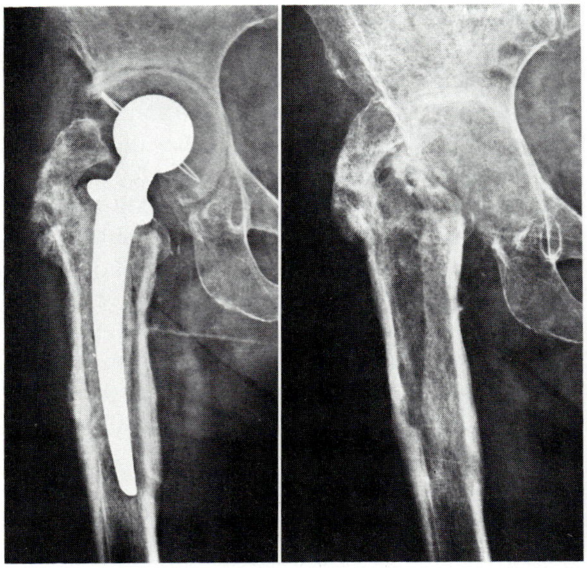

a b

Abb. 563. *Infektion einer Totalhüftendoprothese* (a) und Zustand nach Entfernung der Prothese (b). Auf längere Sicht bringt bei schweren Infektionen meist nur dieser radikale Eingriff eine akzeptable Lösung: Eliminierung der Infektion, Schmerzfreiheit und Belastbarkeit, so dass die Patienten wenigstens am Stock ordentlich gehen können, wenn auch mit einer erheblichen Beinverkürzung.

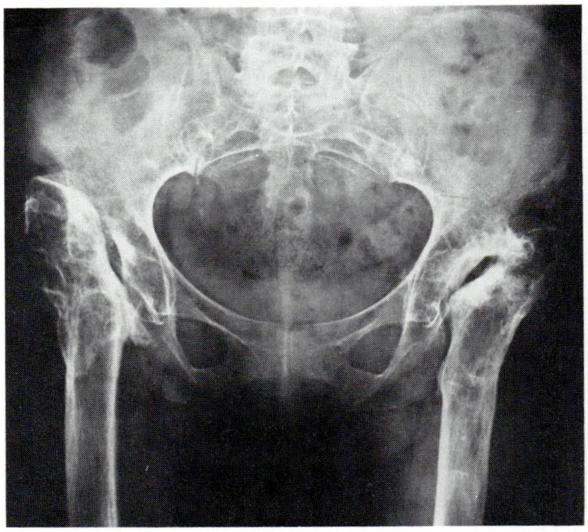

Abb. 564. Zustand 10 Jahre nach Resektion beider Hüftgelenke und Angulationsosteotomie subtrochanter, wegen schwerer ankylosierender Coxarthrose, bei einer 66jährigen Frau. Relativ gute Beweglichkeit, keine Schmerzen. Die Patientin ist mit Stöcken gut gehfähig, über kurze Strecken auch ohne Stock.

Anstelle der Hüftgelenke hat sich eine derbe, tragfähige Narbe gebildet, welche schmerzfrei belastbar ist.

Wenn keine Endoprothese eingesetzt werden kann, ist die Resektion oft die einzige und auch gar nicht die schlechteste Lösung, etwa bei Infekten, mangelnder Abstützmöglichkeit am Knochen (Tumor), und, in zunehmender Zahl, wenn infizierte oder gelockerte Endoprothesen entfernt werden müssen und nicht mehr ersetzt werden können.

sektion die bestmögliche Lösung geblieben: Infizierte Prothesen, grosse Knochendefekte, bei Osteolysen, Tumoren usw. (vgl. I.C.4.3.4.).

Um die Abstützung des Femurstumpfes am Becken zu verbessern wird oft eine hochdiaphysäre Valgisationsosteotomie hinzugefügt (Milch-Batchelor). Diese (mancherorts routinemässig primär durchgeführte) Operation ergab erstaunlich gute Resultate (Abb. 564).

Zu 6: Hüftgelenkstransplantationen wurden schon durchgeführt, bisher allerdings ohne dauerhaften Erfolg.

2.11. Extraartikuläre Hüftleiden

Differentialdiagnostisch müssen sie von den Hüftgelenkserkrankungen abgegrenzt werden.

2.11.1. *«Schnellende Hüfte»*

Wenn ein junger Mensch über Schmerzen im Trochanterbereich klagt, erfährt man nicht selten auf Befragen hin, dass er häufig «die Hüfte ausrenke». Manchmal kann er das demonstrieren: Tatsächlich schnellt der angespannte Tractus ileo-tibialis bei jedem Schritt mit einem deutlich spürbaren und manchmal hörbaren Schnappen über den trochanter maior von hinten nach vorn und zurück. Das Phänomen ist nur bei belasteter Hüfte auslösbar, also im Stehen und Gehen. Bei der Untersuchung im Liegen findet man nichts pathologisches. Mit der Zeit können ziehende Schmerzen im Trochanterbereich auftreten, wahrscheinlich als Folge der ständigen mechanischen Reizung des Gleitgewebes. Andererseits produzieren manche Jugendliche das Schnellen mit der Hüfte willkürlich, bis es zum eigentlichen «Tic» wird.

Therapie: Ein Beckenhochstand auf der befallenen Seite mit Adduktion der Hüfte lässt den Trochanter stärker vorspringen und unterhält nicht selten das «Schnellen». Eine Absatzerhöhung zum Ausgleich der Beinlängendifferenz bringt es manchmal zum verschwinden.

Mit dem Hinweis auf die schmerzhaften Folgen kann man den Patienten raten, das Schnellen möglichst zu vermeiden. Meist können sie das.

In hartnäckigen Fällen kommt eine kleine Operation in Frage: Teilweises Durchtrennen der Faszia lata über dem Trochanter, wodurch die Spannung und das Schnellen verschwinden.

Nicht immer ist der Eingriff erfolgreich.

Bursitis trochanterica
Blande Entzündungen der Bursa über dem Trochanter maior können auch ohne «Hüftschnellen» Schmerzen verursachen. Die Behandlung ist konservativ, selten operativ (Exzision der Bursa). Selten einmal können tiefere Schleimbeutel im Hüftbereich Ursache von Schmerzen sein.

2.11.2. *Periphere Nerven im Hüftbereich*

Ein recht typisches Krankheitsbild ist die *«Meralgia paraesthetica nocturna»,* durch Kompression des Nervus cutaneus femoris ventralis hervorgerufen. Nächtliche Schmerzen und Sensibilitätsausfälle im Ausbreitungsgebiet des Nerven (Vorderseite des Oberschenkels) gehören dazu. Infiltrationen des Nerven an seiner Durchtrittsstelle durch das Leistenband knapp medial der *Spina ilica ventralis* bringen die Symptome zum Verschwinden.

Gelegentlich können *Kompressionserscheinungen anderer Nerven* im Hüftbereich ähnliche Symptome hervorrufen (Piriformis-Syndrom, N. ileo-inguinalis, N. obturatorius). In seltenen Fällen ist eine Neurolyse angezeigt (vgl. II.8.3.6.).

2.12. Verletzungen im Hüftbereich

Sie haben grosse praktische Bedeutung: Sie sind häufig und führen nicht selten zur Invalidität. Ihre Behandlung stellt schwierige Probleme, chirurgische und soziale. Hier wird die Traumatologie der Hüfte nur soweit dargestellt als sie orthopädische Probleme aufwirft.

2.12.1. *Azetabulumfrakturen*

Beckenfrakturen werden zweckmässigerweise eingeteilt in *extraartikuläre* und *intraartikuläre* Frakturen, d.h. solche mit Beteiligung der Hüftgelenkspfanne. Die extraartikulären Beckenfrakturen sind in III.B.13.1.2. besprochen. Hier interessieren nur die intraartikulären, d.h. die Pfannen- oder Azetabulumfrakturen.

Es handelt sich in der Regel um schwere Verletzungen. Wenn sie mit Verschiebung der Bruchfragmente ausheilen, ist das Hüftgelenk inkongruent, d.h. über kurz oder lang entsteht notwendigerweise eine *sekundäre Coxarthrose.* Bei schweren Zerstörungen ist diese Entwicklung fast unvermeidlich.

Aussicht auf eine günstige Prognose gibt nur die genaue Wiederherstellung der anatomischen Pfannenverhältnisse.

Auf konservativem Weg ist dies selten exakt möglich. Mit frühzeitiger offener Reposition und

Osteosynthese lassen sich relativ einfache Fälle (z. B. Luxationsfrakturen mit Ausbruch eines dorsalen Pfannenstückes, Fraktur mit wenigen grossen Fragmenten) befriedigend wiederherstellen, komplizierte Stückfrakturen hingegen kaum. Bei der Operation erweisen sich die Frakturen oft als komplizierter, als man nach dem Röntgenbefund vermutet hatte. Die anatomisch einwandfreie Reposition und Osteosynthese von Beckenfrakturen ist schwierig, oft unmöglich.

Bei *zentralen Hüftgelenksluxationen* ist die Hüftpfanne meist in mehrere Stücke zerbrochen und eine exakte operative Wiederherstellung wird selten möglich sein, eine spätere Arthrose kaum zu verhindern. Die (konservative), approximative Reposition der zentralen Dislokation ist trotzdem wichtig, da die statischen und anatomischen Voraussetzungen für die Hüftfunktion und evtl. spätere Hüfteingriffe dadurch wesentlich verbessert werden können.

Manche Pfannenfrakturen machen aus den genannten Gründen später eine Hüftoperation erforderlich. Bei jüngeren Patienten kommt die Arthrodese in Frage, bei älteren evtl. eine Totalhüftendoprothese.

2.12.2. *Schenkelhalsfrakturen*

Zwei Formen lassen sich deutlich unterscheiden:

1. Schenkelhalsfraktur bei *Kindern* und *jungen* Erwachsenen: Fraktur eines normalen Knochens durch massives Trauma.
2. Schenkelhalsfrakturen bei *alten Leuten,* vor allem Frauen: Frakturen bei Osteoporose, durch relativ kleine Traumen.

Die Unterscheidung ist *für die Behandlung wichtig.*

2.12.2.1. *Schenkelhalsfrakturen im Alter*

Zusammen mit den pertrochanteren Brüchen eine der häufigsten Frakturen überhaupt. Bei älteren Leuten, vor allem Frauen, ist die allgemeine Osteoporose manchmal so ausgeprägt, dass ein unbedeutendes Trauma genügt. Alte Leute, welche nach einem Sturz Schmerzen in der Hüfte haben und nicht mehr gehen können, haben praktisch immer eine Fraktur des proximalen Femurendes. (Eine eingekeilte oder unverschobene Fraktur kann leicht übersehen werden.)

Schenkelhalsfrakturen haben eine ausgesprochene Neigung zu *Komplikationen:*

1. *Verzögerte Heilung* und *Pseudarthrose* hängen weitgehend mit den mechanischen Verhältnissen im Frakturbereich zusammen. Diese sind im Kapitel «Mechanische Beanspruchung als pathogenetischer Faktor» (I.A.9.2.2.) beschrieben. Daraus ergibt sich, dass die (selteneren) *Abduktionsbrüche* (Valgusstellung) mechanisch stabil sind. Tatsächlich sind sie meist eingekeilt, und die Patienten können damit noch herumgehen. Sie brauchen in der Regel keine Behandlung und heilen gut.

Die *Adduktionsbrüche* (Varusstellung) hingegen heilen nur sehr langsam oder gar nicht. Häufig entstehen *Pseudarthrosen* (siehe III.C.2.13.2.). Bei der Reposition dieser Brüche ist deshalb eine Valgusstellung anzustreben (Abb. 101).

2. *Hüftkopfnekrosen* entstehen ebenfalls recht häufig, vor allem nach proximalen Schenkelhalsfrakturen. Die Blutzirkulation ist durch die Fraktur oft vollständig unterbrochen, und bei einem Teil der Fälle ist die Ischämie irreversibel. Für die Therapie wäre es wichtig zu wissen, bei welchen Brüchen später eine Hüftkopfnekrose entsteht und bei welchen nicht. Kopfnahe (subkapitale) Frakturen neigen eher dazu, doch lässt es sich im Einzelfall nicht voraussagen.

Klinisch tritt die Kopfnekrose erst nach vielen Monaten, oft nach über einem Jahr in Erscheinung (siehe III.C.2.13.3., Abb. 567).

Die *Behandlung* mit *konservativen Methoden* ist (ausser bei den Abduktionsbrüchen) nahezu aussichtslos. Für die alten Leute bringt das lange Krankenlager in einem grossen Teil der Fälle schwere Komplikationen (Thrombosen, Embolien, Dekubitus, Lungenentzündung, Marasmus, Tod). Deshalb wird auch im hohen Alter und bei nicht einwandfreiem Allgemeinzustand die Fraktur nach Möglichkeit *operiert.*

Die *Operation* hat den Zweck, die Hüfte so zu stabilisieren, dass die Patienten *sofort mobilisiert werden können.*

2 Methoden stehen zur Verfügung:

1. Die Nagelung der Fraktur
2. Die Entfernung des abgebrochenen Femurkopfes und sein Ersatz durch eine *Endoprothese.*

Weil trotz der Nagelung die Heilung lange dauert und die Komplikationsrate gross bleibt, wird vor allem bei medialen, dislozierten Brüchen gerne die radikale Lösung, die Endoprothese gewählt. Sie erlaubt *sofortige Mobilisation und volle Belastung.* Die Prognose auf lange Sicht ist jedoch unsicher, da durch Abnützung des Knorpelbelages in der Pfanne früher oder später eine *Pfannenarthrose* entstehen kann (um dieser Komplikation zu begegnen ist es wichtig, die Grösse des künstlichen Hüftkopfes genau der

Pfanne anzupassen). Die Endoprothese muss *ausschliesslich* für *alte* Patienten reserviert bleiben.

Es wurde auch vorgeschlagen, auch die Pfanne primär zu ersetzen, also eine Totalhüftendoprothese einzusetzen. Die Resultate sind aber schlechter als bei der Coxarthrose, weil – im Gegensatz zu dieser – das Knochenlager ausgesprochen osteoporotisch ist.

2.12.2.2. *Schenkelhalsfrakturen bei Kindern und jungen Erwachsenen*

Anders als bei alten Leuten ist in der jüngeren Altersgruppe die Spongiosa des Schenkelhalses noch ausgesprochen hart und bricht nur als Folge eines *massiven Traumas.* Es handelt sich um relativ seltene, aber schwere Verletzungen. Die Gefahr der Entstehung einer *Kopfnekrose* ist gross. Sie hängt weitgehend von der *Therapie* ab. Wichtig sind folgende Punkte:

1. Sofortige Operation: Beseitigung des Hämatoms im Gelenk zur Erhaltung der Zirkulation.
2. Schonende und genaue Reposition des Bruches.
3. *Verschraubung* gibt eine gute Stabilisierung der Fraktur. (Beim Versuch, einen Nagel mit Gewalt in die sehr harte Spongiosa des Schenkelhalses einzuschlagen, würden die Fragmente auseinandergetrieben und die restlichen Gefässe zerrissen, was die sichere *Nekrose des Kopfes* zur Folge hätte.)

2.12.3. *Pertrochantere Frakturen*

Im *hohen Alter* sind Frakturen in der Trochantergegend sehr häufig. Für Notfallstationen und Bettenabteilungen stellen sie eine zunehmende Belastung dar.

Anders als Schenkelhalsfrakturen haben pertrochantere Brüche eine gute spontane Heilungstendenz. Trotzdem wird die *operative Behandlung* bevorzugt: Die wochenlange Bettruhe ist für die alten Patienten in der Regel gefährlicher als eine Operation. Das Ziel der Operation ist deshalb wie bei der Schenkelhalsfraktur: *Stabile Fixation der Fraktur,* damit die Patienten sofort aufstehen und, wenn möglich *belasten* können.

Schenkelkopfnekrosen und Pseudarthrosen kommen kaum vor, da die Fraktur extrakapsulär liegt. Die häufigste *Komplikation* ist das Abkippen des proximalen Fragmentendes unter der Belastung im Sinne einer *Varisierung,* wobei die Fixationsnägel sich lockern, brechen oder ins Gelenk penetrieren.

Als *Prinzip* der biomechanisch richtigen Stabilisierung der Fraktur gilt deshalb eine gute *mediale Abstützung der Fragmente* im Bereiche des *Adambogens.* Im übrigen eignen sich für verschiedene Frakturtypen besondere entsprechende Operationsverfahren (anatomische Reposition oder Aufrichteosteotomie, speziell geeignete Art der Fixation). Die Bündelnagelung nach Ender ist ein relativ leichter Eingriff und gibt gute primäre Stabilität.

2.13. Verletzungsfolgen

2.13.1. *Coxarthrosen*

Häufige Traumafolge nach Frakturen im Hüftbereich, vor allem nach Pfannenfrakturen. Klinisches Bild und Therapie entsprechen den Coxarthrosen im allgemeinen (siehe III.C.2.10.).

2.13.2. *Pseudarthrosen*

Typisch und relativ häufig ist die *Schenkelhalspseudarthrose.* Ihre Entstehung ist in I.A.9.2.2.

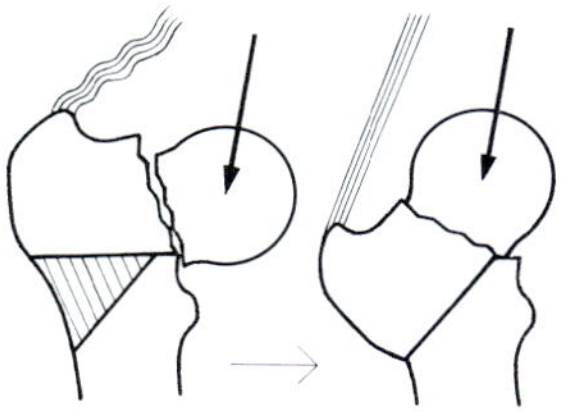

Abb. 565. *Aufrichteosteotomie* bei vitaler Schenkelhalspseudarthrose (Pauwels). Eine biomechanisch gut begründete Operation. Die guten Resultate haben die biomechanischen Überlegungen von Pauwels einwandfrei bestätigt. Durch Umstellung (Keilentnahme lateral, Valgisierung) werden die schädlichen Scherkräfte in Druckkräfte umgewandelt, und die Pseudarthrose heilt (vgl. I.A.9.2.2.).

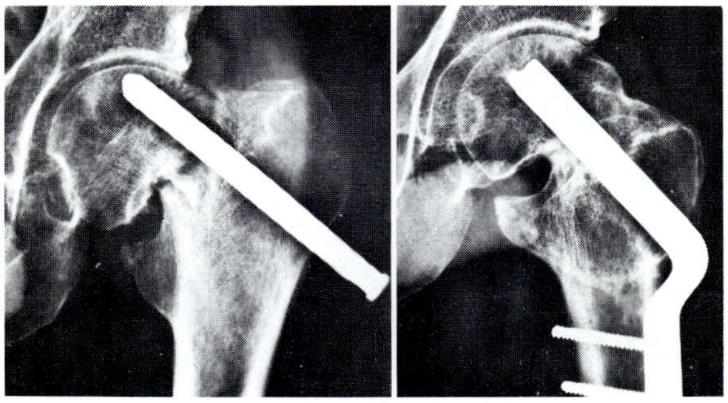

a b

Abb. 566.

a *Schenkelhalspseudarthrose* mit typischer Varusstellung bei 59jährigem Mann. Die Nagelung hatte bei dieser Schenkelhalsfraktur nicht genügt.

b 1 Jahr nach valgisierender Osteotomie ist die Pseudarthrose fest.

sowie III.C.12.2.1. beschrieben. Klinisch besteht neben den Schmerzen eine *Insuffizienz* der Hüfte (Trendelenburgsches Hinken). Die Diagnose wird aus dem Röntgenbild gestellt, gelegentlich erst mit Hilfe einer *Tomographie.*

Mit adäquater *operativer Behandlung (Aufrichteosteotomie nach Pauwels)* können Schenkelhalspseudarthrosen zuverlässig zur Heilung gebracht werden (Abb. 565 und 566).

2.13.3. *Hüftkopfnekrose*

Unberechenbare, relativ häufige Folge einer Schenkelhalsfraktur, lässt sich zur Zeit des Unfalles nicht voraussagen (siehe III.C.2.12.2.1.).

Die *Diagnose* kann erst nach längerer Zeit gestellt werden, oft erst nach ein bis zwei Jahren.

Die *Röntgenkriterien* sind dieselben wie bei der idiopathischen Hüftkopfnekrose (siehe III.C.2.9.2.4. und Abb. 567).

Auch *Symptomatologie* und Verlauf entsprechen ihr.

Therapie: Bei jungen Patienten ist die *Arthrodese* in der Regel die Therapie der Wahl, da die posttraumatische Hüftkopfnekrose einseitig ist, bei älteren Patienten ist es die *Totalhüftendoprothese.*

2.13.4. *Fehlstellungen*

Wegen der starken Biegekräfte, welche im Hüftbereich wirken, neigen alle Frakturen im proximalen Femurabschnitt zur *Varusstellung.* Diese ist mechanisch ungünstig: Insuffizienz der Hüfte (Trendelenburgsches Zeichen) mit Hüfthinken, Beinverkürzung sowie O-Bein. Bei stärkerer Deformität ist im jugendlichen und mittleren Alter eine *Korrekturosteotomie* (intertrochanter) notwendig, bei älteren Leuten nicht mehr.

a

b

c

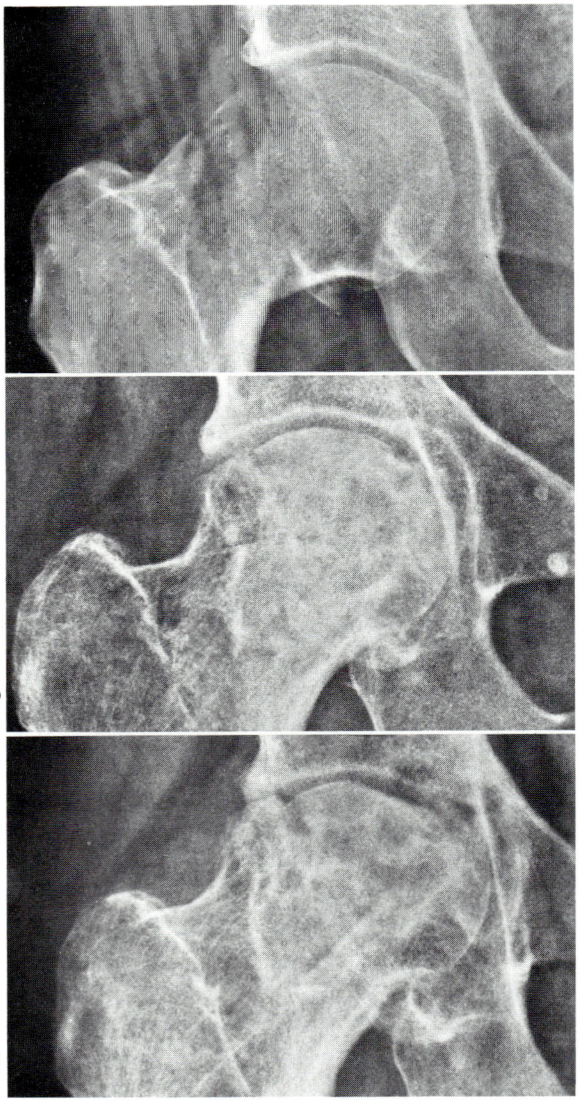

Abb. 567. *Posttraumatische Hüftkopfnekrose.*

a Frische Schenkelhalsfraktur bei einer 53jährigen Frau. Die Fraktur wurde mit einer Winkelplatte fixiert und heilte innerhalb weniger Monate.

b 2 Jahre später wieder Schmerzen. Im Röntgenbild unregelmässige sklerosierte Knochenstruktur und leichte Erniedrigung der Hüftkopfkalotte.

c Nach einem weiteren Jahr ist der Hüftkopf zusammengebrochen. Der nekrotische obere Kopfquadrant ist in den Kopf eingesunken. Der Unterbruch der Kopfkontur ist jetzt deutlich. Beginnende Arthrose (Klinik siehe III.C.2.13.3.).

3. Der Oberschenkel

Pathologische Veränderungen betreffen hauptsächlich *Femur* und *Quadrizeps*, die grössten Einzelgebilde des ganzen Bewegungsapparates.

3.1. Skelettaffektionen

3.1.1. *Infektionen*

Osteomyelitiden im Femur sind schwere Krankheiten, welche auch den Allgemeinzustand stark beeinträchtigen können.

Seit die schweren Verkehrsunfälle ständig zunehmen hat die *posttraumatische Osteitis* des Femur grosse Bedeutung bekommen. Die Behandlung dieser Zustände, besonders nach Marknagelung und bei Pseudarthrosen, gehören zu den schwierigsten Aufgaben in der Knochenchirurgie, doch gelingt es in den meisten Fällen mittels radikalen, ausgedehnten Ausräumungen, die Infektion schliesslich zu beherrschen *(Behandlung der Osteitis*, siehe II.6.5., Abb. 205).

3.1.2. *Tumoren*

Das *Femur*, insbesondere sein *distales Ende*, ist die *häufigste* Lokalisation *maligner Tumoren* des Bewegungsapparates überhaupt, aber auch *benigne Tumoren* sind häufig. Die distale Femurepiphysenfuge hat die grösste Wachstumsrate aller Wachstumszonen. Es ist anzunehmen, dass die damit verbundene grosse Zellaktivität und die Häufigkeit der Tumorbildung in dieser Gegend in einem kausalen Zusammenhang stehen.

Unklare Knochenveränderungen am Femur, namentlich an seinem distalen Ende, sind deshalb auf tumoröse Prozesse verdächtig. Natur und Ausdehnung eines Tumors müssen abgeklärt werden nach den allgemeinen Richtlinien der Tumordiagnostik, wie sie im *Kapitel über Tumoren des Bewegungsapparates*, II.7. beschrieben sind. Erst dann kann ein *Therapieplan* aufgestellt werden:

- Bei *malignen* Tumoren ist in der Regel die *Amputation* im Oberschenkel die Therapie der Wahl, obwohl z.B. bei Osteosarkomen die Prognose nur in einem kleinen Teil der Fälle gut ist (Abb. 221).
- Bei *semimalignen* Geschwülsten kann mit einer *Blockexzision* oder einer Curettage in manchen Fällen das Bein erhalten werden. Grosse Knochentransplantationen, Umkehrplastiken und Osteosynthesen können nötig werden.
- *Benigne Tumoren* können meistens unter Erhaltung der funktionell wichtigen Gelenkteile, der Epiphysenwachstumszonen und der Tragfunktion des Skelettes ausgeräumt werden. Der Defekt wird am besten mit einer autologen *Spongiosaplastik* ausgefüllt (Abb. 217).
- Das sehr maligne *Ewing-Sarkom* wird bestrahlt. Die Amputation hilft nicht (Abb. 224).

3.2. Frakturen

(siehe auch allgemeines Frakturenkapitel, II.15.)

Femurfrakturen sind schwere Verletzungen. Im Oberschenkel finden riesige *Hämatome* Platz. Der *Blutverlust* wird in der Regel unterschätzt. Häufig kommen die Patienten in einen *Schockzustand*. Die meisten *Fettembolien* entstehen nach Femurfrakturen.

An sich heilen Femurbrüche gut, allerdings brauchen sie dazu lange Zeit, etwa 4–6 Monate oder mehr.

Die *konservative* Behandlung ist für erwachsene Patienten und Personal mühsam: Dauerextension auf einer Schiene im Bett. Fehlstellungen sind nicht so selten, vor allem nach vorzeitiger Mobilisation.

Die *operative Behandlung* vereinfacht die Nachbehandlung erheblich und kürzt den Spitalaufenthalt ab, nicht aber die Heilungsdauer. Bis zum knöchernen Durchbau der Fraktur steht das Fixationsmaterial (Marknägel, Platten und Schrauben) unter einer grossen mechanischen Beanspruchung, vor allem wenn die Osteosynthese nicht ganz genau den mechanischen Prinzipien entspricht, d.h. wenn die Kortikalis auf der medialen Seite nicht mitträgt (siehe I.A.2.1., Abb. 32 und 33). Dieser Beanspruchung hält das Metall nur eine gewisse Zeit lang stand, dann kommt es unweigerlich zu Ermüdungserscheinungen. Zwischen Knochenkonsolidation und Ermüdungsbruch tritt eine Art Wettlauf ein. Refrakturen nach Osteosynthesen sind deshalb am Femur besonders häufig.

Marknägel geben die stabilste Osteosynthese, vor allem nach Aufbohren des Markkanales, und erlauben frühzeitige Belastung. Allerdings eignen sich z.B. Trümmerbrüche sowie proximale und distale Frakturen nicht dafür. Zudem hat die Marknagelung eine Reihe von technischen Tükken, besonders bei geschlossenem Vorgehen (intraartikuläre Lage des Nagels im Hüftgelenk, Aufsplittern der Kortikalis beim Einschlagen des Nagels, Ausbrechen des Nagels aus der Kortikalis, Eindringen der Nagelspitze ins Kniegelenk, Rotationsfehlstellung, Verklemmen des Nagels im Femurschaft usw.). Die Marknagelung kann sehr gute Resultate geben, hingegen ist eine Osteitis nach Marknagelung eine Katastrophe, da dann die ganze Markhöhle von oben bis unten infiziert ist (Abb. 205).

Plattenosteosynthesen erlauben keine volle Belastung. Wenn der osteosynthetisierte Knochen nicht mitträgt (Platte auf der Druck- statt auf der Zugseite, fehlende Abstützung der Kortikalis, fehlende interfragmentäre Kompression) kommt es zwangsläufig zur *Refraktur.* Die Plattenosteosynthese verlangt genaue Beachtung der biomechanischen Gesetze (siehe I.A.3.1.2.2. und I.A.4.1.3.). Kurze Platten, Schrauben ohne Platten, Drähte usw. genügen bei Femurfrakturen nicht (Abb. 327).

Bei Kindern im Wachstumsalter ist die *konservative Behandlung* die Methode der Wahl! Osteosynthesen, vor allem Marknägel, sind mit wenigen Ausnahmen *kontraindiziert* (siehe Frakturen bei Kindern, II.15.3.).

Relativ häufig sind folgende *Komplikationen nach Femurfrakturen:*

3.2.1. *Pseudarthrosen*
(siehe auch Allgemeiner Teil, II.16.2.)

Am häufigsten entstehen sie nach Osteosynthesen (atrophische Pseudarthrose, II.16.2.1.).

Nicht infizierte Femurpseudarthrosen sind mit einer geeigneten Operation praktisch mit Sicherheit zur Heilung zu bringen.
- In der Diaphyse bei anatomisch guter Stellung: *Marknagelung* nach Aufbohren der Markhöhle.
- Im Metaphysenabschnitt und bei Fehlstellungen: Kompressionsosteosynthese mit Platte lateral.

Infizierte Pseudarthrosen (fast immer nach infizierten Osteosynthesen) stellen schwierige aber nicht unlösbare Probleme dar: Mit einer *stabilen Fixation* (äussere Spanner, evtl. Platten) und nach Ausräumung des Infektes ist die Pseudarthrose fast immer zur Heilung zu bringen. Anschliessend lässt sich auch die Infektion eher beherrschen (siehe Behandlung der infizierten Pseudarthrosen, II.16.2.3.).

3.2.2. *Fehlstellungen*

Zu Beschwerden und Gangstörungen geben sie vor allem Anlass, wenn sie eine bereits *vorbestehende,* unbeachtet gebliebene Deformität *verstärken.* Grössere Fehlstellungen können erhebliche Beschwerden verursachen. Ungünstig sind vor allem:
- Innenrotationsfehlstellung: ein auch nur wenig nach innen gedrehter Fuss stört beim Gehen beträchtlich.
- Aussenrotationsfehlstellung: stärkere Aussendrehung des Beines stört den Gang und ermüdet.
- Varusstellung (O-Bein): Insuffizienz von Hüften und Knie, evtl. später Gonarthrose.
- Beinverkürzung siehe III.C.1.
- Die übrigen Fehlstellungen sind selten oder haben weniger Bedeutung.

Die *Indikation* zur *operativen Korrektur* einer Fehlstellung hängt nicht nur von der Grösse des Winkels ab, sondern vor allem von der klinischen Auswirkung: Knieschmerzen, Schmerzen im ganzen Bein, Überlastung des medialen Kniegelenkspaltes bei O-Bein (siehe III.C.4.6.) und Gonarthrose (siehe III.C.4.7.2.).

Rein prophylaktische Korrekturen sind wohl nur bei grösseren Abweichungen von der Norm angezeigt.

Korrekturosteotomien können am Ort der Fehlstellung, vorteilhaft aber im Spongiosabereich der proximalen oder distalen Metaphyse gemacht werden (raschere, sicherere Heilung).

3.2.3. *Myositis ossificans des Quadrizeps*
(siehe auch I.A.7.1.2.4. und II.15.3.4.4.)

Hauptsächlich nach einem massiven stumpfen Trauma, wo sich ein *Hämatom* gebildet hat, auch nach Frakturen. Der ganze M. intermedius kann verkalken. Der Prozess dauert viele Monate bis zur Abgrenzung und eigentlichen Verknöcherung des betroffenen Muskelabschnittes. Erst wenn der Umbauprozess zur Ruhe gekommen ist, besteht Aussicht, dass nach einer chirurgischen Exzision kein Rezidiv entsteht. Selten wird eine Operation notwendig, bei Schmerzen und stärkerer Einschränkung der Kniegelenksbeweglichkeit.

Die Myositis ossificans kann röntgenologisch und histologisch u.U. schwierig von einem Sarkom zu unterscheiden sein. Die *Differentialdiagnose* ist wegen der einzuschlagenden Therapie besonders wichtig (Abb. 568).

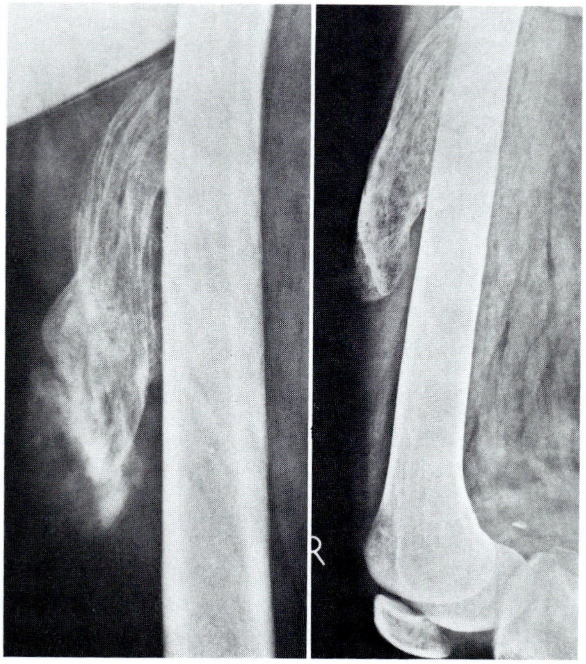

Abb. 568. *Myositis ossificans traumatica.*

Ausgedehnte Verkalkung im Quadrizepsmuskel als Folge eines stumpfen Schlages auf die Vorderseite des Oberschenkels. Die Verkalkung liegt in den Muskelsepten, deren Verlauf deutlich sichtbar ist. a) der Zustand wenige Wochen nach dem Trauma. Distal ist der Kalkschatten noch unregelmässig wolkig, als Zeichen der Aktivität des Prozesses. Klinisch hat man den Eindruck einer Entzündung mit Schmerzen.

b) der Zustand ein Jahr später. Die Verkalkungen sind regelrecht verknöchert. Der Umbauprozess ist zur Ruhe gekommen. Auf dem Röntgenbild ist die Knochenstruktur erkennbar. Keine Spontanschmerzen mehr. In diesem Stadium kann der neugebildete Knochen, wenn er mechanisch stört, reseziert werden, da die Gefahr des Rezidivs nicht mehr so gross ist wie am Anfang. Eine postoperative Röntgennachbestrahlung soll neue Verkalkungen verhindern.

4. Das Kniegelenk

Es ist das *grösste* und am meisten *exponierte* Gelenk des Körpers. Seine drei Abschnitte: *mediales* und *laterales Tibio-Femoralgelenk* mit je einem Meniskus und das *Femoro-Patellargelenk* bilden eine Einheit, sind aber doch in mancher Hinsicht unabhängig voneinander und können auch einzeln erkranken.

Das Kniegelenk ist im Prinzip ein *Scharniergelenk* mit nur *einem* Freiheitsgrad: für Beugung und Streckung in der sagittalen Ebene. Ein kräftiger *Bandapparat* garantiert eine straffe seitliche Führung. Ihr Verlust stört die normale Funktion stark (Instabilität, Wackelknie) (vgl. I.A.6.1.3.).

Absolut stabil ist das Kniegelenk allerdings nur in *voller Streckstellung.* Mit zunehmender Beugung besteht eine gewisse seitliche, vor allem aber eine zunehmende *Rotationsmöglichkeit,* wobei die Menisken stärker beansprucht werden. Dies, sowie die Rollenbewegung um eine wandernde Kniegelenksachse machen die Gelenkmechanik recht kompliziert und störungsanfällig (Abb. 569).

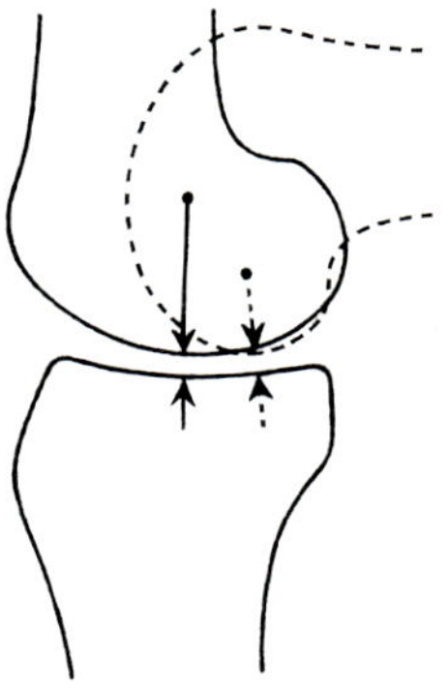

Abb. 569. *Roll- und Gleitbewegungen des Kniegelenkes.*

Bei weitgehend *gestrecktem* Kniegelenk rollen die Femurkondylen auf der Tibiafläche wie ein Rad auf dem Boden. Bei voller Streckstellung kommen die Femurkondylen vorne an der Tibia zum Anschlag, weil ihre Krümmung vorne abflacht, und die Bänder dorsal das Aufklappen des Gelenkes verhindern. In dieser Stellung wird das Knie zusätzlich durch eine «Schlussrotation» der Tibia nach aussen bzw. des Femur nach innen von etwa 5 – 10° stabilisiert, damit es unter Belastung tragfähig ist.

Bei stärkerer *Beugung* (punktiert gezeichnet) rollen zuerst die Femurkondylen auf dem Tibiaplateau nach hinten, dann erst beginnt eine *Drehbewegung* der stärker gekrümmten hinteren Femurkondylenanteile um einen hinteren Drehpunkt in der Art eines Scharniergelenkes. Die Menisken machen diese Vor- und Rückwärtsbewegung der Femurkondylen mit und tragen so zur Kongruität des Gelenkes in jeder Stellung bei.

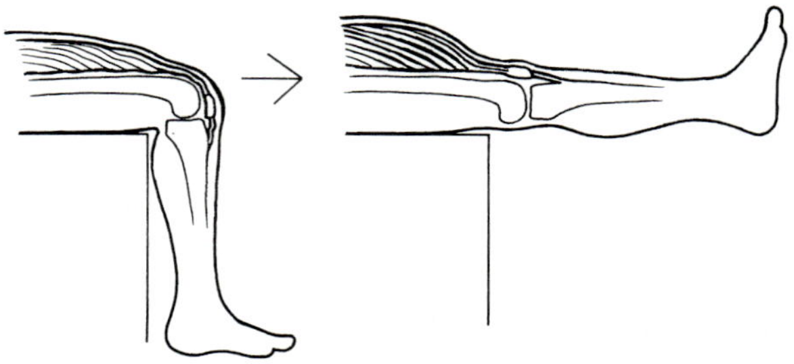

Abb. 570. *Aktives Quadrizepstraining,* gegen zunehmenden Widerstand, ist bei fast allen Knieaffektionen, besonders auch nach Verletzungen und Operationen, die wichtigste Therapie.

Die Stabilität bei voller Streckung und Belastung wird vor allem durch die sogenannte *Schlussrotation* (Aussenrotation der Tibia um etwa 5°), ein Mechanismus, der ähnlich wie ein Bajonettverschluss funktioniert, gewährleistet. Im übrigen genügt der Bandapparat allein nicht zur Stabilisierung des Kniegelenkes: Dazu ist eine kräftige *Streckmuskulatur* notwendig (vgl. I.A.6.1.3.4.).

Der *Schlüssel zum Kniegelenk* ist der *Quadrizeps:* Etwas vereinfacht lässt sich sagen: guter Quadrizeps = gutes Knie, schlechter Quadrizeps = schlechtes Knie. Dies gilt für die *Diagnostik:* Der Quadrizeps spiegelt den Zustand des Knies wider: Er atrophiert sehr rasch bei einer Kniegelenksaffektion und zeigt damit an, dass das Knie nicht in Ordnung ist. Es gilt aber auch für die *Therapie:* Nur ein kräftiger Quadrizeps ist imstande, eine mechanische Störung, insbesondere eine Instabilität, wirksam zu kompensieren. Das *aktive Quadrizepstraining* steht deshalb im Zentrum aller Therapie für das Kniegelenk (Abb. 570) (siehe auch I.C.3.2.1.).

4.1. Diagnostik
(siehe auch Allgemeine Diagnostik, I.B.)

4.1.1. *Klinische Untersuchung*

4.1.1.1. *Die Anamnese* ist das *wichtigste* Hilfsmittel. Mit ihr werden vor allem akute Bewegungsstörungen durch Einklemmungserscheinungen (Menisken, freie Gelenkskörper usw.) erfasst, aber auch Krankheiten der Patella (habituelle Luxation, Chondropathie) (siehe dort) (Abb. 571).

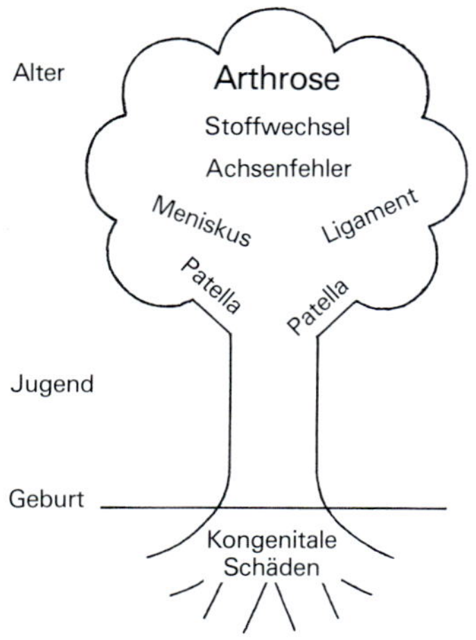

Abb. 571. Die Kniepathologie hat TRILLAT mit einem Baum verglichen: Sie hat ihre Wurzeln z. T. in kongenitalen Schäden, welche später zu verschiedenen degenerativen Veränderungen und schliesslich im Alter allesamt zur Arthrose führen.

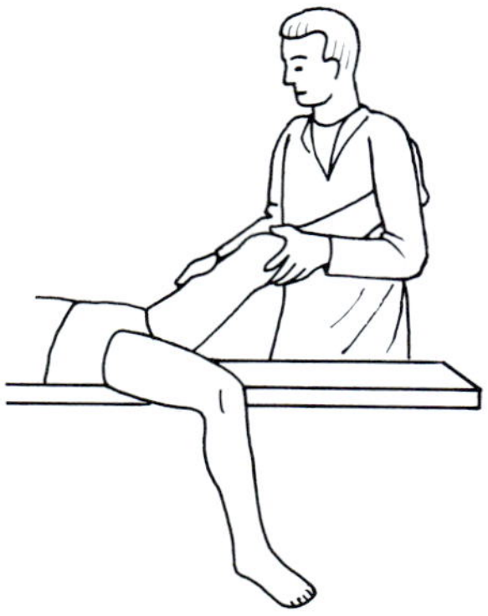

Abb. 572. *Prüfung der seitlichen Stabilität:* Der Untersucher fixiert den Fuss des Patienten unter dem Arm und prüft mit den Händen die seitliche Aufklappbarkeit des Knies in leichter Beugestellung.

4.1.1.2. Der *Aspekt* des Kniegelenkes ist aufschlussreich: *Schwellungen* (Kniegelenkserguss, Kapselschwellung, Bursa, Ganglion) sind leicht zu erkennen, ebenso eine Atrophie des Quadrizeps. Umfangmasse werden festgehalten zum Vergleich (auf Höhe der Patella und 10 cm oberhalb der Patella).

Die *Beinachse* wird registriert, Abweichungen (O- bzw. X-Beine) in Winkelgraden gemessen sowie mittels Kniekondylenabstand (bei Genu varum) bzw. Malleolenabstand (bei Genu valgum) (Abb. 586, 587 und III.C.4.6.).

Stellung und Funktion der Patella (Patella alta, Subluxation) lassen sich klinisch erkennen.

4.1.1.3. *Beweglichkeitsprüfung*

Der normale Bewegungsumfang (aktiv oder passiv) in der Sagittalebene soll volle Streckung oder etwas mehr und eine Beugung bis etwa 135° oder 150° erreichen. Vor allem in Streckstellung sind auch geringe *Seitendifferenzen* (Streckdefizit, Überstreckbarkeit, Abb. 136) bedeutsam.

Andere (seitliche) Bewegungen sind pathologisch. Sie weisen auf eine Instabilität des Gelenkes, eine *Bandinsuffizienz* hin. Zur Prüfung der Seitenbänder wird die *seitliche Aufklappbarkeit* getestet: Sie muss auch bei *leicht gebeugtem* Knie vorgenommen werden (in dieser Stellung hat es ein wenig «Spiel», während ein durchgestrecktes Knie sich auch bei schwerer Seitenbandinsuffizienz nicht aufklappen lässt, solange die hintere Gelenkkapsel das Knie stabilisiert) (Abb. 572).

Das *«Schubladenphänomen»* gibt Aufschluss über die Stabilität des Knies in der sagittalen Ebene. Neben den Kreuzbändern gewährleisten laterale Bänder und Kapselanteile diese Stabilität.

Vordere bzw. *hintere Schublade* dienen nicht ausschliesslich der Prüfung des vorderen bzw. hinteren Kreuzbandes, sondern weisen – je nach Rotationsstellung und Ausmass der Verschiebbarkeit – auf eine mehr oder weniger schwere Insuffizienz einzelner oder mehrerer Kapsel- und Bandstrukturen hin (Abb. 573).

Diese Prüfungen auf Stabilität lassen sich auch *röntgenologisch belegen,* mit *gehaltenen Aufnahmen,* evtl. mit Hilfe einer *Anästhesie.* Die *Beurteilung* der Kniegelenksbänder, bzw. ihrer Insuffizienz ist nur möglich im *Vergleich beider Knie,* da die individuellen Unterschiede recht gross sein können. (Weiteres zur Diagnostik der Bandläsionen, siehe auch III.C.4.11.1.)

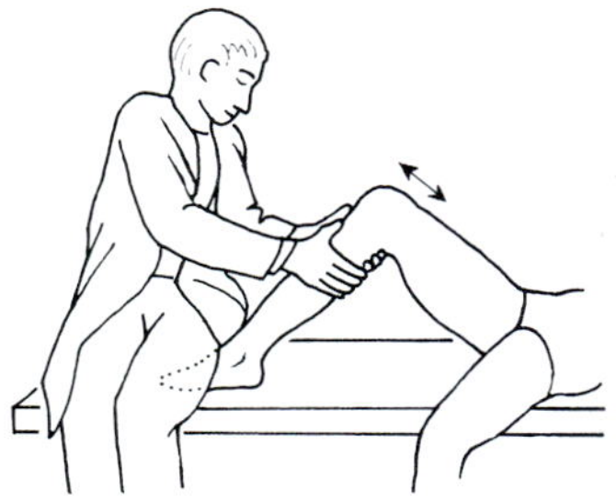

Abb. 573. Prüfung des *«Schubladenphänomens»* und der Rotations*stabilität:* Der Untersucher fixiert den Fuss des Patienten, indem er darauf sitzt. Er prüft die Verschieblichkeit des rechtwinklig gebeugten Knies nach vorn und hinten in Mittelstellung, sowie bei Innenrotation und Aussenrotation des Unterschenkels bzw. Fusses. Daraus lassen sich Schlüsse auf den Zustand der Kreuzbänder sowie der hinteren Kapselanteile ziehen.

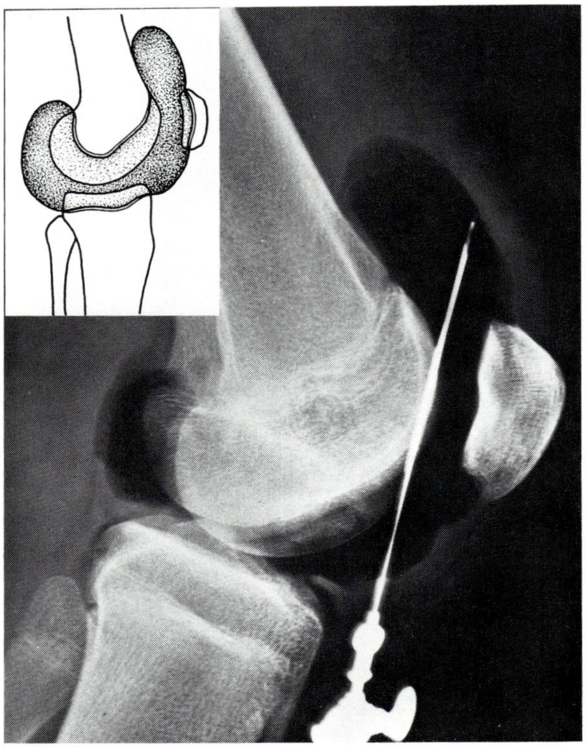

Abb. 574. Ein *Kniegelenkserguss* weitet die Gelenkkapsel aus wie hier die Luftarthrographie. Die Patella ist nur bei sehr massivem Erguss vom Femur abgehoben. Dann kann man mit dem palpierenden Finger das «Tanzen» der Kniescheibe nachweisen. Neben und oberhalb der Patella, im Recessus superior, ist der Erguss als Schwellung zu sehen und seine Fluktuation kann man tasten, auch in der Kniekehle.

In leichter Beugestellung ist der intraartikuläre Druck am kleinsten. Diese Stellung wird bei Schmerzen eingenommen. Kleine Ergüsse machen Schmerzen bei maximaler Beugung, weil dann der Binnendruck im Knie ansteigt.

Punktiert wird das Knie am besten seitlich am oberen Rand der Patella. Die Spitze der Punktionsnadel liegt im Recessus suprapatellaris. (Am unteren Pol des medialen Femurkondylus erkennt man eine Osteochondrosis dissecans.)

4.1.1.4. Bei der *Palpation* wird nach Temperaturunterschieden gesucht, nach druckschmerzhaften Stellen (Gelenkspalt mit Menisken, Seitenbandansätze usw. lassen sich genau lokalisieren), nach Schwellung. Leicht lässt sich ein Gelenkserguss (Fluktuation zwischen Kniegelenksspalt und Recessus suprapatellaris) von einer Zyste oder Bursa und von Weichteilverdickungen (Kapselschwellung) unterscheiden (Abb. 574).

Form, Lage und Beweglichkeit der *Patella* werden festgestellt, ein Reiben oder Knarren unter der Patella bei Bewegungen, vor allem unter Belastung. Schmerzen im Patellabereich, vor allem unter Beanspruchung, d.h. Bewegung unter Belastung (abwärtsgehen!) oder auf Druck weisen auf eine Störung im Femoro-Patellargelenk hin (patellares Syndrom). Nicht jeder Knieschmerz bedeutet einen Meniskusschaden!

Bei allen Untersuchungsbefunden am Kniegelenk sind besonders *Seitenunterschiede* zwischen links und rechts von Bedeutung! Weitere diagnostische Hinweise finden sich bei den einzelnen Knieaffektionen (Meniskusdiagnostik: III.C.4.5.1.3. und Abb. 584).

4.1.2. *Zusätzliche Untersuchungen*

4.1.2.1. *Röntgen*

Standardaufnahmen von vorne (antero-posterior) und seitlich, genau in der Kniegelenksachse.

Spezialaufnahmen: axiale Aufnahmen der Patella und des Femoro-Patellargelenkes (in Rükkenlage), evtl. bei verschiedenen Flexionsstellungen des Knies (Abb. 575).

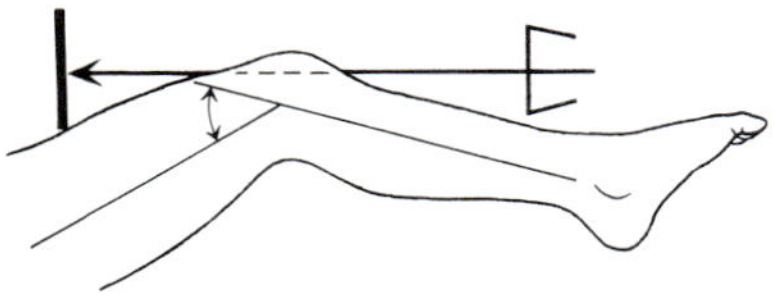

Abb. 575. *Axiale Aufnahme der Patella.* Zur Beurteilung der Patella sind *axiale Aufnahmen* geeignet. Gute Bilder gibt die Technik in Rückenlage, Knie um etwa 45° gebeugt. So wird auch die *femorale Gleitfläche,* welche mit der Patella artikuliert, abgebildet. Auf der gewöhnlichen axialen Aufnahme kann die *Form* der Patella und ihre *Lage* beurteilt werden. Bilder bei verschiedener Kniebeugung (sog. Défiléeaufnahmen) sind kaum je nötig, ebensowenig die Arthrographie.

- *Tunnelaufnahmen* (Knie etwa 30° gebeugt) zur besseren Beurteilung der Kniekondylen.
- *Funktionsaufnahmen* (seitliche Aufklappbarkeit) (siehe Abb. 607), evtl. im Stehen (Gonarthrose), evtl. schräge Aufnahmen (bei Frakturen) und Weichteilaufnahmen.

Zur Darstellung des Knieinnenraumes, vor allem der Menisken:

Arthrographie mit einem Röntgenkontrastmittel, evtl. kombiniert mit Luft (Doppelkontrastarthrogramm). Die Arthrographie ist lediglich eine Hilfsuntersuchung. Ihre Aussagekraft ist auf die Menisken beschränkt und ihre Beurteilung verlangt besondere Erfahrung (Abb. 574 und 583).

4.1.2.2. *Punktion*

Unter streng aseptischen Bedingungen und nach lokaler Anästhesie wird eine dicke Punktionsnadel von der Seite her in den oberen Rezessus vorgeschoben. Farbe und Trübung des Punktates werden beurteilt (seröser Erguss, Blut, Eiter), dieses sodann bakteriologisch, evtl. auch zytologisch und serologisch untersucht.

4.1.2.3. *Arthroskopie*

Der ganze vordere Kniegelenksabschnitt kann beurteilt werden, die Meniskushinterhörner sind weniger gut zu sehen. Die Untersuchung erfordert ziemlich viel Übung und Erfahrung und kommt bereits einer kleinen *Operation* gleich. Sie ersetzt deshalb in erster Linie die früher gelegentlich geübte sog. Probearthrotomie bei unklaren Kniebeschwerden, zur Abklärung, ob eine Operation indiziert sei oder nicht (Abb. 576).

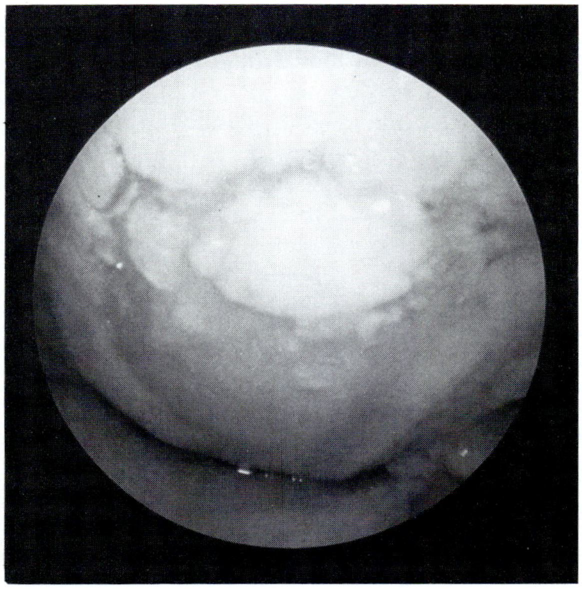

Abb. 576. *Arthroskopiebild* eines Knies mit Knorpelschaden am medialen Femurkondylus. Unten ist der Gelenkspalt zu erkennen.

Gerade bei vermuteten Knorpelschäden kann die Arthroskopie gelegentlich helfen, für das therapeutische Vorgehen wichtige Hinweise zu geben. Die Kniegelenksdiagnostik wird aber in der überwiegenden Mehrzahl der Fälle ohne diese invasive Untersuchung auskommen können.

4.2. Angeborene Knieaffektionen

1. *Angeborene Kniegelenksluxation*

Sehr seltene komplexe Missbildung mit Verkürzung des Streckapparates, starker Überstreckbarkeit (Rekurvation) und Luxation des Gelenkes. Die Behandlung ist schwierig, operative Lösung der Steckkontraktur gehört dazu.

2. *«Scheibenmeniskus» (Meniscus discoides)*

Bei Kindern unter 15 Jahren kommen Meniskusverletzungen praktisch nicht vor, hingegen kann der laterale Meniskus angeboren «scheibenförmig» verdickt sein statt ringförmig. Manchmal ist ein deutliches Schnappen beim Beugen und Strecken des Knies zu spüren und zu hören. Wenn stärkere Beschwerden auftreten (meist bei Adoleszenten) kann der Meniskus entfernt werden. Die Affektion ist recht selten.

3. *Patella bipartita*

Isolierter, mit der Patella nicht verschmolzener Knochenkern. Häufiger Zufallsbefund auf Knieröntgenbildern, meist am oberen äusseren Patellapol. In der Regel keine Beschwerden, ausser nach direkter Traumatisierung. Sollte nicht mit einer Fraktur verwechselt werden. Operation selten nötig (Abb. 577).

4. *Angeborene Patellaluxation*

Seltene, komplexe Missbildung. Die Patella ist nicht nur nach lateral luxiert, sondern auch kleiner als normal oder fehlt ganz. Der Streckapparat und sein Ansatz liegen auf der Knieaussenseite. Die Femurkondylen sind dysplastisch abgeflacht, vor allem auf der lateralen Seite. Oft besteht ein Genu valgum. Es gibt alle Übergangsformen von der Norm über die leichte Dysplasie und Dystopie (laterale Verlagerung, Hochstand: Patella alta) ohne Luxation bis zur permanenten Luxation (Abb. 578).

Häufig manifestieren sich *leichtere* Fälle von kongenitaler *Patelladysplasie* erst im Laufe des Wachstums mit einer plötzlichen spontanen Luxation, welche sich leicht wiederholen kann: Habituelle Patellaluxation (siehe unten).

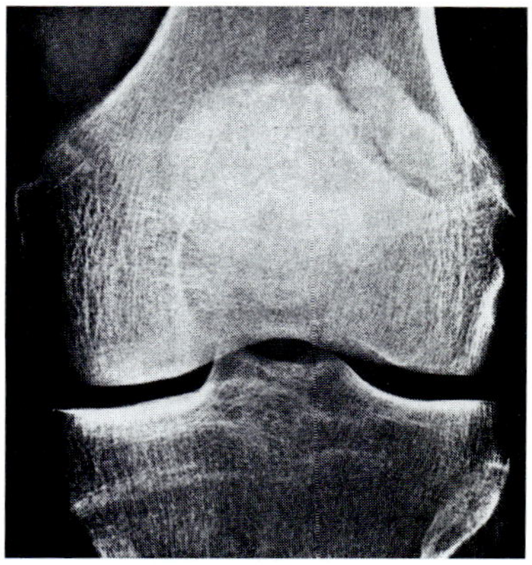

Abb. 577. Die angeborene *Patella bipartita*, ein unverschmolzener, synchondrotisch mit der Patella verbundener Knochenkern, macht gelegentlich Beschwerden, vor allem nach direkter Traumatisierung. Sie darf nicht mit einer Fraktur verwechselt werden.

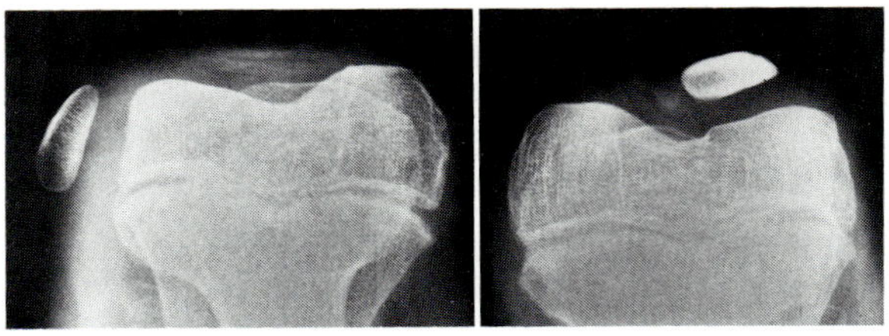

Abb. 578. *Angeborene Patellaluxation* bei einem 11jährigen Mädchen.

Die linke Patella samt der Quadrizepssehne liegt permanent auf der Knieaussenseite. Die bestehende Valgusdeformität nimmt deshalb im Verlaufe des Wachstums noch zu, falls der Streckapparat nicht mit einer (recht komplizierten) Operation nach vorne verlagert wird. Die rechte Patella ist ebenfalls stark dysplastisch.

4.3. Pathologie der Patella

4.3.1. *Habituelle Patellaluxation und Patelladysplasie*

Pathologie: Eine normale Patella luxiert selten und nur bei massivem Trauma. Bei der habituellen Patellaluxation ist eine Anlage dazu angeboren: eine *Dysplasie,* vor allem der Patella selbst und manchmal des lateralen Femurkondylus, oft auch eine *Dystopie* der Patella, ein Hochstand (Patella alta) und eine Verschiebung nach lateral. Häufig kommt ein genu valgum, manchmal auch eine Abnormität im Kniestreckapparat dazu. Typisch ist eine Atrophie des vastus medialis. Die Veränderungen können verschieden stark ausgeprägt sein. Oft findet man sie an beiden Knien.

In typischen Fällen ist die habituelle Patellaluxation ein gut umschriebenes und eindrückliches Krankheitsbild:

Klinik: Ohne eigentliches Trauma, bei irgend einer brüsken Bewegung, knickt das Knie plötzlich ein unter einem scharfen Schmerz. Der Patient, in der Regel ein Kind oder Jugendlicher, häufiger ein Mädchen als ein Knabe, stürzt und kann nicht mehr aufstehen. Manchmal findet man die Kniescheibe noch luxiert. Sie liegt auf der Aussenseite des Knies, die normale Kniekontur ist verändert. Meistens ist die Patella leicht zu reponieren. In vielen Fällen springt sie sofort wieder in ihre normale Lage zurück, so dass der Arzt nur noch ein schmerzhaftes Knie mit einem grossen blutigen Erguss findet und die *Diagnose* leicht verpasst, wenn er sich nicht durch die *Anamnese* auf die Patellaluxation hinweisen lässt: Die Patienten schreiben leicht den Sturz und die Knieschsmerzen einem Unfall zu und sprechen von einer «Knieverrenkung». Auf genaueres Befragen geben die Patienten aber oft eine Knieschwäche, ein plötzliches «Nachgeben» und «Einsinken» des Knies an, welches den Sturz verursacht. Bei mehrmaligen Luxationen ist die Diagnose leichter.

Bei der Untersuchung fällt die Dysplasie und die leichte Verschieblichkeit der Patella nach *lateral* auf. Versucht der Arzt, sie zu luxieren, spannen die Patienten das Knie ängstlich an. Eine vollständig luxierte Patella selbst bekommt man selten zu sehen.

Die *Röntgenbilder* zeigen manchmal die Dysplasie, besonders gut auf *axialen Aufnahmen der Patella.* Diese werden mit Vorteil in Rückenlage bei etwa 150° Kniebeugung gemacht, damit auch die patellaren Gelenkflächen des Femur zur Darstellung kommen (Abb. 575, 579 und 580).

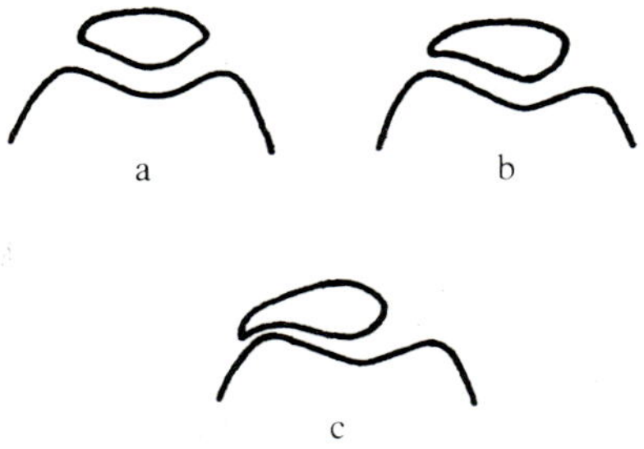

Abb. 579. *Die Patella im axialen Röntgenbild.*

Die *Form* der Patella ist – im Gegensatz etwa zum Hüftgelenk, das kreisrund sein muss – in ziemlich weiten Grenzen *variabel.* Wiberg hat verschiedene Formen unterschieden: Von der *symmetrischen* Patella, bei welcher mediale und laterale Gelenkfläche etwa gleich gross erscheinen, und der Winkel zwischen beiden sehr stumpf ist (über 120°) (a), bis zu stark asymmetrischer Patella, mit breiter lateraler und schmaler medialer Gelenkfläche und kleinerem Winkel zwischen beiden (bis etwa 100°) (b), gibt es alle Varianten. Die Mehrzahl der Kniescheiben sind asymmetrisch und müssen als *normal* angesehen werden. Von einer *Patelladysplasie* kann wohl nur bei stärkerer Asymmetrie, Verplumpung, oder bei ausgeprägter Hypoplasie der medialen Gelenkflächen gesprochen werden.

Gelegentlich findet man damit verbunden eine *Lateralisierung,* eine Kippung nach lateral oder ein Übergreifen des lateralen Patellapoles über den lateralen Femurkondylus hinaus (c). Hier zeigt sich der Zusammenhang zwischen habitueller Patellaluxation und -dysplasie. Solche Fälle sind eindeutig pathologisch und zeigen in der Regel bald auch degenerative (Knorpelusuren) und reaktive (Sklerosierung, Osteophyten) Veränderungen und gehen in das Bild der *femoro-patellaren Arthrose* über (siehe Abb. 592).

Die Beurteilung der Weite des Gelenkspaltes ist meist nicht einwandfrei möglich wegen projektionsbedingter Überschneidungen.

Verlauf: In der Regel luxiert die Patella erstmals in der Kindheit oder Adoleszenz, in einigen Fällen nur ein oder wenige Male, in anderen folgen sich die Luxationen in immer kürzeren Abständen. Der Vorgang kann sich jederzeit wiederholen. Diese ständige Bedrohung ist es, mehr als das Ereignis selbst, welche schliesslich die Operation erfordert. Nur eine solche kann die Luxationsbereitschaft beseitigen.

Auch in der Zeit zwischen den Luxationen kann der Zustand Beschwerden machen. Andererseits können unklare Knieschmerzen nicht selten auf eine Patelladysplasie und -dystopie zurückgeführt werden, *ohne* dass es jemals zur Luxation gekommen wäre. Diese Fälle werden durch die Operation oft gebessert. Es lohnt sich also, die Diagnose zu stellen, obwohl diese Zustände nicht leicht fassbar sind.

Die veränderten Verhältnisse in der femoro-patellaren Gleitfläche führen häufig mit der Zeit zur *Arthrose* in diesem Gelenk. Auch die operative Beseitigung der Luxation kann diese Entwicklung nicht mit Sicherheit aufhalten (siehe III.C.4.7.).

Therapie: Die akut luxierte Patella kann – falls sie sich nicht schon spontan eingerenkt hat – ohne Schwierigkeiten nach medial reponiert werden. Nach kurzer Zeit gehen Erguss und Schmerzen unter Ruhigstellung zurück.

Häufige Luxationen und chronische Beschwerden sind eine Indikation zur *Operation.*

Verschiedene Verfahren werden je nach dem Einzelfall angewendet.

1. Ein *Genu valgum* verstärkt die Luxationsbereitschaft, indem die Gleitbahn der Patella mehr lateral zu liegen kommt. Hier ist eine *Korrekturosteotomie* notwendig.

2. *Bei Kindern* und Jugendlichen *im Wachstumsalter* sind *Weichteiloperationen* angezeigt: Spalten der lateralen und Raffen der medialen Retinacula patellae, Kapselplastiken (z.B. nach Ali Krogius), Verpflanzen eines Teils des Ligamentum patellae usw.).

3. *Nach Abschluss des Wachstums* ist die Transposition der Tuberositas tibiae mitsamt dem Ansatz des Lig. patellae nach medial (nach Roux) eine gute Operation.

Bei noch offenen Epiphysenfugen führt diese Operation zu Wachstumsstörungen an der proximalen Tibiaepiphyse mit späterem genu recurvatum. Der «Roux» ist deshalb für Kinder nicht geeignet, ebensowenig wie andere Knochenoperationen im Bereiche der Wachstumsfugen (vgl. Abb. 177).

Zur Operationstechnik: Ein häufiger Fehler ist, dass die Tuberositas zu weit nach distal verschoben wird.

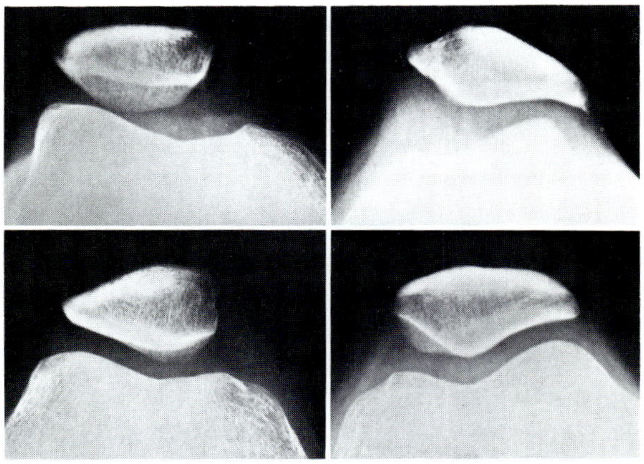

Abb. 580. *Pathologie der Patella,* 4 axiale Röntgenaufnahmen.

a Angeborene Dysplasie und Dystopie bei 11jährigem Knaben. Deutliche Subluxationsstellung.
b Kippstellung bei Subluxation, 21jährige Frau. Je nach Stellung des Knies bei der Röntgenaufnahme kann die Patella auch beim Normalen ein wenig gekippt erscheinen.
c Erhebliche Dysplasie, keine Verschiebung, bei einem 17jährigen Mädchen mit habitueller Patellaluxation. Auch ihre Schwester musste wegen der gleichen Krankheit operiert werden.
d Patella einer 22jährigen Frau, die schon jahrelang Kniebeschwerden hatte: «Chondropathia patellae». Die Patella ist ziemlich asymmetrisch, und man hat den Eindruck, dass sie stärker auf den lateralen Femurkondylus drückt. In solchen Fällen mit hartnäckigen, therapieresistenten Schmerzen kann eine Operation (zur Beseitigung des asymmetrischen Druckes lateral) vielleicht helfen.

4. Bei schwerer Dysplasie des lateralen Femurkondylus kann dieser durch einen Knochenspan (Albee) angehoben werden.

5. Eine femoro-patellare Arthrose erfordert gelegentlich die *Patellektomie.*

Die habituelle Patellaluxation, bzw. die Dysplasie hat enge Beziehungen zur sogenannten Chondropathia patellae (Abb. 580):

4.3.2. *Chondropathia patellae*

Sie ist ein noch nicht vollständig geklärtes Krankheitsbild, das in den letzten Jahren zunehmend an Interesse gewonnen hat. In älteren Lehrbüchern ist es meist nur kurz erwähnt. Ob die Krankheit tatsächlich häufiger geworden ist, oder ob man sie früher nicht erkannt – z.B. als Meniskusläsion fehlgedeutet – hatte, lässt sich nicht leicht feststellen. Tatsache ist, dass man in der Praxis recht häufig jungen Menschen, vor allem

Mädchen, begegnet, die über chronische Knieschmerzen klagen, welche nach Anamnese und Befund von der Patella ausgehen (Patelläres Syndrom).

Der objektive Befund ist – verglichen mit den hartnäckigen Beschwerden – gering.

Klinik: Im Vordergrund stehen chronische Knieschmerzen im vorderen Kniegelenksabschnitt, welche häufig «hinter» oder «unter» die Patella lokalisiert werden. Die Schmerzen treten nach grösseren Anstrengungen auf, typischerweise beim Treppabgehen, sowie beim längeren Sitzen (etwa im Kino), was die Patienten nötigt aufzustehen und etwas herumzugehen.

Bei der *Untersuchung* des Knies werden Schmerzen angegeben im Patellabereich auf Druck und bei passiven Bewegungen unter Belastung, z. B. gegen Widerstand. Dabei kann man gelegentlich ein mehr oder weniger starkes *Reiben der Patella* auf der Gleitfläche spüren und auch hören. Während grobes Knacken auch bei gesunden Knien vorkommt und nicht viel zu bedeuten hat, ist das feine Reiben eher Zeichen einer Unregelmässigkeit des Knorpelbelages der femoro-patellaren Gleitflächen. Oft ist das der einzige objektive Befund in diesen Fällen. In manchen anderen jedoch findet man Zeichen einer Patelladysplasie und einer abnormen Verschieblichkeit der Patella nach lateral, im Sinne der Vorstufe einer Patellaluxation.

Pathologisch-anatomisch kann eine *Chondromalacia patellae* vorliegen, eine eigentümliche Degenerationserscheinung des Knorpels (siehe III.C.4.7.1.), oder die erwähnte Dysplasie, häufiger aber findet man bei diesen jungen Leuten kein pathologisch-anatomisches Substrat zur Erklärung der Schmerzen.

Verlauf und Therapie: In der *Mehrzahl* der Fälle *verschwinden die Schmerzen spontan* nach Monaten oder Jahren wieder, und eine symptomatische Therapie, unterstützt durch gezieltes Quadrizepstraining genügt. Wichtig ist, das Krankheitsbild zu erkennen und nicht einen unschuldigen Meniskus zu operieren.

Liegt eine eindeutige Dysplasie und Lateralisation vor, also eine Vorstufe der *habituellen Patellaluxation,* so können oft mit einer der entsprechenden Operationen die Beschwerden zum Verschwinden gebracht werden (siehe III.C.4.3.1.).

Liegt eine eigentliche *Chondromalazie* der Patella vor, so ist die Prognose weniger günstig (siehe Chondromalacia patellae, III.4.7.1., operative Therapie, III.C.4.7.1.2.).

Mit der Chondropathia patellae ist das Kapitel der Wachstumsstörungen angeschnitten:

4.4. Wachstumskrankheiten

Hier sind einige Krankheiten zusammengefasst, welche mit dem epiphysären Wachstum zusammenhängen und deshalb nur *bei Kindern und Jugendlichen* vorkommen.

4.4.1. *Schädigung der Wachstumszonen*

Schädigungen der Wachstumszonen, wie sie im allgemeinen Teil (siehe II.2.2.) beschrieben sind, können das normale Skelettwachstum stark beeinträchtigen und zu Fehlstellungen und Beinverkürzungen führen, welche im Laufe der Entwicklungsjahre *zunehmen.* Die Achsenfehler sind in III.C.4.6. im einzelnen beschrieben. Beinlängendifferenzen siehe III.C.1.

Diese Epiphysenfugenschäden können *verschiedene Ursachen* haben:

4.4.1.1. *Angeborene Dysplasie: Genu varum (Blount)*

Starke Varusdeformität des Knies bei kleinen Kindern. Das Röntgenbild zeigt als Ursache eine pathologisch veränderte Epiphysenfuge am Tibiakopf medial, im Gegensatz zum gewöhnlichen «O-Bein» der kleinen Kinder. Das Wachstum ist hier gehemmt, die Ätiologie der Krankheit ist unklar. Bei stärkerer Deformität ist eine Korrekturosteotomie notwendig (siehe auch III.C.4.6.3.).

4.4.1.2. *Erworbene Schädigungen der Epiphysenfugen am Kniegelenk*

- *Traumatische Verletzungen:* Besonders starke Deformitäten entstehen, wenn nach einer Epiphysenfraktur die Epiphysenfuge durch einen Knochenkallus überbrückt wird. Am häufigsten ist ein Genu valgum bzw. recurvatum. Exakte anatomische Reposition hilft solche Komplikationen vermeiden (siehe auch Frakturen bei Kindern, II.15.3.3., Abb. 177).
- *Röntgenbestrahlung:*
  Schwere Deformitäten kommen auch nach Bestrahlungsschäden an den Epiphysenwachstumszonen vor, z. B. bei therapeutischen Röntgenbestrahlungen von Naevi usw. (Abb. 173).
- *Erworbene Knochen- und Gelenkskrankheiten.* Z. B. Osteomyelitis, eitrige Arthritis, können die Epiphysenfugen schädigen und ähnliche Störungen machen.

Therapie: Zur Korrektur der im Verlaufe des Wachstums zunehmenden *Deformitäten* sind unter Umständen wiederholte Osteotomien notwendig (siehe auch Achsenfehler, III.C.4.6.2.1.).

4.4.2. *Andere Wachstumsdeformitäten*

Im Gegensatz zu den genannten Achsenfehlstellungen infolge Störungen der Epiphysenwachstumszone, welche sich im Laufe der Jahre *verschlimmern,* haben die meisten übrigen Achsenfehlstellungen im Wachstumsalter eine *spontane Tendenz zur Rückbildung.* Eindrücklichstes Beispiel dafür waren die rachitischen O- und X-Beine, welche oft groteske Formen zeigten. Unter Vitamin-D-Medikation werden solche Beine in kurzer Zeit gerade. Rachitische Beindeformitäten sind heute in Industrieländern selten geworden.

Die meisten Achsenabweichungen im Kindesalter sind «physiologisch»: O-Bein in den beiden ersten Lebensjahren, im Vorschulalter X-Bein, mit beträchtlicher Schwankungsbreite. Beides korrigiert sich bis zum Wachstumsabschluss in der Regel spontan und eine Therapie ist nicht notwendig. Näheres zu den Kniegelenksachsen im Kindesalter siehe III.C.4.6.1.2.

4.4.3. *Apophyseopathie der Tuberositas tibiae*
(Osgood-Schlattersche Erkrankung)

Sie gehört zu den juvenilen Osteochondrosen (siehe II.5.2.). Im Alter zwischen 10 und 14 Jahren ist sie nicht selten Ursache von Knieschmerzen, häufiger bei Knaben als bei Mädchen.

Die Schmerzen lassen sich ziemlich genau lokalisieren auf die Tuberositas tibiae. Manchmal springt diese deutlich vor und ist druckempfindlich, das Knien macht Schmerzen.

Das *Röntgenbild* sichert die *Diagnose:* die Apophyse der Tuberositas tibiae ist sklerosiert, unregelmässig, später in Schollen zerfallen. Die normale Verknöcherung der Epiphysenfuge ist gestört. Selten bleibt sie ganz aus, wobei einzelne Knochenkerne im Lig. patellae isoliert liegen bleiben (Abb. 581).

Mit dem Abschluss des Wachstums heilt die Krankheit von selbst. In der Regel genügt konservative *Therapie:* Schonung, lokale Applikationen, evtl. Ruhigstellung für einige Wochen in einer Gipshülse.

Selten bleiben Beschwerden nach Wachstumsabschluss bestehen. Dann kann eine operative Ausräumung der veränderten Knochenkerne notwendig werden.

a b

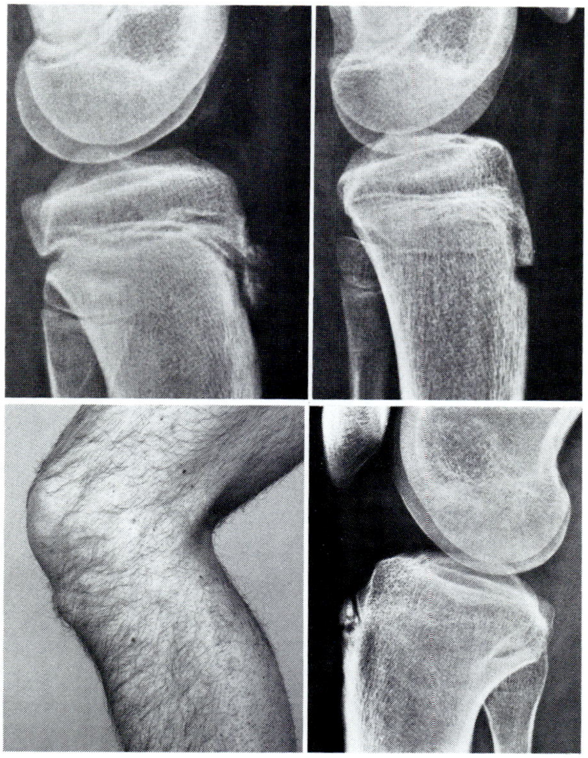

c d

Abb. 581. *Apophyseopathie der Tuberositas tibiae.*

a Dieses 13jährige Mädchen hatte seit mehreren Wochen Schmerzen an der Tuberositas tibiae. Im seitlichen Knieröntgenbild erscheint die Apophyse unregelmässig, schollig zerfallen.

b Normales Knie eines gleichaltrigen Mädchens zum Vergleich. Die Apophyse der Tuberositas gehört zur proximalen Knieepiphyse. Hier entspringt die Patellarsehne. Ihre Zugwirkung scheint in der Pathogenese der Krankheit eine wesentliche Rolle zu spielen.

c Die verdickte Tuberositas ist meist deutlich zu sehen oder mindestens zu tasten.

d Bei diesem 23jährigen Mann ist die Apophyse der Tuberositas nicht wie üblich mit der Tibia verschmolzen. Solche persistierenden Knochenkerne findet man in seltenen Fällen, wenn die «Schlattersche Krankheit» nicht in normaler Weise ausheilt. Diese Knöchelchen liegen im Sehnenansatz. Sie können dauernd schmerzhaft bleiben und eine kleine Operation, ihre Exzision, nötig machen.

4.4.4. *Osteochondrosis dissecans*

Auch diese Krankheit kann unter die Wachstumsstörungen eingereiht werden, denn sie entsteht im Wachstumsalter, obwohl sie manchmal erst einige Jahre später manifest wird. Patienten sind immer ältere Kinder, Jugendliche oder junge Erwachsene (allgemeine Beschreibung siehe II.5.3.).

Das Knie ist häufiger befallen als andere Gelenke. Entweder sind unbestimmte Knieschmerzen, verstärkt durch grössere Beanspruchung, die ersten Symptome, oder plötzliche Einklemmungserscheinungen weisen auf einen bereits freigewordenen Gelenkkörper (eine «Gelenkmaus») hin (siehe III.C.4.5.). Ausser bei einem solchen akuten Ereignis sind die klinischen Befunde gering und unbestimmt: Gelegentlich Kniegelenkserguss, Quadrizepsatrophie.

Die *Diagnose* muss aus dem Röntgenbild gestellt werden. Im Anfangsstadium ist der Herd unscheinbar, man muss nach ihm suchen: Er liegt gewöhnlich am medialen Femurkondylus, und zwar gegenüber der Eminentia intercondylica. Oft findet man den Herd erst auf einer *Tunnelaufnahme* (bei etwa 30° gebeugtem Knie gelangen die Femurkondylen besser zur Darstellung) (Abb. 582).

a

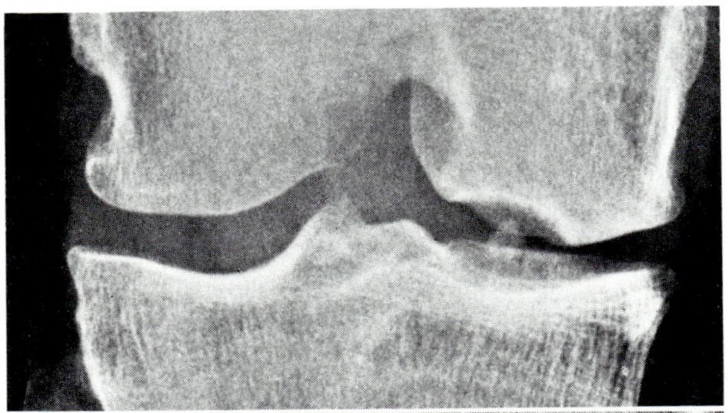

b

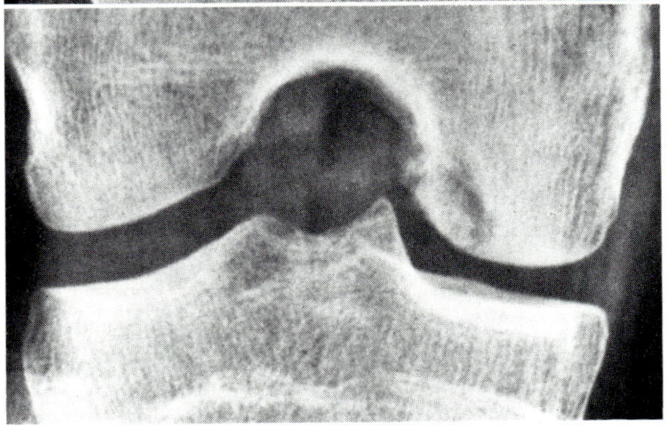

Abb. 582. *Osteochondrosis dissecans* an typischer Stelle: an der inneren Seite des medialen Femurkondylus.

a So deutlich wie hier sieht man den sklerotisch demarkierten Defekt nicht immer. Das Dissekat ist bereits vollständig abgesetzt.

b Oft erkennt man den Herd erst auf einer *Tunnelaufnahme* (Knie etwas gebeugt). Der Osteochondroseherd ist bei diesem 14jährigen Mädchen deutlich demarkiert, aber noch nicht disseziert. Er hat noch die Möglichkeit, wieder einzuheilen.

Abbildung 191 zeigt das Beispiel einer abgelösten Gelenkmaus.

Bei jüngeren Kindern heilen nicht allzu ausgedehnte Herde ohne Schäden zu hinterlassen; im Erwachsenenalter ist die Ablösung des nekrotischen Knochenstückes die Regel. Irgendwann wird es als freier Gelenkskörper ins Gelenk abgestossen, oft erst nach Jahren. Das Mausbett vernarbt mit einem Defekt in der Gelenkfläche, Ausgangspunkt für eine *Arthrose,* welche früher oder später Beschwerden machen kann. Allerdings ist die *Langzeitprognose,* vor allem bei nicht allzu ausgedehnten Defekten, oft erstaunlich gut.

Therapie: Bei Kindern mit geringem Röntgenbefund ist die konservative Behandlung unter ständiger Beobachtung gerechtfertigt: Schonung und Entlastung. Wenn im Röntgenbild eine Demarkation sichtbar wird, ist die *Fixierung* des Dissecates an Ort und Stelle mit Drahtstift oder Schrauben wohl am zweckmässigsten: Durch diese *Operation* kann es zur Einheilung gebracht werden. Hat sich das Dissecat einmal aus der Knorpelfläche herausgelöst und macht Einklemmungserscheinungen, so muss es aus dem Gelenk entfernt werden. Es liegt nahe, das Dissecat selbst oder ein freies (autologes) Knorpel-Knochen-Transplantat ins Mausbett einzusetzen. Ob es damit gelingt, auf lange Sicht eine Arthrose zu vermeiden ist noch nicht erwiesen. In leichteren Fällen genügt vielleicht die Ausräumung.

4.5. Intraartikuläre Bewegungsstörungen

Im englischen Sprachgebrauch wird unter dem treffenden Begriff *«internal derangement»* eine Gruppe von Störungen zusammengefasst, welche durch plötzliche schmerzhafte Bewegungsbehinderung gekennzeichnet sind.

Die *Anamnese* ist typisch: Das Knie kann plötzlich nicht mehr gestreckt werden. Die Blokkierung verschwindet in wenigen Augenblicken, manchmal erst nach Stunden oder Tagen, kann aber immer wieder auftreten. Gelegentlich bleibt ein Reizerguss. Im übrigen ist der klinische Befund in den Intervallen gering.

Aufgrund dieser Anamnese muss man auf eine Einklemmung von Gewebselementen im Kniegelenk schliessen, welche das normale Gelenkspiel zeitweilig blockieren.

In erster Linie denkt man an einen abgerissenen Meniskus, doch kommen auch andere freie Gelenkkörper: Gelenkmäuse bei Osteochondrosis dissecans (siehe II.5.3.), Chondromatose, traumatisch abgesprengte Knochenstücke, evtl. auch Gelenkkapselzotten usw. als Ursache in Frage, aber auch eine Subluxation der Patella.

Zur *Differentialdiagnose* eines «internal derangement» sind neben den Einklemmungserscheinungen andere spezifische Hinweise nötig.

4.5.1. *Meniskusläsionen*

Als nicht blutversorgtes bradytrophes Gewebe neigen die Kniegelenksmenisken zur Degeneration. Zudem sind sie starker mechanischer Beanspruchung ausgesetzt. Meniskusläsionen gehören deshalb zu den häufigeren Knieaffektionen. Bei *Kindern* allerdings sind Meniskusverletzungen äusserst selten (Scheibenmeniskus, siehe III.C.4.2.). Auch die recht häufigen Knieschmerzen junger Mädchen gehen selten von einem Meniskus, eher von der Patella aus. In der Regel reissen doch vor allem schwer strapazierte Menisken (Fussballer, Bodenleger, Gärtner, Dachdecker, Bergleute usw.).

4.5.1.1. *Pathologie*

Meniskusrisse entstehen überwiegend an chronisch degenerierten Menisken, oft bei geringfügigen körpereigenen Traumen, bei unphysiologischen, unkoordinierten Kniebewegungen, seltener durch eigentliche Unfälle, dann oft zusammen mit anderen schwereren Knieverletzungen. Der innere Meniskus ist viel häufiger betroffen als der äussere. Die Risse verlaufen meistens tangential. Die typischen, massiven Symptome kommen durch Dislokationen und Einklemmungen von losen Meniskusteilen im Kniegelenk zustande, vor allem bei Einklemmungen eines sogenannten «Korbhenkelabrisses». Risse ohne Verschiebung von Meniskusteilen machen weniger eindeutige Symptome. Spontane Heilungen scheinen nur bei kleineren Rissbildungen an der (vaskularisierten) Basis möglich zu sein (Abb. 583).

4.5.1.2. *Klinik*

Typisch ist das plötzliche Auftreten von starken Schmerzen beim Aufstehen aus der Hocke oder bei Schleuderbewegungen (Fussball), zusammen mit einer Blockierung des Kniegelenkes, das nicht mehr voll gestreckt werden kann. Zum «Unfall» fehlt nur das «Unfallereignis». Manchmal kann der Patient nicht mehr gehen. Nicht selten entsteht anschliessend ein seröser Erguss.

Nach dem akuten Ereignis gehen die Symptome in der Regel innerhalb von Tagen bis Wochen zurück, allerdings oft nicht vollständig.

4.5.1.3. *Diagnose*

Die Diagnose stützt sich in erster Linie auf die beschriebene Anamnese. *Weitere diagnostische Zeichen eines Meniskusrisses:*

- manchmal Kniegelenkserguss, vor allem im akuten Stadium;
- Schmerzen im Kniegelenksspalt, medial bzw. lateral;
- Druckdolenz im Gelenksspalt an der Stelle des lädierten Meniskus. Der Schmerzpunkt wandert bei Beugung nach hinten;
- Schmerzen im Gelenksspalt bei forcierter Rotation und Flexion, sowie bei Adduktion bzw. Abduktion und Streckung (Kompression des Meniskus im Gelenkspalt);

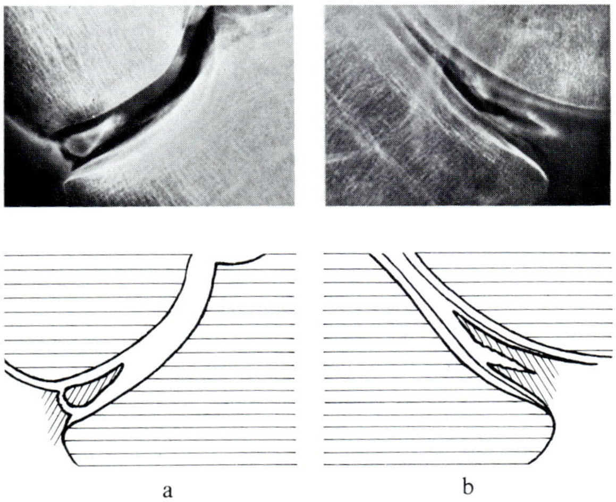

Abb. 583. *Meniskusläsionen* in der Doppelkontrastarthrographie (flüssiges Kontrastmittel und Luft), und Skizze dazu.

a Von der Basis abgerissener Meniskus.
b Horizontaler Längsriss.

Nicht immer ist die Läsion so eindeutig zu sehen.

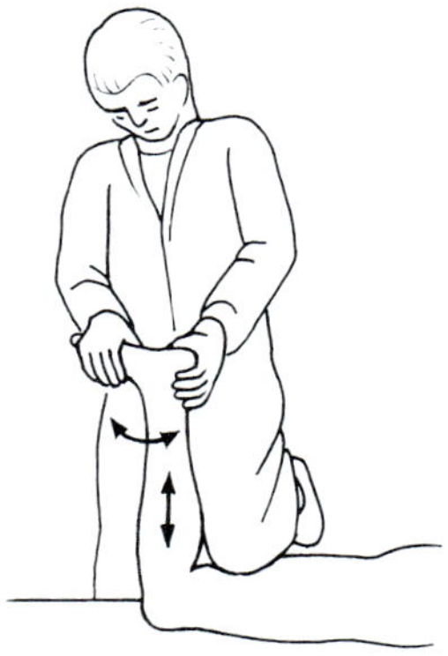

Abb. 584. Knieuntersuchung. Test bei Verdacht auf Meniskusläsion, nach Apley, ein Test unter vielen: Geprüft wird die Rotation im gebeugten Kniegelenk, zuerst unbelastet, dann unter Zug (distraction-test, bei welchem der Oberschenkel fixiert werden muss wie auf dem Bild), dann unter axialem *Druck* (grinding test). Schmerzen unter Zug sprechen für Bandläsion, Schmerzen unter Druck eher für Meniskusschaden.

– bei allen diesen Zeichen (Steinmann, McMurray, Apley) wird durch Kompression oder Zug am Meniskus ein Schmerz ausgelöst (Abb. 584).

In vielen chronischen Fällen ist die Symptomatologie nicht eindeutig. Häufig wird dann die *Arthrographie* (Doppelkontrast) zu Hilfe genommen: Durchführung und vor allem Beurteilung sind nicht einfach und erfordern viel Erfahrung (Abb. 583). Die Aussagekraft der Arthrogramme ist beschränkt. Letzten Endes sollte der *klinische Befund* über die *Operationsindikation* entscheiden (zur Arthroskopie siehe III.C.4.1.2.3.).

4.5.1.4. *Therapie*

Ruhigstellung und antiphlogistische Behandlung sind immer die ersten Massnahmen. Bleiben die Beschwerden trotz der Behandlung längere Zeit bestehen, oder wiederholen sich die Einklemmungserscheinungen, so ist eine Operation zu erwägen. Ist die Diagnose eines Meniskusrisses eindeutig, so ist die Resektion des abgelösten Meniskus (inkl. Hinterhorn) angezeigt. Das gefässhaltige äussere Drittel sollte wenn immer möglich belassen werden.

Anderseits darf man nicht vergessen, dass Knieschmerzen auch andere Ursachen haben können als Meniskusläsionen, wie z. B. Instabilität infolge Bänder- und Muskelinsuffizienz, Patellarsyndrom, freie Gelenkkörper, entzündliche Veränderungen, beginnende Arthrose. In solchen Fällen verschlimmert eine Meniskektomie den Zustand.

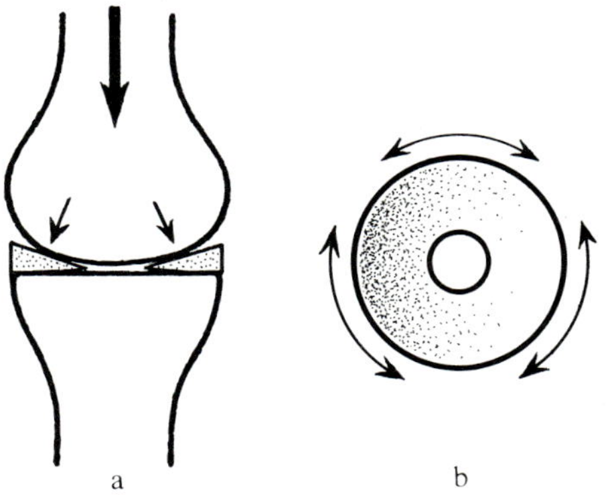

Abb. 585. Eine der verschiedenen Funktionen des Meniskus ist die gleichmässige *Druckverteilung* im Kniegelenk. Damit wird die zentrale Berührungsstelle der Kondylen *entlastet* (a). Das Gelenk ist mit den Menisken «kongruenter» als ohne, und zwar nicht nur in einer, sondern in jeder Stellung, da sich die Menisken mitbewegen.

Durch den Druck der Femurkondylen wird der Meniskus von der Mitte her zum Rand gedrängt. Dadurch treten *Zugspannungen* parallel zur Zirkumferenz auf (b). Dem entspricht die Orientierung der Fasern im Meniskus in der Längsrichtung, parallel zum Rand. Meniskusrisse sind denn auch primär praktisch immer *Längsrisse*. In der Regel genügt es, die abgerissenen Teile zu entfernen. Die randständigen, noch funktionierenden, Partien sollten wenn möglich belassen werden.

Wird bei einer Arthrotomie kein Riss gefunden, so sollte der Meniskus *belassen* werden, denn ein intakter Meniskus ist kein überflüssiges Gebilde ohne Funktion, auch wenn diese Funktion noch nicht voll verstanden ist: Pufferwirkung, Führung der Gelenkbewegung und Stabilisierung des Knies, Druckverteilung auf die Gelenkfläche, Diffusionsvorgänge usw. (siehe I.A.6. und Abb. 585). Erwiesen ist, dass nach der Meniskektomie fast schicksalsmässig mit der Zeit *Arthrosezeichen* auftreten und oft auch entsprechende Beschwerden.

Aus diesen Gründen ist:

1. Die *Differentialdiagnose* einer Meniskusläsion möglichst exakt durchzuführen.
2. Die *Indikation* zur Meniskektomie nur bei eindeutiger Rissbildung zu stellen.
3. Eine einwandfreie *Operationstechnik* wichtig. Die Operation ist nicht ganz einfach, vor allem die Exposition des Hinterhornes kann schwierig sein. Ein sauberes, Knorpelbelag und Bänder schonendes operieren erfordert Erfahrung und Übung.

Bei *Kindern* und *Jugendlichen* ist die Indikation zur Meniskektomie besonders zurückhaltend zu stellen, denn erstens sind Meniskusverletzungen sehr selten und zweitens ist das spontane Heilungspotential grösser, aber auch die Rate der späteren Arthrosen nach Meniskektomie.

4.6. Achsenfehlstellungen: Genu varum und Genu valgum (O- und X-Bein)

4.6.1. *Allgemeines*

Auch ohne medizinische Kenntnisse hat jeder Mensch eine ziemlich genaue Vorstellung wie ein *gerades Bein* aussehen sollte. Abweichungen auch von wenigen Winkelgraden sind leicht zu erkennen und werden als unschön angesehen. Sie sind deshalb für die Betroffenen oft eine grosse Sorge. Zudem können Deformitäten auch krankmachende Wirkung haben. Tatsächlich ist eine physiologische (axiale) Belastung des Kniegelenkes nur bei einem geraden Bein gewährleistet. Schon geringe Achsenabweichungen verändern und erhöhen diese Beanspruchung beträchtlich, was statische Beschwerden und auf längere Zeit gesehen degenerative Veränderungen zur Folge hat. Am Beispiel des Kniegelenkes lässt sich der Zusammenhang zwischen Biomechanik und Pathologie besonders gut nachweisen (siehe Deformitäten, II.12.4. und Gonarthrose, III.C.4.7.2.).

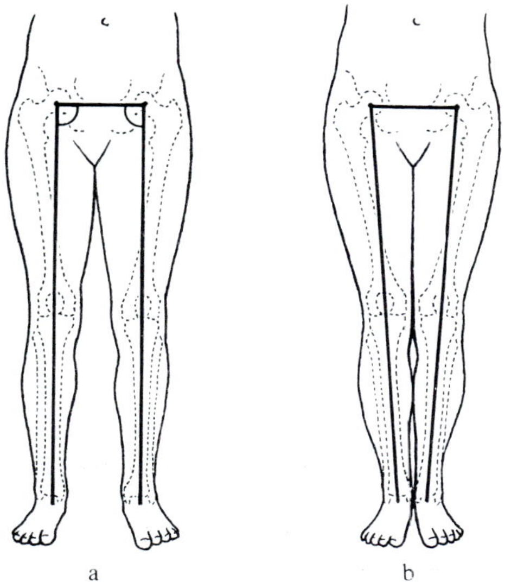

Abb. 586. *Beinachse und Kniegelenksbeanspruchung.*

Üblicherweise liegt die Verbindungslinie der drei grossen Gelenke des Beines: Hüfte – Knie – oberes Sprunggelenk auf einer *Geraden* (sog. *Mikuliczsche* Linie).

a Im aufrechten Stand mit leicht abgespreizten Füssen ist die statische Beanspruchung der Knie eindeutig axial. Die Beanspruchung des Knies im *Einbeinstand,* d.h. beim Gehen in der Standphase, ist weniger eindeutig und nicht einfach zu bestimmen. Sie hängt u.a. von der Gangart (Schwerpunktverlagerung) ab.

b Bei geschlossenen Füssen berühren sich – bei mittlerer Grösse und Körpergewicht – gleichzeitig Innenknöchel und Knie. Solche Beine werden als gerade angesehen. Ein Mass für das O- bzw. X-Bein ist denn auch der Kondylen- bzw. der Malleolenabstand zwischen den Beinen.

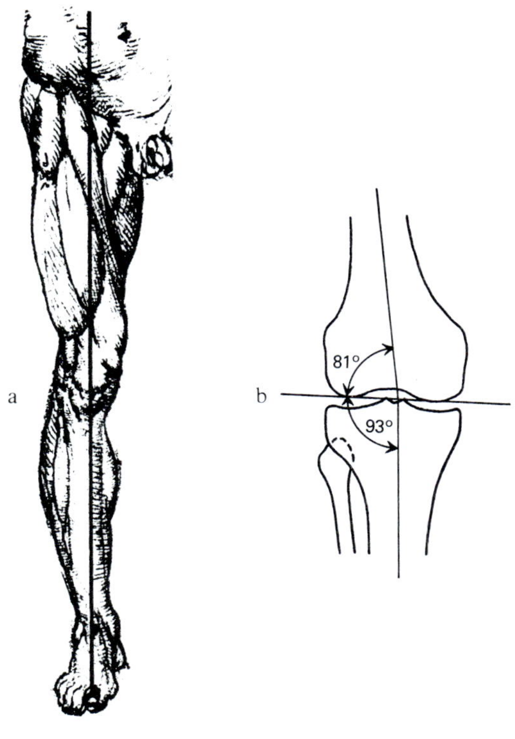

Abb. 587.

a Was *Leonardo Da Vinci* unter einem geraden Bein verstand. Die drei grossen Gelenke liegen tatsächlich auf einer (hier nachträglich eingezeichneten) Geraden. Form und Funktion sind nicht voneinander zu trennen.

b *Röntgenanatomie:* Die Kniegelenksachse bildet mit dem Femurschaft physiologischerweise einen leichten Valguswinkel, der bei der Beurteilung, sowie bei der Planung einer Operation zu beachten ist.

4.6.1.1. *Anatomie*

Die Verbindungslinie der drei grossen Gelenke des Beines: Hüftgelenk – Kniegelenk – oberes Sprunggelenk liegt auf einer Geraden. Diese Regel kann als «Norm» gelten. Abweichungen davon werden als Genu valgum, X-Bein bzw. Genu varum oder O-Bein bezeichnet (Abb. 586 und 587).

Anmerkung: Diese sogenannte «Mikuliczsche Linie» entspricht im geraden aufrechten Zweibeinstand der «Traglinie». Im Einbeinstand, z.B. in der Standphase beim Gehen, verläuft die «Traglinie» des Knies (Verbindungslinie zwischen Schwerpunkt und Unterstützungsfläche) mehr medial. Daraus ergibt sich eine leichte Biegebeanspruchung des Kniegelenkes im Varussinne. So erklärt sich wahrscheinlich, dass beim normalen Kniegelenk die Beanspruchung und die Häufigkeit degenerativer Veränderungen am medialen Kniegelenksabschnitt grösser sind als am lateralen.

Die *Röntgenaufnahme* des Knies zeigt normalerweise einen leichten *Valguswinkel* zwischen Femurschaft und Tibia, der im Mittel 9° beträgt (Physiologischer Knievalguswinkel) (Abb. 587).

Eine Achsenabweichung kann im Knie selbst oder proximal davon im Femur bzw. distal davon in der Tibia lokalisiert sein.

Je weiter weg vom Knie sie ist, desto weniger stark wirkt sie sich aus. Allerdings ergibt sich dann eine stärkere Fehlstellung des nächstgelegenen Gelenkes, d.h. der Hüfte bzw. der Sprunggelenke (Abb. 588).

4.6.1.2. *Beinachsen im Kindesalter*

Der tibio-femorale Winkel ändert sich von der Geburt bis zum Wachstumsabschluss ständig ein wenig. Physiologisch ist ein leichtes O-Bein in den ersten zwei Lebensjahren, später, im Alter von etwa 3–6 Jahren ein leichtes X-Bein (siehe Abb. 55, Achsenkorrektur durch epiphysäres Längenwachstum, I.A.5.4.1.). Beides korrigiert

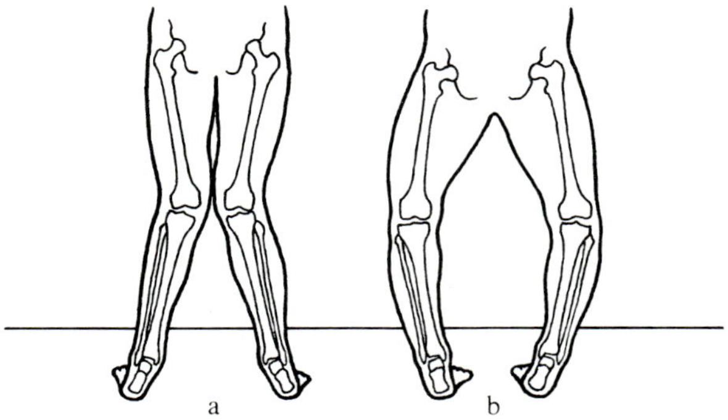

a b

Abb. 588. Die *Wirkung von Fehlstellungen* auf *benachbarte Gelenke.*

a Beim X-Bein wird nicht nur das Knie auf Biegung beansprucht, sondern auch die Schenkelhälse der Hüften richten sich auf und die Füsse kommen in Knickfussstellung (selten auch in eine kompensatorische Varusstellung).

b Beim O-Bein kommen die Hüften in eine Varusstellung, ebenso wie die Füsse. Auch hier kann man jedoch gelegentlich kompensatorische Knickfüsse beobachten.

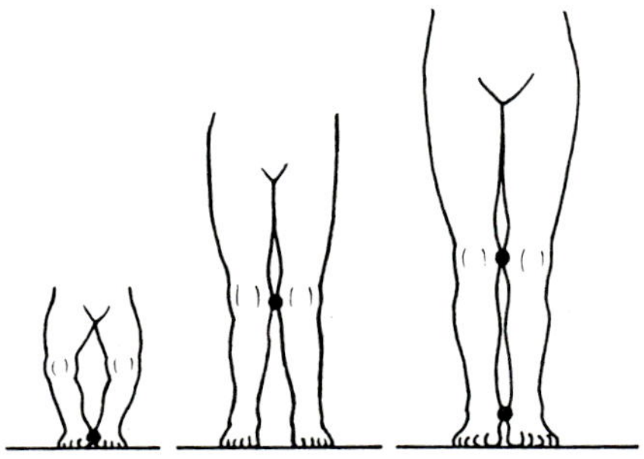

a b c

Abb. 589. *Die Beinachsen im Kindesalter.*

a) Beim Säugling, b) beim Kleinkind, c) beim Jugendlichen. Die Berührungspunkte der Beine sind markiert.

Üblicherweise kommen die Kinder mit leichten Genua vara zur Welt. Die O-Beine des Säuglings gehen mit dem aufrechten Stand in der Regel in das leichte X-Bein des Kleinkindes über. Das physiologische Genu valgum des 2 – 5jährigen gleicht sich im Verlaufe der Wachstumsperiode in den meisten Fällen aus, so dass die Beine bis zum Ende der Pubertät gerade geworden sind. Diese Entwicklung ist durch ausgedehnte Untersuchungen (Salenius u.a.) belegt: siehe Kurve in Abbildung 301 (II.13.1.1.1.).

Diese normale Entwicklung muss der Arzt kennen, damit er die Mütter in der Sprechstunde aufklären und beruhigen kann, und damit er nicht unnötige Apparate oder gar Operationen verschreibt.

sich bis zum Wachstumsabschluss in der Regel spontan (siehe auch Häufige Normvarianten bei Kindern, II.13.). Die Streubreite der Norm ist beträchtlich. Auch grössere Schwankungen müssen noch nicht als pathologisch angesehen werden (Abb. 301 und 589).

4.6.1.3. *Pathologie*

Neben diesen häufigen und harmlosen physiologischen Abweichungen können X- oder O-Beine *pathologische Ursachen haben. Die häufigsten sind:*

1. Bei *Kindern:*
   - kongenitale Deformitäten: Crus varum congenitum, Genu varum (Blount) (III.C.4.4.1.1.);
   - Rachitis, Vit. D-resistente Rachitis (Abb. 13);
   - Wachstumsstörungen nach Verletzungen oder Krankheiten im Bereiche der Epiphysenfugen (siehe III.C.4.4.1.2.);
   - Fehlstellungen nach Frakturen;
   - Patelladystopie, habituelle Patellaluxation: häufig mit Genu valgum zusammen;
   - Lähmungen.
2. Bei *Erwachsenen:*
   - Frakturfolgen, z.B. Impressionsfrakturen der Tibiakondylen, Fehlstellungen nach Femur- oder Tibiafrakturen;
   - Paget, Osteomalazie usw.

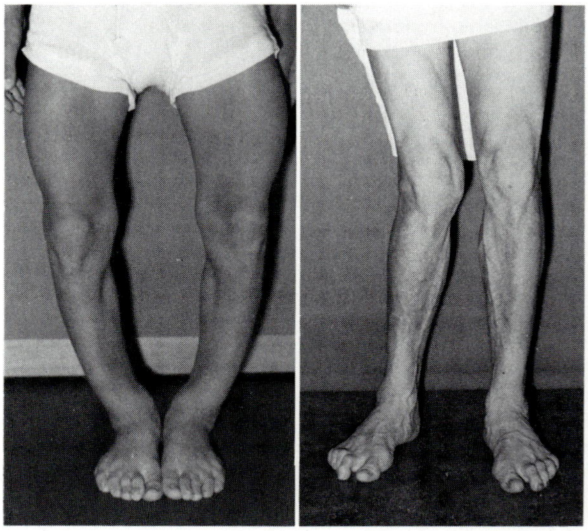

a b

Abb. 590. *Achsenfehler der Beine.*

a O-Bein bei 10jährigem Knaben; kongenitale symmetrische Störung. Die Varusfehlstellung ist besonders auch im unteren Abschnitt des Unterschenkels lokalisiert.
Derart schwere Deformitäten sah man früher häufiger, vor allem als Rachitisfolge. Heute sieht man öfter Unfallfolgen, oder aber harmlosere konstitutionelle Achsenabweichungen, die oft spontan auswachsen.

b X-Bein rechts, bei 50jährigem Mann, als Unfallfolge (beachte die Quadrizepsatrophie).
X-Beine während der Pubertät sind nicht selten eine Begleiterscheinung von Entwicklungsvarianten, etwa bei Adipösen, aber auch bei asthenischer Konstitution.

– Gonarthrosen mit Substanzverlust im Bereiche des medialen bzw. lateralen Gelenkspaltes (Genu varum bzw. valgum) (siehe III.C.4.6.3.).

4.6.1.4. *Klinik*

Die klinische Bedeutung einer Achsenabweichung hängt von ihrem Ausmass ab (Abb. 590). Geringe Abweichungen bleiben in der Regel symptomlos, mindestens während längerer Zeit. Stärkere Achsenfehler können

1. sogenannte *«statische Beschwerden»* verursachen. Auf die Dauer entstehen auch
2. *degenerative Veränderungen.*

Als *statische Beschwerden* werden unklar definierte, wechselnde Schmerzen in Muskeln, Bandapparat, Gelenken usw. bezeichnet, welche bei unphysiologischen Bewegungsabläufen und Beanspruchungen infolge von Deformitäten entstehen. Diese Beschwerden können aber nicht nur im Bereiche der Deformität, welche sie verusacht, sondern auch an anderen, mitunter weit entfernten Stellen des Bewegungsapparates auftreten (siehe auch II.12.6.).

Degenerative Veränderungen entstehen im Verlaufe von Jahren, oft Jahrzehnten, als Folge einer mechanischen Überbeanspruchung einzelner Gelenkabschnitte bei Fehlstellungen, wobei beim O-Bein der mediale, beim X-Bein der laterale Kniegelenksanteil betroffen ist. Dies ist die Ursache vieler Gonarthrosen (siehe II.12.4. und III.C.4.7.2.).

4.6.2. *Prognose, Prophylaxe und Therapie*

4.6.2.1. *Im Wachstumsalter*

Abweichungen von der «geraden» Beinachse werden bis zum Wachstumsabschluss noch weitgehend ausgeglichen. Ängstliche Eltern kann man mit gutem Gewissen trösten, dass sich das O- bzw. X-Bein noch «auswächst», allerdings in Jahren, nicht in Monaten.

Durch konservative Massnahmen lässt sich das Wachstum kaum beeinflussen. Immer wieder wurde dies versucht, mit Schienen, Apparaten usw., doch ohne nachweisbaren Erfolg. Theoretisch wäre dies höchstens durch eine jahrelange, ununterbrochene Krafteinwirkung möglich. Praktisch lässt sich das kaum durchführen, so dass eine Schienen- oder Apparatebehandlung keinen Nutzen hat, der dem Aufwand entsprechen würde. Bei den meisten Abweichungen in diesem Alter ist jedoch eine Behandlung auch nicht nötig. Falls nach Abschluss des Wachstums immer noch eine erhebliche Fehlstellung bleiben sollte, so kann sie durch eine *Osteotomie* korrigiert werden. Selten wird dies notwendig sein.

Kurz vor dem Verschluss der Wachstumsfugen ist es auch möglich, einen Achsenfehler durch *Epiphyseodese* der knienahen Epiphysenfugen (bei O-Bein lateral, bei X-Bein medial) zu korrigieren. Damit wird ein asymmetrisches Wachstum zu therapeutischem Zweck herbeigeführt (siehe III.C.1.3.2.1.). Das Ausmass, der sich daraus bis zum Wachstumsabschluss ergebenden Korrektur kann allerdings nicht ganz genau berechnet werden (siehe auch II.2.2.).

Auch bei Korrekturosteotomien im Wachstumsalter ist die genaue Berechnung des Schlussergebnisses kaum möglich. Osteotomien werden deshalb in diesem Alter nur bei schweren Deformitäten gemacht. In allen anderen Fällen ist es in der Regel besser, bis zum Wachstumsabschluss zu warten. Die Korrektur ist dann endgültig und kann genau berechnet werden.

4.6.2.2. *Nach Wachstumsabschluss*

Konservativ lassen sich Achsenfehler nicht beeinflussen. Eine Korrektur ist nur *operativ* mittels einer *Osteotomie* möglich. Der Zweck einer solchen Operation kann sein:

1. *Kosmetisch.* Wenn eine Patientin stark unter ihren «krummen Beinen» leidet, kann eine Korrekturosteotomie gerechtfertigt sein. Allerdings bleibt die Hautnarbe sichtbar, und es ist eine Kunst, bei der Operation genau im richtigen Ausmass zu korrigieren, so, dass der Auf-

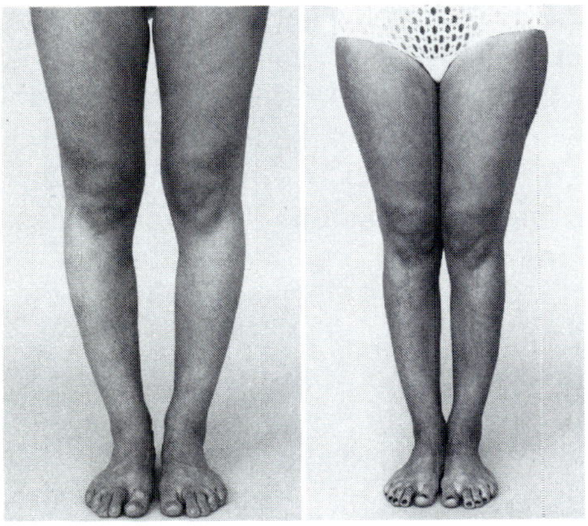

a b

Abb. 591.

a Dieser O-Beine wegen hatte ihre 20jährige Trägerin, obwohl die Deformität relativ gering war, erhebliche Komplexe. Diese plagten die «Patientin» so stark, dass man sich schliesslich zur beidseitigen Korrekturosteotomie entschloss. In solchen Grenzfällen (es handelt sich um eine Korrektur von wenigen Winkelgraden) sind Aufwand und Risiken der Operation in der Regel kaum gerechtfertigt.

b Trotz längerer Rekonvaleszenz und zwei Narben war die Patientin mit dem Resultat zufrieden; auch dies ist bei solchen kosmetischen Indikationen nicht selbstverständlich.

traggeber dann auch wirklich zufrieden ist (Abb. 591).

2. *Therapeutisch,* bei Beschwerden, z. B. statisch bedingt oder bei beginnender Arthrose.
   Hängen die Beschwerden tatsächlich mit der Fehlstellung zusammen, so sind *Korrekturosteotomien* in der Regel *dankbare* Operationen.
3. *Prophylaktisch,* zur Verhinderung einer späteren Arthrose. Bei dieser Indikation ist zu berücksichtigen, dass unsere wissenschaftlichen Grundlagen einer solchen Prophylaxe, insbesondere unsere Kenntnisse der Prognose der behandelten und der nicht behandelten Fehlstellungen noch spärlich sind.

Sicher führen ausgeprägte Fehlstellungen im allgemeinen früher oder später zu Beschwerden, und die Gefahr, dass eine Arthrose entsteht, ist gross, doch hängen Auftreten und Progredienz einer Arthrose keineswegs nur von der Grösse des Fehlstellungswinkels ab. Es ist bekannt, dass viele Fehlstellungen bis ins hohe Alter beschwerdefrei ertragen werden und dass die funktionelle Anpassung des Bewegungsapparates an Abweichungen von der anatomischen Norm oft erstaunlich gross ist. Wir wissen also nicht genau, welche Achsenfehler zu Beschwerden führen und welche nicht.

Die Entscheidung, welche Achsenfehler noch toleriert werden können und welche operiert werden müssen, ist bis heute bei Grenzfällen eine Ermessensfrage geblieben. Diese Umstände lassen eine gewisse Zurückhaltung bei prophylaktischen Korrekturen gerechtfertigt erscheinen.

Mit dem gesagten soll deutlich gemacht werden, dass die *therapeutische* und die *prophylaktische Indikation* zu einer Korrekturosteotomie scharf auseinander gehalten und verschieden beurteilt werden sollten (vgl. auch Prophylaktische Operationen, I.C.4.2.3. und Normabweichungen und Formfehler, I.C.4.2.4.).

Im Zweifelsfall ist das Zuwarten unter regelmässiger Kontrolle eine praktikable Lösung: Wenn erstmals Beschwerden auftreten, ist es für eine Operation nicht zu spät, und dem Patienten kann unmittelbar geholfen werden. Er wird unter diesen Umständen eher zu einer Operation bereit und mit dem Resultat zufrieden sein.

Technisch wird eine Korrekturosteotomie wenn möglich am Ort der Fehlstellung angelegt, am besten wenig unterhalb oder oberhalb des Kniegelenkes (im spongiösen Bereich), da hier die Heilung am schnellsten erfolgt (Abb. 599).

4.6.3. *Die einzelnen Fehlstellungen*

4.6.3.1. *Genu varum: O-Bein*

Bei zusammengestellten Füssen klafft zwischen den Knien ein Spalt. Seine Breite ist ein Mass für die Schwere des O-Beines. Die Patella liegt lateral von der Verbindungslinie Hüftgelenk-Sprunggelenk. Der physiologische Valguswinkel zwischen Femurschaft und Tibia fehlt.

Unter Belastung ist der *mediale Gelenkspalt* überbeansprucht, das *laterale Seitenband* wird überdehnt.

Ein O-Bein wird statisch schlechter kompensiert als ein X-Bein gleichen Ausmasses und führt früher zu Beschwerden und zur Arthrose des Knies (siehe Anmerkung bei III.C.4.6.1.1.).

Varusstellungen müssen deshalb häufiger korrigiert werden als Valgusfehler.

Frakturen von Ober- und Unterschenkel haben häufig die Tendenz, in Varusstellung abzuweichen. Dieser Tendenz sollte bei der Frakturbehandlung entgegengewirkt werden im Sinne der Arthroseprophylaxe.

O-Beine sind nicht selten ein Merkmal einer pyknischen Konstitution. Auffällig ist die Häufigkeit von schweren Genua vara *bei älteren Frauen.* Sie sind zum grossen Teil erworben und erst im Klimakterium entstanden. Die mechanische Beanspruchung, eine Osteoporose, sowie eine Gonarthrose mit Substanzverlust am medialen Gelenkspalt spielen die Hauptrolle (siehe III.C.4.7.2.3.) (Abb. 593).

4.6.3.2. *Genu valgum: X-Bein*

Wenn sich die Knie berühren, bleibt zwischen den Innenknöcheln ein Zwischenraum. Seine Breite ist – bei nicht allzu ausgeprägter Adipositas – ein Mass für das X-Bein.

Der physiologische Valguswinkel ist vergrössert. Bei Belastung wird das *mediale Seitenband* überbeansprucht und der *äussere Gelenkspalt* steht unter vermehrtem Druck.

X-Beine sind oft Ausdruck einer *asthenischen* Konstitution. Sie werden im allgemeinen besser ertragen und kompensiert als O-Beine und müssen entsprechend seltener korrigiert werden.

Genua valga und bestehende Knickfüsse verschlimmern sich gegenseitig (Abb. 588, II.12.6.). Vor allem bei Kindern ist diese Kombination häufig. In diesen Fällen soll eine supinierende (medial aufrichtende) *Einlage* verschrieben werden (siehe III.C.7.5.).

4.6.3.3. *Genu recurvatum*

Das Knie ist überstreckbar und wird unter Belastung hinten hinausgedrückt. *Ursachen:* Fehlstellungen nach Frakturen (z.B. hohe Tibiafrakturen, Frakturen der Epiphysenwachstumsfuge im Bereiche der Tuberositas tibiae [siehe II.2.2.]), iatrogen nach Rouxscher Operation im Wachstumsalter und nach Knielähmungen (Quadrizepslähmung). Eine beidseitige leichte Überstreckbarkeit der Knie kann Ausdruck einer konstitutionellen allgemeinen Bandlaxität sein. *Pathogenese:* siehe II.12.3.1.2. und II.8.1.3 (Abb. 177 und 290).

Ein leichtes Genu recurvatum wird toleriert. Es kann durch die aktive Muskelkraft des Quadrizeps kompensiert werden. Bei stärkerer Deformität und Beschwerden kommt eine Korrekturosteotomie in Frage.

Bei *Knielähmungen* ist ein leichtes Genu recurvatum als eine Art Kompensation aufzufassen, weil dadurch das Knie im Stehen stabilisiert werden kann. Allerdings ist es eine rein passive Stabilisierung durch den dorsalen Kapsel- und Bandapparat. Dieser wird mit der Zeit überdehnt und das genu recurvatum nimmt zu. Überschreitet es ein gewisses Ausmass, so wird die Beanspruchung unerträglich, schmerzhaft, und das Gehen wird unmöglich. Eine Osteotomie darf das Recurvatum nicht ganz korrigieren, weil sonst das gelähmte Knie wieder instabil wird. Evtl. muss ein Apparat mit Anschlag zur Verhinderung der Rekurvierung getragen werden (siehe II.8.1.3. und Abb. 234 und 291).

4.6.3.4. *Genu flexum*

Viele Knieaffektionen, insbesondere die Gonarthrose, gehen mit einer leichten Flexionskontraktur einher, das Knie kann nicht mehr voll gestreckt werden. Oft werden Stehen und Gehen dadurch beschwerlich.

Zur Stabilisierung eines gebeugten Knies muss der Quadrizeps ständig angespannt werden. Ein Genu flexum führt deshalb beim Gehen und Stehen vorzeitig zu Ermüdung und häufig zu Beschwerden.

Als *Prophylaxe* ist es wichtig, bei jeder Kniеerkrankung und nach jeder Knieoperation durch *gestreckte Lagerung* und Bewegungsübungen die volle *Streckstellung* des Kniegelenkes zu erhalten (Abb. 237 und 288).

Die *Therapie* ist jene der Grundkrankheit. Eine Korrektur ist praktisch nur mittels einer Osteotomie möglich. In manchen Fällen von schlaffen Lähmungen kann dadurch eine *Stabilisierung* des Kniegelenkes erreicht werden.

Bei spastischen Lähmungen mit starker Flexionskontraktur sind unter Umständen Korrekturoperationen notwendig (siehe II.8.2.5., Abb. 241).

4.7. Degenerative Kniegelenkserkrankungen

Nach dem Hüftgelenk ist das Knie das am häufigsten von degenerativen Veränderungen befallene Gelenk. Diese treten in drei Formen auf:

1. Meniskusdegeneration: Sie manifestiert sich durch Risse: siehe Meniskusläsion, III.C.4.5.1.
2. Chondromalacia patellae.
3. Gonarthrose.

4.7.1. *Chondromalacia patellae*

Sie ist ein pathologisch-anatomischer Begriff: Meist herdförmige Veränderungen des Patellarknorpels: Unregelmässige, aufgerauhte Oberfläche, zottige Auffaserung, Erweichung und Verdickung des Knorpels sind charakteristisch für dieses eigentümliche Krankheitsbild. Seine Ätiologie und Pathogenese ist nicht vollständig klar, obwohl es relativ häufig vorkommt. Vermutlich handelt es sich um einen degenerativen Abbau der Knorpelgrundsubstanz (siehe Abb. 68 und 69, II.11.).

4.7.1.1. *Klinik*

Nicht immer gehen pathologisch-anatomischer Befund und Beschwerden parallel: Degenerative Erscheinungen am Knorpel sind häufig, auch ohne Beschwerden, vor allem bei älteren Leuten, während patelläre Kniebeschwerden ohne entsprechende Veränderungen am Knorpelbelag der Patella eher bei jüngeren Leuten vorkommen.

Die entsprechenden *klinischen Symptome* sind im Abschnitt «Chondropathia patellae» (III.C.4.3.2.) beschrieben. Gelegentlich ist ein direktes Knietrauma vorausgegangen. Typisch ist ein Reiben (Schneeballknirschen), wenn die Patella unter Belastung bewegt wird. Ein leichtes Reiben und Knacken kommt allerdings auch bei gesunden Knien vor. Im übrigen kann der Knorpelschaden weder mit klinischer noch mit röntgenologischer Untersuchung, sondern höchstens durch Arthroskopie oder -tomie nachgewiesen werden.

In schwereren Fällen geht die Krankheit mit der Zeit in eine *femoro-patellare Arthrose* über und kann Invalidität zur Folge haben (Abb. 592).

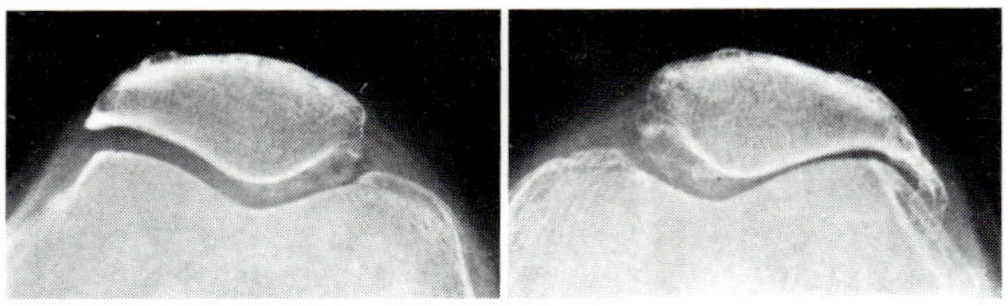

a b

Abb. 592. *Patellararthrose* im axialen Röntgenbild.

a Sklerosierte Randzacken lateral, lockere, blasige Osteophyten medial, bei beginnender generalisierter Arthrose des Kniegelenkes.

b Fortgeschrittene Arthrose bei lateraler Subluxation der Patella. Subchondrale Sklerose, Gelenkspaltverschmälerung, Randzackenbildung bis weit nach lateral, die typischen Überlastungszeichen im lateralen Gelenkabschnitt. Der mediale Gelenkspalt ist erweitert und zeigt lockere, schaumartige Osteophytenbildung, als Ausdruck der fehlenden mechanischen Beanspruchung.

4.7.1.2. *Therapie*

Eine kausale Therapie ist nicht bekannt.

In den letzten Jahren sind eine Reihe von Operationen für die Chondropathia patellae empfohlen worden. Die meisten können die Schmerzen kurzfristig zum Verschwinden bringen oder wenigstens mildern. Oft treten aber nach längerer Zeit die alten Beschwerden wieder auf. Eine befriedigende Lösung ist bisher noch nicht gefunden.

Operationen bei Chondropathia patellae:

1. *Abrasio patellae:* Abschleifen der veränderten Knorpelschichten. Verhindert das Fortschreiten der Krankheit nicht.
2. *Anbohren* der subchondralen Knochenschicht (forage), in der Absicht, durch Hyperämie und invasives Zellwachstum eine Regeneration der Knorpelschichten zu fördern. Auch diese Operation wird nicht mehr häufig gemacht.
3. Wenn eine dysplastische Komponente vorliegt, besonders eine Lateralisierung, kommt eine der *bei habitueller Patellarluxation gebräuchlichen Operationen* in Frage (siehe III.C.4.3.1.), vor allem die Verlagerung der Tuberositas tibiae nach medial, zusammen mit der Durchtrennung der lateralen Kapsel zur Entlastung der Patella.
4. Die Vorverlagerung des Lig. patellae bzw. der Tuberositas tibiae mittels eines Knochenspanes *(Maquet)* soll eine Verbesserung der mechanischen Verhältnisse durch Vergrösserung des Hebelarmes des Quadrizeps bewirken. Diese Theorie ist nicht über jeden Zweifel erhaben. Ein Nachteil ist die entstehende störende Prominenz der Tuberositas tibiae. Der langfristige Erfolg der Operation ist zweifelhaft.
5. In schwereren Fällen mit *femoro-patellar Arthrose* ist die *Patellektomie* gelegentlich zweckmässig. Mit anschliessendem intensivem Quadrizepstraining ist eine weitgehende Wiederherstellung der Kniefunktion zu erreichen.
6. Vielleicht führen die Versuche mit künstlichen Patellagleitflächen (Patellaprothesen) einmal weiter.

4.7.2. *Die Gonarthrose* (= Kniegelenksarthrose)

Die Arthrosen sind im allgemeinen Teil (II.11.) besprochen. Hier werden nur die für das Kniegelenk spezifischen Aspekte beschrieben.

Entsprechend der anatomischen Dreiteilung des Kniegelenkes kann die Arthrose mehr oder weniger isoliert im medialen oder lateralen tibiofemoralen Gelenkspalt oder im Femoro-Patellargelenk vorkommen (siehe III.C.4.7.1.). Im fortgeschrittenen Stadium jedoch sind meistens alle drei Gelenksabschnitte befallen.

4.7.2.1. *Ätiologie*

Die Gonarthrosen entstehen vorwiegend auf dem Boden vorbestehender Kniegelenksschäden: Schäden am Knorpelbelag, Gelenksinkongruenzen mit mechanischer Überbeanspruchung, Fehlstellungen usw.

Die häufigsten Präarthrosen sind:

1. Dysplasien und Dystopien der Patella.
2. Achsenfehler (Genu varum und Genu valgum).
3. Inkongruenzen und Gelenkschäden nach Frakturen.
4. Osteochondrosis dissecans.
5. Meniskusschäden.
6. Auch Arthritiden mit Restschäden (z.B. nach PcP) gehen nach Abheilung der Entzündung in das degenerative Stadium über.

Primäre Arthrosen (ohne nachweisbaren Vorzustand) sind dagegen eher selten. Weitaus die *häufigste Form* der Gonarthrose ist jene *bei älteren adipösen Frauen mit O-Beinen* (Abb. 593).

4.7.2.2. *Diagnose*

Eine früher durchgemachte Knieaffektion in der Anamnese kann bereits auf eine Gonarthrose hinweisen. Langsam beginnende chronische Schmerzen (Anlaufschmerz, Ermüdungsschmerz), rezidivierende Reizergüsse, eine leichte Streck- und Beugehemmung sind typisch. Die Kniegelenkskapsel ist in der Regel etwas verdickt, Entzündungszeichen sind gering, ausser bei Reizergüssen nach Überbeanspruchung.

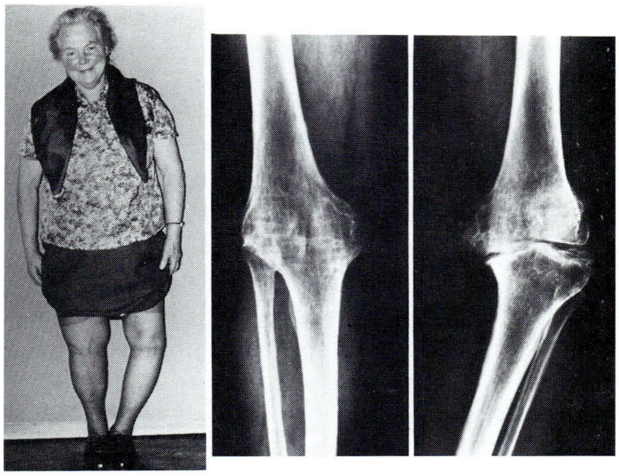

a b c

Abb. 593. *Gonarthrose und Deformität.*

a) Dieser 65jährigen Frau war bereits mehrere Jahre früher das rechte Knie wegen einer schweren *Varusgonarthrose* (siehe Abb. 595) arthrodesiert worden. Mit dem versteiften rechten Knie (b) war sie, besonders da sie klein ist, wenig behindert und sehr zufrieden. Inzwischen war auch das linke Bein krumm und wegen der progredienten Arthrose (c) schmerzhaft geworden, so dass es auch operiert werden musste, und zwar wurde, da die Frau noch sehr aktiv war, und der Zustand des Knies es noch zuliess, eine Korrekturosteotomie (Valgisierung) gemacht.

Warum so viele ältere adipöse Frauen O-Beine bekommen, ist bis heute nicht hinlänglich geklärt.

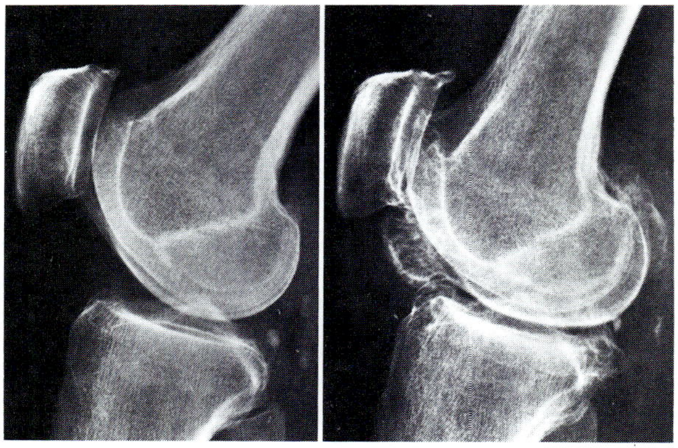

a b

Abb. 594.

a Kniegelenk einer 59jährigen Frau. Einziges Zeichen einer beginnenden Gonarthrose ist eine kleine Randzacke am oberen Patellapol.

b 10 Jahre später: Gonarthrose mit Unregelmässigkeiten in der Knochenstruktur, Sklerosierung, ausgedehnten wabigen Osteophyten.

Am Anfang treten die Beschwerden nur nach grösseren Anstrengungen auf, später häufiger. Der Verlauf ist langsam progredient wie bei allen Arthrosen.

Das *Röntgenbild* zeigt im Anfangsstadium wenig. Die obligate *Gelenkspaltverschmälerung* als erstes Zeichen kommt – anders als z.B. beim Hüftgelenk – nur auf genau orthograd getroffenen, im *Stehen* gemachten Bildern zur Darstellung und ist nicht leicht zu beurteilen.

Weitere Zeichen sind kleine Randzacken medial bzw. lateral neben dem Gelenkspalt, leicht vermehrte Sklerosierung der subchondralen Zonen. Später kommen unregelmässige subchondrale Knochenstrukturen mit Sklerosezonen, Aufhellungen (Zysten) und Deformierungen dazu (Abb. 594).

4.7.2.3. *Pathophysiologie*

(siehe auch seitliche Fehlstellungen in Gelenken, II.12.4.)

Eine *entscheidende Rolle* für den Verlauf der Gonarthrose spielen *Achsenfehlstellungen.* Dies geht aus vielen Beobachtungen hervor:

1. Achsenfehlstellungen (Genu varum und Genu valgum) sind eine häufige Ursache der Gonarthrose.
2. Gonarthrosen sind oft *asymmetrisch,* d.h. sie bleiben auf den medialen bzw. lateralen Kniegelenksabschnitt beschränkt, je nach der Lokalisation der mechanischen Überbeanspruchung. Dies führt dann rasch wiederum zu Seitenabweichungen der Kniegelenksachse (Genu varum bzw. valgum). So entsteht ein *Circulus vitiosus.* Dieser ist im Kapitel «Deformitäten» (siehe II.12.4.1., Abb. 293) ausführlich dargestellt.
3. Fortgeschrittene Gonarthrosen haben fast immer eine Streckhemmung im Gefolge. Das so entstandene Genu flexum erhöht die mechanische Beanspruchung des Kniegelenkes und beschleunigt seinerseits den degenerativen Prozess.

Am Beispiel des vor allem bei älteren adipösen Frauen sehr häufigen *Genu varum* ist diese biomechanische Wechselwirkung, welche rasch zu einem fatalen *Circulus vitiosus* führt, gut zu verfolgen (siehe auch I.A.9.2.1.1.) (Abb. 93, 595 und 596):

1. Bei einem Genu varum ist die Beanspruchung des Gelenkknorpels im medialen Gelenkspalt übermässig gross, während der laterale Gelenkspalt weitgehend entlastet ist. Die Gonarthrose entwickelt sich deshalb fast ausschliesslich medial.

2. Infolge der Abnutzung des medialen Knorpelbelages und der subchondralen Knochenschichten (bei der Eröffnung des Gelenkes sind die Schliffspuren deutlich zu sehen) entsteht auf der medialen Seite eine Verschmälerung des Gelenkspaltes und sukzessive Erniedrigung von medialem Tibiaplateau und Femurkondylus.
3. Durch diesen Substanzverlust medial knickt das Knie noch weiter in Varusstellung ab, die Achsenfehlstellung nimmt zu.
4. Im fortgeschrittenen Stadium werden unter der abnormen Beanspruchung die lateralen Seitenbänder gedehnt: Es entsteht zusätzlich ein Wackelknie mit seitlicher Instabilität.
5. Diese vermehrte Beanspruchung beschleunigt wieder die Arthrose.

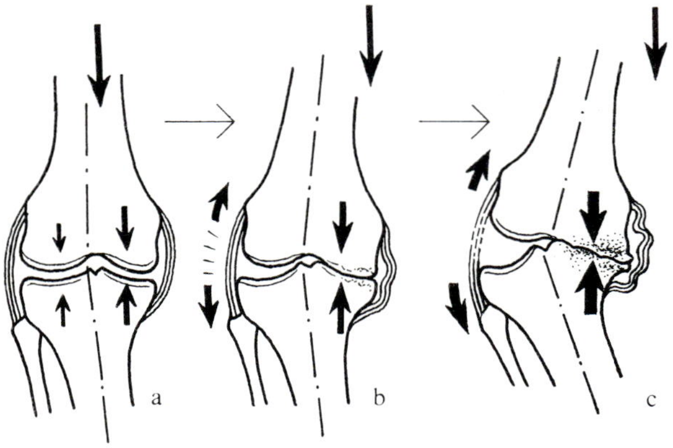

Abb. 595. *Fehlstellung und Arthrose.*

Progredienter Verlauf einer Gonarthrose bei Genu varum infolge eines *Circulus vitiosus* (Analoges gilt für das Genu valgum).

a Genu varum mit Überbeanspruchung des medialen Kniegelenksabschnittes, führt zu

b degenerativer Usurierung mit Substanzverlust medial und Banddehnung lateral. Damit *nimmt* die Fehlstellung *zu.*

c Fehlstellung, Deformität und Fehlbelastung verschlimmern sich gegenseitig und führen, unbehandelt, bald zu völliger Insuffizienz und Zerstörung des Gelenkes. Beachtenswert ist, dass der *laterale* Gelenkabschnitt lange Zeit *intakt* bleibt. Darauf beruhen die guten Resultate der Korrekturosteotomie.

Für das *Genu valgum* gilt sinngemäss dasselbe (Abb. 597).

Auch eine primäre Gonarthrose bei ursprünglich geraden Beinachsen bleibt selten lange Zeit symmetrisch. Es hat sich gezeigt, dass *die überwiegende Mehrzahl von Arthroseknien zu Genua vara werden.* Dies ist wohl ein Hinweis darauf, dass die normale Beanspruchung des Kniegelenkes eher im Varussinne wirkt (siehe III.C.4.6.1.1.).

4.7.2.4. *Prophylaxe und Therapie*

Wie bei allen Arthrosen ist jede Therapie nur palliativ. Das Gelenk kann nicht «geheilt» werden. Umso wichtiger ist die *Prophylaxe,* d.h. die Behandlung der *Präarthrosen,* also der Grundkrankheit. Nach dem oben dargelegten hat das Verhindern und Korrigieren von Achsenfehlern

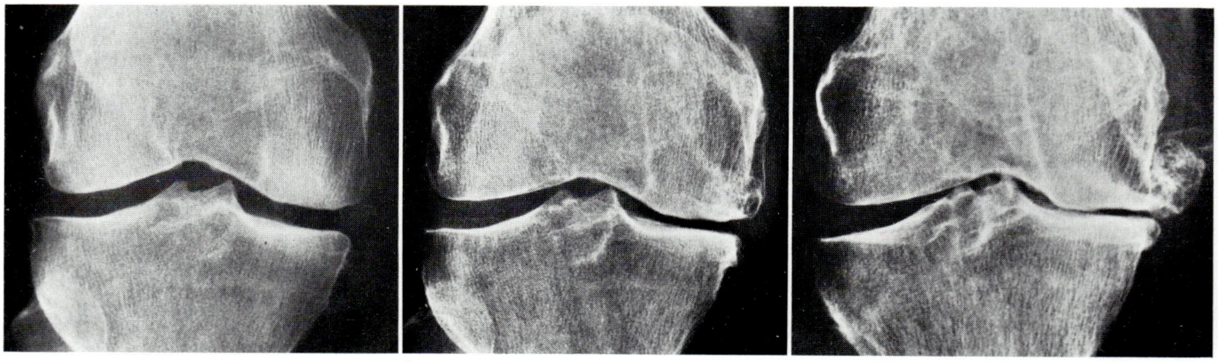

Abb. 596. *Verlauf einer Gonarthrose* bei einer 60jährigen Frau mit Genu varum.

a Geringfügig verstärkte subchondrale Sklerose der medialen Kondylen von Tibia und Femur als einzige Zeichen der beginnenden Arthrose.

b 6 Jahre später: Zunahme der Varusstellung infolge Verschmälerung des medialen Gelenkspaltes. Der laterale ist eher etwas weiter geworden. Fortgeschrittene Arthrose im medialen Gelenkabschnitt mit Sklerosierung und Osteophyten.

c Weitere 4 Jahre später: Der mediale Gelenkspalt ist unregelmässig, praktisch verschwunden; am medialen Femurkondylus bereits Knochenusuren. Massive Sklerosierung, grosse Osteophyten medial. Der laterale Gelenkspalt ist unverändert. Der Knorpelbelag ist medial vollständig weggescheuert, lateral ist er noch intakt.
Jetzt wurde eine valgisierende Korrekturosteotomie gemacht. Obwohl es besser gewesen wäre, die Osteotomie früher, etwa im Stadium b zu machen, hat sie auch in diesem Stadium noch gute Aussicht auf Erfolg.

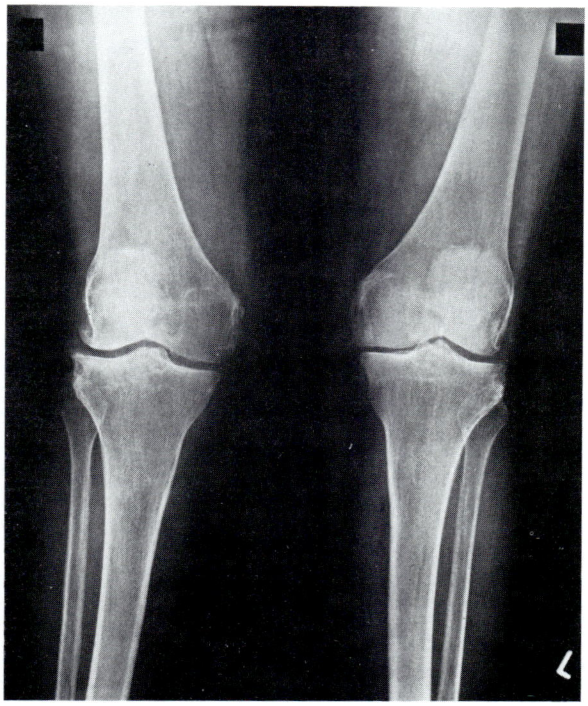

Abb. 597. *Gonarthrose* bei beidseitigem Genu valgum bei einer 70jährigen Frau. Die Arthrose ist am rechten Knie bereits weiter fortgeschritten als am linken. Mit Sklerose und Randzakken äussert sie sich fast ausschliesslich am lateralen Gelenkabschnitt, entsprechend der Überbeanspruchung infolge der Fehlstellung.

Die Arthrose beim Genu valgum stellt das spiegelbildliche Gegenstück zur Varus-Gonarthrose dar, ist jedoch wesentlich weniger häufig. Auch hier ergibt die Korrekturosteotomie gute Resultate.

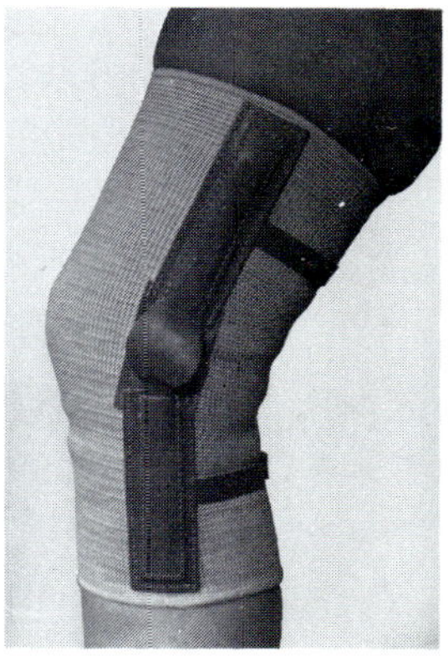

Abb. 598. Eine solche Kniebandage mit Führungsschiene gibt einem instabilen, schmerzhaften Kniegelenk einen *gewissen Halt,* und damit gehen oft auch die Schmerzen zurück.

besondere Bedeutung. Immerhin genügen aber rein theoretische Überlegungen nicht für die Indikation von Operationen, denn sehr viele Knieachsenfehler werden ein Leben lang ohne Beschwerden ertragen.

Wenn aber Beschwerden vorhanden sind und Zeichen eines beginnenden degenerativen Prozesses vorliegen, sollte mit der Korrektur nicht gezögert werden.

Die *konservative Therapie* kann lediglich eine Schmerzlinderung zum Ziel haben. Mehr kann sie nicht leisten. Solche Behandlungen sind im Rahmen der physikalischen und Balneotherapie zu finden. Medikamente können oral oder intraartikulär angewendet werden. Besondere Vorsicht und Zurückhaltung sind bei intraartikulären Injektionen, insbesondere von Kortikoiden angebracht. Infekte und Gelenksdestruktionen als Folge davon sind nicht allzu selten.

Kniehülsen und *Knieführungsapparate* haben durchaus ihre Berechtigung zur Stabilisierung eines instabilen Knies (siehe Abb. 598 und I.C.3.7.2.2.). Schwierigkeiten mit der Apparateversorgung ergeben sich bei starken Achsenabweichungen: Die Biegekräfte sind so gross, dass sie nicht mehr von einem äusseren Stützapparat aufgefangen werden können. X-Beinapparate berühren überdies beim Gehen das andere Knie. In solchen Fällen sollte die Fehlstellung wenn möglich operativ korrigiert werden.

Operative Behandlung (allgemeines siehe I.C.4.)

1. Gelegentlich kann eine *Gelenksrevision,* evtl. mit Meniszektomie, den Zustand etwas verbessern, vor allem bei gleichzeitigen Meniskusschäden. Abgetragene Osteophyten bilden sich allerdings bald wieder.

2. Als kausale Therapie kann die Korrektur einer Achsenabweichung bezeichnet werden:

Die *knienahe Osteotomie* hat deshalb grosse Bedeutung erlangt. Sie erlaubt den circulus vitiosus von Arthrose und Fehlstellung zu durchbrechen und dadurch die sonst unerbittliche Progredienz des Leidens aufzuhalten (siehe auch II.12.4.) (Abb. 599).

Die Wirkung der Operation ist zweifach: 1. Korrektur der Fehlstellung und damit der pathologischen Beanspruchung des Kniegelenkes. 2. Durch eine leichte *Überkorrektur* ist es möglich, die Belastung vom arthrotischen Gelenkabschnitt in den noch nicht beschädigten auf der andern Seite zu verlagern. Dies ist sinnvoll, da bei Fehlstellungen die Arthrose meistens nur *einseitig,* konkavseits fortschreitet, während der konvexseitsgelegene Gelenksabschnitt noch weitgehend *intakt* ist. Die Resultate der Korrekturen (z. B. infrakondylär) sind denn auch sehr gut. Voraussetzung ist eine noch ordentliche Beweglichkeit (wenigstens 90° Flexion, Streckdefizit nicht mehr als 10°) (Abb. 600 und 601).

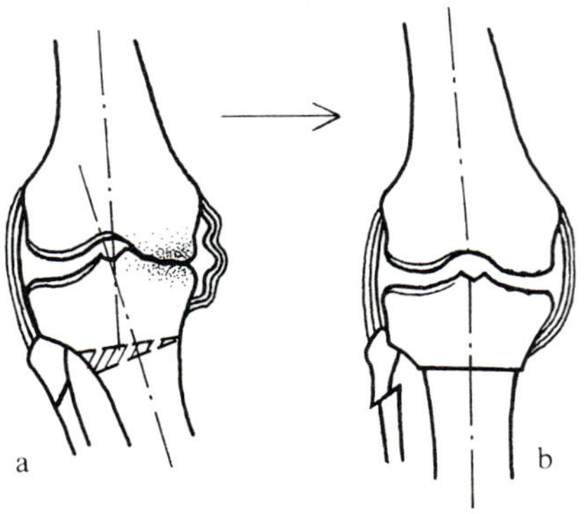

Abb. 599. Die *Korrekturosteotomie* ist die *Operation der Wahl* bei *Varusgonarthrose,* vorausgesetzt, dass das Knie noch nicht völlig zerstört ist, und die Patienten noch einigermassen gehfähig und nicht allzu gebrechlich sind. Die Korrektur ist auf verschiedene Weise und an verschiedenen Orten möglich (supra- bzw. infrakondylär).

a *«Asymmetrische»* Gonarthrose, hier: «Varusgonarthrose»: Nur der mediale Gelenkabschnitt ist zerstört, der laterale ist noch intakt. Hier ist eine infrakondyläre Osteotomie mit lateraler Keilentnahme und Fibulaosteotomie eingezeichnet.

b Nach der Osteotomie sollen die Achsenverhältnisse eher etwas *überkorrigiert* sein. Damit wird erreicht, dass der *intakt gebliebene* Gelenkabschnitt jetzt zum Tragen kommt und der Bandapparat wieder die Stabilisierung des Knies übernehmen kann.

Asymmetrische Gonarthrosen (Valgus- bzw. Varus-Gonarthrosen) sind wesentlich häufiger als symmetrische, u.a. weil auch die primär symmetrischen mit der Zeit nach der einen oder anderen Seite abkippen. In sehr vielen von diesen Fällen gibt die Osteotomie langfristig die besten Resultate.

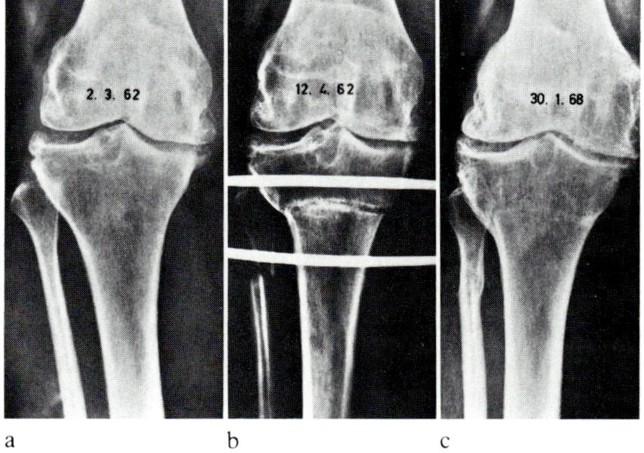

Abb. 600. *Varus-Gonarthrose* bei einer 60jährigen Frau mit zunehmenden Knieschmerzen. a) Vor der Operation, b) kurz nach der Tibiakopfosteotomie: Valgisierung und Kompression mit äusseren Spannern. c) 6 Jahre später: Die jetzt 66jährige Frau ist beschwerdefrei.

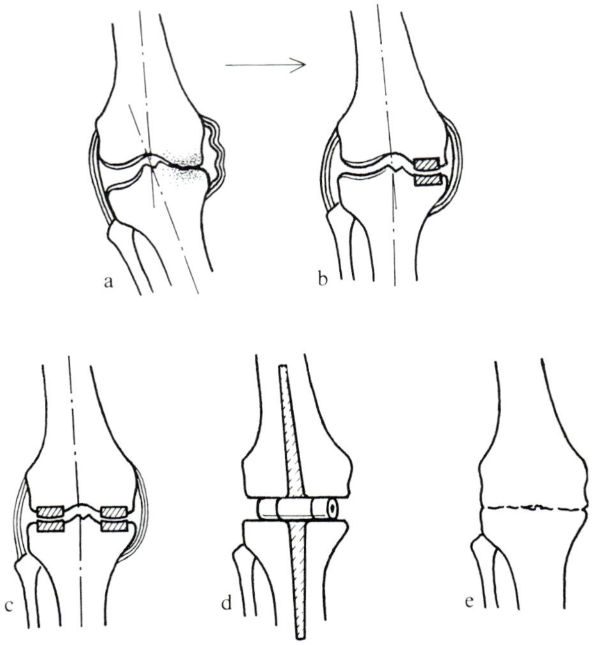

Abb. 601. *Weitere Operationen bei Gonarthrose.*

a und b: Bei *asymmetrischen Gonarthrosen* (hier Varusgonarthrose) kann der *Ersatz* der zerstörten Gelenkflächen (hier medial) genügen. Die Interponate müssen so hoch gewählt werden, dass sie den Substanzverlust ausgleichen und so *normale Achsenverhältnisse wieder hergestellt* werden. Wenn dies nicht gelingt, ist die Beanspruchung des Implantates zu gross.

c Totalknieendoprothese nach dem *«Schlittenprinzip»:* Ersatz der Gelenkflächen, kein Scharnier. Diese Prothesen können bei einigermassen erhaltener Bandstabilität eingesetzt werden. Sie haben einige eindeutige Vorteile gegenüber den Scharnierprothesen: Die Biegebeanspruchung fällt weg und weniger Knochen muss reseziert werden.
Es gibt zur Zeit eine grosse Anzahl verschiedener Modelle; hier ist lediglich das Prinzip dargestellt.

d *Scharnierprothese:* Bei schwerer Gelenkzerstörung und Bandinstabilität muss die Scharnierverbindung der Prothese die Seitenstabilität übernehmen. Dies bedeutet Biegebeanspruchung der Prothesenstiele und der Verankerung, biomechanisch ungünstige Voraussetzungen, welche die erhöhte Gefahr der Lockerung mit sich bringen. Eine grosse Anzahl verschiedener Typen sind zur Zeit noch im Versuchsstadium, hier ist lediglich das Prinzip dargestellt.

e Die *Kniearthrodese* ist nach wie vor bei schwerer einseitiger Gonarthrose, bei jüngeren und besonders bei kleinen Leuten eine dauerhafte und funktionell gute Lösung.
In der Regel wird die Arthrodese mit einer Osteosynthese fixiert, meistens unter Druck mit äusseren Spannern (siehe Abb. 201).

3. Für isolierte *Arthrosen* des *Femoropatellargelenkes* wurde die *Vorverlagerung des Lig. patellae* (Maquet) vorgeschlagen in der Meinung, die Kraftwirkung des Quadrizeps könne dadurch

verbessert werden. In schweren Fällen ist die Patellektomie angezeigt.

4. Bei stark eingeschränkter Beweglichkeit gibt nach wie vor die *Arthrodese* sehr gute Resultate: Schmerzfreiheit, Stabilität, gute Gehfähigkeit. Die Behinderung durch die Kniesteife ist weniger gross als die Patienten (und die Ärzte) glauben (Abb. 603).

5. *Kniegelenksendoprothesen* sind wesentlich problematischer als die Hüftgelenksprothesen (siehe auch I.C.4.3.3. und II.11.1.5.) (Abb. 602 und 604).

a) Das Knie als Scharniergelenk braucht eine seitliche Führung. Ein intakter Bandapparat kann diese übernehmen. In solchen Fällen genügt es, die abgeschliffenen Gelenkflächen durch künstliche zu ersetzen (*Schlittenprothesen,* evtl. nur medial bzw. lateral).
Bei *Instabilität,* grösseren Defekten und Achsenfehlern muss die *Prothese selbst* die Führung übernehmen, sie muss also ein *Scharniergelenk* eingebaut haben. Die seitlichen Biegekräfte werden bei diesen Prothesen auf die Verankerung im Knochen übertragen, was diese zusätzlich beansprucht und die Gefahr der Lockerung vergrössert.
b) Die normale Kniebewegung ist zusammengesetzt aus Dreh-, Roll-, Gleit- sowie Rotationsbewegungen. Eine genaue Imitation dieses Mechanismus ist praktisch nicht möglich.
c) Die Patella ist meist auch arthrotisch, oft subluxiert. Dies ergibt zusätzliche Probleme.
d) Die Weichteilbedeckung ist relativ dünn. Die Gefahr von Wundheilungsstörungen und Infektionen ist recht gross.
e) Bei vielen Prothesen ist eine ziemlich grosse Knochenresektion notwendig. Muss die Prothese (z.B. wegen Infektion) entfernt werden, so ist oft nicht einmal mehr eine Arthrodese möglich.

Aus diesen Gründen sollte die Indikation für Kniegelenksendoprothesen (vor allem für Scharnierprothesen) auf ältere Leute und beidseitige schwerere Arthrosen beschränkt werden (Abb. 603 und 604).

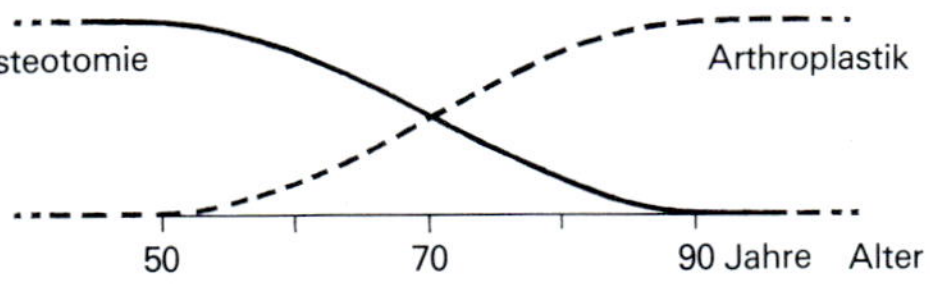

Abb. 602. *Differentialindikation* für Operationen bei Gonarthrose (nach einem Vorschlag von G.C.H. BAUER). Die *Osteotomie* ist die geeignete Operation für alle jüngeren Patienten, während die Arthroplastik (Endoprothese) für alle alten Patienten mit kürzerer Lebenserwartung und schwereren Deformitäten reserviert bleibt, da die Resultate der Endoprothesen auf lange Sicht unsicher sind.

Auch für andere Gelenke gelten grundsätzlich ähnliche Überlegungen.

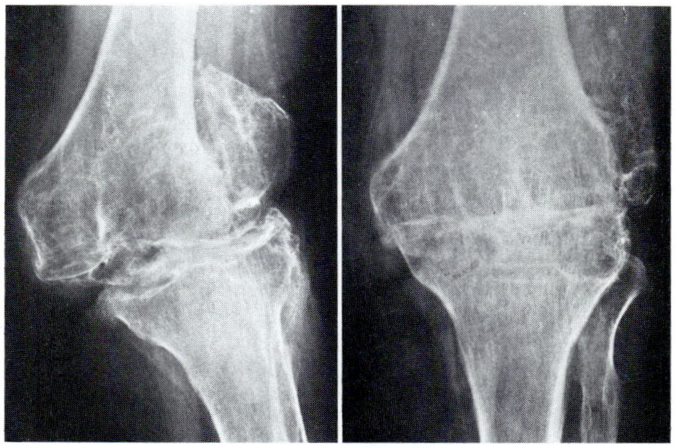

a b

Abb. 603.
a *Gonarthrose* mit schwerer Deformierung des Knies bei alter angeborener Patellaluxation und entsprechender Quadrizepsinsuffizienz, eine ungünstige Voraussetzung für eine Endoprothese.
b Zustand 3 Monate nach *Arthrodese* des Kniegelenkes. Der knöcherne Durchbau erfolgt nach Resektion der Gelenkflächen und Kompression (z.B. durch äussere Spanner) in kurzer Zeit. Schmerzfreiheit und Stabilität sind von Dauer.

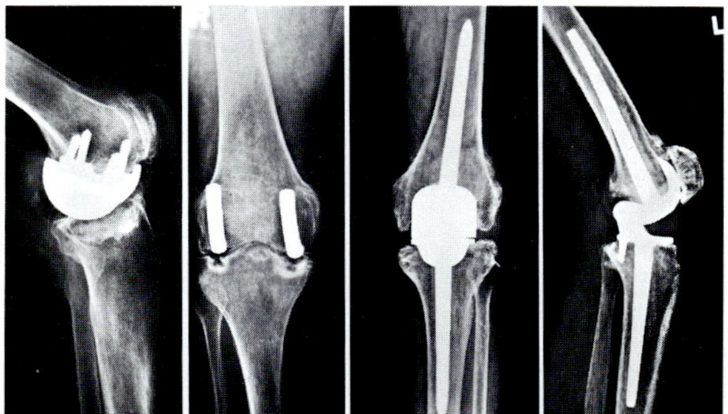

a b c d

Abb. 604. *Beispiele von Kniegelenksendoprothesen.*

Grundsätzlich können Knieendoprothesen nach *zwei Prinzipien* konstruiert werden: Beide haben ihre Vor- und Nachteile und ihre Indikationen:

a) und b): *Gleitflächenersatz* (Schlittenprothese) bei einer 71jährigen Frau. c) und d): Gelenkersatz mit *eingebautem Scharnier* bei einer 77jährigen Frau.

Beide Patientinnen trugen die Prothesen seit etwa zwei Jahren und waren zufrieden. Trotzdem weisen die abgebildeten Modelle noch eine Reihe von Mängeln auf, und die Resultate auf längere Sicht sind unsicher.

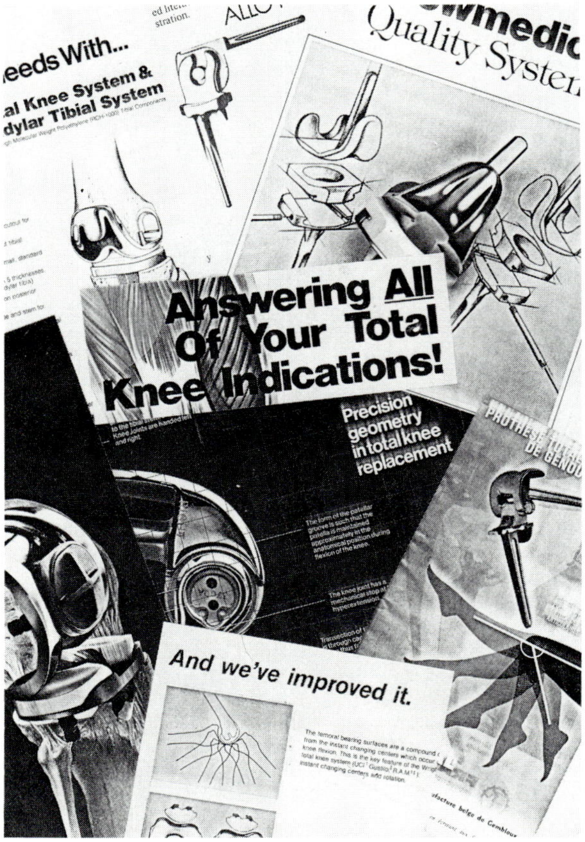

Abb. 604.

e) Diese *Zusammenstellung verschiedener Knieprothesenmodelle* ist dem Reklameteil einer führenden Fachzeitschrift entnommen (Jahrgang 1981). Sie kann vielleicht zeigen, dass neben rein wissenschaftlichen und medizinischen noch eine Reihe *anderer Faktoren* mit im Spiel sind, und dass die ideale Lösung für alle Probleme trotz entsprechender Anpreisung (noch) nicht gefunden ist. Die Entwicklung ist noch im Fluss. Verbesserungen sind noch möglich.

Eine *kritische Beurteilung* sowie eine gewisse *Zurückhaltung* in der Anwendung scheinen mindestens vorläufig noch angebracht.

4.8. Arthritiden des Kniegelenkes

Allgemeines zu den Arthritiden siehe II.6.

4.8.1.1. *Klinik*

Entzündliche Veränderungen des Kniegelenkes sind an den klassischen Entzündungszeichen leicht zu erkennen: Schwellung, Überwärmung und Schmerzen, bei akuten Entzündungen auch Rötung. Die Schwellung ist am Anfang vor allem durch einen *Kniegelenkserguss bedingt.* Das Knie wird in einer leichten Beugestellung krampfhaft steif gehalten. Bald kommt eine mehr oder weniger starke Kapselschwellung dazu. Beide können durch Palpation festgestellt werden.

Die immer nach kurzer Zeit einsetzende Muskelatrophie des Quadrizeps macht die Knieschwellung noch auffälliger (Abb. 605).

Arthritiden des Kniegelenkes sind verhältnismässig häufig, wohl wegen der Grösse und Exposition dieses Gelenkes. Alle Arthritisformen kommen am Knie vor. Nicht ganz selten sind Staphylokokkeninfekte nach intraartikulären Injektionen, vor allem mit Kortisonpräparaten.

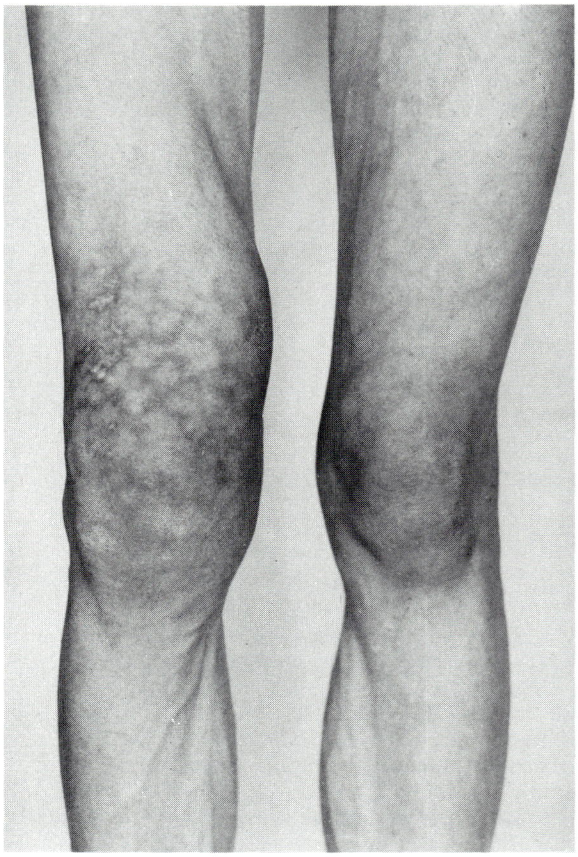

Abb. 605. Fortgeschrittene Knietuberkulose bei einem 21jährigen Mann, vor der Tuberkulostatika-Ära. Dank frühzeitiger Therapie – medikamentös und chirurgisch – sind derart schwere Veränderungen in Industrieländern heute selten geworden. ▷

Die typischen klinischen Zeichen: Verdickung des Knies, verstrichene Konturen, Schwellung vor allem seitlich und oberhalb der Patella infolge des Ergusses, Marmorierung der Haut und – besonders wichtig als Frühzeichen – die Quadrizepsatrophie, in erster Linie des Vastus medialis, sind bei jeder Entzündung des Gelenkes, namentlich auch bei eitrigen Arthritiden, nach kurzer Zeit nachweisbar und für die Diagnose wesentlich.

4.8.1.2. *Ätiologie der Arthritiden am Kniegelenk*

1. Bakteriell:
   - Staphylokokken (häufig, nicht selten iatrogen)
   - Gonokokken
   - Tbc
   - andere
2. Rheumatisch:
   - PcP
   - Monoarthritis anderer rheumatischer und unklarer Genese
   - abakterielle Entzündung mechanischer Ursache (Meniskus, Osteochondrose, Arthrose, Trauma)
3. Andere:
   - neurogen (Charcot) (siehe II.11.2.)
   - Hämophilie (siehe II.3.1.1. und III.C.4.8.1.5.)
   - Gicht, Chondrokalzinose, Synovitis villonodularis pigmentosa usw.

4.8.1.3. *Differentialdiagnose*

Neben Anamnese und klinischem Befund (Temperatur, Blutbild, BSR) gibt die *Punktion des Kniegelenkes* den Ausschlag: Farbe, Transparenz, serologische, zytologische und vor allem bakteriologische Untersuchung des Ergusses lassen seine Natur erkennen (seröser Erguss, Eiter, Blut).

Veränderungen auf dem *Röntgenbild* können Hinweise geben auf die Grundkrankheit, treten aber meistens erst nach längerer Zeit auf.

Die *einzelnen Arthritisformen* unterscheiden sich vor allem durch ihren *Verlauf:* Bakterielle Infektionen (Staphylokokken, Tbc) und die PcP haben die Tendenz, das Gelenk langsam aber sicher zu zerstören und heilen oft erst mit der knöchernen Ankylose des Knies aus. Andere Arthritisformen sind weniger aggressiv, neigen zwar zu Rezidiven, heilen aber oft aus, manchmal mit einer restitutio ad integrum, oder aber sie führen mit der Zeit zu einer Arthrose (Abb. 12).

4.8.1.4. *Therapie*

Bei allen Arthritisformen ist eine *konsequente Ruhigstellung* wesentlich: Bettruhe, Gipsschiene, bis die Symptome zurückgegangen sind.

Im übrigen richtet sich die Therapie nach der Ursache.

Bei *eitrigen Arthritiden* ist es manchmal möglich, das Gelenk durch *chirurgische Massnahmen* vor bleibenden Schäden zu bewahren: Drainage, evtl. Dauerspülung, Ausräumung der infizierten, stark verdickten Synovialmembran (Synovektomie).

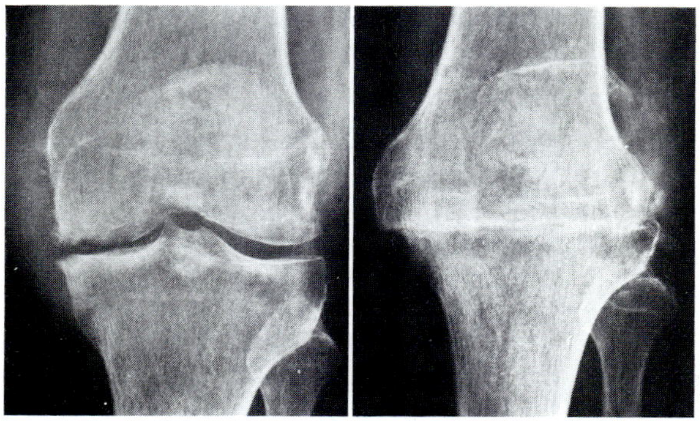

a b

Abb. 606. *Septische Arthritis* des rechten Kniegelenkes: Etwas fleckige Osteoporose. Defekte an der Gelenkfläche des medialen Femurkondylus (a). Im eitrigen Gelenkerguss wurden Staphylokokken nachgewiesen.

Da mit einer Heilung mit befriedigendem funktionellem Resultat nicht mehr gerechnet werden konnte, wurde eine Arthrodese gemacht, worauf die Infektion rasch ausheilte. Das Röntgenbild 4 Monate später (b) zeigt die durchgebaute Arthrodese.

Wenn der Zerstörungsprozess aber schon so weit fortgeschritten ist, dass eine Wiederherstellung nicht mehr erwartet werden kann, so wird der Heilungsprozess wesentlich abgekürzt durch eine *Arthrodese.* Sie kann ohne weiteres bei floridem Infekt durchgeführt werden. Die Entzündungszeichen gehen schlagartig zurück und ein Rezidiv ist nicht zu befürchten (Abb. 606).

4.8.1.5. *Seltenere Arthropathien*

Neurogene Arthropathie: siehe II.11.2.

Hämophilie: Das Knie ist von allen Gelenken am meisten betroffen. Die rezidivierenden Blutergüsse (Hämarthrose) führen zur Knieversteifung, vorzugsweise in Beugestellung, und zur Arthrose. Es gilt, die Streckstellung als Funktionsstellung zu erhalten mit Schienen, evtl. wieder zu erreichen mit Quengeln, wobei wegen der Blutungsneigung besonders vorsichtig verfahren werden muss.

Operationen, auch nur Punktionen, bei Hämophilen sind grundsätzlich unter Ersatz des fehlenden Globulins möglich (siehe auch II.3.3.1.).

Kniedeformitäten nach Coxitis tbc

Früher beobachtete man nach tuberkulösen Coxitiden im Kindesalter, vor allem, wenn die Kinder jahrelang im Gips gelegen hatten, merkwürdige Formveränderungen am Kniegelenk: Strähnige Spongiosastruktur, knollenförmige Deformitäten an Femurkondylen und Tibiakopf, frühzeitiger Schluss der Epiphysenfugen. Möglicherweise spielen Mikrofrakturen der stark osteoporotischen Spongiosa im Bereiche der Wachstumszonen eine Rolle bei der Entstehung. Die Wachstumsstörung führt zu einer starken Verkürzung des betroffenen Beines.

4.9. Andere Knieaffektionen

4.9.1. *Lähmungen*

4.9.1.1. *Schlaffe Lähmung*
(allgemeines: siehe II.8.1.)

Ein voller Ersatz des Quadrizeps durch Muskeltransplantation ist nicht möglich. Bei Ausfall des Quadrizeps *allein* ist die Kniestabilisierung möglich durch einen kräftigen Glutaeus maximus und Triceps surae (siehe II.8.1.2.1.). Ebenso kann das Knie mit einer Rekurvationsstellung einigermassen stabilisiert werden. Auf diese Weise sind Kniegelähmte gehfähig, und selten wird ein Gehapparat mit feststellbarem Kniegelenk notwendig sein. Besondere Leistungen (Laufen, Steigen, sportliche Leistungen usw.) sind hingegen erschwert.

4.9.1.2. *Spastische Lähmungen*

Für die zerebrale Paralyse (siehe II.8.2.) ist eine mehr oder weniger ausgeprägte Flexionsstellung der Kniegelenke typisch. Diese sind aber stabil und belastbar. Nur bei schwereren Fehlstellungen und jüngeren Patienten ist der Versuch zu einer Korrektur gerechtfertigt (Transplantation der ischio-kruralen Muskeln von der Tibia auf das Femur nach Eggers). Die Gefahr besteht, dass sich der Aspekt wohl verbessert, die Gehfähigkeit aber verschlechtert.

4.9.2. *Tumoren*
(allgemeine Beschreibung siehe II.7.)

Die Kniegegend ist die häufigste Lokalisation des Knochensarkoms. Auch andere Tumoren bevorzugen das distale Femurende (siehe III.C.3.1.2.) und die proximale Tibia. Röntgenologische Veränderungen müssen deshalb immer daraufhin angesehen werden (Abb. 220).

Semimaligne Geschwülste (z.B. Riesenzelltumoren) können oft im Gesunden reseziert werden (Blockexzision), wobei manchmal komplizierte Rekonstruktionsoperationen notwendig werden.

Bei den malignen Tumoren gibt praktisch nur die Amputation eine gewisse Überlebenschance.

4.9.3. *Affektionen der Weichteile*

4.9.3.1. *Zysten*

Bei unklaren, dumpfen Schmerzen in der Kniekehle, vor allem beim Kniebeugen, kann man gelegentlich fluktuierende Zysten in der Fossa poplitea palpieren. Es kann eine abakterielle Bursitis der Bursa semimembranacea zwischen Gastrocnemius und Semimembranaceus sein oder eine sogenannte *Bakersche Zyste* in der Kniekehle, manchmal bis in die Wade hinunter reichend. Diese Bakerschen Zysten sind bei *Kindern* nicht so selten aber meist symptomlos und gehen häufig spontan zurück.

Bei *Erwachsenen* entstehen sie meistens als Ausstülpung der Kniegelenkskapsel bei chronischen Kniegelenksergüssen, z.B. bei einer Gonarthrose. Wenn die Zysten so gross sind, dass sie stärkere Beschwerden machen, können sie exzidiert werden.

Ein *Meniskusganglion* kommt durch Gallertbildung in einem degenerierten *lateralen* Meniskus zustande. Gefunden wird sie fast immer als Vorwölbung im Bereiche des *äusseren Gelenkspaltes,* wo sie deutlich zu sehen und zu palpieren ist. Sie kann eine unangenehme Spannung erzeugen, und oft kommen Meniskussymptome dazu.

Das Ganglion kann operativ entfernt werden. In der Regel wird der geschädigte Meniskus mit herausgenommen.

4.9.3.2. *Bursa praepatellaris*

Die grosse subkutan vor der Patella gelegene Bursa ist wegen ihrer exponierten Lage nicht selten der Sitz von Entzündungen. Ein *Erguss* der präpatellaren Bursa ist eindeutig zu unterscheiden von einem Kniegelenkserguss durch seine Lage und die umschriebene Fluktuation *vor* der Patella, während das Kniegelenk selbst frei ist.

1. Chronische Bursitis: Abakterieller Reizzustand der Bursa, hervorgerufen zum Beispiel durch dauerndes Knien. In der verdickten Bursa bilden sich fibröse Stränge, reiskörnerähnliche Gebilde usw., welche auch palpiert werden können.

Bei der *Punktion* entleert sich ein seröser Erguss, welcher sich allerdings häufig wieder nachbildet, manchmal trotz Kortisoninjektionen. Dann bringt ihn nur die radikale *Bursektomie* zum Verschwinden.

2. Akute Bursitis: Durch Verletzungen kann leicht eine bakterielle Infektion (Staphylokokken) der Bursa praepatellaris entstehen. Alle Zeichen einer massiven lokalen Infektion: Rötung, Überwärmung, pralle Schwellung und starke Schmerzen zeigen das Empyem an. Das Kniegelenk selbst bleibt frei, doch die Flexion ist wegen der Spannungsschmerzen blockiert.

Das Bursaempyem muss wie ein Abszess inzidiert und drainiert werden. Bei Rezidiven ist die *Bursektomie* im entzündungsfreien Intervall zweckmässig.

Prophylaktisch kann bei der Wundversorgung

von offenen Bursaverletzungen die Bursektomie indiziert sein.

4.10. Verletzungen des Kniegelenkes

Das Kniegelenk ist stark exponiert, sein komplizierter Bewegungsmechanismus anfällig für Verletzungen. Ein grosser Teil der Knieschäden sind deshalb Verletzungen und Verletzungsfolgen.

4.10.1. *Frakturen*

Intraartikuläre Frakturen des Kniegelenkes bringen immer die Gefahr einer späteren Arthrosebildung mit sich, besonders wenn Stufen oder Defekte in den Gelenkflächen zurückbleiben. Dazu kommt eine Tendenz zur Versteifung, vor allem bei Frakturen im Bereiche der Femurkondylen.

Zur Vermeidung dieser Komplikationen ist es heute das Ziel der Frakturbehandlung, möglichst *anatomische Gelenkverhältnisse* wiederherzustellen und das Knie frühzeitig zu mobilisieren. Die *stabile Osteosynthese* ist deshalb für Frakturen im Kniebereich besonders wichtig geworden.

Frakturen der Femurkondylen können am besten mit Schrauben und Winkelplatten, Patellafrakturen mit Cerclagen (Drahtumschlingungen nach dem Zuggurtungsprinzip), Tibiakopfbrüche mit seitlichen Stützplatten fixiert werden.

Operationen bei *Impressionsfrakturen* des *medialen* oder *lateralen Tibiaplateaus* sind nur sinnvoll, wenn die Gelenkfläche auf ihr ursprüngliches Niveau angehoben und dort fixiert, d.h. mit einer Spongiosaplastik unterfüttert und durch eine seitliche Platte abgestützt wird. Konservativ behandelt heilen diese Frakturen an sich rasch und gut, doch bleibt eine Inkongruenz, ein Wakkelknie und eine Varus- bzw. Valgusstellung, welche zunehmen und zur Arthrose führen können.

4.10.2. *Verletzungen des Streckapparates*

Sie kommen vor bei:

1. Patellafrakturen, wenn der Bandapparat gerissen ist und die Fragmente klaffen.
2. Abriss der Quadrizepssehne von ihrem Ansatz an der Patella (bei vorbestandener Degeneration der Sehne).
3. Abriss der Patellarsehne oder der Tuberositas tibiae.

Da die Patienten oft noch gehen können, wird die *Diagnose* gelegentlich verpasst. Wichtigstes *Symptom:* aktives Strecken des Knies gegen Widerstand (Schwerkraft) nicht möglich. Damit der Streckapparat nicht insuffizient wird, muss er so bald als möglich operativ wiederhergestellt werden, am besten mit einer belastbaren Naht, so dass mit der Physiotherapie sofort begonnen werden kann.

4.10.3. *Bandläsionen*

Verletzungen des Bandapparates am Knie sind sehr häufig. Einfache «Distorsionen» heilen immer folgenlos aus, auch ohne besondere Therapie, vorausgesetzt, dass die Bänder intakt geblieben sind, allerdings dauert es manchmal Wochen und Monate. Solche «Bänderzerrungen» sollten möglichst genau abgegrenzt werden von eigentlichen *Bänderrissen,* d.h. vollständigen Abrissen eines oder mehrerer Bänder. Diese haben im Gegensatz zu den einfachen «Zerrungen» eine Insuffizienz des Bandapparates zur Folge, welche, falls das Band nicht richtig verheilt, bestehen bleibt und zu unangenehmen Beschwerden, nicht selten zur Arthrose führen kann.

4.10.3.1. *Diagnose*

Die Bandinsuffizienz muss bei jeder Distorsion gesucht werden. Sie ist nicht immer leicht zu diagnostizieren:

Funktionsprüfungen (siehe auch Diagnostik des Kniegelenkes, III.C.4.1.):

1. Falsche *seitliche Beweglichkeit* bei forciertem Ab- und Adduktionsversuch bei leicht gebeugtem Knie zeigt Seitenbandrisse an. Eine solche *Aufklappbarkeit* kann mit *gehaltenen Röntgenaufnahmen* objektiviert werden (siehe Abb. 572 und 607).
2. Zur Prüfung der Stabilität in der Sagittalebene wird das *«Schubladenphänomen»* geprüft: Abnormale Verschiebung des Tibiakopfes unter den Femurkondylen nach vorne oder hinten bei rechtwinklig gebeugtem Knie zeigen eine Insuffizienz des vorderen bzw. hinteren Kreuzbandes sowie weiterer Kapsel- und Bandelemente an (siehe Abb. 573, III.C.4.1.).

Ein kleines Bewegungsspiel ist bei diesen Funktionsprüfungen im Bereiche der Norm. Die individuellen Unterschiede sind erheblich. Deshalb ist *nur ein Seitenunterschied* zwischen dem *verletzten und dem gesunden Knie diagnostisch verwertbar.*

Bei frischen Verletzungen und starken Schmerzen müssen die Funktionsprüfungen mit *Lokalanästhesie* oder in *Narkose* gemacht werden, weil sonst eine schmerzbedingte Muskelverspannung die Prüfung behindert!

Seit die Kniebandverletzungen durch Sport und Verkehrsunfälle zugenommen haben, hat es sich gezeigt, dass die Stabilisierung des Kniegelenkes durch seine Bänder und Kapselanteile ein recht *komplizierter Mechanismus* ist: Seitenbänder, Kreuzbänder und Kapselanteile haben keine einfachen, voneinander unabhängigen Aufgaben, sondern spielen in vielfältiger Weise zusammen. Unfälle haben denn auch meist nicht isolierte Läsionen eines einzelnen Bandes, sondern komplexe Läsionen des Kapselbandapparates zur Folge.

Da die operative Versorgung frischer Bandverletzungen in letzter Zeit vermehrte Bedeutung gewonnen hat, wird auch versucht, die *Diagnostik* dieser Verletzungen zu *verfeinern:* Die Prüfung der seitlichen Beweglichkeit sowie der Schubladenphänomene in Mittelstellung, bei Aussen- und Innenrotation, wenn nötig unter Anästhesie, des sogenannten «Pivot-shift»-Zeichens usw. soll eine *genauere Lokalisation der Läsionen* erlauben und damit eine gezieltere Therapie.

4.10.3.2. *Therapie*

Ein Seitenbandriss muss während 6 – 8 Wochen im Gips ruhiggestellt werden, damit keine permanente Insuffizienz bleibt. Experimentell wurde nachgewiesen, dass Bänder besser heilen, wenn sie adaptiert oder genäht werden. Deshalb werden ausgedehnte *frische Bandverletzungen* am besten sofort *genäht.*

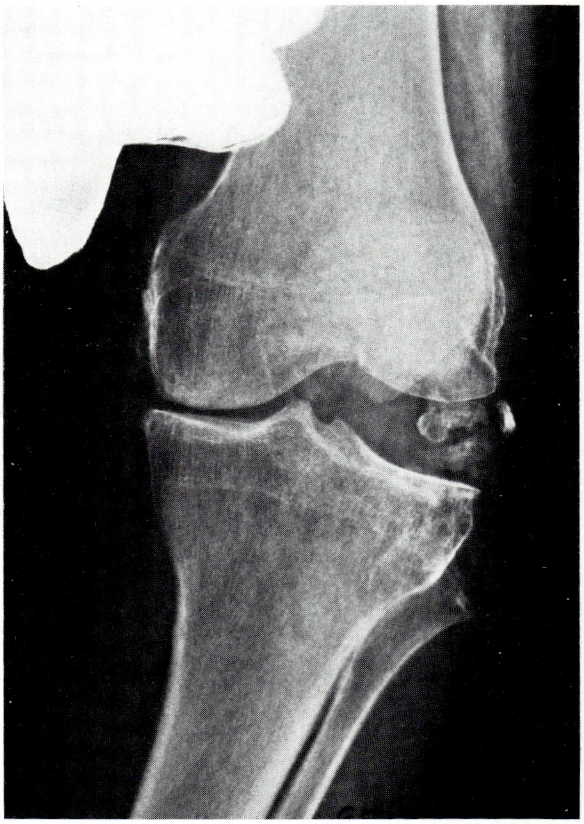

Abb. 607. *Funktionsaufnahme* des linken Knies eines 54jährigen Mannes, in Varusstellung gehalten (die Hand, welche das Knie in Varusstellung drückt, ist links oben als weisser Schatten des Bleihandschuhes zu erkennen). Die starke seitliche Aufklappbarkeit zeigt eine vollständige Insuffizienz von Seitenbändern und hinterer Kapsel, als Folge einer schweren Bandverletzung des Knies. Zu sehen sind auch abgesprengte Knochenfragmente und Weichteilverkalkungen.

4.11. Verletzungsfolgen

4.11.1. *Wackelknie*

Seiten- oder Kreuzbandinsuffizienzen, besonders Kombinationen davon, können erhebliche Störungen verursachen und führen mit der Zeit zur *Arthrose.* Eine Schwäche und Unsicherheit, vor allem beim Abwärtsgehen und auf unebenem Boden, sowie rezidivierende Distorsionen und Ergüsse, machen sportliche Betätigung unmöglich und auch das normale Gehen oft recht beschwerlich. In schweren Fällen führen stärkere Schmerzen und die Unmöglichkeit, das Knie zu belasten, zur Invalidität.

Die *Diagnose* wird gleich gestellt wie bei frischen Bandläsionen. Eine Anästhesie ist in der Regel jedoch nicht notwendig (Abb. 607).

Therapie: Als erste Massnahme muss immer der meist stark atrophische Quadrizeps auftrainiert werden. In leichteren Fällen gelingt es, aktiv durch Muskelkraft die Bandinsuffizienz zu kompensieren und die Beschwerden zu beseitigen.

Falls trotz kräftigem Quadrizeps die Insuffizienz stört, kommen *operative Massnahmen* in Betracht: Eine Vielzahl von Rekonstruktionsoperationen sind angegeben worden: Bandplastiken, Sehnen- und Muskeltransplantationen. Schon diese Vielfalt verrät, dass die Erfolge häufig nicht befriedigen. In schwereren Fällen ist deshalb manchmal ein orthopädischer *Knieführungsapparat* notwendig (siehe auch I.C.3.7.2.2.).

In letzter Zeit setzt man besondere Hoffnungen in die *funktionellen* Operationen (Muskel- und Sehnenverpflanzungen), bei welchen weniger eine anatomische Rekonstruktion (welche oft enttäuscht) als eine funktionelle Verbesserung angestrebt wird.

Bei gleichzeitig vorliegenden anderen Kniegelenksschäden, wie sie nach schweren Knieverletzungen vorkommen, oder bei Schmerzen, kann eine *Arthrodese* nötig werden.

4.11.2. *Kniestrecksteife*

Nach Knie- und Femurbrüchen, vor allem bei gleichzeitiger Verletzung des Streckapparates (Quadrizeps), bleibt manchmal die Kniebeugung ganz oder teilweise blockiert. Ursache ist eine ausgedehnte *Verwachsung* der Kniegelenkskapsel und eine narbige Verwachsung des *Quadrizeps* mit dem Femur.

Therapie: Durch forcierte *Mobilisation* des Knies in Narkose (nach Konsolidierung des Bruches) können die Kontrakturen manchmal gelöst werden, doch ist die Gefahr einer Refraktur oder einer Patellafraktur nicht klein.

Nach einwandfreier, reizloser Ausheilung der Unfallverletzung, wenn über längere Zeit eine intensive Physiotherapie keine Verbesserung der Beweglichkeit gebracht hat und ein harter Anschlag beim Beugen besteht, kommt eine *Arthrolyse* in Frage: Nach grosszügiger Durchtrennung aller Verwachsungen zwischen Kniegelenk und Streckapparat, sowie der Ablösung des Quadrizeps vom Femur, evtl. bis hinauf zum trochanter maior (Myolyse nach *Judet*), ist eine Flexion bis zum rechten Winkel oft wieder möglich, ohne dass der Streckapparat verlängert werden muss. Die so gewonnene Beweglichkeit postoperativ zu erhalten ist Aufgabe einer intensiven aktiven Heilgymnastik.

Bei der Kniegelenksmobilisierung ist allerdings zu beachten, dass ein gewisses Flexionsdefizit weniger hinderlich ist als eine auch nur geringe *Streckhemmung* (siehe II.12.2.3.). Deshalb sind Quadrizepstraining und Lagerung in Streckstellung nach allen Verletzungen und Operationen im Kniebereich besonders wichtig (Abb. 136 und 284).

4.11.3. *Posttraumatische Fehlstellungen und Gonarthrose*

Nach intraartikulären und knienahen Frakturen nicht selten. Beurteilung und Therapie siehe bei «Fehlstellungen» (III.C.4.6.) und «Gonarthrose» (III.C.4.7.2.).

4.11.4. *Insuffizienz des Streckapparates*

Nach ungenügend behandelten Quadrizepssehnenläsionen. Die Patienten stürzen leicht. Falls eine operative Wiederherstellung nicht möglich ist, kommt ein Oberschenkelgehapparat (mit feststellbarem Kniegelenk: «Schweizerschloss», wie bei einer Lähmung, siehe II.8.1.3.1.) oder eine Kniearthrodese in Frage.

5. Der Unterschenkel

Die überaus häufigen sogenannten *«Beinleiden»* spielen sich vor allem am Unterschenkel ab: Varikosis, Thrombophlebitis, Ödeme, Hautveränderungen wie Ulcera cruris, Ekzeme usw. Sie begleiten, überdecken und komplizieren nicht selten orthopädische Leiden.

Daneben sind *Frakturen* und ihre Folgen die häufigsten Schäden am Unterschenkel. Andere Affektionen sind selten.

Tragender Knochen des Unterschenkels ist die *Tibia* allein. Die *Fibula* hat keine Tragfunktion, doch ist eine einwandfreie Funktion des *oberen Sprunggelenkes* nur bei intakten anatomischen Verhältnissen zwischen distaler Tibia und Fibula gewährleistet.

5.1. Kongenitale Krankheiten

5.1.1. *Crus varum congenitum und angeborene Tibiapseudarthrose*

Die Verkrümmung (Crus varum) ist wahrscheinlich eine Vorstufe der Pseudarthrose. Es handelt sich um eine angeborene Missbildung der Tibia mit Varus- und Rekurvationsfehlstellung im mittleren und unteren Drittel. Ist die Kontinuität des Knochens erhalten, kann sich die Deformität auswachsen. In schwereren Fällen ist der Knochen so minderwertig und dünn, dass unter der Biegebelastung schon vor oder bald nach der Geburt eine Pseudarthrose entsteht.

Beim *einfachen Crus varum congenitum* genügt eine Schienenbehandlung. Korrekturosteotomien sind gefährlich, weil leicht daraus eine permanente Pseudarthrose entsteht.

Eine einmal etablierte *Pseudarthrose* heilt spontan nicht aus. Ohne Behandlung nehmen Fehlstellung und Verkürzung des Beines ständig zu bis zum Wachstumsabschluss. Verschiedene Operationsverfahren sind angegeben worden (Bypass-Span nach McFarland, Sandwich-Span nach Boyd). Es ist jedenfalls recht schwierig die Pseudarthrose endgültig zur Ausheilung zu bringen. Refrakturen und erhebliche *Beinverkürzungen* sind häufig (siehe III.C.1.). Oft ist eine Apparateversorgung notwendig. Die Behandlung erheischt viel Erfahrung und die Möglichkeit einer jahrelangen Kontrolle (Abb. 608).

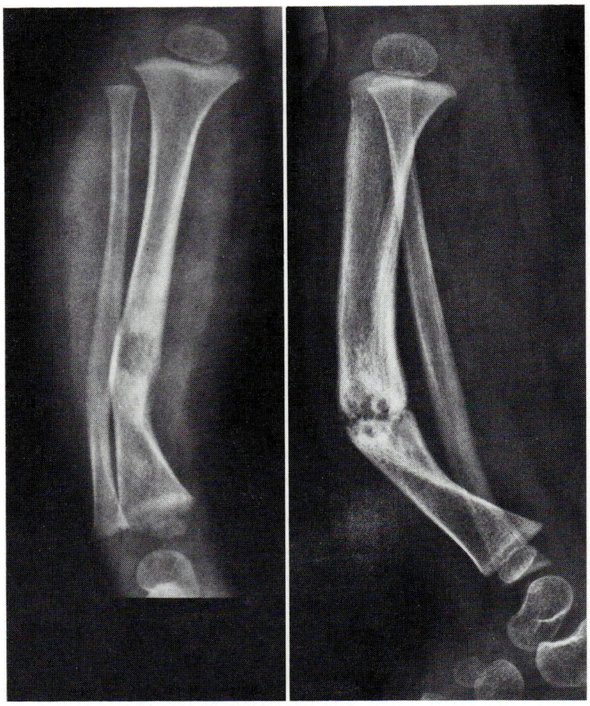

a b

Abb. 608.

a) *Crus varum congenitum* bei einem einjährigen Mädchen. Es handelt sich bei dieser seltenen Affektion um eine Anlagestörung des Knochengewebes in der unteren Tibiadiaphyse, aus welcher leicht eine *«angeborene Tibiapseudarthrose»* entsteht, wie bei diesem Kind: b) Pseudarthrose und Zunahme der Deformität im Alter von 1½ Jahren.

Die Therapie dieses Schadens ist wegen der schlechten Heilungstendenz des Knochens recht schwierig, doch unbehandelt verschlimmert sich die Deformität progressiv.

Kongenitale Fibulaaplasie

Eine Defektmissbildung, bei der ein grösserer oder kleinerer Teil der Fibula fehlt. Wegen des asymmetrischen Wachstums kommt der Unterschenkel mehr und mehr in Valgusstellung, das untere Sprunggelenk ist stark deformiert. Operative Korrekturen, evtl. prothetische Versorgung werden notwendig.

5.2. Verletzungen

5.2.1. *Achillessehnenriss*

Am häufigsten bei Sportleistungen (Skifahren, Lauf, Tennis). Nur eine schon degenerierte Sehne reisst. Deshalb sind vor allem Leute mittleren Alters betroffen.

Die *Diagnose* wird manchmal verpasst, vor allem wenn der Verletzte noch gehen kann, was nicht selten ist. Sie wird gestellt aus Schmerzen, Schwellung und einer Schwäche beim Versuch, den Fuss gegen Widerstand plantar zu flektieren (Zehenstand!). Der Riss kann oft als Delle palpiert werden.

Um eine längere oder dauernde Invalidität zu vermeiden, wird die Sehne in der Regel genäht.

5.2.2. *Frakturen*

Wegen seiner Exposition ist das Schienbein besonders gefährdet. Komplikationen entstehen vor allem bei Verletzungen der dünnen Hautdecke von aussen oder von innen her durch die Bruchfragmente: Hautnekrosen und Infektionen sind gefürchtete Komplikationen von Unterschenkelbrüchen (vgl. II.15.2.5., Abb. 327 und 332).

5.2.2.1. *Stabile Brüche*
Je nach Bruchmechanismus, Bruchform und Weichteilverletzung (Periost) sind viele Unterschenkelfrakturen einigermassen *«stabil»* (siehe Frakturbehandlung, II.15.2.1.): Frakturen ohne oder mit geringer Dislokation, bei welchen der Periostmantel wenigstens auf einer Seite erhalten ist, isolierte Tibiafrakturen mit intakter Fibula, einzelne quere Biegefrakturen.

Solche Brüche können vor allem bei Kindern gut mit primärem Gipsverband versorgt werden. Achsenfehler können verhindert werden, wenn der Gips nach dem 3-Punkte-Prinzip so angelegt wird, dass er gegen eine Abweichungstendenz wirkt (z. B. gegen Varisierungstendenz bei intakter Fibula). Korrekturen sind mittels *keilen* des Gipses möglich (siehe Abb. 314 und 316, II.15.3.2.).

5.2.2.2. *Instabile Brüche* haben eine Tendenz sich unter dem Muskelzug zu *verkürzen:* Es sind vor allem Schräg- und Spiralbrüche beider Unterschenkelknochen, sowie Stück- und Trümmerbrüche. Bei konservativer Behandlung müssen sie deshalb während einiger Zeit im *Längszug* gehalten werden. Dieser darf *nicht zu kräftig* sein, weil er sonst zur *Distraktion* der Fragmente, verzögerter Heilung und Pseudarthrose führt.

Sobald als möglich, d.h. sobald der Bruch eine gewisse Festigkeit erreicht hat (Test: Aktives Anheben des gestreckten Beines von der Unterlage), wird ein *satt anliegender Gehgips* angelegt, in welchem das Bein *belastet* werden kann und soll. Dies ist für die Trophik des Fusses und seiner Gelenke wesentlich.

Die *konservative* Behandlung von Unterschenkelfrakturen erheischt viel Sorgfalt und Geduld.

Vielfach wird der radikalere Weg beschritten, die Unterschenkelbrüche durch eine *Osteosynthese* (Verschraubung und zusätzliche Platten, Marknägel) zu fixieren. Die Schwierigkeiten der mühsamen konservativen Behandlung fallen damit weg, doch treten andere Gefahren auf: Die Infektionsgefahr ist vor allem wegen der oft prekären Hautverhältnisse an der Schienbeinvorderfläche nicht zu unterschätzen: Die Operation durch eine gequetschte Haut hindurch führt fast zwangsläufig zu einer Hautnekrose mit der Gefahr einer Infektion des Frakturgebietes und allen Folgen (Osteitis, infizierte Pseudarthrose). Das Risiko ist verhältnismässig gross für eine Operation mit relativer Indikation. Die Osteosynthese von Unterschenkelbrüchen ist selten absolut notwendig. Sie setzt Erfahrung, genaue Beurteilung der Verletzung, vor allem auch der Weichteile, sowie einwandfreie Sterilität und Operationstechnik voraus. Dann kann sie Vorteile und gute Resultate bringen.

5.2.2.3. *Brüche bei Kindern*
Bei Kindern sind Osteosynthesen von Unterschenkelbrüchen mit ganz wenigen Ausnahmen kontraindiziert (siehe II.15.3.2.).

5.2.3. *Komplikationen bei Unterschenkelbrüchen*

5.2.3.1. *Ischämie der Muskulatur der Extensorenloge (Tibialis anterior-Syndrom)*
Ihre *Pathogenese* entspricht der «Volkmannschen Kontraktur» (siehe II.15.3.4.3.). Gelegentlich nach schweren Frakturen oder Operationen im proximalen Tibiabereich. Ein Ödem ist in der vorderen Faszienloge zwischen Schien- und Wadenbein gefangen und drosselt durch seinen starken Druck die Blutversorgung der Muskulatur. Innert wenigen Stunden entsteht eine irreversible Ischämie der Streckmuskeln des Fusses.

Zeichen der drohenden Gefahr sind starke Schmerzen und eine Lähmung der Zehen- und Fussheber.

Oft hilft nur die sofortige ausgiebige Spaltung der vorderen Faszien *in den ersten Stunden,* um die Ischämie zu beheben. Wenn diese schon zu lange gedauert hat, geht die Muskulatur zugrunde, fibrosiert und verkürzt sich, es entsteht mit der Zeit eine eigentliche Tenodese der Fuss- und Zehenheber mit weitgehender Versteifung des oberen Sprunggelenkes. Später auftretende Zehendeformitäten machen oft erhebliche Beschwerden und müssen operativ beseitigt werden.

5.2.3.2. *Spitzfuss und Hammerzehen*

Diese Komplikationen sieht man nicht selten nach Unterschenkelbrüchen, bei verzögerter Heilung oder unzweckmässiger Behandlung. Wenn der Fuss längere Zeit nicht belastet wird, hat er automatisch die Tendenz, eine Spitzfussstellung einzunehmen, meist mit leichter Supination, welche bald einmal irreversibel wird. Dieser Tendenz muss aktiv begegnet werden schon während der Frakturbehandlung: entweder durch *Fixierung* des Fusses in *Rechtwinkelstellung* (Gips, Schienen) oder durch aktive *Fusshebergymnastik* (siehe I.C.3.1., Abb. 135c).

Gleicherweise können bei länger dauernder Immobilisierung und trophischen Störungen die *Zehen versteifen* und in eine Hammer- oder Krallenstellung kommen (siehe III.C.7.6.2.), welche starke Beschwerden macht, nicht selten als einzige Spätfolge einer Unterschenkelfraktur. Eine *zweckmässige Nachbehandlung* (Gehgips, Zehengymnastik, Hochlagerung) hilft, Bewegungsarmut und Ödem und damit diese unangenehmen Zehendeformitäten vermeiden. Kontrakte Hammerzehen müssen operiert werden (siehe III.C.7.6.2.).

5.2.3.3. *Hautdefekte, Infekte, Osteitis*

Viele Knocheninfekte entstehen auf dem Weg über Hautdefekte: Bei primär offenen Frakturen oder Hautnekrosen nach Kontusionen und – nicht ganz selten – nach Osteosynthesen (vgl. II.6.6. und II.15.2.5.).

Bei günstigen Verhältnissen wird man den frischen *Hautdefekt* möglichst sofort über dem Knochen *schliessen*, evtl. mit Hilfe eines Entlastungsschnittes oder einer Hautplastik. Ebenso wichtig ist allerdings eine rigorose *Stabilisierung* der darunter liegenden Fraktur. Die Infektionsgefahr wird dadurch zweifellos herabgesetzt.

Andererseits führt das Einlegen von Fremdmaterial (Platten) unmittelbar unter eine solche geschädigte Haut mit grosser Wahrscheinlichkeit zu einer Hautnekrose und damit leicht zur Infektion.

Ist einmal der Knochen infiziert, so nützt es nichts, die Haut darüber zu verschliessen (etwa mit Hautplastiken). Zuerst müssen die infizierten Gewebe chirurgisch ausgeräumt werden, vor allem die sequestrierten Knochenteile. Sobald der Knochen geheilt ist, ist der Hautschluss leichter möglich.

5.2.3.4. *Pseudarthrose*

Sie entsteht vor allem nach Trümmerbrüchen, gelegentlich nach ausgedehnten Knochenfreilegungen zum Zweck der Osteosynthese und bei Osteitis. Seit der Einführung der Osteosynthese ist sie nicht seltener geworden (Abb. 327 und 332).

Ihre *Behandlung* hingegen ist durch die *Druckosteosynthese* wesentlich verbessert worden. Sie ist auch am Unterschenkel die Methode der Wahl: Bei nicht verschobener Pseudarthrose: Marknagelung, bei dislozierter Pseudarthrose: Platte auf der konvexen Seite (Allgemeines, siehe II.16.2.).

Die *infizierte* Pseudarthrose stellt besondere Probleme (siehe II.16.2.3.). Im Prinzip muss zuerst die *knöcherne Heilung* erreicht werden, durch Fixation (z. B. äussere Spanner) und Spongiosaplastiken, hernach lässt sich der Infekt besser beherrschen (Ausräumung) und schliesslich kann auch in der Regel die Haut wieder geschlossen werden, wenn sie inzwischen nicht spontan zugeheilt ist (Abb. 206 und 331).

5.2.3.5. *Fehlstellungen* (siehe auch II.15.2.2.1.)

Fehlstellungen nach Frakturen machen sich gewöhnlich zuerst *in den Sprunggelenken* unangenehm bemerkbar. Die relativ häufige *Varusstellung* kann nur in geringem Ausmass in diesen Gelenken kompensiert werden. Daraus können Schmerzen, Knickfuss, Kontrakturen in den Sprunggelenken, evtl. später Arthrosen entstehen. Eine *Valgusstellung* wird im allgemeinen etwas besser ertragen.

Rotationsfehlstellungen, vor allem die Innenrotation, äussern sich in *Gangstörungen.*

Falls die Beschwerden erheblich sind, ist eine *Korrekturosteotomie* zu erwägen. Mit Vorteil

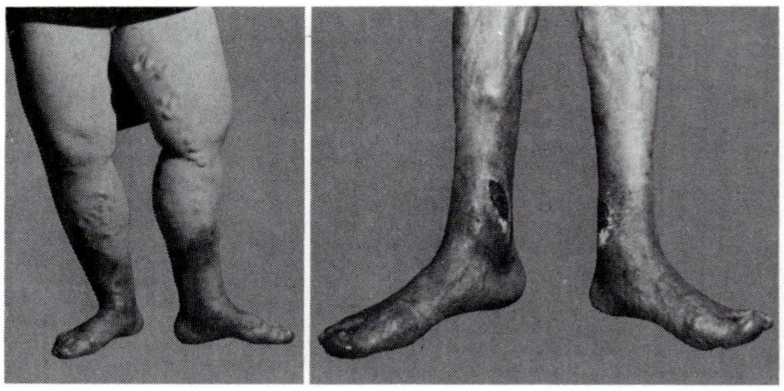

a b

Abb. 609. *Varicosis* (a) und *Ulcera cruris* (b), was man gemeinhin unter *«Beinleiden»* versteht, sind sehr häufig, unangenehm, hartnäckig und auch schwierig zu behandeln. Die *Zirkulation* der Beine und Füsse, venös und arteriell, ist im Alter, bei Adipositas und bei vielen Allgemeinerkrankungen sehr oft gestört. Bei der Beurteilung orthopädischer Krankheiten muss immer die Zirkulation mit berücksichtigt werden, besonders aber im Hinblick auf die Therapie, denn die «Beinleiden» sind eine *Hauptursache* von *Komplikationen* bei orthopädischen Operationen (Ödeme, Thrombosen, Embolien, Ulzera, Hautnekrosen).

wird sie im Bereiche der metaphysären Spongiosa angelegt. Die Heilung erfolgt leichter als in der Kortikalis des Schaftes.

5.2.3.6. *Ödeme, Thrombosen, Ulcus cruris* sind recht häufige Unfallfolgen und erfordern oft langwierige Behandlungen. Sie müssen bei der *Begutachtung* gebührend berücksichtigt werden (Abb. 609). (Tarsaltunnelsyndrom: siehe III.C.6.1.8.5.)

6. Das obere Sprunggelenk

6.1.1. *Allgemeines*

Das obere Sprunggelenk ist ein *Scharniergelenk,* geführt und gehalten durch die Malleolen, die Syndesmose und kräftige Seitenbänder.

Die *Bewegungen* im oberen Sprunggelenk finden deshalb nur in einer Ebene statt, sie werden als

- *Dorsalextension* (Fussheben in Hackenfussstellung)
- *Plantarflexion* (Senken der Fussspitze in Spitzfussstellung)

bezeichnet und werden von der *Rechtwinkelstellung* (90° zwischen Unterschenkelachse und Fusssohle) aus gemessen. Diese ist die *Funktionsstellung* des Fusses, d.h. die normale Stellung beim Stehen und die günstigste Stellung bei versteiftem Fuss (Abb. 135c, 610 und 638b).

Die *Diagnostik* des oberen Sprunggelenkes ist im übrigen im Fusskapitel III.C.7.2. beschrieben.

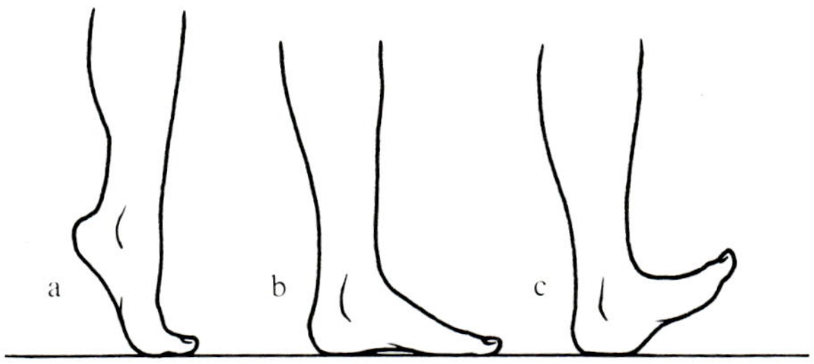

Abb. 610. *Die Beweglichkeit des oberen Sprunggelenkes* ist für Stand und Gang von besonderer Bedeutung und ist auch im Stehen am besten zu prüfen: a) Die *Plantarflexion* ist zum Abstossen beim Laufen und Springen nötig. Sie ermöglicht den Zehenstand. Andererseits ist eine *Spitzfusskontraktur* für das Stehen und Gehen sehr ungünstig. b) Wenn bei geradem aufrechtem Stand die Fusssohle plantigrad auf dem Boden steht, bilden Unterschenkel und Fuss einen Winkel von 90°. Diese Mittelstellung ist die *Funktionsstellung,* welche bei steifem oberem Sprunggelenk zum Stehen und Gehen am günstigsten ist. Zur temporären Fixation des Fusses, etwa im Gipsverband, sowie für Arthrodesen des oberen Sprunggelenkes ist diese Stellung anzustreben. c) Die *Dorsalextension* ist für das Abrollen wichtig. Sie ist leicht im Hackengang zu prüfen. Sie setzt einen kräftigen M. tibialis anterior voraus.

Die genaue *Messung* des Bewegungsumfanges geschieht am besten wie auf Abb. 114.

6.1.2. *Pathophysiologie*

Die straffe *Syndesmose* gibt der Malleolengabel eine gewisse Elastizität: Bei *Dorsalextension* wird die Malleolengabel durch die vorne etwas breitere Talusrolle gespreizt, und die Syndesmose wird angespannt. Dadurch wird das Gelenk, analog dem Kniegelenk, in der Standphase *stabilisiert.*

Bei *Plantarflexion* ist das obere Sprunggelenk hingegen etwas locker. Bleibt es während längerer Zeit in dieser Stellung (Spitzfussstellung), *schrumpft die Syndesmose,* und das Gelenk kann nicht mehr dorsal extendiert werden. Es entsteht eine Spitzfusskontraktur:

6.1.2.1. *Spitzfusskontraktur*

Wegen des Überwiegens der kräftigen Wadenmuskulatur kommt der Fuss bei längerem Nichtgebrauch (z.B. nach Unter- oder Oberschenkelbrüchen, bei Erkrankungen des Fusses), fast immer automatisch in Plantarflexion. Der fixierte Spitzfuss ist deshalb nicht selten die Folge einer Verletzung oder Krankheit, welche das Gelenk gar nicht direkt betroffen hatte.

Prophylaktisch muss diese schwere und vermeidbare Komplikation durch tägliche aktive oder passive Bewegungen und Ruhigstellung (Gips, Schiene, Apparat) in *Funktionsstellung,* d.h. mindestens Rechtwinkelstellung des Fusses, vermieden werden. (Klinik und Therapie des Spitzfusses, siehe III.C.7.4.2.)

6.1.2.2. *Seitliche Instabilität*

Die seitliche Führung der Talusrolle in der Malleolengabel wird durch drei Bänder gesichert: Mediales und laterales Seitenband und Syndesmose. Insuffizienz infolge Ruptur oder Dehnung eines dieser Bänder führt zur Instabilität, was sich unmittelbar in Schwäche, Unsicherheit und Umknicken (habituelle Distorsion) äussert.

Die Instabilität hat aber auch eine *Inkongruenz* des Gelenkes zur Folge, welche unter der Belastung mit der Zeit zu degenerativen Erscheinungen, zur Arthrose führt (siehe I.A.9.2.1.4.).

Allgemein lässt sich sagen, dass wegen der Exposition der Knöchelgegend *Verletzungen* des oberen Sprunggelenkes (Bandläsionen, Frakturen) zu den häufigsten Verletzungen überhaupt gehören, und dass bei der grossen Beanspruchung *degenerative Erscheinungen* häufig sind.

6.1.3. *Arthritiden*

Als *Ursachen* kommen in Frage:

- eitrige Arthritis, selten hämatogen, häufiger direkt durch Verletzungen, Spritzen, Operation. (Staphylokokken, selten andere Erreger, z.B. Tbc.)

– Arthritis bei PcP
– seltener andere Ursachen.

Die Arthritiden des oberen Sprunggelenkes entsprechen in ihrem Verlauf dem allgemeinen Bild (siehe II.6.4.). Schwellung und Druckdolenz vor und hinter den Malleolen weisen neben den übrigen typischen Befunden einer Arthritis auf die *Diagnose* hin. Bei akuter Entzündung wird der Fuss wegen des Gelenkergusses gern plantar flektiert gehalten. Die Spannung der Gelenkkapsel ist in dieser Stellung am geringsten und schmerzt am wenigsten.

Die *Gelenkspunktion* sichert die Diagnose. Auf dem *Röntgenbild* ist im Anfangsstadium nichts zu sehen. Später erscheinen eine Osteoporose und evtl. Destruktionsherde, und mit der Zeit verschwindet der Gelenkspalt (Abb. 202).

Der *Verlauf* hängt von der Ursache ab. Eitrige *Arthritiden* heilen auch unter aufwendiger konservativer Therapie selten. Sie zerstören und versteifen das Gelenk. Wichtig ist, dass es in einer *Funktionsstellung* und nicht in Spitzfussstellung versteift (Schienen, Gips, siehe oben). Allerdings sollte nicht so lange gewartet werden. Die langwierige Krankheit kann sofort geheilt werden durch *operative Ausräumung* des Infektes und gleichzeitige *Arthrodese.* Dies ist auch im floriden Stadium gefahrlos möglich. Nach wenigen Wochen ist der Patient beschwerdefrei wieder gehfähig.

Auch die *PcP* zerstört das Gelenk. Es wird aber oft nicht steif, sondern völlig instabil, so dass es nicht mehr belastet werden kann. Auch hier ist die frühzeitige *Arthrodese* angezeigt, sobald röntgenologische Zeichen einer Gelenksdestruktion sichtbar sind.

6.1.4. *Osteochondrosis dissecans*

Befallen sind die oberen Kanten der *Talusrolle,* etwas häufiger die mediale als die laterale. Das Bild entspricht der Beschreibung im allgemeinen Teil (II.5.3.). Allerdings kommt es praktisch nie zur Ablösung eines Dissekates und damit auch nicht zu Einklemmungserscheinungen.

Wahrscheinlich ist in manchen Fällen ein *Trauma,* z.B. eine Verstauchung oder eine Abscherfraktur (flake fracture) die Ursache. Meistens treten die Schmerzen allerdings langsam auf. Ausser einer Druckdolenz ventral im Gelenk findet man bei der Untersuchung nicht viel.

Auch im *Röntgenbild* wird der Defekt leicht übersehen. Auf nicht besonders guten oder etwas verkanteten ap-Bildern ist er meist gar nicht zu sehen, ebenso wenig auf Seitenbildern. Auch auf guten Bildern (bei leichter Innenrotation genau auf den Gelenkspalt gezielte ap-Aufnahme) ist der Befund manchmal so diskret, dass er nur vermutet werden kann. Auf *Tomographien* wird er am besten sichtbar. Wenn man nach der Krankheit sucht, findet man sie nicht so selten (Abb. 611).

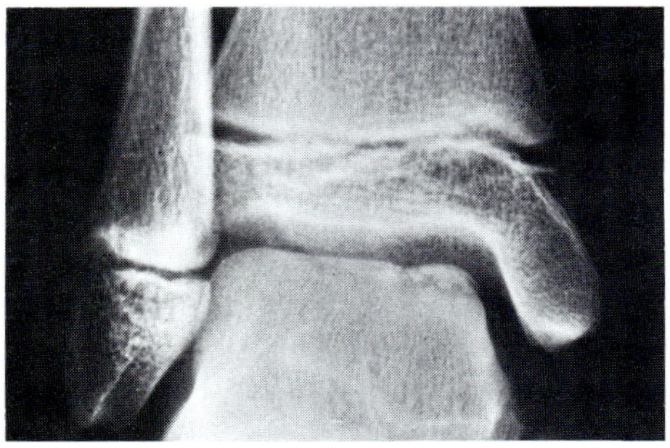

Abb. 611. *Osteochondrosis dissecans tali,* hier an der medialen Kante der Talusrolle bei einem 10jährigen Kind. Der Befund ist unscheinbar, manchmal nur im Tomogramm nachzuweisen.

Therapie: Längere Ruhigstellung (Gehgips, evtl. Gehapparat) kann manchmal die Beschwerden soweit reduzieren, dass sie erträglich werden. Andererseits ist mit einer spontanen Heilung kaum zu rechnen. Bei stärkeren Schmerzen ist die *operative Ausräumung* des Sequesters, unter Umständen eine kleine Spongiosaplastik, angezeigt. Selten wird es möglich sein, ein Dissecat wieder zu befestigen. Man hofft, dass nach der Ausräumung der Defekt wieder vernarbt und es so weniger zur Arthrose kommt als ohne Operation.

6.1.5. *Arthrose des oberen Sprunggelenkes*

Wegen der grossen Beanspruchung dieses Gelenkes führen Inkongruenzen, Fehlstellungen und andere Schäden rasch zu Degenerationserscheinungen, also zur Arthrose. Besonders häufig ist diese nach Luxationsfrakturen des oberen Sprunggelenkes und zwar hauptsächlich nach Verletzungen der Syndesmose mit Gabelsprengungen, nach Stauchungsbrüchen sowie ungenügend reponierten Knöchelbrüchen. *Prophylaxe* der Arthrose beginnt mit der Behandlung von Frakturen, Fehlstellungen und Krankheiten im Knöchelbereich (Abb. 98 – 100).

Pathophysiologie, Verlauf und Symptome entsprechen der Arthrose in anderen Gelenken (siehe II.11.1.).

6.1.5.1. *Klinik*

Langsam zunehmende unbestimmte Schmerzen im Knöchelbereich, vor allem bei längerem Gehen und Stehen, Anlaufschmerzen, evtl. beginnende Versteifung sind typisch. Entzündliche Zeichen fehlen oder sind gering.

Im *Röntgenbild* erscheinen in der Regel zuerst kleine Randzacken am medialen Malleolus und an der vorderen Tibiakante, später subchondrale Sklerose und Gelenkspaltverschmälerung. Bei genauem Hinsehen erkennt man nicht selten eine Inkongruenz, z.B. eine Fehlstellung des Malleolus fibularis, eine erweiterte Malleolengabel, eine leichte Verdrehung der Talusrolle (Abb. 612).

Im fortgeschrittenen Stadium können Schmerzen und Gehbehinderung sehr stark werden. Das Gelenk versteift mit den Jahren, wird aber kaum je von selbst knöchern fest.

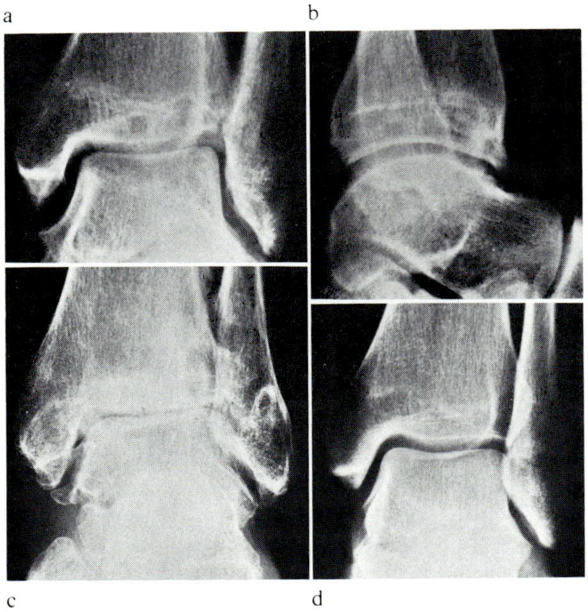

Abb. 612. *Die Arthrose des oberen Sprunggelenkes.*

a Oberes Sprunggelenk von vorn und
b seitlich, mit posttraumatischer Arthrose. Der Gelenkspalt ist noch erhalten, doch sieht man Randzacken am Malleolus und an der vorderen Tibiakante. Der subchondrale Knochen in der Tibia zeigt unregelmässige Sklerosierung und zwei Geröllzysten. Die Talusrolle ist in der Malleolengabel eine Spur nach lateral und vorne verschoben. Der 27jährige Mann hatte vor einigen Jahren eine Luxationsfraktur des oberen Sprunggelenkes erlitten mit Syndesmosesprengung. Jetzt hat er Beschwerden.
c Stark fortgeschrittene Arthrose bei einer 60jährigen Frau mit starken Schmerzen und weitgehend steifem Gelenk. Der Gelenkspalt ist kaum mehr zu sehen. Osteophyten an der Spitze der Malleolen und starke reaktive Sklerosierung des vom Knorpel entblössten Knochens der Gelenkkörper kennzeichnen die reaktive Komponente des chronischen degenerativen Prozesses.
d Normales oberes Sprunggelenk einer jungen Frau zum Vergleich.

6.1.5.2. *Therapie*

Im Anfangsstadium wird man versuchen, den Zustand mit konservativen Massnahmen erträglich zu halten (Physiotherapie, Bäder usw.), diese haben aber nur eine palliative Wirkung.

Wichtig sind eine steife dicke Sohle mit Abrollrampe (siehe III.C.7.8.), evtl. hohe Stiefel. Bei Arbeitern kann ein *Unterschenkelgehapparat* evtl. mit blockiertem Gelenk, die Arbeitsfähigkeit über längere Zeit erhalten. Eine Wiederherstellung des Gelenkes ist nicht möglich. Bei einer schweren Fehlstellung kann im Frühstadium eine *Korrekturosteotomie* die Progredienz bremsen (siehe Deformitäten, II.12.4.).

Im fortgeschrittenen Stadium ist die *beste Operation* nach wie vor die *Arthrodese* des oberen Sprunggelenkes, vorausgesetzt dass sie in *Funktionsstellung,* mit der Fusssohle im rechten Winkel zum Unterschenkel, angelegt wird, evtl. mit einer leichten Valgusstellung. Varus und Spitzfuss sind für das Stehen und Gehen ungünstig (Abb. 613).

Mit einer guten Arthrodese in richtiger Stellung ist die funktionelle Einbusse bemerkenswert gering. Die subtalaren und Mittelfussgelenke können die verlorengegangene Beweglichkeit weitgehend ersetzen. Die Leute können sogar wieder Sport treiben. Der Gang ist so wenig gestört, dass man oft Mühe hat, zu erkennen, auf welcher Seite die Arthrodese gemacht wurde. Die Patienten sind durchwegs leistungsfähig, schmerzfrei und zufrieden. Die bei Laien und Ärzten verbreitete Angst vor der «Fussversteifung» und damit die Abneigung gegen die Arthrodese sind unbegründet. Dass die Endoprothese auf lange Sicht bessere Resultate bringen wird, ist zu bezweifeln (Abb. 614).

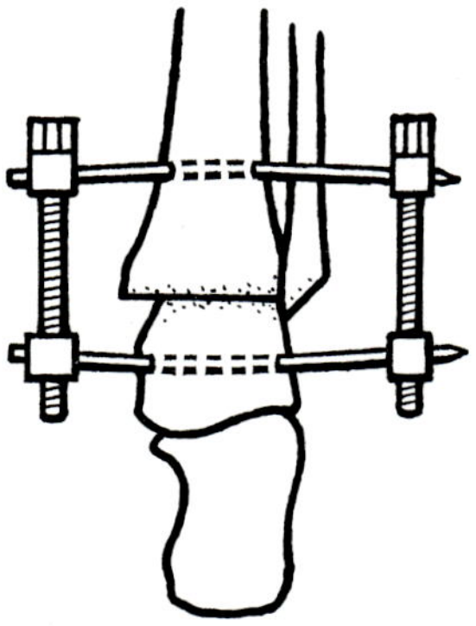

Abb. 613. *Arthrodese des oberen Sprunggelenkes,* fixiert mit äusseren Spannern, die Operation der Wahl bei schweren Arthrosen und Arthritiden.

a b

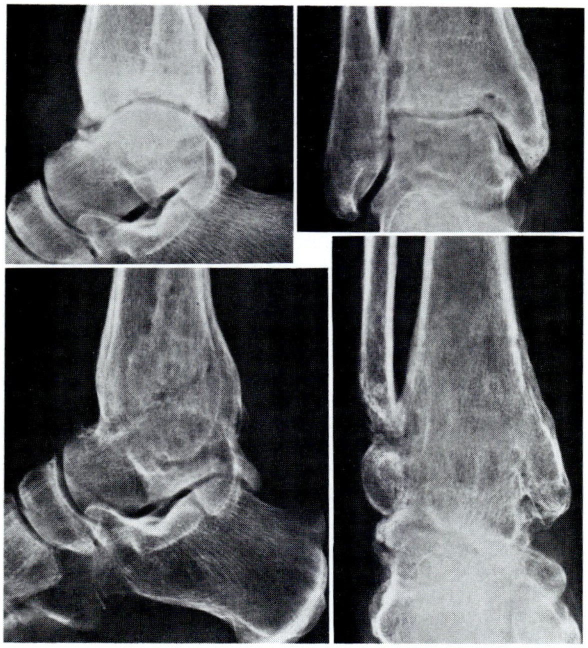

c d

Abb. 614. *Die beste Behandlung eines schwer geschädigten oberen Sprunggelenkes.*

a) und b): Fortgeschrittene posttraumatische Arthrose des oberen Sprunggelenkes einer 54jährigen Frau. Wegen der Schmerzen, welche das Gehen sehr beschwerlich machten, wurde eine *Arthrodese* durchgeführt.

c) und d): Zustand 2 Jahre nach der Operation. Das obere Sprunggelenk ist in Funktionsstellung, d.h. plantigrad in Rechtwinkelstellung, knöchern versteift. Die Frau kann wieder beschwerdefrei und praktisch ohne zu hinken gehen. Die Versteifung wird durch die Beweglichkeit im unteren Sprunggelenk und im Mittelfuss weitgehend kompensiert, evtl. zusätzlich mit einer Abrollrampe an der Sohle (siehe Abb. 686), so dass niemand die Versteifung bemerkt, was besonders für Frauen wichtig ist.

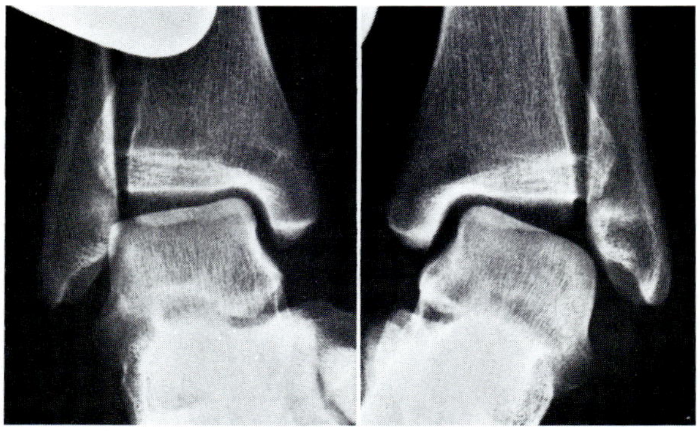

a b

Abb. 615. *Funktionsaufnahmen* des oberen Sprunggelenkes, der Fuss in maximaler Adduktionsstellung gehalten, bei einem 15jährigen Mädchen mit rezidivierenden Distorsionen des linken Fusses (b): Starke Aufklappbarkeit des oberen Sprunggelenkes; die lateralen Seitenbänder sind insuffizient, grösstenteils gerissen.

a): Auch bei intaktem Bandapparat kippt der Talus oft ein wenig in die Gabel bei der Funktionsaufnahme, bei diesem Mädchen allerdings etwas stärker als normal. Eine leichte konstitutionelle Bandschwäche liegt hier auch auf der rechten, beschwerdefreien Seite vor.

6.1.6. *Habituelle Distorsion*

Manchmal nach einer oder mehreren traumatischen Distorsionen, gelegentlich auch bei einer konstitutionellen Lockerung des oberen Sprunggelenkes (dann häufig beidseitig), klagen die Patienten über ständiges Abkippen des Fusses nach aussen. Diese Verstauchungen sind jedesmal recht schmerzhaft und machen Schwellungen am Aussenknöchel und mit der Zeit auch im Intervall ständig Schmerzen.

Bei der *Untersuchung* lässt sich das obere Sprunggelenk lateral mehr oder weniger stark aufklappen, die fibularen Seitenbänder sind insuffizient. «Gehaltene» ap-Aufnahmen des Gelenkes (die Ferse wird mit kräftiger Hand in Varusstellung gedrückt) zeigen die Talusrolle in der Malleolengabel nach aussen gekippt. (Eine Aufklappbarkeit von einigen wenigen mm ist physiologisch, Vergleichsaufnahmen auf der Gegenseite sollten immer gemacht werden.) (Abb. 615.)

Therapie: Im akuten Stadium gibt ein straffer Klebeverband (Gibney) den nötigen Halt (Abb. 616a).

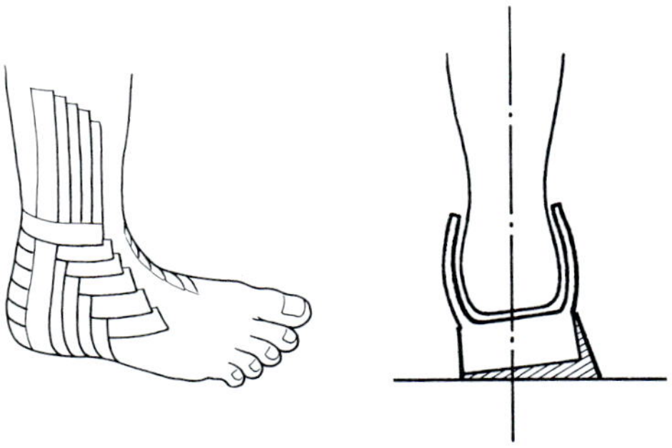

a b

Abb. 616.

a Gekreuzter Klebeverband für leichtere Distorsionen des oberen Sprunggelenkes. Andere Möglichkeiten sind: elastische Verbände, Zinkleimverbände, Knöchelbandagen, in schwereren Fällen temporärer Gipsverband.

b Erhöhung und Verbreiterung des Absatzes nach lateral hilft in manchen Fällen von habitueller Distorsion, indem sie der Kipptendenz entgegen wirken.

In manchen chronischen Fällen hilft die heilgymnastische Kräftigung der Pronatoren, vor allem der Fibularismuskulatur, sowie die Erhöhung des äusseren Randes der Schuhsohle und vor allem die *Versetzung* und *Verbreiterung* des *Absatzes* nach lateral. Wenn nötig muss die Ferse durch eine Filzeinlage lateral im Schuh am Ausrutschen zur Seite gehindert werden (Abb. 616b).

Genügt dies nicht, so ist der Ersatz des fibulotalaren Seitenbandes durch eine *Bandplastik,* sei es mittels eines freien Transplantates (Plantarissehne) oder der Fibularis-brevis-Sehne (Watson-Jones) eine erfolgversprechende Operation.

6.1.7. *Luxation der Fibularissehnen*

Ein seltenes Ereignis. Nach Unfall oder spontan bei einer Anspannung schnellen die beiden Sehnen der Fibularismuskeln aus ihrer Rinne hinter dem Aussenknöchel nach vorne heraus. Sie springen ebenso leicht wieder zurück, aber die Luxation kann sich jederzeit wiederholen. Sie macht starke Schmerzen, welche nur langsam verschwinden. Der Zustand ist unangenehm und lässt sich nur durch eine Operation endgültig beseitigen.

Die *Diagnose* ist bei luxierten Sehnen leicht zu stellen. Manchmal kann der Patient die Luxation produzieren. Sonst ist man auf die genaue Anamnese angewiesen.

Bei der *Operation* findet man eine Ausweitung der Sehnenscheide bis weit vor den Aussenknöchel. Man versucht diese zu raffen. Eine andere Möglichkeit ist die Verriegelung durch einen kleinen Knochenspan am Malleolus fibularis.

6.1.8. *Verletzungen des oberen Sprunggelenkes*

6.1.8.1. *Knöchelbrüche*

Unverschobene Malleolarfrakturen heilen in der Regel folgenlos aus. Die eigentlichen Luxationsfrakturen des oberen Sprunggelenkes – um solche handelt es sich bei allen verschobenen Knöchelbrüchen – sind jedoch oft schwere intraartikuläre Verletzungen, denen die Gefahr eines bleibenden Schadens, vor allem einer späteren Arthrose, innewohnt (vgl. I.A.9.1. und II.15.2.2.2.).

Besonders gefährdet sind Frakturen, bei denen nach Verschiebung der Gelenkflächen eine intraartikuläre Stufe zurückbleibt, z.B. nach Abbruch eines grösseren hinteren (Volkmannschen) Dreiecks oder nach ungenügend reponierten Malleolarfrakturen, sowie Frakturen mit Gabelsprengung, d.h. Zerreissung der Syndesmose. Es hat sich gezeigt, dass einer genauen anatomischen Wiederherstellung der Gelenksverhältnisse für das Schicksal des Gelenkes grosse Bedeutung zukommt.

Die *Osteosynthese,* welche allein eine anatomisch genaue Reposition und Retention erlaubt, wurde deshalb bei den Knöchelbrüchen schon früh systematisch angewandt. In die verwirrende Fülle von Bruchformen bringt die einfache Einteilung von *B. G. Weber* Klarheit und eine therapeutische Richtlinie (Abb. 617).

Bei der Operation soll zuerst die *Fibula,* und wenn diese oberhalb des Gelenkes gebrochen ist, die *Syndesmose* repariert werden, anschliessend die übrigen Knochen- und Bandverletzungen. Besondere Sorgfalt wird der Wiederherstellung der gesprengten Malleolengabel bei hohen Fibulafrakturen gewidmet. Sowohl Theorie als Praxis der systematischen Osteosynthese bei instabilen Knöchelverletzungen, vor allem vom Typ B und C überzeugen. Sie ist die beste Prophylaxe gegen Spätschäden.

Einfache Aussenknöchelbrüche vom Typ A haben bei konservativer Behandlung eine gute Prognose, auch bei nicht ganz anatomischer Reposition, und können sehr gut im Gips behandelt werden.

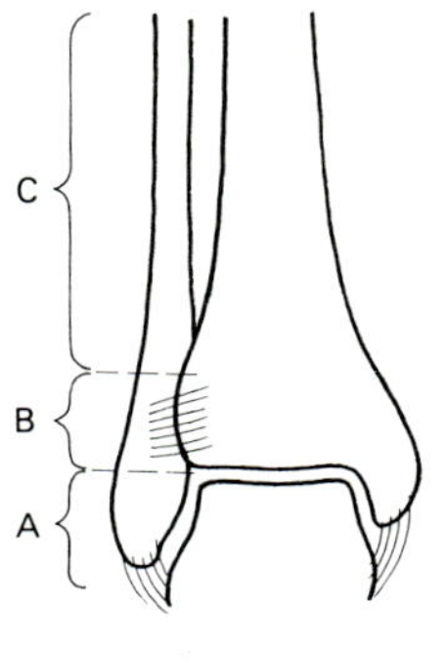

Abb. 617. Eine zweckmässige *Einteilung der Knöchelbrüche* im Hinblick auf die Therapie hat die *Lokalisation der Fibulafraktur* zur Grundlage (B.G. Weber). Sie unterscheidet 3 Typen: A, B und C, entsprechend der Mitbeteiligung der Syndesmose:

A: Fibulafraktur *unterhalb* der Syndesmose, diese bleibt intakt. In der Regel sind dies Adduktionsfrakturen.

B: Fibulafrakturen *auf Höhe* der Syndesmose. Diese ist mehr oder weniger geschädigt. Meist sind es Torsionsfrakturen. Sie stellen an Reposition und Fixation bereits etwas höhere Anforderungen.

C: Fibulafraktur *oberhalb* der Syndesmose. Diese ist total gerissen. Solche schwerere Verletzungen kommen durch Abduktion oder Torsion zustande. Die Wiederherstellung einer stabilen Malleolengabel ist wesentlich, stellt aber oft nicht ganz einfache Probleme.

Die meisten Knöchelbrüche werden heute operativ wieder hergestellt, sicher aber alle vom Typus C, wobei der Wiederherstellung der Fibula Priorität zukommt.

6.1.8.2. *Stauchungsfrakturen des oberen Sprunggelenkes*

Häufig Skiunfälle. Eine anatomische Wiederherstellung der Gelenkverhältnisse ist technisch ausserordentlich schwierig wenn nicht unmöglich. Die Prognose dieser Brüche ist deshalb auch mit Osteosynthese unsicher. Ein durch die Stauchung entstandener Defekt muss mit Spongiosa aufgefüllt werden. Vorsicht im Umgang mit der geschädigten Haut (Kontusion → Fixationsplatten → Hautnekrose → Infekt) ist geboten.

6.1.8.3. *Bandläsionen*

Hinter einer schweren «Distorsion» ist nicht selten ein Bandriss verborgen: Starke Schwellung, ausgedehntes Hämatom sprechen dafür. Die Aufklappbarkeit des Gelenkes in Adduktion, welche die Bandruptur beweist, kann maskiert sein durch eine schmerzhafte Abwehrspannung der Fibularismuskulatur. Mit einer Lokalanästhesie oder Narkose kann sie überwunden werden. Eine *gehaltene Röntgenaufnahme* ermöglicht die Dokumentation (siehe Abb. 615).

Wenn das gerissene Band nicht während mehrerer Wochen ruhig gestellt wird, entsteht leicht eine chronische habituelle Distorsion (siehe III.C.6.1.6.).

Da adaptierte Bänder besser heilen, werden frische Bandrisse mit Vorteil primär genäht.

6.1.8.4. *Syndesmosenverletzungen* ohne Knochenverletzungen sind selten. Meist ist gleichzeitig die Fibula gebrochen, entweder im mittleren Abschnitt oder unterhalb des Köpfchens (Knöchelbruch Typ C). Auf einer einfachen Röntgenaufnahme des Sprunggelenkes wird die Schwere der Verletzung oft nicht erkannt: Totale Syndesmosenrupturen, d.h. eine Sprengung der Malleolengabel, gehören zu den schwersten Verletzungen des oberen Sprunggelenkes. Wenn sie nicht einwandfrei heilen, bleibt eine Insuffizienz und Inkongruenz, welche zu Schwäche, Schmerzen und mit den Jahren zur schweren Arthrose führt (Abb. 99).

Die genaue Wiederherstellung der Malleolengabel ist deshalb wichtig. Bei der *Verschraubung* der Syndesmose besteht die *Gefahr,* dass die Gabel starr und zu eng wird, was ebenfalls rasch zur Arthrose führt. Deshalb sollten nur Stellschrauben (die der Fibula eine gewisse Bewegungsfreiheit lassen) verwendet und nach wenigen Wochen wieder entfernt werden. Wichtig ist hingegen die *Bandnaht* und eine genügend lange Ruhigstellung.

Bei chronischen Gabelsprengungen haben Bandplastiken nicht immer Erfolg. Deshalb wird in Ausnahmefällen die *Arthrodese* der Syndesmose gemacht, als Versuch, ein bewegliches Gelenk zu retten.

6.1.8.5. *Tarsaltunnelsyndrom*
(siehe auch II.8.3.6.)

Nach schweren (offenen) Knöchelbrüchen sieht man in seltenen Fällen Symptome, welche auf eine *Einklemmung* des nervus tibialis hinweisen: Schmerzen hinter dem Innenknöchel, in die Fusssohle ausstrahlend, mit Hyp- und Parästhesien (trockene Fusssohle), evtl. Lähmungserscheinungen der kleinen Fussmuskeln. Eine *Neurolyse* kann helfen.

7. Der Fuss

Mehr als die Hälfte aller Patienten suchen den Orthopäden wegen Fussbeschwerden auf. Dies liegt zum Teil an der alten Vorstellung bei Laien und auch Ärzten vom Orthopäden als «Fussarzt». Zum andern Teil sind tatsächlich Fussbeschwerden überaus häufig. Der Grund ist einerseits die grosse Belastung durch den aufrechten Gang, eine phylogenetisch junge Errungenschaft, an welche der menschliche Fuss vielleicht noch nicht ideal angepasst ist, andererseits unsere wenig physiologische Lebensweise, vor allem das Tragen von Schuhen, nicht immer sehr zweckmässigen.

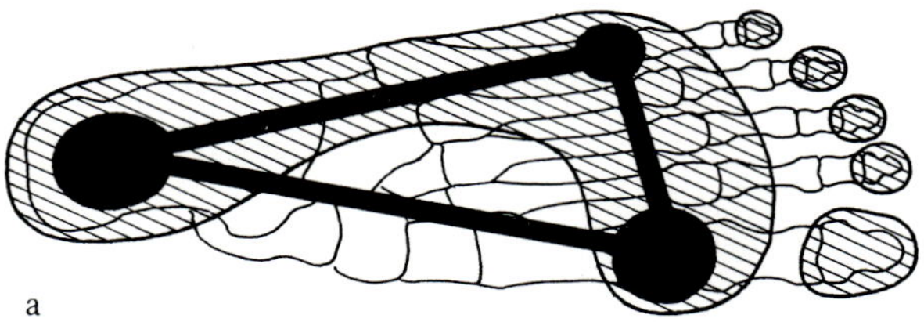

a

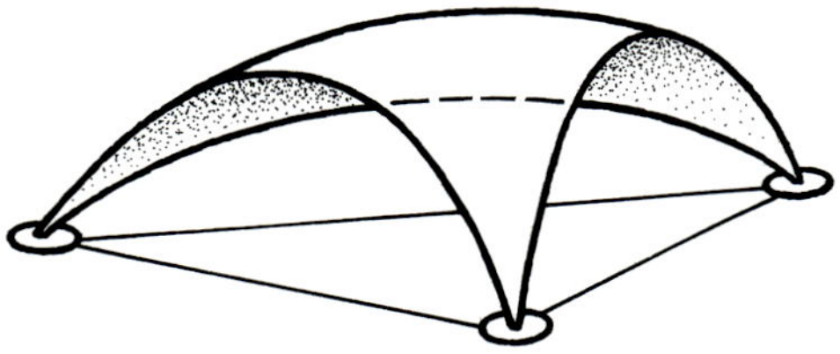

b

Abb. 618. *Die Belastung des Fusses* stützt sich auf 3 Punkte: Ferse, Grosszehen- und Kleinzehenballen, mit den entsprechenden drei Knochenstützpunkten: hinten Tuber calcanei, vorn die Metatarsalköpfchen des ersten und des fünften Strahles (a).

Auf diesen drei Stützpunkten stehen *drei Fussgewölbe,* welche auf ihrer Kuppel (Talus) das Bein mit der Körperlast tragen. Das ganze ist einem Dreibeinstativ vergleichbar (b).

Jede dieser Wölbungen hat Tragfunktion. Statische Beschwerden treten am häufigsten bei Insuffizienz, beim Einknicken dieser Bögen auf, und zwar beim Absinken der medialen Längswölbung, in Form des Senk- und *Plattfusses,* und beim Abflachen der vorderen Querwölbung, was als *Spreizfuss* bezeichnet wird.

Eine Eigenart der Fusssohle ist, dass sie nur an den drei genannten Stützpunkten den ganzen Bodendruck der Körperlast tragen kann. An *anderen* Stellen wird der Druck nicht ertragen. Sofort entstehen Schmerzen, Druckstellen, Schwielen und die typischen Hühneraugen (Clavi), wie man sie bei jeder unphysiologischen Druckbeanspruchung der Fusssohle findet. Die *Inspektion der Fusssohle* gibt daher sofort den besten Aufschluss über die statischen Verhältnisse des Fusses.

7.1. Anatomie und Physiologie

7.1.1. *Das Stehen*

Statisch gesehen kann der Fuss verglichen werden mit einem asymmetrischen Dreibeinstativ: Durch diese Konstruktion wird die Standfläche vergrössert (Abb. 618).

Der Kalkaneus, der erste und der fünfte Strahl entsprechen den drei Beinen. Drei «Fussgewölbe» tragen als «Schlussstein» den *Talus:* Die mediale und die laterale *Längswölbung* und die vordere *Querwölbung.*

Diese «Gewölbe» stützen sich ab auf dem *tuber calcanei* sowie den *Metatarsalköpfchen* des *ersten* und des *fünften Strahles.* Diese drei Stellen der Fussohle tragen gleichmässig verteilt die ganze Körperlast. Eine *andere Belastungsverteilung* führt fast immer zu Beschwerden. An der Art der *Fusssohlenbeschwielung* ist die Belastungsverteilung leicht zu erkennen! (Abb. 619.)

Häufig sind Abweichungen von der Norm statisch bedingt: Abflachung der medialen Längswölbung = Senk-Plattfuss, Verlust der vorderen Querwölbung = Spreizfuss.

Eine Überhöhung der Längswölbung wird als Hohlfuss bezeichnet (weitere Definitionen: III.C.7.4.1., vgl. Abb. 620 und 622).

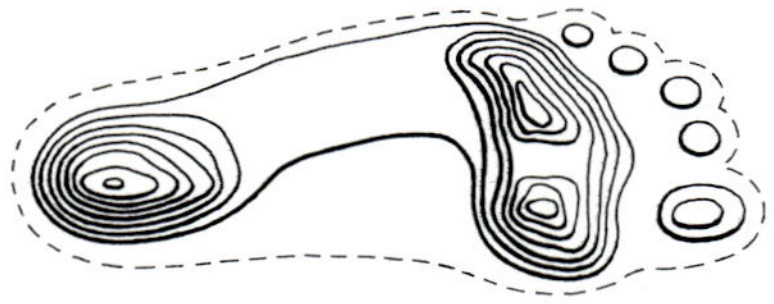

a

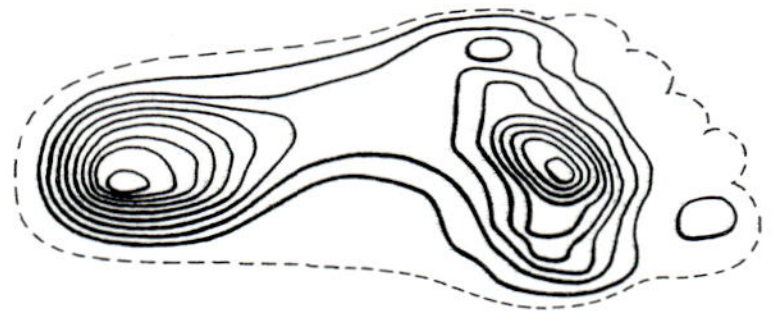

b

Abb. 619. *Druckpodogramme* mit Kurven gleichen Druckes auf der Fusssohle.

a *Podogramm mit normaler Druckverteilung.* Deutlich sind die drei Abstützpunkte zu sehen. Die dazwischen liegenden Fusswölbungen sind weitgehend *unbelastet.* Andere als diese normale Druckverteilung auf die Fusssohle ist fast immer schmerzhaft (siehe Abb. 624 und Abb. 644).

b *Druckpodogramm* bei *Spreizfuss:* Die Belastung des Fussballens ruht fast ausschliesslich auf den Metatarsalköpfchen II bzw. III. Dies ist die Ursache der unangenehmen Metatarsalgie (siehe III.C.7.5.4.2.).

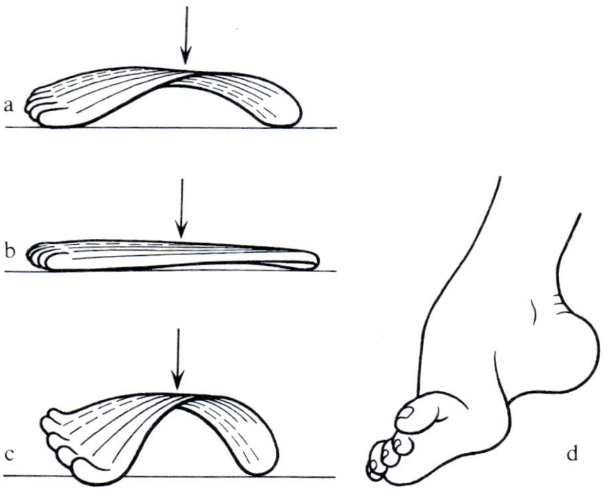

Abb. 620. *Die Fusstorsion.*

Im Vorfuss liegen die fünf Strahlen des Fussskelettes *nebeneinander* auf der Unterlage. Verfolgt man die Strahlen nach proximal, erkennt man, dass die beiden lateralen Strahlen in den Kalkaneus sich fortsetzen, die drei medialen hingegen in den Talus. Im Mittelfuss hat somit eine *Verwindung* von fast 90° stattgefunden: Der Kalkaneus liegt unten, als alleiniger Stützpunkt auf dem Boden, während der Talus auf dem Kalkaneus reitet, mit dem Sprunggelenk artikuliert und so das Körpergewicht trägt (a) (vgl. Abb. 622).

Aus dieser Torsion ergibt sich erst die mediale Längswölbung, und diese ist offenbar auch ein schwacher Punkt in der Statik des Fusses: Zu geringe Torsion mit abgeflachter Längswölbung ist das Kennzeichen des Senk- und Plattfusses (b), während die spiegelbildliche Deformität, der Hohlfuss (c), wegen zu starker Torsion statische Beschwerden macht.

Aufgehobene oder übermässige Torsion bedeutet mangelnde oder zu starke *Verwindung des Vorfusses gegen den Rückfuss,* d.h. Hochstand, bzw. Tiefstand des ersten Strahles, des Grosszehenballens. Im aufrechten Stand wirkt sich dies paradoxerweise im *Rückfuss* aus, weil der Fussballen immer flach auf dem Boden aufliegen muss und dann der Rückfuss nicht mehr gerade aufgesetzt werden kann: Beim Knickplattfuss kommt er in eine Valgusstellung, beim Hohlfuss dagegen in Varusstellung mit entsprechender Überlastung des medialen bzw. des lateralen Fussrandes.

d: Übermässige Verwindung mit Varusstellung der Ferse und Tiefstand des Grosszehenballens.

Eng mit der Ausbildung der Fusswölbung hängt die *Torsion des Fusses* zusammen: Phylogenetisch gehört der Talus zu den beiden medialen Strahlen, der Kalkaneus zu den drei lateralen. In der Fusswurzel steht der Talus *auf* dem Kalkaneus, im Vorfuss liegen die fünf Strahlen *nebeneinander.* Dazwischen liegt eine physiologische Verwindung von annähernd 90°. Ist diese vermindert, so kommt ein Knick-Senkfuss zustande, ist sie vermehrt, ein Hohlfuss. Beides hat eine Fehlbelastung und Beschwerden zur Folge (Abb. 620).

7.1.2. *Das Gehen*

Bei einem normalen Schritt wird der Fuss *abgerollt* von der Ferse über den äusseren Fussrand, und dann vom Fussballen über die Zehen vom Boden abgestossen. Das «Abrollen» in dieser sogenannten «Standphase» des Schrittes erfolgt bei normalen Verhältnissen vor allem im *oberen Sprunggelenk.* Ist dieses steif, so ist die Abrollbewegung erschwert, vor allem wenn eine *Fehlstellung* (Spitzfuss, Hackenfuss) dazukommt. Das Abrollen erfolgt dann unmittelbar zwischen Fuss und Boden und muss gegebenenfalls mit einer Abrollrampe am Schuh (siehe III.7.8.2.) erleichtert werden (Abb. 621 und 684).

Unebenheiten der Unterlage, vor allem eine seitliche schiefe Ebene werden im *unteren Sprunggelenk* ausgeglichen durch Pro- und Supinationsbewegungen. Bei Schädigung dieses Gelenkes bereitet vor allem das Gehen auf unebenem Boden Beschwerden. Bei einer fixierten Pro- oder Supinationsstellung (Knick- resp. Klumpfuss) wird der Fuss nicht mehr plantigrad aufgesetzt sondern nur noch auf dem inneren resp. äusseren Fussrand. Diese falsche Belastung ist schmerzhaft.

Folgende automatische *Muskelaktionen* kennzeichnen den normalen Gang: In der *Schwungphase* heben die *Fusshebermuskeln* den Vorfuss an und beim Aufsetzen des Fusses auf den Boden *bremsen* sie ihn (siehe auch Myokinesigramm, I.A.8.3.). Sind sie gelähmt (Hängefuss), entsteht

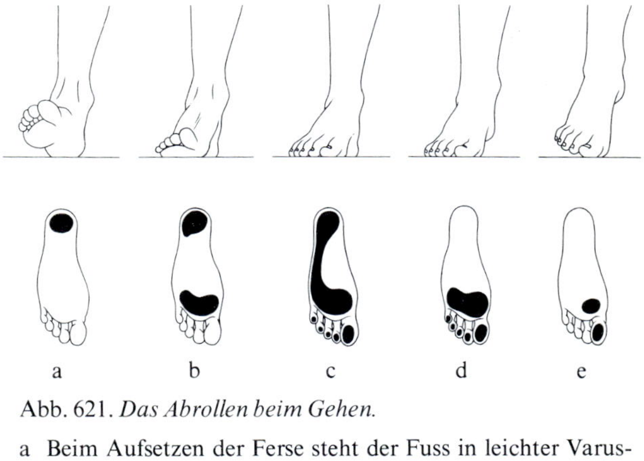

Abb. 621. *Das Abrollen beim Gehen.*

a Beim Aufsetzen der Ferse steht der Fuss in leichter Varusstellung. Entsprechend sind bei den meisten Leuten die Absätze hinten aussen abgewetzt.
b Abrollen über den Aussenrand des Fusses.
c Erst zuletzt wird die Grosszehe abgesetzt.
d Hochheben der Ferse und Abstossen mit dem Fussballen.
e Kräftiges Abstossen mit dem Grosszehenballen. Die Grosszehe wird zuletzt vom Boden abgehoben, der Fuss steht jetzt leicht valgisiert.

ein sogenannter *Steppergang:* Der Fuss muss höher angehoben werden als normal, damit die Fussspitze den Boden nicht berührt, und beim Auftreten wird sie vor der Ferse aufgesetzt.

In der *Standphase* und vor allem zum *Abstossen* ist hauptsächlich der *Trizeps* wichtig, in der letzten Phase auch die *Zehenbeuger.* Ohne die Kraft dieser Muskeln bleibt der Gang lahm und langsam, kräftiges Abstossen, Laufen oder Springen sind nicht mehr möglich (vgl. Die Physiologie des Stehens und Gehens, I.A.8.2. und Abb. 621).

7.1.3. *Funktionsstellung des Fusses*
(vgl. II.12.2.4.)

Die *plantigrade* Stellung des Fusses ermöglicht das aufrechte Stehen: Die Fusssohle liegt horizontal, der Unterschenkel steht senkrecht dazu. Das obere Sprunggelenk steht dabei in Mittelstellung bei 90°, das untere in einer Mittelstellung zwischen Pro- und Supination. Diese Funktionsstellung des Fusses ist Voraussetzung für eine befriedigende Steh- und Gehfunktion. Ein in Funktionsstellung versteifter Fuss ist noch erstaunlich funktionstüchtig und für seinen Träger meist besser als ein Fuss mit noch teilweise beweglichem Sprunggelenk, aber mit einer Fehlstellung, welche ein plantigrades Aufsetzen des Fusses verhindert (Abb. 638). (Prophylaxe der Spitzfusskontraktur, siehe III.C.6.1.2.1.)

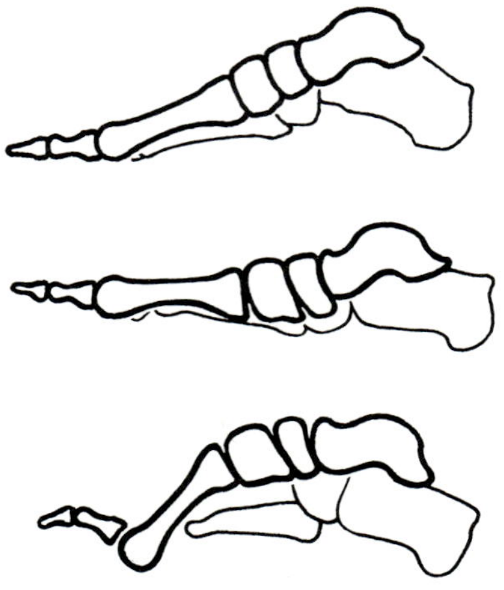

Abb. 622. Die *mediale Längswölbung,* der Schlüssel zur Statik des Fusses.

a Normalerweise bildet die mediale Fusswölbung, als wichtigste Tragstruktur des Fusses, einen leicht geschwungenen Bogen.

b Abflachung und Einknicken der medialen Längswölbung ist Ausdruck einer Fussinsuffizienz: *Senk-* und *Plattfuss* sind die morphologischen Korrelate. Die normale Torsion des Vorfusses gegenüber dem Rückfuss ist aufgehoben: Valgusstellung des Rückfusses.

c Die Überhöhung der medialen Längswölbung ist verbunden mit einer übermässigen Torsion (Verwindung) im Fuss: Der Rückfuss steht in Varusstellung, der erste Strahl steht steil, das Köpfchen des Metatarsale I ist überlastet. Dies sind die Merkmale des *Hohlfusses.*

(Vgl. auch Abb. 620.)

7.2. Diagnostik des Fusses

7.2.1.1. *Anamnese*

Wichtig ist, nach früheren Verletzungen zu fragen (Frakturen, Distorsionen), nach Art und Dauer der Beschwerden und ihrer Abhängigkeit vom Stehen und Gehen. Beruf und sportliche Betätigung des Patienten können Anhaltspunkte geben, ebenso die Form und *Abnützung der Schuhe,* die er trägt.

Für die Diagnose am wichtigsten ist die *klinische Untersuchung.* Dazu sollten beide Beine wenigstens bis über die Knie freigemacht werden, das gesunde Bein zum Vergleich. Die Untersuchung erfolgt im Stehen, im Gehen und im Liegen oder Sitzen (vgl. auch I.B.2.1.).

7.2.1.2. *Untersuchung im Stehen*

Die Form des Fusses unter *Belastung* (Abb. 622 und 637):

- Mediale Fusswölbung zu flach = Senkfuss
- Ganz abgeplattet = Plattfuss
- Zu hoch = Hohlfuss
- Quere Wölbung des Vorfusses verbreitert und eingesunken = Spreizfuss.

Rückfuss von hinten gesehen:

- Kalkaneus in Valgusstellung = Knickfuss
- Kalkaneus in Varusstellung = Klumpfuss (vgl. auch Begriffsbestimmung, III.C.7.4.1.).

Zehenstellung: Die Zehen sollten im Stehen den Boden berühren und gut beweglich sein.

7.2.1.3. *Untersuchung im Gehen*

Hinken wegen Lähmung, Versteifung oder Schmerzen (eine schmerzhafte Fusssohlenpartie wird nicht auf dem Boden aufgesetzt, eine schmerzhafte Bewegung vermieden: Schonhinken).

Störungen des normalen Abrollvorganges, Verdrehung oder Verkantung des Fusses beim Gehen, sowohl in der Standphase wie in der Schwungphase werden geprüft.

Zehengang: nicht möglich bei Trizepslähmung oder Achillessehnenriss. Schmerzen im Grosszehengrundgelenk bei Hallux rigidus.

Hackengang: nicht möglich bei Fussheberlähmung (Hängefuss) oder fixiertem Spitzfuss (fehlende Dorsalextension im oberen Sprunggelenk) (Abb. 135c).

7.2.1.4. *Untersuchung im Sitzen oder Liegen*

Beweglichkeit der Fussgelenke: Die Bewegung des Fusses ist eine Kombinationsbewegung mehrerer Gelenke. Jedes Gelenk wird einzeln geprüft und mit der Gegenseite verglichen.

Oberes Sprunggelenk: Am besten bei *gebeugtem* Knie (um die Spannung des M. gastrocnemius auszuschalten). Dorsalextension normal etwa 30°, Plantarflexion etwa 40° von der Mittelstellung aus, in der Sagittalebene gemessen zwischen vorderer Tibiakante und Fusssohle am Rückfuss (Abb. 114).

Die *seitliche Stabilität* kann am besten im Sitzen bei hängendem Bein geprüft werden: Die eine Hand umfasst die Ferse, die andere hält den Unterschenkel fest. Eine geringgradige Aufklappbarkeit, vor allem lateral, ist physiologisch. Aussagekräftig sind vor allem *Seitenunterschiede.*

Eine *Gabelsprengung* (Insuffizienz der Syndesmose) gibt sich durch spürbaren Anschlag der Talusrolle gegen die Malleolen bei raschen seitlichen Rüttelbewegungen kund.

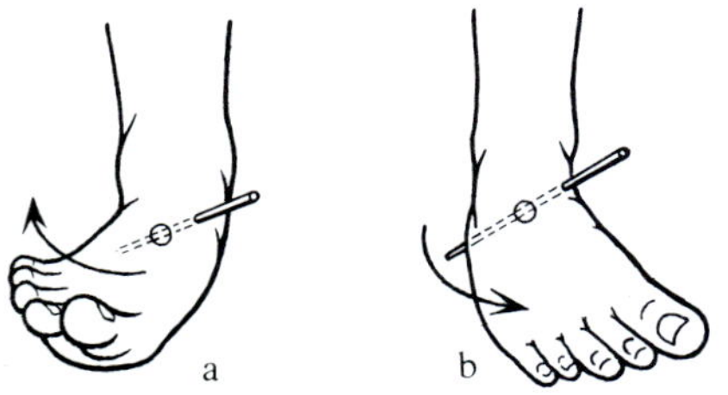

Abb. 623. Die Messung der *seitlichen Bewegungen* im Rück- bzw. im Vorfuss sind in Abb. 115, I.B.2.1.3.2. dargestellt. Tatsächlich sind die *Bewegungen im unteren Sprunggelenk* aber keine einfachen Bewegungen in der Frontalebene, sondern eine kombinierte Bewegung in *drei Ebenen,* da die Bewegungsachse dieses Gelenkes schräg, von vorne medial oben, nach hinten lateral unten, verläuft. Die *Eversion* (a) ist somit eine Kombination von Pronation mit Abduktion und Dorsalextension des Vorfusses, während die *Inversion* (b) eine Supination mit gleichzeitiger Adduktion und Plantarflexion ist. Die drei Bewegungen sind nicht zu trennen. Die Kombinationsbewegung kann gut als «Maulschellenbewegung» des ganzen Fusses um den Talus herum beschrieben werden.

Diese Bewegung ist für die Statik des Fusses von wesentlicher Bedeutung und hängt eng mit der in III.C.7.1.1. beschriebenen und in Abb. 620 dargestellten Fusstorsion zusammen, indem Torsionsvarianten und -fehler im unteren Sprunggelenk ausgeglichen werden müssen, damit der Vorfuss plantigrad auf dem Boden steht. Daraus ergeben sich statische Deformationen, insbesondere der auswärts gedrehte Knickfuss bei abgeflachter Längswölbung (Senkplattfuss) und der nach innen gedrehte Klumpfuss bei erhöhter Längswölbung (Hohlfuss).

Unteres Sprunggelenk: Bewegungen um eine schräge Achse: Einwärtsdrehung (Inversion) mit etwas Adduktion und Plantarflexion kombiniert = *Supination* (Maulschellenbewegung).

Auswärtsdrehung (Eversion) mit etwas Abduktion und Dorsalextension kombiniert = *Pronation.*

Der Vorfuss wird mit der einen, die Knöchelgegend mit der andern Hand gehalten, und die Drehbewegungen des Fusses um den Talus herum werden geprüft bei fixiertem oberen Sprunggelenk (Abb. 623).

In der Regel gibt die Supination einen grösseren Ausschlag als die Pronation.

Mittelfussgelenke: Im Chopart- und im Lisfrancgelenk sind beträchtliche dorsoplantare Bewegungen möglich. Sie werden geprüft, indem mit der einen Hand der Rückfuss (Kalkaneus), mit der anderen der Vorfuss (die Metatarsalia) gehalten werden (siehe Abb. 115). Diese Gelenke können eine mangelnde Beweglichkeit des oberen Sprunggelenkes teilweise ausgleichen (z.B. nach einer Arthrodese).

Zehengang: Gute aktive Beweglichkeit der Zehen ist für einen leistungsfähigen Fuss wesentlich. Zehenversteifungen, zumal in Fehlstellung (Hammerzehen, Hallux rigidus) sind sehr häufige Ursachen von Fussbeschwerden.

7.2.1.5. *Inspektion*

Unbelastet sieht die Fussform oft anders aus als im Stehen, so ist bei schlaffen Knickfüssen z.B. die mediale Längswölbung nur im Stehen abgeplattet, ohne Belastung ist sie normal.

Die *Dicke der Hornhaut* an der Fusssohle, die Art und Ausdehnung von Gehschwielen, sowie *Clavi* (Hühneraugen) geben guten Aufschluss über die *Belastung* und ihre Verteilung. Mit einem Fussabdruck (Podogramm, III.C.7.2.1.9.) kann die Belastungsverteilung objektiviert werden (Abb. 619, 624 und 626):

Normalerweise sind in erster Linie die Ferse und die Metatarsalköpfchen I und V belastet, weniger der Fussaussenrand und die Fussballenmitte. Stärkere Belastung der Metatarsalköpfchen II und III ist fast immer mit Schmerzen verbunden (Spreizfuss), Der mediale Fussrand berührt normalerweise den Boden *nicht.* Ist er belastet, so spricht man von *Plattfuss.*

Auch kleinere Abweichungen von einer «normalen» Fussform (Hammerzehen, kleinere knöcherne Vorsprünge, «Exostosen») machen wegen Schuhdruck leicht Schmerzen in gewöhnlichen

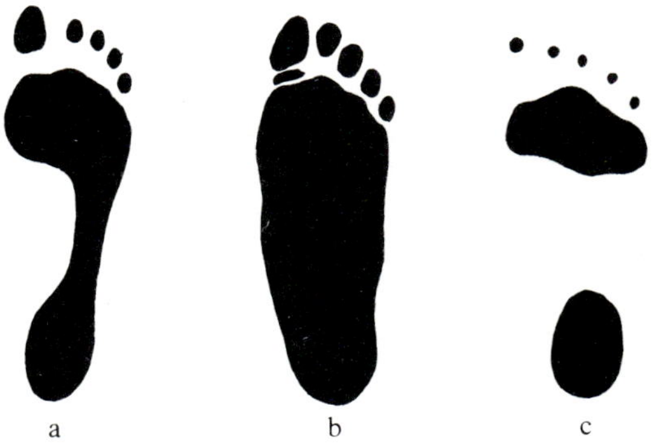

Abb. 624. *Fusssohlenabdrücke,* wie man sie in der Badeanstalt auf den nassen Steinen sieht, und wie sie der Orthopädiemechaniker für die Konfektion der Einlagen abnimmt.

Die Belastung ruht auf Ferse und Fussballen, äusserer Fussrand und Zehen liegen normalerweise auch auf dem Boden auf. Auffällig ist die Aussparung der medialen Längswölbung.

Die gewöhnliche Fussspur gibt bereits weitgehende Auskunft über die Belastungsverhältnisse am Fuss.

a Normale Fussspur.
b Plattfussspur: Die mediale Fusswölbung liegt ganz auf dem Boden auf.
c Hohlballenfussspur: Belastet ist fast nur der Fussballen, oft berühren die Zehen den Boden nicht.

Sehr gut sind die Belastungsverhältnisse bei der Inspektion der Fusssohlenhaut selbst zu erkennen an der Hautbeschaffenheit, Dicke, Farbe, Beschwielung usw.

Abb. 625. *Schuhinspektion.*

Bei diesen Schuhen ist der Absatz stark auf der *Aussenseite* abgelaufen, obwohl der Knabe, der sie trug, erhebliche Knickfüsse hatte. Die schiefen Fersen drückten seitlich aus den Schuhen gegen den Schaft, so dass der Knabe schliesslich fast «neben» dem Schuh stand. Hier hilft keine gewöhnliche Einlage, sondern nur ein gerader Schuh mit kräftigem Schaft, evtl. mit Schaleneinlage (vgl. III.C.7.5.2.4. und Abb. 651 und 650).

So kann die Inspektion der (getragenen) Schuhe wertvolle Hinweise für die Therapie geben.

Serienschuhen. Druckstellen sind zu erkennen an Druckempfindlichkeit, Rötung, Schwielen und Clavi.

Ohne *Inspektion der Schuhe* ist die Untersuchung des Fusses unvollständig. An den neuen Sonntagsschuhen ist nicht viel zu sehen. Die Patienten sollten ältere, viel getragene Schuhe zeigen. Die Sohle ist normalerweise am meisten unter der Fussballe, etwas medial von der Mitte abgewetzt und am Absatz hinten mehr auf der Aussenseite (lateral). Bei Knickplattfuss wird der Schuh vor allem medial, bei Klumpfuss am Aussenrand abgenutzt. Gelegentlich wird bei einem Knickfuss paradoxerweise der Absatz auf der Aussenseite abgelaufen (vgl. III.C.7.5.2.4., Abb. 625).

Auch das Oberleder wird entsprechend der Fussform seitlich ausgetreten. Beschwerden können allein schon durch zu kleine und unzweckmässige Schuhe entstehen.

7.2.1.6. *Zirkulation*

Zirkulationsstörungen beginnen häufig an den Füssen, besonders an den Zehen. Die Prüfung der Zirkulation gehört zur Fussuntersuchung: Palpation des Pulses der A. dorsalis pedis und der A. tibialis. Bei guten Fusspulsen kann eine arterielle Durchblutungsstörung praktisch ausgeschlossen werden, ausser bei einem Diabetes.

Ödeme treten in der Regel zuerst an den Füssen auf. Einseitiges Ödem spricht für lokale Ursache, beidseitiges für allgemeine.

7.2.1.7. *Sensibilität*

Eine genaue Prüfung ist wichtig, weil eine Ischias häufig Fussschmerzen macht, und weil eine Sensibilitätsstörung der Fusssohle schwere trophische Störungen zur Folge hat.

7.2.1.8. *Röntgen*

Standardaufnahmen des Fusses umfassen: oberes Sprunggelenk ap und seitlich, ganzer Fuss seitlich, Vorfuss dp, evtl. schräge Aufnahme (Mittelfuss und unteres Sprunggelenk).

Gelegentlich sind *Spezialaufnahmen* notwendig: axiale Kalkaneusaufnahme, gehaltene Aufnahme des oberen Sprunggelenkes in Inversion, resp. Eversion, um eine Bandinsuffizienz aufzudecken, axiale Aufnahmen der Sesambeine.

Gezielte Aufnahmen (lateraler Gelenkspalt) und Tomographien des oberen Sprunggelenkes sind manchmal notwendig, um eine Osteochondrosis tali erkennen zu können (siehe III.C.6.1.4.).

7.2.1.9. *Podogramme* sind Sohlenabdrücke, welche auf verschiedene Weise, am einfachsten mit Stempelfarbe auf Papier, gemacht werden kön-

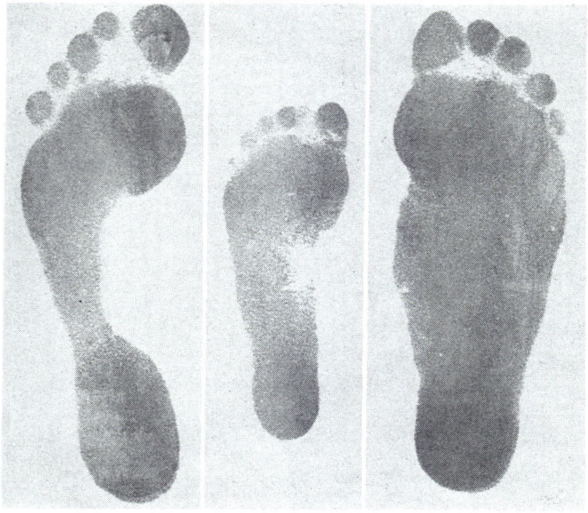

a b c

Abb. 626. Auf einfache Art gibt der *Fusssohlenabdruck,* von einem *Stempelkissen* genommen, guten Aufschluss über Form und Belastung des Fusses. Dem Orthopädiemechaniker dient er zur Fertigung der Einlagen. Der Sohlenabdruck eignet sich dazu besser als ein Gipsabguss.

a Normaler Fuss eines Erwachsenen.
b Normaler Kinderfuss. Die Fusswölbung ist bei Kindern oft noch nicht ausgeprägt.
c Plattfuss.

Solche «Podogramme» sind gute objektive Dokumente.

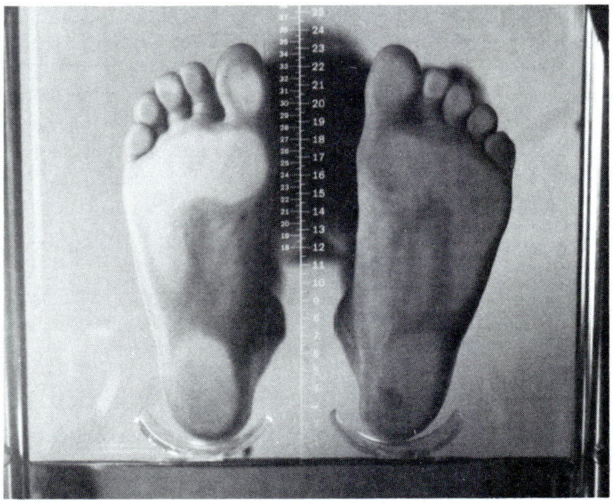

Abb. 627. Im Spiegel des Podometers, eines einfachen Gerätes, kann man die Fusssohlen des auf einer Glasplatte stehenden Patienten von unten sehen. Die belasteten Sohlenpartien sind flach gedrückt.

nem Stein lassen schön die belastete Sohlenfläche erkennen. Differenziertere Verfahren zeigen die Belastungsverteilung auf der Fusssohle, z. B. eine Überbelastung der mittleren Metatarsalköpfchen beim Spreizfuss. Für praktisch-therapeutische
beim Spreizfuss. Für praktisch-therapeutische
Zwecke genügt in der Regel die *Inspektion der Fusssohle:* An den Druckschwielen ist eine Fehlbelastung leicht zu erkennen (siehe III.C.7.1.1., Abb. 624, 626 und 627).

7.3. Kongenitale Missbildungen

Unter den angeborenen Fussdeformitäten ist der *Klumpfuss* die wichtigste. Der angeborene *Plattfuss* ist selten, aber nicht weniger harmlos. Angeborener *Pes adductus* und *Pes calcaneus* sind häufigere aber gutartigere Missbildungen (Abb. 628).

Die *Ursache* dieser Krankheiten ist nicht bekannt. Der angeborene Klumpfuss ist erblich.

a b

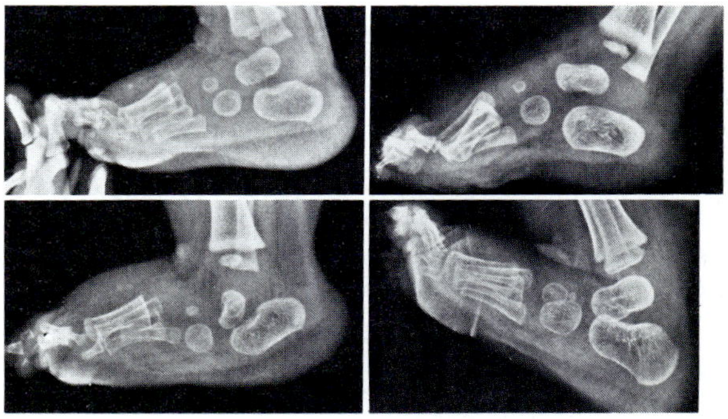

c d

Abb. 628. *Zur Untersuchung des Fusses beim Neugeborenen.*

Wichtig ist die *Beweglichkeit,* vor allem im Rückfuss, im Bereiche von Talus und Kalkaneus. Die meisten angeborenen Störungen sind *Kontrakturen.*

a *Normales* Fussskelett eines Säuglings. Talus und Kalkaneus stehen in einem Winkel von etwa 30° zueinander. Bei Dorsalextension durch Hochklappen des Vorfusses sollte die Ferse tiefer treten.
b *Kongenitaler Klumpfuss* im Seitenbild. Talus und Kalkaneus stehen parallel, die Ferse steht hoch, der Fuss kann nicht dorsal extendiert werden (Spitz- und Hohlfusskomponente).
c *Kongenitaler Plattfuss.* Hier steht der *Talus vertikal,* der Taluskopf zeigt gegen die Fusssohle, der Vorfuss kann wohl angehoben werden, doch die Ferse kommt nicht herunter, sie *bleibt hoch* infolge einer Verkürzung der Achillessehne. Eine ähnliche Deformität kommt zustande bei unzweckmässiger Redression des kongenitalen Klumpfusses: der sog. «Tamponfuss». In beiden Fällen ist der Vorfuss im Chopartschen Gelenk nach oben abgeknickt, die Fusssohle durchgedrückt, und schliesslich bleibt ein kontrakter Plattfuss zurück (siehe III.C.7.5.3.5.). In allen diesen Fällen ist die frühzeitige *Verlängerung* der *Achillessehne* wesentlich.
d Fuss in starker Dorsalextension. Wenn auch die Plantarflexion ohne Schwierigkeiten gelingt, ist dieser Fuss in Ordnung.

7.3.1. *Der angeborene Klumpfuss (Pes equino-varus congenitus)*

Die Art der Vererbung ist nicht genau bekannt. Knaben sind etwa 2mal häufiger betroffen als Mädchen. Vielfach sind beide Füsse verkrüppelt.

Tatsächlich ist der Klumpfuss der Inbegriff des «Krüppelfusses». In schweren Fällen ist der Fussrist nach unten gedreht und die Fusssohle schaut nach innen oben.

7.3.1.1. *Morphologie*

Immer hat die Deformität *vier Komponenten:*

1. *Pes equinus* = Spitzfuss: Steilstellung im oberen Sprunggelenk, Hochstand der Tuber calcanei bei Verkürzung der Achillessehne.
2. *Pes varus:* extreme Supinationsstellung des unteren Sprunggelenkes.
3. *Pes adductus* = Sichelfuss: der Mittelfuss und die Zehen sind einwärtsgedreht.
4. *Pes cavus* = Hohlfuss: die Längswölbung ist erhöht.

Es handelt sich aber nicht nur um eine Fehlstellung der Gelenke, sondern um eine schwere *Missbildung des Fussskelettes,* vor allem der Fusswurzel, also des Talus und seiner Umgebung, sowie der *Bänder und Sehnen,* welche *medial und dorsal* stark *kontrakt* sind. Auch einzelne Muskeln sind anatomisch verändert: Regelmässig besteht z.B. eine Atrophie des Trizeps, welche zeitlebens bleibt und nicht Folge einer Gipsbehandlung ist, wie die Mütter häufig glauben (Abb. 629 und 632).

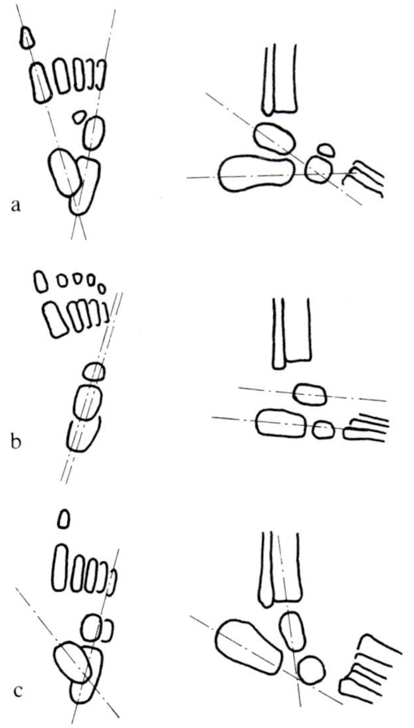

Abb. 630. *Röntgenpausen von Neugeborenenfüssen,* in ap- bzw. seitlicher Projektion zeigen, dass die Deformation im Rückfuss, vor allem im unteren Sprunggelenk, sitzt.

a *Normale Verhältnisse:* Deutlich offener Winkel zwischen den Längsachsen von Talus und Kalkaneus.

b Beim *kongenitalen Klumpfuss* ist der Winkel zwischen Talus und Kalkaneus weitgehend oder vollständig aufgehoben. Das untere Sprunggelenk ist in maximaler Supinationsstellung fixiert. Hochstand der Ferse.

c Das *Gegenstück* bildet der angeborene *Plattfuss:* Der Winkel zwischen Talus und Kalkaneus ist stark *vergrössert,* der Taluskopf zeigt zum Boden. Starke fixierte Pronationsstellung im unteren Sprunggelenk, doch steht auch hier die Ferse *zu hoch.*

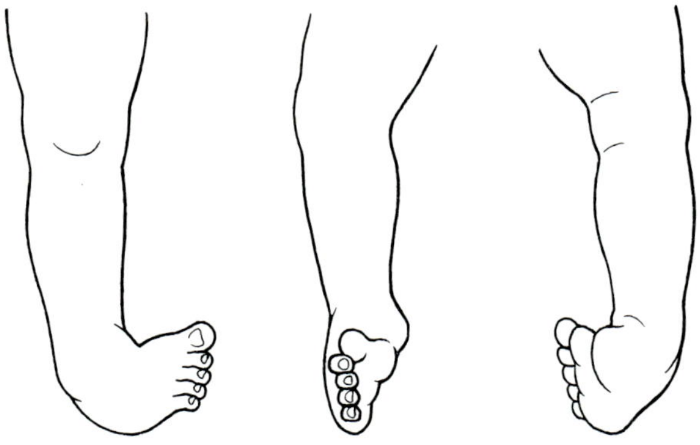

Abb. 629. *Kongenitaler Klumpfuss.*

Der Fuss ist bereits bei der Geburt in dieser Stellung fixiert. Die Deformität hat vier Komponenten: 1. Die *Varusstellung des Rückfusses* ist die schwerwiegendste. 2. Der *Spitzfuss* (Equinus) ist meist stärker ausgeprägt als auf diesem Bild. 3. *Hohlfuss* (Cavus) und 4. *Adduktion* des Vorfusses. Dünne, hohe Wade. Der Fuss steht auf dem äusseren Fussrand.

7.3.1.2. *Diagnose*

Die Missbildung ist augenfällig schon bei der Geburt. Allerdings haben Säuglinge oft eine der Form nach ähnliche, jedoch harmlose Gewohnheitshaltung. Bei dieser kann der Fuss aber aktiv und passiv normal bewegt werden. Im Gegensatz dazu ist der echte Klumpfuss weitgehend kontrakt und steif, und die Fehlstellung lässt sich durch den Druck der redressierenden Hand nicht korrigieren (Abb. 630). Typisch ist die dünne kurze Wade.

Manchmal ist der Klumpfuss nur eine Manifestation multipler Missbildungen, z.B. bei der Arthrogrypose. Solche «teratologische» Formen sind in der Regel besonders schwer und therapieresistent.

Ist nur der Vorfuss deformiert und kontrakt, aber die Fusswurzel frei, so handelt es sich um einen Pes adductus, eine gutartigere Variante (siehe III.C.7.3.2.).

7.3.1.3. *Verlauf*

Unbehandelt bleibt die Missbildung bestehen oder nimmt im Laufe des Wachstums noch zu. Die Gelenke (oberes und unteres Sprunggelenk, Chopart) subluxieren, die Knochen wachsen schwer deformiert, die Kontraktur der Weichteile nimmt noch zu und der Fuss versteift vollständig. Er bleibt wesentlich *kleiner* als ein normaler. Viele Patienten gehen *auf dem äussern Fussrand,* manche sogar auf dem Fussrist, die Sohle nach oben. Dass sie trotzdem oft noch erstaunlich gut gehen können, ist ein weiteres Beispiel für die Wirksamkeit der funktionellen Anpassung (Abb. 644).

In der Regel aber macht die fehlerhafte Belastung des äusseren Fussrandes Beschwerden, und mit der Zeit werden auch die deformierten Gelenke arthrotisch und schmerzhaft (Abb. 631 und 635).

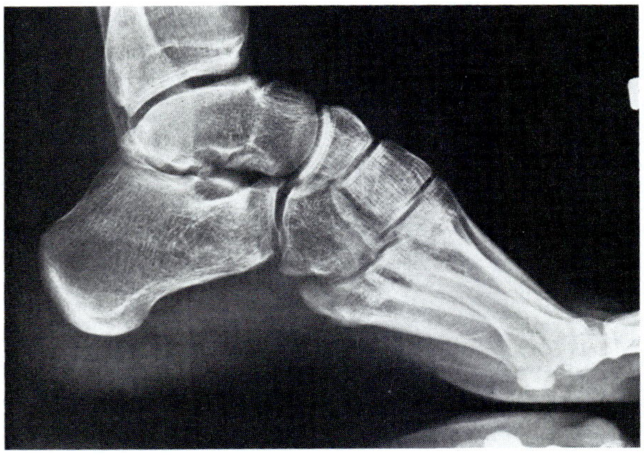

Abb. 631. *Residueller Klumpfuss* eines 15jährigen Mädchens, das seit der Geburt behandelt worden war; doch die Korrektur von Hohlfuss und Spitzfuss blieb ungenügend. Der Talus ist überdies deformiert, die Talusrolle entrundet, und beide Sprunggelenke lassen bereits die beginnende Arthrose erkennen. Ihre Beweglichkeit ist stark eingeschränkt. Das Mädchen hat keine Beschwerden, doch ist damit zu rechnen, dass solche später unter Belastung, beim Gehen, auftreten. Dann wird möglicherweise eine Arthrodese des unteren Sprunggelenkes und des Choparts («Double-Arthrodese», siehe Abb. 683), unter Korrektur der Fehlstellung, notwendig werden. Bei geduldiger konsequenter Behandlung von Geburt an lassen sich solche Spätfolgen in einem grossen Prozentsatz der Fälle vermeiden, doch gibt es immer wieder rebellische Klumpfüsse, die sich nicht vollständig, oder nur unter Verlust der Beweglichkeit, korrigieren lassen.

7.3.1.4. *Frühbehandlung*

Man hat erkannt, dass die fortgeschrittene Deformität weder konservativ noch operativ befrie-

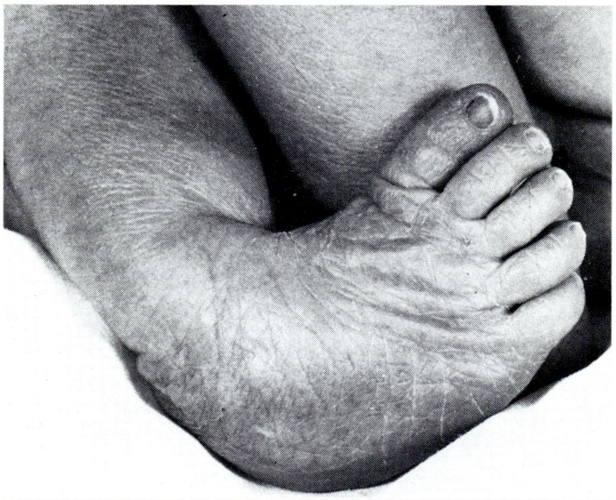

a

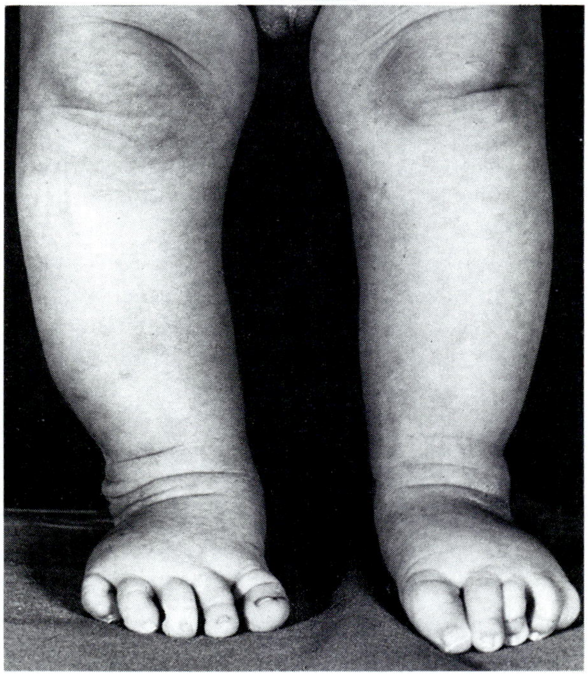

b

Abb. 632.

a *Kongenitaler Klumpfuss* kurz nach der Geburt. Der Fuss war in dieser Stellung steif und konnte von Hand nicht in eine normale Stellung gebracht werden, doch liess er sich innerhalb der ersten Lebensmonate schrittweise redressieren. Die durch Manipulation erreichte Korrektur wurde mit kleinen Gipsen erhalten, welche wöchentlich erneuert wurden.

b Beim ersten Aufstehen konnte der Knabe richtig auf die Fusssohle stehen. Von der ursprünglichen Deformität sieht man noch deutlich die relativ harmlose Vorfussadduktion. Die Korrekturstellung muss mit Nachtschienen und Einlagen noch lange Zeit erhalten werden. Mit regelmässigen Kontrollen sollen Rezidive frühzeitig erkannt werden. Der linke Fuss war normal.

digend korrigiert werden kann. Nur die Behandlung im *Säuglingsalter* gibt Aussicht auf ein gutes Resultat, d.h. einen anatomisch korrigierten und funktionstüchtigen Fuss, der auch in späteren Jahren keine Beschwerden macht. Heute hat sich die Forderung nach der *Frühbehandlung* (Beginn in den ersten Tagen nach der Geburt) durchgesetzt. Das Skelett ist noch zur Hauptsache knorpelig, der Fuss noch einigermassen formbar. Es gilt, die prospektive Potenz der noch nicht voll ausdifferenzierten Gewebe im Stadium des intensivsten Wachstums auszunützen (Abb. 632).

Die Korrektur in einem Akt ist nicht möglich. Die Zerstörungen wären zu gross und ein Rezidiv fast sicher zu erwarten.

Das *Prinzip der Behandlung* besteht darin, die Deformität *mit kleinen Kräften über längere Zeit* hinweg *schrittweise* zu korrigieren und die gewonnene Korrekturstellung ununterbrochen zu erhalten, damit sie nicht sofort wieder verloren geht.

Dieses Ziel wird am besten mit der manuellen *Redression,* und die Erhaltung der damit erzielten Korrektur mit einer *Etappengipsbehandlung* erreicht. Auf diese Weise gelingt es, leichte Fälle voll auszukorrigieren, die schwereren wenigstens teilweise, und vor allem die besonders schädliche Varusdeformierung zu beheben (siehe auch I.C.3.6.2.4., Abb. 2 und 633).

Eine starke Kontraktur der Achillessehne kann hingegen oft manuell nicht überwunden werden. Stattdessen würde beim Versuch, auch den Spitzfuss manuell zu redressieren, der Vorfuss zu stark aufgebogen, während die Ferse nicht herunterkommt. So entsteht der gefürchtete *Tamponfuss,* eine schwere, meist iatrogene Form des Plattfusses.

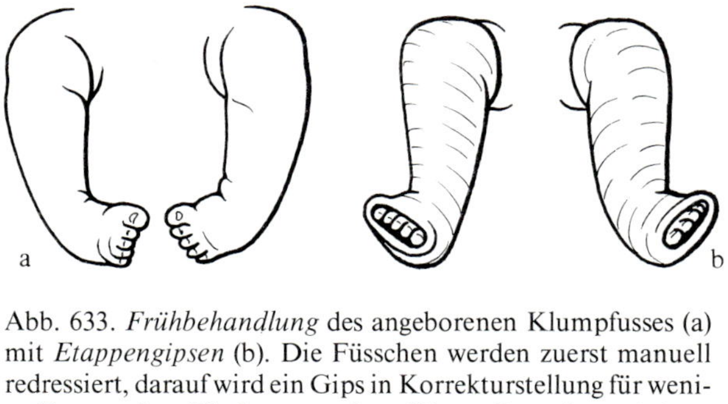

Abb. 633. *Frühbehandlung* des angeborenen Klumpfusses (a) mit *Etappengipsen* (b). Die Füsschen werden zuerst manuell redressiert, darauf wird ein Gips in Korrekturstellung für wenige Tage, später Wochen, angelegt. Dieses Prozedere wird solange wiederholt, bis die Stellung vollständig korrigiert ist.

Die Kunst besteht darin, eine wirksame Korrektur am richtigen Ort zu erreichen, ohne dass Druckstellen im Gips entstehen.

In der Regel genügt es, die Gipse nur bis unterhalb des Knies anzulegen.

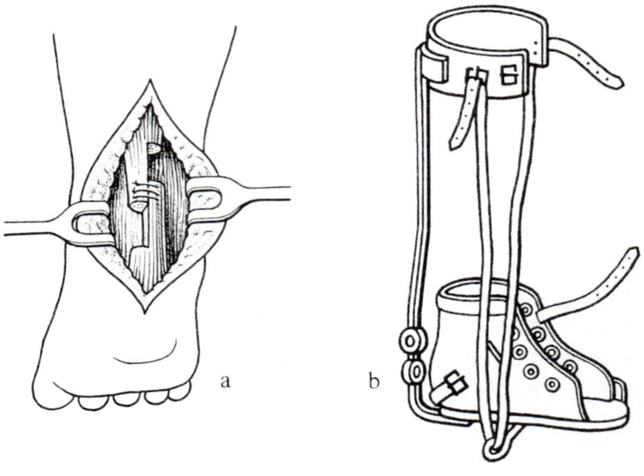

Abb. 634. *Therapie des Klumpfusses.*

a In bis zu drei Vierteln aller Fälle lässt sich der Fersenhochstand nicht konservativ beheben. Dann ist eine Z-förmige Verlängerung der Achillessehne mit Seit-zu-Seit-Naht angezeigt.

b Eine konsequente *Nachbehandlung* ist unerlässlich, weil sonst unweigerlich Rezidive entstehen. Nach einer längeren Gipsperiode sind *Nachtschienen* zweckmässig mit Fersengelenk und Seitenzügel, damit gleichzeitig der Varus- und der Spitzfusstendenz begegnet werden kann.

Eine andere zweckmässige Nachtschiene für beidseitige Klumpfüsse ist in Abbildung 150 gezeigt.

Um dies zu vermeiden muss in etwa ¾ aller Fälle nach einigen Monaten die *Achillessehne operativ verlängert* werden. Gleichzeitig wird durch eine *hintere Kapsulotomie* die Kontraktur der Sprunggelenke gelöst; anschliessend muss die *Gipsbehandlung* noch einige Zeit *weitergeführt* werden. In schwereren Fällen sind weitere Operationen notwendig, am häufigsten die Lösung der Kontrakturen (inkl. M. tib. post.) am medialen Fussrand *(mediale Weichteillösung)* (Abb. 634).

Die Behandlung kann nach scheinbar guter Korrektur nicht als abgeschlossen betrachtet werden. Die Deformität hat eine *starke Tendenz zu rezidivieren,* vor allem, wenn sie nicht wirklich vollständig korrigiert wurde. Eine leichte Überkorrektur, vor allem der Varuskomponente, ist deshalb notwendig. Auch dann muss die Erhaltung der korrigierten Stellung mit Apparaten, Nachtschienen und Einlagen noch längere Zeit fortgesetzt werden. Eine regelmässige Kontrolle während der ersten Lebensjahre, ja bis zum Wachstumsabschluss, ist wichtig, damit man Rezidive, welche plötzlich den Zustand wieder verschlechtern können, frühzeitig erkennen und wieder behandeln kann (Abb. 635).

Das bisher Gesagte gilt für den günstigen Fall einer früh begonnenen und konsequent über Mo-

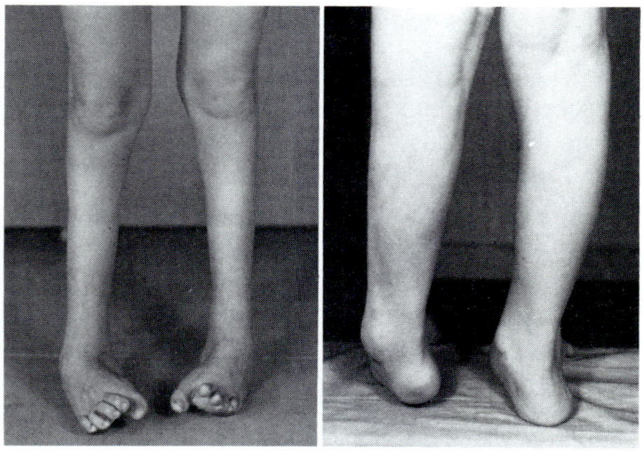

a b

Abb. 635. *Residuelle bzw. rezidivierende Klumpfüsse.*

a) beidseits, b) links. Von hinten ist die Varusstellung des Rückfusses deutlich zu sehen. Das Gehen auf der Aussenkante macht erhebliche Beschwerden.

Diese Füsse sind zu spät oder zu wenig konsequent behandelt worden, oder die Behandlung wurde zu früh abgebrochen ohne weitere Kontrollen.

In diesem Stadium ist eine konservative Korrektur nicht mehr möglich. Auch Weichteiloperationen genügen nicht. Korrekturen am Skelett sind notwendig. In der Regel ist eine *Arthrodese* des unteren Sprunggelenkes und des Chopart (Double-Arthrodese) nach Wachstumsabschluss die beste Lösung zur Korrektur der Fehlstellung.

nate und Jahre durchgeführten Behandlung eines redressierbaren Klumpfusses.

Oft genug aber kommen die kleinen Patienten zu spät, sind unsachgemäss und unzweckmässig anbehandelt oder zu früh aus einer ungenügenden Behandlung entlassen worden. So erklärt sich der grosse Teil der *residuellen Klumpfüsse* nach dem ersten Lebensjahr. Ein anderer Teil sind *spätere Rezidive* oder aber schon von Anfang an *rebellische Klumpfüsse,* welche jeder manipulativen Therapie trotzen (Abb. 635).

7.3.1.5. *Behandlung des residuellen Klumpfusses*

Für diese Fälle ist *eine ganze Reihe von Operationen* im Gebrauch: ausgedehnte Weichteildurchtrennungen zur Lösung der Kontrakturen am medialen und hinteren Fussrand, Sehnentransplantationen von medial nach lateral, um einzelne Supinatoren (Tibialis anterior oder posterior) in Pronatoren zu verwandeln. Später, wenn das Knochenskelett weiter entwickelt ist, kommen Knochenoperationen in Frage: Korrekturosteotomien von Kalkaneus, Kuboid, Talus, der Metatarsalia oder der Tibia; und schliesslich, wenn gegen Abschluss des Wachstums das Skelett weitgehend verknöchert ist, die *Arthrodese* der subtalaren Gelenke (Double-Arthrodese): Durch entsprechende Keilentnahme kann praktisch jede Deformität, insbesondere die ungünstige *Varusstellung* vollständig korrigiert werden (Abb. 683).

Trotzdem bleiben in vielen Fällen schwierige Schuhprobleme zu lösen. Immer ist der Fuss *kleiner* als ein normaler. Absatzerhöhungen wegen Spitzfuss, Abrollrampen (siehe III.C.7.8.2.) bei steifen Gelenken, Stützeinlagen, Erhöhung des medialen oder lateralen Schuhrandes können an Konfektionsschuhen angebracht werden. Oft kann aber nur ein anspruchsvoller orthopädischer *Massschuh* befriedigen.

Aus dem bisher Gesagten wird klar, wie mühsam und schwierig die Klumpfussbehandlung sein kann. Leichtere Fälle, welche sich durch einige manuelle Redressionen und Etappengipse korrigieren lassen, mögen in der pädiatrischen Praxis zu behandeln sein. Die Mehrzahl der Klumpfüsse erheischt aber eine kombinierte konservative und operative Behandlung. Ein individueller Behandlungsplan kann nur aufgrund grosser Erfahrung und genauer Kenntnis des einzelnen Falles aufgestellt und auch konsequent durchgeführt werden. Deshalb ist es wesentlich, dass die *Behandlung während ihrer ganzen Dauer in denselben Händen liegt.* Diese Voraussetzung ist in grösseren Kliniken nicht immer gegeben. Der Orthopäde in der Praxis ist hingegen gut in der Lage, eine solche oft jahrelange Behandlung zu übernehmen und auch zu Ende zu führen.

7.3.2. ***Pes adductus congenitus*** (Sichelfuss)

Relativ häufige aber harmlosere Missbildung als der Klumpfuss. Der *Vorfuss* und die *Zehen,* vor allem die Grosszehe, schauen stark einwärts. Der Fuss ist sonst frei beweglich. Er steht plantigrad und der *Rückfuss* ist im Gegensatz zum Klumpfuss *normal.* Ist der Vorfuss weich und leicht redressierbar, so ist die *Prognose* in der Regel *gut.* Manipulationen, welche die Mutter nach Anweisung selbst machen kann, evtl. Redressionsgipse, selten Apparate, genügen, wenn sie in den ersten Wochen nach der Geburt angewendet werden, und meistens mildert sich die Adduktionsstellung. Ganz verschwindet sie allerdings selten. Beschwerden macht sie aber praktisch nie (Abb. 636a).

Gleitende Übergänge bestehen zwischen einer habituellen Supinationshaltung des Säuglings (zumal bei Bauchlagekindern), welche eine Adduktionsstellung lediglich vortäuschen und einer *kontrakten Adduktionsstellung* des *Metatarsus,* welche sich nicht über die Mittelstellung hinaus redressieren lässt. In solchen Fällen, vor allem

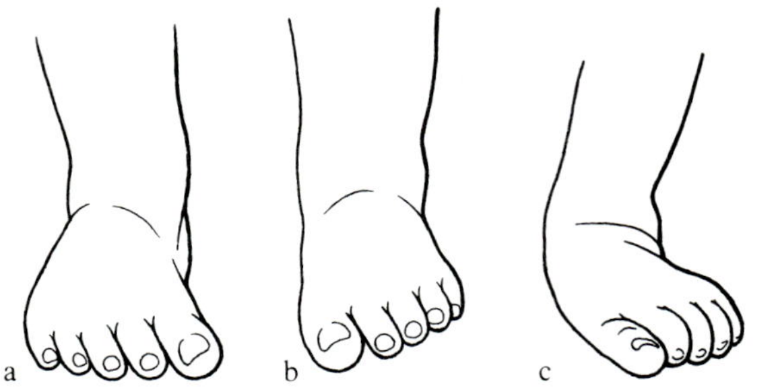

Abb. 636.

a Beim *Sichelfuss* (Pes adductus) schauen Vorfuss und vor allem Zehen nach einwärts. Das Kriterium der relativen Harmlosigkeit dieser Deformität ist der gut bewegliche, normal konfigurierte Rückfuss.

b Normaler Säuglingsfuss.

c Sehr häufig sieht man den relativ harmlosen, weichen kindlichen Knicksenkfuss. Nur in sehr seltenen Fällen liegt ein echter Pes planus congenitus mit fixiertem Fersenhochstand vor.

wenn sie schon einige Monate alt sind, ist eine entsprechend energische *Therapie,* ähnlich wie beim kongenitalen Klumpfuss, angezeigt mit Etappengipsen, Apparaten, Schienen und, selten sogar Operationen: bei Kleinkindern Lösung der Weichteile am medialen Fussrand, später evtl. Osteotomien an der Metatarsalia.

Nicht selten werden Kinder zum Orthopäden gebracht mit starkem *Einwärtsgang.* Man muss dann versuchen, herauszufinden, ob es sich um eine harmlose Gewohnheit handelt, wie man sie bei kleinen Kindern, wenn sie die ersten Gehversuche machen, sehr häufig sieht (siehe II.13.1.3.), oder eine Torsionsvariante im Bereiche von Hüften, Knie oder Unterschenkel (siehe III.C.2.4.4.), oder einen Pes adductus (Metatarsus varus).

Die Differenzierung ist oft nicht leicht und nicht selten hat man den Eindruck, dass eine Kombination verschiedener Faktoren die Einwärtsdrehung der Füsse bewirkt. Beschwerden haben die Kinder in der Regel nicht, und meist mildert sich der Einwärtsgang im Laufe der Jahre. Bei Erwachsenen ist er selten stark ausgeprägt. Wenn die Füsse aber beharrlich stark einwärts schauen, ist unter Umständen, vor allem bei rebellischen Klump- oder Sichelfüssen, wenn eine konservative Behandlung mit einer Nachtschiene (Ponsetischiene: durch Querstab verbundene Schuhe, Abb. 150) oder mit Gipsen keinen Erfolg bringt, eine Drehosteotomie im distalen Unterschenkel besser in der Lage, die Fehlstellung zu korrigieren, als ein Eingriff am Fuss selbst.

7.3.3. *Andere angeborene Deformitäten*

7.3.3.1. *Pes calcaneo-valgus congenitus* (angeborener Hackenfuss)

Die Hackenfussstellung ist schon bei der Geburt auffällig: der Fussrist und die Zehen liegen der vorderen Tibiakante an. Auch beim normalen Säugling kann der Fuss stark dorsal extendiert werden, aber doch nicht in diesem Mass. Der schlaffe Plattfuss ist in Pronation abgeknickt (Valgusstellung), die Ferse steht tief, in der Verlängerung der Tibiaachse, im Gegensatz zur hochstehenden Ferse beim sogenannten «angeborenen Plattfuss» (siehe unten), der *kontrakt* ist.

Vielleicht spielen eine Hyperlaxität und die Stellung im Uterus eine Rolle bei der Entstehung dieser Deformität, sie ist ebenfalls in der Regel recht *harmlos:* einige Redressionen und evtl. Gipse in Spitzfussstellung genügen fast immer. Der Fuss entwickelt sich normal weiter (Abb. 636c).

7.3.3.2. *Pes planus congenitus* (angeborener Plattfuss)

Es handelt sich um eine recht schwere kontrakte Missbildung, auch schwierig und wenig dankbar zu behandeln. Glücklicherweise ist sie selten, die Mehrzahl der Plattfüsse bei Kindern sind schlaff und gehören zur Kategorie III.C.7.3.3.1. (wichtig wegen Invalidenversicherung).

Diagnose: Der Fuss ist stark in Pronation abgeknickt, der Taluskopf springt am medialen Fussrand gegen die Fusssohle vor. Beim Versuch den Fuss vorne anzuheben bleibt die Ferse hoch stehen wegen einer starken Verkürzung der Achillessehne. Der Vorfuss ist im Chopart aufgebogen. Im Röntgenbild ist das Tuber calcanei nach hinten oben gerichtet, der Taluskopf hingegen schaut nach plantar (Abb. 628c und 630c).

Die *Behandlung* ist im Prinzip ähnlich wie jene des Klumpfusses, nur in umgekehrter Richtung. Sie ist oft langwierig und nicht immer ganz erfolgreich. Eine Achillessehnenverlängerung ist immer notwendig.

7.4. Erworbene Fussdeformitäten – Lähmungen

7.4.1. *Begriffsbestimmung – Morphologie*

Die folgenden Definitionen beziehen sich auf die *anatomische Fussform,* unabhängig von Ätiologie oder Pathogenese (Abb. 637).

1. *Spitzfuss* (Pes equinus): fixierte Plantarflexion im oberen Sprunggelenk. Im Stehen kann die Ferse nicht auf den Boden gestellt werden, deshalb nur Zehenstand möglich (III.C.7.4.2.).

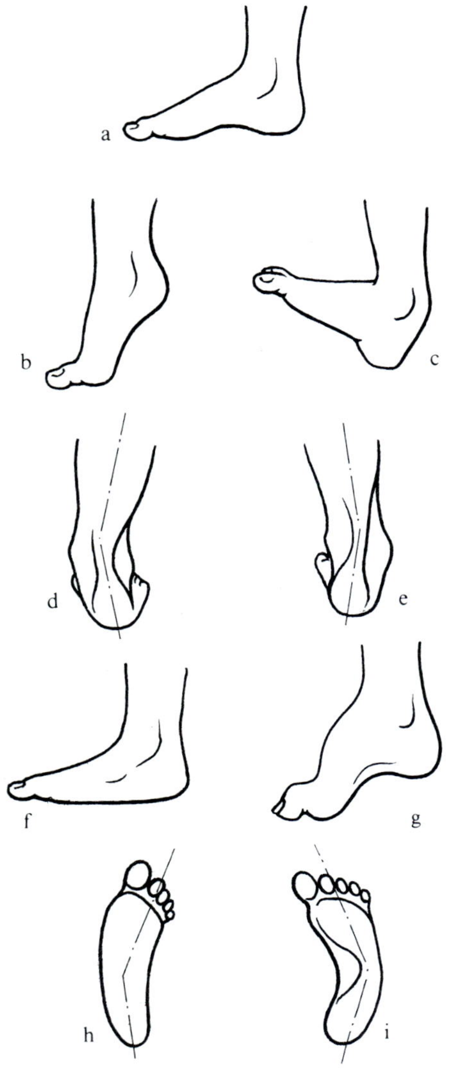

Abb. 637. Klassierung von Fussdeformitäten in Gegensatzpaaren.

a *Normale* Fussform.
b *Spitzfuss* und c) *Hackenfuss:* gegensätzliche Fehlstellungen des oberen Sprunggelenkes. Der Fuss ist fixiert in einer Stellung, bei welcher die Fussspitze resp. die Ferse nach unten weist.
d *Knickfuss* und e) *Klumpfuss:* Valgus- bzw. Varusfehlstellung im Rückfuss.
f *Senk-* bzw. *Plattfuss* und g) *Hohlfuss:* abgeflachte bzw. überhöhte mediale Fusswölbung (aufgehobene bzw. übermässige Torsion des Vorfusses gegenüber dem Rückfuss).
h *Pes abductus* (meist als Begleitsymptom beim Knickfuss) und i) *Pes adductus* (Sichelfuss).

Wenn die passive Dorsalextension möglich ist, nur die *aktive* nicht (Fussheberlähmung), spricht man von *Hängefuss* (III.C.7.4.3.).

2. *Hackenfuss* (Pes calcaneus): Gegenstück des Spitzfusses: der Fuss steht in Dorsalextension. Nur die Ferse ist belastet. Zehenstand nicht möglich (III.C.7.4.4.).
3. *Klumpfuss* (Pes varus): fixierte Varusstellung im Rückfuss, nur die Aussenkante des Fusses ist belastet. Pronation nicht möglich. (Ein reiner pes varus ist selten, meist wird mit Klumpfuss eine Kombination von Pes varus, equinus, adductus und cavus bezeichnet) (III.C.7.4.6.).
4. *Knickfuss* (Pes valgus): Valgusstellung des Rückfusses. Im Extremfall steht der mediale Fussrand am Boden auf: Knickplattfuss. Meist kommt dazu eine Abduktionsstellung des Vorfusses (III.C.7.4.7.).
5. *Plattfuss* (Pes planus): die Längswölbung des Fusses ist aufgehoben, die ganze Fusssohle liegt auf dem Boden auf, insbesondere das Naviculare und der Taluskopf (III.C.7.5.3.).
   Ist die mediale Längswölbung nur etwas abgeflacht, nicht ganz aufgehoben, spricht man von *Senkfuss.*
6. *Hohlfuss* (Pes cavus): die Längswölbung, vor allem die mediale, ist überhöht, die Fusssohle hohl, nur Ferse und Fussballen berühren den Boden (III.C.7.4.5.).
7. *Spreizfuss* (Pes transverso-planus): die vordere Querwölbung ist abgeflacht, der Vorfuss dadurch verbreitert, die Metatarsalköpfchen II und III werden stärker belastet (III.C.7.5.4.).

Die genannten Deformitäten können angeboren oder auf verschiedene Weise erworben sein, z.B. durch Lähmungen, als Verletzungsfolge, andere entstehen unter der Last des Körpergewichtes (Statische Deformitäten) (siehe Tab. 33 und 34 und Abb. 637).

Tab. 33. Übersicht über die häufigste Ätiologie von Fussdeformitäten.

1. Spitzfuss: spastische Lähmung; posttraumatisch, schlaffe Lähmung
2. Hackenfuss: schlaffe Lähmung
3. Klumpfuss: angeboren; Lähmungen; posttraumatisch
4. Knickfuss: statisch; Lähmungen
5. Hohlfuss: neurogen
6. Plattfuss: statisch; posttraumatisch; Lähmungen
7. Spreizfuss: statisch; PcP

Tab. 34. Typische Kombinationen.

1. Spitz – Varus – Hohlfuss = *Klumpfuss:* angeboren; Lähmungen
2. Hohl – Spreizfuss = *Hohlballenfuss:* neurogen
3. *Knick-Plattfuss:* Lähmungen; statisch, posttraumatisch

In der Folge werden die *einzelnen Deformitäten besprochen.* Der Einfachheit und Übersicht halber ist eine Einteilung nach dem rein morphologischen Aspekt gewählt, welche die Ätiologie nicht berücksichtigt. Die Behandlung der einzelnen Deformitäten richtet sich oft mehr nach der Form, und wo sich Unterschiede aus der Ursache ergeben, sind sie in den einzelnen Abschnitten aufgeführt:

7.4.2. *Spitzfuss (Pes equinus)*

Fixierte Plantarflexion (Flexionskontraktur) des Fusses. Die Fussspitze kann weder aktiv noch passiv angehoben werden. Der Fuss steht nur auf dem Fussballen, die Ferse berührt den Boden nicht. Die Fehlstellung ist im oberen Sprunggelenk fixiert.

7.4.2.1. *Pathogenese*

Der Spitzfuss ist eine der *häufigsten Kontrakturen.* Die mannigfaltigen Ursachen und der Entstehungsmechanismus sind im Kapitel «Kontrakturen», II.12.2., ausführlich beschrieben. Mehrere Faktoren wirken zusammen, dass eine Spitzfusskontraktur so häufig entsteht, während das Gegenteil ein Hackenfuss, überaus selten ist. Die *wichtigsten Faktoren* sind:

- Die Plantarflexoren des Fusses (v.a. der Trizeps) überwiegen schon normalerweise den einzigen Dorsalextensoren des Fusses, den Tibialis anterior (die Zehenextensoren allein sind nicht einmal imstande, den unbelasteten Vorfuss anzuheben).
- Bei Inaktivität, Ruhigstellung und Schmerzen, vor allem auch im Bett (Bettdecke!), nimmt der Fuss praktisch immer automatisch eine Spitzfussstellung ein. Diese wird sehr rasch kontrakt und fixiert (Abb. 289).
- Die Anatomie des oberen Sprunggelenkes prädestiniert zur Spitzfusskontraktur (siehe III.C.6.1.2.).

7.4.2.2. *Ätiologie*

- Angeboren (als Komponente beim kongenitalen Klumpfuss, selten isoliert).
- Spastische Lähmungen (C.P., Hemiplegie) (Abb. 241).
- Schlaffe Lähmungen (Poliomyelitis, manchmal nach Peronaeuslähmung) (Abb. 236 und 237).
- Posttraumatisch: nach Verletzungen des oberen Sprunggelenkes, aber auch nach Unterschenkelfrakturen, Fussverletzungen usw. Die posttraumatische Spitzfussstellung entsteht oft iatrogen (Gips oder andere Fixation in Spitzfussstellung, Inaktivität, Vernachlässigung der Erhaltung einer guten Funktionsstellung).
- Im Anschluss an andere Affektionen des Fusses und Beines, welche mit Inaktivität, Ruhigstellung und Schmerzen einhergehen.

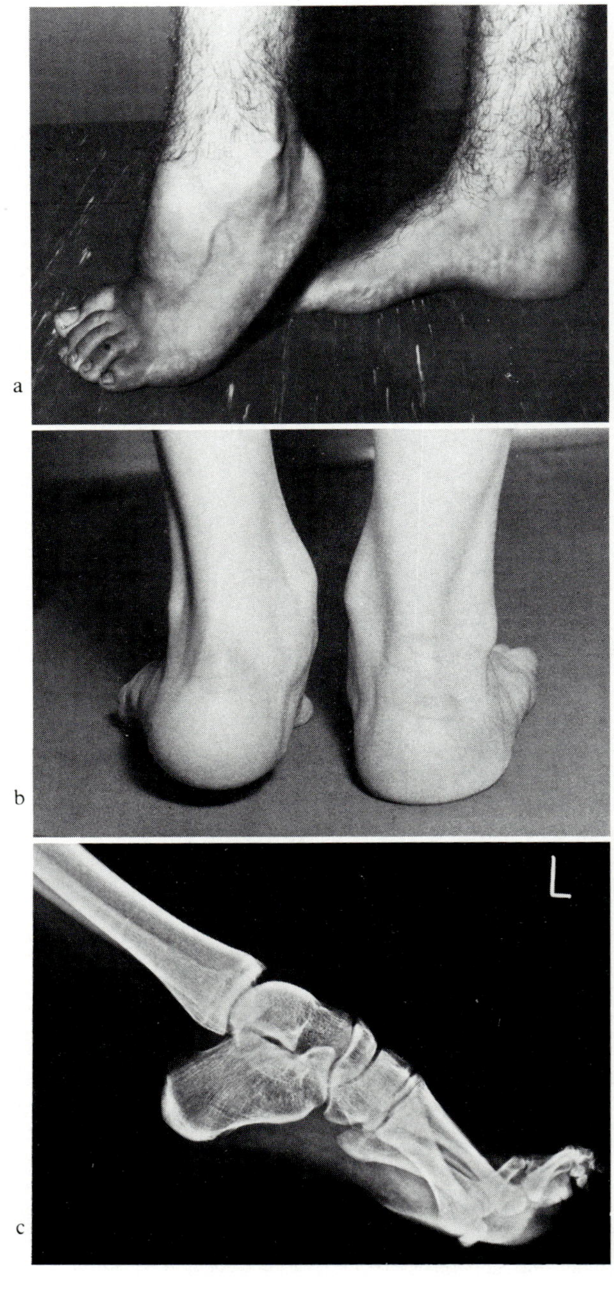

Abb. 638.

a Der *Spitzfuss* (im Bild links) bedeutet eine erhebliche Funktionsstörung. Beim Gehen und Stehen wird nur der *Vorfuss* belastet und der Fuss kann nicht über die Ferse abgerollt werden. Dadurch wird das Bein auch funktionell *zu lang.*

b Auch ein *Spitzfuss leichten Grades,* wie links auf dem Bild, lässt sich leicht entdecken im *aufrechten Stand:* Die Ferse berührt den Boden nicht.

c Röntgenbild des linken Fusses eines 15jährigen Mädchens mit *spastischem Spitzfuss.* Die Fehlstellung ist hauptsächlich im oberen Sprunggelenk fixiert.

7.4.2.3. *Prophylaxe*

Die Prophylaxe des Spitzfusses ist deshalb besonders wichtig: Erhalten der Funktionsstellung (Rechtwinkelstellung des Fusses) bei der Lagerung, Immobilisierung und Fixierung des Fusses. Aktive und, falls dies nicht möglich ist, tägliche passive Mobilisation usw. Zur Prophylaxe des Spitzfusses siehe bei «Kontrakturen»: II.12.2.4./5., bei «oberes Sprunggelenk»: III.C.6.1.2.1. Besonderes Augenmerk ist diesem Punkt bei der Frakturbehandlung der unteren Extremitäten zu schenken.

7.4.2.4. *Klinik*

Das erzwungene Gehen auf der Fussspitze ist beschwerlich. Schmerzen können entstehen im Fussballen durch Überbelastung, vor allem wenn gleichzeitig noch eine Varusstellung besteht. Auch ist das *Bein* durch die Spitzfusstellung *zu lang* geworden. Gelegentlich wird zum Ausgleich das Knie nach hinten durchgedrückt, was mit der Zeit zu einem Genu recurvatum führt (Abb. 288c und d).

Der Spitzfuss kann aber auch eine funktionelle Anpassung zum Ausgleich einer *Beinverkürzung* sein (Abb. 638).

7.4.2.5. *Behandlung*

Sie hängt vor allem vom funktionellen Zustand und von etwaigen Beschwerden, sowie von der Ursache des Spitzfusses ab. Dient dieser dem Beinlängenausgleich und macht keine Beschwerden, soll der Absatz am Schuh soweit erhöht werden, dass der Fuss bequem mit der ganzen Sohle aufliegt. Bei stärkerer Steilstellung des Fusses muss die Längswölbung mit einer Einlage oder mit einem Schuhbett unterstützt werden, damit die Ferse gut aufliegt und der Fuss nicht nach vorne rutscht, evtl. muss der ganze Schuh geändert und angepasst werden, unter Umständen ist ein Massschuh nötig.

In den meisten anderen Fällen wäre es besser, den Spitzfuss zu beseitigen. Nicht immer ist dies leicht möglich. Höchstens Kontrakturen im Anfangsstadium, z. B. nach kurz dauernder Ruhigstellung, lassen sich noch manuell oder mit einer Quengélbehandlung (siehe I.C.3.6.2.4.) korrigieren, oft aber ist eine operative Lösung der Weichteilkontrakturen notwendig. Bei Lähmungsspitzfüssen oder zur Korrektur der Spitzfusskomponente bei Klumpfüssen ist die *klassische Operation* die *Achillessehnenverlängerung*, eine der ältesten orthopädischen Operationen. Die Sehne wird z-förmig durchtrennt, damit sie wieder Seit-zu-Seit vernäht werden kann. Oft müssen zusätzlich noch andere Weichteilkontrakturen im Bereiche der hinteren Sprunggelenkkapseln gelöst werden, und in schweren Fällen, vor allem bei posttraumatischen Spitzfüssen, führen Weichteiloperationen überhaupt nicht zum Ziel (Abb. 163).

Falls das obere Sprunggelenk beschädigt und schmerzhaft ist, hat es keinen Sinn, zu versuchen, es wieder beweglich zu machen. Die Korrektur des Spitzfusses kann am besten mit einer *Arthrodese* des oberen Sprunggelenkes erreicht werden.

Besondere Sorge bereiten die *spastischen* Spitzfüsse bei zerebralen Lähmungen. Die konservative Korrektur (Gipse) ist selten von Dauer, die Achillessehnenverlängerung unberechenbar: Rezidive oder Überkorrekturen sind häufig. Vorsichtiger ist die «Fensterung» der Sehnenplatte des M. gastrocnemius.

7.4.3. *Der Hängefuss*

Ursache ist eine Lähmung der Dorsalextensoren, vor allem des M. tibialis anterior, wie sie typisch ist für den Ausfall des N. fibularis. Die *Peronaeuslähmung* ist die häufigste Fusslähmung, ihre Ursache ist meist eine Drucklähmung durch Schienen, Gipsschalen, Unterschenkelgipse usw. (siehe auch I.C.3.6.1.1.).

Bei der *Untersuchung* kann die Fussspitze nicht angehoben werden, sie hängt vorne hinunter, z. B. in der Schwungphase beim Gehen. Der Patient ist deshalb gezwungen, bei jedem Schritt den Fuss so hoch zu heben, dass die Fussspitze nicht am Boden nachschleift. Dieser sogenannte *«Steppergang»* ist mühsam und auffällig. Die Deformität ist nur am unbelasteten Fuss zu sehen, im Stand verschwindet sie, der Hängefuss kann – im Gegensatz zum Spitzfuss – plantigrad aufgesetzt werden.

Ohne aktive Massnahmen entsteht jedoch bald eine Spitzfusskontraktur. Solche *konservative Massnahmen* sind: Lagerung und Fixierung in Rechtwinkelstellung, tägliche passive Dorsalextensionsübung, elektrische Muskelreizung (wenn mit einer Reinnervation in nützlicher Frist gerechnet werden kann), Schienen in Rechtwinkelstellung des Fusses, aus Gips oder Kunststoff. Bei der sogenannten «Peronaeusschiene» ist eine Einlage an einer bis unters Knie reichenden Feder oder an einem Stab fixiert und dadurch rechtwinklig zum Unterschenkel festgehalten und stützt die Fusssohle. Sie erleichtert so das Gehen und ist auch zweckmässig bei irreversiblen Lähmungen (Abb. 639).

Operativ ist eine Wiederherstellung der fehlenden Dorsalextension nicht möglich. Sehnentransplantationen vermögen den Ausfall nicht zu ersetzen. Es bleibt einzig die *Versteifung* eines der Sprunggelenke übrig. Eine subtalare Arthrodese (nach *Lambrinudi* mit Entnahme eines vorderen Keiles) wird vor allem gemacht, wenn gleichzeitig noch eine seitliche Fehlstellung besteht (Varus oder Valgus) (Abb. 640 und 683).

Spanverriegelungsoperationen, sogenannte «Arthrorhisen» sind weniger zuverlässig.

7.4.4. *Der Hackenfuss (Pes calcaneus)*

Die Ursache ist eine Lähmung des Trizeps im Entwicklungsalter. Mit dem Verschwinden der Poliomyelitis ist auch der Hackenfuss selten geworden. Das Tuber calcanei bleibt kurz und steil, es steht fast senkrecht unter dem Unterschenkel, der Vorfuss wird kaum aufgesetzt. In schweren Fällen knickt der Fuss nach hinten ab. Die Propulsion beim Gehen fehlt (Abb. 641).

Mit Massschuhen, bei welchen der Absatz nach hinten verlängert ist, kann der Zustand verbessert werden. Bei Beschwerden, stärkerer Deformität und Fussinstabilität kommt nur die *Arthrodese der Sprunggelenke* in Frage.

Eine Trizepslähmung im Erwachsenenalter hat kaum mehr eine Deformität zur Folge. Lediglich die Kraft zum Abstossen fehlt, der Gang ist lahm. Bei Instabilität kann ein Stützapparat nötig sein.

7.4.5. *Hohlfuss (Pes cavus) und Hohlballenfuss*

Morphologisch etwa das Gegenstück zum Plattfuss. Die Längswölbung, vor allem die mediale, ist übermässig hoch, der *Rist* entsprechend *hoch* gesprengt. Auf seinem Scheitel können Druckstellen vom Schuhoberleder entstehen. Der *Rückfuss* steht meist mehr oder weniger stark *in Varusstellung.* Dies rührt von einer übermässigen Verwindung (Torsion, siehe III.C.7.1.1.) des Vorfusses in Pronation gegenüber dem Rückfuss, mit

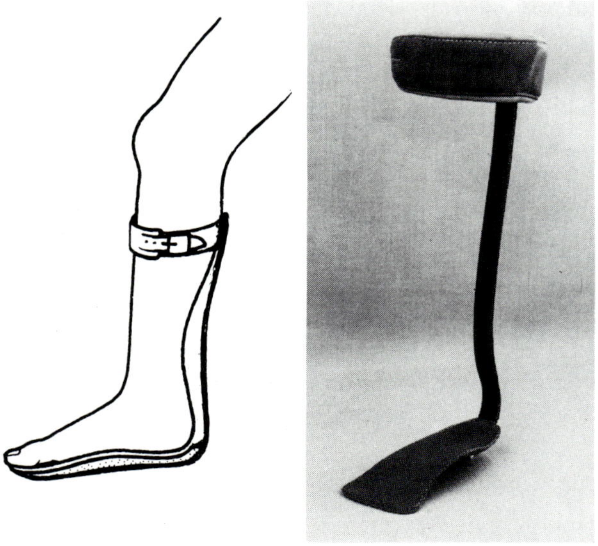

Abb. 639. *Hängefussschiene.*

Stützung des Vorfusses durch eine Schuheinlage, welche im rechten Winkel fest mit einem Stab verbunden ist, der am Unterschenkel angeschnallt wird. Die Einlage wird im Schuh getragen. Der Stab kann auch direkt am Schuh befestigt sein.

a b

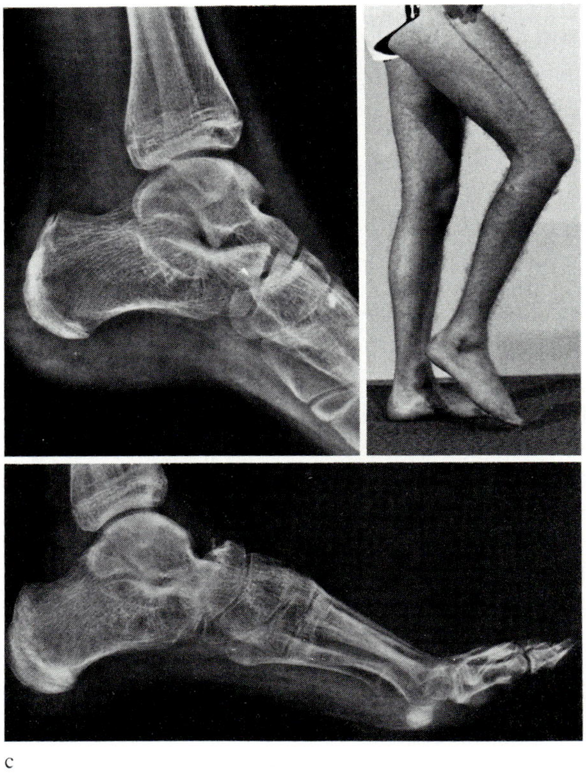

c

Abb. 640. *Hängefuss:* a) Im Röntgenbild, bei einem 13jährigen Mädchen mit Fibularislähmung bei Polyradikulitis: Wegen der Lähmung der Fusshebermuskeln fällt der Fuss vorne herunter. Dies hat einen sog. «Steppergang» zur Folge (b): Damit die herunterhängende Fussspitze nicht am Boden hängen bleibt, wird das Bein bei jedem Schritt abnorm hochgehoben. Beim Auftreten wird die Fussspitze zuerst auf den Boden aufgesetzt, was oft ein klappendes Geräusch erzeugt.

c) Kontrollbild des Fusses von Abb. a), 1 Jahr nach Stellungskorrektur im Chopartschen Gelenk mit subtalarer Arthrodese.

Die «Double Arthrodese» (siehe Abb. 683) gestattet, mittels geeigneter Keilentnahme, verschiedene Fussdeformitäten zu korrigieren. Hier war der Keil ventral entnommen worden (Operation nach LAMBRINUDI).

Abb. 641. *Hackenfuss.*

a Die Ferse steht weit vorne. Die Hohlfusskomponente ist deutlich.

b Hackenfuss bei poliomyelitischer Fusslähmung. Der Kalkaneus steht steil.

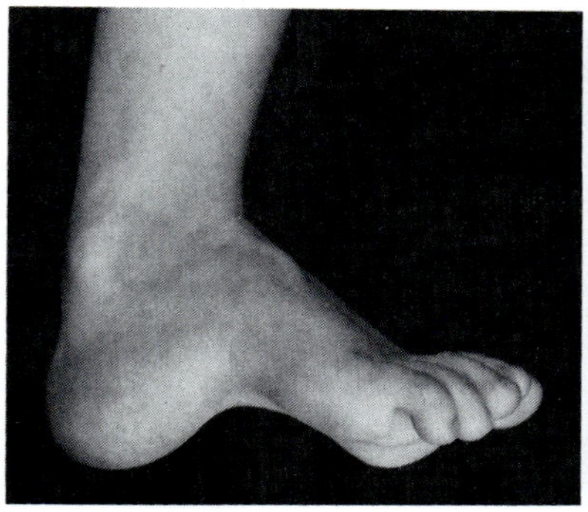

a

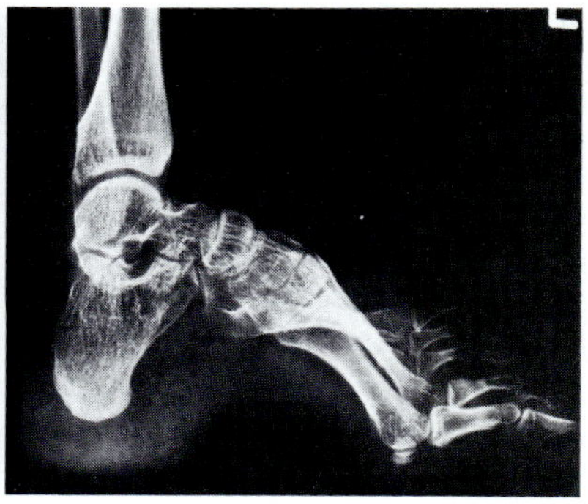

b

starker Steilstellung des ersten Strahles her: Unbelastet steht das Köpfchen des Metatarsale I tiefer als dasjenige des Metatarsale V. Beim Stehen auf dem Boden kippt dadurch der Fuss leicht nach aussen (Abb. 620c, d und 642).

Ätiologie: Leichtere Fälle von hochgesprengtem Rist können konstitutionelle Varianten sein. Ausgeprägte Hohlfüsse haben fast immer eine *neurologische* Ursache (hereditäre, familiäre Krankheiten, andere Systemerkrankungen des ZNS, amyotrophische Lateralsklerose, neurogene Muskelatrophie, Friedreichsche Ataxie usw., siehe Kapitel Neurologische Erkrankungen, II.8.5.). Wahrscheinlich spielt eine Parese der kleinen Fussmuskeln eine Rolle in der Pathogenese: Das Überwiegen der langen Zehenbeuger und -strekker über die kurzen führt immer zu einer *Krallenbildung der Zehen.*

Klinik: Entsprechend der Ursache entwickelt sich die Deformität sehr *langsam,* während Jahren, im Adoleszenten- und bis ins Erwachsenenalter. Auch die Beschwerden treten schleichend auf. Schuhprobleme führen den Patienten zum Arzt: Druckstellen oben auf dem Rist, an der Fusssohle des Ballens, an den Zehen.

Die meisten Beschwerden gehen in der Regel vom *Vorfuss* aus: Die Metatarsalia stehen steil und nach vorne gespreizt, der grösste Teil der *Belastung* liegt auf dem *Fussballen. Druckschmerzhafte Schwielen* an der Fusssohle sind der Ausdruck der unphysiologischen Überbeanspruchung. Sie liegen genau unter den *Metatarsalköpfchen,* oft unter dem ersten, wenn dieses besonders tief steht, häufiger unter dem zweiten oder dritten, als Ausdruck des gleichzeitig bestehenden *Spreizfusses: Hohlballenfuss.* Bei stärkerer Varusstellung ist auch das Metatarsalköpfchen V überlastet (Abb. 624c).

Die *Zehen* sind in der Regel stark eingekrallt und mehr oder weniger versteift. Im fortgeschrittenen Stadium berühren sie den Boden nicht mehr (Hammerzehen, Krallenzehen, siehe III.C.7.6.2.), fehlen also zur Entlastung des Fussballens. Im gewöhnlichen Schuhwerk entstehen fast immer schmerzhafte Druckstellen an den Zehenkuppen (Clavi). Die Beschwerden können so

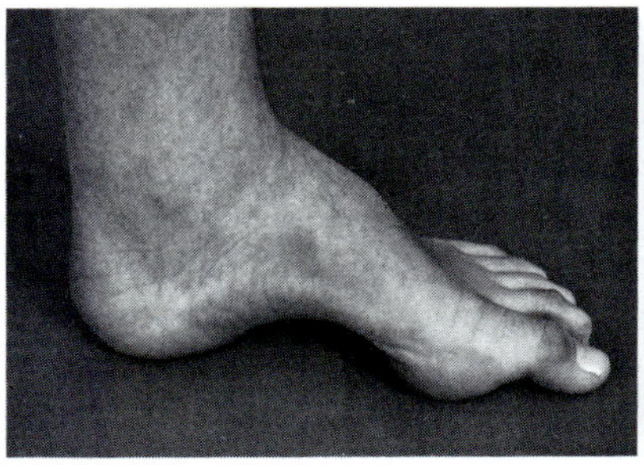

a

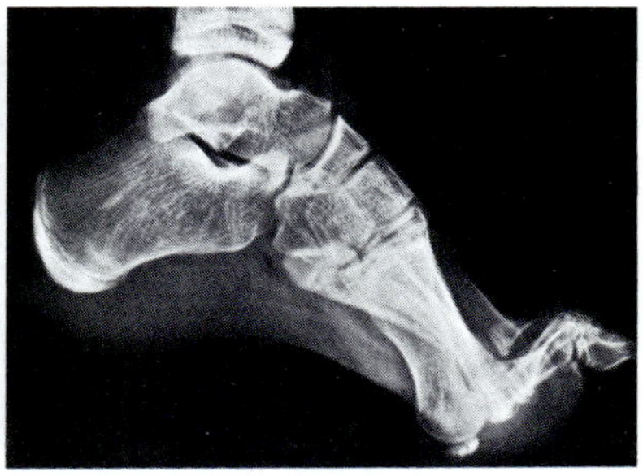

b

Abb. 642.

a *Hohlfuss* eines 13jährigen Knaben. Die Längswölbung des Fusses ist überhöht. Der hohe Rist kann zu Beschwerden infolge Schuhdruckes Anlass geben. Hohlfüsse sind häufig neurogen bedingt und können erstes Symptom eines heredo-degenerativen Nervenleidens sein. Dieser Knabe hatte, wie schon seine Mutter, eine neurale Muskeldystrophie.

b Röntgenbild eines Hohlfusses. Deutlich zu erkennen ist die Steilstellung des ersten Metatarsale, das fast senkrecht auf dem Boden steht. Dies entspricht einer Verwindung des Vorfusses im Sinne der Pronation. Die Überlastung des ersten Metatarsalköpfchens ist auch an einer Umbaustörung des Sesambeines zu erkennen. Die Zehen kommen in eine Krallenstellung. Dieser 14jährige Knabe hatte eine spastische zerebrale Lähmung. (Vgl. auch Abb. 620 und Abb. 622c.)

stark werden, dass die Patienten kaum noch normale Schuhe tragen können. Wegen der Varusstellung der Ferse hat der Fuss nicht selten die Tendenz abzukippen (habituelle Distorsion, siehe III.C.6.1.6.).

Behandlung: Da die Grundkrankheit selten einer Therapie zugänglich ist, muss der Fuss orthopädisch versorgt werden. Der Schuh muss weit sein und vor allem für den hohen Rist und die eingekrallten Zehen genügend Platz bieten. Da die Versorgung mit Einlagen schwierig ist (die Längswölbung sollte nicht noch höher angehoben werden als sie schon ist), und weil der Hohlfuss in der Regel kürzer und breiter ist als ein normaler Fuss, ist das Problem mit Konfektionschuhen oft kaum mehr zu lösen. *Massschuhe* müssen über dem nach einem Abguss des Fusses hergestellten Leisten angefertigt werden. Besonders schwierig ist die Entlastung des schmerzhaften Fussballens. Sie erfordert eine sorgfältige Abstützung der Ferse und der Fusswölbung bis knapp hinter die Metatarsalköpfchen. Einer Abkipptendenz muss mit einer Versetzung des Absatzes nach *lateral* begegnet werden.

In schweren Fällen versucht man *operativ* die Fussform und damit die unphysiologische Belastung zu normalisieren. Auch dies ist nicht einfach und die Resultate befriedigen nicht immer. Je nach der individuellen Situation kommen Sehnentransplantationen, vor allem an der Grosszehe (transmetatarsale Verlagerung des Extensor hallucis longus, kombiniert mit der Arthrodese des Endgelenkes nach *Jones*), sowie Knochenoperationen an den Zehen (Teilresektionen, siehe bei «Hammerzehen», III.C.7.6.2.3.), Mittelfussosteotomien, Keilosteotomie des Tuber calcanei (Dwyer), subtalare Arthrodese, oder eine Kombination mehrerer Eingriffe in Frage.

7.4.6. *Der erworbene Klumpfuss (Pes varus)*

Neben dem angeborenen Klumpfuss (siehe III.C.7.3.1.) gibt es auch im Laufe des Lebens erworbene Klumpfüsse. Sie entstehen wegen eines Muskelungleichgewichtes infolge *schlaffer Lähmung* der Peronealmuskulatur (z.B. Poliomyelitis), oder spastischer Lähmung bei C.P., im Erwachsenenalter vor allem nach *Hemiplegien.* Neben der Varusfehlstellung ist die Spitzfusskomponente meistens, wenn auch nicht immer, stark ausgeprägt. Morphologische Beschreibung siehe III.C.7.3.1. (Abb. 643).

Beschwerden entstehen aus der Überlastung des äusseren Fussrandes, welche leicht zu erkennen ist an der Fusssohle, am belasteten Fuss und am Schuh. Auch hat der Fuss die Tendenz seitlich umzukippen (Distorsion in Supination) (Abb. 644).

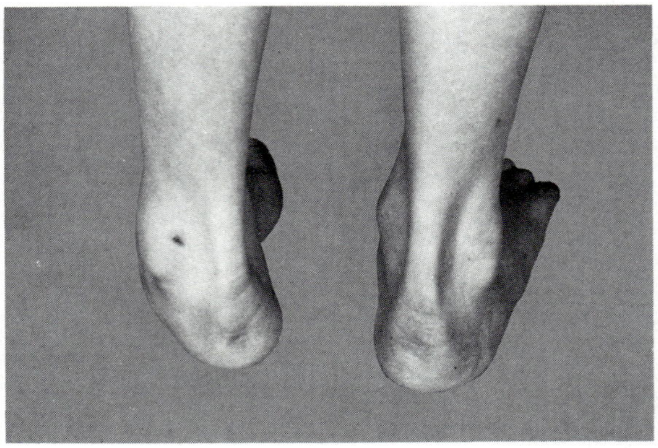

Abb. 643. *Pes varus* (Klumpfuss) links. In der Ansicht von hinten ist die Fehlstellung der Ferse am besten zu sehen. Der Aussenknöchel springt stark vor, der Innenknöchel nicht, die Achillessehne ist medial verlagert, der Fuss steht ausschliesslich auf dem äusseren Rand, was fast immer früher oder später zu Beschwerden führt. Stellung und Profil des rechten Fusses sind normal.

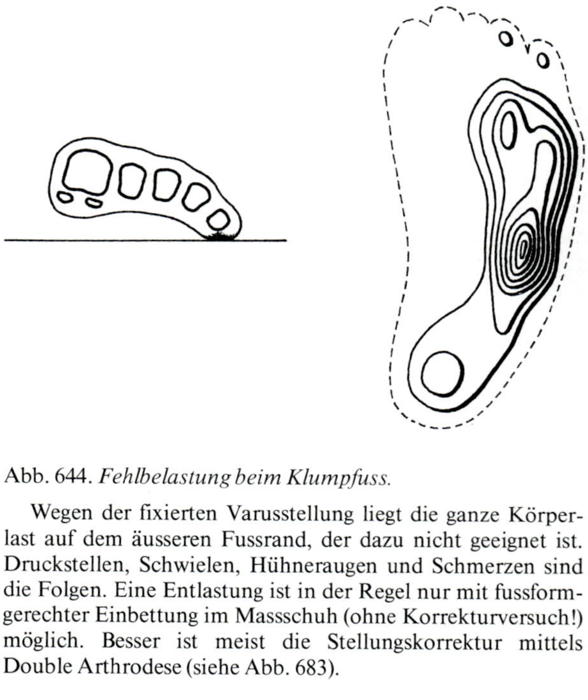

Abb. 644. *Fehlbelastung beim Klumpfuss.*

Wegen der fixierten Varusstellung liegt die ganze Körperlast auf dem äusseren Fussrand, der dazu nicht geeignet ist. Druckstellen, Schwielen, Hühneraugen und Schmerzen sind die Folgen. Eine Entlastung ist in der Regel nur mit fussformgerechter Einbettung im Massschuh (ohne Korrekturversuch!) möglich. Besser ist meist die Stellungskorrektur mittels Double Arthrodese (siehe Abb. 683).

Behandlung: Wie beim Hohlfuss ist die Versorgung mit gewöhnlichen Konfektionsschuhen nur in leichten Fällen befriedigend. Mit *Einlagen* lässt sich der steife Fuss nicht gerade stellen, er muss in seiner fixierten Fehlstellung gefasst und gestützt werden. Die *Verbreiterung des Absatzes* nach lateral kann die Stabilität verbessern.

In schwereren Fällen sind nach individuellen Leisten gefertigte *Massschuhe* notwendig. Die Schuhsohle muss senkrecht zur Beinachse, nicht parallel zur Fusssohle stehen.

Wie beim kongenitalen Klumpfuss nimmt die *operative* Therapie einen wichtigen Platz ein.

Bei *spastischen* Klumpfüssen kann evtl. die Durchtrennung der *Sehne* des Tibialis posterior, zusammen mit einer Achillessehnenverlängerung, eine schwere Kontraktur mildern, z. B. bei einer Hemiplegie. Falls es der Allgemeinzustand zulässt ist die *subtalare Arthrodese* (Double-Arthrodese) mit lateraler Keilentnahme zur Korrektur der Fehlstellung die Operation der Wahl (Abb. 683).

7.4.7. *Knickfuss, Plattfuss und Spreizfuss*

Diese drei Fussdeformitäten sind weitaus häufiger als die bisher genannten. Wie diese können sie auch *verschiedene* Ursachen haben, z. B. Lähmungen, rheumatische Arthritiden und Fussverletzungen. Der überwiegende Teil dieser Deformitäten sind jedoch Folgen einer *statischen Insuffizienz* und werden deshalb unter diesem Titel *im nächsten Kapitel* abgehandelt.

7.5. Statische Fussinsuffizienz

Die Last des Körpergewichtes und der Druck zu kleiner oder sonstwie ungeeigneter Schuhe üben eine deformierende Kraft auf den Fuss aus. Ist diese Kraft zu gross (Übergewicht, Modeschuhe) und der Fuss zu schwach, dieser Kraft zu widerstehen, so spricht man von statischer Insuffizienz und von *statischen Deformitäten* (vgl. II.12.). Die Mehrzahl aller Patienten, welche die Sprechstunde des Orthopäden wegen Fussproblemen aufsuchen, haben statische Deformitäten: Viele Kinder werden von ängstlichen Müttern gebracht oder vom Schularzt beanstandet, erwachsene Patientinnen kommen mit ihren Schuhproblemen zum Arzt, wenn die Pedicure nicht mehr helfen kann.

7.5.1. *Der Fuss im Wachstumsalter*

Der *Säuglingsfuss* ist in der Regel überaus gut beweglich, seine Bänder sind noch elastisch und dehnbar. Der Fuss kann alle möglichen Stellungen einnehmen. Dies ist nicht beängstigend, solange er in allen Richtungen frei beweglich ist (die seltenen Ausnahmen siehe bei «kongenitale Deformitäten»). Die Bedenken der Mutter müssen zerstreut werden.

Beginnt das Kind *aufzustehen,* so muss sich der Fuss erst an seine neue Funktion, die Körperlast zu tragen, gewöhnen. Er ist noch recht schwach und weich und knickt leicht um. Auch dieser «Knickplattfuss» gibt zu keinen Befürchtungen Anlass (Abb. 636c).

In *den ersten Jahren* haben alle Kinder ein gut ausgebildetes subkutanes Fettpolster, auch an den Fusssohlen. Eine Fusswölbung ist deshalb noch nicht zu erkennen. Auch ein solcher scheinbarer «Plattfuss» ist natürlich harmlos (Abb. 626b).

Im Schulalter werden die Füsse denen der Erwachsenen ähnlich. Die Wölbungen werden deutlich. Allerdings ist das Skelett noch weicher, die Gelenke und Bänder sind noch dehnbarer. Unter der Belastung knickt der Fuss im unteren Sprunggelenk leicht nach innen, der Taluskopf springt medial etwas vor, und der Kalkaneus kippt ein wenig in Valgus um. Unbelastet sieht der Fuss normal aus (Abb. 645).

Die Kinder haben in der Regel keine Beschwerden und sind voll leistungsfähig. Es handelt sich eher um eine Variante des Normalen als um einen pathologischen Zustand: Im Kindesalter ist ein schlaffer *Knickfuss* oder *Knicksenkfuss* bis zu einem gewissen Grad physiologisch (siehe Normvarianten, II.13.). Der Fuss wird nach Abschluss des Wachstums etwas starrer und knickt unter Belastung weniger um.

Nur bei ausgeprägter Abknickung oder bei Schmerzen ist eine *Therapie* notwendig: *Schuheinlagen* richten den Fuss auf und stützen ihn.

Die Bedeutung der Schuheinlage für die richtige Entwicklung des kindlichen Fusses ist sicher oft überbewertet worden, in Ärzte- wie in Laienkreisen. Es darf nicht verschwiegen werden, dass dieser Umstand auch kommerziell ausgenutzt wurde. Tatsache ist, dass praktisch keine Untersuchungen und Statistiken vorliegen, welche den prophylaktischen Wert der Schuheinlage wissenschaftlich stichhaltig erweisen: *Längsschnittuntersuchungen* müssten sich über Jahrzehnte erstrecken und sind deshalb nur in Einzelfällen durchgeführt worden.

Querschnittsuntersuchungen (an Schulklassen, in Rekrutenschulen usw.) zeigen lediglich, dass Knickfüsse bei Kindern häufiger vorkommen als bei Erwachsenen, und dass Knicksenkfüsse längst nicht immer mit einer verminderten Leistungsfähigkeit und mit Beschwerden verbunden sind.

Dies alles will nicht sagen, dass in Einzelfällen,

a

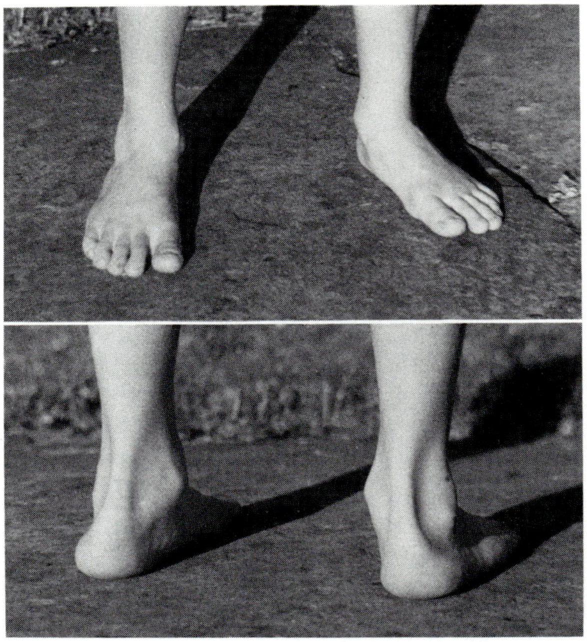

b

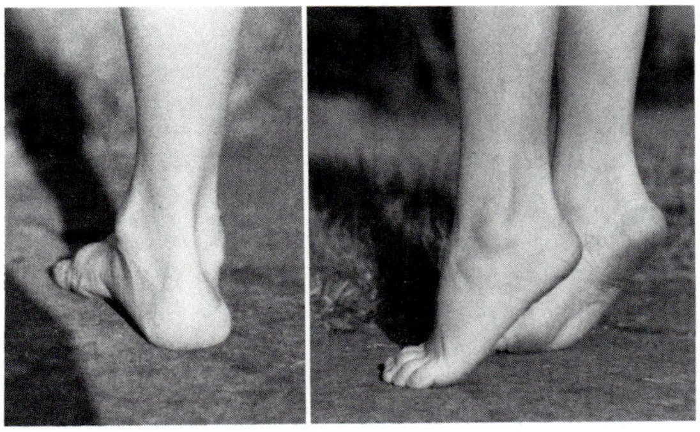

c d

Abb. 645.

a und b: Dieser 8jährige Knabe hat im Stehen eine deutliche leichte Abknickung des Rückfusses in Valgusstellung. Sehr viele Kinderfüsse sehen so aus, sind gesund und voll leistungsfähig.

c Der Knabe kann den Fuss aktiv aufrichten.

d Im Zehenstand verschwindet die Valgusstellung, und eine gut geformte Fusswölbung erscheint. Eine Therapie ist hier nicht notwendig. Die meisten Kinder haben ja einen natürlichen Bewegungsdrang und laufen auch viel barfuss. Manche Orthopäden verschreiben Stützeinlagen. Wenn z. B. die Schuhe schiefgetreten werden, oder wenn Kinder Schmerzen haben, können diese manchmal helfen.

z. B. wenn die Schuhe stark medial abgelaufen und ausgetreten werden, bei gleichzeitig bestehenden X-Beinen, bei muskel- und bänderschwachen Füssen, bei starkem Abknicken und vor allem bei Beschwerden, eine gute Einlage nicht ihren Sinn hätte (siehe unten, III.C.7.5.2.4.). Bei der grossen Mehrzahl der Kinder mit leichten Knickfüssen genügen allerdings kräftige, genügend grosse Schuhe, evtl. mit Fussbett, die Empfehlung des Barfussganges und vor allem die Beruhigung der Mutter, welche von der Verantwortung für spätere Folgen befreit werden möchte. Gelegentlich ist letzteres allerdings nur durch Abgabe einer Einlage möglich!

7.5.2. ***Der Knickfuss*** (Pes valgus)

7.5.2.1. *Morphologie*

Wie wir gesehen haben hat ein *normaler Fuss* einen leichten Valgusknick. Im Stehen von hinten betrachtet ist die physiologische Achse des Kalkaneus ein wenig in Valgus gegen die Senkrechte geneigt (siehe Abb. 645). Im Mittel beträgt der Winkel etwa 7°. Eine Streuung von einigen Graden ist noch nicht als pathologisch anzusehen. Das Lot von der Spitze des Malleolus medialis fällt normalerweise etwas medial neben die Standfläche. Am unbelasteten Fuss ist diese Knickung nicht vorhanden.

Nur Füsse mit stärkerer Abknickung des Rückfusses sind als Knickfuss zu bezeichnen. Die Übergänge sind fliessend (Abb. 646).

Die Abknickung findet im unteren Sprunggelenk statt und entspricht einer Pronationsbewegung. Die schiefgestellte Bewegungsachse dieses Gelenkes und seine enge Beziehung zum Chopartschen Gelenk bringt es mit sich, dass gleichzeitig mit der Valgusknickung eine *Abduktion* des Vorfusses und eine *Abflachung* der medialen Längswölbung, ein *Senkfuss* entsteht. Neben dem

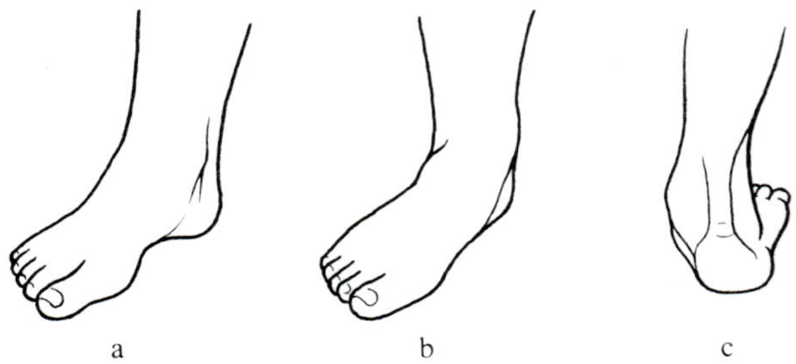

a b c

Abb. 646. *Schlaffer Knick- und Senkfuss.*

a Unbelastet (z. B. im Liegen) hat der Fuss normale Form, die mediale Längswölbung ist vorhanden.

b Unter Belastung, im Stehen, flacht die Längswölbung medial ab, Taluskopf und Navikulare springen stärker nach medial-plantar vor, der Rückfuss knickt in Valgusstellung (c) um und der Vorfuss wird stärker abduziert.

Unter Belastung erleidet *jeder* Fuss eine gewisse Deformation in diesem Sinne. Aber auch stärkere Knick- und Senkfüsse machen längst nicht immer Beschwerden (vgl. Abb. 622b und 624b).

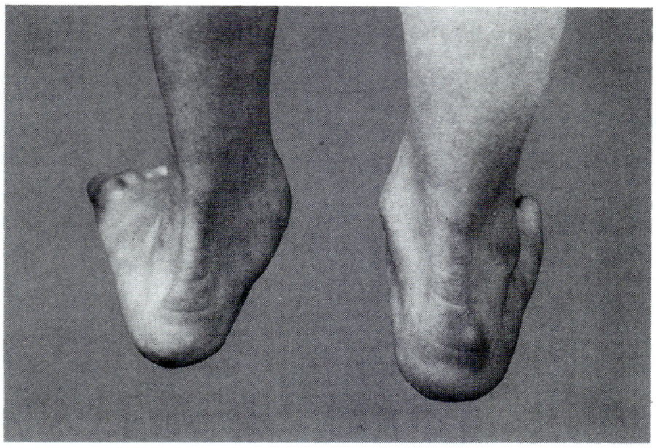

Abb. 647. Ausgeprägter *Knickfuss* links bei einem 11jährigen Knaben. Der mediale Knöchel steht stark vor, der laterale verschwindet.

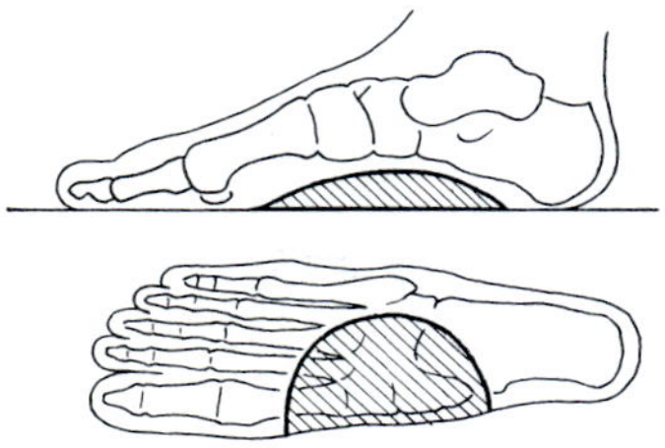

Abb. 648. *Stützung der medialen Fusswölbung,* bei leichten und mittelschweren schlaffen Knick- und *Senkfüssen,* mit einer einfachen Einlage. In vielen Schuhen ist bereits ein entsprechendes «Fussbett» eingebaut.

Bei schweren und vor allem bei kontrakten Plattfüssen ist eine solche Aufrichtung nicht möglich. Auch erträgt der mediale Fussrand den Druck der Einlage nicht. In solchen Fällen muss die Einlage der Fussform angepasst werden; eine Korrektur soll nicht angestrebt werden, es geht lediglich um das Hohllegen der schmerzhaft überlasteten Stellen an der Fusssohle.

Malleolus medialis springt auch das Navikulare als «zweiter Knöchel» stärker vor. Im Extremfall ist die Längswölbung vollkommen abgeplattet und liegt der Standfläche auf (Plattfuss) (Abb. 647 und 652).

7.5.2.2. *Ätiologie*

Neben dem rein statischen Knickfuss, bei welchem konstitutionelle Faktoren eine Hauptrolle spielen (asthenischer Habitus, Adipositas usw.), kann eine Valgusknickung auch durch *Lähmung* (vor allem des M. tibialis posterior), durch eine *spastische Kontraktur* (v.a. der Peronealsehnen: siehe Spastischer Knick-Plattfuss, III.C.7.5.3.5.) oder posttraumatisch entstehen.

7.5.2.3. *Klinik*

Der statische Knick- und Knicksenkfuss an sich ist meistens eine recht harmlose Angelegenheit. Zur Beurteilung im Einzelfall sind die *Beschwerden* wichtiger als der morphologische Befund. Auch stärkere Deformitäten machen selten Beschwerden. Klagen Patienten mit Knickfüssen über Schmerzen, muss man immer auch nach anderen Ursachen suchen. Dies gilt vor allem auch bei Kindern.

7.5.2.4. *Therapie*

In der Mehrzahl der Fälle ist keine Behandlung nötig. Der Wert der *Stützeinlage* im *Kindesalter* wurde im vorigen Abschnitt erörtert. Während des *zweiten Lebensjahres* genügen gute Schuhe mit Fussbett. Beim *Erwachsenen* ist eine Stützung des Fusses mit einer Einlage nur sinnvoll, wenn Beschwerden (rasche Ermüdbarkeit, gelegentlich Wadenkrämpfe, Fusssohlenschmerz am Abend) als Zeichen der Überbeanspruchung bestehen, was relativ selten vorkommt. Diese Beschwerden können damit meist beseitigt werden.

Die *Schuheinlage* muss die mediale Längswölbung stützen. Die üblichen, überall käuflichen Konfektionseinlagen haben alle eine derartige *mediale Abstützung* (Abb. 648). In einfachen, leichteren Fällen genügt sie. Daneben sollte die Ferse aufgerichtet werden. Dazu dient ein medialer *Fersenkeil.* Dieser muss ausdrücklich verordnet werden. Die Einlage soll den Fuss supinieren, sie kann deshalb auch einfach als «supinierende Einlage» verordnet werden zu Handen des Orthopädiemechanikers. Gelegentlich wird der mediale Fusskeil am Absatz angebracht (Abb. 649 und 651).

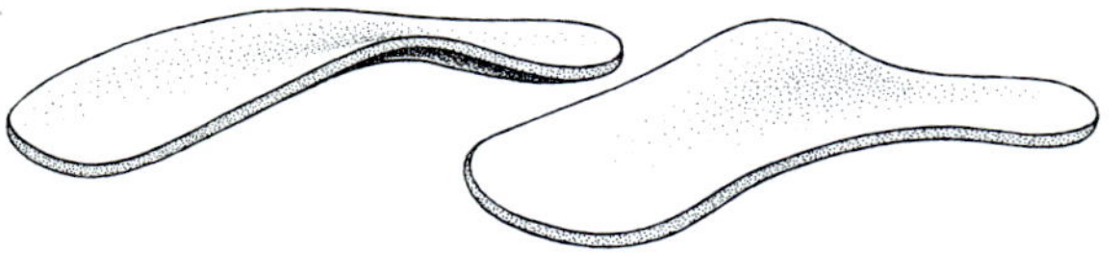

Abb. 649. Solche *einfache* anspruchslose *Stützeinlagen* bringen vielen Leuten mit leichten statischen Fussbeschwerden Erleichterung. Eine eigentliche Aufrichtung ist nicht angestrebt (ein medialer Fersenkeil fehlt hier).

Viele solche Einlagen werden aus Serienfabrikation ohne Umweg über den Arzt direkt an das Publikum verkauft. Sie helfen oft und schaden selten, kosten allerdings an manchen Orten mehr als sie wert sind.

Wenn Probleme auftauchen, etwa weil vorhandene Beschwerden nicht verschwinden, muss sich der Arzt einschalten und dem Patienten zu einer individuell angefertigten Einlage verhelfen.

Kinder brauchen in der Regel etwas anspruchsvollere, massgemachte Schaleneinlagen, oder, weit häufiger, gar keine Einlagen.

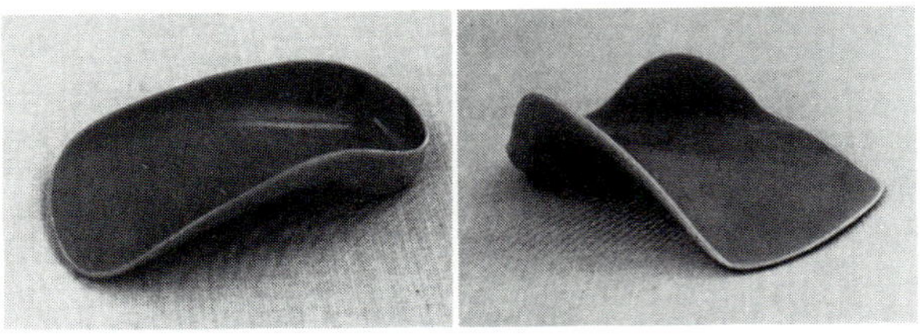

Abb. 650. Knickfusseinlagen für Kinder: Links Schaleneinlage, rechts Einlage mit hochgezogenem seitlichen Rand.

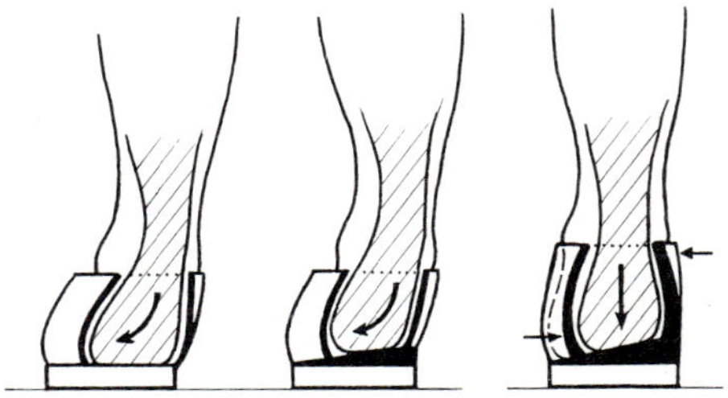

Abb. 651. *Aufrichtung des Knicksenkfusses im Schuh.*

a Schiefstellung der Ferse in weichem Schuh (vgl. Abb. 625).
b Eine Einlage mit *medialem Fersenkeil* kann die Ferse aufrichten, aber sie rutscht leicht nach aussen ab.
c Neben dem Fersenkeil ist ein seitlicher Halt der Ferse wesentlich: Entweder in einem kräftigen Schuh oder in einer *schalenförmigen* Einlage, wie sie für Kinder gerne verschrieben werden (siehe Abb. 650).

Wird die Einlage durch den Keil stark schräg gestellt, so muss sie lateral mit einem angehobenen Rand versehen werden, damit die Ferse nicht seitlich von der Einlage abrutscht (Abb. 650).

Manche Kinder und Jugendliche mit Knickfüssen treten paradoxerweise die Absätze auf der *Aussenseite* aus: Dies hat den gleichen Grund: Die abgeknickten Fersen drücken seitlich aus dem Schuh heraus. Manchmal wird zum Kummer der Mutter ein Schuh nach dem andern in wenigen Wochen schiefgetreten und abgelaufen. In diesen Fällen hat der Fersenkeil paradoxe Wirkung. Er muss erniedrigt oder entfernt werden. Auch hier braucht die Einlage auf der Aussenseite einen hohen Rand. Die Schuhe sind offensichtlich auch zu weich und sollten durch stärkere ersetzt werden (Abb. 625 und 651).

7.5.2.5. Der *Lähmungsknickfuss* (z.B. nach Poliomyelitis) erfordert im Kleinkindesalter gelegentlich einen Gehapparat, wenn mit einer Schaleneinlage die Abknickung nicht verhindert werden kann. Sobald das knöcherne Skelett einigermassen entwickelt ist, so kann eine *extraartikuläre Arthrodese* mittels eines Knochenspanes im Sinus tarsi *(Grice)* gemacht werden. Nach Wachstumsabschluss ist die *Double-Arthrodese* (unteres Sprunggelenk und Chopart) das beste Verfahren, den Fuss zu stabilisieren (auch bei spastischen Lähmungen) (Abb. 683). Weiteres siehe auch bei «Plattfuss».

7.5.3. *Der Plattfuss (Pes planus)*

Der Name bezeichnet einen Fuss, dessen Längswölbung völlig plattgedrückt ist. Im Gegensatz zum Knicksenkfuss ist die Deformität *fixiert* und richtet sich auch im unbelasteten Zustand nicht wieder auf. Der statische Plattfuss ist der Endzustand eines dekompensierten Knicksenkfusses, das Fussskelett hat der Körperlast nicht standgehalten.

7.5.3.1. Die *Ursache* dieser Insuffizienz ist mannigfaltig:
- kongenital (selten)
- statisch (konstitutionelle Band- und Muskelinsuffizienz)
- Lähmungen: schlaff (z.B. Polio), spastisch (z.B. C.P.)
- entzündlich: PcP – Arthritis
- posttraumatisch: z.B. nach Kalkaneus- und anderen Fussfrakturen (Abb. 689)
- Arthrose subtalar und im Mittelfuss (siehe III.C.7.8.2.)
- der «kontrakte Plattfuss» (siehe III.C.7.5.3.5.)
- andere Ursachen.

7.5.3.2. *Form und Funktion*
Ein *Fussabdruck* zeigt, dass die ganze Fusssohle den Boden berührt. In extremen Fällen ist die Längswölbung umgekehrt und nach unten konvex (Tampon). Neben der abgeplatteten Längswölbung fällt wie beim Knickfuss eine *Abduktion* des Vorfusses und eine *Valgusstellung* des Rückfusses auf. Anstelle der medialen Längswölbung steht der Taluskopf oder das Naviculare am Boden auf. An dieser Stelle können Schmerzen auftreten. Sonst macht der Plattfuss, wenigstens der rein statisch bedingte, in der Mehrzahl der Fälle keine oder relativ wenig Beschwerden. Auch die Leistungsfähigkeit braucht nicht eingeschränkt zu sein. Viele Leichtathleten haben Plattfüsse. Wichtig ist, zu wissen, dass die Beschwerden keineswegs mit der Schwere der Deformität parallel gehen. Für die *Beurteilung* und Therapie sind *weniger* die morphologischen Befunde als die *tatsächlichen Beschwerden* und etwaige Nebenbefunde (Arthrosen) ausschlaggebend.

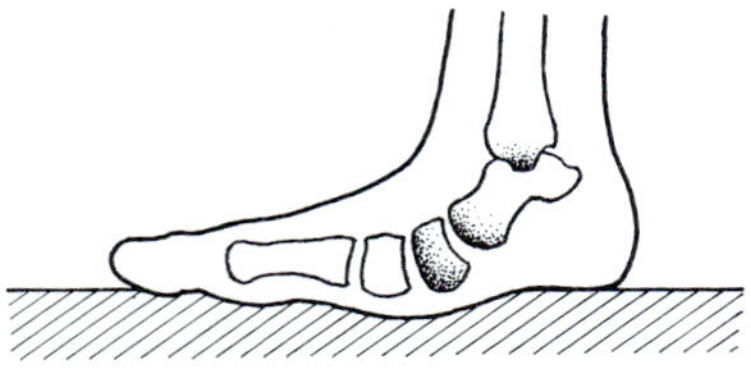

Abb. 652. Beim *Plattfuss* ist die mediale Fusswölbung abgeflacht, in schweren Fällen nach unten durchgebogen. Typisch ist das Vorspringen des *Navikulare*, seltener des Taluskopfes, nach medial und plantar, wo diese Knochenvorsprünge gegen den Boden drücken und schmerzhaft werden können.

Solange keine Beschwerden bestehen, ist keine Therapie notwendig (Abb. 652).

7.5.3.3. *Schmerzen*

Plattfüsse, vor allem die nicht rein statisch bedingten, sind oft mehr oder weniger *versteift*. In diesem Fall sind Beschwerden häufiger. Schmerzen können ausgehen von verschiedenen Stellen:

1. Überlastung einer Sohlenpartie: Dann ist die Abstützung und Aussparung dieser Druckstelle im Schuh, evtl. durch eine Einlage, notwendig. In schweren Fällen ist dies nur in Spezialschuhen mit Korkfussbett oder Massschuhen möglich.
2. *Überlastung der Bänder und Gelenke* (statische Beschwerden), häufig durch vermehrtes ungewohntes Stehen und Gehen. Auch hier ist gute Abstützung mittels Einlagen, Fussbett oder Massschuhen wesentlich. Eine Entlastung durch Einschränkung der Beanspruchung des Fusses kann notwendig werden.
3. *Arthrose* in einem oder mehreren subtalaren oder Mittelfussgelenken. Eine Ruhigstellung dieser Gelenke mittels Spezialeinlage, Abrollrampe am Schuh, kräftigem Massschuh, evtl. Gehapparat, oder die operative Versteifung der arthrotischen Gelenke sind erforderlich (Abb. 653).

Bei allen 3 Formen muss man versuchen, eine bessere Belastungsverteilung und Stützung zu erreichen. Bei *versteifter Deformität* sind Einlagen mit dem Zweck einer Korrektur der Deformität (z. B. Anheben der medialen Fusswölbung) meist nicht zweckmässig. Besser ist eine gleichmässige weiche Abstützung der *bestehenden* Fussform, ohne Korrekturversuch. In manchen Fällen genügen Einlagen nicht und Massschuhe sind notwendig. Wichtig ist, dass der Fuss so eingestellt wird, wie er in seiner Deformität auf dem Boden auftritt. Die Schuhsohle muss senkrecht zur Unterschenkelachse stehen, unabhängig von der Stellung der Fusssohle.

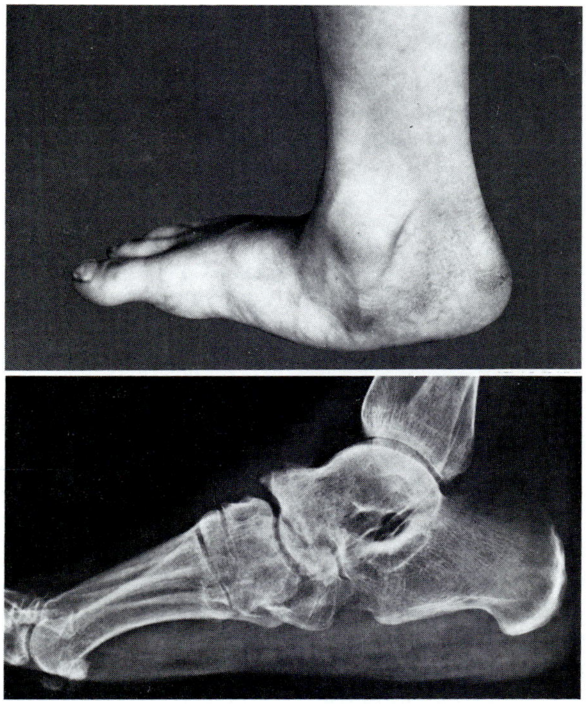

a

b

Abb. 653.

a Extremer *Plattfuss*. Die Fusswölbung ist völlig durchgetreten, konvex statt konkav. Die Belastung der Fusssohle medial, wo Taluskopf und Navikulare der Unterlage aufliegen, kann starke Schmerzen verursachen.
Mit Stützeinlagen zur *Korrektur* ist hier nichts zu erreichen, da der Druck zur Aufrichtung der Wölbung die Schmerzen in der Fusssohle nur verstärkt. Solche Füsse brauchen Einlagen oder Massschuhe, welche der Deformität genau *angepasst* sind, den Auflagedruck gleichmässig verteilen und die schmerzhaften Druckstellen *entlasten*.

b *Posttraumatischer Plattfuss* einer 48jährigen Frau, welche bei einem Schlittelunfall in der Jugend sich multiple Frakturen im Bereiche des Mittelfusses zugezogen hatte und als Folge davon eine schwere Arthrose im Chopartschen Gelenk. Die Schmerzen der Patientin rühren teils von der Arthrose, teils von der Fehlbelastung des Plattfusses her.

Eine *gute Schuhversorgung* kann recht schwierig sein. Eine gewisse Hartnäckigkeit im Verfolgen des Zieles und im Umgang mit Handwerkern lohnt sich. So gelingt es in manchen Fällen, nach einer Vielzahl von Versuchen, gelegentlich nach Monaten oder Jahren, schliesslich doch noch, eine Lösung zu finden.

Eine Alternative ist in schweren Fällen die operative Versteifung des unteren Sprunggelenkes und des Chopartschen Gelenkes, die *subtalare Arthrodese* (Doublearthrodese), z. B. bei Plattfuss nach Kalkaneusfraktur oder kontraktem Plattfuss (Abb. 683 und 689).

7.5.3.4. *Der schwere kindliche Plattfuss*

Trotzdem die Bedeutung des Knickfusses im Wachstumsalter nicht überbewertet werden darf, bleiben die (seltenen) schweren Knickplattfüsse bei Kindern und Jugendlichen ein leidiges Problem, zumal da sie gelegentlich (nicht immer) hartnäckige Beschwerden machen. Manchmal genügt eine gute supinierende Schaleneinlage, den Fuss einigermassen aufzurichten und die Beschwerden zum Verschwinden zu bringen. Die Deformität allerdings verschwindet auch nach jahrelangem Einlagetragen nicht und bleibt oft ein Ärgernis für die Mutter des kleinen Patienten, über das Geduld und aufklärende Worte hinweghelfen müssen (Abb. 654).

Eine grosse Anzahl von *Behandlungsmethoden* sind ersonnen worden, den Knickplattfuss bei Kindern zu korrigieren: Konservative Massnahmen sind von vorneherein praktisch aussichtslos. Operationen an Sehnen (Rückverlagerung des Tibialis anterior), an Kapseln und Bändern (Transposition des Talus über den Kalkaneus nach Faggiana), extraartikuläre Arthrodesen (Grice, siehe III.C.7.5.2.5.) und andere mehr wurden mit mässigem Erfolg versucht. Als Methode der Wahl hat sich keine zu halten vermocht. Bis heute ist die Behandlung des *schweren* schlaffen Knickplattfusses im Kindesalter unbefriedigend geblieben. Am besten ist es wohl, die Deformität durch eine Einlage abzustützen und sie im übrigen zu lassen wie sie ist, solange sie keine oder nur wenig Beschwerden macht. Über die Behandlung *nach* Wachstumsabschluss siehe oben und im nächsten Abschnitt.

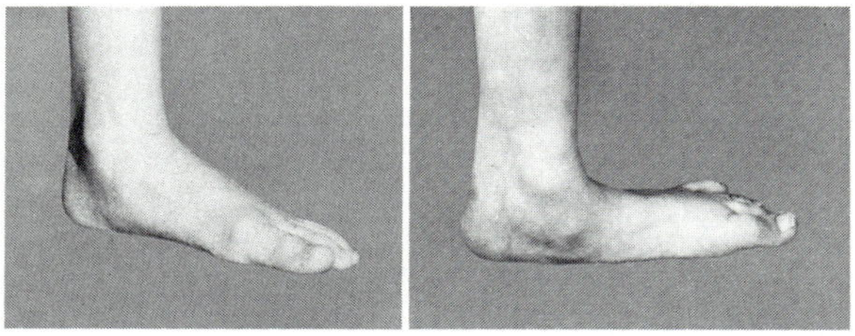

a b

Abb. 654.

a Dieser Fuss eines 8jährigen Knaben hat, wie die Füsse sehr vieler Kinder, im Stehen eine etwas abgeflachte Längswölbung. Das ist bei Kindern im Bereiche der Norm. Am unbelasteten Fuss oder im Zehenstand erscheint die Wölbung wieder (vgl. Abb. 645). Solche Füsse sind gesund und voll leistungsfähig.

b *Plattfuss* eines 11jährigen Mädchens. Diese Deformität kann Beschwerden machen. Sie braucht eine gute Abstützung, doch lässt sie sich kaum befriedigend korrigieren (siehe Text).

7.5.3.5. *Der kontrakte Knick- oder Plattfuss des Jugendlichen* ist ein typisches Krankheitsbild: Im Adoleszentenalter wird ein vorher symptomloser Knickfuss plötzlich im Verlaufe von Stunden und Tagen schmerzhaft, meistens im Anschluss an eine grössere Belastung (stundenlanges Stehen, «Lehrlingsplattfuss», im Militärdienst usw.). Das Stehen und Gehen ist überaus beschwerlich, und oft werden die Patienten dadurch für längere Zeit arbeitsunfähig. Von selbst bessert sich der Zustand kaum.

Die Untersuchung deckt eine fast vollständige *Blockierung* des *subtalaren Gelenkes* in Pronationsstellung auf. Die Kontraktur ist, wenigstens im Anfangsstadium, myogen, d.h. durch eine Dauerkontraktur der Fibularismuskulatur und der Zehenextensoren bedingt. Sie lässt sich nicht überwinden. Der Patient kann die Muskeln nicht willentlich entspannen, und jeder passive Supinationsversuch löst Schmerzen aus. Nur eine Ausschaltung der Pronatoren durch eine Leitungsanästhesie des Peroneusnervs oder eine Narkose zeigt, dass das untere Sprunggelenk selbst an sich noch beweglich wäre.

Der *pathogenetische Zusammenhang* ist nicht genau bekannt, doch besteht sicher ein Circulus vitiosus zwischen der Überlastung des Plattfusses, einem schmerzhaften Reizzustand im subtalaren Gelenk und der krampfartigen Verspannung der Muskulatur zur Blockierung dieses Gelenkes, welche ihrerseits wieder Schmerzen verursacht und dadurch die Kontraktur verstärkt (siehe auch Kontrakturen, II.12.2.).

Als Ursache des Reizzustandes im unteren Sprunggelenk findet man gelegentlich *Skelettveränderungen* auf dem Röntgenbild:

- Eine knöcherne Verbindung zwischen Kalkaneus und Navikulare. Diese «coalitio calcaneonavicularis» ist angeboren.
- Eine angeborene Verkürzung und Verbreiterung des Taluskopfes und -halses evtl. mit Randzacken als Zeichen einer Arthrose.
- Andere Arthrosenzeichen im unteren Sprunggelenk oder Chopart (Abb. 682).

Als Ausdruck einer Störung im subtalaren Gelenk, meist einer Arthrose, oft als Traumafolge kommen myogene Kontrakturen dieser Gelenke, nicht nur bei Jugendlichen, sondern auch im *mittleren Erwachsenenalter* und *ohne Plattfussdeformität* vor.

Man spricht dann besser von *Pronationskontraktur.*

Die *Behandlung* ist mühsam und langwierig: Bei leichten Fällen können im Anfangsstadium eine gut stützende Schaleneinlage (ohne Versuch die Deformität zu korrigieren) und eine gewisse Schonung genügen, sonst wird eine längerdauernde Ruhigstellung (Gips, Gehapparat, evtl. Liegekur) notwendig. Vorsichtige Mobilisierungsversuche, auch im Wasserbad und in Dauerextension evtl. nach Lokalanästhesie im Sinus tarsi, sollen die Kontrakturen lösen und damit den Circulus vitiosus unterbrechen. Nicht immer sind diese Massnahmen erfolgreich. Gelegentlich ist ein Berufswechsel notwendig. In behandlungsresistenten Fällen bleibt als Ausweg die *Operation:* Die Arthrodese des ohnehin weitgehend versteiften schmerzhaften unteren Sprunggelenkes (*Double-Arthrodese,* Abb. 683).

Lassen sich bei einer Fusskontraktur röntgenologische Zeichen von Veränderungen am unteren Sprunggelenk wie oben beschrieben finden, wird man sich leichter und früher zur Arthrodese entschliessen.

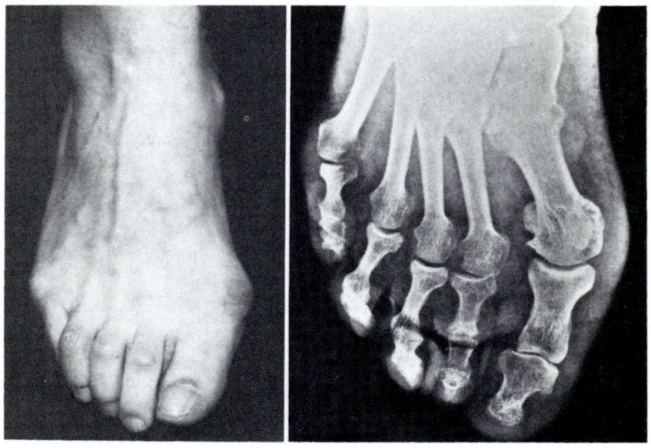

a b

Abb. 655. *Spreizfuss.*

a Vorfuss breiter als Rückfuss.
b Die Metatarsalia weichen vorne auseinander. Am breitesten ist der Fuss auf Höhe der Metatarsalköpfchen (Weichteilschatten).

7.5.4. *Der Spreizfuss*

Weit häufiger als der Knickplattfuss macht die Insuffizienz des Vorfusses, der *Spreizfuss,* Beschwerden. Bei den Patienten handelt es sich grösstenteils um Frauen im mittleren und vorgerückten Alter, welche über Schmerzen in Vorfuss und Zehen und Schwierigkeiten mit ihrem Schuhwerk klagen.

7.5.4.1. Die *Ursache* des Spreizfusses ist weitaus am häufigsten konstitutionell und statisch. Daneben findet man Spreizfussbeschwerden regelmässig bei Hohlfüssen (siehe III.C.7.4.5.) und nicht selten nach schwereren Verletzungen von Unterschenkel und Fuss. Besonders hartnäckige Spreizfussbeschwerden treten bei chronischer Polyarthritis auf, aber auch gelegentlich bei andern Fusserkrankungen (siehe Kontrakter Spreizfuss, III.C.7.5.4.7.).

7.5.4.2. *Der morphologische Befund* beim statischen Spreizfuss ist eindeutig:

1. Die normalerweise vorhandene *Querwölbung des Vorfusses* ist unter dem Gewicht der Körperlast zusammengebrochen und völlig *abgeflacht.*
2. Dadurch werden die fünf Metatarsalknochen fächerförmig gegen vorne auseinander gespreizt (Spreizfuss), der Vorfuss ist verbreitert (Abb. 655 und 669).

Jede dieser beiden Deformitäten macht besondere *Beschwerden,* welche auf verschiedene Art zu behandeln sind:

1. Die eigentlichen *Spreizfussbeschwerden* entstehen durch die unphysiologische Belastung des Vorfusses: Die Hauptbelastung tragen nicht mehr die Köpfchen des *ersten* und *fünften Metatarsalknochens,* sondern jene des *zweiten* oder *dritten.* Sie springen nach plantar vor und können hier leicht getastet werden. Druck auf diese Stelle löst den typischen Spreizfussschmerz aus, sowohl beim Gehen wie bei der Palpation. Die Fussballenhaut weist hier *Hornhautverdickungen,* Schwielen, und in fortgeschrittenen Fällen äusserst druckempfindliche *Clavi* («Hühneraugen», III.C.7.5.4.5.) auf. Diese machen das Gehen zur Qual. Die normale Gehschwiele unter dem I. Metatarsalköpfchen fehlt hingegen oft ganz (Abb. 656 und 658).
2. Die *sekundären Spreizfussbeschwerden* sind vor allem *Zehenbeschwerden* und kommen zustande, weil der durch die Abflachung breiter gewordene Fuss samt den Zehen nicht mehr in normale Schuhe hineinpasst (Abb. 657 und 659).

Die randständigen Metatarsalköpfchen I und V drücken seitlich nach aussen gegen den Schuh (Gross- resp. Kleinzehenballen, «bunion»). Auch hier entstehen mit der Zeit Druckstellen, Schwielen, Hühneraugen und damit starke Schmerzen.

Durch den Druck der sich verengenden Schuhspitze werden die randständigen Zehen vorne wieder gegen die mittleren Zehen gedrängt:

– Die Grosszehe nach auswärts (gegen die Fussachse): Hallux valgus (siehe III.C.7.6.1.).

- Die Kleinzehe nach innen: Digitus quintus varus (siehe III.C.7.6.2.4.).
- Die mittleren Zehen werden von vorne zusammengedrückt und krallen sich ein: Hammerzehen (siehe III.C.7.6.2.).

Alle diese *Zehendeformitäten* sind typische Begleiterscheinungen des Spreizfusses und gehören zu den häufigsten Ursachen von Fussbeschwerden überhaupt (Abb. 657 und 675).

Alle die genannten Veränderungen sind mehr oder weniger zwangsläufig Folge des *Missverhältnisses* zwischen der *Insuffizienz des Vorfusses,* welcher in die Breite drängt, und dem *Druck* zu

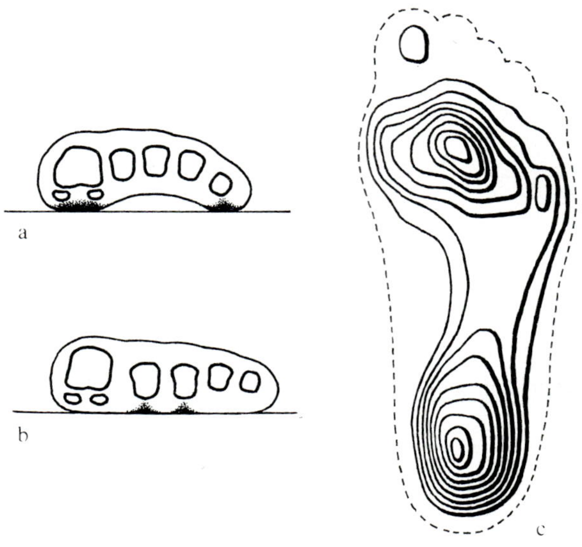

Abb. 656. *Metatarsalgie beim Spreizfuss.*

a *Normalerweise,* bei erhaltener vorderer Querwölbung, ruht die Fussballenbelastung nur auf den Metatarsalköpfchen des ersten und des fünften Strahles.

b Ist die *quere Fusswölbung abgeflacht,* aufgehoben oder gar konvex, so drückt das ganze Gewicht auf die Metatarsaleköpfchen des zweiten und des dritten Strahles. Die Sohlenhaut bekommt an dieser Stelle Druckschwielen, Clavi (Hühneraugen) und wird sehr schmerzhaft.

c Das *Druckpodogramm* des Spreizfusses zeigt deutlich, dass die Fussballenbelastung hauptsächlich unter dem Metatarsalköpfchen II und/oder III liegt. Diese Stellen müssen entlastet werden.

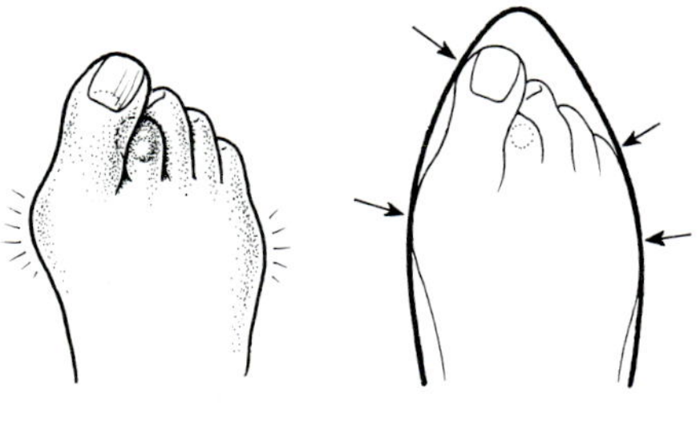

Abb. 657. *Zehendeformitäten* führen, neben den Metatarsalgien, am häufigsten zu Beschwerden beim Spreizfuss, und zwar praktisch immer durch *Druck im Schuh:* Der breite Vorfuss hat im schmalen Schuh keinen Platz mehr und wird von beiden Seiten zusammengequetscht. Das gibt Druckstellen und Schmerzen vor allem seitlich am medialen Metatarsalköpfchen (dem «Hallux», wie er landläufig bezeichnet wird) oder auch am lateralen. Vorne werden die Zehen in den engen Schuhspitzen zusammengepresst, eingestaucht und kommen einander in die Quere. Dadurch kommt eine typische Zehendeformität zustande: die Hammerzehe.

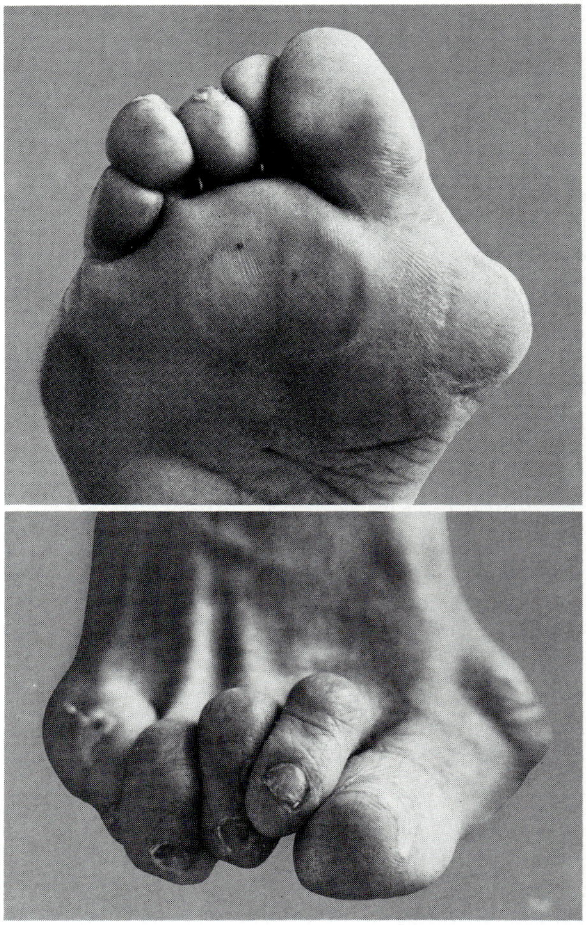

a

b

Abb. 658. Die *Ursachen* der *Spreizfussbeschwerden.*

a Schwielen unter den Köpfchen der Metatarsalia II und III, die typische, umschriebene Stelle, wo die Schmerzen bei Belastung, also beim Stehen und Gehen, und auch bei der Palpation, auftreten: «Metatarsalgie».

b Vorne im Schuh haben die Zehen zu wenig Platz und werden in der Schuhspitze zusammengepresst. Die äusseren Zehen verdrängen die inneren, welche in eine Krallenstellung geraten (Hammerzehen). Durch den Druck des Schuhes und der Nachbarzehen bilden sich Schwielen, schmerzhafte Hühneraugen.

enger, modischer *Schuhe*. Die Zehen werden vorne im Schuh zusammengepresst, bedrängen sich gegenseitig und drücken aufeinander, was Fehlstellungen und schmerzhafte Clavi zur Folge hat. Gleichzeitig verlieren sie ihr Bewegungsspiel und mit der Zeit auch ihre Beweglichkeit. In schweren Fällen entstehen groteske Deformitäten (Abb. 658).

7.5.4.3. *Lange Leidensgeschichten*
kennzeichnen die Anamnese solcher Füsse. Immer wieder werden neue Schuhe ausprobiert, doch keine passen. Regelmässig werden die «Hühneraugen» von der Pedicure weggeschabt, geätzt oder geschnitten, und immer bilden sie sich von neuem. Salben und Pflaster, Filzstücke und Gummiringlein werden mit grosser Geduld täglich appliziert. Überall suchen diese Patientinnen Rat, doch der simplen Erkenntnis, dass ihre Schuhe vorne viel zu eng sind und ihre breiten Füsse einfach nicht hineinpassen, verschliessen sie sich hartnäckig. An dieser Tatsache lässt sich wohl so wenig ändern, wie an der Schuhmode, welche die Form des Frauenschuhes seit jeher bestimmt hat und weiterhin diktieren wird. Schon Aschenbrödels Schwester wollte sich lieber die Füsse zurechtschneiden lassen, als auf elegante Schuhe verzichten. Bis heute ist dies kaum anders geworden: Die meisten Frauen lassen sich lieber ihre Halluces valgi operieren, als dass sie unförmig grosse Schuhe tragen (Abb. 659 und 660).

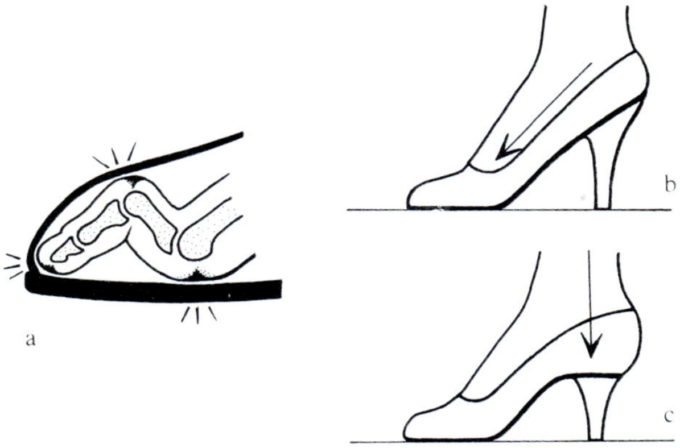

Abb. 660. *Zehen und Schuh.*

a Im engen und zu kurzen Schuh eingeklemmte und gestauchte Zehen verkrüppeln, sie haben keine Bewegungsmöglichkeit und kommen in eine typische verkrampfte Fehlstellung hinein: *Hammerzehen* sind eine der häufigsten Ursachen von Fussbeschwerden, vor allem bei Frauen.

b Im engen Schuh mit hohem Absatz rutscht der Fuss auf der schiefen Ebene nach vorne ab, der ganze Druck kommt vorne auf die Zehen.

c Schuhe mit hohen Absätzen müssen eine gute Fusswölbung mit einem *Plateau für die Ferse* eingebaut haben, damit das Körpergewicht auf dem Absatz ruht und nicht auf die Zehen drückt.

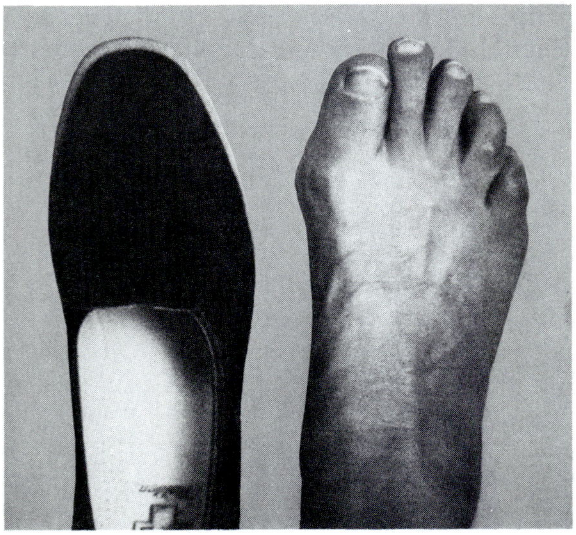

Abb. 659. Diesen Schuh bezeichnete die Patientin, die sich ihren Hallux valgus schon vor Jahren hat operieren lassen, als «bequem», den breitesten, den sie besitze. Sehr viele Frauen mit Spreizfüssen tragen noch wesentlich engere Schuhe und sind empört, wenn der Arzt einen Zusammenhang zwischen Schuhform, Zehendeformitäten und Beschwerden vermutet. Der Zwang der Mode ist derart, dass diese Frauen, auch wenn sie sich zu breiteren Schuhen bequemen würden, im Handel kaum solche finden.

7.5.4.4. *Behandlung*

Die Behandlung der schmerzhaften *Zehendeformitäten* (Hallux valgus, Hammerzehen usw.) wird in den entsprechenden Abschnitten beschrieben (siehe III.C.7.6.1.2. resp. III.C.7.6.2.3.), sie ist vorwiegend operativ. Die eigentlichen *Spreizfussbeschwerden* (Metatarsalgien) hingegen müssen *konservativ* behandelt werden.

Die *permanente Aufrichtung* einer plattgedrückten vorderen Querwölbung ist nicht mehr möglich, weder durch Muskeltraining noch mit Operationen. Das Ziel der Behandlung ist die *Entlastung* der druckschmerzhaften Partien der Fusssohle, in der Regel der Metatarsalköpfchen II und III in der Mitte des Fussballens. Die *Last* muss auf andere Partien der Fusssohle *verteilt* werden, vor allem auf die Ferse, die Längswölbung und die Gegend *knapp hinter den Metatarsalköpfchen* (Abb. 661).

Einlagenbehandlung:

Eine solche *«retrokapitale Abstützung»*, eine sogenannte «Spreizfusspelotte» ist in vielen Konfektions- und «Gesundheitsschuhen» fest einge-

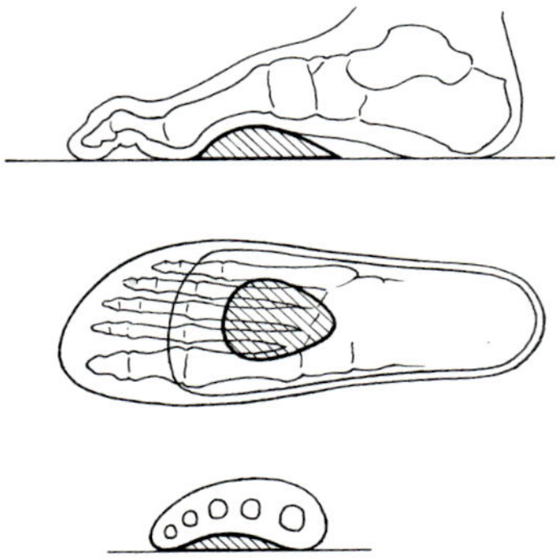

Abb. 661. Die *Behandlung* der *Metatarsalgie* beim Spreizfuss ist in der Regel *konservativ.* Das Prinzip ist die *Entlastung* des *schmerzhaften Fussballens* mittels retrokapitaler Pelotte.

Die schmerzhaften Metatarsalköpfchen des 2. und 3. Strahles müssen hohlliegen. Die Abstützung muss weiter *hinten* erfolgen. Im Bild ist die richtige Stelle der Pelotte in bezug auf das Fussskelett eingezeichnet.

baut oder als isolierte Gummipelotte («Fussbett») käuflich. In den meisten serienmässig hergestellten normalen Schuheinlagen ist eine solche Abstützung mindestens rudimentär vorhanden. Sie wird von einem normalen Fuss wohl als angenehm empfunden, genügt aber in der handelsüblichen Ausführung oft nicht, einen schmerzhaften Spreizfuss richtig zu entlasten. Dazu sind die Pelotten in der Regel zu niedrig und zu weich. Eine gute Abstützung muss *hoch* genug und darf *nicht eindrückbar* sein, damit die Belastung richtig aufgenommen und vom schmerzhaften Fussballen abgehoben wird. In nicht allzu schweren Fällen ist eine individuell angefertigte Spreizfusseinlage die beste Lösung. Besonders muss darauf geachtet werden, dass die Pelotte nicht zu weit *vorn* sitzt und auf die Metatarsalköpfchen drückt, welche ja entlastet werden sollen, und dass der *vordere Rand* der Einlage nicht genau unter den schmerzhaften Fussballen zu liegen kommt und drückt. Ein bis zu den Zehen vorgezogener Lappen an der Einlage verhindert dies (Abb. 662).

Als Ergänzung ist eine *Abrollrampe* am Schuh zweckmässig (Abb. 686). Bei der sogenannten «Schmetterlingsrolle» bleibt unter dem schmerzhaften Metatarsalköpfchen eine Delle ausgespart.

Man darf nicht erwarten, dass eine Spreizfusseinlage nach der ersten Anprobe schon genau passt! Gegebenenfalls muss sie mehrmals *abgeändert* und *besser angepasst* werden, bis der richtige Abstützeffekt erzielt wird und die Schmerzen verschwinden. Metalleinlagen können mit dem Hammer zurecht geklopft werden, Kork- und Ledereinlagen lassen sich abschleifen und aufstokken, verschiedene starre Kunststoffe sind in erhitztem Zustand plastisch formbar. In jedem Fall muss der Orthopädiemechaniker imstande und willens sein, eine Einlage nicht nur zu verkaufen, sondern auch individuell anzupassen und bei Bedarf wieder abzuändern (Abb. 663).

In relativ wenigen Fällen genügen die beschriebenen Massnahmen nicht, die «Metatarsalgie», d.h. die Schmerzen unter den Metatarsalköpfchen zu beseitigen. Spezialschuhe mit steifer Sohle und Korkeinlagen zur belastungsfreien Einbettung des Vorfusses oder entsprechende Massschuhe werden notwendig.

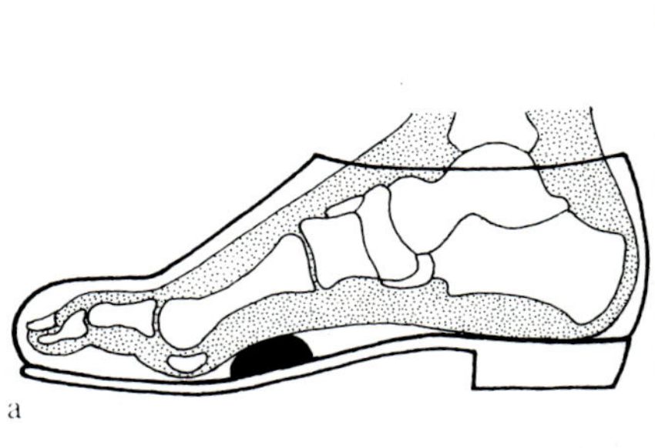

a

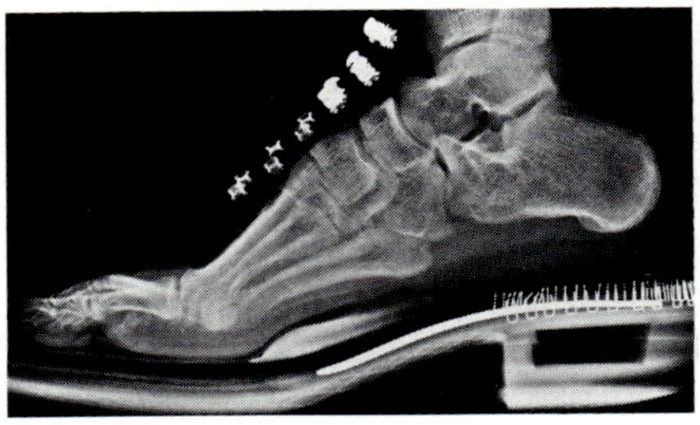

b

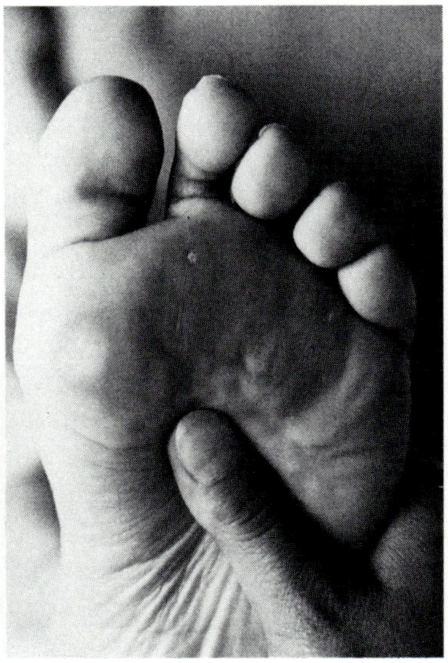

c

Abb. 662. *Die Wirkung der Spreizfusseinlage.*

a Die Spreizfusspelotte im Schuh ist schwarz gezeichnet. Es muss eine «retrokapitale Abstützung» des Fusses sein, sie muss also *hinter* den Metatarsalköpfchen liegen, damit diese entlastet werden.

b Die (im Röntgenbild weisse) Pelotte an richtiger Stelle im Schuh. Ein häufiger Fehler ist eine Pelotte, die zu weit vorne liegt und auf die Metatarsalköpfchen drückt, statt sie zu entlasten.

c Hinter dem Fussballen lässt sich die Fusssohle mit dem Daumen leicht eindrücken. An diese Stelle muss die Pelotte zu liegen kommen.

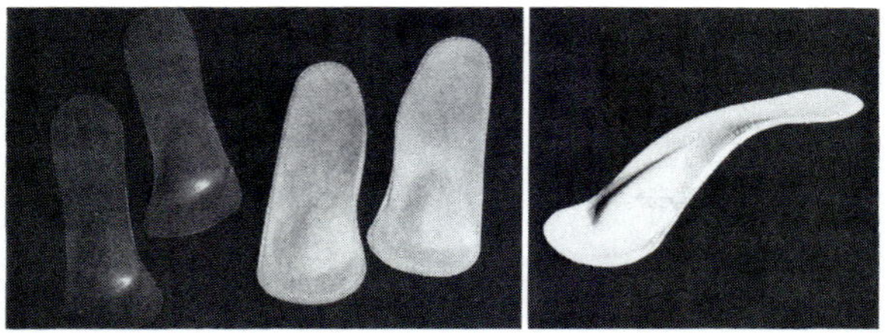

Abb. 663. *Spreizfusseinlagen* verschiedener Ausführung mit retrokapitaler Pelotte, gegen Metatarsalgie. In einfachen Fällen genügt eine schmale Pelotte, gelegentlich ist eine breite Abstützung quer über die ganze Einlage günstiger. In schwierigeren Fällen muss die Form der Einlage der Fussform individuell angepasst werden, wobei die Druckstellen gezielt hohl gelegt werden sollen. Rechts eine Einlage für Schuh mit hohem Absatz.

Leder ist immer noch ein sehr gutes Material, vor allem bei stärkerer Schweissbildung.

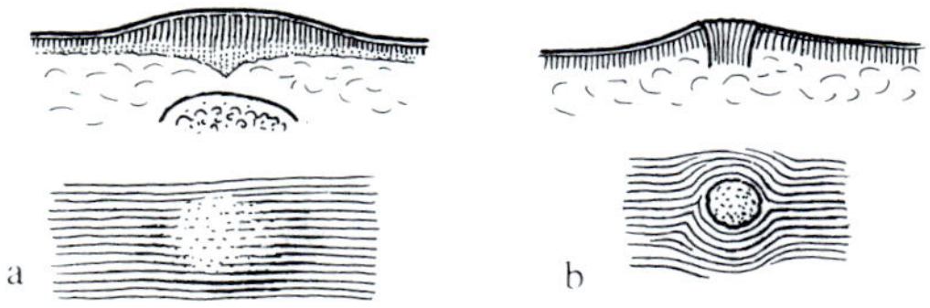

Abb. 664.

a *Hühnerauge* (Clavus), oben im Querschnitt, unten Aufsicht. Stark verdickte Hornschicht an der Stelle der grössten Belastung, d.h. genau über dem darunter liegenden Knochen. Dort bildet sich mit der Zeit ein Dorn aus verhornter Haut, der ins Fleisch sticht und sehr schmerzhaft ist. Man kann den ganzen Clavus, d.h. die verhornte Haut mitsamt dem Dorn mit dem Skalpell herausschneiden, ohne dass es blutet. Das ist die Spezialität des Fusspflegers; aber auch dem Arzt, der es macht, ist der Patient sehr dankbar, denn er wird damit schlagartig von seinen Schmerzen befreit. Ohne gleichzeitige kausale Behandlung bilden sich die Clavi allerdings bald wieder.

b *Differentialdiagnose: Hornwarze* (Verruca plana): In der Regel *nicht* genau über dem belasteten Knochen, scharf gegen die Umgebung abgegrenzt (die Hautlinien machen einen Bogen darum herum). Die Warze selbst besteht aus weichen Papillen mit kleinen schwarzen Stippchen, und wenn man hineinschneidet, blutet es stark (siehe auch Abb. 675 und Abb. 687). Behandlung: siehe III.C.7.9.2.1.

Mit diesen konservativen Mitteln ist es möglich, die grosse Mehrzahl der eigentlichen Spreizfussbeschwerden zum Verschwinden zu bringen. Zurück bleiben die durch den Spreizfuss verursachten *Zehenbeschwerden* (siehe III.C.7.6.), welche mit einer Einlage kaum vollständig zu beheben sind, die seltenen Ausnahmefälle, bei denen Operationen an den Metatarsalknochen angezeigt sind (siehe Kontrakter Spreizfuss, III.C.7.5.4.7.), sowie einige besondere Probleme, welche den gewöhnlichen Spreizfuss gelegentlich komplizieren. Sie werden im folgenden besprochen:

7.5.4.5. *Clavi (Hühneraugen)*

sind eine überaus häufige Erscheinung beim Spreizfuss. Die Haut der Fusssohle und der Zehen hat eine eigentümliche Art, auf lokalisierten chronischen Druck zu reagieren: Die *Hornhautschicht verdickt sich* und bildet mit der Zeit eine harte Schwiele. An der Stelle des grössten Drukkes, d.h. wo dicht unter der Haut ein Knochenvorsprung liegt, wächst die Hornschicht, das Stratum corneum, auch ins Subkutangewebe hinein. Mit der Zeit bildet sie einen nach innen gerichteten, oft mehrere Millimeter tiefen *harten Dorn* aus, welcher bei Druck richtig «ins Fleisch sticht» und überaus starke Schmerzen verursachen kann. Solche «Clavi» oder «Hühneraugen» entstehen überall, wo ein Knochen unter der Haut gegen den Schuh drückt (Abb. 665 und 675).

Fusssohlenwarzen (Verruca plana) werden gelegentlich mit Hühneraugen verwechselt. Die *Differentialdiagnose* ist aber immer möglich (Abb. 664 und III.C.7.9.2.1., Abb. 687).

Beim Spreizfuss sind es etwa ein Dutzend Stellen, wo solche Clavi mit Vorliebe sitzen:

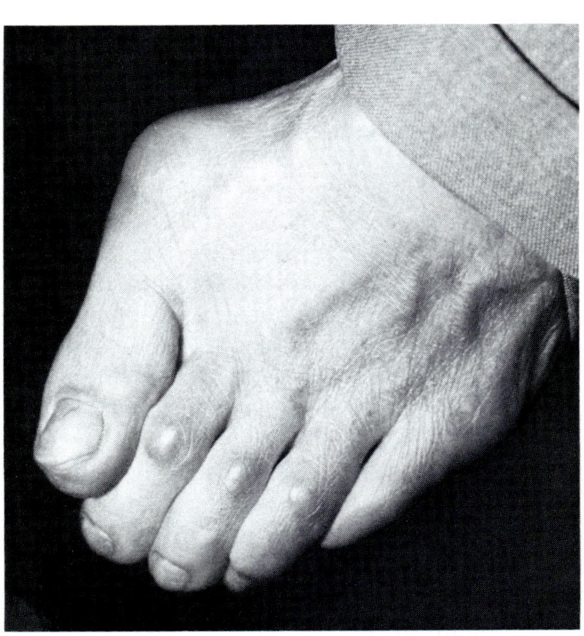

Abb. 665. *Hühneraugen* (Clavi) entstehen überall dort, wo der Schuh drückt, bei diesem Spreizfuss an typischer Stelle, auf den Köpfchen der Kleinzehengrundphalangen. Diese Zehen werden zu Hammerzehen (vgl. Abb. 660).

1. Fusssohle unter dem Metatarsalköpfchen II und/oder III.
2. Medial am Metatarsalköpfchen I (sog. «Exostose» am Hallux valgus, siehe III.C.7.6.1.).

3. Lateral am Metatarsalköpfchen V (sog. «Exostose» beim «Digitus V varus», dem Gegenstück des Hallux valgus, siehe III.C.7.6.2.4.).
4. Dorsal auf den Köpfchen der Grundphalangen der Zehen II – V bei Hammerzehen (siehe III.C.7.6.2.) (Abb. 665).
5. An der Spitze der Zehen II – V bei Hammer- oder Krallenzehen.
6. Zwischen zwei Kleinzehen, wenn Knochenvorsprünge gegeneinander drücken (Interdigitalclavus, siehe III.C.7.6.2.2.).

Behandlung: Die Schwielen können mit dem Skalpell schichtweise weggeschnitten werden. Der ebenfalls dem Stratum corneum zugehörige Dorn wird dann gut sichtbar als gelblicher, weisser, glasiger Pfropf in der gut durchbluteten, roten Fusssohlenhaut. Bei sorgfältigem Vorgehen kann man ihn *herausschneiden,* ohne dass es blutet, bis überall das rosarote Stratum germinativum durchschimmert. Sofort lassen die Schmerzen nach. Diese Behandlung wird – mehr oder weniger gründlich – auch von der Pedicure durchgeführt; sie ist rein symptomatisch. Wenn der Schuhdruck nicht beseitigt wird, bilden sich die Dorne in kurzer Zeit nach und die Beschwerden beginnen von neuem.

Zu der symptomatischen muss also eine *kausale* Behandlung kommen. Sie besteht entweder in der *Entlastung* der Druckstelle (entlastende Einlage, besser angepasstes, genügend weites Schuhwerk, welches nicht drückt, evtl. umschriebene Ausweitung des Oberleders durch den Schuhmacher, ringförmige Filz- oder Gummipolster, kleine weiche Kissen hinter den Hammerzehen über den Grundgelenken usw.), oder in der *operativen Entfernung* (Resektion) der unter der Druckstelle liegenden Knochenvorsprünge. An den *Zehen* ist dieses Vorgehen einfach und zweckmässig. Die *Metatarsalköpfchen* sollten jedoch bei gewöhnlichen Spreizfüssen *nicht reseziert* werden, weil sie einen wichtigen und unentbehrlichen Stützpunkt des Fusses bilden. Ihr Verlust kann schwere Insuffizienzerscheinungen, Funktionsstörungen und Beschwerden zur Folge haben (Ausnahmen siehe beim kontrakten Spreizfuss, III.C.7.5.4.7.).

7.5.4.6. *Die Mortonsche Interdigitalneuralgie*

Gelegentlich klagen Spreizfusspatienten über eigenartige, stechende, bohrende, oft plötzlich einschiessende heftige *Schmerzen* in der Fussballe, welche manchmal in die kleinen Zehen ausstrahlen. Die Schmerzen können auch nachts im Bett auftreten. Diese Symptome sind für gewöhnliche Spreizfussbeschwerden nicht typisch.

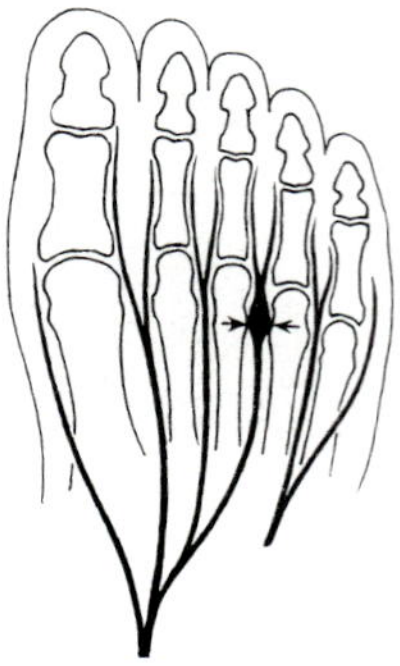

Abb. 666. *Mortonsches Neurom* des dritten Interdigitalnerven, die häufigste Lokalisation. Der sensible Nerv wird zwischen zwei Metatarsalköpfchen gequetscht und bildet hier eine narbige Verdickung, die bei der Operation gut zu erkennen ist. Durch queres Zusammendrücken des Fusses können die stechenden Schmerzen oft ausgelöst werden, gelegentlich findet man einen kleinen Sensibilitätsausfall an den benachbarten Zehen.

Wenn die Spreizfusseinlage nicht hilft, erreicht man durch die Exzision des Nerven mit dem Neurom in der Regel Schmerzfreiheit.

Bei der Untersuchung findet man eine Druckdolenz in der Grube zwischen den Metatarsalköpfchen III und IV, seltener in einem benachbarten Interspatium, manchmal einen Druckschmerz bei seitlicher Kompression des Vorfusses oder eine leichte Sensibilitätsstörung an den schmerzhaften Zehen (Abb. 666).

Eine gute Spreizfusseinlage kann die Schmerzen manchmal lindern. Bringt sie keinen Erfolg, so sollte man mit der *Operation* nicht lange zuwarten.

War die Diagnose richtig, so findet man bei der Exploration des Interdigitalraumes zwischen dem Metatarsalköpfchen eine kolbenförmige *Verdikkung* des *Interdigitalnerven,* knapp vor seiner Aufgabelung. Das veränderte Nervenstück wird reseziert. Die histologische Untersuchung zeigt eine narbige Verdickung des Nerven, ein Neurom. Die Schmerzen verschwinden in der Regel sofort.

Die *Ursache* der Neurombildung ist nicht bekannt. Es lohnt sich aber, das Krankheitsbild zu kennen und nach ihm zu suchen, weil die Behandlung einfach und dankbar ist.

7.5.4.7. *Der kontrakte Spreizfuss*

Ein gewöhnlicher Spreizfuss ist beweglich. Am hängenden Fuss lässt sich die Querwölbung passiv leicht wieder formen. Es gibt aber auch vollständig *versteifte* Spreizfüsse, bei welchen die Beweglichkeit der Metatarsalia gegeneinander aufgehoben ist. (Normalerweise sind v. a. die lateralen Metatarsalknochen ziemlich beweglich.)

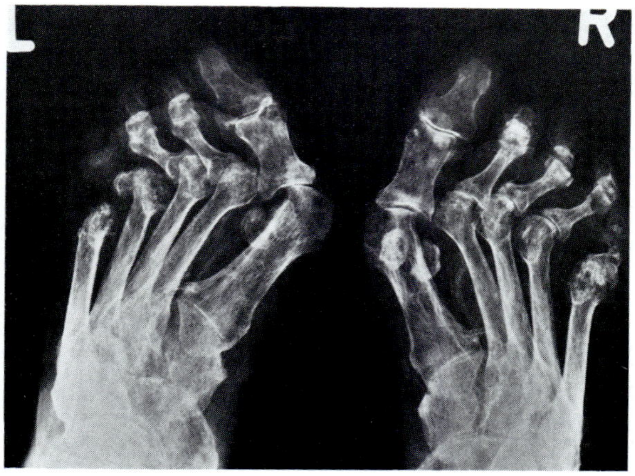

Abb. 667. *Kontrakter Spreizfuss* als Folge einer PcP. Die Zehen sind deformiert und steif, daneben macht das Auftreten starke Schmerzen an den Fussballen unter den mittleren Metatarsalköpfchen. In solchen schweren Fällen kann die subkapitale Osteotomie der betroffenen Metatarsalia (Helal), oder ausnahmsweise eine Resektion aller Metatarsalköpfchen (Lelièvre, Clayton) angezeigt sein.

Meistens findet man an solchen Füssen mehr oder weniger schwere *Gelenksveränderungen* im Mittelfuss und an den Zehengrundgelenken. Das bekannteste Beispiel ist der Spreizfuss bei der chronisch *progredienten Polyarthritis* (Avantpied plat triangulaire). Aber auch posttraumatische und statische Arthrosen der kleinen Gelenke können solche kontrakten Spreizfüsse machen. Häufig sind die Zehen im Grundgelenk vollständig nach *dorsal luxiert,* die Zehen sitzen in Hammerstellung dem Vorfuss oben auf und drücken die mittleren Metatarsalköpfchen zusätzlich nach unten. Fast immer besteht auch ein schwerer Hallux valgus (Abb. 667).

Behandlung: Einlagen genügen in diesen Fällen kaum mehr, weichgepolsterte Massschuhe sind kein Luxus. Die *operative* Sanierung der Zehen ist manchmal imstande, den Zustand zu bessern, aber nicht immer. Verschiedene Operationen zur Spreizfusssanierung wurden angegeben. Weichteiloperationen (Bandplastiken usw.) nützen nichts, Osteotomien an den Mittelfussknochen, um die schmerzhaften Metatarsalköpfchen anzuheben (Helal) schon eher. In schweren Fällen, wenn die Patienten kaum mehr gehen können, bei Invaliden und Polyarthritikern, ist *ausnahmsweise* die *Resektion der Metatarsalköpfchen* erlaubt (Alignement nach Le Lièvre, Clayton). Dabei werden alle Metatarsalköpfchen auf gleicher Höhe reseziert. Die Schmerzen gehen zurück und die Gehfähigkeit wird besser.

7.6. Statische Zehendeformitäten

Die überaus häufigen statischen Zehendeformitäten entstehen in erster Linie beim *Spreizfuss* und wurden dort bereits erwähnt (siehe III.C.7.5.4.).

Wesentliche, aber nicht ausschliessliche pathogenetische Bedeutung haben die *vorne zu engen Schuhe,* welche den Zehen keinen Spielraum lassen. Diese verlieren dadurch ihren ursprünglich grossen aktiven Bewegungsumfang und versteifen langsam in einer Zwangsstellung. Der Vergleich mit Füssen von Kindern und Menschen, welche normalerweise barfuss gehen, macht erst richtig klar, wie weit Füsse in engen Schuhen verkrüppeln und sich vom Naturzustand entfernen können (Abb. 668 und 669).

Die typischen Deformitäten sind im folgenden beschrieben:

- Hallux valgus
- Hammerzehen (Zehen II – V)
- Digitus quintus varus.

Meistens kommen sie zusammen vor bei Spreizfüssen, und häufig verschlimmern sie sich gegenseitig.

7.6.1. *Hallux valgus*

7.6.1.1. *Allgemeines*

Von Natur aus ist der Normalfuss im Zehenbereich am breitesten und die Grosszehe bildet die gerade Fortsetzung des Metatarsale I. In dieser Form passt der Fuss in keinen geschlossenen Konfektionsschuh hinein. Eine gewisse Abweichung der Grosszehe nach lateral (gegen die Fussachse hin) ist deshalb als *Begleiterscheinung der Zivilisation* praktisch immer vorhanden.

Solange die Zehe aktiv gerade gerichtet (adduziert) werden kann, wird wohl kein Hallux valgus daraus entstehen. Die meisten Erwachsenen, vor allem Frauen, können diese Bewegung jedoch nicht mehr willkürlich ausführen; sie ist im Verlaufe der Zeit verloren gegangen.

Dem Druck der Schuhspitze, welche die Grosszehe in Valgusstellung drängt, steht keine aktive Kraft mehr entgegen. Ist die Deformität erst permanent geworden, so zieht die lange Strecksehne die Grosszehe noch mehr in Valgusstellung (Abb. 668 und 670).

Der Hallux valgus ist in der Damenwelt *weit verbreitet,* doch macht er in den meisten Fällen wenig Beschwerden. Wenn Schmerzen auftreten, so beginnen sie in der Regel an der Stelle, wo das Metatarsalköpfchen I nach medial vorspringt («Exostose», «bunion»). Hier ist jetzt der Fuss am

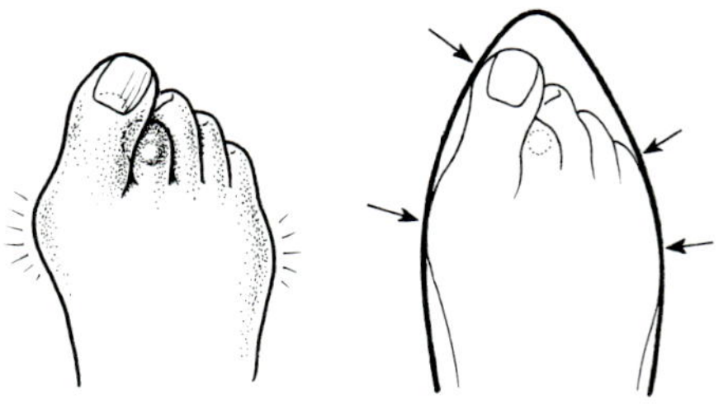

Abb. 668. Die Schmerzen beim Hallux valgus gehen fast immer von der seitlichen Druckstelle am ersten Metatarsalköpfchen aus. Oft bildet sich dort eine Bursa, die sich durch das ständige Reiben infizieren kann.

Durch die Fehlstellung der Grosszehe kommen die kleinen Zehen in Raumnot, werden ihrerseits deformiert und geraten oft über oder unter die Grosszehe, was alles ebenfalls schmerzhaft ist.

Enge Schuhe spielen eine wesentliche Rolle bei der Deformierung des Spreizfusses. Die Schmerzen entstehen fast immer durch den Druck des Schuhes. Schmale, spitze Schuhe sind aber eines der wichtigsten Attribute der Damenmode, und nur wenige Frauen möchten darauf verzichten. Wenn sie wenigstens zu *Hause* Pantoffeln, und bei der *Arbeit* breite Schuhe tragen, ist ihnen schon viel geholfen.

a

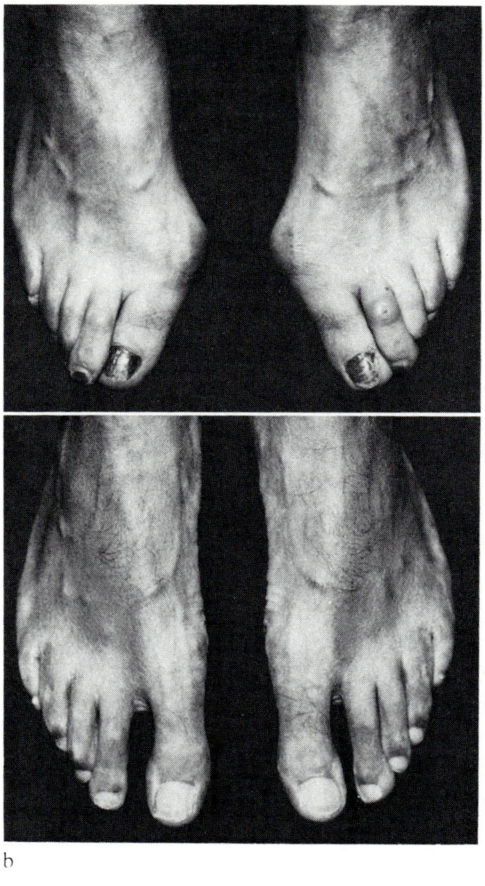

b

breitesten, entsprechend drückt der Schuh am stärksten. Leicht kommt es zu mechanischen Reizerscheinungen an der Haut und am darunterliegenden Schleimbeutel, zu Entzündungen, Schwellungen, abakteriellen und sogar eitrigen Bursitiden. Der Schuhdruck unterhält sie, so dass daraus ein chronisch rezidivierender, schmerzhafter Zustand wird.

Aber auch das Grosszehengrundgelenk wird wegen der Schiefstellung oft schmerzhaft, seine Beweglichkeit nimmt ab, es wird inkongruent und mit der Zeit arthrotisch. Die Deformität nimmt progredient zu und kann im Endstadium einen Valguswinkel bis zu 90° erreichen (Abb. 658 und 669).

7.6.1.2. *Behandlung*

Sicher hat das Tragen von Schuhen, welche den Zehen genügend Spielraum für aktive Bewegungen lassen, eine grosse prophylaktische Bedeutung. Aktives Abspreizen der Grosszehe vom Fuss als regelmässige Übung schützt weitgehend vor der fixierten Deformität.

Bei *Beschwerden* helfen eine zeitlang lokale antiphlogistische Applikationen, ringförmige Polster, bei akuten abakteriellen Entzündungen evtl. auch einmal lokale Infiltrationen von Hydrokortison. Mit Einlagen allein verschwinden die Schmerzen kaum.

Weitgehende Beschwerdefreiheit erzielt man natürlich mit geeignetem Schuhwerk (vorne besonders weite Schuhe, seitliches Ausweiten des Oberleders, offene Schuhe wie Sandalen usw., Massschuhe), doch sind solche Schuhe auf dem Markt nicht leicht zu finden und werden auch selten gewünscht. Viel häufiger geht es darum, den

◁ Abb. 669. *Die Stellung der Grosszehe.*

a Typischer Hallux valgus mit Spreizfüssen bei einer 48jährigen Dame, welche sich, wie die meisten Frauen, den Schuhmodeströmungen nicht entziehen konnte und wollte. Die Deformität hat seit der Jugend ständig etwas zugenommen. Zuerst war sie reversibel, jetzt ist sie fixiert. Schmerzhaft ist der mediale Vorsprung des Metatarsalköpfchens der Grosszehe, wo oft eine entzündete Bursa zu finden ist («bunion»), seltener auch das Grosszehengrundgelenk.

b Die Füsse eines 40jährigen Mannes. Solche völlig gerade Grosszehen, wie sie der barfuss gehende Mensch natürlicherweise hat, sieht man in unseren Breiten noch bei Kindern, bei Erwachsenen nicht mehr sehr häufig. Die meisten Frauen haben eine mehr oder weniger stark ausgeprägte Valgusstellung der Grosszehe, zuerst nur im Schuh, später fixiert.

Patienten wieder zu ermöglichen, «normale», d.h. modische Konfektionsschuhe zu tragen. Dies kann nur mit einer *Operation* erreicht werden. Da die Hallux-valgus-Operationen nicht immer befriedigend ausfallen, eine erhebliche Komplikationsrate und nicht so selten schlechte Spätresultate haben, ist Zurückhaltung geboten, vor allem bei jungen Patientinnen.

Die Indikation zur Operation sollte nur wegen Beschwerden, nicht aus rein kosmetischen Gründen gestellt werden.

Trotzdem ist die Hallux-valgus-Operation eine der häufigsten orthopädischen Operationen überhaupt. Schon die Vielzahl der Operationsmethoden zeigt, dass es kein absolut zuverlässiges Verfahren gibt. Am einfachsten wäre es, die vorspringende «Exostose» zu resezieren. Die Resultate sind aber schlecht, es kommt meistens zur schmerzhaften Versteifung des Grundgelenkes.

Eine Kombination der einfachen «Exostosen»-Resektion mit Sehnentransplantationen zur Stellungskorrektur (de Vries, McBride) mag in leichten Fällen bei jüngeren Patientinnen genügen, doch sind auch bei diesem Verfahren die Resultate unsicher.

Operationen, bei welchen das Metatarsalköpfchen teilweise oder ganz reseziert wird, berauben den Fuss eines seiner wichtigsten Stützpunkte und sind deshalb ungünstig.

Am besten bewährt hat sich bei älteren Patienten (etwa jenseits des 30.–40. Altersjahres) die *Operation nach Brandes* (in Amerika nach Keller benannt): Neben der sogenannten «Exostose» wird die Basis der Grundphalanx (je nach Fall die Hälfte bis zwei Drittel der Gesamtlänge der Grundphalanx) reseziert. Die Zehe kann dadurch gerade gerichtet werden. An der Stelle der resezierten Knochen bildet sich eine zuerst schlaffe, später mehr oder weniger stabile, aber doch einigermassen bewegliche und schmerzfreie Pseudarthrose aus. Der Fuss ist wegen der verminderten Kraft der Plantarflexion der Grosszehe etwas geschwächt, im übrigen aber funktionstüchtig. Vor allem passt er wieder in «normale» Konfektionsschuhe hinein (Abb. 670).

Bei der Operation spielt das Ausmass der Resektion eine Rolle: Die Zehe sollte nachher weder als schlaffes Anhängsel am Fuss schlottern, noch in einer neuen Fehlstellung versteifen. Um letzteres zu vermeiden, ist es in der Mehrzahl der Fälle angebracht, die lange Strecksehne etwas zu verlängern. Wesentlich für den Erfolg ist die sorgfältige Nachbehandlung: Postoperative Fixierung in guter Stellung, später Zehengymnastik und zweckmässiges Schuhwerk.

In allen Fällen mit stärkerer Deformität, und vor allem wenn das Grundgelenk bereits geschädigt ist (Versteifung, Arthrose), sowie bei älteren Patientinnen, ist diese Operation das Verfahren der *Wahl* (Abb. 671 und 672).

Ihre Nachteile sind die Verkürzung und Schwächung der Zehe sowie eine gewisse Unsicherheit hinsichtlich des Langzeitresultates. Bei jüngeren Patientinnen (etwa 20–30 Jahre) mit nicht allzu schlimmer Deformität und unbeschädigtem Gelenk sollte mit einer Operation die *Wiederherstellung* normaler *Fussverhältnisse* angestrebt werden. Die *retrokapitale Verschiebeosteotomie* des Metatarsale I nach *Hohmann* hat sich dafür gut bewährt. Sie ist technisch heikler und erfordert eine wesentlich längere Heildauer (6–10 Wochen). Bei richtiger Indikation und Technik sind jedoch klinisch und kosmetisch gute Dauerresultate zu erreichen (Abb. 673).

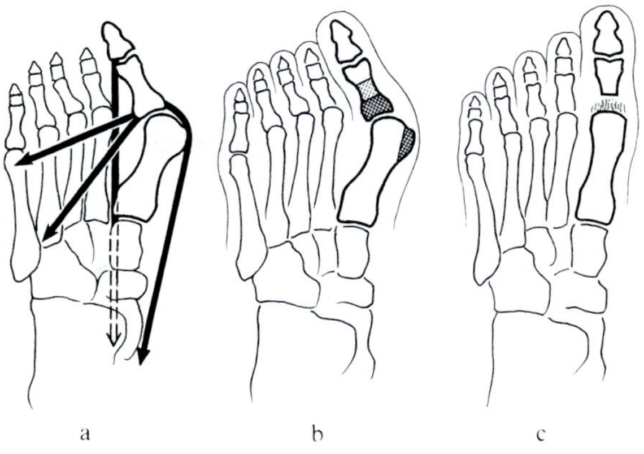

Abb. 670.

a *Die Dynamik des Hallus valgus.* Zwei starken, kurzen Adduktoren steht nur der Abductor hallucis als Antagonist gegenüber. Nur wenige Erwachsene können jedoch die Grosszehe noch aktiv abspreizen.
Ist die Valgusstellung einmal entstanden, so wird der Zug der langen Grosszehenstrecksehne ebenfalls zu einer deformierenden Kraft.
Bei geringer Fehlstellung und intaktem Grosszehengrundgelenk kann es gelingen, durch Sehnentransplantationen die Stellung zu korrigieren. Allerdings sind die Resultate nicht immer genau voraussehbar.

b Trotz immer wieder neuen Versuchen ist die *Resektionsoperation* nach Brandes bzw. Keller eine der besten Operationen geblieben: Je nach Deformität wird ein grösseres oder kleineres Stück aus der Grundgelenksbasis reseziert, zudem die störende *«Pseudoexostose»* medial am Metatarsalköpfchen. Dieses selbst soll als Fussstützpunkt erhalten bleiben. Häufig ist es nötig, die lange Grosszehenstrecksehne zusätzlich zu verlängern.

c Durch die Resektion verschwindet die schmerzhafte seitliche Druckstelle, die Grosszehe wird kürzer und lässt sich leichter gerade richten. An der Stelle des Gelenkes entsteht eine mehr oder weniger straffe Narbe, eine Pseudarthrose, die ein schmerzfreies Abrollen beim Gehen ermöglicht.

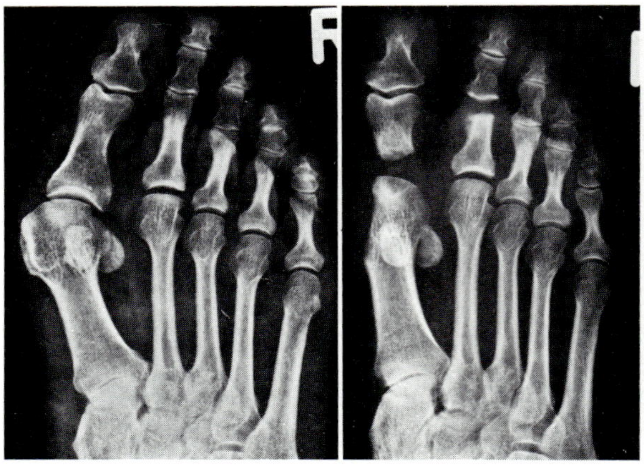

a b

Abb. 671. Die *Hallux-valgus-Operation* nach BRANDES bzw. KELLER.

a Hallux valgus mit Spreizfuss bei einer 47jährigen Frau. Das Grundgelenk ist infolge der starken Abknickung der Grosszehe bereits subluxiert und weist die ersten Zeichen einer Arthrose auf. Wegen der Schmerzen wurde dann die Zehe operiert.

b Zustand nach Resektion der Basis der *Grosszehengrundphalanx* und der medial vorspringenden *«Exostose»*. Der Fuss ist schmäler, die Grosszehe gerade und kürzer. Auch an der besonders langen zweiten Zehe war eine Resektion, und zwar des *Köpfchens* der Grundphalanx (nach HOHMANN) gemacht worden.

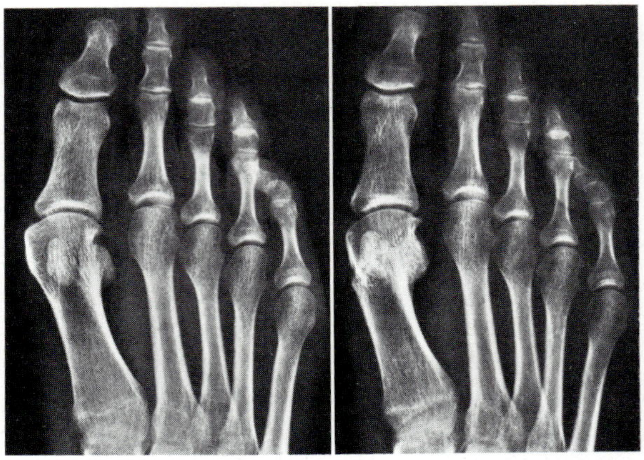

a b

Abb. 673. *Gelenkerhaltende Hallux-valgus-Operation.*

a In Fällen wie bei dieser 22jährigen Frau mit mässiger Fehlstellung und intaktem Grosszehengrundgelenk ist eine Korrektur unter Erhaltung des Gelenkes möglich mittels einer Osteotomie des ersten Metatarsale (nach HOHMANN).

b Zustand 1 Jahr später: Das Metatarsalköpfchen ist etwas nach lateral verschoben, die Osteotomie knöchern fest, auch ist der Fuss etwas schmaler geworden.

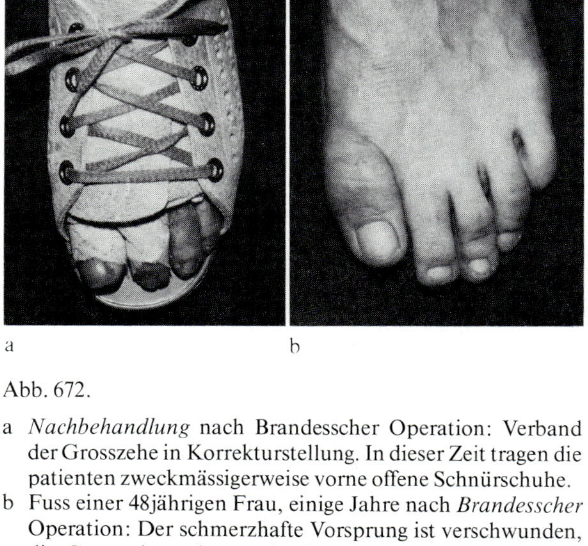

a b

Abb. 672.

a *Nachbehandlung* nach Brandesscher Operation: Verband der Grosszehe in Korrekturstellung. In dieser Zeit tragen die patienten zweckmässigerweise vorne offene Schnürschuhe.

b Fuss einer 48jährigen Frau, einige Jahre nach *Brandesscher* Operation: Der schmerzhafte Vorsprung ist verschwunden, die Grosszehe steht gerade, ist allerdings etwas verkürzt. Dafür ist die Patientin beschwerdefrei gehfähig und kann wieder marktgängige Schuhe tragen. An der zweiten Zehe war die Hammerzehenstellung operiert worden.

Fuss- und Zehenoperationen sind keine Bagatellen: Komplikationen wie Zehendeformitäten, Versteifungen, Schmerzen und Gehbehinderung sind zu häufig. Nur sorgfältige Indikation und Technik ergeben gute Resultate. Um die notwendige Erfahrung zu sammeln und zu vermitteln ist als Subspezialität die *Podologie* entstanden.

7.6.2. *Hammerzehen*

7.6.2.1. *Ursachen*

Hallux valgus und Hammerzehen kommen als die typischen statischen Zehendeformitäten meistens zusammen vor. Sie sind Folgen der gleichen Fussinsuffizienz. Im zu engen Schuh stossen die Zehen vorne an und werden verkrümmt. Infolge der Bewegungsarmut verkümmern die kleinen Fussmuskeln, welche die Zehen strecken sollten. In diesem Stadium wird die Verkrümmung noch verschlimmert durch den Zug der langen Zehenbeuger und -Strecker, welche sich immer mehr verkürzen.

Gelegentlich sieht man angeborene Zehendeformitäten, häufiger entstehen Hammerzehen:

- bei *neurologischen* Störungen, vor allem beim Hohlfuss (siehe III.C.7.4.5.) und spastischen Lähmungen,
- als Folge von *Fuss- und Beinverletzungen,* besonders nach längerer Immobilisation, auch

wenn die Zehen selbst nicht unmittelbar betroffen waren, und
- bei entzündlichen Erkrankungen des Fusses, wie bei der *chronischen Polyarthritis.*

Entstehungsmechanismus und *Aspekt* sind in allen Fällen ähnlich, auch die *Therapie* ist gleich.

7.6.2.2. *Morphologie*

Die *Hammerzehenstellung* ist charakteristisch: Dorsalextension im Grundgelenk und starke Flexion im proximalen Interphalangealgelenk. Das Endgelenk kann flektiert, extendiert oder gerade stehen. Die Deformität nimmt in der Regel langsam aber stetig zu. Die Zehen werden kürzer, beanspruchen aber mehr Platz in der *Höhe.* Das Köpfchen der Grundphalanx steht am Oberleder an und hier entsteht der erste schmerzhafte Clavus, häufig an einer der mittleren Zehen, doch folgen die übrigen Zehen in der Regel nach (Abb. 674).

Bei manchen Hammerzehen sitzen die schmerzhaften Clavi an der *Zehenspitze,* vor allem bei stärkerer Flexionsstellung im Endgelenk, wodurch die Zehenspitze gegen die Schuhsohle gedrückt wird (Krallenzehe). Gelegentlich findet man einen Clavus *seitlich* an einer Zehe, gegen welchen ein Knochenvorsprung der benachbarten Zehe drückt: *Interdigitalclavus.*

Bei fortgeschrittenen und schwereren Fällen schieben sich benachbarte Zehen über- und untereinander, vor allem auch wenn ein Hallux valgus gegen die Kleinzehen drückt. Manchmal *luxieren* die Zehen im Grundgelenk nach *dorsal,*

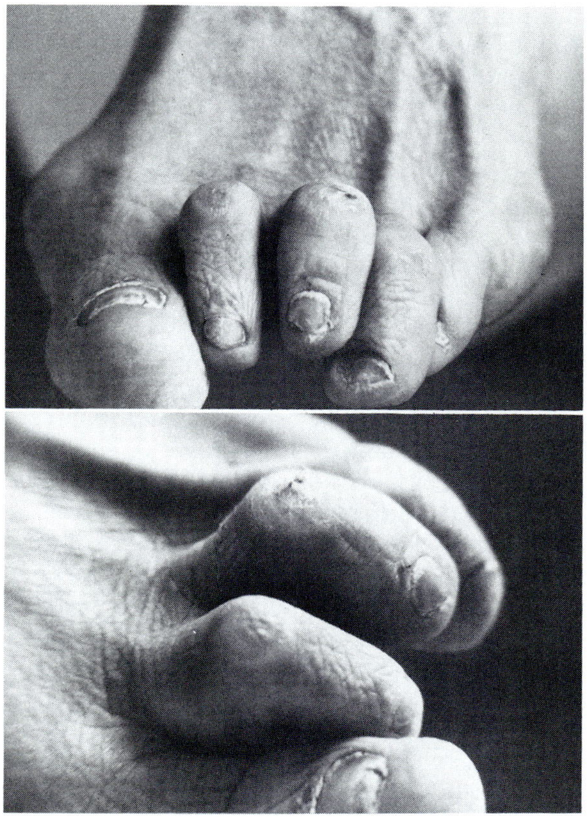

Abb. 675. *Hammerzehen* bei einer 65jährigen Frau. Diese Zehen sind in einer Flexionskontraktur versteift. Oben auf dem Köpfchen der Grundphalanx sitzen schmerzhafte Hühneraugen, *Clavi.* Man kann diese entfernen, doch bilden sie sich unter dem Druck des Schuhes immer wieder neu. Für solche schmerzhafte Zehen ist die Resektion des Köpfchens der Grundphalanx (nach HOHMANN) eine zweckmässige Operation (Abb. 674a).

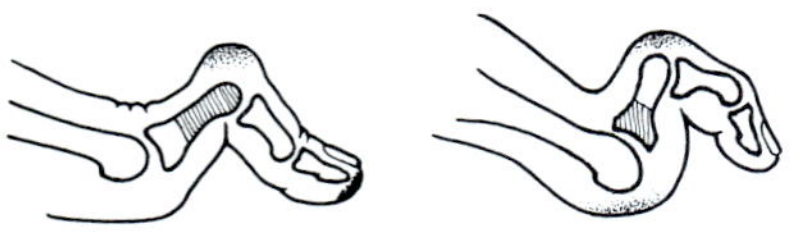

a b

Abb. 674. *Hammerzehen, Krallenzehen.* Zehengrundgelenk stark nach oben dorsalextendiert, proximales Interphalangealgelenk übermässig flektiert. Endgelenk manchmal gebeugt, oft auch gestreckt. Die Zehen sind oft richtig verkrüppelt, kontrakt, kaum mehr beweglich, in den Schuhen und zwischen den übrigen Zehen eingeklemmt und gequetscht. An allen Vorsprüngen sitzen schmerzhafte Clavi. Hühneraugen, vor allem auf dem Grundphalanxköpfchen, aber auch auf der Zehenkuppe (punktiert).

Wenn die Patienten keine weiten Schuhe tragen wollen und das Abpolstern nicht hilft, ist die ausgiebige Resektion des Grundphalanxköpfchens in der Regel die beste Lösung (a) (schraffiert gezeichnet).

Bei Subluxation des Grosszehengrundgelenkes, wenn die Grundphalanx oben auf dem Metatarsalköpfchen steht und nicht reponiert werden kann, ist die Resektion der Basis besser (b) (schraffiert).

sitzen dem Metatarsalköpfchen oben auf und drücken es hinunter. Dadurch werden die Abplattung der vorderen Querwölbung und die Schmerzen am Fussballen verstärkt. Beschwerden machen bei allen Zehendeformitäten vor allem die Druckstellen am Schuh, die Clavi (siehe III.C.7.5.4.5., Abb. 660 und 675).

7.6.2.3. *Behandlung*

Manche Frauen tragen vorne offene Schuhe und sind damit beschwerdefrei. Geschlossene Konfektionsschuhe mit weichem Oberleder, welche für die Hammerzehen genügend Platz haben, sind auf dem Markt nicht leicht aufzutreiben. Viele Frauen behelfen sich mit kleinen Filz- oder Gummipolstern, mit Verbändchen oder käuflichen Schlingen, womit die Zehen herunter gebunden werden können. Die regelmässige Pedicure muss die immer wieder neu sich bildenden Hühneraugen entfernen. In vielen Fällen genügen diese palliativen Massnahmen. Bei hartnäckigen Beschwerden kann nur die Operation wirklich helfen.

Sie besteht üblicherweise in der *Resektion* des nach oben vorspringenden Köpfchens der Grundphalanx, wo der Clavus sitzt (Hohmann). Die Zehe muss genügend *gekürzt* werden, damit kein Rezidiv entsteht. Deshalb wird ein Stück des Grundgliedschaftes mitreseziert. Jetzt kann die Zehe manuell gerade gerichtet werden. Diese Stellung soll am Schluss der Operation fixiert werden, am besten mit einem Achtertourenverband nach Hohmann (siehe Abb. 674a). Vor allem bei älteren Leuten ist darauf zu achten, dass der Verband nicht drückt und stranguliert, weil sonst Drucknekrosen und Gangrän entstehen können. Aus demselben Grunde ist es vorsichtiger, bei der Lokalanästhesie kein Adrenalin zu verwenden.

Besteht eine *Luxation* im Grundgelenk, so muss die *Basis* der luxierten Grundphalanx entfernt werden, welche auf das Metatarsalköpfchen drückt (Debasierung nach Gocht).

Bei Zehenoperationen geht es in der Regel nicht nur um eine einzelne Zehe, sondern darum, die ganze *Zehenreihe* möglichst wieder in eine Linie zu bringen. Deshalb muss die *Länge* der einzelnen Zehen berücksichtigt werden, und deshalb vermeidet man auch Zehenamputationen wenn immer möglich, damit die Deformität der übrigen Zehen nicht noch zunimmt.

7.6.2.4. *Digitus quintus varus*

Diese Deformität ist das genaue Spiegelbild des Hallux valgus an der Kleinzehe, kommt allerdings seltener vor. Ursache und Beschwerden sind die gleichen: Spreizfuss und Druck an der Seite des vorspringenden Köpfchens des Metatarsale V.

Auch die Behandlung ist ähnlich wie beim Hallux valgus: Bei jungen Mädchen kann mit einer *retrokapitalen Osteotomie* des Metatarsale V, ähnlich der Operation bei Hallux valgus, die Deformität korrigiert werden. Bei älteren Frauen kommt eine Operation in Frage, welche der *Brandesschen* an der Grosszehe entspricht.

7.6.2.5. *Hallux malleus*

So wird die Hammerzehenstellung der Grosszehe bezeichnet. Das Endgelenk ist in einer Flexionsstellung fixiert. Die Ursache ist meistens ein Hohlfuss (siehe III.C.7.4.5.), eine Kontraktur der langen Grosszehenmuskeln nach Verletzung, z. B. nach offenen Unterschenkelfrakturen mit Verklebung der Sehnen im Wundgebiet, oder trophischen Störungen. Schmerzhafte Druckstellen im Schuh entstehen über dem Endgelenk und an der Spitze der Grosszehe. Hilft das Abpolstern im Schuh nicht, so kann die Fehlstellung der Zehe korrigiert werden mittels einer *Arthrodese* des Endgelenkes in Streckstellung. Bei einer Steilstellung des Metatarsale I (Hohlfuss) kann die Rückverlagerung der langen Strecksehne auf dieses Metatarsale angeschlossen werden.

Hallux rigidus: siehe III.C.7.8.3.

7.7. Lokalisierte Veränderungen am Fussskelett

Am Fuss gibt es mehrere genau umschriebene Stellen, wo charakteristische Knochenveränderungen, manche davon harmlose Skelettvarianten, beträchtliche Schmerzen verursachen können. Schuhdruck ist in der Regel die auslösende Ursache.

7.7.1.1. *Die Haglundsche Fersenexostose*

Bei Kindern und Jugendlichen, welche über Fersenschmerzen klagen, springt gelegentlich das Tuber calcanei hinten oben, neben dem Ansatz der Achillessehne, stark vor. Vom *Druck des hinteren Schuhrandes* ist die Haut gerötet, entzündet, und manchmal entsteht eine Bursitis zwischen Achillessehnenansatz und Kalkaneus oder eine Fussblase. Klinisch hat man den Eindruck einer echten Exostose, im Röntgenbild ist aber höchstens der hintere obere Kalkaneuspol etwas stärker ausgeprägt, eine an sich belangslose Skelettvariante.

Die Beschwerden werden manchmal nur durch bestimmte Schuhe, z. B. Skischuhe ausgelöst, und es genügt, diese zu wechseln oder den Schuh an der betroffenen Stelle auszuweiten oder abzupolstern. Hilft die Versorgung mit geeignetem Schuhwerk nicht, so muss ein Knochenstück aus dem hinteren oberen Pol des Tuber calcanei hinter der Achillessehne abgemeisselt werden. Dies ist ohne weiteres möglich, denn der Ansatz der Achillessehne liegt weiter distal. Bei zu sparsamer Resektion kann ein Rezidiv entstehen.

7.7.1.2. *Apophysitis calcanei*

Fersenschmerzen *im Wachstumsalter* werden manchmal auf eine Umbaustörung der knöchernen Apophyse des Tuber calcanei zurückgeführt. Unregelmässigkeiten und Sklerosierung der Apophyse erinnern röntgenologisch an osteochondrotische Veränderungen, wie man sie etwa beim Morbus Schlatter an der Tuberositas tibiae sieht. Sie gehören aber zum normalen radiologischen

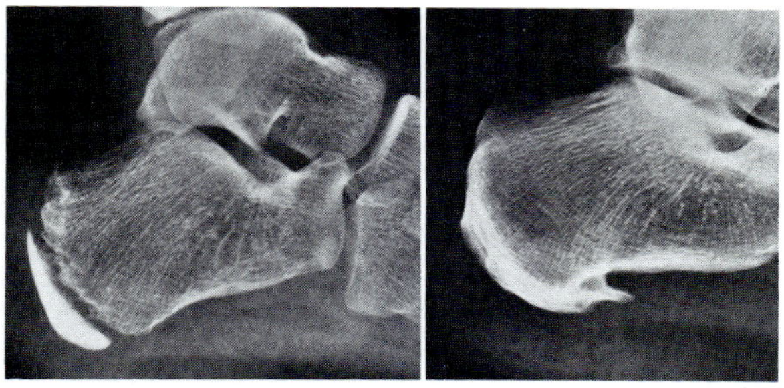

a b

Abb. 676.

a *Kalkaneusapophyse* bei einem 12jährigen Knaben. Eine dichte Struktur des Knochenkernes, wie hier, auch unregelmässige Auflockerungen, gehören oft mit zum radiologischen Bild der *normalen* Fersenentwicklung. Fersenschmerzen bei Kindern haben möglicherweise manchmal hier ihre Ursache, in andern Fällen ist vielleicht ein leichter Knickfuss oder eine Überlastung des Achillessehnenansatzes die Ursache. Fast immer heilt die Sache von selbst, spätestens wenn der Apophysenkern mit dem Kalkaneus knöchern verschmilzt.

b *Fersensporn* bei einem 51jährigen Mann, an der Insertionsstelle der Plantaraponeurose am Kalkaneus. Nicht selten Zufallsbefund ohne Symptome. Schmerzen an dieser Stelle kommen aber auch vor ohne Sporn.

Aspekt des Apophysenkernes am Tuber calcanei. Die Schmerzen sind möglicherweise Ausdruck einer Überbeanspruchung der knorpeligen Wachstumszone, vielleicht durch den Zug der Achillessehne; sie verschwinden nach einiger Zeit spontan wieder. Eine gute Stützeinlage hilft meistens rasch (Abb. 676a).

7.7.1.3. *Fersensporn*

Typisch sind stechende Schmerzen an der Fusssohle unter dem Kalkaneus beim Auftreten, genau dort, wo die plantare Faszie entspringt, also etwas medial und vor dem Hauptbelastungspunkt der Ferse. Im seitlichen Röntgenbild sieht man an dieser Stelle einen knöchernen, nach vorne gerichteten Sporn, und es liegt nahe, diesem die Schuld an den Schmerzen zuzuschreiben. Allerdings findet man solche «Fersensporne» häufig auch ohne Beschwerden. Wahrscheinlich ist eine mechanische Entzündung an der Insertion der Plantarfaszie die Ursache der Schmerzen (Abb. 676b).

Behandlung: In erster Linie wird der Schmerzpunkt entlastet, etwa mit einem ringförmigen Polster am Schuh selbst oder mit einer Einlage, so, dass die druckdolente Stelle unbelastet in die Delle zu liegen kommt. Kurzwellen und in hartnäckigen Fällen lokale Kortisoninfiltrationen werden zusätzlich angewandt. Diese konservativen Massnahmen genügen in der Regel, die Schmerzen mit der Zeit zum Verschwinden zu bringen. Nur selten wird man zu einer Operation Zuflucht nehmen. Dabei wird der Ursprung der Plantarfaszie vom Kalkaneus abgetrennt.

7.7.1.4. *Der dorsale Fusshöcker («Silfverskjöld-Exostose»)*

Ein umschriebener Knochenvorsprung am Fussrist ist gelegentlich Ursache von Schuhdruck und Schmerzen bei älteren Kindern und Jugendlichen. Meistens lassen sie sich beseitigen durch kleine Änderungen am Schuh, etwa durch Ausweitung des Oberleders oder eine weichgepolsterte Zunge im Schuh. Wenn dies nicht genügt, kann der knöcherne Vorsprung, welcher dem Metatarsale I und dem Os cuneiforme I zugehört, abgemeisselt werden. Allerdings ist zu bedenken, dass dabei ein Gelenk verletzt wird, was möglicherweise später zur Arthrose führen könnte.

7.7.1.5. *Überzählige Fussknochen*

Sogenannte akzessorische Knochenkerne sind auf Fussröntgenbildern häufig zu sehen, ohne dass sie Beschwerden machen.

Diese Zufallsbefunde sind von Frakturen oder anderen pathologischen Zuständen zu unterscheiden (Abb. 677).

1. Das *Os tibiale externum* macht als einziger akzessorischer Knochen manchmal spontan Beschwerden. Es sitzt einem stark vorspringenden Naviculare medial auf, ist aber von diesem selbst durch eine Synchondrose, eine knorpelige Verbindung, abgesetzt. Im dorso-plantaren Röntgenbild des Fusses ist dies gut zu sehen, ein häufiger Zufallsbefund ohne Beschwerden (Abb. 678).

Bei einem gleichzeitig bestehenden *Knicksenkfuss* springt der Knochen stark nach medial-plantar vor, und kann durch Schuhdruck schmerzhaft

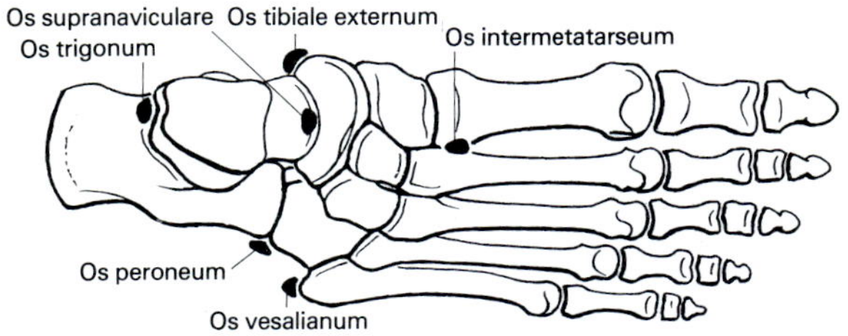

Abb. 677. *Akzessorische Fussknochen* (nicht verschmolzene Knochenkerne) haben in der Regel nur für die Diagnostik Bedeutung: Man muss sie als harmlose Varianten auf dem Röntgenbild erkennen.

Manchmal können sie schmerzhaft werden, etwa nach einem Trauma. Ausser dem Os tibiale externum gibt kaum eines dieser Knöchelchen zu Operationen Anlass.

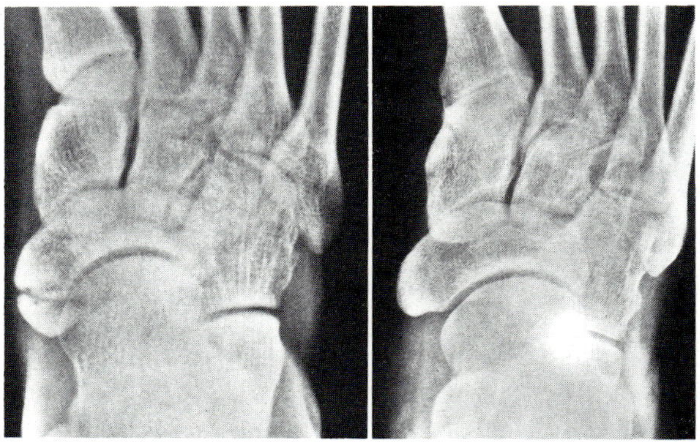

a b

Abb. 678.

a *Os tibiale externum,* ein vom Navikulare abgesetzter, akzessorischer Knochenkern, der häufigste überzählige Fussknochen, ist auf dem dp-Bild besser zu erkennen als auf einer Seitenaufnahme. Der stark vorspringende Höcker medial kann im Schuh drücken.

b Normales Bild zum Vergleich. Bei diesem Fuss springt allerdings das Os naviculare stark nach medial vor. Dies ist vor allem bei Knick- und Plattfüssen der Fall und kann auch zu Schmerzen Anlass geben.

werden. Auch die Traumatisierung der Synchondrose kann Schmerzen auslösen.

Eine *Schuheinlage* kann helfen, sie muss die mediale Wölbung stützen, darf aber nicht auf das schmerzhafte Os tibiale externum drücken.

Bei hartnäckigen Schmerzen kann es *operativ entfernt* werden. Die Insertion der Sehne des M. tibialis posterior liegt unmittelbar daneben und darf nicht verletzt werden.

2. Ein *Os trigonum,* unmittelbar hinter dem Talus gelegen, ist ebenfalls kein seltener Befund. Es muss gelegentlich in einem Gutachten von einer Fraktur des Talus abgegrenzt werden. Möglich ist allerdings auch, dass seine Traumatisierung hartnäckige Schmerzen verursacht.

3. Ausser den beiden genannten sind Zusatzknochen an anderen Stellen des Fussskelettes relativ selten.

7.7.1.6. *Die Osteochondrose des Os naviculare (Köhler I)*

Sie ist ein typisches Beispiel einer juvenilen aseptischen Knochennekrose, wie sie im Abschnitt II.5.2. beschrieben wurden. Die Krankheit erscheint im Alter von 3 – 5 Jahren mit meist geringfügigen Fussschmerzen. Im Röntgenbild können die typischen Stadien des Knochenumbaues im Verlaufe des etwa 2 Jahre dauernden Prozesses gut verfolgt werden. Dieser endet mit der weitgehenden Wiederherstellung der Knochenstruktur

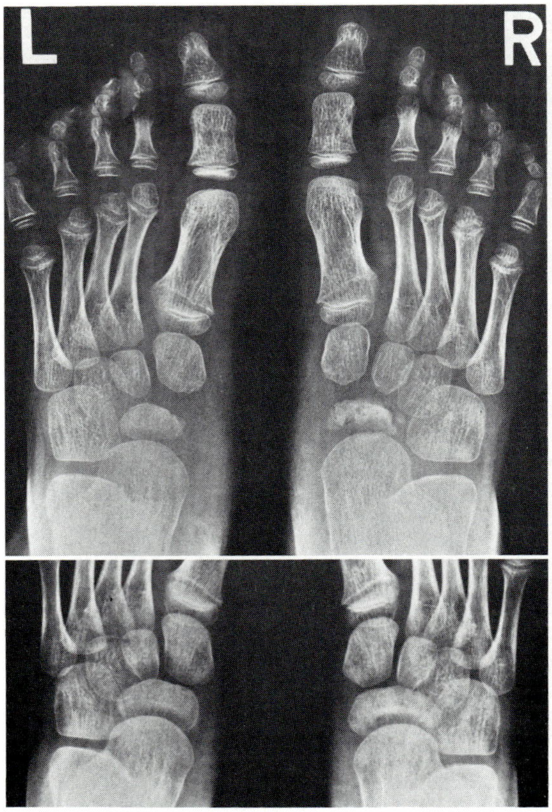

Abb. 679. *Osteochondrose des Os naviculare pedis* rechts bei einem Knaben im Schulalter (Köhler I).

Oben: mit 7 Jahren: Schollenartige Auflockerung des Knochenkernes (links normale Verhältnisse).

Unten: 2 Jahre später ist die Spongiosastruktur wieder aufgebaut. Die durchgemachte Krankheit ist noch an einer leichten Deformierung zu erkennen.

des Naviculare (Abb. 679). Da die Krankheit von selbst heilt, ist höchstens wegen der Schmerzen einige Zeit lang Schonung oder Ruhigstellung notwendig. Zurück bleibt manchmal eine gewisse Deformität des Naviculare, welche Anlass geben kann zu späteren arthrotischen Veränderungen.

7.7.1.7. *Die Osteochondrose an den Metatarsalköpfchen* (Köhler II, Freiberg)

Auch diese Krankheit ist wie die vorige eine juvenile Osteochondrose (siehe II.5.2.). Sie beginnt im Adoleszentenalter mit Spreizfussbeschwerden. Das Röntgenbild zeigt die charakteristischen Veränderungen der Nekrose der vorderen, gelenkknorpeltragenden Hälfte des Metatarsalköpfchens II, selten III. Der nekrotische Abschnitt kann sich als Dissekat demarkieren. Das Metatarsalköpfchen erleidet dann mit der Zeit eine erhebliche Deformation mit Verbreiterung und Verkür-

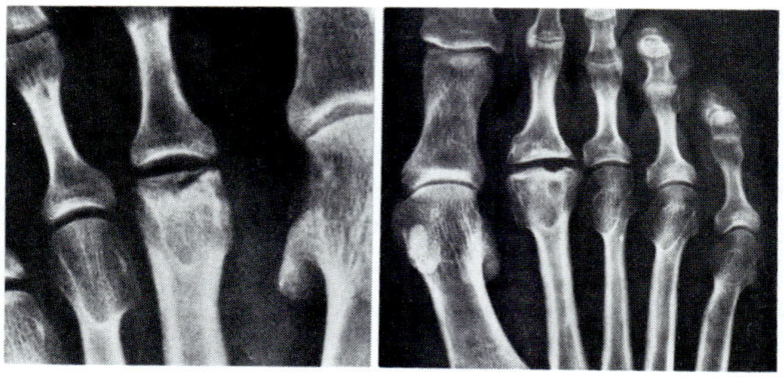

a b

Abb. 680. *Osteochondrose des 2. Metatarsalköpfchens* (Freiberg-Köhler II).

a Bei einer 20jährigen Frau. Am gelenkbildenden Ende des Metatarsalköpfchens ist ein Dissekat zu erkennen.
b Bei einer 36jährigen Frau. Spätstadium mit Arthrose des Zehengrundgelenkes. Die Gelenkfläche der Grundphalanx ist auch deformiert und arthrotisch verändert. Das Gelenk ist ziemlich steif, und vor allem das Abrollen ist schmerzhaft.

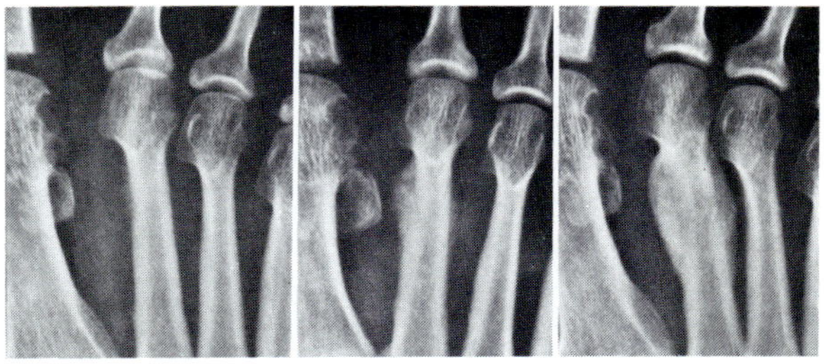

a b c

Abb. 681. *Ermüdungsfraktur des 2. Metatarsalknochens,* auch «Marschfraktur» genannt, kommt nicht nur bei Rekruten, sondern nicht so selten auch bei älteren, untrainierten Leuten, bei Osteoporose, vor. Hier das Beispiel einer 35jährigen Frau:

a Auf dem ersten Röntgenbild, das wegen der Schmerzen gemacht wurde, ist nur bei genauer Betrachtung ein feiner periostaler Schatten zu sehen.
b 3 Wochen später ist bereits eine ausgedehnte Kallusbildung deutlich.
c Nach 2 weiteren Monaten ist die Fraktur mit einem dicken Kallus ausgeheilt. Der Frakturspalt selbst war kaum zu sehen.

zung. Die Heilung hinterlässt einen Defekt (Abb. 680).

Klinisch entsteht langsam eine etwas schmerzhafte Verdickung und eine mehr oder weniger starke *Versteifung* des Zehengrundgelenkes. Sie ist Ausdruck einer Arthrose und tritt manchmal erst nach Jahren auf. Daraus entstehen Schmerzen vor allem beim Abrollen des Fusses beim Gehen, d.h. bei gewaltsamer Dorsalextension der Zehe.

Konservativ kann man mit einer *Abrollrampe* und einer festen, langen Einlage, bei der das betroffene Metatarsalköpfchen ausgespart bleibt, versuchen Abhilfe zu schaffen. Bei stärkeren Restbeschwerden ist eine *Operation* angezeigt, am besten die *Resektion* der *Basis des Zehengrundgliedes,* um das steife Gelenk zu mobilisieren. Das deformierte Metatarsalköpfchen kann etwas verschmälert, sollte aber nicht entfernt werden.

7.7.1.8. *Marschfraktur*

Typisches Beispiel eines *Ermüdungsbruches* (siehe II.14.2.2.). Nach grösseren Marschleistungen ohne Unfall auftretende Schmerzen im Mittelfuss bei untrainierten Menschen, z.B. Rekruten, lassen an eine solche «schleichende Fraktur» denken. Die Schmerzen werden verstärkt durch Belastung, so dass das Gehen beschwerlich wird.

Auf die *Diagnose* weist neben der Anamnese der lokale Druckschmerz im Bereiche eines Metatarsalschaftes, evtl. eine umschriebene Verdikkung hin. Ein frühes *Röntgenbild* zeigt oft noch keine Veränderungen oder nur eine haarfeine Fissur und evtl. eine kaum sichtbare periostale Auflagerung an der Diaphyse eines der mittleren Metatarsalknochen. Im Verlaufe der nächsten Tage und Wochen entsteht ein grosser spindelförmiger Kallus. Wenn dieser auf dem Röntgenbild erscheint, ist nicht nur die Diagnose, sondern auch die rasche spontane Heilung der Fraktur gesichert (Abb. 681).

Behandlung: Eine kurzfristige Schonung genügt, Zweckmässig ist eine Stützeinlage. Die Heilung dauert selten länger als zwei Monate.

Die Krankheit ist nicht besonders häufig, wichtig ist deshalb, sie zu erkennen und richtig zu beurteilen.

7.8. Arthritiden und Arthrosen der Fussgelenke

7.8.1. *Arthritis*

Die chronische Polyarthritis befällt alle Fuss- und Zehengelenke und kann schwere Deformitäten mit Gangstörungen und Schmerzen machen: siehe oberes Sprunggelenk, III.C.6.1.3.; Kontrakter Spreizfuss, III.C.7.5.4.7.; Hammerzehen, III.C.7.6.2. (Abb. 667).

7.8.1.1. *Die Gicht* (siehe auch II.10.2.1.) befällt mit Vorliebe das *Grosszehengrundgelenk.* Typisch sind schmerzhafte Anfälle mit akut entzündlichen Erscheinungen, wie bei einer akuten Infektion. Die Usuren im Röntgenbild sind charakteristisch.

Die *Behandlung* ist medikamentös. Im akuten Stadium ist Ruhigstellung notwendig.

7.8.1.2. *Infektiöse Arthritiden und Osteomyelitiden* am Fuss sind relativ selten. Sie können etwa durch Stichverletzungen entstehen an Zehengelenken, und besonders durch lokale Infektionen (Wunden, Gangrän, Malum perforans) bei *Diabetes* oder hämatogen (Osteomyelitis, Tuberkulose).

Die *Behandlung* erfolgt nach den allgemeinen Richtlinien (siehe Infektionen, II.6.).

Eitrige Arthritis- und Osteomyelitisherde müssen meist chirurgisch ausgeräumt werden. Zerstörte *Gelenke* werden am Mittelfuss (unteres Sprunggelenk, Chopart, Lisfranc) *arthrodesiert,* an den Zehen *reseziert.*

7.8.2. *Arthrosen im Mittel- und Rückfuss*

Arthrosen an den Fussgelenken sieht man vor allem nach Verletzungen.

Am häufigsten ist die *Arthrose des unteren Sprunggelenkes* nach Kalkaneusfraktur (siehe III.C.7.10.1.1.), aber auch aus anderen Ursachen.

Das untere Sprunggelenk ist weitgehend steif und schmerzhaft, vor allem bei seitlichen Bewegungen, etwa beim Gehen auf unebenem Boden. Das klinische Bild und die Behandlung entspricht dem *kontrakten Fuss* (siehe III.C.7.5.3.5.) (Abb. 682).

Bei der Schuhversorgung sind die *steife Sohle* und die *Abrollrampe* (Fussrolle) wichtig.

Bei starken Beschwerden ist die *Arthrodese* des unteren Sprunggelenkes und des *Chopartschen Gelenkes* (beide Gelenke bilden funtktionell eine Einheit) angezeigt: *Double-Arthrodese* (Abb. 683).

Arthrosen im Bereiche des *Mittelfusses* (Lisfranc) sieht man gelegentlich nach Mittelfussfrakturen. Die Gelenke müssen dauerhaft entlastet und ruhig gestellt werden: Im Schuh mit steifer Einlage und Abrollrampe (Abb. 684 und 686a), in

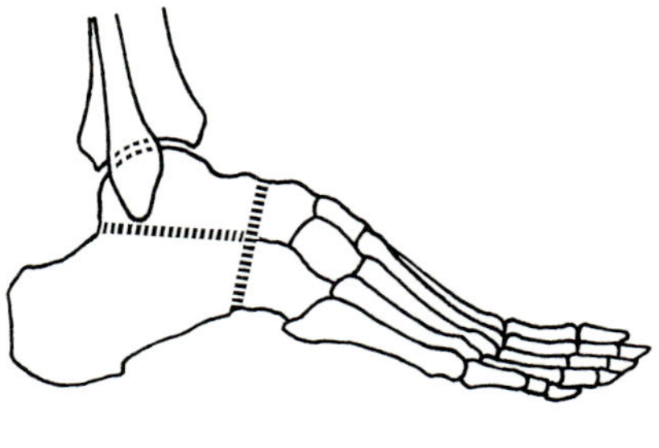

Abb. 683. Die sog. *Double-Arthrodese.*

Die Arthrodese des unteren Sprunggelenkes und des Chopartschen Mittelfussgelenkes, die sog. Double-Arthrodese (im englischen Sprachraum: Triple arthrodesis) ist wohl eine der wichtigsten orthopädischen Operationen am Fuss: Bei Arthrosen und anderen, etwa posttraumatischen, Schäden des unteren Sprunggelenkes dient sie der Beseitigung der Schmerzen (die subtalare Arthrodese, d.h. des unteren Sprunggelenkes allein, genügt in diesen Fällen in der Regel nicht).

Durch geeignete Keilentnahmen bei der Operation können fast alle *Fussdeformitäten korrigiert* werden, insbesondere die Varusstellung, so dass die Double-Arthrodese die geeignete Operation bei veralteten Klumpfüssen ist.

a

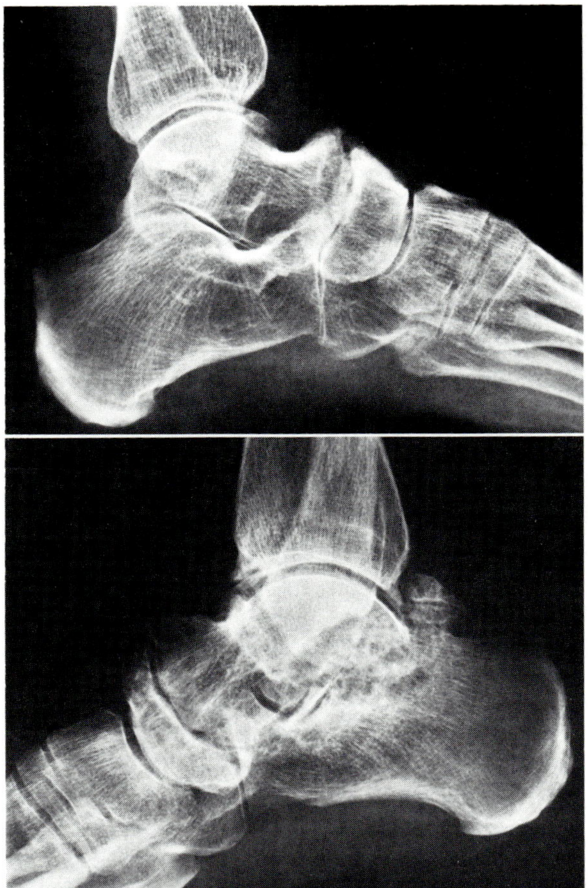

b

◁ Abb. 682.

a *Arthrose im Chopartschen Gelenk* bei einer 61jährigen Frau. Der Fuss ist steif und schmerzhaft, das Gehen stark behindert. Wenn mit geeignetem Schuhwerk (evtl. Massschuhe) die Beschwerden nicht erträglich gemacht werden können, ist die *Arthrodese* des Chopartschen Gelenkes und des damit zusammenhängenden unteren Sprunggelenkes angezeigt (Double-Arthrodese).

b *Arthrose* des unteren Sprunggelenkes bei 60jährigem Mann, der wegen der Schmerzen kaum mehr gehfähig ist. Auch hier ist die subtalare *Arthrodese* (inkl. Chopart: Double-Arthrodese) indiziert.

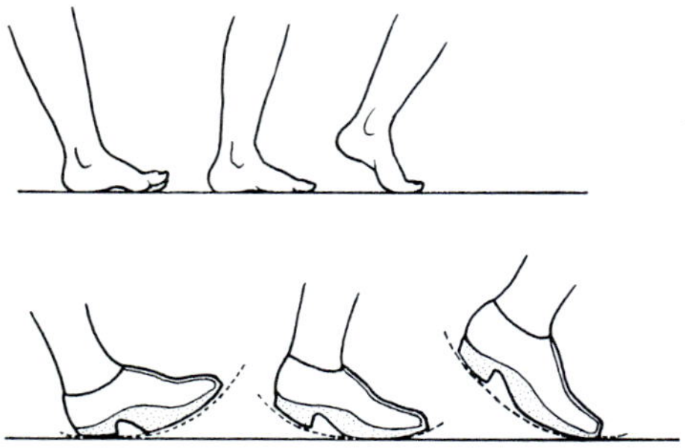

Abb. 684. Die *Wirkung der Abrollrampe* beruht auf dem Prinzip des wandernden Drehpunktes. Während das Abrollen beim Barfussgang durch Bewegung in den Fussgelenken geschieht, bewegt sich der Schuh mit starrer Sohle und Abrollrampe wie ein Tintenlöscher auf dem Boden, wobei der Fuss während des ganzen Schrittes in derselben Stellung bleibt, was eine Ruhigstellung der Gelenke im Mittel- und Vorfuss bewirkt.

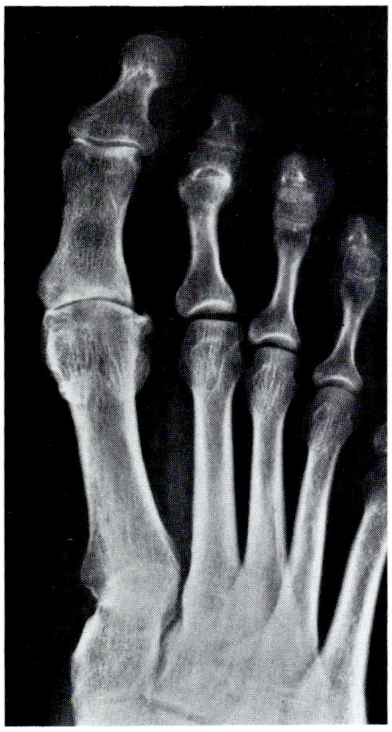

a

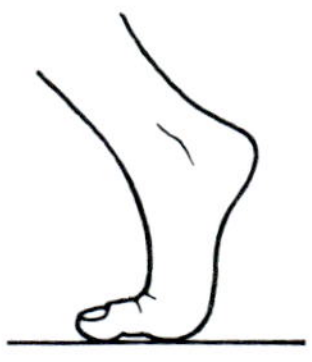

b

Abb. 685.

a Das Röntgenbild des *«Hallux rigidus»:* Arthrose des Grosszehengrundgelenkes bei 50jähriger Frau. Der Gelenkspalt ist fast verschwunden, die Zehe hat nur noch geringe Beweglichkeit. Das Gelenk ist schmerzhaft beim Gehen.

b Beim *Hallux rigidus* ist die *Dorsalextension,* und damit der Zehenstand, nicht mehr möglich. Dies ist ein einfacher Test. Schmerzen treten vor allem auf beim Abrollen, weil dabei auch die Grosszehe in Dorsalextension gedrückt wird. Oft macht der Patient deshalb Ausweichbewegungen, etwa eine Aussenrotation des Fusses.

Eine Abrollrampe (Zehenrolle) hilft in manchen Fällen. In den übrigen muss mittels der *Brandesschen* Operation (siehe Abb. 671) das Grundgelenk reseziert und damit wieder flexibel gemacht werden.

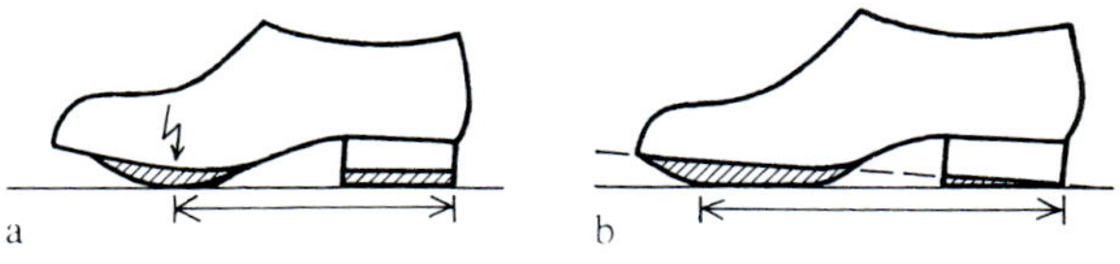

Abb. 686. *Abrollrampe* (Rolle) bei Arthrosen, Metatarsalgien und anderen Beschwerden im Mittelfuss. Sie ermöglicht das Abrollen des Fusses mit steifer Sohle, wirkt also als Ruhigstellung der Fussgelenke.

a Eine Abrollrampe relativ weit hinten ergibt Schutz der Gelenke des Mittelfusses, leichtes Abrollen, aber weniger Halt, während

b eine Rolle weiter *vorn* (Zehenrolle, etwa bei Hallux rigidus, siehe oben), das Abrollen eher etwas bremst, aber mehr Stabilität für das Kniegelenk gibt.

hartnäckigen Fällen mit einer *Arthrodese* dieser Gelenke.

7.8.3. *Arthrosen im Grosszehengrundgelenk*

sieht man gelegentlich als Folge von Trauma, Osteochondrose oder Gicht, nicht selten aber auch *ohne ersichtliche Ursache.* Sie sind unter dem Bild des *Hallux rigidus* bekannt: Wenn Patienten, vor allem Männer, über Schmerzen im Bereiche des ersten Strahles klagen, welche besonders beim Gehen zunehmen, lohnt es sich, die *Beweglichkeit* des *Grosszehengrundgelenkes* zu prüfen, z. B. indem man den Patienten auffordert, auf den Zehen zu gehen. Wenn dabei die Dorsalextension behindert und schmerzhaft ist (normalerweise ist sie bis 90° möglich), liegt ein «Hallux rigidus» vor.

Im *Röntgenbild* findet man immer eine mehr oder weniger weit fortgeschrittene *Arthrose des Grosszehengrundgelenkes* als Grund der Versteifung. Die Ursache der Arthrose kann ein Trauma gewesen sein, meistens ist es nicht möglich, sie zu ermitteln (Abb. 685).

Das Abrollen des Fusses beim Gehen wird vermieden, der Fuss wird stattdessen nur auf der Ferse oder auf dem äusseren Fussrand aufgesetzt, damit die Grosszehe den Boden nicht berührt.

Behandlung: Eine durchgehend starre Sohle mit einer *Abrollrampe* hat oft erstaunliche Wirkung. Das Abrollen erfolgt dann zwischen Schuh und Boden und nicht mehr im Zehengelenk. Solche Abänderungen lassen sich an Konfektionsschuhen anbringen (Zehenrolle) (Abb. 686b).

Wenn diese Lösung nicht befriedigt, ist die Operation anzuraten. Durch Resektion der Basis der Grosszehenphalanx kann das versteifte Gelenk mobilisiert werden: Operation nach Brandes wie beim Hallux valgus (siehe III.C.7.6.1.2.).

7.9. Weichteilerkrankungen am Fuss

7.9.1. *Gleitgewebe*

7.9.1.1. *Peritendinitis der Achillessehne*

Als Überlastungsschaden nach ungewohnten Anstrengungen (Sport, Militärdienst) und durch Reiben von unzweckmässigem Schuhwerk (hoher Schaft) entsteht eine mechanische Entzündung des Gleitgewebes um die Achillessehne. Dieses schmerzt bei Druck und Dehnung, d.h. bei Dorsalextension des Fusses. Bei Bewegungen ist ein deutliches Knirschen zu palpieren, welches die Diagnose sichert.

Bei prompter Schonung, evtl. vollkommener Ruhigstellung und antiphlogistischer Behandlung klingen die akuten Symptome bald ab. Eine temporäre *Absatzerhöhung* zur Entlastung der Achillessehne kann nützlich sein. Nur in hartnäckigen chronischen Fällen kommt die Exzision des entzündlichen peritendinösen Gewebes in Frage.

7.9.1.2. *Tendovaginitis crepitans*

Am häufigsten ist die Sehnenscheide des *M. tibialis anterior* betroffen, selten andere Sehnen. Ursache und Symptome sind gleich wie bei der Peritendinitis der Achillessehne (siehe oben).

Die Krepitation, ein «Schneeballknirschen», ist bei Bewegung deutlich zu spüren.

Die *Behandlung* besteht ebenfalls in Ruhigstellung (Gehgips) über längere Zeit und antiphlogistischen Massnahmen. Liquemin i.v. habe im akuten Stadium gute Wirkung.

7.9.1.3. *Bursitiden am Fuss*

Kleine Schleimbeutel entstehen an Orten chronischer Reizung des Fusses am Schuh, also vor allem über Skelettvorsprüngen wie bei Hallux valgus, bei der Haglundexostose (zwischen Achillessehne und Kalkaneus), über dem Fussrist usw. Diese Schleimbeutel können sich akut entzünden und machen dann starke Schmerzen, die Patienten können die Schuhe kaum mehr anziehen.

Lokale antiphlogistische Behandlung und Schonung bringt die akute Entzündung rasch zum Verschwinden. Sie kann aber jederzeit wieder auftreten, solange der Schuh drückt. Schuhabänderungen oder Massschuhe können hier Abhilfe schaffen. Die radikale Kur ist das operative Entfernen der Knochenvorsprünge (siehe bei Hallux valgus, Hammerzehen, lokale Skelettveränderungen).

7.9.2. *Krankheiten der Fusssohle*

7.9.2.1. *Verruca plantaris*

Gewöhnliche *Hautwarzen* kommen auf der Fusssohle ziemlich häufig vor, hauptsächlich bei Kindern und Jugendlichen, welche Hallenbäder usw. besuchen. Sie machen recht starke Schmerzen beim Stehen und Gehen. Sie sind nicht erhaben wie etwa die Warzen an den Fingern, sondern vom Belastungsdruck eingeebnet. Leicht werden sie deshalb für *Clavi* gehalten (siehe III.C.7.5.4.5.), können aber deutlich von diesen unterschieden werden bei genauerem Hinsehen, und wenn man die Fusssohlenhaut etwas spreizt mit den Fingern: Warzen wachsen an allen möglichen Orten, nicht nur an Druckstellen. Sie sind scharf abgesetzt von der normalen Fusssohlenhaut, sind weniger hart und bestehen aus vielen kleinen Papillen mit einzelnen kleinen schwarzen Stippchen. Beim Versuch, sie zu schneiden, bluten sie sofort stark, ebenfalls im Gegensatz zu den Clavi (Abb. 664 und 687).

Behandlung: Alle Warzen verschwinden mit der Zeit von selbst. Wenn sie aber das Gehen trotz abpolstern und evtl. Entlastungseinlagen stark behindern, müssen sie entfernt werden: Man kann sie in Lokalanästhesie mit dem scharfen Löffel auskratzen, was besser ist, als sie mit dem Messer zu exzidieren oder mit einer kleinen Röntgendosis zu bestrahlen. Rezidive sind aber nicht selten.

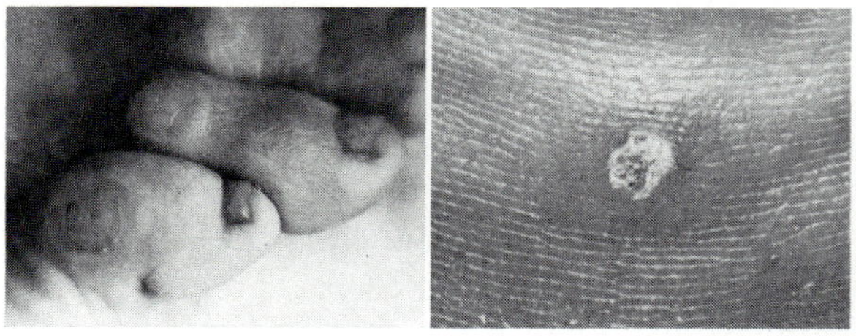

a b

Abb. 687. a) *Clavi* (Hühneraugen) an typischer Stelle bei Hammerzehen. b) Verruca plana (Dornwarze) auf der Fusssohle. Während die Clavi immer an Druckstellen über Knochenvorsprüngen sitzen, findet man die Warzen an beliebigen Stellen (vgl. Abb. 664).

7.9.2.2. *Sklerodermie*

Bei dieser Krankheit atrophiert das subkutane Fettpolster und die Haut wird papierdünn. An der Fusssohle wirkt sich das natürlich sehr unangenehm aus. Diese Patienten haben starke Schmerzen beim Stehen und Gehen. Auch ohne Sklerodermie sieht man gelegentlich derartige schmerzhafte Fusssohlen. Nur die sorgfältige weiche Abpolsterung mit einer genau angepassten, von feinem Leder überzogenen Einlage, und dazu weiche Gummisohlen, machen das Gehen einigermassen erträglich.

7.9.2.3. *Malum perforans*

Eine Störung der normalen Innervation der Fusssohle, wie sie bei Systemerkrankungen des ZNS (Spina bifida, diabetische Neuropathie, Lues usw.) aber auch nach peripheren Läsionen (z.B. Verletzung des N. ischiadicus oder des N. tibialis) vorkommt, kann schwere trophische Störungen zur Folge haben. Das Fehlen der normalen Schmerzreaktion führt leicht zu Ulzerationen an Belastungspunkten der Fusssohlenhaut, welche kaum mehr spontan ausheilen, weil die Patienten ohne grosse Beschwerden darauf herumgehen. Immer besteht die Gefahr einer *Infektion,* vor allem beim Diabetes. Es ist jedoch ausserordentlich schwierig, oft unmöglich, solche Defekte zur Heilung zu bringen. Der Versuch einer operativen Sanierung macht die Sache oft noch schlimmer. Eine vollständige Ruhigstellung und Entlastung über Wochen und Monate ist praktisch schwierig. Am besten ist es wohl, mit einem *Massschuh* die ulzerierte Druckstelle hohlzulegen und so zu entlasten. Liegt das Ulkus unter einem Metatarsalköpfchen, kann dessen Resektion notwendig werden.

7.9.3. *Die Zehennägel*

Zehennagelfalzinfektionen (Paronychien) sind sehr häufig, vor allem an der Grosszehe. Schuhdruck begünstigt und unterhält sie. Fast immer entstehen diese Infektionen bei einem *eingewachsenen Zehennagel (Unguis incarnatus).* Diesem Übel wird oft abzuhelfen versucht durch zurückschneiden der Nagelecken, worauf sie nur noch tiefer einwachsen. Als Prophylaxe ist es wichtig, die Grosszehennägel *gerade* statt gebogen zu schneiden, und die Ecken vorne vorstehen zu lassen. Sie können dann nicht mehr einwachsen.

Sind sie bereits eingewachsen, so hebt man sie mit einer Nagelfeile heraus und klemmt ein alkoholgetränktes Wattebäuschchen darunter (Abb. 688a und b).

Paronychien welche mit Fussbädern nicht heilen, müssen operiert werden. Im *akuten Stadium* kann der Zehennagel, evtl. nur eine Hälfte, entfernt werden. Er wächst wieder nach. Im *chronischen Stadium* wird eine *Keilexzision* gemacht, bei welcher der seitliche Nagelrand bis zur *Basis* und mitsamt dem Nagelbett tief ausgeschnitten

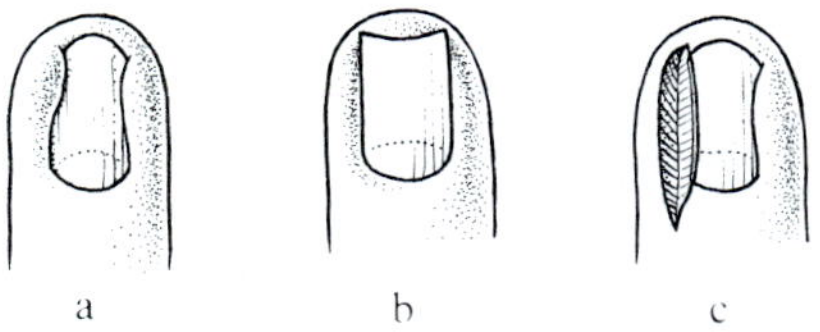

Abb. 688. *Eingewachsene Zehennägel* sind eine sehr häufige Ursache von Infektionen am Nagelfalz: *Paronychien.*

a Um dem Einwachsen des Nagels vorzubeugen, schneiden viele Patienten die Nagelecken ab, was das Übel nur verschlimmert: Das Fleisch wuchert über den Nagel und dieser wächst noch tiefer ein.

b Durch sorgfältige Nagelpflege und das *Geradeschneiden* der Nägel, wobei die Ecken *stehen gelassen* werden, kann das Einwachsen und damit die Infektion verhütet werden.

c Chronische Paronychien heilen meist erst, nachdem der Nagelfalz *mitsamt der Wurzel* exzidiert worden ist.

wird. Nur wenn wirklich die ganze Matrix bis zur Wurzel entfernt wurde, wächst der Nagel nicht mehr nach (Abb. 688c).

Bei der *Onychogryphose* ist der Grosszehennagel missgebildet wie eine Tierkralle. Der Nagel kann ausgerissen werden, wächst aber wieder nach. Die Missbildung wird endgültig entfernt, indem das ganze Nagelbett mit der Matrix ausgeschnitten wird.

Eine kleine kaum erkennbare *subunguale Exostose* kann starke Schmerzen unter dem Zehennagel machen. Auf einem seitlichen Röntgenbild ist sie manchmal zu erkennen. Sie muss entfernt werden.

7.10. Fussverletzungen

7.10.1.1. *Kalkaneusfraktur*

Beim Sturz aus grosser Höhe wird das Fersenbein so zusammengestaucht, dass häufig ein Plattfuss entsteht. Bei Kalkaneusfrakturen ist auch fast immer das *untere Sprunggelenk* beteiligt. Eine anatomische Reposition ist bei diesen Trümmerbrüchen auch operativ praktisch nicht möglich, und somit bleibt in der Regel – neben einem Plattfuss – eine Inkongruenz des Gelenkes. Häufig entsteht deshalb eine Versteifung, später eine Arthrose, welche vor allem das Gehen auf unebenem Boden schmerzhaft machen (Abb. 689).

In der Behandlung der frischen Fersenbeinbrüche wurde versucht, mit Extensionen, Nagelaufrichtungen, Phlepsschen Zwingen usw. die Fersenform wieder herzustellen. Dies bedingt eine lange Ruhigstellung und Entlastung. Wahrscheinlich sind die Ergebnisse eher besser, wenn auf Repositionsmanöver verzichtet, und sofort mit der

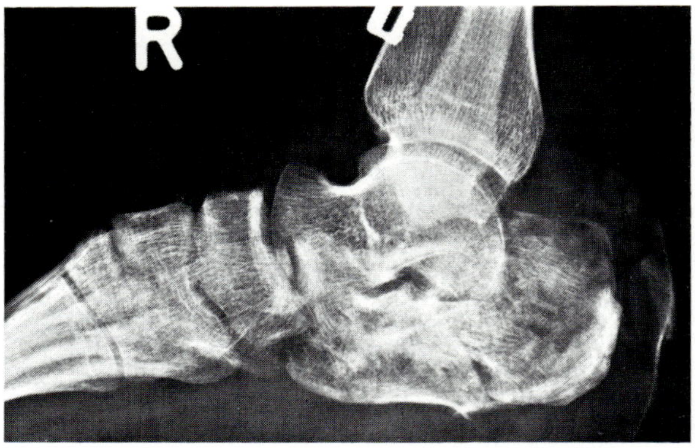

Abb. 689. Posttraumatischer *Plattfuss* und *Arthrose* des unteren Sprunggelenkes mit Versteifung nach massiver *Kalkaneusfraktur.* Solche Verletzungen machen häufig sehr hartnäckige Schmerzen, teils vom Gelenk, teils vom Plattfuss ausgehend (siehe III.C.7.5.3.). Einlagen, gutes, angepasstes Schuhwerk sind immer nötig, oft auch die subtalare Arthrodese, doch gelingt es nicht immer, die Beschwerden zu beseitigen. Die erste Behandlung der Kalkaneusfraktur ist deshalb besonders wichtig. Allerdings besteht noch keine Einigkeit, welches die beste Methode sei (primäre Mobilisation, konservative Reposition, Osteosynthese). Art und Ausmass der Verletzung spielen wohl eine wesentliche Rolle.

Mobilisation und frühzeitig mit der Belastung begonnen wird. Der Wert von Osteosynthesen am Kalkaneus ist zweifelhaft.

Die orthopädische Versorgung des posttraumatischen *Plattfusses* erfolgt mit einer individuell angefertigten Einlage. Sie soll nur die Fusssohle gleichmässig abstützen, denn die Korrektur einer Fehlstellung ist damit nicht möglich wegen der Versteifung. Ein kräftiger hoher Schuh mit starrer Sohle und Abrollrampe gibt guten Halt und stellt das schmerzhafte untere Sprunggelenk wenigstens teilweise ruhig. Bei stark schmerzhafter *Arthrose* ist die Double-Arthrodese angezeigt (Abb. 683).

7.10.1.2. *Luxationen und Luxationsfrakturen im Fuss*

Durch massive Gewalteinwirkung entstehen manchmal schwere Verletzungen der Fusswurzel- und Mittelfussknochen:
- Talusfrakturen
- Luxationsfrakturen des unteren Sprunggelenkes
- Luxationsfrakturen im Chopart oder Lisfranc
- Multiple Metatarsalfrakturen.

Solche Verletzungen werden nicht selten übersehen oder falsch interpretiert. Die Röntgenbilder des Fusses mit den vielen kleinen Knochen und Gelenken sind nicht leicht zu lesen. Aufnahmen in mehreren Ebenen evtl. Vergleichsaufnahmen der Gegenseite helfen.

Es ist wichtig, solche Verletzungen zu erkennen und die Dislokation so gut als möglich sofort zu *reponieren.* Veraltete nicht reponierte Fussfrakturen und -luxationen können schwere statische Beschwerden machen: Schmerzen wegen Fehlstellungen mit Druckstellen, versteiften Gelenken, Zehendeformitäten. Korrekturoperationen sind später oft schwierig und unbefriedigend. Besser ist die *Arthrodese* eines geschädigten Gelenkes in guter Stellung.

7.10.1.3. *Posttraumatische Fehlstellungen und Versteifungen*

Nach Zehenverletzungen, Frakturen und Quetschungen, aber auch im Verlaufe einer länger dauernden Immobilisation bei Unterschenkelfrakturen und Fussverletzungen, vor allem bei unzweckmässiger Behandlung, versteifen sehr häufig einzelne oder alle Zehen. Beschwerden entstehen hauptsächlich bei gleichzeitigen Fehlstellungen.

Als *Prophylaxe* ist intensives Zehenspiel und wenn möglich der funktionelle Gebrauch des Fusses (Gehen mit Belastung im Gips!) bei allen diesen Verletzungen wesentlich.

Fixierte steife posttraumatische Hammerzehen werden gleich behandelt wie die statischen Hammerzehen (siehe III.C.7.6.2.): operativ mit Teilresektionen.

Nicht ganz selten sind *traumatische Tenodesen:* Sehnenverklebungen im Bereiche einer inneren Narbe, z. B. der Sehne des Flexor hallucis longus, was zu einem *Hallux malleus* (siehe III.C.7.6.2.5.) und anderen Fehlstellungen (Spitzfuss) führt. Gelegentlich ist dann eine operative Tenolyse dieser verwachsenen Sehnen notwendig.

8. Amputationen und Prothesenversorgung

8.1. Allgemeines

8.1.1. *Ursachen*

Amputationen können
1. angeboren oder
2. *traumatisch* entstanden sein, oder aber
3. *chirurgisch* durchgeführt werden müssen, am häufigsten wegen arteriosklerotischer Gangrän, sodann nach schwersten Verletzungen oder bei malignen Tumoren.

Diese verschiedenen Gruppen stellen auch *ganz verschiedene Probleme* für Patient und Arzt (siehe III.C.8.3.).

8.1.2. *Die Indikation zur Amputation*

Die Indikation zur Amputation ist gegeben:
1. Wenn ein Bein, seltener ein Arm, oder ein Teil davon *nicht erhalten werden kann:* Ischämische Nekrose, Gangrän (am häufigsten bei Arteriosklerose und Diabetes), irreparable Gefässverletzung usw.
2. Als *lebensrettende* Operation bei bestimmten *malignen Tumoren.*
3. Wenn das Glied oder ein Teil desselben derart geschädigt ist, dass es *mehr stört als nützt* und auch mit orthopädischen Apparaten usw. nicht mehr funktionstüchtig gemacht werden kann, also etwa ausnahmsweise bei schweren Schmerzzuständen, bei ausgedehnten Sensibilitätsausfällen oder Hautdefekten an der Fusssohle, und nur sehr selten bei schweren unheilbaren Infektionen.
4. Nachamputationen, *Stumpfkorrekturen,* wenn die Prothesenversorgung dies erfordert.
5. Bei *schweren frischen Verletzungen* steht man oft vor dem verantwortungsvollen Entscheid, ob ein Versuch zur Erhaltung des Gliedes sinnvoll ist, oder ob primär amputiert werden soll:

Der Versuch zur Erhaltung ist *nicht ungefährlich.* Das Leben des Patienten kann durch unstillbare Blutung oder durch Intoxikation bei beginnender Gangän ernsthaft bedroht sein. Die Erhaltung eines schwer verletzten Gliedes kann auch später eine schwere, vor allem auch psychische Belastung werden, wenn der Patient lange Zeit arbeitsunfähig bleibt, die Wiederherstellung nicht gelingt, und später die Amputation doch noch erwogen werden muss. Der Entschluss dazu ist nach den langwierigen Mühen für Patient und Arzt nicht leichter als am Anfang. Die Amputation unmittelbar nach dem Unfall wird in der Regel leichter akzeptiert, und die Rehabilitation kann sofort an die Hand genommen werden, ein psychologisch und sozial nicht zu unterschätzender Vorteil.

Damit soll nicht der Sofortamputation das Wort geredet werden. Vielmehr geht es darum, frühzeitig die Prognose und die Chancen einer Restitution möglichst genau abzuschätzen:

Bei *Skelettläsionen* wie Pseudarthrosen, Fehlstellungen, Gelenkszerstörungen, Infektionen sind die Aussichten einer Wiederherstellung und Rehabilitation verhältnismässig günstig (stabile Osteosynthese, Korrekturosteotomien, Arthrodesen, Infektausräumung). Ungenügende Blutversorgung, sensible Lähmungen mit Ulzera und Infekten, sowie ausgedehnte Hautdefekte an Fusssohle und Ferse hingegen haben eine schlechtere Prognose und erfordern eher einmal eine Amputation. Auch Hautplastiken (Verschiebelappen) an Fusssohle oder volar an Hand und Fingern befriedigen wegen der fehlenden Sensibilität oft nicht.

8.1.3. *Körperintegrität und Psyche*

Alle Menschen haben ein tief verwurzeltes, intensives Gefühl ihrer eigenen körperlichen Integrität, aber (als Gesunde) auch eine genaue Vorstellung, wie ihre Mitmenschen aussehen sollten.

Kein körperlicher Schaden verletzt diese Gefühle und Vorstellungen so stark wie eine Amputation. Die daraus entstehenden Probleme belasten den Betroffenen in doppelter Weise: Schwerer noch als die eigene körperliche Verstümmelung ist die offene oder versteckte Ablehnung – oft auch in Form von Mitleid kompensiert – zu ertragen, zu verarbeiten und zu überwinden.

Die psychologischen Probleme spielen denn auch eine grosse Rolle, vor allem bei Kindern, Jugendlichen und Frauen, und zwar sowohl beim Entschluss zu einer Amputation wie bei der Prothesenversorgung und Rehabilitation.

Die Amputation darf nicht als Resignation und Eingeständnis einer erfolglosen Behandlung betrachtet werden, wie das noch zu oft geschieht.

8.2. Das Behandlungsziel

Die Amputation ist nicht das Ende, sondern ein *Beginn,* nämlich der *erste Schritt zur Rehabilitation.* Die psychologischen Probleme für den Patienten sind ohnehin gross genug. Wenn der Arzt ihm die richtige Einstellung zur Amputation vermitteln kann, ist viel gewonnen. Deshalb wird schon vor der Operation die Prothesenversorgung und die Rehabilitation geplant und vorbereitet.

Das *Ziel* ist:

1. Die Wiederherstellung der *Funktion:*
   - für Beinamputierte das *Stehen und Gehen*
   - für Armamputierte das *Greifen*
2. eine akzeptable *kosmetische Versorgung,* vor allem bei jüngeren Patienten und bei Frauen.

Beinamputierte sollten wenn immer möglich und so rasch als möglich wieder *gehfähig* gemacht, also mit einer *Prothese* versorgt werden. Das *Ziel* der operativen Stumpfversorgung ist deshalb ein

- schmerzfreier
- gut durchbluteter
- frei beweglicher
- formgerechter (konischer) und
- tragfähiger *Amputationsstumpf.*

Anschliessend soll *frühzeitig* die Prothese angepasst werden, damit der Amputierte so bald als möglich in einer intensiven *Gehschulung* wieder stehen und gehen lernt.

Obere Extremitäten: Nach Amputationen an den oberen Extremitäten ist die Rehabilitation komplizierter. Das Ziel ist ein guter *Griff.* Nicht in jedem Fall ist eine Prothesenversorgung notwendig. Manche Patienten können ihren Amputationsstumpf dank erhaltener *Sensibilität* besser gebrauchen als eine Prothese.

Bei Ohnhändern ist eine Versorgung notwendig. Es stellt sich das Problem, ob mit einer plastischen Operation der Stumpf greiffähig gemacht werden kann (Krukenbergsche Zange), oder welche Prothesen am zweckmässigsten sind (siehe unten).

8.3. Das Alter der Patienten

Das Alter spielt für Beurteilung, Behandlungsplan und Prognose eine wesentliche Rolle: Deutlich lassen sich drei Altersgruppen unterscheiden, welche sich weitgehend mit den ätiologischen Gruppen decken: angeborene, traumatische, gefässbedingte Amputationen.

1. Der *Erwachsene jüngeren und mittleren Alters* im Vollbesitz seiner psychischen und physischen Kräfte bringt gute Voraussetzungen für die Rehabilitation mit. Amputation und Prothesenversorgung können meist nach einem bestimmten Schema erfolgen und sind vergleichsweise einfach.

2. Am häufigsten müssen *geriatrische Patienten* amputiert werden, und zwar wegen *Gefässerkrankungen.* Ihnen fehlen in der Regel diese gün-

Tab. 35. Amputation und Rehabilitation: Die drei Lebensalter.

	Kinder	Erwachsene	Alte
Ätiologie (hauptsächliche)	– kongenital – traumatisch – Tumoren	– traumatisch – Tumoren	– Gefässkrankheiten (Arteriosklerose, Diabetes)
Ausgangslage – physisch	– sehr gute Heilung – sehr gute funktionelle Anpassung – weiteres Wachstum verändert Stumpfform	– gute Heilung – meist gute funktionelle Anpassung	– häufig Wundheilungsstörungen – geringe funktionelle Anpassung – verminderte Kraft
– psychisch	– ausgezeichnete Adaptation und Umstellung – Kooperation meist noch mangelhaft – noch starke Abhängigkeit von der Umgebung	– gute Kooperation	– Anpassungsfähigkeiten beschränkt – oft umweltabhängig
Konsequenzen für die Therapie 1. Amputation	– am besten in speziellen Zentren – möglichst sparsam! – evtl. endgültige Versorgung erst nach Wachstumsabschluss	– sparsam – gute Stumpfversorgung möglich und nötig	– Amputation möglichst einfach, nicht zu knapp!
2. Prothesenversorgung	– anspruchsvoll	– meist gut möglich	– oft schwierig
3. Rehabilitation	– braucht sehr viel Kenntnis, Einfühlung, Geduld – Teamarbeit – grosse Möglichkeiten, lohnt sich immer, Erfolg aber stark von der Einstellung der Umwelt abhängig	– meist gut möglich	– oft sehr mühsam. Beschränktes Ziel: Patient soll möglichst unabhängig von der Umwelt werden. Auch dies oft nicht mehr zu erreichen

stigen Voraussetzungen. Die Rehabilitation stellt schwierige, oft kaum lösbare Probleme.

3. Bei *Kindern* ist die Aufgabe noch schwieriger und vielfältiger, aber dafür besonders dankbar. Wachstum, psychomotorische Entwicklung, Umwelt, speziell die Rehabilitation von Kindern mit multiplen Missbildungen, stellen besondere Probleme, welche nicht schematisch gelöst werden können. Die Anforderungen an die Betreuung solcher Kinder sind besonders gross (siehe Tab. 35).

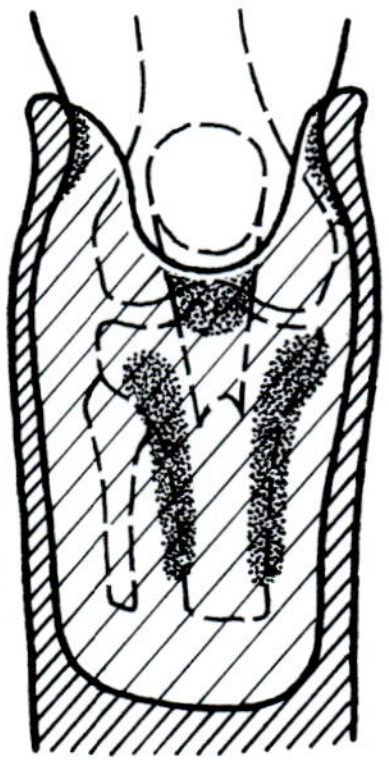

Abb. 690. *Unterschenkelprothesenschaft.* Punktiert sind die Stellen, wo der Stumpf im Schaft abgestützt werden kann: Beidseits der Tuberositas tibiae an den Tibiakondylen und auf der Patellarsehne. Dieser letztere Abstützpunkt ermöglicht in günstigen Fällen eine Unterschenkelprothese ohne Oberschenkelschaft: P.T.B.-Prothese (**p**atellar-**t**endon-**b**earing). Bei der sog. K.B.M.-Prothese (**K**ondylen-**B**ettung-**M**ünster) ist der Schaft seitlich über das Knie hochgezogen, wodurch er ohne Aufhängung hält und man auf Tragriemen verzichten kann.

8.4. Amputationshöhe

Auf welcher Höhe soll amputiert werden? *Grundsätzlich* soll *so sparsam wie möglich,* aber *so viel wie nötig* amputiert werden.

Der Stumpf muss *schmerzfrei tragfähig* und *prothesengerecht* geformt sein. Daraus ergeben sich erfahrungsgemäss die zweckmässigsten Amputationshöhen.

• *Zehengrundgelenk:* Grosszehe: Abstossen beim Gehen gestört. Zehen II bzw. III: führt zu Hallux valgus. Zehen III und IV: stört wenig. Evtl. kleine Zehenprothese im Schuh.

• *Vorfuss:* Wenn die Ansatzpunkte der langen Fussmuskeln (Peronei, Tibiales) erhalten sind, bleibt der Fuss im Gleichgewicht. Eine Vorfusspelotte im Schuh verhindert das Rutschen. (Amputation im Lisfranc instabil und ungünstig.)

• *Rückfuss:* Vorteil: *voll belastbarer* Stumpf dank Fusssohlenhaut. Kalkaneus (evtl. auch Talus) werden meist mit der Tibia arthrodesiert, damit die Ferse nicht umkippt. Versorgung mit Innenschuh genügt oft, und der Patient kann zur Not auch ohne Prothese gehen.

Exartikulation im oberen Sprunggelenk (Syme) bei Kindern zur Erhaltung der Epiphysenwachstumszone.

• *Unterschenkelamputation:* Am besten etwa 15 cm unterhalb des Kniegelenkspaltes. Längere Stümpfe machen oft trophische Störungen, kürzere sind schwieriger zu versorgen, sind aber trotzdem wertvoll. Ein gut belastungsfähiger Stumpf kann in günstigen Fällen mit einer Unterschenkelprothese ohne Oberschenkelteil versorgt werden: Vollkontakt mit Soft-socket = weiche Abstützung des Stumpfes selbst, ohne Hohlraum. Ein Teil des Gewichtes wird am Tibiakopf und evtl. auf der Patellarsehne abgestützt (PTB-Prothese: patella tendon bearing). Aufhängung evtl. mit Kondylenbettung möglich (Abb. 690).

In den übrigen Fällen muss eine durch ein mechanisches Kniegelenk mit der Prothese verbundene *Oberschenkelhülse* einen Teil des Gewichtes tragen und die Prothese führen helfen.

• *Amputation im Kniegelenk (Exartikulation):* Statt im Oberschenkel zu amputieren, können in geeigneten Fällen (Kind: Epiphysenwachstumsfugen!) die Femurkondylen als Stützpunkte erhalten werden. Vorteil: Gute Belastbarkeit des Stumpfendes. Die Versorgung solcher Stümpfe ist erst möglich geworden, seit das mechanische Kniegelenk so klein konstruiert werden kann, dass es *neben* dem distalen Femurende im Prothesenschaft Platz findet.

• *Die Oberschenkelamputation:* Nicht selten ist man gezwungen – vor allem bei arteriellen Durchblutungsstörungen – das Bein im Oberschenkel abzusetzen. Das Stumpfende sollte wenn möglich etwa 15 cm oberhalb der Femurepikondylen liegen. Längere Stümpfe sind kolbig statt konisch und haben eine schlechtere Zirkulation. Je kürzer hingegen der Stumpf, desto schwieriger ist er im Prothesenschaft stabil zu fassen.

Wenn möglich wird eine den Stumpf im Schaft eng umschliessende Prothese (Kontaktschaft, soft socket) angepasst. Der Stumpf soll mindestens einen Teil des Körpergewichtes tragen, ein Teil wird im Schaft aufgenommen und das restliche

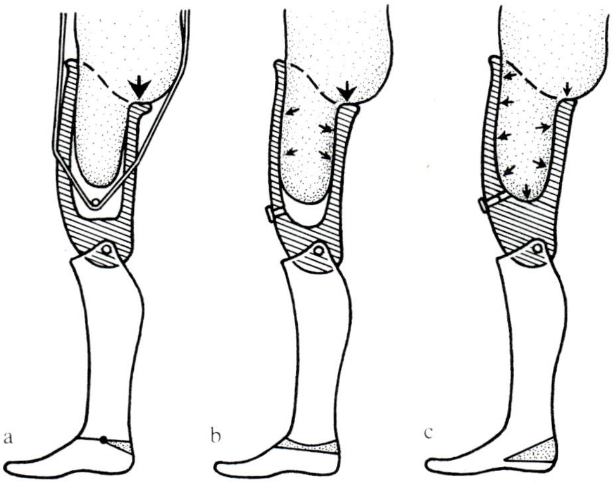

Abb. 691. *Oberschenkelprothesen.*

a Bei diesem älteren Modell ist der Stumpf vom Köcher nur im oberen Teil richtig gefasst. Es benötigt deshalb eine Aufhängung mit Gurten über die Schulter. Das Körpergewicht ruht fast ausschliesslich auf dem *«Tubersitz»*. Der Amputierte «sitzt» regelrecht auf dem Köcherrand.

b *Haftprothese* mit Kontaktschaft, wobei das Stumpfende nicht aufliegt. Dank dem Kontakt haftet die Prothese beim Heben des Beines, eine Aufhängung ist nicht nötig. (Ein Ventil sorgt für das Vakuum.) Ein kleiner Teil des Körpergewichtes wird vom Stumpf selbst übertragen. Die Saugwirkung des Vakuums kann Schäden an den Weichteilen des Stumpfes hervorrufen (siehe III.C.8.5.2.5.).

c *Totalkontaktschaft:* Die beste Lösung, wo sie möglich ist. Der Stumpf hat überall engen Kontakt mit der Prothese und trägt Gewicht, wodurch der Tubersitz entlastet wird. Durch den guten Kontakt werden auch die Nachteile der Sogwirkung vermieden.

Unten: Verschiedene *Prothesenfüsse:* a) Fuss mit Sprunggelenk. b) Fuss mit Pufferring (Greissinger), erlaubt eine geringgradige Bewegung in allen Richtungen. c) SACH-fuss (solid ankle cushioned heel), ohne Gelenk, mit gepuffertem Absatz, eine zweckmässige, robuste Konstruktion.

Gewicht am oberen Schaftrand vom sogenannten *Tubersitz* (Abb. 691a): Der Schaftrand wird am Gesäss so modelliert, dass das Sitzbein richtig auf dem Prothesenrand reitet. Die *Aufhängung* ist oft ein Problem: Eine kräftige *Muskulatur* kann in günstigen Fällen die Prothese tragen *(Haftprothese).* Weniger günstig ist die *Saugprothese,* welche durch Vakuum hält: Zirkulationsstörungen am Stumpf sind nicht selten. So bleibt gelegentlich nur das Aufhängen mit einem Riemen über die Schulter (Suspensionsprothese) (Abb. 691).

Bei sehr kurzem Stumpf ist ein Beckenkorb zur Führung notwendig.

• *Exartikulation im Hüftgelenk und Hemipelvektomie.* Es sind ausserordentlich grosse und verstümmelnde Operationen, welche höchstens bei Sarkomen einmal in Frage kommen.

8.4.1. *Amputationen bei Kindern*

Bei *Kindern* wird man versuchen, *möglichst sparsam* zu amputieren. Auch unkonventionelle Stümpfe können wertvoll und funktionstüchtig sein.

Solange das *epiphysäre Längenwachstum* noch andauert, kommt es vor, dass ein knöcherner Amputationsstumpf aus dem Weichteilstumpf herauswächst (v.a. am Oberarm und Unterschenkel, siehe auch II.2.2., Abb. 179), was dann eine Nachamputation notwendig macht.

Am *Oberarmstumpf* kann eine Winkelosteotomie dies evtl. verhindern (siehe III.C.8.6.).

Auch kleine Kinder sollten so früh wie möglich eine Prothese bekommen, damit sie sich daran gewöhnen.

8.4.2. *Die Technik der Amputation*

Sie richtet sich nach den Erfordernissen der vorgesehenen Prothese. Der Stumpf muss schmerzfrei und *belastbar* sein. Bei *arteriellen Durchblutungsstörungen* muss auf einer Höhe amputiert werden, wo die Zirkulation für eine Primärheilung des Stumpfes ausreicht. Stumpfnekrosen infizieren und machen eine Nachamputation nötig. Die *Form* des Stumpfes soll *konisch* und nicht am Ende kolbig verdickt sein, damit er gut in den Prothesenköcher eingeführt und eingepasst werden kann. Überschüssige Weichteillappen machen trophische Störungen und sind ebenso ungünstig wie zu geringe Polsterung des Knochenstumpfes. Die Haut soll straff aber nicht gespannt über dem gepolsterten Stumpf liegen. Zur Versorgung des Knochenstumpfes hat sich die *myoplastische Amputation* am besten bewährt: Die Muskulatur wird über dem Knochenende vernäht. Dies ergibt einen «aktiven» Stumpf. Die Muskulatur polstert den Knochen gut ab und kann Druck übertragen. Der Stumpf ist kräftig und die Führung der Prothese besser. Schliesslich ist durch die Muskulatur eine gute Zirkulation des Stumpfes gewährleistet. Dies ist besonders wichtig, da *Zirkulationsstörungen* im Stumpf zu den häufigsten Komplikationen nach Amputationen gehören.

Die Nervenstümpfe sollen tief genug in der Muskulatur eingebettet liegen, damit keine schmerzhaften Neurome entstehen.

Primärheilung und saubere Hautverhältnisse sind wesentlich, denn adhärente Narben sind empfindlich und erschweren die Prothesenversorgung.

Die *Nachbehandlung* hat vor allem die Aufgabe:

1. *Kontrakturen* zu verhindern durch Lagerung und Bewegungstherapie (siehe III.C.8.5.2.7.).
2. Die unvermeidliche *Atrophie* des Stumpfes zu fördern durch Bandagieren, damit der Stumpf bald seine endgültige Form bekommt.
3. Schon vorher, d.h. sobald es die Wundheilung zulässt, wird eine *Behelfsprothese* angepasst. Ein Gipsköcher mit einer Stelze genügt. Damit wird der Patient *sofort auf die Beine gestellt.* Die Anpassung der *definitiven Prothese* ist erst möglich, wenn der Stumpf seine endgültige Form angenommen hat, d.h. wenn die Schwellung zurückgegangen und der Stumpf etwas atrophiert ist. Dieser Schrumpfungsprozess dauert einige Wochen. Er wird unterstützt durch kräftiges Umwickeln mit elastischen Binden. In dieser Zeit wird bereits intensive *Gehschulung* und aktives Stumpftraining betrieben (Abb. 692).

Lässt man den Patienten im Bett liegen, bis die endgültige Prothese fertig ist, so entstehen Kontrakturen, er verliert den Mut und lernt unter Umständen nie mehr, mit einer Prothese zu gehen.

Abb. 692. *Rehabilitation* eines Doppelamputierten: So früh als möglich wird mit *einfachen Behelfsprothesen* das *Gleichgewicht* im *Stehen* trainiert. Mit kurzen Stümpfen geht es leichter. Der Wille des Patienten, das Ziel zu erreichen, nämlich gehen zu lernen, ist an seiner gespannten Aufmerksamkeit zu erkennen. Es gilt, den Patienten schon vor der Operation auf dieses Ziel hin zu lenken.

Auch *Einfachamputierte* werden so bald als möglich mit einer provisorischen Prothese ausgerüstet, damit die Gehschulung sofort beginnen kann.

Aus den genannten Gründen ist die sogenannte *Sofortprothesenversorgung* propagiert worden, d.h. das Eingipsen des Amputationsstumpfes und Anlegen einer Behelfsprothese unmittelbar nach der Operation. Dieses Verfahren setzt aber grosse Erfahrung, Beherrschung der Technik und genaue postoperative Überwachung voraus. Fehlen diese Voraussetzungen, so ist die Methode gefährlich (Zirkulationsstörungen, Nekrosen, Wundheilungsstörungen) und deshalb nicht zu empfehlen.

8.5. Prothesenversorgung und Rehabilitation

Die *endgültige Prothesenversorgung* ist ein *Spezialgebiet* der technischen Orthopädie geworden. In dafür eingerichteten Zentren werden Versorgung und Rehabilitation in *enger Zusammenarbeit* zwischen *Prothesenbauer, Orthopäden* und *Rehabilitationsspezialisten* (Gehschulung, Physiotherapie, Fürsorge, Berufsschulung) von der Amputation bis zur Wiedereingliederung in den Arbeitsprozess durchgeführt. Der praktische Orthopäde sollte soviel davon verstehen, dass er Stumpfkrankheiten behandeln und den Sitz der Prothese kontrollieren kann.

8.5.1.1. *Aufbau der Prothese*

Damit die Prothese richtig ins Lot kommt, richtet sie der Prothesenbauer von *unten nach oben,* d.h. vom Fuss hinauf zum Amputationsstumpf und nicht umgekehrt. Die Prothese muss den Gesetzen der «Statik der aufrechten Haltung» genügen (siehe I.A.8.) (Abb. 693).

Da die Muskeln fehlen, müssen die Gelenke ähnlich stabilisiert werden wie bei einer Lähmung (siehe Passive Gelenkstabilisierung, I.A.8.1.6. und Kniestabilisierung bei schlaffer Lähmung, II.8.1.2.1.). Daraus folgt, dass das Kniegelenk ein wenig hinter dem Schwerpunktlot liegen muss, ebenso das Fussgelenk. Letzteres hat in der Regel eine geringe allseitige Beweglichkeit, damit der Gang weich wird, und eine Sperre gegen Dorsalflexion zur Stabilisierung des Knies, oder einen Gummiabsatz zur Pufferung (SACH-Fuss, Abb. 691c).

Das *Kniegelenk* hat eine Extensionssperre und mehr oder weniger komplizierte Gelenkmechanismen, um einen möglichst physiologischen Gang zu ermöglichen. Einfache Prothesen sind oft besser als komplizierte.

8.5.1.2. Die *Stumpfeinbettung* ist das schwierigste Problem bei der Prothesenversorgung. Ein kontrakter, nicht achsengerecht stehender Stumpf

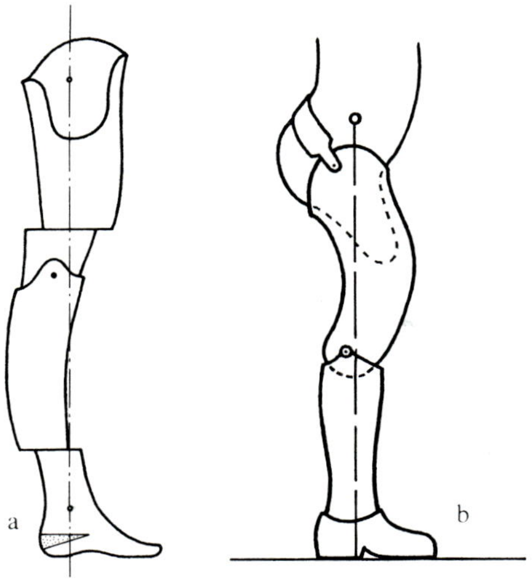

Abb. 693.

a Der *Aufbau der Prothese* erfolgt von unten nach oben. Er muss der Statik und Dynamik des Stehens und Gehens genügen (siehe I.A.8.). Um die Kniestabilität zu verbessern, kann das Kniegelenk etwas nach dorsal hinter das Schwerpunktslot versetzt werden.

b Einbettung eines Oberschenkelstumpfes mit *Flexionskontraktur:* Körperachse und Prothese müssen im Lot sein. Besser ist allerdings, durch zweckmässige Nachbehandlung eine Kontraktur zu vermeiden.

muss wenn nötig *abgewinkelt* in den Schaft eingebettet werden, damit die Prothese im Lot steht (Abb. 693).

Der Stumpf selbst soll so viel Gewicht als möglich tragen, sonst müssen höher oben Abstützpunkte gesucht werden (siehe einzelne Amputationshöhen).

Der Stumpf wird möglichst gut gefasst, damit er im Stehen nicht in den Prothesenschaft einsinkt. Es sollen keine Hohlräume, aber auch keine Druckstellen entstehen, da sonst leicht Zirkulationsstörungen und dermatologische Probleme auftauchen (siehe III.C.8.5.2.5.).

In der *Schwungphase* muss der Stumpf die Prothese *tragen,* was besondere Probleme aufwirft (siehe Unterschenkel- bzw. Oberschenkelamputation). Die Prothese sollte beim Gehen nicht «pumpen».

8.5.2. *Stumpfkrankheiten*

Die Prothesenversorgung ist nicht selten erschwert oder unmöglich wegen eines unzweckmässigen oder kranken Stumpfes. Es ist Aufgabe des Orthopäden, in Zusammenarbeit mit dem Prothesenbauer, Abhilfe zu schaffen.

8.5.2.1. *Narben*

Hautnarben von Verletzungen oder Infektionen, vor allem wenn sie mit dem Knochenstumpf verwachsen sind, auch indurierte Unterhautpartien, sind manchmal sehr empfindlich auf Druck oder Zug. In der Regel ist eine operative Stumpfkorrektur nötig.

8.5.2.2. *Infekte*

Infektionen nach Amputationen sind nicht selten. Entzündungen, Fisteln und Sequester *(Kronensequester)* verhindern eine Prothesenversorgung. Sie müssen operativ ausgeräumt werden.

8.5.2.3. *Schlechte Stumpfform*

Der Orthopädiemechaniker wird versuchen, auch schlechte Stümpfe gut zu versorgen. Er stösst dabei auf Grenzen. Zu dicke, zu lange und unförmige Stümpfe müssen auf die richtige konische Form nachamputiert werden.

Amputationsstümpfe ändern oft mit der Zeit ihre Form (Atrophie, Wachstum), was einen neuen Schaft nötig macht. Eine Verdickung des Stumpfes kann allerdings auch in lokalen Zirkulationsstörungen (siehe III.C.8.5.2.5.) oder einer Herzinsuffizienz seine Ursache haben.

8.5.2.4. *Druckstellen*

Am Stumpfende von Femur oder Tibia, an der vorderen Tibiakante und am Fibulastumpf entstehen häufig Druckstellen von der Prothese. An diesen Stellen muss natürlich zuerst der Schaft gut ausgefräst und weich abgepolstert werden. Weniger günstig ist es, unter dem Stumpfende einen Hohlraum im Prothesenschaft auszusparen, weil durch das Vakuum eine sehr unangenehme venöse Stauung im Stumpf entsteht, welche ihn ödematös auftreibt (siehe III.C.8.5.2.5.). Wenn trotz einwandfreier Prothesenanpassung die Druckstellen nicht verschwinden – manche primäre Stümpfe sind schlecht, weil die Amputation notfallmässig durchgeführt werden musste – so ist eine *Nachamputation,* wenn möglich mit *myoplastischer Versorgung* angezeigt.

8.5.2.5. *Zirkulationsstörungen und dermatologische Probleme*

Eine sehr häufige Komplikation des Prothesentragens sind *venöse Rückflussstörungen* im Amputationsstumpf mit tiefblauer Verfärbung, starker ödematöser Auftreibung des Stumpfes, Schmerzen, übermässiger kalter Schweissbildung und sekundären Hautschädigungen wie Ekzemen, Dekubitus, Ulzera usw. Die Patienten können die Prothese nur kurze Zeit oder gar nicht mehr tragen.

Ursachen dieser Zirkulationsstörungen sind: zu lange Stümpfe, vor allem grössere Weichteillappen ohne Knochen und Muskulatur, das Tragen von Saugprothesen mit Vakuum in einem Hohlraum unter dem Stumpf, schmerzhafte Stümpfe, welche deshalb zu wenig gebraucht werden, Allergien sowie mangelnde Stumpfhygiene.

Eine *myoplastische Stumpfkorrektur* sowie ein zweckmässiger Prothesenschaft, welcher überall in Kontakt mit dem Stumpf steht (Kontaktschaft), ebenso eine peinlich genaue, regelmässige *Stumpftoilette,* sind Voraussetzungen für eine Verbesserung. Eine Herzinsuffizienz wäre zu beheben. Oft widersetzen sich solche Zirkulationsstörungen aber hartnäckig allen Behandlungsversuchen.

8.5.2.6. *Stumpfschmerzen*

Als sogenannte *Phantomschmerzen* werden solche bezeichnet, welche der Amputierte in seinem nicht mehr vorhandenen Fuss empfindet. Sie sind gefürchtet wegen ihrer Intensität und ihrer Resistenz gegenüber Behandlungsversuchen. Bei Kindern kommen sie nicht vor.

Ihre genaue Ursache ist nicht bekannt. Narbenneurome, Zirkulationsstörungen, schmerzhafte Narben usw. können eine Rolle spielen. Eine Nachresektion des betroffenen Nerven (N. tibialis, N. ischiadicus) und eine Stumpfkorrektur mit myoplastischer Stumpfversorgung können vielleicht helfen.

8.5.2.7. *Kontrakturen*

Nach Amputationen im Oberschenkel fallen Muskelansätze von Adduktoren und Beingewicht weg. Der Stumpf hat dann die Tendenz, in *Abduktions-* und *Flexionsstellung* zu gehen. Schon in den ersten Wochen nach der Amputation kann eine Kontraktur in dieser Stellung entstehen, wenn sie nicht *sofort aktiv bekämpft* wird mit Lagerung in *Streckstellung* (keine Kissen unter dem Stumpf!), Bauchlage und aktiver Gymnastik (vgl. II.12.2.).

Einmal vorhandene Kontrakturen sind schwierig oder nicht mehr zu beseitigen. Sie erschweren die Prothesenversorgung und das Gehen später ausserordentlich.

Für *Kniekontrakturen* in *Flexionsstellung* nach Unterschenkelamputation gilt Ähnliches. (Über die Einbettung kontrakter Stümpfe, siehe III.C.8.5.1.2.)

8.6. Amputationen und Prothesen an der oberen Extremität

Grundsätzlich soll so *wenig als möglich* amputiert werden. Jede erhaltene Stumpflänge ist wertvoll, besonders an Hand und Fingern.

Die Funktionen von Hand und Arm sind wesentlich komplexer als jene der unteren Extremitäten, vor allem weil die *Sensibilität* eine überragende Rolle spielt. Eine prothetische Versorgung kann deshalb auch im besten Fall nur einen bescheidenen Ersatz geben. Je nach Situation ist auch dieser für den Patienten nützlich (Ohnhänder, Schwerarbeiter) oder aber er behilft sich besser mit seinem sensiblen Stumpf und der gesunden Hand.

Ziel einer *funktionellen Versorgung* ist ein *Griff.*

Gelegentlich wird aber lediglich eine kosmetische Versorgung gewünscht. Je nach individuellen Anforderungen und Möglichkeiten kommen *grundsätzlich vier Prothesenarten* in Betracht:

1. Die *Schmuckhand* mit beschränkter Funktion.
2. Die *passiven Greifarme:* Stabile Prothesen mit verschiedenen Ansatzstücken (Haken, Haltern, Klauen), welche unter Umständen auch passiv in Pro- bzw. Supinationsstellung gebracht werden können. Sie sind einfach, strapazierbar und eignen sich deshalb vor allem für Schwerarbeiter, Landwirte usw. (Abb. 694).
3. *Aktive Greifarme:* Greifmechanismen werden durch *körpereigene Bewegungen* (z.B. der Schulter) betätigt. Unterarmstümpfe eignen sich am besten. Je höher die Amputation (Oberarm) desto geringer die Wirkung.
4. *Fremdkraftprothesen* werden mit Servomotoren (pneumatisch, elektrisch) betrieben und durch Körperbewegung oder eigene Muskelkontrakturen gesteuert.

Die beiden letzten Gruppen gestatten zunehmend feinere Bewegungen, jedoch keine schwereren Arbeiten. Sie sind kompliziert und an-

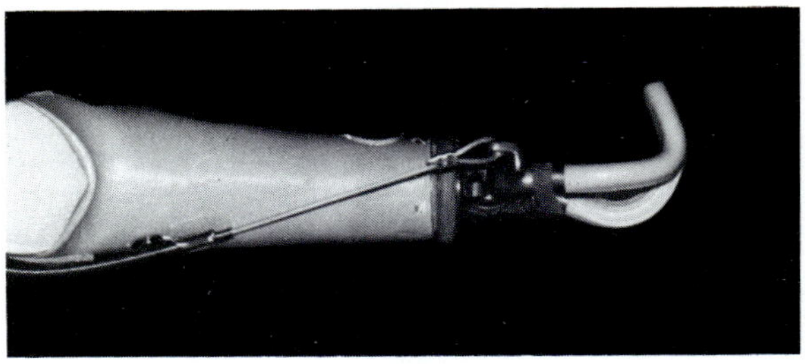

Abb. 694. Für viele Armamputierte ist der *einfache, kräftige Haken* das beste Werkzeug. Er lässt sich in jede Drehstellung bringen und durch Schulterzug öffnen.

spruchsvoll, aber für manche Patienten (Ohnhänder!) ausserordentlich wertvoll.

Gerade bei Ohnhändern ist die operative Umwandlung des Vorderarmstumpfes in eine Greifzange (Krukenberg) als Alternative in Erwägung zu ziehen.

Die Versorgung von Oberarmstümpfen ist schwierig, v.a. wegen der Rotation. Die Stabilität kann verbessert werden durch eine Winkelosteotomie des Humerusstumpfes (Marquart).

Literaturverzeichnis

Dieses ist als *Wegweiser zum weiterführenden Schrifttum* gedacht. Es kann sich im folgenden nur darum handeln, aus der unübersehbaren Literaturflut eine rudimentäre Auswahl anzubieten. Notgedrungen bleibt diese Auswahl subjektiv und willkürlich. Sie richtete sich nach folgenden Kriterien:

- Grundsätzlich sind wo immer möglich *Bücher* aufgeführt, und zwar eine Auswahl von Lehrbüchern, Handbüchern und Monographien, welche eine umfassende Darstellung eines umschriebenen Themas bringen, und von welchen aus auch die weitere Literatur aufzufinden wäre. Die zitierten Bücher sollten käuflich und/oder in den einschlägigen Bibliotheken greifbar sein.
- *Zeitschriftenartikel:* Es sind nur solche aufgeführt, die im Text zitiert oder von besonderer Bedeutung sind.
- *Neuere Literatur* wurde bevorzugt, so weit sie umfassende Übersichten, neuere Erkenntnisse und/oder ausführliche Literaturverzeichnisse enthält. *Ältere Werke* wurden wegen ihrer grundlegenden Bedeutung und Kompetenz aufgenommen. Sie entstanden oft unter weniger Zeitdruck als manche neuere, was sich in fundierter Argumentation und überzeugender Präsentation niederschlägt.
- Die *Gruppierung* der Literatur entspricht derjenigen des Stoffes im Text gemäss Inhaltsverzeichnis. Eine solche Anordnung schien dem Zweck dieses Literaturverzeichnisses besser zu entsprechen als ein alphabetisches Autorenregister, dessen Benutzung bereits eine Kenntnis der Autorennamen voraussetzen würde.

Lehrbücher

Hier sind die gebräuchlichsten deutschsprachigen Orthopädielehrbücher in der Reihenfolge zunehmenden Umfanges vom kleinen Taschenbuch zum mehrbändigen Werk aufgeführt.

Exner, G.: *Kleine Orthopädie,* Grundriss für Unterricht und Praxis, 10. Aufl. Thieme, Stuttgart 1980.

Cotta, H.: *Orthopädie,* ein kurzgefasstes Lehrbuch. Mit 150 Prüfungsfragen und Schlüssel zum Gegenstandskatalog, (Taschenbuch) 3. Aufl. Thieme, Stuttgart 1982.

Morscher, E. et al.: *Orthopädie.* In: Allgöwer, M. (Hrsg.): *Allgemeine und spezielle Chirurgie,* 4. Aufl. Springer, Berlin 1982.

Schlegel, K.-F.: *Orthopädie* (Enke-Reihe zur AO [Ä]). Enke, Stuttgart 1978.

Pitzen, P., Rössler, H.: *Kurzgefasstes Lehrbuch der Orthopädie,* 14. Aufl. Urban und Schwarzenberg, München 1980.

Idelberger, K.: *Lehrbuch der Orthopädie,* 3. Aufl. Springer, Berlin 1978.

Matzen, P.F.: *Orthopädie für Studierende,* 5. Aufl. Barth, Leipzig 1981.

Münzenberg, K.J.: *Orthopädie in der Praxis,* Edition Medizin. Weinheim, Basel 1981. Ein Buch für den praktischen Arzt.

Schönbauer, H.R., Polt, E., Grill, F.: *Orthopädie,* methodische Diagnostik und Therapie. Springer, Wien/New York 1979.

Lange, M., Hipp, E.: *Lehrbuch der Orthopädie und Traumatologie,* 3 Bände, 2. Aufl. Enke, Stuttgart. Band I: Allgemeine Orthopädie. Angeborene Erkrankungen 1971. Band II: Erworbene Erkrankungen. 1. Allgemeiner Teil 1976, 2. Spezieller Teil 1981.

Englischsprachige Lehrbücher:
Aus dem reichhaltigen Angebot sind vier besonders empfehlenswerte hier angeführt:

Adams, J.C.: *Outline of Orthopaedics,* 9th ed. Churchill, Livingstone, Edinburgh 1981. Deutsche Übersetzung: *Orthopädie.* Eine Einführung für Studierende der Medizin. Springer, Berlin/Heidelberg/New York 1982.

Salter, R.B.: *Textbook of Disorders and Injuries of the Musculoskeletal System.* Introduction to Orthopaedics, Rheumatology, Metabolic Bone Disease, Rehabilitation and Fractures. Williams and Wilkins, Baltimore 1970.

Apley, A.G., Solomon, L.: *Apley's System of Orthopaedics and Fractures,* 6th ed. Butterworths, London 1982.

Brashear, H.R., Raney, R.B. (Eds.): *Shands' Handbook of Orthopaedic Surgery,* 9th ed. Mosby, Saint Louis 1979.

Kinderorthopädie

Bernbeck, R., Dahmen, G.: *Kinderorthopädie,* 3. Aufl. Thieme, Stuttgart 1982.

Ferguson, A.B.: *Orthopaedic Surgery in Infancy and Childhood,* 5th ed. Williams and Wilkins, Baltimore 1981.

Blockey, N.J.: *Children's Orthopaedics. Practical Problems.* Butterworths, London 1976.

Sharrard, W.J.W.: *Paediatric Orthopaedics and Fractures,* 2 Volumes, 2nd ed. Blackwell, Oxford 1979.

Judet, J., Judet, H.: *Fractures et Orthopédie de l'enfant,* 4 Volumes. Maloine, Paris 1974–1980.

Handbücher

Hohmann, G., Hackenbroch, M.: *Handbuch der Orthopädie,* in 4 Bänden. Thieme, Stuttgart 1962.

Witt, A.N. et al.: *Orthopädie in Praxis und Klinik* (Fortsetzung des Handbuches der Orthopädie, von G. Hohmann, M. Hackenbroch), 2. Aufl., in 7 Bänden. Thieme, Stuttgart. Band I 1980, Band II 1981, Band IV 1982, Band VI 1982.

TUREK, S.L.: *Orthopaedics: Principles and their Application,* 3rd ed. Lippincott, Philadelphia 1977.

SCHINZ, H.R. et al. (Hrsg.): *Lehrbuch der Röntgendiagnostik.* Thieme, Stuttgart. Band II/1: Skelett, 6. Aufl. 1979. Band II/2: Skelett, Weichteile und Gefässe, 6. Aufl. 1981. Band III: Wirbelsäule. 1966.

Allgemeines

Geschichte der Orthopädie

VALENTIN, B.: *Geschichte der Orthopädie.* Thieme, Stuttgart 1961.

RANG, M.: *Anthology of Orthopaedics.* Livingstone, Edinburgh/London 1969.

HACKENBROCH, M.: *Zur Entwicklungsgeschichte der Orthopädie.* In: Witt, A.N. et al.: *Orthopädie in Praxis und Klinik,* Handbuch, Band 2. Thieme, Stuttgart 1981.

Anatomie des Bewegungsapparates

BENNINGHOFF, A., GOERTTLER, K.: *Lehrbuch der Anatomie des Menschen,* Band 1: Allgemeine Anatomie und Bewegungsapparat, 13. Aufl. Urban und Schwarzenberg, München/Berlin 1980.

KAPANDJI, I.A.: *The Physiology of the Joints,* 3 volumes. Churchill Livingstone, Edinburgh/London/New York. Vol. 1: Upper limb, 5th ed. 1982. Vol. 2: Lower limb. 2nd ed. 1970. Vol. 3: Trunk an vertebral column, 2nd ed. 1974.

VON LANZ, T., WACHSMUTH, W.: *Praktische Anatomie,* 3 Bände. Springer, Berlin 1938. Fortgeführt von LANG, J., WACHSMUTH, W.: *Bein und Statik* (Band I/4). Springer, Berlin/Heidelberg/New York 1972. *Rücken* (Band II/7) 1982.

HALL, M.C.: *The Locomotor System, Functional Histology.* Thomas, Springfield 1966.

Atlanten

RUSSE, O., GERHARDT, J., KING, PH.: *An Atlas of Examination, Standard Measurements and Documentation in Orthopaedics and Traumatology,* 2nd ed. Huber, Bern/Stuttgart/Vienna 1976.

MATZEN, P.F., FLEISSNER, H.K.: *Orthopädischer Röntgenatlas,* 2. Aufl. Thieme, Stuttgart 1980.

PAUWELS, F.: *Atlas zur Biomechanik der gesunden und kranken Hüfte.* Springer, Berlin/Heidelberg 1973.

Die wissenschaftliche Basis der Orthopädie

TRUETA, J.T.: *Studies of the Development and Decay of the Human Frame.* Heineman, London 1978.

ALBRIGHT, J.A., BRAND, R.A. (Eds.): *The Scientific Basis of Orthopaedics.* Appleton-Century-Crofts, New York 1979.

OWEN, R., GOODFELLOW, J., BULLOUGH, P. (Eds.): *Scientific Foundations of Orthopaedics and Traumatology.* Heineman, London 1980.

Biomechanik

PAUWELS, F.: *Gesammelte Abhandlungen zur funktionellen Anatomie des Bewegungsapparates.* Springer, Berlin 1965 (Franz. 1979, Engl. 1980).

FROST, H.M.: *Orthopaedic Biomechanics,* Orthopaedic Lectures, Vol. V. Thomas, Springfield 1973.

EVANS, F.G.: *Stress and Strain in Bones, their Relation to Fractures and Osteogenesis.* Thomas, Springfield 1957.

ENLOW, D.H.: *Principles of Bone Remodeling.* Thomas, Springfield 1963.

FRANKEL, V.H., BURSTEIN, A.H.: *Orthopaedic Biomechanics, the Application of Engineering to the Musculoskeletal System.* Lea and Febiger, Philadelphia 1970. 2nd ed., by Frankel, V.H. and Nordin, M.: *Basic Biomechanics of the Skeletal System,* 1980.

RADIN, E.L. et al.: *Practical Biomechanics for the Orthopaedic Surgeon.* Wiley, New York 1979.

INMAN, V.T., RALSTON, H.J., TODD, F.: *Human Walking.* Williams and Wilkins, Baltimore 1981.

EBERHARD, H.D., INMAN, V.T.: *Fundamental Studies of Human Locomotion and other Information Relating to Design of Artificial Limbs.* Univ. of California, Berkeley 1947.

KUMMER, B.: *Bauprinzipien des Säugerskelettes.* Thieme, Stuttgart 1959.

KNESE, K.: *Knochenstruktur als Verbundbau.* Thieme, Stuttgart 1958.

KNESE, K.: *Stützgewebe und Skelettsystem.* In: Handbuch der mikroskopischen Anatomie des Menschen, Band 2, Teil 5. Springer, Berlin/Heidelberg/New York 1979.

Einige ältere Bücher zur Biomechanik

MEYER, G.H.: *Die Statik und Mechanik des menschlichen Knochengerüstes.* Leipzig 1873.

ROUX, W.: *Gesammelte Abhandlungen über Entwicklungsmechanik der Organismen.* Leipzig 1895.

WOLFF, J.: *Das Gesetz der Transformation der Knochen.* Berlin 1892.

FISCHER, O.: *Der Gang des Menschen.* Leipzig 1896 – 1903.

SCHERB, R.: *Kinetisch-diagnostische Analyse von Gangstörungen,* Technik und Resultate der Myokinesigraphie, Beiheft 82 d. Z. Orthop. Enke, Stuttgart 1952.

Physiologie der Gewebe des Bewegungsapparates, Frakturheilung

KROMPECHER, ST.: *Die Knochenbildung.* Jena 1937.

MCLEAN, F.C., URIST, M.R.: *Bone – An Introduction to the Physiology of Skeletal Tissues.* University of Chicago Press 1961.

URIST, M.R. (Ed.): *Fundamental and Clinical Bone Physiology.* Lippincott, Philadelphia 1981.

VAUGHAN, J.: *The Physiology of Bone,* 3rd. ed. Clarendon Press, Oxford 1981.

SUMNER-SMITH, G. (Ed.): *Bone in Clinical Orthopaedics.* A Study in Comparative Osteology. Saunders, Philadelphia/London/Toronto 1982.

SCHENK, R.: *Histologie der Frakturheilung und der Pseudarthrosen.* AO-Bulletin, Bern 1977.

SEVITT, S.: *Bone Repair and Fracture Healing in Man.* Livingstone, Edinburgh 1981.

HAM, A.W., CORMACK, D.H.: *Histophysiology of Cartilage, Bone and Joints.* Lippincott, Philadelphia/Toronto 1979.

BARNETT, C.H., DAVIES, D.V., MAC CONAILL, M.A.: *Synovial*

Joints – Their Structure and Mechanics. Thomas, Springfield 1961.

SIMON, W.H. (Ed.): *The Human Joint in Health and Disease.* Univ. of Pennsylvania Press, Lizard Town 1978.

FREEMAN, M.A.R. (Ed.): *Adult Articular Cartilage.* Pitman Medical Publ., London 1979.

DALINKA, M.K.: *Arthrography.* Springer, Berlin/Heidelberg/New York 1980.

SCHINZ, H.R. et al. (Hrsg.): *Lehrbuch der Röntgendiagnostik,* Bände I – V, 6. Aufl. Thieme, Stuttgart 1965 – 1981.

DIETHELM, L. et al. (Hrsg.): *Handbuch der medizinischen Radiologie,* Band V/1: Röntgendiagnostik der Skeletterkrankungen. Springer, Berlin 1976.

Orthopädische Diagnostik

CHAPCHAL, G., DOLANC, B., JANI, L.: *Orthopädische Krankenuntersuchung,* 2. Aufl. Enke, Stuttgart 1971.

DEBRUNNER, H.U.: *Orthopädisches Diagnostikum,* 4. Aufl. Thieme, Stuttgart 1982.

HOPPENFELD, S.: *Physical Examination of the Spine and Extremities.* Appleton-Century-Crofts, New York 1976 (deutsch bei Fischer, Stuttgart 1982).

HOPPENFELD, S.: *Orthopädische Neurologie.* Ein Leitfaden zur neurologischen Etagendiagnostik (Bücherei des Orthopäden, Band 24). Enke, Stuttgart 1980.

BERNBECK, R., SINIOS, A.: *Vorsorgeuntersuchungen des Bewegungsapparates im Kindesalter.* Urban und Schwarzenberg, München 1975.

RUSSE, O.A., GERHARDT, J.J.: *Taschenbuch der Gelenkmessung, mit Neutral-Null-Methode,* 2. Aufl. Huber, Bern/Stuttgart/Wien 1982 (engl. 1975).

DEBRUNNER, H.U.: *Gelenkmessung (Neutral-Null-Methode), Längenmessung, Umfangmessung.* AO-Bulletin, Bern 1971.

JOSENHANS, G. (Hrsg.): *Funktionsprüfungen und Befunddokumentation des Bewegungsapparates.* Thieme, Stuttgart 1978.

MORSCHER, E. (Hrsg.): *Funktionelle Diagnostik in der Orthopädie.* Enke, Stuttgart 1979.

Orthopädische Radiologie, Röntgendiagnostik

HAFNER, E., MEULI, H.C.: *Röntgenuntersuchung in der Orthopädie. Methode und Technik,* 2. Aufl. Huber, Bern/Stuttgart/Wien 1976.

BERNAU, A.: *Orthopädische Röntgendiagnostik – Röntgeneinstelltechnik.* Urban und Schwarzenberg, München 1982.

ZIMMER, E.A., ZIMMER-BROSSY, M.: *Röntgenfehleinstellungen erkennen und vermeiden,* 2. Aufl. Springer, Heidelberg 1979.

ZIMMER, E.A., ZIMMER-BROSSY, M.: *Lehrbuch der röntgendiagnostischen Technik.* Für Röntgenassistentinnen und Ärzte, 3. Aufl. Springer, Heidelberg 1982.

KEATS, TH.E.: *Atlas of Normal Roentgen Variants that may Simulate Disease:* Year Yook Medical Publishers, Chicago 1979 (deutsche Übersetzung: Enke, Stuttgart 1978).

KÖHLER, A., ZIMMER, E.A.: *Grenzen des Normalen und Anfänge des Pathologischen im Röntgenbild des Skelettes,* 12. Aufl. Thieme, Stuttgart 1982.

BIRKNER, R.: *Das typische Röntgenbild des Skelettes. Standardbefunde und Varietäten vom Erwachsenen und Kind.* Urban und Schwarzenberg, München 1977.

SIMON, G.: *Principles of Bone X-Ray Diagnosis,* 3rd ed. Butterworths, London 1973.

FREYSCHMIDT, J.: *Knochenerkrankungen im Erwachsenenalter. Röntgenologische Diagnose und Differentialdiagnose.* Springer, Berlin/Heidelberg 1980.

MATZEN, P.F., FLEISSNER, H.K.: *Orthopädischer Röntgenatlas,* 2. Aufl. Thieme, Stuttgart 1980.

FREIBERGER, R.H., KAYE, J.J.: *Arthrography.* Appleton-Century-Crofts, New York 1979.

Orthopädische Therapie

Allgemeines, Beurteilung, Rehabilitation

RATHKE, F.W.: *Anleitung für den orthopädischen Stationsarzt.* Thieme, Stuttgart 1963.

KÖHLE, K., RASPE, H.-H. (Hrsg.): *Das Gespräch während der ärztlichen Visite.* Empirische Untersuchungen. Urban und Schwarzenberg, München 1982.

ROMPE, G., ERLENKÄMPER, A.: *Begutachtung der Haltungs- und Bewegungsorgane.* Thieme, Stuttgart 1978.

FREDENHAGEN, H.: *Das ärztliche Gutachten. Ein Leitfaden für Ärzte, Experten, Versicherer, Rechtsanwälte, unter spezieller Berücksichtigung der Traumatologie des Bewegungsapparates.* Huber, Bern/Stuttgart/Wien 1977.

Rehabilitationseinrichtungen, Verzeichnis der medizinischen Einrichtungen, Sonderschulen, Eingliederungsstätten, Werkstätten, Wohn- und Pflegeheime für Behinderte. 4. Aufl. Zentralsekr. Pro Infirmis, Zürich 1979.

FREDENHAGEN, H. (Red.): *Die eidgenössische Invalidenversicherung und ihre Praxis auf dem Gebiet der Orthopädie.* Edit. Médecine et Hygiène, Genève 1978.

Physiotherapie

GILLMANN, H.: *Physikalische Therapie.* Thieme, Stuttgart 1981.

DANIELS, L., WILLIAMS, M., WORTHINGHAM, C.: *Muscle Testing. Techniques of Manual Examination,* 4th ed. Saunders, Philadelphia/London 1980 (Deutsch bei Fischer, Stuttgart, 4. Aufl. 1982).

SCHARLL, M.: *Orthopädische Krankengymnastik. Lexikon und Kompendium,* 6. Aufl. Thieme, Stuttgart 1980.

COTTA, H., HEIPERTZ, W., TEIRICH, H. (Hrsg.): *Lehrbuch der Krankengymnastik,* Bände I – IV. Thieme, Stuttgart 1961 – 1975.

BOBATH, K.: *A Neurophysiological Basis for the Treatment of Cerebral Palsy.* 2nd ed. Spastics Internat. Med. Publ., Heineman, London 1980.

CYRIAX, J.: *Textbook of Orthopaedic Medecine,* Vol. 2: *Treatment by Manipulation Massage and Injection,* 10th ed. Baillière Tindall, London 1980.

HOFFA, A., GOCHT, H., STORK, H., LÜDKE, H.J.: *Technik der Massage,* 14. Aufl. von Stork, U. Enke, Stuttgart 1978.

JENTSCHURA, G., JANZ, H.-W.: *Beschäftigungstherapie,* 2 Bde., 3. Aufl. Thieme, Stuttgart 1979.

Orthopädische Technik

FREULER, F., WIEDMER, U., BIANCHINI, D.: *Gipsfibel 1. Geläufige Fixationen und Extensionen bei Verletzungen im Erwachsenenalter* (Kliniktaschenbuch). Springer, Heidelberg 1975.

WIEDMER, U., FREULER, F., BIANCHINI, D.: *Gipsfibel 2. Geläu-*

fige Fixationen und Extensionen bei Verletzungen im Kindesalter (Kliniktaschenbuch). Springer, Heidelberg 1976.

HOHMANN, G.: *Orthopädische Technik. Bandagen und Apparate. Ihre Anzeigen und ihr Bau,* 6. Aufl. Enke, Stuttgart 1975.

HOHMANN, D., UHLIG, R.: *Orthopädische Technik,* 7. neu bearbeitete Auflage. Enke 1982.

American Academy of Orthopaedic Surgeons: *Atlas of Orthotics. Biomechanical Principles.* Mosby, St. Louis 1975.

BAUMGARTNER, R. (Hrsg.): *Die orthopädietechnische Versorgung des Fusses.* Thieme, Stuttgart 1972.

Operationslehre

NICOLA, R.: *Atlas operativer Zugangswege in der Orthopädie,* 2. Aufl. Urban und Schwarzenberg, München 1977.

HENRY, A.K.: *Extensile Exposures,* 2nd ed. Churchill Livingstone, Edinburgh/London 1973.

BANKS, S.W., LAUFMAN, H.: *An Atlas of Surgical Exposures of the Extremities.* Saunders, Philadelphia 1973.

EDMONSON, A.S., CRENSHAW, A.H. (Eds.): *Campbell's operative Orthopaedics,* 2 Volumes, 6th ed. Mosby, St. Louis 1980.

LANGE, M.: *Orthopädisch-chirurgische Operationslehre.* Springer, Berlin/Heidelberg/New York 1962, Ergänzungsband 1968.

HACKENBROCH, M., WITT, A.N.: *Orthopädisch-chirurgischer Operationsatlas,* 6 Bände. Thieme, Stuttgart. Band III: Wirbelsäule und Becken, 1974. Band V: Unterschenkel und Fuss, 1973.

BAUMGARTL, F. (Hrsg.): *Spezielle Chirurgie für die Praxis.* Band III: *Haltungs- und Bewegungsapparat.* Teile 1 und 2: Traumatologie, Teil 3: Krankheiten. Thieme, Stuttgart 1976 bzw. 1980 und 1982.

ZENKER, R. (Hrsg.): *Chirurgie der Gegenwart.* 7 Bände. Band 4: Unfallchir., Band 5: Bewegungsorgane. Urban und Schwarzenberg, München 1975.

MÜLLER, M.E., ALLGÖWER, A., WILLENEGGER, H.: *Manual der Osteosynthese. AO-Technik,* 2. Aufl. Springer, Berlin/Heidelberg/New York 1977.

CHARNLEY, J.: *Compression Arthrodesis.* Livingstone, Edinburgh 1953.

SWANSON, S.A.V., FREEMAN, M.A.R. (Eds.): *The Scientific Basis of Joint Replacement.* Pitman Medical, Tunbridge Wells 1977 (deutsche Übersetzung: Die wissenschaftlichen Grundlagen des Gelenkersatzes. Springer, Berlin/Heidelberg 1979).

PETRAČIĆ, B.: *Funktionelle Nachbehandlung operierter Knochenbrüche.* Thieme, Stuttgart 1979.

HARDEGGER, F., BIANCHINI, D.: *Nachbehandlungsfibel. Verbände, Lagerungen und Procedere nach traumatologisch-orthopädischen Operationen* (Kliniktaschenbuch). Springer, Heidelberg 1979.

10-Jahres-Ergebnisse in der Orthopädie. Heft 1 und 2 von «Der Orthopäde», Band 8. Springer, Berlin/Heidelberg 1979.

BRANDT, G., KUNZ, H., NISSEN, R. (Hrsg.): *Intra- und postoperative Zwischenfälle. Ihre Verhütung und Behandlung,* 4 Bände, Band III: Extremitäten und Urologie. Thieme, Stuttgart 1970.

EPPS, CH.H. (Ed.): *Complications in Orthopaedic Surgery* (2 Volumes). Lippincott, Philadelphia 1978.

LEACH, R.E., HOAGLUND, F.T., RISEBOROUGH, E.J. (Eds.): *Controversies in Orthopaedic Surgery.* Saunders, Philadelphia 1982.

Orthopädische Krankheiten

Angeborene Krankheiten

HORAN, F., BEIGHTON, P.: *Orthopaedic Problems in Inherited Skeletal Disorders.* Springer, Berlin/Heidelberg/New York 1982.

Siehe auch Handbuchartikel und einzelne Lokalisationen.

Wachstumsstörungen

MATTHIASS, H.H.: *Reifung, Wachstum und Wachstumsstörungen des Haltungs- und Bewegungsapparates im Jugendalter.* Karger, Basel 1966.

MATTHIASS, H.H.: *Entwicklung, Wachstum und Reifung des Haltungs- und Bewegungsapparates.* Handbuchartikel in: Witt, A.N.: Orthopädie in Praxis und Klinik, Band 1. Thieme, Stuttgart 1980.

TANNER, J.M.: *Wachstum und Reifung des Menschen.* Thieme, Stuttgart 1962.

RANG, M.: *The Growth Plate and its Disorders.* Livingstone, Edinburgh/London 1969.

EULERT, J., THOMAS, W.: *Der partielle Verschluss der Epiphysenfuge.* Klinische und experimentelle Untersuchungen (Bücherei des Orthopäden, Band 25). Enke, Stuttgart 1980.

Skelettsystemerkrankungen

LICHTENSTEIN, L.: *Diseases of Bone and Joints,* 5th ed. Mosby, St. Louis 1977.

AEGERTER, E., KIRKPATRICK, J.A.: *Orthopaedic Diseases, Physiology, Pathology, Radiology,* 4th ed. Saunders, London 1975.

JAFFÉ, H.L.: *Metabolic, Degenerative and Inflammatory Diseases of Bones and Joints.* Lea and Febiger, Philadelphia 1972.

WYNNE-DAVIES, R., FAIRBANK, T.J.: *Fairbank's Atlas of General Affections of the Skeleton,* 2nd ed. Livingstone, Edinburgh 1976.

DAMBACHER, M.A.: *Praktische Osteologie.* Thieme, Stuttgart 1982.

WAGNER, H.: *Präsenile Osteoporose.* Thieme, Stuttgart 1965.

JESSERER, H.: *Knochenkrankheiten.* Urban und Schwarzenberg, München 1971.

ROSEMEYER, B.: *Immobilisationsosteoporose.* Tierexperimentelle Untersuchungen zur Reversibilität der Immobilisationsosteoporose nach Ruhigstellung im Gipsverband (Bücherei des Orthopäden, Band 17). Enke, Stuttgart 1977.

SMILLIE, I.S.: *Osteochondritis Dissecans. Loose Bodies in Joints.* Livingstone, Edinburgh 1960.

Knocheninfektionen

PLAUE, R. (Hrsg.): *Die Behandlung der sekundär-chronischen Osteomyelitis.* Enke, Stuttgart 1974.

BURRI, C.: *Posttraumatische Osteitis,* 2. Aufl. Huber, Bern/Stuttgart/Wien 1979.

FRIEDRICH, B.: *Biomechanische Stabilität und posttraumatische Osteitis.* Experimentelle Untersuchungen zur Ätiologie und ihre Konsequenzen für die Klinik. Hefte zur Unfallheilkunde, Heft 22. Springer, Heidelberg 1975.

Tumoren

LICHTENSTEIN, L.: *Bone Tumors*, 5th ed. Mosby, St. Louis 1977.

UEHLINGER, E.: *Pathologische Anatomie der Knochengeschwülste.* In: Knochentumoren, Helv. Chir. Acta *40*, 5, 1973.

JAFFÉ, H. T.: *Tumors and Tumorous Conditions of the Bones and Joints.* Lea and Febiger, Philadelphia 1961.

SPJUT, H.J. et al.: *Tumors of Bone and Cartilage,* fasc. 5 of «Tumor Pathology». Armed Forces Institute of Pathology, Washington 1971.

SCHAJOWICZ, F.: *Tumors and Tumorlike Lesions of Bone and Joints.* Springer, New York/Heidelberg/Berlin 1981.

BURRI, C., BETZLER, M. (Hrsg.): *Knochentumoren.* Huber, Bern/Stuttgart/Wien 1977.

FROMMHOLD, W., GERHARDT, P. (Hrsg.): *Knochentumoren.* Klinisch-radiologisches Seminar, Band 10. Thieme, Stuttgart 1980.

Neurologische Affektionen

HOPPENFELD, S.: *Orthopädische Neurologie.* Ein Leitfaden zur neurologischen Etagendiagnostik (Bücherei des Orthopäden, Band 24). Enke, Stuttgart 1980.

MUMENTHALER, M.: *Neurologie. Ein Lehrbuch für Ärzte und Studenten,* 7. Aufl. Thieme, Stuttgart 1982.

MUMENTHALER, M.: *Neurologische Differentialdiagnostik. Symptome – Syndrome.* Thieme, Stuttgart 1980.

HUCKSTEP, R. L.: *Poliomyelitis. A Guide for Developing Countries – Including Appliances and Rehabilitation for the Disabled.* Livingstone, Edinburgh/London/New York 1976.

ILLINGWORTH, R.S.: *The Development of the Infant and Young Child Normal and Abnormal,* 7th ed. Livingstone, Edinburgh 1980.

MATTHIASS, H.H.: *Untersuchungstechnik und Diagnose der infantilen Zerebralparalyse im Säuglings- und Kindesalter.* Thieme, Stuttgart 1966.

BOBATH, K.: *A Neurophysiological Basis for the Treatment of Cerebral Palsy.* 2nd ed. Heineman, London 1980.

BOBATH, B.: *Abnormale Haltungsreflexe bei Gehirnschäden,* 3. Aufl. Thieme, Stuttgart 1976.

HOWER, J.: *Reflexe im Säuglingsalter.* Enke, Stuttgart 1977.

VOJTA, V.: *Die zerebralen Bewegungsstörungen im Säuglingsalter.* Frühdiagnose und Frühtherapie. Enke, Stuttgart 1981.

RATHKE, F.W.: *Das spastisch gelähmte Kind.* Thieme, Stuttgart 1966.

THOM, H.: *Die infantilen Zerebralparesen,* 2. Aufl. Thieme, Stuttgart 1982.

AEBI, U.: *Das normalbegabte zerebral bewegungsgestörte Kind.* Huber, Bern/Stuttgart/Wien 1974.

BAUMANN, J.U.: *Operative Behandlung bei infantilen Zerebralparesen.* Thieme, Stuttgart 1970.

BOBATH, B.: *Die Hemiplegie Erwachsener,* 2. Aufl. Thieme, Stuttgart/New York 1980.

MUMENTHALER, M., SCHLIAK, H.: *Läsionen peripherer Nerven, Diagnostik und Therapie,* 4. Aufl. Thieme, Stuttgart 1982.

SEDDON, H.J.: *Surgical Disorders of the Peripheral Nerves,* 2nd ed. Livingstone, Edinburgh/London 1975.

SUNDERLAND, S.: *Nerves und Nerve Injuries,* 2nd ed. Livingstone, Edinburgh 1978.

MILLESI, H.: *Unfallschäden peripherer Nerven.* In: v. Zenker, R., Deucher, F., Schink, W. (Hrsg.): Chirurgie der Gegenwart, Band IV. Urban und Schwarzenberg, München 1975.

KOPELL, P.H., THOMPSON, W.A.: *Peripheral Entrapment Neuropathies,* 2nd ed. Williams und Wilkins, Baltimore 1976.

GUTTMAN, L.: *Spinal Chord Injuries.* Comprehensive Management and Research. Blackwell Scientific Publ. Oxford, London 1976.

HARDY, A.G., ROSSIER, A.: *Spinal Cord Injuries.* Orthopaedic and Neurological Aspects. Publishing Sciences Group, Acton, Massachusetts 1975.

HARDY, A.G., ELSON, R.: *Practical Management of Spinal Injuries,* 2nd ed. Livingstone, Edinburgh 1976.

MOBERG, E.: *The Upper Limb in Paraplegia.* A New Approach to Surgical Rehabilitation. Thieme, Stuttgart 1978.

PARSCH, K.D., SCHULITZ, K.P.: *Das Spina-bifida-Kind.* Klinik und Rehabilitation. Thieme, Stuttgart 1972.

MENELAUS, M.B.: *The Orthopaedic Management of Spina Bifida,* 2nd ed. Livingstone, Edinburgh/London 1980.

Rheumatische und degenerative Gelenkerkrankungen

MASON, M., CURREY, H.L.F., ZINN, W.: *Einführung in die klinische Rheumatologie, ein Lehrbuch für Studenten und Ärzte.* Huber, Bern/Stuttgart/Wien 1973.

MCCARTHY, D.J. (Ed.): *Arthritis and Allied Conditions. A Textbook of Rheumatology,* 9th ed. Lea and Febiger, Philadelphia 1979.

MOLL, W.: *Kompendium der Rheumatologie, ein Vademecum für Klinik und Praxis,* 2. Aufl. Karger, Basel 1972.

GSCHWEND, N.: *Die operative Behandlung der chronischen Polyarthritis,* 2. Aufl. Thieme, Stuttgart 1977.

FLATT, A.E.: *The Care of the Rheumatoid Hand,* 4th ed. Mosby, St. Louis 1982.

HACKENBROCH, M.H.: *Degenerative Gelenkerkrankungen.* In: Witt, A.N. et al.: Orthopädie in Praxis und Klinik, Fortsetzung des Handbuches der Orthopädie, Band IV. Thieme, Stuttgart 1982.

GRASSET, E.J.: *La coxarthrose, étude anatomique et histologique.* Georg, Genève; Masson, Paris 1960.

HARRISON, M.H.M., SCHAJOWICZ, F., TRUETA, J.: *Osteoarthritis of the hip: a study of the nature and evolution of the disease.* J. Bone Jt. Surg. *35-B,* 598, 1953.

PAUWELS, F.: *Atlas zur Biomechanik der gesunden und kranken Hüfte.* Springer, Berlin/Heidelberg 1973.

MÜLLER, M.E. (Hrsg.): *Operativer Gelenkersatz, eine Orientierung für den Allgemeinpraktiker.* Huber, Bern/Stuttgart/Wien 1979.

SWANSON, S.A.V., FREEMAN, M.A.R.: *The Scientific Basis of Joint Replacement.* Pitman Medical, London 1977.

Deformitäten und statische Störungen

RUSSE, O.A., GERHARDT, J.J.: *Taschenbuch der Gelenkmessung mit Darstellung der Neutral-Null-Methode,* 2. Aufl. Huber, Bern/Stuttgart/Wien 1982.

PAUWELS, F.: *Gesammelte Abhandlungen zur funktionellen Anatomie des Bewegungsapparates.* Springer, Berlin 1965.

MÜLLER, M.E. (Hrsg.): *Posttraumatische Achsenfehlstellungen an den unteren Extremitäten.* Huber, Bern/Stuttgart/Wien 1967.

CLARK, J.M.P.: *Tether, Contracture and Deformity.* Heineman, London 1976.

HARDEGGER, F., BIANCHINI, D.: *Nachbehandlungsfibel. Verbände, Lagerungen und Procedere nach orthopädisch-traumatologischen Operationen.* Springer, Berlin/Heidelberg 1979.

MAQUET, P.: *Biomécanique du genou, application à la patho-*

génie et au traitement chirurgical de la gonarthrose. Springer, Berlin/Heidelberg/New York 1977 (Engl. 1978).

DEBRUNNER, A. M.: *Biomechanische Wirkungen der posttraumatischen Achsenfehler der unteren Extremitäten.* In: Müller, M. E.: Posttraumatische Achsenfehlstellungen. Huber, Bern/Stuttgart/Wien 1967.

JANI, L. et al.: *Verlauf der idiopathischen Coxa antetorta.* Orthopäde *8,* 5, 1979.

SALENIUS, P., VANKKA, E.: *The Development of the Tibiofemoral Angle in Children.* J. Bone Jt. Surg. *57-A,* 259, 1975.

Weichteilaffektionen, vaskuläre Probleme

ABRAMSON, D. I., MILLER, D. S.: *Vascular Problems in Musculoskeletal Disorders of the Limbs.* Springer, Berlin/Heidelberg/New York 1981.

MUBARAK, S. J., HORGENS, H. R.: *Compartment Syndromes and Volkmann's Contracture.* Saunders, Philadelphia 1981.

LANZ, U.: *Ischämische Muskelnekrosen.* Hefte zur Unfallheilkunde, Heft 139. Springer, Heidelberg 1979.

BECKER, W., KRAHL, H.: *Die Tendopathien.* Grundlagen, Klinik, Therapie. Thieme, Stuttgart 1978.

Verletzungen des Bewegungsapparates

Überlastungsschäden

MÜLLER, W.: *Überanstrengungsschäden des Knochens.* Barth, Leipzig 1944.

DEVAS, M.: *Stress Fractures.* Livingstone, Edinburgh/London 1975.

COTTA et al. (Hrsg.): *Die Belastungstoleranz des Bewegungsapparates, Grundlagenforschung in der Sportmedizin.* Thieme, Stuttgart 1980.

Bandverletzungen

JÄGER, M., WIRTH, G. J.: *Kapselbandläsionen. Biomechanik, Diagnostik und Therapie.* Thieme, Stuttgart 1979.

CHAPCHAL, G. (Ed.): *Injuries of the Ligaments and their Repair. Hand-Knee-Foot.* Thieme, Stuttgart 1977.

Frakturenlehre

BÖHLER, L.: *Die Technik der Knochenbruchbehandlung,* 3 Bände und Ergänzungsband. Maudrich, Wien 1929. 13. Aufl. 1957, Reprint 1977.

BÖHLER, L.: *Bericht über die bei 3308 Unterschenkelbrüchen in den Jahren 1926–1950 im Wiener Krankenhaus erzielten Behandlungsergebnisse unter Benützung des Hollerithverfahrens* (Heft 54 der Hefte zur Unfallheilkunde). Springer, Berlin/Heidelberg/New York 1957.

ADAMS, J. C.: *Outline of Fractures,* 7th ed. Livingstone, Edinburgh 1978.

WATSON-JONES, R.: *Fractures and Joint Injuries,* 2 Volumes, 4th ed. Livingstone, Edinburgh/London 1955. 5th ed. 1976 edited by Wilson J. N.

CHARNLEY, J.: *The closed treatment of common fractures,* 3rd ed. Livingstone, Edinburgh/London 1970.

DANIS, R.: *Théorie et pratique de l'ostéosynthèse.* Masson, Paris 1949.

MÜLLER, M. E., ALLGÖWER, M., WILLENEGGER, H.: *Technik der operativen Frakturbehandlung.* Springer, Berlin/Heidelberg/New York 1963.

MÜLLER, M. E., ALLGÖWER, M., WILLENEGGER, H.: *Manual der Osteosynthese. AO-Technik,* 2. Aufl. Springer, Berlin/Heidelberg/New York 1977 (Engl. 1979, Franz. 1980).

CONOLLY, J. F.: *De Palma's The Management of Fractures and Dislocations: An Atlas,* 3rd ed. 2 Volumes. Saunders, Philadelphia 1981.

SARMIENTO, A., LATTA, L.: *Closed Functional Treatment of Fractures.* Springer, Berlin/Heidelberg/New York 1981.

RITTMANN, W., MATTER, P.: *Die offene Fraktur.* Huber, Bern/Stuttgart/Wien 1977.

PETRAČIĆ, B.: *Funktionelle Nachbehandlung operierter Knochenbrüche.* Thieme, Stuttgart 1979.

Frakturen bei Kindern

BLOUNT, W. P.: *Fractures in Children.* Williams and Wilkins, Baltimore 1955, Reprint 1977. Deutsch 1957: *Knochenbrüche bei Kindern.* Thieme, Stuttgart.

WEBER, B. G. et al.: *Die Frakturbehandlung bei Kindern und Jugendlichen.* Springer, Berlin/Heidelberg/New York 1979 (Engl. 1980).

AITKEN, A. P., MAGILL, H. K.: *Fractures involving the distal epiphyseal cartilage.* J. Bone Jt. Surg. *34-A,* 96, 1952.

SALTER, R. B., HARRIS, W. R.: *Injuries involving the epiphyseal plate.* J. Bone Jt. Surg. *45-A,* 587, 1963.

POLLEN, A. G.: *Fractures and Dislocations in Children.* Churchill Livingstone, Edinburgh/London 1973.

Pseudarthrosen

WEBER, B. G., ČECH, O.: *Pseudarthrosen.* Pathophysiologie, Biomechanik, Ergebnisse. Huber, Bern/Stuttgart/Wien 1973 (Engl. 1976).

CHAPCHAL, G. (Ed.): *Pseudarthroses and their Treatment.* Thieme, Stuttgart 1979.

BASSETT, C. A. L., MITCHELL, S. N., GASTON, S. R.: *Treatment of Ununited Tibial Diaphyseal Fractures with Pulsing Electromagnetic Fields.* J. Bone Jt. Surg. *63-A,* 511, 1981.

BRIGHTON, C. T.: *Present and Future of Electrically induced Osteogenesis.* In: Straub, L. R., Wilson, P. D. (Eds.): Clinical Trends in Orthopaedics. Thieme-Stratton, New York/Stuttgart 1982.

Verletzungsfolgen

Siehe auch Liste II.16.1.

MÜLLER, M. E. (Hrsg.): *Posttraumatische Achsenfehlstellungen an den unteren Extremitäten.* Huber, Bern/Stuttgart/Wien 1967.

BURRI, C.: *Posttraumatische Osteitis,* 2. Aufl. Huber, Bern/Stuttgart/Wien 1979 (Engl. 1975).

MUBARAK, S. J., HORGENS, H. R.: *Compartment Syndromes and Volkmann's Contracture.* Saunders, Philadelphia 1981.

Obere Extremitäten

HOHMANN, G.: *Arm und Hand, ihre Erkrankungen und deren Behandlung.* Bergmann, München 1949.

Schulter, Arm

De Palma, A. F.: *Surgery of the Shoulder,* 2nd ed. Harper and Row, New York 1973.
Kessel, L.: *Clinical Disorders of the Shoulder.* Livingstone, Edinburgh/London 1982.
Post, M. (Ed.): *The Shoulder. Surgical and Nonsurgical Management.* Lea and Febiger, Philadelphia 1978.
Moseley, H. F.: *Shoulder Lesions,* 3rd ed. Livingstone, Edinburgh 1969.
Mumenthaler, M.: *Der Schulter-Arm-Schmerz. Leitfaden für die Praxis,* 2. Aufl. Huber, Bern/Stuttgart/Wien 1982.
De Sèze, S., Debeyre, J., Patte, D., Elmelick, E.: *Repair of ruptures of the rotator cuff of the shoulder.* J. Bone Jt. Surg. *47-B,* 36, 1965.
Boitzy, A. (Ed.): *Périarthrite de l'épaule.* Huber, Bern/Stuttgart/Wien 1972.
Wadsworth, T. G. (Ed.): *The Elbow.* Livingstone, Edinburgh 1982.

Hand
Aus der unübersehbaren Literatur sind nur einige wenige Bücher ausgewählt

Boyes, J. H.: *Bunnell's Surgery of the Hand.* Lippincott, Philadelphia 1964.
Lister, G.: *The Hand. Diagnosis and Indications.* Livingstone, Edinburgh/London/New York 1977.
Blauth, W. F., Schneider, F.: *Handfehlbildungen.* Atlas ihrer operativen Behandlung. Springer, Berlin 1976.
Flatt, A.: *The Care of Congenital Hand Anomalies.* Mosby, St. Louis 1977.
Moberg, E.: *Dringliche Handchirurgie,* 3. Aufl. Thieme, Stuttgart 1972.
Chase, R. A., Laub, D. R.: *Die Hand. Strategisches Vorgehen in der Behandlung akut-traumatischer Handprobleme.* Huber, Bern/Stuttgart/Wien 1968.
Flatt, A. E.: *The Care of Minor Hand Injuries,* 4th ed. Mosby, St. Louis 1979.
Verdan, C. (Ed.): *Tendon Surgery of the Hand.* Livingstone, Edinburgh/London 1979.
Flatt, A. E.: *The Care of the Rheumatoid Hand,* 3rd ed. Mosby, St. Louis 1974.
Nigst, H., Buck-Gramko, D., Millesi, H. (Hrsg.): *Handchirurgie,* (2 Bände), Band 1: 1982.
Wynn Parry, C. B.: *Rehabilitation of the Hand,* 4th ed. Butterworths, London 1981.

Wirbelsäule

Anatomie, Pathologie, Diagnostik

Kapandji, I. A.: *The Physiology of the Joints, annotated diagrams of the mechanics of the human joints.* Vol. 3: The Trunk and the Vertebral Column. 2nd ed. Livingstone, Edinburgh/London 1974.
Töndury, G.: *Entwicklungsgeschichte und Fehlbildungen der Wirbelsäule.* Band 7 der Reihe: Die Wirbelsäule in Forschung und Praxis, hrsg. von Junghanns, H. Hippokrates, Stuttgart 1958.
White, A. A., Panjabi, M. M.: *Clinical Biomechanics of the Spine.* Lippincott, Philadelphia 1978.
Schmorl, G., Junghanns, H.: *Die gesunde und die kranke Wirbelsäule in Röntgenbild und Klinik,* 5. Aufl. Thieme, Stuttgart 1968.
Brocher, J. E. W.: *Die Wirbelsäulenleiden und ihre Differentialdiagnose.* Thieme, Stuttgart 1959. 6. Aufl. 1980: Brocher, J. E. W., Willert, H.-J.: *Differentialdiagnose der Wirbelsäulenerkrankungen.*
Brocher, J. E. W.: *Die Prognose der Wirbelsäulenleiden,* 2. Aufl. Thieme, Stuttgart 1973.

Allgemeines

Rettig, H., Oest, O., Eichler, J.: *Wirbelsäulen-Fibel,* 2. Aufl. Thieme, Stuttgart 1974.
Bauer, R. (Hrsg.): *Erkrankungen der Wirbelsäule, Diagnose und Therapie.* Orthopädisches Symposium, Innsbruck 1974. Thieme, Stuttgart 1975.
Louis, R.: *Chirurgie du rachis, Anatomie chirurgicale et voies d'abord.* Springer, Berlin/Heidelberg/New York 1982.

Halswirbelsäule

Jung, A., Kehr, P., Magerl, F., Weber, B. G.: *The cervical Spine, primary and posttraumatic disorders.* Huber, Bern/Stuttgart/Wien 1974.
von Torklus, D., Gehle, W.: *Die obere Halswirbelsäule,* 2. Aufl. Thieme, Stuttgart 1975.
Jeffreys, E.: *Disorders of the Cervical Spine.* Butterworths, London 1980.

Wirbelsäulenschäden im Wachstumsalter

Jentschura, G.: *Haltungsschäden bei Kindern und Jugendlichen.* Enke, Stuttgart 1977.
Taillard, W.: *L'exploration clinique fonctionelle de la colonne vertebrale.* In: Funktionsprüfungen, Hommel AG, Zürich 1971.
Rathke, W. F.: *Die juvenilen Rückgratverkrümmungen.* Thieme, Stuttgart 1961.
Henke, G.: *Die Rückenverkrümmungen bei Jugendlichen.* Für den praktischen Arzt. Huber, Bern/Stuttgart/Wien 1982.
James, J. I. P.: *Scoliosis,* 2nd ed. Livingstone, Edinburgh 1976.
Scheier, H.: *Prognose und Behandlung der Skoliose.* Thieme, Stuttgart 1967.
Bauer, R.: *Die operative Behandlung der Skoliose,* eine Zusammenstellung. Huber, Bern/Stuttgart/Wien 1979.
Taillard, W.: *Les Spondylolisthesis.* Masson, Paris 1957.
Suezawa, Y., Jacob, H. A. C.: *Zur Ätiologie der Spondylolisthesis.* Die Wirbelsäule in Forschung und Praxis, Band 94. Hippokrates, Stuttgart 1981.

Degenerative Wirbelsäulenleiden

Zuckschwerdt, L. et al.: *Wirbelgelenk und Bandscheibe. Ihre Beziehungen zum vertebragenen Schmerz.* Hippokrates, Stuttgart 1960.
Debrunner, H.: *Lumbalgien, eine Darstellung für den praktischen Arzt.* Huber, Bern/Stuttgart/Wien 1948.
Baud, B.: *Leben mit der Bandscheibe,* ein Brevier für Bandscheibengeschädigte, 2. Aufl. Huber, Bern/Stuttgart/Wien 1979.
Macnab, J.: *Backache.* Williams and Wilkins, Baltimore 1977.
Schlegel, K. F. (Hrsg.): *Lumbalgie und Ischialgie.* Die Wir-

belsäule in Forschung und Praxis, Band 71. Hippokrates, Stuttgart 1977.

KRÄMER, J.: *Bandscheibenbedingte Erkrankungen.* Ursachen, Diagnosen, Behandlung, Vorbeugung, Begutachtung. Thieme, Stuttgart 1978 (Engl. 1981).

MAURICE-WILLIAMS, R.S.: *Spinal Degenerative Disease.* J. Wright and sons, Bristol 1981.

LANGLOTZ, M.: *Lumbale Myelografie mit wasserlöslichen Kontrastmitteln.* Lehrbuch und Atlas. Thieme, Stuttgart 1981.

ARMSTRONG, J.R.: *Lumbar Disc Lesions.* Pathogenesis and Treatment of Low Back Pain and Sciatica, 3rd. ed. Churchill-Livingstone, Edinburgh/London 1965.

BENINI, A.: *Ischias ohne Bandscheibenvorfall: Die Stenose des lumbalen Wirbelkanales.* Huber, Bern/Stuttgart/Wien 1976.

Verletzungen

BURRI, C., RÜTER, A. (Hrsg.): *Verletzungen der Wirbelsäule.* Hefte zur Unfallheilkunde Nr. 149. Springer, Heidelberg 1980.

Untere Extremitäten

HOHMANN, G.: *Fuss und Bein.* Ihre Erkrankungen und deren Behandlung. Bergmann, München 1951.

WEIL, S., WEIL, H.U.: *Mechanik des Gehens.* Thieme, Stuttgart 1966.

Beinlängendifferenzen

MORSCHER, E., TAILLARD, W.: *Beinlängenunterschiede.* Karger, Basel 1965.

SCHEIER, H.: *Die Korrektur von Beinlängendifferenzen.* Therapeutische Umschau *30,* 274, 1973.

BREDEMEIER, H., DAHMEN, G.: *Behandlung von Beinlängendifferenzen.* Hippokrates, Stuttgart 1974.

ANDERSON, M., GREEN, W.T., MESSNER, M.B.: *Growth and predictions of growth in the lower extremities.* J. Bone Jt. Surg. *45-A,* 1, 1963.

GREULICH, W.W., PYLE, S.I.: *Radiographic atlas of skeletal development of the hand and wrist,* 2nd ed. Stanford University Press, Stanford 1976.

DE ROO, T., SCHRODER, H.J.: *Pocket Atlas of Skeletal Age.* Williams and Wilkins, Baltimore 1977.

Hüfte, allgemeines

PAUWELS, F.: *Atlas zur Biomechanik der gesunden und kranken Hüfte.* Springer, Berlin/Heidelberg/New York 1973 (Engl. 1976, Franz. 1977).

MÜLLER, M.E.: *Die hüftnahen Femurosteotomien.* Thieme, Stuttgart 1957. 2. Aufl. 1970.

RETTIG, H., EICHLER, J., OEST, O.: *Hüft-Fibel.* Thieme, Stuttgart 1970.

10-Jahres-Ergebnisse in der Orthopädie. 1. Teil: Das Hüftgelenk. Heft 1 von: Orthopäde, Band 8, 1979.

Hüfterkrankungen beim Kind

LLOYD-ROBERTS, G.C., RATLIFF, A.H.C.: *Hip Disorders in Children.* Butterworths, London 1978.

MÜLLER, M.E. (Hrsg.): *Hüfterkrankungen beim Kind.* Huber, Bern/Stuttgart/Wien 1978.

JANI, L. et al.: *Verlauf der idiopathischen Coxa antetorta.* Orthopäde *8,* 5, 1979.

BERTRAND, P.: *Malformations luxantes de la hanche.* Doin, Paris 1962.

KRÄMER, J.: *Funktionelle Behandlung der Hüftdysplasie und Hüftverrenkung,* 2. Aufl. Bücherei des Orthopäden, Band 14. Enke, Stuttgart 1982.

SOMERVILLE, E.W.: *Displacement of the Hip in Childhood,* Aetiology, Management and Sequelae. Springer, Berlin/Heidelberg/New York 1982.

SCHREIBER, A., MEYER, H.R.: *Spätresultate konservativ behandelter kongenitaler Hüftluxationen,* 40 Jahre nach der Reposition. Z. Orthop. *100,* 265, 1965.

CATTERALL, A.: *Legg-Calvé-Perthes' Disease.* Churchill-Livingstone, Edinburgh 1982.

BOITZY, A.: *La fracture du col du fémur chez l'enfant et l'adolescent.* Masson, Paris 1971.

Hüfterkrankungen beim Erwachsenen

HACKENBROCH, M.: *Die Arthrosis deformans der Hüfte.* Thieme, Leipzig 1943.

GRASSET, E.J.: *La coxarthrose,* étude anatomique et histologique. Georg, Genève; Masson, Paris 1960.

HARRISON, M.H.M., SCHAJOWICZ, F., TRUETA, J.: *Osteoarthritis of the Hip: A study of the nature and evolution of the disease.* J. Bone Jt. Surg. *35-B,* 598, 1953.

SCHNEIDER, R.: *Die intertrochantere Osteotomie bei Coxarthrose.* Springer, Berlin/Heidelberg/New York 1979.

MORSCHER, E. (Hrsg.): *Die intertrochantere Osteotomie bei Coxarthrose.* Huber, Bern/Stuttgart/Wien 1971.

LIECHTI, R.: *Die Arthrodese des Hüftgelenkes und ihre Problematik.* Springer, Berlin/Heidelberg/New York 1974.

CHARNLEY, J.: *Low Friction Arthroplasty of the Hip.* Theory and Practice. Springer, Berlin/Heidelberg/New York 1979.

GSCHWEND, N., DEBRUNNER, H.U.: *Total Hip Prothesis.* Symposium, Multicentric Study, Results. Huber, Bern/Stuttgart/Wien 1976.

GRISS, P. et al. (Eds.): *Results of Ten Years of Total Hip Replacement.* A retrospective multicenter study. Huber, Bern/Stuttgart/Wien 1982.

HUGGLER, A., SCHREIBER, A.: *Alloarthroplastik des Hüftgelenkes,* 2. Aufl. Thieme, Stuttgart 1978.

SCHNEIDER, R.: *Die Totalprothese der Hüfte.* Huber, Bern/Stuttgart/Wien 1982.

ZINN, W. (Ed.): *Idiopathic ischemia of the femoral head in adults.* Thieme, Stuttgart 1971.

PAUWELS, F.: *Der Schenkelhalsbruch, ein mechanisches Problem.* Enke, Stuttgart 1935 (auch in: PAUWELS, F.: Gesammelte Abhandlungen zur funktionellen Anatomie des Bewegungsapparates. Springer, Berlin/Heidelberg 1965) (Franz. 1979, Engl. 1980).

LETOURNEL, E., JUDET, R.: *Fractures of the Acetabulum.* Springer, Berlin/Heidelberg/New York 1981.

Kniegelenk

BAUMGARTL, F.: *Das Kniegelenk.* Springer, Berlin 1964.

SMILLIE, I.S.: *Diseases of the Knee Joint,* 2nd ed. Livingstone, Edinburgh/London 1980.

Helfet, A.: *Disorders of the Knee,* 2nd ed. Lippincott, Philadelphia/Toronto 1982.

Debrunner, H.: *Das Kniegelenk.* In: Hohmann et al.: Handbuch der Orthopädie, Band IV/1. Thieme, Stuttgart 1961.

Dandy, D.J.: *Arthroscopic Surgery of the Knee.* Livingstone, Edinburgh 1981.

Glinz, W.: *Diagnostische Arthroskopie und arthroskopische Operationen am Kniegelenk.* Huber, Bern/Stuttgart/Wien 1979.

Bandi, E.: *Die retropatellaren Kniegelenkschäden.* Huber, Bern/Stuttgart/Wien 1982.

Ficat, R.P., Hungerford, D.S.: *Disorders of the Patello-femoral Joint.* Masson, Paris/New York 1977.

Burri, C., Rüter, A. (Hrsg.): *Knorpelschäden am Kniegelenk.* Hefte zur Unfallheilkunde, Heft 127. Springer, Berlin 1976.

Ricklin, P., Rüttimann, A., Del Buono, M.S.: *Die Meniscusläsion.* Diagnostik, Differentialdiagnostik und Therapie, 2. Aufl. Thieme, Stuttgart 1980.

Nicod, L. (Hrsg.): *Die Gonarthrose.* Biomechanik, Pathologische Anatomie, Klinik, Therapie. Huber, Bern/Stuttgart/Wien 1970.

Maquet, P.: *Bioméchanique du genou.* Application à la pathogénie et au traitement chirurgical de la gonarthrose. Springer, Berlin/Heidelberg/New York 1977 (Engl. 1978).

Freeman, M.A.R. (Ed.): *Arthritis of the knee.* Clinical Features and Surgical Management. Springer, Berlin 1980.

Smillie, I.S.: *Injuries of the Knee Joint,* 5th ed. Livingstone, Edinburgh/London 1978.

Jäger, M., Hackenbroch, M.H., Refior, H.J. (Hrsg.): *Kapselbandläsionen des Kniegelenkes.* Experimentelle Grundlagen der Diagnostik und Therapie. Thieme, Stuttgart 1981.

Müller, W.: *Das Knie, Form, Funktion und ligamentäre Wiederherstellung.* Springer, Berlin/Heidelberg 1982.

American Academy of Orthopaedic Surgeons: *The Athlete's Knee. Surgical Repair and Reconstruction.* Mosby, St. Louis/Toronto/London 1980.

Müller, M.E. (Hrsg.): *Posttraumatische Achsenfehlstellungen an den unteren Extremitäten.* Huber, Bern/Stuttgart/Wien 1967.

Unterschenkel, oberes Sprunggelenk

Mau, H.: *Die ischämischen Kontrakturen der unteren Extremität und das Tibialis-anterior-Syndrom.* Enke, Stuttgart 1969.

Brunner, U. et al. (Hrsg.): *Das dicke Bein.* Huber, Bern/Stuttgart/Wien 1970.

Weber, B.G.: *Die Verletzungen des oberen Sprunggelenkes,* 2. Aufl. Huber, Bern/Stuttgart/Wien 1972.

Der Fuss

Lelièvre, J.: *Pathologie du pied. Physiologie – Clinique. Traitement médical, orthopédique et chirurgical,* 5. ed. Masson, Paris 1981.

Rabl, C., Nyga, W.: *Orthopädie des Fusses,* 6. Aufl. Enke, Stuttgart 1982.

Caillet, R.: *Foot and Ankle Pain.* Davis, Philadelphia 1979.

Klenerman, L. (Ed.): *The Foot and its Disorders.* Blackwell Scientific Publ., Oxford/London 1976.

Helfet, A.J., Gruebel, D.M.: *Disorders of the Foot.* Lippincott, Philadelphia 1980.

Inman, V.: *Du Vries' Surgery of the Foot,* 3rd ed. Mosby, St. Louis 1973.

Jahss, M.H. (Ed.): *Disorders of the Foot,* 2 Volumes. Saunders, Philadelphia 1982.

Henkel, H.-L.: *Die Behandlung des angeborenen Klumpfusses im Säuglings- und Kindesalter.* Bücherei des Orthopäden, Band 12. Enke, Stuttgart 1974.

Turco, V.: *Clubfoot.* Livingstone, Edinburgh 1981.

Scholder, P. (Ed.): *L'avant-pied / Der Vorfuss.* Huber, Bern/Stuttgart/Wien 1970.

Tillmann, K.: *Der rheumatische Fuss und seine Behandlung.* Enke, Stuttgart 1977.

Baumgartner, R. (Hrsg.): *Die orthopädietechnische Versorgung des Fusses.* Thieme, Stuttgart 1972.

Brunner, U. (Hrsg.): *Der Fuss. Diagnostische und therapeutische Aspekte der Arteriologie, Phlebologie und Lymphologie.* Huber, Bern/Stuttgart/Wien 1982.

Amputationen

Baumgartner, R.: *Beinamputationen und Prothesenversorgung bei arteriellen Durchblutungsstörungen.* Bücherei des Orthopäden, Band 11. Enke, Stuttgart 1973.

Baumgartner, R.: *Amputation und Prothesenversorgung beim Kind.* Bücherei des Orthopäden, Band 16. Enke, Stuttgart 1977.

Gerhardt, J.J., King, P.S., Zettl, J.H.: *Amputations. Immediate and Early Prosthetic Management.* Huber, Bern/Stuttgart/Wien 1982.

Kostuik, J.P.: *Amputation Surgery and Rehabilitation. The Toronto Experience.* Churchill-Livingstone, New York/Edinburgh/London 1981.

American Academy of Orthopaedic Surgeons: *Atlas of Limb Prosthetics, Surgical and Prosthetic Principles.* Mosby, St. Louis 1981.

Abbildungsnachweis

Für alle Abbildungen, die mir Kollegen und Freunde zur Verfügung gestellt haben, möchte ich herzlich danken. Die Nummern hinter den Namen entsprechen den Abbildungsnummern im Text. Die übrigen Abbildungen stammen vom Autor, aus seiner früheren (orthopädische Universitätsklinik Balgrist, Zürich, Kantonsspital St. Gallen, Universitätsspital Bern) und jetzigen (Stadtspital Triemli, Zürich; private Praxis) Tätigkeit.

Aufdermaur, M., Prof., Pathologisches Institut, Luzern; Fotos: Josef Brunner	68, 183, 270, 411
Bähler, A., Orthopädie-Techniker, Zürich	450, 511b, 694
Balmer und Krauer, Orthopädisches Atelier, Zürich	449, 511a, 598, 625, 626, 627, 650, 663
Blount, W. P., «Fractures in Children», Baltimore, 1955	312
Caron, J., Prof., Hôpital orthopédique, Université, Lausanne	239
Dambacher, M., PD, Orthopädische Universitätsklinik Balgrist, Zürich	185
Debrunner, H., Prof., Basel/Zürich	466, 605
Debrunner, H. U., PD, Abteilung für experimentelle Orthopädie der Klinik für orthopädische Chirurgie, Universität, Bern	124
Engelhardt, P., Orthopädische Universitätsklinik Balgrist, Zürich	220b, 498, 528
Flumenbaum, W., «Terre des Hommes», Lausanne	234
Frenk, E., Prof., Service de dermatologie, Hôpital cantonal, Université, Lausanne	687b
Ganz, R., Prof., Leiter der Klinik für orthopädische Chirurgie, Universität, Bern	219, 220a
Güntert, H., Chefarzt, Spital Wil, SG	351
Heinzel, F., Leiter der Nuklearmedizinischen Abteilung, Stadtspital Triemli, Zürich	17, 121b, 221
Henke, G., Dr. med., Bern	262, 420, 423
Jucker, A., Leiter des Radiolog. Institutes, Kantonsspital, Schaffhausen	211
Klinik für orthopädische Chirurgie, Universität, Bern, Direktor: Prof. R. Ganz	169, 174e–g, 200
Klinik für orthopädische Chirurgie, Kantonsspital, St. Gallen, Leiter: Prof. B. G. Weber	15, 49, 168, 173, 176, 177, 178, 195, 199, 201, 214, 217, 224, 228, 230, 244, 283, 285, 305, 308, 327, 464, 465, 470, 500, 513, 520, 530, 532, 536, 539, 556, 566, 567, 568, 593, 600, 606, 608, 692
Kundert, H. J., Leiter der Kinderchirurg. Abteilung Stadtspital Triemli, Zürich	212, 213
Magerl, F., Klinik für orthopädische Chirurgie, Kantonsspital, St. Gallen	468
Mattmann, E., Leiter der Neurochirurg. Abteilung, Stadtspital Triemli, Zürich	461
Meuli, Chr., Prof., Klinik für orthopädische Chirurgie, Universität, Bern	32, 57, 156
Meyer, H. G., Prof., «Die Statik und Mechanik des menschlichen Knochengerüstes», Leipzig 1873	9, 11b
Meyer, H. R., Dr. med., Zürich	655, 665, 669, 672, 681
Morscher, E., Prof., Direktor, Orthopädische Universitätsklinik, Basel	481
Müller, Maurice E., Prof., «Die hüftnahen Femurosteotomien», 2. Aufl. Thieme, Stuttgart 1971	97
Mumenthaler, M., Prof., Direktor, Neurologische Klinik, Universität, Bern	346b, 640b
Orthopädische Universitätsklinik Balgrist, Zürich, Direktor: Prof. A. Schreiber	1, 52, 174a–d, 495, 496, 537, 578
Pauwels, Friedrich, «Atlas zur Biomechanik der gesunden und kranken Hüfte», Springer, Heidelberg 1973	102
Pauwels, Friedrich, «Gesammelte Abhandlungen zur funktionellen Anatomie des Bewegungsapparates», Springer, Berlin 1965	10, 27, 28, 29, 55, 76, 101, 489, 492
Petri, Ch., Dr. med., Zürich	166
Scheier, H., Prof., Klinik Wilhelm Schulthess, Zürich	421, 426, 427, 428, 429
Schenk, R., Prof., Anatomisches Institut, Universität, Bern	14, 18, 20, 41, 43, 45, 48
Scherz, H., Hausen am Albis, ZH	6

Schneider, R., Prof. Dr. med., Biel	555
Scholder, P., PD, Dr. med., Lausanne	2
«Schweizer Illustrierte», Zürich	133, 252
Schweizerische Rheumaliga, Zürich	258
Schweiz. Stiftung für das cerebral gelähmte Kind, Bern	243, 245
Segmüller, G., Leiter der Abteilung für Handchirurgie, Klinik für orthopädische Chirurgie, Kantonsspital, St. Gallen	121a, 366
Siebenmann, R., Prof., Pathologisches Institut, Stadtspital Triemli, Zürich	70, 184, 267, 268, 441, 542
Stadtspital Triemli, Zürich:	
– von Büren, U., Institut für Röntgendiagnostik	583
– Kieser, Ch., Chirurgische Abteilung	576
– Siegrist, H., Klinik für Rheumatologie	257, 260, 463
Taillard, W., Prof., Clinique orthopédique et de traumatologie, Université, Genève	241, 253, 408, 638, 641, 643, 647, 653a, 654b
Venel, Jean-André, 1788 (Bibliothèque cantonale, Universitaire de Lausanne), von P. Scholder, Lausanne	2
Weber, B. G., Prof., Chefarzt, Klinik für orthopädische Chirurgie, St. Gallen	322, 391
Weiss, H., Zürich/Meilen	361
Wolff, J., «Das Gesetz der Transformation der Knochen», Berlin 1892	12a
Zirkus Knie, Rapperswil	167

Sachregister

Die kursiven Zahlen kennzeichnen Kapitelüberschriften und wichtige Abschnitte.